奥 威 尔 作 品 全 集

- 奥威尔纪实作品全集

《巴黎伦敦落魄记》

《通往威根码头之路》

《向加泰罗尼亚致敬》

- 奥威尔小说全集

《缅甸岁月》

《牧师的女儿》

《让叶兰继续飘扬》

《上来透口气》

《动物农场》

《一九八四》

- 奥威尔散杂文全集

奥威尔杂文全集（上、下）

奥威尔书评全集（上、中、下）

奥威尔战时文集

George Orwell

奥 威 尔 小 说 全 集

一九八四

Nineteen Eighty-four

[英]乔治·奥威尔 著　陈超 译

上海译文出版社

第一部

第一章

那是四月份的一天，天气晴朗而寒冷，时钟敲响了十三点。温斯顿·史密斯的下巴紧紧抵着胸膛，躲避寒风的侵袭。他快步穿过胜利大厦的玻璃门，但还是慢了一些，一股席卷着沙砾的旋风尾随着他刮了进来。

门厅里有一股煮卷心菜和旧地毯的味道。在门厅的一头，一张彩色海报用大头钉固定在墙上，在室内张贴显得太大了一些。上面只有一张巨大的脸庞，约有一米多宽：那是一张男人的脸，约摸四十五岁，蓄着浓密的黑色八字胡，面容威武英挺。温斯顿朝楼梯走去。电梯不用试也知道用不了。即使是万事皆顺的好日子，它也总是在罢工，而当前电力供应在白天时段被切断了。这是厉行节约的一部分举措，为“仇恨周”进行筹备工作。上到公寓要走七段楼梯，温斯顿三十九岁了，右脚踝上面一截患了静脉曲张溃疡，走得很慢，一路上休息了好几回。在每一层的楼梯平台，电梯井的对面，那张印着巨大脸庞的海报在墙上虎视眈眈。那是一张精心绘制的肖像画，当你移动的时候那双眼睛也会跟着你动。头像下面写着这么一句话：**“老大哥在看着你。”**

在公寓里，一个甜润的声音正在朗读与生铁产量有关的一连串数字。声音是从一个长方形的金属匣子里传出来的，它看上去就像一面模糊的镜子，镶嵌在右边的墙壁上面。温斯顿旋着转钮将声音调低，但那些字句仍清晰可闻。这东西（它的名字叫电屏）只能将其音量调低，但无法彻底关掉。他走到窗口。他个子很矮小瘦弱，穿着蓝色的工作装更显得单薄，这身衣服是党员的制服。他的头发是金黄色的，天生面色红润，由于平时用的是劣质的肥皂和钝刮胡刀，而且冬天刚刚过去，脸上的皮肤很粗糙。

虽然玻璃窗紧闭着，他仍可以感觉到外面天寒地冻。下面的街道上，几股小小的旋风正夹杂着沙尘和纸屑，打着螺旋形的转。虽然阳光明媚，天空湛蓝，但除了那些到处张贴的海报外，万物似乎都失去了色彩。在每个街角，那张蓄着黑色八字胡的脸庞居高临下地俯视着。正对着房子的前门挂着一张海报。**“老大哥在看着你。”**标题如是说，而那双深色的眼睛深深地看穿了温斯顿的眼睛。楼下贴着另一张海报，有一角剥落了，在寒风中时不时地扑腾着，时而遮盖时而现出上面的两个字：“英社”。远处有一架直升飞机在屋顶间低飞着，像一只绿头苍蝇那样盘旋了一会儿，然后划出一道弧线飞走了。那是警察在巡逻，透过窗户监视人民。不过，这种巡逻问题不大，思想警察才是大麻烦。

在温斯顿背后，电屏里面的声音仍在喋喋不休地讲述着关于生铁和第九个三年计划的超额完成情况。电屏能同时接收与播放信号。温斯顿发出的声音只要高于低声耳语，就会被接收到，而且，只要他停留在那个金属匣子的视线范围内，他的一言一行都会受到监听监视。当然，你无从知道自己什么时候正被监控。没有人知道思想警察对个人的监控频率或以什么样的体系进行监控。你甚至可以认为，他们对每个人都实施了全天候的监控。但不管怎样他们能随时接入你的频道。你只能习惯成本能地生活在这么一个设想中：你所发出的每一个声音都正被监听，而除了在漆黑之中外，你的每一个动作都正被监视。

温斯顿一直背朝着电屏。这样比较安全，虽然他清楚地知道，就算是背影也会泄露秘密。一公里外就是真理部，他上班的地方，那是一座从污秽肮脏的地面直耸而起的白色建筑物。他略带厌恶地想着：这就是伦敦，一号空降带的首府，大洋国人口第三大的省份。他努力想唤起一点童年时的回忆，告诉他伦敦是否一直都是这样。是不是一直都有这些腐朽破败的十九世纪的房屋？这些房屋的侧墙用木板加固，窗户用硬纸板打了补丁，屋顶铺的是瓦楞铁皮，乱七八糟的花园的四面围墙都已经开始坍塌。被轰炸过的地方尘土飞扬，断壁残垣上长出了藤蔓和野草。炸弹清出了一大片空地，上面突然建起了肮脏丑陋的木棚屋，看上去就像鸡窝一样。一直都是这样子吗？但是没有用，他记不起来了，童年的回忆只残留下一系列明亮的静态画面，没有背景，根本无法辨认清楚。

真理部——在新话中简称为真部（新话是大洋国的官方语言，其结构与词源可参阅附录）——与视线里的其它事物决然迥异。那是一座巍峨的金字塔形白色混凝土建筑，层层叠叠熠熠发光，冲天而起，足有三百米高。温斯顿所站的地方正好能辨认出以端正的字体书写在白色墙面上，显得格外醒目的三句党的口号：

战争即和平

自由即奴役

无知即力量

据说真理部的地上建筑有三千个房间，而地下相对应也有那么多个部门。在伦敦还有三座外观和规模与之相似的建筑，使得周围的建筑相形见绌。在胜利大厦的屋顶你可以同时看到这四座建筑。它们是四大政府部门的所在地。真理部负责新闻、娱乐、教育和艺术；和平部负责战争；友爱部维持法律与秩序；而富足部则负责经济事务。在新话中，它们的名字分别是真部、和部、爱部和富部。

友爱部是最可怕的部门。大楼里根本没有窗户。温斯顿从未进过友爱部里面，连这个部门方圆半公里内都没踏足过。除非你有公务在身，否则根本无法进到里面；而即便你真有公务，要进去也得经过如迷宫一样的铁丝网防线、几道钢铸的大门和隐蔽的机关枪阵地。连通往外围屏障的街道也安置了身穿黑色制服凶神恶煞般的卫兵，个个都配备了可折叠的橡胶警棍。

温斯顿猛然转过身，脸上露出平静而乐观的表情——面对电屏的时候，这是他应该有的样子。他穿过房间，走进狭小的厨房。在这个时候离开真理部，他放弃了在食堂吃午饭的机会。他知道厨房里只有一块黑面包，是留着明天早餐时吃的。他从架子上拿下一瓶无色的液体，上面白色的标签写着“胜利牌杜松子酒”。这酒的味道油腻腻的很恶心，像中国的米酒。温斯顿倒出将近一茶杯，鼓起勇气接受冲击，然后像吃药一样一口吞了下去。

他的脸当即变得绯红，眼里流出泪水。这东西的味道就像硝酸，而且吞下去的时候，你感觉后脑勺就像被橡胶警棍敲上一记。但是，很快胃里火烧火燎的感觉平息了，世界看上去开始变得更加美好。他从一个皱巴巴的、写着“胜利牌香烟”的烟盒里抽出一根烟，一不小心把烟竖了起来，烟丝掉到了地板上。拿第二根烟的时候情况就顺利多了。他回到客厅，坐在摆放在电屏左侧的一张小桌子旁边，从桌子的抽屉里取出一根笔杆、一瓶墨水和一本厚厚的四开本空白小册，封底是红色的，封面印着大理石花纹。

出于某些原因，客厅里的电屏安放在一个不寻常的位置上。按照正常的做法，它应该安放在端壁上，可以监控整个房间，但它却被装在与窗户相对的那面长一点的墙上。在墙壁的一边有一个浅浅的壁龛，温斯顿现在就坐在凹陷处里。建造这些公寓的时候，这个凹陷处或许是用来放置书架的。温斯顿坐在凹陷处里，身子尽量往后靠，刚好可以置身于电屏的视野之外。当然，别人可以听到他说话，但只要他一直坐在现在这个位置上，别人就看不见他。他现在准备要做的事情与房间这种不同寻常的格局不无关系。

不过，他刚刚从抽屉里拿出来的那本小册子与这件事也有关联。那是一本美得出奇的小册子。里面的纸张很光滑，由于年代久远有点发黄，已经至少有四十年没有生产了。不过，他猜得出这本小册子远远不止有四十年的历史。他是在城里的贫民窟（现在他记不起具体是哪个区了）一间邋遢的小旧货店的橱窗里看到这本小册子的。当时他就立刻萌发了迫切想买下来的冲动。党员不应该走进普通商店（这种行为被称为“自由市场贸易”），但这一规定并没有得到严格贯彻，因为有很多东西，比方说鞋带和刮胡刀，通过其它途径根本买不到。他迅速上下观察了街道几眼，然后溜进店里，花了两块半买了那本小册子。当时他并不知道买那本小册子到底有什么用。他把小册子放在公文包里，内疚地带回家。虽然里面什么也没有写，但拥有它本身就是不可告人的行为。

他要做的事情是开始记日记。这并不是什么违法的事情（没有什么事情是违法的，因为法律已经不复存在），但假如被别人发现，他肯定会被判处死刑，起码会被判处劳改营监禁二十五年有期徒刑。温斯顿往笔杆上装了一个笔头，将上面的油脂一口嘬掉。这支笔是旧款式的，连签名也很少用。他私底下颇费了一番周折才弄到了这支笔，只不过是因为他觉得漂亮的光面纸应该用真正的笔头在上面书写，而不能用墨水铅笔随意乱写乱画。事实上，他不习惯手写。除了简短的便条外，他经常用讲写器以口述的形式写东西，而他现在要做的事情当然不可能用讲写器完成。他将笔头蘸了蘸墨水，然后踌躇了一下。他的心在发颤，在纸上留下字迹将会是决定性的一步。他以蹩脚的小字写下：

1984 年 4 月 4 日。

他靠在椅子上，心里泛起一股彻底无助的感觉。首先，他并不能确定现在是 1984 年。这个年份应该没错，因为他很肯定自己的年龄是三十九岁，而且他确信自己生于 1944 年或 1945 年，但如今要将某个日子精确到一到两年的误差范围内是不可能的事情。

突然间他想到，他写日记到底是为了谁呢？为了未来的人，为了尚未出生的人。他的思绪围绕着纸上那个可疑的日期想了一会儿，突然间想起了新话中的那个词汇——“**双重思想**”。他第一次意识到自己要做的这件事情是那么困难。你怎么能和未来的人沟通呢？究其本质这是不可能的事情。要么，未来就会像现在一样，没有人会去听他说些什么；要么，未来将与现在不一样，那么他的困境将毫无意义。

他坐在那儿，盯着那张纸发呆。电屏转而播放起激昂人心的军乐。真是奇怪，他似乎不仅失去了表达内心想法的能力，甚至连原本想说些什么也忘记了。过去几个星期来他一直在为了这一刻进行准备，从来没有想到除了勇气他还需要什么。写东西这件事应该很简单。他所要做的只不过是将多年来已经文字化，在他的脑海中反复出现的那段冗长而烦躁不安的独白写下来。但是，此刻连他内心的独白都词穷了。而且，他的静脉曲张溃疡开始痒得无法忍受。他不敢去挠，因为只要他一挠总是会发炎。时间一分一秒地过去。他的意识里只有面前那张白纸、脚踝上面的皮肤发痒的感觉、震耳欲聋的音乐和那杯杜松子酒引起的醺醺然的感觉。

突然间，他惊慌失措地开始写字，根本不知道自己在写些什么。他那手小而幼稚的字在纸上歪歪斜斜地游走，先是顾不上字母的大写，到最后连句号也忘了。

“1984 年 4 月 4 日。观影活动的最后一个晚上。全都是战争影片。地中海某处一艘载满难民的船只被炸。看到一个大胖子想游泳逃生，一架直升飞机紧追着他，观众们都觉得很开心。一开始你看见他就像一只海豚在水里扑腾，然后你透过直升飞机上的瞄准器看到他，接着，他的身上布满了弹孔，身边的海面变成了粉红色，他骤然沉了下去，似乎海水从那些弹孔渗进去了。当他沉下去的时候，观众们哄堂大笑。接着你看到一艘载满了孩子的救生船，有一架直升飞机在它的上空盘旋。船上有一个中年妇女应该是个犹太人坐在船头怀里抱着一个大约三岁大的小男孩。那个孩子正吓得嚎啕大哭把头埋在她的胸脯里似乎想钻进她的身体里那个女人双手搂着他安慰着他虽然她自己也吓得魂飞魄散，一直用身子尽可能地将他护住似乎她以为自己的胳膊可以把子弹从他身上挡开。接着直升飞机往他们头上投下一颗20公斤的炸弹一道耀眼的光芒闪过救生艇被炸得粉碎。接着镜头拍到了一个小孩的手臂一直往上飞往上飞往上飞飞到空中一定是直升飞机的机头装设的摄像机在进行跟踪拍摄党员的席位里响起了热烈的掌声但戏院里无产者的座位那边有一个女人突然间开始大吵大闹说他们不应该在小孩子面前播放这些在小孩子面前这么做是不对的直到警察将她带走我不知道她会出什么事没有人在意无产者说了些什么典型的无产者的反应他们从不——”

温斯顿停下了笔，一部分原因是他的身子在痉挛。他不知道是什么驱使他写下了这一连串废话。但奇怪的是，在他写东西的时候，脑海里清楚地浮现出完全不同的回忆，他很想将这一回忆写下来。现在他意识到，是另外这件事让他今天突然决定回家开始写日记。

今天早上在真理部里发生了这件事，假如这么虚无缥缈的事情也可以用“发生”来形容的话。

快十一点整的时候，在温斯顿工作的记录司，大家正把椅子从小隔间里拉出来，摆在大厅中央那面大大的电屏对面，准备“两分钟仇恨仪式”。温斯顿正要走到中间那一排自己的座位时，两个他见过面但从未说过话的人不期而至。其中一人是个女孩，他经常在走廊里和她擦肩而过。他不知道她叫什么名字，但他知道她在虚构司上班。应该是这样——因为有时他见到她的双手沾满了机油，拿着一个螺丝扳手——她负责某台小说创作机器的维修工作。她是个相貌泼辣干练的女孩，大约二十七岁，头发浓密，脸上长着雀斑，动作像运动员一样矫健。她别着一条猩红色的腰带，那是“青年反性爱同盟”的标志。腰带在她的大衣上绕了几个圈，恰好勾勒出她臀部的曲线。打第一眼见面温斯顿就不喜欢她。他知道个中原因。那是因为她在竭力表现她玩曲棍球，洗冷水澡，参与集体远足，而且思想很纯洁。几乎所有的女人他都不喜欢，尤其是年轻漂亮的女人。女人，尤其是年轻的女人，是最忠心盲从的党的信徒，她们接受任何口号，充当业余间谍，搜寻离经叛道的异端。但他觉得这个女孩比其他女人更加危险。有一次他们在走廊相遇，她迅速侧着头瞥了他一眼，似乎一下子看穿了他的内心。他惊愕了一会儿，心里甚至掠过这么一个念头：她可能是隶属于思想警察的密探！当然，那是不大可能的事情。但是，他还是觉得很不自在，只要她在他身边出现，他总会觉得很害怕，而且充满了敌意。

另一个人是个男的，名叫奥布莱恩，是内部党员，身居要职，地位高高在上，具体在从事什么工作，温斯顿也不是很清楚。看到一位身穿黑色制服的内部党员走过来，椅子周围的人群暂时安静了下来。奥布莱恩是个结实的大块头，脖子很粗，长着一张粗俗野蛮却很有幽默感的脸。虽然他的相貌令人生畏，他的举止却很有魅力。他的习惯性小动作是扶稳鼻梁上的眼镜，这个奇怪的动作令人放松了心里的戒备——有一种说不清道不明的儒雅气质。这个动作让人想起一位十八世纪的贵族正递过他的鼻烟盒，假如还有人能想起这些事情的话。这么多年来温斯顿大约见过奥布莱恩十几回，深深地被他吸引着，但从未单独相处过，不只是因为他疑惑于奥布莱恩温文尔雅的举止和他那拳击手般的身材之间的反差，而且还因为他在心里悄悄认定——或许那只是他的一厢情愿——奥布莱恩的政治思想并非那么正统。他的样貌总是会让人有这么一番想法。又或者说，他的样貌不像是个正统人士，而像是个纯粹的知识分子。但不管怎样，看着他那张脸，你会想和他私底下单独聊聊天，假如你能骗过电屏的话。温斯顿从未尝试过去证实这个猜测——事实上根本没有机会这么做。这时奥布莱恩看了一眼腕表，看到就快十一点整了，显然他决定待在记录司，直到“两分钟仇恨仪式”结束才走。他在温斯顿那一排的一张椅子上坐了下来，相距只有两个位置。一个在温斯顿旁边小隔间工作的褐黄色头发、身材娇小的女人就坐在两人的中间。那个黑发女孩则坐在他身后。

接着，房间尽头那面大大的电屏传来刺耳的演讲，就像一台没有上润滑油的机器在运转。那种声音让人牙关打战，脖子后面的汗毛直竖。仇恨仪式开始了。

和往常一样，全民公敌埃曼努尔·古德斯泰恩的脸出现在屏幕上。人群中到处响起了嘘声。那个长着褐黄色头发、身材娇小的女人发出夹杂着恐惧与厌恶的尖叫。古德斯泰恩是变节的叛徒和罪人，很久以前（没有人记得到底是多久之前了）曾经是党的领袖之一，几乎与老大哥平起平坐。后来他因反革命罪行被判处死刑，却神秘地逃走了，自此销声匿迹。“两分钟仇恨仪式”的内容每天都会变更，但古德斯泰恩总是众矢之的。他是最早玷污了党的纯洁性的大叛徒。所有后来的反党罪行、所有的阴谋诡计、破坏活动、异端思想、离经叛道都直接出自他的唆摆。他还活着，匿藏在某个地方，酝酿着他的阴谋：或许是在远渡重洋的外国，接受他那些外国主子的庇护；甚至有可能——这只是时而听说的谣传——就躲在大洋国境内。

温斯顿的瞳孔收缩着。一看到古德斯泰恩的脸，他就会有一种痛苦而五味杂陈的感觉。那是一张瘦削的犹太人的脸庞，头顶白发苍苍，蓄着稀疏的山羊胡——长得很聪明，但带着一种与生俱来的可鄙气质，长而尖的鼻子有种老年痴呆的感觉，鼻梁上架着一副眼镜。这张脸长得很像一头绵羊，而他的声音也很像绵羊的叫声。古德斯泰恩一如既往在发表对党的信条的恶毒攻讦——如此夸张而有悖常理，连一个小孩子都可以洞察其本质，却又貌似很有道理，足以让人心生警惕：要是其他人没有同样高的觉悟，或许就会受其影响。他在诋毁老大哥，他在谴责党的专政，他要求大洋国立刻与欧亚国缔结和约，他在鼓吹言论自由、出版自由、集会自由和思想自由，他在歇斯底里地哀号着革命被背叛了——语速很快，而且单词长而拗口，与党的发言人的说话习惯如出一辙，甚至还运用了新话的词汇，事实上，比任何党员在日常生活中所使用的新话词汇还要多。与此同时，为了防止有人被古德斯泰恩这一番似是而非哗众取宠的话所蒙蔽，在电屏上他的头像后方，一直在播放着欧亚国军队无穷无尽的方阵——一列又一列神情木然的亚洲人的面孔从屏幕的底部出现，然后消失，被几乎一模一样的别的士兵所取代。这些士兵的军靴单调的步伐声成为了古德斯泰恩咩咩叫的演讲的背景伴奏。

仇恨仪式还没进行三十秒，房间里就有一半的人开始失去自控力破口大骂。那张自我陶醉的绵羊一样的脸庞和它后面欧亚国军队可怕的武力威胁实在令人无法忍受。而且，看到，甚至只是想到古德斯泰恩就会自发引起恐惧与愤怒。他比欧亚国或东亚国更一贯遭到仇视。大洋国总是在和这两个国家中的某一方打仗和与另一方结盟。但奇怪的是，尽管古德斯泰恩被每个人所痛恨唾弃，尽管每天得有上千次，他的那套谬论在讲台和屏幕上，在报纸和书籍里被反驳、攻讦、嘲讽，被人民大众弃之如敝屣——尽管如此，他的影响力似乎从未减弱。总是有人被他蒙骗，甘心受他唆摆。每天都会有受其指使的密探和破坏者被思想警察抓获。他是一支庞大的影子军团的司令，和一帮同谋者成立地下组织，妄图颠覆国家。这个地下组织的名字似乎叫做“兄弟会”。而且谣传有一本可怕的书，概括了一切异端思想，作者就是古德斯泰恩。这本书到处传播但没有书名。人们提到这本书时都会简单地称其为“该书”。不过人们都是通过云里雾里的传闻了解到这些事情的。任何普通党员假如可以避免的话，都不会提起“兄弟会”和“该书”。

到了第二分钟，仇恨仪式达到了癫狂的程度。人们上窜下跳，以最大的嗓门怒吼着，努力想盖过屏幕里发出的声音。那个头发褐黄个头娇小的女人脸涨得通红，嘴巴一翕一张，仿佛是一条搁浅在陆地上的鱼。连奥布莱恩那张威严的脸也涨得通红。他笔直地端坐在椅子上，健壮的胸膛胀了起来，微微颤抖着，似乎在抵御浪涛的侵袭。温斯顿身后那个黑头发的女孩开始叫嚷着：“猪猡！猪猡！猪猡！”突然间她拿起一本厚厚的新话词典，朝屏幕扔了过去。词典砸中了古德斯泰恩的鼻子，弹了开来，但无情的声音继续说下去。温斯顿的头脑虽然还很清醒，却发现自己和其他人一起叫嚷着，狠狠地踢着椅子的横档。“两分钟仇恨仪式”的可怕之处在于，一个人并没有被强迫参与其中；恰恰相反，不想参与是根本不可能的事情。只消半分钟的功夫，任何伪装矫饰都变得毫无必要。所有人都像被电击了一样，情不自禁地变成了面目狰狞失声尖叫的疯子，陷入恐惧和怨恨的癫狂状态，一心只想着杀戮、虐待、用大铁锤将别人的脸砸烂。但那股狂暴的情绪虚无缥缈而没有指向，就像焊灯的火焰，可以从一个事物转向另一个事物。因此，有那么一会儿，温斯顿的仇恨并没有冲着古德斯泰恩而去——恰恰相反，他痛恨的是老大哥、党和思想警察。而在这样的时刻，他深深地同情着屏幕上那个被众人嘲弄的孤独的异端者——在这个充满谎言的世界上，那个人是真理和理性唯一的捍卫者。但紧接着，他和身边的人站在了同一立场，他似乎觉得对古德斯泰恩的种种诋毁都是真的。这时候，隐藏在他内心深处对老大哥的仇恨变成了热爱，老大哥似乎变得巍峨高大起来，是战无不胜无所畏惧的守护者，像岩石般屹立不倒，抵御着亚洲的游民部落和古德斯泰恩的侵袭。而古德斯泰恩尽管只是一个孤独无助的人，连是否真的还活在世上也尚未可知，但他就像一个邪恶的巫师，光靠言语的力量就足以将文明摧毁。

通过自发的行动，一个人时常能将他的仇恨转移开来。突然间，就像一个人在梦魇中艰难地把头在枕头上扭到一边那样，温斯顿将他的仇恨从屏幕上的那张脸转嫁到了后面那个黑发女孩身上。生动而美妙的幻觉在他的脑海里闪现。他想拿一根橡胶警棍将她活生生打死。他想将她赤身裸体地绑在木桩上，将她乱箭射死，就像圣人塞巴斯蒂安[①]殉难一样。他要强暴她，在高潮的那一刻割开她的喉咙。而且，他比以往更加清

① 圣塞巴斯蒂安（St. Sebastian，？—268），古罗马帝国德奥克里先大帝（Emperor Diocletian）时期的基督教殉道者，传闻是被绑在木桩上，乱箭射死。

楚地意识到为什么他会恨她。他恨她，因为她年轻貌美却没有性欲，因为他想和她上床但从未遂愿，因为她那柔软迷人的腰肢似乎在邀请你的胳膊将其搂住，却只有那条可憎的红色腰带缠在上面，咄咄逼人地标榜着她的纯洁。

仇恨仪式达到了高潮。古德斯泰恩的声音变成了一头羊咩咩的叫声，接着，那张脸变成了绵羊的脸。然后，羊脸变成了一个欧亚国士兵，似乎正在逼近，变成可怕的巨人，他的冲锋枪在咆哮，他似乎将从屏幕上一跃而出，前排有几个人真的被吓得坐在椅子上往后畏缩。但就在同时，那个敌人的形象变成了黑发黑须，象征着力量和镇定的老大哥的脸庞，大得几乎充满了整个屏幕，每个人都深深地松了口气。没有人听到老大哥在说什么。那只是几句鼓励的话，在炮声震天的战斗中所说的话，一个字也听不清楚，但只要说出口就足以重新鼓舞起信心。接着，老大哥的脸再次渐渐消失，取而代之的是大字写成的党的三句口号：

战争即和平

自由即奴役

无知即力量

但老大哥的脸似乎在屏幕上停留了几秒钟，仿佛那张脸在每个人的眼球中所形成的印象太过于生动鲜明，无法立刻消逝。那个长着褐黄色头发、身材娇小的女人俯身扑在前面的椅背上，朝着屏幕伸出了双臂，嘴里喃喃自语着："我的救主啊！"然后，她把脸埋在双手之中，显然正在祈祷。

这时，所有人都开始齐声深沉缓慢而有节奏地哼起了

"B—B！……B—B！"[①]哼了一遍又一遍，哼得很慢，第一个B和第二个B之间停了很久——就像某种蛮荒时代的阴沉沉的呓语，在背景声中似乎可以听到赤足的顿地声和手鼓的节拍声。他们一直哼了大约有三十秒钟，这是在情绪高涨的时候经常听到的叠歌。这不仅是一首歌颂老大哥智慧和威严的赞美诗，更是自我催眠的举动，以有韵律的声音刻意将意识扼杀。温斯顿的心里瓦凉瓦凉的。在"两分钟仇恨仪式"中，他会和大家一起陷入癫狂的状态，但这种似人非人、念咒一般的"B—B！……B—B！"总是让他心里充满了恐惧。当然，他和其他人一起神神叨叨，要做其它事情是不可能的。掩饰你的情感，控制你的脸部表情，别人做什么你也跟着做什么，这些都是本能的反应。但有那么几秒钟，他的眼神似乎出卖了他。而就在这时，那件意味深远的事情发生了——如果那件事情真的发生过的话。

那一瞬间他看到了奥布莱恩的眼睛。奥布莱恩已经站了起来。他摘下了眼镜，正以他那标志性的动作将眼镜放在鼻梁上扶好。但两人的眼睛对视了几分之一秒钟的时间，而就在这短暂的一刹那温斯顿意识到——是的，他**很清楚**！——奥布莱恩和他有着同样的想法。这是错不了的。似乎两人心灵相通，通过眼神传达了彼此内心的想法。"我和你在一起。"奥布莱恩似乎在对他说，"我知道你心里的感受。我完全清楚你轻蔑什么、你仇恨什么、你厌恶什么。但不用担心，我和你在一起！"接着，灵光一闪而逝。奥布莱恩变得和其他人一样面无表情。

---

① B—B是英文"老大哥"（Big Brother）的字母缩写。

就是这样。他不敢肯定这件事到底有没有发生过。这样的事情从来不会有任何后续进展。这样的事情只是令他坚信，或令他心生希望，在他身边有党的敌人。或许，关于那个庞大的地下组织的传闻确实是真的——或许“兄弟会”真的存在！尽管经历过无数次逮捕、招供和处决，要弄清“兄弟会”到底是不是只是子虚乌有的传闻仍然是不可能的事情。有时候他相信“兄弟会”确有其事，有时候他不相信。根本没有任何证据，只有一些杯弓蛇影的信息：几句捕风捉影的对话、公厕墙壁上语焉不详的涂鸦——甚至有一次，两个陌生人相遇了，他们的手势看上去似乎是在打暗语。这些纯属猜测：很有可能这些都是他的臆想。他回到自己的小隔间，没有再去看奥布莱恩一眼。他几乎没有去想如何延续他们俩那一瞬间的交流。即使他知道该怎么去做，这样做也实在是太危险了。就在那一两秒的时间内，两人交流了暧昧的眼神，事情就到此结束。但即使是这样，这也是在幽闭孤独的生活中值得记住的事情。

温斯顿打起精神，坐直了身子，打了个嗝，杜松子酒的味道从胃里涌了出来。

他的眼睛又聚焦在纸上。他发现当他坐在那儿无助地冥思时，手还一直在写个不停，似乎是某种机械动作。而且不再是刚才那潦草笨拙的笔迹。他在光滑的纸上信笔飞扬，以整洁的大字写下了什么呢？——

打倒老大哥

打倒老大哥

打倒老大哥

打倒老大哥

打倒老大哥

一遍又一遍，写满了半页纸。

他不由得慌张起来。这实在是荒唐，因为写下这些字句其实和他开始写日记的行为一样危险，但他很想将这几张纸给撕掉，彻底放弃写日记这件事。

但是，他没有这么做，因为他知道那是没有用的。无论他是写下了“打倒老大哥”，还是制止住自己没有写下这些话，两者并没有什么区别。无论他是继续写日记，还是不再写日记，两者也并没有什么区别。思想警察还是一样会找上他。他已经犯下了——即使他从未用笔在纸上写字，也等同于已经犯下了——包罗万象的严重罪名。他们称之为“思想罪”。思想罪是隐瞒不了的。你或许可以成功地隐藏一阵子，甚至隐藏上几年，但迟早他们都会找上你。

事情总是在晚上发生——逮捕行动总是在晚上发生。你突然间在睡梦中被弄醒，粗糙的手摇晃着你的肩膀，灯光明晃晃地刺痛你的眼睛，床边围着一圈严肃的脸庞。大部分逮捕没有经过审判，也没有逮捕报告。人们就这么消失了，大部分是在晚上。你的名字从登记册上被勾掉，你的所有履历都被删除，你曾经的存在被彻底否认，然后被遗忘。你被彻底清除毁灭：经常用的那个词是“人间蒸发”。

他陷入了歇斯底里的状态，开始写字，字迹仓促而潦草。

他们会枪毙我我不在乎他们会不会朝我后脑勺开枪我不在乎打倒老大哥他们总是朝你后脑勺开枪我不在乎打倒老大哥——

他靠在椅背上，有点为自己感到羞愧，放下了笔。突然他听到了敲门声，吓了一大跳。

已经来了！他像只老鼠那样一动不动地坐着，怀着枉然的希望：无论外面是谁，希望他敲一下门之后就会走开。但没有用，敲门声一直持续着。最糟糕的情况莫过于迟迟不开门。他的心忐忑不安，像在咚咚咚地打鼓，但由于长年的习惯，或许他的脸上没有流露出一丝表情。他站起身，脚步沉重地朝房门走去。

第二章

温斯顿将手搁在门把上时，看到那本日记本还摊开着搁在桌子上。上面密密麻麻地写着“打倒老大哥”这五个字，字体大得几乎隔着房间就可以看得一清二楚。他怎么会做出这么愚蠢的事情。但他发现，就算他吓得魂飞魄散，他也不愿在墨迹未干的时候把日记本合上，弄脏那光滑的纸面。他倒吸了一口凉气，打开房门，心里顿时涌过一股如释重负的暖流。门外站着一个面容憔悴苍白的女人，头发稀疏，脸上布满了皱纹。

“噢，同志，”她说话时声音很干涩，像在哀声抱怨，“我想我听到你进屋了。你能过来看看我家厨房的水槽吗？它堵住了，而且——”

那是帕森斯太太，同一层楼一位邻居的妻子。（党并不赞成用“太太”这个称呼——你应该称呼每个人为“同志”——但遇到有些女人，这个称呼本能地就会用上。）她大约三十岁，但看上去苍老得多，脸上的褶子让人觉得里面藏污纳垢。温斯顿跟在她后面穿过走廊。几乎每天他都得做这些烦人的业余修理工作。胜利大厦是老公寓，建于 1930 年前后，就快倒塌了。天花板和墙壁的石膏总是片片剥落，一遇到结霜水管就会爆裂，天一下雪屋顶就会漏水，供热系统虽然没有完全关闭，但总是只供应一半的暖气，目的是为了厉行节约。除非你能自己搞定，否则维修工作得经过高高在上的委员会的批准，就算是修补一面窗玻璃也可能得等上两年。

“当然，这只是因为汤姆不在家。”帕森斯太太含糊地说道。

帕森斯家的公寓比温斯顿的公寓大一些，别有一番脏乱的情形。每件东西看上去都破破烂烂的，似乎被人踩过一脚，仿佛曾有体型庞大的动物到这里肆虐过。体育器械——曲棍球棒、拳击手套、一个爆了的足球、一条里朝外翻转过来的汗淋淋的短裤——全部堆在地板上，桌子上摆满了脏兮兮的碗碟和书页卷了角的健身书籍。墙上挂着青年团和少年侦察队的红旗，还有一张全幅尺寸的老大哥的海报。和往常一样，屋里有一股煮卷心菜的味道，整座大厦都有这股味道，但汗臭味更加浓烈一些——而且你一闻就知道是某个现在不在这儿的人留下的汗味，虽然你说不出为什么会知道这一点。在另一间房里，电屏里还在播放着军乐，有人正拿着一把梳子和一张厕纸吹奏着，努力想跟上军乐的节拍。

“是孩子们。”帕森斯太太略带忧虑地看了房门一眼，“他们今天没出去，当然——”

她总是习惯在说到一半的时候就停下来。厨房那个水槽盛满了浑浊的绿水，就快溢出来了，比卷心菜的味道更难闻。温斯顿跪下来检查水管的角接头。他不喜欢动手，他不喜欢弯下腰，这老是会让他开始咳嗽。帕森斯太太看上去很无助。

“当然，要是汤姆在家的话他一下子就弄好了。”她说道，“他喜欢做这些事情。汤姆的手巧得很。”

帕森斯是温斯顿在真理部的同事。他略显肥胖但很活跃，是个很傻很天真的缺心眼笨蛋——那种完全不会提出质问，一心一意吃苦耐劳的人，比思想警察更加可靠地维持了党的稳定团结。三十五岁的时候他很不情愿地离开了青年团，而之前他是少年侦察队的成员，在超过法定年龄一年之后才加入了青年团。他在真理部从事的是不需要动脑筋的低端工作，不过他是体育委员会和其它委员会的先进分子，积极组织集体远足、自发游行、节约行动和义务劳动。他会抽着烟斗，带着无言的自豪感，告诉你过去四年来他每晚都会去社区中心露个面。无论他去到哪儿，身上总是有一股浓烈的汗味，暗地里提醒你他的生活有多么辛苦，即使他走开后，汗味仍然驱之不散。

“你有扳手吗？”温斯顿问道，摆弄着角接头上的螺帽。

“扳手，”帕森斯太太立刻显得踌躇不定，“我真的不知道。或许孩子们——”

又是一阵靴子的跺地声和吹着梳子发出的巨响，孩子们冲进了客厅。帕森斯太太拿来了扳手。温斯顿放空了积水，强忍着恶心将那团堵塞了水管的头发清理掉。他就着水龙头的冷水尽量将自己的手指洗干净，然后回到另一间房里。

“举起手来！”一个野蛮的声音喊道。

一个英俊而神情凶悍的九岁小男孩从桌子后面蹿了出来，拿着一把玩具自动手枪威胁着他，而他那小两岁的妹妹拿着一块木头摆出同样的姿势。两人都穿着蓝色短裤和灰色衬衣，戴着红领巾，这身打扮是少年侦察队的制服。温斯顿将双手举过头顶，感觉很不自在，因为那个孩子的态度是那么凶狠，完全不像是在玩游戏。

“你是叛徒！”小男孩叫嚷着，“你是思想犯！你是欧亚国的间谍！我会开枪打死你，我会让你人间蒸发，我会把你发配到盐矿去！”

突然间，两个孩子在他身边雀跃叫嚷着：“叛徒！”“思想犯！”小女孩模仿着哥哥的一举一动。这一幕情形有点吓人，就像在逗老虎幼崽玩一样，很快它们就会长大，变成食人猛兽。那个男孩子的眼里闪烁着刻骨的敌意——显然，他很想踢打温斯顿，而且他知道自己很快就会长大，将想法付诸行动。温斯顿心想，幸好他拿的不是真枪。

帕森斯太太的视线不安地从温斯顿身上转到孩子们身上，然后又转了回去。客厅的采光好一些，他饶有兴味地发现她脸上的褶子里真的藏着污垢。

“他们就是这么吵。”她说道，“他们很失望，因为他们不能去观看绞刑，所以才会这样。我太忙了，不能带他们去，而等汤姆下班回来又太晚了。”

“为什么我们不能去看绞刑？”那个小男孩大声嚷嚷着。

“要去看绞刑！要去看绞刑！”那个小女孩仍在雀跃叫嚷着。

温斯顿记起来了，几个欧亚国的囚犯因战争罪将于今天傍晚在公园里被处以绞刑。这种事情大概每个月会举行一次，是人们喜闻乐见的活动。孩子们总是吵着要去观看行刑的过程。他向帕森斯太太辞别，朝门口走去。但在走廊上还没走出六步远，有什么东西击中了他的后脖子，火辣辣的疼，似乎被一根炽热的铁丝扎了一下。他猛然转过身，刚好看到帕森斯太太把儿子拽进门道，那个小男孩把弹弓藏进口袋里。

“古德斯泰恩！”房门关上的时候，那个小男孩高嚷着。但令温斯顿最惊诧的，是帕森斯太太灰扑扑的脸上那无助而惊恐的神情。

回到公寓里，他快步经过电屏，又坐在桌子旁边，仍在揉着自己的后脖子。电屏里的音乐已经停了。一个字正腔圆的军人般的声音正在宣读刚刚在冰岛和法罗群岛之间抛锚固定的新型漂浮要塞的武器装备介绍，语调似乎有点暴戾。

他想，那个女人带着那两个孩子，生活一定充满了恐惧。再过一两年，他们就会日日夜夜地监视着她，看她有没有离经叛道的行为。如今几乎所有的孩子都那么可怕。最可怕的是，经过类似少年侦察队这样的组织的培养熏陶，他们被系统地改造成无法无天的小恶棍，但他们绝不会反叛党的纪律。恰恰相反，他们热爱党，热爱和党有关的一切：歌曲、游行、旗帜、远足、拿着木头步枪军训、高喊口号、崇拜老大哥——对他们来说，这些都是崇高的游戏的一部分。他们的一切憎恨都指向外界的目标，他们反对国家公敌，反对外国人、叛徒、破坏分子、思想犯。过了三十岁的人都害怕自己的孩子，这几乎成了正常的事情。而这是有理由的，因为基本上每个星期《泰晤士报》都会刊登一幅照片，描述某一个偷听父母谈话的小孩——通常被冠以“少年英雄”的称号——窃听到不可告人的内容，然后向思想警察告发自己的父母。

被弹丸击中的疼痛渐渐平息了。他漫不经心地拿起笔，思索着还要在日记本里写些什么。突然他又想起了奥布莱恩。

几年前——到底多久了？应该是七年前的事了——他梦见自己正走在一间漆黑的房间里。有个人坐在一边，当他经过的时候，对他说道：“我们将在没有黑暗的地方相遇。”声音非常平静，几乎可以说是随口说出来的——只是一句表白，而不是命令。他继续走着，没有停下脚步。有趣的是，当时，在梦中，这句话并没有在他心中留下很深刻的印象，直到后来他才渐渐地理解这句话的含义。他记不得是在做梦之前还是做梦之后与奥布莱恩第一次见面。他也不记得什么时候他第一次认出梦中的那个声音就是奥布莱恩的声音。但不管怎样，他认出了他的声音。在漆黑中对他说话的那个人就是奥布莱恩。

温斯顿一直不敢肯定——就算今天早上有过眼神上的交流，他还是不敢肯定到底奥布莱恩是敌是友。甚至可以说这件事似乎并不重要。他们之间相互理解，这比友爱或党员情谊更加重要。他曾说过“我们将在没有黑暗的地方相遇”。温斯顿不知道这句话到底是什么意思，只是知道这句话将以某种方式实现。

电屏里头的声音暂停了。凝滞的空气中传来嘹亮优美的军号声。那个声音几乎刺耳地说道：

“注意！大家请注意！马拉巴前线传来了最新消息。我们的部队在南印度取得大捷。经上级授权，我在此宣布，此次军事行动或许将大大缩短战争的进程。以下是新闻报道——”

温斯顿心想，坏消息要来了。一点不错——在血淋淋地描述欧亚国的军队如何被消灭殆尽，多少多少人被杀被俘之后，电屏里紧接着播出了一则通告：从下个星期起，巧克力的供给配额将从三十克减到二十克。

温斯顿又打了个嗝。杜松子酒的酒力开始消退，他现在只觉得很泄气消沉。电屏——或许是为了庆祝胜利，或许是为了让人们忘却巧克力减量的坏消息——大声地放起了《大洋国，一切都是为了你》。你应该起身肃立。但是，现在他坐在这里，没有人看得见他。

《大洋国，一起都是为了你》变成了轻音乐。温斯顿走到窗边，背对着电屏。天还是晴朗而寒冷。远处，一枚火箭炸弹爆炸了，传来了低沉的巨大回响。如今每星期会有二三十枚火箭炸弹落到伦敦。

下面的街道上，那张破破烂烂的海报被风吹拂着，不停地扑扇，上面“英社”那两个字时隐时现。英社。英社神圣的原则。新话、双重思想、历史的可变性。他觉得似乎自己在海洋底部的丛林里游弋，消失在一个怪异的世界里，而他自己就是一头怪兽。他很孤独。过去已经消逝了，而未来不知道会怎样。他怎么知道现在活着的人当中有没有一个人与他站在同一阵线呢？他又怎么知道党的统治不会永远继续下去呢？他看到了真理部白色的大楼那三句口号，似乎看到了答案：

战争即和平

自由即奴役

无知即力量

他从口袋里掏出一个两毛五的硬币。上面也用小而清晰的字体镌刻了那三句口号，另一面则镌刻着老大哥的头像。即使在硬币上，那双眼睛也在一直盯着你。硬币上、邮票上、书的封面上、旗帜上、海报上、烟盒的包装上——那双眼睛无处不在，一直在盯着你，它的声音包围着你。无论睡着或是醒着，工作或是吃饭，在室内还是在室外，洗澡还是上床——你都无处可逃。你拥有的，只不过是头颅里那几立方厘米的空间。

太阳西斜了，真理部层层叠叠的窗户上不再有阳光闪耀，看上去阴沉沉的，就像一座碉堡上面的枪眼。在它那庞大的金字塔形的阴影下，他的心缩成一团。这座建筑坚不可摧。一千枚火箭炸弹也无法将其轰倒。他的心里再次泛起疑惑，他是为了谁而写日记呢。为了未来，为了过去——为了一个或许只是虚幻的时代。迎接他的不仅会是死亡，而且将会是彻底的毁灭。这本日记将被烧成灰烬，而他则将人间蒸发。只有思想警察会阅读他写了些什么，然后将其销毁，从记忆中消除。当你连一丝痕迹也没有留下，连在一张纸上留下匿名的字句都无法做到时，你又怎么能向未来发出呼吁呢？

电屏鸣响了十四点。他必须在十分钟内离开。他必须在十四点三十分之前回去上班。

奇怪的是，报时的钟声似乎为他平添了新的勇气。他是一具孤独的幽灵，在唠叨着没有人会听到的真相。但只要他说出这些话，从某种意义上说历史的延续性就不会中断。延续人类道统的关键不在于有没有人听到你的话，而在于保持理智的清醒。他回到桌子旁边，浸了浸钢笔，继续写道：

“致未来或过去的人——那时候思想是自由的，那时候的人千姿百态，而且生活并不孤单——那时候还有真理这回事，做过的事情不容抵赖。

一封来自统一的时代，来自孤独的时代，来自老大哥的时代，来自双重思想的时代的信。

此致！”

他已经死了，思忖到他似乎觉得到了现在他才能明确表达自己的思绪，踏出关键性的一步。每一个行为的结果都蕴涵于行为本身。他写道：

“思想罪并不导致死亡；思想罪**就是**死亡。”

现在他已经知道自己是一具行尸走肉，重要的事情就是尽可能久地活下去。他右手的两根手指沾了墨水。就是像这样的细节可能会将你出卖。部里某个好事的狂热党员(或许是一个女人——就像那个长着褐黄色头发的小个子女人或虚构司的黑发女孩)会开始怀疑为什么他会在午休的时候写字，为什么他会用老式的钢笔，他写了些什么——然后跑到某个对口的部门告密。他走到浴室，仔细地用粗糙的深棕色肥皂将墨迹洗干净，那肥皂磨擦着皮肤，感觉就像一层砂纸，用来洗掉墨迹最好不过了。

他把日记本放到抽屉里。想着把它藏起来是没用的，但至少他可以确认它是不是被人发现了。在页脚上摆一根头发未免太过于明显，他用指尖撮起一粒肉眼看得见的白色沙尘，搁在封面的角落里，如果有人动过这本书的话，它就会掉落下来。

第三章

温斯顿梦见了他的母亲。

他觉得母亲失踪的时候，他应该才十或十一岁。她个头高挑，五官轮廓分明，沉默寡言，动作缓慢，长着一头美丽的金发。他对父亲的记忆更加模糊，只依稀记得他又瘦又黑，总是穿着整洁的深色衣服（温斯顿还记得父亲的鞋底非常薄），戴着眼镜。他们两人应该是在五十年代第一波大清洗的时候遇害的。

母亲正坐在他下方很深的地方，怀里抱着他的妹妹。他不记得妹妹长什么样了，只记得她是个孱弱的小婴儿，总是一声不吭，长着一双大大的、亮晶晶的眼睛。她们俩都抬着头看他。她们俩在地底下——好像是在井底或坟墓深处——那个地方已经在他下面，离他很远，而且越沉越深。她们在一艘沉船的雅座上，透过正在变暗的水，抬头看着他。雅座里仍有空气，她们仍可以看到他，而他也看得到她们，但她们就一直往下沉，往下沉，沉到绿色的水里，再过一会儿水就会将她们彻底淹没，再也看不见了。他就在光明和空气中，而她们却快被淹死了。她们沉进水中，是因为他在上面。他知道这一点，而她们也知道这一点。从她们脸上他看得出她们知道这一点。她们的脸上和心里都没有在责备他，只是知道她们必须死去，这样他才能继续活着，而这是不可避免的事情。

他不记得发生了什么事情，但他知道在他的梦中，出于生活所迫，为了让他活下去，母亲和妹妹牺牲了自己的生命。这样的梦，既保留了梦中场景的那种特质，同时却也是一个人精神生活的延续，从中你得以了解到一些事实与理念，而当你醒来时，那些事实与理念似乎仍然新奇而富有价值。现在让温斯顿突然间感到惊诧的是母亲的死。那已经是将近三十年前的事了，从某种意义上说，这种悲伤痛苦的事情不可能再发生了。他觉得悲剧只属于遥远的过去，那时候还有隐私、爱与友谊，那时候一家人会互相扶持，不需要问为什么。回忆起母亲让他心如刀割，因为她至死都爱着他，而那时候他太年轻太自私，无法回报她的爱；因为不知道出于何故，他已经不记得了，她是如何为了坚定不移的个人原则而牺牲了自己。他知道如今这种事情不会再发生了。如今只有恐惧、仇恨和痛苦，却没有精神上的尊严，没有深刻或复杂的悲哀。他似乎在母亲和妹妹大大的眼睛里看到了这一切，她们隔着绿水抬头看着他，她们在水底下数百英寻[①]的地方，而且还在继续往下沉。

突然间，他置身于夏天的傍晚，站在一块狭窄松软的草皮上，夕阳斜照，大地被镀上一层金辉。他眼前的风景经常在梦境中出现，他不能肯定是否在真实的世界里也见过这番景色。在他醒着的时候，他称之为“黄金国度”。那是一片古老的、兔子啃咬过的田野，有一条小径蜿蜒横穿而过，到处是鼹鼠的土洞。田野对面是参差不齐的篱笆，旁边长着榆树，轻风吹过，树枝微微颤动，茂密的叶子如同女子的秀发轻轻飘拂着。在不远的地方，虽然看不见，但有一条缓缓流淌的清澈的小溪，柳树下的水潭里鲦鱼正在畅游。

---

① 英寻(fathom)，英制长度单位。1 英寻 = 2 码 = 6 英尺，约合 1.85 米。

那个黑发女孩穿过田野，朝它们走去。似乎只是一个动作，她脱光了身上的衣服，厌嫌地将其扔到一边。她的身躯白皙光滑，但并没有勾起他的欲望——事实上，他几乎没怎么去看她的身躯。在那一刻他的心中激荡着对她将衣服抛到一边的那个动作的钦佩与赞美之情。她的动作是那么优雅洒脱，似乎可以将整个文化和整个思想体系消弭于无形，似乎手臂潇洒地那么一挥，老大哥、党和思想警察全都被视若无物。而那个动作也是属于遥远的过去。温斯顿醒来了，嘴里说出了“莎士比亚”这个名字。

电屏正发出刺耳的鸣笛声，以同样的音调足足响了三十秒。现在是七点十五分，办公室文员的起床时间。温斯顿扭动着身躯下了床——他赤身裸体，因为身为外部党员，他每年只有 3 000 点的布票，而一套睡衣就要花掉 600 点——拿起放在椅子上的脏兮兮的汗衫和短裤。三分钟后就是广播体操时间。他猛地咳嗽起来，整个人弓了下去，醒过来后他总是会咳嗽。他的肺都快咳出来了，得仰面躺下来，深深地吸几口气才能恢复呼吸。咳嗽使他的血管膨胀起来，静脉曲张溃疡开始发痒。

“第三十到四十组！”一个尖利的女声叫嚷着，“第三十到四十组！请就位。第三十到四十组！”

温斯顿在电屏前面立正站好，上面已经显示出一个年轻女人的样子，精瘦而结实，穿着束腰衣服和体操鞋。

“曲臂伸展运动！”她高声说道，“和我一起做。一、二、三、四！一、二、三、四！加油，同志，投入一点！一、二、三、四！一、二、三、四！……”

咳嗽虽然很难受，但温斯顿的脑海里还残存着梦境留下的印象，而健身操有节奏的运动多多少少恢复了他的记忆。他机械呆板地前后挥舞着手臂，脸上露出做广播体操时应有的冷漠而愉快的表情，他正在努力回忆童年时的情景。这实在是太难了。五十年代末之前的任何事情都已经模糊不清了。你没有外部记录可以查阅，连你自己的生平也模糊不清。你记得的只是一些或许并没有发生过的大事件，你记得一些事件的细节，却无法捕捉住当时的氛围，而且中间留下了许多空白，你不知道发生了什么事情。所有的一切都变了。连国家的名字和地图上的形状也变了。比方说，一号空降带那时候并不是这个名字。那时候叫英格兰或不列颠。不过，他很肯定伦敦一直都叫伦敦。

温斯顿无法明确地记得他的国家没有在打仗的时候，但在他童年的时候应该有过一段相当长的和平时期，因为他记得小时候发生过一次空袭，大家都猝不及防惊慌失措。或许就是那一次原子弹落到了科尔切斯特。他不记得空袭是怎么回事了，但他记得父亲抓住他的手，仓惶地绕着一段螺旋形的楼梯跑到地底下很深很深很深的地方。楼梯在他的脚下嘎吱发响，走到最后他的双腿实在是累得不行，他开始呜咽痛哭，父子俩只好停下来休息。他的母亲动作缓慢而迷离，被落在后面很远。她抱着他那还是婴儿的妹妹——或许她只是抱着一捆毛毯，他不记得妹妹那时候出生了没有。最后，他们来到一处拥挤嘈杂的地方，他发现那是一个地铁站。

石板地上到处都坐着人，有些人紧紧地挤在一起，坐在上下铺的铁架床上。温斯顿和他的父母亲在地上找了一处地方安顿下来，旁边是一个老汉和一个老妇，并排坐在一张铁架床上。那个老汉穿着一件得体的深色西装，头顶的黑鸭舌帽往后推到了后脑勺上，露出苍苍的白发。他脸色通红，蓝色的眼眸泪汪汪的。他散发着杜松子酒的味道，似乎从他的皮肤里渗出来的不是汗而是杜松子酒，你或许会以为从他眼睛里溢出来的泪水也是醇正的杜松子酒。不过，虽然他有点醉醺醺的，但他也受到真挚而无法忍受的痛苦的折磨。温斯顿以他孩子的心灵感知到可怕的事情刚刚发生了，那是无法原谅也无法弥补的事情。他似乎知道发生了什么事。那个老头挚爱的某个人——或许是他的小孙女——死掉了。每隔几分钟那个老头就重复着说道：

“我们不应该相信他们的。我说过了，老妈，不是吗？这就是相信他们的下场。我一直都这么说。我们不应该相信那帮混蛋的。”

但他们不应该相信哪帮混蛋，温斯顿就不记得了。

从那时起，战争就一直持续下去，但严格来说，已经不是同一场战争了。在他童年的时候，有几个月在伦敦发生了令人十分困惑的巷战，有的战斗他还记得很清楚。但要追溯整个战争时期的历史，说出在什么时候是哪些人在和哪些人打仗是根本不可能的事情，因为没有任何文字记录或口述记录提到过与当前政治联盟不同的政治形势。比方说，现在是 1984 年（假定真的是 1984 年），大洋国与东亚国结盟，正和欧亚国在打仗。无论是公共场合还是私底下的谈话，从来没有人说过这三方势力曾有过不同的合纵连横的情况。事实上，温斯顿清楚地知道，就在四年前，大洋国是与欧亚国结盟，在与东亚国交战。但这只是他刚好记得的一条偷偷私藏的信息，因为他的记忆并没有令人满意地受到控制。按照官方的说法，变更盟友这样的事情从来没有发生过。大洋国正与欧亚国为敌，因此大洋国一直以来都与欧亚国为敌。当前的敌人总是代表绝对的邪恶，因此无论过去还是未来，与之同路都是绝对不可能的。

恐怖的是——当他痛苦地强迫自己的肩膀往后仰时（他们双手托着臀部，以腰部为轴摇晃着身体，这个动作据说能锻炼背部的肌肉），他又一次想到了这个已经浮现过无数回的想法——恐怖的是，或许事实果真如此。如果党能够将魔掌伸到过去，说这件事或那件事**从未发生过**——那不是比酷刑和死刑更加可怕吗？

党说大洋国从未与欧亚国结盟。而他，温斯顿·史密斯，知道就在四年前大洋国曾经一度与欧亚国结盟过。但这一情况哪里有记录呢？这件事只存在于他的脑海里，很快就会被消除掉。如果其他人都接受了党制造的谎言——如果所有的记录都在讲述同一个谎言——那么谎言就会被当成历史，成为真相。“谁控制了过去，”党的口号说道，“谁就控制了未来；而谁控制了现在，谁就能控制过去。”而过去，虽然究其本质可以被改变，但从未被改变过。现在是真实的就永远都是真实的。这是很简单的事情。你要做的事情就是无休止地战胜你自己的记忆。他们称之为“现实控制”，在新话中叫做“双重思想”。

“稍息！”那个女教练嚷道，态度和蔼了一些。

温斯顿将双臂垂在身体两侧，缓缓地深吸了一口气。他的精神陷入了双重思想的迷宫中。他知道，又不知道。真相他完全了然于胸，而他说出口的都是精心构筑的谎言。他同时接受两种互相抵触的想法，他明明知道这两个想法完全冲突，却能两者都相信。以逻辑对抗逻辑；否定道德却又倡导道德；相信民主不可能实现，又相信党是民主的守护神；忘记一切应该忘记的事情，而当有需要的时候又能记得起来，然后立刻又将其忘却；而最重要的是，要将同样的思想过程应用于该过程本身。最高境界是这样的：你有意识地让自己陷入无意识状态，然后，又对你刚才所做的自我催眠毫无察觉。就连理解“双重思想”这个词你也需要运用双重思想。

那个女教练又命令他们立正。“现在，我们看看谁能碰到脚指头！”她热情地说道，“同志们，请从臀部开始。一、二！一、二！……”

温斯顿讨厌这个动作，让脚跟到屁股火辣辣的疼，而且最后总是会让他又猛烈咳嗽一番。他顾不上保持冷静而高兴的状态。他觉得其实过去并不只是被篡改了，而是被完全摧毁了。当你只有记忆而没有任何记录时，你怎么能够确认哪怕是最明显的事实呢？他想记起在哪一年他第一次听说老大哥的名字。他觉得那应该是六十年代的事了，但要得到确认根本没有可能。当然，在党史中，从革命伊始老大哥就一直担任领袖和守护者的角色。他的功绩渐渐被越推越前，甚至延伸到光怪陆离的三四十年代，那时候资本家仍戴着奇怪的圆柱形的礼帽，坐着闪闪发亮的小汽车或装着玻璃边厢的马车在街道穿行。他不知道这一幕情形到底是真实的还是杜撰出来的。温斯顿甚至不记得党是什么时候创立的。他相信1960年之前自己没有听说过“英社”这个词，但它在旧话中的形式可能是“英国社会主义”，也就是说——在此之前它就已经存在了。每件事情都消失在迷雾中。有时候，你能清楚地指出某件事是谎言。比方说，党史书籍里说是党发明了飞机，这件事不是真的。他记得很小的时候就有了飞机。但你无法证明什么。根本没有任何证据。生平中只有那么一次，他的手里掌握了确凿的证据，证实历史曾被篡改。而那一次——

“史密斯！”电屏里面那个沙哑的声音嚷道，“6079号温斯顿·史密斯！是的，就是你！腰弯低一点！你能做得更好的。你没有尽力去做。腰弯低一点！好多了，同志。现在，全体都有，稍息，看着我。”

温斯顿全身上下热汗淋漓。他仍然面无表情。不要表现出不悦！不要表现出憎恨！一个小小的眼神就会将你出卖。他站在那儿，看着那个女教练将双臂举过头顶——动作谈不上优雅，但很简练高效——然后弯下腰，将手指的第一个关节压在脚趾下面。

“看到了吧，同志！这就是我要看到你做到的。再看着我。我三十九岁了，生了四个孩子。现在，看好了。”她又弯下腰，“你看到了吧，我的膝盖没有弯曲。有心的话，你们都可以做到。”站直身子的时候她补充道：“任何不到四十五岁的人都绝对可以碰到自己的脚指头。不是每个人都能有奔赴前线浴血奋战的机会，但至少我们都应该保持健康。记住，我们的好男儿正在马拉巴前线奋战！还有漂浮要塞上的水手！想象一下他们所要克服的困难。现在，再试一下。好多了，同志，好多了。”女教练补充了一句鼓励的话，因为温斯顿猛地一俯身，膝盖没有弯曲就碰到了脚趾，这么多年来他第一次做到了。

第四章

一天的工作开始了，温斯顿将讲写器拉到身旁，将话筒上面的灰尘吹走，戴上眼镜，下意识地长长叹了口气，虽然他就在电屏跟前，也抑制不住自己。然后他将已经从办公桌右边的气动输送管中送过来的四个纸卷一一展开订好。

小隔间的三面墙上有三个孔。右边是讲写器和小小的气动输送管，用以传递书面指示；左边是稍大一点的气动输送管，用来传递报纸；而在端壁上有一个长方形的狭槽，外面罩着栅栏，温斯顿一伸手就可以够着。这个东西是用来处理废纸的。整座大楼有数以千计，甚至数以万计这样的狭槽。不仅每个房间都有，而且走廊里隔几步远就有一个。不知道为什么，它们被戏称为“记忆洞”。当一个人知道某份文件需要销毁，甚至看到一张废纸掉在地上时，他的本能反应就是掀起最近的记忆洞的栅栏，把要销毁的文档或废纸扔进去，一股热气流就会将东西运到隐藏在大楼某处的巨大火炉那里销毁。

温斯顿审视着那四张展开了的纸，每张纸上面只有一两行字，都是以简略的行话写成的——不是地道的新话，但大部分是新话的词汇——这是真理部内部通用的语言。内容如下：

《泰晤士报》17.3.84　修正老大哥非洲讲话误报

《泰晤士报》19.12.83　三年计划83年第四季度预测误印勘正本期

《泰晤士报》14.2.84　修正富部巧克力误报

《泰晤士报》3.12.83　报道老大哥当日命令双倍不好提及非人全部重写归档前送交审阅

温斯顿带着一丝满足感将第四则信息放到一边。这是一件需要高度细致和责任感的工作，得放到最后才进行。另外三件工作都是例行公事，但第二件工作或许意味着单调乏味地审阅一连串数字。

温斯顿按下电屏上的“过期刊物”这个按钮，要求把应该修正的《泰晤士报》刊目送过来，刚过几分钟气动输送管就把它们送来了。他所收到的信息指明了哪些文章或新闻报道的内容由于某种缘故需要进行更改，用官方语言来说，是进行修正。比方说，三月十七号的《泰晤士报》刊登了前一天老大哥的讲话，他预测说南印度前线的局势将会保持平稳，而欧亚国不久将在北非发起进攻。结果呢，欧亚国最高指战部偏偏避开北非，在南印度发起进攻。因此，重新撰写老大哥的讲话非常必要，要能塑造他料事如神的形象。还有一次，十二月十九日的《泰晤士报》刊登了官方对 1983 年第四季度同时也是第九个三年计划第六季度各种消费品产量的预测。而今天这期杂志刊登了实际产量的报道，预测的每一个数字都错得很离谱。温斯顿的工作是修正原来预测的数据，使它们和后来的数字相一致。第三则信息指出了一个非常简单的纰漏，只消几分钟的工夫就可以搞定。不久前，就在二月份，富足部许下了承诺(用官方的词汇讲，“确保”)，说在 1984 年全年巧克力的定量供应不会削减。事实上，正如温斯顿所预料到的，从这周末开始巧克力的定量供应从三十克削减到了二十克。而他需要做的，就是将原来的承诺改成一则警告，说四月份的时候如有必要，定量供应将会减少。

温斯顿处理完每一则信息后，就将他口述记录下来的更正文字夹在相对应的《泰晤士报》刊目里，然后将它们放回气动输送管。接着，几乎是出于下意识的动作，他将最初送来的指示和自己写了字的纸条统统扔进记忆洞里面，付之一炬。

这些气动输送管通向看不见的迷宫，他不知道里面具体会发生什么事情，但他大体知道会是怎么一回事。当哪一期需要更正的《泰晤士报》所有的修改文字都已提交并校勘完毕后，该期刊物就会被重新印刷，原来的刊物被销毁，由修正过的版本取代，进入档案。这一从不间断的修改过程不仅应用于新闻报纸，而且应用于书籍、期刊、小册子、海报、传单、电影、音轨、卡通和相片——任何一种有政治意义或意识形态意义的文字材料或档案。日复一日，甚至分分秒秒，历史总是被不断修正、与时俱进。这样一来，党所作出的每一个预测都可以通过档案得以证实是正确英明的。而任何新闻或意见，只要与当前的需要不相一致，都不得存在于记录中。所有的历史都被不断改写，只要有必要，就将原有的史实推翻，重新书写内容。一旦完事，没有人能够证实历史曾经被篡改过。记录司规模最为庞大的部门要比温斯顿现在上班的办公室大得多，里面有专人负责追踪收集所有业已被取代的书籍、报纸以及其它档案资料，并将其销毁。有几期《泰晤士报》由于政治联盟的变动或老大哥的预言没能准确实现，被改写了十来次之多，仍然以原先的刊号摆放在档案中，没有一份原来的版本能指证它曾被篡改过。书籍也遭受被召回并反复改写的命运，然后重新发行，没有人能够指出里面的内容已被篡改。就连温斯顿收到的那些书面指示也从未提及或暗示要进行信息伪造，上面只是说要对疏漏、笔误、印刷错误或引用错误进行修正，为的是使报道更加准确，而且温斯顿处理完工作后就会立刻将那些书面指示销毁。

但事实上，在修改富足部的数字时，他觉得这根本称不上是捏造事实，只是用一则胡说八道的信息替代另一则胡说八道的信息。你所处理的材料与现实世界根本八竿子打不着。原先的数据和经过修正的数据全都是虚构出来的。很多时候，你就在自己的脑海里凭空想象。比如说，富足部预计本季度靴子的产量是 1.45 亿双，而实际产量只有 6 200 万双。而温斯顿将预测的数字修正为 5 700 万双，这样一来就满足了超额完成生产目标的要求。但无论是 6 200 万还是 5 700 万还是 1.45 亿，统统都不是事实。很有可能，根本一双靴子也没有制造出来。更有可能的是，没有人知道到底生产了多少双靴子，对此也毫不在乎。每个人所知道的，就是每个季度名义上都有天文数字一般的靴子被生产出来，而大洋国或许得有一半的人民没有鞋穿。每一个记录在案的事实，事无大小，也都是如此。一切都消失在朦朦胧胧的世界里，到最后，连年份和日期都无法加以确认。

温斯顿瞥了一眼大厅。在对面的小隔间里，一个下巴发青、打扮得油光水亮的小男人正在忙碌地工作。他叫提洛岑，膝盖上放着一份折起来的报纸，嘴巴紧挨着讲写器的话筒。看样子他似乎不想让别人听到他正在对着电屏说些什么。他抬头看了一眼，眼镜闪过一道仇恨的光芒，直指温斯顿这个方向。

温斯顿和提洛岑不熟，也不知道他在从事什么工作。记录司的工作人员不会谈论自己的工作。在长方形、没有安窗户的大厅里有两排小隔间，不停地响着纸张的沙沙声和对着讲写器压着声音说话的嗡嗡声。这里有十几个工作人员，虽然温斯顿每天看见他们在走廊里匆忙奔走或在“两分钟仇恨仪式”中手舞足蹈，却连他们的名字都不知道。他知道他隔壁小隔间里那个长着褐黄色头发、身材娇小的女人每天奔波忙碌，她要做的事情就是追踪并删除报刊上面已经人间蒸发者的名字，因为这些人被视为从未在这个世界上存在过。由她做这份工作再合适不过了，因为她自己的丈夫几年前也人间蒸发了。隔着几个小隔间坐着一个斯文萎顿、似乎正在做白日梦的家伙，他的名字叫安普弗斯，长着毛茸茸的耳朵，非常擅长韵律诗和格律诗。他正在篡改那些在意识形态方面犯了错误但出于某种原因必须保留在诗集中的诗歌——他们将篡改过的作品称为修订本。而这间大约有五十个工作人员的大厅只是庞大复杂的记录司里的一个小科室，一个小小的细胞而已。在它的前后上下左右，还有无数其他工作人员在从事难以想象的复杂工作。这里有极为宽敞的印刷车间，部门编辑和排版专家在装备精良的工作室里伪造相片；这里有电屏节目部门，工程师、制片人和一队队精心挑选的仿声特型演员在这里工作；这里有许多书目文员，他们的工作就只是列出需要被召回的书目和期刊的清单；这里有巨大的贮藏室，用以保存已经修正过的档案；还有隐蔽起来的火炉，用于销毁原来的那些书刊报纸。在某个匿名的地方，负责指挥工作的主脑人物正在调度安排所有的工作，制定政策，指示历史的哪一个部分应该保存，哪一个部分应该加以篡改，哪一个部分不应该继续存在。

而记录司本身只是真理部的一个部门而已。真理部的主要职责不是重新构建历史，而是向大洋国的公民供应报纸、电影、课本、电屏节目、戏剧、小说——各种各样的信息、指导或娱乐，从一尊雕像到一则口号，从一首韵律诗到一部传记作品，从小孩子的拼写课本到一册新话词典。真理部不仅要满足党的各种需求，而且还有另外一班人马在为无产阶级谋福利。这里有一个包罗万象的独立部门，专门负责处理无产阶级文学、音乐、戏剧和娱乐。这个部门编撰毫无价值的报纸，里面除了运动、犯罪和占星术之外几乎没有其它内容，此外还有诲淫诲盗的五便士一本的短篇小说、色情电影和缠绵悱恻的情歌，这些全都是由一个类似于万花筒、名叫“创作器”的机械设备创作而成的。甚至还有一个科室——在新话中的名字叫色情科——专门制作低俗无比的色情内容，密封之后被运走，除了负责制作的人外，党员一律不得翻阅。

温斯顿在工作时，三则信息从气动传送管里滑了出来，但任务都很简单，在“两分钟仇恨仪式”打断工作之前，他已经将它们处理好了。“仇恨仪式”结束后，他回到自己的小隔间，从架子上拿下新话词典，将讲写器推到一边，擦拭干净眼镜，然后开始进行今天早上主要的工作。

温斯顿生活中最大的乐趣就是寄情于他的工作。大部分工作是枯燥乏味的例行公事，但有的工作错综复杂，很有难度，让你醉心其中，就像在解一道数学题时会忘乎所以一样——你得精心伪造信息，没有什么可以作为指导，你只能凭借着自己对英社原则的理解，并猜测党会要你怎么处理。温斯顿很擅长这种事情。有时候他甚至被安排了修正《泰晤士报》社论的工作，这些社论完全是用新话撰写而成的。他展开刚才放在一边的那则信息，里面的内容如下：

《泰晤士报》3.12.83　报道老大哥当日命令双倍不好提及非人全部重写归档前提交审阅

在旧话（或标准英语）中，这则信息或许可以这么解读：

“1983年12月3日《泰晤士报》关于老大哥命令的报道非常令人不满意，里面提到的个体根本不存在于这个世界上。全文重新改写，并在归档之前将稿件送交上级审阅。”

温斯顿将那篇出了岔子的文章通读了一遍。似乎当天老大哥的命令主要是在褒扬一个名叫FFCC的机构所做的工作。这个机构为漂浮要塞的水手和船员供应香烟和其它慰藉。一个名叫威特斯的同志是身居要职的内部党员，被单独点名并予以授勋嘉奖，荣获二等功勋奖章。

三个月后，FFCC突然无缘无故被撤销了。可以想象得到，威特斯和他的下属如今声名狼藉，但这件事在报刊或电屏都没有报道。这是意料之中的情况，因为政治犯被审判或被公开谴责是罕有的事情。在大清洗中，成千上万的人被牵涉其中，叛徒和思想犯受到公开审判，并可怜巴巴地坦白自己的罪行，最后被处决，但这种特殊的公审几年才发生一次。更普遍的现象是，那些反党分子凭空消失了，从此音讯全无。他们身上到底发生了什么事情无人知晓。他们当中或许有的还活着。在温斯顿认识的人中，不算上他的父母亲，有三十个陆续消失了。

温斯顿轻轻地用回形针挠了挠鼻子。在对面的小隔间里，提洛岑仍然鬼鬼祟祟地趴在讲写器旁边。他把头抬起了一会儿，眼镜又闪烁着那充满敌意的光芒。温斯顿不知道提洛岑同志是不是在从事着和自己同样的工作。这是完全有可能的事情。太棘手敏感的工作从来不会交给单独一个人处理，但另一方面，交给一个团队去做又等于公开承认捏造事实的行径正在发生。很有可能，有十来个人正在同台竞技，撰写不同版本的老大哥讲话，然后内部党员的某位主脑人物会从中挑选一个版本，加以编辑，然后经过一番必要的交互引用的复杂流程，最后，被选中的谎言就会成为永久记录，成为真理。

温斯顿不知道为什么威特斯会身败名裂。或许是因为贪污或失职；或许老大哥只是将一个太受欢迎的下属清理掉；或许威特斯或某个他身边的人被怀疑有异端倾向；又或许——这是最有可能的情况——这种事情之所以发生，是因为清洗和人间蒸发是政府机制中必要的组成部分。信息中唯一确凿的线索是“讲述非人”这四个字，这意味着威特斯已经死了。当有人被捕的时候，你不能理所当然地认为他们死定了。有时候被捕的人会被释放，活上个一年半载，然后再被处决。很多时候，你明明以为已经死了很久的人会像幽灵一样在公审中出现，招供出几百个同伙之后再次消失，这一次就再也不会出现了。但威特斯已经是一个“**非人**”。他已不复存在，他从未存在过。温斯顿判定，仅仅将老大哥讲话的口风调转过来并不够。最好是将讲话内容改头换面，变得与原来的主题毫无关联。

他可以把这篇演讲写成司空见惯的对叛徒和思想犯的谴责，但这未免有点过于明显，而捏造前线战事大捷，或第九个三年计划获得超额生产的胜利或许牵涉太多的档案记录。他要做的，是写一篇完全虚构的文章。突然间，他有了灵感，决定塑造某个叫奥吉维同志的形象，该同志最近在战斗中英勇牺牲。有时候老大哥会在当日的命令中褒扬某个出身寒微的普通党员，他认为他们的生平与牺牲是其他党员应该追随的榜样。那天他应该在褒扬奥吉维同志。事实上，根本没有奥吉维同志这么一个人，但几行报道和几张伪造的相片就可以将其塑造出来。

温斯顿想了一会儿，然后把讲写器拉到身边，开始以熟悉的老大哥的文风撰写文章。老大哥的文风很有军人风格，又有点矫情，因为他很喜欢用设问句，然后立刻作出回答(同志们，从这件事情中我们可以得到什么教训？教训就是——这是英社基本原则的体现——等等等等)，很容易进行模仿。

三岁的时候，奥吉维同志就只玩军鼓、冲锋枪和模型直升飞机等玩具。六岁的时候——经特别批准，比规定早了一年——他加入了少年侦察队。九岁的时候他已经成为队伍里的指导员。十一岁的时候，他向思想警察揭发了自己的叔叔，因为他无意间听到了叔叔和别人在说话，他觉得里面有犯罪倾向。十七岁的时候，他已经成为了反性爱青年同盟的区组织领导。十九岁的时候，他设计出了一种手雷，方案被和平部采纳，在第一次武器实验中一颗手雷就炸死了三十一个欧亚国的战俘。二十三岁的时候，他在战斗中牺牲。当时他带着重要文件驾驶直升飞机飞越印度洋，几架敌机穷追不舍，他将机关枪绑在身上增加重量，从直升飞机上跳到海里，连同那些重要文件一起葬身大海——老大哥说，这样的牺牲实为万人所景仰。老大哥还对奥吉维同志生平的纯洁和一心一意进行了高度评价。他是个彻底的禁欲主义者，不抽烟，没有娱乐，坚持每天在体育馆里锻炼一小时，并且发誓终身不娶，因为他觉得婚姻和照顾家庭会让他无法二十四小时全情投入工作。在他的谈话中只有英社的原则思想，他以战胜欧亚国的敌人为生命中唯一的目标，积极追捕间谍、工贼、思想犯和叛徒。

温斯顿在内心里挣扎着是否要授予奥吉维同志功勋奖章，最后他决定不这么做，因为这会增加不必要的档案交互引用工作。

他又瞥了一眼对面小隔间的竞争者。他似乎知道提洛岑也在忙于同一件任务。他不知道谁的文章最后会被采纳，但他坚信会是自己的文章。一小时之前，他还没虚构出奥吉维同志，而现在他已经成为了事实。他觉得奇怪的是，你只能创造死人，却无法创造活人。奥吉维同志从未存在于现在，但存在于过去，而当伪造行为被遗忘时，历史中就真有其人，就像查理曼大帝或恺撒大帝一样，有着确凿的史实加以证明。

第五章

食堂在地底下的深处，天花板很低矮。排队吃午饭的人慢慢地往前挪。房间里已经满是人了，嘈杂的声音震耳欲聋。从柜台的栅栏里，炖汤的蒸汽扑面而来，带着一股酸酸的金属味道，但掩盖不住胜利牌杜松子酒的酒味。在房间的远端有一个小吧台，其实就是在墙上挖了个洞。在那里可以买到杜松子酒，一毛钱就能喝上一大口。

“可找到我要找的人了。”温斯顿身后冒出一个声音。

他转过身，原来是他的朋友塞姆，在研究司上班。或许，“朋友”这个词不是很贴切。如今你没有朋友，只有同志，但有的同志要比别的同志相处起来更开心一些。塞姆是个语言学者，研究新话的专家。事实上，他是编撰第十一版新话词典的庞大专家团中的一员。他身材瘦小，个头还没有温斯顿大，长着深色的头发和大而外凸的眼睛，带着哀愁而嘲讽的意味，和你说话的时候似乎在审视着你的脸庞。

“我想问你还有刮胡刀片吗？”他问道。

“一片也没有！”温斯顿有点内疚，回答得很急，“我哪儿都找遍了，但就是找不到刀片。”

每个人都在找你要刮胡刀片。事实上，他有两片没有用过的刀片，他一直攒着没用。刀片紧缺已经持续好几个月了。无论是什么时候，总会有一些生活必需品是党的商店无法供应的，有时候是羊肉，有时候是羊毛织品，有时候是鞋带，而现在是刮胡刀片。如果真要找的话，你只能近乎偷偷摸摸地到“自由”市场去碰碰运气。

“同一片刀片我已经用了六个星期了。”他又撒了个谎。

队伍又往前挪了一下。大家停下来后他又转身对着塞姆。每个人都拿着一个油腻腻的金属盘子，是从柜台尽头那堆盘子里拿过来的。

“昨天你去看处决囚犯的绞刑了吗？”塞姆问道。

“我在工作。”温斯顿漫不经心地说道，“我想观看电影的时候可以看到。”

“看电影可没那么带劲儿。”塞姆说道。

他那双带着嘲讽意味的眼睛在温斯顿的脸上游移不定，那双眼睛似乎在说：“我知道你。我看穿你了。我很清楚为什么你不去看处决囚犯的绞刑。”塞姆是个正统而恶毒的知识分子。他会以一种令人讨厌的沾沾自喜又心满意足的态度大谈直升飞机轰炸敌人的村庄、思想犯的审判与交待罪行，以及在友爱部地牢里的秘密处决。和他说话你总得费很大的劲儿让他离开那些话题，如果可能的话，让他谈论一下关于新话的专业术语，在这方面他是权威，而且内容很有趣。温斯顿微微转过头，避开那双漆黑的大眼睛的审视。

“那次绞刑蛮好看的。”塞姆回忆说，“我觉得他们把囚犯的腿绑在一起有点扫兴。我喜欢看他们踢腿的样子。而最好看的是，到最后舌头完全伸了出来，而且是蓝色的——鲜艳的蓝色。让我着迷的正是这一细节。”

“下一位！”那个拿着长柄勺、穿着白围裙的无产者叫嚷着。

温斯顿和塞姆将他们的盘子从栅栏下面推过去。盘子上立刻倒满了平时吃的午餐——一小碗灰红色的炖汤、一块面包、一小块奶酪、一杯没有加奶的胜利牌咖啡和一块糖精。

“那边有一张桌子，就在电屏底下。”塞姆说道，“我们走过去时顺便买一杯杜松子酒。”

杜松子酒倒进了没有把手的瓷杯里。两人穿过拥挤的房间，把盘子放在金属桌面上。有人在桌子的一个角落洒了些汤水，看上去脏兮兮的，像是呕吐的秽物。温斯顿拿起他那杯杜松子酒，停了一下，鼓起勇气将里面那闻起来有股汽油味的液体吞了下去。他眨巴着眼睛，挤出眼里的泪水，突然发现自己饿了。他开始大勺大勺地喝着炖汤，里面乱七八糟，有几块海绵状的粉红色的东西，应该是人造肉。直到炖汤吃得干干净净之后，两人才继续说话。温斯顿左后方的桌子旁边有人正在喋喋不休地说个不停，语速很快，而且急促含糊，就像鸭子嘎嘎嘎的叫声，在房间的响声中显得很刺耳。

“词典进行得怎么样了？”温斯顿抬高了嗓门以压过噪声。

“很慢。”塞姆回答，“我负责编撰形容词。真是太美妙了。”

一提起新话他的精神立刻为之一振。他把自己的盛汤小碗推到一边，一只秀气的手拿起面包，另一只手拿起奶酪，前倾着身子，这样他就可以不用扯着嗓门说话。

“第十一版将是具有决定性意义的一版。”他说道，“我们将彻底完善新话——它将具备最终的语言形态，成为大家唯一通用的语言。当我们完成这本词典后，像你这样的人就得从头开始学起了。我敢说你以为我们主要的工作是发明新的词汇。根本不是这样！我们在摧毁词汇——每天我们都在摧毁数以十计乃至数以百计的词汇。我们将语言简化为最基本的结构。第十一版词典里的每一个词到2050年都不会被淘汰。”

他饥饿地咬着面包，吃了好几口后才带着学究的热情继续说话。他那张黝黑枯瘦的脸眉飞色舞，他的眼睛不再带着嘲讽的神情，变得蒙眬迷离起来。

“摧毁词汇真是太美妙了。当然，删除最多的是动词和形容词，但名词中也有好几百个可以清除掉。不只是同义词，还有反义词。说到底，一个词只是作为另一个词的对立面而存在又有什么必要呢？一个词本身就蕴含了它的对立面。以‘好’这个词为例吧，如果有‘好’这个词，‘坏’这个词有存在的必要吗？‘不好’就可以表达出反面的意思了嘛，还更好呢，因为它就是‘好’的对立面，而‘坏’则不一定是这个意思。又比如说，如果你想表达比‘好’更强烈的意味，那一连串语义模糊一无是处的词汇，如‘优秀’和‘杰出’什么的，又有什么存在的意义呢？‘加好’就足以表达这个意思，如果你还想加强语义，说‘倍加好’就可以了。当然，我们已经在使用这些词语了，但到了新话的终极阶段，其它语言形式将彻底消失。到了最后，‘好’与‘坏’的概念将只有六个词语加以表示——而事实上，就只是一个词。温斯顿，难道你不觉得这很美妙吗？当然，这是源于老大哥的想法。”他想了一下，补充了这么一句。

听到老大哥的名字，温斯顿的脸上显现出热切的神情，但是塞姆立刻察觉得出他不够热情洋溢。

“你还没有真正理解新话，温斯顿。”他几乎是以伤心的口吻说道，“即使当你在书写新话的时候，你的内心仍在以旧话进行思维。我读过几篇你发表于《泰晤士报》的文章，写得不错，但那些是经过翻译的作品。你的心里仍在坚持旧话，坚持那些模糊不清而没有意义的细微含义。你无法理解摧毁单词的美妙之处。你知道吗？新话是世界上唯一一门词汇在逐年减少的语言。”

当然，温斯顿知道这一点。他微笑着，觉得自己最好不要开口说话。塞姆又咬了一口那块黑漆漆的面包，稍稍嚼了嚼，然后继续说道：

“难道你不明白，新话的目的就是为了限制思想的范围？到最后我们将使思想犯罪成为几乎不可能的事情，因为届时将没有表达犯罪的词语。任何需要表达的概念都只会用一个词语进行表达，含义非常明确，所有的附属含义都会被抹除和遗忘。在第十一版这本词典里，我们已经就快实现这一点了。但这个过程会很漫长，到你我死后很久仍将继续。每一年的词汇都会减少，而意识的范围也会随之逐渐缩小。当然，即使是现在，一个人也没有理由和借口犯下思想罪，这是能否自律和现实控制的问题。但到最后自律和现实控制将没有必要。当语言臻于完美时，革命就将大功告成。新话就是英社，而英社就是新话。”带着神秘的满足感，他补充道：“温斯顿，你有没有想过，等到 2050 年，活着的人将没有一个能明白我们现在正在进行的对话？”

“除了——”温斯顿疑惑地想说些什么，但打断了自己的话。

“除了那些无产者”这句话已经在他的舌尖打转，但他制止了自己，因为他不能肯定这句话会不会有离经叛道的意味。但是，塞姆已经知道他想说什么。

“无产者谈不上是人，”他轻描淡写地说道，“到了 2050

年——或许更早——旧话所蕴含的所有知识将会消失。从前所有的文学作品都已经被统统销毁了。乔叟、莎士比亚、弥尔顿、拜伦——他们将只存在于新话的版本中，不仅内容会有所改变，而且会变得与它们原本的内容完全相反。甚至连党的文学作品也会改变。甚至连口号也会改变。连自由的概念都已经消失了，又何来'自由即奴役'这句口号呢？整个思维方式将会发生改变。事实上，以后不会有我们现在所理解的思考这回事。正统思想意味着不思考——无须思考。正统思想就是无意识。"

突然间，温斯顿想到，真到了那么一天，塞姆就会人间蒸发。他确信这一点。塞姆太聪明了，他看得太透，而且说得太直白了。党不喜欢这样的人。终有一天他会突然消失。这个命运就写在他的脸上。

温斯顿吃完了自己的面包和奶酪。他坐在椅子上，稍微侧转身，喝着他那杯咖啡。在他左边隔壁的桌子边，那个说话声很刺耳的男人仍在说个不停。一个年轻女人背对着温斯顿坐着，或许是他的秘书，正在倾听他所说的话，看上去似乎他说什么她都热烈认同。不时地，温斯顿听到"我觉得你说得太对了，我同意你的看法"这样的话，声音很年轻，而且带着女性的傻气。但即使那个女孩正在说话，那个男人的声音也从未中断过一刻。温斯顿见过这个男的，但除了他在虚构司担任要职之外，对他一无所知。他约莫三十岁，脖子很有肌肉，嘴巴大而灵活。他的头微微往后仰，他坐的那个角度刚好让他的眼镜被灯光射到，温斯顿只看到两个空白的圆片，而看不到眼睛。有点让人觉得害怕的是，从他嘴里滔滔不绝说出口的话中几乎一个字也听不清楚，温斯顿只听到这么一句——"最终彻底消灭古德斯泰恩主义”——说得非常快，似乎全部连在一起，就像一行铸在一起的铅字。至于其它内容，那只是一通叽里呱啦的噪音。但是，虽然你听不清那个男的在说些什么，但你很清楚大体上的内容。或许他正在痛斥古德斯泰恩，并要求对思想犯和破坏分子采取更加严厉的措施；或许他正在严厉谴责欧亚国军队的暴行；或许他正在歌颂老大哥或马拉巴前线的英雄——这些都无关紧要。无论他说了些什么，你都可以肯定地说每个字都合乎正统思想，体现了纯粹的英社精神。温斯顿看着那张没有眼睛，嘴巴迅速张合着的脸庞，有种奇怪的感觉，似乎他不是一个真人，而是一具人偶。他说话根本没有经过大脑，直接就脱口而出。他说出的内容是由字句组成的，但那并不是真正意义上的说话：那是无意识下的神神叨叨，就像一只鸭子在嘎嘎嘎地叫。

塞姆沉默了一会儿，拿着他那把汤勺蘸着洒在桌子上的汤汁画图案。另一张桌子边的那个男的还在嘎嘎嘎地说个不停，虽然周围很嘈杂，但还是能听得很清楚。

塞姆说道：“新话里有这么一个词，我不知道你知不知道：‘鸭讲’，就像鸭子一样聒噪。这个词非常有趣，有两种截然相反的意思，用在敌人身上是贬义，而用在你认同的人身上则是褒义。”

毫无疑问，塞姆将会人间蒸发，温斯顿心里又这么想，觉得有点悲伤，虽然他很清楚塞姆看不起他，而且不大喜欢他，只要被他找到因由的话，他一定会告发自己是个思想犯。塞姆有点不大对头。他太聪明，不懂得收敛、高傲自大，也不懂得装疯卖傻保护自己。你不能说他怀有异端思想。他信奉英社的原则，他崇拜老大哥，他为胜利而欢呼，他仇恨异端，不仅是出于真心实意，而且态度非常狂热，能够紧跟时势，一般党员根本望尘莫及。但是，他总是有一副玩世不恭的派头，总是说一些最好不该说的事情，他读过太多的书，还总是去画家和音乐家聚集的栗子树咖啡厅。虽然法律没有明文规定也没有不成文的规矩禁止经常光顾栗子树咖啡厅，但那个地方笼罩着阴云。那些身败名裂的老一辈革命领导人在被最终清洗之前经常会去那里。据说，古德斯泰恩本人多年前有时就光顾过那里。塞姆的命运会是怎样并不难预料，但是有一件事可以肯定：要是塞姆察觉到温斯顿藏在心头的那些秘密想法，哪怕只有三秒钟，他也会立刻向思想警察告发他。当然，每个人都会这么做，但塞姆会比其他人更加积极主动。光有热情是不够的，正统思想应该是无意识的。

塞姆抬头看了一下。“帕森斯来了，”他说道。

他的语气似乎在补充说：“那个该死的傻瓜。”和温斯顿同住在胜利大厦的帕森斯正穿过房间走来——他中等个头，身材略胖，长着一头金发和一张青蛙般的面孔。他三十五岁，脖子和腰身已经长出了一圈圈的赘肉，但动作依然轻快如小男孩。他的样子就像一个大块头的小孩，虽然他穿着制服，但看到他你就不禁会想象他穿着少年侦察队那身蓝色短裤和灰色衬衣，戴着红领巾的样子。一想起他，你总会在脑海里浮现出他那胖嘟嘟的膝盖和卷起袖子的粗短胳膊。事实上，在集体远足或其它体育活动中，只要一有机会帕森斯就会换上短裤。他热情洋溢地和两人打招呼：“你好，你好！”然后坐了下来，身上散发出浓烈的汗臭味，红扑扑的脸上挂满了汗珠。他那股汗臭味实在是太呛人了。在社区中心看到湿漉漉的球拍把手你就会知道他刚打过乒乓球。塞姆拿出了一张纸条，上面写了长长的一行字，正拿着一支墨水铅笔检阅着上面的内容。

“看看他，吃午饭的时候还在工作。”帕森斯推搡着温斯顿，“真是积极，呃？你在看什么呢，老伙计？我猜都是些对我来说太费脑筋的东西。史密斯，老伙计，我告诉你哦，我一直在找你呢。你忘了交钱给我。”

“交什么钱？”温斯顿下意识地去掏钱。一个人的工资大约得有四分之一用于支付各种自愿的捐款，名目繁多，很难一一记录。

“为了仇恨周筹款。你知道的——家家户户都得捐钱。我是我们那栋楼的司库。我们将全情投入——上演一出好戏。告诉你吧，要是胜利大厦的旗帜不是整条街最大的，那肯定不是我的错。你答应过要给我两块钱。”

温斯顿掏出两张皱巴巴脏兮兮的钞票，递给了帕森斯，他在一个小本子里作了记录，字写得很端正，就像文盲写字一样。

“顺便说一下，老伙计，”他说道，“我听说我家那个小兔崽子昨天用弹弓打到你了，我狠狠地训斥了他一顿。我警告他要是再敢捣蛋的话就把弹弓没收。”

“我想他没能去看行刑有点不高兴。”温斯顿说道。

“啊，对哦——我要说的是，这体现了正确的态度，不是吗？他们俩都很调皮捣蛋，两个都是这样，但积极性可真是没的说！当然，他们一心想着就是少年侦察队和战争。你知道我家那个小女孩上星期六队里组织去伯坎姆斯提德远足的时候做了什么事吗？她叫上另外两个女孩，从远足活动里溜开，整整一个下午都在跟踪一个古怪的男子。她们足足尾随着他走了两个小时，穿过树林，然后到了亚莫沙姆的时候向巡逻队告发了他。”

“她们干吗要这么做？”温斯顿问道，心里有点吃惊。帕森斯带着胜利的口吻继续说道：

“我女儿肯定他是敌人的间谍——或许是利用降落伞空降过来的。但关键是这一点，老伙计。你觉得是什么让她对他起了疑心吗？她注意到他穿着一双样子很奇怪的鞋——她说她从未见过有人穿那样的鞋。因此，他有可能是外国人。她只是个七岁的小姑娘，很聪明吧？”

“那个男的怎么样了？”温斯顿问道。

“啊，这个我可就不知道了。但我可不会觉得奇怪，如果他——”帕森斯摆出步枪瞄准的姿势，嗒了一下舌头，模拟开枪的声音。

塞姆仍在读着那张纸，漫不经心地说道：“干得好。”

“我们当然不能掉以轻心。”温斯顿附和着。

“我想说的是，毕竟我们正在打仗。”帕森斯说道。

似乎为了印证他的话，他们头顶上的电屏传出了军号声。不过，这一次不是在宣布军事胜利，只是宣布富足部的一则通告。

“同志们！”一个年轻人热情洋溢地说道，“请注意，同志们！我们向你们传达一则好消息。我们迎来了生产线战斗的胜利！各类消费品的产量数字表明，生活水平比起去年提高了起码百分之二十。今天上午，大洋国举国上下自发举行了游行仪式，员工们走出工厂和办公室，高举旗帜走上街头，向老大哥表达对这一喜讯的感激和爱戴，在他的英明领导下，我们过上了幸福的新生活。以下是完成统计的数字。粮食产量——”

“我们幸福的新生活”这个词组重复了好几遍。最近富足部很喜欢用这个词组。军号声让帕森斯正襟危坐，专注而严肃地倾听着新闻报告，看上去很受启发，又有点无聊。他搞不清那些数字，但他知道它们带来了富足繁荣。他掏出一根脏兮兮的大烟斗，里面装着半烟斗焦黑的烟草。烟草每周限量供应一百克，很少有人能将烟斗装满。温斯顿正抽着一根胜利牌香烟，小心翼翼地横握着烟管。明天才有新的烟草发放，而他只剩下四根香烟了。现在他正将远处的噪音从耳朵里过滤掉，专注于电屏里传出来的报道。似乎群众自发组织游行，感谢老大哥将巧克力的供应增加到了每周二十克。而他知道昨天刚刚宣布巧克力的定量供应减少到了每周二十克。才过了二十四小时，他们就已经相信了吗？是的，他们相信了。帕森斯轻松地相信了，因为他蠢得像头牲畜。另外一张桌子边那个看不见眼睛的男人狂热地相信了，要是有人说上周的供应是三十克，将会受到义愤填膺的斥责，并将人间蒸发。而塞姆运用双重思想，也相信了。那么，是不是就只有他一个人仍记得这件事？

电屏继续传出不可思议的统计数据。和去年相比，粮食多了，衣服多了，房子多了，家具多了，饭锅多了，燃料多了，船只多了，直升飞机多了，书籍多了，孩子多了——什么东西都多了，除了疾病、犯罪和精神病。年复一年，分分秒秒，所有的个体和事物都在蓬勃地发展。和塞姆刚刚做的那样，温斯顿拿起汤勺，舀着洒落在桌子上的灰白色的肉汤，拉出一丝长长的痕迹画着图案。他满怀愤怒地思索着物质生活的方方面面。情况一直都是这样吗？食物一直都是这种味道吗？他环顾着食堂。天花板很低矮，房间里挤满了人。由于被无数身体摩擦过，四面墙壁都很脏。破破烂烂的金属桌椅摆得非常近，坐着的时候手肘总会碰到一起，而且汤勺是弯曲的，盘子都是缺了口的，白色的杯子都是粗制滥造的，每样东西都油腻腻的，裂缝里满是尘垢。到处都弥漫着一股混合着劣质杜松子酒、劣质咖啡、带着金属味的汤水和脏衣服的酸臭味。你的肚子和皮肤总是在提出抗议，心里有一种上当受骗、被剥夺了应有的东西的感觉。的确，他不记得情况有过大不一样的时候。他只记得任何时候饭都吃不饱，身上穿的内衣和袜子一直满是破洞，家具总是破破烂烂的，房间总是没有暖气，地铁总是挤满了人，房子总是摇摇欲坠，面包总是黑漆漆的，茶水总是味道寡淡，咖啡总是很难喝，而烟总是不够抽——除了人工合成的杜松子酒外，没有什么东西价格便宜而且数量充足。当然，随着年岁渐长，情况越来越糟糕。当一个人由于生活是那么不便、那么肮脏、物资那么稀缺而觉得难过，由于漫长的冬天、黏糊糊的袜子、从不运作的电梯、冰冷的水、粗糙的肥皂、老是会掉烟草的香烟、总是有股怪味的食物而觉得难过时，这些难道不足以表明生活本不应该如此吗？为什么一个人非得记得很久很久以前的情况曾经很不一样，他才会觉得无法忍受呢？

他又环顾着食堂。几乎每个人都那么丑陋，即使不穿着那身蓝色的制服也好看不到哪里去。在房间的远处，有一个身材瘦小、长得像蟑螂的男人正在喝着咖啡，一双小眼睛总是在狐疑地左顾右盼。温斯顿心想，如果你不去看周围情况的话，你会轻易地相信党所倡导的理想体格真的存在，甚至大部分人都是如此——身材高大肌肉发达的青年男子和金发大胸的年轻女郎，全都充满活力，肌肤晒成古铜色、无忧无虑。事实上，据他看到的情况判断，一号空降带的大部分人都身材瘦小，肤色黝黑，而且相貌丑陋。为什么各个部门里会有这么多长得像蟑螂的人：个子矮胖的小男人，早早就开始发福，腿脚很短，动作敏捷而鬼鬼祟祟，大胖脸上长着小眼睛，神情令人捉摸不定。在党的统治下，这种人似乎混得最好。

随着另一声嘹亮的军号响起，富足部的通告结束了，取而代之的是轻快的音乐。帕森斯被一连串数字鼓舞起热情，将烟斗从嘴里抽了出来。

“今年富足部干得真不赖。”他后知后觉地晃了晃脑袋，“顺便说一下，史密斯老伙计，我想你应该没有刀片让给我吧？”

“一片也没有。”温斯顿回答，“我自己用同一片刀片都用了六个星期了。”

“啊，好吧——只是问问而已，老伙计。”

“抱歉。”温斯顿回答。

在富足部发布通告时，隔壁桌子的聒噪声暂时停止了，现在又像刚才一样大声地说个不停。不知道为什么，温斯顿突然发现自己在想着帕森斯太太，想着她那头卷发和脸上的褶子里的污垢。再过两年，那两个孩子就会向思想警察告发她。帕森斯太太将会人间蒸发，塞姆也会人间蒸发，温斯顿也会人间蒸发，奥布莱恩也会人间蒸发，而帕森斯则永远不会人间蒸发，那个看不见眼睛老是聒噪不停的家伙不会人间蒸发。那些在部门迷宫一样的走廊里穿梭自如、长得像蟑螂一样的小男人也不会人间蒸发。那个黑发女孩，那个来自虚构司的女孩——她也永远不会人间蒸发。他似乎本能地知道谁能幸存，谁又会死去，但到底是什么让人幸存下来，这是说不清道不明的事情。

这时他被吓了一大跳，从遐想中清醒过来。隔壁桌了的女孩半转过身，正在看着他。她就是那个黑发女孩。她正侧着身子看他，神情很专注好奇。两人四目交投，她立刻转头看着别处。

温斯顿的脊梁开始冒出冷汗，心里觉得很恐惧，这种感觉稍纵即逝，但在他心里留下了挥之不去的阴影。为什么她在看着他？为什么她一直在跟踪他？不幸的是，他不记得当他坐下来的时候她是已经坐在那边的桌旁了呢，还是后来才过来的。但昨天在进行“两分钟仇恨仪式”时，不知出于何故，她就坐在他身后。很有可能她真正的意图是监听他，听他是否叫嚷得够大声。

他原先的想法又回来了：或许她并不是思想警察，而是业余的密探，而这种人是最危险的。他不知道她观察他有多久了，或许只是五分钟，很有可能他没有好好控制自己的言谈举止。在公共场合或在电屏的视线范围内走神是极其危险的事情。最细小的事情也会出卖你。一个紧张的抽搐、无意识的焦虑神情、习惯性的喃喃自语——任何反常或有事隐瞒的蛛丝马迹。不管怎样，脸上露出不恰当的表情（譬如说，当听到宣布胜利的消息时露出狐疑的神情）本身就是犯罪。在新话中甚至专门有一个词对其进行表述：这个词叫“脸罪”。

那个女孩又背对着他。或许，她其实并没有在跟踪他，或许连续两天她和他坐得那么近只是出于巧合。他把香烟给掐灭了，小心翼翼地放在桌边。工作结束后他再把烟抽完，假如他能让烟草还留在里面的话。邻桌的那个人很有可能是思想警察的密探，三天之内他可能就会身陷友爱部的地牢，但一个烟头也不能浪费。塞姆把他那张纸折好后放在口袋里。帕森斯又开始说话了。

“老伙计，我告诉过你吗，”他咬着烟斗，得意地笑了起来，“我那两个小鬼朝市场那个老妇人的裙子放火的事情？因为他们看到她用老大哥的海报包裹香肠。他们跟在她后面，用一盒火柴点火烧着她的裙子。我想她被烧伤了，伤得不轻。真是小混蛋，是吧？但这就是火辣辣的热情！那是现在他们训练少年侦察队的先进手段之一——比我那时候棒多了。你知道他们现在给他们配备什么最新款式的设备吗？通过钥匙孔进行窃听的号角状助听器！我家那小姑娘有一天晚上就带了一个回家——在我家的客厅门口试了一下，她觉得比起用耳朵听清晰度提高了一倍。当然，那只是玩具。但这能培养他们正确的观念，是吧？”

这时电屏响起尖利的哨声。这是回岗位工作的信号。三个人都站了起来，争着去搭电梯，温斯顿的那根烟里剩下的烟丝都掉光了。

第六章

温斯顿在日记里写道：

“三年前，一个漆黑的夜晚，在一座大型火车站旁边的窄巷里，她正站在墙里的门道旁边，头顶就是一盏街灯，灯光昏暗。她的脸很年轻，浓妆艳抹。吸引我的正是那层脂粉，白得像一张面具，还有那张涂得很鲜红的嘴。女党员从来不化妆。街上没有其他人，也没有电屏。她开价两块钱。我——”

这时他写不下去了。他闭上眼睛，手指揉着眼窝，将那一幕反复出现的情景给挤压出来。扯着嗓门吼出一连串脏话成为几乎难以抵挡的诱惑，或者以头撞墙，踢翻桌子，将墨水瓶扔出窗外——做什么暴烈、吵闹或痛苦的事情都无所谓，只要能将一直在折磨他的回忆暂时忘却就好了。

他觉得，你最大的敌人就是你自己的心智。在任何时候，你心里的压力很可能会转化为肉眼看得出的症状。他想起了几周前在街上路过时见到的一个人。那个人相貌普通，是个党员，年纪约莫三十五到四十岁，个头又高又瘦，拎着一个公文包。两人相距几米的时候，那个男人的左边脸颊突然由于痉挛而扭曲起来。两人擦身而过时他的脸再度扭曲：就那么抽搐颤抖了一下，就像相机的快门咔嚓一下就过去了，但显然是习惯性的举动。他记得自己当时心里想着：这个可怜的家伙完蛋了。而令人觉得恐惧的是，这其实很有可能是下意识的动作。而最要命的危险是说梦话。他觉得这根本没办法防备。

他吸了口气，继续写道：

“我和她走进门道，穿过后院，来到地下室的厨房。墙边放着一张床，桌子上摆了一盏灯，灯光调得很暗。她——”

他觉得牙齿发软，他想作呕。和那个女人在地下室厨房的时候，他想起了自己的妻子凯瑟琳。温斯顿已经结婚了——结过婚，或者说仍然处于已婚的状态，因为他知道自己的妻子还没死。他似乎又闻到了地下室厨房闷热的味道，那是一股混合着甲虫、脏衣服和廉价香水，臭不可当的味道，但很有吸引力，因为没有女党员会用香水，你也想象不出她们会这么做。只有无产者们会用香水。在他的心目中，香水味和通奸总是联系在一起。

他跟着那个女人走了，那是两年来他第一次出轨。当然，和妓女苟合是严令禁止的，但有时候你会鼓起勇气违反这一规定。这种事情很危险，但不至于关乎生死。招妓被抓会被判进劳改营五年，如果没有其它罪名的话，这就是最高的刑罚。而招妓是很容易的事情，只要你能不被逮到。在贫民区到处都是愿意卖身的女人。有的出一瓶杜松子酒就可以成交——无产者们被禁止喝酒。暗地里党甚至倾向于鼓励卖淫，因为本能无法完全压抑，而卖淫是宣泄的途径之一。纯粹的肉体放纵并不是什么严重的罪行，但不得公开，也不能享受快乐，只能嫖那些下层阶级的女人。而党员之间的淫乱才是不可容忍的罪行。但是——虽然在大清洗中总是有人会坦白自己犯了这样的罪行——很难想象这样的事情真的会发生。

党的目的不仅仅是要阻止男人和女人结成彼此忠诚的关系——这种关系不利于党的控制。党真正秘而不宣的目的是剥夺性行为的一切欢愉。无论是在婚内还是婚外，真正的敌人与其说是爱情，不如说是情欲。党员的婚姻必须经过受指派的委员会的同意，而且，那些似乎是出于肉体上互相吸引而希望结合的伴侣总是无法得到结婚许可——虽然这条规定从未明确地加以宣布。婚姻唯一受到认可的目的是生育孩子，为党服务。性交被视为恶心的小手术，就像灌肠一样。这一点当然没有加以明确的文字表述，但从孩提时期开始就以间接的方式对每一个党员的意识进行潜移默化的灌输。甚至有类似于青年反性爱同盟的组织鼓吹男女应该彻底单身。所有的孩子应该由人工授精（在新话中称之为“人授”）而孕育出来，并由公共机构抚养。温斯顿知道虽然这一构思无法真正实现，但它与党的意识形态是一致的。党在尝试扼杀性爱的本能，如果扼杀不了，那就将其扭曲，将其污名化。他不知道为什么会这样，但这似乎是天经地义的事情。党的工作在女人身上卓有成效。

他又想起了凯瑟琳。他们已经分居有九年、十年——或将近十一年了。他很少想到她，真是奇怪。有时候连续好几天他会忘记自己已经结过婚了。他们一起生活的时间大约是十五个月。党不允许离婚，但假如没有小孩的话鼓励分居。

凯瑟琳是个金发女郎，个头很高，身材笔挺，举止优雅。她长着一张凶悍的、鹰一般的脸庞，隐约有点贵族气质，但脑袋里其实空空如也。和她结婚没多久，他就发现——或许这是因为他了解她甚于了解其他人的缘故——她在方方面面都是他所遇见的人中最愚蠢、粗俗、无知的一个。她的想法没有一句不是党的口号，只要是党的命令，无论多么愚昧透顶的内容她都可以全盘接受。他在心里给她取了个绰号，叫“人体留声机”。但要不是为了一件事情，或许他愿意和她一直生活下去——性爱。

只要他一碰她，她似乎就会畏畏缩缩，全身僵硬。抱着她就像抱着一个有关节的木偶。奇怪的是，即使当她将他搂在怀里时，他总是觉得同时她也在用尽全身力气将他推开。她全身的肌肉收缩得紧紧的，让他产生了这种感觉。她会紧闭双眼躺在那儿，既不抵抗，也不配合，只是默默承受，实在是令人十分尴尬，而再过一会儿，感觉就会糟糕透顶。但即使是这样，要是两人商量好井水不犯河水的话，他也愿意和她一起生活下去。但奇怪的是，凯瑟琳拒绝这么做。她说如果可以的话，他们必须生一个小孩。于是，只要情况许可，他们会每周固定做爱一次。她甚至会在早上提醒他，似乎在交代某件晚上必须完成、不容遗忘的任务。她为这件事起了两个名字，一个是“生小孩”，另一个是“我们对党的责任”（是的，她真的这么说）。很快，当指定做爱的那一天临近的时候他就会觉得惶恐不安。不过，幸运的是，他们一直没有小孩。最后她同意放弃尝试，很快两人就分居了。

温斯顿静静地叹了口气，又拿起笔，写道：

“她往床上一躺，毫无前奏，以你所能想象的最粗俗不堪的姿势撩起自己的裙子。我——”

他见到自己站在昏暗的灯光下，鼻孔里闻到臭虫和廉价香水的味道，甚至到了这个时候，他还在想着凯瑟琳白皙的身体，在党的催眠下永远都是性冷感，令他的心中充斥着挫折感和愤恨。为什么事情总是得变成这样？为什么他不能拥有自己的女人，而是得隔上几年就做这些肮脏的事情泄欲？但真正的恋爱几乎是不可想象的事情。女党员都是这样。在她们身上，贞洁就像对党的忠诚一样根深蒂固。通过精心设计的早期引导，通过游戏和浇冷水，通过学校、少年侦察队和青年团喋喋不休的思想灌输，通过讲座、游行、歌曲、口号和军乐，她们已经没有了与生俱来的感情。他的理性告诉他一定会有例外，但他打心眼里不相信这个推论。正如党所希望的，她们一个个都冷若冰霜。除了被爱之外，他更渴望做到的，是打破那座贞节牌坊，即使这辈子只有那么一回也愿意。成功地做一次爱就是对体制的反叛。欲望就是思想罪。要是他能成功地唤醒凯瑟琳的性欲就好了，感觉就像在引诱她进行通奸，虽然她是他的妻子。

但故事还得继续写下去。他写道：

“我点亮灯，在光亮中看着她——”

从漆黑一片中转到煤油灯微弱的灯光下，光线似乎特别明亮。他第一次清楚地看见这个女人。他朝她走近了一步，然后停了下来，心里充满了欲望和恐惧。他痛苦地意识到自己到这儿来冒着多么大的风险。很有可能巡逻队会将他逮捕，或许他们这时就在门外等候着。他只想走开，放弃他到这儿来想要做的事情——！

这些必须写下来，必须坦白地说出来。在灯光下，他突然看到那个女人是那么苍老。她的脸上涂着厚厚的脂粉，看上去似乎开裂了，像一张硬纸板面具。她的头发里有许多道白绺，而真正可怕的是，她的嘴略微张开着，里面空洞而漆黑，她连一颗牙齿也没有。

他以潦草的笔迹写道：

“在灯光下，我看见她是个很老的女人，起码得有五十岁了。但我还是走上前，把她给操了。”

他又用手指揉着眼睑。最后他还是写下来了，但他的心情还是那么糟。这个疗法根本没有作用。他只想扯高嗓门破口大骂一通。

第七章

“假如希望尚在的话，”温斯顿写道，“希望就在无产者们身上。”

假如真的还有希望的话，希望一定在无产者们身上，因为无产者们数量众多却被视若无物，他们占据了大洋国人口的百分之八十五，只有他们才能积蓄起摧毁党的力量。党是不可能从内部被推翻的。它的敌人，即使它真的有敌人，根本无法团结在一起，甚至无法相互识别。即使传说中的兄弟会真的存在——或许它真的存在——它也根本无法号召起大量的会员，顶多只能三三两两行事。造反只不过是眼神的交流，声调的变化，最多只是偶尔耳语几句。但假如无产者们能意识到自身力量的话，根本不需要进行什么密谋策划。他们只需要站起来，抖一抖身子，就像一匹马抖掉身上的马虱。如果他们愿意的话，明天早上他们就能将党彻底摧毁。迟早他们会这么做的，不是吗？但是——！

他想起有一回他在一条熙熙攘攘的街道上走着，前面不远处一条小巷子那里响起了几百个女人的声音，那是震耳欲聋的吼叫声，夹杂着愤怒与绝望，深沉而洪亮的“噢—哦—哦—哦—噢”的叫声响个不停，就像钟声在回荡一样。他的心猛地一跳。开始了！他心想：暴动开始了！无产者们终于揭竿而起了！他赶到出事的地点，看到两三百个女人正围着街市的摊位，面容如丧考妣，似乎是一艘沉船上面临灭顶之灾的乘客。

就在这时，集体性的绝望演化为纷纷扰扰的个人之间的争吵。事情似乎是这样的：有一个摊位在卖锡炖锅，都是些劣质的货品，一碰就破，但任何锅碗瓢盆无论何时都很难买到。现在货突然间卖光了，那些买到了炖锅的女人想拿着东西走人，却被其他女人推来搡去，还有几十个女人围着摊位聒噪，指责摊主偏心，说还有炖锅存放在别的地方。接着又是一番大吵大闹。两个胖乎乎的女人，其中一个披头散发，紧紧抓住一口炖锅不放，想从另一个女人的手里将其夺过来。两人争来抢去，然后炖锅的把手脱落了。温斯顿厌恶地看着她们。但是，刚才不过几百个嗓子在吼叫，声音就足以惊天动地！为什么她们在真正重要的大事上却从不那样怒吼呢？

他写道：

“他们不到觉悟的时候，绝不会进行反抗；而他们不进行反抗，就绝对不会觉悟。”

他觉得这句话简直就像是从党的课本里抄录下来的。当然，党宣称无产者们已经从桎梏中获得了解放。在革命之前，他们遭受资本家无情的压迫，他们饿着肚子，忍受鞭笞，女人被迫在煤矿里工作(事实上，女人仍然在煤矿里工作)，小孩子们六岁就被卖到工厂里当童工。而与此同时，按照双重思想的原则，党教导无产者们他们生来就低人一等，得像动物一样乖乖听话，服从几条简单的命令。事实上，人们对无产者们的情况所知甚少。根本没有必要去了解他们的情况，只要他们继续工作和繁衍，他们做其它什么事情并不重要。他们自生自灭，就像阿根廷的草原上自由放牧的牲畜，回归一种对他们来说似乎合乎天性的古老生活模式。他们被生下来，在贫民窟长大，十二岁就开始工作，经历短暂的充满魅力和性欲的青春岁月，二十岁就结婚，三十岁就步入中年，大部分人在六十岁的时候就死去。他们从事沉重的体力劳动，照顾家庭和孩子，和邻居吵架，看电影，看足球，喝啤酒，最感兴趣的事情是赌博，这些就是他们所关心的事情。控制他们并不困难。他们当中总是混杂着几个思想警察的密探，传播虚假的传闻，锁定几个有能力闹事的危险分子，将他们消灭。但没有人向他们灌输党的意识形态。无产者们不应该有强烈的政治情感。他们只需要有朴素的爱国主义情怀，在必要的时候能激励他们接受更长时间的工作或分量更少的物资供应就够了。即使有时候心生不满，他们也无从发泄，因为他们没有宏观的理念，只能找一些鸡毛蒜皮的事情撒气，那些宏观意义上的邪恶总是被他们忽略。大部分无产者家里甚至没有电屏。连警察也很少干涉过问他们的事务。伦敦的犯罪现象很严重，窃贼、强盗、妓女、毒贩和骗子构成了自己的地下世界，但因为这些事情只发生在无产者的圈子里，因此无足轻重。在所有的道德问题上他们可以奉行旧时的诫律约束。党的禁欲主义并不会强加在他们身上。无产者们滥交不会受到惩罚，还可以离婚。他们甚至可以信奉宗教崇拜，如果他们表现出对于宗教崇拜的需求。他们从不会受到猜疑。正如党的口号所说的："无产者和动物享有自由。"

温斯顿弯下腰，小心翼翼地挠了挠静脉曲张溃疡的部位，那里又开始发痒了。你总是绕不开一个问题，那就是：你根本无从知道革命之前的生活到底是怎样的。他从抽屉里拿出一本孩子的历史课本，是从帕森斯太太那里借来的，开始将一篇课文抄进日记本里。

“在旧社会(原文如此)，在光荣的革命之前，伦敦并不是我们今天所认识的那个美丽的城市。它是一个黑暗、肮脏、悲惨的地方，几乎没有人能吃上饱饭，数十万穷人没有鞋穿，甚至连栖身之处都没有。和你们差不多大的孩子们每天工作十二个小时，要是他们干活稍慢一些的话，狠毒的老板就会拿着鞭子抽打他们，而且只给他们吃发馊的面包屑和清水。然而，就在遍地赤贫之中有几座华丽的宅邸，里面住着富人，有三十个奴仆在服侍他们。这些富人就是资本家。他们身材肥胖，相貌丑陋，面目狰狞，就像下页的图片所描绘的那样。你可以看到那个人穿着黑色的长外套，那叫礼服；戴着古怪的、亮晶晶的、烟囱一样的帽子，那叫高礼帽。这就是资本家的装束，其他人不许穿上这身衣服。世界上任何东西都归资本家们所有，除了他们以外，每个人都是他们的奴隶。他们拥有所有的土地、所有的房屋、所有的工厂和所有的金钱。不服从他们的人将被抓进监狱；或者，他们可以让他失业，最后活活饿死。普通人和资本家说话时必须点头哈腰，摘下自己的帽子，称呼他为‘老爷’。资本家们的头子被称为‘国王’，而且——”

但他知道接下来会说些什么。书里将提到身穿法袍的主教、身穿貂皮大衣的法官、枷锁、镣铐、老虎凳、九尾鞭、市长大人的晚宴、亲吻教皇脚指头的仪式，还有名为“初夜权”的传统。根据法律规定，每一个资本家都有权利睡任何一个在他的工厂里做工的女人。这一点或许在给小孩子看的课本里不会提及。

你怎么知道这些内容有多少是谎言呢？或许，比起革命之前，如今普通人的生活真的要好一些。唯一的反面证据只是你自己内心无声的抗议。你本能地知道你的生活条件根本无法忍受，而在别的时候情况肯定不会是这样。现在生活真正的本质令他感到震惊的不是其残酷和没有安全感，而是如此萧条、肮脏、萎靡不振。看看你的周围，生活非但根本不像电屏喋喋不休的谎言所描述的那般美好，而且与党所要达至的理想也有着天壤之别。即使对于一个党员来说，生活的许多方面也根本与政治扯不上关系，只是埋头干着枯燥乏味的工作，坐地铁时拼命挤出一块地方，缝补一只破袜子，乞讨一块糖精片，节约一个烟屁股。党所宣传的理想世界是一个宏伟壮丽却非常可怕的世界——钢铁和混凝土的世界，由丑陋的机器和骇人听闻的武器构成的世界——生活在这个国度里的只有战士和狂热的信徒，整整齐齐地迈步前进，思想统一，口号统一，不停地工作、战斗、胜利、迫害——三亿人都长着同样的脸。现实生活正在走向衰败，在萧条的城市里人们连饭都吃不饱，趿着破了洞的鞋子脚步蹒跚地走来走去。他们住的是十九世纪的房屋，经过修修补补，总是散发着卷心菜和公厕的恶臭。他似乎看到了伦敦的全景，一座广袤而荒凉的城市，堆放着上百万个垃圾桶，还有一张帕森斯太太的相片，上面是一张满面皱纹头发稀疏的脸，无助地捅着堵塞了的下水管道。

他又往下伸手挠了挠脚踝。电屏夜以继日以各种数据轰炸你的耳朵，证明如今人们食物多了，衣服多了，房子好了，娱乐丰富了——比起五十年前的人来说，他们的寿命长了，工作时间短了，体格更大了，更健康了，更强壮了，更开心了，更聪明了，受教育程度更高了。这些话没有一个字能得到证实或证伪。比方说，党宣称如今百分之四十的成年无产者能识字，而在革命前，据说这个数字只有百分之十五。党还说，如今的婴儿死亡率每千人只有一百六十起，而革命前的数字曾经高达三百起，如此这般这般。这种情形就像一道方程式里有两个未知数。很有可能，历史书上所说的每个字，甚至连那些人们不加质疑就接受的事情，都纯属子虚乌有。据他所知，以前可能根本没有“初夜权”这一法规，也没有资本家这种人物，也没有高礼帽这种服饰。

一切都消失在朦胧中。过去被篡改了，而篡改过去这件事情又被忘却了，谎言成为了真相。这辈子只有那么一回，他掌握了确凿的、无可抵赖的证据，足以指证一桩伪造案——而且是在事情发生**之后**，这是最重要的。这个证据他握在手中，足足握了三十秒。那应该是在 1973 年——应该就在那时候，他和凯瑟琳就是在那时候分居的。但那个真正重要的日期得再往前推个七八年。

事件始于六十年代中叶。在这一时期发生了几次大规模的清洗运动，早期的革命领导人被消灭殆尽。到了 1970 年，除了老大哥本人，其他人无一幸存。那些人都被揭发检举是叛徒和反革命分子。古德斯泰恩逃跑了，躲在没人知道的地方。而其他人中，除了一小部分人失踪之外，大部分人经过声势浩大的公审，招供了自己的罪行后被处决了。最后的幸存者中有三个人，名叫琼斯、阿尔伦森和鲁斯福德。这三个人应该是在 1965 年被捕的。和许多人一样，他们失踪了一年左右，没有人知道他们是生是死，接着，突然间他们被揪了出来，和往常一样，他们乖乖认罪。他们招供曾向敌人提供情报（那时候的敌人也是欧亚国），贪污公款，谋害多位深受信赖的党员，早在革命开始之前就阴谋反对老大哥的领导，并进行了多起破坏活动，戕害了数十万人的性命。坦白了这些罪行后，他们得到了赦免，恢复了党籍，委以头衔很大但其实没有实权的职务。三人都在《泰晤士报》里发表了长长的自我批评文章，分析自己叛党的原因，并发誓会改过自新。

在他们被释放后，过了一段时间，温斯顿曾在栗子树咖啡厅见到他们三人。他记得当自己的眼角瞥见这三人时，心里觉得十分震惊诧异。他们的年纪都比他大很多，是旧社会的老古董，是党往昔的峥嵘岁月硕果仅存的几位重要人物。地下斗争和内战所塑造的魅力在他们身上仍依稀可辨。虽然那时候史实和日期已经开始变得模糊不清，但他觉得自己听说他们三人的名字要比听说老大哥的名字还要早了几年。但他们是罪犯、敌人和不可接触的人，在一两年之内将肯定被消灭。落入思想警察手里的人从来没有一个能够逃脱。他们已经是等候被送回坟墓的死尸。

他们身边的几张桌子一个人也没有。被别人看见与这些人接近可不是明哲保身之举。他们静静地坐着，身前摆放着加了丁香的杜松子酒，这是该咖啡厅的特色饮品。在这三个人中，鲁斯福德的样貌令温斯顿感触最深。鲁斯福德曾经是著名讽刺漫画家，在革命之前和革命时期，他那些富有感染力的漫画激起了民众的义愤。即使到了现在，他的漫画作品时不时仍会在《泰晤士报》刊登发表。这些作品都是对他早期风格的模仿，奇怪的是，这些新作毫无生命力，一点儿也不吸引人。它们总是在老调重弹——贫民窟的住房、饥肠辘辘的孩子、巷战、戴着高礼帽的资本家——即使在街垒上那些资本家仍然戴着高礼帽，不停地进行着绝望的努力，想回到过去。他是个丑陋的男人，长着满头油腻腻的灰发，脸上的眼袋很重，而且皱皱巴巴的，嘴唇厚而外凸。他应该曾经是非常强壮的男人，现在他那庞大的身躯已经松松垮垮的，正朝四面八方散架。他似乎会在你眼前分崩离析，就像看着一座大山坍塌下来。

那时是十五点钟，店里很冷清。温斯顿不记得为什么他会在那个时候去咖啡厅。店里几乎空荡荡的，电屏正在播放着轻快的音乐，三个人坐在角落里，几乎一动不动，一声不吭。服务员不需要吩咐就给他们续上杜松子酒。他们旁边的桌子上有一个棋盘，棋子都摆好了，但没有人下棋。接着，大约有半分钟的时间，几面电屏发生了改变。里面播放的曲子变了，音乐的调子也变了。有什么东西加了进来——但到底是什么东西实在是很难形容。那是一种沙哑刺耳，带着调侃意味的奇怪调子，温斯顿在心里称之为黄调子。然后，电屏里面传出了歌声：

“在栗子树的树荫下，
我出卖了你，你出卖了我。
他们躺在那头，我们躺在这头，
躺在栗子树的树荫下。”

那三个人不为所动。但当温斯顿再端详着鲁斯福德憔悴的脸庞时，却看到他的眼睛里泪汪汪的。他第一次注意到，阿尔伦森和鲁斯福德的鼻子都被揍扁了，他不禁打了个冷战，却又不知道**为什么**会打冷战。

没过多久，这三个人又被逮捕了。他们似乎刚被释放就在酝酿新的阴谋。在第二次审判中，他们再一次招供了所有旧的罪行，还供出了一连串新的罪行。他们被处决了，他们的命运被登入党史，以儆效尤。大约五年后，即 1973 年，气动输送管送来一叠文件，掉在温斯顿的桌子上，他将文件展开，发现里面有一张纸，显然是从别的文件堆里掉下来的，然后被遗忘了。他一摊开那张纸就意识到里面的信息很重要。那是从大约十年前的《泰晤士报》撕下来的半页纸——是那页纸的上半截，因此包括了日期——里面有一张党赴纽约开会的代表团成员的相片。团体照中间最显眼的三个人正是琼斯、阿尔伦森和鲁斯福德。的确就是他们三人，可能在最底下的说明文字里就有他们的名字。

问题的关键是，在两次审判中，这三个人都承认当天他们在欧亚国境内。他们从加拿大一个秘密机场飞往西伯利亚某个集合地点，与欧亚国总参谋部的成员秘密会晤，向他们透露了重大军事秘密。温斯顿之所以记得这个日子，是因为那天碰巧是仲夏节，但整件事的详情一定也记录在其它无数地方。合理的结论只有一个。那就是，那些供词都是谎言。

当然，这算不上什么重大发现。即便是在那个时候，温斯顿也不认为在大清洗中被消灭的那些人真的犯下了被指控的那些罪名。但这是确凿无疑的证据，是业已被摧毁的过去残存的碎片，就像在不应该出现的土层里挖出了一片化石骨骼，解构了整个地质理论。如果能将其公之于世，并将其重要性阐明的话，足以将党轰得粉碎。

当时他继续工作。他一看到相片就知道其蕴含的意义，立刻用另一张纸将其盖住。幸运的是，当他展开相片的时候，从电屏的角度看，它是上下颠倒的。

他将草稿本放在膝盖上，然后把椅子往后推，尽可能远离电屏。让自己面无表情并不难，你甚至可以努力控制自己的呼吸，但你无法控制自己的心跳，而电屏非常灵敏，可以察觉到这一点。他等待了估计有十分钟之久，心里备受折磨，害怕会有变故发生——桌子上突然吹过一股风——暴露他的秘密。接着，他没有揭开那张相片上面的纸，将其连同其它废纸扔进了记忆洞里面。或许一分钟后它就已经化为灰烬了。

那是十或十一年前的事情了。如果发生在今天，他或许会保存那张相片。奇怪的是，那张相片曾经就在他的手里这件事时至今日仍对他具有重大的意义，虽然那张相片本身和它所记录的事件只是存在于他的记忆中。他在心里想，党对历史的控制没有那么强大了吗？就因为一纸曾经存在过但已经不再存在的证据？

但到了今天，就算从灰烬中可以将那张相片还原，它也可能无法成为证据。在他发现那页纸的时候，大洋国已经不再和欧亚国打仗，因此，那三个人一定是向东亚国的密探泄露了国家机密。在那时之后，局势又发生了变化——两次，三次，他不记得多少次了，那些招供很有可能被一再重写，直到原来的事实和日期根本不再重要。历史不仅被篡改，而且是不停地被篡改。最令他难受的，让他感觉像在做噩梦的事情是，他从不明白为什么党要进行如此工程浩大的篡改。显然，篡改过去可以带来直接的好处，但其最终目的是一个神秘的谜团。他又拿起笔，继续写道：

“我知道如何篡改历史，但我不明白为什么要篡改历史。”

他怀疑，他以前怀疑过很多次，自己究竟是不是一个疯子。或许疯子只是表明他是少数派。曾经一度，相信地球绕着太阳转是疯狂的表现，而在今天，相信历史不容被篡改也是疯狂的表现。或许只有他一个人怀着这一信念，而如果只有他一个人这么想，那他就是一个疯子。但想到自己是个疯子并没有让他觉得很困扰；可怕的是，他有可能是错的。

他拿起那本儿童历史书，看着卷首插图老大哥的肖像。那双具有催眠魔力的眼睛直视着他的眼睛。似乎有一股巨大的力量在压迫着你——有什么东西穿透了你的头颅，在你的大脑里肆虐，让你吓得放弃自己的信仰，几乎说服你去否定自己的感官所掌握的证据。最后，党会宣布二加二等于五，而你不得不相信这是对的。他们迟早都会宣布这一点，这是不可避免的，他们所处的位置必然会要求这么做。他们的哲学不仅暗地里否认经验的真实性，而且还否认外部现实的存在。常识成了异端思想中的异端思想。而可怕的事情并不在于如果你心怀异志他们会杀掉你，可怕的是，他们可能是对的。因为，归根结底，我们怎么知道二加二等于四？怎么知道地心引力在起作用？怎么知道历史是不容篡改的？如果历史和外部世界只是存在于意识中，如果意识本身是可以被控制的，那又该怎么办？

但是，不是这样的！他的勇气似乎自发地坚定起来。无缘无故地，奥布莱恩的脸浮现在他的脑海里。他比以往更加坚定地认为奥布莱恩和他站在同一阵线。他也是为了奥布莱恩在写日记——致奥布莱恩。这是一封没人会读的长信，但却是写给某个人的，因此也获得了生机。

党告诉你不要相信自己亲眼所见亲耳所闻的证据。这是党的终极命令。一想到他所对抗的强权，想到任何一个党的知识分子都可以轻而易举地将他驳倒，想到那些他无法理解更谈不上回应的精妙论述，他的心就沉了下来。但是，他是正确的！他们是错的，而他是对的。他必须捍卫那些不言自明的、傻气而真实的事情。自明之理是真实的，一定要顶住！真实的世界是存在的，它的法则是不容改变的。石头是坚硬的，水是湿漉漉的，没有支撑的物体会往地心坠落。他觉得自己正和奥布莱恩说话，也在阐述一则重要的公理。怀着这份心情，他写道：

“自由就是可以说出二加二等于四。在此基础上，一切得以构建。”

第八章

楼道的尽头飘散出烘焙咖啡豆的香气，弥漫着整条街道——那是真正的咖啡，而不是胜利牌咖啡。温斯顿不由自主地停了下来。或许有两秒钟的时间，他回到了已经差不多快被遗忘的童年世界。接着，一扇门关上了，香味随之被隔绝，就像声音一样。

他在人行道上走了好几公里路了，他的静脉曲张溃疡在阵阵作祟。这是三个星期内他第二次错过社区中心晚上的活动。非常不明智的举动，因为你清楚地知道你在中心的出席次数会有人精心登记。原则上说，党员是没有闲暇时间的，除了在床上，不会有独处的时候。当他不在工作、吃饭或睡觉时，他应该参与某项集体活动，而做任何体现出不合群倾向的事情，即使是独自散步，也总是会带来危险。新话里有一个词汇：自我生活，意思是个人主义和怪癖。但今天晚上他从部里出来，四月份清爽的空气引诱着他，蔚蓝的夜空是今年以来最暖和的。突然间，社区中心冗长吵闹的夜晚、那些无聊而累人的游戏、那些讲座、那些在杜松子酒的刺激下喋喋不休的表达同志情谊的说辞似乎变得无法忍受。冲动之下，他离开巴士车站，走进伦敦迷宫般的大街小巷里，先是朝南走，然后朝东走，然后又朝北走，他根本没有在意自己在往哪个方向走，走着走着，他在陌生的街道中迷路了。

他在日记中写道："假如希望尚在的话，希望就在无产者们身上。”他一直想着这句话，这句话既体现了神秘的真理，又明显很荒谬。他来到了在以前的圣潘克拉斯车站北边和东边的那些土黄色的贫民窟。他正沿着一条鹅卵石街道走着，两边是双层的房屋，破落的门道直接通向人行道，不知怎么地，让人觉得像是老鼠洞。鹅卵石街道上到处是肮脏的水潭。黑漆漆的门道里里外外和左右两旁狭窄的陋巷里到处都是人，数目之多令人吃惊——嘴巴涂着粗劣的唇膏、发育完全的女孩，追求这些女孩子的年轻人，还有那些走路摇摇摆摆的胖大嫂，让你知道那些女孩子再过十年会变成什么样子，还有迈着八字脚步履蹒跚、弓腰驼背的老人，还有衣衫褴褛光着脚丫的孩童，正在水潭里玩耍，被他们的母亲一喝骂便作鸟兽散。街上大约有四分之一的窗户是破的，钉上了木板。大部分人没有去注意温斯顿，有几个人怀着戒备而好奇的心情盯着他看。两个相貌丑陋的妇人双臂交叉抱在围裙上，前臂的肤色像砖头一样红润，正在门道外边说话。温斯顿走近时听到了谈话的只言片语。

“‘是的，’我对她说，‘你说得没错，’我说。‘但假如换了你是我，你的做法也会和我一样。说别人是非很容易，’我说，‘但你是站着说话不腰疼。’”

“啊，”另一个女人说道，“说得太对了。就是这么一回事。”

尖利的声音戛然而止。两个女人沉默而仇视地看着他经过。但确切来说那并非敌意，只是一种戒备，一时间僵住了，就像经过她们身边的是一只不常见的动物。在这样的街道很少见到党员蓝色的制服。事实上，在这种地方抛头露面不是明智之举，除非你真的有事到这里来。如果碰巧遇见巡逻队的话，他们或许会拦住你。“请出示证件，同志。你在这里干什么？

你什么时候下班的？你回家经常走这条路吗？”——等等等等。虽然没有任何规定说回家不能走不经常走的路，但如果思想警察听到了风声，肯定会引起他们的注意。

突然间整条街喧闹起来。四面八方传来了报警的尖叫声。人们像兔子一样窜进门道里。在温斯顿前面不远的地方，一个年轻的女人从门道里冲出来，抓起一个正在水潭里玩水的孩子，将围裙裹在他身上，然后又冲了回去，动作一气呵成。与此同时，一个穿着好像六角手风琴的黑色西装的男子从一条小巷子里窜了出来，正朝温斯顿跑过来，激动地指着天空。

“蒸汽机！”他叫嚷着，“小心，首长！头顶会爆炸的！快趴下！”

也不知道为什么，无产者们给火箭炸弹起了个绰号叫“蒸汽机”。温斯顿立刻面朝下趴倒在地。无产者们警告你有炸弹的时候可不是在开玩笑。他们似乎拥有某种本能，可以提前几秒钟知道一枚火箭炸弹正飞过来，虽然火箭炸弹的速度比声音还要快。温斯顿用前臂护着头，一声巨响似乎将人行道掀了起来，他的背上落了一些轻飘飘的东西。当他站起身时，他发现身上满是玻璃碎片，是离他最近的一扇窗户掉落下来的。

他继续走着。炸弹摧毁了街道二百米外的几座房屋。一道黑烟直冲天际，下面弥漫着一团墙灰构成的尘云，一群人已经围在废墟边。在他前面的人行道上有一小堆墙灰，中间有一团猩红色的东西，他走了过去，看到那是一只齐腕断掉的人手。除了鲜血淋漓的折断处外，那只手一片惨白，就像是用石膏做成的。

他把这只手踢进阴沟里，然后，为了避开人群，转进了右边的小巷子里。三四分钟后他已经离开了被炸的区域，这里一样那么肮脏，人来人往，生活照常进行，似乎什么事情也没有发生。已经快二十点了，那些无产者们经常光顾的喝酒的地方（他们称之为“酒馆”）已经坐满了顾客。脏兮兮的弹簧门总是无休止地开了又关，关了又开，传出一股尿液、锯末和酸啤酒的味道。在突出的房子前厅里，三个男人站在一起，挨得很近，中间那个人拿着一份折叠的报纸，另外两个人挨着他的肩膀在读报。还没等他走近看清他们脸上的表情，温斯顿就看得出他们是那么全神贯注。显然，他们正在阅读一则事关重要的报道。离他们还有几步远，这三个人突然炸开了，其中两个人激烈地争吵着，似乎就要打起来了。

“你他妈的就不能听我说吗？我告诉过你尾数是七的号码有十四个月没有中过了！”

“中过！”

“没中过！我家里有这两年来中奖的数字，全都写在一张纸上。每次我都按时记录了下来。我告诉过你尾数是七的号码中不了——”

“中过了，七中过了！我可以把那个该死的数字说给你听。后面三位数是四零七。那是二月份的事情了——二月份的第二周。”

“操你奶奶的二月！我全都黑纸白字登记下来了。我告诉你，没有哪个数字——”

“哦，别吵了！”另外一个人说道。

他们正在谈论彩票。温斯顿走出三十米外，然后回头看了一下。他们仍在争执不休，脸上的表情非常激动。彩票每星期会派出丰厚的奖金，是无产者们非常关注的公共事件。对于数以百万计的无产者来说，彩票即使不是他们继续生存下去的唯一理由，也是他们的主要慰藉。他们为之欢乐，为之疯狂，忘记了痛苦，激发起聪明才智。谈起彩票，连几乎不识字的文盲也能进行精密的运算，而且记忆力极其惊人。有一群人就靠贩卖彩票提示、结果预测和吉祥物谋生。温斯顿的工作与彩票运营没有关系，那是富足部的事情，但他知道（事实上，每个党员都知道）奖金其实大部分是虚构的。只有小奖会拿出真金白银来，那些获得大奖的人都是子虚乌有的人物。大洋国境内的地区之间没有相互联系，这一点不难安排。

但假如希望尚在的话，希望就在无产者们身上。你只能坚持这一点。当你将这一理念以文字进行表达时，听起来很有道理，而当你看着人行道上从你身边经过的那些人时，这句话就变成了一种对信仰的考验。他转进去的那条小巷是下坡路。他觉得自己以前来过这里，还知道旁边就有一条主干道。前面传来了一阵吆喝声。小巷猛地拐了一个大弯，尽头是一段台阶，通往一条低洼的小巷，几个摊主正在贩卖萎蔫的蔬菜。这时温斯顿记起了自己身处何处。这条小巷一直通往大街，不用走五分钟就是下一个拐角，那里有一间旧货店，他曾经光顾过，买了用来当日记本的那本空白的小册子。而不远处还有一间小文具店，他在那里买了笔杆和墨水。

他在台阶顶部停了一会儿。巷子对面是一间昏暗肮脏的小酒吧，窗户像结了霜，但其实那是一层灰尘。一个年纪很大的老头弓着腰，但仍然行动敏捷，白胡须向前挺翘着，像是一只虾的长须。他推开弹簧门，走了进去。温斯顿站在那儿看着，心想那个老头应该至少有八十岁了，革命发生时应该已经人到中年。他和其他岁数差不多的人是如今仅存的经历过资本主义世界的人。在党内，思想是在革命之前形成的人已经为数不多了。经历了五六十年代的大清洗，老一辈的革命者已经被消灭殆尽，剩下的少数几个很久以前就已经被吓破了胆，精神上彻底投降了。如果说，活着的人当中还有谁能向你真实地描述本世纪早前的情形的话，那个人只会是一名无产者。突然间，温斯顿的脑海里浮现出他抄在日记本里的那篇历史课文，心里涌起一阵疯狂的冲动。他会走进那间酒馆，和那个老头攀谈，向他提问。他会问他：“请告诉我你童年时的生活。那时候生活到底怎么样？与现在相比，以前的生活到底是好是坏？”

他匆忙地走下台阶，穿过窄巷，担心再过一会儿自己就害怕了。这当然是疯狂的举动。和往常一样，没有明文规定不能和无产者交谈或光顾他们的酒馆，但这个行动太不同寻常，一定会引起注意。如果巡逻队出现的话，他会找借口说自己一时觉得头晕，但他们应该不会相信他。他推开门，一股酸啤酒恶臭的味道扑面而来。他走进酒馆的时候，嗡嗡嗡的说话声音量降低了一半。他感觉得到身后每个人都在看着他那身蓝色的制服。房间的另一头原本正在进行飞镖比赛，中断了大约三十秒。他跟踪的那个老头正站在吧台旁边，和酒保起了争执。那个酒保是个年轻的大块头，身材肥胖，长着一个鹰钩鼻，双臂非常粗壮。另外一群人站在周围，手里拿着酒杯，正看热闹。

“我已经够客气地问你了，不是吗？”那个老头咄咄逼人地挺直了肩膀，“而你告诉我这间操蛋的酒吧没有一品脱的酒杯？”

那个酒保倾着身子，指尖撑着吧台，问道：“那到底什么是一品脱？”

“看看他！他自称是酒保，却不知道一品脱是什么！哎呀，一品脱就是半夸脱，四夸脱就是一加仑。你可得从头学起。”

“这些我可从来没听说过。”那个酒保说道，“一升或半升——我们这里就是这么算的。酒杯就在你前面的架子上。”

“我要喝一品脱。”那个老头固执地说道，“给我一品脱就这么难吗？我年轻时那会儿可没有这些乱七八糟的升不升的。”

“你年轻时那会儿我们都还住在树顶呢。”那个酒保说道，瞥了其他酒客一眼。

大家哄堂大笑，温斯顿进来时所引发的不安情绪似乎烟消云散。老头那张满是花白胡碴的脸涨得通红。他转过身，嘴里嘟囔着，与温斯顿撞个满怀。温斯顿轻轻地拉着他的胳膊。

“我可以请您喝一杯吗？”他问道。

“您真是位绅士，”老头子再次挺直了肩膀，似乎没有注意到温斯顿那身蓝色制服。“一品脱！”他对那个酒保大声说道，“一品脱爽啤。”

那个酒保往两个厚玻璃杯里各倒了半升啤酒，刚才他已经在吧台下的水桶里把这两个杯子洗了一下。在无产者的酒馆你只能喝到啤酒。无产者们是不该喝杜松子酒的，虽然他们要喝到杜松子酒并不难。飞镖游戏又进行得如火如荼，围着吧台的那些酒客开始谈论起彩票。温斯顿的出现被暂时遗忘了。在窗户下面有一张桌子，他和那个老头可以聊天，不用担心被别人听到。这是非常危险的事情，但起码房间里没有电屏，这一点他一进来就看清楚了。

“要是您能请我喝上一品脱就好了，”老头子将杯子摆在身前，坐了下来，嘟囔着说道，“半升可不够。根本不过瘾。整一升又太多了。搞得我尿频，而且价格还不便宜。”

"您年轻那会儿一定目睹了很多巨大的变化吧。"温斯顿试探着问道。

那个老头淡蓝色的眼睛从飞镖盘转到吧台，从吧台又转到男厕所的房门，似乎他以为要说的是这间酒馆所经历的变化。

"那时候啤酒好喝一些，"最后他说道，"而且便宜一些！那时候我还是个小伙子，淡味麦芽啤酒——我们以前称之为爽啤——四便士一品脱。当然，那是战争之前的事情了。"

"是哪一场战争？"温斯顿问道。

"所有的战争。"老头含糊地回答。他举起酒杯，肩膀又挺直起来，"为您的健康干杯！"

他那枯瘦的喉咙上突起的喉结令人惊讶地上下快速移动着，啤酒喝完了。温斯顿走回吧台，又端来了两杯半升的啤酒。那个老头似乎忘记了说过自己喝不了一升的话。

"您比我年纪大多了。"温斯顿说道，"在我出生之前您一定已经成年了。您记得革命之前的日子是怎样的。像我这个年纪的人根本不知道那时候的事情。我们只能通过读书去了解，但书上说的不一定就是真相。我想听听这方面您的看法。历史书上说革命以前的生活与现在的生活完全是天壤之别。那时候有最可怕的压迫、不公和贫困，比我们所能想象的情况还要糟。就在伦敦，许多人从出生到死去从未吃过一顿饱饭。他们当中有一半甚至没有鞋穿。他们每天工作十二个小时，九岁就辍学，十个人睡一间房，而与此同时，有一小部分人，大约几千个吧——他们被称为资本家——享有金钱与权力。他们拥有一切可以拥有的事物。他们住在深宅大院里，有三十个奴仆伺候，出入有汽车和马车代步，喝的是香槟，戴的是高礼帽——"

那个老头突然来了精神。

“高礼帽！！”他说道，“你提到这样东西真是有趣。昨天我也听到有人在说同样的事情，不知道为什么。我只是在想，我有好多年没有见过高礼帽了。它们已经过时了。上一次我见到高礼帽是在我嫂子的葬礼上。那是——我不能告诉你是什么时候，但应该是五十年前的事情了。当然，那顶帽子只是租来应景的，你懂的。”

“高礼帽倒不是很重要。”温斯顿耐心地说道，“重要的是，这些资本家——他们和律师、主教等等寄生在他们身上的人一道，是世界的主宰。所有事情都是为了他们的利益而服务。而你们——普通的民众和工人——是他们的奴隶。他们可以对你们为所欲为。他们可以将你们像牲口那样运往加拿大。如果他们愿意的话，可以睡你们的女儿。他们一声令下就可以叫人拿九尾鞭抽你。当你经过他们身边时，你必须摘下帽子。每个资本家去哪儿都带着一帮走狗，他们——”

那个老头又来了精神。

“走狗！”他说道，“又是一个我很久没听过的词语。走狗！这常常让我想起过去，真的，我想起——噢，猴年马月的事情了——星期天下午我经常去海德公园听演讲。救世军、罗马天主教信徒、犹太人、印度人——那里什么人都有。有一个家伙——嗯，名字我说不上了，但真是能说会道。把他们骂了个狗血淋头！‘走狗！’他说道，‘资产阶级的走狗！统治阶级的奴才！’寄生虫——他还这样痛骂他们。还有豺狼——他痛斥他们为豺狼。当然，他骂的是工党，你懂的。”

温斯顿觉得两人的谈话根本牛头不对马嘴。

“我想了解的是这个，”他说道，“你觉得比起从前，你现在享有更多的自由吗？你更有作为一个人的尊严吗？以前那些富人，那些高高在上的人——”

“是上议院。”那个老头缅怀地插了一句。

“上议院，如果你喜欢这么说的话。我要问的是，就因为他们是有钱人而你是穷人，这些人真的当你是劣等生物一样对待吗？比方说，你真的得称呼他们为‘老爷’，经过他们的时候得摘下帽子吗？”

那个老头似乎在沉思。他喝了四分之一杯啤酒，然后才回答道：

“是的。他们喜欢你对着他们碰碰帽檐以示尊敬。我不喜欢这么做，但我总是得这么做。或许你可以说这是出于被迫。”

“这些人和他们的走狗是不是经常——我只是在引述从历史书上了解到的情况——是不是很经常将你从人行道上推到阴沟里？”

“他们当中有一个人推过我一次。”那个老头说道，“我还记得，就像是昨天的事情。那天是赛艇之夜——到了赛艇之夜总是特别喧闹——我在沙夫茨伯里大街撞到了一个年轻人。他是一位绅士——穿着衬衣和黑色大衣，戴着高礼帽。他正歪歪斜斜地走在人行道上，我不小心撞到了他。他说道：‘你走路长眼睛了吗？’我说道：‘你以为这该死的人行道被你买下了？’他说道：‘你再顶嘴我他妈把你的头给拧掉。’我顶了一句：‘你喝醉了。我给你半分钟，赶快滚开。’你相信吗，他伸手朝我的胸口推了一把，差点没把我推搡到一辆巴士的车轱辘下面。我那时候还年轻，这一下可把我惹毛了，要不是——”

温斯顿觉得很无助。这个老头的回忆尽是些鸡毛蒜皮的琐事。你就算盘问他一整天也问不到任何有用的信息。或许，党的历史某种程度上是真的——甚至或许句句是真。他最后试探着问了一句。

“或许我没有说清楚，”他说道，“我想说的是，你活了这么久，前半辈子生活在革命前，比方说 1925 年，你已经成人了，你觉得在你的回忆中，1925 年的生活比现在是好一些呢，还是糟糕一些呢？如果你可以选择的话，你是希望生活在那时候还是现在？”

那个老头若有所思地看着飞镖盘。他喝完了啤酒，喝得比刚才慢了一些。当他开口说话的时候，他的神态宽容而深思熟虑，似乎啤酒让他宁静了下来。

“我知道你想要我怎么回答。”他说道，“你希望我说，要是我能再年轻一回会怎么样。如果你去问别人，大部分人都会说他们恨不得再年轻一回。年轻人身壮力健，多好。等你到了我这把年纪，你就知道是什么滋味了。我腿脚不好，膀胱有毛病，一晚上要起六七次床。但说归说，年老也有年老的好处。你不会再有那些烦恼。不需要找女人，这可是件大好事。我已经有三十年没碰过女人了，信不信由你。而且，我也没有找女人的心思了。”

温斯顿后仰着靠在窗台上。再说下去也没有用。他正准备再买两杯啤酒时，那个老头突然站起身，迈着碎步急匆匆地跑进酒吧边上那间臭烘烘的厕所里。那额外的半升啤酒已经对他起作用了。温斯顿坐在那儿，盯着他的空酒杯看了一两分钟，还没等自己意识过来，他已经走在街道上了。他心想，最多二十年之后，“革命之前的生活比起现在是好是坏”这个重大而简单的问题将再也没办法回答。但事实上，即使是现在也回答不了这个问题，因为从旧社会存活下来的为数不多的人并没有能力去比较两个时代。他们记得上百万件不相干的事情：和工友吵架、寻找丢失的单车充气泵、一个久已不在人世的姐妹脸上的表情、七十年前一个早上刮起了旋风，而所有重要的事实他们却视而不见。他们就像蚂蚁，能看见细小的东西，却看不到宏大的事物。当记忆无能为力，而书面的记录都经过篡改的时候——当这些事情发生的时候，你只能接受党的说法：人类的生活条件已经得到了改善，因为根本不曾存在，也永远不可能存在任何衡量的标准。

这时，他的思绪突然停止了。他停下脚步，抬头看了一下。他正在一条窄巷里，旁边有几间阴暗的小店，散布于民居当中。他的头顶上方有三个褪色的金属球，看上去似乎曾经镀过一层金漆。他似乎认得这个地方。当然认得！他就是站在这间旧货店外面买了那本日记本的。

他的心里很害怕。从一开始，买日记本就是鲁莽的举动，他发过誓不会再走近这个地方。但是，他稍一走神，他的脚就自发带他回到了这里。他开始记日记就是希望能防止这种自杀冲动。与此同时，他注意到，虽然已经快二十一点了，但这间店还在营业。他觉得在人行道上流连比走进店里更加容易惹人怀疑，于是走进门道里面。如果被人盘问的话，他就搪塞说他过来看看有没有刮胡刀卖。

老板刚刚点着了悬挂着的油灯，灯里散发出一股不干净但很友好的味道。他是个年近六旬的老人，年老体衰，弓腰驼背，鼻子很长，看上去很亲切，温和的眼睛被厚厚的眼镜扭曲了。他的头发几乎都白了，但眉毛还很浓密乌黑。他的眼镜、他那温和而忙乱的举止和那身陈旧的黑天鹅绒外套让他看上去有点知识分子的气息，似乎他是个饱读诗书的文人，又或许是个音乐家。他的声音很柔和，但有点嘶哑，而且他的口音不像大部分无产者那么粗俗。

“您在人行道上我就认出来了。”他立刻说道，“您是那位买了那本年轻太太的纪念册的绅士。那本纪念册用的是好纸，确实如此。以前叫奶油纸。像那样的纸已经不再制造了——噢，我敢说有五十年了。”他从眼镜的上方打量着温斯顿，“有什么我可以为您效劳的吗？或者说，您只是想随便看看？”

“我只是路过。”温斯顿含糊地说道，“进来看一看。没什么特别想买的。”

“那也没关系，”店主说道，“因为我想我没有什么东西可以令您满意。”他挥了挥柔软的手掌以示歉意。“您看到这里的情况了，您可以说这是一间空店。告诉您一个秘密，古董买卖行将末路了。再也没有人要买东西，也没有库存了。家具、瓷器、玻璃器皿，东西都被砸坏了。当然，那些金属器皿大部分被熔掉了。我已经好几年没见过一个黄铜烛台了。”

事实上，狭小的房间里堆满了东西，让人觉得不舒服，但几乎没有稍微值钱一点的东西。地板的空间非常挤，因为四面墙边都堆放着不计其数、积满了灰尘的画框。橱窗里摆放着几个盘子，上面放着螺钉和螺母、钝了的凿子、破了刃的铅笔刀、根本连走都不走了的生锈的手表，还有其它杂七杂八的垃圾货色。不过，角落里的一张小桌子上倒是摆着一些小玩意儿——涂漆的鼻烟盒、玛瑙胸针什么的——看上去似乎会有什么有趣的东西在里面。温斯顿朝那张桌子走去，他的目光落在一样圆溜溜的东西上，在灯光下它闪烁着柔和的光芒。他把那东西拿了起来。

那是一块厚重的玻璃，一面是弧形的，另一面是平的，几乎呈半球状。这块玻璃的色泽和纹理显得特别柔和，就像雨水一样。在最里面，有一样奇怪的粉红色盘旋状的物体，被弧形的表面放大了，像一朵玫瑰花，又像是一朵海葵。

“这是什么？”温斯顿问道，他觉得很着迷。

“那是珊瑚，是的。”老人回答，“应该是来自印度洋，以前总是拿来镶嵌在玻璃里面。那东西起码得有上百年了，看样子或许还更有年头。”

“真是漂亮。”温斯顿说道。

“确实很漂亮。”店主带着欣赏的神情说道，“但现在这种东西不多了。”他咳了一下，“好吧，如果您刚好想把它买下的话，要价是四块钱。我记得这件东西原本卖八英镑，八英镑是——嗯，我算不出来，但那可是不菲的价格。但现在还有谁在乎真正的古董呢——即使是剩下的为数不多的那几件？”

温斯顿立刻付了四块钱，把这件心所向往的东西放进口袋里。这东西吸引他的并不是它外表的美，而是它似乎拥有一种不同于当前这个时代的气质。这块柔和如雨水的玻璃和他以前见过的玻璃很不一样。这东西之所以吸引他，是因为它看似一无用处。不过他可以猜测出这东西原本应该是个镇纸。他的口袋里沉甸甸的，但幸运的是没有突起一大块。作为一个党员，拥有这么一件东西是很奇怪，甚至是背叛原则的事情。任何古老而漂亮的东西都是可疑的物品。收下那四块钱，老头似乎开心多了。温斯顿意识到他原本三块钱，甚至两块钱就愿意出售。

“楼上还有一间房，您介不介意看一看？”他说道，“没什么东西，就几件古董。要是上去的话我们可以把灯点着。”

他又点了一盏灯，弓着背慢慢地引着路上了陡峭而腐朽的楼梯，沿着一条狭窄的走廊来到一个房间。房间没有对着街道，不过可以看到铺着鹅卵石的院子和林立的烟囱。温斯顿注意到房间里家具的摆设很有居家气息。地板上有一块地毯，墙上挂着一两幅画，壁炉边还有一张让人慵懒地深陷进去的扶手椅。一个玻璃面板刻着十二小时的老式时钟正在壁炉上面滴答滴答地走着。窗户下面有一张大床，几乎占据了房间四分之一的面积，上面还铺着床垫。

“我们一直住在这儿，直到我妻子死去。”老人略带歉意地说道，“我把家具一点一点变卖掉。现在只剩下一张漂亮的桃花心木睡床，如果你能把臭虫赶掉的话至少会是一张好床。不过我敢说你会发现它有点笨重。”

他把灯高高举起，照亮了整个房间，在昏暗柔和的灯光下，房间看上去特别诱人。温斯顿心里掠过一个念头，或许以几块钱一周的价格租下这里是一件很轻松的事情，如果他敢冒这个险的话。这是一个不可能实现的疯狂想法，甫一想起就立刻被否决了，但这个房间勾起了他心中某种向往之情，某种遥远的回忆。他似乎知道坐在这么一个房间里会有怎样的感觉：坐在火堆旁边的扶手椅上，脚搁在壁炉的围栏上，铁架上摆着一个水壶，享受孤独而安宁的感觉，没有人在注视你，没有声音在烦你，只有水壶烧水的声音和时钟友好的嘀嗒声。

“这里没有电屏！”他忍不住喃喃自语。

“啊，”老头说道，“我从来没装过那种东西。太贵了。而且我觉得似乎没有那个必要。现在角落那边有一张蛮好的折叠脚桌子。当然，想折叠起来的话你得装上新的铰链。”

另一个角落里有一个小书架，温斯顿已经被吸引过去了。上面除了垃圾什么也没有。搜书毁书的行动在各个地方执行得很彻底，连无产者居住的区域也不例外。在大洋国任何一处地方都很难找到一本1960年前印刷的书。老头仍举着灯，站在壁炉另一边一幅镶着檀木画框的画作前，正对着床。

“哦，如果您刚好对旧画作感兴趣的话——”他轻声细语地说道。

温斯顿走了过来，端详着画作。那是一幅钢版雕刻画，画着一座椭圆形的建筑，有长方形的窗户，前边还有一座小塔楼。建筑四周围着栅栏，后边似乎有一座雕像。温斯顿看了一会儿，这幅画似乎有点熟悉，但他不记得那座雕像。

“画框钉在墙上了。”老头说道，“但我可以帮您取出来，我保证可以。”

“我认识那座建筑。”温斯顿最后说道，“现在已经是废墟了。就在司法殿外面的街道正中间。”

“是的，就在法庭外面。被炸弹炸毁了——噢，很多年前的事了。它曾经是一座教堂，名字叫圣克莱蒙·丹尼斯教堂。”他带着抱歉的笑容，似乎想起了什么有点好笑的事情，补充说道：“钟声传自圣克莱蒙，说着橘子和柠檬！”

“什么意思？”温斯顿问道。

“噢——‘钟声传自圣克莱蒙，说着橘子和柠檬。’那是我小时候的一首童谣。怎么唱的我忘记了，但我知道最后一句，‘蜡烛引你到床头，落下斧子砍掉头。’就像舞蹈一样。他们伸出手臂让你从下面钻过去，当他们唱到‘落下斧子砍掉头’时就会把手落下来将你逮住。歌谣里尽是教堂的名字，伦敦所有的教堂都在里头——是所有主要的教堂。”

温斯顿猜想这座教堂建于哪个世纪。要确定伦敦一幢建筑物的年份总是很困难的事情。任何宏伟壮观的建筑物，只要外观看上去比较新，就会被宣称是革命之后才修建的，而任何一看就知道是革命之前就有的建筑，则被归为虚无飘渺的中世纪的遗址。资本主义时期的那几个世纪被认为没有创造出任何有价值的东西。和书本一样，一个人别想从建筑风格中了解到任何历史。雕像、铭文、纪念碑、街名——任何可能让人了解过去的线索都被窜改了。

“我还不知道它曾经是座教堂。”他说道。

“事实上，还有很多这样的建筑遗留了下来。”老头说道，“但都被改作其它用途了。嗯，那首童谣是怎么唱来着？啊！我想起来了！

‘钟声传自圣克莱蒙，说着橘子和柠檬。

钟声传自圣马丁，说你欠我三法新。’

我就只记得这么多了。法新是一种小铜币，跟一分钱硬币有点像。”

“圣马丁教堂在哪儿？”温斯顿问道。

“圣马丁教堂？它还在。在胜利广场那里，就在画廊隔壁，前面有一个三角形门廊、几根柱子和一段宽阔的台阶。”

温斯顿熟悉那个地方。那是一座博物馆，用来进行各种宣传展示活动——等比例缩小的火箭炸弹、漂浮要塞、展现敌人暴行的蜡像雕塑等等。

“那里原本叫做‘农田里的圣马丁教堂’，”老头补充道，“但我不记得那里有农田。”

温斯顿没有买下那幅画。这可比那个玻璃纸镇更惹人注意，而且根本不可能带回家，除非把它从画框里拆下来。但他多待了几分钟，和那个老头聊天。他了解到老头的名字不是威克斯——店面上的字写着是威克斯——而是查林顿。查林顿先生六十三岁，似乎是个鳏夫，经营这间小店有三十年了。在此期间他一直想把橱窗上的名字改过来，但从未付诸行动。两人谈话的时候，那首只记得一半的童谣一直在温斯顿的脑海里回荡。“钟声传自圣克莱蒙，说着橘子和柠檬。钟声传自圣马丁，说你欠我三法新！”太好玩了，当你自言自语的时候，你似乎真的听到了钟声。在伦敦这座失落的都市，那几口钟仍然散落在这里或那里，改头换面，被人所遗忘。从一座幽灵般的塔楼到下一座塔楼，他似乎听到了钟鸣的声音，虽然在他的回忆中，他这辈子从未听到教堂的钟声响过。

他告别查林顿先生，独自走下楼梯，不想让这个老人看到他在走出店门之前鬼鬼祟祟侦察街道的样子。他已经打定了主意，等过一段时间——比如说一个月吧——他会冒险再光顾这间小店。这或许比逃避社区中心晚上的活动更加危险。买了那本日记本，而且在根本不知道店老板信不信得过的情况下，又干了这么一件蠢事。然而——！

是的，他心里想着他会再回来一趟。他会再买些漂亮但没有用处的东西。他会买下那幅圣克莱蒙·丹尼斯教堂钢版雕刻画，从画框里取下来，然后藏在制服外套下面带回家。他会让查林顿先生把整首童谣给回忆起来。就连租下房间这个疯狂的想法也时而在他的脑海里浮现。有大约五秒钟的时间，欢快的情绪让他忘乎所以，放松了警惕，没有往窗户外面张望一眼就走到人行道上。他甚至开始哼起即兴的调子，

“钟声传自圣克莱蒙，说着橘子和柠檬。钟声传自圣马丁，说你欠我——”

突然间，他的心似乎凝成了冰块，而肠子似乎化成了水。一个穿着蓝色制服的人影正从人行道那边走了过来，距离不到十米。就是那个来自虚构处的黑发女孩。灯光很昏暗，但认出她并不难。她直视着他的脸，然后继续快步走着，就像没看到他一样。

温斯顿全身僵住了几秒钟，挪不了步子。接着他拐往右边，迈着沉重的步子走了开去，一时没有注意到自己走错了方向。不管怎样，有一个问题得到了解答。现在他清楚地知道那个女孩在跟踪他。她一定是跟踪他到这儿来的，因为根本不可能有这么凑巧的事情：她刚好在同一天晚上出来散步，刚好来到同一条与党员们居住的区域相隔几公里远的昏暗后街。这也未免太巧合了。她到底是思想警察的密探，还是只是一个好管闲事的业余间谍都无关紧要。她在监视他，这就够要命的了。或许她还见到了他走进酒馆。

走路变得很艰难。每走一步口袋里的那块玻璃都会撞着他的大腿，他很想把它拿出来扔掉算了。最糟糕的是他的肚子疼得要命。有几分钟他感觉如果再不去厕所的话他就会死掉。但像这样的城区没有公厕。然后阵痛过去了，留下隐隐作痛的感觉。

这条路是死胡同。温斯顿停下脚步，站了几秒钟，心里思索着该怎么办，然后转身开始顺原路回去。这时他想到和那个女的擦肩而过不过是三分钟之前的事情，如果他跑过去的话，或许可以赶上她。他可以跟踪她，等走到一处僻静的地方就拿一块鹅卵石砸烂她的脑袋。他口袋里那块玻璃的分量就足以拿来当凶器。但他立刻放弃了这个想法，因为哪怕只是想一想任何需要付出体力的事情，他都觉得受不了。他根本跑不动，无力施暴。而且她年轻力壮，能保护自己。他还想快点赶去社区中心，在那儿呆到关门为止，这样就能勉强制造不在场证据。但这也是不可能的事情。他觉得非常倦怠，只想赶快回家，然后坐下来静一静。

回到家时已经过了二十二点。二十三点三十分大楼就会熄灯。他走进厨房，喝了几乎满满一茶杯胜利牌杜松子酒。然后他走到凹陷处的桌子那里，坐了下来，从抽屉里拿出日记本。但他没有立刻打开。电屏里传出一个女人刺耳的声音，正在尖声高唱着一首爱国歌曲。他坐在那儿，盯着日记本大理石花纹的封面，想将歌声从意识中摈除出去，但根本没有用。

他们会在晚上过来抓你，总是在晚上。在他们抓到你之前，你最好自杀。毫无疑问，有些人就是这么做的。许多失踪其实是源于自杀。但在一个根本无法找到枪支或快速而致命的毒药的世界里，自杀需要莫大的勇气。他有些惊讶地想到疼痛和恐惧这两个生理功能真是毫无意义，以及当一个人需要努力挣扎的时候身体总会发僵这一恼人的情况。假如他动作快点的话，他可以将那个黑发女孩杀人灭口，但由于情况极度危险，他失去了反应的能力。他意识到，危机到来时，你要与之战斗的不是外部的敌人，而是自己的身躯。即使到了现在，虽然喝了杜松子酒，他的肚子仍在隐隐作痛，连保持思维连贯都做不到。他发现，在一切有壮烈或悲剧色彩的场景中，情况都是这样的。在战场中、在刑房里、在沉船上，你为之奋斗的事情总是会被忘记，因为你的身体膨胀起来，充斥整个宇宙。即使你没有因为恐惧而吓得全身麻木或痛苦得尖声哀号，你的生活也会变成一场时刻不停地与饥饿、寒冷、失眠、胃酸或牙疼作斗争的噩梦。

他打开日记本。写下一些东西很重要。电屏里的那个女人开始唱一首新歌。她的歌声似乎钻进了他的大脑中，像锯齿状的玻璃碎片。他试着去想奥布莱恩，日记是为了他或给他看才写的，但他开始幻想思想警察把他抓走之后会发生什么事情。要是他们当场把你杀掉那还好，杀身成仁是你所期盼的事情。但在死之前（没有人说过这些事情，但每个人都知道），你得经历招供的例行程序：在地板上匍匐蠕动，哀号求饶，你的骨头被打断，牙齿被打掉，头发上沾满了血痂。

既然结果都是一样的，为什么你得忍受酷刑？为什么不能提前几天或几周了结自己的生命？没有人能逃脱侦查，没有人能不招供罪行。一旦犯了思想罪，你就在劫难逃。为什么以后一定要去经历那番恐惧，既然它改变不了什么？

他又试着回忆奥布莱恩的样子，这一次比刚才成功了一些。奥布莱恩曾经对他说过："我们将在没有黑暗的地方相遇。"他知道这句话是什么意思，或者说，他以为自己知道。没有黑暗的地方指的是想象中的未来，永远无法亲眼目睹，但通过先知先觉，你能以某种神秘的方式参与其中。但电屏的声音一直在他的耳边缭绕，他无法继续思考。他把一支烟放进嘴里。一半烟草立刻掉到他的舌头上，带着一点灰尘，很难将其吐出来。老大哥的脸浮现在他的脑海中，取代了奥布莱恩的脸。就像几天前他所做的一样，他从口袋里掏出一个硬币，端详着它。那张脸在看着他，神情凝重而平静，就像一尊守护神。但是，隐藏在黑色的八字胡后面的到底是怎样的微笑呢？那几句话就像一口丧钟的钟声回到他的心头：

战争即和平

自由即奴役

无知即力量

第二部

第一章

现在是上午中段，温斯顿离开他的小隔间去上厕所。

灯火通明的长长的走廊那头，一个孤独的人影正朝他走来。是那个黑发女孩。自从那天晚上他在旧货店外面碰见她之后，已经四天过去了。当她走近时，他看到她的右臂挂在吊带上，距离远一点的时候不大显眼，因为吊带和她的制服颜色一样。或许她在捣鼓一台专门草拟小说情节的大型万花筒时把手给压折了。这种事故在虚构处经常发生。

两人相距约莫四米远时，那个女孩脚步踉跄了一下，几乎面朝下栽倒在地。她痛苦地惨叫一声。她摔倒时一定刚好碰到了受伤的右臂。温斯顿停下脚步。那个女孩跪在地上，脸色蜡黄，衬得她的嘴唇更加鲜红。她的眼睛直勾勾地盯着他，眼神楚楚可怜，看上去似乎害怕多于疼痛。

温斯顿的心里涌起一股奇怪的感觉。在他面前是个一心想毁掉他的敌人，但又是一个正忍受着或许是骨折痛楚的女人。他本能地走上前想对她施以援手。在他看到她那缠着绷带的右臂摔到地上时，他自己也似乎感同身受。

“你受伤了？”他问道。

“没事。摔到胳膊了。过一会儿就好。”

她说话时似乎心在怦怦乱跳，脸色变得非常苍白。

“你没摔着吧？”

“没事，我很好。痛一阵子就过去了。”

她朝他伸出那只没受伤的手，他拉着她站起身。她的脸恢复了一丝血色，看上去好多了。

“没事。”她重复了一遍，“只是手腕撞了一下。谢谢你，同志！”

道完谢之后，她继续朝原来的方向走去，脚步依然很轻快，似乎什么事也没有发生。整件事的过程或许还不到半分钟。对他们来说喜怒不形于色已经成为本能般的习惯，而且这件事发生时两人就站在一面电屏前边。但是，要想掩饰那一刹那的惊愕实在是很不容易，因为在他搀扶女孩起来那不到两三秒钟的时间里，她往他的手里塞了一个东西。显然，她是故意摔倒的。那个东西很小很扁，经过厕所时他将它塞进口袋里，用指尖摸索着。那是一张纸条，折成了一个小方块。

站在小便器前边时，他用手指将纸条打开。显然，上面应该写了字。他很想拿着纸条走进一间厕位，立刻读一读上面写了什么。但他心里很清楚那是非常愚蠢的事情。你不知道哪个地方不被电屏时刻不停地监视着。

他回到自己的小隔间，坐了下来，把那张纸条随意地塞进桌子上其它纸条里面，戴上眼镜，把讲写器拉到身前。“五分钟，”他告诫自己，“五分钟，起码得等上五分钟！”他的心在胸膛里怦怦乱跳，发出惊人的巨响。幸运的是，他手头这件工作只是例行公事——对长长一列数字进行修正，不需要精神高度集中。

纸上所写的内容一定与政治有关。他觉得只有两种情况。第一种情况更有可能，那就是，正如他所害怕的，那个女孩是思想警察的密探。他不知道为什么思想警察要选择以这种方式传递信息，但他们一定有他们的理由。上面所写的内容可能是一则威胁、一张传票、一条自杀命令、一个陷阱。但还有一种情况，虽然可能性不大，虽然他徒劳地想要将其强压下去，但它的声音依然一直在脑海里回荡。那就是，这则信息根本不是思想警察传达给他的，而是来自某个地下组织。或许兄弟会真的存在！或许那个女孩就是兄弟会的成员！毫无疑问，这个想法很荒唐，但当纸条塞进他的手里时，他的脑海中就掠过了这么一个念头。过了几分钟，他才想到前一种更合理的解释。即便到了现在，虽然他的理智告诫自己这则信息或许意味着死亡——但他依然不相信会是这样，仍然怀着不切实际的希望，心里怦怦乱跳。他好不容易才控制住自己的声音不至于发颤，对着讲写器念出那一连串数字。

他把业已完成的文稿卷起来，放进气动输送管里。八分钟过去了。他扶好搭在鼻梁上的眼镜，长叹一声，将下一批工作文件拿过来，那张纸条就搁在上面。他摊开纸条，上面以稚嫩的大字写着：

我爱你

他惊诧莫名，足足愣了好几秒钟，甚至没有想到将这足以罗织罪名的东西扔进记忆洞里。等到他把纸条扔进记忆洞里时，虽然他清楚地知道流露出太大的兴趣非常危险，但他无法抵制住再读一遍的诱惑，想再确认一下上面真的写了那三个字。

那天上午接下来的时间，他根本没有心思工作。比专注于一连串琐碎工作更困难的是，他必须对着电屏掩饰他的激动。他觉得似乎肚子里燃烧着熊熊烈火。在那间闷热、拥挤而嘈杂的食堂里吃午饭成了一种折磨。他原本希望吃午饭时能独自清静一会儿，但运气真是糟糕，那个白痴帕森斯就坐在他旁边，身上的汗臭味几乎将炖汤的味道完全掩盖了。他不停地谈论着仇恨周的筹备工作。他特别热衷于一个纸扎的老大哥头像模型，那东西宽达两米，将由他女儿那组少年侦察队动手制作。令人心烦的是，周围那么多人七嘴八舌地说话，温斯顿根本听不清楚帕森斯在说些什么，总是不得不让他再复述一遍那些无聊的言语。他只看到那个女孩一眼，和另外两个女孩坐在食堂远端的一张桌子旁边。她似乎没有看见他，而他也没有再朝那个方向望去。

下午的情况好多了。刚吃完午饭就来了一份很困难细致的工作，需要心无旁骛干上几个小时才能完成。他要修正几份两年前的生产报告，对内部党员圈中某位如今前途黯淡的大人物发起攻讦。温斯顿很擅长这种工作，他将那个女孩从脑海里摈除出去，这种状态维持了足足两个多小时。然后，他记起了她的脸，心里燃起一股无法抑制的希望独处的迫切冲动。他必须独处，否则他没办法想清楚这一番柳暗花明的新变化。今晚他得去社区中心。在食堂里他狼吞虎咽地吃完索然无味的晚饭，匆匆赶到社区中心，参加庄严而愚蠢的“讨论小组”活动，打了两局乒乓球，喝了几杯杜松子酒，坐了半个小时听一场名为《英社与象棋》的讲座。他觉得实在是很无聊，但他一次也没有想到过逃避社区中心的活动。看到“我爱你”那三个字，他的心中洋溢着活下来的愿望，他突然觉得为一些琐事而冒险是那么傻气。直到二十三点钟他才回到家里，躺在床上——在漆黑中只要你默不作声，即使对着电屏也是安全的——他可以不受干扰地琢磨事情。

有一个实际问题亟待解决：如何与那个女孩接触，并安排和她见面。他不再去想会不会是她布下圈套想害他。他知道这不会是陷阱，因为从她给他递纸条时那明确无疑的激动表情就可以知道这一点。显然，她自己吓得半死。他根本没有想过拒绝她的求爱。五天前他还在幻想着拿一块鹅卵石砸破她的脑袋，但那已经不重要了。他幻想着在梦中见过的她那年轻赤裸的身躯。他曾经认为她是一个傻瓜，和其他人没什么两样，头脑里装满了谎言和仇恨，心肠冷若冰霜。想到他或许会失去她，那个白皙年轻的身躯或许会从他身边溜走，他就觉得心急火燎！他最害怕的事情莫过于，要是他没有赶快和她联系的话，她可能会改变心意。但要安排两人见面实在是太困难了。这就像下象棋时在被人家将死的情况下还要走一步棋一样。无论你走到哪儿，电屏总是在监视着你。事实上，读完那张纸条五分钟内他就设想了一切与她取得联系的方式，但现在他有充裕的时间进行思考，他一一思索着这些联系方式，仿佛正把一堆工具摆放在桌子上一样。

显然，像今天早上那样的见面不可能重演。要是她在记录司工作的话情况会相对简单一些，但他不是很清楚虚构司的楼层位于哪里，而且他也没有借口去那里。要是他知道她住在哪儿，她什么时候下班，他或许能想方设法在她回家的路上和她见面。但尾随她回家不安全，因为这意味着在真理部外面游荡，肯定会引起怀疑。至于寄信，这想都不用想。写信已经没有秘密可言，所有的信件在递送过程中都会按照惯例被拆开来。事实上，很少有人会写信。至于有时候非要写信捎话，他们会寄打印好的明信片，里面有大段大段的内容，然后你再把不相关的话给剔除掉。而且他不知道那个女孩的名字，也不知道她的地址。最后他认为食堂是最安全的地点。如果他能和她单独坐一张桌子，就在食堂的中间，别离电屏太近，周围响着嗡嗡嗡的说话声——如果这种情况能持续三十秒的话，他们或许可以聊上几句。

这件事发生后的一星期里，生活就像一个无休止的梦境。第二天直到他要走了，她才来到食堂，这时哨声已经吹响了。或许她被调到晚班了。两人经过时没有看对方一眼。之后的那天她在往常的时间来到食堂里，但和三个女孩在一块儿，而且就坐在电屏下边。接下来的三天她根本没有出现。他的整个身心似乎敏感得让他无法忍受，近乎透明，让每个动作、每个声音、每个接触、他不得不说或不得不听的每个字都变成了一种痛苦。就算在睡梦中他也无法摆脱她的倩影。那几天他没有打开日记本。工作成了他的寄托，能让他连续不断地忘记自我十分钟。他根本不知道她到底出了什么事情。他不能去打听消息。或许她已经人间蒸发了，或许她已经自杀了，或许她被调派到大洋国的边疆，而最糟糕也是最有可能的是，她已经改变心意了，决定避开他。

之后的那天她又出现了。她的手臂没有挂着吊带，手腕的部位包了一圈石膏。见到她让他觉得心头的大石终于落了下来，忍不住直勾勾地盯着她看了几秒钟。再接下来的那天，他几乎就能和她搭上话了。当他走进食堂时，她正独自坐在离墙很远的一张桌子那里。时间还早，食堂里人不是很多。队伍慢慢向前挪，温斯顿就快到柜台那里了，这时队伍停了两分钟，因为前面有人在抱怨没有分到糖精片。但当温斯顿拿到他那碟饭菜，朝她那张桌子走过去时，那个女孩仍独自一人。他神态自若地朝她走去，眼睛搜寻着她身边那张桌子有没有空位坐。

两人的距离只有三米远，再过两秒钟就行了。这时身后有人在叫他，“史密斯！”他假装没有听见。“史密斯！”那个声音喊得更大声了。伪装是没有用的。他转过身。那是一个长得很傻帽的金发青年，名叫威尔什，两人其实不是很熟。威尔什正邀请他到自己那张桌子的空位那里去。拒绝可不安全。被认出来之后，他不能再去和一个单身女孩搭台，那样太引人注意了。他露出友好的笑容，坐了下来。那张长着一头金发、傻乎乎的脸也冲他笑着。温斯顿幻想着自己拿着一把斧头将那张脸从中间劈开。几分钟后，有人到那个女孩子的桌子那里搭台。

但她一定看见他朝她走去，或许她知道这意味着什么。第二天，他刻意早到食堂。她果然坐在几乎相同位置的一张桌子那里，而且又是独自一人。队伍里头排在他前面的那个人是个动作敏捷的小个子，长得像只甲虫，扁平的脸上长着两只猜忌狐疑的小眼睛。温斯顿拿着托盘转过身，看到那个小个子正径直朝那个女孩的桌子走去。他的希望又破灭了。在更远处的一张桌子那里有一个空位，但看上去那个小个子打定了心思要找一张最空的桌子让自己坐得舒服一些。温斯顿跟在他后面，心里瓦凉瓦凉的。如果他不能和那个女孩子单独相处就没有意义了。这时传来一声巨响。那个小个子摔了个四仰八叉，盘子飞掉了，汤水和咖啡在地板上留下两道痕迹。他挣扎着爬起来，狠狠地瞪了温斯顿一眼，显然，他怀疑是温斯顿把他绊倒的。但什么事情也没有发生。五秒钟后，温斯顿忐忑不安地和那个女孩子坐在同一张桌子边。

他没有看她，放下盘子，立刻开始吃饭。赶在别人坐过来之前和她说话是最重要的事情，但他的心里怕得要死。自从那次她主动联系他已经过去一个星期了。或许她已经改变了心意，她一定已经改变了心意！这种事情是不可能有好结局的，这种事情是不会在现实生活里发生的。要不是他看到那个耳朵毛茸茸的诗人安普弗斯托着盘子在食堂里慢悠悠地打转，想找一个地方坐下来，他可能会吓得根本说不出话来。不知道为什么，安普弗斯有点喜欢温斯顿。要是被他看到的话，他肯定会到这张桌子边坐下来的。他只有一分钟的时间采取行动。温斯顿和那个女孩都在慢条斯理地吃着饭。他们吃的是很稀的炖汤，事实上那只是扁豆清汤。温斯顿压低声音，开始说话。两人都没有抬头，慢条斯理地用汤勺将稀汤舀进嘴里，在喝汤的间隙以低沉而毫无情感的语调交流几句最有必要表达的话。

“你几点下班？”

“十八点三十。”

“在哪儿见面？”

“胜利广场，纪念碑旁边。”

“那里到处是电屏。”

“要是人多就没关系。”

“有暗号吗？”

“不用。除非你看到我和很多人在一起，否则别靠近我。不要看着我，走在我身边就好。”

“几点钟？”

“十九点钟。”

“好的。”

安普弗斯没有看到温斯顿，坐在另一张桌子旁边。两人没有再说话，就像两个陌生人相对坐在同一张桌子边，没有再看对方一眼。那个女孩很快吃完午饭离开了，而温斯顿留了下来，抽了一支烟。

在约定的时间之前，温斯顿就来到了胜利广场。他在那根巨大的凹槽纹纪念柱的基座边转悠。最上方是老大哥的雕像，朝南而立，目光直指他曾经在一号空降带战役中消灭欧亚国战机的天空（而几年前那是东亚国的战机）。在前面的街道上有一尊骑士策马的雕像，据说这表现的是奥利弗·克伦威尔[①]。约定时间过了五分钟，那个女孩还没有出现。温斯顿再一次感受到那种可怕的恐惧感。她不来了，她已经改变心意了！他信步走到广场北面，认出那是圣马丁教堂，心里掠过一丝喜悦。这里的几口钟曾发出“你欠我三法新”的钟声。接着，他看到那个女孩站在纪念碑的基座那里，正在阅读一张绕着柱子螺旋上升的海报，或者她是在假装阅读。他得等到有更多人出现才能走近她，以策安全。山形墙下遍布着电屏。这时响起了叫嚷声，左边某个地方传来重型车辆逼近的声音。突然间大家似乎都在跑着横穿广场，那个女孩敏捷地绕过基座的几尊狮子雕塑，融入了人群。温斯顿跟在后面。他一边跑一边从叫嚷声中了解到，原来是一批欧亚国的囚犯正被押解过来。

广场南边已经人头涌动。换了是平时，温斯顿遇到任何混乱的场面就会本能地往外躲，这一次却拼命地往里面硬挤硬撞硬闯，直奔人群中心而去。很快他距离那个女孩只有一臂之遥，但一个体格庞大的无产者和另一个体格几乎同样庞大，应该是他妻子的女人挡住了他的去路，两人构成了一堵似乎不可逾越的人墙。温斯顿先是侧着身子往里面钻，然后猛地一顶，

---

① 奥利弗·克伦威尔（Oliver Cromwell，1599—1658），英国政治家、军事家，十七世纪英国资产阶级革命领袖人物，在英国内战中战胜国王查理一世，并将其处死，成立英联邦共和体制，被册封为英格兰、威尔士、爱尔兰、苏格兰护国公，掌握军政大权，于1658年病逝。

将肩膀插入两人中间。有那么一会儿，他感觉似乎五脏六腑被那两个肥厚多肉的大屁股给挤成了肉酱。然后他拼命挤了过去，出了一身汗。他来到那个女孩的身边。两人肩并肩站在一起，眼睛直勾勾地望着正前方。

长长一列卡车正缓缓驶过街头，神情木然的卫兵配备着冲锋枪，笔直挺立着守住每辆车的四个角落。卡车上，个头瘦小黄皮肤的囚犯穿着破旧的草绿色囚服，蹲坐着紧紧簇拥在一块儿。他们那悲伤的蒙古人种的脸庞木然地望着卡车的外边。卡车时不时颠簸一下，传来叮叮当当的金属声：所有的囚犯都戴着脚镣。满载着悲伤脸孔的卡车一辆接一辆地驶过。温斯顿知道他们就在眼前，但只能断断续续地看见他们。那个女孩的肩膀和肘部以下的小臂和他紧贴在一块。她的脸颊和他的脸颊贴得那么近，几乎可以感觉到她的体温。和在食堂里的情形一样，她立刻掌握了主动。她开始像刚才那样面无表情，嘴唇几乎没怎么动，嗫嚅着低声说起话来，周围的人声和卡车的轰隆声轻易地掩盖了她的声音。

“你听得见我说话吗？”

“听得见。”

“星期天下午你有空吗？”

“有空。”

“那听好了。你一定得记住。去帕丁顿车站——”

他惊讶地听到她以军事行动般的精确程度列明了他必须走的路线。乘半小时火车，出火车站左拐，沿马路走两公里，过一道顶梁不见了的大门，取小径横穿田地，再走一段长了青草的小路，再走一条灌木丛间的小道，见到上有青苔的枯树就是会合地点。地图似乎印在了她的脑袋里。“你都能记住吗？”

最后她喃喃问道。

“能。”

“你转左，然后转右，接着再转左。大门的上面没有顶梁。”

“好的。什么时候？”

“十五点钟。你可能得等一会儿。我会走另一条路去那儿。你真的全都记住了吗？”

“记住了。”

“那就赶快从我身边离开吧。”

她无须告诉他这么做。但两人都没办法从人群里挤出去。卡车仍在鱼贯而过，人们仍在津津有味地看热闹。一开始有几个人在发出嘘声，但那些都是站在人群里的党员，很快就停止了。全场的气氛只是很好奇。外国人，无论是来自欧亚国还是东亚国，都是某种奇怪的生物。他们从未见过穿着囚服之外其它衣服的外国人，而即使是囚徒也只是偶尔惊鸿一瞥。没有人知道他们会有怎样的下场，只知道有几个会被以战犯的罪名处以绞刑，而其他人就凭空消失了，或许被送进了劳改营。蒙古人种的圆脸被更具欧洲特征、长着胡须、肮脏疲惫的面孔所取代。胡子拉碴的颧骨上，那一双双眼睛直视着温斯顿的眼睛，有几双眼睛显得特别专注，然后就一掠而过。押送的车队快走完了。在最后一辆卡车上他看到一个老头，脸上覆盖着花白的毛发，笔挺地站立着，两只手腕交叉搁在身前，似乎他已经习惯了手腕被绑在一起。差不多是温斯顿和那个女孩告别的时候了。但在最后一刻，乘着人群仍然包围着他们俩，她的手摸到了他的手，轻轻将其握住。

两人手拉着手大约不到十秒钟，却似乎过了很久。他好整以暇，感受着她手上的每一寸细节。他摸到了修长的手指、秀气的指甲、起了几个老茧的手掌和手腕下面光滑的皮肤。摸着它他就知道它看上去是什么样子的。就在这时，他想起自己还不知道那个女孩的眼眸是什么颜色的。或许是棕色的，但有的黑发人种长着蓝色的眼眸。转过头看她会是非常不明智的举动。两人紧握着手，在人群的挤迫下没人看得见。他们静静地望着前面。与温斯顿的眼睛四目相投的不是那个女孩的眼睛，而是那个年迈囚犯的眼睛，透过乱蓬蓬的头发，哀愁地看着他。

第二章

温斯顿走在明暗不定的小径上，走到树枝分开的地方，就像步入一潭金色的阳光中。在他左边的树丛下长着一片风信子。空气似乎在亲吻着他的肌肤。今天是五月二日。林子深处传来鸽子咕咕咕的叫声。

他来得有点早。一路上没遇到什么困难。那个女孩应该很有经验，因此他也不像正常情况下那么害怕。她应该值得信赖，能找到一处安全的地方。大体上说，你不能以为到了郊区就比在伦敦安全。当然，这里没有电屏，但到处都有隐藏的麦克风，你的声音可能会被监听并辨认出来；而且，独自出行很难不引起注意。出行距离不超过一百公里不需要给护照盖章，但有时候巡逻队会在火车站转悠，只要有党员被他们发现，就会检查他们的文件，查问一些令人难堪的问题。不过，他没有遇到巡逻队，离开火车站后一路上他谨慎地往身后张望，确保没有被跟踪。火车上坐满了无产者，因为夏天到了，大家都像过节一样高兴。他搭乘的是一节硬座车厢，有一大家子，从牙齿掉光了的太奶奶到一个月大的小婴孩，把里面坐得满满当当的。他们下午准备到住在郊区的亲家那里串门，还毫无顾忌地告诉温斯顿要去弄点黑市黄油。

小路宽了一些，没过一会儿他来到了她告诉过他的小径，其实只是灌木丛间的一条供牲畜走的通道。他没有手表，但应该还不到十五点钟。脚下的风信子长得那么茂密，根本不可能绕开。他弯下腰，拾起几朵花，想消磨一点时间，而且他想采一束花，待会儿见面时送给那个女孩子。他采了一大束花，闻着那淡淡的、略微有点难闻的味道。这时，身后响起一个声音，吓得他手足冰凉，那绝对是树枝被脚踩到的声音。他继续采花，这是最明智的举动。来人可能是那个女孩，也有可能他一直都在被人跟踪。四处张望就是心里有鬼的表现。他采了一朵又一朵。一只手轻轻地搭在他的肩膀上。

他抬头一看，是那个女孩。她摇摇头，显然是警告他不要出声，然后穿过灌木丛，迅速引路沿着窄窄的小径走进林子里。显然，她走过这条路，因为她似乎是出于习惯地避开了湿软的地段。温斯顿跟在后面，仍然紧握着那束花。他的第一感觉是松了口气，但看着走在他前面那苗条而强壮的身躯，还有那条紧得刚好勒出她臀部曲线的猩红色腰带，自惭形秽的感觉就重重地压在他的心头。即使到了现在，她似乎也很有可能会转过身看他一眼，然后就打退堂鼓了。甜美的空气和青翠的绿叶让他有点害怕。从火车站出发这一路走来，五月的阳光让他觉得自己是那么肮脏憔悴，像一只宅居动物，皮肤的毛孔里堆积着伦敦的煤灰。他突然想到，直到现在她可能还从未在光天化日之下见过他的模样。他们来到她提到过的那棵倒下的枯树。那个女孩跳过枯树，将看似没有开口的灌木丛一把推开。温斯顿跟在后面，发现两人置身于一处天然的空地。这是一座小小的草丘，周围是高高的树苗，将其遮掩得严严实实。那个女孩停下脚步，转过身来。

“我们到了。”她说道。

两人面面相觑，距离只有几步远，但他不敢走近她。

“我不想在路上说话，”她继续说道，“担心那里可能藏着麦克风。我认为可能没有，但也可能有，说不定会被那些猪猡中的一头听出你的声音。到了这儿我们就安全了。”

他仍然没有勇气接近她，傻兮兮地重复了一句：“到了这儿我们就安全了吗？”

“是的。看看这些树。这些都是白蜡木，曾经被砍倒，现在又长成了一片树林。每一棵树都不及手腕粗，根本不足以藏匿麦克风。而且我以前来过这儿。”

两人只是在说话。现在他总算能鼓起勇气接近她了。她笔挺地站在他面前，脸上露出微笑，看上去有点嘲讽的意味，似乎她正在疑惑着他怎么迟迟不采取行动。那些风信子花散落一地，两人似乎不由自主地倒了下来。他拉着她的手。

“你相信吗？”他说道，“直到此刻我才知道你的眼睛是什么颜色的。”他注意到那是棕色的，而且颜色很浅，眼睫毛颜色很深。“现在你已经看到我真正的模样了，你觉得我难看吗？”

“不难看。”

“我三十九岁了。我有一个无法解除关系的妻子。我患了静脉曲张，装了五颗假牙。”

“我不在乎。”那个女孩说道。

接下来，说不清楚是谁主动，她已经身处他的怀抱中了。一开始的时候他什么也感觉不到，只觉得这太不可思议了。她那年轻的身躯紧紧地贴着他的身躯，浓密的黑发摩挲着他的脸庞。噢！她仰着脸，他正亲吻着她那宽阔而红润的嘴巴。她的手臂搂着他的脖子，叫他“亲爱的”、“宝贝”和“情哥哥”。他把她拉到地上，而她根本不加抵抗，由得他对她为所欲为。但事实上他没有肉体上的快感，只是觉得触摸到了她，只是觉得不可思议和自豪。他很高兴能一亲芳泽，但他并没有肉体上的欲望。事情来得太快了，年轻貌美的她让他心里很害怕。他习惯了没有女人的生活——他不知道为什么会这样。那个女孩起身掇拾了一下，将一朵风信子从头发里拣出来，挨着他坐了下来，双臂搂着他的腰。

“不要紧，亲爱的。不用着急。我们有整整一个下午。这是个绝好的藏身之处，不是吗？有一次集体远足的时候我发现了这里。要是有人走近的话，一百米外你就可以察觉。”

“你叫什么名字？”温斯顿问道。

“朱莉娅。我知道你叫温斯顿——温斯顿·史密斯。”

“你怎么知道的？”

“我想我侦察信息的能力要比你强，亲爱的。告诉我，当我给你递纸条时你是怎么看我的？”

他不想对她说谎，而且，先把最糟糕的一面说出来不失为一种示爱的手段。

“我讨厌看到你。”他说道，“我想强奸你，然后把你杀掉。两周前我还想着拿一块鹅卵石将你的脑袋砸烂。如果你真想知道的话，我以为你和思想警察是一伙儿的。”

那个女孩开心地笑了，显然觉得这句话是对她伪装得那么好的赞美。

“我怎么会是思想警察！你不是真的这么想吧？”

“嗯，那倒不尽然，但你的样貌——因为你年轻、健康、朝气蓬勃，你懂的——我觉得或许……”

“你以为我是一个好党员，言行纯洁，参加升旗仪式、游行、喊口号、体育比赛和集体远足什么的。你觉得一有机会我就会告发你是思想犯，把你害死是吧？”

“是的，我就是这么想的。许多年轻女孩子都是这样，你知道的。”

“都怨这该死的东西。”她说道，摘下那条青年反性爱同盟的猩红色腰带，将其扔到一根树枝上。然后，摸到自己的腰似乎让她想起了什么，她从大衣口袋里掏出了一小块巧克力，掰成两半，一半给了温斯顿。还没接过手他就闻得出那不是普通的巧克力。那东西颜色很深，而且闪闪发亮，包着银箔。巧克力通常是暗棕色的，一碰就碎，吃起来的味道，怎么形容好呢？就像烧垃圾发出的烟味。但偶尔他会吃到像她拿来的这种巧克力。刚闻到它的香味就勾起了他难以道明的回忆，但这段记忆的情感很强烈，而且会触发痛苦。

“这东西你是从哪儿弄到呢？”他问道。

“黑市那里。”她漫不经心地回答，“事实上，我是那种女孩——看上去是。我擅长体育，我是少年侦察队的中队长，我每星期有三个晚上到青年反性爱同盟做义工。我花了无数小时在伦敦到处张贴他们那些该死的传单。我总是担任游行队伍的旗手。我总是看上去热情洋溢，从不推卸责任。我总是和群众一起高呼口号。我只想说，这是自保的唯一途径。”

那块巧克力的第一块碎片在温斯顿的舌尖融化了。味道好极了。但是那段记忆依然在他的意识边缘徘徊，就像你在眼角瞥见一样东西，能明显感觉得到，但又看不清轮廓。他将这段回忆从脑海里驱走，只知道那是一件他虽然后悔但覆水难收的事情。

“你很年轻。”他说道，“你比我小十到十五岁。像我这样的男人有什么吸引你的呢？”

“是你脸上的一种气质。我觉得我值得冒一次险。我很会识别那些不合群的人。我一见到你就知道你和**他们**不一样。”

他们似乎指的是党员，特别是内部党员。提起他们这些人时，她肆无忌惮地公然表达自己的嘲讽和仇恨，让他觉得很不自在，虽然他知道在这里比在任何地方都安全。让他惊诧不已的是，她说起话来非常粗俗。党员是不应该说脏话的，温斯顿自己就很少说脏话，至少不会大声说出口。但是，只要朱莉娅一提到党，尤其一提到内部党员，就一定会用上那些你在穷街陋巷里看到的用粉笔写的那些字眼。他不讨厌这样。这只是她对党及其一切作风深恶痛绝的表现，而且似乎是很自然健康的事情，就像马闻到劣质干草会打响鼻一样。两人离开了空地，又走在斑斑驳驳的树荫下，只要地方宽得足以并肩而行就会以手臂互搂着腰。他注意到，那条腰带取下来之后，她的腰肢变得更加柔软婀娜。他们一直低声说话。朱莉娅说，出了空地后最好保持安静。很快他们就来到小林子边上。她拦住了他。

“别走进开阔地。可能会有人在监视。我们一直躲在树后面就不会有事。”

两人正站在榛子树丛的阴影下。阳光经过无数的叶子的过滤，晒在脸上仍觉得发烫。温斯顿眺望着远方的田野，望了好一阵子，好奇而诧异地发现自己认得这里。那是一片古老的牧场，牧草被啃得只剩根茬，一条小径蜿蜒横穿而过，到处有鼹鼠打的土洞。对面是参差不齐的树篱，榆树的枝条在轻风吹拂下微微颤动，茂密的叶子如同女子的秀发轻轻飘拂着。附近，虽然不在视野之内，肯定有一条小溪，注入绿色的池塘，里面有鲦鱼在悠游，不是吗？

“这附近是不是有一条小溪？”他低声问道。

“是的，确实有一条小溪。就在下一片田野的边上。里面有鱼，个头挺大。你可以看着它们躺在柳荫下的池塘里，摇晃着尾巴。”

“这简直就是黄金国度。”他喃喃自语着。

“黄金国度？”

“没什么，真的。有时候我在梦里见过这一幅风景。”

“看哪！”朱莉娅低声说道。

一只画眉栖息在不到五米外的一根树枝上，几乎和他们的脸部一样高。或许它没有看见他们。它在日光下，而他们躲在阴影里。它张开翅膀，然后仔细地将翅膀收拢，将头俯低了一会儿，似乎在向太阳顶礼膜拜，然后开始唱出动人的歌曲。在静谧的下午，歌声之嘹亮令人惊诧。温斯顿和朱莉娅搂在一起，入迷地倾听着。婉转曲折的歌声持续了好几分钟，从未重复过一次，似乎这只鸟有意在展现它美妙的歌喉。有时候它会停下几秒钟，伸展开翅膀，然后又收拢起来，鼓胀起长着斑点的胸膛，然后继续开始放声歌唱。温斯顿带着一丝敬意看着它。那只鸟在为了谁，为了什么而歌唱呢？没有伴偶，没有情敌在看着它。是什么促使它站在孤寂的林中无来由地放声歌唱呢？他怀疑附近就藏匿着一个麦克风。他和朱莉娅说话一直很小声，麦克风应该没有录下他们说了些什么，但它可能录下了画眉的歌声。或许，在窃听设备的另一头，某个长得像甲虫的小男人正入神地倾听着——倾听着那美妙的歌声。但渐渐地，歌声将一切思索逐出他的脑海。它就像某种流淌的液体，流进他的心田，和被树叶过滤的阳光夹杂在一起。他停止了思考，只让自己静静地感受着。在他的臂弯下，那个女孩的腰肢是那么柔软温暖。他将她转过身，两人胸膛贴着胸膛，两人的身子似乎融为一体。无论他的手摸到哪里，那里就像流水一样柔顺。两人的嘴紧紧贴在一起，这一次的感觉和刚才猛烈的亲吻感觉很不一样。当他们将脸颊分开时，两人都深深地叹了口气。那只鸟吓了一跳，扑腾着翅膀飞走了。

温斯顿的嘴唇凑到她的耳边。“来吧。”他低声说道。

“这儿不行。”她低声回答，“回藏身的地方去。那儿安全一些。”

很快两人顺着原路回到空地那里，路上偶尔踩到了几根小树枝。一走进白蜡树的小圈子内，她就转过身面对着他。两人呼吸急促，但她的嘴角边又挂着微笑。她站在那儿看了他一会儿，然后伸手拉开她那件制服的拉链。是的！就像他在梦里所看到的那样，就像他想象的那样迅速。她脱掉身上的衣服，而当她将衣服扔到一边时，她的姿态就是那么潇洒，似乎整个文明都为之倾覆。她的胴体在日头下闪烁着白光。但有那么一会儿他并没有去看她的身体，他的眼睛紧紧地盯着她的脸，那张脸上长着雀斑，露出淡然的勇敢微笑。他跪在她面前，拉着她的手。

“你以前做过这种事吗？”

“当然做过，好几百次了——嗯，总得有好几十次吧。”

“和党员做？”

“是的，基本上都是和党员做。”

“和内部党员做吗？”

“不，我可不和那些猪猡做。但很多人**愿意做**，假如他们有机会的话。内部党员可不像他们装出来的那么圣洁。”

他的心猛地一跳。这种事情她已经做过好几十次了。他希望那会是几百次——几千次。任何只要意味着堕落腐化的事情总会让他心生希望。谁知道呢，或许党的内部已经腐朽了，它所奉行的那吃苦耐劳和忘我奉献的精神其实只是掩盖其邪恶的伪装。他巴不得能将麻风或梅毒传播给所有党员！只要能将党腐蚀、削弱、破坏，什么事情他都愿意做！他拉着她跪下来，这样两人就脸对着脸跪在一起。

“听着，你有过的男人越多，我就越爱你。你明白吗？”

“是的，完全明白。”

“我痛恨纯洁。我痛恨美德！我不希望有任何美德存在于任何地方。我希望每个人都烂到骨子里去。”

“那我最适合你不过了，亲爱的。我已经烂到骨子里去了。”

“你喜欢做这种事情吗？我不只是在说我，我是说这件事情本身。”

“我非常喜欢。”

这番话正是他最想听到的。不仅仅是对一个人的爱慕，更是兽性的本能，纯粹的、无差别的欲望——那正是可以将党撕成碎片的力量。他将她摁倒在草坪上，压在那丛风信子上面。这一次轻轻松松就成功了。很快，他们胸膛的起伏减缓到正常的速度，带着愉悦而无助的感觉，两人分开了。日头似乎变得更晒了。两人都昏昏欲睡。他摸到那件丢弃在地上的制服，盖在她的身上。两人很快睡着了，睡了大约半个小时。

温斯顿先醒了过来。他坐起身，看着那张长着雀斑的脸。她仍平静地睡着，头枕在自己的手掌上。除了她的嘴，你不能说她长得很美。如果你仔细端详的话，她的眼睛周围有一两道皱纹，深色的短发特别浓密柔软。他突然想到自己还不知道她姓什么，住在哪里。

这具年轻而强健的身体正在睡梦中，那么无助，勾起他的爱怜和保护欲。但他在那棵榛子树下听那只画眉唱歌时所感受到的那种停止了思考的温存感并没有回来。他将制服拉到一边，观察着她柔滑白皙的侧身。他心里想着，在以前，一个男人看着一个女人的身体，心里就会勾起爱慕，就是这么自然。但现在你无法拥有纯粹的爱或纯粹的欲望。没有任何感情是纯粹的，因为一切都夹杂着恐惧与仇恨。他们的拥抱就是一场战斗，他们的高潮就是一场胜利。这是对党发起的进攻。这是一种政治行为。

第三章

“我们可以再来这儿一趟。”朱莉娅说道，“藏身之处使用两次应该不会有事。当然，得隔上一两个月再说。”

醒来之后她整个人的态度就变了，变得警觉而严肃。她穿上衣服，将那条猩红色的腰带系在腰上，开始安排回程的细节。将这种事情留给她去安排似乎是天经地义的事情。显然，她的干练狡黠是温斯顿所望尘莫及的，而且她似乎非常熟悉伦敦附近的郊区，这是无数次集体远足所积累的知识。她向他指示的路线与来时的路线很不一样，他得去另一个火车站。她说道：“千万不能和过来的时候同一条路线回家，”似乎在阐明一条重要的原则。一会儿她先走，温斯顿等上半小时再离开。

她指定了四天后两人下班见面的地方。那是贫民区的一条街道，那里有一个露天市场，总是熙熙攘攘热闹嘈杂。她会在摊位之间流连，假装在找鞋带或毛线。如果她认为情况安全的话，在他走近的时候她会打个喷嚏，如果不安全，他就径直走过去，假装不认识她。但运气好的话，混在人群中聊上一刻钟并安排下次见面应该不会有危险。

待他熟记完指示后，她说道：“现在我得走了。我十九点三十分得回去，在青年反性爱同盟里待上两小时派发传单什么的。真是讨厌，不是吗？帮我梳理一下，好吗？我头发里有没有小树枝？你肯定吗？再见，我的爱人，再见！”

她投入他的怀抱中，热烈地亲吻了他一会儿，然后拨开白蜡树丛，悄无声息地消失在林子里头。即使到了现在，他还是不知道她姓什么或住哪里。但是，这不要紧，因为他们绝不会在室内见面，或进行任何书面的沟通交流。

后来，他们再没有回去林子里的那块小空地。整个五月他们只找到另一次机会做爱。朱莉娅知道还有一个隐蔽的地方，在一处几乎荒弃的郊区业已破败不堪的教堂的钟楼上，三十年前一枚原子弹曾经炸中这附近。一旦你到了那儿，你就会很安全，但到那儿去的过程非常危险。其它时候他们只能在街上碰面，每个晚上都得去不同的地方，每次见面从未超过半个小时。在大街上他们总是可以勉强说说话。两人在熙熙攘攘的人行道上走着，没有并排走，也从不去看对方一眼，时不时说上一句，就像灯塔的灯光一闪一灭似的，一遇到穿党员制服的人走近或接近电屏时就突然保持沉默，然后过了几分钟后再把说了一半的句子继续说完，然后，走到约定好的地点时，话还没说完两人就分道扬镳，第二天，几乎不需要引入话题就接着继续说下去。朱莉娅似乎很习惯这种说话方式，她戏称之为“分期谈话”。而且她很擅长说话时不怎么动嘴皮子。在当月的夜间密会中，只有一次两人找到了机会亲吻一下。当时两人正静静地在一条小巷子里走着（当两人离开大街时，朱莉娅从不说话），这时传来一声震耳欲聋的巨响，大地在颤抖，周围昏天暗地，温斯顿发现自己侧卧在地，身上有淤青的痕迹，吓得魂飞魄散。肯定是一枚火箭炸弹落在附近了。突然间他发现朱莉娅与自己的脸相距只有几厘米，她吓得脸色发白，像涂了白垩一样，连嘴唇也变得煞白。她死了！他将她拉到身边，发现自己正在亲吻一张鲜活而温暖的脸庞，但嘴唇上沾满了粉末。两人的脸上都厚厚地落满了石膏灰。

有几个晚上两人来到会合地点，却只能无言以对地擦肩而过，因为巡逻队刚好经过，或直升飞机在头顶盘旋。即便在没有那么危险的时候，要找出时间见面也是很困难的事情。温斯顿一周工作六十个小时，朱莉娅的工作时间比他还长，而且休息的日子根据工作的压力经常变更，不一定总是能赶得上趟儿。基本上，朱莉娅每天晚上都在忙碌。她花费了大量时间参加讲座和游行、派发青年反性爱同盟宣传材料、为仇恨周准备旗帜、为节约活动筹款之类的活动。她说这种伪装是有好处的。如果你在日常小事上守规矩，你就可以在大事上不守规矩。她甚至劝说温斯顿再“押上”一个晚上的时间，报名与那些热情洋溢的党员志愿者一道参与业余军需品制造工作。于是，每星期有一天晚上，温斯顿得花四个小时在一间阴风阵阵灯光昏暗的车间里从事极度无聊的工作，将一堆小金属零件拼凑在一块儿，做的可能是炸弹引信的一部分。每个晚上听到的尽是铁锤的敲敲打打声和电屏的音乐声，让他烦透了。

当他们在教堂的钟楼相遇时，零碎的谈话得以被弥补完整。那是一个阳光明媚的下午。钟楼上的小房里空气又热又闷，有股浓烈的鸽子粪的味道。两人坐在布满了灰尘和小树枝的地板上聊了几个小时，时不时由一个人起身透过窗缝往外面张望一下，查看有没有人走近。

朱莉娅二十六岁。她和另外三十个女孩子住一间集体宿舍（“那些女人总是臭气熏天！我痛恨女人！”她顺带说了一句），正如他所猜测的，她在虚构司与那些小说写作机器打交道。她喜欢这份工作，基本上就是运行和维护几部强大但老是会出毛病的电动马达。她“算不上聪明”，但喜欢动手，和机器在一起让她觉得很自在。她可以将创作一部小说的整个流程，从策划委员会制订创作方针到最终改写小组，原原本本地描述出来。但她对那些完成的作品没有兴趣，说“她不喜欢读书”。书籍只是一种必须生产的商品，就像果酱或鞋带一样。

她对六十年代初之前的事情一无所知。她只认识一个经常谈起革命之前日子怎么样的人，那是她的祖父，在她八岁的时候就失踪了。读书期间她是曲棍球队队长，连续两年赢得体操奖杯。她曾经是少年侦察队的队长，在加入青年反性爱同盟之前是青年团的支部书记。她总是展露出性格中优秀的一面。她甚至曾被选派到虚构司下属的色情科工作（这是对品德优秀的人最高的褒奖），这里制作各类廉价色情刊物，供无产者阅读。她说在里头工作的人都戏称那里是垃圾场。她在那里呆了一年，帮忙制作出密封包装的中篇小说，书名都是些什么《打屁股的故事》、《女校一夜记》，许多年轻的无产者会掏钱购买，以为他们买的都是些不法刊物。

“那些都是些什么样的书呢？”温斯顿好奇地问道。

“噢，都是些垃圾。说真的，非常无聊。他们只有六个故事情节，不过会颠来倒去的。当然，我只是负责万花筒，没在改写小组呆过。我文笔不行，亲爱的——连写那种东西都不够格。”

他惊讶地了解到，色情科所有的工作人员，除了科室领导之外都是女孩子。其指导理论是：男人没有女人那么擅长控制性欲本能，因此被这些淫秽内容腐化影响的危险要更大一些。

“他们甚至不招聘已婚妇女。”她补充道，“大家都认为女孩子心灵纯洁，至少这里就有一个心灵并不纯洁。”

十六岁的时候她就初恋了，对象是一个六十岁的党员，后来为了逃避逮捕而自杀。“他干得不赖。”朱莉娅说道，“要不然的话，当他坦白交代时，他们会知道我的名字。”之后她谈了许多回恋爱。她觉得生活其实很简单。你想找点乐子，而“他们”，她指的是党，不愿让你享受快乐，于是你尽自己所能破坏规则。“他们”剥夺你的快乐，而你就跟他们玩猫抓老鼠的游戏，她似乎认为这是天经地义的事情。她痛恨党，以最粗俗的话辱骂党，但她并没有对党进行宏观意义上的批判。除非影响到她自己的生活，否则她对党的教条根本不感兴趣。他注意到，除了一些已经成为日常用语的词汇外，她从不使用新话的词汇。她从未听说过兄弟会，不相信有这么一个组织存在。她觉得任何有组织的反党行动都注定会失败，因此是愚蠢的事情。破坏规则，同时好好活下来才是明智之举。他不知道在革命之后成长起来的年轻一代中有多少人像她一样。他们对其它事情一无所知，认为党是亘古不变的事物，就像天空一样，你无法推翻它的威权，只能对其敬而远之，就像一只兔子躲开一只狗一样。

他们没有谈起能不能结婚的事情。这件事太遥远了，没有必要为此烦恼。就算温斯顿的妻子凯瑟琳已经被干掉，他也不知道会有哪个委员会批准他和朱莉娅这桩婚事。结婚就像白日梦一样毫无希望。

“她是个什么样的人，你老婆？”朱莉娅问道。

“她是个——你知道那个新话词汇‘好想’吗？意思是思想正派，不会有坏念头？”

“不，我不知道这个词，但我知道那种人什么样，非常了解。”

他开始告诉她自己婚后生活的故事，但有趣的是，她似乎已经知道了关键的情节。她向他描述当他触摸凯瑟琳时她全身僵硬的情形，凯瑟琳如何在似乎用尽全身力气将他推开，即便她已经将他紧紧地搂在怀里，仿佛她亲眼目睹或感受到了那些情景。他觉得和朱莉娅在一起时，谈论这些事情似乎非常轻松——凯瑟琳已经不再是痛苦的回忆，只是令他厌恶而已。

他说道："要不是因为一件事，我原本愿意一直忍受下去的。"他告诉朱莉娅，每星期在固定的晚上，凯瑟琳总是逼他和她例行公事般地行房。"她不喜欢行房，却又没有什么事情能阻止她要行房。她总是称行房为——你永远猜不到她是怎么说的。"

"我们对党的责任。"朱莉娅立刻说道。

"你怎么知道的？"

"我也上过学，亲爱的。十六岁以上的学生每个月得接受性教育讲座。还有青年运动。他们经年累月地对你进行思想灌输。我敢说，许多人都对此深信不疑。当然，你不知道谁是真信徒，每个人都是伪善者。"

她开始借题发挥。对于朱莉娅来说，每件事都可以归结到她自己的性欲上。一谈到这个问题她就会变得特别敏感尖锐。她可不像温斯顿，她已经对党的禁欲主义了然于胸。性欲本能创造了不受党控制的自我小天地，因此，如果可能的话，必须将其摧毁。不仅如此，更重要的是，性欲被剥夺之后可以引发歇斯底里的情绪，而这正是党的目的，因为歇斯底里的情绪能被转化为战争狂热和对领袖的崇拜。她对此的解释是：

"当你做爱时，你释放出能量，过后你觉得很开心，不会再关心任何事情。他们不愿让你有这种感觉。他们希望你总是憋着一股能量。所有这些游行、欢呼、摇旗呐喊都只是性欲得不到发泄的表现。如果你发自内心感到高兴，你怎么会因为老大哥、三年计划、两分钟仇恨仪式或其它那些操蛋的事情感到兴奋呢？”

他觉得确实如此。贞洁与政治的正统思想之间确实有着密切联系。因为，除了将某种强大的本能压制，并将其转化为驱动力之外，党又能怎么做，好让它的党员保持适度的恐惧、仇恨和疯狂的盲信状态呢？性欲冲动对于党而言原本是危险的，但它已将其善加利用。他们对亲子关系也进行了类似的改造。家庭没有走向解体，事实上，人们受到鼓励，要关爱他们的子女，几乎和从前没什么两样。而另一方面，孩子们被系统性地煽动起来，仇视他们的父母，还接受指导监视自己的父母，揭发他们的反动思想。事实上，家庭成为了思想警察的分支。通过这一途径，每个人日日夜夜都被非常熟悉他的亲人所监视，随时会被告发。

突然间，他想起了凯瑟琳。要不是凯瑟琳太过于愚笨，没察觉出他的异端思想，她肯定会向思想警察告发他。但真正让他在此刻想起凯瑟琳的，是这天下午令人窒息的酷热，热得他额头汗水涔涔。他开始向朱莉娅讲述一件发生在十一年前另一个炎热的夏日午后的事情——确切地说，是没能发生的事情。

那时候他们已经结婚三四个月了。他们到肯特郡进行集体远足，结果迷路了。他们原本只是拉在后面，离队伍只有几分钟的路程，但他们转错了方向，很快发现自己来到了一片旧采石灰场的边上。开采面约有十到二十米高，下面巨石成堆。他们找不到人问路。一发现他们迷了路，凯瑟琳就开始变得焦躁不安。即使离开那群吵吵闹闹的远足者们一会儿也会让她有做错事情的感觉。她希望能赶快顺着原路回去，于是往另一个方向搜索。但这时温斯顿发现在下面的悬崖缝里长着几丛报春花，有一丛花还生出了品红和洋红两色，似乎是同根并蒂而生。这可是从未见过的奇葩。他招呼凯瑟琳过来看一看。

“看哪，凯瑟琳！看看那些花。靠近底部的那一丛，有两种不同的颜色，你看到了吗？”

她已经转身要走了，但还是焦躁不安地走了回来。她甚至朝悬崖外探出身子看着他所指的方向。他就站在她身后，手搭在她的腰上扶稳她。这时，他突然间想到这里只有他们两人，周围一个人也没有，连树叶也纹丝不动，也没有一只鸟醒来。在这种地方隐藏着麦克风的机会很小，就算真有麦克风的话，它也只会记录声音。现在是下午最酷热最令人昏昏欲睡的时候。太阳照耀着他们，汗珠从他的脸上滴落。他萌生了一个想法……

“为什么你不推她一把？”朱莉娅问道，“要是我就会那么做。”

“是的，亲爱的，你会的。换了现在的我，我也会。或许会吧——我不知道。”

“你为自己没有那么做而感到遗憾吗？”

“是的。大体上我很遗憾没有那么做。”

两人并排坐在满是灰尘的地板上。他把她拉近了一些。她的头搭在他的肩膀上，她的头发怡人的气息掩盖了鸽子粪的臭味。他心想，她那么年轻，她仍然对生活有所追求，她不明白将一个碍事的人推下悬崖其实解决不了问题。

“事实上，就算我动手了，结果还会是一样。”他说道。

“那为什么你会遗憾没有那么做呢？”

“只是因为我希望积极主动一些，而不是坐以待毙。我们在玩一场游戏，而我们不会是赢家。以某种方式失败比其它方式失败要好一些，仅此而已。”

他感觉到她的肩膀动了一下，表示反对。每当他说出这些丧气的话时，她总是会提出反对。她不认为个人注定会失败是天经地义的事情。在某种程度上，她也意识到自己注定会毁灭，思想警察迟早会逮捕处决她，但她仍相信营造一个秘密世界，随心所欲地生存并非不可能的事情。你需要的是运气、才气和勇气。她不明白，世界上没有快乐这种东西，胜利要在遥远的未来才能实现，那时候你已经身故多年，从向党宣战的那一刻起，你最好当自己已经是死人了。

“我们已经死了。”他说道。

“我们还没死。”朱莉娅不同意。

“我不是指肉体上的死亡。半年、一年——五年，大概就这么长。我怕死。你很年轻，因此，你应该比我更怕死。显然，我们要尽量活久一些，但那并不重要。只要人类还有人性，生与死其实没什么两样。”

“噢，胡说八道！你想和我上床还是和一具骷髅上床？你不想活着吗？你难道不喜欢有这种感觉：这就是我，这是我的手，这是我的脚，我是真实的，我是活生生的，我还活着！你难道不喜欢这个吗？”

她转过身，将胸脯贴着他。透过她的制服，他可以感受到她那成熟而坚挺的胸脯。她的身体似乎倾泻着青春和活力，注入他的身体。

“是的，我喜欢这个。”他说道。

“那就不要再说死了。听着，亲爱的，我们得安排下次见面的事情了。我们或许可以回林子里那个地方去。我们已经很久没有回去了，但这一次你得走不同的路线。我已经计划好了。你搭火车——看好了，我会把路线给你画出来。”

她干练地将地上的尘土扫在一块儿，堆成一个方形，从一个鸽子窝里拿来一根树枝，开始在地板上勾勒出路线图。

第四章

温斯顿环顾着查林顿先生的小店楼上那间破旧的小房。窗边那张大床已经整理好了床被，摆好了粗糙的床单和一个没有枕套的长枕。那个钟面刻着十二小时的老式时钟正在壁炉架上滴答滴答地走着。在房间的角落里，他上次来的时候买的那个玻璃镇纸就摆在那张折叠脚桌子上，在半明半暗中闪烁着柔和的微光。

壁炉里放着一个破旧的锡煤油炉、一口炖锅和两个杯子，是查林顿先生提供的。温斯顿点着火炉，准备烧一锅水。他买了整整一袋胜利牌咖啡和一些糖精片。时钟的指针表明现在是十七点二十分——其实是十九点二十分。她十九点三十分就会过来。

愚蠢啊，愚蠢啊，他的心一直在这么说：这是神志清醒、无端愚蠢的自杀行为。在党员所能犯下的所有罪行中，这个罪行是最不可能掩饰的。事实上，这个想法源于他脑海中一个模糊的图景，他仿佛看到那个玻璃镇纸在那张折叠脚桌子的表面上留下倒影。正如他所猜想的，查林顿先生一口答应把房间租出来。显然，能挣上几块钱他当然很高兴。温斯顿把话挑明说租这间房是为了偷情时，他似乎并不觉得惊讶或厌恶。相反，他眼神恍惚，说起话来含含糊糊，神情非常微妙，让人觉得他已经变成隐形人了。他说隐私非常重要。每个人都想有一个地方，可以偶尔独处。而当他们有了这么一个地方时，其他知情者应该守口如瓶，这只是最基本的礼节。说着说着，他似乎真的凭空消失了。他还交待说屋子有两道门，一道门可以穿过后院，通往一条小巷。

窗户下面有人在唱歌。温斯顿躲在棉布窗帘后面，偷偷往外张望。六月的太阳仍高悬在天空，曝晒着下面的庭院。一个壮实如诺曼式圆柱、两只强壮的前臂呈棕红色、身上穿着粗麻布围裙的丑妇正在洗衣盆和晾衣绳之间迈着沉重的脚步来回奔走，挂上一块块方形的白布，温斯顿认出那是小孩子的尿布。当她的嘴里没有叼着挂衣服的夹子时，她就会以浑厚的女低音唱道：

“那只是无望的相思，
就像四月天般转眼即逝，
但一个眼神一句话，
却教我魂牵梦萦，失魂落魄！”

过去几个星期来伦敦到处都在唱这首歌。音乐司某个科室为无产者们创作了不计其数的类似歌曲，这些歌的歌词都是用一种叫“写诗机”的设备创作出来的，根本不需要动脑筋。但这个女人唱得如此委婉曲折，几乎将这首难听的歌变成了动听的天籁。他似乎听见这个女人的歌声和她的鞋子在石板地上的磨擦声，还有街上孩子们的叫嚷声、远处车水马龙的喧闹声，但房间里出奇的安静，这是因为里面没有电屏的缘故。

愚蠢啊，愚蠢啊，愚蠢啊！他的心里又在责骂自己。他们来这个地方幽会不出几个星期就会被捕。但拥有属于自己、就近方便的藏身之处，可以躲在屋里，这对他们来说是难以抵挡的诱惑。自从那次在教堂钟楼幽会之后，两人根本无法安排见面。仇恨周快到了，工作时间大大加长了。虽然还有一个多月的时间，但各种繁重复杂的筹备活动给每个人都增加了额外的工作负担。最后，两人终于安排出同时有空的一天下午。他们已经说好了到林子里的那块空地去。幽会的前夜两人在街上碰头。和往常一样，温斯顿几乎没去看朱莉娅，在人群中朝对方走去，但他匆匆瞥了她一眼，觉得她的脸色似乎比平时更加苍白。

“计划取消了。”她判断可以安全说话后喃喃地说道，“我是说明天。”

“怎么了？”

“明天下午我来不了。”

“为什么？”

“噢，还不是因为那个。这一次来早了。”

他一下子火了。认识她后经过这个月，他对她的渴望已经变了。一开始的时候并没有什么真正的性欲在里面。第一次做爱时，那只是出于一种意愿。但第二次之后情况就变了。她芳香的头发、甘甜的嘴巴、柔滑的肌肤让他为之着迷，似乎变成了包围着他的空气。她变成了肉体上不可或缺的需要，他不仅充满了渴望，而且觉得这是他应有的权利。当她说来不了的时候，他觉得她在欺骗他。但就在这时，人群将两人推搡到一起，两人的手刚好碰到一块。她轻轻捏了一下他的指尖，但挑起的似乎不是情欲，而是怜爱。他意识到，当一个男人与一个女人住在一起时，这种失望应该是很正常的周期性事件，他的心里突然间泛起此前对她从未有过的深深的柔情。他希望两人是业已结婚十年的夫妻。他希望能和她一起逛街，就像现在一样，但可以公开身份，不需要害怕，谈论着鸡毛蒜皮的琐事，商量着给家里购置点什么小玩意儿。他最渴望的，是两人能有自己的地方，不一定每次见面非得做爱不可。不过，租下查林顿先生的房间这个想法不是在当时，而是到了第二天才冒出来的。他向朱莉娅提出这个设想，没想到她满口答应了。两人都知道这是疯狂的举动，这就好比是在自掘坟墓。坐在床边等候时，他又想起了友爱部的地牢。那命中注定的恐怖在一个人的意识中时隐时现的方式真是有趣。就在未来的某个时候，在死亡来临之前，恐怖将迎接他们，就像 99 之后就是 100 一样确凿肯定。这是一个人逃脱不了的命运，但他或许可以将这个结局推迟一些。但是，时不时地，出于有意识的任性行为，你把事件发生前的间隔期给缩短了。

这时楼梯上传来迅速的脚步声。朱莉娅冲进房间。她背着一个粗糙的棕色帆布工具包，有时他见过她背着这个包在真理部出出入入。他走上前想拥抱她，但她立刻挣脱开来，一部分原因是她还背着那个工具包。

“等一下。”她说道，“我要给你看看我带了什么东西过来。你带那些难喝的胜利牌咖啡了吗？我就知道你会带的。你可以先把它放到一边，因为我们不用喝那个。看看。”

她蹲了下来，打开工具包，拿出放在顶部的几把扳手和一把螺丝刀，下面是几个整洁的纸包。她递给温斯顿的第一个纸包有一股奇怪却又有点熟悉的味道，里面装着沉甸甸的、沙子一样的东西，手一碰纸包就凹了下去。

“这不就是糖吗？”他问道。

“真正的糖。不是糖精，是糖。这里还有一块面包——上好的白面包，不是我们吃的那该死的玩意儿——还有一小罐果酱。这儿有一瓶牛奶——但你看这个！这是我最为之自豪的东西。我得拿块麻布把它包起来，因为——”

但她不需要向他解释为什么她得将其包起来。一股浓郁而温暖的味道已经弥漫在整个房间中，这股味道似乎从他童年时就开始飘散，至今仍偶尔可以闻到，神秘地弥漫于门道或拥挤的街道，刚闻到没一会儿，房门一关，香味就再次消失得无影无踪。

“这是咖啡。”他喃喃地说道，“真正的咖啡。”

“是内部党员的咖啡。这里有整整一公斤呢。”她说道。

“你是怎么弄到这些东西的？”

“都是内部党员的东西。那些猪猡什么都有，要啥有啥。当然，服务员、仆人和其他人都会偷东西，还有——看，我还有一小包茶叶呢。”

温斯顿蹲在她身边，撕开茶包的一角。

“这是真正的茶叶，不是黑莓叶。”

“最近茶叶多的是。他们攻占了印度或什么地方。”她轻声说道，“听我说，亲爱的，我要你背对我三分钟。过去坐在床的那头。别太靠近窗户。没我的许可你可不能转身。”

温斯顿迷茫地盯着那块棉布窗帘。在下边的庭院里，那个胳膊通红的女人仍在洗衣盆和晾衣绳之间来回奔走。她从嘴里取下两个夹子，满怀深情地唱起了歌：

“他们说时间可以治愈一切，
他们说你总是可以遗忘，
但这么多年那些笑容与泪水，
仍拨动着我的心弦！”

这整首傻气的歌她似乎唱得很熟。她的歌声飘荡在夏季甜润的空气中，歌声悠扬动听，蕴含着快乐而忧郁的情感。你会觉得要是这个六月天的傍晚一直持续下去，衣服怎么晾也晾不完，她得在那儿呆上一千年，晾着尿布，唱着难听的歌曲，她也会觉得满心欢喜。他突然想到一件有趣的事情，他从未听过一个党员一个人自发地唱歌。这甚至会被看成是不合正统而且非常危险的怪异举动，就像自言自语一样。或许，只有当人沦落到饭都快吃不饱的时候，他们才有心思唱歌。

“现在你可以转过身了。”朱莉娅说道。

他转过身，刚看第一眼几乎没认出她来。他原本以为她会脱光衣服，但她并没有这么做。她的变化比赤身露体更加令人吃惊。她的脸上化了妆。

她一定是偷偷溜进无产者聚居区的某间商店，给自己买了一整套化妆用品。她的嘴唇涂成了大红色，脸颊上涂了胭脂，鼻子上打了粉底。她的眼睛底下不知搽了什么，看上去更加明眸善睐。她的妆化得不是很有技巧，但温斯顿的审美标准并不高。他从未见过或想象过女党员化妆会是什么样子。她的容颜发生了惊人的改变。只要在正确的地方涂上几道颜色，她不仅变得更加美丽动人，而且更有女人味了。而她的短发和男生气的制服更增添了她的魅力。他将她搂在怀里，一股人工合成的紫罗兰的香气涌入他的鼻孔。他想起了那间半明半暗的地下室厨房和那个妓女空洞洞的嘴巴。她用的就是这种香水，但这时候似乎并不难闻。

“还有香水！”他说道。

“是的，亲爱的，还有香水。你知道接下来我会做什么吗？我会去买一条真正的裙子，不穿这些该死的裤子了。我还要穿丝袜和高跟鞋！在这个房间里，我要当个女人，而不是一个党员同志。”

两人脱掉衣服，躺在那张宽阔的桃花心木双人床上。这是他第一次在她面前脱光衣服。直到现在他仍总是为自己那苍白而孱弱的身躯感到羞愧，他的小腿肚子患了静脉曲张，脚踝以上有一块变了色的疤痕。床上没有被褥，但他们躺在破旧光滑的针织毛毯上，床的尺寸和弹性令他俩觉得十分惊奇。“床上一定有很多臭虫，但谁在乎呢？”朱莉娅说道。现在除了无产者的家里，已经再也见不到双人床了。温斯顿小时候曾经睡过几回双人床，而朱莉娅记得自己以前根本没有睡过这种床。

很快两人就睡着了一会儿。温斯顿醒来的时候，时钟的指针快走到九点钟了。他没有起身，因为朱莉娅还在睡，头枕在他的臂弯里。她脸上的妆大部分掉到了他的脸上和枕头上，但在一抹胭脂的衬托下，她的面颊看上去是那么娇艳。一缕黄色的阳光从床尾斜照进来，照亮了壁炉，锅里的水正在沸腾。楼下庭院里的女人没有在唱歌了，但隐约可以听到街上小孩子的叫嚷声。他不知道以前在凉爽的夏天傍晚，像这样一男一女没穿衣服躺在一张床上，想做爱也行，想聊天也行，没有非起床不可的冲动，就这么躺着，听着外面安宁的声音，这算不算是很平常的事情。应该没有哪个时候这种事情是寻常的吧？朱莉娅醒了，揉了揉眼睛，用胳膊肘撑着身子，看着炉子。

“一半的水给煮干了。”她说道，“我一会儿就起来泡点咖啡。我们还有一个小时。你的公寓几点熄灯？”

“二十三点三十分。”

“我的宿舍二十三点熄灯。但你得赶在那时之前回去，因为——嘿！滚开，你这臭东西！”

突然她在床上弹了起来，从地板上抓起一只鞋，以男孩子气的动作将鞋扔到墙角那边，就像那天早上他看到她在两分钟仇恨仪式上朝古德斯泰恩扔词典的动作一样。

“怎么了？”他惊讶地问道。

“一只老鼠。我见到它从护墙板那里探出难看的鼻子。那边有个老鼠洞。我把它吓得够呛。”

“老鼠！”温斯顿喃喃地说道，“这房间有老鼠！”

“到处都有老鼠。”朱莉娅满不在乎地说道，又躺了下来，“甚至连我们宿舍的厨房都有老鼠。伦敦有些地方老鼠成灾。你知道它们会攻击小孩子吗？是的，确实如此。在有的街区，女人甚至不敢让婴儿独处两分钟。会袭击人的都是些块头很大的棕鼠。讨厌的是，这些畜生总是——”

“**别说了！**”温斯顿说道，紧紧闭起双眼。

“亲爱的！你的脸色好苍白。怎么了？它们让你觉得恶心吗？”

“这个世界上，我最害怕的就是——老鼠！”

她偎依在他身上，将他搂在怀里，似乎想用她身体的温暖给他带来慰藉。他没有立刻睁开眼睛。有好一会儿，他感觉似乎回到了在他的生命中反复出现的梦魇。梦魇中的情境总是很相似。他正站在一堵黑漆漆的墙壁前面，在墙的另一边是令人无法忍受、不敢面对的可怕事物。在梦中他感受最深的是，他总是在欺骗自己，因为他知道那堵黑墙的后面是什么东西。要是他拼命用力的话，他或许可以将那个东西揪出来看个究竟，就像将自己的脑子揪出一块那样。当他醒来时，总是不知道那个东西到底是什么，但它和他打断朱莉娅时她正在说的东西有关。

“对不起。”他说道，“没事了。我不喜欢老鼠，就是这样。”

“别担心，亲爱的。我们不会让那些该死的畜生呆在这儿。我们离开之前我会拿点麻布把洞口给堵住。下次来的时候我会带点灰泥，把老鼠洞好好糊上。”

这恐怖的一刻已经快被忘却了，他觉得有点难为情，坐起身靠在床头板上。朱莉娅起床穿上制服，泡了点咖啡。锅里传来浓郁而令人兴奋的味道，他们关上窗户，担心外头会有人注意到这股味道，然后引发他们的好奇。比咖啡的味道更美妙的，是加了糖之后咖啡那种丝绸般柔滑的质感。喝了那么多年糖精，温斯顿几乎忘记糖是什么味道了。朱莉娅一只手插在口袋里，另一只手拿着涂了果酱的面包，在房间里溜达着，满不在乎地瞅了瞅书架，指出那张折叠脚桌子该怎么修理，扑通一声坐在那张破破烂烂的扶手椅上试一试舒不舒服，然后饶有兴味地端详着那口刻着十二个小时的古怪时钟。她把那个玻璃镇纸拿到床上观赏，那里光线比较好。他把镇纸从她的手里拿过来，和往常一样，被这块玻璃柔和如雨水的外观吸引住了。

“你觉得这是什么东西？”朱莉娅问道。

“我觉得这什么都不是——我是说，我觉得这东西其实没有什么用途。这就是我喜欢它的原因。这是他们忘了篡改的历史的小碎片。它是来自一百年前的信息，如果你知道如何进行解读的话。”

“还有那边的那幅画，”她朝对面墙上那幅钢版雕刻画点了点头，“那幅画也有上百年的历史吗？”

“不止。我敢说得有两百年了。没人说得准。现在已经没办法辨认任何东西的年份了。”

她走过去看了看，说道：“那只畜生就是在这儿探出鼻子的。”她迅速踢了踢那幅画下的护墙板。“这是什么地方？我在哪儿见过。”

“是一座教堂，至少曾经是一座教堂。它的名字叫圣克莱蒙 · 丹尼斯教堂。”他想起了查林顿先生教他的那句残缺的童谣，他有点缅怀地唱着：

“钟声传自圣克莱蒙，说着橘子和柠檬！”

令他惊奇的是，她居然接起了下一句：

“钟声传自圣马丁，说你欠我三法新。钟声传自老贝利，叫你快把钱还讫——”

“我不记得后面怎么唱了，但我记得结尾是‘蜡烛引你到床头，落下斧子砍掉头！’”

这就像在对口令一样，但在“钟声传自老贝利”这一段后面应该还有一段歌词。要是盘问得当的话，或许查林顿先生会记起来。

“是谁教你的？”他问道。

“我爷爷。我很小的时候他总是对我讲述这首歌谣。我八岁的时候他人间蒸发了——总之就是消失了。我不知道什么是柠檬。”她没头没脑地补充道，“我见过橘子。它们是一种圆形黄色的水果，皮很厚。”

“我记得柠檬。”温斯顿说道，“五十年代的时候很常见。它们很酸，就算只是闻一下也会让你的牙齿发软。”

“我敢打赌那幅画后面一定有臭虫。”朱莉娅说道，“改天我把它取下来好好清洗一下。我想我们得走了。我得把妆洗掉。真烦人！然后我帮你把脸上的唇膏印洗掉。”

温斯顿又躺了几分钟。房间开始昏暗下来。他转身对着灯光躺在那儿，端详着那个玻璃镇纸。让他百看不厌的不是那块珊瑚嵌片，而是玻璃的里边。玻璃很厚，却又似乎像空气一样通透，似乎玻璃的表面就是苍穹，包围着里面一个完整的小天地。他觉得自己似乎可以钻进里面去；事实上，他已经在里面了，连同这张桃花心木睡床、这张折叠脚桌子、这口时钟、这张钢版雕刻画和这个镇纸本身。这个镇纸就是他身处的房间，那块珊瑚嵌片就是朱莉娅和他的生命，似乎永远镶嵌在水晶的中心。

第五章

塞姆消失了。一天早上，他没来上班——几个没有心机的人还聊起他怎么没来。第二天就再没有人提起他。到了第三天，温斯顿走到记录司的前厅看看公告板。上面有一则公告，列出了象棋委员会成员的名单，塞姆曾经是成员之一。名单和以前几乎没什么两样——什么也没有被划掉——只是少了一个名字。这就够了。塞姆已经不复存在，从来没有过这么一个人。

天气热得可以把人烤熟。真理部迷宫般没有窗户的房间里安装了空调，能保持常温，但外面的人行道很烫脚，而且交通高峰期地铁的味道实在是太可怕了。仇恨周的准备工作如火如荼地进行，各个部门的员工都在加班加点。游行、会议、阅兵仪式、讲座、蜡像、展览、电影节、电屏节目统统都得进行统筹安排，还得搭建看台，建造雕像，构思口号，编写歌曲，散播传言，伪造相片。在虚构司，朱莉娅的科室推迟了小说的编撰工作，正在赶制一批宣传敌人暴行的传单。温斯顿除了要做好分内的工作外，每天还得花很长的时间浏览往期的《泰晤士报》，修改润色将在演讲中引用的新闻。到了晚上，喧闹的无产者们会成群结队地在街上闲逛，整座城市笼罩着一股奇怪的狂热气氛。火箭炸弹轰炸比以往更加频繁，有时候远处会发生巨大的爆炸，没有人能解释发生了什么事情，一时间流言四起。

仇恨周的主题歌（名字叫《仇恨之歌》）已经写好了，电屏上日日夜夜地播放不停。这首歌的曲子听起来就像野兽在咆哮一样，严格来说不能称之为音乐，更像是鼓点的节拍。伴着行军的步伐声，当几百个喉咙同时吼出这首歌时，实在是骇人听闻。无产者们很喜欢这首歌，到了半夜，这首歌和那首仍然流行的《绝恋》此起彼伏，抗衡不休。帕森斯家的两个小孩将这首歌白天也播，晚上也播，拿着一把梳子和一张厕纸和着节拍，真是让人受不了。晚上温斯顿比以往更加忙碌。帕森斯组织了好几队志愿者为仇恨周装点街道，缝制旗帜，绘制海报，在屋顶安置旗杆，危险地越过街道拉起绳子悬挂横幅。帕森斯吹嘘说光是胜利大厦就会飘扬着四百米长的彩旗。他就像一只云雀那样兴奋雀跃。天气那么热，又得干体力活儿，于是他就有了借口在晚上穿短裤和开襟衬衣。他无处不在，搬搬抬抬，敲敲锯锯，发挥他的聪明才智，以同志情谊鼓舞大家，身上每一寸肌肤都散发着无穷无尽的酸臭的汗味。

突然间，伦敦到处张贴着新的海报。上面没有字，只是画着一个欧亚国士兵巨大的身躯，约有三四米高，蒙古人种的脸上毫无表情，正穿着巨大的军靴迈步向前，臀部挂着一挺冲锋枪。无论从哪个方向注视海报，冲锋枪的枪口都被透视法渲染得很大很大，似乎正指着你。这幅海报张贴在每堵墙上空白的地方，数量甚至比老大哥的海报更多。那些无产者们原本对战争漠不关心，现在他们那周期性的爱国主义狂热情绪被激发了起来。似乎与整体气氛相配合，死于火箭炸弹轰炸下的人比以往多了许多。有一枚炸弹落在了斯特普尼一间有很多观众的电影院，数百人葬身于废墟中。整个街区的人都出席了葬礼，送殡的队伍很长，一连走了好几个小时；事实上，葬礼演变成了一场愤慨的控诉大会。另一枚火箭炸弹落在一块被当成操场的荒地上，数十个孩子被炸得粉身碎骨。于是愤怒的游行再次举行，古德斯泰恩的肖像画被焚毁，数百张欧亚国士兵的海报被撕下来，拿到火堆里烧毁，几间商店在暴动中被洗劫一空。有传闻说间谍们以无线电制导的方式引导这些火箭炸弹，一对老夫妇被怀疑是外国间谍，他们的家被放了一把火，两人死于窒息。

当朱莉娅和温斯顿有时间来到查林顿先生小店上面的房间时，他们会并排躺在光秃秃的床上，将窗户打开，赤身裸体地纳凉。那只老鼠再也没有回来，但由于天气热，臭虫惊人地繁衍开来。这似乎没什么要紧的。无论是干净还是肮脏，这间房都是天堂。他们一到这儿就会往每样东西上洒从黑市买到的胡椒粉，然后脱光衣服汗淋淋地做爱，然后睡上一觉，醒来时发现那些臭虫已经集结完毕，正发起大规模的反击。

六月份的时候他们见了四、五、六——七次面。温斯顿已经戒掉了喝杜松子酒的习惯。喝酒似乎已经没有必要了。他长胖了，静脉曲张消退了，只在脚踝以上的皮肤表面留下一块棕色的疤痕，早上也不咳嗽了。生活不再那么不堪忍受，他不再有对着电屏扮鬼脸或扯着嗓门咒骂一通的冲动。现在他们有了安全的藏身之地，几乎就像一个家，虽然他们见面的次数不多，每次见面只能呆几个小时，但这似乎不是那么难受的事情。重要的是，旧货店楼上的这个房间能继续存在。只要想到房间还在那儿，风雨不动，就好像已经置身于里面一样。这个房间自成一个天地，是过去的一段时空，绝种的生物仍在里头信步漫游。温斯顿觉得查林顿先生是另一头绝种的生物。上楼的时候他总是会停下来和查林顿先生聊上几分钟。老人家似乎很少或从不出门，而店里几乎没有客人光顾。他就像幽灵一样游荡于昏暗的小店和更加狭小的后厅厨房之间。他在厨房里做饭，里面除了厨具之外，还有一部古董留声机，装有巨大的号角形喇叭，真是难以置信。他似乎很高兴能有机会和人说话。他总是在他那堆不值钱的货品中流连，长长的鼻子上架着厚厚的眼镜，弓腰驼背的身子穿着那件天鹅绒外套。他的气质更像是一位收藏家，而不是一个买卖人。他总是怀着褪了色的热情触摸着这件或那件废品——一个瓷瓶塞、一个破鼻烟盒的漆盖、一个黄铜鎏金小盒，里面装着一绺久已不在人世的小婴儿的头发——他从来不会向温斯顿兜售任何东西，只是自己乐在其中。和他说话就像聆听一个老旧的音乐盒的乐声。从记忆的角落里他记起了更多业已被遗忘的歌谣的零星片段。有一首歌谣唱的是二十四只八哥，还有一首歌谣唱的是一头断了角的奶牛，还有一首唱的是一只可怜的雄知更鸟之死。每当他记起一则新的片段时，他就会略带尴尬地微笑着说道："我刚刚想起来，或许您会感兴趣。"但每首歌谣他都只记得几段。

两人都知道现在所发生的事情不会持续多久——这个念头一直都在他们的脑海里盘旋。有好几次，死亡正在迫近这个事实似乎就像身下的那张床一样确凿无疑。他们会绝望地蜷缩在一起，就像一个垂死之人紧紧抓住最后五分钟享受那些许的快乐。但也有的时候他们觉得会一直安然无恙。当他们身处这个房间时，两人都觉得没有什么能伤害他们。来到这里是很困难很危险的事情，但这个房间就是他们的避难所。当温斯顿凝视着那个镇纸的里边时，他觉得自己能钻进这个玻璃小天地里。而且，一旦进到里面，时间就停止了。他们经常沉溺于能安全逃脱的白日梦里：他们会一直走好运，他们能一直就像这样成功地隐瞒下去，安享天年。或许，凯瑟琳会去世，通过精心部署，温斯顿和朱莉娅能结为夫妻。或者他们可以殉情自杀。或许他们可以在这个世上消失，改头换面，学会无产者的口音，在工厂里找到一份工作，在某条后巷里度过余生，不被人发现。两个人都知道这是在做白日梦。现实生活中他们根本无从逃避。唯一可行的计划就是殉情自杀，但他们不想死。活上一天算一天，活上一个礼拜算一个礼拜，虽然没有未来，但此刻能好好活着就够了，这似乎是一种无可压抑的本能。就像只要还有空气，一个人的肺就总是会再多吸一口气那样。

有时候，他们也会谈起参加反党斗争，但他们不知道该如何踏出斗争的第一步。即使传说中的兄弟会真的存在，设法加入这个组织也是不容易的事情。他告诉了她自己与奥布莱恩之间存在着，或者说似乎存在着某种亲密的关系，而且他还告诉她有时候他心里有股冲动，想径直走到奥布莱恩跟前，开诚布公地说他是党的敌人，寻求他的帮助。奇怪的是，她并不觉得这么做很鲁莽。她总是会通过人们的面孔对他们加以判断，她觉得温斯顿应该可以相信奥布莱恩，就凭那一次两人眼神的交流。而且，她觉得每个人，或几乎每个人，都在心里悄悄憎恨党，只要觉得安全就会违规犯法。但她不相信大规模有组织的反对活动可以存在。她说，那些关于古德斯泰恩和他的地下党羽的传闻只是党为了达到自己的目的而制造出来的谣言，而你不得不假装相信。她曾无数次在党的集会和自发游行中扯着嗓门要求处决那些她从来没有听说过的人，而且她根本不相信那些人犯下了被指控的罪名。在公审大会举行时，她加入了青年团派遣的支队，从早到晚站在法院外面，不时地叫嚷着："处死那些叛徒！"在两分钟仇恨仪式上，她辱骂古德斯泰恩的声音总是盖过别人。但她根本不知道古德斯泰恩是谁，他代表着怎样的异端邪说。她是在革命之后长大的，五六十年代大清洗时她还太小，记不得那时候的意识形态斗争是怎么一回事。像独立政治运动这种事情超出了她的想象范围，党总是战无不胜。党的统治将会是千秋万代，而且不会改变。你只能以悄悄的抗命形式反对它，最多就是采取孤立的暴力行为，像谋杀或爆炸袭击。

在某种程度上，她比温斯顿更加激进，更不会为党的宣传政策所蒙蔽。有一回他无意间提到了与欧亚国的战争，她漫不经心地说她根本不相信战争正在发生，那些每天在轰炸伦敦的火箭炸弹或许就是大洋国的政府自己发射的，“为的是让人们陷入恐慌”。这让他觉得很惊讶。他以前根本没有这么想过。她还告诉他，在两分钟仇恨仪式中，她很难压抑自己开怀大笑的冲动，让他觉得有点嫉妒。但她只质疑与她自己的生活有关的党的教条。她总是相信官方所塑造的种种不实言论，这只是因为真相与谎言之间的区别对她来说似乎并不重要。比方说，学校里教导说是党发明了飞机，她就相信了。（温斯顿记得五十年代末自己读书时，党只发明了直升飞机，而过了十几年，到了朱莉娅读书时，课本里已经宣称飞机也是党发明的，再过一代人，课本里就会说蒸汽机也是党发明的。）当他告诉她在他出生之前，在革命发生之前飞机就已经存在时，她对这件事情根本不感兴趣。说到底，纠结于是谁发明了飞机又有什么意义呢？有一次偶然间他从她口中得知她不记得四年前大洋国与东亚国在打仗，与欧亚国是盟友关系，这让他十分惊诧。确实，她认为整场战争只是一个骗局，但她根本没有注意到敌人的名字已经变了。她轻描淡写地说道：“我以为我们一直在和欧亚国打仗呢。”这句话让他心里暗暗震惊。飞机的发明是在她出生前很久的事情，但敌友关系的改变只不过是四年前的事情，在那个时候她已经是个成年人了。就这件事他和她争执了大约十五分钟。最后，他终于成功迫使她追溯记忆，直到她隐隐约约记得敌人曾经是东亚国而不是欧亚国。但她仍然觉得这个问题并不重要。“管它呢？”她不耐烦地说道，“该死的战争总是一场接着一场，谁都知道那些战报都是谎言。”

有时候他会告诉她记录司的事情和他在那儿所从事的无耻的捏造工作，她对这些事情并不感到惊讶。当她想到谎言变成了真相时，她并不觉得那是什么天崩地裂的大事。他向她讲述琼斯、阿尔伦森和鲁斯福德的故事，以及那张他曾捏在手里的纸条。她并不为之所动。事实上，起初她根本不知道这个故事意义何在。

“他们是你的朋友吗？”她问道。

“不是。我不认识他们。他们是内部党员。而且，他们的年纪比我大多了。他们属于旧时代的人，活跃在革命之前。我只是见过他们。”

“那你为什么对此感到忧虑？杀人这种事情无时无刻不在发生，不是吗？”

他向她解释：“这一次情况不一样。这不仅仅是杀人的问题。昨天之前的历史已经被摧毁了，你知道吗？就算它残存下来，也只是几件东西，没有任何文字记载，就像那边那块玻璃。我们已经对革命和革命之前那些年头的事情一无所知了。每一份记录都被摧毁或被篡改过，每一本书都被改写过，每一幅画都被重新画过，每一尊雕像、每一条街道、每一座建筑都被重新命名过，每一个日期都被更改过。这个过程日复一日分分秒秒都在进行。历史已经停止了。任何东西都不复存在，只有无尽的现在，党总是英明正确的。我当然知道过去被篡改了，但我永远无法证明这一点，即使我就是篡改过去的人。篡改完毕之后，什么证据也没有留下。唯一的证据在我的意识中。但我根本不知道有没有其他人和我有着共同的回忆。有那么一回，这辈子就那么一回，在那次事件后我掌握了确凿的证据——是在那次事件之后几年的事了。”

“那有什么用呢？”

“没有用。因为几分钟后我就将它扔掉了。但如果同样的事情发生，我会将它保留下来。”

“嗯，我可不会！”朱莉娅说道，“我只会为值得做的事情冒险，但不会为了一张旧报纸这么做。就算你当初保留了下来，你又能拿它做什么呢？”

“或许真的不能做什么。但那是证据。假如我敢将它拿给别人看的话，或许它能种下种种疑惑。我不会奢望我们这辈子能改变什么。但可以想象一下，这儿或那儿爆发一小股抵抗——人数不多的小群体团结在一起，渐渐壮大，甚至留下几则历史记录，让下一代可以继续我们留下的事业。”

“我可不关心下一代的事情，亲爱的。我只关心我们俩的事情。”

“你只是个下半身叛逆者。”他对她如是评价。

她觉得这句话太风趣了，开心地搂住他。

她对于党的教条和细枝末节丝毫不感兴趣。每当他开始谈起英社的原则、双重思想、过去的可塑造性、对客观现实的否定、运用新话词汇等等时，她就觉得很无聊困惑，说她根本不会去关注这些事情。既然一个人知道那些全都是废话，那为什么要为之劳心费神呢？她知道什么时候得欢呼，什么时候得作嘘，这就够了。如果他坚持要谈论这些话题，她就会呼呼大睡，这个习惯令他心里很难受。她是那种能在任何时候以任何姿势睡着的人。和她聊天让他意识到，装出思想正统的样子，却又不知道正统思想为何物是多么容易的一件事情。从某种程度上说，党的世界观对大多数无法理解它的人的改造相当成功。即使是对现实最明目张胆的否认诋毁他们也能够接受，因为他们根本不会明白自己被迫接受了怎样的暴行。而且他们对公众事件漠不关心，不知道正在发生什么事情。正是因为他们无法理解，所以他们才不至于发疯。他们只是囫囵吞枣接受了一切说教，而他们吞下去的说教并没有对他们造成伤害，因为这些说教没有留下任何痕迹，就像一颗谷粒会未经半点消化直接通过一只鸟的体内而被排出一样。

第六章

事情终于发生了。意料之中的信息终于来了。他觉得他这辈子似乎一直在等候着这件事情发生。

他正走在真理部长长的走廊里，就要走到朱莉娅借滑倒的机会递给他纸条的那个地方时，突然发现有个块头比他大一些的人正走在他身后。那个人不知是谁，轻轻地咳嗽一声，显然是准备开口说话。温斯顿骤然停步转身。那个人是奥布莱恩。

他们终于面对面相遇了，他似乎只有跑开的冲动。他的心跳得很厉害。原本他说不出话来，但奥布莱恩径直走了过来，手在温斯顿的胳膊上友好地搭了一会儿，两人并肩走着。他开始说话，语气斯文有礼，态度和大部分内部党员很不一样。

“我一直希望有机会和你聊一聊。”他说道，“前几天我读到了你在《泰晤士报》发表的一篇关于新话的文章。你对新话有学术上的兴趣，是吧？”

温斯顿恢复了几分自制。“谈不上学术兴趣。”他说道，“我只是个门外汉。那不是我的专长，也未能参与新话的创造工作。”

“但你的文章写得很好。”奥布莱恩说道，“不只是我这么认为。前不久我和你的一个朋友聊过，他可是位专家。他的名字我这会儿想不起来。”

温斯顿的心再次痛苦地激荡着。这番话所指的对象只会是塞姆，但塞姆不只死了，他被消灭了，成为了“非人”。只要一提起他，可能就会招致杀身之祸。奥布莱恩说这番话的用意一定是作为一个信号和暗语。他犯下了一桩小小的思想罪，让两人变成了共犯。他们慢慢地沿着走廊继续走着，这时奥布莱恩停下了脚步，将鼻梁上的眼镜扶好，他做这个动作时总是让人觉得很友善，解除了别人心里的防备。然后他接着说道：

“我想说的是，我注意到文章里你使用了两个业已被剔除的词语，但它们只是最近才被剔除的。你读过新话词典第十版吗？”

“没有。”温斯顿回答，“我不知道它已经出版了。我们记录司还在用第九版。”

“我想第十版得再过几个月才正式出版，但样书已经发行了。我自己就有一本。或许你有兴趣读一读？”

“我非常感兴趣。”温斯顿立刻意识到他说这番话的用意。

“有的新进展非常具有原创性。动词的数量减少了——我觉得你会对这个感兴趣的。让我想想，我叫人把词典给你捎过去好吗？但我担心我总是会忘事。或许你可以找个时间到我的公寓来把词典带走？等等。我把我的地址给你。”

两人正站在一台电屏前面。奥布莱恩有点心不在焉地摸了摸两个口袋，然后掏出一小本真皮封面的笔记本和一支金墨水笔。就在电屏下这个位置，任何一个正在另一头监视的人都可以看到他在写什么。他潦草地写了一个地址，撕下那一页，然后递给温斯顿。

“晚上我通常在家。”他说道，“要是不在的话，我的用人会把词典给你。”

他走了，留下温斯顿拿着那张纸站在那儿，这一次他无须将其隐藏。但是，他还是小心翼翼地记下上面写的东西，几个小时后将它连同一堆废纸扔进记忆洞里。

他们最多交谈了几分钟，这次谈话只有一个目的，就是要让温斯顿知道奥布莱恩的地址。这是很有必要的，因为除了直接询问之外，根本不可能知道谁住在哪里。现在可没有地址名录簿什么的。“如果你想和我见面，就到这儿来找我。”奥布莱恩对他这么说。或许在那本词典里藏着一则信息。但至少有一件事是可以肯定的：他一直期盼的阴谋活动确实存在，而他已经进入了它的外围。

他知道迟早他都会遵从奥布莱恩的号召。或许就在明天，或许要等很久——他不知道。现在所发生的事情只不过是几年前种下的因所结出的果。第一步是一个不由自主的秘密念头，第二步是打开日记本。他的反抗已经从思想进化到文字，现在将从文字进化到行动。他最终的结局将会在友爱部发生，他已经认命了。从一开始就注定会是这样的结局。但这实在是太可怕了——更确切地说，这像是预先品尝死亡，像是逐渐陷入死亡。甚至当他和奥布莱恩说话时，那些话的深意也令他毛骨悚然全身冰冷。他感觉就像踏入一座阴森森的坟墓，虽然他已经知道这座坟墓一直在等候着他，但感觉还是那么恐怖。

第七章

温斯顿一觉醒来，眼里满是泪水。朱莉娅睡意蒙眬地转身靠在他身上，嘴里嘟囔着什么，可能是在问他："怎么了？"

"我梦见——"他欲言又止。这件事太复杂了，无法以言语表达。除了梦境本身之外，还有和梦境联系在一起的回忆，在醒来几秒钟之后涌现在他的脑海里。

他躺了下来，合上眼睛，仍然沉浸在梦境的气氛中。那是一个浩瀚而明亮的梦境。在梦中他的一生就像夏日傍晚雨后的风景，一一展现在他面前。这个梦是在那个玻璃镇纸里面发生的，玻璃的表面就是天穹，而在天穹之下，万物都被笼罩在清晰而柔和的光芒中，视野非常开阔。他觉得这个梦包含在了——事实上，从某种意义上说，它就是——他母亲手臂的一个动作，而时隔三十年之后，他在新闻纪实片中，看到那个犹太女人在直升飞机将他们轰得粉身碎骨之前试图为那个小男孩挡子弹时，又做了那个动作。

"你知道吗？"他说道，"直到这一刻我还认为是我杀害了母亲。"

"为什么你要杀害她？"朱莉娅几乎仍然在睡梦中。

"我没有杀害她，肉体上不是我杀的。"

在梦中他记起自己最后一次看到母亲的情形，醒来一会儿后，他想起了这个梦境中的细节。多年来他一直刻意将这段回忆摈除在意识之外。他忘记了那是什么时候的事情了，但当时他应该不只十岁了，可能已经十二岁了。

他的父亲在此之前失踪了，但到底是多久之前的事情他不记得了。他记得比较清楚的是那时候总是吵吵闹闹的，日子很不太平。他们总是担心空袭，躲到地铁站里避难，那里到处沙石成堆，街角到处张贴着看不懂的标语和告示，一群群年轻人穿着相同颜色的衬衣，面包店外排起了长长的队伍，远处不时传来机关枪开火的声音——而印象最深的是，饭总是吃不饱。他记得那些漫长的下午，他和其他男孩在垃圾桶和垃圾堆翻寻，捡拾卷心菜的菜梗和土豆皮，有时甚至会捡到发了霉的面包屑，他们会小心翼翼地将上面的灰尘掸掉；他们还会等候运送牲畜饲料的卡车经过，这些卡车的路线是固定的。有时候它们在路况不好的路段颠簸行进，会掉下几块豆饼。

父亲失踪时，母亲并没有表现出惊讶或强烈的悲伤，但她突然间似乎变了个人。她似乎一下子变得彻底意气消沉。连温斯顿都猜得到她在等候着自己知道一定会发生的事情。该做的事情她都会去做——做饭、洗衣服、缝补、整理床铺、拖地板、清理壁炉架的灰尘——总是干得很慢，几乎没有任何多余的动作，就像一位艺术家的人体模型自己走动起来那样。她那高大而风姿绰约的身体似乎总会自发地静止下来。她会一连几个小时几乎一动不动地坐在床边，照顾他的妹妹，她才两三岁，是一个病恹恹的、非常安静的小女孩，脸蛋瘦得跟猴子似的。有时候母亲会搂着温斯顿，久久地将他紧紧抱住，什么也没说。虽然那时候他还小，而且很自私，但他知道这和那件从未被提起但注定会发生的事情有关。

他记得他们曾经住过的房间，里面阴暗污浊，一张铺着白色床单的床似乎就占据了一半的空间。壁炉围栏里放着一个煤气炉，搁着一个架子，上面存放着食物。外面的楼梯平台上有一个棕色的陶土水槽，由几个房间共用。他记得母亲雕塑般的身躯俯身就着煤气炉上的锅子炒菜的情形。他记得最清楚的就是自己老是肚子饿，吃饭时老是和妈妈吵架。他总是很惹人厌烦地一遍又一遍地追问母亲为什么没有更多的食物吃。他会朝她大吼大叫（他甚至记得他的嗓门，他过早就变声了，有时候嗓门大得有点吓人），他还会装出哭哭啼啼的腔调，想多分到点吃的。而母亲总是会顺从他。她认为他作为“男丁”，理应分到最大一份的食物。但无论她给他多少吃的，他总是要再多吃点。每顿饭她都会央求他不要自私，要记得他的妹妹病了，也需要吃东西，但这根本没有用。当她不舀东西给他时，他会生气地嚎啕大哭，他会试图从她手里抢过炖锅与汤勺，他会从妹妹的盘子里抢东西吃。他知道自己在让母亲和妹妹饿肚子，但他就是忍不住会这么做。他甚至觉得自己有权利这么做。他的肚子在咕咕咕地叫，这似乎就是充分的理由。在三餐之间，要是母亲没有防备，他总是会偷吃架子上所剩无几的食物。

有一天，他们分到了配额的巧克力。已经有好几个星期，甚至好几个月没有分过巧克力了。他记得很清楚那珍贵的一小块巧克力，有两盎司重（那时候他们仍然使用盎司这个单位），而家里有三口人。显然，这块巧克力得平均分成三份。突然间，似乎听到别人在说话一样，温斯顿听到自己振振有词地说整块巧克力都应该归他。母亲告诉他不能这么贪心。两人争吵了很久，夹杂着叫嚷、哭诉、啜泣、抱怨、讨价还价。他的妹妹像只小猴子一样双手紧紧抱着母亲，坐在那里，扭过头来用一双大大的忧伤的眼睛看着他。最后，母亲将四分之三的巧克力分给了温斯顿，另外四分之一给了他妹妹。小女孩拿着那块巧克力，茫然地看着它，或许她还不知道那是什么。温斯顿站在那儿看了她一会儿，突然一个箭步冲上前，将那块巧克力从妹妹手中抢走，朝门口跑去。

“温斯顿，温斯顿！”母亲在他身后嚷道，“回来！把你妹妹的巧克力还给她！”

他停下脚步，但没有回来。母亲忧郁的眼睛盯着他的脸。即使到了现在，他想到了那件事情，他还是不知道那即将发生的事情到底是什么。妹妹知道自己的东西被抢了，有气无力地哭了起来。母亲一手搂着她，让她的脸靠在自己的胸脯上。这个姿势似乎告诉他妹妹就要死了。他转身跑下楼梯，那块巧克力在他手里变得黏糊糊的。

他再也没有见到母亲。他吃完那块巧克力，觉得有点羞愧，在街上晃悠了几个小时，直到肚子饿得咕咕叫才回家。回去时他发现母亲失踪了。当时这是很平常的事情。房间里什么都在，就是母亲和妹妹不见了。她们没有带走任何衣服，甚至连母亲那件大衣也还在。直到今天他还是不知道母亲是不是已经死了。很有可能她只是被遣送到劳改营。至于他妹妹，她可能被带走了，就像温斯顿一样被带到孤儿院（它们的名字叫改造中心），内战以后这些改造中心纷纷出现。或许她也被送进劳改营，和母亲在一起；或许，她被遗弃在哪个地方，已经死了。

这个梦境仍然鲜活地印在他的脑海里，特别是那个搂着妹妹的姿势所表达的呵护之情。他想起了两个月前的另一个梦。在他身下深深的地方，母亲就坐在一艘沉船上，怀里抱着妹妹，就像坐在那张肮脏的、铺着白床单的床上一样，一分一秒地往下沉，但仍然透过浑浊的水一直抬头看着他。

他告诉朱莉娅关于母亲失踪的故事。她没有睁开眼睛，扭动着身躯，让自己躺得更加舒服一些。

“我就知道你那时候是个该死的小混蛋。”她睡意蒙眬地说道，“所有的孩子都是小混蛋。”

“是的，但这个故事真正的用意是——”

听她的呼吸声她应该又睡着了。他原本想继续聊聊母亲的事。在他的记忆中，他觉得母亲并不是什么特别的女人，更算不上是一个聪明的女人。但是，她有一种贵族气质，心地很纯洁，这只是因为她遵循的是人性的标准。她仍拥有自己的情感，外部的影响无法将其改变。她从不会觉得一件没有效果的事情就没有意义。如果你爱着某个人，你爱他，当你没有什么东西给他时，你仍可以给他爱。当最后一块巧克力被抢走后，母亲将妹妹抱在怀里。她这么做于事无补，什么也无法改变，变不出巧克力来，也无法改变妹妹或她的死亡。但对她来说这么做似乎是天经地义的事情。那个船上的难民犹太女人也将小男孩护在怀里，其实她的胳膊就像一片薄薄的纸，根本不足以抵挡子弹。党所做出的可怕的事情，是让你知道只有冲动只有情感是没有用的，与此同时，又将你在这个物质世界上的一切权力统统剥夺掉。一旦你落入党的魔掌，无论你感觉到什么或没有感觉到什么，无论你做了什么或没去做什么，这些都无关紧要。你注定会消失，从此你或你的行为都在这个世上销声匿迹。在历史的洪流中你被彻底清除。但是，对于仅仅两代人之前的人来说，这似乎并不重要，因为他们没有尝试去篡改历史。他们坚守着人与人之间的忠诚，从不对其提出质疑。他们重视人与人之间的关系，一个毫无意义的举动，一个拥抱、一掬泪水、对一个垂死之人安慰的话，都有其价值。突然间他想到那些无产者仍然过着这样的生活。他们不对某个党派、国家或理念表示忠诚，他们只对彼此忠诚。生平以来他第一次没有看不起这些无产者，或认为他们只是惰怠的力量，终有一天将焕发活力，使世界获得重生。无产者们仍保留着人性。他们没有变得铁石心肠。他们仍保留着原始的情感，而这些情感他必须主动而努力地重新学习。想到这里，他记起了一件事情，虽然这件事情看似无关。几个星期前他看到一只断手掉落在人行道上，他将它踢进阴沟里，似乎当它只是卷心菜的菜梗。

“无产者是人，”他大声说道，“而我们不是人。”

“怎么不是人了？”朱莉娅问道，她又醒来了。

他想了想。“你有没有想过，”他说道，“对于我们来说，最好的结局是在事情变得不可收拾之前离开这里，从此不再相见？”

“有啊，亲爱的，我想过好几次了。但我不会这么做。”

“我们运气一直很好。”他说道，“但这种情况不会长久。你还年轻。你看上去是个无辜的普通人。如果你不接近像我这样的人，或许你能再活上五十年。”

“不要。我已经彻底想过了。你做什么，我也做什么。别那么丧气，我知道怎么活下去。”

“我们或许还能在一起呆上六个月——或者一年——谁也说不准。我们最后注定会分开。你知道我们是多么孤独无助吗？一旦他们逮到我们，我们俩谁都帮不了谁，什么都办不到。如果我招供了，他们会把你处决，就算我不招供，他们还是会把你处决。我所说所做的任何事情，就算死不招供，都无法推迟你的死亡哪怕五分钟。我们俩甚至不会知道另一方是生是死。我们只能坐以待毙。最重要的是，我们不能背叛对方，虽然那其实无法改变什么。”

“如果你是说坦白招供，”朱莉娅说道，“招供就招供呗，那没什么。每个人最后都会招供。他们以酷刑折磨你，你别无出路。”

“我不是在说招供。招供不是背叛。你说什么或做什么都不重要，重要的是你的情感。要是他们能让我不再爱你——那将会是真正的背叛。”

她想了想：“他们做不到。”最后她说道：“那是他们唯一无法做到的事情。他们可以让你说出任何话——任何话——但他们无法让你相信那些话。他们不能钻进你的思想里。”

“做不到。”他燃起了一点希望，“做不到，确实如此。他们不能钻进你的思想里。如果你**觉得**保持人性是值得的，就算这不会有任何结果，你就已经战胜他们了。”

他想起了电屏和无休止的窃听。他们日日夜夜在监控你，但如果你动脑筋的话，你仍可以骗过他们。虽然他们很狡猾，但他们从未掌握如何知道另一个人在想什么的秘密。或许，当你真的落入他们的手中时，情况并不是这样。你不知道友爱部里在发生什么事情，但你可以猜测：酷刑、药物、能追踪神经反应的精密仪器，通过剥夺睡眠、单独幽禁和无休止的问话让你逐渐崩溃。不管怎样，事实是瞒不住的。通过酷刑盘问它们会被记录下来，从你的口中挤出来。但如果目标不是求生，而是保持人性，那最终又有什么关系呢？他们无法改变你的情感，你自己也无法改变自己的情感，即便你希望这么做。他们可以将你所说过的、做过的、想过的盘问得一清二楚，但你的内心世界——即使对于你自己来说它的运行机制也是神秘莫测的——将是无法攻陷的堡垒。

第八章

他们采取行动了，他们终于采取行动了！

他们站在一间灯光柔和的长方形房间里。电屏的声音被调得很低，听起来像在低沉地喃喃自语。踩在厚重的深蓝色毛毯上，你感觉似乎正踩着天鹅绒。在房间的另一头，奥布莱恩正坐在放着绿色灯罩的台灯的桌子旁边，左右各摞着一叠纸。仆人带朱莉娅和温斯顿进来时他没有抬头看一眼。

温斯顿的心跳得很厉害，他不知道自己能不能开口说话。他们采取行动了，他们终于采取行动了，这就是他能想到的事情。到这儿来实在是太鲁莽了，而且他们还是一起过来的，实在是太愚蠢了，虽然他们走的是不同的路线，只是在奥布莱恩家门口会合。但就算只是走进这么一个地方也需要莫大的勇气。很少有人能见到内部党员居住的地方里头的情形，甚至连走进他们居住的区域也不是经常发生的事情。整座公寓大楼的气氛、每样东西的奢华和宽敞、精美的食物和上好烟草陌生的气味、宁静而快捷地上下穿梭的电梯、穿着白色外套匆忙奔走的仆人——每样事物都让他觉得忐忑不安。虽然他有好借口到这儿来，但每走一步他都在担心会有身穿黑色制服的卫兵突然从拐角处冒出来，要求他出示文件，勒令他出去。但是，奥布莱恩的仆人没有异议就让他们俩进来了。他穿着白色的外套，个头瘦小，长着一头深色的头发，菱形的脸上毫无表情，或许是个中国人。他领着他们穿过一条走廊，上面铺着柔软的地毯，墙上贴着奶白色的墙纸和白色的护墙板，到处一尘不染，而这也让他有惴惴不安的感觉。温斯顿拜访过不少人的家，从未见过哪户人家的走廊墙上干干净净，没有被人的身体碰脏过。

奥布莱恩的手里拿着一张纸条，似乎正在专心致志地阅读。他那张阴沉的脸低垂着，露出鹰钩鼻的轮廓，看上去很霸气也很睿智。他坐在那儿一动不动，持续了大约二十秒钟，然后将讲写器拉到身边，迅速地说出一连串杂糅着术语的官话：

“第一逗号五逗号七项完全批准句号第六项含指示倍加荒谬接近罪想取消句号取得机器杂项开支全面估算前建设非进行句号信息结束。”

他从椅子上站起身，悄无声息地走在地毯上，朝他们走来。讲完那段新话的指示之后，他的官架子似乎少了一些，但他的表情比刚才更加凝重，似乎他被人打扰了，心里觉得不高兴。温斯顿本来一直很害怕，但现在却觉得有点尴尬。他觉得自己一定是犯下了愚蠢的错误。他有什么确凿的证据表明奥布莱恩是个政治阴谋家？没有，就只有眼神的交流和一句模棱两可的话，除此之外就只有他自己建立在一个梦境之上的想象。他甚至不能说他是过来借词典的，因为那样一来，朱莉娅到访就根本解释不通了。经过电屏时，奥布莱恩似乎想到了什么，停下脚步，转身按下墙上一个按钮。一声厉响之后，电屏里的声音停止了。

朱莉娅轻轻地惊叫了一声。虽然温斯顿心里忐忑不安，但他也被吓得咋舌不已。

“你能把它关掉！”他惊叹道。

“是的。”奥布莱恩回答，“我们可以把它关掉。我们有这个特权。”

现在他就站在他们面前，高大的身躯凌驾于两人之上，脸上仍然带着让人琢磨不定的表情。他等候着温斯顿说话，神情有点严厉，但该说些什么呢？即使到了现在，情况很可能也只是他——一个大忙人——正很不耐烦地纳闷为什么自己工作的时候有人来找他。谁都没有说话，电屏被关掉后，房间里变得一片死寂。时间一秒一秒地过去，过得很慢。温斯顿艰难地一直盯着奥布莱恩的眼睛。突然间，奥布莱恩那张阴郁的脸露出一丝微笑，他以那标志性的动作将鼻梁上的眼镜扶好。

“我说呢，还是你说呢？”他问道。

“我说吧。”温斯顿立刻答道，“那东西真的关掉了吗？”

“是的，一切都被关掉了。就我们仨在。”

“我们来是因为——”

他停住了，第一次意识到他这趟来动机很不明确。他不知道到底要奥布莱恩怎么帮他，因此他不知道如何表达自己的来意。他继续说下去，心里很清楚自己所说的话听起来一定很没有底气很做作。

“我们知道有某个秘密组织在筹划反对党的阴谋，而你是其中的一员。我们希望加入该组织，并为其效力。我们是党的敌人。我们不相信英社的那些原则。我们是思想犯。我们还是通奸犯。我告诉你这些，因为我们希望得到你的帮助。如果你要我们做点什么事情以表诚信，我们准备好了。”

他停了下来，觉得门被打开了，回头看了一下。果然，那个黄色面孔的小个子仆人没有敲门就进来了。温斯顿看到他托着一个盘子，上面摆着一瓶酒和几个杯子。

“马丁是我们的一员。”奥布莱恩不动声色地说道，“把酒拿过来，马丁。放在圆桌上。我们椅子够吗？那我们坐下来说，舒服一点。马丁，你也给自己搬张椅子吧。这是正经事。接下来这十分钟你别把自己当成仆人。”

那个小男人坐了下来，神情很轻松，但看上去仍然一副奴才相，像一个被恩许特权的小厮。温斯顿用眼角打量着他。他注意到，这个男人一辈子都在乔装为仆人，连暂时不去扮演这个身份也觉得会有危险。奥布莱恩拿着酒瓶的瓶颈，往酒杯里倒了一些深红色的液体。这让温斯顿隐约记起很久以前见过一面墙或一块广告板——上面用电灯泡构成一个大大的酒瓶图案，似乎在上下移动，将里面的液体倒进一个玻璃杯里。从上往下看，里面的液体看上去几乎是黑色的，但在酒瓶里它闪烁着红宝石一般的光芒，带着酸酸甜甜的味道。他看见朱莉娅端起酒杯，好奇地闻着里面的液体。

“这叫红酒。”奥布莱恩微笑着说道，“你应该在书里读到过。我想外部党员中很少有人喝过。”他的脸又变得严肃起来，他举起酒杯，“我想我们应该先为健康干杯。祝我们的领袖埃曼努尔·古德斯泰恩身体健康。”

温斯顿热情地端起酒杯。他读到过关于红酒的内容，一直梦想着能喝上一杯。就像那个镇纸或查林顿先生那依稀记得的歌谣一样，红酒属于业已消失的浪漫过去，他心里悄悄将那时候称之为“旧时光阴”。不知道为什么，他一直以为红酒的味道应该很甜，就像黑莓果酱的味道，一喝就醉。事实上，当他喝下红酒的时候，感觉很失望。喝了这么多年杜松子酒，他已经尝不出红酒是什么滋味了。他把空杯了放了下来。

“也就是说，真的有古德斯泰恩这么一个人？”他问道。

“是的。真的有这么一个人，他还活着。至于在哪儿，我不知道。”

“还有反党的阴谋——那个秘密组织呢？这是真的吗？不是思想警察捏造出来的吗？”

“不，这是真的。我们称之为兄弟会。你只需要知道兄弟会的确存在，而你是兄弟会的一员，这就够了。这个我待会儿再说。”他看了看腕表，“就算是内部党员也不能将电屏关闭超过半个小时。你们不应该一起过来的，待会儿你们必须分头离开。同志，”他朝朱莉娅微微颔首，“你先走。我们大概还有二十分钟。我必须先问你们几个问题，希望你们理解。大体上，你们准备做什么？”

“任何我们力所能及的事情。”温斯顿回答。

奥布莱恩在椅子上稍微转过身，面朝着温斯顿。他几乎没怎么和朱莉娅说话，似乎认为温斯顿就代表了她的意见。他的眼睑低垂了下来，过了一会儿，他开始以低沉而毫无情感的声音提问，似乎这只是在进行例行公事的问答，其实大部分问题的答案他已经知道了。

“你愿意牺牲自己的生命吗？”

“是的。”

“你愿意杀人吗？”

“是的。”

“你愿意执行破坏任务，而这可能会导致数百名无辜的人丧生吗？”

“是的。”

“你会背叛你的国家，为外国势力效忠吗？”

“是的。”

“你准备好以欺骗、捏造、绑架的手段，腐蚀小孩子们的心灵，分发会上瘾的毒品，鼓励他们卖淫、散播性病——做出任何可能导致道德沦丧的事情，以此削弱党的势力吗？”

“是的。”

“假如说，举个例子，将硫酸洒在一个孩子的脸上，以此达到我们的目的——你愿意这么做吗？”

“是的。”

“你愿意放弃自己的身份，一辈子当服务生或码头工人吗？”

“是的。”

“如果我们命令你自杀，你愿意吗？”

“是的。”

“你们俩愿意从此分开，永远不再见面吗？”

“不行！”朱莉娅插了一句。

温斯顿觉得半晌说不出话来。他似乎被剥夺了说话的能力。他的舌头挣扎着，但说不出话来，刚想说出第一个单词的音节，就被另一个单词的音节所取代，如此反复了好几遍。最后——他说出答案的时候，心里根本不知道自己想说些什么。最后他说的是：“不行。”

“你们告诉我这一点是对的。”奥布莱恩说道，“我们有必要了解一切。”

他转身面朝着朱莉娅，说话时似乎带着一丝情感。

“即使他能活下来，他也可能变成了另外一个人，你明白吗？我们或许会给他一个新的身份。他的脸庞、举止、手形、头发的颜色——甚至连他的声音也会改变。而你自己或许也会变成另一个人。我们的外科医生能将人改头换面。有时候这是必需的。有时候我们甚至会进行截肢手术。”

温斯顿忍不住瞥了瞥马丁那张蒙古人种的脸庞。他看到脸上并没有疤痕。朱莉娅的脸色苍白，雀斑更加清晰了，但她勇敢地直面着奥布莱恩，嗫嚅着什么，似乎表示同意。

“很好。问题问完了。”

桌子上有一个银色的烟盒。奥布莱恩心不在焉地将烟盒推给他们，自己拿了一支，然后站起身，开始慢慢地来回踱步，似乎站着的时候更有助于他进行思考。那些都是上等的好烟，烟草很多，而且包装精良，外面那层纸就像丝绸一般光滑，感觉很陌生。奥布莱恩又看了一下腕表。

“你得回餐室去了，马丁。”他说道，“我得在十五分钟内开启电屏。走之前好好看看这两位同志的脸。你会再和他们见面。我就不一定了。”

就像刚才在门口一样，这个小男人眨着深色的眼眸端详着他们的脸。他的态度一点儿也不友好。他在记住他们的长相，但他对他们并不感兴趣，或者说表面上看是这样。温斯顿想到，或许一张整过容的脸无法改变表情。什么也没说，也没有行礼，马丁出去了，悄无声息地关上了门。奥布莱恩仍在踱着步子，一只手插在黑色制服的口袋里，另一只手拿着香烟。

“你们知道，”他说道，“你们将在黑暗中战斗。你们将总是置身于黑暗中。你们将接受命令，服从命令，不需要知道为什么。稍后我会给你们一本书，从书中你们将了解到我们所生活的这个社会真正的本质，以及我们如何将其摧毁的策略。读完这本书后，你们将成为兄弟会的正式成员。但除了我们为之奋斗的远大目标和当前的任务之外，任何事情你们都不会知道。我可以告诉你们兄弟会确实存在，但我不能告诉你们会员的数目到底是上百个还是上千万个。就你们而言，你们认识的人不会超过十来个。你们会有三四个联络人，他们会不停地消失更换。今天是你们第一次与兄弟会接触，我们会登记下来。你们将遵从我的命令行事。要是我们觉得有必要和你们联系，联络人会是马丁。要是你们最后被捕，你们将会招供。这是不可避免的。但你们除了自己做过的事情之外没有什么可招供的。你们最多只能供出几个无关紧要的人。或许你们甚至都无法把我供出来。那个时候我可能已经死了，或者已经改头换面，变成了另一个人。”

他继续在柔软的地毯上来回走着。虽然他身材魁梧，但举止非常优雅，甚至连他手插口袋或摆弄香烟也显得那么雍容。他给人的印象不是孔武有力，而是十分自信，而且非常睿智，略带嘲讽的意味。不论他的内心是多么坚定严肃，他完全没有狂热分子的那种心中只有一个目标的执念。当他提起谋杀、自杀、性病、截肢、整容时，他露出淡淡的、嘲讽的神情。他的声音似乎在说：“这些是无可避免的。这些都是我们必须做的，我们绝不会畏惧退缩。但将来日子好了，我们就不会再做出这些事情了。”温斯顿对奥布莱恩十分钦佩，甚至很崇拜他。这一刻他忘记了古德斯泰恩朦胧的身影。当你看着奥布莱恩强健的肩膀和他那张虽然长得很丑却很有绅士风范的国字脸时，你会觉得他是不可战胜的。没有什么阴谋能蒙蔽他，也没有什么危险他无法察觉。连朱莉娅似乎也被感染了。她由得自己那根烟熄灭，专注地倾听着。奥布莱恩继续说道：

“你们大概已经听到了关于兄弟会存在的谣言。你们一定也已经形成了自己的想法。或许你们以为有许多同谋者在从事地下活动，在地下室秘密聚会，在墙上涂写信息，以暗号或特别的手势彼此辨认。根本没有这种事情。兄弟会的成员没有办法认出对方，任何一位成员最多只认识几位同志。就算古德斯泰恩本人落入思想警察的手里，他也无法供出完整的成员名单或任何能让他们获得完整名单的信息。根本没有这么一张名单。兄弟会是不可能被消灭的，因为它不是一个通常意义上的组织。凝聚这个组织的只有一个理念，一个坚不可摧的理念。这个理念就是你唯一的支撑。你不会得到同志情谊或鼓励。当你最后被捕时，你不会得到帮助。我们不会帮助我们的成员。最多，当需要灭口的时候，我们有时会偷偷将刀片送到牢房里。你必须适应没有结果也没有希望的生活。你将活动一段时间，然后被捕。你会招供，然后就会死去。这就是唯一你能看到的结果。我们这辈子不会看到什么显著的改变。我们是行尸走肉。我们真正的生活只存在于未来。到了那时，或许我们已经变成了几撮骨灰或几具枯骨。但未来有多遥远？谁也不知道。或许是一千年之久。现在我们所能做的，就是将这一理念逐渐传播开去。我们无法采取集体行动。我们只能将这一理念由一个人传给另一个人，由一代人传给另一代人。面对思想警察，我们只能这么做。”

他停了下来，第三次看了看腕表。

他对朱莉娅说道：“是时候你们得离开了，同志。等等，酒瓶里还有半瓶酒。”

他往杯子里倒了酒，举起自己的酒杯。

“这一次祝酒应该是什么由头呢？”他说话时仍带着那种淡淡的嘲讽意味，“祝思想警察陷入混乱？祝老大哥死去？向人性致意？向未来致意？”

“向过去致意。”温斯顿提议。

“确实，过去更加重要。”奥布莱恩严肃地表示认同。

三人干了杯，过了一会儿，朱莉娅起身离开。奥布莱恩从柜子的最顶部拿下一个小盒子，递给她一片白色的东西，吩咐她含在舌头上。他说一定不能带着酒味出去，因为电梯服务员很善于观察。她出去后门就关上了，他似乎忘记了她的存在。他又来回踱了几步，然后停下来。

“有几个细节得确认一下。”他说道，“我想你有个藏身之所，是吧？”

温斯顿解释他在查林顿先生的小店楼上租了个房间。

“暂时就这样。稍后我们再为你另作安排。藏身地点得经常更换，这一点非常重要。同时，我会把**那本书**给你送过去。”——温斯顿注意到，提到“那本书”这三个字时，奥布莱恩的语气很重——“古德斯泰恩的书，你懂的，我会尽快安排。我可能得花几天时间才能弄到一本。你可以想象得到，他的书所剩无几了。思想警察一直在追踪这些书，摧毁的速度几乎和我们印书的速度一样快。但这问题不大。这本书是消灭不了的。就算最后一本书被销毁了，我们也能几乎一字不差地将其重写出来。你上班时带公文包吗？”他补充问了一句。

“通常会带。”

“什么样的包？”

“黑色的，很旧，有两根带子。”

“黑色的，有两根带子，很旧——好的。就这几天——我说不准具体是哪天——你在早上上班时会收到一则信息，上面印错了一个字，你要求重发。到了第二天，你别带公文包上班。当天某个时候，一个人会在街上碰碰你的胳膊，对你说：‘我想你的公文包掉了。’他给你的包里面就有一本古德斯泰恩的书。十四天之内你必须将其归还。”

两人沉默了一会儿。

“还有几分钟你就得离开了。”奥布莱恩说道，“我们还会再见面的——要是我们再见面的话——”

温斯顿抬头看着他，迟疑地说道：“会在没有黑暗的地方？”

奥布莱恩点了点头，没有露出惊讶的表情：“在没有黑暗的地方。”似乎他已经知道这句话的含义，“还有，在你离开之前，你有什么想说的吗？有什么要交代的？有什么问题想问？”

温斯顿想了想。他似乎没有什么问题想问，更不想说一些高调的空话。他脑海中没有去想任何与奥布莱恩或兄弟会有直接联系的事情而是浮现出母亲度过生命中最后那几天的那间阴暗的卧室，以及查林顿先生小店楼上的那个小房间，还有那个玻璃镇纸和那幅镶在檀木画框里的钢版雕刻画。他随口问了一句：

“你是否听过一首古老的童谣，开头是这么唱的：‘钟声传自圣克莱蒙，说着橘子和柠檬？’”

奥布莱恩又点了点头，斯斯文文地将整首童谣唱了出来：

“钟声传自圣克莱蒙，说着橘子和柠檬。

钟声传自圣马丁，说你欠我三法新。

钟声传自老贝利，叫你快把钱还讫。

钟声传自肖迪奇，等我发财再说哩。”

温斯顿惊叹道：“你知道最后一句！”

“是的，我知道最后一句。现在，我想是时候你得离开了。等一下，我得给你药片。”

温斯顿站起身，奥布莱恩伸出一只手，他的力气很大，温斯顿的手掌骨头被握得生疼。温斯顿在门口回头看了一眼，但奥布莱恩似乎已经将他摈出脑海之外。他的手正放在控制电屏的按钮上。温斯顿看到他身后的那张书桌，上面摆着绿色灯罩的台灯、讲写器和装满了纸张的铁丝筐。事情就这么结束了。他心里想，半分钟之内，奥布莱恩就会以党员的身份，回到他被中断的重要工作中。

第九章

温斯顿感觉累得就像一摊凝胶。凝胶这个比喻很恰当，自发地浮现在脑海里。他的身体似乎不仅就像一团胶冻那样虚弱，而且似乎变得半透明了。他觉得，如果自己把手举起来，他将能透过它看到光亮。繁重的工作似乎把所有的血液和淋巴都抽干了，只剩下一堆脆弱的神经、骨骼和皮肤。所有的感官意识似乎都被放大了。他那件制服磨着他的肩膀，人行道老是磕着他的双脚，连手掌的张合也似乎得很用力才能做到，各个关节嘎吱作响。

在五天之内他工作了九十多个小时。部里每个工作人员也都一样。现在一切都结束了，他几乎没有事情做，得到明天上午才会接到党的工作。他可以在藏身的地点呆上六个小时，然后回自己的床上再睡上九个小时。在午后和煦的阳光下，他慢慢地沿着肮脏的街道走着，朝查林顿先生的小店那个方向走去，眼睛仍在留意着巡逻队，但心里怀着一个毫无来由的信念：今天下午不会有危险，没有人会找他麻烦。每走一步手里那个沉重的公文包就会撞到他的膝盖，让他腿上的皮肤隐隐作痛。书就在公文包里头，这本书他已经拿到六天了，但还没打开过，甚至连看都没看一眼。

游行、演讲、呐喊、歌唱、挥舞旗帜、张贴海报、观看电影、展览蜡像、吹号打鼓、军队阅兵，坦克的履带轰隆隆地驶过，密集的飞机嗖嗖嗖地飞过，无数门大炮同时开火——这些活动一连进行了六天；到了仇恨周的第六天，当这场狂欢达到最高潮的战栗巅峰时，民众对欧亚国的仇恨被煽动至如癫似狂的地步：在最后一天，有两千名欧亚国的战犯将被公开处以绞刑，要是愤怒的民众能接触到他们的话，他们无疑会被撕成碎片——就在这时，公告宣布，大洋国根本没有在和欧亚国打仗。大洋国在和东亚国打仗，而欧亚国是盟友。

当然，没有声明承认发生过任何变化。这个突如其来的消息立刻传遍了所有地方，敌人是东亚国，而不是欧亚国。事情发生的时候，温斯顿正在参加位于伦敦中部一个广场的游行示威。当时是晚上，苍白的面孔和鲜红的旗帜显得特别鲜艳。广场上聚集了数千民众，包括上千名穿着少年侦察队制服的小学生。挂着猩红色幕布的演讲台上站着一个内部党员演讲者。他个头瘦小，双臂长得不合比例，大大的脑袋几乎秃顶了，只剩下几绺细长的头发。他正朝着人群激动地慷慨陈词，像个侏儒怪，整张脸因为仇恨都扭曲了。他一只手抓住麦克风，而另一只瘦骨嶙峋的大手在头顶的空气中乱抓乱舞。他的声音经过扩音显得特别刺耳，滔滔不绝地讲述着暴行、屠杀、驱逐出境、洗劫、强奸、虐待囚犯、轰炸平民、充斥着谎言的宣传、不公正的指控和撕毁和约。听他的演讲，你肯定会先是被他说服，然后陷入癫狂。每过一会儿群众的愤怒就会沸腾起来，那个演讲者的声音被数千个喉咙不由自主发出的野兽般的嘶吼所淹没，而那群小学生的叫嚷声最为野蛮。演说进行了二十分钟时，一个信差匆忙跑上讲台，将一张纸塞到演讲者的手中。他展开那张纸，一边继续演讲，一边看着上面的内容。他的声音、举止或演讲的内容一点儿都没变，但突然间那些名字不一样了。大家什么也没说，一股心照不宣的浪潮席卷而过。大洋国正在和东亚国打仗！接着场内一片骚乱。那些装点着广场的旗帜和海报都错了！有一半印着错误的面孔。这是破坏行为！是古德斯泰恩的党羽在搞鬼！演讲中间发生一段骚乱的插曲：海报从墙上被撕下来，旗帜被撕成碎片，狠狠地踩上几脚。少年侦察队干得尤其漂亮，他们爬上屋顶，把挂在烟囱上的横幅剪断。但刚过了两三分钟喧闹就结束了。那个演讲者仍然一只手抓住麦克风，向前耸着肩膀，另一只手在空气中胡乱挥舞，继续进行他的演讲。过了一分钟，人群再次爆发出凶狠的怒吼。"仇恨仪式"一如既往地进行，只是目标已经改变了。

回过头来想一想，让温斯顿印象深刻的是，那个演讲者在一句话说到一半的时候就直接转换了主题，不仅没有停顿，连句子的结构也没有打断。但当时他的注意力全放在了别的事情上。在海报被撕毁的混乱中，一个人碰了碰他的肩膀，对他说道："打扰一下，我想你的公文包掉了。"他没有看见那个人的脸。他一言不发，心不在焉地拿起公文包。他知道得过上好几天他才有机会打开公文包看一看。示威活动刚一结束他就径直回到真理部，虽然那时候已经是二十三点了。部里全体工作人员都回去了。电屏已经发出命令，要求工作人员回到岗位上，其实这则命令根本没有必要下达。

大洋国正和东亚国打仗，大洋国一直在和东亚国打仗。这五年来许多政治文章现在彻底作废了。各种各样的报告、记录、报纸、书籍、宣传册、电影、唱片、相片统统都得以雷霆般的速度进行修正。虽然没有下达指示，但他们都知道部里的头头们希望一周之内所有提及与欧亚国打仗，或与东亚国结盟的文字统统从这个世界上消失。这是非常浩繁的工作，而且由于这件事不能名正言顺地进行，因此更加累人。记录司的每个人每天工作十八个小时，只有两三个小时可以睡觉。他们从地窖里搬出床垫，堆满了走廊；食堂的员工用手推车送来三明治和胜利牌咖啡作为一日三餐的食物。每一次，温斯顿在离开岗位去打个小盹儿前，都会将桌子上的工作清理掉，但每一次他睡眼惺忪全身疼痛地走回桌子时，就会发现又有一大摞纸卷像雪花那样堆满了整张桌子，讲写器被埋了一半，有的还掉到了地板上，因此，他要做的第一件事总是先得把纸卷码成整齐的一摞，腾出空间进行工作。最痛苦的是，这些工作并非纯粹只是机械劳动。很多时候他只是将名字进行改动，但那些涉及细节的事件报告则需要非常小心，而且还得发挥想象力。甚至连把整场战争从一个地方乾坤大挪移到另一个地方所需要的地理知识也是非常惊人的。

到了第三天，他的眼睛就疼得不行，每隔几分钟就得摘下眼镜擦一擦。这就像干体力活一样累，你有权利选择不干，却又神经质地迫切想将其完成。当他回想这段时间的工作时，他知道自己对着讲写器所说的每句话、他的墨水铅笔所写下的每个字都是精心编织的谎言，但他觉得心安理得。他和司里每个人一样，衷心希望这些捏造的信息能达至完美。到了第六天的早上，气动输送管送纸卷的速度慢了下来。有半个小时输送管里什么也没有出来，接着又来了一个纸卷，然后就没有了。就在同一时候，各个部门的工作都开始变得越来越轻松。记录司的所有工作人员似乎都悄悄地长叹了一口气。一件无法启齿的伟大事业已经完成了。现在，没有人能够通过文献材料证实与欧亚国的战争曾经发生过。中午十二点整的时候，突然有消息宣布，真理部的全体工作人员可以下班了，明天早上再回来。温斯顿带着装着那本书的公文包回家了。当他工作的时候，他把公文包夹在双脚之间，当他睡觉的时候，他把它压在身下。他刮了胡子，泡澡的时候他差点睡着了，虽然水半温不热。

他全身的关节在嘎嘎作响，艰难地爬着楼梯上了查林顿先生的小店上面的房间。他很累，但不再昏昏欲睡。他打开窗户，点着脏兮兮的小煤气炉，烧了一锅水准备泡咖啡。朱莉娅很快就会过来，而且他还得处理那本书。他坐在那张邋遢的扶手椅上，解开公文包的带子。

那是一本厚厚的黑皮书，装帧很蹩脚，封面上没有名字或书名，印刷也似乎有点不齐整。书页的边角都磨损了，而且很容易就脱落下来，似乎这本书已经被很多人传阅过。扉页上面印着这些文字：

寡头集体主义的理论与实践

埃曼努尔·古德斯泰恩 著

温斯顿开始阅读。

第一章

无知即力量

有史以来，或许自新石器时代末期开始，这个世界上存在着三种人：上等人、中等人和下等人。每一种人的内部又分化出许多阶层，冠以不同的名字。他们的相对数目以及彼此之间的态度随着时代的变迁而不停变化。但这一社会结构从未改变。即使经过无数重大而且似乎无可挽回的变化，这一社会模式总是能恢复过来，就像一个陀螺仪，无论往哪个方向推，它总是会回归平衡一样。

这三个群体的目标是完全不可调和的……

温斯顿停止了阅读，因为他很庆幸自己能够安全而舒服地阅读这本书。屋里只有他一个人，没有电屏，没有人趴在钥匙孔上偷听，他不用东张西望，或用手遮住书页。夏季甜美的空气撩拨着他的脸颊。远处传来了孩子们隐隐约约的叫嚷声。房间里悄无声息，只有那口时钟虫子一般的走动声。他身子往扶手椅里一沉，把脚搁在壁炉架上。这就是幸福，这就是永恒。突然间，就像有时候一个人翻弄一本他知道一定会反复阅读每一个字的书那样，他翻到了另一页，看到那是第三章。他继续读下去。

第三章
战争即和平

二十世纪中叶，预言已经指出世界将被三个超级大国所瓜分。俄国吞并了欧洲，美国则吞并了英国，从而形成了三个超级大国中的两大势力：欧亚国与大洋国。第三股势力，东亚国，要到十年后，经过连番混战才正式成立。这三个超级大国的疆界有的地方经过磋商得以确立，而有的地方则视战争局势而定。但基本上这三个国家的国界是依照地理界线划分的。欧亚国包括了整个欧洲和亚洲大陆北部，地跨葡萄牙至白令海峡。大洋国覆盖了南北美洲、包括不列颠群岛在内的大西洋群岛、澳大利亚和非洲南部地区。东亚国比这两个大国面积略小，西部的国界尚未得以确定，囊括了中国及其南边的几个国家、日本群岛和满洲、蒙古与西藏大部，尽管“大部”的具体所指在不断变动。

过去二十五年来，这三个超级大国总是在不停地结盟、背叛、打仗。然而，战争不再像二十世纪初那样到了你死我活不共戴天的程度。在这场战争中，交战三方的目的都很有限，而且没有能力摧毁对方。战争的目的不是为了获取物资，也不是出于真正的意识形态上的分歧。但这并不是说战争的方式或对战争的态度没有那么血腥，或更加崇尚道义。恰恰相反，这三个国家内一直弥漫着歇斯底里的战争情绪，诸如强暴、劫掠、残杀儿童、奴役人口、包括活煮活埋等手段在内的虐待战俘的行为，都被视为天经地义的事情。如果是己方而不是敌人所为，那就是在建功立业。但参与战争的人员数目并不多，大部分都是经过严格训练的特种部队，因此伤亡很小。战斗通常都是发生在虚无缥缈的国界线上，具体的地点普通人只能胡乱猜测，有时候则会在扼守海洋航线战略要地的漂浮要塞附近进行。在三个超级大国的中心城市，战争只不过意味着延绵不断的物资紧缺和时而发生的火箭炸弹轰炸，可能会造成数十人左右的伤亡。战争的实质已经改变了。更确切地说，发动战争有多种原因，而这些原因的重要性排序已经改变了。在二十世纪早期的世界大战中，有的开战动机已经存在，但只是起一小部分作用，而现在却成了主导原因，并且得到了明确认识和贯彻。

要理解当前战争的实质——虽然每隔几年参与战争的三方势力就会重组阵营，但还是同样一场战争——首先必须了解的是，这场战争不会有任何结果。即使两个超级大国联手，也不可能征服第三个超级大国。这三个国家势均力敌，而且天然的防线坚不可摧。欧亚国地域广袤；大洋国有大西洋和太平洋作为屏障；东亚国的国民特别能生，而且特别勤劳。其二，战争的目的并非为了获取物资。随着自给自足的经济体制的建立，生产与消费严丝合缝地达到高度吻合，以前为了争夺市场而开战这个理由已经不再成立，而争夺原材料也不再是事关生死存亡的问题。这三个超级大国的疆域都如此广阔，足以提供自己所需的任何原材料。如果说战争有直接的经济目的的话，那就是为了争夺劳动力。在三个超级大国的疆域之间，有一块略呈四方形的区域，以丹吉尔、布拉柴维尔、达尔文港和香港为四个角落，居住着地球上五分之一的人口，这一地区的领土主权长期空置。而这三个超级大国展开争夺的对象，正是这一人口稠密的地区以及北冰洋的冰帽地带。事实上，没有哪一个超级大国能完全掌握这个主权存在争议的地区。这里的各个区域经常易手；通过背信弃义的突然袭击，某一方就有可能占领某一片土地，正是这种投机行为导致了结盟与敌对关系不断发生变化。

这些争议地区蕴藏有极富价值的矿产资源，有的地方出产重要的植物产品，例如橡胶，而寒冷的国度需要以相对昂贵的方式进行人工合成。但最重要的是，他们拥有无穷无尽的廉价劳动力资源。哪一个国家控制了赤道非洲、中东国家、印度南部或印尼群岛，它就掌握数以千万计乃至亿计的工作勤奋的廉价劳动力。这些地区的人口已经公然沦落为奴隶，不断地在不同的征服者手中倒腾，就像煤炭或石油一样被消耗掉，以生产出更多的军事物资，占领更多的土地，控制更多的劳动力，从而生产出更多的军事物资以占领更多的土地，如此循环不息。值得注意的是，战争的范围从未超出这些有争议的地区。欧亚国的国界在刚果盆地和地中海北岸之间来回拉锯。印度洋和太平洋的岛屿总是在大洋国和东亚国之间倒腾。欧亚国与东亚国在蒙古的国界线从未得到最终的确认。围绕着北极地区的归属，三个超级大国都声称在那里拥有广袤的领土。事实上，那里是无人居住未经开发的不毛之地。但三方势力总是保持着均衡。每一个超级大国的核心统治区域都一直没有遭到侵犯。而且，赤道地区那些备受压榨的劳动力对于世界经济的意义其实并不是那么重要。他们并没有为世界创造出新的财富，因为他们所制造生产出的东西都用于战争。发动一场战争的目的总是为了在另一场战争中占据有利地位。这些奴隶人口的劳动可以加快这场延绵不断的战争的节奏，但如果没有他们，世界的局势，以及维持这一局势的内在过程，并不会发生本质上的改变。

现代战争的首要目的（根据双重思想的原则，内部党员首脑们对这一目标既承认又不承认）就是消耗掉机器制造出来的产品，而不是提高人民大众的生活水平。从十九世纪末开始，如何处理多余的消费品一直是工业社会潜在的问题。当前只有少数人能吃得上饱饭，这个问题显然并不紧迫——就算没有那些人为的破坏与毁灭，这个问题应该也不会很严重。与 1914 年之前相比，如今的世界满目疮痍，荒芜贫瘠，饱受饥荒所苦，与那时候人们所期盼的世界相比，更是令人绝望无语。二十世纪早期，人们想象中的未来社会将会非常富裕闲适，秩序井然，富有效率——一个由玻璃、钢铁和雪白的混凝土构建的晶莹洁净的世界——那是几乎每一个有识之士的共识。科学与技术正在以惊人的速度发展，而且一直发展下去似乎是天经地义的事情。但这并没有发生，一部分原因是，漫长的战争与革命造成了极度贫穷；另一部分原因是，科学和技术的进步依赖于实证思维，而在一个受到严格管制的社会里，这是不可能发生的事情。大体上，今天的世界要比五十年前更加落后。有的落后区域进步了，许多与战争和警察的间谍活动有关的机器被发明出来，但大部分实验与发明都停止了，二十世纪五十年代原子弹造成的破坏至今尚未得到完全复原。然而，机器带来的危险并未得以消除。从机器诞生之日伊始，有识之士都意识到，人类再也不需要从事辛苦的体力劳动了，因此，在很大程度上，人与人之间的不平等也将不复存在。如果机器得以精心利用，饥饿、劳累、肮脏、文盲和疾病在几代人的时间内就会被彻底消除。事实上，虽然机器并没有用于这些目的，但通过某种自发的过程——有时候，财富创造出来之后不得不进行分配——从十九世纪末到二十世纪初大约半个世纪的时间里，机器确实极大提高了普通人的生活水平。

但全面的财富增长带来了毁灭的威胁——事实上，从某种意义上说它本身就意味着毁灭——阶级社会的毁灭。如果有这么一个世界，人人不用长时间工作，能吃上饱饭，住在有浴室和冰箱的房子里，拥有汽车甚至飞机，最明显同时也是最重要的不平等也就不复存在了。一旦财富成为普遍的东西，也就没有什么了不起的了。毫无疑问，我们可以想象有这么一个社会，个人财产和奢侈品等财富得以平均分配，而权力仍掌握在特权阶层的手中。但这样的社会不可能保持稳定。因为如果大家都能享受闲暇与安全，那么大部分本来迫于贫穷而沦为文盲的群众就将学会识字和独立思考。而一旦他们做到了这一点，他们迟早就会意识到特权阶级毫无贡献，会摧枯拉朽地将其彻底消灭。从长远的角度看，阶级社会赖以存在的基础是贫穷与无知。二十世纪初有的思想家希望回到农业社会，但这并非切实的解决之道，与全世界对机械文明业已几乎成为本能的向往背道而驰，而且，任何在工业上落后的国家在军事上必然将被动挨打，注定会被更为先进强大的敌人直接或间接统治奴役。

通过限制商品产量的方式让人们维持贫困也不是令人满意的解决方案。从1920年到1940年，在资本主义的垂死阶段，这种情况曾经大规模发生。许多国家的经济陷入停滞，土地被荒弃，资本设备没有追加，大批大批的人失业，只能靠国家的救济生活。但这同样意味着军事上受到削弱；由于这种贫困的状态毫无必要，必定会招致反对。问题的关键是，如何让工业制造继续运转，又不至于使世界的财富真正增加。商品必须制造，但又绝不能将其分配出去。在实际运作中，要做到这一点，唯一的方式就是不断地进行战争。

战争的本质就是破坏，战争不一定会毁灭人类的生命，但一定会摧毁人类劳动的产品。这些产品原本可以使群众过上舒服的生活，并且从长远来看，会让他们变得富有智慧，而战争将这些产品炸得粉碎，化为灰烬或沉入海底。即使战争的武器没有被摧毁，制造这些武器仍是消耗生产力又不至于生产出消费品的便捷途径。比方说，建造一座漂浮要塞就可以消耗原本可以建造几百艘货轮的劳动力，最后拆除变成废品，不会为任何人带来物质上的福祉，还得继续消耗劳动力再建造一座漂浮要塞。原则上，战争总是需要经过精心计划，用于消耗一切满足人口基本需求之后可能剩余的物资。但实际上，人民的需要总是会被低估，结果就是，一半的生活的必需品总是面临短缺，但这可以看成是一个有利条件。按照政策规定，连那些特权阶层的人也得生活在艰苦的边缘，因为普遍的紧缺会凸显小恩小惠的重要性，从而将群体之间的差别放大。以二十世纪初的标准去衡量，连一位内部党员也过着算是艰苦朴素的生活。但他享有为数不多的奢侈品，他住的是宽敞完善的公寓，他穿的是布料更好的衣服，享用的是质量更好的食物、饮品和烟草，他有两三个仆人可以使唤，他有私人汽车或直升飞机——这让他生活在和外部党员不一样的世界里，而比起那些被称为“无产者”的受压迫的群众，外部党员也拥有类似的优势地位。社会的氛围就像一座被围困的城市，能否拥有一块马肉成为了富人和穷人的分别。与此同时，当人们意识到他们身处战争和危险之中时，就会心甘情愿将所有的权力让渡给一小撮特权阶层，认为这是为了生存无法避免的情况。

我们了解到，战争完成了破坏，但这在心理上是可以被接受的。原则上说，消耗剩余劳动力可以有很多种方式：营造神庙和金字塔，挖洞后再把洞给填上，甚至可以生产出大量的货品，然后放一把火将它们烧掉。但这些只是维持一个阶级社会的经济基础，而不是感情基础。这里所要讨论的不是群众的情绪，他们的态度并不重要，只要一直埋头苦干就行了。重要的是党本身的士气。即使是地位最为低下的党员也应该是能干、勤奋甚至在某些方面具有高度智慧的人，但与此同时，党员必须是轻信愚昧的盲从者，他们的主导情绪应该是恐惧、仇恨、谄媚和为胜利狂欢。换句话说，他的精神状态应该适应战争状态。战争是否真的发生并不重要，因为决定性的胜利是不可能的，因此战争的进展是好是坏并不重要。只要战时状态一直保持就足够了。党要求党员的精神处于分裂状态，而这一点在战争的气氛中更加容易实现，如今已经几乎成为一种普遍现象，而且地位越高，这一特征就越明显。在内部党员中间，对战争的狂热和对敌人的仇恨达到了顶峰。内部党员担任行政领导，往往需要知道哪些战争消息是不实的报道，而且他们往往知道整场战争其实是伪造出来的，要么根本没有发生，要么战争的目的根本不是宣传中所描述的那样。但通过运用双重思想，他所了解的这些信息很轻松地就被理解消化了。与此同时，没有哪个党员放弃过他那神秘的信念，一心认定战争确有其事，必将以胜利告终，大洋国将成为毫无争议的世界主宰。

所有内部党员都坚信大洋国将征服世界。而征服世界的方式或许是通过逐渐占领越来越多的领土，从而确立压倒性的优势；或许是通过研制出无可抵御的新型武器。对新武器的研究一直从不间断地进行，这是供那些有发明才华或喜欢思考的人发泄脑力的所剩无几的活动之一。在今天的大洋国，传统意义上的科学已经几乎不存在了。新话中没有“科学”这个词。以前一切科学成就赖以存在的实证研究方法与英社的根本原则背道而驰。技术只有在被用来开发出约束人类自由的产品时，才有可能获得进步。在应用技术方面，整个世界陷入了停滞，甚至有些方面还倒退了。农田仍在依靠马匹耕地，而书籍却用机器写成。但在至关重要的问题上——也就是战争和警察间谍活动——实证研究方法仍然受到鼓励，或者说，至少仍被容忍。党有两大目标，其一是征服整个地球，其二是彻底消灭独立思想，杜绝独立思想产生的可能。因此，党要解决两大问题。其一是，如何在违背他人意愿的情况下知道他在想什么；其二是，如何在几秒钟之内毫无警告地歼灭数亿人口。科学研究的目的就是为了解决这两个问题。现在的科学家要么是心理学家和宗教审判官的结合体，研究表情、姿势、声调的细微差别，试验药物、冲击疗法、催眠和肉体折磨是否能够迫使他人说出真相；要么是化学家、物理学家或生物学家，只研究其专业与杀人有关的某个方面的知识。在和平部的庞大实验室，在隐藏在巴西雨林的实验站，在澳大利亚的沙漠或南极洲荒芜的岛屿，这些专家团体在不知疲倦地努力工作。有的专注于未来战争的后勤运输问题；有的专注于发明当量更大的火箭炸弹、威力更大的炸药和更加坚不可摧的装甲；有的在研究更为致命的新型毒气，或足以将整片大陆的植被摧毁并可以大规模生产的可溶性毒药，或培育对一切抗体免疫的病菌；有的致力于生产出能在地下穿行的交通工具，就像潜水艇能在水底下航行一样，或者能像轮船一样离开基地独立航行的飞机；有的则在探索更加虚无缥缈的可能性，例如，在太空数千公里外用凹面镜将太阳光聚焦，或利用地核的热量制造人工地震和人工潮汐。

但这些计划无一接近实现，没有哪一个超级大国获得对其它两个国家压倒性的领先优势。更加令人瞩目的是，这三个国家都拥有了原子弹，这个武器可比他们当前所进行研究的新型武器威力大得多。虽然党一如既往地宣称是自己发明了原子弹，这项武器其实是在二十世纪四十年代问世的，并在大约十年后大规模使用。那时候有数百枚原子弹落在俄国的欧洲领土、西欧和北美的工业中心。结果就是，所有国家的统治阶级都意识到再扔几颗原子弹的话，有组织的社会就将宣告毁灭，而他们的统治也就到此结束。此后，虽然没有缔结或暗示缔结任何正式协议，再也没有原子弹被使用。三个超级大国仍在继续生产原子弹，用于在决定性的时刻使用，三方都相信迟早会有这样的机会。与此同时，战争的技艺几乎停滞了三四十年。直升飞机的使用比以前更加频繁，自动推进弹道武器基本上取代了轰炸机，机动性强但防御力十分脆弱的战舰被几乎打不沉的漂浮要塞所取代。但其它方面的进展甚微。坦克、潜水艇、水雷、机关枪，甚至步枪和手榴弹仍在使用。虽然报刊和电屏总是不断地报道屠杀事件，以前那种几周之内就有数十万人，甚至上百万人被杀的惨烈战斗几乎再也没有发生过。

三个超级大国从不会进行可能会招致严重失败的冒险行动。大规模的军事行动通常都是对盟友发动的突然袭击。这三方势力所采取的战略，或貌似在采取的战略，都是一样的。这个战略就是，通过打仗、谈判和时机恰到好处的背信弃义的袭击，获得一圈将某个敌国完全包围起来的基地链，然后与该国签订友好协议，保持多年的和平关系，以此放松对方的警惕和戒备。与此同时，装备了核弹头的火箭炸弹部署在所有战略要地。最后，这些火箭炸弹同时发射，力图造成全面性的破坏，让对方无力发动反击。而这时该国将与剩下的另一个超级大国缔结和约，休养生息，准备发动另一波进攻。不消说，这一计划只是在白日做梦，根本无法付诸实现。而且，战斗只在赤道地区和南极地区发生，从未发生过占领敌国领土的事情。这就是为什么在有的地方，三个超级大国的国界是人为划定的。比方说，欧亚国可以轻而易举地攻占地理上属于欧洲的不列颠群岛。而另一方面，大洋国本可以将疆域推进到莱茵河甚至维斯瓦河流域。但这违反了三方共同遵守的文化统一的基本原则，虽然这一原则从未明确地表述出来。如果大洋国要攻占原本是法国和德国的地区，它必须要么消灭当地的居民，这是不容易做到的事情；要么将上亿人口吸收同化，在技术发展方面他们不亚于大洋国的国民。三大超级势力都面临着同样一个问题。为了维持社会结构，决不能与外国人有交往，除非是和战俘或有色人种奴隶进行受限制的接触。即使是当前的正式盟友也受到最具敌意的质疑。除了战俘之外，大洋国的国民从未见过欧亚国或东亚国的国民，也不能学习外语。如果他能接触到外国人的话，他会发现他们是和他差不多的人，而大部分他所接受的内容其实都是谎言，他所生活的封闭世界就可能会被打破，他的道德观所赖以建立的恐惧、仇恨和自命正义将烟消云散。因此，虽然波斯、埃及、爪哇、锡兰这几个地区经常被不同的国家攻占，除了炸弹之外，一切都不允许跨越主边界。

在这种情况下，有一个事实大家都心照不宣，并且遵照这一事实采取行动。这个事实就是：三个超级大国的生活基本上是一样。大洋国奉行的政治哲学被称为“英社”；欧亚国则奉行“新布尔什维克主义”；东亚国的思想是中文名字，通常被译为“死亡崇拜”，但或许更贴切的译名是“灭己思想”。大洋国的国民不得了解其它两种思想的内容，但他们所接受的教育将这两种思想斥责为对道德和常理的野蛮践踏。其实，这三种政治哲学几乎没有什么区别，它们所拥护的社会体制几乎一模一样。三个国家都是同样的金字塔结构，对半神化的领袖顶礼膜拜，依赖于持续性的战争，奉行相同的、战争服务的经济体制。这三个超级大国不仅无力征服对方，而且征服并不会带来任何好处。相反，它们就像三捆堆在一起的谷物，保持冲突抵触是维持彼此存在的基础。一如既往，这三个大国的统治阶层完全清楚自己的所作所为，却又茫然无知。他们一生致力于征服世界，但他们也知道战争必须一直持续下去，不能取得胜利。与此同时，由于**没有**被征服的危险，否定现实就成为了可能，而否定现实正是英社及其敌对思想体系的特征。在此有必要重复一遍之前已经提及的内容：战争的持续性改变了它的根本性质。

在以前，战争总是迟早会结束的，而且总是能明确无误地分出胜负。此外，在以前战争是人类社会与现实世界接触的主要方式之一。各个时代的统治者都试图将一种错误的世界观强加在其追随者身上，但他们不敢拿军事效率开玩笑。战败意味着丧失独立，或其它糟糕的后果。因此必须认真地备战防止战败，不能罔顾物理事实。出于哲学、宗教、伦理或政治的考虑，二加二或许会等于五，但在设计大炮或飞机时，二加二就只能等于四。效率低下的国家迟早会被征服，要提高效率，就千万不能存在谬误。而且，为了提高效率，有必要从过去汲取知识，这意味着过去发生了什么事情必须要有相对准确的记述。当然，报纸和历史书总是戴着有色眼镜并存有偏见，但像今天这样肆无忌惮地篡改在当时是不可能出现的事情。战争维护了理性，而对于统治阶级来说，战争或许是维护他们的理性最重要的手段。只要战争有胜有负，统治阶级就不能完全不负责任地乱来。

但当战争无法分出胜负时，它也就不再是件危险的事情。当战争延绵不断地进行下去时，也就不存在军事必要性这样的事情了。技术进步可以停止了，最明显的事实也可以加以否认或置之不理。正如我们已经了解到的，为了战争，勉强称得上是科学研究的活动仍在继续进行，但本质上它们只是在白日做梦，而有没有结果其实并不重要。效率，甚至军事效率，已经不再必要了。在大洋国，除了思想警察，任何部门都没有效率。由于三个超级大国没有哪一方可以被征服，每一个国家事实上都是一个独立的天地，几乎任何颠倒黑白是非的举措都可以安全地实行。只有在日常生活需要中才能感受到现实的压力——吃喝拉撒、住房穿衣、避免误服毒药或失足从顶楼的窗户摔下去等等。生与死，肉体的享受与痛苦之间仍然存在着差别，但仅此而已。大洋国的国民没办法与外面的世界接触，没办法了解过去，就像生活在星际太空的人，分不清上下左右东西南北。在这么一个国家，统治者拥有绝对的权力，连埃及的法老或意大利的恺撒也无法企及。他们有责任不让自己的臣民饿死的数目多到对自己不利的地步，而且他们有必要让军事技术保持与敌人一样低的水平，但一旦最低标准达到了，他们就可以随心所欲地歪曲现实。

因此，如果我们以从前的战争标准进行判断，这场战争纯粹只是一场欺骗，就像几只反刍动物在互相冲撞，但头上的角顶出去的角度根本不会伤害到对方。但是，虽然战争是虚假的，但它并非毫无意义。战争消耗了多余的消费品，帮助维持了阶级社会所需要的特别的精神氛围。下文将提到，战争纯粹成了内部事务。在以前，各国的统治集团虽然或许会意识到共同利益，因此对战争的毁灭性加以节制，但他们还是会真打起来，战胜国总是将战败国洗劫一空。到了我们这个时代，他们根本就没有在打仗，战争变成了每个国家的统治集团与自己的老百姓在掐架。战争的目的不是为了开拓疆域或保家卫国，而是保护社会的结构不受破坏。因此，“战争”这个词变成了一种误导。或许更准确的表述是，一旦战争怎么打也打不完，它就已经不复存在了。从新石器时代到二十世纪初期人类一直承受的压力不见了，取而代之的是一种完全不同的压力。如果三个超级大国不再彼此交战，而是同意永远和平共处，互不侵犯对方的领土，情况也不会有所改变。因为那样一来的话，每个国家仍是自给自足的小天地，永远不受外部的危险影响，民众不会变得清醒。永远的和平和永远的战争其实是一回事。这就是党的口号——“战争即和平”的内在含义，但是，大多数党员对这句口号只有肤浅的了解。

温斯顿停了下来。远处传来火箭炸弹雷鸣般的爆炸声。身处一间没有电屏的房间，独自阅读一本禁书的那种充满喜悦的感觉仍未消退。他感觉很孤独很安全，又觉得身体很疲惫，觉得椅子很软，从窗口吹进来的清风吹拂着他的面颊。这本书令他着迷，或者更确切地说，这本书让他觉得心里很踏实。从某种意义上说，这本书并没有给他带来新的启示，但这正是其吸引力的一部分。这本书说出了如果他能将自己零星的思绪加以组织后他想表达的想法。这本书的作者和他心灵相同，但更加高屋建瓴，更加系统全面，更加无所畏惧。他觉得，最好的书就是那些与你有共鸣的书。正要翻回第一章时，他听见朱莉娅上楼梯的脚步声，从椅子上站起身准备迎接她。她把棕色的工具包扔到地上，投入他的怀抱。他们已经一个多星期没有见面了。

两人分开时他说道：“我拿到**那本书**了。”

“噢，你拿到了？太好了。”她对此并不是很感兴趣，立刻蹲在煤气炉旁边泡起了咖啡。

直到在床上躺了半个小时，他们才回到了这个话题上。傍晚时分天有点凉了，他们盖上了被单。楼下传来了熟悉的歌声和靴子在石板地上的摩擦声。温斯顿第一天见过的那个胳膊通红身体强壮的女人似乎每次都会在院子里出现。只要日头好，她就会在洗衣盆和晾衣绳之间穿梭奔走，嘴里时而咬着晾衣的夹子，时而放声高歌。朱莉娅已经侧着身舒舒服服地躺着，快要睡着了。他伸手拾起搁在地板上的那本书，靠坐在床头。

“这本书我们必须读一读。”他说道，“你也应该读一读。

所有兄弟会的成员都应该读一读。”

“你读吧。”她闭着眼睛说道，“大声点读，这样最好了。读的时候可以向我解释一下。”

时钟指着六点，也就是十八点了。他们还有三四个小时。他把书摆着膝盖上，开始阅读。

第一章

无知即力量

有史以来，或许自新石器时代末期开始，这个世界上存在着三种人：上等人、中等人和下等人。每一种人的内部又分化出许多阶层，冠以不同的名字。他们的相对数目以及彼此之间的态度随着时代的变迁而不停变化。但这一社会结构从未改变。即使经过无数重大而且似乎无可挽回的变化，这一社会模式总是能恢复过来，就像一个陀螺仪，无论往哪个方向推，它总是会回归平衡一样。

“朱莉娅，你醒着吗？”温斯顿问道。

“是的，亲爱的，我听着呢。继续。写得很好。”

他继续读下去。

这三种人的目标根本不可调和。上等人的目标是保住自己的地位。中等人的目标是将上等人取而代之。下等人由于快被繁重的体力劳动压垮了，只能偶尔关注一下日常生活之外的事情——他们的目标是废除一切差别，缔造一个人人平等的社会。因此，轮廓大致类似的历史斗争总是一而再，再而三地反复重演。长久以来，那些上等人的权力似乎非常稳固，但迟早总会有这么一个时候出现：他们对自己或自己的统治能力失去了信心，或对两者都失去了信心。而中等人将下等人召集到自己的阵营中，以自由和公正为旗号，推翻了上等人的统治。一旦他们达到了自己的目的，中等人就将下等人打回原来饱受奴役的地位，自己成为了上等人。很快，新的中等人就从另外某一个群体，或从另外两个群体中分化出来，斗争重新开始。这三个群体中只有下等人从未成功实现过自己的目标。如果说整个历史在物质方面毫无进步，这未免过于夸大其词。即使是今天这个衰落萧条的时代，普通人的物质水平也比几个世纪前要好一些。但财富的积累、态度的和缓、革命或改革都没有使人类向众生平等迈进哪怕一毫米。在下等人的眼中，历史的变迁不过是城头变幻大王旗，仅此而已。

到了十九世纪末，许多有识之士已经认识到了这一历史模式。有的思想家认为历史就是循环更替的进程，他们宣称不平等是人类生活不可改变的法则。当然，这种理论总是有人予以支持，只是现在的提法发生了显著的变化。在过去，上下有序尊卑有别的阶级社会是上等人所信奉的教条。国王、贵族、教会、律师和其他寄生于他们之上的人宣扬这一教条，并许下承诺说善信者在虚无缥缈的来生将得到补偿，以此迷惑人心。中等人为了争夺权力，总是利用自由、公义和博爱这些冠冕堂皇的理由。然而，现在那些尚未掌权，但有望将会掌权的人开始攻讦人类大同的理念。在过去，中等人打着平等的旗号发动革命，推翻了旧的统治者之后就建立起新的暴政。而新的中等人在革命之前就宣称要建立他们自己的暴政。十九世纪早期诞生的社会主义理论是自古代奴隶起义开始的一系列思想演变的最后一个环节，仍深深地受到过去乌托邦主义的影响。但自 1900 年开始，形形色色的社会主义思想出现了，每一种思想都逐渐公开地声明要放弃实现自由和平等的目标。到了本世纪中叶，新的运动开始出现。大洋国出现了英社思想，欧亚国出现了新布尔什维克主义，东亚国出现了名为“死亡崇拜”的思想，这些运动的目标是永远巩固不自由和不平等。当然，这些新运动脱胎于旧运动，继续打着旧运动的幌子，美化他们的意识形态。但这些新运动的目的都是在时机适当的时候阻挠进步和冻结历史。熟悉的钟摆运动将再次发生，然后就停止不动。和以往一样，上等人被中等人推翻，后者摇身一变成了上层阶级，但这一次，通过精心制订的策略，上层阶级将得以永远保住自己的地位。

这一新的学说之所以会产生，一部分原因是历史知识的积累和历史意识的发展，而这些在十九世纪之前是几乎不存在的。历史循环更替的规律现在被理解了，或似乎被理解了。如果这个规律可以被理解，那它就可以被改变。但最主要的内在原因是，自二十世纪初以来，大同世界在技术层面上成为了可能。的确，人类在天生的禀赋上并不平等，有些人的能力就是要比别的人强一些，但阶级划分或大规模的贫富悬殊已经不再有存在的必要。在以前的各个时代，阶级划分不仅不可避免，而且还是好事。文明的代价就是不平等。但是，随着机器生产的发展，情况改变了。即使分工仍有必要进行，但社会地位或经济状况的分化再也没有必要存在了。因此，在那些即将夺取权力的人眼中，人类平等不再是值得为之奋斗的目标，而是必须避免的危险。在相对原始的时代，当公正和平的社会事实上根本不可能实现时，对其抱以信仰是件容易的事情。几千年来，人类一直幻想着营造一个人间天堂，实现四海之内皆兄弟、既没有法律约束也不用辛苦劳动的梦想。这个愿望即使对那些在每一次历史变迁中捞得好处的群体来说也具有相当大的吸引力。法国革命、英国革命和美国革命的后裔对他们所说的人权、言论自由、法律面前人人平等之类的话有点信以为真，甚至让这些理念在一定程度上影响了自己的行为。但到了二十世纪四十年代，所有主要的政治思潮都演变成了极权主义。人间的天堂在有可能实现的时候遭到了诋毁贬斥。每一套新的政治理论，无论它叫什么名字，都倒退回阶级分化和严格管制的老路上。1930年左右，人类的世界观开始步入僵化，久已被唾弃的做法，甚至有些已经废止了好几百年的做法——未经审讯的囚禁、驱使战俘作为奴隶、公开处决、严刑逼供、胁迫人质、强制性人口迁徙——不仅再次盛行，而且那些自认为开明进步的人士还对其十分宽容，甚至为其辩护。

经过了十年的全世界范围内的国际战争、国家内战、革命和反革命斗争，英社及另外两种主义作为完善的政治理论出现了，但本世纪初稍早的时候出现的统称为极权主义的各种思想体系已经预示了它们的出现，而动乱之后将形成的世界格局一早就已经很明显了。什么样的人将主宰世界这个问题的答案也已经非常明显。新的贵族阶层将主要由官僚、科学家、技术人员、工会组织者、公关专家、社会学家、教师、记者和职业政客们所组成。这些人原本出身于领取工资的中产阶层和工人阶级上层，生活在垄断产业和中央集权政府压榨下的贫穷的世界，被其塑造并整合在一起。和以往的同类人相比，他们不至于那么贪婪和讲究奢华享受，但更加渴望纯粹的权力。而最重要的是，他们更清楚自己的行为，更专注于斗垮反对者。最后这个区别是最重要的。与今天的暴政相比，以往的暴政都是无能的半吊子。过去的统治集团总是被自由思想所影响，致使体制漏洞百出，只重视公开的行为，却不关心被统治者在想些什么。以现在的标准进行衡量，连中世纪的天主教会也称得上非常宽容。出现这种情况一部分原因是以前的政府没有能力时刻不停地监控它的公民。但是，印刷术的发明使得操纵公众舆论更加简单，电影和收音机的出现则加速了这一进程。电视机的发展和在一部机器上同时接收并发送信息的技术进步终结了私人生活。警察可以一天二十四小时监控每一个公民，至少是每一个身份重要值得监控的公民，让他听到官方的宣传报道，将其它沟通的渠道统统关闭。现在，全体公民对国家意志的绝对服从——以及对所有问题的看法的高度统一——终于有可能实现了。

经过五六十年代的革命时期，社会重新分化为上、中、下三个阶层。但新的上层阶级与以往的上层阶级有所不同，他们不会任由本能驱使，他们知道要怎么做才能巩固自身的地位。他们一早就意识到，寡头政治唯一可靠的基础是集体主义。当财富和特权成为集体所有时，是最容易捍卫的。本世纪中叶曾出现所谓的“废除私有制”运动，其本质是将财产空前地集中到更少数人手中。不同的是，新的主人是一个集团，而不是一批个体。在个人层面，党员除了一点私人财物之外就什么也没有了。在集体层面，党拥有大洋国的一切，因为党控制了一切，只要它觉得合适，可以任意处置生产出来的产品。在革命之后的几年里，党几乎没有遭到任何反对就登上了颐指气使的位置，因为整个过程是在集体化的名义下进行的。大家总是认为消灭了资产阶级后，接下来就必须推行社会主义。确实，资产阶级被消灭了。工厂、矿业、土地、房屋、交通——所有的财富都从他们手中抢了过来。既然这些财富不再是私有财产，那它们就一定是公有财产了。英社是由早前的社会主义运动中派生出来的，继承了它的词汇和用语。事实上，它执行了社会主义纲领中的一个主要目标，其结果就是将经济上的不平等变为永恒，而这个结果一早就已经被预料到并事先策划了。

但维护阶级社会的问题要比这复杂得多。统治集团只有在四种情况下会失去权力：被外部力量征服；由于统治无能，群众爆发反抗；被强大而不满的中层集团所取代；失去了统治的自信和意志。这四种原因并非单独在起作用，而是同时以某种程度在起作用。只要能防止这四种情况出现，统治阶级将可以长治久安。而最重要的决定性因素在于统治阶级自身的态度。

本世纪中叶之后，第一种危险事实上已经消失了。如今瓜分世界的三个超级大国事实上是不可征服的，只有缓慢的人口变化将改变这一局面，而拥有广泛权力的政府能轻易地避免这种情况发生。第二种危险也只是在理论上有可能出现。群众从不会自发进行反抗，他们从不会因为受到压迫而反抗。事实上，只要不让他们有比较的标准，他们就永远不会意识到自己正受到压迫。过去反复出现的经济危机完全没有必要发生，现在也不允许发生。不过，其它大规模的失调可能会发生，也的确发生过，但不会有政治上的后果，因为群众的不满情绪没有办法得到明确的表达。至于生产过剩的问题，这个问题从机器发展以来就一直是我们社会潜在的危机，但通过持续不断的战争就可以将其解决(详见第三章)，同时这一手段还可以将民众的士气维持在必要的高度。因此，在当前统治者的眼中，唯一真正的危险是那些能干、权力欲旺盛却又没有受到重用的人会分化出去，组成新的集团，而且统治集团内部可能会产生自由主义和怀疑主义倾向。也就是说，问题的关键在于教育，在于持续不断地塑造领导群体和在它下面更大规模的执行群体的思想。而群众的思想只需要以消极的方式加以影响就够了。

了解这样的背景后，一个人即使并不了解大洋国，也可以大致勾勒出它的基本结构。屹立在权力金字塔顶端的是老大哥。老大哥永远正确，而且全知全能。每一个成功、每一个成就、每一个胜利、每一个科学发现、所有的知识、所有的智慧、所有的快乐、所有的美德都直接来自他的领导和鼓舞。没有人见过老大哥。他是围墙上的一张脸，电屏里的一个声音。我们或许有理由坚信老大哥永远不会逝世。已经没有人知道他是哪一年的生人。老大哥是党向世人呈现的伪装。他的作用是充当热爱、恐惧、尊敬等感情的集中点，因为从一个人身上感受到这些情感要比从一个组织身上容易得多。在老大哥之下是内部党员。内部党员的数目限制在六百万，或不到大洋国人口的百分之二。在内部党员下面是外部党员，如果将内部党员比喻为国家的神经中枢，那么外部党员就是国家的肢体。再往下是那些浑浑噩噩的群众，我们习惯上称之为“无产者”，数目大约占人口的百分之八十五。按照前面我们的阶级划分，无产者是下等人，而赤道地区那些受奴役的人口总是被不同的征服者所统治，并非社会结构中永久性或必要性的组成部分。

理论上，这三种人的身份并非世袭。内部党员所生的孩子理论上不一定就能当上内部党员。要成为内部党员或外部党员必须经过十六岁时的考核。也不存在种族歧视或地域歧视。犹太人、黑人、纯印第安血统的南美人一样可以进入党的高层，地区行政官员通常都是从该地区的居民中提拔任命的。大洋国的国民没有受遥远的首都统治殖民的感觉。大洋国没有首都，名义上的元首的行踪无人知晓。除了以英语为主要通用语，以新话为官方语言外，大洋国并非中央集权的国家。它的统治者们不是按照血缘纽带团结在一起的，而是出于对共同纲领的拥戴。的确，我们的社会有高下尊卑之分，而且体制非常僵化，乍一看似乎是世袭制。不同群体间的相互流动比资本主义时代甚至前工业时代还要停滞僵化。当然，两类党员之间存在上下升贬的情况，但这只是为了确保内部党员中的无能者被淘汰，安抚外部党员中有雄心壮志的个体，让他们不至为害的手段。基本上，无产者不会被党所接纳。他们当中最具能力天分的人，那些有可能成为不满抗议的核心领导的人物，会被思想警察盯上并消灭。但这种情况不一定会永远持续下去，也不是什么原则上的问题。党并不是从前意义上的统治阶级。党的目的并不是将权力传给自己的子孙。如果没有其它办法让高层吸纳最能干的人，党完全愿意从无产者中招募新人。在斗争的关键年月，党并没有奉行世袭制这一事实消弭了许多反对压力。老一辈的社会主义者接受的是与“阶级特权”斗争到底的教育，他们认为制度只要不是世袭就不会永远存在下去。他们并不明白寡头统治的延续不一定要依赖于血缘关系这个道理，他们也没有想到世袭贵族总是很短命，而诸如天主教会这样的选任制的组织有时能传承好几百年乃至好几千年之久。寡头统治的关键不在于父传子、子传孙的世袭制，而是使某一世界观和某一生活方式由死者施加于生者，一直传承下去。统治阶级之所以是统治阶级，是因为它能钦命其继承人。党所关心的不是保存它的血脉，而是保存它本身。只要社会等级的结构一直保持不变，谁掌握权力并不重要。

所有体现我们这一时代特征的信仰、习惯、品味、情感、态度都是为了维护党的神秘地位，不让当今社会的本质被揭露而设计出来的。造反或为造反作准备的前期活动在当前是不可能发生的。无产者们并非什么洪水猛兽。放任自由，自生自灭，他们将延续一代人又一代人，一个世纪又一个世纪不停地工作、繁衍、死去。他们不仅没有反抗的冲动，而且根本无法想象世界有可能变得不一样。只有在工业技术不断发展，他们必须接受高水平的教育时，他们才会变得危险。但由于军事和商业竞争已经不再重要，群众受教育的水平事实上一直在下降。无论群众有什么看法，或没有什么看法，都是无关紧要的事情。他们被赋予了思想上的自由，因为他们根本不懂得思考。而另一方面，作为党员，在思想上有任何细微偏差，即使是最无关紧要的事情，也是不可容忍的。

一个党员从出生到死亡一直生活在思想警察的监控之下。就算他独自一人，他也永远无法确切知道是否真的只有他一个人。无论他身处何方，睡觉或清醒，工作或休息，在洗澡或是在床上，他都会被毫无警告地监视，而他完全不知道自己正被监视。他所做的每件事情都不会被放过。他的交际、他的闲暇、他对妻子和孩子的举动、当他独自一人时脸上的表情、他在睡梦中的呓语……就连他具有个人特征的动作都被专注地检视。除了实际的越轨行为，任何细小的怪癖、习惯上的改变和任何可能反映内心挣扎的神经质的行为都一定会被察觉。在方方面面他都没有选择的自由。另一方面，他的行动没有法律或任何明确规定的行为守则进行约束。大洋国没有法律。一旦被发现就意味着死亡的思想和行动并没有被严令禁止，而无休止的清洗、逮捕、刑罚、监禁和人间蒸发并不是为了惩罚那些已经犯了罪的人，而是将那些以后可能会犯罪的个体消灭掉。党员不仅要有正确的思想，而且必须有正确的本能。许多他应该具备的信仰和态度从来没有加以阐明，这些事情不能阐明，因为这会将英社思想的内在矛盾赤裸裸地暴露出来。如果他是一个天生思想正统的人（在新话中这种人被称为“好想者”），那么在任何情况下，他不需要经过思考就知道应该有怎样的信仰和情感。但不管怎样，在童年时被施加了精密的思维训练，又耳濡目染“罪停”、“黑白”与“双重思想”这些新话词汇后，他已经不愿意，也没有能力对任何问题进行深入的思考了。

一位党员应该没有私人感情，时时刻刻保持热情。他应该一直活在对外国的敌人和内部的叛徒刻骨铭心的仇恨中，为胜利而欢呼，在党的权威和智慧面前自惭形秽。贫穷艰苦的生活所产生的不满情绪通过像“两分钟仇恨仪式”这类的机制被刻意诱导宣泄了出来，任何可能会导致怀疑或叛逆情绪的思考都通过早期的思想约束而被提前扼杀了。思想约束的最初也是最简单的阶段在新话中被称为“罪停”。甚至对小孩子也能够进行“罪停”的约束。“罪停”的意思是在任何危险的思想产生之前就本能地自发停止的能力。这包括无法理解类比，无法察觉逻辑的谬误，对与英社思想相抵触的最简单的论述产生误解。当他们的思绪有可能会滑向异端思想时，他们就会觉得厌烦或反感。“罪停”，简而言之，就是以愚昧保护自己。但光是愚昧还不够。恰恰相反，严格意义上的正统思想要求一个人能够控制自己的思想过程，就像软骨功表演者能够完全控制他的身体一样。大洋国社会赖以建立的信仰是老大哥无所不能，而党永远正确。但事实上老大哥并非无所不能，而党也并非永远正确，这就需要不懈地、时时刻刻地对事实进行灵活处理。这里的关键词是“黑白”。和许多新话的词汇一样，这个词有两个互相矛盾的含义。用在敌人身上，它意味着颠倒是非黑白这一极其无耻的行为。用在党员身上，它意味着当党的纪律要求颠倒是非黑白时所表现出的忠诚。而且它还表示相信黑即是白，甚至是**知道**黑即是白的思维能力，忘记自己有过黑白分明这一想法的事实。这就要求不停地篡改过去，而要做到这一点，就得推行一套能包罗万象的思想体系，在新话中称之为“双重思想”。

篡改过去源于两个原因，其中一个是辅助性的原因，或者可以说是预防性的原因。这个原因就是，和无产者一样，党员能够忍受现在的生活，部分是因为他们无从比较。就像他们不得了解国外的情况一样，他们也不得了解过去的情况，因为他们必须相信自己的生活要比以前的人更加幸福，而物质生活的水平在不断提高。但篡改过去更重要的原因是，为了维护党的长治久安，不仅各种各样的演讲、数据和档案需要不断地根据当前情况进行修正，以显示党所作出的预测永远正确；而且，思想理论或政治结盟关系上的改变绝对不能够被承认，因为改变思想理论乃至外交政策意味着承认弱点和失误。例如，如果今天的敌人是欧亚国或东亚国（随便哪个国家都行），那么它就一直都是敌人。如果事实与之相矛盾，那就必须更改事实。因此，历史总是在被不停地改写，由真理部日复一日地执行，这对维持政权的稳定很有必要，一如友爱部在执行镇压及间谍活动。

过去的可变性是英社的中心原则。英社原则认为，过去的事情并非客观的存在，只是存在于文字记录和人类的记忆中。只要记录与记忆相一致，过去就形成了。党控制了所有的文字记录和全体党员的思想，也就是说，党可以随心所欲地塑造过去。此外，虽然过去可以被篡改，但它从来没有过一个被篡改的具体实例。因为按照需要，过去会被重新塑造改头换面，而塑造出来的新版本**就是**过去，没有另一个版本的过去存在过。即使同一历史事件在一年内被多次篡改，改得面目全非，也要一口咬定过去从未被篡改过。党始终掌握着绝对真理，而绝对真理是不会发生改变的。我们可以看到，控制过去首先依赖于训练记忆。确保所有的文字记录与当前的思想原则保持一致只是轻而易举的小事一桩。但以党认同的方式**记住**以前发生过的事件也是非常必要的。如果一个人有必要改变自己的记忆或篡改文字记录，那么**忘记**曾经做过这些事情也是非常必要的。就像其它思维能力一样，这种能力是可以通过学习掌握的。大部分党员都学会了这一能力，任何人只要思想正统头脑聪明都可以学会。在旧话中，这被直白地称为“现实控制”，在新话中被称为“双重思想”——当然，双重思想的内涵远不止这些。

双重思想意味着在头脑中同时容纳两种互相抵触的思想，并且同时接受两者。党员知识分子知道自己的记忆必须朝哪个方向进行改变。因此他知道自己正在玩弄现实。但在双重思想的作用下，他自欺欺人地觉得现实并没有被改变。这一过程必须是有意识的，否则将无法精确地完成，但又必须是无意识的过程，否则将会引起弄虚作假的感觉，从而觉得内疚。双重思想是英社的核心要义，因为党所做的事情就是进行刻意的欺骗，却又坚定地说自己是完全诚实的。它精心编织谎言，同时又真诚地相信这些谎言，忘记任何会带来麻烦的事实，然后，在必要的时候，又将事实从遗忘的废墟里拉出来，需要存在多久就让它存在多久。它否认客观现实的存在，却又将自己矢口否认的现实纳入考虑范围——所有这一切都是必须做到的事情。即使在说双重思想这个词时，也必须运用双重思想。因为使用了这一思想手段就是承认你在篡改现实，而在双重思想的作用下，一个人会把这件事给抹除，如此往复，谎言总是比真理领先一步。最终，在双重思想的作用下，党得以控制历史的进程——而且，正如我们所了解的，这种情况或许将持续数千年之久。

过去所有的寡头政权之所以失去了权力，是因为他们陷入僵化或变得软弱了。他们要么变得愚昧而狂妄了，无法与时俱进，因此被推翻；要么变得开明而懦弱了，在原本应该动用武力时却作出让步，因此被推翻。也就是说，他们的衰亡是自觉或不自觉的过程。而党的成功之处在于，它创造了一套思想体系，能同时让真实与虚假这两种情况并存。要实现党的长治久安，就必须以这一套思想体系为基础。如果一个政党要实施统治，并且巩固其统治，它就必须破坏对现实的观感。统治的秘诀就是将对自己一贯正确的信心和从过去汲取教训的能力结合在一起。

毋庸置言，运用双重思想艺术最高超的人，就是那些发明双重思想，并且知道它是庞大的精神欺骗体系的人。在我们这个社会，那些最熟知时事的人其实根本不清楚世界到底发生了事情。大体上，一个人越觉得自己明白，他就被骗得越深，而越有智慧的人就越不理智。而关于这一点有确凿的证据：一个人社会地位越高，他就越狂热地崇尚战争。而那些生活在有争议的地区饱受压迫统治的人则对战争有着最接近理智的态度。对于这些人来说，战争只不过是无休止的灾难，就像潮汐一样冲刷激荡着他们的身躯。无论哪一边获得胜利，他们都毫不在乎。他们知道无论政权如何更替，他们都得像从前那样辛苦地工作，而新的统治者对待他们和旧的统治者没什么两样。那些待遇稍微好一些，我们称之为“无产者”的工人只是时不时地意识到战争。在必要的时候，可以对他们施加刺激，让他们陷入恐惧和仇恨的狂热状态。而一旦被放任自由，他们根本不会记得战争正在发生。只有那些党员，尤其是内部党员，身上才充满了真正的战争热情。绝大部分人都坚信征服世界这个目标，虽然他们都知道这是不可能实现的。完全抵触的品质被紧密联系在一起——富有学识却愚昧无知，玩世不恭却狂热盲从——这正是大洋国社会最为突出的特征之一。官方的意识形态充满了矛盾，即使并没有现实的理由要求这样。党打着社会主义的旗帜，却反对和抹黑社会主义运动原先所主张的一切原则。党煽动对工人阶级的轻蔑，这在过去几个世纪来并没有先例可循，却又让党员穿着曾经只有产业工人才会穿的制服，而且是刻意为之。党系统地破坏家庭的稳定，却又以能够勾起家庭忠诚感的“老大哥”这个头衔称呼自己的领导人。连统治我们的四大部门的名字也显示了他们全然罔顾事实的厚颜无耻。和平部专注于战争，真理部负责制造谎言，友爱部专门虐待犯人，富足部总是导致饥荒。这些矛盾不是出于偶然，也不是出于一般的伪善。这些是对双重思想有意识的运用。因为只有调和矛盾才能永久地保住权力，只有以这种方式才能破解治乱更替的历史循环。如果人类平等能够永远避免——如果我们所说的那些上等人要永远保住自己的地位——那就必须推行愚民政策，让民众保持当前的疯狂状态。

然而，到目前为止，我们几乎忽视了一个问题，那就是：**为什么**要避免人类平等的实现？假如上面所描述的情况是正确的话，如此大动干戈煞费苦心地将历史冻结在某一个固定时刻的动机到底是什么呢？

这里我们接触到了最核心的秘密。正如我们所了解到的，党的神秘，尤其是内部党员的神秘，依赖于双重思想。但比这更深层次的，是最原始的动机和从未受到质疑的本能，这一动机和本能先是促成了党夺取权力，然后创建出双重思想、思想警察、永无休止的战争以及后来出现的一切必要措施。这个动机其实就是……

温斯顿察觉到周围太安静了，就像一个人察觉到新的声音一样。他发现朱莉娅一直静静地侧身躺着，赤裸着上半身，面颊枕在手上，一丝发绺垂过双眸，胸脯缓慢而规律地起伏着。

“朱莉娅。”

没有回答。

“朱莉娅，你醒着吗？”

没有回答。她睡着了。他合上书，小心翼翼地放在地板上，躺了下来，拉着被单盖在两人身上。

他知道自己还没有了解到最终的秘密。他知道如何篡改过去，但他不知道**为什么**要篡改过去。和第三章一样，第一章还没有告诉他一些他所不知道的事情，只是将他已经掌握的知识系统化地讲述出来。但读了这本书，他比以往更加清楚地知道自己并没有发疯。作为少数派，即使只有你一个人，也并不意味着你是疯子。世界上有真理，也有谬论，如果你坚持真理，即使整个世界与你为敌，你也不是疯子。一道明黄色的暮光从窗户斜射进来，照在枕头上。他合上眼睛。脸上的阳光和身边这个女人光滑的身体让他油然心生一种坚强、自信、昏昏欲睡的感觉。他很安全，一切都很好。他睡着了，嘴里嘟囔着“真理掌握在少数人手里”，感觉这句话蕴含了深刻的智慧。

第十章

温斯顿醒来时，以为自己已经睡了很久，但他看了那口老式时钟一眼，发现才二十点三十分。他躺着床上小睡了一会儿，这时楼下的院子里响起了那个熟悉的中气十足的歌声。

“那只是无望的相思，
就像四月天般转眼即逝，
但一个眼神一句话，
却教我魂牵梦萦，失魂落魄！”

这首无聊的歌似乎还很流行，到处仍可以听到，比《仇恨之歌》流传得还要久。朱莉娅给歌声吵醒了，舒舒服服地伸了个懒腰，起床了。

“我饿了。”她说道，“我们再泡点咖啡吧。该死的！炉子灭了，水都凉了。”她拿起炉子晃了晃，“里面没有煤油了。”

“我想我们可以找老查林顿要一些来。”

“奇怪啊，我明明确定里面是满的。我得把衣服穿上。”她补充了一句，“天气似乎变冷了。”

温斯顿也起床了，穿上了衣服。那个不知疲倦的歌声仍在唱着：

“他们说时间可以治愈一切，
他们说你总是可以遗忘，
但这么多年那些笑容与泪水，
仍拨动着我的心弦！”

他一边系上制服的腰带，一边踱到窗边。太阳一定是落到房子后面了，院子里没有一缕阳光。石板地湿漉漉的，似乎刚被洗过一样。他感觉天空也被洗过了，烟囱之间的蓝天看上去那么清新。那个女人不知疲倦地来回奔走着，嘴里时而夹着木夹，时而把木夹拿下来，唱几句就停一停，把尿布晾好，不停地晾不停地晾。他不知道她是以洗衣为生，还是得伺候二三十个儿孙。朱莉娅走到他身边，两人一起入迷地注视着下面那个不知疲倦的身影。他看着那个女人极具个性的态度，有着她伸出粗壮的胳膊去够晾衣绳，有着她那强壮如母马的挺翘臀部，惊讶地第一次发现她是那么美丽。他以前从来没有想到，一个年近半百的女人，身体由于生了太多孩子而严重走形，由于操劳奔波而变得粗糙僵硬，直至最后就像一根熟透了的芜菁一样，但她仍然是美丽的。这就是美，他心里想，怎么能说不美呢？她那结实又毫无曲线可言的身材就像一块花岗岩，而她的皮肤粗糙通红，和一个女孩子的身体相比，就好比是蔷薇果和蔷薇的对比。为什么果实就不如花朵漂亮呢？

“她好美。”他喃喃说道。

“她的屁股得有一米宽，可能还不止。”朱莉娅说道。

“那正是她的美丽之处。”温斯顿说道。

他轻松地一把揽住朱莉娅柔软的腰肢。从臀部到膝盖，她的侧身抵着他的身体。他们的身体还没有生下小孩。这件事他们永远无法实现。他们只能将秘密以口口相传的形式进行思想传播。楼下那个女人很笨，只有强健的胳膊、和蔼的心灵和好生养的身躯。他猜想她生了多少个小孩，起码得有十五个。她曾经有过短暂的花季，或许只有一年，像野玫瑰那般娇艳动人，然后就像受孕的果实那样突然膨胀起来，变得坚实、红润、粗糙，然后她的生活就是洗衣、拖地、织布、做饭、扫地、清洁、缝缝补补、拖地、洗衣，一开始是为了孩子，然后是为了孙子，三十年如一日干个不停。到了暮年她仍在唱歌。他对她心生神秘的崇敬，这份敬意不知道为什么，和无数烟囱后面一望无际的淡蓝色晴空联系在一起。他萌生了一个奇怪的念头：天空对于每个人都是一样的，无论在欧亚国、东亚国还是这里。而天空下的人其实也没什么两样——全世界无论哪个地方，数以亿计的人都是一样的。人们对彼此的存在茫然无知，被仇恨和谎言的围墙所阻隔，但是，他们仍然是同样的人——从未学会思考，但在心灵里、身体里、肌肉里积蓄着力量，终有一天会改天换地，重塑世界。假如说希望尚在的话，希望就在无产者们身上！他还没有读到**那本书**的结尾，但他知道那一定是古德斯泰恩最后要说的话。未来属于无产者们。他能肯定比起党所塑造的世界，他们所创造的世界对于他温斯顿·史密斯来说，会更加亲切吗？会的，因为至少那将是一个理性的世界。这件事迟早都会发生，力量将演变成觉醒。无产者们是不朽的，当你看着院子里那个坚强的身影时，你不会怀疑这一点。他们终将觉醒。虽然那一刻的到来可能要等待上千年之久，但他们将战胜一切苦难存活下来，就像鸟儿一样，将党无法拥有而且无法毁灭的力量代代相传下去。

“你记得吗，”他说道，“第一天，在林子边上，为我们歌唱的那只画眉？”

“它可不是为了我们而歌唱。”朱莉娅说道，“它是为了给自己取乐。或许不是为了取乐，它只是在歌唱。”

那只鸟在歌唱，无产者们在歌唱。党不歌唱。整个世界，在伦敦和纽约，在非洲和巴西，在前线对面神秘的禁地，在巴黎和柏林的街头，在广袤的俄罗斯平原的村庄，在中国和日本的集市——到处都有同样坚强而不可征服的身影，由于劳作和生育小孩而变得很丑陋，从出生到死亡不停地劳动，但她们仍然在歌唱。终有一天她们那坚强的肚皮将孕育出觉悟的人民。你已经死了，他们的后代才拥有未来。但就像他们保持肉体生命的延续一样，如果你不让自己的心灵死去，将二加二等于四这个秘密传播下去，你就可以分享未来。

“我们死了。”他说道。

“我们死了。”朱莉娅乖巧地应和着。

“你们死了。”身后传来一个冷酷的声音。

两人吓得一跃分开。温斯顿的五脏六腑似乎被冻成了冰块。他见到朱莉娅的瞳孔周围都发白了，脸色蜡黄。她脸颊上残留的胭脂特别显眼，突兀得似乎游离于下面的皮肤一样。

“你们死了。”那个冷酷的声音重复着。

“是从那幅画后面传来的。”朱莉娅倒吸一口凉气。

“是从那幅画后面传来的。”那个声音说道，“呆在原地。没有命令不许动。”

开始了，终于开始了！他们只能站在原地，看着对方的眼睛。逃命，趁还来得及，离开这间屋子——两人都没有想过这个念头。他们根本没有想过要违背墙上那个冷酷的声音的命令。墙上咔嗒一声，似乎是某个钩链被解开了，接着传来了玻璃破碎的声音。那幅画掉到地上，露出后面那个电屏。

“现在他们可以看见我们了。”朱莉娅说道。

“现在我们可以看见你们了。”那个声音说道，“站在房间的中央。背靠背站着。将双手放在脑后。不要互相触摸。”

他们没有触摸对方，但他似乎可以感觉到朱莉娅的身子在颤抖。或许，只是他自己的身子在颤抖。他只能控制牙齿不要打战，但他的膝盖根本不受控制。楼下屋子的里里外外传来了靴子的踏步声。院子里似乎挤满了人。有什么东西被拖过石板地。那个女人的歌声戛然而止。下面传来什么东西滚出老远的声音，似乎是那个洗衣盆被扔过院子，接着是嘈杂的、生气的叫嚷声，随着一声疼痛的尖叫而结束。

“这间房子被包围了。”温斯顿说道。

“这间房子被包围了。”那个声音说道。

他听到朱莉娅咬牙的声音。“我想我们可以说再见了。”她说道。

那个声音说道：“你们可以说再见了。”接着传来了另一个声音，轻声细语，很有教养，温斯顿觉得自己以前在哪儿听过。那个声音说道：“顺便说一下，乘我们还没有离开主题，‘蜡烛引你到床头，落下斧子砍掉头！’”

有什么东西重重地砸在温斯顿身后的床上。一架梯子的顶端捅破窗户，架在了窗棂上。有人正从窗户外面爬进来。沉重的靴子咚咚咚地上了楼梯。房间里站满了身穿黑色制服的精壮男子，脚上穿着钉了铁底的靴子，手里拿着警棍。

温斯顿不再瑟瑟发抖。他的眼睛几乎不再游离不定。只有一件事情最重要：那就是不要动，不要动，不要给他们借口殴打你！一个男人站在他跟前，那个人长着拳击手般的下颚，嘴巴抿成一条缝，正把他那根警棍握在拇指和食指之间，虎视眈眈地看着他。温斯顿看着他的眼睛，那种衣不蔽体，双手放在脑后，脸和身体都暴露在别人面前的感觉令他几乎难以忍受。那个男人伸出白色的舌尖，舔了一下原本应该是嘴唇的地方，然后走开了。接着又是一声巨响。有人从桌上拿起那个玻璃镇纸，砸在壁炉上，砸成了碎片。

粉红色的珊瑚碎片就像蛋糕上糖做的玫瑰花蕾，有一小片滚过地毯。温斯顿心想：“多么渺小，这东西是那么渺小！”他身后有人深吸一口气，猛地一踢，他的脚踝被狠狠地踢中，几乎让他失去平衡倒了下来。一个男人抡着拳头击中了朱莉娅的太阳穴，她整个人就像一把卷尺那样蜷曲着，在地板上翻滚着，喘息不定。温斯顿不敢转过头哪怕一毫米，但她那张青灰色的、喘息不停的脸庞不时出现在他的视线里。虽然他惊魂未定，但他自己的身体可以感受到那份痛楚，钻心的痛楚，而比这种感觉更为迫切的是想要喘过气来的本能抗争。他知道那是什么样的感觉：可怕的无法忍受的疼痛，一直在痛，却又无暇顾及，因为最重要的是让自己恢复呼吸。接着，两个人架着她的膝盖和肩膀，像扛一口麻袋那样将她扛出了房间。温斯顿瞥见她的脸，上下颠倒着，蜡黄扭曲，双目紧闭，脸颊上仍残存着一抹胭脂。那是他最后一次见到她。

他站在那儿一动不动。还没有人殴打他。他不由自主地想着一些事情，但这些事情一点儿也不有趣。他不知道他们是否逮捕了查林顿先生。他不知道他们对院子里那个女人做了什么。他发现自己很想撒尿，心里觉得有点奇怪，因为两三个小时之前他刚撒过尿。他注意到壁炉架上的时钟指着九点钟，即二十一点。但光线似乎太强烈了。八月的傍晚到了二十一点，天色不是应该暗下来了吗？他不知道他和朱莉娅是不是弄错了时间——他们睡了超过十二个小时，以为是晚上八点三十分，而实际上现在是次日早上八点三十分。但他没有继续往下想。这一点儿也不好玩。

走廊里传来另一阵轻一些的脚步声。查林顿先生走进房间。那些身穿黑色制服的人立刻变得毕恭毕敬。查林顿先生的外貌也变了。他的眼睛落在那个玻璃镇纸的碎片上。

“把那些碎片捡起来。”他大声说道。

一个男人弯下腰执行命令。查林顿那口伦敦土腔不见了。温斯顿突然意识到刚才他就在电屏上听到过这个声音。查林顿先生仍然穿着他那件旧天鹅绒夹克，但他那原本几乎全白了的头发现在却变黑了。而且他没有戴眼镜。他那凌厉的眼神扫了温斯顿一眼，似乎在验证他的身份，然后没有再留意他。他的相貌依稀可辨，但他已不再是同一个人。他的身材笔挺，而且似乎大了一些。他的脸只有一些轻微的改变，但看上去完全变样了。黑色眉毛没有以前那么浓密，脸上的皱纹消失了，整张脸的轮廓似乎改变了，连鼻子似乎也变短了。那是一张警惕而冷漠的脸，大约三十五岁左右。温斯顿意识到，有生以来第一次他正瞧着思想警察中的一员。

第三部

第一章

他不知道自己在什么地方。他应该是在友爱部，但没有办法确认。他被关在一间牢房里，天花板很高，而且没有窗户，墙壁上贴着闪闪发亮的白色瓷砖。隐藏起来的灯发出幽冷的灯光，而且他听到了低沉而稳定的轰鸣声，料想应该是通风设备发出的声音。一条宽仅容坐的长凳或架子绕着整面墙，一直连到门口，一个马桶正对着门，但没有木座圈。每面墙上都安装了电屏，一共有四个。

他的腹部隐隐作痛。自从他们将他五花大绑，关进密封的小货车将他带走那时候起就一直在痛。而且他觉得很饿，饿得头晕眼花，特别难受。他一定得有二十四个小时没有吃过东西了，或许得有三十六个小时了。他仍然不知道，或许永远也不会知道被捕的时候是早上还是晚上。自从被捕之后，他们一直不给他饭吃。

他坐在那张狭窄的长凳上，尽量保持不动，双手交叉抱膝。他已经学会了静静地坐着。如果你有什么出其不意的小动作，他们就会通过电屏朝你叫嚷。但他越来越渴望能有东西吃。他最想吃的是面包。他觉得在他制服的口袋里有一些面包屑。他甚至觉得可能有一大片面包在里面——因为他觉得有什么东西不时地碰着他的腿。最后，确认是不是有面包屑的诱惑战胜了恐惧，他将一只手滑进口袋里。

“史密斯！”电屏传来叫嚷声，“6079 号温斯顿 · 史密斯！

在牢房里不能把手伸进口袋！”

他又一动不动地坐着，双手交叉抱膝。被带到这儿之前他曾在另一个地方呆过，那里应该是一间普通监狱或巡逻队的临时拘留所。他不知道自己在那儿呆了多久，至少得有好几个小时了——既没有时钟也没有阳光，根本无法估计时间。而且那里很吵，恶臭熏天。他们将他关押在一间和现在这间差不多的牢房里，但里面脏兮兮的，还总是关着十到十五个人。大部分人是普通罪犯，但也有几个政治犯在里面。他静静地靠坐在墙边，和其他人挤在一块儿。心里的恐惧和腹部的疼痛让他对周围的情况全然失去了兴趣，但他还是注意到党员犯人和其他犯人行为举止上的区别。党员犯人总是默不作声惊惶失措，而普通犯人似乎对任何人或任何事情都毫不在乎。他们朝狱卒破口大骂，身上的财物被没收时会激烈地反抗，在地板上写污言秽语，从衣服中不为人知的夹层里拿出偷偷带进来的食物大快朵颐，甚至在电屏试图维持秩序的时候朝它们大吼大叫。还有几个似乎和狱卒交情不错，叫他们的绰号，透过门上的窥视孔说几句好话，想讨根烟抽。那些狱卒对普通罪犯也很宽容，即使在不得不镇压的时候也会手下留情。大部分囚犯将被送去劳改营，聊天的内容总是围绕着这个话题。他总结出的情况是，只要你人面广并且懂规矩，进劳改营也“没什么大不了的”。那里有贪污受贿，徇私舞弊，敲诈勒索，有同性恋和卖淫，甚至还有用土豆非法酿制的烈酒。只有那些普通罪犯，尤其是流氓和杀人犯，才能得到受信任的职位，成为劳改营中的贵族。而所有的脏活儿都由政治犯承担。

各种各样的罪犯像走马灯一样来来去去，有毒贩、小偷、强盗、黑市走私犯、酒鬼和妓女。有的酒鬼撒起了酒疯，其他囚犯不得不联合起来将他们制服。有一个年约六旬体格臃肿的老妇人，长着硕大的、颤巍巍的奶子和浓密的白发，她拼命挣扎，搞得自己披头散发。她叫嚷着踢打着，那四个狱卒一人抓住她的一只手或脚，将她抬了进来。她想用靴子踢他们，他们将靴子脱掉，然后将她扔到温斯顿的大腿上，几乎撞断了他的大腿骨。那个女人挣扎着坐起来，然后冲着狱卒骂了一句，“你们这群王八操的！”然后她发现坐着的地方很不平坦，从温斯顿的膝盖滑到了长凳上。

“对不起，亲爱的。”她说道，“我不是故意要坐你身上，是那群混蛋把我扔过来的。他们真是不懂得怜香惜玉，不是吗？”她停了下来，抚摸着胸脯，打了个嗝。“抱歉。”她说道，“我不太舒服。”

接着她弯下腰，在地板上痛痛快快地吐了一通。

“好多了。”她闭着眼睛靠在墙上，“想吐就吐，别憋着，这就是我的看法。乘它还在胃里面就吐出来，就像这样。”

她恢复了精神，转过头又看了温斯顿一眼，似乎一下子对他很着迷。她伸出一只壮硕的手臂搂着他的肩膀，把他拉到身边，一股啤酒和呕吐物的味道朝他扑面而来。

“你叫什么名字，亲爱的？”她问道。

“史密斯。”温斯顿回答。

“史密斯？”那个女人说道，“真有趣，我的名字也叫史密斯。”她满怀柔情地补充了一句，“噢，我可能是你妈妈呢！”

温斯顿心想，或许她就是他的妈妈。她年纪相仿，身材也接近，而且在劳改营呆了二十年，人多多少少总会有些改变。

再没有人和他说话。那些普通犯人与党员犯人河水不犯井水，真是令人奇怪。他们轻蔑地称他们为“政治犯”。那些党员犯人似乎不敢和别人说话，尤其不敢和彼此说话。只有一次，两个女党员挤在长凳上，他隐隐约约偷听到几句仓促的低语，里面提到了“101 号房”，他不知道指的是什么。

或许他是两三个小时之前被带到这里的。他的腹部一直在隐隐作痛，但感觉时好时坏，而他的思绪也随之变得活跃或呆滞。当疼痛恶化时，他一心只想着疼痛和想吃东西这两件事。当疼痛舒缓了一些时，恐惧弥漫在他的心头。有时候他会预料到将会发生在他身上的事情，感觉如此真切，让他的心怦怦乱跳，呼吸也变得艰难起来。他感觉得到警棍殴打他的手肘和钉着铁掌的靴子踢打他的胫骨时的那种痛楚。他看到自己在地板上匍匐蠕动，透过断裂的牙齿哀声求饶。他几乎没有去想朱莉娅。他无法将自己的心思放在她身上。他爱她，他不会背叛她，但那就像算术法则一样，只是一个他了解的事实。他感觉不到自己爱她，几乎没有去想她到底怎么样了。他想得更多的是奥布莱恩，心里怀着一丝希望。奥布莱恩或许知道他被捕了。他说过兄弟会不会营救其成员，但他可能会得到刮胡刀：如果可以的话，他们可能会送刮胡刀进来。在狱卒冲进牢房之前大概有五秒钟的时间。那把刀片或许会冰冷而灼烧地刺入他的身体，甚至握着刀片的手指也会被割到骨头。他那孱弱的身躯恢复了所有的知觉，一丁点儿疼痛都会让他缩成一团，不停颤抖。他不知道就算有这么一个机会，他会不会真的拿刀片自尽。苟延残喘似乎是更理所当然的事情，再活上十分钟也好，即使他清楚地知道最终迎来的将会是酷刑与折磨。

有时候他试着去数牢房的墙上有多少片瓷砖。这原本应该很容易，但他总是数着数着就不知道数到哪儿了。他更常想的是自己在什么地方，现在几点了。有时候他很肯定现在外面是大白天，但接着他就很笃定地认为现在是黑夜。他本能地知道这个地方是永远不会熄灯的。这就是没有黑暗的地方：他现在明白为什么奥布莱恩似乎理解他那句暗语了。在友爱部没有窗户。他的牢房可能在大楼的中心，也可能就靠着外墙，或许在地下十层，也可能在地上三十层。他在脑海中变幻着自己身处的位置，想通过身体的感觉了解自己到底是被关押在空中还是深深的地底下。

外面传来靴子的踏步声。咣当一声，铁门被打开了。一位年轻的军官帅气地从门口走了进来。他身上穿着剪裁得体的黑色制服，全身上下闪烁着皮革的光芒，那张白皙而轮廓分明的脸就像是一张蜡像面具。他朝外面的狱卒做了个手势，让他们将押解的犯人带进来。诗人安普弗斯蹒跚着走进牢房。铁门咣当一声又关上了。

安普弗斯迟疑地朝左右两边各走了一步，似乎以为还要穿过另一道门，然后开始在牢房里徘徊。他还没有注意到温斯顿也在这里。他那双困惑的眼睛正盯着温斯顿头上一米处的墙壁。他没有穿鞋，脏兮兮的大脚指头从袜子的破洞里伸了出来。他也有好几天没有刮胡子了。从下巴到颧骨胡子拉碴的，让他看上去像个恶棍，与他那高大而孱弱的身躯以及神经质的举动相映成趣。

温斯顿本来死气沉沉的，这时精神稍微振作了一些。他必须和安普弗斯说说话，就算电屏会喝骂也在所不惜。安普弗斯甚至可能就是带刀片进来的内应。

他说道：“安普弗斯。”

电屏没有传出叫嚷声。安普弗斯停下脚步，感觉有点惊讶。他的眼睛慢慢地将焦点集中在温斯顿身上。

“啊，史密斯！”他说道，“你也在这里！”

“你怎么进来了？”

“说老实话——”他尴尬地坐在温斯顿对面的长凳上，“罪名只有一个，不是吗？”他说道。

“你犯罪了吗？”

“应该是犯了。”

他伸出一只手揉了揉额头的太阳穴，似乎努力想记起什么。

“这种事情经常发生。”他开始含含糊糊地说道，“我记得发生过一件事——可能就是这件事。当然，那是我一时不慎。我们在编辑出版吉卜林的诗作。我没有把一行诗最后‘上帝’那两个字删掉。我没有办法！”他以几乎义愤填膺的态度补充了一句，抬头看着温斯顿，“那句话根本改不了。那个韵脚是‘权力’。英语中只有十二个词与‘权力’是押韵的，你知道吗？我推敲了好几天，但**就是**想不出别的韵脚。”

他的神情改变了。他暂时忘却了烦恼，看上去甚至流露出欣喜的神情。他那肮脏蓬乱的头发似乎透出一股智慧的光芒，就像一个学究作出了毫无意义的发现时内心充满了喜悦。

“你有没有想过，”他说道，“纵观英文诗的历史，最突出的特征就是英语的韵脚很匮乏？”

温斯顿从来没有想过这个问题，而身处这般境地，他并不觉得这个想法有多么重要或有趣。

“你知道现在几点吗？”他问道。

安普弗斯似乎又吃了一惊，“我倒没想过这个。他们逮捕我的时候——大概是两天前，或许三天前的事情了。”他的眼睛扫过那几堵墙，似乎他以为哪里有一扇窗户。“在这里白天和黑夜根本没有区别。我想根本不可能计算时间。”

两人漫无目的地聊了几分钟，然后，不知道是何缘故，电屏传来一声大喝，命令他们保持安静。温斯顿静静地坐着，双手交叉。安普弗斯的身形太高大了，没办法舒服地坐在狭窄的长凳上，不时扭来扭去，先是把他那双又瘦又长的手交叠放在一只膝盖上，然后又换了一只膝盖。电屏冲他大吼大叫，让他不要乱动。时间渐渐流逝。二十分钟，一个小时——根本无从估计。外面又传来靴子的走动声。温斯顿的心缩成一团。快了，就快了，或许再过个五分钟，或许就是现在，脚步声意味着轮到他了。

门打开了。那个面若寒霜的年轻军官走进牢房。他的手朝安普弗斯轻轻一挥。

“101号房。”他说道。

安普弗斯在狱卒的左右看守下蹒跚着走了出去，他的脸有点慌张，但带着迷惘。

似乎过去了很久一段时间。温斯顿的腹部又开始疼起来。他一直想着同样的事情，就像一个小球反复落进固定的一组槽里。他只有六个念头：腹部的疼痛、一块面包、流血哀号、奥布莱恩、朱莉娅和刮胡刀片。沉重的脚步声再次接近，他的心又缩成一团。铁门一打开，空气卷着一股强烈的冷汗的味道吹了进来。帕森斯走进牢房。他穿着卡其布短裤和一件运动衫。

这一次，温斯顿惊呆了，完全忘记了自己的事情。

“你怎么来了！”他说道。

帕森斯瞥了温斯顿一眼，眼神既不是好奇，也不是惊讶，而是可怜巴巴。他开始一颠一颠地走来走去，显然没办法让自己消停下来。每一次他伸直他那胖乎乎的膝盖时，可以明显地看到它们在颤栗。他的眼睛睁得大大的，目光茫然，似乎无法让自己不发呆。

“你怎么被抓进来了？”温斯顿问道。

“思想罪！”帕森斯几乎都快哭了。他的语调暗示着他完全承认自己的罪行，却又不敢相信自己被扣上了这么一个罪名。他在温斯顿面前停了下来，热切地问他：“他们不会枪毙我，你是这么想的，是吧，老伙计？要是你并没有做什么坏事，他们不会枪毙你的——只是想想而已，这种事你也无法控制是吧？我知道他们会公正地进行审判的。噢，我想他们一定会这么做的！他们会知道我记录良好，不是吗？你知道我是个什么样的人。我可不是坏人。当然，我脑筋不大灵光，但我很热心。我一直为党鞠躬尽瘁，不是吗？我顶多会被判五年徒刑，你觉得呢？或许会判十年？像我这样的人在劳改营一定能帮得上忙。他们不会因为我一时行为上的偏差而枪毙我吧？”

“你有罪吗？”温斯顿说道。

“我当然有罪！”帕森斯嚷嚷着，低眉顺眼地看了电屏一眼。“你不会认为党会逮捕一个无辜的人吧？”他那张蛤蟆一样的脸平静了一些，甚至露出了伪装虔诚的表情。“思想罪太可怕了，老伙计。”他庄严地说道，“它潜伏在内心深处，甚至在你毫不知情的情况下就影响了你。你知道它是怎么影响了我的吗？是在我睡觉的时候！是的，就是这样。我一直努力工作，尽量多做点贡献——从来不知道我的思想里有肮脏的念头。然后，我开始说梦话。你知道他们听到我说什么了吗？”

他放低了声音，就像一个因为要治病不得不说出自己的风流韵事的病人。

“‘打倒老大哥！’是的，我说出了这番话！似乎还说了好几遍。我只告诉你一个人，老伙计，我很高兴在我陷得更深之前他们就把我逮捕了。你知道在我上法庭之前我要对他们说些什么吗？我会说：‘谢谢你们。谢谢你们在为时已晚之前拯救了我。’”

“是谁告发你的？”温斯顿问道。

“是我的小女儿。”帕森斯难过而骄傲地说道，“她从钥匙孔偷听，听到我所说的那些话，第二天就跑到巡逻队那里。对于一个才七岁的小女孩来说，真是很聪明，是吧？我一点儿也不怪她。我为她感到自豪。这表明至少我教会了她正确的思想。”

他又一颠一颠地走来走去，一直盯着那个马桶。突然间，他脱下自己的短裤。

“抱歉，老伙计，”他说道，“我憋不住了。憋了好久了。”

他那肥厚的臀部坐在马桶上，温斯顿伸手捂着自己的脸。

“史密斯！”电屏喊道，“6079号温斯顿·史密斯！不许捂住你的脸。牢房里不许捂脸。”

温斯顿将手拿开。帕森斯酣畅淋漓地拉了一通，声音很响。接着，他发现冲水开关是坏的，整个牢房臭气熏天，一连持续了好几个小时。

帕森斯被带走了。又有好几个囚犯神秘地来来去去。有一个女犯人被带到“101号房”，温斯顿注意到，当她听到这个名字时，脸色一变，似乎整个人萎掉了。时间过去很久了，如果他被带进来的时候是早上，那现在就应该是下午，而如果他被带进来的时候是下午，那现在就应该是午夜。牢房里有六个犯人，有男有女，所有人都纹丝不动地坐着。温斯顿对面坐着一个男人，没有下巴，长着大龅牙，看上去像只不会伤人的大型啮齿动物。他的两颊丰满多肉，长了几个斑点，底部好像垂着两个囊袋，很难不相信他没有在里面偷偷藏了一些吃的东西。他那两只灰色的眼眸羞怯地从一张脸掠到另一张脸上，一遇到别人的眼神就立刻转移开去。

门打开了。又有一个囚犯被带了进来，看到他的样子温斯顿心里不禁为之一寒。他长相平凡，似乎是个工程师或技术人员。但令人感到震惊的是他那张脸特别消瘦，就像是一个骷髅头，显得嘴巴和眼睛特别大，而且那双眼睛似乎充斥着对某人或某件事刻骨铭心不共戴天的仇恨。

那个男人坐在长凳上，离温斯顿很近。温斯顿没有再去看他一眼，但那张被折磨得如同骷髅头的脸仍清晰地浮现在他的脑海中，就像它就在眼前一样。突然间他意识到那是怎么一回事。那个男人就要饿死了。牢房里似乎每一个人都同时掠过这个念头。长凳上起了小小的骚动。那个没有下巴的男人不断地朝那个面容枯槁的男人望去，然后内疚地移开目光，接着又不由自主地被吸引了过去。过了不久，他开始坐立不安。最后他站起身，笨拙地走过牢房，从大衣口袋里掏出一块脏兮兮的面包，尴尬不安地递给那个面容枯槁的男人。

电屏中传来震耳欲聋的怒吼声。那个没有下巴的男人吓了一跳，而那个面容枯槁的男人迅速将手放到身后，似乎在向所有人表示他没有接受别人的施舍。

“巴姆斯泰德！”那个声音吼道，“2713 号巴姆斯泰德！把那块面包放下！”

那个没有下巴的男人将面包扔到地板上。

“原地别动，”那个声音说道，“面朝大门。不许乱动。”

那个没有下巴的男人乖乖服从。他那张肥大下垂的面颊不由自主地颤抖着。大门打开了。那个年轻的长官走了进来，然后站在一旁。一个矮矮壮壮肩宽膀阔的狱卒跟在他身后，站在那个没有下巴的男人身前。然后，那位长官做了一个手势，那个狱卒以全身的重量挥出力道惊人的一拳，结结实实地击中那个没有下巴的男人的下颚。这记拳头的力量几乎将他击飞。他的身子跌跌撞撞地横穿牢房，撞倒在马桶的底座上，躺了下来，似乎晕了过去，嘴巴和鼻子里涌出深黑色的血。他发出似乎不省人事的轻微的呻吟声，然后翻了个身，以双手双膝撑地，艰难地爬了起来。他那口上下两半的假牙夹杂着鲜血和口水，从嘴里掉了下来。

囚犯们双手交叉抱膝，纹丝不动地坐着。那个没有下巴的男人回到自己的座位。他的半边脸下面黑漆漆的，嘴巴肿成不规则的樱桃色的一团，中间是一个黑漆漆的洞。

时不时地，有几滴血掉到他那件制服的襟口。他那双灰色的眼眸仍然从一张脸转到另一张脸，比刚才显得更加愧疚，似乎他想知道大家是不是在鄙夷他，因为他实在是太丢人了。

大门打开了。那位长官朝那个面容枯槁的男人做了个小小的手势。

“101 号房。”他说道。

温斯顿身边有人倒吸一口凉气，起了一阵骚动。那个男人跪倒在地，双手合十。

“同志！长官！”他叫嚷着，“你们别把我带到那个地方去！我不是什么都告诉你们了吗？你们还想知道什么？我已经招无可招了！告诉我什么事情，我会老实招供的。把它写下来，我会签名——写什么都行！不要带我去 101 号房！”

“101 号房。”那位长官说道。

那个男人的脸色已经非常苍白，一下子变成了温斯顿觉得不可思议的颜色。那确实是绿色的，不会看错。

“拿我怎么着都行！”他叫嚷着，“你们已经饿了我好几个星期。给我一个了断，让我死吧。枪毙我吧。吊死我吧。判我二十五年徒刑。你们还想我招供出其他人吗？告诉我他们是谁，我什么都告诉你们。我不在乎他们是谁，也不在乎你们会拿他们怎么样。我有一个妻子，三个小孩，最大的还不到六岁。你可以把他们统统抓走，在我的面前割开他们的喉咙，我绝不会有半句怨言。但不要带我去 101 号房！”

“101 号房。”那位长官说道。

那个男人神经质地看着其他囚犯，似乎他可以找到另一个替死鬼。他的眼睛落在那个没有下巴的男人那张被打得稀巴烂的脸上。他伸出一只枯瘦的手臂。

“他才是你们应该带走的人，不是我！”他喊叫着，“你们没有听见他的脸被打烂后说了些什么。给我一个机会，我会一字不漏地告诉你们。他才是反党分子，不是我。”狱卒们向前走去。那个男人的声音变成了尖叫。“你们没有听到他说了些什么！”他不停地叫嚷着，“电屏坏了。**他**才是你们要找的人。带他走，不要带我走！”

那两个强壮的狱卒弯腰架起他的胳膊，但这时他扑过牢房的地板，紧紧抓住支撑着长凳的一根铁架，像野兽一样号叫着，根本听不出他在说些什么。两个狱卒抓住他，想把他拽下来，但他紧紧抓着不放，力气大得惊人。狱卒拼命拉着他往外扯，大约持续了二十秒钟。其他囚犯静静地坐着，双手交叉抱膝，双眼直视前方。号叫停止了；那个男人快没气了，惟有双手依然死命抓住铁架不放。接着，他又是一阵呼号，但声音变了。一个狱卒的靴子踢断了他一只手的几根手指。他们把他拽了起来。

“101 号房。”那位长官说道。

那个男人被带了出去，脚步踉踉跄跄，耷拉着头，抚摸着他那只被踢断的手，彻底放弃了抵抗。

又过了很久。如果那个面容枯槁的男人被带走的时候是午夜，现在就应该是早上，如果那个时候是早上，现在就应该是下午。只剩下温斯顿一个人，已经好几个小时了。坐在那张狭窄的长凳上屁股都疼了，他老是得起身走动一下，电屏没有喝止他。那个没有下巴的男人掉下的那片面包还在那儿。一开始的时候，他总得努力不去看它，但很快口渴就取代了饥饿。他的嘴巴干涩发黏，而且味道很难闻。蜂鸣声和不变的白色灯光让他觉得有点眩晕，脑子里空荡荡的。他得站起身，因为他坐得实在是腰酸背痛，再也受不了了，然后又立刻坐了下来，因为他实在是晕得没办法站稳。当他的生理感官稍稍恢复了控制时，恐惧就会笼罩他的内心。有时候他会怀着一丝希望，想到奥布莱恩和刮胡刀片。或许，刀片会藏在他的食物里被送过来，如果他能吃上饭的话。他隐约想起了朱莉娅。她就在某个地方忍受着折磨，或许比他更痛苦。或许此时此刻她正在痛苦地呻吟。他心想：“要是让我的痛苦加倍就可以救她，我愿不愿意呢？是的，我愿意。”但那只是理智上的决定，他做出这个决定只是因为他知道自己应该这么做。他并没有这种感觉。在这个地方你什么都感觉不到，只有疼痛和疼痛的预感。而且，当你真的被严刑拷打的时候，你会希望让自己的痛苦增加吗？但这个问题暂时还没办法回答。

又有脚步声接近。大门打开了，奥布莱恩走了进来。

温斯顿站了起来。眼前的一幕让他根本顾不上谨慎。这么多年来，他第一次忘记了电屏的存在。

“他们也把你抓来了！”他叫嚷着。

“他们很久以前就把我抓来了。”奥布莱恩的话里略带遗憾和讥讽。他站到一边。从他身后冒出一个胸宽体壮的狱卒，手里拿着一根长长的黑色警棍。

“你知道的，温斯顿。”奥布莱恩说道，“不要欺骗自己。你知道的——你一直心知肚明。”

是的，现在他明白了，他一直都明白的。但没有时间想这件事了。他只看见那个狱卒手里的警棍。它随时会打下来，落在脑门上，落在耳边，落在胳膊上，落在胳膊肘上——

胳膊肘上！他跪倒在地，几乎动弹不得，另一只手紧紧握着被打的那只胳膊肘。一切都炸开了，化为黄色的光芒。他根本想象不出这一棍会带来如斯痛楚！黄光消失了，他看到有两个人正俯视着他。那个狱卒正在嘲笑他扭成一团的样子。至少，有一个问题得到了解答。不管是为了什么，你都绝对不希望增加自己的痛苦。对于疼痛，你只有一个愿望：那就是疼痛快点停止。这个世界上没有什么比疼痛更难以忍受。在疼痛面前，没有英雄能逞强，当他在地板上挣扎蠕动徒劳地紧紧抓住他那只已经被打断的左臂时，这个想法在他的脑海中回荡了一遍又一遍。

第二章

他正躺在好像是一张露营床的东西上，但是这东西离地面很高，而且他被固定住了，根本无法动弹。灯光射在他的脸上，似乎比平时更明亮耀眼。奥布莱恩站在他身边，正低头专注地看着他。在他另一边站着一个身穿白大衣的男人，拿着一个皮下注射器。

虽然他的眼睛张开着，但他只能渐渐地看清周围的环境。他觉得自己似乎是从另一个世界——一个很深很深的水底世界——游进这个房间的。他不知道自己在下面多久了。自从他们将他逮捕之后，他还没有见过黑暗或阳光。而且，他的记忆断断续续的。有时候，他的意识，即使是睡着的时候也存在的意识，突然消失了，经过一段完全空白的中断之后才恢复过来。但他不知道这些中断到底持续了几天、几周还是只有几秒钟。

从胳膊肘被打了第一下起，噩梦就开始了。后来他才知道，接下来发生的一切只不过是正戏之前的预演，是几乎每个囚犯必须接受的例行侦讯。当然，每个人都得承认自己犯下了累累罪行——间谍罪、破坏活动什么的。招供只是走个形式，但刑讯却是真实的。他被殴打了多少回，殴打的时间持续多久，他都不记得了。每一次总是有五六个穿着黑色制服的男人一起打他。他们有时候用拳头揍，有时候用警棍打，有时候用钢条捅，有时候用靴子踢。很多时候他像畜生一样全然不顾颜面在地板上打滚，蠕动着身子不断绝望地闪躲着踢打，但这只能招致对方朝他的肋骨、腹部、手肘、胫骨、裆部、睾丸和尾椎骨更疯狂的殴打。有时候殴打一直持续不停，在他看来，残忍邪恶而不可原谅的事情不是狱卒们在殴打他，而是他无法迫使自己陷入昏迷。有时候他在精神上已经投降了，殴打还没开始他就开始哀号求饶，一看到拳头往后缩准备打他就忙不迭招供种种真实的和虚构的罪行；有时候他下定决心什么都不招供，得大刑伺候才能从他嘴里硬生生地挤出一个个字来；还有的时候他希望取得妥协，他对自己说："我会招供的，但不是现在。我必须等到疼痛实在无法忍受时才招供。再踢我三下，两下吧，等到那时我才告诉他们想要知道的事情。"有时候他被打得站都站不稳，像一袋土豆那样瘫倒在牢房的石板地上，歇息了几个小时，然后被拖出去再殴打一顿。此外还有更长的恢复期。他只有模糊的印象，因为大部分时间他在睡觉或陷入昏迷。他记得一间有木板床的牢房，墙上伸出一个类似于架子的东西，还有一个锡脸盆，三餐有热汤喝有面包吃，有时还能喝到咖啡。他记得有个乖戾的理发师过来给他刮胡子剪头发，还有一些一本正经、面无表情、穿着白大褂的男人给他量脉搏，测试他的神经反应，翻起他的眼睑，用粗糙的手指抚摸他的身子看有没有骨折，往他的胳膊打针让他睡觉。

殴打的频率渐渐减少，变成了一种可怕的威胁，当他们不满意他的回答时就以殴打恫吓他。现在盘问他的人不是那些穿着黑色制服的凶狠狱卒，而是党内的知识分子，一个个都是小胖子，动作轻快，眼镜闪烁着寒光。他们轮流盘问他，每次都得持续——他想了想，但无法肯定——持续十到十二个小时。这些盘问者总是让他保持轻微的痛楚状态，但疼痛并不是他们依赖的主要手段。他们扇他耳光，揪他的耳朵，拉扯他的头发，让他单脚站立，不让他上厕所，拿强光灯照他的脸，照到他泪水直流，但这些只是为了羞辱他，摧毁他争辩和理性思考的能力。他们真正的武器是毫无怜悯的盘问，无休无止，一个小时接一个小时，给他下套，曲解他所说的每句话，不断地宣判他在撒谎或自相矛盾，到最后由于羞愧与精神疲劳，他开始痛哭流涕。有时在一次盘问中他得哭上五六回。大部分时间里他们冲他喝喝骂骂，看到他稍有踌躇就威胁说要将他交给狱卒，但有时候他们会改变口吻，称他为同志，以英社和老大哥的名义劝说他，假惺惺地问他对党是否还保有忠诚，愿意痛改前非。在经过几个小时的盘问后，他的心志已经摇摇欲坠，即使是这么一番劝慰的话也能让他痛哭流涕。比起狱卒的靴子与拳头，这些絮絮叨叨的话语更能瓦解他的意志。无论人家让他说什么他都会说，想让他签什么他都会签。他唯一关心的事情就是弄清楚他们要他招供什么，然后在虐待开始之前立刻老实招供。他招供说自己想刺杀党的高层领导人，散播煽动性的传单，贪污公款，贩卖军情机密，从事种种破坏活动。他招供自己从1968年起就充当东亚国政府雇佣的间谍。他承认自己有宗教信仰，膜拜资本主义，还是个色情变态狂。他招供自己谋杀了妻子，虽然他知道那些盘问者一定知道他的妻子还活着。他招供多年来他一直和古德斯泰恩保持私人接触，一直是某个地下组织的成员，而这个组织包括了他认识的几乎每个人。什么罪名都招供，让所有人都受到牵连要来得更轻松一些。而且，从某种意义上说，这些都是真的。他的确是党的敌人，而在党的眼里，思想和行动根本没有区别。

他还有不同于此的回忆。这些回忆在他的脑海里浮现，彼此没有关联，就像一片漆黑之中的一张张图画。

他在一间牢房里，可能有光亮，也有可能漆黑一片，因为他只看到一双眼睛。在他身边触手可及的地方有一台仪器，正在缓慢而有规律地发出滴答声。那双眼睛越来越大，越来越亮。突然间，他从座位上漂浮起来，栽进那双眼睛里面，被其吞没。

他被五花大绑固定在一张椅子上，四周都有仪表盘，头顶是刺眼的灯光。一个穿着白大褂的男人正在阅读着仪表盘的信息。外面传来沉重的脚步声。大门咣当一声打开了。那位面如蜡像的长官迈步走进牢房，身后跟着两个狱卒。

“101 号房。”那位长官命令道。

那个穿着白大褂的男人没有转身，也没有去看温斯顿，只是看着那些仪表盘。

这是一条壮观的走廊，足足有一公里宽，到处是闪烁着金光的璀璨灯火，他踉踉跄跄地走在里面，扯着嗓门大笑，大声招供自己的罪行。他什么都招供了，甚至包括那些在严刑逼供下没有坦白的事情。他将自己的全部生平都说了出来，但听众已经知道了。押送他的是那些狱卒、其他盘问者、那些穿白大褂的男人、奥布莱恩、朱莉娅、查林顿先生，大家都一起走在走廊里，一边大笑叫嚷着。潜伏在未来的某件可怕的事情被跳过去了，没有发生。一切都好，没有疼痛，他这辈子每个细节都被暴露了，了解了，遗忘了。

他在那张木板床上惊醒过来，觉得似乎听到了奥布莱恩的声音。在接受刑讯时，虽然他从未见过他，但他觉得奥布莱恩就在他身边，只是他看不见罢了。奥布莱恩就是幕后的黑手。是他让狱卒虐待温斯顿，又不让他们杀死他。是他决定了温斯顿什么时候应该痛苦尖叫，什么时候应该休息，什么时候应该吃饭，什么时候应该睡觉，什么时候应该往手臂里注射药物。是他在盘问那些问题，并暗示该怎么回答。他既是虐待者，又是保护者；既是盘问者，又是朋友。有一次——温斯顿不记得那是被麻醉的睡眠还是正常的睡眠，甚至有可能是在他头脑清醒的时候——一个声音在他的耳边喃喃地说道："别担心，温斯顿。你一直在我的控制中，这七年来我一直在观察你。现在，命运的转折点到了。我会拯救你，我将使你变得完美无瑕。"他不知道那是不是奥布莱恩的声音，但七年前在另一个梦里，那个声音曾经对他说过："我们将在没有黑暗的地方见面。"

他不记得刑讯是怎么结束的。先是一片漆黑，然后是现在他置身其中的牢房或房间，他开始渐渐看清了周围的布置。他几乎是平躺的，无法动弹。他的身体每一个重要部位都被牢牢固定住，连后脑勺也被什么卡住了。奥布莱恩正阴沉而悲伤地俯视着他。从下往上望去，他的脸显得又老又丑，眼睛下面眼袋很重，鼻子到下巴布满了皱纹。他比温斯顿想象的要老得多，或许得有四十八或五十岁了。他的手搁在一个仪表盘上，代表盘顶部有一个把手，面板上有几个数字。

"我告诉过你，"奥布莱恩说道，"当我们再次见面时，就在这个地方。"

"是的。"温斯顿回答。

没有任何警告，只是奥布莱恩的手轻轻一动，一波剧痛就将他的身体吞没，那是十分恐怖的剧痛，因为他不知道发生了什么事情，只觉得自己一定正在遭受致命的伤害。他不知道这件事是真的在发生，还是说那只是电击的效果。但他的身体正在扭曲变形，关节被缓慢地扯开。尽管他疼得额头上沁出了汗水，但他最害怕的是他的脊椎似乎要被折断了。他咬紧牙关，透过鼻孔艰难地呼吸着，试图尽量保持沉默。

奥布莱恩一边端详着他的脸一边说道："你害怕再过一会儿你身上某个部位会被折断，而你最害怕的是，被折断掉的会是你的脊椎。你能生动地想象出脊椎骨断裂的画面，骨髓从断裂处流淌出来。这就是你内心的想法，不是吗，温斯顿？"

温斯顿没有回答。奥布莱恩将仪表盘的把手拉了回去。那波疼痛几乎就像发作时那样迅速地消失了。

"刚才是四十。"奥布莱恩说道，"你可以看到这个仪表盘上面的数字最高可以达到一百。在我们谈话时，我有权在任何时候给你施加任何程度的疼痛，你知道吗？如果你对我撒谎，或试图搪塞过关，甚至装疯卖傻，你将会立刻痛哭哀号。你明白吗？"

"是的。"温斯顿回答。

奥布莱恩的态度稍微和蔼了一些。他若有所思地将眼镜扶好，来回踱了几步。他说话时声音很温和耐心，像一位医生或老师，甚至像一位牧师，以解释和劝说的方式而不是以惩罚的方式待人。

"温斯顿，你让我很操心，"他说道，"因为你值得让我操心。你很清楚自己出了什么问题。你已经知道很多年了，与它进行过一番抗争。你精神错乱，你的记忆有缺陷，你无法记得真实的事情，于是你对自己说你记得另一些实际上从未发生过的事情。幸运的是，这是可以治好的。你没有治好自己，因为你不愿意这么做。你只需要拿出一点意志力，但你还没有做好准备。我很清楚，即使到了现在，你仍然坚持你的坏毛病，以为那是一种美德。现在，让我们举个例子。当前大洋国正和哪一个国家打仗？”

“我被捕的时候大洋国正和东亚国打仗。”

“和东亚国打仗，很好。大洋国一直在和东亚国打仗，不是吗？”

温斯顿吸了口气，张开口想说话，但没有说出口。他的眼睛一直盯着那个仪表盘，无法移开。

“说真话，温斯顿。你心里的真话。告诉我你以为你记得的答案。”

“我记得，直到在我被捕前一个星期我们才和东亚国开始打仗。之前我们与他们是盟友，和欧亚国打仗。那场仗持续了四年之久，而在那之前——”

奥布莱恩做了个手势让他住口。

“又是一个例子。”他说道，“事实上几年前你产生了严重的幻觉。你相信有三个男人，三个曾经是党员的男人，名字叫琼斯、阿尔伦森和鲁斯福德——他们在彻底坦白叛变和破坏活动的罪行后被处决——但你相信他们并没有犯下被指控的罪行，他们是无辜的。你相信自己见过确凿无误的档案证据，证明他们的坦白是违心的。你曾经幻想过一张相片，你相信你曾经掌握了那份证据。那是一张相片，就像这张。”

奥布莱恩的手里多了一张长方形的剪报，在温斯顿的视线里停留了大约五秒钟。那是一张相片，至于它的内容，那是确凿无疑的。就是**那张**相片。就是琼斯、阿尔伦森和鲁斯福德在纽约参加党代会的那张相片的另一张拷贝。十一年前他曾经掌握了那张相片，但立刻将其销毁。相片在他的眼前只停留了一小会儿，然后就不见了。但他见过它，他见过它，千真万确！

他痛苦地拼命挣扎，想让上半身恢复自由，但他根本没办法朝任何方向挪动哪怕一厘米。这时候他甚至忘记了仪表盘。他想再将那张相片拿在手里，至少再看一眼。

“它的确存在！”他叫嚷着。

“不。”奥布莱恩说道。

他走过房间。对面墙上有一个记忆洞。奥布莱恩抬起栅栏。在视野之外，那张薄薄的纸片被热风卷走，被一团火苗烧掉了。奥布莱恩从墙边转过身。

他说道：“化成灰烬了，根本无法辨认的灰烬。它不复存在，从未存在过。”

“但它曾经存在过！它确实存在！它存在于记忆里。我记得，你也记得。”

“我不记得了。”奥布莱恩说道。

温斯顿的心一沉。那是双重思想。他觉得绝望而无助。如果他能肯定奥布莱恩是在说谎，情况还不至于太严重。但很有可能奥布莱恩真的已经忘记了那张相片。如果真是这样，那么他已经忘记了自己否认记得那张相片，而且忘记了忘记这一行为。谁能肯定那只是一个简单的小把戏呢？或许，这种精神错乱真的可能发生，正是这个想法击败了他。

奥布莱恩若有所思地俯视着他，表情越来越像为一个任性但很有希望的小孩而劳心费神的老师。

“党有一句口号，是讲述如何控制过去的。”他说道，“请复述一遍。”

“‘谁控制了过去，谁就控制了未来；谁控制了现在，谁就控制了过去。’”温斯顿顺从地复述了一遍。

“‘谁控制了现在，谁就控制了过去。’”奥布莱恩缓缓地点了点头以示赞同，“温斯顿，你认为过去真的存在吗？”

无助的感觉再次降临温斯顿的心头。他的眼睛朝仪表盘望去。他不仅不知道该回答“是的”还是“不是”才能免于痛苦，他甚至不知道哪一个答案他觉得是真实的。

奥布莱恩微微一笑。“你不懂形而上学，温斯顿，”他说道，“直到现在你从未思考过到底存在意味着什么。我会讲得更确切一些。过去真的具体存在于空间中吗？是不是有某个地方或空间，一个真切的世界，过去仍然在那里发生？”

“没有。”

“那么，如果过去真的存在，它在哪里？”

“在记录里。过去被记录下来了。”

“在记录里。还有呢——？”

“在心里。在人们的记忆里。”

“在记忆里。非常好。我们党控制了所有记录，也就控制了所有的记忆。那么，我们就控制了未来，不是吗？”

“但你们怎么能阻止人们记住某些事情呢？”温斯顿又暂时忘记了仪表盘，“那是自发的，独立于个体之外的事情。你们怎么能控制记忆呢？你们没办法控制我的记忆！”

奥布莱恩的神情再次变得严肃起来。他把手放在仪表盘上。

“恰恰相反。”他说道，“**是你**没办法控制记忆。这就是你被带到这里来的原因。你在这里是因为你拒绝谦卑、拒绝自我约束。你不愿屈服，以此换取头脑的清醒。你宁愿当一个疯子，当一个少数派。只有受到约束的心灵才能洞察现实，温斯顿。你相信现实是客观的、外在的事物，是自在的存在。你还相信现实的本质是不言自明的。当你欺骗自己，相信自己看到某件事情时，你以为其他人也会像你那样看到同样的事情。但让我告诉你吧，温斯顿，现实并非存在于外部。现实存在于人的意志中，不存在于其它任何地方。现实不存在于个体的意志中，个体的意志会犯错误，而且很快就会消失；现实只存在于党的意志中，那是集体性的不朽的意志。党认为什么是真理，那就是真理。只有通过党的眼睛才能看到现实。温斯顿，这就是你必须重新了解的事实。这需要自我毁灭的行动，需要意志力非常坚定。在你心志健全之前，你必须学会谦卑。”

他停了一会儿，似乎在让他所说的那番话有时间得以理解消化。

他继续说道：“你记得自己在日记里写过‘自由就是说出二加二等于四’吗？”

“是的。”温斯顿回答。

奥布莱恩举起左手，手背对着温斯顿，拇指藏了起来，伸出四根手指。

“我现在伸出多少根手指，温斯顿？”

“四根。”

“如果党说这不是四根手指，而是五根——那么到底有多少根？”

“四根。”

这两个字刚说完就伴随着一阵剧痛。仪表盘的指针指向了五十五。温斯顿全身直冒冷汗。他的肺深深吸入空气，然后转化为深切的呻吟，就算他咬紧牙关也呻吟不止。奥布莱恩看着他，仍然伸着四根手指。他将把手拉了回去。这一次疼痛只是稍稍减轻了一些。

“有几根手指，温斯顿？”

“四根。”

指针升到了六十。

“有几根手指，温斯顿？”

“四根！四根！我还能怎么回答？四根！”

指针一定又升高了，但他没有去看它。那张阴沉严厉的脸和那四根手指占据了他的视线。那些手指就像柱子一样耸立在他眼前，巨大、模糊、似乎在颤动，但的的确确是四根。

“多少根手指，温斯顿？”

“四根！不要，不要！你怎么能继续下去？四根！四根！”

“多少根手指，温斯顿？”

“五根！五根！五根！”

“不，温斯顿，这样是没用的。你在说谎。你心里想的是四根。请问是多少根手指呢？”

“四根！五根！四根！随你怎么说都行。只要你停下来，停止疼痛！”

他猛然间坐了起来，奥布莱恩的手臂搂着他的肩膀。或许他晕厥了几秒钟。将他的身体固定住的带子松开了。他觉得很冷，不由自主地打着摆子，他的牙齿在打战，泪水顺着面颊淌落下来。他就像婴儿一样紧紧抓住奥布莱恩，那只沉重的胳膊搭在他的肩上，让他觉得出奇的舒服。他觉得奥布莱恩是他的守护者，痛苦是从外面来的，从另一个地方来的，而奥布莱恩能让他免除痛苦。

“你学得太慢了，温斯顿。”奥布莱恩温和地说道。

“我该怎么办？”他嚎啕大哭起来，“我怎么能对我眼前的东西视而不见呢？二加二就等于四。”

“有时候，温斯顿，有时候二加二等于五。有时候二加二等于三。有时候二加二可以同时是四和五。你必须更努力去尝试。要成为理智清醒的人不是一件容易的事情。”

他将温斯顿平放在床上。他的四肢又被固定住了，但疼痛渐渐消失，颤抖停止了，他只觉得浑身无力发冷。奥布莱恩朝那个穿着白大褂的男人点头示意，那个男人在整个过程中一直站在那儿一动不动。他弯下腰，仔细地审视着温斯顿的眼睛，摸着他的脉搏，将一只耳朵贴着他的胸口，这儿敲敲那儿敲敲，然后他朝奥布莱恩点了点头。

“再来。”奥布莱恩说道。

疼痛流经温斯顿的身体。指针一定升到了七十或七十五。这一次他闭上了眼睛，他知道那几根手指仍在那儿，仍是四根。最重要的事情是让自己活下来，直至痉挛过去。他已经不再注意自己到底有没有在哭喊。疼痛再次减弱。他睁开眼睛。奥布莱恩已经把手缩了回去。

“多少根手指，温斯顿？”

“四根。我想是四根。要是可以的话我希望能看到五根。我在努力尝试看到五根。”

“你在想什么呢：让我相信你看到了五根手指，还是你真的看到了五根手指呢？”

“真的看到了五根手指。”

“再来。”奥布莱恩说道。

或许指针升到了八十——甚至九十。温斯顿只能断断续续地记起为什么疼痛会发生。在他紧闭的眼睑后面，一排排手指似乎在舞动着，忽进忽出迂回变化，消失在一排手指后面，然后再次浮现。他努力想数清有多少根手指，他不记得为什么要这么做。他只知道根本不可能数得清，而那不知怎的与四和五神秘的同一性有关。疼痛再次减弱了。他睁开眼睛，发现他仍然看到刚才那一幕。不胜其数的手指，就像正在摇曳的树木，仍然在左右移动，不停地错综交叉。他又合上眼睛。

“我举着多少根手指，温斯顿？”

“我不知道。我不知道。如果你再这么折磨下去的话我会死的。四根、五根、六根——我不知道，真的不知道。”

“好点了。”奥布莱恩说道。

一根针刺入温斯顿的胳膊。几乎同一时刻，一股幸福而似乎有治愈效果的暖意流遍他的身体。疼痛已经几乎被忘却了。他睁开眼睛，感激地抬头看着奥布莱恩。看到那张粗犷而密布皱纹的脸，如此丑陋而睿智，他的心里似乎翻江倒海。要是他能动弹的话，他会伸出一只手，搭在奥布莱恩的胳膊上。他从未像此刻这么热爱他，不仅仅是因为他停止了疼痛。以前那种感觉，无论奥布莱恩是敌是友都不要紧的感觉，又回来了。奥布莱恩是一个他可以交心的人。或许一个人渴望被理解甚于渴望被爱。奥布莱恩将他折磨到陷入疯狂的边缘，再过一会儿，他会将他处死。那也没有关系。两人的关系不只是朋友这么简单，更像是亲密的知己。尽管没有明说，但或许他们可以找个地方碰面好好谈一谈。奥布莱恩正俯视着他，脸上的表情暗示着他心有同感。当他开口时，语调很亲切，像在平时聊天。

“你知道你在哪儿吗，温斯顿？”他问道。

“我不知道。但我可以猜。在友爱部。”

“你知道你在这儿多久了吗？”

“我不知道，几天、几周、几个月——我想有几个月了。”

“你觉得为什么我们要把人们带到这个地方来？”

“让他们坦白招供。”

“不，不是这个原因。再猜猜。”

“为了惩罚他们。”

“不是！”奥布莱恩叫嚷着。他的声音骤然改变了，他的脸突然变得严肃而狰狞。“不是！不仅仅是为了让你们招供，不是为了惩罚你们。要我告诉你为什么我们把你们带到这儿来吗？为了治好你们！为了让你们恢复清醒！我们带到这儿来的人没有一个是治不好就离开的，你明白吗，温斯顿？我们对你们所犯的那些愚蠢的罪行不感兴趣。党对表面的行为不感兴趣，我们在乎的是思想。我们不仅仅摧毁我们的敌人。我们会将他们改造。你明白我所说的话吗？”

他俯身望着温斯顿。他的脸靠得很近，看上去很大，而且从下往上看去，显得非常丑陋可怕。充满了得意洋洋的表情，像疯子一样专注。温斯顿的心再次沉了下去，要是可以的话，他想缩进床板里面去。他觉得奥布莱恩很可能一时冲动就扳下仪表盘的开关。这时奥布莱恩却转过身，来回踱了几步，情绪平息了一些，继续说道：

“首先你要明白，在这个地方没有杀身成仁这回事。你读到过以前的宗教迫害。在中世纪有宗教审判法庭。他们失败了。它希望根除异端思想，结果却巩固了异端思想。它将一个异端者烧死在火刑柱上，就会有数千个异端者站起来。为什么会这样？因为宗教审判法庭公开杀害它的敌人，而且在他们尚未忏悔的时候就把他们杀害。人们因为不愿放弃自己真正的信仰而被处死。自然而然地，所有的荣誉都属于殉难者，而将他烧死的审判者则承受了所有的耻辱。后来，二十世纪出现了所谓的集权主义者，当中有德国的纳粹党和俄国的共产主义者。

俄国人比宗教审判法庭更加残酷地镇压异端思想。他们以为自己已经从过去的错误中吸取了教训，他们知道绝对不能制造烈士。在他们将受害者提交公开审判前，他们肆意地摧毁这些人的尊严。他们以严刑拷打和单独监禁让他们屈服，成为奴颜婢膝的可怜虫。无论让他们招供什么都愿意：指控他人以保全自己，哭泣求饶。然而，短短几年过后，同样的事情发生了。那些死去的人成为烈士，他们的耻辱被遗忘了。为什么这种情况会再次发生？因为他们的招供显然是被扭曲的事实，并不是事情的真相。我们不会犯下那样的错误。在这里所招供的罪行都是事实。我们让它们变成事实。最重要的是，我们不允许死者与我们作对。你不用幻想子孙后代会洗清你的冤屈，温斯顿。他们永远不会听到你的名字。你将从历史的洪流中消失。我们将让你人间蒸发，化为气体消失在太空中。你什么也不会留下，记录中没有名字，活着的人当中没有人记得你。你将是过去或未来并不存在的人。你从未存在过。”

温斯顿苦涩地想着，那为什么还要这么费劲地折磨我呢？奥布莱恩停下脚步，似乎温斯顿将他的想法大声说了出来。他那张硕大丑陋的脸凑了过来，眼睛微微眯着。

他说道：“你在想，既然我们决定要彻底将你摧毁，那你的言行也就变得无关紧要了——如果真是那样的话，为什么我们要煞费苦心先盘问你呢？你刚才就是这么想的，不是吗？”

“是的。”温斯顿回答。

奥布莱恩微微一笑，“你是体制的一个瑕疵，温斯顿。你是必须抹掉的污点。我刚才不是告诉过你，我们与过去的迫害者不一样吗？我们不满足于消极的服从，甚至连最奴颜婢膝的屈服也不行。当你最后向我们屈服时，那必须是出于你自己的意愿。我们不会因为异端者抵抗我们就将其消灭，只要他仍在抵抗我们，我们就不会消灭他。我们转化他，我们捕捉他的内心思维，我们重新塑造他。我们将一切邪念和一切错误的信仰从他的心中逼出来。我们将他转变为同一战线的人，不仅是外表上服从我们，而且是全心全意服从我们。我们将他转变为我们当中的一员，然后再把他杀掉。我们绝不能容忍一个错误的思想在这个世界任何地方存在，无论这个思想有多么隐秘，多么微不足道。即使在死亡的那一瞬间，我们也不允许任何思想上的偏差。以前那些异端者被押送到火刑柱时仍是异端，高嚷着他的异端思想，为此欣喜若狂。连俄国政治清洗中的那些犯人走在通往枪决刑场的走廊上时，脑袋里仍怀有叛逆思想。但我们在把脑袋轰掉之前会先将其纠正过来。旧的专制体制的命令是'你不得如何如何'，极权主义者的命令是'你应该怎么怎么样'。我们的命令是'你就是怎样怎样的'。我们带到这里来的人没有一个站出来反对我们。每个人都被改造得干干净净。连那三个可怜的叛徒，你曾经以为他们是无辜的——琼斯、阿尔伦森和鲁斯福德——最后我们也将他们整垮了。我自己就参与了对他们的逼供。我看到他们逐渐屈服，气节全无地哀号求饶——到最后没有疼痛和恐惧，只有忏悔。到我们逼供结束时，他们只剩下人的躯壳。他们心中只有对自己所作所为的悔恨和对老大哥的热爱。看到他们多么热爱老大哥真是令人感动。他们哀求快点枪决，这样他们可以在思想依然纯洁的时候死去。"

他的声音几乎变成了梦呓，他的脸上依然带着得意和疯狂的热忱。温斯顿知道他不是在伪装，他不是在装疯卖傻，他相信自己所说的每一个字。最让他觉得不安的是，他意识到了自己在智力上处于下风。他看到那个沉重而优雅的身形走来走去，在视线里进进出出。奥布莱恩处处比他厉害。他曾经想过的，或者可能会想到的，奥布莱恩无不已经知道了，研究过了，并否决了。无论温斯顿想什么，都逃不出他的算计。但那样的话，奥布莱恩又怎么会发疯呢？疯的人应该是他温斯顿。奥布莱恩停了下来，俯视着他，声音又变得十分严厉：

“不要以为向我们彻底投降就能让自己得救，温斯顿。没有一个误入歧途的人会被放过。即使我们决定让你安享天年，你仍然无法逃出我们的五指山。你在这里所发生的改变将是**永恒的**。这一点可以先让你明白。我们会将你彻底整垮，让你永不翻身。发生在你身上的事情就算你活上一千年也无法摆脱。你再不会有寻常人的感情。你的内心将彻底死亡。你将再也无法体会到爱、友谊、生活的快乐或开怀大笑的滋味，也失去了好奇、勇气或正直的品质。你将是一具空壳。我们会挖空你的思想，将我们的思想移植进去。”

他停了下来，朝那个身穿白大褂的男人做了个手势。温斯顿感觉到有个沉重的机器正被推到他的脑后。奥布莱恩坐在那张床边，这样一来他的脸和温斯顿的脸几乎在同一高度。

他在温斯顿的头顶朝那个白大褂男人说道：“三千。”

两个感觉有点湿漉漉的软垫贴在温斯顿的太阳穴上。他畏缩着。他感觉到疼痛，一种新的疼痛。奥布莱恩温柔地把手搭在他的手上，以示抚慰。

“这一次不疼。”他说道，“看着我的眼睛。”

这时一场毁灭性的爆炸发生了，或者说，感觉像是爆炸。但他不能肯定是不是发出了声响。但毋庸置疑，有一道炫目的光亮闪过。温斯顿没有受伤，只是感觉彻底趴下了。虽然这件事发生时他已经仰面躺在了床上，他仍感觉自己是被轰倒的。一股可怕却又不疼的冲击让他平躺在那儿。而且，他的脑袋里发生了什么事情。当他的眼睛重新能看清东西时，他记得他是谁，他在什么地方，认得出那张正在端详着他的脸，但似乎有一大片思想的空白，似乎脑袋里有什么被取出来了一样。

“这种感觉不会持续太久的。”奥布莱恩说道，“看着我的眼睛。大洋国正在和哪个国家打仗？”

温斯顿思索着。他知道大洋国指的是什么，他也知道自己是大洋国的公民。他还记得欧亚国和东亚国，但他不知道大洋国正和哪个国家在打仗。事实上他不知道有打仗这回事。

“我不记得了。”

“大洋国正在和东亚国打仗。现在你记得了吗？”

“是的。”

“大洋国一直在和东亚国打仗。自从你出生，自从党创建伊始，自从有史以来，这场战争就一直没有中断过，总是这场战争。你记得吗？”

“是的。”

“十一年前你有了一个离奇的想法，与三个因为叛国罪而被处死的男人有关。你以为自己看见过一张纸，可以证明他们其实是无辜的。这么一张纸根本不曾存在过。你自己捏造出来的，后来你认定这就是事实。现在你记得你捏造出它时的那一刻。你记得吗？”

“是的。”

“刚才我在你面前举起手指，你看到了五根手指。你记得吗？”

“是的。”

奥布莱恩举起左手，藏起来了大拇指。

“这里有五根手指。你看到五根手指了吗？”

“是的。”

他确实看到了，在那么一刹那间，在他脑海中的图像改变之前，他看到了五根手指，看得很真切。接着，一切又回归正常，原来的恐惧、仇恨和迷惘再次蜂拥而来。但有那么一会儿——他不知道到底有多久，或许持续了三十秒钟——真真切切地，奥布莱恩每一个新的指示填充了思想的空白，成为绝对的真理，二加二的结果根据需要可以是三也可以是五。就在奥布莱恩放下手之前，这种感觉消退了；但是，虽然他没办法重新将其捕捉，但他依然记得。就像一个人记得生命中某一个阶段鲜活的经历，而那时候他实际上已经完全变了个人。

“现在你明白了。”奥布莱恩说道，“这至少是可能的。”

“是的。”温斯顿回答。

奥布莱恩满意地站起身。温斯顿看到在他左边那个穿着白大褂的男人打破一瓶安瓿，将针筒的塞子往后拉。奥布莱恩微微一笑，看着温斯顿，以他惯有的姿势扶稳鼻梁上的眼镜。

他说道：“你在日记里写过这么一句话：只要我至少还是一个能理解你，能陪你说说话的人，我是敌是友并不重要。你还记得吗？你说对了。我喜欢和你说话。你的思想对我很有吸引力。你的思想和我的思想很接近，只不过你是个疯子。在我们结束此次盘问之前，你可以向我提问，如果你愿意的话。”

“任何问题都可以吗？”

“任何问题。”他看到温斯顿的眼睛落在仪表盘上。“它已经关掉了。你的第一个问题是什么？”

“你们把朱莉娅怎么样了？”温斯顿问道。

奥布莱恩又笑了。“她出卖了你，温斯顿。立刻毫无保留地出卖了你。我很少见到有人那么快就向我们屈服。如果你见到她，恐怕会认不出她来。她的叛逆、她的狡诈、她的愚昧、她的肮脏思想——统统都被一扫而空。那是可以写进教科书的完美改造。”

“你们折磨过她？”

奥布莱恩没有回答这个问题。“下一个问题。”他说道。

“老大哥真的存在吗？”

“他当然存在。党存在，他就存在。老大哥就是党的象征。”

“他是像我这样真实存在的人物吗？”

“你并不存在。”奥布莱恩回答。

无助的感觉再次向他袭来。他知道，或者说他可以想象得到，那些证明他其实并不存在的理由，但这些理由毫无意义，只是在玩弄文字游戏。难道“你并不存在”这句话在逻辑上不就很荒唐无稽吗？但这么说又有什么用？想到奥布莱恩用于批驳他的那些无法回应的疯狂论证，他的心就缩成一团。

“我想我是存在的。”他忧心忡忡地说道，“我知道自己的身份。我被生下来，我将会死去。我有手有脚。我占据了一定的空间。没有其它物体能同时占据同一个空间。在这个意义上，老大哥存在吗？”

“这些并不重要。他的确存在。”

“老大哥会死吗？”

“当然不会。他怎么会死呢？下一个问题。”

“兄弟会存在吗？”

“温斯顿，这个你永远不会知道。当我们将你改造好之后，如果让你恢复自由，就算你能活到九十岁，你也不会知道这个问题的答案是‘存在’还是‘不存在’。只要你还活着，这个问题将会是你的脑海中无法解答的谜团。”

温斯顿静静地躺着，胸膛的起伏稍稍快了一些。他还没有说出脑海里面掠过的第一个问题。他必须说出来，但他的舌头说不出话来。奥布莱恩的脸上露出一丝快意，连他的眼镜也似乎闪烁着嘲讽的光芒。温斯顿突然心里想，他知道，他知道我要问什么！想到这里，那些话就脱口而出：

“101 号房里面有什么东西？”

奥布莱恩脸上还是那副表情，干巴巴地回答道：

“你知道 101 号房里面有什么东西，温斯顿。每个人都知道 101 号房里面有什么东西。”

他朝那个穿着白大褂的男人竖起一根手指。显然，此次盘问结束了。一个针筒插入温斯顿的胳膊。他立刻陷入了沉睡。

第三章

“你的改造分为三个阶段，”奥布莱恩说道，“学习阶段、理解阶段和接受阶段。现在你将进入第二阶段。”

和往常一样，温斯顿仰面平躺着。但最近那些禁锢松了一些。他仍被固定在床上，但他可以稍微移动膝盖，能左右转头，肘部以下的前臂可以抬起来。仪表盘也不像以前那么可怕了。要是他脑筋转得够快的话，就可以躲过它带来的剧痛。当他表现得很笨的时候，奥布莱恩才会拉动把手。有时候在整整一次盘问中，他们没有使用过仪表盘。他不记得经历过多少次盘问。整个过程似乎要经历并不确定但很漫长的时间——或许得花好几个星期——有时候前后两次盘问之间要歇上好几天，有时候只相隔一两个小时。

奥布莱恩说道：“你躺在那儿的时候，你总是在想——你甚至问过我——为什么友爱部要在你身上花费这么多时间和精力。当你获得自由时，你仍会为这个同样的问题所困惑。你可以理解你所生活的社会运行的机制，但你无法了解它内在的动机。你在日记里写道：‘我知道如何篡改历史，但我不明白为什么要篡改历史。’你还记得吗？当你开始思考‘为什么’的时候，你开始怀疑自己是否精神正常。你读过那本书，古德斯泰恩的书，至少读过里面的一部分内容。里面有没有告诉你一些你并不知道的内容？”

“你读过那本书吗？”温斯顿问道。

“那本书是我写的。我是说，是我参与合写的。没有一本书由个体独立完成，你懂的。”

“里面说的那些都是真的吗？”

“那些描写是真的。而它所提出的纲领则是胡说八道。秘密地积累知识——逐渐传播启蒙思想——最终爆发无产阶级革命——推翻党的统治。你自己也猜得到它会说些什么。那些都是胡扯。无产者永远不会发动革命，一千年或一百万年后都不会。他们没有这个能力。我不需要告诉你个中原因：你已经知道了。如果你怀有暴力革命的幻想，你必须将其抛弃。党是绝对不可能被推翻的。党的统治将会千秋万代。你的思想必须以这作为出发点。”

他走近那张床。“千秋万代！”他重复了一遍，“现在让我们回到‘如何’和‘为什么’这个问题上。你很清楚党**如何**巩固自己的权力。现在你来告诉我**为什么**我们要攫取权力。我们的动机是什么？为什么我们要拥有权力？来吧，说话啊。”温斯顿一直默不作声，他补充了最后一句。

但是，温斯顿仍然没有开口说话。他觉得十分倦怠。奥布莱恩的脸上又露出狂热的光芒。他已经知道奥布莱恩会说些什么，他会说党不是为了自己谋求权力，而是为了人民谋福祉；他会说党谋求权力是因为群众是脆弱的，他们是懦弱的动物，不配享有自由，也无法面对现实，必须由比他们强大的人统治，系统地进行欺骗；他会说人类的选择不外乎自由和幸福，为了苍生百姓着想，幸福更加重要；他会说党是弱者永远的保护神，一个热情奉献的政党，作恶是为了美好生活能够到来，牺牲自己的幸福换取人民的幸福。可怕的是，温斯顿觉得可怕的是，当奥布莱恩说这些话的时候，他自己会深信不疑。从他的脸上你就可以看出来。奥布莱恩对一切了然于胸，比温斯顿清楚一千倍这个世界的本质到底是怎样的，群众生活在怎样的贫困中，党是如何以谎言加暴力统治他们的。他什么都知道，什么都权衡过，但还是一样：为达目的可以不择手段。温斯顿心想，面对这个比你还聪明的疯子，他可以给你陈述观点的机会，却依然坚持他的疯狂谬论，你能怎么办呢？

“你们统治我们，是为我们谋福祉。”他低声说道，“你们相信人民没有能力统治自己，因此——”

他刚一开口就几乎惨叫出声。一股疼痛流经他的身体。奥布莱恩将仪表盘的把手拉到了三十五。

“太傻了，温斯顿，太傻了！”他说道，“你应该知道不该说出这番话的。”

他将把手拉了回去，继续说道：

“现在让我告诉你问题的答案吧。答案是这样的。党谋求权力，完全是为了它自己。我们对其他人的福祉根本不感兴趣，我们关心的只有权力。不是财富、奢华、长寿或幸福；只有权力，绝对的权力。绝对的权力指的是什么，你待会儿就会明白。我们与以前的寡头政权不同之处在于，我们知道自己在做什么。其它政权，甚至包括那些性质与我们类似的政权，都是懦夫和伪善者。德国纳粹党与俄国共产党所采取的手段和做法同我们相差无几，但他们从未有勇气承认自己的动机。他们假装，他们甚至相信他们攫取权力并非出于真心，而且只会掌权一定的时间，到了某一阶段，人类就会进入自由平等的天堂。我们可不会像他们那样。我们知道没有人攫取权力是为了放弃权力。权力不是手段，而是目的。建立独裁体制的目的不是为了捍卫革命，但发动革命的目的就是为了建立独裁体制。

迫害的目的就是为了迫害。折磨的目的就是为了折磨。攫取权力的目的就是为了权力。现在你开始明白我说的话了吗？”

和以往一样，温斯顿惊诧于奥布莱恩脸上的憔悴和疲惫。那张脸很坚强、肉感而凶残，洋溢着智慧和自制的激情。在这张脸面前他觉得自己很无助。但这张脸很疲惫。眼睛下面的眼袋很重，颧骨下的皮肤已经松弛了。奥布莱恩俯身看着他，故意将那张憔悴的脸凑得更近一些。

他说道：“你在想，我的脸苍老憔悴。你在想，我掌握了权力，但我甚至无法阻止自己身体的衰老。你难道就不明白吗，温斯顿，个体只是一个细胞？细胞的衰老意味着机制的活力。你剪掉手指甲会死掉吗？”

他离开那张床，又开始来回踱着步子，一只手插在口袋里。

“我们是权力的教士，”他说道，“我们的上帝就是权力。但现在权力对你来说只是一个词语。现在是时候让你明白权力的个中含义了。首先你必须明白，权力是集体性的。只有当一个人不再是一个单一的个体时，他才能拥有权力。你知道党有这么一句口号：‘自由即奴役。’你有没有想过这句话倒过来说也是成立的？奴役即自由。孤独的——自由的个人总是会走向失败。这是必然的，因为每个人都注定会死去，而这是最可怕的失败。但如果他能完全地彻底地屈服，如果他能摆脱自己的身份，如果他能和党结合为一体，他**就是**党，那么，他就将拥有无上的权力，而且永垂不朽。你必须明白的第二件事情是，权力是支配他人的权力。支配其身体——但最重要的是，支配其意志。支配物质——你也可以称之为外部现实——的权力并不重要。我们已经完全控制了物质。”

温斯顿一时顾不上理会那个仪表盘。他竭力挣扎想让自己坐起来，但他只能痛苦地弓起身子。

“但你们怎么能够控制物质？”他叫嚷着，“你们甚至无法控制天气或重力法则。还有疾病、痛苦、死亡——”

奥布莱恩做了个手势，让他住口。“我们控制了物质，因为我们控制了精神。现实存在于你的脑袋里。温斯顿，你慢慢就会理解的。没有什么是我们做不到的。隐身、飘浮——任何事情都可以做到。假如我愿意的话，我能像肥皂泡一样在地板上飘浮。我不想这么做，是因为党不希望这么做。你必须摈除那些十九世纪关于自然法则的理念。我们创造了自然法则。”

“但你们做不到！你们甚至无法统治这个星球。欧亚国和东亚国呢？你们连他们都还没有征服呢。”

“这并不重要。等时机一到我们就会征服他们。就算我们没有征服他们，那又有什么关系呢？我们可以将他们视若无物。大洋国就是整个世界。”

“但这个世界本身只是一粒尘埃。人类无比渺小——根本无能为力！人类才存在了多久？地球的蛮荒时期存在了好几百万年。”

“胡说八道。地球的历史和我们一样古老，不可能比人类更古老。它怎么会有更久远的历史呢？万物只能在人的意识中存在。”

“但岩石里尽是灭绝了的动物的骨骸——猛犸、乳齿象和巨大的爬行动物，它们在人类存在很久很久之前就生活在地球上了。”

“你见过那些骨骸吗，温斯顿？当然没有。那些是十九世纪的生物学家臆造出来的。人类存在之前，一切都不存在。人类之后，如果人类灭亡了，一切将随之消失。万物不能脱离人类而存在。”

“但整个宇宙可以脱离我们而存在。看看那些星星！它们有的远在一百万光年之外。它们永远脱离我们而存在。”

“什么是星星？”奥布莱恩漠然地问道，“它们只是几公里外的萤火之光。要是我们愿意，我们可以够到它们。我们也可以将它们抹掉。地球就是宇宙的中心。太阳和星星都绕着地球运转。”

温斯顿又猛然抽搐了一下。这一次他什么也没说。奥布莱恩似乎当他开口表示反对了，继续说道：

“当然，从某种意义上说，那并非事实。当我们在海洋航行，或预言日食或月食的时候，地球绕着太阳转，而星星远在数亿万公里之外这一理论总是很有说服力，但那又怎么样？你以为我们不能构建出天文学的双重理论吗？取决于我们的需要，星星的距离可远可近。你以为我们的数学家无法做到这一点吗？你忘记了双重思想吗？”

温斯顿蜷缩在床上。无论他说什么，对方都能立即予以回击，像给了他当头一棒。但他知道，他**知道**自己是对的。心外无物的信仰——肯定有什么方法证明那是荒谬的，不是吗？难道这个理论不是在很久以前已经被证明是谬论了吗？这个理论甚至有一个名字，但他忘记了。奥布莱恩俯视着他，嘴角露出一丝微笑。

“我告诉过你，”他说道，“形而上学不是你的所长。你正在想的那个词叫唯我论。但你搞错了，这并不是唯我论。如果你喜欢的话，可以称其为集体唯我论。但那是另外一码事，与之截然相反。”他换了个口吻，“真正的权力，我们日日夜夜为之奋斗不休的真正的权力，不是控制事物的权力，而是控制人类的权力。”他停了一下，他那像学校老师向一个好学生提问的神态又回来了，“一个人如何掌握控制另一个人的权力呢，温斯顿？”

温斯顿想了想，“对他施加痛苦。”他回答道。

“说对了。对他施加痛苦。光是乖乖听话还不够。必须对他施加痛苦，不然你怎么知道他是在服从你的命令，而不是听从自己的意愿？权力就是让他人痛苦和受辱。权力是将人的意志撕成碎片，然后再随心所欲地将它们拼合在一起。现在你开始明白我们要创建一个什么样的世界了吗？那将是一个与以前的改革家所幻想的那种愚昧的享乐主义乌托邦完全相反的世界。一个充满恐惧、背叛和痛苦的世界，一个践踏别人和任人践踏的世界，一个将逐渐完善，只会变得**越来越**残酷无情的世界。我们这个世界将会变得越来越痛苦。以前的文明标榜以博爱或正义为基石，而我们的文明则建立在仇恨之上。我们的世界中只有恐惧、愤怒、胜利和自我贬抑这些情感。其它的一切我们都会将其摧毁——一个也不放过。我们正在摧毁从革命之前残存下来的思维习惯。我们已经断绝了孩子与父母之间、男人与男人之间、男人与女人之间的感情。再也没有人敢信任自己的妻子、小孩或朋友。但将来不会有夫妻关系和友谊。孩子一出生就会被从母亲身边带走，就像人将鸡蛋从母鸡身边拿走一样。性的本能将被根除。生育繁衍将会成为一年一次的正式手续，就像更换配额卡一样。我们将取缔性高潮的体验，我们的神经学家正在进行研究。以后忠诚将荡然无存，只有对党的忠诚；以后热爱将荡然无存，只有对老大哥的热爱；以后欢笑将荡然无存，只有战胜敌人后胜利的欢笑。以后将不会有艺术、文学或科学。我们将无所不能，科学也就不需要了。美和丑将没有区别。以后将不会有好奇或享受生活的乐趣。一切竞争性的乐趣都将被摧毁。但温斯顿，不要忘了，我们可以一直陶醉在权力带来的快感中，这一快感总是在不断增加，总是变得越来越醇厚甘美。每时每刻都可以享受到胜利的喜悦，享受着践踏无力反抗的敌人的快感。如果你要知道未来将是怎样，想象一下一只靴子踩在一张人脸上的情形——永远都是那样。”

他停了下来，似乎他在等温斯顿说话。温斯顿想缩回那张床上。他实在是无语了，他的心似乎已经结冰了。奥布莱恩继续说道：

“记住，那将成为永恒。那张脸将被永远踩上一只脚。异端者和社会的敌人将永世不得翻身，任人反复诋毁侮辱。你落入我们手中之后所经历的每件事——那些都会一直继续下去，而且变得更加恐怖。窥探、背叛、监视、逮捕、折磨、处决、失踪将永不停歇。那将是一个恐怖的世界，也将是一个胜利的世界。党的权力愈大，就会变得愈加不宽容；反抗将越来越微弱，而专制将收得越来越紧。古德斯泰恩和他的异端思想将会永远活下去。每一天，他们无时无刻不被打倒、贬斥、嘲笑、唾弃，但他们总是会一直存在。我陪你演了七年的这一出戏将一而再，再而三，一代人接一代人地演下去，形式将更加巧妙深刻。我们总是会把异端者带着这儿来，任由我们摆布。他们痛苦地哀号，精神崩溃，可耻地求饶——最后他们将彻底忏悔，痛改前非，自发地匍匐在我们脚下。那就是我们即将迎来的世界，温斯顿。一个全面告捷节节胜利的世界，一个权力的神经越绷越紧的世界。我看得出你开始明白那个世界将会是怎样一番情形。但最后你不仅会明白它，你将会接受它，欢迎它，成为它的一员。”

温斯顿已经恢复了说话的能力。“你们休想得逞！”他虚弱地回了一句。

“你说这句话什么意思，温斯顿？”

“你们无法建立一个像你刚刚那样形容的世界。那只是在做梦，根本不可能做到。”

“为什么？”

“根本不可能建立一个以恐惧、仇恨和残忍为基础的文明。它一定会垮台的。”

“怎么不可能？”

“它不会有任何活力，注定会分崩离析，注定会自我毁灭。”

“胡说八道。你认为仇恨比爱更消耗身心。一定是这样吗？就算是这样，那又有什么关系呢？就算我们选择了对身心损耗更快的生活方式，就算我们加速了人类生命的节奏，最终人类一到三十岁就迈入高龄，那又怎么样呢？你难道还不明白，个体的死亡其实并不是死亡？党是永垂不朽的。”

和往常一样，他的批驳使温斯顿彻底无助绝望了。而且他很害怕要是再坚持己见的话，奥布莱恩会再次拉动把手。但他无法保持沉默。他有气无力地进行反击，虽然他的话毫无逻辑，除了对奥布莱恩刚才那番话感到无以名状的恐惧之外，没有什么在支撑着他。

“我不知道——我不在乎——。你们注定会失败的。会有什么事情让你们遭受失败。生活将击败你们。”

“我们控制了生活，温斯顿，控制了生活的方方面面。你在幻想所谓的人性会对我们的所作所为感到义愤填膺，站起来反抗我们。但人性是我们塑造的。人是可以随心所欲进行塑造的。又或者，你已经认定那些无产者或奴隶会揭竿而起推翻我们。不要抱有这一幻想。他们就像畜生那样无助。党就是人性。其它一切都是外在的东西——根本无关紧要。”

“我不在乎。到最后他们将会打败你们。迟早他们会看清你们的本质，到那时他们就会将你们撕成碎片。”

“你看到这种情况正在发生的证据了吗？或者说，它会发生的原因？”

“没有。但我坚信会发生。我**知道**你们将会失败。在宇宙中有某种东西——我不知道是什么，某种精神，某种法则——是你们所无法征服的。”

“你信奉上帝吗，温斯顿？”

“不。”

“那，这个将会挫败我们的法则到底是什么？”

“我不知道。人类的精神吧。”

“你认为自己是人吗？”

“是的。”

“如果你是人，温斯顿，你是最后一个人，你的同类已经灭绝了，而我们是继承者。你在**孤军作战**，你明白吗？你不在历史的记载中，你根本不曾存在。”他的态度变了，他恶狠狠地问道，“你觉得自己在道德上比我们优越，因为我们撒谎，因为我们残忍？”

“是的，我觉得我要比你们优越。”

奥布莱恩没有开口。有另外两个声音在说话。过了一会儿，温斯顿认出其中一个就是他自己的声音。那是在加入兄弟会的那天晚上他和奥布莱恩之间对话的录音。他听到自己答应愿意说谎、盗窃、伪造、谋杀、引诱他人吸毒和卖淫、传播性病、往小孩子的脸上泼硫酸。奥布莱恩做了一个不耐烦的小手势，似乎在说根本不需要再演示下去了。然后他按下开关，说话声停止了。

“从床上给我起来。”他命令道。

那些禁锢自动解开了。温斯顿溜到地板上，摇摇晃晃地站了起来。

“你是最后一个人类。”奥布莱恩说道，“你是人类道义的守护者。你将看到自己是怎么一番模样。把你的衣服脱掉。”

温斯顿解开将他的衣服系在一起的带子。拉链一早就被扭松了。他不记得自从被捕之后有没有将所有的衣服都脱光过。在外套下面，他的身体裹着脏兮兮的褐黄的破布，勉强看得出是破旧的内衣。他将内衣丢到地上，看到房间的远端有一个三面玻璃的镜子。他走到镜子前面，然后猛然停下了脚步，不由自主地惊叫一声。

“走过去。”奥布莱恩说道，“站在左右两面镜子的中间。这样你可以看到侧面。”

他停下来是因为他被吓坏了。一具骷髅般弓腰驼背、肤色灰槁的人影正在朝他走近。他之所以害怕，不仅是因为他知道那就是他自己，更是因为那样子实在是太吓人了。他朝玻璃镜子走近了一些。那个生物的脸似乎往前凸出，那是因为它弓腰驼背的缘故。那是一张绝望的囚犯的脸庞，额角隆起，头发掉光了，歪着鼻子，脸颊被揍得很惨，上面是两只怨毒而惶恐的眼睛。这张脸皱纹纵横交错，嘴巴凹陷。这的确就是他自己的脸，但他觉得这张脸比他内在的改变还要大。这张脸所表现的情感与他在内心所感受到的情感根本不一样。他已经成了半个秃子。一开始他还以为自己已经头发花白了，但那只是灰色的头皮。除了他的双手和脸庞上的一圈之外，他全身灰漆漆的，积满了泥垢。在泥垢的下面到处是红色的疤痕。在脚踝附近，静脉曲张溃疡的部位感染了一大片，白色的皮屑一块块地剥落。但真正令人恐惧的是他身体瘦得吓人，肋骨就像一具骷髅一样历历可见，双腿萎缩，膝盖比大腿还要粗。现在他知道奥布莱恩为什么要他看自己的侧面了。他的脊椎弯曲得吓人，单薄的肩膀前耸着，胸膛似乎塌了个洞，伶仃的脖子在头颅的重压下似乎就要折成两截。要是让他猜，他会说那是一个恶疾缠身的六旬老头的身躯。

奥布莱恩说道："你有几次在心里想，我的脸——内部党员的脸——看上去苍老憔悴。那你怎么看待自己的脸呢？"

他抓住温斯顿的肩膀，将他转了个身，面朝着他。

"看看你现在这副德性！"他说道，"看看你全身上下那肮脏的泥垢。看看你脚趾之间的尘土。看看你的腿上那恶心流脓的溃疡。你知道你和山羊一样臭不可当吗？或许你已经闻不到了。看看你那皮包骨头的身子。你看到了吗？我拇指和食指一合就足以箍住你的上臂。我拗断你的脖子就像拗断一根萝卜一样容易。自从你落入我们手里，你的体重减轻了二十五公斤，你知道吗？你现在连头发都在一把一把地掉。看看！"他拉着温斯顿的头，揪下一绺头发。"张开你的嘴。还剩下九、十、十一颗牙齿。当初你被抓来时有多少颗牙齿呢？就连这剩下的几颗牙齿也快掉光了。看看！"

他用力大无比的拇指和食指抓住温斯顿仅剩的那颗门牙。一阵剧痛贯穿温斯顿的下巴。奥布莱恩硬生生将那颗松动的牙齿连根扯了下来，将牙齿扔到牢房一边。

“你已经烂透了。”他说道，“你已经不成人形了。你是什么东西？一具臭皮囊罢了。现在转过身，再看看那面镜子。你看到那个面对着你的东西了吗？那就是最后一个人类。如果你还算是个人，这就是人性。现在把衣服穿上。”

温斯顿开始僵硬缓慢地穿上衣服。直到现在他才知道自己多么瘦弱。他的脑海里只有一个想法：他在这个地方呆的时间一定比自己想象得还要久。穿上那团破布时，无来由地，一股痛惜自己的身子的自怜之情涌上心头。还没等他反应过来，他已经瘫坐在那张床旁边的一个小凳上泣不成声。他知道自己很丑，很狼狈，瘦得皮包骨头，穿着肮脏的内衣在刺眼的白色灯光下坐在那儿痛哭流涕，但他没办法让自己不哭。奥布莱恩几近亲切地将一只手搭在他的肩膀上。

“情况不会永远都是这样。”他说道，“只要你愿意，你随时可以摆脱这种情况。一切都取决于你。”

“是你干的！”温斯顿啜泣着，“你把我折磨成这样。”

“不，温斯顿，是你自作自受。当你决定与党作对的时候，你就接受了这个结局。从你踏出第一步开始就注定会是这样。后来发生的一切你都预料到了。”

他停了一下，然后继续说道：

“我们殴打了你，温斯顿。我们把你斗垮了。你已经看到自己的身体变成了什么样子。你的精神也好不到哪儿去。我想你已经没有了尊严。你饱受踢打、鞭笞和侮辱，你痛苦哀号过，你在自己的鲜血和呕吐物中打滚过，你悲呼求饶过，你招供了一切，背叛了所有人。你能想到一样尚未发生在你身上的丑事吗？”

温斯顿停止了哭泣，但泪水仍从他的眼睛簌簌淌下。他抬头看着奥布莱恩。

“我没有背叛朱莉娅。”他说道。

奥布莱恩亲切地俯视着他。“没有。”他说道，“没有，确实如此。你还没有背叛朱莉娅。”

温斯顿的心中泛起对奥布莱恩的尊敬，无论发生什么事情都无法摧毁他对奥布莱恩的崇敬之情。他想，多么睿智，多么睿智的一个人！奥布莱恩总是能理解别人对他说的话。换成是其他人，他们会立刻回答说他**已经**背叛了朱莉娅。因为在严刑逼问之下，还有什么他们没从他的口中撬出来呢？他已经招供了他对她所了解的一切：她的习惯、她的性格、她的过去。他招供了他们幽会时所发生的一切最细微的细节，两人之间说过什么，他们在黑市吃过几顿饭，他们的云雨交合，他们如何暗地里进行反党活动——所有的一切。但是，从某种意义上说，他并没有背叛她。他仍然爱着她，他对她的感情依然没有变。奥布莱恩知道他想说什么，不需要任何解释。

“告诉我，”他问道，“他们什么时候会枪毙我？”

“或许要等很久。”奥布莱恩回答，“你是个棘手的个案。但不要绝望。每个人迟早都会被治愈。最后我们就会把你枪毙。”

第四章

他好多了。每天，或者应该说，每隔几天，他都会长胖一些，变得强壮一些。

白色的灯光和低沉的蜂鸣仍是那样，但这间牢房要比他呆过的其它牢房舒服一些。木板床上多了一个枕头和一张床垫，还有个小板凳可以坐。他们给他泡了个澡，还同意让他经常在一口锡铁浴盆里洗澡，甚至还有热水供应。他们给了他新的内衣内裤和一套干净的制服。他们用消炎药膏为他的静脉曲张溃疡作了包扎，并将他剩下的那几颗牙齿拔了下来，给他装了一副新的假牙。

应该得过去几个星期或几个月了。要不是他实在没有心情，他本可以计算时间的流逝。因为现在他们似乎是在固定的时间给他送饭。他猜想自己二十四小时内吃三顿饭。有时候他分不清他到底是在白天还是晚上吃饭的。食物出奇的好吃，第三顿饭总是可以吃到肉。有一次他还分到了一包烟。他没有火柴，但那个从不说话的狱卒给他送饭过来时可以让他借火。第一回吸烟的时候他觉得很恶心，但他还是坚持吸烟，每顿饭后抽上半根，这包烟吸了很久。

他们给了他一块白板，一角拴着一小根铅笔。刚开始的时候他没有用它。就算在醒来的时候他也感觉无精打采。他经常吃完一顿饭，然后一直躺着动也不动就赖到下一顿饭。有时候他睡着了，有时候醒着的时候就做起了白日梦，连眼睛也懒得睁开。他早已习惯了强光射在脸上仍睡得着。这对他来说没什么区别，只是梦中的情景更加连贯。这段时间他做了很多个梦，通常都是快乐的美梦。他来到了黄金国度，又或者，他坐在阳光照耀下巍峨的废墟里，和他母亲、朱莉娅、奥布莱恩在一起——什么也没做，只是坐在阳光下平静地聊天。他醒着的时候想的也是做过的梦。现在疼痛的刺激没有了，他似乎失去了思考的能力。他不觉得无聊，也没有兴趣聊天或消遣。能够独自一人，不用被殴打或被盘问，能吃上饱饭，能身体干干净净的，他已经觉得心满意足了。

渐渐地，他睡觉的时间少了，但他还是不想下床。他只想静静地躺着，感受身体的力量渐渐积蓄。他会用手指抚摸身体的各个部位，想确认他的肌肉真的正在生长，他的皮肤真的正在变得紧绷，而非出于他的幻觉。最后，他确认他的确正在长胖，现在他的大腿的的确确要比膝盖粗了。之后他开始按时锻炼身体，虽然一开始的时候很不情愿。他可以在短短的时间内绕着牢房踱着步子走三公里，他躬起的肩膀挺直了一些。他尝试着做一些更高难度的锻炼，却惊讶而羞愧地发现很多动作做不了了。他只能慢慢地走路，他没办法将小板凳平举起来，他单脚站立就会摔倒，他一蹲下去大腿和腿肚子就会疼得厉害，只能保持站立的姿势。他试着做俯卧撑，但连一厘米也撑不起来。但几天后——吃过几顿饭后——连这么高难度的动作也能做到了。后来他能连续做六个俯卧撑。他开始对自己的身体感到满意，有时候觉得自己的脸也恢复了正常。只是偶尔把手搁在光秃秃的脑袋上时，他才记起镜子里面回视着他的那张皱巴巴的、憔悴不堪的脸。

他的思维开始变得活跃起来。他坐在木板床上，背靠墙壁，那块白板摆在膝盖上，开始努力进行对自己的再教育任务。

他已经投降了，这一点他认了。事实上，现在他明白了，早在他决定投降之前他已经准备屈服了。从他来到友爱部的那一刻起——是的，甚至从他和朱莉娅在电屏里那个冷冰冰的声音的喝令下老老实实听从命令的那几分钟开始——他就已经知道自己的反党行动是那么轻率浅薄。现在他知道这七年来思想警察一直在监视着他，他就像放大镜下的一只甲虫。他的每一个动作、他所说出来的每一个字，他们都知道得一清二楚，并由此推断出他的种种想法，连那粒放在日记封面的白沙也被他们仔细地放回原处了。他们播录音给他听，拿相片给他看。有些是朱莉娅和他在一起的相片。是的，甚至……他再也不敢与党作对了。而且，党是正确的。一定是这样，这么一个永垂不朽群策群力的首脑机构怎么会出错呢？你能以什么外部标准衡量它的决断呢？真理掌握在多数人的手中。问题的关键在于学会以他们的思维方式去思考。只是——！

他感觉手里的铅笔很粗，很不好拿。他开始写下涌进脑海里的想法。他用大而笨拙的字体写下：

自由即奴役。

接着他几乎没有停笔，在下面写上：

二加二等于五。

接着他停下了笔。他似乎在回避什么东西，无法专注于思绪。他知道自己知道下一句是什么，但这一刻他想不起来。后来他想起来了，但那只是靠有意识的推理想出来的，而不是自然而然的。他继续写道：

上帝就是权力。

他接受了一切。过去是可以篡改的。过去从未被篡改过。大洋国在与东亚国为敌。大洋国一直在与东亚国为敌。琼斯、阿尔伦森和鲁斯福德确实犯了被指控的罪名。他从未见过那张足以证明他们清白的相片。根本没有那么一张相片，是他自己臆想出来的。他记起自己老是记得一些相反的事情，但那些都是虚假的回忆，是自我欺骗的产物。这是多么轻而易举的事情！只要屈服投降，其它一切就会顺理成章地出现。那种感觉就像逆着浪潮游泳，无论你怎么使劲游总是被浪头打回去，然后突然间你决定调头随波逐流，而不是与其对抗。除了你的态度之外，一切并没有改变，这是注定会发生的事情。他几乎不知道自己为什么要和党作对。一切都那么轻松惬意，除了——！

任何事情都可以是真的。那些所谓的自然法则都是扯淡。重力法则是在扯淡。奥布莱恩曾经说过：“假如我愿意的话，我能像肥皂泡一样在地板上飘浮。”温斯顿想明白了，“如果他认为自己能飘浮起来，而与此同时，如果我**觉得**我看见他飘浮起来，那就真的确有其事”。突然间，就像一艘沉船的残骸破水而出一样，一个想法浮现在他的脑海里：“这其实不是真的。是我们想象出来的。那只是幻觉。”他立刻否定了这个想法。这个谬论太明显了。这意味着在个体之外存在着一个“真实”的世界，正在发生“真实”的事情。但怎么会有这么一个世界存在呢？我们对事物的了解不就是通过意识得以实现的吗？所有的事情发生在我们的意识里。发生在所有人意识中的事情，就真的发生了。

他轻松地放弃了这个谬论，不会再受其蛊惑。但是，他意识到这个谬论本来是绝对不应该产生的。当危险的想法出现时，他的意识应该对其视而不见。这个过程应该是出于本能的自动反应。在新话中，他们称之为“罪停”。

他开始锻炼自己“罪停”的能力。他向自己提出一些命题——“党说地球是平的”，“党说冰比水重”——训练自己对那些与之相抵触的说法视而不见或不予理会。这不是一件容易的事情，需要极强的推理能力和变通能力。比方说，“二加二等于五”所引发的数学问题就超越了他的智力。这很锻炼脑力，既要具有最缜密的逻辑思维，又要能立刻对最粗浅的逻辑错误毫无察觉。愚昧与睿智必须并存，这实在是很难做到。

这段时间他一直在想他们什么时候会枪毙他。奥布莱恩曾经说过：“一切都取决于你自己。”但他知道无论他做什么都无法让这一刻早点到来。枪毙可能是十分钟后，也可能是十年后的事。他们可能会把他单独囚禁很多年，他们可能会把他送到劳改营，他们可能会将他暂时释放，以前就出现过这种事情。很有可能，在他被枪毙之前，逮捕和审讯这出大戏会再重演一遍。可以肯定的是，死亡随时会不期而至。按照传统——心照不宣的传统，虽然你从未听到有人这么说过，但不知怎的，你就知道会是这样——他们会安排你换牢房，趁你在走廊里走动时毫无警告就从后面开枪，总是打中你的后脑勺。

有一天——但“一天”用得并不恰当，其时可能是大半夜，有一回——他陷入了奇怪而充满幸福感的梦境中。他走在走廊里，等候着子弹。他知道一会儿就会开枪。一切都结束了，理顺了，调解了。他不再困惑，争辩也结束了，他不再感觉到疼痛和恐惧。他的身体健康强壮。他轻松而愉快地走着，感觉就像在阳光下散步。他不是漫步在友爱部狭窄的白色走廊里，而是走在阳光下的康庄大道上，足有一公里宽，似乎那是服用毒品后精神亢奋的作用。他置身于黄金国度，沿着小径穿过那片兔子啃咬过的古老的田野。他可以感觉到脚底下短矮的草皮很有弹性，和煦的阳光洒落在他的脸庞。田边长着榆树，微微颤动着，再过去是那条小溪，鲦鱼在柳荫下的绿色水潭里懒洋洋地游动着。

突然间他惊醒过来，脊梁沁出冷汗。他听到自己在大声叫嚷着：

“朱莉娅！朱莉娅！我亲爱的朱莉娅！朱莉娅！”

有一刻他清晰地感觉到她的存在。她似乎不仅和他在一起，而且就在他体内，似乎就在他的肌肤里。那一刻他深深地爱着她，比他们被捕之前自由自在地在一起的时候更加爱她。他也知道她仍然活着，需要他的帮助。

他躺到床上，尽量让自己恢复平静。他到底做了些什么？由于那一刻的软弱，他得多服刑多少年呢？

再过一会儿他就会听见外面他们的脚步声。他们一定会惩罚他这么一阵嚷嚷。就算以前他们不知道，现在也会知道他打破了与他们达成的妥协。他服从党，但他仍然仇恨党。以前他装出一副卑躬屈膝的模样，掩饰自己异端的思想。现在他又倒退了一步：他的思想已经屈服了，但他希望让自己的内心不受侵犯。他知道自己错了，但他仍执迷不悟。他们会明白的——奥布莱恩会明白的。那一声傻乎乎的叫嚷暴露了一切。

他得重新开始。或许得花上好几年的时间。他一只手抚摸着脸庞，想让自己熟悉新的面容。他的双颊刻着深深的皱纹，颧骨高耸，鼻子扁塌塌的。而且，自从上次在镜子里见到自己那副尊容后，他们给他装了一副新的假牙。当你不知道自己的脸变成什么样时，你很难保持面无表情。不管怎样，光是控制面部表情是不够的。他第一次体会到，如果你希望保守一个秘密，你必须让这个秘密连自己也想不起来。你必须一直知道这个秘密，但不到万不得已，你绝对不能让这个秘密以任何具体的形式潜入你的意识里。从现在开始他不仅必须得端正思想，而且必须端正情感，端正梦境。与此同时，他必须让自己的仇恨锁在内心深处，就像一团是他自己一部分的物质，却又与他的其它部分毫无关联，就像一团囊肿一样。

终有一天他们会决定枪毙他。你不知道何时会发生，但在枪响的几秒钟前或许可以猜测得到。他们总是趁你在走廊里走动的时候在后面开枪。十秒钟就够了。那时候，他的内心世界将可以颠覆过来。接着，突然间，他一个字也没说，也没有停下脚步，脸上一丝表情也没有改变——突然间，他一把撕下了伪装！他的仇恨轰的一声炸开了，恨意将像一团熊熊燃烧的火焰充满他的身心。几乎是在同一时刻，砰！那颗子弹发射了，太迟了，或许太早了。在他们将他的脑袋改造过来之前，子弹已经把他的脑袋击碎了。那个异端想法将得不到惩罚和忏悔，永远地逃离了他们的手心。他们的完美无瑕被戳出了一个破洞。带着对他们的仇恨而死，这就是自由。

他闭上眼睛。这比接受思维训练还要困难。这是自虐自残的问题。他必须沉沦到最肮脏的地方。最可怕最令人恶心的东西是什么？他想到了老大哥。那张巨大的脸庞（他经常在海报上看到那张脸，他总是觉得那张脸得有一米宽），蓄着浓密的黑胡子，眼睛会来回跟着你。他不由自主地想起了这张脸。他对老大哥到底怀着什么感情？

走廊传来沉重的脚步声。钢门咣当一声打开了。奥布莱恩走进牢房。身后是那个面无表情的长官和几个穿着黑色制服的狱卒。

“起床。”奥布莱恩说道，“过来。”

温斯顿站在他对面。奥布莱恩强壮的双手搭在他的肩膀上，仔细地端详着他。

“你想欺骗我。”他说道，“你真傻。站直了，看着我的脸。”

他停了停，语气和蔼了一些：

“你在进步。在思想上你已几无瑕疵。只是在感情上你没有进步。告诉我，温斯顿——记住，不许撒谎，你知道谎言是瞒不过我的——告诉我，你对老大哥到底怀着什么样的感情？”

“我恨他。”

“你恨他。很好。现在是你踏出最后一步的时候了。你必须热爱老大哥。光是服从他还不够，你必须热爱他。”

他放开了温斯顿，将他轻轻推给狱卒。

“101 号房。”他说道。

第五章

他知道，或自以为知道自己每一阶段的囚徒生涯是在这座没有窗户的大楼里的什么位置。或许，气压上会有些许差别。狱卒们殴打他的牢房在地底下，奥布莱恩盘问他的房间很高，在接近顶层的地方。而这个地方在地底下很多米，是最深最深的地方。

房间比大部分他呆过的牢房要大。但他几乎没有去留意身边的环境，只看到身前有两张小桌子，每张桌子上面都盖着绿色的粗呢布。其中一张桌子离他仅有一两米远，另一张桌子距离远一些，靠近门口。他被直挺挺地绑在一张椅子上，绑得很紧，根本无法动弹，连头都动不了。一个好像是垫子的东西从后面箍着他的头，迫使他只能看着正前方。

他在房间里单独关押了一会儿，然后门打开了，奥布莱恩走了进来。

“你曾经问过我，”奥布莱恩说道，“101 号房里面有什么。我告诉过你，答案你已经知道了。每个人都知道答案。101 号房有世界上最可怕的东西。”

门又打开了。一个狱卒进来了，扛着一件铁丝编成的像是盒子或箱子的东西进来了。他把那东西搁在远一些的那张桌子上。由于奥布莱恩站在那儿挡着，温斯顿看不见那东西是什么。

奥布莱恩说道：“世界上最可怕的事情因人而异。可能是活埋、被火烧死、淹死、扎死或几十种其它死法。有时候它只是某样不起眼的小东西，甚至无法置人于死地。”

他挪开了一些，这样温斯顿能看到桌子上的那件东西。那是一个长方形的铁丝笼，上面有一个把手。它的正面装着一个看上去像是击剑面罩的东西，凹进去的一面向着外边。虽然它离他有三四米远，但他看得见笼子被纵向分成两格，里面放着某种动物。那些是老鼠。

奥布莱恩说道：“而对你来说，世界上最可怕的事物，就是老鼠。”

第一眼看见那个笼子时，温斯顿心里就泛起了大事不妙的恐惧感，但他不知道到底在害怕什么。这时候，他突然明白那个看起来像面具的东西到底是做什么用的，顿时吓得屁滚尿流。

“你不能这样！”他尖声嘶哑地叫嚷着，“你不能这样！你不能这样！不能这么做。”

“你还记得吗？”奥布莱恩问道，“你经常在梦里所感受到的恐惧。你的面前有一堵黑漆漆的墙，耳朵里听到轰隆隆的声音。墙的另一边是可怕的事物。你知道自己知道那是什么，但你不敢面对真相。在墙的另一边有很多只老鼠。”

“奥布莱恩！”温斯顿竭力控制着自己的声音，“你知道没有必要这么做。你想我怎么样，你说啊？”

奥布莱恩没有直接回答他。当他开口时，他摆出了平时那种学校老师般的姿态。他若有所思地看着远方，似乎正在对着温斯顿身后的一群听众讲话。

“光有痛苦总是不够的。有时候一个人能够忍受痛苦，甚至直到死亡。但对于每个人来说都有其不堪忍受的事物——连想都不敢去想的事物。这与勇敢或懦弱无关。当你从高空坠落下来时，抓住绳索并不是懦弱的举动。当你从水底深处上来时，大口大口地呼吸并不是懦弱的举动。那只是无法被摧毁的本能。老鼠也是一样。对你来说，它们是不堪忍受的事物。它们是一种你有心无力无法面对的压力。我们要你做什么你都得照做。”

“要做什么，要做什么？我都不知道要做什么，你要我怎么办？”

奥布莱恩拎起笼子，拿到近一些的桌子，小心翼翼地搁在粗呢布上。温斯顿的耳朵里响起了血液在流淌的声音。他感觉似乎只剩下他一个人。他置身于广袤的荒原，一片被太阳炙烤的沙漠，所有的声音都是从遥远的地方传来的，但那个装着老鼠的笼子离他就不到两米远。那些都是大老鼠，嘴巴是钝形的，牙齿特别尖利，而皮毛是棕色的，不是灰色的。

奥布莱恩仍然在对着他那些看不见的听众讲话：“老鼠虽然是啮齿动物，但也是吃肉的。这一点你很清楚。你应该听说过在这座城市的贫民区发生的惨剧。在有的街道，女人不敢把婴儿单独留在房子里，连单独呆五分钟也不敢。那些老鼠肯定会朝婴儿发起进攻。只消一会儿工夫，它们就可以将婴儿啃得只剩下骨头。它们还会攻击老弱病残。它们非常聪明，知道什么时候一个人最为脆弱无助。”

笼子里响起了尖叫声，似乎从很远的地方飘进温斯顿的耳朵里。那些老鼠正在打架，它们拼命想冲开隔离它们的挡板，冲向彼此。他还听见了一声绝望的呻吟，似乎是从他的身外传来的。

奥布莱恩拎起笼子，按下里面的什么东西，传来咔嗒一声。温斯顿拼命想从椅子上挣脱开来，但根本没有用，他的每个部位，甚至连他的头，都被固定住了，动弹不得。奥布莱恩将笼子移近了一些，离温斯顿的脸不到一米。

“我已经按下了第一个开关。”奥布莱恩说道，“你知道这个笼子的结构。这个面具将套在你的头上，没有一丝空隙。当我按下另一个开关，笼子的门就会滑开。这些饥肠辘辘的小东西就会像子弹一样窜出来。你见过一只老鼠从空中掠过的情形吗？它们会扑到你的脸上，径直啃咬起来。有时候它们会先吃掉眼睛，有时候它们会咬穿面颊，将舌头吃掉。”

笼子越来越近，渐渐逼近放大。温斯顿听到一阵阵令人毛骨悚然的尖叫声，似乎就在头顶上的半空中响起。但他竭力与恐慌搏斗。思考，思考，即使只剩下零点几秒也要思考——思考是唯一的希望。突然间，那些老鼠恶臭的霉味直呛他的鼻孔。他泛起一股强烈的惊惧和恶心，几乎晕厥了过去。他眼前一黑。有那么一刻，他陷入了癫狂，变成了一只嘶声尖叫的动物。但他想出了一个主意，紧紧抓住不放，从黑暗中醒了过来。只有一个方法可以拯救自己。他必须出卖另一个人，将另一个人的**身体**，挡在他自己和老鼠之间。

现在那个面具已经十分接近，占据了全部视野。铁丝门离他的脸就只有一两个巴掌远。现在老鼠们知道将发生什么事情。有一只老鼠上下跳跃着，另一只老鼠，应该是生活在阴沟里的爷爷级的大老鼠，站立了起来，粉红色的前爪抓住栅栏，拼命地嗅来嗅去。温斯顿可以看到它们的胡须和黄澄澄的牙齿。再一次，他吓得眼前一片漆黑，什么也看不见，绝望无助，脑海里一片空白。

“在帝制时代的中国，这是很普遍的刑罚手段。”奥布莱恩仍然像个在讲课的老师。

那个面具正在凑近他的脸。铁丝网挨着他的脸颊。接着——不，那不是宽慰，只是希望，最后一丝希望。太迟了，或许已经太迟了。但突然间他明白过来，这个世界上只有**一个人**可以将对他的惩罚转移掉——有这么**一个人**，他可以将其挡在自己和老鼠之间。他一遍又一遍地疯狂叫嚷着。

“让老鼠去咬朱莉娅！让老鼠去咬朱莉娅！不要咬我！咬朱莉娅！你们拿她怎么样我根本不在乎。把她的脸咬下来，把她啃成一具白骨。不要咬我！咬朱莉娅！不要咬我！”

他往后倒下，掉进无尽的深渊，躲开了那些老鼠。他仍然被绑在椅子上，但他不停地往下坠，穿过地板，穿过大楼的墙壁，穿过土地，穿过海洋，穿过大气层，直到外太空，直到星辰之间的漩涡——永远、永远、永远、永远离开老鼠。他远在数光年之外，但奥布莱恩仍然站在他身边。铁丝网仍冷冰冰地挨着他的脸颊，但在黑暗中他听到另一声金属的咔嗒声，知道笼子的门关上了，没有打开。

第六章

栗子树咖啡厅几乎空荡荡的。一缕阳光从窗口斜照进来，落在布满灰尘的桌子上。现在是下午十五点，没什么生意。远处电屏里传出轻柔的音乐声。

温斯顿坐在他经常坐的角落里，盯着空空的玻璃酒杯，时不时地抬头看着对面墙上那张正盯着他的巨大的脸庞。标语写道：老大哥在看着你。一个服务员主动走过来往他的杯子里加满了胜利牌杜松子酒，再从另一个木塞中插着一根羽毛管的瓶子里倒了几滴液体进去，搅拌均匀。那是丁香味的糖精，是这间咖啡厅的特饮。

温斯顿正听着电屏。现在只在播放音乐，但随时可能会播放和平部的特别报道。非洲前线的战况叫人很担心。他一整天心里忐忑不安，焦虑地关心着这件事。欧亚国的一支军队（大洋国正和欧亚国打仗，大洋国一直在和欧亚国打仗）正以惊人的速度向南边挺进。中午的报道没有提及具体的地区，但或许战斗已经在刚果河口打响了。布拉柴维尔和利奥波德维尔的战况非常危急。不用看地图都知道这意味着什么。这不仅仅是失去中非的问题，自战争打响以来，大洋国的国土第一次受到威胁。

一股强烈的情感——不是恐惧，而是一种莫名的兴奋——在他的心中燃起，然后黯淡了下来。他不再想着战争的事情。这些天来他每次想一件事情都不会想太久。他拿起杯子，一饮而尽。和平时一样，杜松子酒让他打了个冷战，甚至觉得有点反胃。这东西太难喝了。丁香和糖精本身的味道已经很恶心了，但还是掩盖不住那股油腻腻的味道。而最糟糕的是杜松子酒的味道，这股味道日日夜夜缭绕着他，在他的意识中和那些东西的味道密不可分地掺杂在一起——

即使只是在心里中，他也不会说出那些东西到底是什么，尽可能不去想象它们的样子。他隐隐约约察觉到那些东西在盘旋着凑近他的脸，散发出一股味道直呛他的鼻孔。杜松子酒在胃里翻江倒海，他张开紫色的嘴唇打了个嗝。自从他们释放他后，他长胖了一些，恢复了原来的肤色——事实上，比原来还要红润一些。他的脸上肉多了一些，鼻子和颧骨上的皮肤变得粗糙通红，连光秃秃的头皮也呈现深深的粉红色。一个服务员又主动端来了棋盘和最新一期的《泰晤士报》，翻到了棋局那一页。然后，看到温斯顿的杯子空了，他端来了杜松子酒瓶，斟满了杯子。他不需要点酒。他们知道他的习惯。棋盘总是准备好了，角落里那张桌子总是为他留着，即使咖啡厅满座了，这张桌子还是会留给他，因为没有人愿意被看到和他坐得太近。他甚至不用费神计算自己喝了多少杯酒。时不时他们会给他带来一张脏兮兮的纸条，说是账单，但他觉得他们总是少算了钱。但就算多算了钱也无所谓。现在他不差钱，甚至还有一份工作，是个挂名的闲职，工资比原来的工作还高。

电屏的音乐停止了，取而代之的是播音员的声音。温斯顿抬头倾听，但是没有前线的报道，只是富足部发布了一则简短的通知。似乎在前一个季度，第十个三年计划的鞋带产量超额完成了98%。

他研究了一下棋局，然后摆好棋子。这是一个诡异的双马局。“白棋两步将死对方。”温斯顿抬头看着老大哥的肖像。

白棋总是能将死对方，他觉得这有点神秘。总是这样安排的，毫无例外。自有棋局以来没有一盘棋是黑棋赢。这难道不就是永恒不变的邪不胜正的写照吗？那张巨大的脸庞正回视着他，神情平静而充满力量。白棋总是胜方。

电屏的声音停止了，然后换了一个声音，以更加严肃的语气说道："下面播放一则提示，十五点三十分全体人员必须待命收听一则重要通告。十五点三十分！这则通告非常重要，务必不得错过。十五点三十分！"轻快的音乐声再次响起。

温斯顿的心头一紧。那是前线的战情报道。他本能地知道那会是坏消息。这一整天他总是带着一丝兴奋时不时幻想着非洲战场的溃败。他似乎看到欧亚国的军队蜂拥突破固若金汤的防线，像一群蚂蚁那样占领非洲的一角。难道就不能迂回从侧翼包抄他们吗？西非海岸线的轮廓清晰地浮现在他的脑海中。他拿起白棋的马，在棋盘上走了一步。**这步棋**走得妙。在他看到那些黑压压的军队向南边挺进的同时，他看到另一支军队神秘地集结，突然间从后面包抄，从陆路和海路切断他们的交通。他觉得靠着这个意念他就能让另一支军队凭空出现。但他们必须迅速采取行动。要是他们能控制整个非洲地区，要是他们在开普敦有机场和潜水艇基地，它将能把大洋国一切为二。任何事情都可能发生：战败、分崩离析、重新划分世界格局，党的毁灭！他深深吸了口气。一股奇怪的、纠结的感觉在他的内心斗争着——确切来说，不是纠结，而是层层叠叠，说不清埋藏在最下面的那一层是什么。

这股情绪过去了。他将白棋的马放回原位，但现在他无法集中精神思考这局棋。他又开始走神了，下意识地用手指划着桌上的灰尘，写下：

她曾经说过："他们不能钻进你的思想里。"但他们真的可以做到。奥布莱恩曾说过："你在这里所发生的改变将是**永恒的**。"这句话确实所言非虚。有的事情，你自己做过的事情，已经再也无法弥补了。你心中的某些东西被扼杀了，烧掉了，腐蚀了。

他见过她，甚至和她说过话。这没有危险。似乎出于本能，他知道现在他们几乎没有兴趣监视他的举动了。如果两人愿意的话，他甚至可以安排和她再见一面。事实上，两人的见面纯属偶然。当时是在公园里，那是三月份寒风凛冽的一天，大地冻得像一块铁板，草似乎都冻死了，只有几朵番红花绽放着，在寒风中一瓣瓣地凋零。他正匆匆忙忙地赶路，双手冻得冷冰冰的，眼睛里泪水盈盈。这时他看到她就在不到十米外的地方，顿时惊诧于她变了，却又说不清到底什么地方变了。两人几乎是漠然地擦肩而过，然后他转身尾随着她，但心里并不是特别激动。他知道这么做不会有危险，没有人会在意他。她没有说话，斜穿过草坪，似乎想摆脱他，然后又放弃了，让他和她并排一起走。不一会儿，两人置身于一丛叶子掉光了的参差的树丛中，这里既不能藏人，也没办法躲风。两人停下脚步。天气很冷，寒风呼啸着吹过树枝，侵蚀着几朵脏兮兮的藏红花。他将手搭在她的腰肢上。

这里没有电屏，但一定有隐藏的麦克风，而且可能会有人在监视着他们。这不要紧，什么都不要紧。要是他们愿意的话，他们可以躺下来，做出**那件事**。这个念头让他吓得打了个冷战。她对他的拥抱毫无反应，甚至没有试图挣脱开来。现在他知道她发生了什么改变。她的脸蜡黄蜡黄的，而且有一道长长的伤疤，一部分隐藏在头发里，贯穿她的额头和太阳穴，但变化的并不只是她的容颜。她的腰肢变粗了，而且令人惊讶的是，变得僵硬了。他记得有一回，一枚火箭炸弹爆炸后，他帮着把一具尸体从废墟里挖出来，当时他惊讶地发现尸体变得十分沉重，而且僵硬呆板，不像是血肉之躯，而是一尊石像，搬都搬不动。她的身体感觉就像那样。而且，他觉得她的肌肤变得和以前完全不一样了。

他没有试着亲吻她，两人也没有说话。两人穿过草地往回走的时候，她第一次直视着他。只是短暂的一掠而过，眼神中充满了鄙夷和厌恶。他不知道那纯粹只是因为过去，还是因为她看到他那张浮肿的脸和被风一吹就泪汪汪的眼睛。两人坐在两张铁椅子上，并排坐着，但没有紧靠在一起。他看到她欲言又止。她将那只难看的鞋子移动了几厘米，故意踩断了一根树枝。他注意到她的双脚似乎变宽了。

她直截了当地说道："我背叛了你。"

他说道："我也背叛了你。"

她再次鄙夷地看了他一眼。

"有时候，"她说道，"他们会以你根本无法忍受，甚至连想都不敢想的事情威胁你。然后你会说：'不要这样对我，去折磨别人吧，去折磨某某人吧。'事后或许你会假装说那只是一个计谋，你会说那只是为了让他们停止折磨你，你并非真心要背叛别人。但那并不是事实。当事情发生时，你是真心的。你觉得再没有别的方式能够拯救自己，而且只要能让自己得救，你不惜这么做。你真心**希望**别人受折磨。别人受尽折磨你根本不会在乎。你在乎的只有你自己。"

他心有同感："你在乎的只有你自己。"

"之后，你对那个人的感觉就再也不一样了。"

"不一样了。"他说道，"你的感觉确实不一样了。"

似乎没有别的可说了。寒风将他们身上薄薄的大衣吹得紧紧地贴在身上。相对无言地坐在那里几乎立刻变成很令人尴尬的事情，而且，坐着不动实在是太冷了。她含糊地说要去赶地铁，起身要走了。

"我们必须再见一面。"他说道。

"好的。"她说道，"我们必须再见一面。"

他迟疑地跟在后面走了一小段路，就在她身后半步。两人再没有说话。她没有试图摆脱他，但走得很快，不让他和她并排一起走。他决心跟着她走到地铁站，但突然间，在寒风中跟着走下去似乎失去了意义，叫人不堪忍受。他迫切想离开朱莉娅，回到栗子树咖啡厅去，在这个时候那里对他有着以前从未有过的莫大的吸引力。他怀念他那张角落旁的桌子，还有报纸、棋盘和永远满斟的杜松子酒。最重要的是，那里会很暖和。接着，并非完全出于偶然，一小群人将两人分隔开来，而他则听之由之。他假装要去追赶她，然后放慢脚步，转身朝相反方向走去。走出五十米开外，他回头望去，街上人不多，但他已经认不出她的身影。那十几个匆匆忙忙的身影中可能有一个是她。或许，她那粗壮僵硬的身躯从后面已经认不出来了。

"当事情发生时，"她曾说过，"你是真心的。"确实如此。他不仅说出了那番话，而是他真的是那么想的。他曾经希望是她而不是他，去面对那些——

电屏里轻柔的音乐变了，开始播放起一种沙哑刺耳的调子，就是那种黄调子，接着——或许并不是真的，或许那只是因为相似的音乐所勾起的回忆——歌声唱着：

“在栗子树的树荫下，

我出卖了你，你出卖了我——”

他的眼睛里泪水盈盈。一个服务员经过时发现他的酒杯空了，端着杜松子酒酒瓶走过来。

他拿起酒杯闻了一下。这东西每喝一口就更加觉得恶心。但他已经沉溺其中。它是他的生命、他的死亡和他的复活。是杜松子酒让他每天晚上昏昏睡去，也是杜松子酒让他每天早上醒来。他很少在十一点钟之前醒来，眼睛总是睁不开，口干舌燥，背部似乎都快断了。要不是酒瓶和杯子就摆在床头，他可能根本起不来。中午的时候他会面无表情地坐着，酒瓶放在身边，聆听着电屏的报道。从十五点到关门，他一直呆在栗子树咖啡厅。再也没有人在乎他做些什么，没有哨子把他叫醒，没有电屏在絮絮叨叨地规劝他。有时候，大概一周两次，他回到真理部那间布满灰尘，似乎已被人遗忘的办公室，做一点工作，或被称为工作的事情。他被指派到一个支部委员会的下属委员会，是不计其数的委员会下面的一个分支，负责处理在编纂第十一版新话词典时出现的琐碎问题。他们在撰写一份称为“临时报告”的东西，但他们要报告的问题他一直还没弄清楚。好像是关于到底逗号应该放在括号的里面还是外面。委员会里还有四个人，都是他的熟人。有时候他们会短暂地碰个头，然后就各奔东西，大家都知道其实没有什么事情要干。但有时候他们几乎是怀着热情开展自己的工作，煞有介事地起草备忘录，撰写永远也写不完的长篇草案——他们在应该探讨的问题上展开了激烈深奥的争辩，对词汇的定义吹毛求疵，辩论的内容跑题了，大家争执不休——甚至威胁说要向上级打报告。然后，突然间他们失去了活力，他们围着桌子坐了下来，黯淡无神的眼睛看着对方，就像鸡鸣时销声匿迹的鬼魂。

电屏安静了一会儿。温斯顿又抬起头。通告时间到了！不是，他们只是更换了音乐。他的眼睑后面出现了非洲地图。军队的动向勾勒出一幅行军图：一根黑色箭头垂直地向南边挺进，一根白色箭头水平地朝东边挺进，切断了前者的尾部。似乎为了寻求安慰，他抬起头看着那张泰然自若的脸。第二根箭头根本不存在——有这样的可能吗？

他的兴奋消退了。他又喝了一口杜松子酒，拿起白棋的马，试探性地走了一步。将军。但这步棋没有走对，因为——

一段回忆自发地飘进他的脑海里。他看到一个点着蜡烛的房间，里面有一张铺着白色床单的大床，他还是个只有十岁的小男孩，坐在地板上，摇晃着一个骰子盒，兴奋地大笑着。他的母亲坐在他对面，也在大笑着。

那一定是在她失踪前一个月发生的事情。那是两人互相谅解的一刻，那时候他忘记了自己的肚子饿得咕咕叫，心中暂时燃起了对她的爱恋。他清楚地记得那一天，大雨倾盆，雨水顺着窗格倾泻而下，房间里的灯火暗得没办法读书。对于两个孩子来说，那间幽暗狭窄的房间实在是太无聊了。温斯顿哼哼唧唧地发着牢骚，绝望地要东西吃，在房间里翻箱倒柜，将所有的东西乱摆乱放，不停地踢着护墙板。邻居敲打着墙壁宣泄不满，而他的妹妹断断续续地哭个不停。到最后，母亲说道："宝贝乖，我这就给你买玩具。好玩的玩具——你会喜欢的。"然后她冒雨出去，到附近一间有时候会营业的小杂货店，拿着一个纸板盒回来了，里面有一套蛇梯棋[1]。他还记得那个潮湿的纸板盒的味道。那是一套廉价的蛇梯棋。棋盘开裂了，而且那些小小的木骰子做工很粗糙，几乎不能躺平。温斯顿闷闷不乐地看着这套棋，一点儿兴趣都没有。但母亲点着了一根蜡烛，他们坐在地板上开始玩。很快他就兴奋了，看着那些小人遇到楼梯就能满怀希望地往上走，遇到蛇就滴溜溜地往下滑，几乎回到起点的位置，他不禁大呼小叫起来，笑得好不开心。他们玩了八局，各赢了四局。他的妹妹太小了，不明白游戏到底怎么玩，靠坐在一个枕头上，因为别人在笑她也跟着笑。他们一起高高兴兴地玩了整整一个下午，就像更早一些时候的童年一样。

他将这幅画面从脑海摈除出去。那是虚幻的回忆。有时候他会受虚幻回忆的困扰。只要他知道这些回忆其实是虚幻的，它们就不重要了。有的事情的确发生过，有的事情并没有发生过。他的心思回到棋局上，又拿起白棋的马放回到棋盘上，几乎就在同一时刻，响起咔嗒一声。他被吓了一跳，似乎被一根针扎中了身体。

他听到了一声尖利的军号声。是通告节目！胜利！新闻之前响起军号声总是表示胜利。整个咖啡厅似乎过电了一样。连那几个服务员也已经起立，竖起了耳朵。

军号声非常刺耳。电屏里已经传出了一个兴奋而聒噪的声音，但它刚开始说话，外面就响起了高亢的欢呼声，几乎把它给掩盖了。消息就像魔法一样在街道上传播开来。他勉强听到

① 蛇梯棋(Snakes and Ladders)，英国传统棋盘游戏，据说源自印度，游戏者轮流掷骰子在棋盘上前进，遇到梯子可以往前跳跃，遇到蛇就得往后退，先到终点者胜出。

电屏上所报道的消息，意识到事情正如他预料的一样，庞大的海上舰队对敌人的后方发起了突然袭击，白色箭头将黑色箭头的尾部切断了。胜利消息的只言片语在喧闹声中隐约可闻："大手笔的战略行动——完美的军事调度——彻底的溃败——抓获五十万战俘——彻底打击敌人的士气——控制了非洲全境——距离战争结束推进了一大步——胜利——人类历史上最伟大的胜利——胜利，胜利，胜利！"

温斯顿的双脚在桌子底下不自主地抽搐着。他没有离开座位，但在他的脑海中，他在奔跑着，快速地奔跑着，他和外面的群众一起吵吵闹闹地庆祝。他抬起头看着老大哥的肖像。他是君临天下的巨人！历经亚洲那群乌合之众冲击而屹立不倒的中流砥柱！他想到，十分钟之前——是的，就在十分钟之前——他的心头还笼罩着疑团，不知道前线的战事是赢是输。啊，覆灭的不仅仅是一支欧亚国的军队！从呆在友爱部里的第一天起他就已经发生了许多改变，但最终的、必要的、让他得以康复的改变直到这时才发生。

电屏里面的声音仍在喋喋不休地描述着战俘、战利品和伤亡数字，但外面的叫嚷声已经平静了一些。服务员们继续工作。其中一个端着杜松子酒的酒瓶走了过来。温斯顿沉浸在幸福的梦中，服务员往他的酒杯倒酒时根本没有在意。他不再奔跑着，或热烈地欢庆胜利。他回到了友爱部，一切都获得了原谅，他的灵魂纯洁如白雪。他站在公审席上，坦白招供了一切，供出了所有同犯。他正走在铺着白瓷砖的走廊，感觉就好像走在阳光下，一个荷枪实弹的狱卒跟在后面。那颗期盼已久的子弹射进了他的脑袋里。

他抬头望着那张巨大的脸庞。他花了四十年的时间才弄懂在那黑胡子下隐藏着什么样的笑容。噢，多么残酷而没有必要的误解！噢，多么顽固任性的流亡，背叛了他那慈爱的胸怀！两行带着杜松子酒味道的眼泪顺着他的鼻子两侧滴落。但没事了，一切都会好的，抗争结束了。他战胜了自己。他热爱老大哥。

附录　新话的原则

新话是大洋国的官方语言，为满足英社或英国社会主义的意识形态需要应运而生。1984 年还没有哪个人以新话作为他口头或书面唯一的沟通交流方式。《泰晤士报》的社论都是用新话写成的，每一篇文章都堪称杰作，只有这方面的专家才能写得出来。据说到 2050 年新话就将最终取代旧话（或者我们应该称之为标准英语）。与此同时，新话开始逐渐普及，所有的党员在日常说话时越来越多地运用了新话的词汇及语法结构。1984 年所使用的版本，以及在第九版和第十版所体现的语言都只是临时的，包含了许多冗余的词汇和古老的结构，这些都有待以后进行删减。正如第十一版词典里所说的，我们将要创造出臻至完美的最终版本。

新话的目的不仅是为英社信仰者提供合适的媒介以表达世界观和思想习惯，而且将使其它一切思维模式变成不可能的事情。当新话全面通行而旧话被遗忘时，异端思想——任何不符合英社原则的思想——将会是不可想象的，至少对于那些依赖于词汇的想法会是这样。新话的词汇都是精心构建出来的，含义非常明确，每个理念总是有非常固定的表达方式让党员可以恰如其分地进行表述，而且剔除了其它一切含义，也杜绝了以间接的方式得出这些含义的可能性。为了实现这一点，一方面要创造出新的词汇，但主要的途径是删除掉不想要的词汇，或将某些单词所蕴含的不正统的语义剔除，并尽可能杜绝所有的引申义。举一个例子，新话中仍有“免于”这个词，但这个词只用在下面这些句子里：“这只狗身上免于虱子所苦。”或“这块田里免于杂草所扰。”而原来的含义“自由”，比如说“政治自由”或“思想自由”都不再使用了，因为政治自由和思想自由这些概念已经不复存在，因此也就没有必要构建这些名词。除了删去明显有异端思想倾向的词汇外，词汇的减少本身就是目的，任何可以删除的词汇都不会再保留下来。新话的目的不是扩展思想范围，而是缩小范围，通过将词汇尽量减少，可以间接帮助实现这个目的。

据我们目前所了解的情况，新话的基础是英语，但许多新话的句子，即使是那些没有包含新词汇的句子，对于现在的英语使用者而言也是非常晦涩难懂的。新话的词汇可以分为三类，分别是A类词汇、B类词汇（也被称为合成词）和C类词汇。对每一类词汇进行单独探讨会简单一些，但这门语言的语法特征可以和A类词汇一起进行探讨，因为所有三类词汇都遵循同样的规则。

A类词汇

A类词汇包括了日常生活所使用的词语——例如，吃、喝、工作、穿衣、上楼下楼、搭车、园艺、烹饪等等。基本上那些词汇我们都已经掌握了，例如打、跑、狗、树、糖、房子、田野——但比起当代英语，A类词汇的数目很少，而且意思更加固定。所有语义上的模糊和多样性都被统统清洗掉。新话的A类词汇基本上都只有一个音节，表达**一个**明确的概念。要使用A类词汇进行文学写作、哲学探讨或政治讨论是不可能的事情。这些词汇只是为了表达简单而目的性明确的思维，通常用来指代具体事物或实际行动。

新话的语法有两大突出特征。第一个特征是，句子中的不同组成部分几乎完全可以互相替换。这门语言的任何词汇（原则上这一点甚至可以应用于高度抽象的词语，比如说，“如果”和“当……的时候”）可以当成动词、名词、形容词或副词使用。如果动词和名词源于同一词根，那么两者之间不会有任何变化。这一规则摧毁了许多古老的词汇。例如，新话中没有“想法”这个词。它被“想”所取代，这个词可以既当动词，也当名词。这一点并没有遵循任何词源学的原则。有时候得以保留的原始词汇是名词，有时候得以保留的原始词汇是动词。当一个名字和一个动词意思很接近，但在词源上没有联系时，其中一个总是会被剔除掉。比方说，新话中没有“切”这个词，可以兼用作名词和动词的“刀”这个词就足以表达出这个的含义。形容词的构词法是在名词的前面加上“很”这个前缀，要变成副词就加上“地”。举例来说，“很速度”的意思是“迅速”，“速度地”意思是“迅速地”。我们现在所使用的一些形容词，例如“好”、“壮”、“大”、“黑”、“软”都保留了下来，但这些词的数量不多，而且很少用到它们，因为几乎所有的形容词含义都可以通过往“名—动词”前面加个“很”字而实现。当前的副词除了少数几个结尾本来就有“地”的词语之外，无一得以保留，以“地”结尾成了千篇一律的规矩。比如说，“棒”这个词就被“好地”取代了。

此外，任何A类词汇——原则上这一点可以应用于新话的所有词汇中——可以通过加上“不”这个前缀变成其反义词，或加上“加”这个前缀增强其语义，如果还想表示强调，可以加上“倍加”这个前缀。比方说“不冷”的意思是暖和，而“加冷”和“倍加冷”的意思分别是很冷和冷极了。而且，就像当代英语一样，通过加上诸如“反—”、“后—”、“上—”、“下—”这些前缀，几乎任何单词都可以改变其含义。而这样一来，又有大量的词汇可以剔除掉。例如，有了“好”这个词，像“坏”这样的词汇就没有存在的必要了，因为“不好”这个词就足以表达出同样的含义——事实上，更加贴切。当有两个字构成了天然的反义词，编撰者所要做的就是决定哪一个会被删去。比方说，“暗”可以用“不明”取代，或者“明”被“不暗”取代也行，这取决于编撰者的偏好。

新话的语法第二个明显的特征是它的规律性。除了少数接下来将提到的特殊情况之外，所有的构词法都遵循相同的规律。因此，所有动词的过去式和过去分词都会往后面加上“了”。“偷”的过去式是“偷了”，“想”的过去式是“想了”，所有词汇都毫无例外，至于那些不常用的后缀，例如“过”、“好了”统统都被剔除。要表达复数名词的概念就往名词后面加“们”。“人”、“牛”、“生命”可以变成“人们”“牛们”、“生命们”。形容词的比较级和最高级千篇一律都加上“更”和“最”（好、更好、最好），而不规则的表达如“较好”和“顶好”都被剔除了。

只有人称代词、关系代词、指示代词和情态动词这些词汇仍保留了原来的表达方式。这些词的用法还是和以前一样，只是“谁”这个词被认为没有存在的必要而消失了，此外“应”和“会”也没有了，被“将”和“须”所取代。为了快速而轻松发音的需要，在构词法上总是会有不合规则之处。一个不好发音或容易被听错的词语被认为是一个坏词，因此，为了让发音得以顺畅，会往里面插入字母或保持原来的构词形式。但这一需要主要和 B 类词汇有关。**为什么**要如此强调发音的简洁将在本文的后半部分进行解释。

B 类词汇

B 类词汇包括那些专门为政治目的服务的词汇：不仅每个词语都有其政治含义，而且让使用这些词语的人树立起一种合乎要求的精神态度。对英社的原则没有全面的理解是很难正确使用这些词汇的。有时候它们可以直译为旧话，甚至用 A 类词汇进行表达，但这往往需要冗长的表述，而且总是会言不达义。B 类词汇类似于缩略的动词，将许多理念浓缩在几个音节里，与此同时，比起普通语言，B 类词汇的含义更加准确有力。

B 类词汇都是合成词。(当然，例如“讲写器”这样的词语是属于 A 类词汇，这些只是出于方便的缩略表达，并没有特殊的意识形态色彩。)它们包含了两个以上的单词或单词的某个部分，以发音轻松的形式组合在一起。最终的合成产物总是一个“名—动词”，按照惯例进行语法上的变化。举一个简单的例子：“好想”这个词的意思可以是“正统思想”，而如果用作动词，则有“以正统思想进行思考”之义。这个词有如下变体：名—动词“好想”，过去式和过去分词“好想了”，现在进行时“正好想”，形容词“很好想”，副词“好想地”，动词化名词“好想者”。

B 类词汇的构建不受词源学的约束，构词的词素可以是词语中的任何部分，可以任意进行排列，还可以任意进行删减，只要容易发音并且能够明确暗示它们的词源就可以了。以“罪想”这个词为例(意思即“思想罪”)，“想”字放在后面，而

"想警"（意思即"思想警察"），"想"字则放在前面。而后面的"警"则省略了原来"察"这个字。由于在保证发音的简洁方面所遇到的困难很大，因此B类词汇的不规则构词现象要比A类词汇更加普遍。比方说，"真部"、"和部"和"爱部"的形容词形式分别是"真部的"、"和部的"和"爱部的"，因为"很真部"、"很和部"和"很爱部"念起来有点别扭。但原则上，所有的B类词汇都可以进行变化，而且所有的变化规则都是一样的。

B类词汇中有的词语意思非常微妙，对于没有完全掌握这门语言的人来说很难理解。举例来说，《泰晤士报》里面那些头条新闻中有这么典型的一句："旧想者不腹感英社。"以旧话最简短的方式翻译过来就是："那些思想在革命之前形成的人无法在情感上完全理解英国社会主义的原则。"但这个翻译并没有充分地表达出原文的意思。首先，要想全面地理解上面所引用的那个新话的句子，你必须对什么是"英社"有清晰的理解。此外，只有一个彻底扎根于英社思想的人才能理解"腹感"这个词所蕴含的全部含义，"腹感"意味着今天所难以想象的盲目而狂热的全盘接纳。而且还有"旧想"这个词，这个词总是跟邪恶和堕落联系在一起。但有些新话的词语有着特别的作用，不是为了表达意思，而是为了摧毁意思，"旧想"就是其中一例。这些词语的数量很少，它们的词义非常空泛，囊括了许许多多词汇的意思，将这些意思以单独一个抽象的词语进行表达，而原来的具体含义则被废弃和遗忘。新话词典的编撰者们所面临的最大困难不是创造出新的词语，而是在创造出新的词语之后，明确它们的含义，确定这些词汇存在之后，哪些词汇可以被它们所取代。

正如我们在“免于”这个词所看到的，曾经包含有异端思想的词汇有时会为了方便而加以保留，只是将不想要的含义剔除出去。不计其数的其它词语，例如荣誉、正义、道德、国际主义、民主、科学和宗教已经不复存在。几个总括性的词语就涵盖了它们的含义，并借此将它们统统消灭。例如，所有围绕着“自由”和“平等”这两个概念而产生的词语都被囊括在“罪想”这个词里面，而其它围绕着“客观存在”和“理性主义”而产生的词语则被囊括在“老想”这个词中。再具体一些就会步入危险了。按照要求，党员的世界观应该和古代希伯来人的世界观相类似，后者所知甚少，只知道除了他的祖国，其它国家信奉的都是“伪神”。他不需要知道那些神明的名字叫什么“巴尔”①、“欧西里斯”②、“摩洛”③、阿斯塔罗④或其它，或许他知道得越少，他的思想就越正统。他知道耶和华和耶和华的律令，因此他知道拥有不同名字和神性的神明统统都不是真神。与此相类似，党员们知道什么是正确的行为，也含含糊糊地知道会导致偏离这种行为的种种可能。比方说，他的性生活完全由两个新话词语所约束：“性罪”（意即不道德的性行为）和“好性”（意即贞洁）。“性罪”覆盖了所有不正当的性行为，包括乱伦、通奸、同性恋和其它堕落的行为，而且还包括正常的为性交而性交的性行为。没有必要将这些行为一一列举出来，因为它们都是罪行，原则上都应该处以死刑。C 类词汇包括了科技词汇，一部分性行为上的偏差或许需要有专门的

---

① 巴尔（Baal），中东两河流域闪米特人所崇拜的神明。
② 欧西里斯（Osiris），古埃及神话中的神明。
③ 摩洛（Moloch），古代地中海地区神话中的神明。
④ 阿斯塔罗（Ashtaroth），古代腓尼基地区神话中的神明。

名称，但普通老百姓不需要用到这些词。他知道什么是“好性”——夫妻之间正常的性交，纯粹是为了生育孩子。女方没有肉体上的快感。除此之外，一切都是“性罪”。在新话中，对一个异端邪说的理解往往就只能局限于它**就是**异端邪说，没有必要的词汇进行更深层次的思考。

B类词汇中没有一个在意识形态上是中性的。有许多是委婉表达的词语。这些词语，比方说“乐营(劳改营)”或“和部”(和平部，也就是战争部)所表达的意思和字面上的意思几乎刚好相反。另一方面，有的词语展现出赤裸裸的轻蔑之意，反映了大洋国社会的内在本质。以“无产喂”为例，它的意思是那些党提供给人民大众的低俗娱乐和不实报道。还有其它词语的含义很暧昧含糊，用以描述党的都有“好”的含义，而用以描述敌人的都有“坏”的含义。此外还有很多词语乍一看似乎只是缩略的表达，这些词汇的意识形态色彩不是来自于它们的含义，而是来自它们的结构。

在力所能及的情况内，任何有或者会有政治含义的词汇都被归入B类词汇。每个组织、团体、学说、国家、机构或公共建筑的名字都无一例外被缩略成熟悉的词语，以最琅琅上口的几个字进行表达，同时保留这个名字原来的出处。比方说，在真理部里，温斯顿·史密斯上班的地方叫记录司，在新话中叫“记司”，虚构司叫做“虚司”，广播节目司叫做“广司”，如此类推。这么做不仅是为了节省时间。早在二十世纪初期这种缩略合成的表达方式就已经是政治语言的特征之一。值得注意的是，极权国家和极权组织最倾向于使用缩略表达。这方面的例子有“纳粹”、“盖世太保”、“共际”、“国际出版通信”和“宣教部”等。一开始时，这种做法纯粹只是出于本能，但新话这么做是刻意为之。他们认为，通过缩略一个名字可以限制并巧妙地改变这个名字原本的含义，将原本附着在上面的意义剥离掉。以“共产主义国际”为例，这个词会唤起四海之内皆兄弟的人文景象：红旗、街头工事、卡尔·马克思和巴黎公社等。而另一方面，“共际”这个词只是表达了一个严密的组织和一套完整清晰的教条体系。它所指代的含义很容易理解，而且非常狭隘，就像在指代一张椅子或一张桌子。念出“共际”这个词时几乎不会勾起任何想法，而“共产主义国际”是一个词组，会至少让人把这个词组多琢磨一会儿。同样地，“真部”这个词所代表的含义要比“真理部”这个词少一些，更容易控制一些。这就是为什么在有可能的情况下一定要采用缩略形式的原因，同时可以保证每个词都能够轻松地被念出来。

在新话中，除了词义务求精确外，发音的简洁比其它什么都更加重要。在必要的时候，连语法规则也可以为了发音的简洁而牺牲。这是有原因的，因为从政治上考虑。他们要的是简短而意思明确无误的词语，能够迅速地念出来，在说话人的脑海里引起最小程度的回响。B类词汇几乎都很相似，这让它们读起来铿锵有力。这些词语——好想、和部、无产喂、性罪、乐营、英社、腹感、想警和不计其数的其它单词——几乎千篇一律都只有两三个音节，从第一个音节到最后一个音节都是一样的重音。说着这些词语时语速会很快，而且总是一个字一个字地蹦出来，听起来很单调乏味。而这正是他们所要达到的目的。他们的目的是要让讲话，尤其是任何事关意识形态的讲话尽可能独立于意识之外。在日常生活中说话前有时候当然需要先想想，但党员在作政治或道德判断时，应像机关枪喷出子弹一样自动地说出一堆正确的看法。经过训练，这件事他完全可以应付自如，新话几乎是一门不会犯错的语言，而且那些字词的结构，连同它们难听的发音和与英社原则相一致的刻意为之的丑陋，协助推动了思想控制的进程。

词汇的匮乏也是为了达到这一目的。相对于我们的词汇，新话的词汇量非常小，而且减少单词的新方法总是层出不穷。事实上，和绝大多数其它语言不同，新话的词汇在逐年减少，而不是逐年增加。每一次删减都是一番成就，因为表达思想的选择范围越小，进行思考的诱惑就越小。他们最终的希望是说话只需要用喉咙发出声音，而根本不需要动脑筋。这一目的在新话的“鸭讲”（意即像鸭子一样呱呱呱地说话）这个词中坦白地承认了。和B类词汇的其它词语一样，“鸭讲”的意思是含糊暧昧的。要是呱呱呱说出来的是正统思想，那它就是褒义，当《泰晤士报》描述一个党的演说家是“倍加好鸭讲者”时，这是对他热烈的嘉许。

C类词汇

C类词汇是对其它词汇的补充，完全由科技术语构成。这些术语与今天所使用的术语很相似，来自同样的词根，但和其它词语一样，这些词汇的含义非常固定，没有其它不合乎要求的含义。它们遵循和其它两类词汇同样的语法规则。只有极少数C类词汇在日常生活的对话中或政治讲话中出现。科学工作者或技术人员可以从供其专业使用的词汇表中找出这些词汇，但他根本不知道其他人的词汇表中列出了哪些词语。只有少数几个单词是这些词汇表中互通的，不管是哪一门学科，没有任何词汇表达研究科学的思维习惯或思维方法。事实上，根本没有“科学”这个词，任何可能表达这一概念的含义都已经被“英社”这个词语概括了。

从前文中可以了解到，在新话中，除了非常低层面的表达形式之外，根本没有其它形式表达异端邪说。当然，说出非常粗浅的异端思想和亵渎言论是有可能的。比如说，可能有人会说“老大哥不好”。但这句话在思想正派的人耳中听起来是不言自明的荒谬言论，根本经不起理性的推敲，因为没有必要的词汇可供使用。与英社思想相违背的理念只能以无言的形式模糊地浮现，被归在意思非常宽泛的词语名下，这些词语被归纳在一起，对所有的异端思想提出谴责，却又从不明说那些异端思想到底是怎么一回事。事实上，当一个人用新话表达异端思想时，某些词语的含义与旧话的含义大相径庭。比如说，在新话中可以造出“所有的人都是平等的”这么一句话，但它的意思和旧话中可能会表述的“所有的人都是红头发”意思没什么两样。这句话没有语法错误，但表达的意思是再明显不过的谬误——这句话具体的意思是，所有的人在身材、体重或力气上都是一样的。这句话的政治含义已经不复存在，“平等”这个词的引申义已经被剔除了。在1984年，旧话仍然是日常沟通的主要方式，理论上存在着在使用新话时，说话者可能会想起其原本含义的危险。在实践中，任何扎根于“双重思想”的人避免这一危险并不难，但过了几代人，就连这种思想开小差的可能性也将会被杜绝。一个只接触新话而成长的人将不知道“平等”有另外一个含义，即“政治上平等”，或者“免于”这个词原本的含义，就好比一个从未听说过国际象棋的人不知道“后”和“车”还有其它意思一样。许多罪行和错误将超越个体的能力之外，因为这些罪行和错误根本没有名字，因此无法加以想象。可以预见的是，随着时间流逝，新话的特征将越来越突出——它的词语越来越少，词义越来越固定，用在不正当用途的可能性越来越小。

当旧话被最终取代时，与过去的世界最后的联系将被切断。历史已经被改写了，但过去的文学作品的零星片段仍残留了下来，而且没有经过彻底的内容审查，要是一个人仍懂得旧话的话，他可能就会去阅读这些作品。到了未来，即使这些残篇断章有机会流传下来，也没有人能看得懂或将其翻译成新话。除了一些技术过程的描述、非常简单的日常生活描写或符合正统思想的内容(用新话表达，就是“很好想”)之外，旧话文本是不可能被翻译成新话文本的。实际上，这意味着 1960 年之前的书没有一本能够被完整地翻译成新话。革命前的文学作品只能进行意识形态上的翻译——也就是说，除了语言之外，内容也得进行改动。举例来说，广为人知的《独立宣言》是这么写的：

“我们认为下面这些真理是不言而喻的：人人生而平等，造物者赋予他们若干不可剥夺的权利，其中包括生命权、自由权和追求幸福的权利。为了保障这些权利，人类才在他们之间建立政府，而政府之正当权力，是经被治理者的同意而产生的。当任何形式的政府对这些目标具破坏作用时，人民便有权力改变或废除它，以建立一个新的政府……”①

这篇文章就很难翻译成新话，并保留原义。整篇文章只能高度概括为一个词：“罪想”。完整的翻译必须将其意识形态进行篡改，杰斐逊笔下的内容将被改为对极权政府热情讴歌的

① 出自《美国独立宣言》，译文摘自百度百科。

颂文。

事实上，大量以前的文学作品已经以这种方式进行改写。出于名望的考虑，纪念某些历史人物还是必要的。与此同时，让他们的作品符合英社的哲学。许多作家，诸如莎士比亚、弥尔顿、斯威夫特、拜伦、狄更斯和其他人的作品都正在被翻译。当这个任务完成后，他们原来的作品，连同其它过去流传下来的文学作品，将统统被销毁。这些翻译工作非常困难，进程缓慢，起码要到二零一几年或二零二几年才有望完成。此外还有大量的实用书籍——不可或缺的技术手册什么的——这些也得以同样的方式进行处理。由于前期的翻译工作要花费大量时间，新话将会到 2050 年时才会最终确立。

作品题解

背景介绍：

1947 年至 1948 年，奥威尔由于罹患严重的肺结核，到苏格兰的朱拉岛疗养度假，期间他决定将一生对于社会主义事业的信念和思考以及二战后世界格局的形成及将来可能会出现的社会变迁写成一部具有警醒意义的政治寓言，警告后人关于极权主义的威胁和狰狞面目。在 1944 年致友人诺尔·威尔梅特的信件中，奥威尔已经流露了自己的创作意图，信件内容如下：

“我必须说，我相信或我很害怕，这种事情正在全世界蔓延滋长。无疑，希特勒很快就会销声匿迹，但代价是斯大林、英美两国的百万富翁和各个戴高乐式的小元首得势。各个地方的民族主义运动，就连那些源于抵抗德国人统治的运动，似乎采取的是非民主的形式，群众围绕在某个超人式的元首（希特勒、斯大林、萨拉查、佛朗哥、甘地、德·瓦勒拉就是一个个例子）的周围，并接受“只要目的正当就可以不择手段”的理论。世界各地的运动似乎正在朝中央集权的经济体制迈进，在经济意义上它是可以行得通，但它并不是以民主手段进行组织，随之而来的将会是等级森严的阶级体制，还有感情用事的推行恐怖的民族主义和不相信客观真理的存在的趋势，因为所有的事实都必须吻合某位一贯正确的元首的指示和预言。从某种意义上说，历史已经不复存在，也就是说，我们这个时代并没有能被广为接受的历史这回事，而一旦不需要动用军事手段迫使人们就范，讲求精确的科学也将受到威胁。希特勒可以说是犹太人挑起了战争，而如果他没有被消灭，这番话将成为钦定的历史。他不会说二加二等于五，因为在弹道学的意义上，二加二必须等于四。但如果我所恐惧的那个世界真的来临的话，一个由两个或三个彼此无法征服对方的超级大国共同统治的世界，那时候，如果元首希望的话，二加二就会等于五。在我看来，这就是我们正在前进的方向，但是，这个过程应该是可以被扭转的。

英国和美国相对来说不受极权主义的影响。无论那些和平主义人士会说些什么，我们还没有变成极权主义体制，而这是一个充满希望的迹象。正如我在《狮子与独角兽》里所解释的，我对英国人民和他们推行中央集权的经济体制而不会消灭自由的能力充满信心。但你必须记住，英国和美国还没有真正去努力尝试过，他们还没有体验到战败或遭受严重挫折的滋味。除了好的迹象之外，还有坏的迹象抵消了积极影响。首先，人们普遍对民主的衰微持冷漠态度。譬如说，现在英国二十六岁以下的人没有投票权，而迄今为止群众对这种情况根本满不在乎，你知道吗？其次，事实上，知识分子在思想上比群众更加认同极权主义。英国的知识分子大体上是反对希特勒的，但代价却是接受了斯大林。他们中间大部分人认可种种独裁手段、秘密警察、毫无异议，全面篡改历史等做法，只要他们觉得这对“我们自己人”有好处就可以。事实上，英国并没有法西斯主义这番话在很大程度上或许意味着当前年轻人正在别的地方寻找他们的元首。你无法肯定这种情况不会改变，你也无法肯定十年后群众的思想不会变得像和知识分子一样。我希望他们不会，我甚至相信他们不会，但这要经过一番斗争作为代价。如果你只是一味地声称诸事顺利而不去指出危险的迹象，你只会在极权主义步步逼近时推上一把。

你或许会问，如果我认为世界的趋势是迈向法西斯主义，那为什么我要支持这场战争？这是一个两害权衡的选择——我猜想几乎每一场战争都是一样。我对英国的帝国主义有足够的了解，它令我感到厌恶，但我不会去支持纳粹主义或日本的军国主义，因为后二者更加邪恶。同样地，我支持苏联而反对俄国是因为我认为苏联不能完全摆脱它的过去，它还保留着相当程度的最初革命时的理想，比起纳粹德国，它是还比较有希望。我认为，而且从 1936 年前后战争开始时就一直这么认为：我们是比较好的一方，但我们必须一直让情况保持下去，而这要求我们常怀批判的态度。

在离开伦敦前往朱拉岛之前，奥威尔致信维克多·戈兰兹，要求中断他与戈兰兹出版社的合约。与维克多未能在出版《动物农场》一事上达成一致令奥威尔对多年的合作关系感到心灰意冷，在信中他直言不讳地写道："……《动物农场》是一个关键因素。在这本书完稿时，我很难让它得以出版，当时我就决定，如果可以的话，我将把自己以后所写的作品都交给出版这本书的出版社，因为我知道愿意冒险出版这本书的人，也会冒险出版任何书籍。"经过奥威尔的两次致信要求，维克多·戈兰兹最终同意终止合同。奥威尔得以收回作品自由投稿的权利。《一九八四》的原名是《欧洲最后一个男人》，但奥威尔在权衡再三并结合编辑弗雷德里克·沃堡的建议，选择了"一九八四"作为最终出版的书名。

内容梗概：

主人公温斯顿·史密斯生活在大洋国一号空降带的首府伦敦，在真理部上班，担任编辑，工作是根据上级指示，对历史进行篡改和捏造。表面上他是一个唯唯诺诺的老实人，听从领导的命令，卖力地在“两分钟仇恨仪式”上表现忠诚，与同事和睦相处，但私底下他对现实充满困惑和不满，在独居的公寓里冒着被思想警察逮捕的危险撰写日记，记录自己的心路历程和宣泄对最高领袖老大哥的不满。他还多次跑到党员禁止涉足的黑市，购买自己心仪的来自旧世界的钢笔、日记本和各式小玩意。同样在真理部上班，任职于虚构司的充满魅力的神秘女子朱莉娅主动接近温斯顿，并大胆地表达对他的爱慕。两人情投意合，多次躲过重重监视进行幽会，末了，两人还搬进了无产者居住的区域一间旧货店的阁楼。

温斯顿的好友塞姆醉心于上级领导分配的创造新语言的任务，并得意地与温斯顿分享自己的新语言创建成果。一如温斯顿的预料，太聪明的塞姆在某一天神秘地消失了，成为似乎根本不曾存在过的“非人”。

一直被温斯顿认为是密谋推翻现行政权的地下组织兄弟会的成员、党内的高级人物奥布莱恩主动接近温斯顿，并在他的寓所承认自己就是兄弟会的成员，并将兄弟会的领导人埃曼努尔·古德斯泰恩的著作《寡头集体主义的理论与实践》借给温斯顿。书中的内容向温斯顿阐述了当时那场旷日持久的战争真正的含义，以及大洋国的口号“战争即和平。自由即奴役。无知即力量”的内在逻辑。从奥布莱恩口中，温斯顿终于得悉萦绕于自己心头多年的那首伦敦童谣的所有歌词。

但就在温斯顿和朱莉娅接受了革命熏陶，并陶醉在幸福宁静的二人世界时，思想警察逮捕了他们(旧货店的老板正是思想警察的密探)，而奥布莱恩则是审讯的执行人，他以种种惨无人道的方式折磨温斯顿，迫使他从思想深处接受党性的逻辑和要求：二加二等于四并非客观真理，它可以因应时势的要求和领导人的意志，既可以等于四，又能够等于五。最后，为了实现最彻底的改造，温斯顿被押到令无数人闻风丧胆的101号房，以一笼温斯顿最害怕的凶恶饥饿的老鼠作为威胁，迫使他出卖朱莉娅以自保，粉碎了他最后的个体尊严。

温斯顿被释放了，和以前接受过终极审判的前领导人一样，他成了栗子树咖啡厅的游魂野鬼，虽然有名义上的工作，在政治上已经被宣判死刑。他和朱莉娅不期而遇，双方都坦承自己背叛了对方，爱情与尊严已经不再属于他们，两人黯然分手。在栗子树咖啡厅的军事胜利通告节目播放时，温斯顿在精神上得到了最终的救赎，他的抗争最终结束，他的自我被最终泯灭，成为热爱老大哥的忠实奴隶。

作品评论：

《一九八四》于1949年6月8日出版，立刻在大西洋两岸引起热烈反响。《新政治家》表示“这是一部令人手不释卷的杰出作品”；《纽约客》盛赞“这是一部深邃恐怖而引人入胜的好书”；《标准晚报》称之为“自战争以来最重要的一部作品”。

伯特兰·罗素在《一九八四》初版时的护封上写道：“我怀着极大的兴趣阅读了这本书。我的对《动物农场》推崇备至，而由它所产生的热烈期盼并没有失望。《一九八四》力度万钧地刻画了一个牢固的极权主义政体下的种种恐怖情状。西方世界必须警惕这些危险，而不只是狭义上的对俄国的恐惧。奥威尔先生以非凡的才华、技巧和想象力为这个重要的任务作出了贡献。我真诚地希望这本书将会被各界广泛阅读。”作为反乌托邦小说的翘楚，《一九八四》自出版后一直雄踞英国文学排行榜的前列，在英国广播公司评选的百大英国小说和美国时代杂志评选的百年经典作品中均位居前列。

《一九八四》中所描写的极权主义社会膨胀到极致的情况对个体与社会的扭曲和摧残读来令人触目惊心，一个人的生活被全天候从各个方位实施监管：无处不在的老大哥的头像，能够监控一言一行的电屏，没有法律明文规定什么行为构成犯罪，但任何不合领导人意图的行为都会被判处劳改乃至死刑，每天都必须参加的两分钟仇恨仪式，一年到头都有组织分配的官方庆典。物质极度匮乏的生活中，作为精神消遣的渠道只有劣质的杜松子酒和由创作器生成的低俗读物、观看处决囚犯、互相监视揭发（就连家人也是告发的对象）。

极权主义除了禁锢个人的言行举止之外，更野心勃勃地准备摧毁自由的精神世界。他们精心地构建一个充满禁忌的光怪陆离的精神氛围：包括记载日记在内的个人创作是思想犯罪，鼓吹禁欲单身的正统宣传消灭了欢畅淋漓的性爱，以双重思想和篡改历史去混淆是非黑白，用贫乏干瘪到极至的新语言阉割下一代人的思维。

在这个充满绝望的世界里隐藏着希望的种子。奥威尔充满深情地多次写道：“假如希望尚在的话，希望就在无产者们身上。”无产者与生俱来拥有强大的力量，就连自诩无所不能的领导人也只能对他们采取怀柔政策，无法像控制党员那样对他们任意呼喝。温斯顿曾经真诚地信仰客观真理的存在，并郑重地写下："自由就是可以说出二加二等于四。在此之上，一切得以构建。"但他的生活从十一年前以为掌握了一份能够推翻政府谎言的重要证据开始就已经陷入严密的监控和操纵。他的对手是比他强大无数倍的党内精英，他们所憧憬的未来，是一只靴子踩在一张人脸上的情形——永远都是那样，永世不得翻身，任人诋毁侮辱。奥布莱恩称许温斯顿是"最后一个人类，人类道义的守护者"，但他的尊严和人格在 101 号房被一一击碎，取而代之的是"罪停"和对老大哥的无条件的忠诚。作为最后一个忠于道义珍视传统的知识分子，脱离了人民群众，他也只能以失败告终，但奥威尔并没有承认人类的命运会就此步入终结，无产阶级依然在等候着属于自己的未来，他们只需要站起来，抖一抖身子，就像一匹马抖掉身上的马虱。虽然奥威尔早已逝世，但他的《一九八四》仍令马虱们坐立不安，惶惶不可终日。

奥 威 尔 作 品 全 集

- 奥威尔纪实作品全集

《巴黎伦敦落魄记》

《通往威根码头之路》

《向加泰罗尼亚致敬》

- 奥威尔小说全集

《缅甸岁月》

《牧师的女儿》

《让叶兰继续飘扬》

《上来透口气》

《动物农场》

《一九八四》

- 奥威尔散杂文全集

奥威尔杂文全集（上、下）

奥威尔书评全集（上、中、下）

奥威尔战时文集

George Orwell

奥威尔小说全集

动物农场

Animal Farm

[英]乔治·奥威尔 著 陈超 译

上海译文出版社

一

曼纳农场的琼斯先生在睡觉前关上了鸡棚的门，但他喝得酩酊大醉，忘了关上给鸡走的小洞。他踉踉跄跄地走过院子，手里的灯笼泛出的光圈晃个不停。来到后门那里他踢掉脚上的靴子，从碗碟洗涤间的木桶里倒了最后一杯啤酒，一口喝下去，然后跌跌撞撞地上床睡觉。琼斯夫人早已酣然入睡。

卧室里的灯一灭，整个农场开始喧闹起来。白天的时候消息已经传开了：曾获得“中等体格白猪大奖”的老少校昨晚做了一个奇怪的梦，希望将梦的内容讲述给其他动物听。大家一致决定，等琼斯先生不在，情况安全的时候，就到大谷仓里集合。老少校（大家都这么叫他，虽然他参加展出时的名字叫“英俊的威灵顿”）在农场里地位很高，大家都愿意放弃一个小时的睡眠时间听他讲话。

在大谷仓的一头有一处隆起的平台，老少校正端坐在草堆上，头顶的横梁上挂着一盏灯。他已经十二岁了，变得非常臃肿，但仍不失为一只仪表堂堂的猪，虽然两根獠牙没有被切掉，看上去却非常睿智慈祥。很快，其他动物陆续到达，以各自独特的方式让自己坐得舒服一些。最早到的是三只狗，布鲁贝尔、杰西和平切尔。接着猪们也来了，他们立刻躺在平台前的干草堆上。母鸡们蹲坐在窗台上，鸽子们则飞上横梁。绵羊们和奶牛们躺在猪们的后面，开始咀嚼反刍的食物。那两匹拉车的马——鲍克瑟和克洛弗慢悠悠地走进来，小心翼翼地让硕大而毛茸茸的马蹄落地，担心会有某只小动物藏在干草堆里。克洛弗是匹胖乎乎的、快到中年的母马，自从生下第四胎马驹之后，身材就没能恢复过来。鲍克瑟体格魁梧，约有 18 捋[①]高，两匹普通的马加起来也未必有他那么壮。他的鼻子上有一道白条，看上去有点憨，事实上，他的确不怎么聪明，但大家都很尊敬他，因为他性格沉稳，干活时力大无穷。白山羊穆丽尔和驴子本杰明跟在后面。本杰明是农场里年纪最大的动物，脾气也最糟糕。他很少说话，一开口总是愤世嫉俗的言论——例如，他会说上帝给了他一根尾巴驱赶蚊蝇，但他宁愿没有尾巴也没有蚊蝇。在农场里，只有他从不开怀大笑，如果问他为什么不笑，他

① 英国衡量马身高度的单位是“捋”（hand），约为 4 英寸(10.16 厘米)。

会说他没看到什么值得笑的事情。不过，虽然他没有公开承认过，但他和鲍克瑟结下了深厚的友谊。星期天的时候他们俩总是在果园那头的小牧场消磨时间，并排低着头吃草，一切尽在不言中。

两匹马刚躺下来，一群没有了妈妈的小鸭子们就列队走进谷仓。它们怯生生地呱呱呱叫嚷着，踌躇地徘徊着，想找一处不会被别的动物踩到的地方。克洛弗用两条前腿为他们筑起了一道护墙，小鸭子们蜷缩在她的怀抱中，很快就睡着了。最后一刻，给琼斯先生拉二轮小马车的莫莉——那头傻气贪美的白色母马——花枝招展地走了进来，嘴里咀嚼着一块方糖。她在靠近前排的地方坐了下来，开始摆弄白色的鬃毛，希望让别人注意到上面那根红色的缎带。最晚到的是猫，和往常一样，她左顾右盼，寻找最温暖的地方，然后挤进鲍克瑟和克洛弗的中间，舒舒服服地打起呼噜——老少校的演讲到底说了些什么，她从头到尾一个字也没有听进去。

所有的动物都到齐了，只有那只豢养的乌鸦摩西没有来，他在后门的一根栖木上睡觉。老少校看到大家都已经舒服地就座，而且热切地期待着他发言，便清了清喉咙，开始说道：

“同志们，你们已经听说了，昨晚我做了一个奇怪的梦，但待会儿我再讲述梦的内容。首先，我想说的是别的事情。同志们，我知道我和你们在一起的时间没有几个月了，在我死之前，我觉得有义务将我的智慧和你们分享。我活了很久，在我独自躺在猪栏里的时候，我有许多时间进行思考。我想，或许我有资格说，我洞悉了这个世界上生活的本质，不比任何活着的动物差。我想告诉你们的就是这个。

“同志们，生活的本质到底是什么？让我们面对现实：我们的生活很悲惨，很辛苦，很短暂。我们被生下来，我们得到的食物只够我们苟延残喘，我们当中有能力的会被驱使干活，直到耗尽最后一丝力气。我们一旦失去了用途，马上就会被残忍地屠宰。在英国，任何一岁大的动物都不知道什么是快乐或闲暇。在英国，没有一只动物享有自由。动物的生活就是苦难和奴役：这就是直白的真相。

“但这是出于自然界的规律吗？是因为我们的土地如此贫瘠，无法让这里的动物享受舒适的生活吗？不，同志们，我一千个不同意！英格兰土地肥沃，气候温和，可以提供充足的粮食，供比现在多得多的动物享用。单是我们这座农场就足以养活十二匹马、二十头奶牛、数百头绵羊——我们很难想象这些动物可以多么舒服而有尊严地活着。那么，为什么我们活得这么痛苦？因为几乎一切我们的劳动所得都被人类偷走了。同志们，这就是问题的答案。总结起来就一个字——人。人是我们唯一的、真正的敌人。将人驱逐出去，饥饿和苦难的根源就将被彻底铲除。

“人是唯一只会消费，却不会产出的动物。他不会产奶，不会下蛋，没有力气拉犁，跑起来连兔子都追不到，但他却是一切动物的主宰。他驱使动物们干活，只给动物们最少分量的食物，让他们不至于饿死，将其他的收成占为己有。我们用劳动耕种土地，我们的粪便滋润了土地，但是，我们一个个都饿得饥肠辘辘。我面前的奶牛们，今年你们产出了多少牛奶？得有好几千加仑吧？这些牛奶原本应该用来哺育小牛，让他们茁壮成长，但牛奶到哪儿去了？每一滴牛奶都流入了我们敌人的喉咙。母鸡们，今年你们下了多少蛋？这些蛋有多少孵出了小鸡？其他的鸡蛋被卖到市场，所得的钱被琼斯和他的帮工们瓜分了。还有你，克洛弗，你生的那四头马驹哪儿去了？你原本还指望到老的时候靠他们赡养，给你慰藉呢。每头马驹到了一岁就被卖掉——你再也没见过它们。你生了四胎，而且还在田里干活，而你得到了什么回报？除了勉强喂饱肚子的饲料和马厩之外，还有什么？

“即使生活这么悲惨，我们也无法安享天年。我不能抱怨自己的情况，因为我很幸运。我十二岁了，有过四百多个孩子，这才是一头猪的自然寿命。但没有动物最后能逃过残忍的屠刀。你们，坐在我面前的肉猪们，一年后你们都将在猪栏里声嘶力竭地惊叫。可怕的命运将降临到大家身上——奶牛、猪、母鸡、绵羊，所有动物都一样。即使是马和狗也没有好下场。你，鲍克瑟，到你浑身的肌肉丧失力气的那一天，琼斯就会把你送到屠马场，他会砍断你的脖子，把你煮熟当猎狐犬的饲料。至于你们这群狗，当你们年纪大了，牙齿掉光了，琼斯就会往你们的喉咙上绑一块砖头，拉到附近的池塘里活活淹死。

“同志们，难道这还不够明白吗，我们生命中所有的不幸，都是拜人类的残暴统治所赐！只有消灭人类，我们劳动的所得才能归我们所有。我们几乎可以在一夜之间获得财富与自由。那么，我们必须怎么做？日夜努力，全身心努力，为推翻人类的统治而奋斗！同志们，这就是我要对你们说的话：起义！我不知道起义何时会到来，可能是一个星期，也可能是一百年，但我知道，就像我看到脚下的干草一样千真万确，迟早正义将会到来。同志们，在你们所剩下的短暂日子里，睁大你们的眼睛吧！最重要的是，将我的话传达给你们的下一代，让未来一代代动物坚持斗争，直到获得胜利。

“同志们，请记住，你们决不能动摇决心，不能让任何思想将你们引向歧途。当有人告诉你们，人类和动物其实利益一致，一方的繁荣即是另一方的繁荣时，不要相信他们，这些都是谎言。人类只会为自己谋求利益。我们动物要团结一致，以坚定的同志情谊进行斗争。所有的人类都是敌人，所有的动物都是同志。”

这时候传来了一声尖叫。原来老少校在讲话时，四只大老鼠从洞穴里溜了出来，坐在地上倾听他的发言，突然被那几只狗看见了，要不是老鼠们跑得快躲进洞穴里，命都可能没有了。老少校抬起蹄子，示意安静。

“同志们，”他说道，“有一点我们必须弄清楚：那些野生动物，比方说老鼠和兔子——他们是我们的朋友还是敌人？我们将投票决定。我提议大会表决这个问题：老鼠是同志吗？”

投票很快结束，绝大多数的动物同意老鼠是同志，只有四票反对，分别是那三只狗和那只猫，后来发现，猫两边都投了票。老少校继续说道：

“我没有别的要说了。我要再次重申，一定要牢牢记住，你们要痛恨人类和他们的一切行为。任何两条腿走路的，都是敌人；任何四条腿走路的，或长翅膀的，都是朋友。记住，在与人类的斗争中，我们绝不能变得和他们一样。即使你们战胜了人类，也不能沾上他们的恶习。任何动物都不得住在房子里，或睡在床上，或穿上衣服，或喝酒抽烟，或接触金钱，或从事贸易。人类的所有行为都是邪恶的。最重要的是，任何动物都不得对自己的同类施暴。无论强壮或软弱，聪明或愚笨，我们都是兄弟姐妹。任何动物都不得杀害其他动物。所有的动物都是平等的。

“现在，同志们，我将告诉你们昨晚我所做的梦。我不知道该怎么形容。我梦到了人类消失后世界的情形。这个梦唤醒了我原本早已忘记的事情：许多年前，那时我还是一只小猪，我的母亲和其他母猪经常唱一首古老的歌谣，但它们只会旋律和头三个单词。从小我就会哼唱这首歌谣，但一早就已经忘记了。但是，昨晚这首歌谣又在梦里浮现，而且连歌词也记得了——我确信就是很久之前动物们所唱的歌词。这首歌已经失传了好几代。同志们，现在我将为你们唱这首歌。我老了，声音沙哑了，但等你们学会了，就可以自己唱得更好听。这首歌名叫《英格兰兽》。”

老少校清了清喉咙，开始唱歌。正如他所说的，他的声音很沙哑，但唱得还蛮好听。歌曲的旋律很振奋激昂，有点像儿歌《克莱门汀》和墨西哥民歌《蟑螂》。歌词如下：

“英格兰的鸟兽们，爱尔兰的鸟兽们，
来自四方各地的鸟兽们，
请倾听我快乐的歌唱，
赞颂那美好的未来。

那一天迟早会实现，
暴虐的人类将被推翻、
英国肥沃的土地，
将只有我们鸟兽生长。

我们的鼻子不再穿着兽环，
背上不再会有马鞍，
嚼子和马刺不复存在，
残酷的鞭子永不噼啪作响。

我们的财富将超越想象，
小麦和大麦、燕麦和干草、丁香和豆子，还有那甜菜，
到那天将是我们的美餐。

光明照耀着英国，
泉水将更加清冽，
轻风将更加舒适，
我们获得了解放。

为了这一天我们将不懈努力，
付出生命也在所不惜，
奶牛和马匹们、鹅和火鸡们
让我们为了自由而奋斗。

英格兰的鸟兽们，爱尔兰的鸟兽们，
来自四方各地的鸟兽们，
请倾听传播我的歌唱，
赞颂那美好的未来。”

听着这首歌，动物们激动万分。还没等老麦哲唱完，他们已经自己开始吟唱。即使是最愚笨的动物也已经学会了旋律和几句歌词，至于那些聪明的动物，比方说猪和狗，几分钟内他们就学会了整首歌。接着，在试唱了几遍之后，整座农场响起了《英格兰兽》嘹亮整齐的大合唱。奶牛们哞哞哞地唱，狗们汪汪汪地唱，绵羊们咩咩咩地唱，马们咴咴咴地唱，鸭子们嘎嘎嘎地唱。他们很喜欢这首歌，一连唱了五遍，如果不是被打断的话，可能整晚都会唱下去。

不幸的是，喧闹声吵醒了琼斯先生，他跳下床，认定院子里来了一只狐狸。他拿起总是摆在卧室墙角边的枪，朝夜色中连开了六枪。子弹射中了谷仓的墙壁，动物们的聚会只得匆匆解散。大家逃回各自睡觉的地方。家禽们飞上窝里，牲畜们躺在干草堆上，不一会儿，整座农场陷入了沉睡。

二

三天后，老少校在睡梦中安详逝世，遗体被埋葬在果园里。

这是三月初的事情。接下来的三个月，动物们展开了频繁的秘密活动。老少校的讲话让农场里那些比较聪明的动物获得了崭新的世界观。他们不知道老少校预言的起义何时会爆发，他们认为起义不会在他们的有生之年发生，但他们清楚地知道自己有责任为起义进行准备。教育和组织其他动物的责任落在了猪的身上，这是天经地义的事情，因为他们被公认为最聪明的动物。有两只年轻的公猪是同侪中的佼佼者，一头名叫斯诺鲍，另一头名叫拿破仑，都是琼斯先生准备养来卖的。拿破仑是农场里唯一的巴克夏公猪，体形庞大，样貌凶恶，言语不多，以行事专横独断而出名。斯诺鲍要比拿破仑更活泼一些，说话要快一些，想法多一些，但城府没有拿破仑那么深。农场里的其他猪都是肉猪，最出名的是一头小肥猪，名叫斯奎拉，长着胖嘟嘟的面颊和一双亮晶晶的眼睛，行动很敏捷，声音却很尖厉。他伶牙俐齿，当争辩一个话题时，他会跳过来跳过去，晃动着小尾巴，增强他的说服力。大家都说斯奎拉可以把黑的辩成白的。

这三头猪将老少校的教导发展成一套完整的理论，命名为“动物主义”。一星期有几个晚上，在琼斯先生睡着之后，他们会在谷仓里召开秘密会议，向其他动物阐明动物主义的原则。一开始他们遇到了愚笨而冷漠的反应。有的动物居然说要忠诚于琼斯先生，他们称琼斯先生为“主人”，傻乎乎地说什么“琼斯先生养育了我们。如果他不在了，我们都会饿死的”。其他动物则提出问题，像“为什么我们要在乎死后的事情呢？”或“如果起义迟早都会发生，我们奋斗与否又有什么关系呢？”三头猪很难让他们明白这有悖于动物主义的精神。最愚蠢的问题都是那头白母马莫莉提出来的，她问斯诺鲍的第一个问题是：“起义之后还有方糖吃吗？”

“没有。”斯诺鲍坚定地回答，“这个农场没有制糖的工具。而且，你不需要吃糖，你会有享之不尽的燕麦和干草。”

“那我还能不能在鬃毛上装饰缎带呢？”莫莉又问道。

“同志，”斯诺鲍说道，“你所关心的那些缎带是奴隶的象征。你难道不明白，自由比缎带更重要？”

莫莉同意了，但她的语气并不是那么肯定。

三头猪更大的困难，是澄清那只家养的乌鸦摩西散布的谣言。摩西是琼斯先生的宠物，整天都在告密和散布谣言，但他说起话来头头是道。他声称自己知道有一个神秘的国度叫“糖果山”，所有的动物死后都会去那里。据摩西所说，糖果山位于天空中的某处，比云朵还要高。在糖果山，一周七天都是星期天，一年四季都有苜蓿草，篱笆上长满了方糖和亚麻籽饼。动物们都痛恨摩西，因为他老是在搬弄是非，从来不干活，但有的动物相信有糖果山，三头猪苦口婆心地劝告他们根本没有这么一处地方。

他们最虔诚的信徒是两匹拉车的马，鲍克瑟和克洛弗。这两匹马自己琢磨不出任何想法，但自从有了猪担任他们的导师之后，他们接受了一切理念，并以简单明了的方式传授给其他动物。他们从不缺席谷仓里的秘密会议，在会议结束前，总是带头唱《英格兰兽》这首歌。

结果，革命要比任何动物所预料的都发生得更早，而且更顺利。过去几年来，虽然琼斯先生是个苛刻的主人，但不失为能干的农场主。但最近他很不走运，打官司输了钱，变得意气消沉，而且酗酒无度。有时他会整天坐在厨房里的温莎式扶手椅上，一边读报纸一边喝酒，时不时用面包屑蘸啤酒喂摩西吃。他的帮工无所事事，谎话连篇。田里长满了杂草，房子的屋顶需要修葺，篱笆坏了也没人修，动物们连饭都吃不饱。

时至六月，干草差不多可以收割了。在仲夏节[①]的前夜，那天是星期六，琼斯先生去了威灵顿，在红狮酒吧喝得醉醺醺的，直到星期天中午才回到农场。帮工们早上给奶牛挤了奶，然后就去打野兔，忘了给牲畜喂饲料。琼斯先生回来后，立刻就在客厅的沙发上睡着了，拿一份《世界新闻报》盖住自己的脸，因此，直到夜幕降临，动物们还没有吃东西。最后，他们不堪忍受。一头奶牛用牛角顶破粮仓的大门，所有的动物都从储粮桶里尽情享用食物。这时琼斯先生醒了，他和四个帮工拿着皮鞭冲到粮仓里，四处挥鞭乱打。饥肠辘辘的动物们忍无可忍，虽然事先根本没有计划，但他们一齐冲向这几个一直在虐待他们的人类。琼斯和他的帮工突然间发现，他们被来自四面八方的动物抵撞踢打，局势全然失去了控制。他们从未见过动物们反抗，那些动物原本只会默默地忍受鞭笞和虐待，现在竟然造反了！他们吓得魂飞

① 仲夏节：英国传统节日，时间为六月底或七月初夏至当周的星期六。

魄散，不一会儿就放弃了抵抗，仓皇逃走。紧接着，五个人顺着马车行走的小路逃到大路上，动物们以胜利者的姿态在后面穷追不舍。

琼斯夫人从卧室的窗户朝外面张望，看到发生的那一幕，匆匆忙忙将几件贵重东西丢进皮包里，抄小路溜出了农场。摩西从鸟窝里飞出来，扑腾着翅膀跟在她后面，哑声哑气地尖叫着。与此同时，动物们将琼斯和他的帮工驱逐到大路上，然后关起有五道栅栏的大门。就这样，还没等他们意识到发生了什么事，起义已经获得胜利：琼斯被赶跑了，曼纳农场现在是他们的了。

最初几分钟动物们不敢相信运气竟然这么好。他们做的第一件事就是绕着农场转了一圈，似乎是为了查明有没有人类躲藏在某个地方。然后他们冲进农场的各座建筑，将深恶痛绝的琼斯统治过的痕迹统统清除掉。马厩尽头的鞍具室被撞开了，马嚼、鼻环、狗链和琼斯先生用来骟猪和骟羊的小刀统统被丢到水井里面，他们还在院子里生起一堆火，将缰绳、笼头、遮眼罩、有辱尊严的口套式马粮袋连同皮鞭扔到火堆里当垃圾烧掉。看到火焰吞没了皮鞭，所有的动物欢呼雀跃。斯诺鲍还将集市日挂在马鬃和马尾上的缎带也丢进火堆里。

他宣称："缎带和衣服一样是人类的特征。所有的动物都应该一丝不挂。"

鲍克瑟听到了这番话，拿出夏天时戴的小草帽——这顶帽子夏天时可以防止蚊蝇飞进耳朵里——将它也扔进火堆。

不一会儿，动物们就将一切让他们想起琼斯先生的事物销毁得一干二净。接着，拿破仑带领他们回到粮仓，每只动物分到了双倍分量的玉米，每只狗分到两块饼干。接着，他们高唱《英格兰兽》，一连唱了七遍，然后安然入睡，似乎他们以前从没有好好睡过觉。

天亮时他们和往常一样醒来，突然记起已经发生的那件光荣事迹，一起冲进了牧场。在牧场不远的地方有一处土丘，俯瞰着整座农场。动物们冲到土丘顶上，在明媚的晨光中瞭望周围的景致。是的，一切都是他们的——他们所看到的一切都是他们的！他们兴高采烈地雀跃欢跳着，在晨露上打滚，畅快地啃食着甜美的夏草，踢起黑土，嗅闻着大地馥郁的气息。然后他们巡视整座农场，默默地赞美着耕地、草料场、果园、水塘和小树林。他们似乎从未见过这里的景致，即使到了现在，他们也不敢相信自己成为农场的主人了。

接着，他们列队回到农舍，走到农场主屋的门口时，他们停下了脚步。大家都沉默着。这座房子现在也是他们的了，但他们不敢走进去。过了一会儿，斯诺鲍和拿破仑用肩膀将门撞开，一只接一只，动物们小心翼翼地走进屋里，惟恐惊动到里面。他们踮着脚尖从一间房走到另一间房，只敢悄悄地耳语，敬畏地瞻仰着难以想象的奢华：铺着鹅毛垫子的床、镜子、马毛沙发和布鲁塞尔地毯、客厅壁炉上方的维多利亚女王肖像画。走下楼梯时他们发现莫莉不见了，于是折了回去，发现莫莉仍留在最舒适的卧室里。她从琼斯太太的梳妆台上拿了一条蓝色的缎带，正挂在肩膀上，对着镜子傻兮兮地搔首弄姿。大家严厉地斥责她，然后出去了。厨房里吊着的火腿肉被取下来准备埋掉，鲍克瑟一蹄子踢翻了碗碟洗涤间里的啤酒桶，屋子里的其他东西都原封不动。他们达成了一致共识，农场主屋将被保留为博物馆，大家都同意没有动物可以住进里面。

动物们吃完早饭后，斯诺鲍和拿破仑又把大家召集在一起。

“同志们，”斯诺鲍说道：“现在是六点半，我们还有很多时间。今天我们将开始收割干草，但还有另一件事需要先解决。”

几头猪向大家透露，在过去的三个月里，他们自学成材，已经能读书写字。教材是一本旧单词拼写课本，原本是琼斯先生的孩子们的课本，后来被丢进了垃圾堆里。拿破仑命令其他动物搬来黑色和白色的油漆，带着大家走到通往大路的那道五栅大门。接着，斯诺鲍(他最擅长写字)用猪蹄的两趾夹起刷子，将大门顶部的“曼纳农场”几个字涂掉，再写上“动物农场”四个大字。从此，这将是农场的名字。然后他们回到农舍，斯诺鲍和拿破仑让其他动物搬来一架梯子，架在大谷仓的端壁上。他们解释说，经过三个月的研究，他们将动物主义的原则总结为“七诫”。这“七诫”将会书写在墙上，作为不可变更的律令，今后动物农场的所有成员都必须遵守。斯诺鲍艰难地爬上梯子(一头猪要在梯子上保持平衡可不容易)，开始写字，斯奎拉在下面端着油漆桶。“七诫”用白色的油漆写在黑漆漆的沥青墙壁上，三十码外都可以看得很清楚，内容如下：

“七 诫”

一、所有两条腿走路的都是敌人。

二、所有四条腿走路，或有翅膀的都是友朋。

三、动物们不得穿衣。

四、动物们不得睡床。

五、动物们不得饮酒。

六、动物们不得互相残杀。

七、所有动物皆平等。

字写得很漂亮，除了“朋友”写成了“友朋”和一处笔划写反了之外，整篇“七诫”没有其他错别字。斯诺鲍大声地向其他动物朗读内容，大家都点头表示完全同意。聪明一些的动物立刻开始默记“七诫”。

斯诺鲍扔掉刷子：“同志们，现在我们到草料场去！让我们光荣地证明，我们能比琼斯和他的帮工更快地收割好草料。”

不过这时那三头奶牛开始大声地叫唤起来，刚才她们看上去就不是很对劲，原来她们已经二十四小时没被挤过奶，乳房几乎快胀爆了。几头猪想了一下，让别的动物找来几个奶桶，然后成功地帮奶牛把奶挤了出来，他们的蹄子非常适合干挤奶的活儿。很快，五个奶桶里装满了泛着泡沫、黏稠滑腻的牛奶，许多动物看到了都垂涎三尺。

“这些牛奶该怎么处置？”有的动物问道。

“琼斯有时会往我们的饲料里掺一些牛奶。”一只母鸡说道。

“不要理会牛奶了，同志们！”拿破仑站在五个奶桶前面，“这个过后再说。收割工作更加要紧。斯诺鲍同志会带领你们，我随后就到。前进吧，同志们，干草在等着你们呢。”

于是动物们来到草料场开始收割干草，等到晚上他们回来时才发现，牛奶已经不见了。

三

动物们汗流浃背几经辛苦收割了干草！但他们的辛苦得到了回报，因为收成要比他们原先希望的多得多。

有时，工作确实很辛苦。那些工具都是为了人类，而不是为了动物而设计的，而且有的工具需要用后面两条腿站立才能使用，动物们根本用不了。但猪们很聪明，他们总能想出办法解决任何难题。而那几匹马熟悉每一寸土地，事实上，他们比琼斯和他的帮工更懂得耙地割草。猪们没有参与劳动，而是指导监督其他动物干活。他们这么聪明，理所应当承担起领袖的责任。鲍克瑟和克洛弗自己拉着割草机马耙（现在当然不用戴上缰绳），在地里踩着沉重的步伐一匝又一匝地走着，一只猪跟在他们身后，嘴里叫嚷着，“向前走，同志！”或“往后退，同志！”每一只动物都帮忙翻弄和收集干草，连鸭子们和母鸡们也整天在烈日下帮忙，嘴里叼着一小撮干草尽点心力。最后，他们比琼斯和他的帮工在的时候提前两天完成了收割工作。而且，这是农场历史上最大的丰收，根本没有浪费，因为母鸡们和鸭子们视力很敏锐，连最细小的草秆掉落都看得见。没有一只动物偷吃哪怕一口粮食。

整个夏天农场运作得像发条时钟一样有条不紊，动物们从未像现在这么开心过。每一口食物都那么甘甜，现在这些都是他们自己的食物，他们自食其力，而不是仰赖吝啬的主人施舍。没有了那些寄生虫一样的人类，每只动物的饲料都增加了，而闲暇的时间也多了，虽然他们还不大习惯这样的生活。他们遇到了许多困难——比方说，那一年稍晚一些时候收割谷物时，因为农场里没有打谷机，他们只能以古老的方式将谷糠踩掉，然后吹气将其吹走。但凭借着猪的智慧和鲍克瑟的力气，他们总是能克服难关。每只动物都十分钦佩鲍克瑟，琼斯在的时候他已经很努力地工作，而现在他一匹马就抵得上三匹马。有的时候，整座农场的工作似乎都落在他强健的肩膀上，从早到晚他不停地干活，干得总是最辛苦的工作。他和一只小公鸡约好了，每天早上比别的动物早一个小时叫醒他，在一天正式工作开始之前到最需要的岗位上义务劳动。无论遇到什么问题或挫折，他的回答总是：“我要更加努力工作！”这句话成了他的座右铭。

但每一只动物都在尽自己的能力工作。比方说，母鸡们和鸭子们将散落的谷粒给收集起来，挽救了五蒲式耳的收成。没有动物偷吃，没有动物抱怨自己分配的份额，原本司空见惯的争吵、撕咬和妒忌的生活情景如今几乎绝迹了。没有动物逃避工作——几乎没有。的确，莫莉早上起不来，而且总是很早就放工，理由是她的蹄子里卡了一块石头。那只猫的行为有点古怪，很快大家就发现只要有活儿要干，她就不见了踪影。她会一连消失好几个小时，到了晚上下班或吃饭的时候又出现了，似乎什么事情也没有发生。但她总是有好借口，深情款款地喵喵喵叫唤着，很难怀疑她动机不纯。革命之后，那头驴子老本杰明似乎还是那副德性，总是倔强而慢悠悠地干着自己的活儿，似乎还生活在琼斯统治的时代，从不逃避工作，但也从不主动多干点活儿。他对起义及其结果不置可否。当有动物问他，琼斯被赶跑后他是不是更加幸福了，他只是回答："驴子的寿命很长，你们根本没见过一头死驴呢。"其他动物只能无奈地接受这个含糊的答案。

星期天不用工作。早饭比平时晚了一个小时，吃完早饭后会举行纪念仪式，每周如是，从未间断。首先是升旗仪式。斯诺鲍在鞍具房里找到琼斯太太的一块绿色旧桌布，用白色颜料在上面画了一个蹄子和一个角，每个星期天早上会在农舍菜园里的旗杆边上举行升旗仪式。斯诺鲍解释说，绿色的旗帜象征英格兰的绿色农田，而蹄子和角则代表了将来推翻人类后成立的动物共和国。升旗结束后，动物们来到大谷仓召开全体会议，名字就叫做“大会”。大会将制定下一周的工作，提出议案并进行讨论。提出议案的总是那几只猪，其他动物知道如何投票，但从来不知道该怎么提出自己的议案。斯诺鲍和拿破仑是讨论中最积极的成员。但大家发现，这两头猪永远无法达成共识：无论哪一方提出什么建议，另一方一定会提出反对意见。即使问题得到了解决——有的议题没有动物能提出反对意见；比如说，在果园后面开辟一小块牧场，供退休的动物居住——但在每种动物的退休年龄这一问题上却发生了激烈的争辩。大会总是在高唱《英格兰兽》中结束，下午则是休息和娱乐的时间。

那些猪将鞍具房设为自己的总部。每到晚上他们研究冶炼、木工和其他必要的技术，书是从农场主屋里面找到的。斯诺鲍还将其他动物组织到他称之为“动物委员会”的各类机构。他乐此不疲，为母鸡们组织了“下蛋委员会”，为奶牛们组织了“干净尾巴联盟”，创立了“野生同志再教育委员会”（这个机构的目的是驯服老鼠和野兔），为绵羊们组织了“羊毛更洁白运动”，以及许多其他机构，还创建了读书写字班。大体上这些计划都行不通。比方说，试图驯服野生动物的尝试很快就以失败告终。那些野生动物还是一如既往，当被示以善意时，只会从中捞点好处。那只猫加入了“再教育委员会”，有一段时间非常活跃。有一天，其他动物看到她坐在屋顶上，和几只麻雀在说话，麻雀们离她远远地。她告诉麻雀们，所有的动物现在都是同志，她欢迎麻雀到她的爪子上栖息，但麻雀们警惕地保持着距离。

不过，读书写字班倒是办得很成功。到了秋天，几乎每一只动物都粗通文墨了。

至于那几头猪，他们已经通晓语言，几只狗都学会了阅读，但除了“七诫”之外对其他内容根本不感兴趣。山羊穆丽尔读得比狗还好，晚上有时会从垃圾堆里找来报纸，读给其他动物听。本杰明读得不比任何猪差，但从不运用自己的本领。据他所说，他觉得没有什么内容值得阅读。克洛弗学会了全部字母，但拼不出单词。鲍克瑟学到字母 D 就学不下去了。他会用巨大的马蹄在泥土里写出 A、B、C、D，然后竖着耳朵端详着这几个字母，有时会晃一下额头上的毛发，冥思苦想下一个字母是什么，但怎么也想不起来。事实上，有好几次，他学会了 E、F、G、H，但当他学会了这几个字母时，A、B、C、D 又给忘记了。最后，他决定能掌握前四个字母就心满意足了，每天会书写一到两次，以免遗忘。莫莉只肯学拼写自己名字的那几个字母，用小树枝摆得很漂亮，还装饰了一两朵小花，然后绕着这几个字母啧啧赞赏。

农场里的其他动物只能学会字母 A，那些比较笨的动物，比如绵羊、母鸡和鸭子，连“七诫”都记不住。斯诺鲍绞尽脑汁，最后宣布“七诫”可以被简单化为一条至理名言：“四条腿好，两条腿不好。”他说这句话凝聚了动物主义的根本原则，只要理解这句话，就可以免受人类的影响。禽类动物首先提出反对，他们觉得自己也是两条腿的动物，但斯诺鲍告诉它们事实并非如此。

他说：“同志们，鸟的翅膀是提供推动力的器官，而不是用来摆弄东西的，因此翅膀就像两条腿一样。人的特征是他们有手，他们用手干尽了坏事。”

其实家禽们不理解斯诺鲍的长篇大论，但他们接受了他的解释。那些愚笨的动物开始默记新的格言。“四条腿好，两条腿不好”被写在了谷仓端壁“七诫”的上面，字体更大。绵羊们记住了这句名言，对其非常欣赏，经常躺在田里咩咩地叫着“四条腿好，两条腿不好！四条腿好，两条腿不好！”他们可以一连几个小时乐此不疲地叫个不停。

拿破仑对斯诺鲍的委员会不感兴趣。他说教育下一代比教育已经长大的动物更重要。刚好，收割完干草后，杰西和布鲁贝尔同时临产，生了九只健壮的小狗。他们一断奶拿破仑就将他们从妈妈身边带走，理由是他会负责他们的教育。他把小狗们带到鞍具房的阁楼上，只有用梯子才能上去。几只小狗被隔离了起来，很快其他动物就忘记了他们的存在。

牛奶的失踪疑团很快解开了。每天，猪的饲料里都会掺点牛奶。最早一批苹果开始熟了，果园的草地上点缀着被风吹落的果实。动物们都理所当然地认为这些苹果会被公平地分配给大家。但是，有一天，一道命令宣布，所有的苹果将被统一收集后放到鞍具房供猪们享用。有的动物对这件事议论纷纷，但并没有用。所有的猪都同意这么做，连斯诺鲍与拿破仑也没有争吵。他们派斯奎拉向其他动物解释。

“同志们！”他高喊道，“我希望你们不会认为我们猪这么做是出于自私，或是在享受特权。其实，我们很多猪并不喜欢喝牛奶或吃苹果。我自己就不喜欢。我们要这些东西，纯粹是为了保持身体健康。牛奶和苹果(同志们，这是经过科学证实的)含有对猪的健康非常重要的营养成分。我们猪是脑力劳动者，这座农场所有的管理和组织都维系在我们身上。我们日日夜夜关心着你们的福祉，为了你们我们才喝那些牛奶，吃那些苹果。如果我们没办法做好工作，你们知不知道会发生什么事情？琼斯会卷土重来！是的，琼斯会杀回来！这是千真万确的，同志们！”斯奎拉以近乎恳求的语气叫嚷着，上蹿下跳摇晃着尾巴，“难道你们希望看到琼斯回来吗？”

如果说有一件事全体动物都毫无异议，那就是：他们不希望琼斯回来。一旦这一点被挑明，他们便无话可说了。让那几头猪保持健康实在是太重要了，因此，大家不再有任何意见，牛奶和风吹落的苹果（包括苹果成熟后的收成）都应该专门留给猪们享用。

四

到了夏末，动物农场发生的事情传遍了半个英国。每天斯诺鲍和拿破仑都会派出信鸽，他们的任务是飞到别的农场，向那里的动物宣传起义的事迹，并教会他们唱《英格兰兽》这首歌。

大部分时间琼斯先生在威灵顿的红狮酒吧里呆坐着，向别人抱怨他所遭遇的不幸，居然被一群一无是处的动物逐出了自己的地产。其他农场主都很同情他，但起初他们并没有伸出援手。每个人都悄悄地盘算着能否从琼斯的不幸中捞点好处。幸运的是，毗邻动物农场的另外两座农场关系一直不是很好。其中一座名叫福克斯伍德农场，地方很大，但几乎没人料理，经营的方式也很落后，长满了荒林，牧场的肥力都耗尽了，篱笆也都破破烂烂的。农场主皮尔金顿是个随和的绅士，大部分时间都在钓鱼，或随季节变化进行狩猎。另外一座名叫平切菲尔德农场，面积比较小，但打理得好一些。农场主弗莱德里克是个精明能干的人，总是和别人打官司，锱铢必较是出了名的。这两人都不喜欢对方，任何事情都无法达成一致意见，即使事关捍卫自己的利益。

但是，这两人都被动物农场的起义吓坏了，很担心自家农场里的动物会有样学样。一开始，他们口不对心地嘲笑说，动物根本不可能自己管理好农场，他们说不到半个月事情就会结束，还断言曼纳农场（他们坚持用“曼纳农场”这个名字，坚决不叫它“动物农场”）会起内讧，而且很快就会爆发饥荒。半个月过去了，动物们显然并没有饿死。弗莱德里克和皮尔金顿又换了口风，开始攻讦动物农场里盛行种种恶行。他们说那些动物同类相食，用烙红的马蹄铁虐待对方，还实行共妻主义。两人都说这就是动物起义的结果，完全有悖自然法则。

但是，没有人相信他们所说的话。大家都在讨论一座神奇的农场，人类被赶跑了，动物们实现了自治。消息越传越开，众说纷纭，那一年在乡村地区爆发了一波起义。原本很温顺的公牛们变得狂暴难驯；绵羊们冲破篱笆，吃光了苜蓿；奶牛们踢翻奶桶；专门用来狩猎的马们也不肯乖乖地跳过障碍，反而将骑师们甩到地上。更要命的是，《英格兰兽》的旋律和歌词传播如此迅速，已经变得家喻户晓。听到这首歌的时候，人类怒不可遏，但他们假装认为这只是一出闹剧。他们说想不通动物们为什么愿意唱这么一首蹩脚可耻的歌曲。任何动物如果被发现唱这首歌，会当场被打一顿板子。但是，这首歌还是传开了。画眉鸟在树篱上啾啾啾地歌唱，鸽子们在榆树上咕咕咕地歌唱，连铁匠们叮叮当当的打铁声和教堂的钟声也被这首歌所感染。听到这首歌时人类不由得暗自浑身战栗，从中听到了他们即将步入毁灭的预言。

十月初，玉米收割完堆放好了，有一些已经脱了粒。一排鸽子在空中盘旋着，飞落在动物农场的院子里，看上去十分激动。琼斯和他的帮工们，连同来自福克斯伍德农场和平切菲尔德农场的几个人已经冲破了五栅大门，正沿着马车小路朝农场攻来。他们都拿着棍棒，而琼斯走在前面，手里端着一把枪。显然，他们试图夺回农场。

动物们一早就预料到这种事会发生，做好了迎战准备。斯诺鲍曾在农场主屋里找到一本旧书，内容是关于尤利乌斯·恺撒大帝[①]的著名战役，他进行了研究，负责此次保卫战的指挥。他立刻下达命令，几分钟后，所有的动物都准备就绪。

---

① 尤利乌斯·恺撒大帝(Julius Caesar，公元前100年至公元前44年)，古罗马政治家及军事家，奉行独裁，促使古罗马共和国转变为古罗马帝国，后遇刺身亡。

那几个人冲进农舍时，斯诺鲍发动了第一波进攻。所有的鸽子，大约有三十五只，在他们的头上盘旋，朝他们拉屎。乘着他们忙于应付鸟屎时，一群躲在篱笆后面的鹅冲了出来，恶狠狠地啄着他们的脚腓。但是，这只是前哨战，目的是制造一点小混乱。几个人轻松地用棍棒将鹅们赶跑。斯诺鲍发动了第二波攻势。穆丽尔、本杰明和所有的绵羊在斯诺鲍的带领下，冲上前线，从四面八方撞击踢打人类。本杰明调转身子，用小驴蹄踢着他们。但人类的棍棒和平头钉靴子实在是太强大了，斯诺鲍突然一声尖叫，这是撤退的信号，所有动物转身逃离，沿着小路撤到院子里。

那几个人胜利地欢呼着，和他们所想象的一样，敌兽们望风而逃了，他们乘胜追击，但阵势大乱，正中斯诺鲍的下怀。当几个人来到院子里时，原先躲在暗处的三匹马、三头奶牛和其他猪突然从后面包抄，切断了他们的退路。斯诺鲍发出进攻的信号，自己一猪当先冲向琼斯。琼斯看到斯诺鲍朝他冲来，举起手中的枪开火了。子弹擦伤了斯诺鲍的脊背，留下几道血痕，一只绵羊倒地而亡。斯诺鲍没有停步，十五石[①]的身躯撞向琼斯的脚。琼斯踉跄几步跌在一堆粪便

① 石（stone），英国重量单位，合 14 英磅。

上，枪也丢掉了。最英勇的动物是鲍克瑟，他以后腿站立，像神骏的千里马一样用硕大的马蹄铁朝敌人攻击。第一击踢中了来自福克斯伍德农场的马夫的头，他软趴趴地倒在泥地上。看到这一幕，几个人丢下棍棒，没命地逃跑。他们惊恐不已，所有的动物绕着院子穷追不舍。他们被踢咬踩踏，每只动物都不愿意错过这个报复的好机会，连那只猫也突然从屋顶跳下来，搭在一个挤奶工的肩膀上，用爪子抓伤他的脖子，他疼得没命地叫嚷着。看到大门处没有动物阻拦，他们逃出院子，径直奔大路而去。入侵只维持了五分钟，他们就可耻地顺着原路逃之夭夭，一群鹅在后面一路尖叫着啄啃他们的脚腓。

只剩下一个人没能逃跑。鲍克瑟用马蹄扒拉着那个脸朝下倒在泥地上的马夫，想把他翻过来，但他一动不动。

“他死了。”鲍克瑟难过地说道，“我原本不想杀害他的。我忘记自己穿着马蹄铁，谁会相信我真的不是故意杀害他呢？”

“别这么多愁善感，同志。”斯诺鲍说道，他的伤口还在滴血。“战争就是这样，只有死了的人才是好人。”

“我不想伤害生命，即使是人类的生命。”鲍克瑟重复了好几遍，眼里饱含着泪水。

“莫莉哪儿去了？”有的动物叫嚷着。

莫莉的确不见了。大家都很紧张，担心那些人伤害了莫莉，甚至将她劫持走了。最后，他们找到了莫莉。枪声一响她就吓得仓皇而逃，躲在自己的马厩里，把头埋在干草堆里。找到莫莉后大家回到院子里，那个马夫只是晕倒了，已经醒过来逃跑了。

动物们欣喜若狂地聚集在一起，大家都扯着嗓门诉说自己在战斗中的英勇事迹。他们立刻自发举行庆祝，升起了旗帜，高唱了几遍《英格兰兽》。接着，他们为那头被杀的绵羊举行了庄严的葬礼，在她的坟墓上种了一丛山楂。斯诺鲍在坟墓边发表了简短的演说，强调如有必要，所有动物都应该为了动物农场做好牺牲的准备。

全体动物一致同意创建军功表彰系统，当场授予斯诺鲍和鲍克瑟“一级动物英雄”称号。勋章是黄铜做的(实际上，这些是在鞍具房里面找到的旧马饰)，在星期天和节假日可以佩戴。那头死去的绵羊被追授“二级动物英雄”称号和勋章。

关于该如何称呼这场战役，动物们意见纷纷。最后，这场战役被命名为“牛棚战役”，因为牛棚是安设埋伏的地方。他们发现琼斯先生的枪被丢在泥地上，而农场主屋里有子弹，于是他们决定把枪竖在旗杆下面，类似一门大炮，每年鸣枪两回——一次在十月十二号，纪念“牛棚战役”，另一次在仲夏节，纪念动物起义。

五

冬天将近，莫莉变得越来越麻烦。每天早上干活时她都迟到，理由是睡过头了。她总是抱怨有无名肿痛，胃口却很好。她总是找出种种借口离开工作岗位，来到饮水的小池边，傻兮兮地站在那儿端详自己在水里的倒影。但是，有谣言说其实有更严重的事情发生。一天，莫莉轻快地踱着步走进院子里，甩着长长的尾巴，咀嚼着一束干草。克洛弗将她拉到一边。

“莫莉，”她说道，“我有很严肃的事情要跟你说。今天早上我看到你朝篱笆那边的福克斯伍德农场张望。皮尔金顿先生的一个帮工就站在篱笆的另一头。虽然我站在远处，但我可以肯定自己亲眼看到了这一幕——他在对你说话，你还让他碰了碰鼻子。这到底是怎么回事，莫莉？”

“才没有呢！才没有呢！根本没有这回事！”莫莉叫嚷着，开始用蹄子刨着泥土。

“莫莉！看着我的脸。你敢对着我发誓说那个人没有碰你的鼻子吗？”

“根本没有这回事！”莫莉重复着这句话，但她不敢看克洛弗的脸，接着她撒开脚丫跑到田里去了。

克洛弗突然想起了一件事。她没有对别的动物透露任何口风，自己来到莫莉的马厩，用蹄子扒拉着干草堆，发现下面藏着一小堆方糖和几根颜色各异的缎带。

三天后，莫莉失踪了。几个星期来没有动物知道她的下落，后来鸽子们报告说，他们在威灵顿那边见到了她，就站在酒吧外面一辆红黑色两轮小马车的车辕中间。一个臃肿的红脸男子身穿马裤，扎着绑腿，看上去好像是酒吧的老板，正抚弄着她的鼻子，喂她吃方糖。她的毛发刚刚修剪过，前额的毛发上戴着一根深红色的缎带。据鸽子们说，她看上去很开心。从此，其他动物再也没有提起莫莉这个名字。

一月份的时候天气变得格外恶劣。大地被冻得像铁板一样硬，田里面根本干不了活儿。大谷仓里召开了许多次会议，那些猪忙着为春天制订工作计划。大家都同意由猪全权负责农场的事务，因为他们要比其他动物更聪明，但他们的决定必须取得多数赞成票后才能获批。这本来是很合理的制度，但斯诺鲍和拿破仑总是争执不休。这两头猪只要有机会就会互相拆台。如果一方建议要扩大耕种大麦的面积，另一方就会建议扩大耕种燕麦的面积。如果一方说“如此这般这般就能种好卷心菜”，另一方会说“这样做根本没用，应该种块茎作物”。斯诺鲍和拿破仑各有自己的拥戴者，总是展开激烈的争辩。开会的时候斯诺鲍总是能获得多数票的支持，因为他更加能言善辩，但拿破仑更擅长于在休会的时候为自己赢得支持，而且获得了绵羊们的衷心拥戴。最近绵羊们总是咩咩咩地唱着“四条腿好，两条腿不好”，一直唱个没完，还总是打断会议。大家注意到，当斯诺鲍的发言到了关键的时候，他们就会开始叫嚷着“四条腿好，两条腿不好”。斯诺鲍研究了几本过期的《农夫与牧人》杂志（都是在农场主屋里找到的），现在满肚子都是创新和改造计划。他的谈吐很博学，大谈农田水利、青贮饲料和碱性炉渣，设计出一套复杂的计划，让所有的动物每天到田里不同的地方拉屎，这样可以节约几趟拉粪车的劳力。拿破仑自己提不出任何计划，却平静地说斯诺鲍的计划根本行不通，而且，他似乎在等待时机。在他们的种种矛盾中，最激烈的莫过于关于风车的争端。

在离农场主屋不远处的长方形牧场那边有一座小山丘，是农场的最高位置。勘测完地势后，斯诺鲍宣布这里是建造风车的最佳地点，风车可以带动发电机，给农场供电。有了电就可以给畜栏照明，冬天可以取暖，还可以带动圆锯、铡草机、饲料切片机和电动挤奶机。这些事情其他动物根本闻所未闻(因为这座农场很落后，只有最原始的工具)，他们惊奇地倾听着斯诺鲍描述种种神奇的机器，那些机器将代替动物们进行劳动，而他们可以悠哉游哉地在田里吃草，通过读书谈话提高智慧。

几周内，斯诺鲍的风车计划就草拟完毕了。机械上的细节大部分来自于琼斯先生的三本书——《家居一千种有用的工具》、《自己砌砖不求人》和《电工入门》。斯诺鲍将自己的书房设在一间小棚屋里，这里原本是孵蛋的地方，有一片光滑的木地板可以在上面画画。他会一连几个小时呆在那里，用石头压着摊开的书，用蹄子夹着一根粉笔，飞快地走来走去，纵横交错地画着线条，兴奋地哼哼唧唧。渐渐地，蓝图越来越复杂，画满了曲柄和齿轮，覆盖了半片地板的面积。其他动物完全看不懂画的是什么，但他们都觉得很了不起。他们每天至少参观一次斯诺鲍的画作，连母鸡们和鸭子们也来了，他们小心翼翼的，惟恐踩到粉笔的画痕。只有拿破仑对此不屑一顾。从一开始他就宣布反对风车计划。不过，有一天他成为参观蓝图的不速之客。他脚步沉重地绕着屋子，端详着蓝图的每一个细节，偶尔在上面嗅闻一下，接着站在那儿乜斜着眼睛打量着蓝图。突然他抬起一只脚，在蓝图上撒了泡尿，什么也没说就出去了。

在风车计划这个问题上整座农场陷入了分裂。斯诺鲍没有否认建造风车不是一件容易的事情。他们必须收集石头，砌成墙壁，然后制造叶片，还得有发电机和电缆。（斯诺鲍没有说明怎么弄到这些东西。）但他坚持说风车将在一年内竣工。他宣称，之后风车将节约许多劳力，动物们每星期只需要工作三天。另一方面，拿破仑反对说，眼下的当务之急是增加粮食产量，如果他们把时间浪费在建造风车上，大家都会饿死。动物们分成了两派，一派的口号是“投票支持斯诺鲍，三天工作就是好”，另一派的口号是“投票支持拿破仑，饲料将会堆满仓”。本杰明是唯一不介入哪一个派系的动物。他既不相信食物会更加充裕，也不相信风车可以节约劳力。他说，无论有没有风车，生活都得继续，一向都是如此——如此糟糕。

除了关于风车的争执外，还有保卫农场的问题。大家都知道，虽然在牛棚战役中人类遭遇了失败，但他们还会卷土重来，为夺回农场进行更疯狂的反扑，妄图由琼斯继续统治。他们迫切需要这么做，因为他们失利的消息传遍了整个郊区，附近几座农场的动物比以往更加躁动不安。拿破仑和斯诺鲍一如既往地争执不休。按照拿破仑的意见，动物们必须夺取武器，进行训练，学会使用这些武器。而斯诺鲍则认为，他们必须派出更多的信鸽，发动其他农场的动物进行起义。一方的理由是，如果他们不能保卫自己，他们将被人类征服；另一方争辩说，如果起义在各个地方爆发的话，他们根本没有必要保卫自己。动物们先听了拿破仑的说法，又听了斯诺鲍的说法，不知道到底谁说的有道理。事实上，他们发现，只要一方在发言，他们就会表示赞同。

最后，斯诺鲍的蓝图终于完成了。在接下来那个星期天的大会上，到底要不要开始动工修建风车的问题将通过投票定夺。动物们在大谷仓里集合。斯诺鲍起立发言，虽然时不时被绵羊们咩咩咩的叫声打断，他还是列举了修建风车的理由。接着，拿破仑起身作出回应。他平静地说，风车计划荒唐无稽，他建议大家不要投票支持，随即重新就座，整个过程不到三十秒钟，似乎对自己发言的效果毫不在乎。这时斯诺鲍跳了起来，绵羊们又开始咩咩叫。他大声喝止他们，然后开始慷慨激昂地发表推行风车计划的演讲。动物们原本平均地分为两派，但斯诺鲍的雄辩深深地吸引了他们。他绘声绘色地勾勒着动物农场未来的景象，那时候所有的动物都无须再从事劳动。他的想象力远远超出了铡草机和萝卜切片机。他说，电力将带动打谷机，可以耕地、耙地、压地，还能用来收割捆扎庄稼；而且，每个畜栏将安设电灯，有冷水热水和电暖炉。当他发言完毕时，投票的结果已经基本确定了。就在这时，拿破仑站了起来，乜斜着眼睛古怪地盯着斯诺鲍，发出一声动物们闻所未闻的尖叫。

尖叫声一过，外面传来可怕的狗吠声。九只体形庞大脖子上戴着铜钉颈圈的恶狗冲进了谷仓，径直朝斯诺鲍扑去，他从座位上跳起来，那几只狗的森森白牙差一点就咬到了他。他从谷仓的大门逃了出去，几只狗紧追其后。全体动物吓得说不出话来，蜂拥着挤出大门，争相目睹这场追逐。斯诺鲍跑过通往大路的长方形牧场，没有哪只猪能跑得比他快，但那几只狗紧紧跟在后面。突然他脚底一滑，似乎就要被那几只狗逮到了，但他又蹦了起来，跑得更快了，但那几只狗又赶上了他，其中一只狗咬住了他的尾巴，但他将尾巴挣脱开来。接着，他狂奔一气，钻过篱笆上的一个窟窿(差几英寸就会被狗逮到)，一溜烟消失得无影无踪。

动物们吓得魂飞魄散默不作声，悄悄溜回了谷仓里。不一会儿那几只狗也回到谷仓。刚开始时没有动物知道这几只狗是从哪儿来的，但很快疑团就解开了：他们就是拿破仑从母狗那里抱走，自己私下抚养的狗崽。虽然他们还没有完全发育，但个个体格壮硕，像狼一样凶狠。大家发现他们挨在拿破仑身边，朝他摇晃着尾巴，就像以前其他狗朝琼斯先生摇晃着尾巴一样。

拿破仑登上以前老少校发表演说的平台，身后跟着那几只狗。他宣布从今以后星期天上午的大会将不再举行。他说没有必要再召开大会，这纯粹是浪费时间。以后，关于如何经营农场的所有问题将由猪组成的特别委员会决定，而他则是特别委员会的主席。他们将私底下举行会议，并将决定传达给其他动物。星期天上午动物们仍将举行升旗仪式，高唱《英格兰兽》这首歌，并接受下星期的工作命令，不再进行辩论表决。

虽然驱逐斯诺鲍的行动仍令动物们惊魂未定，但他们对这则宣言很不满。有几只动物想提出抗议，却苦于无法组织好语言。连鲍克瑟也觉得很困惑。他竖起耳朵，晃了晃前额上的毛发，想整理一下思绪，但最后还是不知道该说什么好。不过，有几只猪更加能言善辩，前排四头年轻的肉猪尖叫着提出反对意见。他们一起跳了起来，同时开口发言。但蹲坐在拿破仑身边的那几只狗突然发出低沉的恶吼，那几只猪立刻闭嘴坐了下去。接着，绵羊们开始大声地咩咩叫着："四条腿好，两条腿不好！"一直持续了将近十五分钟，议论也就到此结束。

后来，斯奎拉受命向其他动物解释新的安排。

“同志们，”他说道，“我相信大家都能理解拿破仑同志所作出的牺牲，他将独力扛起这份额外的辛劳。同志们，不要以为当领导是件美差！恰好相反，这份责任既深沉又艰辛。没有哪个动物比拿破仑同志更加坚信所有动物皆平等。他很乐意让你们为自己制定决议，但有时候你们可能会犯下错误，同志们。那时候我们该怎么办？假如你们决定听从斯诺鲍的意见，修建那座根本不靠谱的风车——我们现在都知道，斯诺鲍其实是一个罪犯——那时候我们该怎么办？”

“在牛棚战役里他的表现很勇敢。”有的动物说道。

“光有匹夫之勇可不行。”斯奎拉说道，“忠诚和服从更加重要。关于牛棚战役这件事，我相信以后我们将会知道斯诺鲍的贡献其实被大大高估了。纪律，同志们，铁一般的纪律！这就是现在我们的口号。只要我们稍有差池，敌人就会战胜我们。是的，同志们，你们希望琼斯回来吗？”

这句话再一次让动物们哑口无言。他们可不想让琼斯回来，如果在星期天上午举行辩论会让琼斯回来的话，辩论就必须停止。现在有了充裕的时间考虑，鲍克瑟说出了大家的心声：“拿破仑同志所说的话一定是正确的。”从此，他坚信这么一句格言——“拿破仑总是正确的。”他还有一句鞭策自己的座右铭：“我要更加努力工作。”

天气渐渐转晴，春耕开始了。斯诺鲍用于草拟风车蓝图的小棚屋被锁上了，大家都猜想地板上的蓝图一定被擦掉了。每个星期天上午十点钟的时候，动物们在大谷仓里集合，接受工作命令。它们从果园里挖出了老少校的头骨，上面的皮肉已经被腐蚀殆尽。头骨被摆放在旗杆下面那支枪旁边的土丘上。在升旗仪式过后，动物们先列队瞻仰头骨，然后才能进谷仓。如今他们不再像以前一样坐在一起。拿破仑、斯奎拉和另外一只名叫米尼姆斯的猪坐在平台的前排，米尼姆斯擅长写歌作曲。那九只大狗在他们身旁排成半圆形，其他猪坐在后面。其他动物坐在大谷仓里，面对着他们。拿破仑哑声哑气地以军人的姿态朗读完工作安排，然后大家唱一遍《英格兰兽》，接着全体解散。

斯诺鲍被驱逐出境后的第三个星期天，动物们惊讶地听到拿破仑宣布风车还是要建的。他没有解释为什么会改变主意，但他告诉大家，这个任务会特别辛苦，如有必要的话将减少饲料配给。修建风车的计划非常详尽，由几头猪组成的特别委员会过去三个星期来一直在进行设计，作出了许多改进。风车预计得花两年时间才能修好。

当晚斯奎拉私底下向其他动物解释，其实拿破仑一直并不是真心反对修建风车。事实上，从一开始就是他提出了这个方案，而斯诺鲍在孵蛋室的地板上所画的那份蓝图其实是剽窃了拿破仑的想法。事实上，那是拿破仑的心血结晶。有的动物问，为什么当初他会那么强烈地反对？斯奎拉神情狡猾地说，这是拿破仑同志的谋略。表面上他反对修建风车，其实这是铲除斯诺鲍的手段，斯诺鲍是个危险角色，而且影响非常恶劣。现在，斯诺鲍已经被逐出农场，没有了这只害群之猪，计划将开始进行。斯奎拉说，这就叫谋略。他重复了好几遍：“谋略，同志们，谋略！”他跳来跳去，摇晃着尾巴，爽朗地大笑着。动物们不懂“谋略”这个词的含义，但斯奎拉的话那么有说服力，和他在一起的那三只狗又在凶狠地咆哮着，于是他们接受了斯奎拉的解释，没有提出任何问题。

六

那一年，动物们像奴隶一样工作，但他们很开心，从不抱怨辛苦或牺牲，因为他们知道他们所做的一切都是为了自己和后代的利益，而不是为了那些既懒惰又贪婪的人类。

整个春天和夏天他们每周工作六十个小时。八月份的时候，拿破仑宣布星期天下午也得工作。严格来说，工作是出于自愿的，但任何缺席劳动的动物，其饲料的供给将会减半。即使是这样，有好些工作还是没有完成。收割工作没有去年干得好；有两块田原本应该在初夏就耕好地，准备用来种块茎作物，但一直没有播种，因为耕地工作没能及早完成。这个冬天将会非常难熬。

修建风车遇到了意外的困难。农场里有上好的石灰岩矿，外围一间农舍里有充足的沙和水泥，所有建筑材料都已准备就绪。但动物们首先面临的难题是：怎么把石头打碎成大小适中的石块。除了用凿子和撬棒外似乎别无他法，但动物们根本用不了这些工具，因为他们没办法单用后腿站立。

经过几星期白费劲的尝试后，动物们想出了一个好办法——利用重力。采石场的周围散布着体积太大派不上用场的大石头，动物们用绳子套着这些石头，然后齐心协力，奶牛、马匹、绵羊、所有能拉住绳子的动物——在最关键的时候甚至连猪也会上前帮忙——慢悠悠地把石头拉上采石场的坡顶，然后从上面推下去，滚到下面摔成碎片。运送碎石相对要轻松一些。两匹马用马车拉，绵羊们帮忙拉一两块，连穆丽尔和本杰明也会合作拉一辆小马车，尽一点力。到了夏末，它们攒足了石头，开始在猪的监督下修建风车。

但那是缓慢而辛苦的过程。很多时候单单把一块石头搬到采石场的坡顶就得花上整整一天的时间。有时，石头被推了下去，却没有撞碎。如果没有鲍克瑟的话，估计什么也办不成——他一匹马的力气几乎相当于所有其他动物力气的总和。有时候大石头会往下滑，大家也被拉着往山下滚，个个都吓得绝望地尖叫起来。这时总是鲍克瑟单枪匹马拉紧绳子，把大石头给拉住。看着他一寸一寸地拉着石头往上挪，呼吸变得非常急促，踮着马蹄慢慢地挪着脚步，壮健的身躯沁满了汗水，每一只动物都会油然心生钦佩之情。有时克洛弗会警告他要小心，不要过度疲劳，但鲍克瑟浑不为意。他的两句口号“我要更加努力工作”和“拿破仑总是正确的”

似乎为他提供了一切难题的答案。他让小公鸡每天提早四十五分钟叫醒他，而不是提前半小时。虽然现在放假的日子不多了，但在闲暇的时候，他还是会自己跑到采石场，收集一车碎石，在没有别的动物帮忙的情况下拉到修建风车的地方。

虽然工作很辛苦，那个夏天动物们生活得还可以。虽然食物不比琼斯在的时候多，但起码也不比那时候少。现在他们自食其力，不需要养活五个吃喝无度的人类，这本身就足以弥补许多其他方面的不足。而且，动物们的许多劳动方式更加省时省力。比方说除草吧，他们可以把杂草处理得干干净净，而人类根本做不到。此外，现在没有动物会偷吃东西，也就没有必要在耕地周围树立篱笆和出入门，节约了许多劳动。但是，随着夏天渐渐过去，物资短缺的问题逐渐暴露出来。他们需要石蜡油、铁钉、绳索、狗饼干和马蹄铁，农场无法生产这些东西。后来，他们发现还需要种子、化肥和其他工具，而且修建风车需要机器。该怎么获得这些物资，没有动物能想出答案。

一个星期天上午，动物们集合接受工作命令，拿破仑宣布他决定实施新的政策。从现在开始，动物农场将和附近的农场进行贸易：当然不是为了追求利润，而是为了获得迫切需要的物资。他表示修建风车的计划是重中之重，因此他准备卖掉一垛干草和一部分那一年收割的小麦。如果以后还需要用钱的话，将通过卖鸡蛋筹款，威灵顿那边对鸡蛋的需求很大。拿破仑表示，母鸡们应该以自己的方式为风车的修建作出贡献和牺牲。

动物们再一次觉得很不安。“绝不与人类打交道，绝不从事贸易，绝不使用金钱”——这些难道不是当初赶跑琼斯后召开第一次胜利大会时通过的决议吗？全体动物都记得会议通过了这些决议，或者说，至少他们以为自己记得。那四只曾在拿破仑取缔大会时提出抗议的小猪怯生生地略微抬高了嗓门，但一听到那几只狗凶恶的吠声他们就立刻安静下来。接着，和往常一样，绵羊们开始咩咩咩地叫着“四条腿好，两条腿不好！”那片刻的不安很快就平息下来。最后，拿破仑举起猪蹄示意安静，宣布他已经一切安排就绪。其他动物无须和人类进行接触，因为他们根本不想这么做。他决定一力承担这个重大的责任。一个叫温帕先生的人，他是威灵顿的一个律师，将担任动物农场和外面世界的经纪，每星期一上午会来农场接受指示。最后，拿破仑和往常一样高喊着“动物农场万岁！”结束了发言，接着，唱完《英格兰兽》之后，动物们就地解散。

然后，斯奎拉巡视了整个农场，安抚动物们的情绪。他再三向他们重申根本没有通过禁止从事贸易和接触金钱的决议这回事，连提都没有提过。这只是他们的想象，或许是斯诺鲍当初散布的谣言。有几只动物仍然觉得很困惑不解，但斯奎拉狡黠地反问他们："你们确定这不是你们自己的幻觉吗，同志们？你们有这么一个决议的记录吗？这些有文字记录吗？"的确，这些根本没有文字记录，动物们确信是他们自己搞错了。

一如计划的安排，每逢星期一温帕先生会来动物农场。他个头矮小，蓄着连鬓胡须，样子很狡猾，身为律师，业务量却很少，不过人倒是很聪明，比任何人都早一步意识到动物农场需要一位经纪，而佣金收入也不会低。动物们惊恐地看着他来，看着他走，尽可能避免和他接触。不过，看着四条腿走路的拿破仑向两条腿走路的温帕发号施令，动物们不禁觉得很自豪，这也部分消除了他们对新政的反感。现在他们和人类的关系和从前可大不一样了。动物农场的兴旺发达并没有解除人类对它的仇恨，恰恰相反，他们比以往更加仇视动物农场。每个人都坚信动物农场迟早会破产垮台，而修建风车的计划一定会以失败告终。他们在酒吧里碰面，画了一幅又一幅草图证明风车会倒塌，就算它不会倒塌也根本运作不了。不过，事与愿违，他们不得不佩服动物们自治的能力。而他们心生佩服的表现就是，他们开始称呼它为“动物农场”，而不再沿用“曼纳农场”这个旧称。他们不再支持琼斯，而他也放弃了夺回农场的念头，跑到郊区另一处地方的角落里过日子去了。虽然除了温帕之外，动物农场与外面的世界没有联系，但谣言还是传个不停，说拿破仑要么将和福克斯伍德农场的皮尔金顿先生，要么将和平切菲尔德农场的弗莱德里克先生签订贸易协议——但消息说，他不会同时和两家农场做生意。

就在这时，猪们突然搬进了农场主屋里面，开始在那里居住。再一次，动物们似乎都记得以前曾通过一项决议，反对动物进主屋居住，而斯奎拉也再一次说服他们根本没有这回事。他说，猪们担负着农场的脑力劳动，他们必须有安静的地方工作。而且，住在房子里要比住在猪圈更能衬托领袖的威严（最近他称呼拿破仑时总会加上“领袖”这个头衔）。尽管如此，当听说猪们不仅在厨房里用餐，在客厅里消遣，而且还上床睡觉时，有的动物还是觉得很反感。和往常一样，鲍克瑟只是说“拿破仑总是正确的”，然后就让事情过去了，但克洛弗觉得自己记得很清楚，有这么一条决议反对动物们在床上睡觉。她跑到谷仓的尽头，努力想拼出“七诫”上面到底写了些什么。但她只能认得出零散的字母，于是她找来穆丽尔。

“穆丽尔，”她说道，“帮我读一下第四条。它是不是说，不能在床上睡觉什么的？”

几经努力穆丽尔拼出了上面的字。

最后她说道：“上面说，‘动物们不得睡床盖被’。”

克洛弗觉得很奇怪，她不记得第四诫提到过“盖被”，但“盖被”这两个字就写在墙上，一定就是这样子了。这时斯奎拉刚好带着两三只狗经过，于是将这件事向他们解释清楚。

“你们都听说了吧，同志们，”他说道，“我们猪现在会在农场主屋的床上睡觉。为什么不睡呢？你们不会以为有这么一条戒律不准睡床吧？床只是睡觉的地方。严格来说，畜栏里铺上一层干草就算是一张床了。戒律反对的是‘盖被’，被子是人类发明的。我们撤走了床上的被子，就睡在毯子上。睡床的确很舒服！但我可以告诉你们，我们要的不是舒服，我们在从事所有的脑力劳动。你们不会剥夺我们的睡眠吧？你们不希望我们劳累过度，无法干好本职工作吧？你们不想看到琼斯回来吧？”

听到他这么说，他们连忙向他保证不是这么想的。再也没有动物对猪们睡主屋里的床提出非议。过了几天，有消息宣布猪们早上可以比其他动物晚醒一个小时，这件事也没有动物提出抱怨。

到了秋天，动物们很劳累，但也很开心。他们这一年干得很辛苦，卖掉一部分干草和小麦后，过冬的粮食储备不是很充裕，但风车弥补了一切。现在风车的修建工作已经几乎完成了一半。收割过后，天气很晴朗干爽，动物们比以往更加努力，他们不介意整天迈着沉重的脚步搬运石头；他们觉得，只要能将风车的墙多修高一英尺，再辛苦也是值得的。鲍克瑟甚至晚上会出来工作一两个小时，在月光的沐浴下独自劳动。闲暇的时候，动物们会绕着修建了一半的风车一圈圈地走着，赞赏墙壁能修得这么坚固而垂直，为自己能修建这么宏伟的建筑而惊叹不已。只有本杰明对风车不置可否，不过，和以前一样，他顶多只是说说“驴子寿命很长”这样含糊暧昧的评论。

十一月到了，刮起了凛冽的西南风。因为雨水太多，无法搅拌水泥，风车的修建被迫中止。一天晚上，风力如此猛烈，农舍被吹得摇摆不定，谷仓屋顶被吹走了好几片瓦。母鸡们尖叫着惊醒过来，因为她们同时梦见远处传来了枪声。到了早上，动物们走出畜栏，发现旗杆被吹倒了，果园边上一棵榆树像萝卜一样被连根拔起。接下来，每一头动物都绝望地惊叫起来，可怕的一幕出现在他们面前：风车变成了一堆废墟。

他们一齐冲到风车那里。拿破仑平时很少出来，但他一猪当先，跑在最前头。是的，他们的劳动结晶和心血被夷为平地，他们那么辛苦才砸碎并搬运来的石头四处散落。一开始他们根本说不出话来，悲伤地站在那里望着凌乱的石头。拿破仑沉默地踱着步子，时不时朝地上闻一闻。他的尾巴变得笔直僵硬，猛地甩来甩去，这是他沉思时的特征。突然，他停下脚步，似乎想到了什么。

“同志们，”他平静地说道，“你们知道谁要为这件事负责吗？你们知道昨晚是谁潜入农场捣毁风车吗？是斯诺鲍！”突然间他雷鸣般地大吼大叫起来：“这件事是斯诺鲍的恶意报复！他妄图阻止我们的计划，为的是报复当初被驱逐出境的耻辱。这个叛徒在夜幕掩护下溜了进来，摧毁了我们辛苦近一年的心血。同志们，在此我宣布对斯诺鲍判处死刑。任何能将他正法的动物将被授予‘二等动物英雄’的荣誉，外加半蒲式耳苹果作为奖励。能将其活捉的动物奖励一蒲式耳苹果！”

动物们万分惊讶地听到这件事居然是斯诺鲍干的。他们义愤填膺地叫嚷着，每一只动物都开始动脑筋盘算如果他再敢回来该怎么逮住他。与此同时，在离土丘不远的草丛里发现了一排猪的脚印。脚印只延续了短短几码远，但似乎通往篱笆上面的一处破洞。拿破仑朝脚印喷着粗气，宣布这些就是斯诺鲍的脚印。他指出，斯诺鲍有可能是从福克斯伍德农场那边来的。

审视完脚印后，拿破仑高喊道："同志们，时不我待！我们还有任务要完成。我们今天上午就开始重建风车，这个冬天我们将一心进行修建工作，无论晴天或是雨天。我们会让这个可耻的叛徒知道，他不会那么轻易就破坏我们的工作。记住，同志们，我们的计划绝不会改变，而且将坚定不移地得以贯彻。前进，同志们！风车万岁！动物农场万岁！"

七

这是个严酷的寒冬。风暴天气夹杂着冰雹和雪花，大地结了一层厚实的严霜，直到二月中旬才解冻。动物们尽心尽力地重建风车，他们都知道外界在冷眼旁观，如果风车未能按时完成，那些猜忌的人类将会弹冠相庆。

出于仇恨，那些人类假装不相信是斯诺鲍捣毁了风车。他们说风车倒塌是因为墙壁修得太薄了。动物们都知道这是无稽之谈，但他们还是决定这一次将墙壁加厚到三英尺，而不是原来的十八英寸，而这意味着要采集数量多得多的石料。厚厚的积雪在采石场里盘踞了很久，什么事情也干不了。在随之而来的干燥结霜的天气里他们还能干一点儿活，但非常辛苦，动物们不再像以前那样充满希望。他们一直冻馁交加，只有鲍克瑟和克洛弗没有丧失信心。斯奎拉发表了许多关于工作的快乐与劳动的尊严的演讲，但让其他动物受到鼓舞的是鲍克瑟的力气和他永远高喊的口号："我要更加努力工作！"

到了一月，食物出现了短缺。玉米的配给大幅度减少，上头宣布，作为弥补，土豆的分量将有所增加。但接着，他们发现大部分土豆被霜冻坏了，因为遮盖不够严实。那些土豆变得软软的，毫无色泽，只有一小部分能吃。一连好些天，动物们只能吃谷糠和树皮，饥荒的阴云笼罩在他们头上。

这件事必须对外界绝对保密。人类受到了风车倒塌的鼓舞，散布了许多关于动物农场的新谣言。他们说，所有的动物在饥荒和疾病的侵蚀下已经奄奄一息，他们一直在内讧，出现了同类相食和吃幼崽的情形。拿破仑深知，如果食物紧缺的真实状况被外界得悉会出现什么后果。他决定利用温帕先生向外界披露相反的情报。迄今为止，温帕每星期都会来动物农场一次，其他动物几乎和他没有接触，但这一次，几只精心挑选的动物，大部分是绵羊，受命假装漫不经心地向他透露说，粮食配给增加了。此外，拿破仑命令将粮仓里的空桶装满沙子，上面盖上一层剩余不多的谷物，找了一个合适的理由让温帕参观谷仓，让他看到那些满满的木桶。他果然上当了，向外界说动物农场不存在食物短缺的问题。

然而，到了一月底，情况已经非常明朗，他们必须从别的地方弄到粮食。这段时间拿破仑很少在公众场合出现，整天都呆在农场主屋里，每道门都有凶恶的狗把守着。他只会在正式场合出现，有六只狗在他身边担任保镖，一有动物凑上跟前，他们就会大吠大叫。有时他甚至不在星期天早上出现，而是通过其他猪传达他的命令，扮演这个角色的通常是斯奎拉。

一个星期天早上，斯奎拉宣布，即将下蛋的母鸡必须将鸡蛋上交。拿破仑委托温帕签署了一份合同，每星期供应四百只鸡蛋，以换取足够的粮食和饲料，让整个农场维持到夏天，到那时情况将会有所好转。

母鸡们听到这个消息，愤怒地尖叫起来。她们一早就知道这个牺牲或许在所难免，但一直不愿相信事情真的会发生。她们刚刚筑好鸡窝，准备春天孵蛋，提出抗议说现在把鸡蛋取走是在谋财害命。自琼斯被逐以来的第一场类似于叛乱的行动爆发了。在三只黑米诺卡小母鸡的带领下，母鸡们决心不让拿破仑遂愿。她们的对抗方式是飞上横梁，在上面生蛋，这些蛋都掉到地上摔得粉碎。拿破仑立刻采取铁腕手段。他下令停止供应母鸡们饲料，而任何胆敢供应一点谷粒给母鸡的动物将被处死，由狗执行命令。母鸡们坚持了五天，最后投降了，回到下蛋的巢箱里。其间有九只母鸡死去，尸体被葬在果园里，对外宣布她们死于球虫症。温帕对这件事一无所闻，鸡蛋准时得以供应，每星期由一辆杂货店的小货车来农场将它们运走。

这段时间没有见过斯诺鲍的踪影。有谣传说他就躲在附近的某个农场里，不是福克斯伍德农场就是平切菲尔德农场。最近拿破仑与其他农场主的关系改善了一些。原来，院子里有一堆木材，从十年前清除一片山毛榉树林后就一直堆放在那儿，都是上好的木材。温帕建议拿破仑将其卖掉，而皮尔金顿先生和弗莱德里克先生都很想买下来。拿破仑在两个买家之间犹豫不决，打不定主意。当他似乎就要和弗莱德里克先生达成协议时，就会传来斯诺鲍躲在福克斯伍德农场的谣言，而当他想和皮尔金顿先生做生意时，谣言就会说斯诺鲍躲在平切菲尔德农场。

突然，早春的时候，一件令人恐惧的事情被揭露了：斯诺鲍总是趁夜悄悄潜入农场！动物们担惊受怕，寝食难安。据说，在夜幕的掩护下，斯诺鲍蹑脚蹑蹄地溜了进来，干尽了种种坏事。他偷窃玉米，踢翻奶桶，打烂鸡蛋，践踏培育种子的温床，啃掉果树的树皮。只要出了什么差错，罪魁祸首就是斯诺鲍。如果一扇窗破了或下水道堵塞，他们就会说是斯诺鲍晚上进来干的好事。谷仓的钥匙不见了，整座农场都认为是斯诺鲍将钥匙扔下了水井。有趣的是，即使后来那把钥匙在一袋饲料下面找到了，他们仍相信是斯诺鲍干的。奶牛们说斯诺鲍还溜进牛棚，乘她们睡着时偷偷挤奶。老鼠们在冬天制造了许多麻烦，也被说成是斯诺鲍的同伙。

拿破仑颁布命令，要彻底调查斯诺鲍的犯罪行径。他带着狗，亲自动身仔细地巡查农场里的建筑，其他动物毕恭毕敬地和他保持着距离。每走几步拿破仑就会停下来，闻着地面寻找斯诺鲍足印的痕迹，他说他辨认得出斯诺鲍的气味。每一个角落他都没有放过，谷仓、牛棚、鸡舍、菜园，斯诺鲍的踪迹几乎无处不在。拿破仑会把猪鼻凑在地面上，深深地嗅几下，然后阴沉地宣布："斯诺鲍！他来过这里！我能闻到他的气味！"听到"斯诺鲍"这个名字，所有的狗都开始发出令鲜血凝固的狂吠，露出森森的獠牙。

动物们吓得魂飞魄散。他们觉得斯诺鲍似乎就像瘟疫一样，弥漫在空气中，给他们制造了种种危险。当天晚上，斯奎拉召集了动物们。他神情严肃，告诉他们有不好的消息要宣布。

"同志们！"斯奎拉叫嚷着，僵着身子跳上跳下，"最可怕的事情被发现了。斯诺鲍已经投靠了平切菲尔德农场的弗莱德里克，他正在策划阴谋，妄图向我们进攻，从我们手中夺走我们的农场！进攻开始时斯诺鲍将充当他的向导，更糟糕的是，我们原本以为斯诺鲍的叛变只是出于虚荣和野心，但我们都错了，同志们。你们知道真正的原因吗？从一开始，斯诺鲍就和琼斯是一伙儿的！他一直是琼斯的密探。我们刚刚发现了一批秘密文件，是他离开时留下的，证实了这一点。这解释了我心中的疑团，同志们。我们都亲眼见到他曾经尝试——虽然以失败而告终——在牛棚大战时将我们陷入失利与万劫不复的境地，难道不是吗？”

动物们惊呆了。比起破坏风车，对斯诺鲍的这一指控可是更严重的罪名。他们愣了好一会儿，才听懂了斯奎拉所说的内容。他们都记得，或者说他们以为自己记得，他们如何看着斯诺鲍在牛棚大战中一猪当先，时时鼓舞着他们，团结着他们，即使琼斯开枪打伤了他的脊背，他也毫不畏缩。一开始的时候他们觉得这与“斯诺鲍是琼斯的同伙”这一指控根本不相符，连很少提出疑问的鲍克瑟也犯迷糊了。他躺了下来，前蹄蜷缩在身下，闭上眼睛，努力地理清思绪。

“我可不相信这个说法。”他说道，“斯诺鲍在牛棚战役作战很英勇啊。这是我亲眼看到的。之后我们不是马上授予了他‘一等动物英雄’勋章吗？”

“那时我们犯了错误，同志。现在我们知道了——在我们找到的那批秘密文件里白纸黑字写得清清楚楚——他想诱使我们走向灭亡。”

“但他受伤了，”鲍克瑟说道，“我们都看到他浴血狂奔。”

“那是计划的一部分。”斯奎拉嚷嚷着，“琼斯只是开枪擦伤了他。我可以让你看看他自己所写的内容，如果你能看懂的话。他们的阴谋是，在最关键的时刻，斯诺鲍将发出撤退的信号，拱手将农场让给敌人。他几乎得逞了——我敢说，同志们，如果不是我们英勇的领袖拿破仑同志，他真的会得逞。你们难道不记得，当琼斯和他的帮工闯进院子里时，斯诺鲍突然转身而逃，许多动物都跟在他后面吗？你们难道不记得，就在那时，恐慌情绪的传播一发不可收拾，局势似乎已经无可挽回，是拿破仑同志冲上前，高呼着‘人类必亡’，一口咬住琼斯的小腿吗？同志们，你们一定都还记得那一幕吧？”斯奎拉一边跳来跳去一边叫嚷着。

斯奎拉的描述是那么形象而具体，动物们似乎记得确实有这么一回事。他们的确记得，在最关键的时刻斯诺鲍转身逃跑，但鲍克瑟还是有点儿犹豫。

“我不相信从一开始斯诺鲍就是叛徒。”他最后说道，“后来他的所作所为确实变了，但我相信在牛棚战役中他是个好同志。”

斯奎拉语气缓慢而坚定地说道：“我们的领袖拿破仑同志已经斩钉截铁地说得很清楚了——斩钉截铁，同志——从一开始斯诺鲍就是琼斯的走狗——是的，早在革命筹划之前就是他的走狗了。”

“啊，那可不一样。”鲍克瑟说道，“如果拿破仑同志这么说，那一定就是正确的。”

“这才是真正的革命精神，同志！”斯奎拉叫嚷着，但大家注意到他那两只小而晶亮的眼睛不怀好意地盯着鲍克瑟。他转过身准备离开，然后停下脚步，阴沉沉地补充道：“我要警告农场里的所有动物，你们要睁大眼睛。因为我们有理由相信斯诺鲍的密探正在我们身边潜伏！”

四天后的下午，拿破仑命令全体动物在院子里集合。大家到齐的时候，拿破仑从农场主屋里走了出来，戴着两枚勋章(他最近给自己颁发了“一等动物英雄”勋章和“二等动物英雄”勋章)，九只大狗在他的身边跳来跳去，发出恐怖的咆哮。全体动物不禁脊背发凉，静静地蜷缩在原地，似乎预感到将会有可怕的事情发生。

拿破仑严肃地站着，注视着动物们，接着他发出一声尖叫，那群狗立刻冲上前，叼住四只猪的耳朵，将他们拖到拿破仑的脚边。那几只猪痛苦而惊慌地哀号着，他们的耳朵滴着鲜血，那群狗闻到了血腥味，变得非常疯狂。大家惊讶地看到，有三只狗扑向了鲍克瑟。看到他们扑过来，鲍克瑟一蹄子在半空里踢中一只狗，将他踩在脚下。那只狗尖声求饶，另外两只狗夹着尾巴逃了开去。鲍克瑟看着拿破仑，想知道他得踩死那只狗，还是放开他。拿破仑似乎脸色一变，大声喝令鲍克瑟放开那只狗。鲍克瑟松开马蹄，那只狗溜了回去，身上青一块紫一块，低声呜咽着。

骚乱很快平息下来。那四只猪战栗地等候着，脸上的神情清楚地表明他们有罪。拿破仑命令他们坦白招供，就是这四只猪曾在拿破仑取缔星期天大会时提出抗议。不需要任何盘问他们就承认，自从斯诺鲍被驱逐后就一直暗地里和他有接触，而且他们是破坏风车的同伙，还和他达成协议，准备将动物农场出卖给弗莱德里克先生。他们还补充说，私下里斯诺鲍还对他们承认，从好几年前起他就是琼斯先生的密探。招供完毕后，那几只狗立刻咬断他们的喉咙，接着，拿破仑阴沉地质问还有哪些动物要招供坦白。

三只曾在“鸡蛋起义”中带头的母鸡走上前，承认斯诺鲍曾在睡梦中出现，煽动她们反抗拿破仑的命令。她们也被处决了。接着，一只鹅走出来坦白说，去年收割粮食的时候偷了六个玉米，晚上吃掉了。接着，一只绵羊坦白说曾在饮水池里撒了尿——她说是斯诺鲍指使的。另外两只绵羊坦白说，他们谋害了一头对拿破仑忠心耿耿的老山羊——他们围着篝火追逐着他，最后他死于咳嗽。这几只动物也被就地处决。坦白罪行和就地正法一直进行着，直到拿破仑的脚前横七竖八躺着一堆尸体，空气中弥漫着浓厚的血腥味，本来这种味道自从赶跑琼斯之后，就再也没有出现过。

审判结束了，除了猪和狗之外，其他动物一起离开了。一个个战战兢兢，惊魂未定。他们不知道哪件事情更恐怖——是有的动物和斯诺鲍勾结叛变，还是刚刚目睹的残酷镇压。在以前，屠杀动物时有发生，情况同样恐怖，但他们都觉得现在的情况更加糟糕，因为他们正在同类相残。自从琼斯被赶走后，直到今天之前，动物们没有互相残杀，连一只老鼠也没有被打死。他们走到那座土丘上，修建了一半的风车就矗立在上面，大家一起躺了下来，似乎需要凑在一起取暖——克洛弗、穆丽尔、本杰明、奶牛们、绵羊们和一群鸭鹅——大家都在，除了那只猫，在拿破仑召集他们集合之前她就突然不见了。没有动物开口说话。只有鲍克瑟还站着，烦躁地踱着步，长长的黑马尾拍打着身子，时不时惊讶地嘶鸣几声，最后开口说道：

“我搞不懂，我不能相信这种事情会在我们的农场发生。这一定是因为我们都有缺陷。我认为，解决的办法就是更加努力工作。从现在开始，我将提早一个小时起床。”

他迈着沉重的步子离开了，走到采石场，收集了整整两车石头，拉到风车那里，然后才去睡觉。

动物们围在克洛弗身边，没有说话。他们躺在土丘上，这里视野开阔，可以俯瞰整片郊野，动物农场的景致尽收眼底——长方形的牧场一直延伸到大路那边，还有晒草场、小树林、饮水池。田地耕好了，种满了绿油油的早麦，农舍的红屋顶上炊烟袅袅。现在是早春晴朗的傍晚，草地和树篱被夕阳最后一丝光芒镀上了金色。他们惊讶地想起这是自己的农场，每一寸土地都是他们的财产——在他们的眼中，它从未显得如此令人向往。克洛弗俯瞰着山下，眼里噙着泪花。如果她能说出自己的心声，她想说的是，当年他们自发起义推翻人类的统治时，并没有想到事情会变成这样。那个晚上老少校鼓舞他们发动起义时，他们并没有想到会发生这一幕幕恐怖的屠杀。当时她自己所憧憬的未来，是一个动物免于饥饿与鞭笞的社会，大家地位平等，每只动物各尽其能各司其职，强者保护弱者，就像那天晚上老少校演讲时她用前腿保护那群孤苦伶仃的鸭雏一样。然而——她不知道为什么会这样——他们却迎来一个没有动物敢说出心声的时代，周围都是凶残咆哮的恶狗，同志们在坦白骇人听闻的罪行后被撕成碎片。她没有不顺从或造反的念头，她知道即使是这样，他们的日子也要比琼斯在的时候好得多。她知道，最重要的事情是阻止人类的复辟。无论发生什么事情，她都必须继续坚定信仰，努力工作，执行下达给她的命令，拥护拿破仑的领袖地位。但是，刚刚发生的那一幕并不是他们所希望发生的事情，他们这么辛苦工作，可不是为了这样。他们建造风车，面对琼斯的枪弹，可不是为了这样。这些就是她的想法，但她不知道该如何表达。

最后，她知道自己无法以言语表达所思所想，于是唱起了《英格兰兽》。坐在她身旁的其他动物也跟着唱起来，他们一连唱了三遍——旋律很优美，但唱得很慢很伤感，他们以前从未像这样唱这首歌。

刚唱完第三遍斯奎拉就来了，带着两条狗，脸色凝重，似乎有重要的事情宣布。他传达了拿破仑同志的特别命令，《英格兰兽》被列为禁歌，从今以后，动物们不许再唱这首歌。

动物们惊呆了。

“为什么？”穆丽尔叫嚷着。

“我们不再需要这首歌了，同志。”斯奎拉瓮声瓮气地说道，“《英格兰兽》是一首讴歌起义的歌曲，但起义已经结束了。今天下午处决叛徒是革命的最后行动，我们已经战胜了外部和内部的敌人。《英格兰兽》表达的是我们对于理想社会的向往，但我们已经建立了理想社会，显然，这首歌再也没有用处了。”

虽然动物们很害怕，但有几只动物或许会提出抗议，可就在这时，绵羊们又开始像往常一样咩咩咩地叫着“四条腿好，两条腿不好”，一连持续了好几分钟，终止了讨论。

从此，农场里再也听不到《英格兰兽》的歌声，诗人米尼姆斯创作了另一首歌代替它，歌曲的开头是这样的：

“动物农场，动物农场，我要以生命保卫你！”

每个星期天早上升旗仪式之后都会唱这首歌，但动物们觉得无论是歌词还是旋律，这首歌都比不上《英格兰兽》。

八

过了几天，处决叛徒的恐怖渐渐平息，有几只动物记起——或者说，他们以为自己记得——“七诫”的第六条是这么写的：“动物们不得互相残杀。”他们没敢把这件事说给猪们或狗们听，但他们觉得残杀动物这件事不合规矩。克洛弗让本杰明读给她听第六条写了些什么内容，但一如既往，本杰明拒绝了，理由是他不想掺和这些破事儿。于是，她去找了穆丽尔，穆丽尔帮她读出上面写了些什么：“动物们不得无故同类相残。”不知怎么的，“无故”这两个字被动物们遗忘了。不过现在他们知道“七诫”并没有被违背，因为处决那些与斯诺鲍勾结的叛徒是天经地义的事情。

那一年动物们的劳动比前一年还要辛苦。为了重建风车，墙壁要比之前的厚一倍，必须在规定的时间内完成，还得干农场里其他的活儿，工作的确非常繁重。有时动物们觉得比起琼斯在的时候，他们似乎工作时间更长了，而食物却没怎么改善。每到星期天早上，斯奎拉会用猪蹄夹着一张长长的纸条，向他们朗读出一连串数字，表明每种粮食的产量增加了百分之两百、百分之三百甚至百分之五百。动物们没有理由不相信他，因为他们都记不清起义之前的情况到底是怎么样的。不管怎样，他们只希望这些数字会少一些，而食物能多一些。

现在所有的命令都通过斯奎拉或某只猪传达下来，拿破仑通常每半个月才会在公众场合出现。当他出现时，不仅有那几只狗陪同着，而且随行的还有一只黑色的小公鸡，走在他前面，充当号兵的角色，在拿破仑讲话之前发出嘹亮的“喔喔喔”的叫声。据说在农场主屋里，拿破仑自己要住好几间房，由两只狗守卫着他单独用餐，而且总是用产自德比郡的王冠牌餐具进食，这些餐具原本放在客厅的玻璃橱柜里。每年到了拿破仑的生日要鸣枪庆祝，规格和其他两个节日一样。

拿破仑现在不再只是叫“拿破仑”。他总是被正式称呼为“我们的领袖拿破仑同志”，那些猪乐此不疲地发明着种种头衔，像“一切动物的父亲”、“人类的梦魇”、“绵羊们的守护者”、“鸭子们的朋友”等等等等。演讲的时候，斯奎拉总是热泪盈眶地歌颂拿破仑的智慧、仁慈以及他对所有地方的动物深沉的爱，甚至包括那些其他农场里仍生活在愚昧与奴役中的可怜的动物们。每一次成功和每一份幸运都被归结为拿破仑的英明领导，这已成为司空见惯的事情。你会经常听到一只母鸡对另一只母鸡说：“在我们的领袖拿破仑同志的英明指引下，我六天内下了五个鸡蛋。”两头在池边饮水的奶牛会说：“感谢拿破仑同志的英明领导，这水是多么甘甜啊！”整座农场的感激之情在米尼姆斯所创作的诗歌《拿破仑同志》中得到了高度体现，诗的内容是这样的：

“您是孤儿们的朋友！
您是幸福的泉源！
您是猪食桶的主宰！
噢，当我凝望着您那平静而威风凛凛的眼眸时，
我的灵魂在熊熊燃烧，您就像天上的太阳，亲爱的拿破仑同志！
是您赐予了所有动物无尽的爱。

是您赐予我们每日两顿饱餐，
赐予我们干净的草床。
所有的动物，无论大与小，
都能安心地睡觉。

是您守护着我们，

拿破仑同志！

我若有一头吮奶的猪崽，

哪怕他的身躯

比奶瓶还小、比擀面杖还短，

他也应该学会无限忠于您，热爱您。

是的，我们所说的第一句话，

将是‘拿破仑同志！’”

拿破仑很欣赏这首歌，命人将其写在大谷仓里“七诫”对面的墙上。斯奎拉还在上面用白油漆画了拿破仑的侧身肖像。

与此同时，通过温帕的穿针引线，拿破仑与弗莱德里克和皮尔金顿进行了复杂的商务谈判，但那堆木材还是没有卖出去。弗莱德里克更希望买下这些木材，但他的报价实在太低了。就在这时又传出了谣言，说弗莱德里克和他的手下正在密谋攻打动物农场，捣毁风车，因为这座风车让他嫉妒万分，而斯诺鲍似乎就躲在平切菲尔德农场。到了仲夏，动物们惊讶地听到三只母鸡坦白了自己的罪行，她们受斯诺鲍的唆摆，准备阴谋行刺拿破仑。她们立刻被就地处决，为了保证拿破仑的安全，新的安保措施开始执行。每天晚上四只狗守在他的床边，每只狗把守着一个床角。一只名叫平克埃的小猪在拿破仑吃东西之前，先品尝检测食物是否被下了毒。

与此同时，有消息说拿破仑已经决定将木材卖给皮尔金顿先生，而且还打算让动物农场与福克斯伍德农场达成农产品贸易的长期协议。虽然拿破仑与皮尔金顿先生的一切交往都是通过温帕在传达，两人却几乎成了朋友。动物们不信任皮尔金顿，因为他是人类，但他们更讨厌弗莱德里克，他们对这个人又怕又恨。随着夏天渐渐过去，风车就快建好了，而人类将发起进攻的谣言也日益喧嚣。据说弗莱德里克准备带二十个人发动侵略，所有人都将带着枪。据说他还贿赂了地方治安官和警察，只要他能抢夺到动物农场的地契，他们对此将不闻不问。而且平切菲尔德农场还传来了可怕的传闻，说弗莱德里克十分残忍地虐待他的动物。他活活打死一匹老马，饿死奶牛，把一只狗扔进火炉里烧死，还在公鸡的脚上绑刀片，然后让他们互相啄斗，以这种方式取乐。听到这些发生在自己同志身上的暴行，动物们气愤得热血沸腾，聒噪着要进攻平切菲尔德农场，赶走人类，解放那里的动物。但斯奎拉劝告他们要避免盲目行动，信任拿破仑同志的策略。

尽管如此，对弗莱德里克的仇恨依然十分高涨。一个星期天上午，拿破仑出现在谷仓里。他解释说，他从未想过将木材卖给弗莱德里克，和这种无耻小人做生意有辱他的尊严。那些派遣出去传播起义宣传的鸽子被勒令不得在福克斯伍德农场的任何地方歇脚，还将之前“打倒人类”的口号换成了“打倒弗莱德里克”。到了夏末，斯诺鲍的另一个阴谋被揭穿了：今年的小麦里掺了很多杂草，原来是斯诺鲍趁夜色潜入农场，将杂草的种子掺进了庄稼的种子里。一只参与了阴谋的公鹅向斯奎拉坦白了罪行，然后吞下剧毒的龙葵莓自杀了。动物们现在知道斯诺鲍其实从未被颁发过“一等动物英雄”勋章——虽然很多动物一直以为有这么一回事。这其实是牛棚战役后斯诺鲍杜撰的故事。他根本不像故事里所说的那么英勇作战，而是一个懦夫。听到这些有的动物又觉得很迷惑，但斯奎拉很快就说服它们是它们记错了。

到了秋天，经过艰苦卓绝的努力——因为秋收工作几乎同一时间进行——风车终于修好了。发电机还没安装，温帕先生负责谈判采购价格，但基本的结构已经完成。虽然经历了种种困难，虽然动物们毫无经验，虽然工具非常简陋，虽然运气很不好，虽然斯诺鲍一直在阴谋破坏，修建风车的工作还是在最后一天按时竣工了！动物们虽然很疲惫，但觉得很自豪，他们绕着自己的杰作走了一圈又一圈，觉得这座风车比第一次建成的时候还漂亮。而且，墙壁比上次厚了一倍，得用炸药才能将它炸倒！当他们想到自己经历了多么艰辛的劳动，克服了怎样的困难与挫折，而一旦风车的叶片开始转动，发电机开始运作，他们的生活又将会发生如何翻天覆地的变化——当他们想到这些时，疲惫就一扫而空，绕着风车一圈接一圈地雀跃着，发出胜利的欢呼。拿破仑带着几只狗和一只小公鸡前来视察风车，他祝贺动物们所取得的成绩，宣布风车被命名为“拿破仑风车”。

两天后，动物们被召集到谷仓参加特别会议。他们惊讶万分地听到拿破仑宣布他已经将木材卖给了弗莱德里克。明天弗莱德里克的马车就会过来将木材运走。这段时间，表面上拿破仑与皮尔金顿很友好，其实暗地里已经和弗莱德里克达成了协议。

与福克斯伍德农场的关系彻底破裂了，皮尔金顿受到了种种羞辱。信鸽们收到命令，不再去平切菲尔德农场捣乱，并将“打倒弗莱德里克”的口号改成了“打倒皮尔金顿”。与此同时，拿破仑劝慰动物们说，那些人类将进攻动物农场的消息纯属子虚乌有，而弗莱德里克对动物的种种暴行其实是被夸大了。这些或许都是斯诺鲍及其党羽散布的谣言。现在他们知道斯诺鲍其实没有躲在平切菲尔德农场，事实上，他从未踏足过那里。据说他正躲在福克斯伍德农场里，过着奢华无度的生活，事实上，几年前他就已经在领皮尔金顿的津贴了。

那些猪对拿破仑的智慧佩服得五体投地。他假装与皮尔金顿示好，迫使弗莱德里克将价格提高了十二英镑。斯奎拉说，拿破仑无与伦比的智慧在于，他不相信任何人，包括弗莱德里克。弗莱德里克原本想支付一种叫“支票”的东西买下那堆木材，这东西好像就是一张纸，承诺兑现上面所写的款项，但拿破仑根本不上他的当。他要求以五英镑面额的现钞作为支付手段，而弗莱德里克已经付了钱。这笔钱刚好可以用来买风车的发电设备。

与此同时，那堆木材很快被运走了。运完之后，谷仓里又召开了特别大会，全体动物参观弗莱德里克支付的现金。拿破仑佩戴着那两块军功章，带着一脸真诚幸福的微笑，正襟危坐在平台的一堆干草上面，身边那叠钱整整齐齐地码好放在从主屋厨房里拿过来的一个瓷碟上。动物们列队慢慢走过来，大饱眼福。鲍克瑟伸出鼻子闻一闻那叠钱，几张薄薄的、白晃晃的纸被吹动着，发出沙沙的响声。

三天后，农场里出了一件可怕的大事。温帕脸色苍白地踩着单车赶到农场，将单车丢在院子里，径直冲进农场主屋。接着，拿破仑的房间里传来盛怒的吼叫声。消息像野火一样传遍整个农场。那些钞票都是伪钞！弗莱德里克分文未付就骗走了那些木材！

拿破仑立刻召集全体动物，以极其恐怖的声音宣布判处弗莱德里克死刑。他说一逮到弗莱德里克就会将他活活用开水烫死。与此同时，他警告动物们弗莱德里克行骗得逞之后，最可怕的事情将会发生。弗莱德里克和他的手下随时会对动物农场发起期待已久的进攻。通往农场的各条道路上都布置了岗哨；此外，四只鸽子被派到福克斯伍德农场传递和解的信息，希望与皮尔金顿重归于好。

隔天早晨，进攻开始了。动物们正在吃早饭的时候，放哨的动物就跑过来报告说弗莱德里克和他的同伙已经通过了五栅大门。动物们勇敢地冲上前迎击他们，但这一次可不像牛棚战役那样可以轻松取胜。对方有十五人，有六七把枪，双方相隔五十码的时候他们就开火了。动物们根本抵挡不住火力猛烈的进攻，虽然拿破仑和鲍克瑟努力组织他们抵抗，很快他们就只能撤退，有好几只动物已经挂了彩。他们以农舍为掩护，警惕地从裂缝和墙孔朝外边张望。整个大牧场包括风车已经被敌人占领。这时连拿破仑也似乎手足无措，他来回踱着步，一言不发，尾巴僵直地摇摆着。他不时朝福克斯伍德农场的方向张望，如果皮尔金顿先生和他的帮工能援助他们，这场仗还有机会赢。但就在这时，昨天派遣出去的四只鸽子回来了，其中一只带着皮尔金顿先生的纸条，上面用铅笔写着："活该！"

与此同时，弗莱德里克和他的同伙来到风车那里。动物们看着他们，惊慌地喃喃自语着，恐惧传染了每一只动物。两个人拿出撬棒和铁锤，他们准备将风车捣毁。

"不可能！"拿破仑嚷道，"我们修建的风车坚固得很，他们花一星期时间也毁不掉。鼓起勇气来，同志们！"

但本杰明专注地看着那几个人的行动。那两个拿着撬棒和铁锤的人在风车的地基处挖了个洞，本杰明带着调侃的神态，慢悠悠地晃着长长的驴脸说道：

"我想的确如此。你们难道没看到他们在做什么吗？接下来他们就要往那个洞里埋火药了。"

动物们惊恐地等候着。他们不敢冲出农舍的掩护。过了几分钟，那些人朝四面八方跑了开去，接着传来了震耳欲聋的巨响。鸽子们在空中盘旋着，除了拿破仑外，所有动物都吓得躺倒在地，把脸埋了起来。当他们站起身时，看到风车所处的地方笼罩着一团黑烟，渐渐随着轻风的吹拂而消散。

风车已不复存在！

看到这一幕动物们不禁怒从胆边生，这一卑劣的行径激起了他们的义愤，刚才的恐惧与绝望被一扫而空。他们发出复仇的呐喊，不等命令下达就一齐径直冲向敌人。无情的子弹像冰雹一样席卷而来，但这一次他们毫不为意。这是一场艰苦卓绝的战役，人类一次次地开枪，当动物们冲到他们身边时，还拿出了棍棒殴打他们，用沉重的靴子踢打他们。一头奶牛、三只绵羊和两只鹅牺牲了，几乎每头动物都受了伤。拿破仑在后方指挥，连他的尾巴尖也被一颗子弹擦伤。但人类也好过不到哪里去。三个人被鲍克瑟的马蹄踢得头破血流，另一个人被一头奶牛的牛角扎进了肚子，另一个人的裤子几乎被杰西和布鲁贝尔咬掉。拿破仑的那九只贴身保镖恶犬按照他的安排，以篱笆为掩护，迂回到人类的侧翼，突然冲了出来，凶狠地狂吠着。那几个人吓得魂飞魄散，他们知道自己有可能会陷入包围，弗莱德里克朝同伙喊话，想趁道路还没被封死之前乘机逃跑，紧接着，那几个人像懦夫一样仓皇而逃。动物们一直追到农田的尽头，在那几个人爬过荆棘篱笆的时候狠狠地踢上几脚。

他们胜利了，但精疲力尽，伤痕累累。他们慢慢走回农场。看到死去的同志横尸在草地上，几只动物伤心地哭了起来。他们走到原先风车矗立的地方，默默地站在那儿。是的，风车没有了，他们辛辛苦苦的劳动成果化为乌有！连底基也几乎被炸平。这一次他们不能像上次那样利用倒下的石头重建风车，因为这一次连石头也被炸没了。爆炸的威力将石头炸到几百码外的地方，似乎风车根本不曾存在过。

他们走近农场时，斯奎拉蹦蹦跳跳地朝他们走来，晃动着小尾巴，满意地微笑着。刚才战斗的时候他不知道跑哪儿去了。动物们听到农舍那边传来了枪声。

“干吗要开枪？”鲍克瑟问道。

“庆祝我们的胜利！”斯奎拉叫嚷着。

“什么胜利？”鲍克瑟问道。他的膝盖在流血，他的一个马蹄铁没了，一只马蹄开岔了，几颗子弹击中了他的后腿。

“什么胜利，同志？我们不是将敌人从我们的土地上赶跑了吗？我们不是保卫了动物农场神圣的土地吗？”

“但他们摧毁了风车。为了建造风车我们整整辛苦了两年！”

“那又怎么样？我们会再建造一座风车。如果我们愿意，我们会建造六座风车。同志，你不明白我们刚刚所缔造的丰功伟绩。我们现在所站立的土地刚才还被敌人所占领，现在——感谢拿破仑同志的英明领导——我们夺回了每一寸土地！”

“我们只是赢回了原本就拥有的东西。”鲍克瑟说道。

“这就是我们的胜利。”斯奎拉反驳道。

他们一瘸一拐地走进院子里。几颗子弹嵌在鲍克瑟的腿里，疼得很厉害。他知道重建风车将会是多么辛苦的劳动，他已经想象着自己承担起这个重担，但有生以来，他第一次意识到自己已经十一岁了，或许，他的肌肉已经不像以前那么强健有力了。

但当动物们看到绿色的旗帜升起，听到鸣枪致意——这次一连开了七枪——并听到拿破仑的讲话，赞扬他们的英勇作战时，他们觉得这终究是一场伟大的胜利。他们为在战斗中牺牲的动物举行了庄严的葬礼。鲍克瑟和克洛弗拉着马车充当灵车，拿破仑本人走在队伍的前头。他们整整庆祝了两天，载歌载舞，发表演说，继续鸣枪致意。每头动物分到了一个苹果，每只鸟分到了两盎司玉米，每只狗分到了三块饼干。这场战役被命名为“风车战役”，拿破仑创建了新的军功头衔，名字叫做“绿旗勋章”，授予了他自己。在欢庆的气氛中，收到伪钞的不幸被淡忘了。

几天后，猪们在农场主屋的地窖里找到了一箱威士忌。第一次占领主屋的时候没有发现这箱东西，当晚主屋里传来了嘹亮的唱歌声，但令每一头动物惊讶的是，《英格兰兽》的歌词被唱得乱七八糟的。大约九点半的时候，有动物看到拿破仑戴着琼斯先生的旧圆顶礼帽，从后门出来，绕着院子跑来跑去，然后又走回屋子里。到了早上，主屋里一片寂静，没有一头猪醒过来。到了九点钟斯奎拉才出现，走起路来有气无力，双眼迟钝无神，尾巴软软地耷拉着，看上去似乎病得很厉害。他召集了动物，告诉他们有一个噩耗要宣布：拿破仑同志病危了！

大家如丧考妣地悲号着，他们蹑手蹑脚地走到主屋的门前，放下干草以示哀悼。他们含着眼泪，彼此询问如果领袖离开了他们该怎么办。有谣言说斯诺鲍的阴谋终于得逞，往拿破仑同志的食物里投了毒。十一点钟的时候，斯奎拉出现了，宣布新的消息。拿破仑逝世前最后下达了神圣的命令：酗酒的动物将被处以死刑。

不过，到了晚上，拿破仑的健康似乎有所好转，第二天早上，斯奎拉告诉大家拿破仑的身体开始恢复。到了当天晚上，拿破仑恢复了工作。隔日大家听说他命令温帕到威灵顿购买几本关于酿酒和蒸馏的书。一周后，拿破仑下令将果园尽头原本准备用来供退休动物吃草养老的小牧场开垦出来。一开始大家以为这是因为这块土地耗尽了肥力，需要重新播种，但很快他们获悉拿破仑准备用它来种大麦。

这个时候出了一桩怪事，大家都不明白到底是怎么回事。一天晚上大约十二点钟的时候，院子里传来一声巨响，动物们都从畜栏里跑了出来。那天晚上月光皎洁，在书写着“七诫”的大谷仓的端壁脚下，一张梯子断成两截。斯奎拉似乎吓坏了，四肢瘫直躺在旁边，在他的蹄子旁边有一个灯笼、一把油漆刷子和一个打翻的白油漆桶。几只狗立刻围住斯奎拉，等他一能走路就护送他回到农场主屋。没有动物明白这到底是怎么回事，除了本杰明——他晃着长长的驴脸，似乎了然于胸，但什么也没说。

几天后穆丽尔读着“七诫”时，发现又有一处地方它们记错了。他们原本以为第五诫的内容是“动物们不得饮酒”，但他们漏了两个字——事实上，第五诫的内容是“动物们不得饮酒过度”。

九

鲍克瑟的蹄子开岔了，很久都没好。庆祝完胜利后第二天，他们就开始重建风车。鲍克瑟不肯给自己放哪怕一天假，而且不让别的动物察觉他在忍受疼痛，认为这事关他的荣誉。到了晚上他会私下里对克洛弗说，他的蹄子疼得很厉害。克洛弗嚼碎草药，敷在蹄子上。她和本杰明劝说鲍克瑟干活不要那么拼命。她告诉鲍克瑟，马的肺无法一直承受负荷，但鲍克瑟听不进去。他说他只有一个心愿未了——在他退休之前，希望看到风车建成。

动物农场最初制定法律的时候规定，马和猪的退休年龄是十二岁，奶牛十四岁，狗九岁，绵羊七岁，母鸡与鹅是五岁。养老津贴已经通过决议，但迄今还没有动物领到养老津贴，不过最近越来越多的动物谈论着这个话题。现在果园那边的小牧场被开辟成了大麦田，有消息说，大牧场的一角会修筑篱笆，专门留给退休的动物颐养天年。消息还说，马的退休津贴是一天五磅玉米，冬天则是十五磅干草，节假日时还会分一根萝卜或一个苹果。明年夏末就将是鲍克瑟的十二岁生日。

与此同时，生活过得很艰苦。这个冬天和去年的冬天一样寒冷，食物更加紧缺。除了猪和狗之外，所有动物的食物配给都减少了。斯奎拉解释说，严格按照公平原则实施配给其实与动物主义的精神格格不入。他轻松地向其他动物证明，事实上他们并不缺少食物，虽然情况看上去是这样。在目前的情形下，食物配给“重新调整”在所难免(斯奎拉总是说“重新调整”，从来不说“减少”)，但比起琼斯在的时候，生活已大有改善。斯奎拉尖厉而快速地读出一连串数字，向他们证明比起琼斯在的时候，他们有了更多的燕麦、更多的干草、更多的萝卜，而且他们工作的时间缩短了，他们的饮水质量提高了，他们的寿命增加了，他们的下一代死亡率降低了，他们的畜栏里铺了更多的干草，跳蚤肆虐的情况减少了。动物们相信他说的每句话。说实话，他们已经淡忘了琼斯在的时候生活到底是什么情形。他们知道现在的生活很穷很辛苦，他们总是在忍饥挨冻，只要醒来就得一直干活。但是，毫无疑问，以前的生活一定要比现在更糟糕，他们很乐意相信这一点。而且，以前他们是奴隶，现在他们获得了自由，而这是最重要的，同时也是斯奎拉强调的重点。

现在有更多张嘴等着吃饭。秋天的时候四头母猪几乎同一时间下崽，生了三十一头小猪，每一头都长着花斑猪皮，而拿破仑是农场里唯一的公猪，因此不难猜到他们的父亲是谁。命令下来了，等买来砖头和木料，农场主屋的花园里将会盖一间学校。拿破仑暂时在主屋的厨房里负责教育这些小猪。他们在花园里锻炼玩耍，但不能和其他小动物在一起。与此同时，农场里多了条规矩：当一头猪和别的动物在路上相遇时，其他动物必须让道。所有的猪，无论地位高低，享有星期天在尾巴上佩戴绿缎带的特权。

农场这一年的收成不错，但还是缺钱。建学校得买砖头、沙子和石灰，而且还要存钱购买风车的发电设备，此外还要买主屋里用的灯油、蜡烛和供拿破仑专享的方糖（他不准别的猪吃糖，理由是吃糖会导致肥胖）；还有常用的消耗品，譬如工具、钉子、绳索、煤炭、电线、铁片和狗饼干。他们卖了一垛干草和一部分土豆收成，鸡蛋的合约增加到一星期六百个，所以那一年母鸡们没有孵出足够的鸡雏以保持农场里鸡的数量。十二月的时候饲料配给的数量已经减少了一次，到了二月份又削减了一回。为了节省灯油，畜栏里不许点灯。不过，猪们的日子似乎还是很滋润；事实上，他们都变得更胖了。二月底的一天下午，一股动物们从未闻过的暖和馥郁、令人食欲大开的香气从发酵小屋里穿过院子传了出来。那间发酵小屋在厨房的旁边，自从琼斯在的时候就停用了。有的动物说这是煮大麦的味道。动物们饥渴地闻着香气，心想这是不是在准备热乎乎的麦芽浆当晚餐。但是，热乎乎的麦芽浆没有出现，接下来的那个星期天，命令下达了：从现在开始所有的大麦都得留给猪们享用。果园那边的那块田里已经开始播种大麦了，有小道消息说现在猪们每天可以分到一品脱的啤酒，拿破仑则可以喝半加仑，总是用德比郡皇冠牌盛汤盖碗开怀畅饮。

不过，虽然说日子比以前更辛苦了，但现在他们的生活比以前更有尊严，这在部分程度上抵消了痛苦。现在唱歌多了，演讲多了，游行也多了。拿破仑下令每周要举行一次自发游行，目的是庆祝动物农场的英勇斗争与伟大胜利。在规定的时间里，动物们离开自己的工作岗位，像军队一样排成方阵绕着农场游行。猪们走在最前面，然后是马，接着是奶牛、绵羊和家禽，几只狗走在最后面。带队的是拿破仑的黑色小公鸡，鲍克瑟和克洛弗扛着一面绿色的旗帜，上面画着蹄子和角，写着“拿破仑同志万岁！”游行之后是诗歌朗诵，内容都是向拿破仑致敬，接着是斯奎拉的演讲，滔滔不绝地列举出粮食产量近期的增长，有时还会鸣枪致意。绵羊们是自发游行最忠实的拥趸，如果有哪只动物抱怨说（当猪或狗不在身边的时候，有时会有几只动物这么做）这是在浪费时间，而且还得在寒风中站这么久，绵羊们就会大声地咩咩咩叫着“四条腿好，两条腿不好”，让那些动物停止抱怨。不过，大体上动物们很喜欢这些庆祝活动，他们觉得这让他们想到自己毕竟当家做主了，他们的工作都是为了自己的利益。因此，在歌声、游行、斯奎拉的一连串数字、震耳欲聋的枪声、小公鸡的啼叫声和飘扬的旗帜的感染下，他们忘记了自己饥肠辘辘，至少在当时不怎么觉得。

到了四月，动物农场宣告成为共和国，因此需要选举产生一位总统。候选动物只有一只，那就是拿破仑，他毫无异议地顺利当选。在同一天，有消息说又有新的秘密文件被发现，揭露了斯诺鲍与琼斯勾结的更多细节。与动物们原先的想象刚好相反，斯诺鲍不仅想要阴谋断送牛棚战役，而且还公然与琼斯并肩作战。事实上，当时是他为人类带路，高喊着“人类万岁”的口号发动了战斗。几只动物还记得斯诺鲍的背上有几道伤痕，事实上，那都是拿破仑咬的。

到了仲夏，失踪了几年之后，乌鸦摩西突然又在农场里出现了。他还是那副德性，从不干活，和以往一样大谈美妙的糖果山。他会栖息在一个树墩上，扑扇着黑色的翅膀，向任何愿意倾听的人布道，一谈就是好几个小时。他会神情庄严地用他硕大的鸦嘴指着天空说："同志们，在那上面，就在乌云的另一头——就是糖果山，那里是美妙的天堂，我们这些可怜的动物将在那里安息，不用再辛苦劳动！"他甚至声称自己曾飞上云霄到过那里，亲眼见到四季常青的苜蓿田，见到篱笆上长着亚麻籽饼和方糖。许多动物都相信他。他们觉得自己现在的生活连饭都吃不饱，干活又非常辛苦，有一个更美好的世界存在不是理所当然的事情吗？猪们对摩西的态度很暧昧，他们不屑地斥责摩西关于糖果山的描述都是谎言，但他们又让他呆在农场里，不用工作，每天分到一及耳[①]啤酒。

鲍克瑟的蹄子康复了，他比以往更加努力地工作。事实上，那一年动物们都像奴隶一样干活。除了农场的常规工作外，还得重建风车，给小猪们盖校舍，这项工作从三月份开始。有时长时间填不饱肚子真的很难挨，但鲍克瑟从不畏惧退缩。他的一言一行、一举一动似乎还是像以前一样刚强有力，但他的外表却改变了。他的皮毛不再像从前那样油光滑亮，饱满的腰肢似乎也变小了。大家都说："到了春天有草

---

① 及耳：英制容量单位，为四分之一品脱，合 0.14 升。

吃，鲍克瑟就会恢复过来的。”但春天到了，鲍克瑟并没有长胖。有时在通往采石场的坡路上，他收紧全身的肌肉拉着一块沉重的石头，靠着意志在硬撑着。这时他的嘴似乎在说：“我要更加努力工作。”但他说不出话来。克洛弗和本杰明一再劝告他要注意身体，但鲍克瑟根本不肯听。他的十二岁生日就要到了，他希望在领退休津贴之前多采集一点石头，其他的根本不在乎。

一个夏日的傍晚，一个噩耗传遍了农场：鲍克瑟独自出去给风车拉石头的时候出事了。消息是真的。几分钟后，两只鸽子飞回来说：“鲍克瑟出事了！他躺倒在地上，挣扎着爬不起来！”

农场里一半动物跑到风车所在的土丘。鲍克瑟躺在马车的两根辕木之间，脖子伸得很长，甚至没办法抬起头。他的眼睛呆滞无神，身上满是汗水，嘴角边流着一道鲜血。克洛弗跪在他身边。

“鲍克瑟！”她问道，“你怎么了？”

“我的肺裂了。”鲍克瑟的声音很微弱，“不要紧，我想，没有我你们也能建好风车。我已经收集了许多石头，反正再有一个月我就退休了。说老实话，我还是挺盼望退休的。本杰明也老了，或许他们会让他和我一起退休，这样我好有个伴儿。”

“我们得找猪来帮忙。”克洛弗说道，“快点，谁去通知斯奎拉发生了什么事。”

大家都立刻跑到农场主屋，告诉斯奎拉这件事。只有克洛弗和本杰明留了下来，本杰明躺在鲍克瑟身边，什么也没说，用他长长的尾巴为鲍克瑟赶跑苍蝇。大概一刻钟后斯奎拉过来了，关切地嘘寒问暖。他说拿破仑同志已经知道了这桩不幸，内心非常悲痛，因为鲍克瑟是农场里最忠诚的劳动者。他已经着手安排送鲍克瑟到威灵顿的医院疗养。听到他这么说，动物们都觉得有点不安。除了莫莉和斯诺鲍，其他动物都没有离开过农场，他们不敢想象病重的鲍克瑟同志落到人类手里会怎么样。然而，斯奎拉轻松地说服他们威灵顿的兽医可以治好鲍克瑟，这要比让他留在农场里更好。半个小时后，鲍克瑟好点儿了，艰难地站起身，一瘸一拐地走回自己的马厩，本杰明和克洛弗已经为他铺好了一床干草。

接下来的两天，鲍克瑟一直呆在马厩里。猪们送来了一大瓶粉红色的药水，是在浴室里的药架上找到的。每天克洛弗在饭后喂鲍克瑟吃两回药，到了晚上，她躺在马厩里陪他说话，本杰明为他赶走苍蝇。鲍克瑟说他不后悔自己干活累垮了。如果他能恢复健康，他希望再活上三年，在大牧场的角落里过平静的生活。这将是他有生以来第一次能有闲暇学习，提高他的智力。他说他准备在余生学完字母表里另外那二十二个字母。

但是，本杰明和克洛弗只有在下班后才能陪鲍克瑟。第三天中午的时候，一辆货车过来接他走。动物们正在一头猪的监督下给萝卜田除草。他们惊讶地看到本杰明从农舍的方向跑过来，以最大的声量叫唤着。他们第一次见到本杰明这么激动——事实上，他们第一次看到他居然在跑。“快点，快点！”他叫嚷着，“快点过来！他们要把鲍克瑟带走了！”动物们不等那头猪下达命令，都停下手头的活儿，跑回到农舍里。果然，院子里来了一辆两匹马拉的封闭式装运车，车厢旁边写着字。一个戴着圆顶帽、神情狡诈的男人正坐在马夫的位置上。鲍克瑟的马厩空荡荡的。

动物们簇拥着装运车。“再见，鲍克瑟！”他们一起高嚷着，“再见！”

“笨蛋！笨蛋！”本杰明叫嚷着，绕着他们跳来跳去，小驴蹄子刨着泥土，“笨蛋！难道你们没看到货车的车厢上写着什么吗？”

听到他这么说，动物们都停了下来，大家默不作声。穆丽尔开始拼读上面的字，但本杰明将她推开，在一片死寂中，他读出上面的字：

“威灵顿阿尔弗莱德·西蒙德斯屠马场兼熬胶厂。经营毛皮和骨粉，为养狗场供货。你们难道不明白这意味着什么吗？他们要把鲍克瑟带去屠马场啊！”

动物们惊恐地尖叫起来，这时那个人挥起马鞭，两匹马迈着小步驱车离开了院子。动物们跟在马车后面，声嘶力竭地尖叫哀号着。克洛弗冲到前面，马车开始加速。克洛弗迈着臃肿的四肢也跟着一路小跑。“鲍克瑟！”她叫嚷着，“鲍克瑟！鲍克瑟！鲍克瑟！”就在这时，似乎听到了外面的动静，鲍克瑟那张鼻子上有一道白斑的脸从货车后面的小窗子里伸了出来。

“鲍克瑟！”克洛弗高声尖叫着，“鲍克瑟！下车！赶快下车！他们要把你运走杀掉！”

所有动物都叫嚷着，“下车！鲍克瑟，下车！”但货车越走越快，渐渐离他们远去。他们不知道鲍克瑟是不是听明白克洛弗说了些什么，但过了一会儿，他的脸从窗口处消失了，接着货车里传来马蹄的踢打声。他想踢破车厢下车。要是在以前，鲍克瑟的马蹄不消三两下就能将车厢踢成碎片，但现在，他已经没有力气了。过了一会儿，马蹄的踢打声渐渐减弱，最终悄无声息。在绝望中，动物们开始哀求那两匹驱车的马能停下来。“同志，同志！”他们叫嚷着，“不要将你们自己的兄弟带去杀掉！”但那两匹马十分愚笨，根本不知道发生了什么事情，只是缩着耳朵，加紧了步伐。鲍克瑟的脸没有再在窗口出现。有的动物想起跑到前头将五栅大门关起来，但为时已晚，马车通过大门，消失在大路尽头。他们再也没有见到鲍克瑟。

三天后，有消息说，尽管采取了种种医马的手段，鲍克瑟还是不幸在威灵顿的医院里去世了。斯奎拉向大家宣布了这则噩耗。他说，鲍克瑟临终前他就守护在身边。

“那是我所见过的最感人肺腑的一幕！”斯奎拉抬起猪蹄擦掉一滴泪水，“我守在他的床前，直到最后他去世为止。那时他虚弱得几乎说不出话来，在我的耳边说，他唯一的遗憾，就是没能活到风车建成的那一天。他说：‘前进，同志们！以起义的名义前进！动物农场万岁！拿破仑同志万岁！拿破仑永远正确！’这就是他的遗言，同志们。”

说到这里斯奎拉的举止突然变了。他沉默了一会儿，小小的眼睛警惕地看过来看过去，然后继续说下去。

他说他知道在鲍克瑟被送走的时候，农场里流传着一则愚蠢而别有用心的谣言。有的动物注意到，拉走鲍克瑟的货车上写着“屠马场”的字样，以为鲍克瑟是被送到了屠马场那里。斯奎拉说他几乎不敢相信会有动物这么笨。他义愤填膺地叫嚷着，晃动着尾巴，跳过来又跳过去。难道它们还不了解敬爱的领袖拿破仑同志吗？答案其实非常简单，那辆货车原本的主人是一个屠马场的老板，后来被一个兽医买下了，还来不及将旧的名字擦掉，而这导致了动物们产生误会。

听到他这么说，动物们放下了心头的大石。斯奎拉继续绘声绘色地描述鲍克瑟临终前的细节：他得到了细心的呵护，那些医药特别昂贵，但拿破仑同志毫不吝惜地付了钱。动物们最后一丝疑虑被打消了，虽然他们为鲍克瑟同志的去世感到伤心，但想到他至少死得安详，他们觉得很欣慰。

接下来的星期天早上拿破仑亲自出席了会议，为鲍克瑟致追悼辞。他说虽然敬爱的鲍克瑟同志的遗骸没办法带回农场安葬，但他已经下令用花园里的月桂枝做了一个大花圈，将摆在鲍克瑟的坟前。再过几天，猪们还打算为纪念鲍克瑟举行宴席。拿破仑的发言以鲍克瑟生前最喜欢说的两句话作为结束，“我要更加努力工作”和“拿破仑总是正确的”。他说，每头动物都应该将这两句话奉为律己的格言。

到了举行宴席的那一天，一辆杂货商的货车从威灵顿开过来，给主屋送来了一个大木箱。当天晚上传来了高亢的歌声，接着又传来了似乎是激烈吵架的声音，十一点的时候最后传来打破玻璃杯的声音。第二天直到中午，主屋里没有一只猪醒过来。有消息说，不知从什么地方，那些猪得到了一笔钱，又给自己买了一箱威士忌。

十

许多年过去了，秋去春来，动物们短暂的生命弹指而尽。除了克洛弗、本杰明、乌鸦摩西和几头猪外，再没有别的动物记得起义前的情况。

穆丽尔死了，布鲁贝尔、杰西和平切尔死了，琼斯也死了——临终前沦落到住在郊区一处收容酒鬼的地方。斯诺鲍被遗忘了，鲍克瑟也被遗忘了，只有几只相识的动物还记得他。克洛弗现在成了一头衰老臃肿的母马，关节僵硬，眼角边总是堆着耳屎。她过了退休年龄两年了，但事实上，没有动物能真的退休。原本有一个议案说要在大牧场的一角开辟地方让退休动物颐养天年，但很久之前就再也没被提起过。拿破仑现在长成了重达二十四英石的成年公猪，斯奎拉胖得几乎睁不开眼睛。只有本杰明还是和以前一样，只是驴嘴更灰了一些，自从鲍克瑟去世后，变得更加孤僻而沉默寡言。

农场里现在多了许多动物，但增长的数目并没有前几年所预计的那么多。对于许多动物而言，起义只是口口相传的模糊历史，而有的动物是买来的，在来到农场之前对起义一无所知。包括克洛弗在内，农场里一共有三匹马，另外两匹马都很健壮，干活卖力，性格和蔼，但非常愚笨。没能学会B后面的其他字母。他们接受了关于起义和动物主义原则的一切教导，特别是出自克洛弗之口的教导——他们对她的尊敬近乎孝顺；至于他们能否真正理解个中要义则有待商榷。

现在农场比以前更加兴旺发达，组织得更有条理：他们从皮尔金顿那儿买了两块地，扩大了农场的面积。风车最终还是顺利建成了，农场现在安装了打谷机和干草升运机，修建了新的农舍。温帕给自己买了一辆小马车。不过，风车并没有用来发电，而是用来磨面，利润非常可观。动物们正辛苦地建造着另一座风车，据说这一座建好之后将用来发电。但再也没有动物提起斯诺鲍曾经许诺的那些奢侈的情景：畜栏里装上电灯和冷热水，一周工作三天。拿破仑斥责这些想法有悖动物主义的精神。他说，最真实的快乐在于努力工作和简朴生活。

农场似乎越来越富有，但动物们的日子似乎还是那么难过——当然，猪和狗是例外。或许一部分原因是因为现在猪和狗的数目多了许多。这些动物并非没有在从事工作——当然，是以他们的方式。正如斯奎拉总是不厌其烦地解释的那样，它们要从事永无休止的监督工作和组织工作，而这些工作是其他动物根本无法理解的。例如，斯奎拉告诉他们，猪每天要付出艰辛的劳动，从事那些名叫“文件”、“报告”、“摘要”、“备忘录”的神秘工作。那一张张大大的纸上密密麻麻地写满了文字，而一旦写好后他们又得拿到炉子里烧掉。斯奎拉说这些工作非常重要，牵涉到农场的前途和福祉。但不管怎样，猪和狗并没有靠自己的劳动创造出食物，而他们的数目是那么多，胃口又总是那么好。

至于其他动物，他们的生活一直是那样。他们总是饥肠辘辘，睡的是干草，喝的是水池里的水，在田里干活，冬天苦于严寒，夏天苦于蚊蝇。有时，他们当中年纪大一些的动物会梳理模糊的记忆，试图回忆起义刚刚结束，琼斯刚刚被赶跑的时候日子到底比现在更好一些还是更糟糕一些，但他们根本不记得了。他们不知道拿什么去参照现在的生活，有的只是斯奎拉口中的一连串数字，而这些数字总是在说“形势一片大好，而且越来越好”。动物们觉得这些数字很难理解，反正他们也没有多少时间思考这些事情。只有老驴本杰明说他记得生命中的每一个细节。他说，他知道事情从未，也永远不会变得好到哪里去或糟到哪里去——据他所说，饥饿、艰苦与失望是生活永恒的法则。

但是动物们从未放弃希望。他们一刻也没有失去作为动物农场成员的那份荣誉感和优越感。动物农场仍是整个郡县——乃至整个英国——唯一由动物当家做主的农场。每一头动物，包括那些年纪很小的动物，包括那些从十几二十英里外买来的动物，都深深为之骄傲。当他们听到枪声响起，看到绿色的旗帜在旗杆顶端飘扬时，他们的心里充满了无法磨灭的自豪。他们总是谈起以前的峥嵘岁月：赶跑了琼斯，题写“七诫”，挫败人类入侵者的伟大战役。旧时的理想并没有被忘却。动物们仍信仰着老少校曾预言的动物共和国，到了那时，英国绿油油的农田将不容人类踏足。这个理想终有一天会实现，虽然不会马上成真，虽然现在任何活着的动物在有生之年都无法看到，但这个理想迟早会实现。《英格兰兽》的旋律暗地里总是此起彼伏，农场里的每只动物都会唱这首歌，但没有哪只动物敢大声地唱出来。他们的生活总是很艰苦，他们的希望总是落空，但他们知道他们和别的动物不一样。如果说他们填不饱肚子，那至少他们没有在喂养残暴的人类；如果说他们的工作很辛苦，那至少他们是为了自己在劳动。在他们当中没有两条腿走路的动物；没有动物得称呼别的动物为“主人”；所有的动物都是平等的。

初夏的一天，斯奎拉命令绵羊们跟在他身后，带着他们来到农场尽头的一块荒地，那里长满了白桦树的青苗。在斯奎拉的监督下，绵羊们一整天都在那里啃食树叶。到了晚上，他自己回到了农场主屋，因为天气很暖和，他命令绵羊们继续留在荒地那里。他们整整呆了一个星期，这段时间其他动物没有看到他们一眼。每天大部分时间斯奎拉和绵羊们在一起。据他所说，他在教他们唱一首新歌，而这首歌需要保密。

绵羊们回来后，一个宜人的傍晚，动物们下班准备回农舍，院子里传来一声惊恐万分的马鸣。动物们惊讶地停下脚步。那是克洛弗的声音。她又尖叫了一声，全体动物一路小跑冲进院子里，看到了克洛弗所看到的一幕。

一头猪正用两条后腿走路。

是的，那只猪是斯奎拉。他走得有点别扭，似乎还不习惯用这个姿势支撑他那副庞大的身躯。但他走得很平稳，正在穿过院子。过了一会儿，长长一排猪从农场主屋的门内走了出来，他们都用两条后腿走路。有的猪走得比别的猪稳当，有一两只走得踉踉跄跄的，看上去似乎得拄着拐杖才行，但他们还是顺利地绕着院子散起了步。最后，在喧闹的狗吠和黑色小公鸡的尖叫声中，拿破仑出来了。他直立着身躯，昂首阔步，傲慢地左顾右盼。那几只狗围在他身边欢腾跳跃着。

他的猪蹄还握着一根皮鞭。

四处一片寂静。动物们惊恐地挤在一起，看着那些猪慢悠悠地在院子里散步。整个世界似乎完全被颠覆了。接着，他们震惊的情绪渐渐平复。他们不顾一切想提出抗议——尽管他们非常害怕那些恶狗，尽管多年来他们养成了无论发生什么事情都从不抱怨从不批评的习惯，但就在这时，所有的绵羊一齐开始大声地咩咩咩叫着：

“四条腿好，两条腿更好！四条腿好，两条腿更好！四条腿好，两条腿更好！”

他们不停地叫了五分钟。等绵羊们安静下来的时候，提出抗议的时机已经过去了，因为猪们已经回到了屋子里头。

本杰明察觉到有一只鼻子在摩挲着他的肩膀，转头一看是克洛弗。她那双昏花的老眼看上去更加黯淡无神。她什么也没说，轻轻地拽着他的鬃毛，领着他走到大谷仓书写着“七诫”的端壁那里。他们俩站在那儿，端详着沥青墙上白色的字体。

“我的眼睛不好使了。”最后克洛弗说道，“其实就算我年轻几岁也读不出上面写了些什么。但我觉得墙上写的东西似乎不一样了。‘七诫’还是以前那些内容吗，本杰明？”

本杰明第一次打破自己的老规矩，为她读出墙上书写的内容。现在上面只写了一条律令，内容如下：

“所有动物皆平等，但有的动物比其他动物更加平等。”

第二天，猪们的蹄子里都夹着鞭子，监督动物们干活，这似乎没什么奇怪的。动物们得悉猪们给自己买了一台无绳电话，准备安装电话线，订了《约翰牛》、《点点滴滴》、《每日镜报》等报纸杂志，这些似乎没什么奇怪的。有的动物看到拿破仑叼着烟斗在花园里散步，这也没什么奇怪的——连猪们从衣柜里找出琼斯先生的衣服并穿上也没什么奇怪的。拿破仑穿上了黑色大衣、狩猎马裤和皮绑腿，而他最宠幸的母猪则穿着一件水纹丝绸长裙，这件衣服是琼斯夫人在星期天经常穿的。

一星期后的一天下午，几辆小马车来到农场。附近的农场主组成观光团，受邀前来参观农场。他们走遍了整座农场，对看到的每件事物啧啧称奇，特别是那座风车。动物们在萝卜田里除草，他们卖力地干着活，几乎没有抬头，不知道他们害怕的到底是这群猪还是这些人。

那天傍晚农场主屋里传来了喧闹的笑声和歌唱声。突然间听到人猪混杂的声音，动物们都觉得很好奇。现在动物和人类第一次以平等的地位进行会晤了，屋子里会发生什么事？他们一齐悄悄地溜进了花园。

走到大门处他们停下了脚步，不敢再向前走，但克洛弗带头走了进去。他们蹑蹄蹑脚地走到屋子外边，个头高的动物透过餐室的窗户往里面张望。在餐室里，六位农场主与六只地位最高的猪围着一张长桌坐在一起，拿破仑端坐在上首主人家的座位上。那些猪看上去似乎很习惯坐在椅子上。他们刚才正在打牌，但现在暂停了，应该是准备喝酒致辞。他们传递着一个大酒瓶，杯子里又斟满了啤酒。没有人或猪注意到了窗户外头动物们好奇的脸庞正向屋里张望。

福克斯伍德农场的皮尔金顿先生端着酒杯站起身。他说他要提请列席的宾主畅饮一杯，但在喝酒之前，他觉得有些话要说。

他说，他觉得非常高兴和满意——他相信在场的宾主都有同感——持续了很长一段时间的猜忌和误解终于得以消除。有那么一段时间——虽然他和在场的客人们并非有意这么想——有那么一段时间，附近的农场主对动物农场的管理者心存疑虑，但这远远谈不上敌意。不幸的事件发生了，农场之间产生了误解。他们曾经以为由猪掌控管理农场是不正常的事情，而且会给乡村带来不好的影响。许多农场主未经调查就妄下结论，以为这座农场会陷入堕落散漫、目无法纪的境地。他们一度很担心这会对自己农场里的动物或对那些人类帮工产生不良影响。但现在，所有的疑惑都澄清了。今天他和他的朋友们参观了动物农场，亲眼见到了每一寸土地，他们发现了什么？除了最先进的农耕设施外，整座农场管理得井井有条，堪称各地农场的楷模。他相信动物农场里的低等动物比其他地方的动物干活更多，吃食更少。事实上，他和其他参观者今天学到了很多东西，准备立刻介绍引进到自家的农场里。

最后，他说他想再次申明动物农场与附近的农场过去一直友好相待，今后也应该维持这段友谊。猪和人类之间并没有任何利益上的冲突。他们的挑战与困难其实是一样的。每个地方都要面对劳工问题，难道不是这样吗？显然，皮尔金顿先生想在众人面前说出一句心里酝酿了多时的妙语，但忍不住自己先笑了起来，咳了很久，有几层褶子的下巴憋得通红，最后憋出这么一句：“你们有下等动物要对付，我们也有下等人要对付！”听到这句妙语整张桌子的宾主都哄笑起来。皮尔金顿先生再一次对猪们大肆褒扬，夸他们能给动物们提供那么少的饲料，却让动物们干那么多的活儿，而且据他观察，动物农场里没有滥饮滥食这种现象。

最后他敦请全体宾主起立，酒杯里倒满啤酒。“先生们，”皮尔金顿总结道，“先生们，我提议，为动物农场的繁荣干杯！”

那群猪和那些人兴高采烈地站起身，互相祝贺。拿破仑非常高兴，特意离开自己的座位，走到皮尔金顿先生的座位与他碰杯致意，然后一饮而尽。祝贺声渐渐平息，拿破仑仍站立着，显然，他也有几句话要说。

和他以往的发言一样，这番话简短而切中肯綮。他说他对误会得以消除也感到很高兴。谣言流传了很长一段时间——他有理由相信是某些心怀恶意的敌人散播的——将他及其同伴描绘成从事颠覆甚至鼓吹革命的好斗分子，似乎他们是煽动附近农场的动物进行起义的幕后黑手。这些根本不是事实！他们唯一的愿望，无论过去还是现在，就是和邻近的农场保持和平的关系，进行正常的贸易活动。他补充说道，现在他管理着农场，建立了合作经济。农场的地契由他掌管，拥有者是全体的猪。

他还表示，他不相信那些谣言会继续流传下去，但他将对农场的日常工作进行改革，而这将有助于进一步促成外界对动物农场的信任。迄今为止，农场里的动物们有个很傻帽的习惯，他们以“同志”这个词彼此称呼。这种情况将被禁止。农场里还有一个奇怪的风俗，至于起源已经无从考究。每个星期天早上他们会列队走过花园里的一根旗杆，上面挂着一个公猪的头骨。这个风俗也将被禁止，那个头骨已经被埋掉了。参观的客人或许已经注意到了在旗杆上飘扬的那面绿旗。果真如此的话，他们或许也看到了旗帜上以前的白色蹄子和角的图案已经去掉了。从现在开始，那只会是一面纯绿色的旗帜。

对于皮尔金顿先生精彩而友好的发言，他只有一点要提出批评。皮尔金顿先生一直在说"动物农场"怎么样怎么样，他当然不知道——因为现在拿破仑第一次宣布这个消息——"动物农场"这个名字已经被取缔了。从今以后，农场将改名为"曼纳农场"——他相信这才是农场正统贴切的名字。

"先生们，"拿破仑总结说，"我也要向大家祝酒，不过形式略有不同。请满斟你们的酒杯，先生们。我提议：为曼纳农场的繁荣，干杯！"

宾主们再一次真挚地互相庆贺，酒杯里滴酒不剩。在外面看热闹的动物们觉得似乎有奇怪的事情发生：那几头猪的脸似乎变样了。克洛弗昏花的老眼从一张张猪脸上掠过。有的猪长了五重下巴，有的猪长了四重下巴，有的猪长了三重下巴，那些脸似乎在消融变形。接着，掌声结束了，那些人和那群猪拿起扑克继续刚才中断的牌局，动物们悄悄地离开了。

还没等他们走出二十码远，他们就停下脚步，听到屋子里传来尖叫声。他们连忙跑回去，又趴在窗户上偷窥。是的，里面正在激烈地争吵。他们在大吵大闹，拍打桌子，狐疑地盯着对方，恼羞成怒地矢口否认。吵架的原因似乎是拿破仑和皮尔金顿先生同时打出了一张黑桃 A。

十二张嘴在一齐怒吼着，每张嘴都那么像。现在他们明白那些猪的脸到底发生了什么事。屋外的动物看看那群猪，又看看那些人，看看那些人，又看看那群猪，再看看那群猪，再看看那些人，但他们根本分不清那一张张脸到底是猪还是人。

1943 年 11 月——1944 年 2 月

终

作品题解

第二次世界大战爆发之后，奥威尔与妻子艾琳都希望能为保卫祖国贡献自己的力量。艾琳进入情报部的审查部门工作，而奥威尔由于健康问题（肺病）未能参军入伍。从 1939 年至 1941 年，他先后为《听众》、《时代与潮流》、《新艾德菲报》、《论坛报》等左翼报刊撰写书评及杂文。1940 年 5 月 14 日，因应英国国防大臣安东尼·伊登的号召，国民自卫队成立。奥威尔加入国民自卫队，担任伦敦第五营的军士，并以自己在西班牙的亲身经历向新丁介绍如何进行巷战、修筑工事和使用武器等军事知识及技能。从 1941 年 8 月起，奥威尔进入英国广播电台工作，负责撰写面向印度听众的广播稿及节目主持等工作。1943 年 3 月，在与自己的经纪人莱奥纳德·帕克·摩尔的交流中，奥威尔提到自己正在创作一部新作，即《动物农场》。与过往根据自己的亲身经历进行创作的写实风格不同，奥威尔总结了自己在创作《向加泰罗尼亚致敬》的教训：过分拘泥于细节与事实并无益于主旨的宣扬，而以局中人的角度去阐述历史则会受到叙事手法的限制，于是他决定以童话寓言为体裁，希望它能成为一部让自己的体会和想象可以更自由发挥而且受众面更广的作品。在英国广播公司期间，奥威尔曾改编过赫伯特·乔治·威尔斯的《显微镜下失足记》、伊格纳齐奥·席隆的《狐狸》、安徒生的《皇帝的新衣》等广播剧，为创作《动物农场》积累了相关创作经验。1944 年 4 月，《动物农场》完稿后，奥威尔决定投给一直帮助提携自己的合作伙伴维克多·戈兰兹，但由于题材过于敏感，而且苏联当时是英国的重要盟友，戈兰兹拒绝出版该书。在联系多家出版社（包括费伯—费伯出版社）均未能达成出版意向后，奥威尔找到了萨克与沃堡出版社，主编弗雷德里克·沃堡在审读稿件后，决定出版《动物农场》，原本定于 1945 年 3 月出版，但由于从 1945 年 2 月奥威尔受《观察者报》委托担任战地记者，《动物农场》直至 1945 年 8 月 17 日才最终出版。期间，奥威尔遭受丧妻之痛——艾琳因子宫手术住院，在麻醉中去世。

关于创作《动物农场》的灵感，奥威尔曾解释道：“……我看到一个小男孩牵着一匹高头大马，我惊诧地想到，要是这些动物意识到自己的力量，我们将没有能力驾驭他们。富人对工人的剥削，其实和人类对动物的剥削没什么两样。”

《动物农场》体现了奥威尔对社会主义革命的全面反思。它以1917年俄国革命为蓝本，讲述了俄国革命进入斯大林时代后高层陷于分裂，大清洗和白色恐怖横行，革命理想与纲领被扭曲和遗忘，革命政权沦为权贵阶层统治群众的工具并与资本主义国家勾结的惨痛现实。

奥威尔对斯大林主义的批判始于他在西班牙内战的经历。在耳闻及目睹共产国际翻手为云覆手为雨，罔顾道义一力打压西班牙左翼势力，致使西班牙革命以失败告终之后，奥威尔对社会主义进行了深入思考。在1947年乌克兰文的《动物农场》序文中，他解释道：“……过去十几年来，我一直认为当前的俄国政权是邪恶的，我声称自己有权利这么说，虽然苏联在这场我希望获胜的战争中是我们的盟友。如果我得用一句话证明自己，我会引用米尔顿的这句话：以众人皆知的亘古的自由之规！‘亘古’这个词强调了思想自由是深深扎根的传统，没有了它，西方文明或许将不复存在。显然，我们的许多知识分子正在疏远它。他们接受了这么一个原则：一本书的出版或被镇压，被赞扬或被批评，不应该取决于它自身的优缺点，而是应该取决于政治上的权衡利弊。”在总结自己创作历程的《我为何写作》中，奥威尔写道：“……1936 年至 1937 年间的西班牙内战和其他事件改变了情况，让我明白了自己的立场。在我看来，自 1936 年后，我所进行的严肃创作的每一行话，都是在直接或间接地反对极权主义体制，并为民主的社会主义体制鼓与呼。我觉得，在我们这个时代，如果有人认为创作可以回避这个话题，那他们就想错了。每个人都在以这样或那样的形式阐述这些问题，差别只在于站在什么立场，以怎样的态度去阐述。一个人对自己的政治偏见越有清醒的认识，他就越能在政治上有一番作为，而无须牺牲他的审美情趣和思想气节。……《动物农场》是我第一本有明确创作意图的作品。我想让这本书成为政治意义和艺术价值的结合。”

故事梗概：曼纳农场的动物一直遭受农场主琼斯先生的压榨和虐待。睿智的公猪老少校在临终前召集了全体动物，传授自己毕生的思考总结：人类是动物不共戴天的敌人，只有发起革命，动物才能得到幸福。老少校还教会了动物们传唱革命之歌《英格兰兽》，然后安详去世。两头年轻的公猪斯诺鲍与拿破仑继承老麦哲的教诲，为革命进行铺垫工作，并在一次偶然情况下，将琼斯赶跑，使自己获得解放，并将曼纳农场更名为“动物农场”。他们还将动物主义总结为七诫，内容分别是：

一、所有两条腿走路的都是敌人。

二、所有四条腿走路，或有翅膀的都是友朋。

三、动物们不得穿衣。

四、动物们不得睡床。

五、动物们不得饮酒。

六、动物们不得互相残杀。

七、所有动物皆平等。

这些诫令又被总结为一条至理名言：“四条腿好，两条腿不好。”

斯诺鲍与拿破仑被推举为领袖，掌握食物分配及农场指挥等大权。虽然这两头猪由于性情及作风的迥异，在农场运作的方针上开始出现裂痕，但在共同的敌人的威胁下，全体动物齐心合作，挫败了琼斯及其人类同伙妄图夺回农场的反扑，取得“牛棚战役”大捷，而斯诺鲍指挥若定的智慧和身先士卒的勇敢为其赢得了崇高威望。在是否修建风车造福农场这个问题上，斯诺鲍与拿破仑出现了不可调和的分歧，在全体大会上，拿破仑派出自己私下秘密豢养的恶犬攻击斯诺鲍，迫使其逃出农场。然后拿破仑以恶犬为武力后盾，指派自己宠信的猪担任内政委员会的成员，全面掌握农场的指挥权和生杀大权。斯诺鲍流亡后，拿破仑以他在阴谋破坏动物农场为由，在内部展开了大清洗，并将《英格兰兽》列为禁歌，由歌颂领袖的《拿破仑同志》取代。而且农场里的猪开始脱离动物，过上养尊处优的生活，但由于斯奎拉这头负责宣传的猪的如簧巧舌，动物们依然相信自己的生活比起从前更加幸福，而出于对人类卷土重来的恐惧，他们愿意继续接受猪的统治。

出乎动物们的意料，拿破仑决定开始修建风车，动物们全情投入，不辞辛劳，决心建成风车，让自己过上更美好的生活。但另一间农场的主人弗莱德里克发起了进攻，并动用了火枪和炸药，炸毁了风车。在牛棚大战中立下“汗马功劳”的公马鲍克瑟没有气馁，继续努力工作，直到最后累垮。但他未能如动物农场所承诺的那样安享晚年，而是被卖给屠马场兼熬胶厂，为那些猪换得了一箱威士忌。

许多年过去了，动物农场的经济越来越兴旺发达，一座座风车陆续建成，但曾经许下的福利并没有实现，参加过革命的老一辈的动物一一离世，只剩下老马克洛弗和老驴本杰明回首往事不胜唏嘘。悄然间，七诫被改为“所有动物皆平等，但有的动物比其他动物更加平等”。而“四条腿好，两条腿不好”被更改为“四条腿好，两条腿更好”，因为那些猪竟然学会了用两条腿走路。

拿破仑开放动物农场供人类参观，并设宴招待，承诺要和邻近的农场保持和平的关系，进行正常的贸易活动，并将动物农场的名字改回曼纳农场。在窗外动物们的眼中，那些人和那群猪的嘴脸是如此地相像，根本分不清到底是猪还是人。

二战结束后，随着苏联大举进驻东欧国家及远东，世界局势的主题迅速从反法西斯势力进入以社会主义及资本主义东西两大阵营进行全面对抗的冷战阶段。《动物农场》恰逢其时，成为广受西方民主世界欢迎的了解社会主义阵营的普及读物之一。

《动物农场》是奥威尔第一部被广泛认可的成功作品。由于冷战时代的降临，《动物农场》揭露极权主义真相的反乌托邦题材与晓畅风趣的文笔让它在经济意义上大获成功。自 1945 年 8 月 17 日英国版本出版后的五年里，该书卖出了两万五千本硬封精装本——销量是奥威尔之前作品的十倍，而出版于 1946 年的美国版本销量更达到了六十万本。《纽约客》杂志不吝对《动物农场》大加赞扬，称其为“当之无愧的一流作品”，并认为奥威尔可以与斯威夫特和伏尔泰相提并论。尽管受到社会主义阵营的仇视，但奥威尔并不是逢苏必反的偏激分子。他曾对友人德怀特·麦克唐纳表示："我认为如果苏联被某个国家征服，全世界的工人阶级都会丧失信心，至少在当下会是如此……我不希望看到苏联灭亡，而且我认为应该去保卫它。但我希望人们不要对苏联抱有不切实际的希望，并意识到他们必须在不受俄国摆布的情况下发起自己的社会主义运动，我希望民主社会主义在西方实现，并让俄国获得重生。"

《动物农场》是奥威尔对心目中理想的社会主义革命的反思。他对动物们（饱受蹂躏的人民群众）的力量、智慧与热情怀有饱满的信心——在西班牙内战期间，民兵部队不畏艰难抗击强敌以及西班牙境内处处祥和平等的景象为奥威尔留下了深刻印象，并写入了《动物农场》中动物们初获胜利的情景。

《动物农场》的出版也让奥威尔承受着来自国内社会主义运动支持者施加的沉重的压力。有人怀疑他已经对社会主义陷于绝望，但在致友人德怀特·麦克唐纳的信件中他表明了自己的创作初衷："……确实，我的主要意图是嘲讽俄国革命。但我希望让更多的人了解我想说的是那样的革命（在下意识渴望权力的人的领导下以暴力和阴谋为手段的革命）的结果只会是换了新主子。我想说的是，只有在群众保持警觉，并知道在革命胜利之后如何制约领袖的时候，革命才能带来真正的改变。故事的转折点是那些猪将牛奶和苹果占为已有。如果其他动物在当时能够挺身而出，情况或许将步入正轨。如果人们认为我是在为现状辩护，我认为那是因为他们变得悲观了，以为我们只能在独裁体制或自由放任的资本主义之间做出选择。我想表达的是：除非你认识到根本没有开明专制这么一回事，否则革命是不会成功的。”

除了对社会主义运动与革命的深刻反思之外，《动物农场》的另一个非凡成就是它的幽默性。在以各种家禽牲畜为角色的小天地里，读者（尽管他们在阅读的过程中或预先对作品的了解中知道他们的现实指代）得以保持相当克制轻松的心情，以超脱甚至带有优越感的姿态去看待阴谋、杀伐、背叛与压迫。在奥威尔高超的文字技巧与娓娓道来叙事节奏的引领下，读者仿佛身临其境地经历了动物农场的革命历程：革命启蒙——奋起反抗——取得胜利——捍卫成果——缔造新天地——大清洗与白色恐怖——强制劳动——阶级固化——改旗异帜，无论是对动物的革命抱以同情和扼腕叹息，或冷眼以观嗤之以鼻，相信每一位读者在读完《动物农场》后都会自觉不自觉地思考：我会是哪只动物？革命如果发生，我将何去何从？

奥威尔作品全集

· 奥威尔纪实作品全集

《巴黎伦敦落魄记》

《通往威根码头之路》

《向加泰罗尼亚致敬》

· 奥威尔小说全集

《缅甸岁月》

《牧师的女儿》

《让叶兰继续飘扬》

《上来透口气》

《动物农场》

《一九八四》

· 奥威尔散杂文全集

奥威尔杂文全集（上、下）

奥威尔书评全集（上、中、下）

奥威尔战时文集

George Orwell

奥威尔小说全集

上来透口气

Coming Up for Air

[英]乔治·奥威尔 著　陈超 译

上海译文出版社

第一部

第一章

直到那天我去弄新假牙时，脑海里才萌生了这样一个念头。

我还清楚地记得那天早上。七点三刻我就钻出被窝，跑进厕所，刚好把孩子们拒之门外。那是个糟糕透顶的一月的早晨，天空脏兮兮又黄不拉叽的。在天空下面，透过那扇小小的、四方形的厕所窗户，我看到十码长五码宽的草地，周围是一道水蜡树篱笆，中间是一块光秃秃的荒地，我们管这片草地叫后花园。埃尔斯米尔路上的每户房子都有这么一个后花园，有的围着水蜡树篱笆，种的是一样的草。唯一的不同之处是，如果哪一户人家没有孩子，后花园的中间就不会秃了一块。

我拿着一块钝刀片想趁厕所里有水的时候刮刮胡子。镜子里的我回视着我自己。镜子下面，水槽上方的小架子上摆着一个玻璃水杯，里面盛了水，放着我的假牙。这是一副临时的假牙，我的牙医华纳让我在新假牙的制作期间暂时戴着。我长得还不算太丑，真的。脸膛像砖头一样是赤红色的，搭配着黄油色的头发和一双淡蓝色的眼睛。我的脸色还不至于发灰，也不至于秃顶，感谢上帝。当我装上假牙时，或许我看上去要比真实的年纪轻一些——我已经四十五岁了。

我在心里提醒自己要去买刀片，然后走进浴缸，开始往身上擦肥皂。我往胳膊上擦肥皂（我的双臂又粗又短，雀斑一直延伸到胳膊肘那里），然后拿起后背刷往肩胛骨上也擦了肥皂，不用刷子的话这个部位我可碰不到。如今身上有好几处部位我碰不到了，真是令人心烦。事实上，我开始有点发福了。我不是说我像那种马戏团里吸引视线的大胖子。我的体重是十四英石多一点。上一次量腰围时数字是四十八或四十九英寸，具体数字我忘记了。而且我不是人们所说的那种“痴肥”。我可没有长出那种下垂到膝盖的肚腩，只是体格有点横向发展，而且有水桶形身材的趋势。你知道那种活跃热情又好动的胖子吗？人们会给他们起个绰号叫“胖仔”或“胖墩”。他们总是社交派对的灵魂人物。我就是那种类型的人。他们总是叫我“胖仔”。“胖仔”博林。我的真名是乔治·博林。

但这个时候我并不觉得自己像是派对里的灵魂人物。我发现最近早上起来的时候总是觉得郁郁寡欢，虽然我睡得很香，消化也很好。我当然知道是怎么回事——都是那副该死的假牙惹的祸。那副假牙泡在水杯里，看上去变大了一些，就像骷髅头的牙齿一样对我狞笑。当你的牙龈碰在一块时，感觉糟糕透了，就像当你咬到一个酸苹果时那种整张嘴都缩了起来的感觉。而且，怎么说好呢，假牙就像是里程碑。当你失去了天生的牙齿时，你就再也不能自恋地以为自己是个风流倜傥的好莱坞帅哥了。我是个四十五岁的发福男人。当我站起身往胯部擦肥皂时，我看了看自己的身材。有人说胖子看不见自己的脚，那纯粹是在胡说八道。但事实上，当我笔直地站立时，我只能看见自己双脚的前脚掌。我往自己的肚腩上擦肥皂时心里想，没有哪个女人会多看我一眼吧，除非我给她钱。这个时候我可不想让自己被女人多看一眼。

但是，我想起今天早上我有理由感到高兴。首先，今天我不用上班。我那辆用来穿街走巷招揽生意的旧车（我得告诉你，我在“飞龙保险公司”上班。人寿险、火灾险、入室抢劫险、双胞胎险、船运险——什么业务都做）拿去修了，虽然我得到伦敦办公室交接一些文件，但我决定今天放个假，去取我的新假牙。而且，这几天来我的脑海里一直有一个让我忐忑不安的念头。我有别人不知道的十七英镑——我是说，家里没有人知道这十七英镑。事情是这样的：我们公司有个家伙叫梅洛斯，找到了一本名为《赛马占星术》的书，按照书里所说，赌马这回事完全取决于骑师穿的衣服颜色与值令星辰是否吻合。在某一场马赛里，有一匹名叫“海盗新娘”的母马是个大冷门，但她的骑师穿着绿色的衣服，正好与值令星辰同色。梅洛斯笃信这套占星术，往那匹马身上投了好几英镑，还恳求我一同下注。虽然我平常不赌钱，但为了让他闭嘴，我横下心下了十先令的注码。结果，“海盗新娘”轻松得胜，具体的赔率我忘了，但我那记注码变成了十七英镑。出于某种本能——奇怪的本能，或许标志着我的人生进入了新的阶段——我悄悄地把钱存进银行，对任何人都守口如瓶。以前我可从来没干过这种事情。身为一位好丈夫好父亲，我本来应该给希尔达（她是我的妻子）买一条裙子，给孩子们买几双鞋子。但我当一个好丈夫好父亲已经十五年了，我开始觉得受够了。

给全身上下擦完肥皂后，我的心情好了一些，躺在浴缸里思索着我那十七英镑用来买什么好。我觉得要么就在周末找个女人，要么就悄悄地花在一些小玩意儿上，诸如雪茄和双份威士忌之类的东西。正当我添了些热水，脑海里想着女人和雪茄时，外面通往厕所的那两级楼梯响起了声音，像一群野牛闯了过来。这当然是孩子们弄出来的声响。在我们家这样的房子里有两个小孩，就像把一夸脱啤酒倒进容量只有一品脱的酒杯里。[1]门外传来了敲打声和恼怒的尖叫。

“爹地！我要进去！”

“噢，你不能进来。走开！”

“但爹地！我要出门了！”

“那就去啊。走开啦。我在洗澡。”

“爹地！我要出—门—了！”

没辙了！我知道这是危险的信号。厕所和浴室是在一起的——在我们这么一户人家，当然只能是这样。我把浴缸的塞子拔了出来，快速把自己的身子弄个半干，然后打开门，小比利——我的小儿子，今年七岁——从我身边跑了过去，我原本想敲一下他的头，却被他躲开了。等到我几乎穿好了衣服，正在找领带时，我才发现脖子上面还尽是肥皂泡。

脖子上尽是肥皂泡是件糟糕透顶的事情。那种感觉黏糊糊的，非常恶心。而奇怪的是，无论你多么仔细地将肥皂泡擦掉，接下来一整天你还是会觉得脖子上黏糊糊的。我气冲冲地下楼去，准备好了发作一通。

和埃尔斯米尔路上其它房子的饭厅一样，我们的饭厅空间很狭小，十四英尺长，十二英尺宽，或者只是十二英尺长，十英尺宽，摆了一个日本橡木餐具柜和两个空斟酒瓶，还有一个希尔达的母亲在我们结婚时送的银质蛋架，摆了这些东西后就没有多少空间了。老希尔达神情忧郁地端着茶壶，总是处于惊慌沮丧的情绪中，因为《新闻纪事报》刊登了黄油或其它什么东西又涨价了。她还没有点着煤气炉，虽然窗户都关着，屋里还是很冷。我弯下腰，用一根火柴把火点着，鼻子里喘着粗气

---

① 一夸脱等于两品脱。

（弯腰总是让我累得气喘吁吁），作为给希尔达的一点暗示。她乜斜着眼睛瞪了我一眼，当她觉得我很奢侈的时候总会这样看着我。

希尔达三十九岁，我刚和她认识的时候她长得像只兔子，现在还是很像，但枯瘦了许多，眼睛里总是带着忧郁沉思的神情。当她心烦意乱的时候，她会耸起肩膀，双手抱胸，就像一个坐在火堆旁的吉卜赛老妇人。她是那种有能力预见到灾难的奇人之一，当然，只是预见到一些小的灾难。至于战争、地震、瘟疫、饥荒和革命，她根本不在乎。黄油涨价了，煤气费太贵了，孩子们的靴子穿破了，收音机的分期付款账单又来了——希尔达烦恼的是这些事情。她总是双手抱胸，身子晃来晃去，神情忧郁地对我说："但是，乔治，这可是非常严重的问题！我不知道我们该怎么办！我不知道钱从哪儿来！你似乎没有意识到问题有多严重！"等等等等。到最后我觉得其实这就是她的乐子。她一心认定我们终将沦落到进收容所的地步。而有趣的是，如果我们真的进了收容所，希尔达可不会像我那么在意——事实上，她会很享受那种有安全感的日子。

孩子们已经在楼下了，以闪电般的速度洗好了澡，穿好了衣服。一旦丧失了把别人关在厕所外面的机会，他们的动作总是这么快。我走到早餐的桌子边上时，他们正在争吵着，说着什么："就是你干的！""不，我没干！""就是你干的！""不，我没干！"似乎整个早上都可以这么争吵下去，直到我对他们说够了。家里其实只有两个孩子——七岁的比利和十一岁的洛娜。我对孩子们的感觉很奇怪。大部分时间里我根本不想看见他们。而他们说起话来根本让人受不了。他们正处于顶烦人的发育期，这个年纪的小孩一心只想着尺子、铅笔盒和法语考试谁最高分。别的时候，特别是当他们睡着的时候，我的感觉又很不一样。有时，在夏季明亮的傍晚，我会站在他们的小床前面，看着他们熟睡中的圆脸和比我的发色淡一些的亚麻色的头发，让我体会到了《圣经》中所描述的"你的心中充满怜爱"那种感觉。这个时候我总是觉得自己像个一文不值的枯萎的豆荚，我最重要的任务就是将这两个小家伙带到世上，将他们养育成人。但那只是偶尔发生的事情。大部分时间我希望独处。我觉得我这条老狗还有着旺盛的生命力，大把好日子还在后头呢，但想到自己就像一头温顺的奶牛那样被一群女人和孩子到处追着跑，我可高兴不起来。

吃早饭的时候我们没怎么说话。希尔达还沉浸在"不知如何是好"的心情中，一部分原因是黄油涨价了，另一部分原因则是圣诞假期快结束了，我们还拖欠上学期的学费五英镑。我吃了水煮蛋，往一片面包上抹了些金皇冠牌橘子酱。希尔达执意要买这东西，一磅只要五个半便士。标签上以最小的字体告诉你里面含有"一定比例的中性果汁"。这可把我惹毛了。我以平时那种阴阳怪气的语气说起了中性的果树，还问起它们长什么样子，在哪些国家生长。最后希尔达生气了。她并不介意我和她开玩笑，但她觉得对她节俭的持家之道冷嘲热讽实在是太过分了。

我看了一眼报纸，没有什么新闻。和往常一样，南边的西班牙和遥远的中国的内战仍在持续；在一间火车站的候车室里发现了一条女人的腿；佐格王[①]的婚礼因为预算超支可能要取

① 佐格王（King Zog），阿尔巴尼亚的君主，1928—1939 年在位，1941—1946 年流亡英国。

消。最后，比我预计的要早一些，十点钟的时候我就出发去镇里。孩子们去了公共花园里玩耍。这天早上冷得要命。我一走出前门，一股恼人的轻风就吹到了我脖子上那处有过肥皂泡的地方，让我顿时意识到我的衣服根本不合身，而且觉得全身上下黏糊糊的。

第二章

你知道我住的那条路——西布勒切利的埃尔斯米尔路吗?就算你不知道这条路，你也知道五十条和这一模一样的马路。

你知道这些马路就像不远不近的郊区的溃疡，情况总是差不多。一长排一长排半独立的房屋——埃尔斯米尔路有二百一十二座，而我们那座房子是 191 号——很像市政局的公屋，只是更丑陋一些。涂着灰泥的前庭、用木馏油处理过的大门、水蜡树的树篱、绿色的前门，种着月桂树、桃金娘树、山楂树，这就是我的家，我的栖身之所，“良宅美景”。大概五十间房屋里才有一户人家比较标新立异，将蓝色的前屋涂成了绿色，我想他们最后或许会沦落到进收容所的地步吧。

脖子周围那种黏糊糊的感觉让我心情十分低落。脖子黏糊糊的时候你总会觉得心情低落，真是奇怪。似乎你全部活力都被抽干了，又似乎是来到大庭广众之处，突然间发现自己的一只鞋子的鞋底脱落了。这天早上我对自己不抱任何幻想。我似乎就站在远处，看着自己从马路走过来，看着我那张丰满红润的脸庞、我那副假牙和我那身粗俗的衣服。像我这样的人根本谈不上有什么绅士风度。就算你在二百码外看到我，你也猜得出我在干保险这一行；就算你猜不出，你也知道我是某个行业兜售生意的推销员。我身上这身衣服几乎称得上是这个行业的制服：略显破旧的人字纹灰西装、价值五十先令的蓝色外套、圆顶礼帽，没有手套。我看上去一副推销员的模样，粗俗而厚脸皮。在我混得最风光的时候，我穿一身新西装，或抽着一支雪茄，看上去或许像个赌注经纪人或酒吧经理；而当我混得不好的时候，我看上去就像兜售吸尘器的推销员，但大部分时间里你还是能准确地猜出我的身份。你一看见我就知道我“一周挣五到十英镑”。在埃尔斯米尔路这里，无论是经济地位或是社会地位，我虽比上不足，但比下有余。

整条街上就只有我一个人。男人们已经赶去搭八点二十一分的地铁了，女人们在捣鼓着煤气炉。当你有时间四处张望，而刚好心情还不错时，走在郊区的这些街道上，想象着这里的生活，你会打心眼里觉得好笑，因为，说到底，埃尔斯米尔路是条什么样的街道呢？就像一座牢房排成一列的监狱。这里一排排半独立屋就像拷问室，住着一帮瑟瑟发抖、一周挣五到十英镑的可怜虫。每个人都被老板逼得够呛，而老婆则像噩梦一样老是在折磨他，孩子们像水蛭一样在吸他的血。作为工薪阶层，就是有这么多的烦恼。我本人并不同情那些无产者。你认识一个挖土工人会因为担心被解雇而失眠吗？无产者们干的是粗体力活，但当他们不用工作的时候可以畅享自由。而每一座灰泥房子里总是住着一个可怜虫，只有在熟睡的时候梦见自己把老板推到井里面，还往上面堆满煤炭，心里才感觉获得了自由。

当然，我对自己说，像我们这种人，最苦恼的就是我们都以为自己有什么东西可以失去。首先，埃尔斯米尔路有九成的人都以为房子是自己的财产。埃尔斯米尔路以及周边直到商业街的那一大片地段是繁华热闹的“金苹果家园”，“快活信托营建委员会”的产业。营建委员会或许是当代最狡猾的骗局了。我承认我所从事的保险业是一场骗局，但那是公开的骗局。而营建委员会的美丽谎言让受骗上当的人还把他们当成了恩人。你狠狠地揍他们一顿，他们还会舔你的手。有时候我想给“金苹果家园”竖立一座巨大的、象征营建委员会的神祇塑像。那将会是一尊奇特的神祇，其最突出的特征就是雌雄同体：上半身是一位经理，下半身是一位家庭主妇。雕像的一只手拿着一把巨大的钥匙——当然是进收容所的钥匙，另一只手拿着——他们管那种法国式的、从里面涌出礼物的羊角叫什么来着？——“丰饶之角”，从里面源源不断地涌出便携式收音机、人寿保单、假牙、阿司匹林、法文字母和园圃压平器。

事实上，我们这些住在埃尔斯米尔路的人并没有房子的产权，就算我们还清了房屋贷款，这些房子也不归我们所有，我们只是享有租赁权。这些房子的定价是五百五十英镑，分十六年还清，房子都是一样的，如果你一次性付现金的话，价格会是三百八十英镑。也就是说，“快活信托”的利润是一百七十英镑，但毋庸置言，“快活信托”挣的钱远远不止这些。三百八十英镑包括了建筑商的利润，但“快活信托”以“威尔逊与布鲁姆公司”为名，自己建造房屋，把建筑商的利润也挣了。它只需要支付建筑材料的成本，但就连建筑材料的利润它也不放过，因为它以“布鲁克斯与斯卡特比公司”的名义卖给自己砖头、瓦片、大门、窗框、沙子、水泥和玻璃。要是我知道它以另一个公司的名义卖给自己用来造大门和窗框的木材，我也不会觉得奇怪。此外——这件事我们本来应该预见得到，但当我们发觉时还是觉得很震惊——“快活信托”没有遵守其诺言。埃尔斯米尔路建造房屋时留下了一些空地——风景其实并不漂亮，但孩子们可以到那里玩耍——名字叫普拉特草坪。虽然没有白纸黑字的规定，但大家都认为普拉特草坪不会被转为建筑用地。然而，西布勒切利是一片发展中的郊区，罗斯维尔果酱厂于1928年开业，英美资源集团的全钢车身自行车厂于1933年开始投产，人口逐渐增加，房租越来越贵。我从未见过赫伯特·克伦姆爵士本人或“快活信托基金”的高层人物，但我想象得出他们垂涎欲滴的样子。突然间，建筑商来了，普拉特草坪上开始建造房屋了。“金苹果家园”发出不满的呼声，业主们成立了委员会进行抵制，但根本没有用！克伦姆的律师团五分钟内就瓦解了我们的抵抗。普拉特草坪被密密麻麻的建筑物覆盖了。但真正巧妙的骗局，让我觉得老克伦姆确实配得上其从男爵爵位身份的骗局，是精神上的欺诈。仅仅出于拥有自己的产业，“在这个国度占有一席之地”的幻觉，我们这些住在“金苹果家园”以及其它类似地方的可怜虫就永远变成了克伦姆忠实的奴隶。我们都是可敬的户主——也就是说，我们都是托利党人[①]，唯唯诺诺奴颜婢膝的人。不敢杀掉那只会下金蛋的鹅！但事实上我们根本不是户主，而我们一辈子都得为了还清房子的款项而努力，总是生活在恐惧当中，担心在偿还完最后一笔钱之前会有事情发生，这一切使得奴役的铁链更牢固了。我们都被收买了，而且收买我们的人用的还是我们自己的钱。每一个饱受蹂躏的可怜虫挥汗如雨地工作，为了一间玩具一样的小砖屋付出双倍的价钱，还美其名曰“良宅美景”，但景色既不美，宅子也不靓——每一个可怜虫都愿意死在战场上，将他的国家从布尔什维克主义中拯救出来。

我转到沃波尔路，进入商业街。十点十四分有一趟列车开

① 托利党(Tory)，英国保守党的前身，代表贵族、地主及英国国教信徒的利益。

往伦敦。经过六便士廉价商店时，我想起早上提醒过自己要买一盒刮胡刀的刀片。走到肥皂柜台时，那个店面经理(或其它什么头衔)正在责骂负责柜台销售的女店员。早上这个时候六便士廉价商店没有多少顾客，有时候如果你在开店不久的时候走进去的话，会看到女店员们站成一排被人训话，为的是让她们能打起精神干好这天的工作。他们说这些大型连锁商店雇了一帮特别会挖苦辱骂人的家伙，把他们派到各个分店激励这些女店员。那个店面经理是个相貌丑陋的矮子，肩膀很平，蓄着挺翘的灰八字胡。他为了某件事正在训斥她，应该是找钱的时候出错了。他的声音就像圆锯一样刺耳：

“噢，不会！你当然不会算数了！你怎么可能会呢。实在是太麻烦了，噢，不要！”

不经意间我与那个女孩四目相投。当她被训斥的时候，一个红脸膛的中年胖子在旁边看热闹可不太好。我立刻转过身，假装对旁边柜台里的窗帘吊环或别的什么东西感兴趣。那个人又在训斥她。他是那种明明已经转过身，突然间又朝你冲回来继续训话的人，活像一只蜻蜓。

“你当然不会算数！就算我们亏了两先令，对你来说也算不了什么，根本不算什么。两先令对你来说算得了什么呢？怎么能劳烦你把数目给算对呢？噢，不行！无论出了什么事情都不能劳你大驾。你是不会理会别人的，对吧？”

这一幕持续了将近五分钟，半个商店都听得见。他总是转过身，让她以为他训斥完了，然后又冲回来继续训斥一通。我在远离他们一些时偷偷望了一眼。那个女孩大概才十八岁，长得胖乎乎的，面如满月，是那种从来不会把零钱算对的人。她的脸涨成了潮红色，很不自在地扭动着身躯，真的是在痛苦地扭动着身躯，似乎他正在拿着鞭子狠狠地抽她。其它柜台的女店员都假装没有听见。他是个形如僵尸的丑八怪，明明个头矮小得像只麻雀一样，还要挺胸腆肚，把双手背在上衣的燕尾上——这种人适合在军队里当军曹，可惜长得不够高。你发现了吗？他们总是找这些小个子男人做这种欺负人的事。他把脸凑到她的脸跟前，八字胡和五官几乎就要贴上去了，这样训斥她更带劲。那个女孩的脸涨得通红，身躯扭个不停。

最后，他觉得骂够了，像海军上将大摇大摆地走在甲板上一样走开了。于是我走到那个柜台买刀片。他知道每个字我都听见了，她也知道，他们俩都知道我知道他们知道。最可怜的是，为了招呼我，她不得不假装什么事情也没有发生，摆出一副爱理不理的态度，女店员就应该这样和男性顾客保持距离。我刚刚目睹了她像个女仆一样受人训斥，这会儿还得摆出大家闺秀的谱儿！她的脸还红通通的，双手颤个不停。我问她有没有一便士的刀片，而她开始在三便士的托架里翻寻。然后那个小个子店面经理走了过来，我们俩都以为他又要开始训人了。那个女孩像小狗见到鞭子一样畏缩着，从眼角瞪着我。我知道因为我目睹了她挨训，她对我恨之入骨。真是奇怪！

我买到了刀片，走出店外。为什么她们愿意忍受这种遭遇呢？我一直在想这个问题。当然纯粹是出于畏惧。只要你顶一句嘴，你就会被解雇。到处都一样。我想起了经常去光顾的那家连锁杂货店里那位有时招呼过我的男店员。他二十岁左右，块头很大，脸膛红如玫瑰，前臂非常壮实，应该在铁匠铺里工作。他穿着白色的外套，站在柜台边点头哈腰，揉搓着双手，说着：“是的，先生！说得很对，先生！今天天气真好啊，先生！今天我能为您效劳吗，先生？”你忍不住想踢他的屁股一脚。当然，这么做是必须的。顾客总是对的。在他的脸上你可以看到他很害怕你会去投诉他态度不够恭敬，让他被炒鱿鱼。而且，他怎么知道你不是公司派过来的眼线？恐惧！我们就生活在恐惧中。恐惧渗进了我们的骨子里。每个人不是在害怕失业，就是在害怕战争、法西斯主义、共产主义或其它什么。一想到希特勒，犹太人就会直冒冷汗。我突然想到，那个蓄着挺翘的八字胡的小个子混蛋或许比那个店员更担心自己能不能保住饭碗。或许他需要养家糊口。谁知道呢，或许在家里他是个温顺和气的人，在后园种种黄瓜，由得他的妻子在他头上作威作福，他的孩子们拉扯他的胡须。同样的，许多西班牙宗教裁判所的法官或俄国格伯乌的高官其实私底下是非常善良的人，堪称最温柔的丈夫与最慈祥的父亲，对笼养的金丝雀精心呵护无微不至，等等等等。

走出门口的时候那个肥皂柜台的女店员在瞪着我。如果可以的话，她已经把我杀了。因为我目睹了她受辱的情形，她恨透了我！甚至比痛恨那个店面经理还要深恶痛绝。

第三章

一架轰炸机在我头顶上方的低空飞过。有那么一两分钟，它似乎追着火车在飞。我对面坐着两个穿着破烂风衣的家伙，显然都是底层的旅行推销员，可能是兜售报纸的。其中一个人正读着《每日邮报》，另一个在读《每日快报》。我看得出他们认为我和他们是一类人。在车厢的另一头，两个带着黑色皮包的律师行的文员正在用一堆法律的行话高谈阔论，很明显就是想告诉我们，他们和我们这些平民百姓不是一类人。

我看着飞驰而过的一排排房屋的后庭。从西布勒切利出发，沿线大部分路段横穿贫民窟。但眼前的一幕很宁静，你看到一座座小小的后院，花盆里种着小花，女人们把换洗的衣服晾在平坦的屋顶上，墙上还挂着鸟笼。那架庞大的黑色轰炸机在空中偏转了一下，消失在前方视野之外。我背对着火车行驶的方向而坐。一个旅行推销员举目望了飞机一眼。我知道他在想什么。在这件事情上大家都有同样的想法。如今你不需要成为一名知识分子才会产生这样的想法。再过两年，或者一年，看到这么一架飞机时，我们会怎么做？往防空洞里跑，吓出一身冷汗，把全身衣服都浸湿了。

那个旅行推销员放下《每日邮报》。

“滕普盖[①]的胜利者出炉了。”他说道。

那两个律师行的文员正在说着文绉绉的名词，什么“简单性所有权”和“象征性房租”。另一个旅行推销员往马甲口袋里摸了摸，掏出一包忍冬牌香烟，伸手往另一个口袋里摸了摸，然后朝我倾着身子。

“有火柴吗，胖墩？”

我伸手去拿火柴。你注意到他叫我“胖墩”。真是有趣。有那么几分钟，我不再去想那架轰炸机，脑海里浮现出早上在厕所镜子里审视的那番尊容。

确实，我是个胖墩。事实上，我的上半身看上去就像水桶一样。但我觉得有趣的是，就因为你长得有点胖，几乎任何人，连完全陌生的人，都认为给你起个绰号、侮辱你的样貌是天经地义的事情。想象一下，一个人有驼背，或眼睛斜视，或天生兔唇——你会不会给他起一个绰号，让他想起自己的残疾呢？但每个肥胖的人都会被直呼为胖子。人们总是会拍拍我的背，朝我的肋骨揍上几拳，几乎所有的人都以为我喜欢这样。每次去帕德利的皇冠雅座酒吧（每星期我会去那里一趟，为了拉业务），那个混蛋沃特斯（他是海泡石肥皂公司的推销员，经常在皇冠雅座酒吧流连）总是会朝我的肋骨揍上几拳，高声说道：“在一艘巨大的沉船里，躺着可怜的汤姆·博林！”[②]酒吧里那帮该死的傻瓜对这个玩笑总是乐此不疲。沃特斯的拳头重得很，他们都以为胖子不会有感觉。

那个旅行推销员又拿了我一根火柴，拿去剔牙，然后把火柴盒丢了回来。火车呼啸着驶上一座铁路桥。我看到下方有一辆面包店的小货车，还有长长一队卡车，上面载满了水泥。我

---

① 滕普盖（Templegate），英国伦敦赛马场所在地。

② 这是一首英国名曲的歌词，为英国作曲家查尔斯·迪布丁（Charles Dibdin）所著，纪念其死于船难的哥哥。英文中的“沉船”（hulk）又有体形臃肿之人的含义，所以这是一个双关的玩笑。

在心里想，奇怪的是，在某种程度上，他们对于胖子的观感是对的。确实，一个胖人，尤其是一个从出生就是胖子的人——从童年开始就是胖子的人——和其他人不太一样。胖子的生平和别人不同，他们就像是轻喜剧演员；至于那些在马戏团穿插表演的大胖子，或者说那些体重超过二十石的人，他们表演的就不是轻喜剧，而是低俗闹剧了。我这辈子胖过，也瘦过，我知道长胖确实会影响你的世界观。肥胖让你不至于太在乎事情。我猜想，一个从未瘦过的人，一个从出生走路就被称为“胖子”的人，也许从未体验过任何深刻的情感。他怎么能有所体验呢？在这方面他完全没有经验。他从未经历过悲剧性的一幕，因为有了胖子出现，任何一幕情景都不会是悲剧，而是变成了一出喜剧。想象一下，哈姆雷特变成了胖子！或让奥利弗·哈迪[1]去演罗密欧。我想起了前几天在博姿书店里买的一本小说，里面的内容很有趣，书名叫做《浓情不再》。书中的主人翁发现他心爱的女孩与另一个男人私奔了。他是言情小说里典型的男主角，长着一张苍白而多愁善感的脸和黑色的头发，有自己的产业收入。我依稀记得那一章节是这么写的：

> “戴维在房间里徘徊着，双手捧着额头。这个消息令他彻底惊呆了。他久久不能相信这件事是真的。谢拉背叛了他！这不是真的！突然间他意识到事情终究发生了，惊愕地看清了事实。太过分了。他跪倒在地，失声痛哭。”

---

① 奥利弗·哈迪（Oliver Hardy，1892—1957），美国著名喜剧演员，身材肥胖臃肿。

里面的描写就是这样。即使在这个时候，它也会令我心有所感。你可以看到，有的人就可以这么做。但像我这样一个人呢？想象一下希尔达和别的男人共度周末去了——我可不会在乎，事实上，这个半老徐娘还能风韵犹存会让我觉得很高兴——但假如我真的在乎呢，我会不会跪倒在地失声痛哭呢？有人会希望我这么做吗？你不会希望一个像我这种身材的人这么做。那可真是大煞风景。

火车沿着路堤高速前进。在我们下方你可以看到房子小小的红色屋顶不断地向前延伸，炸弹就会落在上面。因为阳光就照在上面，这个时候屋顶看上去有点刺眼。我们老是在担心炸弹，真是有趣。当然，战争就要爆发了，这是毋庸置疑的事情，从报纸上那些安慰人心的报道就可以了解一二。前几天在《新闻纪事报》上我读过一篇报道，说如今轰炸机不会造成任何破坏。防空大炮的性能已经非常出色，轰炸机必须停留在两万英尺的高空。你会发现人们以为轰炸机飞得够高的话炸弹就落不到地面。或者，他们想说的是，那些轰炸机不会炸中伍尔维奇兵工厂，而是炸到像埃尔斯米尔路这样的地方。

但大体上讲，我觉得当个胖子也不算太糟糕。胖子总是很受欢迎。胖子和任何人，从赌注经纪人到主教，都能合得来，相处甚欢。至于女人，胖子要比人们所想象的更有女人缘。有些人以为女人会把胖子当笑话看待，但事实上，如果一个男人能让女人感觉到他真心爱着她，她决不会将他当笑话看待。

我得告诉你，我可不是一直都是胖子。我是从八九年前才变胖的，而且，我觉得我已经具备了胖子几乎所有的特征。但在内在精神上，我可不是胖子。根本不是！请不要误会我。我不是说自己是一朵娇嫩的花，在微笑的脸庞底下藏着一颗滴血的心之类的话。要是你真是这种人的话，你是不可能从事保险行业的。我是个没心没肺的粗人，向来左右逢源。只要这个世界上还有靠厚着脸皮装疯卖傻卖东西挣佣金的行当，像我这样的人就会继续干下去。无论发生什么情况我都能混口饭吃——只能混口饭吃，发不了大财——就算是遇到战争、革命、瘟疫、饥荒，我也能比大部分人活得久一些。我不是那种多愁善感的人。但在我的内心深处还有另一个自我，保留着过去的回忆。关于这个我待会儿再告诉你。我是个胖子，但我的内心是个瘦子。你有没有想过，每个胖子内心深处都是瘦子？就像他们所说的，每一块石头里都隐藏着一座雕塑。

那个和我要火柴的家伙正读着《每日快报》，舒舒服服地剔着牙。

“断腿案似乎没有什么进展。”他说道。

“警察找不到凶手的。”另一个人说道，“就一双断腿，能怎么追查？腿都是一样的，不是吗？”

“或许可以追踪包着那双断腿的报纸找到他。”第一个人说道。

你可以看到窗口下方一座座房子的屋顶延绵不断，随着街道的走向不停地扭曲着，但总是延绵不断，就像一片你可以肆意奔驰的广袤平原。无论你从哪个方向穿过伦敦，你总会看到延绵二十英里毫无间隙的房子。上帝啊！炸弹掉下来的时候怎么会炸不中呢？我们就是一个巨大的靶子。或许不会有空袭警报，因为现在谁还会傻傻地去宣战呢？如果我是希特勒，我会在进行削减军备的会议上派出轰炸机。在某个静谧的早晨，当小职员们鱼贯穿过伦敦桥，金丝雀在歌唱，老妇人在缝补灯笼裤时——嗡嗡嗡嗡，嗖，砰！房子被炸到半空中，灯笼裤浸透了鲜血，金丝雀栖息在尸体上高声歌唱。

我觉得这一幕挺令人伤感的。我看着像海平面一样延绵不断的屋顶。长达数十英里的街道上有炸鱼店、小礼拜堂、画店、小巷子里的印刷店、工厂、公寓楼、海螺店、奶品店、发电厂——延绵不断，多么广袤！而且一派宁静祥和！这里就像没有野兽的荒原。没有枪炮声，没有人扔出手榴弹，没有人用橡胶警棍殴打别人。现在英国还没有一间卧室会有人拿着机关枪开火。

但五年后会怎么样呢？或者说，两年后呢？一年后呢？

第四章

我到办公室放下了文件。华纳是一个收费低廉的美国牙医，他把诊所——或“营业所”，他喜欢这么叫——设在了一座办公大楼的中部，左右分别是一间摄影师的工作室和一间橡胶批发公司的办公室。我比预定的时间早到了，不过现在可以去吃点东西。神差鬼使的，我居然走进了一间奶吧。我一向不去这种地方的。像我们这种一星期才挣五到十英镑的人，在伦敦吃饭的地方甭想得到什么好的招待。如果你吃顿饭只想花一先令三便士，你就只能去里昂餐厅、奶品快餐店或 ABC 餐厅，或者，你可以去雅座酒吧，要一份葬礼餐那样的小吃：一品脱苦啤外加一片冷冰冰的馅饼，比啤酒还要冷。在奶吧外面，一群孩子正在吆喝叫卖刚刚发行的晚报。

鲜红色的吧台后面，一个戴着白色高帽的年轻女郎正在摆弄一个冰盒，在后面某个地方，收音机正在播放着清脆的、叮叮咚咚的声音。我怎么会进这里来呢？走进奶吧的时候我在心里问自己。这种地方的氛围让我情绪很低落。每样东西都亮闪闪的，呈流线型设计。无论你往哪个方向望去都可以看到镜子、珐琅器皿、镀铬的盘碟。钱都花在装修上而不是花在食物上。那些根本算不上是真正的食物。只是一些起了美国名字的东西，一些虚无缥缈的东西，你尝不出味道，不敢相信它们真的存在。每样东西都是从纸盒或罐头里取出来的，要么就是从冰柜里拖出来的，或是从水管里喷出来的，或是从管子里挤出来的。这里很不舒服，也没有私密空间。你坐的是高脚凳，在窄窄的壁架上用餐，周围全是镜子。周围的一切，连同收音机里发出的噪音，都在向你灌输一种想法，那就是食物本身不重要，地方舒不舒服不重要，只要装修亮闪闪呈流线型就好了。如今每样东西都流线化了，连希特勒为你造的子弹也是。我要了一杯大号的咖啡和两份法兰克福香肠。那个戴着白帽子的女郎将东西丢给我，态度就像你喂金鱼吃蚂蚁蛋一样。

门外，一个报童吆喝着：“《星报》！《标准报》！”我看到那张海报在他的膝盖上扑腾着，上面写着“断腿——最新发现”。你会注意到，上面只写着“断腿”。两天前他们在火车站候车室里发现了一个女人的双腿，包在牛皮纸包裹里。接着报纸进行了长篇累牍的报道，整个英国对这两条断腿表现出浓厚的兴趣，只需要刊登“断腿”这两个字就知道在讲哪件事。现在只有这双断腿是新闻。吃着面包卷的时候，我心想还真是有趣，现在的谋杀案真是无聊，他们就这么把人给肢解掉，弃尸别处，根本比不上以前的毒杀案、克里彭案[1]、塞登案[2]、梅布里克太太谋杀案[3]。我猜想真相是，除非你相信自己将会在地狱里受尽煎熬之苦，否则你根本干不出一票精彩的谋杀案。

这时我咬了一根法兰克福香肠——上帝啊！

---

① 克里彭案，指 1910 年美国人霍里 · 哈维 · 克里彭（Hawley Harvey Crippen）医生谋杀妻子贝拉 · 埃尔莫（Belle Elmore），埋尸于地下室的悬案。

② 塞登案，指 1911 年英国人弗雷德里克 · 塞登（Frederick Seddon）为谋财毒杀邻居伊莉莎 · 玛丽 · 巴罗（Eliza Mary Barrow）的案件。

③ 梅布里克太太谋杀案，指 1889 年美国女子弗洛伦斯 · 伊丽莎白 · 梅布里克（Florence Elizabeth Maybrick）毒杀英国丈夫詹姆斯 · 梅布里克（James Maybrick）的案件。由于詹姆斯生前有服用砒霜为药的习惯，案件存在疑点，1904 年梅布里克太太获释返回美国。

说老实话，我并不指望这东西好吃，我以为这东西会像面包一样没什么味道。但是——真是让我大跌眼镜。让我尝试一下向你形容它的味道吧。

当然，这根法兰克福香肠的皮是橡胶的，我那口假牙根本咬不进去，只能像锯东西一样来回磨了几下才把那层皮给磨破。突然间——噗的一声！那东西在我的嘴里像一个烂梨一样炸开了。一种软软的、可怕的东西渗透了整个舌头。但那股味道！有那么一会儿，我不敢相信会有这种味道。然后我卷起舌头舔了那东西一下，是鱼的味道！一根香肠，一根自称是法兰克福香肠的东西，竟然有鱼的味道！我站起身，径直走出店外，那杯咖啡碰都不敢碰。天知道那会是什么味道。

外面那个报童将那份《标准报》塞到我的面前，大声叫嚷着："断腿！可怕的真相！赛马冠军！断腿！断腿！"我的舌头还在舔着那团东西，不知道去哪儿把它给吐出来。我想起了在某份报纸上读过一篇报道，说在德国那些工厂，每样东西都是用一种叫做人造肉的东西做成的。我还记得他们用鱼肉做香肠，而鱼肉肯定又是用别的什么东西做出来的。这让我萌生一个念头，我把这个现代世界一口咬开了，发现它到底是用什么做的。这就是现在我们这个世界前进的方向。每样东西都是亮闪闪的流线型设计，每样东西都是用别的东西做的。到处都是赛璐珞、橡胶、镀铬钢，整晚都有弧光灯闪耀，头顶是玻璃天花板，收音机一直播放着同样的旋律。没有植被，每样东西都是水泥盖成的，假乌龟在中性水果树下漫步。但当你接触到事情的真相，当你的牙齿咬到某样真切的东西，比方说一根香肠时，你得出的真相就是，橡胶皮下包着腐烂的鱼肉，脏兮兮的东西在你的嘴里炸开。

装好新的假牙后，我感觉好多了。牙齿装得很牢靠，而且不会磨到牙龈，虽然装假牙会让你看上去年轻一些的说法似乎很荒唐，但这的确是事实。我朝一扇商店橱窗的玻璃笑了一下，那些假牙看上去很不错嘛。华纳医生虽然收费低廉，但手艺还是蛮不错的，不会把你弄得看上去像牙膏广告里的人物。他有好几大柜的假牙——他向我展示过一次——全都按尺寸和颜色分门别类。他挑选牙齿的时候就像珠宝商在给一条项链挑选宝石。十个人中有九个会选中我这副假牙。

经过另一扇橱窗时我好整以暇地打量了一下自己。我觉得其实自己的身材并不是那么糟糕。说老实话，我有点胖，但胖得不难看，用裁缝的话说，是“身材壮硕”，而且有的女人就喜欢男人长着一张赤红的脸膛。我觉得我这条老狗生命力还旺盛着呢。我想起了那十七英镑，决定去找个女人。趁酒吧还没关门我还有时间喝一品脱啤酒，为这副新假牙洗礼祝福——有了这十七英镑，我觉得自己很有钱。我进了一间香烟店，买了一支我特别喜欢的六便士雪茄。这种雪茄有八英寸长，说是保证用的全是古巴哈瓦那的烟草。我猜想和别的地方一样，哈瓦那也种了卷心菜。

当我走出酒吧时，我的感觉很不一样了。

我喝了好几品脱啤酒，身体暖洋洋的。那根雪茄的烟雾在我的新假牙四周缭绕，让我觉得心里很宁静。突然间我觉得自己心田一片清明，如同一个哲学家那么深思熟虑，一部分原因是我无所事事。我的思绪回到了早些时候那架轰炸机从火车头顶掠过时勾起的那些关于战争的想法。我似乎变成了先知，能够预见到世界的结局，并且很享受这种感觉。

我沿着斯特朗大街朝西边走去。虽然天气很冷，但我走得很慢，享受着抽雪茄的乐趣。和以往一样，路上行人鱼贯而行，你很难冲破这些人群。这些人脸上都露出麻木不仁的表情，伦敦街头的行人都是这副德性。路上车水马龙，红色的大巴在小汽车之间穿插前进，发动机轰鸣不断，喇叭响个不停。我觉得这些噪音足以把死人吵醒，却唤不醒这里的活人。我觉得自己似乎是这座行尸走肉的城市里唯一清醒的人。当然，这只是一种幻觉。当你走在一群陌生人中，你很难不把他们想象成蜡像，但或许他们对你也心有同感。最近我老是觉得自己像个先知，我觉得战争就迫在眉睫，即将摧毁一切，这种感觉对我来说并不奇怪。我们或多或少都会有这种感觉。我猜想，从我身边经过的那些人里，肯定有人也在脑海里勾勒出炮弹横飞泥土四溅的画面。无论你在想什么事情，在同一时间总会有上百万人在想着同样的事情。但那就是我当时的感觉。我们就站在烈火熊熊的甲板上，但除了我之外没人知情。看着那些神情呆滞的面容穿梭而过，我觉得他们就像十一月的火鸡[1]，对即将发生在他们身上的事情一无所知。我的眼睛似乎能发出 X 光，可以看到一具具行走的骷髅。

我想象着几年后的情形。我看着这条街，想象着五年后或三年后（大家都说 1941 年战争肯定就会爆发）战斗开始后的情景。

并不是所有的一切都会被炸毁，只是会有一些改变而已，变得破败一些，肮脏一些。商店的橱窗会几乎空荡荡的，而且

① 英国在圣诞节时盛行吃火鸡，所以“十一月的火鸡”用以比喻那些大难临头的人。

布满了灰尘，你根本看不到店里面的样子。在一条小巷那头有一个巨大的弹坑，一个街区的建筑物都被铝热剂烧毁了，看上去就像一颗空心的龋齿。到处都静得出奇，每个人都瘦骨伶仃。一个野战排的士兵列队在街上走过，个个瘦得像竹竿一样，拖着军靴在走路。领队的军士长着挺翘的八字胡，一看就是个死倔头。但他也很瘦，而且在撕心裂肺地咳嗽着。咳嗽的间歇他总是以旧阅兵礼式的风格朝他们喝骂。“别那么走路，琼斯！抬起头来！你干吗老盯着地面？烟头几年前就都被人捡走了。”突然间他又是一阵猛咳，努力想让自己停下来，但根本无法抑止，像把折尺一样弓下腰，差点没把肺给咳出来。他的脸色先是一片绯红，然后变成了紫红色，他的胡子垂了下来，泪水夺眶而出。

我可以听到空袭警报和高音喇叭大声宣传我们光荣的部队抓到了十万名战俘。我看到在伯明翰有一间阁楼的后屋，一个五岁的孩子不停地哭喊着要吃面包。突然他的妈妈再也受不了了，冲着孩子吼道：“闭嘴，你这个小畜生！”接着她撩起他的衣服，用力地揍了他的屁股几下，因为现在没有面包，以后也不会有面包。一切我都看在眼里。我看到海报、购买食物的长队、蓖麻油、橡胶警棍和卧室窗户里探出的机关枪。

这一幕情形会发生吗？我不知道。有时候我不相信会发生，有时候我对自己说这只是新闻报道引起的恐慌，有时候我打心眼里知道这是根本逃避不了的事情。

我沿着查林十字街走着，报童们正在吆喝叫卖最新发行的晚报。那宗谋杀案又有胡诌的新报道了。“断腿，知名外科医生的断言。”然后我注意到另外一张海报：佐格王的婚礼推迟举行。佐格王！他的名字可真够奇怪的！能起这么一个名字的人一定是个乌黑发亮的黑人。

就在这时，一件怪事发生了。佐格王这个名字——这个名字今天我已经看见了好几次，与车辆的声音或马粪什么的味道掺杂在一起——勾起了我的回忆。

过去是一件很奇怪的事情。过去一直与你同在。我想你无时无刻不在回想着发生在十年前或二十年前的事情，但大部分时间这些回忆并没有真实性可言。那些只是你所知道的事实，就像历史书里所记载的史实。然后，机缘巧合之下，你所看到的、听到的、闻到的，尤其是闻到的气味，触动了你的心灵，不只是勾起回忆这么简单，而是你回到了过去，就像此时此刻一样。

我回到了下宾菲尔德的教区，那是三十八年前。我知道外表上我仍是一个在斯特朗大街上走着的四十五岁的胖子，装着假牙，戴着圆礼帽，但在内心世界，我变成了七岁的乔治·博林，谷物和种子商人萨缪尔·博林的小儿子，住在下宾菲尔德的高街 57 号。那是一个星期天的早上，我可以闻到教堂的味道。那种味道非常真切！你知道教堂有股什么味道，一股潮湿腐烂又略带甜腻的尘土味，有烛蜡和熏香的味道，而且还似乎有老鼠的味道。而到了星期天早上又多了一股洗衣肥皂和哔叽布法袍的味道，但最主要的还是那股潮湿腐烂又略带甜腻的尘土味，就像生与死交织在一起时的味道。那其实是化为灰烬的尸体的味道。

那时候我约莫只有四英尺高，得站在跪垫上才能看得见前排。我能够感受到妈妈那件黑色哔叽布法袍摸在手里的感觉，还有穿着长袜拉过膝盖的感觉——那时候我们总是这样穿长袜——星期天的早上他们还总是给我套上一条锯齿状的伊顿公学式的领子。我可以听到管风琴的声音，有两个人在大声吟唱着赞美诗。在我们教堂有两个人领唱，事实上，大部分时候就只有他们两个在唱，其他人没有机会插嘴。一个名叫舒特，是个鱼贩子，另一个是老威瑟罗尔，是个细木工和殡葬者。他们总是相对着站在教堂中殿两边离讲道坛最近的座位旁边。舒特个头矮胖，长着红润光滑的脸庞、硕大的鼻子和下垂的八字胡，下巴似乎从嘴巴下边掉下来了。威瑟罗尔的样貌很不一样。他大概六十岁，是个身材高大筋骨强健的老恶棍，那张脸就像死人一样，长着一头半英寸长的硬挺的灰发。我从未见过一个活人能看上去这么像一具骷髅。在他的脸上你可以看到骷髅头的每一根线条。他的皮肤看上去就像羊皮纸一样，而瘦长的下巴里尽是黄澄澄的大板牙，一上一下地张合着，就像解剖学博物馆里的一具骷髅。虽然这么枯瘦，但他看上去就像铁打的一样精壮，似乎可以活到一百岁，将教堂里的每个人都送进棺材后才会死掉。他们的歌声也有很大的区别。舒特的歌声听起来声嘶力竭，让人觉得很不舒服，似乎有人正拿着刀子指着他的喉咙，他正用最后一口气在尖叫求救。但威瑟罗尔的声音像打雷一样洪亮低沉，是从丹田里发出来的，就像地底下有巨大的木桶在来回滚动一样。无论他的歌声有多洪亮，你知道他还储存着充足的气量。孩子们给他起了个绰号，叫“雷公肚”。

他们总是轮流一唱一和，特别是在唱赞美诗的时候。唱最后一句的总是威瑟罗尔。我猜想私底下他们俩是好朋友，但我总是幼稚地想象他们俩是死敌，竭力想把对方给压下去。舒特会高声唱“主是我的牧人”，接着威瑟罗尔会唱“因此我一无所缺”，彻底盖过了对方。你总是知道这两个人哪个会是赢家。以前我总是很期待唱赞美诗这个环节，里面会唱起亚摩利人的王西宏和巴珊王噩[①]（佐格王的名字让我想起了这些）。舒特会引唱“亚摩利人的王西宏”，然后大约半秒钟的时间，你可以听到其他信徒和着“又有”，然后威瑟罗尔的男低音唱腔像潮汐一样袭来，那句“巴珊王噩”盖过了众人的声音。我希望能让你听到当他唱到“噩”这个字时那洪亮低沉、气达丹田的唱腔。他甚至带了个儿化音，那时候我还是个小孩子，以为他唱的是“巴珊王饿了”。但后来我把名字弄清楚了，在脑海中想象着西宏和噩的样子。我看到他们俩似乎像一对古埃及的雕像，就像在一便士百科全书里面见过的那些图片一样，三十英尺高的巨大石像，面对面端坐在王座上，双手摆在膝盖上，脸上挂着神秘的微笑。

旧梦重温！那种奇特的感觉——那只是一种感觉，你不能将其描述为一种活动——我们称之为“做礼拜”。那种甜腻腻的、腐烂的味道，星期天大家穿法袍摩擦的沙沙声，管风琴呼呼的风声和吵吵闹闹的声音，从窗口透进来的光斑缓慢地在教堂的中殿移动。那些大人都骗你说这种聚会是必须参加的。你认为这是天经地义的事情，就像你认为《圣经》里讲述了天经地义的道理一样，那时候你对《圣经》非常迷信。每面墙上都挂着经文，整部《旧约》都烂熟于胸。即使到了现在，我仍记得许多《圣经》里的章节片段。那些以色列的孩子又在主的面前为非作歹。有穿着马裤的亚设，跟随着但一直来到贝尔谢

① 亚摩利人的王西宏和巴珊王噩都是出自《圣经 · 旧约 · 约书亚记》的古代人物。

巴，打了他的第五根肋骨，把他给打死了。[①]你从来不明白《圣经》到底在说些什么，你也不想去弄明白。那就像是一种药，味道很奇怪，而你又不得不喝下去，因为你知道药是必须得喝的。里面有很多人名字都很怪，什么“示每”、“尼布甲尼撒”、“亚希多弗”、“哈什巴达达”。那些人穿着呆板的长袍，蓄着亚述式的络腮胡子，骑着骆驼在神庙和雪松间穿梭，做的都是一些稀奇古怪的事情：献上烤熟的祭品、在炽热的火炉上行走、被钉在十字架上、被鲸鱼吞食。所有这些都与那股甜腻腻的坟墓的味道、哔叽布法袍和管风琴呼呼呼的声音交织在一起。

看到佐格王的海报时，我回到了那个世界。我不仅记起了从前的事情，我甚至回到了从前。当然，这些想法持续的时间不过几秒钟。过了一会儿，我似乎又睁开了眼，我变回了四十五岁的我，回到了斯特朗大街的人流中。但回忆留下了影响。有时候，当你从思绪中醒来时，你感觉自己似乎从一潭深水中走了出来，但这一次恰好相反，当我回到1900年的时候，感觉似乎更为真实。即使到了现在，我的眼睛睁开着，那些该死的傻瓜匆匆忙忙地走来走去，街上的海报、汽油的味道和汽车引擎的噪音对我来说似乎都比不上三十八年前下宾菲尔德星期天早晨的情景来得真切。

我丢掉那支雪茄，慢悠悠地走着。我可以闻到那股死气沉沉的味道。我真的可以闻到。我回到了下宾菲尔德，那一年是1900年。在集市的马槽旁边，送信人的马正在吃着马粮袋里的饲料。在街角的那家糖果店，威勒太太正在称出半便士的酒

---

① 亚设和但都是《圣经·旧约·创世记》中的人物。

味糖球。拉姆普林小姐的马车驶了过来，马夫穿着土黄色的马裤，双手抱在胸前。以西结伯伯正在咒骂乔伊·张伯伦[①]。募兵官穿着一身猩红色的军装和一条蓝色紧身裤，戴着平顶军帽，昂首阔步地走来走去，捻着挺翘的八字胡。喝得醉醺醺的酒鬼跑到乔治酒店后面的院子里呕吐。维多利亚女皇在温莎城堡中，上帝在天堂里，基督在十字架上，约拿在鲸鱼肚子里[②]，沙得拉、米煞和亚伯尼歌在炽热的火窑里[③]，亚摩利人的王西宏和巴珊王噩坐在自己的王位上互相打量着对方——什么事情也没有做，只是坐在那儿，保持着彼此之间的距离，就像两只消防犬一样，又像是水火不容的狮子与独角兽[④]。

这一幕已经永远成为过去了吗？我不知道。但我可以告诉你，那是一个美妙的世界。我属于那个世界，你也是。

---

① 指约瑟夫·张伯伦(Joseph Chamberlain, 1836—1914)，英国政治家，自由党人，英国首相亚瑟·内维尔·张伯伦(Arthur Neville Chamberlain)之父。约瑟夫·张伯伦在第二次布尔战争中是主战派，但战事一开始对英军不利，死伤惨重。

② 约拿的故事可参阅《圣经·旧约·约拿书》，耶和华安排一条大鱼将约拿吞入肚子内，将他困了三天三夜，约拿向上帝祈祷恳求，大鱼将约拿吐出。

③ 沙得拉、米煞和亚伯尼歌的故事可参阅《圣经·旧约·但以理书》，古巴比伦王尼布甲尼撒将这三人投入火窑中，但三人得到上帝庇佑，安然无恙。

④ 据英国古老传说，狮子与独角兽曾为争夺森林之王的头衔而展开搏斗，因此这两只动物象征权力，其中狮子代表英国，独角兽代表苏格兰，出现在英国皇室的徽章上。

第二部

第一章

看到佐格王这个名字让我暂时回想起来的世界与我现在所生活的世界是两个完全不同的世界，或许你不会相信我曾经在那个世界生活过。

我猜想现在你能在脑海里勾勒出我的形象了——胖乎乎的中年男子，戴着假牙，长着一张赤红的脸膛——在潜意识里，你想象着我在摇篮里的时候，长得就是这么一副尊容。但四十五年是一段很漫长的时间，虽然有些人的样貌不怎么变，但有些人的样貌变化很大。我就改变了许多。这辈子我有过起起落落，大部分日子还是混得不错。这似乎听起来很奇怪，但假如父亲现在能看到我的话，他会感到很自豪。他会觉得自己的儿子竟然能有一辆汽车，住在带浴室的房子里，实在是太了不起了。即使是现在，我也混得比我的出身要好一些。在我风光的时候，我过着战争之前我们从未想象过的好日子。

战争之前！我不知道我们还会把这四个字挂在嘴边多久？什么时候我们会问："哪场战争呢？"在我那偏远的家乡，人们说起战争之前，他们所想到的是布尔战争[①]之前的情形。我生于1893年，我还记得布尔战争爆发时的情形，因为父亲和以西结伯伯大吵了一架。而其它的零星回忆可以追溯到吵架之前大约一年左右。

我所记得的最早一样东西是红豆草的味道。你走上那道从厨房通往店面的石阶，一路走上去，红豆草的味道越来越浓。

妈妈在门道里装了一扇木门，不让乔伊(他是我哥哥)和我进商店里去。我还记得自己站在那里，紧紧地握着栏杆，闻着红豆草夹杂着石阶湿灰泥的味道。过了几年我才有力气把木门撞开，趁没人的时候闯进店里。有只老鼠想溜到餐具柜里偷吃东西，突然间跑了出来，从我的双脚之间穿过，那是一只白老鼠。这件事发生的时候我大约只有六岁。

当你很小的时候，你似乎只看到那些鼻子底下的事物。周围的事物游入你的脑海里，每次一样东西，就像当你从睡梦中醒来时一样。比方说，快到四岁的时候我才发现我们养了一只狗。它叫内勒，是一只白色的英国老㹴犬，现在已经绝种了。我在厨房的桌子底下遇到了它，直到那时我才知道它是我们家的狗，名字叫内勒。同样地，稍早之前我发现在过道尽头的大门那边，红豆草的味道就是从那里飘来的。店里摆着许多大天平、木尺和马口铁铲子，窗户上贴着白色的字母，鸟笼里养着一只红腹灰雀——不过就算你站在人行道上也无法看得很清楚，因为窗户总是蒙着一层灰——这些东西一样一样地出现在我的脑海中，就像一幅拼图的碎片。

日子一天天过去，你的双脚越来越强壮有力，你渐渐地熟悉起周边的地理环境。我想那时下宾菲尔德和其它只有两千人口的市镇没什么两样。那时它位于牛津郡——你会发现我老是在说“那时”，虽然这个地方如今还在——离泰晤士河大概五英里。小镇坐落于一片山谷里，到泰晤士河要经过一片延绵的

---

① 布尔战争(the Boer War)指的是英国与南非好望角的荷兰殖民者(自称为布尔人，意即农民)为争夺殖民地而展开的战争。第一次布尔战争发生于1880年至1881年，第二次布尔战争发生于1899年至1902年，本书所指的布尔战争应该是第二次布尔战争。

山脉，后面是高一些的山丘。山上长着一片树林，看上去呈现黯淡的蓝色，里面隐隐约约可以看到一座带柱廊的白色的大房子。那是宾菲尔德馆(大家都叫它“大厅”)，山上就是上宾菲尔德，但上面没有人烟，这种情况已经持续了上百年。直到七岁的时候我才注意到宾菲尔德馆的存在。太小的时候你看不到远方的情形。不过那个时候我已经熟知镇里的每寸地方。小镇就像一个十字架，集市位于中间。我家的小店在商业街那里，离集市很近，街角那头是威勒太太的糖果店，当我有一便士时就会跑到那儿花半个便士。威勒太太是个脏兮兮的老太婆，人们总是怀疑她会先舔一舔那些牛眼糖，然后再摆进瓶子里，但这件事从未得到证实。再远一些是理发店，飘散出浓郁的月桂香油和土耳其烟草的味道，挂着阿卜杜拉牌香烟的广告——上面画着几个埃及士兵。奇怪的是，时至今日他们还在沿用同样的广告。在房子的后面你可以看到酿酒厂的烟囱。在集市中间有一个石制的马槽，里面的水面上总是漂着一层灰尘和谷糠。

在战争之前，尤其是在布尔战争之前，一整年都像夏天一样热。我知道那其实是我的幻觉。我只是想让你知道回忆中的事情是怎么样的。如果我闭上眼睛，想象着我八岁以前下宾菲尔德的情景，我的回忆总是夏天。要不就是午饭时间的市集，每样东西都落满了灰尘，似乎昏昏欲睡，拉车的那匹马把嘴巴伸进马粮袋里，嚼着草料慢慢走了开去；要不就是一个炎热的下午，小镇周围的草坪长满了绿油油的青草；要不就是黄昏，烟斗的烟味和夜来香的香气从田野后面的小路飘过树篱迎面而来。不过我确实记得四季的情形，因为我的回忆总是和吃的东西联系在一起，而一年不同的时候有不同的食物，特别是在树篱那里，你总是能找到好吃的东西。七月份的时候有露莓——但数量很稀少——还有黑莓，红通通的一摘下来就可以吃。九月份的时候有黑刺李和榛子，但最好的榛子总是长在摘不到的地方。再迟一些有山毛榉的果实和山楂果，没有更美味的果实吃的时候也总会有一些小野果可以享用。有野山楂——这些其实不是很好吃——和蔷薇果，你得把刺清理干净，味道有点辣，但很好吃。初夏的白芷味道不错，特别是当你口渴的时候，很多草类的茎梗味道也不错。然后还有酢浆果，配黄油面包非常好吃。还有山胡桃和一种木属苜蓿，味道酸酸的。当你离家里还有一大段路要走，而肚子又很饿的时候，有车前子吃也比什么都没得吃来得强。

乔伊比我大两岁，我们很小的时候妈妈总是一周花十八便士雇凯蒂·西蒙斯在下午带我们出去散步。凯蒂的父亲在酿酒厂上班，有十四个孩子，因此一家人总得打一些零工。那时候凯蒂才十二岁，乔伊七岁，我五岁，她其实和我们一样天真无知。她总是拽着我的胳膊，叫我“宝宝”，她的权威只局限于让我们不要到处乱跑，以免被两轮马车撞到或被牛群追逐，我们仨聊天时几乎是平等相待。我们总是漫无目的地散步到很远的地方——当然，一路上会边摘边吃各种东西——沿着田间的小路穿过罗珀家的草坪，走到米尔农场，那里有一个小池塘，长着蝾螈和小鲤鱼（乔伊和我大一点之后老是去那里钓鱼）。回去的时候我们会走上宾菲尔德路，这样就可以经过小镇边上那间糖果店。这间店的位置实在是糟糕，任何接手做生意的人都会倒闭关门。据我所知，它曾经开过三次糖果店、一次杂货店和一次单车修理店，但这个地方对孩子们有莫大的吸引力。就算我们身上没钱，我们也会跑到那里去，把鼻子贴在橱窗上徘徊流连。凯蒂总是不肯掏一法新[1]买糖果，老是斤斤计较自己分得多了还是少了。那时候花一法新就可以买到东西。大部分糖果一便士可以买四盎司，甚至有种糖果叫“天堂大杂烩”，大部分是别的瓶子里掉下来的零碎的糖果，一便士可以买六盎司。有一种糖叫做“一法新吃不完”，大概有一码长，半个小时你是吃不完的。糖捏的老鼠或猪一便士可以买八只。还有甘草糖做的小手枪。半便士就可以买一大包爆米花。还有什锦糖果包，装着好几种糖果、一个金戒指，有时还有一个哨子作为礼品，只要一便士。现在你见不到这种什锦糖果包了。我们那时候吃的糖果许多都绝迹了。有一种扁扁的白白的糖片，上面刻着名言，还有一种黏糊糊的、粉红色的糖，装在椭圆形的盒子里，配一根小汤勺可以舀着吃，都只要半个便士。这两种糖果都找不到了。藏茴香果蜜饯也没有了，巧克力管和糖火柴也没有了，连什色糖珠也很少见了。当你只有一法新时，什色糖珠不失为好的选择。还有“一便士巨无霸”哪儿去了？现在还有谁见过“一便士巨无霸”吗？那是一个大瓶子，里面装着一夸脱柠檬汽水，只要一便士。战争之后这东西就销声匿迹了。

回想起过去，那时似乎总是夏天。我可以感觉到周围和我几乎一样高的草丛和地里散发出来的热气。小路上布满了灰尘，阳光从榛子树的枝条间照射下来，绿油油的很是暖和。我可以看到我们仨游荡着，吃着从树篱上摘下来的果实。凯蒂拽着我的胳膊，说道：“走快点，宝宝。”有时冲前面的乔伊叫嚷着：“乔伊！快给我回来！你会被撞到的！”乔伊块头很壮实，长着一个大头，腿脖子很粗，是那种整天惹是生非的野孩

① 法新(farthing)，英国旧货币单位，相当于四分之一便士。

子。虽然才七岁，他已经穿着短裤，厚厚的黑色长袜拉到膝盖上面，穿着一双那时候男孩子们都会穿的笨重的靴子。我还穿着套衫——妈妈总是给我织这些荷兰式的套衫。凯蒂经常穿着一套破破烂烂的、仿成人款式缝制的长裙。在她家里，这条裙子姐姐穿完就传给妹妹。她戴着一顶滑稽的大帽子，辫子垂在后面，裙子拖在地上，穿一双带纽扣的靴子，脚跟部位都磨平了。她长得小巧玲珑，比乔伊高不了多少，却挺会照看小孩的。在她那样的家庭，一个孩子一断奶就得照顾其他孩子。她总是装出一副大人的样子，让自己看上去像个淑女。当她回答不了你所说的话时，总是会冒出一句格言或谚语堵住你的嘴。如果你说“我不在乎”，她会立刻回应一句：

“不在乎还是得在乎，吊起来，下油锅，煮到一命呜了呼。”

如果你骂她，她会说：“笑骂皆由人。”如果你自吹自擂，她会说：“骄傲的人会摔跟头。”这句话一语成谶，我正假扮成士兵，昂首阔步地走在路上，一跤栽进了牛粪堆里。她家在酿酒厂后面贫民街一座脏兮兮的小房子里。那个地方尽是小孩子，就像是害虫一样。一家人老是躲着藏着不把孩子送去学校，那时候逃学是很容易的事情，孩子们才会走路就被使唤跑腿或打零工。她的一个哥哥因为偷芜菁被判刑坐牢一个月。一年后，乔伊八岁了，女孩子再也管不住他，凯蒂就不再带我们出去散步了。乔伊发现凯蒂家里五口人睡一张床，总是以此嘲笑她。

可怜的凯蒂！十五岁的时候她就生了第一胎。没有人知道父亲是谁，或许连凯蒂本人也搞不清楚。大部分人相信是她的某个兄弟干的。收容所的人收留了那个孩子，凯蒂去了沃尔顿打工。后来她嫁给了一个补锅匠，即使是她这样的家世，这门亲事也算是跌份的事情。我最后一次见到她是在 1913 年。我骑着单车经过沃尔顿，经过铁路旁边一座破破烂烂的木棚区，四周围着用木桶的木板做成的篱笆。在一年的某些时候，吉卜赛人会到这儿露营，警察不会赶他们走。一个皱巴巴的老女人从其中一间小屋走了出来，披散着头发，脸被烟熏得发黑，看上去至少有五十岁了，正抖着一张毯子。那就是凯蒂，那时她才二十七岁。

第二章

星期四是赶集的日子。大清早农民们就拿着长长的榛树枝做的鞭子赶着牲畜来到集市，他们一个个长着南瓜一样红通通的圆脸，穿着脏兮兮的罩服和大大的靴子，上面沾着干牛粪。一连好几个小时，集市里十分喧闹：狗在叫，猪在哼，驾着货车想过路的农民挥舞着鞭子发出噼噼啪啪的声音，嘴里骂骂咧咧的，买卖牲畜的人大声嚷嚷着，挥舞着木棍。当他们牵着一头公牛来到集市时，总会引起一阵喧哗。虽然那时候我还很小，但我惊讶地发现大部分公牛其实都是温顺无害的牲畜，只想安安静静地走进畜栏里，但要是半个小镇的人没跑出来追着它撵的话，公牛也就不能称为公牛了。有时候，某一头被吓坏的牛，通常是一只半大的母牛，会挣脱缰绳，冲进一条巷子里。如果刚好有人在巷子里，他就会站在中间，朝后面挥舞着双臂，就像风车的扇片，嘴里喊着："喔！喔！"据说这对动物有催眠的作用，而动物们确实很害怕这个声音。

到了晌午的时候，几个农夫会走进我家的小店里，伸手摸摸当样品的种子，让谷粒从指尖滑落。事实上，父亲很少与这些农民做生意，因为他没有送货的货车，也不能让他们赊账。他只能做些小打小闹的生意，卖点喂家禽的饲料或是卖点马粮给那些商人的马匹什么的。米尔农场的老布鲁尔是个吝啬鬼，下巴长着灰白的胡须，老是站在店里一呆就是半个小时，伸手去摸那些喂鸡的谷粒，装出一副毫不在意的样子，让谷粒掉进自己的口袋里，然后什么也没买就走了。到了晚上，酒吧里坐满了喝得醉醺醺的人。那时候啤酒一品脱才两便士，而且不像现在的啤酒，那时的酒烈得很。在布尔战争期间，募兵官每个星期四和星期六晚上都会到乔治家开的劣质啤酒吧，盛装出席，出手非常阔绰。有时候，第二天早上你会看到他领着某个块头壮硕、脸膛赤红、温顺如绵羊的农场帮工走了。那个帮工喝得醉醺醺的时候拿了一先令的征兵安家费，到了早上发现要想反悔得倒贴二十英镑。镇里的人总是站在门口，看着他们俩经过，摇晃着脑袋，似乎在目送葬礼。“看看，居然去当兵了！想想吧！一个大好青年竟然去当兵！”他们觉得十分惊讶。在他们眼里，男人去当兵就像女人沦落风尘一样。他们对待战争和军队的态度很奇怪。他们抱有一种古老的英国式观念，认为那些身穿红色军装的人都是些人渣，全都会死于酗酒，直接下地狱。但另一方面，他们都很爱国，在窗户上挂着英国的米字旗，坚信英国从未打过败仗，以后也不会打败仗。那时候每个人，连那些非国教徒在内，总是唱着关于“细细的红线”[①]以及那些年轻的士兵战死遥远沙场的伤感歌谣。我记得这些年幼的士兵“在子弹和炮弹横飞的时候”总是难逃战死的命运。那时候我是个不懂事的小孩子，我知道子弹是什么东西，但我的脑海中总是会闪现出扇贝的壳在空中飞舞的奇怪情

---

① “细细的红线”指1854年克里米亚战争苏格兰高地兵团（着红色军服）在巴拉克拉伐战役（the Battle of Balaclava）中的一次战斗。在此次战斗中，高地兵团的士兵排成两行横队的狭长阵线，抵御俄国骑兵的冲击，没有临阵逃脱，而阵线也未被打乱，迫使俄国骑兵退走。“细细的红线”成为一则军事典故，颂扬英军士兵沉着坚韧的意志品质。

景。[1]当马弗京围城之急[2]得以解除时，大家的欢呼声简直要把屋顶掀翻。那时候他们相信布尔人会把婴儿扔到空中，然后用刺刀将他们捅死的传闻。当孩子们在老布鲁尔身后骂他是“南非佬”的时候，他就会气急败坏，战争快结束的时候他把自己的胡须剃得干干净净。大家对政府都抱着同样的态度。他们都是赤胆忠心的英国人，坚信维多利亚女皇是历来最英明的君主，而外国人都是渣滓。但他们都不想纳税，如果可以赖掉的话，连上狗牌都不肯。

战争前和战争后下宾菲尔德一直是自由党的票仓。但在战争期间进行过一次补选，结果是保守党获胜了。那时候我还太小，不知道这到底是怎么一回事。我只知道自己是个保守党人，因为比起红色的彩带，我更喜欢蓝色的。我记得这个主要是因为一个醉汉在乔治酒吧外面的人行道上摔了一跤，碰伤了鼻子。大家都太兴奋了，没有人去注意他，他就在太阳底下躺了好几个小时，身边的血都干了，变成了紫红色。到了1906年大选时，我已经长大了，多多少少知道政治是怎么一回事，这一次我支持自由党，因为大家都支持自由党。我们追着保守党候选人跑了半英里，把他扔进一口长满了浮萍的池塘里。那时候的人对待政治可严肃了，大选前几周就开始储备臭鸡蛋。

我还很小的时候，布尔战争爆发了。我记得父亲和以西结

---

① 在英语中，炮弹和贝壳是同一个单词“shell”。

② 马弗京是当时南非英军扼守的一座城镇，从1899年10月到1900年5月以1 500名士兵对抗8 000名布尔人士兵长达七个月的围困，英军伤亡人数达800多人，布尔军队伤亡达2 000多人。最后英国援军赶到，围城之急得以解除。

伯伯大吵了一架。以西结伯伯在高街旁边的一条街上开了一间小小的鞋店，兼营织染。生意很萧条，而且每况愈下，但问题并不大，因为以西结伯伯没有结婚。他是父亲的半个哥哥，年纪大了很多，起码得大了二十岁。在我认识他的那十五年里，他的样貌几乎没怎么变过。他是个相貌堂堂身材高大的老人，长着一头白发和我所见过的最白的鬓须——就像蓟花的冠毛那么白。他总是习惯拍打着身上那件皮围裙，站得笔挺——我猜这是弯腰太久了的反应——然后冲着你劈头盖面地大吼着他的想法，最后以可怕的呵呵呵的笑声结束。他是那种十九世纪自由党的忠实拥趸，老是问你格莱斯顿[①]在1878年说过些什么，然后就把答案告诉你。而且他是下宾菲尔德少有的几个在这场战争中想法始终没有改变过的人之一。他总是公然斥责乔伊·张伯伦和一些他认为是“帕克街[②]无赖”的人。现在我似乎还能听见他和父亲吵架时所说的话。“那帮人和他们所谓的辽阔帝国！对我来说辽阔个毛！呵呵呵呵！”然后是父亲的声音，他的声音平静、忧虑而谨慎，回击他说白人肩负着责任，我们要解救那些被布尔人[③]虐待的可怜的黑人。以西结伯伯声称自己支持布尔人，坚决抵制大英帝国的扩张，于是两人大约有一个星期没有说话。当布尔人暴行的传闻传开时，他们又吵了一架。父亲对这些传闻感到非常忧虑，和以西结伯伯讲起了这

① 威廉·伊华特·格莱斯顿(William Ewart Gladstone，1809—1898)，英国自由党政治家，曾四度担任英国首相(1868—1874、1880—1885、1886、1892—1894)，是英国历史上年纪最大的首相。

② 帕克街(Park Lane)，英国伦敦主要街道，是许多保守党政要居住的地方。

③ 从这里开始，本段的布尔人(Boer)被写成了发音相似的“Boar”(意思是野猪)，但由于中文没有相对应的发音相近的词语，故译者仍沿用布尔人这个译法。

些。不管他赞不赞同大英帝国的扩张，难道他认为这些布尔人将小婴儿扔到空中再用刺刀捅死是正义之举吗？就算那只是黑人的小婴儿。但以西结伯伯只是当着他的面大笑一通。父亲完全搞错了！把小婴儿扔到空中的不是那些布尔人，而是英国士兵！他一直拽着我——那时候我只有五岁——比划着说："告诉你吧，就这么把他们扔到空中，像串青蛙那样把他们捅死！就像我这样把这个小家伙给扔上去！"然后他把我甩了起来，几乎松开了手。我真切地看到自己飞了起来，落下来时插在一把刺刀上。

父亲和以西结伯伯很不一样。我对祖父和祖母所知不多，我还没出生他们就去世了。我只知道祖父是个补鞋匠，后半辈子娶了一个种子商的遗孀，这也就是我们这间小店的来历。虽然父亲谙熟生意，而且工作勤奋努力，但这份工作实在是不适合他。除了星期天和偶尔几个晚上外，我总是记得他手背上、脸上的皱纹和头上稀疏的头发里嵌着的谷粒。他结婚的时候已经三十好几了，而我对他最早产生印象时他已经快四十岁了。他个头矮小，头发灰白，性情沉静，总是只穿着衬衫和白围裙，因为和谷物打交道的缘故，总是灰头土脸的。他的头很圆，鼻子很扁，胡须很茂密，戴着眼镜，长着黄油一般颜色的头发，我的头发也是这种颜色，不过他就快谢顶了，而且头上总是沾着粉末。娶了那个种子商的遗孀后，祖父的日子改善了不少。父亲到沃尔顿文法学校上过学，这里的农民和境况好一些的贸易商都把儿子们送去那里，而以西结伯伯则喜欢吹嘘说他从未上过学，是在下班后秉烛夜读自学成才的。不过，比起父亲，他确实脑筋要灵活一些，他能和任何人进行辩论，喜欢长篇大论地引用卡莱尔[1]和斯宾塞[2]。父亲的脑袋瓜不是很灵光。正如他所说，他从未好好“读过书”，语文也不是很好。只有在星期天下午不用忙碌时，他才会好整以暇地坐在客厅的壁炉边，用他的话说，“好好读一读”星期天的周报。他最喜欢的报纸是《人民报》——而妈妈喜欢读《世界新闻报》，因为她觉得里面谋杀案报道多一些。现在我看到了那幕情形：一个星期天下午——当然是夏天，那时总是夏天——空气中飘荡着烤肉和蔬菜的味道。妈妈坐在壁炉的一边，开始阅读最新的谋杀案报道，但读着读着就睡着了，嘴巴张得大大的。父亲坐在壁炉的另一边，穿着拖鞋，戴着眼镜，慢悠悠地读着印得脏兮兮的报纸。你的周围洋溢着夏天的柔和气息，窗户上有天竺葵，某个地方有一只燕八哥在咕咕咕地叫唤着，我自己则拿着《少年杂志》躲在桌子底下，幻想着桌布其实是一个帐篷。吃茶点的时候，父亲一边咀嚼着萝卜和大葱，一边若有所思地说着刚刚读到的内容：火灾、船难、上流社会的丑闻、如今这些新型的飞行器、有个家伙（我发现时至今日，每隔三年星期天的周报就会将他的事迹再报道一回）在红海被鲸鱼给吞了，过了三天才被救出来，全身被鲸鱼的胃酸泡得发白。父亲总是对这则故事和那些新型的飞行器抱以怀疑，除了这些之外，他相信报纸里说的每件事。直到 1909 年，在下宾菲尔德没有人相信人类发明了飞行的技术。大家信奉的思想是，如果上帝要让我们飞，他会给我们造出一双翅膀。以西结伯伯会反

---

① 托马斯 · 卡莱尔（Thomas Carlyle，1795—1881），苏格兰作家、历史学家，代表作有《法国大革命》、《论英雄与英雄崇拜》等。

② 应指赫伯特 · 斯宾塞（Herbert Spencer，1820—1903），英国哲学家，社会达尔文主义之父，代表作有《社会静态论》、《心理学原理》、《社会学原理》等。

驳说如果上帝要让我们跑得快，那是不是他得给我们造出一对轮子呢？但就连他也不相信那些新型飞行器是真的。

只有在星期天下午，或者每星期的某一天晚上，父亲才会到乔治酒吧坐坐，喝上半品脱啤酒。其它时候父亲一心想的就只有生意的事情。虽然其实没什么事情可以做，但他似乎总是很忙碌，不是在院子后面的阁楼搬麻袋和包裹，就是躲在店里柜台后面布满灰尘的小房间里用一根短短的铅笔在笔记本里加减数字。父亲为人诚实，很有责任感，希望卖的东西都是好货色，不会坑人，而就算在当时，这样的经商之道也是挣不到钱的。他适合当个芝麻绿豆小官，比方说邮政局长或驿站站长什么的。但他既拉不下脸皮，也没有雄心壮志去筹款扩展生意，也不会去想办法扩展新的销售渠道。他唯一展现出想象力的经历就是发明了一种喂鸟的混合饲料（取名叫“博林杂料”，方圆五里内蛮有名气的），而这还得感谢以西结伯伯。以西结伯伯很喜欢养鸟，在他那间阴暗的小店里养了很多只金翅雀。他认为笼养的鸟羽毛变得黯淡无光是因为饲料太单一了。父亲在小店后面的院子里耕了一小块地，种了大概有二十种用铁丝网隔开的谷物，他把这些种子晒干，和普通的鸟粮谷粒掺在一起。商店的橱窗里挂着那只红腹灰雀杰奇当作博林杂料的活招牌。当然，和其它笼养的红腹灰雀不一样，杰奇的羽毛从不会变暗。

打从我记事开始，妈妈就是个胖女人。显然，我一定是继承了母亲的脑垂体分泌失调或别的什么病症，才会变得这么胖的。

她块头很大，比父亲还高一些，头发金黄一些，经常穿着黑色的长裙。除了星期天之外，我记得她总是穿着围裙。如果我说她老是在做饭，或许会有点夸张，但也不至于完全与事实不符。当你回顾很久以前的往事时，你似乎看到人们总是以他们特有的姿态固定在一个特别的地方。你似乎觉得他们总是在做同一件事情。当我想起父亲时，我总是想起他站在柜台后面，头发上沾满了粉末，拿着铅笔头加减数字，把笔尖放在双唇之间浸湿。而当我想起以西结伯伯时，就会想起他那可怕的白胡子和笔挺的身躯，还有他拍打着皮围裙的模样。而当我想起妈妈时，我记得她站在厨房的桌旁，前臂沾满了面粉，正在搓面团。

你知道那时候人们家里的厨房是什么样子的。面积很大，而且很低矮阴暗，天花板上横着一道大梁，地板用石头砌成，下面有地窖。我小的时候每样东西看起来都特别大。一个大石头水槽，没有水龙头，但有一个铁水泵，一面墙上有柜子，一直连到天花板，还有一个黑得像石墨一样的大灶台，一个月要烧半吨煤。妈妈站在桌旁搓着一大团面团。我就在旁边爬来爬去，摆弄着柴火捆、煤炭块和锡做的捕甲虫的圈套（家里所有阴暗的角落都长了甲虫，用啤酒就可以引出来)，时不时爬上桌子想讨一点吃的。妈妈不准饭间吃零食，你总是听到同样的回答：“自己乖乖地一边去！我可不会纵容你，一会儿吃饭时没胃口。你这是嘴巴馋，肚子小。”不过，偶尔她还是会切一小片糖腌的果脯喂给你吃。

以前我喜欢看妈妈擀面团。看一个人干自己拿手的活儿总是一件赏心乐事。看一个女人——我是说，一个懂得烹饪的女人——搓面团也一样。她带着庄严专注的神情，看上去似乎很满足，就像一位女祭司在主持神圣的祭祀。当然，在她的脑海中，她就是一位女祭司。妈妈的前臂强壮结实，粉红的皮肤上沾满了面粉。当她做饭时，她的一举一动非常精准坚定。她得心应手地使用着搅蛋器、搅拌机和擀面杖。当你看到她做饭时，你知道她进入了属于自己的世界，一切都是她所熟悉的。除了读一读星期天的报纸和偶尔说长道短之外，妈妈和外面的世界接触不多。虽然她读起书来比父亲轻松，而且不像父亲，她既读报纸也读中篇小说，但她依然无知到难以置信的程度。甚至在我十岁的时候就意识到了这一点。她不知道爱尔兰在英国的东边还是西边，我怀疑直到世界大战开战的前夕她仍然无法告诉你首相是谁。而且，她根本没有半丁点儿兴趣去了解这些事情。后来，我读到关于东方国家的书籍，知道那里奉行一夫多妻制，女人被关在秘密的闺房里，由黑人太监看守着。我总是想象着要是妈妈听说这些事情的话，一定会惊呆的。我几乎可以听到她大叫起来——“够了！把他们的妻子那么关押起来！真是太羞耻了！”她可不知道什么是太监。事实上，她一辈子都生活在一个小小的天地里，安心当一个贤妻良母。就算在我们自己家里，有几处地方她是从来不会去的。她从不进院子后面的阁楼，也很少去店里。在我的记忆中她从未招呼过一个客人。她不知道货品都放在哪里。除非磨成面粉，否则她根本不知道麦子和燕麦有什么区别。为什么她要操心呢？小店是父亲的生意，是“男人的工作”，就算是在钱方面，她也没多大的兴趣。她的工作，“女人的工作”，是料理家务、做饭洗衣、照顾好孩子们。要是她看到父亲或别的大男人试着自己缝纽扣，就会大发脾气。

说到一日三餐和其它家务，我们家是那种每件事情像发条时钟一样精确的家庭。或许不能说像发条时钟一样，因为听起来太机械化了。用“自然过程”加以形容会比较恰当。你知道明天早上桌子上肯定会有早餐，就像你知道太阳一定会升起一样。妈妈这辈子总是晚上九点睡觉，早上五点起床，她觉得晚睡不好——那些腐败堕落的外国人和贵族才会做出这种事情。虽然她付钱给凯蒂·西蒙斯带我和乔伊去散步，但她绝不肯请一个侍女帮忙做家务。她坚信请来的侍女会把灰尘扫到柜子底下。我们的早餐总是准时弄好，非常丰盛——煮牛肉配饺子、烤牛肉配约克夏布丁、煮羊肉配酸豆、猪头肉、苹果馅饼、葡萄干、果酱卷——一直都是这么丰盛。传统的育儿观念仍然在起作用，但落伍的速度非常快。理论上孩子们仍然会被鞭笞，如果不乖的话就只有粗茶淡饭的待遇。如果吃饭时你发出声音、打嗝、不吃“对你有益的东西”或“顶嘴”，你会被赶下饭桌。但实际上我们家的纪律并不是那么严。妈妈的态度凶一些，而父亲虽然总是说“孩子不打不成才”，但实际上他拿我们两个孩子没辙，特别是乔伊，根本管束不了，从小他就是个刺头。他总是说“要狠狠地”揍乔伊一顿，还总是告诉我们以前爷爷总是会拿皮带狠狠地抽他，但从未付诸行动。现在我知道他所说的那些其实都是谎言。乔伊十二岁的时候力气已经大得妈妈管不住他了，根本拿他没办法。

那时候父亲们总是对孩子们整天说“不许这样不许那样”。你会经常听到一个男人吹嘘如果他发现儿子抽烟、偷苹果或掏鸟窝，会把他“活生生揍死”。在有的家庭里，殴打孩子的现象确实存在。马具商老拉沃格罗夫有两个儿子，一个十六岁，另一个十五岁，块头都很大，被他逮到在花园的小棚里抽烟，于是狠狠地揍了他们一顿，惨叫声整个小镇都可以听到。但拉沃格罗夫自己就是个老烟鬼。鞭笞似乎一点作用也没有，所有的男孩子都偷苹果、掏鸟窝、迟早学会抽烟，但大家都认为孩子们就得打骂才有出息。事实上，任何有趣的事情都被严令禁止，当然，只是理论上如此。据妈妈所说，一个男孩子想要做的事情都“很危险”。游泳很危险，爬树很危险，滑雪橇很危险，堆雪球、吊在牛车后面、玩弹弓和飞盘很危险，甚至钓鱼也很危险。所有的动物，除了内勒、两只猫和红腹灰雀杰奇之外都很危险。每只动物都有独特的伤害你的方式：马会咬人，蝙蝠会钻进你头发里，地蜈蚣会钻进你的耳朵里，天鹅扇一扇翅膀就能打断你的腿，公牛会撞你，毒蛇会“叮”你。据她所说，所有的蛇都会叮人。当我拿着那本价值一便士的百科全书对妈妈说毒蛇不叮人，只会咬人时，她只是叫我不要顶嘴。蜥蜴、无脚蜥、蟾蜍、青蛙、蝾螈也会叮人。除了苍蝇和黑甲虫之外，所有的昆虫都会叮人。除了每日三餐吃的东西之外，基本上一切东西都有毒，或“对你有害”。生土豆有致命剧毒，蘑菇也有毒，除非是那些从杂货店里买回来的。生醋栗会让你生疝气，而生山莓会让你长皮疹。如果一吃完饭就去洗澡，你会死于胃抽筋；如果你的拇指和食指中间被割伤了，就会得强直症，而你用煮鸡蛋的水洗手就会得疣子。基本上店里每样东西都是有毒的，所以妈妈在门口设了一道门。牛饼有毒，喂鸡吃的谷粒、芥菜籽和卡斯伍德牌家禽饲料也有毒。糖果对你有害，而三餐之间吃零食也不好，但有趣的是，有些东西妈妈同意在三餐之间吃。当她做梅酱时，她总是让我们吃从上面撇掉的那层甜甜的皮，我们总是敞开了肚皮猛吃，一直吃到要吐为止。虽然几乎世界上每样事物要么有毒，要么很危险，也有一些东西拥有神秘的好处。生洋葱几乎包治百病，用长袜包住脖子可以治喉咙疼。往狗喝的水里加点硫磺可以当成补药，于是后门那边老内勒的碗里总是有一块硫磺，在里面搁了很多年还是没有溶化。

我们总是在六点钟的时候吃茶点。四点钟的时候妈妈料理好了家务，从四点到六点她总是会安安静静地喝一杯茶，按她的说法，“读一读报纸”。事实上，只有在星期天她才会读报纸，工作日的报纸只有当天的新闻，偶尔才有谋杀案的报道。但星期天报纸的编辑们摸透了人们不在乎谋杀案是不是最新的，要是没有新的谋杀案，他们就用旧的谋杀案报道顶上，有时甚至会刊登帕尔默医生[①]和曼宁太太[②]的案件。我觉得妈妈一定觉得下宾菲尔德外面的世界到处都是杀人犯。她特别热衷于谋杀案，因为正如她经常所说的，她不知道人原来可以如此邪恶。割断自己妻子的喉咙，在水泥地板下埋葬自己的父亲，把小婴儿扔到井里！人怎么能做出这种事情！父亲和妈妈结婚时正值开膛手杰克[③]闹得人心惶惶，小店的窗户晚上会用木百叶窗封起来，就是从那时开始的。给商店的窗户封木百叶窗已经不流行了，高街的许多商店都不这么做了，但妈妈觉得躲在木百叶窗后面心里很踏实。她说她一直有种可怕的感觉，开膛手杰克就躲在下宾菲尔德。克里彭医生案——不过那是多年之

---

① 指威廉·帕尔默（William Palmer，1824—1856），英国医生，被指控以士丁宁毒死朋友约翰·库克（John Cook），并被怀疑毒害了自己的弟弟、岳母以及四个自己的亲生骨肉，在当时引起社会公愤，英国公众戏称他为“毒手药王”。

② 指玛利亚·曼宁（Marie Manning，1821—1849），瑞士籍女仆，与其丈夫弗莱德里克·曼宁（Frederick Manning）谋杀了情夫帕特里克·奥康纳（Patrick O'Connor），双双被处以绞刑。查尔斯·狄更斯观看了此次绞刑，并以玛利亚·曼宁为原型，塑造了《荒凉山庄》中女家庭教师霍顿丝这个角色。

③ 开膛手杰克（Jack the Ripper）是英国历史上最著名的连环杀手之一，主要在伦敦东区的怀特查佩尔一带作案，手法残忍，并多次寄信至司法部门挑衅，但由于当时伦敦警力薄弱，未能将凶手逮捕，成为百年悬案，并为许多小说、影视作品提供了创作素材。

后的事情了，那时我已经几乎快成人了——搞得她不得安宁。我现在似乎可以听到她在说：“肢解他那可怜的妻子，把她埋进摆放煤炭的地下室！多么残忍的想法！要是让我逮到，一定会好好收拾他！”有趣的是，当她想起那个可怕的小个子美国医生残忍地肢解自己的妻子（而且非常干净利落地把所有骨头都剔了出来，把头扔进海里，如果我没记错的话），她就会眼泪汪汪的。

但工作日她读得最多的还是《希尔达家居伴侣》。那时候家家户户都会订这份刊物。事实上，这份报纸现在还在发行，只是受到战后出现的更为主流化的妇女报纸的冲击和排挤。前几天我才看到过这份报纸。这份报纸变了，但比起其它报纸变动并不算太大。里面仍然有一连刊登六个月的连载小说（结局永远是有情人终成眷属的大团圆），《家居指南》这个栏目也没有变，同样还刊登着缝纫机的广告和治疗风湿腿痛的疗方。改变的地方主要是印刷和插图。童年时候理想的家庭主妇是蛋形计时器身材，而如今她必须是圆柱体身材。妈妈读得很慢，而且觉得花了三便士买一份《希尔达家居伴侣》就一定得读完。她坐在壁炉旁边那把黄色的旧扶手椅上，脚搁在壁炉架上，支架上放着一个小茶壶煮着浓茶。她会慢慢地从封面读到封底，读完连载小说、两则短篇故事、家务指南、扎姆-布克牌药油的广告和对读者来信的回答。这一本《希尔达家居伴侣》通常能让她读上一个星期，有时候她甚至读不完。有时候，壁炉的热力或夏日午后绿头苍蝇的嗡嗡声会让她昏昏沉沉地睡着了，五点三刻的时候她就一下子惊醒过来，看了看壁炉架上的时钟，然后焦虑万分，因为茶点就快赶不及了。但茶点总是能按时准备好。

在那些日子里——确切地说，直到1909年——父亲仍请得起一个小男孩跑腿，他总是让他看店，回家吃茶点，手背上沾满了面粉。然后妈妈会停止切面包，说道："让我们做祈祷吧，老爸。"我们都把头垂在胸前，爸爸会毕恭毕敬地喃喃说道："主啊，感谢您赐予我们食物——我们感激万分——阿门。"后来乔伊长大些，妈妈会说："今天你给我们做祈祷吧，乔伊。"乔伊就会说上一通。妈妈从不做祈祷，那是男人应该做的事情。

夏天的午后总是有绿头苍蝇在嗡嗡作响。我们家不算很卫生，事实上，下宾菲尔德没有几户人家很卫生。我想镇里一定得有五百户人家，大概不到十户人家有浴室，大概就五十户人家有现在所说的盥洗室。到了夏天我们家后院的垃圾桶总是臭气熏天，家家户户都蚊虫肆虐。我们家的护墙板里有黑甲虫，厨房炉灶后面有蟋蟀，当然，店铺里有粉虱。那时候，就算妈妈这样持家有道的妇女也觉得有黑甲虫不是什么大不了的事情。这些虫子就像柜子或擀面杖一样，是厨房的一部分。但蚊虫实在是太多了。在凯蒂·西蒙斯所居住的酿酒厂后面那条破败的巷子里，房子里长满了臭虫。如果是自己家里有臭虫，妈妈或任何开店人家的妻子会羞死的。事实上，看到一只臭虫却不知道那是什么东西才是合乎礼仪的事情。

体形硕大的绿头苍蝇总是飞进食物橱，充满渴望地落在摆肉的纱罩上。人们总是说："该死的苍蝇！"但苍蝇是上帝缔造的，除了给肉套上纱罩和使用捕蝇纸之外，你对它们无能为力。前面我说过我记得的第一样东西是红豆草的味道，但垃圾桶的味道也是童年的回忆之一。当我想到妈妈的厨房，想到那儿有石头地板、诱捕黑甲虫的圈套、壁炉的铁架和黑漆漆的灶头时，我总是似乎听到绿头苍蝇嗡嗡嗡的声音和垃圾桶的味道，还有老狗内勒那股强烈的狗骚味。上帝知道还有更糟糕的味道和声音。你想听哪种嗡嗡嗡的声音呢？绿头苍蝇的还是轰炸机的？

第三章

乔伊比我早两年去上沃尔顿文法学校。我们俩都是到了九岁才上学的。这意味着早晚两次骑四英里单车去那里，妈妈很担心让我们俩上路，其实那时候路上根本没有几辆汽车。

我们在霍里特大妈的私塾读了几年书。大部分家里开店的小孩子都去那里，不用去寄宿学校丢人现眼，虽然大家都知道霍里特大妈是个老骗子，根本没有资格当老师。她七十多岁，耳背得很厉害，戴着眼镜也几乎看不见，她所有的教具就是一根藤条、一块黑板、几本书页折了角的文法书和几块臭烘烘的写字板。她管得住女孩子们，但男孩子们只是嘲笑她，老是逃课。有一次出了一桩骇人听闻的丑闻，一个男孩把手探进一个女孩子的裙子底下，那时候我不明白到底是怎么一回事。霍里特大妈成功地隐瞒了过去。当你做出特别坏的事情时，她总是说："我会告诉你父亲。"在极少数情况下她的确会这么做。但我们都很聪明，看穿了她不敢经常这么做，而就算她拿出藤条要打你，她那么老迈笨拙，很容易就躲过去了。

乔伊才八岁的时候就加入了一群坏孩子组成的帮派，他们自称是"黑手帮"，头目是席德 · 拉沃格罗夫，就是那个马具商的小儿子，大概十三岁。黑手帮还有两个家里开店的孩子、一个酿酒厂的跑腿小男孩和两个农场帮手，他们有时会逃避工作，和帮派一起行动几个小时。那两个农场帮手块头都很大，身上的灯芯绒马裤胀得鼓鼓囊囊的，说话口音很重，帮派里的其他成员都看不起他们，但大家都忍着，因为他们比其他成员更加了解动物。其中一个绰号叫“生姜”，有时候赤手空拳就能逮到兔子。如果他看到一只兔子躲在草丛里，他会以一记饿鹰扑食把兔子给逮住。店主的儿子们和工人与农场帮工的儿子们之间有着非常大的社会阶层区别，但本地的男孩子们对此并不在意，这会一直持续到他们十六岁的时候为止。他们的帮派有暗语，还有一套立“投名状”的规矩，包括切手指和吃蚯蚓，将自己变成了一帮神憎鬼厌的小流氓。他们老是惹是生非：砸烂窗户，追逐牛群，把大门的门环卸掉，一英石一英石地偷盗水果。有时候在冬天他们会借来几只雪貂捕鼠，农民们都由得他们这么做。他们个个都有弹弓和飞盘，还总是说要攒钱买一把打靶枪，那时候这么一把枪要花五先令，但他们从未攒够三便士。夏天的时候他们去钓鱼掏鸟窝。当乔伊去霍里特大妈那里上课时，每星期起码会翘课一次，去了文法学校上课也是想方设法每半个月逃一次课。文法学校里有个男孩子，老爸是拍卖商，他能模仿任何笔迹写字，给他一便士他就会帮你杜撰一封你妈写的信，说你昨天病了。当然，我巴不得参加黑手帮，但乔伊总是不让我加入，说他们不想有个小屁孩整天跟在后面。

真正吸引我的事情是可以去钓鱼。到了八岁我还从未去钓过鱼，只是用一张一便士买来的渔网捞过鱼，有时候这张网能够捞上一条棘鱼。妈妈总是大惊小怪不让我们靠近水边。她“不准”我们钓鱼，那时候的父母几乎什么都“不准”。那时候我还不知道大人们都是这么顽固乖张，但钓鱼这个念头总是逗得我心痒痒的。我经过米尔农场的小池塘很多次，看着小鲤鱼在水面晒太阳。有时候角落的柳荫下会游弋着一条钻石形的鲤鱼，在我的眼中看起来好大好大——我猜得有六英寸长——突然间那条鱼游到水面，吞下一只虫子，然后又沉下去。我老是把鼻子贴在高街华莱士家开的小店的橱窗上，里面卖钓鱼用品、枪支和单车。夏天的早上我总是躺在床上，想象着乔伊告诉过我的那些关于钓鱼的故事：你怎么掺和面包屑；你的鱼漂如何摆动一下然后下沉，你感觉到鱼竿被压弯了，鱼儿在牵引着鱼线。我在想，钓鱼和渔具在一个小孩子眼中的魔力是能说得清道得白的吗？有的孩子对枪支和射击着迷，有的孩子对摩托车、飞机或马匹着迷。这种事情你无法解释或给出一个合理化的解释，那是一种魔力。一天早上——那时是六月，我应该八岁了——我知道乔伊准备逃学去钓鱼，我决定跟着去。不知怎地，乔伊猜到了我的心思，我们穿衣服的时候他就提前警告我。

“听着，小乔治！你别想着今天跟我们黑手帮出去。给我呆在家里面。”

“不，我没想过跟你们出去。我什么也没想。”

“你想过的！你想着跟我们出去的。”

“不，我没有！”

“你有！”

“不，我没有！”

“你有！你呆在家里。我们可不要该死的孩子跟着。”

乔伊学会了“该死的”这个词，总是挂在嘴边。爸爸听他说过一次，发誓要把乔伊活生生打死，但和以往一样，他并没有这么做。吃完早饭后，乔伊骑着单车出去了，背着他的书包，戴着文法学校的帽子，比平时早了五分钟出发，平时当他准备逃学时就会这么做。我也得去霍里特大妈那里上课去了，于是我溜了出去，躲在菜园后面的巷子里。我知道黑手帮会去米尔农场的小池塘，我准备跟他们一起去，就算他们杀了我也要去。或许他们会揍我一顿，或许我不能回家吃午饭，那妈妈就会知道我逃学，我又会被揍一顿，但我不在乎。我一心想要跟他们去钓鱼。我也不傻。我由得乔伊兜了一个大圈，经公路去到米尔农场，然后我一路跟踪，从树篱的远端迂回绕过草坪，在黑手帮发现我之前来到池塘的边上。那是一个明媚的六月份的早晨。毛茛高及我的膝盖。清风吹拂着榆树的树冠，茂密的翠叶就像丝绸一样柔和而富有光泽。现在是早上九点钟，我是个八岁的小男孩，沉浸在初夏的气息中。树篱里长着几株野玫瑰，花仍然开得很鲜艳，空中飘着几朵柔和的白云。远方是低矮的山丘和上宾菲尔德周围暗蓝色的树丛。我根本不去理会这些。我一心只想着绿色的池塘，那些鲤鱼和带着鱼钩、鱼线和面包屑的黑手帮。我觉得他们似乎生活在天堂里，我得加入他们的行列。很快我就接近了他们——他们一行有四个人：乔伊、席德·拉沃格罗夫、那个跑腿男孩和另一个小店主的儿子，我想他叫哈利·巴恩斯。

乔伊转过身看到了我，“上帝啊！是那个小鬼。”他朝我走来，像一只准备打架的公猫。“好了，你想干吗？我不是告诉过你吗？你给我马上回气。”

乔伊和我说话一激动时就会把“去”说成“气”。我退了一步：“我就不回气。”

“你给我回气。”

“让他听好了，乔伊。”席德说道，“我们可不想让小孩子跟着。”

“你要回气吗？”乔伊问道。

“不回。”

“好啊，小家伙！好啊！”

然后他冲我跑了过来，追着我跑，紧紧跟在我后面。但我一直没有离开池塘，而是绕着它打转。很快他就追上了我，把我摁在地上，然后跪在我的胳膊上，开始拧我的耳朵，他最喜欢这样折磨我，而我根本吃不住痛。我哭了，但我绝不屈服，不会答应他回家。我就是想要留下来，和他们去钓鱼。突然其他人都为我求情，让乔伊放开我，同意我留下来。于是，我终究还是留了下来。

其他人都带了鱼钩、鱼线、鱼漂子和一坨面包团，包在一块破布里。我们每个人都从池塘旁边的柳树上砍下一截树枝。那座农舍只有两百码远，你必须不让别人看见，因为老布鲁尔非常讨厌别人来钓鱼。钓鱼对他来说其实没有什么影响，他只是用这个池塘里的水喂牲畜，但他非常讨厌男孩子。其他人仍然看我不顺眼，不停地告诉我不要暴露在日头下，说我只是一个小屁孩，对钓鱼一无所知。他们还说我吵死了，把鱼都吓跑了，其实比起其他人，我发出的声音要小得多。最后，他们不让我和他们坐在一起，把我叫到了池塘的另一边，那里的水要浅一些，而且树荫小一些。他们说像我这样的小孩一定会不停地玩水，把鱼给吓跑的。那边是池塘比较脏的一头，通常是不会有鱼过去的。这一点我知道。我似乎本能地知道哪个地方会有鱼。但我还是可以钓鱼了。我坐在草堤上，手里拿着鱼竿，身边嗡嗡嗡地飞舞着苍蝇，野薄荷的味道几乎会把你呛晕。看着绿色的水面上那个红色的鱼漂子，我的心里美滋滋的，虽然脸上仍密密麻麻地挂着夹杂着尘土的泪痕。

天知道我们在那儿坐了多久。早上渐渐过去，太阳越升越高，没有谁的鱼钩有鱼来吃饵。这一天太热了，而且天气太晴朗，不适合钓鱼。鱼漂子纹丝不动地浮在水面上。你可以看到水底很深的地方，仿佛在看一块深绿色的玻璃。在池塘的中央你可以看到鱼儿们呆在水底下晒太阳，有时候靠近池边的水草里会有一只蝾螈滑过来，脚爪钩住水草在那里栖息，鼻子刚刚露出水面。但鱼儿们没有来吃饵。其他人不停地叫嚷着有鱼咬饵了，但他们只是在撒谎。随着时间渐渐过去，天气越来越热，苍蝇一直叮着你不放，岸边的野薄荷闻起来就像是威勒太太的糖果店的味道。我觉得肚子越来越饿，而因为我知道午饭没有着落，肚子就更饿了。但我就像一只小老鼠一样静静地坐在那儿，眼睛从未离开过鱼漂子。他们给了我一块鱼饵，大概得有一块石头大小，告诉我这块饵够我用的了。我好长一段时间里不敢给鱼钩换饵，因为每次我拉起鱼线他们总是骂我搞出太大的动静，把方圆五里内的鱼都给吓跑了。

我猜想我们一定在那儿坐了两个小时，这时我的鱼漂子突然动了一下。我知道那是一条鱼。一定是一条鱼无意间游了过去，看到了我的鱼饵。它确实真的咬饵了，看鱼漂子的移动准不会错的。那种动法和你偶尔扯动鱼线时的动法很不一样。接着鱼漂子猛地动了一下，几乎沉了下去。我再也按捺不住自己，朝其他人喊道：

“我这边有鱼上钩啦！”

“胡扯！”席德·拉沃格罗夫立刻回了一句。

但接下来的一幕证实了我的话。鱼漂子笔直地沉了下去，我可以看到水里有一团红影，手里的鱼竿被拉紧了。上帝啊，那种感觉！鱼线绷得紧紧的，另一头就是一条鱼！其他人看到我的鱼竿绷弯了，全都扔下鱼竿，跑过来围在我身边。我用力一拽，那条鱼——银光闪闪的大鱼——在空中一掠而过。同一时间，我们大家都懊恼地叫嚷起来：那条鱼挣脱了鱼钩，掉到了堤坝下面那丛野薄荷里面。但它掉落的地方水很浅，它挣扎不开，有大概一秒钟的时候它就无助地躺在那儿。乔伊奋身跳入水中，水花溅得我们一身都是。他用双手抓住那条鱼，大声叫嚷着："我逮到它了！"他把鱼扔到草地上，我们都围着那条鱼。我们可开心了！这条可怜的、濒死的鱼上下扑腾着，鱼鳞闪烁着彩虹一般的色泽。那是一条很大的鲤鱼，至少得有七英寸长，肯定得有四分之一磅重。我们看着这条大鱼，叫嚷不停！但突然间一团阴影笼罩在我们头上，我们抬头一看，是老布鲁尔居高临下地看着我们，头上戴着一顶挺高的毡帽——那种介乎高礼帽和圆顶礼帽之间的帽子——穿着牛皮长筒靴，手里拿着一根很粗的榛树枝棍子。

我们就像一群头顶有老鹰在盘旋的松鸡一样畏缩着。他逐个扫视着我们。他那张嘴特别丑，牙齿都掉光了，自从他剃了胡须，下巴看上去就像个胡桃夹子。

"你们这帮小鬼在这里干什么？"他问道。

我们在干什么这不明摆着嘛。没有人应话。

"我就知道是你们跑到我的池塘里钓鱼！"突然间他怒吼着，朝我们冲了过来，朝四面八方乱打乱揍。

黑手帮一下子作鸟兽散，鱼竿都顾不上拿，那条鱼也不管了。老布鲁尔追着我们跑过一半草坪。他的腿脚僵硬，行动不快，但在我们摆脱他之前，他狠狠地抽了我们几下。我们逃开了，剩下他站在草坪中央，在我们身后高嚷着，说他知道我们所有人的名字，会去告诉我们的父亲。我落在最后头，那一顿鞭打大部分落在我身上。当我们跑到树篱的另一头时，我的小腿上多了好几道难看的红色鞭痕。

那天接下来的时候我和那帮男孩子在一起。他们还打不定主意是否认可我是他们的一员，但至少现在容忍我和他们在一起。那个跑腿的小男孩撒了谎早上不去上班，现在得回酿酒厂去了。我们其他人走了长长一段曲折的路。男孩子们离开家里一整天通常都会走这么远的路，在逃课的情况下更是如此。那是我第一次像个真正的男孩子一样去散步，和以前与凯蒂·西蒙斯散步很不一样。我们在小镇边上一道干涸的沟渠边吃了午餐，那里堆满了生锈的罐头和野茴香。其他人凑份子给了我一点吃的，席德·拉沃格罗夫有一个便士，叫人去买来一便士巨无霸，我们一起分着喝。天气非常热，野茴香的味道非常浓烈，一便士巨无霸的气泡让我们直打嗝。然后我们顺着满是尘土的白色马路游荡到上宾菲尔德，那是我第一次走那条路。我们走进山毛榉树林，地上铺着一层厚厚的枯叶，光滑粗大的树干直指蓝天，因此栖息在最上方的树枝上的那些鸟儿看上去像是一些小黑点。那时候在树林里你想怎么逛都行。宾菲尔德馆的大门紧闭，那里再也没有养山雉了，只遇到一架堆满了柴火的马车。有一棵树被锯倒了，树干的年轮看上去就像靶子一样，我们都拿着石头对着它扔。然后其他人拿出弹弓开始打鸟。席德·拉沃格罗夫说他打中了一只花鸡，但卡在树杈上了。乔伊说他在撒谎，两人争执起来，几乎要干上一架。然后我们走进一座挖白垩的空山洞，里面满是落叶，大声呼喊着倾听回音。有人骂了一句脏话，于是我们都把知道的脏话全部喊了出来。其他人嘲笑我，因为我只知道三句脏话。席德·拉沃格罗夫说他知道小婴儿是怎么生出来的，就像生小兔子一样，只不过他们是从女人的肚脐里钻出来的。哈利·巴恩斯开始在一棵山毛榉树上刻字——但只写了前两个字母就放弃了。然后我们去了宾菲尔德馆的小木屋，有谣传说那里有一口池塘，里面长满了大鱼，但没有人敢进去里面，因为住在小木屋里的看更人老霍奇斯“讨厌”小男孩。经过那里的时候他正在菜园里垦土。我们隔着篱笆冲他做鬼脸，直到他追着把我们赶跑。然后我们下山去了沃尔顿路，朝那些马车夫做鬼脸，躲在篱笆的另一边，这样他们的鞭子就打不到我们。沃尔顿路旁边有一处地方曾经是采石场，后来成了垃圾堆，现在上面长满了黑莓丛，高高地堆着生锈的旧罐头、自行车架、破铜烂铁和酒瓶，旁边长满了杂草。我们花了一个小时，弄得全身上下都脏兮兮的，总算把几个铁栅栏给翻捡出来，因为哈利·巴恩斯发誓下宾菲尔德的那个铁匠愿意出一英担六便士的价格收购废铁。接着，乔伊在黑莓丛里发现一个画眉鸟的鸟窝，里面有几只羽翼未丰的雏鸟。经过一番争论要怎么处置这些雏鸟后，我们把它们端了出来，拿石头砸它们，最后把它们踩死。一共有四只雏鸟，我们一人踩死一只。差不多是吃茶点的时间了，我们知道老布鲁尔说到做到，都等着挨一顿板子，但我们实在是饿得不行，也不想再呆在外面。最后，我们遖遡着走回家，路上又跟人吵了一架，因为经过自耕田的时候我们看到一只耗子，拿着棍子追逐着它。火车站站长老贝内特每晚会在他那块自耕田里劳作，对其非常自豪。他气急败坏地把我们撵跑，因为我们踩到了他那块种洋葱的苗圃。

我走了十英里路，一点儿也不觉得累。一整天我就跟在那帮男孩子后面，他们做什么我也跟着做什么，他们叫我“小屁孩”，一有机会就会训斥我，但我就是跟在后面。我可开心了，除非你体验过，否则你不会明白那是一种什么样的感觉——但假如你是男的，你一定经历过。我知道我不再是个孩子，我终于成为了少年。当个少年是件很快乐的事情，你到处乱跑，大人们逮不到你，你可以追逐耗子、残杀小鸟、扔石头、朝马车夫乱吼、骂脏话。那是一种强烈的优越感，一种什么都知道、什么都不害怕的感觉。而这一切的实质就是破坏规则和残害生灵。布满尘土的白色马路、衣服汗淋淋的感觉、野茴香和野薄荷的味道、骂脏话、垃圾堆酸臭的味道、橘子汽水的味道、让我们不停打嗝的气体、踩死雏鸟和鱼儿拉紧钓线的感觉——都是这种体验的一部分。感谢上帝我是一个男人，因为女人是不会体验到这种感觉的。

老布鲁尔真的去告状了。父亲阴沉着脸，从店里拿了一根皮带，扬言要把乔伊"活生生抽死"。但乔伊连喊带踢地竭力挣扎，最后父亲只能狠狠地揍了他几下就了事。但第二天乔伊被文法学校的校长狠狠打了一顿藤条。我也想挣扎，但我实在是太小了。妈妈把我横在她的膝盖上，拿皮带给了我一顿"惩戒"。当天我挨了三次打：一次被乔伊打，一次被老布鲁尔打，一次被妈妈打。第二天黑手帮决定我还不是他们真正的成员，我必须立"投名状"（这个词是他们从印第安红番的故事那里学来的）。他们一定要你把蚯蚓咬一口，然后再吞下去。而且因为我年纪最小，他们又都嫉妒我是唯一钓到鱼的人，后来他们都说我钓到的那条鱼根本算不上是大鱼。大体上，当人们谈到钓鱼时，他们总是把钓到的鱼越说越大，但在这件事上，钓到的鱼被越说越小。到最后，如果你听他们的讲述，你会以为那条鱼和小鲦鱼个头差不多。

但这些都不要紧。我钓过鱼，见过鱼漂子沉入水里的情形，感受过鱼儿拉紧钓线的感觉，无论他们撒多少个谎都不能把我的那段经历给剥夺掉。

第四章

接下来的七年，从我八岁到十五岁，我的回忆主要就是钓鱼。

不要以为我其它什么事情都不做。当你回首一段久远的时光时，有些事情似乎膨胀起来，将其它一切事情掩盖在阴影中。我离开了霍里特大妈的学校，到文法学校上课，背着个皮制的小书包，戴着黄色条纹的黑色鸭舌帽。我有了第一辆单车，过了很久之后有了第一条长裤。我那第一辆单车的齿轮是固定的——那时候装了飞轮的单车很贵。当你下山时，你把脚缩在前面的支架上，让脚踏板嗡嗡嗡地转圈。这就是二十世纪初戏剧性的一幕——一个小男孩骑着单车冲下山坡，后仰着头，双脚缩在空中。我战战兢兢地去上文法学校，因为乔伊告诉过我关于校长“老胡子”的许多可怕的传闻（他的真名叫威克塞）。他的确是个面目可憎的小男人，长着一张豺狼一样的脸庞。在大教室的一端他有一个玻璃柜，里面摆满了藤条，有时候他会拿出一根藤条，耀武扬威地在空中挥舞着，发出嗖嗖嗖的破风声。但令我惊讶的是，我在学校混得很好。我从来不知道自己要比乔伊聪明——他比我大两岁，自从会走路开始就一直欺负我。事实上，乔伊是个大草包，每星期都会挨一次藤条，一直到十六岁都是垫底的角色。我第二学期的时候就在数学竞赛中获奖，另一次获奖参加的是做干花什么的美其名曰“科学”的古怪玩意儿。到我十四岁的时候“老胡子”开始对我说起奖学金和读大学的事情。父亲那时候对我和乔伊寄予了殷切期望，很想我能上大学深造。那时候他觉得我将会当一名教师，而乔伊会去当拍卖员。

但我对学校的回忆并不多。战争期间我和来自上流社会的孩子们混在一起，有件事让我感到十分惊讶，那就是：他们无法摆脱公立学校可怕的灌输，要么他们的个性被彻底泯灭，要么一辈子都得和那段阴影进行抗争。我们这些出身于小店主和农民家庭的孩子可不一样。你上的是文法学校，你在那儿一直呆到十六岁，就为了证明你不是一名无产者，但你迫不及待地想离开学校。你对那些古老的灰石建筑毫无忠诚或好感可言。（它们确实是太古老了，而且果不其然，这所学校是红衣主教沃尔西[①]创建的。）从那里毕业的校友们从不联系，甚至连校歌也没有。你每天有半天的空闲时间，因为体育不是必修科目，你可以老是逃课。我们穿着吊带裤踢足球，虽然打板球的时候应该束着腰带，你穿的却是普通的衬衣和裤子。我唯一喜欢的项目是课间的时候在砂石院子里玩的树桩板球，用一块包装箱的木板当球拍，打一个康朴[②]材料做的球。

不过，我记得大教室的味道，那是一股墨水、灰尘和靴子的味道，还有院子里那块曾经是上马石的大石头，后来被用来磨刀子。学校对面有一间小面包店，里面卖一种切尔西面包，体积是现在你买到的切尔西面包的两倍，那时候这东西叫“猪油大饼”，价格是半个便士。我在学校做的事情相信你也做

---

① 托马斯·沃尔西（Thomas Wolsey，1473—1530），英国罗马天主教会红衣主教，深得亨利八世信任，曾担任约克大主教和坎特伯雷大主教，掌握教会大权，推行教会改革。

② 康朴（compo），一种用亚麻籽油、沥青、白垩、兽胶和聚合物如马毛或麻纤混合而成的化工材料。

过。我在书桌上刻自己的名字，被打了一顿藤条——要是被抓住的话，打藤条是免不了的，但大家都这么干。我把手指弄得满是墨水，老是咬指甲，用笔架做飞镖，玩康克戏，传播下流的故事，学会了手淫，对英语老师老布鲁尔斯态度非常不敬，还老是欺负镇里送葬人的儿子威利·西密恩——他是个半痴呆儿，你跟他说什么他都会相信。我们最喜欢玩的恶作剧是叫他到商店里买根本不存在的东西，都是一些老掉牙的把戏——只卖半便士的一便士邮票、橡胶榔头、左撇子用的螺丝刀、一罐有条纹的油漆——可怜的威利居然全都信以为真。有一天下午我们戏弄了他一番，将他放在一个桶里，叫他抓着把手将自己举起来。最后他进了疯人院，可怜的威利。不过，放假的时候才是我们真正逍遥的日子。

那时候有很多开心的事情可以做。冬天的时候我们总是会借来几只雪貂——妈妈绝不肯让乔伊和我在家里养貂，她管它们叫"脏兮兮的臭东西"——然后逃学到各个农场逮耗子。那些农场主有时候同意我们去逮耗子，有时候把我们赶跑，说我们带来的麻烦比耗子还多。到了冬天我们跟在打谷机后面，大人们打谷堆，我们就帮忙打老鼠。有一年冬天，应该是1908年，泰晤士河的河床满溢，然后结了冰，连续好几个星期我们可以去溜冰。哈利·巴恩斯在冰上摔断了锁骨。早春的时候我们拿着飞盘去打松鼠，接着就去掏鸟窝。我们都认为鸟不会数数，只要你留一个鸟蛋在窝里就行了。我们都是残忍的小畜生，有时候我们干脆把鸟窝敲下来，踩烂鸟蛋或踩死雏鸟。蟾蜍下蛋时我们还玩另一个游戏。我们总是去抓蟾蜍，将单车气泵的泵嘴塞进它们的背部，往身体里泵气，直到身体爆掉为止。男孩子就是这样，我不知道为什么。夏天的时候我们经常骑着单车去伯福德堰那里戏水。席德的表弟沃利·拉沃格罗夫在1906年淹死了。他被水底的水草缠住了。当几把搭钩把他的尸体打捞上来时，他的整张脸都发黑了。

但钓鱼才是真正开心的事情。我们去了老布鲁尔的池塘很多次，从里面钓到了小鲤鱼和丁鲷鱼。这附近还有很多喂牛的池塘，里面有鱼，每到星期六下午我们就结伴走路去钓鱼。但当我们有了单车后，我们就去伯福德堰下面的泰晤士河钓鱼，这似乎比在喂牛的池塘里钓鱼更像是男子汉做的事情。这里没有农夫把你赶跑，而且河里有大鱼——但据我所知，没有人曾经钓到过一条。

我对于钓鱼有一种特殊的感情——现在还有这种感情，真的。我不能说自己是个钓鱼专家。这辈子我从未钓到过两英尺长的鱼，而且我已经有三十年没有碰过鱼竿了。但当我回首八岁到十五岁那段少年岁月时，日子似乎就是围绕着钓鱼进行的。我清楚地记得每一个细节。我记得每一个钓鱼的日子和钓到的每一条鱼，如果我闭上眼睛回忆的话，每一口喂牛的池塘或每一潭死水都可以浮现在眼前。我可以撰写一本关于钓鱼技巧的书。我们还是孩子的时候没有多少钓具，因为钓具太贵了，而我们一周只有三便士的零花钱（那时候孩子们一般就只有这么多零花钱）都花在了糖果和猪油大饼上。我们这些小孩子通常用一根弯曲的大头针垂钓，但这东西太钝了，根本派不上用场。不过你可以用老虎钳夹着缝衣针放在蜡烛上烧，做成一个相当好的鱼钩（不过没有倒刺，这是当然的）。那些农场帮工知道如何把马毛编织成线，几乎和肠线一样好使。而且单独一条马鬃就足够钓起一条小鱼。后来我们有了两先令一把的鱼竿，甚至还配备了滑轮。老天爷啊，我们在华莱士的橱窗玻璃外面盯了多少个小时！就连点 41 口径的长枪和打靶手枪也没有像鱼竿那样让我激动过。还有那本盖米奇百货公司的产品目录，我想是在一个垃圾堆里拣来的，我认真地阅读着，仿佛那是一本《圣经》！即使到了现在我仍然可以告诉你一切关于肠线替代品、玻璃线、利莫里克牌鱼钩、打鱼槌、卸钩器、诺丁汉式滑轮和天知道还有多少种专业钓鱼技术。

此外我们经常还使用各种各样的鱼饵。我们店里总是有很多粉虱，可以凑合着用，但不是特别好的鱼饵。蛆虫要更好一些。你得找屠夫老格拉菲特要蛆虫，我们一伙人总是会抽签或玩点指选将决定派谁去要蛆虫，因为格拉菲特可不是好打交道的人。他是个体格庞大、一脸横肉的老恶棍，说起话来就像狗吠一样。他和孩子们说话时总是会大吼大叫，蓝色围裙上那些钢刀就会叮当作响。你手里拿着糖罐，一直等到顾客都走了才十分谦卑地问道：

“格拉菲特先生，请问您今天有蛆虫吗？”

通常他会大声吼道：“什么！蛆虫！我店里有蛆虫！我有好几年没见过这东西了。你以为我店里有苍蝇吗？”

他店里当然有苍蝇，而且到处都是。他总是拿着一根顶端贴了羽毛的棍子，有了这个他可以碰到很远的地方，把一只苍蝇碾成一团。有时你要不到蛆虫就回去了，但他总是会在你准备回去时在你身后吼道：

“过来！到后院去看一看。要是你仔细找的话或许可以找到一两条。”

你会发现它们到处都是，成群结队地在一起。格拉菲特的后院闻起来像是战场，那时候屠夫可没有冰箱。如果你把蛆虫养在锯末里的话，它们能活得更久。

黄蜂的幼虫也不错，但要把它们串在钓钩上可不容易，除非你先把它们烤一下。如果有人找到了黄蜂的蜂窝，我们会在晚上出去，往里面倒松节油，然后用泥巴堵着蜂窝口。第二天黄蜂就都死翘翘了，你可以把整个巢穴搬出来，取出幼虫。有一次出了岔子，松节油没有流入洞口或怎么的，当我们把泥巴抹掉时，那群黄蜂被困了一整夜，一下子全都飞了出来。我们没有被叮得太惨，可惜的是没有人拿着秒表站在一旁计时。草蜢大概是最好的鱼饵，特别适合钓白鲑鱼。你把草蜢挂在鱼钩上，然后在水面上轻轻地弹几下——他们称这个为“点钓法”。但通常你一次只能逮到两三只草蜢。绿头苍蝇很难逮到，是钓鲮鱼最好的鱼饵，特别是在晴朗的日子里。你得把它们活生生地串在鱼钩上，这样它们还能蠕动。白鲑鱼甚至连黄蜂也吃，但要把黄蜂活生生地串在鱼钩上可不容易。

天知道到底还有多少种鱼饵。你可以将白面包放进一块布里，加水用力挤，做成面团，然后还有奶酪面团、蜂蜜面团和茴香面团。煮过的小麦用来钓鳊鱼很不错，红蚯蚓适合用来钓鲫鱼，在堆了很久的肥料堆上就可以找到。而且你还可以找到一种红纹蚯蚓，身上长着斜纹，闻起来像地蜈蚣，拿来钓鲈鱼最好不过了。普通的蚯蚓也适合钓鲈鱼，你得把它们放在青苔里保持其活力。如果你把它们养在土里，它们会死掉的。那些牛粪上的棕色苍蝇用来钓鳊鱼特别好。他们说你拿一颗樱桃也可以钓到鳊鱼，我就见到过有人用红葡萄干钓到鳊鱼。

那时候，从六月十六号（钓鱼季开始了）直到隆冬，我的口袋里总是装着一罐蚯蚓或蛆虫。我和妈妈吵了几架，最后她让步了，钓鱼不再是不许做的事情之一，1903 年的圣诞节父亲甚至送了我一把价值两先令的钓鱼竿。乔伊不到十五岁就开始泡妞，从那时开始就很少出来钓鱼，说那是小孩子的玩意儿。但除了我之外还有六七个小孩对钓鱼非常着迷。上帝啊，那些钓鱼的日子是多么开心！在闷热的下午我趴在教室里的课桌上，耳朵里掠过老布鲁尔斯念念叨叨的关于谓语、虚拟语气、定语从句的说教，一心想的只有伯福德堰附近的壅水和柳荫下绿色的池塘，里面的鲮鱼正游来游去。吃完茶点后我就急匆匆地踩着单车来到查姆福特山，跑到那里的河边在天黑前垂钓一个小时。宁静的夏季傍晚，堰里水花轻溅，鱼儿升到水面时泛起涟漪，蚊子和蠓子叮咬着你，成群的鲦鱼围着你的鱼钩却从不吃饵。你看着那些四周游弋的鱼黑漆漆的背部，心里希望并祈祷(是的，真的是在祈祷)会有一条鱼改变心意，在天黑之前咬你的饵时，心情是何等激动！然后我总是说“再呆五分钟”，然后“再呆五分钟”，直到最后不得不推着单车回镇里，因为铜匠陶勒在附近巡夜，单车可能会因为没有安灯就在夜里骑行而被扣押。还有暑假的时光，我们带着鸡蛋、面包、黄油和一瓶柠檬水去逍遥快活一天，钓鱼，洗澡，然后再钓鱼，有时真的能钓到几条鱼。到了晚上，你双手脏兮兮地回到家里，肚子饿得咕咕叫，连剩下的面包团也吃掉了，手帕里包着三四条腥臭的鲦鱼。妈妈总是不肯煮我带回家的鱼。她觉得河里的鱼除了鲑鱼和三文鱼之外，全都不能吃。她管这些鱼叫“脏兮兮的沾满泥巴的东西”。我记得最清楚的是那些我钓不到的鱼。特别是在星期天下午，当你沿着牵船的纤道散步时，看到河里那些大鱼，手头却没有鱼竿，因为星期天的时候泰晤士河管理委员会不准钓鱼。到了星期天你只能去散步，穿着厚厚的黑色西装，脖子上戴着伊顿公学式的领子，差点没把头给锯下来。有一个星期天我看到一条足有一码长的梭子鱼就在河堤旁边的浅水里睡觉，几乎想拿一块石头将它砸死。有时候在芦苇岸边绿色的水塘里，你会看到一条硕大的泰晤士河的鲑鱼游过。泰晤士河的鲑鱼个头长得特别大，但基本上别想逮到它们。他们说有一个泰晤士河的钓友——就是你平时见到的那种长着酒糟鼻子，披着风衣坐在野营凳上，拿着二十尺的鱼竿一年四季都在钓鱼的老家伙——愿意呆上一年，就为了钓到一条泰晤士河里的鲑鱼。我可没有看不起他们，我完全明白为什么他们愿意这么做，而当时的我更加明白。

当然，还有别的事情发生。我每年长高三英寸，穿上了长裤，在学校获得了一些奖项，上福音见证班，讲下流的故事，喜欢上了读书，特别喜欢白老鼠、做手工和收集邮票。但我记得的总是钓鱼。夏天的日子、平坦的水草甸、远处蓝色的山丘、水潭边的杨柳、杨柳下深绿色有如绿茵的水潭。在夏天的夜晚，鱼儿划破水面，夜鹰的叫声在你的周围回响，闻着叶兰的香气和拉塔基亚香烟的味道。不要误会我。我不是在把童年美化成诗情画意。我知道那些都是胡扯。老波特斯（他是我的一个朋友，一个退休教师，后面我会提到他）就很会美化童年时代。有时候他会为我朗读书里的诗意童年，比如华兹华斯[①]的《少女露丝·格雷》。那时候有草坪和树林什么的。不用说，他没有自己的孩子。事实上，小孩子们根本就没有任何诗情画意可言，他们只是一帮野蛮的小畜生，只不过任何畜生都比不上他们四分之一自私。一个男孩子对草坪或树林之类的事情根本不感兴趣。他从不欣赏风景，对花花草草不屑一顾，除

① 威廉·华兹华斯（William Wordsworth，1770—1850），英国浪漫诗人，代表作有《抒情诗集》、《远足》等。

了那些好吃的植物外，其它一概都不认识。残害生灵——对于小男孩来说，这几乎就相当于诗歌。但他们非常热情，对事物充满了大人无法企及的渴望，你觉得人生还有无穷无尽的时间，无论你在做什么，你似乎都可以永远地进行下去。

我是个长相难看的小男孩，长着黄油色的头发，总是剪得很短，只在前面留了一点刘海。我无意美化我的童年，与许多人不一样，我可不想恢复青春。我所在乎的大部分事物最后都会让我觉得意兴索然。要是我再也看不了板球比赛，我可一点儿都不在乎，只付三便士就可以买一英担糖果我也不会付这个钱。但我总是对钓鱼情有独钟。你会觉得这是蠢到家的事情，确实如此，就算现在我是个四十五岁的中年胖子，有两个孩子，在郊区有一座房子，我也想去钓鱼。为什么？因为在某种意义上说，我缅怀童年——我并不是指我自己的童年生活，而是伴随我成长的文化，而我觉得这种文化如今已是奄奄一息。钓鱼正是这种文化的象征。当你想到这种文化时，你会想到不属于现代世界的事物。你会想象着在一口宁静的池塘边一棵柳树下坐上一天——如今能找到一口宁静的池塘坐在旁边可不容易——那是属于战争之前、收音机和飞机发明之前、希特勒上台之前的时代。即使是英国那些不入流的鱼的名字听起来也让人觉得内心很平静：鳊鱼、赤睛鱼、鲦鱼、鲌鱼、触须白鱼、鲷鱼、白杨鱼、梭子鱼、鲢鱼、鲤鱼、丁鲷。这些都是好听的名字。起这些名字的人从未听到过机关枪的响声，从未生活在恐惧之中，不会吃阿司匹林度日，不会去看电影，不会想着如何躲过集中营。

我很疑惑，现在还有人去钓鱼吗？伦敦方圆一百英里之内已经没有鱼可以钓了。几间破落的钓鱼俱乐部依次分布在运河的河堤上，而百万富翁会去苏格兰的酒店，在私人水域垂钓鲑鱼，玩用人造苍蝇钓人工饲养的鱼这种装模作样的游戏。但现在还有谁到推动水车的小溪、护城河或喂牛的池塘边钓鱼呢？那些英国土生土长的鱼哪儿去了？我小时候每口池塘和小溪里都有鱼。现在所有的池塘都被抽干了，而那些小溪，就算没有被工厂的化学排放物污染，也堆满了生锈的瓶瓶罐罐和汽车轮胎。

我记得最清楚的，是那些我从未钓到过的鱼。我想这是天经地义的事情。

当我十四岁的时候，父亲帮了宾菲尔德馆的看更人老霍奇斯一把。我忘记是什么事情了——好像是给了他一些药治好了他养的家禽或什么的。霍奇斯是个脾气暴躁的老家伙，但他知恩图报。过了不久，有一天他去我们店里买喂鸡的谷物，在门外遇到了我，神情乖戾地把我拦了下来。他的脸看上去就像用老树根刻出来的，嘴里只有两颗棕黑色的牙齿，而且特别长。

“嘿，小子！你钓鱼，不是吗？”

“是的。”

“我就知道。听好了，如果你想要钓鱼，你可以带上鱼竿到‘大厅’后面那口池塘碰碰运气。那里有很多鲷鱼和狗鱼，但别让人知道是我告诉你的，也别带你那些朋友去，不然我会把他们背上的皮给剥下来。”

说完之后他就扛着麻袋离开了，似乎觉得他已经说太多话了。接下来那个星期六的下午，我骑着单车来到宾菲尔德馆，口袋里装满了蚯蚓和蛆虫，到小木屋里找老霍奇斯。那时候宾菲尔德馆已经荒弃了有一二十年。业主法雷尔先生付不起住在里面的钱，又不肯也不能将其租出去。靠着出租农场的钱他在伦敦生活，由得这座房子周围的土地渐渐荒废。所有的篱笆正在腐烂，长满了青藤；停车场长满了荨麻；菜园就像一座丛林；花园里长满了杂草，只有几丛歪歪扭扭的玫瑰让你知道原来的花床在什么地方。但这是一座非常华丽的房子，特别是从远处望过去。那是一幢白色的大房子，有柱廊和长形的窗户，我猜是在安妮女皇[①]的时代由某个去过意大利的人设计的。如果现在我去那儿的话，或许我会为它以前的日子多么风光而如今却变得如此萧条而感到开心。营建这座房子的人一定以为好日子会永远红火下去。那时我是个孩子，根本不会去多看房子或周围的领地一眼。我找到了老霍奇斯。他刚吃完午饭，心情有点阴郁。我让他给我指明到那口池塘的路。池塘就在房子后面几百码的地方，被那片山毛榉树林完全遮住了，但面积挺大，几乎像一个湖泊，直径约有一百五十码。即使是那个年纪的我也觉得很诧异：在离雷丁十几英里远，离伦敦不到五十英里远的地方，竟然有这么一片幽静的天地。你觉得如此孤单，仿佛来到了亚马孙河的堤岸。池塘的周围完全被挺拔的山毛榉树林所环绕，倒映在池塘的一边。而在另一边是一块草地，中间有一块空地，长着几簇野薄荷。在池塘的一端有一间渐渐腐烂的旧船屋，周围长满了芦苇。

池塘里有很多鳊鱼，个头都不大，大概四到六英寸长。不时地你会看到其中一条鱼半转过身来，在水下闪烁着红棕色的光芒。池塘里还有梭子鱼，一定都是些大鱼。你从未见过它们的样子，但有时候一条梭子鱼会在水草里晒太阳，然后转身潜入水底，溅起一阵水花，就像把一块砖头砸进水里一样。要钓

① 安妮女皇(Queen Anne，1665—1714)，1702—1707年在位。

到这些鱼纯属白费心机，但每一次去那里的时候我总会尝试一番。我试过用泰晤士河里钓来的养在果酱罐子里的鲦鱼和鲰鱼去钓它们，甚至还试过用一个罐头做成的旋式钓饵。但它们吃饱了池塘里的鱼，不肯咬饵，就算上钩也只会将我的钓具给弄坏。每次从池塘那里回来我总是钓到至少十几条小鳊鱼。有时到了暑假我会去那儿呆一整天，带着鱼竿、一本《密友》、《米字旗》或别的什么刊物、一块母亲为我准备的奶酪夹面包。我会垂钓几个小时，然后躺在草坪上读书，接着，面包团子的香气和某个地方一条鱼的扑通跳跃会让我又心痒痒的。我会跑回池塘边，又开始钓鱼。一整天就是这么度过的。最美好的感觉莫过于独自一人，虽然四分之一英里外就是马路。我已经到了理解偶尔独处的惬意之处的年龄。周围都是树林，你觉得似乎整个池塘都是你的，没有任何事情会打扰你，只有鱼儿在水里泛起涟漪，鸽子在头顶飞过。但是，在接近两年的时间里，到底有多少次我去过那里钓鱼？也就是十来次而已。从家里到那儿要骑三英里单车，至少要花整整一个下午的时间。有时候临时会有事，有时候我想去那里的时候天下起了雨。你知道的，事情总是这样。

一天下午，那些鱼都不来咬饵，我开始探索池塘离宾菲尔德馆最远的一端那边的情形。水从池塘里溢了出来，地上有点松软，你得跋涉穿过一丛黑莓和树上掉下来的烂树枝。走了五十码远，突然前面出现一块空地，我来到另一口从未听说过的池塘。这口池塘不大，直径不到二十码，而且很暗，因为顶上密布着树枝。但池塘的水很清澈，而且很深。我可以看到水里十到十五码深的情形。我在那儿逗留了一会儿，欣赏着沼泽地的潮湿和气息，男孩子都是这样。接着，我看到一样东西，让我高兴得几乎雀跃起来。

那是一条大鱼，我一点儿也没有夸张。那条鱼几乎有我的胳膊那么长，在池塘深处的水里嗖地游了过去，然后变成一团阴影，消失在池塘那一头更深的水里。我仿佛觉得一把利剑刺穿了我的身体。那是我生平见过的活鱼和死鱼中体形最大的。我站在那儿，喘不过气来。过了一会儿又有一条大鱼的身影从水里游过，接着又有一条，接着又是两条凑在一起的大鱼。这口池塘里尽是大鱼。我猜它们是鲤鱼，也有可能是鳊鱼或鲷鱼，但鲤鱼的可能性大一点。鳊鱼或鲷鱼可不会长得这么大。我知道发生了什么事情。这口池塘和另外那口池塘曾经是相连的，后来小溪干涸了，树林围着小池塘的周围生了起来，从此这里就被遗忘了。这种事情偶尔会发生。一个池塘被遗忘了，没有人去那里钓鱼，几十年过去了，那些鱼儿长大了，体形大得骇人听闻。我眼前的这些大鱼或许已经生活了上百年。这个世界上除了我之外没有人知道它们的存在。很有可能这二十年来没有人这么真切地见过这口池塘，甚至连老霍奇斯和法雷尔先生的管家都忘记了它的存在。

你可以想象一下我的感受。过了一会儿，我实在无法忍受这一幕情景的挑逗。我匆匆忙忙跑回另一口池塘，收拾好钓具。拿这些东西去钓那些大鱼只会是白费力气。它们一下子就能挣脱鱼线，当这些鱼线是头发丝一样。我不能再继续钓那些小鳊鱼了。看到那条大鲤鱼几乎让我有心悸的感觉。我跳上单车，呼啸着冲下山回到家里。那是一个小男孩美妙的秘密。林子里隐藏着一口阴暗的池塘，里面有许多大鱼在游动——那些鱼从未被人钓过，你一给它们喂饵它们就会上钩。唯一的问题就是找到足够坚韧的鱼线。我已经做好了一切准备。我会去买一把能把它们钓起来的鱼竿，就算得从钱柜里偷钱也在所不惜。天知道我要怎么弄到半克朗，买一条长长的钓三文鱼的丝线、粗粗的肠线、玻璃线和五号吊钩，带着芝士、蛆虫、面团、粉虱、红纹蚯蚓、蚱蜢和每一样鲤鱼可能喜欢吃的鱼饵回去钓鱼。下个星期六下午我一定会回去钓鱼的。

但事实上我再也没有回去过。一次也没有回去过。我从未在柜台里偷钱，或买一条钓三文鱼的鱼线，或尝试去钓那些鲤鱼。紧接着发生了一件事情，让我无法成行，但就算没有这件事也会发生别的什么事情。事情往往就是这样。

当然，我知道你觉得我把那些鱼的尺寸夸大了。或许你觉得那些不过就是中等尺寸的鱼(也就一尺来长)，它们在我的回忆里渐渐变大了。但不是这样的。人们会夸大自己钓到的鱼的尺寸，而那些上了钩却跑掉了的鱼更是会被夸大。但我从未钓到过那些鱼，也没有尝试过，因此我没有撒谎的动机。我可以告诉你，它们真的很大。

第五章

钓鱼！

有一件事，或应该说有两件事我得坦白。第一件事情是，回首往事时，我必须老实说，没有别的事情能像钓鱼那样令我开心。与钓鱼相比，任何事情都有点令人意兴索然，甚至包括女人。我不是想说自己是一个不重女色的人。我花了不少时间追女孩子。即使是现在，一有机会我也会窃玉偷香。但如果你让我在任何女人，我是说，所有的女人，和钓到一条十磅的鲤鱼之间作出选择，我一定会选择后者。我要坦白的第二件事是，十六岁以后我就再也没去钓鱼了。

为什么？因为事情就是这样。我们现在所过的生活——我不是指笼统意义上的人类生活，我指的是在这个特定年代在这个特定的国家所过的生活——让我们不去做自己想做的事情。这不是因为我们总是得工作。就算是农场帮工或犹太人裁缝也有空闲的时候。那是因为我们有劣根性，驱使我们来来回回地做着无休止的无聊琐事。我们有时间做这些事情，但就是不去做应该做的事情。想一想你真心在乎的某件事情，然后算一算你花了多少小时在这件事情上，这些时间占了你一辈子的几分之几，然后算一下你花在刮胡子、搭公共汽车往返、在火车站候车、在十字路口等候、讲下流故事、阅读报纸上的时间又有多少。

十六岁以后我再也没去钓过鱼。我似乎总是没有时间。我得上班，我要泡妞，我穿上了生平第一双带纽扣的靴子，戴上了第一条高领结(要戴1909年时兴的高领结，你的脖子得像长颈鹿那么长)，我报读了函授销售员资格证课程和会计课程，我在“刻苦上进”。那些大鱼就在宾菲尔德馆后面的池塘里游弋。除了我之外没有人知道它们的存在。它们就印在我的脑海里。总有一天，或许是公休日，我会回去把它们钓起来。但我从未回去过。我有时间做任何事情，但就是没有时间钓鱼。奇怪的是，从那时候到现在我唯一一次几乎就要去钓鱼的经历是在战争期间。

那是在1916年的秋天，在我受伤之前。我们离开战壕，来到战线后方的一个村落，虽然当时只是九月，我们从头到脚都沾满了泥巴。和往常一样，我们不知道会呆多久，也不知道接下来要去哪里。幸运的是，带领我们的军官病了，得了支气管炎什么的，顾不上赶我们进行平时那些走正步训练、枪械检查、足球比赛等活动，据说这些活动是部队不在前线时用于维持士气的。第一天我们四仰八叉地躺在指派给我们的谷仓里的糠堆上，将身上的泥尘刮掉。到了晚上，有几个家伙到开设在村子边上一座房子里的妓院风流快活。早上的时候，虽然军纪明令禁止离开村子，我还是偷偷溜走了，在曾经是农田但如今一派萧条的地方闲逛。那天早上阴冷潮湿。四周都是肮脏的泥泞和战争的垃圾。这个脏兮兮的地方要比尸横遍野的战场更加糟糕。树枝都被炸掉了，旧的弹坑又被部分填平了，到处是空罐头、粪便、泥浆、一簇簇生锈的上面长满了野草的铁丝网。当你离开战壕时，你知道那是一种什么样的感觉。你的四肢关节全都僵硬了，你的心里泛起一种空虚感，你知道你不会再对任何事情感兴趣。这种感觉一部分是因为恐惧和疲惫，但最重要的原因是无聊。那时候大家都觉得战争会无休止地进行下去。今天、明天或者后天，你就得重新回到战场上，或许下星期你就会被一颗炮弹炸得七零八落，但比起战争中延绵无尽的、可怕的无聊，那并不算太糟糕。

我顺着篱笆的一边瞎逛着，碰到连队里的一个战友。我忘了他姓什么，只知道他的绰号叫诺比。他是个皮肤黝黑的懒鬼，看起来有点像吉卜赛人，虽然身穿军服，却总是让人觉得他身上就藏着几只偷来的兔子。他是个真正的伦敦人，却是那种靠在肯特郡和埃塞克斯郡采啤酒花、捕鸟、偷猎和偷水果勉强活下去的伦敦人，非常熟悉狗、猫、笼养的鸟和斗鸡之类的事情。他一看到我就跟我颔首打招呼。他说起话来有一种狡猾凶狠的感觉：

“过来，乔治！（战友们都叫我乔治——那时候我还没有发福。）看到农田那边那排白杨木了吗？”

“看到了。”

“嗯，那边的另一头有个池塘，里面的大鱼多得要命。”

“有鱼？继续说！”

“告诉你吧，鱼多得要命。那些是鲈鱼，顶呱呱的好鱼。你自己过去看一下嘛。”

我们一起在泥泞中跋涉。确实，诺比说得没错。在白杨树的另一头有一口脏兮兮的池塘，岸边全是沙子。显然，这里曾经是采石场，被水填满了，里面有很多鲈鱼。你可以看到水底到处是它们深蓝色的条纹背部，有的体重肯定超过一磅。我想打仗这两年来它们就安安稳稳地在这里生活，繁衍后代。或许你无法想象看到这些鲈鱼对我来说意味着什么。它们似乎一下子让我恢复了活力。当然，我们两个人只有一个念头——怎么弄到钓竿和钓线。

“老天爷啊！”我说道，“我们得钓几条鱼上来。”

“这他妈必须的。我们回村子里去，看看有什么东西可以利用。”

“好的。不过你可得小心一点。要是被班长知道了，我们可就死定了。”

“噢，操他妈的班长。他们把我吊死、打死、五马分尸都行。这些该死的鱼我是一定不会放过的。”

你无法体会我们要钓到那些鱼的心情是多么热切。或许，当你经历过战争后，你能够有所体会。你了解了战争那种令人疯狂的无聊，一有任何乐子你都不会放过。我见过两个战友为了半本价值三便士的杂志在掩体里大打出手。但钓鱼可比看杂志好玩多了。想想看，我们或许可以摆脱战争的气氛整整一天，坐在白杨树下，垂钓鲈鱼，离开连队，离开喧闹、恶臭和军服，不用给长官敬礼，不用听到班长的唠叨！钓鱼是战争的对立面。但我们不知道能不能实现这个愿望。想到可以钓鱼，我们都高兴坏了。要是被班长发现，他一定不会批准的，给别的长官发现也不行，而最糟糕的是我们不知道会在村子里呆多久。我们或许会驻扎一个星期，也可能两个小时后就出发离开。而且我们什么钓具都没有，连一根大头针或一根线也没有。我们只能无中生有准备渔具。池塘里游满了鱼啊！第一样东西是钓竿。用柳枝做钓竿最好不过了，但这一带根本没有柳树。诺比爬上一棵白杨树，砍下一根小枝。说实话，这东西不好用，但总比啥都没有强。他用折叠小刀把枝条削成一根钓竿的样子，然后我们躲在堤坝旁边的芦苇丛中，偷偷摸摸地溜回村子里，没被别人看见。

第二样东西是找一根针做鱼钩。没有人有针，不过有一个家伙有几根缝衣服的针，但这些针都太粗了，而且两头都是钝的。我们不敢让别人知道我们要针做什么，担心会被班长听到风声。最后，我们想起了村子另一头的那几个妓女。她们肯定有针。我们去到那里——你只能绕过堆满了粪便的后院溜到后门——房门紧闭着，那几个妓女正在睡觉，她们确实累了。我们使劲地拍门吼叫，十分钟过后一个又肥又丑的女人穿着睡衣走下楼开门，操一口法语对我们大吼大叫。诺比对着她叫嚷着：

“针！针！你有针吗！”

她当然听不懂他在说些什么。接着诺比试着用洋泾浜的英语，以为她这个老外能听得懂。

“要针！缝衣服！就像这样！”

他比划着缝衣服的动作。那个妓女误会了他的意思，把门打开了一些，让我们进去。最后我们总算让她明白了，从她那儿拿到了一根针。这时已经是吃晚饭的时候了。

吃完晚饭后班长来到我们驻扎的谷仓找人去干杂役。我们及时躲在一堆谷糠下面躲过了他。等他走后我们点着一支蜡烛，把那根针烧得通红，然后将它掰成钩子的形状。除了折叠小刀之外我们没有其它工具，手指被烫伤了。接下来是鱼线。除了粗麻线外没有人有别的线了。但最后我们找到一个战友，他有一卷缝补衣服用的线。他不肯让给我们，于是我们拿了整整一包烟和他交换。那线太细了，但诺比把线剪成三段，用钉子将这三股线固定在墙上，然后小心翼翼地拧成一股。与此同时，我找遍了整个村子，总算找到一个木塞，将其切成两半，穿了一根火柴，做成一个鱼漂子。这时已经是傍晚了，天色开始黑起来。

现在必需的东西都已经准备好了，但我们还想去找一些肠线。一开始的时候我们没有办法可想，后来我们想到那个医护兵，他可能有手术用的肠线，虽然这并不是他的装备的一部分。果然，我们问起他的时候，发现他的背囊里有一大包手术用的肠线。他是在某间医院里看到这捆线的，一时动了贪念就把它偷了。我们又拿了一包香烟换了十根肠线。那些线已经发霉腐烂了，很容易断，每根才六英寸长。天黑后诺比将它们泡起来，直到泡软为止，然后一根根地接起来。现在我们的装备一应俱全——鱼钩、鱼竿、鱼线、鱼漂子和肠线。我们去到哪儿都可以挖蚯蚓。那个池塘里满满都是鱼！硕大的、带着条纹的鲈鱼在呼喊着要被钓起来！我们兴奋不已地躺下来睡觉，甚至连靴子都没有脱掉。明天！明天或许就可以钓鱼了！如果战争能暂时将我们忘掉，哪怕只是一天！我们决定等集合点名完毕就开溜，一整天都不回来，就算回去之后他们对我们处以“一号战场军事惩罚”[①]也在所不惜。

我想你可以猜到接下来发生了什么事情。集合点名的时候命令下来了，我们得打点行装，二十分钟后准备出发。我们沿着公路走了九英里，然后坐着卡车被派往前线另一个战区。至于那个白杨树下的池塘，从此音讯全无。我希望芥子毒气将里面的鱼全部毒死。

从那次之后我一直没有钓过鱼。我似乎总是找不到机会。战争在继续进行，然后，和每个人一样，我得为找工作而努

① 一号战场军事惩罚(the Field Punishment No.1)，犯事的士兵将被戴上镣铐，平伸双臂，双腿并拢，绑在固定物上，每天关押2—4小时，连关21天，英国士兵戏称其为“上十字架”。

力，然后我找到了一份工作，而这份工作让我忙得焦头烂额。我进了一家保险公司，大家都觉得我前途无量——就像你在克拉克学院的广告里看到的那些神情坚定前途无量的青年商业才俊一样——然后我成了低三下四的人，一周挣五到十英镑，在不远不近的郊区住半独立别墅。像我这样的人可不会去钓鱼，就像股票经纪不会去摘报春花一样。钓鱼不是我应该做的事情，我应该从事其它娱乐活动。

当然，每年夏天我有半个月的假期。你知道那些假期是怎么过的：马盖特、雅茅斯、伊斯特本、黑斯廷斯、伯恩茅斯、布莱顿。出去度假不外乎这几个地方，取决于那一年的财务状况。娶了希尔达这么一个老婆，假期做的事情就是不停地在心里算计着旅馆的老板到底坑了你多少钱，还有就是告诉孩子们不能买新的沙桶。几年前我们住在伯恩茅斯。一个风和日丽的下午我们去码头散步，码头大概得有半英里长，有很多人拿着又短又粗的海式钓竿，一头挂着小铃铛，钓线在海面上足足撒出五十码远。这样子钓鱼很无聊，而且他们什么也没有钓到，但他们确实是在钓鱼。孩子们很快就厌倦了，吵着要回海滩。希尔达看见一个家伙往鱼钩上串沙蚕，说她觉得很恶心，但我在那儿溜达了一会儿。突然间一个铃铛叮当作响，有个人正收起鱼线。大家都驻足观看，确实，有鱼儿上钩了，湿漉漉的鱼线穿着一个铅团，末端有一条扁扁的大鱼（我觉得是一条比目鱼）在不停扭动着身躯。那个家伙把鱼狠狠地砸在码头的木板上，那条鱼还是上下扑腾着，浑身湿漉漉的闪闪发光，灰色的背上长着疣子，腹部是白色的，散发着清新的海腥味。我似乎有所触动。

我们继续往前走，我随口说了一句，想看看希尔达的反应。

“我有点想在这儿钓鱼了。”

“什么！你想去钓鱼，乔治？但你根本不懂钓鱼，不是吗？”

“哦，我以前经常钓鱼。”我告诉她。

和往常一样，她不希望我这么做，但没有想太多，只是说如果我去钓鱼，她可不会跟我一起去，看我把那些恶心的湿湿滑滑的东西串上鱼钩。突然间她想起如果我要去钓鱼，就得购置一套行头：鱼竿、滑轮什么的，这些差不多得花一英镑。光是鱼竿就差不多得花十先令。她立刻摆出一副臭脸。你没见过希尔达想到浪费十先令时的样子。她冲着我吼道：

“你想把钱浪费在那玩意儿上？荒唐！那些一无是处的小棍子他们居然敢开价十个先令！太不要脸了。想想吧，你这把年纪了还要去钓鱼！你可是成家立业的大人了。别像个小孩一样，乔治。”

这时孩子们来劲儿了。洛娜贴在我身边，傻兮兮地问道：“你是个小孩吗，爹地？”那时候小比利话还说不利索，大声地说：“爹地是小孩。”然后，两人突然间围着我跳起了舞，一边敲击着沙桶一边叫嚷着：“爹地是小孩！爹地是小孩！”

真是两个小混蛋！

第六章

除了钓鱼之外，我还读了很多书。

或许我写得过于夸张了，让你以为钓鱼是我唯一在乎的事情。钓鱼当然是第一位的，读书则位列第二。我开始阅读的时候大概十或十一岁——我指的是主动阅读。在那个年纪，读书就像是发现了新大陆。即使到了现在我读书也很多。事实上，我通常一个星期会通读完几本小说。你可以说我是那种典型的博姿书店借书部的付费读者。我读的大都是时下最畅销的小说（《忠诚伴侣》、《孟加拉枪骑兵》、《哈特的城堡》——每一本我都读过），还加入过左翼书社一年多左右的时间。1918 年我二十五岁的时候，我沉迷于阅读，在一定程度上影响了我的世界观。但印象最深刻的莫过于最初那几年，你突然间发现你可以打开一份一便士的周报，沉浸在贼窝、中国的鸦片馆、波利尼西亚的岛屿和巴西的热带雨林里。

从十一岁到十六岁这段时间是我读书最快乐的时候。一开始我读的总是一便士一份的少年周刊——纸张很薄，印刷很差，封面有三色套印的图画——不久之后我开始读书。《神探福尔摩斯》、《神医尼古拉》、《钢铁海盗》、《吸血鬼》、《莱福士》。还有纳特·古尔德①、兰杰·高尔②和一个名字我忘记了的作家，他写拳击比赛故事几乎和纳特·古尔德写赛马故事一样快。我猜想要是我的父母受过一点良好教育的话，我会读一些“好书”，譬如狄更斯和萨克雷③这种作家的作品。事实上他们逼我在学校里通读《昆汀·杜瓦德》[④]，而以西结伯伯有时候会劝我读拉斯金[⑤]和卡莱尔的作品。但我们家可以说一本书都没有。父亲这辈子除了《圣经》和斯迈尔斯[⑥]的《自助》之外从来没读过书，直到很久之后我才主动读了一本“好书”。我对此并不感到后悔。我读的都是我想读的书，从这些书里我得到的收获要比他们在学校里教会我的多得多。

我还是小孩的时候一便士的恐怖小说已经开始过时了。那些书现在我基本上都忘记了，但有几本男孩子的周刊现在仍然存在。我想“水牛比尔”[⑦]的故事已经不流行了，而纳特的书如今或许也没人读了，但尼克·卡特[⑧]和萨斯顿·布雷克[⑨]似乎还是和以前一样受欢迎。《宝石》和《磁石》这两份刊物如

---

① 纳特·古尔德(Nat Gould，1857—1919)，英国小说家，曾是马经编辑，许多作品与赛马有关，作品在十九世纪末二十世纪初相当畅销，代表作有《奔跑于澳大利亚》、《双重事件》等。

② 兰杰·高尔(Ranger Gull，1876—1923)，英国记者、小说家，代表作有《灵魂偷盗者》、《危险之屋》等。

③ 威廉·梅克皮斯·萨克雷(William Makepeace Thackeray，1811—1863)，英国作家，以讽刺作品著称，代表作有《名利场》、《男人的妻子们》、《菲利普历险记》等。

④ 《昆汀·杜瓦德》是英国作家沃尔特·斯科特(Walter Scott)的作品，讲述苏格兰弓箭手昆汀·杜瓦德为法国国王路易十六(Louis XI)服务，以其勇敢、智慧与忠诚最终获得财富、名望和爱情的故事。

⑤ 约翰·拉斯金(John Ruskin，1819—1900)，英国作家、诗人、画家、思想家，代表作有《现代画家》、《建筑学的诗艺》等。

⑥ 萨缪尔·斯迈尔斯(Samuel Smiles，1812—1904)，苏格兰作家，代表作有《自助》、《论节俭》、《生命与劳动》等。

⑦ “水牛比尔”，原名威廉·弗雷德里克·科迪(William Frederick Cody，1846—1917)，美国士兵、野水牛猎人和马戏团老板，据闻一生共捕杀过4 000多头北美野水牛，并组建“水牛比尔狂野西部”马戏团，在北美和欧洲进行巡回演出。

⑧ 尼克·卡特(Nick Carter)是英国流行侦探杂志《侦探尼克·卡特》的主人翁，时间跨度有一个多世纪。

⑨ 萨斯顿·布雷克(Sexton Blake)是英国侦探漫画和小说系列中的主人翁，从创刊至终刊时间跨度有八十多年。

果我没有记错的话，大约是在1905年创刊的。那时候《少年杂志》仍然很有说教色彩，但《密友》确实很好看，我记得大概是在1903年创刊的。然后还有一本百科全书——我不记得确切的名字了——发行了许多期，一期一便士。这些书似乎不值得购买，但学校里有个男孩总是会把过期的几本送人。如果说我现在知道密西西比河有多长，或章鱼和乌贼有什么不同，或做钟用的青铜的具体化学成分，都是从那里学到的。

乔伊从来不读书。他是那种上了很多年学校，到头来连读上十行字都做不到的差生。一见到字他就头疼。我曾见过他拿起一本《密友》，读了一两段，然后就厌恶地转过身去，像一匹马闻到了发馊的草料。他试过欺负我，不让我读书，但父亲和母亲都认为我"天资聪颖"，给我撑腰。他们觉得我像块"读书料子"，心里觉得非常自豪，但两人看到我读的都是《密友》、《米字旗》那些读物，心里又总是觉得不踏实。他们觉得我应该读一些"进步读物"，却又对书籍没有了解，不知道哪些才是"进步读物"。最后，母亲买了一本二手的福克斯[①]的《圣徒之书》，我根本读都没读，不过里面的插图倒是画得不赖。

1905年的整个冬天，每星期我都会花一便士买本《密友》，追读里面的连载故事《无畏勇者多诺万》。勇者多诺万是个探险家，受雇于一位美国百万富翁，到全球各地寻宝。有时是非洲火山口里大如高尔夫球的钻石，有时是西伯利亚冰封森林里石化的猛犸獠牙，有时是埋在秘鲁失落之城中的印加帝

① 约翰·福克斯(John Foxe，1516/1517—1587)，英国历史学家和殉教史作者，作品多记述在玛丽一世(Mary I)时期新教徒受血腥镇压的历史事件。

国宝藏。每星期多诺万都会展开新的冒险，总是能化险为夷。我最喜欢的读书的地方是院子后面的阁楼。除了有时候父亲会到里面把装在麻袋里的谷物搬出来之外，那是家里最安静的地方。里面堆着许多口麻袋，灰泥的味道夹杂着红豆草的味道，几处墙角都挂满了蜘蛛丝。就在我躺着的地方上头，天花板破了个洞，一根板条从灰泥里伸了出来。现在我还体会得到那种感觉。在一个冬日，天气暖和，可以躺着不动。我肚皮朝下趴在地上，身前摊开着那本《密友》。一只老鼠跑到一口麻袋旁边，就像一个发条玩具那样突然间停了下来，一动不动，睁着它那两只绿豆般的小眼睛看着我。我是个十二岁的小男孩，但我化身成了无畏勇者多诺万。我正溯亚马孙河而上两千英里，正扎好了帐篷，那株百年才开花一次的神秘兰花的根茎就安全地放在锡盒里，摆在我的营床下。周围的雨林到处都是霍比-霍比族的印第安人，正在敲打着战鼓，他们将牙齿涂成猩红色，会把白人活活剥皮。我看着那只老鼠，那只老鼠也看着我。我可以闻到灰尘、红豆草和灰泥的味道，我正在亚马孙河，那真是人间的至乐，纯粹的至乐。

第七章

就是这样，真的。

我一直在尝试向你描述战争前的世界，当我看到海报上佐格王的名字而回忆起的世界，但很有可能，我所说的话对你来说没有任何意义。要么你记得战争前的情形，不需要我再告诉你；要么你根本不记得了，所以跟你说也是白搭。到目前为止我只说了我十六岁之前发生过的一些事情。直到那时，家里一切都很好。在我十六岁生日前的时候，我开始隐约理解人们所说的“真实的生活”到底意味着什么。那意味着不愉快的事情。

在宾菲尔德馆看到那条大鲤鱼三天之后，父亲回家吃茶点，表情看上去非常忧郁，甚至连头发也比平时沾了更多的面粉，显得更加灰白。吃茶点的时候他非常严肃，没怎么说话。那几天他吃饭时总是若有所思，胡须总是上下左右动来动去，因为他的后槽牙没剩下几个了。我起身离开饭桌的时候他把我叫了回去。

“等一下，乔治，我的孩子。我有话和你说。坐下来，就一会儿。妈妈，昨晚上我告诉过你了。”

母亲站在棕色的大茶壶后面，双手摆在膝盖上，神情很严肃。父亲继续严肃地说下去，但他努力想用舌头撩出嵌入他后槽牙的面包屑，破坏了说话的气氛。

“乔治，我的孩子，我有话对你说。这件事我想了很久，现在是时候你离开学校了。我想说，你现在得开始工作了，挣点家用钱给你妈妈。我昨晚给威克塞先生写了信，告诉他我得让你退学。”

当然，这种事情屡见不鲜——我指的是他在告诉我之前就给威克塞先生写了信。那时候的父母总是为孩子包办一切。

父亲继续忧郁地嘟囔着向我解释。他“最近混得不好”，世道“有点艰难”，结果就是：乔伊和我都得开始挣钱维持家计。那时候我对世道是不是很艰难根本没有了解，也对其漠不关心。我没有敏锐的经商本能去理解为什么世道会变得如此“艰难”。事实上，父亲被商业竞争逼得很苦。大种子零售商萨拉金的分店遍布伦敦周围各郡，并开始进驻下宾菲尔德。六个月前他们在集市租了一间店面，打扮得漂漂亮亮的，装饰着明绿色的油漆、金字招牌、红色与绿色的园艺工具和巨幅的甜豆广告，一百码之外就直逼你的眼帘。萨拉金分店除了卖种子之外，还号称是“家禽牲畜用品综合商店”，除了小麦、燕麦等作物外，还兼卖专利家禽混合饲料、包装华丽的鸟饲料、尺寸不一颜色各异的狗饼干、兽药、消炎剂、土壤调节剂、捕鼠圈套、拴狗链、孵化器、卫生球、鸟窝、灯泡、除草剂、杀虫剂等，在有的分店他们还开设了“牲畜专区”，卖兔子和鸡雏。父亲经营着他那间老旧的小店，又不肯引进新的产品，根本无法也无意与其竞争。那些和零售种子商有生意往来的有运货马车的商人和农民都团结起来抵制萨拉金，但六个月后萨拉金的分店就垄断了那些有四轮马车或二轮小马车的小商人的生意。这意味着父亲和另一位谷物商人温克尔的生意都大受影响。那时候我对此一无所知。我还是以小孩子的态度看待一切。我对生意根本不感兴趣，从未到店里帮过忙，偶尔父亲要我去跑腿或帮忙干点活儿，像把装谷物的麻袋搬到阁楼上或搬下来之类的活儿，我总是能躲就躲。我们这个阶级的男孩子不像公立学校的男孩子那么娇弱，我们知道工作是工作，六便士是六便士，但男孩子总是觉得父亲的工作很沉闷无聊。直到那时，钓鱼竿、单车、柠檬汽水等东西在我看来要比大人们的世界中一切的事物都更加真切。

父亲已经和杂货商老格里米特商量过了，他想请一个能干的帮手，同意立刻雇我到他的店里帮忙。与此同时，父亲准备解雇那个跑腿的男孩子，让乔伊到店里帮忙，直到他找到正式工作为止。乔伊已经没读书有一段时间了，一直闲着没事做。父亲有时提起过把他“弄进”酿酒厂的会计部，之前甚至想过让他当一个拍卖员。这两份工作根本没有指望，因为十七岁的乔伊写起字来就像一个农娃子，连九九乘法表都背不全。现在他准备到沃尔顿市郊一家大型单车厂“学点手艺”。和大部分笨蛋一样，捣鼓单车很适合乔伊，他还算有点机械方面的天赋，但他根本静不下心来工作，总是穿着油腻腻的工装裤到处游荡，抽忍冬牌香烟，和人打架、酗酒（他已经开始喝酒了），和一个接一个的女孩子“谈恋爱”，老是找父亲讨钱花。父亲对此非常担心疑惑，又深恶痛绝。此时此刻我仍然可以看到他：秃顶的头沾着面粉，耳朵旁边还剩一点灰发，还有他的眼镜和灰色的八字胡。他不明白在他头上到底发生了什么事情。这么多年来，他的利润一直在稳定而缓慢地增长着，这一年十英镑，那一年二十英镑，而现在利润一下子全没了。他实在是不明白。他继承了父亲的生意，他老老实实地经营，兢兢业业地工作，卖的是顶好的货品，从不坑蒙拐骗——但他的利润一直在下跌。他说了好几遍，时而嘬着牙齿想把那块面包屑给清出来，说世道不好，生意惨淡，他想不通人们到底怎么了，似乎马都不用吃饲料了。最后他认定或许是因为有了汽车的缘故。妈妈插嘴了："那些该死的臭烘烘的东西！"她有点担心，而且知道她应该表现得更担心一些。有一两回，父亲在说话的时候她的眼神似乎在望着远方，我可以看到她的嘴唇在嗫嚅着。她正在想到底明天是吃萝卜炖牛肉还是再买一根羊腿。除了想一些她分内应该做的事情，比如买亚麻布或碗碟之外，她想的事情就只有明天吃什么。小店遇到了麻烦，父亲很担心——她知道的就是这些。我们一家人都不知道到底发生了什么事情。这一年父亲混得很差，赔了钱，但他真的对未来感到害怕吗？我觉得不是。我记得那是1909年。他不知道到底在他身上发生了什么事情，他没办法预见到像萨拉金这样的人会周密地和他打价格战、摧毁他，并将他吞并。他怎么能预见得到呢？他年轻的时候这样的事情从未发生过。他只知道世道不好，生意惨淡，周转很慢（他不断地重复着这些话），但或许生意"很快就会有起色"。

要是我能告诉你在父亲遇到困难的时候我帮上了大忙，突然间我证明了自己是个男子汉，具备了别人从未想过存在于我身上的优良品质——等等等等，就像三十年前在那些励志小说里你会读到的情节一样，那该多好。又或者说，我要是能记录下自己就要离开学校时心里的痛苦，我那幼小的心灵充满了对知识和文化的渴求，我打心眼里畏惧他们即将给我安排的那种没有灵魂可言的呆板工作——等等等等，就像你在时下的励志小说里读到的情节一样，那也不错。这两者都是彻头彻尾的谎言。事实上，想到能去工作，特别是当我知道老格里米特会付我十二先令的周薪，我自己能支配四先令时，我觉得特高兴特兴奋。在宾菲尔德馆见到的那条大鲤鱼在我的脑海里回荡了三天，此刻却一下子烟消云散了。我根本不反对提前几个学期离开学校。我们学校里的男孩子都这样。一个男孩子总是“准备报读”雷丁大学，或学习当一位工程师，或到伦敦“工作”，或去当水手——然后，突然间，只提前通知两天他就退学了，半个月后你遇到了他，骑着一辆单车在帮人运菜。父亲告诉我得退学去工作的五分钟后，我就开始想着该穿什么样的新衣服去上班。我立刻提出要买“一套大人的衣服”和一件当时很时髦的大衣，我想那个款式叫“常礼服”。当然，父亲和母亲十分震惊，说他们“根本没有听说过这么一样东西”。我从来无法明白为什么那时候的父母总是不让自己的孩子穿上大人的衣服，能拖多久就拖多久。在每户家庭，一个男孩子要戴第一条高领或一个女孩子要留头发都得经过一番抗争。

于是，这番对话偏离了父亲生意上的麻烦，蜕变成了一场冗长而喋喋不休的争执，父亲越来越火大，不断地重复着——把 m 说成了 n，他生气的时候说起话来就会这样——“你就是不能乃(买)。实话告诉你吧——你就是不能乃。”因此，我没能拥有自己的“常礼服”，但第一次上班的时候穿着一套成衣黑西装，戴着一个宽领结，看上去活像一个发育过度的乡巴佬。我对整件事的厌烦就是从这时开始的。乔伊比我还要自私。他对离开单车厂非常气愤，在家里的那段短暂的时间，他整天游手好闲，搞得自己神憎鬼厌，根本不帮父亲一点儿忙。

我在老格里米特的店里干了六年。格里米特是个正直的老人，蓄着花白的鬓角，是个肥胖版的以西结伯伯。和以西结伯伯一样，他是个忠诚的自由党人，但脾气没有那么火爆，在镇里更受尊敬。在布尔战争期间他见风使舵，与工会为敌，曾因为一个助手拥有一张凯伊尔·哈迪[1]的相片而将他解雇。而且他是浸信会的大腕，我们当地人都管浸信会叫“锡浴缸会”——而我们家笃信“传统教会”，以西结伯伯则是一个无神论者。老格里米特是镇议会的议员和本地自由党的干部。他蓄着白色的络腮胡，貌似虔诚地大谈宗教信仰自由、“伟大的老人”[2]、他的巨额银行存款和那些有时候你经过“锡浴缸会”时会听到他念念叨叨的即兴祈祷。他就像故事书里面描绘的一个带着传奇色彩的信奉非英国国教的杂货店主——我想你听说过这样的故事：

“詹姆斯！”

“是的，老板。”

“你往糖里面掺沙子了吗？”

“是的，老板！”

“你往蜜里掺水了吗？”

“是的，老板！”

“那就开始祈祷吧。”

天知道这样的故事我在店里听别人嘀咕了多少次。每天在拉起百叶窗之前我们会真的进行祈祷。老格里米特可不会往糖里掺沙子，他知道这挣不了多少钱。但他是个精明的生意人，在下宾菲尔德和周围的乡村专做上流阶层的生意。除了那个跑腿的男孩子外，他还请了三个店员和一个货车司机，他的女儿（他是个鳏夫）当收银员。工作的头六个月我在店外跑腿，然后一个店员辞职到雷丁“创业”，我就到店里帮忙，穿上了我

① 詹姆斯·凯伊尔·哈迪(James Keir Hardie, 1856—1915)，英国工人运动领袖，是英国独立工党的创始人之一，曾担任英国众议院议员。

② 应指威廉·伊华特·格莱斯顿，参阅第二部第二章注释。

第一条白围裙。我学会了捆包裹、给醋栗打包、研磨咖啡、操作切火腿的机器、磨刀、拖地板、给鸡蛋除灰又不至于把它们打破、将货品以次充好、抹窗、目测一磅奶酪的分量、打开包装盒、把一块黄油压成型——而最困难的工作是记住库存货品摆放的位置。我对在杂货店干活的回忆没有对钓鱼的回忆那么详细，但还记得不少事情。直到今天我还知道如何用手指将一节线头扯断。要是你让我在切火腿机前工作的话，我会用得比打字机更顺手。我可以说一些关于中国茶叶等级的术语把你绕得昏头转向，还知道人造黄油是用什么做的、鸡蛋的平均重量是多少、一千个纸袋得花多少钱。

我整整干了五年多——是个机灵的年轻人，长着红润自负的圆脸和黄油色的头发(不再剪短了，而是精心地抹了头油再往后梳，人们称这种发型为“油头粉面”)，穿着白色围裙在柜台后面忙乎，耳朵上面夹着一支铅笔，一边飞快地把咖啡打包一边应付顾客：“是的，太太！当然好，太太！下一位，太太！”口音里带着伦敦腔。老格里米特把我们使唤得很苦。除了星期四和星期天之外，我们每天工作十一个小时，圣诞节前那个星期就像噩梦一样。但回首往事，那段时间也蛮开心的。别以为我没有理想，我知道我不会一辈子屈就当一个杂货店的店员，我只是在“学习这门生意”。总有一天，我会有足够多的钱“自立门户”。这就是那时候人们的想法。请记住，那是在战前，大萧条还没有到来，救济金制度还没有确立。世界是如此广阔，足以让每个人自立。任何人都可以“创业兴家”，总是有空间容得下另一家商店。时间渐渐过去，1909 年、1910 年、1911 年。英王爱德华逝世了，各份报纸发行了黑框版；沃尔顿开了两家电影院；路上开始有平民开汽车，贯穿英国的公共汽车开始运作。一架飞机——看上去摇摇晃晃很不结实，中间有个人坐在一张椅子上——从下宾菲尔德上空飞过，所有的镇民都冲出房子朝着飞机叫嚷。人们开始含含糊糊地说什么德国皇帝野心膨胀，“事情(指和德国打仗)终究会发生”。我的工资一点点增加，到最后战争之前我的周薪是二十八先令。我每星期给母亲十先令作为伙食费，后来家里的情况更糟糕了一些，我就交十五先令，但就算这样我也觉得自己比以往任何时候都有钱。我又长高了一英寸，开始长出胡子，穿着带纽扣的靴子，戴着三英寸高的领子。星期天去教堂的时候穿着我那身整洁的深灰色西装，背靠长凳，旁边摆着圆顶礼帽和黑色狗皮手套，我看上去十足是一个完美的绅士，妈妈不禁为我感到自豪。在工作之余和星期四“出去溜达”之外，我尽想着衣服和女孩子，觉得心中充满了理想，看到自己正变成一位像利华①或威廉·惠特利②那样的大企业家。从十六岁到十八岁，我认真地“求学上进”，培养自己从商。我纠正了自己说话的口音，把大部分土腔改了过来。(在泰晤士河谷，乡村口音渐渐消失。除了农场的帮工外，1890 年后出生的人几乎都带着伦敦土腔。)我报读了立陶伯恩商学院的函授课程，学会了簿记和商业英语，认真地通读了一本名为《销售的艺术》的通篇尽是废话的书，提高了我的算术能力，甚至练了一手好字。十七岁的时候我会熬夜伸着舌头就着卧室书桌上的一盏小油灯练写铜版印刷字体。我读了很多书，基本上都是一些犯罪和冒险

① 应指威廉·赫斯凯·利华(William Hesketh Lever，1851—1925)，英国工业家、慈善家，日用品巨头，他的儿子威廉·赫尔默·利华(William Hulme Lever，1888—1949)是联合利华公司的创始人之一。

② 威廉·惠特利(William Whiteley，1831—1907)，英国企业家，惠特利百货公司的创始人。

故事，有时候会读一些包着书皮偷偷在店员之间流传的“热辣读物”（其实那些是莫泊桑[①]和保罗·第考克[②]的作品）。但到我十八岁的时候，我突然间品位变高了，办了一张郡图书馆的卡，囫囵吞枣地读起了玛丽·科雷利[③]、赫尔·凯因[④]和安东尼·霍普[⑤]的书。那个时候我加入了下宾菲尔德读书会，这个社团由牧师主持，冬天的时候每个星期碰面一次，进行“文学探讨”。迫于牧师的压力，我读了《芝麻与百合》的片段，甚至读了一些勃朗宁[⑥]的作品。

光阴似箭。1910 年， 1911 年，1912 年。父亲的生意每况愈下——虽然没有一下子破产，但已无力回天。乔伊离家出走后，父亲和母亲都变得和以前不一样了。那是我到格里米特的杂货店工作不久后发生的事情。

乔伊十八岁的时候变成了可怕的恶棍。他体格健壮，比家里其他人块头要大得多，长得宽肩大头，阴沉沉的脸总是耷拉着，已经长出了体面的八字胡。他不是在乔治酒店的酒吧，就是在小店的门前游手好闲，双手深深地插入口袋里，怒视着过

---

① 居伊·德·莫泊桑（Guy De Maupassant，1850—1893），法国作家，擅长创作短篇，代表作有《羊脂球》、《项链》等。

② 查尔斯·保罗·第考克（Charles Paul de Kock，1793—1871），法国作家，代表作有《巴黎理发师》、《安妮妹妹》等。

③ 玛丽·科雷利（Marie Corelli，1855—1924），英国女作家，其作品在一战前非常畅销，以哥特式的幻想风格闻名，代表作有《莉莉斯的灵魂》、《宿怨》、《神奇的原子》等。

④ 托马斯·亨利·赫尔·凯因（Thomas Henry Hall Caine，1853—1931），英国作家、剧作家，代表作有《罪之影》、《基督徒》等。

⑤ 安东尼·霍普（Anthony Hope，1863—1933），英国作家，擅写冒险小说，代表作有《曾达的囚徒》、《亨饶的鲁珀特》等。

⑥ 伊丽莎白·巴雷特·勃朗宁（Elizabeth Barrett Browning，1806—1861）及其丈夫罗伯特·勃朗宁（Robert Browning，1812—1889），是广受尊敬的英国文坛伉俪，代表作有《葡语十四行诗》、《戒指与书》等。

往的那些不是女孩子的路人，似乎想将他们打倒在地。要是有人想进店里去，他会从门道上挪开一些，空间仅容人刚好走过，双手还是插在口袋里，转过头大吼一声："老爸！有人买东西！"这就算在帮忙了。父亲和母亲绝望地说他们"不知道该拿他怎么办"。他既抽烟又喝酒，花了很多钱。一个深夜里，他离家出走，从此杳无音信。他把钱柜撬开，拿走了里面所有的钱，幸好数目不是很多，只有八英镑。这笔钱够他乘坐轮船去美国了。他总是说要去美国，我想或许他真的去了，虽然我们都不知道真相。这件事成了镇里的丑闻。公认的说法是，乔伊搞大了一个女孩子的肚子，然后逃跑了。在西蒙斯一家住的那条街上有个女孩名叫莎莉·齐维斯，就要临产了，乔伊和她在一起过，但还有十几个别的男人也和她勾搭过，没有人知道孩子是谁的。父亲和母亲接受了有了孩子这个说法，甚至私底下以这件事为理由原谅了他们那"可怜的孩子"偷了八英镑离家出走的行为。他们不能理解乔伊出走的原因是他受不了这种体面正经的乡村小镇的生活，他要过的是游手好闲、打架泡妞的日子。我们再也没有他的消息。或许他彻底沉沦堕落了，或许他在战争中被杀了，或许他根本不想给我们写信。幸运的是，孩子出世的时候夭折了，因此没什么麻烦的事。至于乔伊偷走了八英镑那件事，父亲和母亲守口如瓶，直到他们去世。在他们眼中，这件事比莎莉·齐维斯的孩子更加丢人。

乔伊惹下的麻烦让父亲一下子苍老了许多。乔伊不见了其实省了不少事，但这件事对他的伤害很大，让他觉得很羞耻。从那时起，他的胡子灰白了不少，整个人似乎缩小了。或许我记忆中的他——一个头发花白的小男人，长着一张皱巴巴的、忧虑的圆脸，戴着落满灰尘的眼镜——就是从那个时候开始的。渐渐地，他一心想的只有金钱上的忧虑，对其它事情越来越不感兴趣。他很少提及政治和星期天报纸，谈的事情都是关于惨淡的生意。母亲似乎也缩小了一些。我小时候记得她体型很庞大，长着一头黄色的头发和一张笑眯眯的脸，而且胸脯特别大，既像一只丰满的大型动物，又像一艘战舰的船艏像。现在她看上去要比实际年龄老了许多，而且忧虑重重。在厨房里的她也没有以前那么威风了，老是买一些羊脖子，担心煤炭涨价，开始用人造黄油，这东西以前她是绝对不会买回家的。乔伊走后，父亲不得不又雇了一个跑腿的小男孩，但从那时开始他只雇非常年轻的男孩，只雇用一到两年，他们根本搬不动沉重的货物。有时我在家的时候会帮父亲忙，但我太自私了，没有怎么帮忙。我仍然可以看见他背着一个大麻袋缓缓地走过院子的情景，深深地弯着腰，身子几乎被麻袋给遮住了，就像一只拖着壳的蜗牛。我想，那个巨大沉重的麻袋得有一百五十磅重，把他的脖子和肩膀都快压到地上了，那张戴着眼镜、忧心忡忡的脸从下面抬头仰望着。1911 年的时候他扭伤了腰，不得不住院几个星期，请了位临时经理看店，这让他的资金更加捉襟见肘。一个小店主生意江河日下的情景真的惨不忍睹，但这不像一个被解雇靠救济金生活的工人的厄运那么突然而明显，只是生意渐渐惨淡，但仍然有起有伏，这里亏几先令，那里挣几个便士。和你打了几年交道的某位顾客突然间不再光顾，跑到萨拉金的店里去了，又有别的顾客买了十几只母鸡，每星期找你买鸡食。你还能维持下去。你还是“自食其力的老板”，只是越来越忧虑，越来越困窘，你的本钱一直在缩水。你可以这样子撑上几年。运气好的话，可以撑上一辈子。1911 年时以西结伯伯去世了，留下一百二十英镑，这笔钱一定让父亲松了一口气。到了1913年，他不得不把自己的人寿险做了抵押。当时我不知道这件事情，不然的话我会明白这意味着什么。事实上，我想我所知道的就是父亲“混得不是很如意”，生意“很不景气”，我得再等上一段时间才能攒够钱去“创业”。和父亲一样，我觉得这间店能一直经营下去，心里有点责备他没能把生意经营好。我没办法看清形势，其他人或他也没有看清形势。他正被渐渐赶上绝路，他的生意不会再有转机，如果他活到七十岁，他肯定会沦落到进收容所的地步。许多回我经过位于集市的萨拉金的店铺，只是觉得我很喜欢他们那漂漂亮亮的橱窗，比父亲那间脏兮兮的旧店铺好看多了。我们的店铺橱窗就写着“博林”两个字，白色的字体支离破碎，几乎辨认不清，摆着几包褪色的鸟饲料。我没有想到萨拉金的店就像绦虫一样将父亲的生意慢慢蚕食掉。有时候我会向他讲述我在函授课本里读到的内容，大谈销售员的素质和现代经营方式。他总是不上心。他是个老一辈的商人，总是努力工作，做生意讲求公道，卖的都是上好的货品，相信情况很快就会好起来的。事实上，当时没有几个小店主进了收容所。运气好的话你死的时候还能剩几个英镑。这是一场死亡和破产之间的竞赛。感谢上帝，死亡先一步降临到父亲头上，而母亲也是。

1911年、1912年、1913年，我告诉你，那是美好的时光。1912年末，在牧师的读书会上我第一次见到了埃尔丝·沃特斯。直到那时，虽然和镇里其他年轻人一样，我会出去泡妞，时不时能勾搭上这个或那个女孩，在几个星期天下午一起去“拍拖”，但我从未有过自己的女友。十六岁的时候追女孩子的经历真是奇怪。在镇里某个众所周知的地方，男孩子们成双成对地来回走动着，打量着女孩子们，而女孩子们也成双成对地来回走动着，假装没有注意到那些男孩子们。不一会儿他们之间就建立起了联系，他们不再是一对对地走，而是四个人一起走，四个人都没有说话。这类散步的主要特征——而第二次你和某个女孩单独出来散步时情况更加糟糕——就是完全没办法进行沟通交谈。但埃尔丝·沃特斯似乎与众不同。而真相是，我正在成长。

我不想讲述我和埃尔丝·沃特斯之间的故事，就算真有什么故事也不想说，她只是“战前”那幅图画的一部分。在战争之前，日子似乎总是夏天——正如前面我说过的，这只是幻觉，但那就是我回忆中的情景：白色的、布满灰尘的马路两旁种着栗子树，向前一直延伸，还有夜来香的气味、柳荫下绿色的池塘、水波荡漾的伯福德堰——那就是我闭上眼睛想着“战前”的情景时眼前浮现的画面，直到最终埃尔丝·沃特斯成为了它的一部分。

我不知道现在埃尔丝算不算美女。那时候她是美女。在女孩子中她算得上高个子，大概和我一样高，长着浓密的淡金色头发，盘成了辫子绕在头上。她的脸蛋精致而端庄，穿黑色衣服显得特别好看，特别是她在布料店上班时穿的那身朴素的黑色长裙——她在莉莉怀特的布料店工作。她是从伦敦搬过来的，我猜她比我大两岁。

我很感激埃尔丝，她是第一个教会我关怀女性的女人。我不是指笼统意义上的女人，我指的是单独一个女人。我在读书会遇到了她，几乎没怎么注意她，直到一天我在上班时间去了莉莉怀特的布料店。本来在正常情况下我是不会这么做的，但刚好我们店的奶油包布用完了，老格里米特派我去买一些回去。你知道布料店是什么样子的。店里带着一种女性的气息，而且感觉很安静，光线很暗，带着布匹冷冷的味道，几个递送零找的木球来回穿梭，发出轻微的飕飕声。埃尔丝正靠在柜台上，拿着一把大剪刀在剪一匹长长的布。她那袭长裙和她的胸脯靠在柜台上显出的曲线——我无法形容，那种感觉特别温柔，特别有女人味。你一看到她就知道你可以将她搂入怀中，对她为所欲为。她是那么楚楚可怜，逆来顺受，是那种对男人百依百顺的女人，虽然她的外表并不娇小柔弱。她并不是一个笨女人，只是沉默寡言，有时候显得特别斯文。但那时候我也是个斯文的人。

我们一起生活了一年左右。当然，在下宾菲尔德这样的小镇，一起生活只能是比喻意义上的。明面上讲，我们是在“拍拖”，那是默认关系的一种习俗，但还没到订婚的地步。在到上宾菲尔德的路上有一道岔路，和山峦平行。这条路很长，几乎有一英里，而且路面笔直，两边长着高大的马栗树，草坪旁边有一条笼罩在树枝下的步径，大家都叫这条路为“情人路”。五月份的晚上我们总是去那儿，正值栗子树鲜花绽放的时节。然后，夜晚变短了，我们从商店下班天色还继续亮了几个小时。你知道六月份的傍晚是什么样的感觉。蓝色的暮光一直流连着，空气就像丝绸一样轻抚着你的脸。有时候在星期天下午，我们会去查姆福特山，来到沿着泰晤士河的水草甸。1913 年，我的上帝啊！1913 年！那种宁静、绿色的水潭、堰里的水流！时光一去不复返。我不是在说 1913 年再也不会回来了。我是说那种心里面的感觉，那种不用活在匆忙和恐惧中的感觉，那种你曾经有过的心照不宣的感觉，或那种你未曾有过今后将不会有机会领略的感觉。

直到夏末我们才开始同居。我太害羞了，不知道如何开始，也没有意识到原来在我之前她已经有过别的男人。一个星期天下午，我们走进上宾菲尔德周围的山毛榉树林，到了那儿你总是可以独处。我很想和她亲热，我也知道她在等着我踏出第一步。不知道怎么回事，我一心想着去宾菲尔德馆。老霍奇斯已经七十多岁了，脾气变得非常暴躁，本来会把我们赶出去的，但他可能睡着了。我们从篱笆的一个缺口钻了进去，沿着夹在两排山毛榉树当中的小径来到大池塘那里。自从我上次来这里已经过去四年多了。一切都没有改变，仍然那么静谧清幽，周围都是挺拔的大树，那间旧船屋在芦苇丛里渐渐腐烂。我们在野薄荷丛旁边的那块草地上躺了下来，周围就只有我们俩，似乎我们置身于非洲中部。我已经亲吻了她天知道多少次，然后我站起身，在周围游荡着。我很想要她，很想上了她，但我心里很害怕。奇怪的是，与此同时我的脑海里掠过另一个念头。我突然想到，这么多年来我一直想回这里来，但一直未能成行。现在我如此接近，如果不去另一口池塘看看那些大鲤鱼似乎将会留下遗憾。我觉得如果我错过了这次机会，以后我一定会后悔莫及。事实上，我不知道为什么以前没有回来。那些鲤鱼就藏在我的脑海中，除了我之外没有人知道它们的存在。终有一天我会把它们抓起来。事实上，那些鲤鱼都是我的。事实上我开始沿着岸边朝那个方向走去，然后，走出十码远我转过身。这意味着跋涉走过一丛荆棘和腐烂的灌木，而我身上穿着最好的星期天的盛装：深灰色的西装、圆顶礼帽、带纽扣的靴子和几乎把我的耳朵切掉的领子。那时候人们星期天下午出去散步时都会穿成这样。而且我迫切想要得到埃尔丝。我走了回去，在她身边站了一会儿。她躺在草地上，手臂遮着脸庞，听到我走近时她一动不动。她穿着那条黑色长裙，看上去——我不知道如何形容——很温柔，很顺从，似乎她的身体是用可塑的材料做的，你可以对其为所欲为。她是我的，我可以占有她，如果我愿意的话，现在就可以。突然间我不再感觉到害怕，我把帽子扔在草坪上（我记得帽子跳了一下），跪了下来，一把抱住她。我现在还能闻到那丛野薄荷的味道。那是我的第一次，但不是她的第一次，我们可没有你所想的那样搞得一团糟。事情就是那样。那些大鲤鱼再次从我的脑海中淡去。事实上，后来的几年间我几乎没有想过那些鱼了。

1913 年。1914 年。1914 的春天。首先是黑刺李，然后是山楂，接着是栗子开花。星期天下午去河边的纤道散步，风吹拂着灌木丛，使它们密集地簇拥在一起摇曳着，看上去像是女人的头发。无尽的六月份的傍晚，栗子树荫下的小径，某处有一只猫头鹰在啼叫，埃尔丝的身体紧紧地挨着我。那年的七月很热。我们在店里干得满身大汗，奶酪和研磨咖啡的味道是多么浓郁！然后走在外面傍晚的清凉中，领略夜来香和菜园后面的小巷子传来的烟斗的味道，脚下的土地很柔软，夜鹰在捕猎金龟子。

上帝啊！说一个人不应该对“战前”的生活多愁善感有什么用呢？我就为此觉得伤感。如果你还记得的话，你也会有这种感觉。确实，当你回首往事的时候，你总是记得那些美好的事情，甚至对于战争也是如此。但那时候的人的确拥有某种我们现在没办法拥有的东西。

那是什么呢？那只是他们对未来没有恐惧感。这并不是说那时候的生活比现在舒服。事实上，那时的生活更辛苦。大体上人们工作更劳累、生活更艰难、死得更痛苦。农场的帮工一周干死干活才挣十四先令，最后落得残疾，领五先令的养老金和教区时不时发的半个克朗。而那些“体面的”穷人情况更加糟糕。当高街另一头的布料商小老头华生挣扎多年终于破产时，他的个人资产只剩下两英镑九先令六便士，然后立刻死于所谓的“胃疾”，医生说他其实是饿死的。但是，他最后还是保住了那件双排扣长礼服。钟表匠的助手老克林普是个熟练工匠，干这一行干了五十年，得了白内障，不得不住进收容所。当他被带走时，他的孙子们嚎啕大哭，他的妻子出去烧炭，省吃俭用地每星期给他寄一先令作为零花钱。有时候你会目睹可怕的事情发生：小生意人江河日下，渐渐沦为破产的穷光蛋；人们死于肿瘤尺寸达几英寸的癌症和肝病；酗酒的丈夫每个星期一写下戒酒保证书，每个星期六就违背了誓言；女孩子们因为私生子一生都毁了。房子里没有浴室，冬天的早晨你得凿开水槽上的冰。到了夏天后街就恶臭熏天，教堂墓地就坐落在小镇的中央，因此每天你都会记得你会有怎样的下场。但是，那时候的人拥有什么呢？他们拥有安全感，虽然他们的处境并不安全。更确切地说，那是一种延续不断的感觉。所有人都知道自己会死去，我想有几个人知道自己将会破产，但他们不知道世道将会改变。无论什么事情发生在他们身上，世道仍会以他们所熟悉的方式延续。我不认为当时仍然盛行的所谓宗教信仰起着特别的作用。确实，几乎每个人都会去教堂，至少在乡下是这样——埃尔丝和我仍然会去教堂，即使用牧师的话说，当时我们生活在罪恶中——如果你问人们他们信不信死后会获得重生，大体上他们会说相信。但我从来没有遇到过哪个人让我觉得他真的相信来生。我觉得，人们对这类事情的信仰程度至多就像孩子们相信有圣诞老人一样。但在一个平稳的时代，在一个文明就像大象一样稳稳当当地站立着的时代，像来生这样的观念并不重要。如果你所在乎的事情将继续存在下去，死并不是什么艰难的事情。你活了一辈子，你觉得累了，是时候到阴间去了——那就是过去人们对待生命的看法。在个体层面上，他们离开了人世，但他们的生活方式仍继续存在。他们心中的善与恶仍一直会保留下来。他们没有感觉到脚底下的大地正在动摇。

父亲正在走向毁灭，但他茫然无知。只是世道变得非常糟糕，生意一天天惨淡下去，他渐渐还不起账单。感谢上帝，他甚至不知道自己已经完蛋了，事实上他并没有破产，因为1915年初他死得很突然(流感转为肺炎)。直到最后，他仍相信一个勤俭公道的人是不会失败的。一定有许多小店主怀着这一信念走向破产，步入死亡，住进了收容所。就连马具商拉沃格罗夫，汽车和火车都已经杀到眼前了，仍然不知道他就像犀牛一样不合时宜了。还有母亲——母亲到死都不知道她的生活方式，作为一个体面的、敬畏上帝的小店主的女儿和一个体面的、敬畏上帝的小店主的妻子，生活在英明的维多利亚女皇统治之下的生活方式已经永远结束了。世道很艰难，生意很萧条，父亲很担忧，这件或那件事情“令人愤怒”，但你的生活一切照旧。旧式的英国生活方式是不会变更的。体面的、敬畏上帝的女人应该一辈子在大炭炉上做约克郡布丁和苹果馅饼，穿羊毛内衣，睡在羽绒被上，七月份做梅子酱，十月份做腌菜，下午读读《希尔达家居伴侣》，身边嗡嗡嗡地飞舞着苍蝇，泡着茶、拖着坏腿，带着美好的结局来到舒服的阴间。我不是在说父亲和母亲直到死去时仍没有改变。他们都觉得内心有点动摇，有时觉得心灰意懒。但至少他们死去的时候还不知道他们所信仰的一切都将变成垃圾。他们生活在一个时代的结尾，一切都行将分崩离析，化作一场可怕的大动荡，但他们并不知情。他们觉得这个时代将会成为永恒。你不能责备他们。这就是当时人们的观感。

接着，到了七月底，连下宾菲尔德也开始明白正在发生什么事情。几天来到处有一种模糊而激烈的兴奋，报纸上不停地发表社论，父亲从店里带回这些报纸念给母亲听。接着，突然间，到处张贴着海报：

“德国发出最后通牒。法国军事动员。”

一连几天（是四天么？我忘了确切的天数了），在等候的静谧中有一种奇怪的、令人窒息的感觉，就像雷雨的前夕，似乎整个英国都在沉默地倾听着。我记得天气很热。我们在商店，似乎完全干不了活，虽然镇里任何有五先令可以买东西的人都蜂拥而至，大量抢购罐头食物、面粉和燕麦片。似乎大家都太兴奋了，无法工作，只是流着汗等候着。到了晚上，人们来到火车站，争抢着购买从伦敦那边的火车送来的晚报。然后，一天下午，一个报童从高街那里跑过来，胳膊里抱着一摞报纸，人们走到门口冲着街道吼叫。每个人都在吼着：“我们参战了！我们参战了！”那个报童从那捆报纸上抓了一张海报，张贴在对面店铺的门面上：

“英国对德国正式宣战。”

我们三个店员冲到人行道上欢呼庆祝。每个人都在欢呼。是的，都在欢呼。但老格里米特，虽然他已经摆脱了对战争的恐惧，却仍然坚持着一丁点他的自由党原则，“不肯支持”战争，认为那会是一桩不幸的事情。

两个月后我参军了。七个月后我到了法国。

第八章

1916 年底，我负伤了。

我们走出战壕，沿着公路走了一英里多一点。这条小路原本应该是安全的，但德军一定是在早些时候包抄过来了。突然间他们发射了几颗炮弹过来——都是装填了高性能火药的重炮，每分钟就炮击一回。炮弹和以往一样，嗖的一声飞过来，然后砰的一声爆炸！我想是第三颗炮弹炸中了我，就在一片田地的右边。听到那颗炮弹飞过来我就知道要出事了，仿佛那颗炮弹上面刻着我的名字。他们都说你知道自己会被炸中。那颗炮弹的破空声与别的普通炮弹不一样。它似乎在说：“我就要炸你，你这个畜生，你，你这个畜生，就是你！”——而这一切就在三秒钟之内发生。最后你被炸中了。

我觉得仿佛有一只空气做成的大手将我扫到一边。接着我倒在路边满是旧罐头、木柴碎片、生锈的铁丝网、粪便、空弹壳和其它垃圾的阴沟里，感觉被炸得七零八落。当他们把我拖出来，把我身上的灰尘扫掉时，他们发现我的伤势并不是太严重，只是有许多细碎的弹片嵌入了我一边屁股和双腿的腿背。幸运的是，摔倒的时候我的一根肋骨断了，这个伤情足以让我被遣送回英国。那年冬天我是在伊斯特本附近低洼地带的一间战地医院度过的。

你记得那些战地医院吗？那一排排长长的小木屋，就像鸡舍一样堆在该死的、冰天雪地的低洼地带上面——人们习惯称这里为“南岸”，我总是很好奇北岸会是怎样一番景象——在这里风似乎同时从四面八方向你吹来。一群群穿着浅蓝色法兰绒军服、戴着红色领带的士兵来回徘徊着，想找一个避风的地方，但从来没能找到。有时候伊斯特本那些上流学校的小男孩会被带过来，假惺惺地派发香烟和薄荷膏给“伤丁”们，他们是这么称呼我们的。一个八岁左右、脸蛋粉嫩的小孩会走到一排坐在草地上的伤兵身边，撕开一包忍冬牌香烟，神情严肃地给每个伤兵递上一根香烟，似乎在动物园里喂猴子。体力好一些的伤兵经常在低洼地带游荡几英里，希望能碰到女孩子。这附近女孩子总是不够分配。在战地医院下方的山谷里有一片小树林，天黑之前你会看到每棵树下都靠着一对情侣。有时候，如果那是一棵大树的话，两边各靠着一对情侣。我对那段时间最清楚的回忆就是靠着一簇金雀花丛坐在凛冽的寒风中，我的手指都被冻僵了，无法弯曲起来，嘴里总是有一股薄荷膏的味道。这就是一个普通士兵的回忆。但不管怎样我就快摆脱普通士兵的身份了。在我受伤之前指挥官已经将我的名字上报申请委任状。那时候他们迫切需要军官，任何不是文盲的人只要愿意都可以获得委任状。我从医院直接转到了科尔切斯特附近的军官培训基地。

战争对人造成的影响真是太奇怪了。不到三年前我还是一个活泼的年轻店员，穿着白围裙，靠在柜台上，说着：“是的，太太！当然可以，太太！您还要点什么，太太！”那时我只想当一名杂货商人，觉得当军官就像被册封为骑士一样。而现在我已经当上了军官，戴着军官帽和黄色的领子在临时穿得像模像样的人和甚至连临时穿得像样点都不行的人群中装腔作势，而且不觉得这样子有什么好奇怪的——这是最重要的一点。在那个时候，没什么事情是好奇怪的。

你就像被一台庞大的机器所笼罩一样。你无法以自由意志支配自己的行动，而且你也没有尝试进行抵抗的意识。要不是人们都这么麻木不仁，任何战争都无法持续上三个月，士兵们会收拾行装打道回府。为什么我会去参军？为什么会有上百万的其他傻瓜在征兵令下达之前就加入了军队？一部分原因是为了好玩，一部分原因是因为英国是我的祖国，英国人绝不屈服什么的。但这种感觉维持了多久？我认识的大部分人还没到法国就把这些忘得一干二净。战壕里的士兵并不是爱国愤青，并不痛恨德国皇帝，根本不在乎英勇抗争的比利时这个蕞尔小国或那些德国人在布鲁塞尔街头的桌子上强暴修女的罪行（他们总是说“在桌子上强暴”，似乎这使得强暴更加卑劣）。但他们也没想过要逃跑。那部机器已经控制了你，可以对你为所欲为。它把你吊起来，然后把你扔到你从未想到过的地方，就算把你扔到月球的表面，也似乎没什么值得大惊小怪的。从我参军的那天起，以前的生活就结束了，仿佛和我再也没有关系了。我不知道你会不会相信，但从那天之后，我只回过下宾菲尔德一次，而那一次是为了参加母亲的葬礼。现在这听起来似乎不可思议，但当时却显得那么自然。我承认一部分是因为埃尔丝的缘故，两三个月之后我就不再给她写信了。不用说，她一定和别人在一起了，但我不想见到她。如果不是这样，当我放假的时候或许我会回家探望母亲，我去参军的时候她身体不大好，但看到她的儿子身穿军官制服她一定会觉得很自豪。

父亲于 1915 年去世。当时我正在法国。当我说父亲的死在现在比在当时令我更加伤心时，我并没有夸张。当时我平静地接受了父亲去世这个噩耗，头脑一片空白，感觉无动于衷，战壕里的士兵无论发生什么事情都是这样。我记得自己爬到掩体的门道借光阅读信件，我记得母亲滴在信纸上的泪痕、膝盖痛楚的感觉和泥土的气息。父亲的人寿险被抵押了，价值所剩无几，但银行里还有一点存款，萨拉金的连锁店准备买下店里的存货，甚至愿意多付几个钱以表吊唁之情。总之，母亲有二百多英镑傍身，还有一些家具。她暂时寄居在离沃尔顿另一头几英里远的多斯利附近一位嫁给了一个挖槽工的表姐家里，那个男的趁着战争生意做得很红火。那只是“暂时”的。一切都感觉只是暂时的。如果是在以前——事实上，要是换在一年前，这件事原本会是一个可怕的灾难。父亲去世了，小店变卖了，只留下母亲和那两百英镑在这个世界上，你会看到一出有十五幕的悲剧在你面前上演，最后一幕就是贫民的葬礼。但现在战争和人无法把握自己命运的感觉笼罩着一切。人们不再去想着破产和收容所这些事情。连母亲也是这么想，虽然她对战争几乎一无所知。而且，她已经不久于人世了，虽然我们都不知道这个情况。

她跑到伊斯特本的医院探望我。我们已经阔别了两年之久，看到她的样子我心里觉得很吃惊。她似乎整个人都枯萎了，而且不知何故似乎变小了。这得部分归因于当时我已经是出过远门的大人了，每样东西在我眼中似乎都变小了。但她确实瘦了，而且脸色更加蜡黄。她还是像以前一样絮絮叨叨地说起了玛莎姨妈（就是她投奔的那位表亲）和自从战争以来下宾菲尔德的改变：所有的年轻人都“走了”（意思是参军了），她的消化不良在“日渐恶化”。她还提起了父亲的墓碑和他死后不算难看的遗体。这些都是老生常谈，我听了好几年了，感觉就像在听一个幽灵说话。这些话我再也不以为意了。以前我觉得母亲身材高大，能保护弱小，有点像船艏的女神像，又有点像孵着鸡蛋的母鸡，但她终究只是一个穿着黑裙的小老妇人。一切都在改变和褪色。那是我最后一次看到活着的她。在科尔切斯特军官学校受训时，我收到母亲病危的电报，立刻请了一个星期的紧急事假。但已经太晚了，到达多斯利的时候她已经撒手人寰。她和其他人以为是消化不良，其实是身体里长了肿瘤，由于胃突然受了凉，一下子发作起来。医生想安慰我，告诉我那是“良性肿瘤”，这让我觉得很奇怪，毕竟就是这东西要了母亲的命。

我们将她葬在父亲身边，那是我最后一次见到下宾菲尔德。虽然只有短短三年，但这里改变了许多。有的商店倒闭关门了，有的商店换了名字。几乎所有我从小认识的年轻人都走了，有的死掉了。席德·拉沃格罗夫死于索姆河战役，那个多年前加入过黑手帮的农场帮工“生姜”华生，就是那个能赤手空拳逮到兔子的家伙，在埃及牺牲了。一个曾和我在格里米特杂货店共事过的同事没了两条腿。老拉沃格罗夫的店关门了，他靠着微薄的年金住在沃尔顿一间小木屋里。而战争让老格里米特的生意做得很红火，他成为一个爱国者，并在一个对那些出于道德或宗教原因不服兵役的人施加压力的本地理事会担任会员。而最让小镇看起来显得空旷萧条的一件事情是，马基本上都没有了。很久以前所有干得了活儿的马都被征用了。那部驿站快车还在，但拉车的那匹马要不是有车辕的话可能连站都站不起来。在葬礼开始之前的那个小时，我在镇里走了一圈，和人们打招呼，展示我身上穿的军服。幸运的是，我没有遇到埃尔丝。我目睹了所有的变化，却似乎对它们视而不见。我只关注着其它事情，让别人看到我那身有黑色臂章(装饰在卡其布上看上去很漂亮）和紧身马裤的少尉军服让我觉得很高兴。我本能地记得，当我们站在坟墓边上的时候，我仍然在想着自己的紧身马裤。然后他们往棺材上洒了一些泥土，我突然意识到母亲将会从此躺在地下，棺材上面七尺尽是泥土，我的眼睛和鼻子不由得有点发酸，但就在那时候，我的脑海里仍然在想着紧身马裤。

不要以为我对母亲的死毫不在乎。我很难过。我已经不在战壕里了，死亡还是会让我难过的。但我丝毫不在乎的，甚至根本没有想到正在发生的，是我所熟知的旧的生活方式正在解体。葬礼过后，玛莎姨妈乘巴士回多斯利。她为有一位当上“真正的军官”的外甥觉得很自豪，要不是我阻止她的话，可能会在葬礼上引起骚动。我乘坐快车去火车站，准备乘火车去伦敦，然后回科尔切斯特。我们开车经过小店。自从父亲去世之后，没有人盘下这间店。店面紧闭着，窗户黑漆漆的蒙了一层灰。他们用水管工的喷嘴火焰灯把招牌上的“博林”两个字烧掉了。那里就是我度过童年和少年时期的房子，我曾经在厨房的地板上到处爬，闻着红豆草的味道，读着《无畏勇者多诺万》，在那里做文法学校布置的作业，搅拌面团，给单车补胎，戴上我的第一个高领结。我曾经觉得那座房子会像金字塔一样永恒，而现在我应该不会再进去里面了。父亲、母亲、乔伊、跑腿的小男孩、老狸犬内勒、内勒之后的另一只狗“斑点”、红腹灰雀杰奇、几只猫咪、阁楼里的老鼠——除了灰尘之外一切都没有了。我一点儿也不在乎。母亲去世了我很难过，父亲死了我也很难过，但我一直在想着别的事情。我很高兴别人看到我乘坐着一辆出租车，我还不大习惯坐出租车。我在想着自己崭新的紧身马裤和那套帅气光亮的军官服，与那些普通士兵粗糙的军服是多么不一样。我还想到了科尔切斯特军官学校的其他人和妈妈留给我的六十英镑，我们可以用这笔钱去好好吃一顿。而且，我在心里感谢上帝，没有让我遇到埃尔丝。

战争对人的影响特别大。比起战争杀人的方式来，有时它放人一马的方式似乎更加匪夷所思，就像一道洪水席卷着你奔向死亡，突然间却把你冲到一潭死水里，你在那儿做一些难以置信却毫无意义的事情，还能因此获得额外的报酬。一营一营的士兵被派到沙漠中修筑道路，却不知道道路会通往何方。有的士兵被派到荒岛上监视德军的战舰动向，但那些战舰多年前就已经沉没了。政府里有这个或那个部门，里面配备了无数文员和打字员，虽然他们的职能已经结束了，但由于惯性作用在多年后仍然存在。人们被安排去做毫无意义的工作，被政府部门遗忘，一干就是几年。这就是发生在我身上的事情，要不是这样，或许我就不会在这里了。整件事的过程很有趣。

在我成为委任军官不久后，后勤部门需要补充军官。训练营的指挥官听说我了解食品杂货业务（我可没有明说其实我只是在柜台帮忙），于是叫我去报名。事情进行得很顺利，我准备离开这里，去米德兰另一所培训后勤部门军官的军校。由于我了解食品杂货业务，我被选中担任在后勤部门位高权重的约瑟夫·基姆爵士的秘书。天知道他们为什么会选中我，但总之他们就是选中了我，我觉得他们或许是把我的名字和别人的名字搞混了。三天后我进了约瑟夫爵士的办公室。他身材瘦削，站姿笔挺，是一个蛮英俊的老头，长着一头灰发和一个看上去很严肃的鼻子。他的样貌立刻打动了我。他看上去是个完美的职业军人，圣米迦勒与圣乔治骑士指挥官勋章[1]获得者和十字英勇勋章[2]获得者，可能是德雷兹克牌高档香烟广告里那个模特的孪生兄弟。事实上，他本人是一家大型杂货连锁店的董事长，以一套名叫“基姆工资削减体系”的管理方法而出名。我走进办公室的时候他停下笔，打量着我。

“你是贵族吗？”

“不是，长官。”

“很好。那或许我们能把工作做好。”

三分钟之内他就摸清了我毫无文秘经验：不懂速记、不会用打字机、在杂货店工作的周薪是二十八先令。但是他说我能应付好工作，这支该死的军队里有太多贵族了，他要找一个会基本算术的下属。我很喜欢他，期盼着能在他的指挥下工作，但就在这时，操纵着这场战争的神秘力量又将我们分开了。一个名为“西海岸防卫部队”的部门成立了，或者说，成为了大家谈论的话题。而且，听说要在西海岸沿线各个军事要点建立仓库储备物资。据说约瑟夫爵士是英国西南角军事储备的负责人。我被派到他的办公室第二天，他让我到北康沃尔海岸一个叫十二里库的地方清点库存。应该这么说，我的工作是看看到底那里还有没有库存。似乎没有人知道那里到底什么情况。我到了那儿，发现库存其实就只有十一个牛肉罐头。这时军部发来了一封电报，要我接管十二里库的物资，并在原地候命，直到新的命令下达为止。我回了一封电报“十二里库并无

---

① 圣米迦勒与圣乔治骑士指挥官勋章(Knight Commander of St. Michael and St. George)，颁发给在非军事战斗部门和外交部门作出杰出贡献的个人的勋章。

② 十字英勇勋章(Distinguished Service Order)，又称杰出服务勋章，是战争时期颁发给作出杰出军事贡献的个人的勋章。

库存”，但太迟了。第二天，军部正式下达文件，安排我担任十二里库的指挥官。故事到了这儿就结束了。从那时起到战争结束，我一直驻守在十二里库。

天知道这到底是怎么一回事。不要问我西海岸防卫部队是怎么样的部队，承担着什么军事使命。即使在当时也没有人假装知道情况。事实上，根本没有这么一支部队。那只是某些人脑海里的一个计划——应德军会由爱尔兰发动侵略的谣言而产生。我猜想那些应该分布于沿岸的食物储备也是臆想出来的。整个计划就只存在了三天，然后就像泡沫一样被遗忘了，而我也随之被遗忘了。我那十一个牛肉罐头是几位之前执行秘密任务的军官留下来的。他们还留下了一位又老又聋的士兵，名叫利基伯德。我不知道利基伯德到底在那里执行什么军令。我不知道你会不会相信，从 1917 年中到 1919 年初我就呆在那儿守着那十一个牛肉罐头。或许你觉得这实在难以置信，但事实就是这样。当时就算是这样的事情都不让人觉得稀奇。到了 1918 年你已经不再幻想事情会以合理的方式发生。

每个月他们会给我寄来冗长的军方表格，要我列明我所掌管的物资的数量和情况，包括丁字斧、挖战壕的工具、铁丝网线圈、毛毯、防水地毡、急救装备、瓦楞铁片、梅酱罐头和苹果酱罐头。每样东西我都写了“零”，然后把表格寄了回去。什么事情也没有发生。在伦敦，某个人安安静静地把表格归好档，然后又寄出表格，然后将表格归档，如此反复进行。事情就是这么发生的。那些神秘的军事高层人物正在运筹帷幄，彻底忘了有我这么一个人。我陷入一潭死水，完全没有出路。在法国呆了两年后，我的心里不再燃烧着爱国热情，也不想离开这里。

那是一处冷清的海岸，除了几个甚至连战争都不知道的庄稼汉之外就再也见不到一个人。四分之一英里开外，在一座小山的山脚下，海浪隆隆地冲刷着广袤的沙滩。一年有九个月在下雨，另外三个月则有大西洋的狂风肆虐。除了利基伯德、我和两间军事小房外就什么也没有了——其中一间是装修还不错的两居室小屋，我就住在里面——还有那十一个牛肉罐头。利基伯德是个乖戾的老家伙，我很难从他身上套出话来，只知道参军之前他是个卖菜的园丁。看到他那么快就重拾旧业真是有趣。在我到达十二里库之前他已经在一间小房旁边开垦出了一块地，开始种植土豆。到了秋天他又开始垦地，最后捣鼓出半亩地种庄稼。1918 年初他开始养鸡，到了夏天数量已经相当可观了；到了年底，他突然不知道从哪儿弄来了一头猪。我猜想他从来没有想过我们到底在这里做什么，也不去想西海岸防卫部队到底是一支什么部队或到底存不存在。如果听说他仍然在十二里库的原址养养猪种种土豆，我可不会惊讶。我希望他能这么做。祝他好运。

与此同时，我开始从事以前没有机会做的一份全职工作——读书。

之前驻守在这里的军官们留下了几本书，大部分是七便士的廉价书，几乎全部都是那时候人们在阅读的垃圾书籍：伊安·赫伊①、萨博②和《侦探克雷格·肯尼迪》之类的读物。但

① 伊安·赫伊(Ian Hay，1876—1952)，英国作家，代表作有《一家之主》、《第一笔十万英镑》等。

② 萨博(Sapper)，赫尔曼·西里尔·麦克尼尔(Herman Cyril McNeile，1888—1937)的笔名，英国作家，其作品在“一战”与“二战”期间广受欢迎，代表作有间谍推理小说《斗牛犬杜蒙》系列，主人翁杜蒙被认为是电影 007 系列詹姆斯·邦德的前身。

我的前任们当中显然有一位知道哪些书值得一读，哪些书没有阅读的价值。当时我对这些茫然无知。我自己主动会去读的书是侦探故事和黄色书刊。上帝知道即使到了现在我也不会假装成一个品味高雅的人，但如果在当时你问我一本“好书”的名字，我会回答《上帝赐予我的女人》[①]或《芝麻与百合》[②]（为了纪念牧师）。不管怎样，一本“好书”就是没有人想去读的书。但我的工作清闲得很，海浪拍击着海滩，窗户的玻璃上总是滴着雨水——靠着墙边就是一个临时搭建的书架，上面那一排书就正对着我。自然而然地，我开始翻弄这些书籍，就像一头猪在拱垃圾桶一样挑挑拣拣。

这堆书里面有三四本书与别的书不一样。不，你可别搞错了！别以为我突然间发现了马塞尔·普罗斯特[③]、亨利·詹姆斯[④]或其他作家。就算我有他们的书也不会去读。我所讲的那几本书根本算不上什么高雅读物。但时不时，你会碰到一本书，刚好适合你的思想高度，似乎是专门为了你而写的一样。其中一本书是赫伯特·乔治·威尔斯[⑤]的《波利先生的历史》，是一本才几先令的简装本，已经散得七零八落了。我不知道你能不能想象这本书对我的影响有多大。考虑到我的出身——一个来自乡村小镇的小店主的儿子，读到这么一本书会

---

① 《上帝赐予我的女人》是英国作家托马斯·亨利·赫尔·凯因的作品。

② 《芝麻与百合》是英国作家约翰·拉斯金的作品。

③ 瓦伦丁·马塞尔·普罗斯特（Valentin Marcel Proust，1871—1922），法国作家，代表作有《追忆似水年华》、《平原之城索多玛与蛾摩拉》等。

④ 亨利·詹姆斯（Henry James，1843—1916），英国作家，在美国出生成长，为美国与英国文化沟通作出很大贡献，代表作有《美国人》、《大使》、《黛西·米勒》等。

⑤ 赫伯特·乔治·威尔斯（Herbert George Wells，1866—1946），英国著名科幻作家，代表作有《时间机器》、《透明人》、《世界大战》等。

有怎样的感觉？另一本书是康普顿·麦肯锡[1]的《狰狞的街道》。这本书在几年前曾引起公愤，甚至在下宾菲尔德的我也听说了一些关于它的传闻。另一本是康拉德[2]的《胜利》，有些章节让我觉得很无聊。但像那样的书让你开始思考。此外还有一本过期的杂志，封面是蓝色的，里面刊载了戴维·赫伯特·劳伦斯[3]的一则短篇小说。我不记得名字了，内容讲述的是一个德国士兵将他的士官长从工事上推了下去，然后逃之夭夭，最后在女友的卧室里被抓的故事。这则短篇小说让我很是疑惑。我不知道故事的主题在讲述什么，但是读完之后我有一种感觉，我想再读一些类似的故事。

有几个月的时间，我对书籍充满了阅读的渴望，那种渴望几乎就像生理上的渴望一样真切。那是自从我阅读勇者多诺万之后第一次真正的浸入式的阅读体验。一开始的时候我不知道怎么获得书籍。我以为唯一的方式就是买书。我想这个想法很有趣。它表明了由于出身所造成的差别。我想那些一年挣五百英镑的中产阶级的孩子在襁褓里的时候就知道穆迪图书俱乐部和时代图书俱乐部。后来我听说在布里斯托的图书馆可以借书，于是到那里一间图书馆和穆迪图书俱乐部办了借书证。接

① 康普顿·麦肯锡（Compton Mackenzie，1883—1972），英国作家，苏格兰民族主义者，作品多扎根苏格兰本土文化，代表作有《甜美的威士忌》、《格伦皇朝》等。

② 约瑟夫·康拉德（Joseph Conrad，1857—1924），波兰籍英国作家，现代主义先驱者，代表作有《胜利》、《吉姆老爷》、《黑暗之心》等。

③ 戴维·赫伯特·劳伦斯（David Herbert Lawrence，1885—1930），英国作家、诗人、文学批评家，其作品曾因涉及性爱描写而被列为禁书，现被公认为现代小说的先驱者，代表作有《查泰莱夫人的情人》、《虹》、《恋爱中的女人》等。

下来的那一年我读了很多好书！威尔斯、康拉德、吉卜林[①]、高斯华绥[②]、巴里·佩恩[③]、威廉·魏马克·雅各布[④]、佩特·里奇[⑤]、奥利弗·奥尼恩斯[⑥]、康普顿·麦肯锡、亨利·色顿·梅里曼[⑦]、莫里斯·巴林[⑧]、斯蒂芬·麦克基纳[⑨]、梅·辛克莱尔[⑩]、阿诺德·本涅特[⑪]、安东尼·霍普、伊琳娜·格琳[⑫]、

---

① 约瑟夫·拉迪亚德·吉卜林(Joseph Rudyard Kiping, 1865—1936)，英国作家、诗人，1907年诺贝尔文学奖得主，生于印度孟买，作品多颂扬大英帝国的统治，代表作有《七海》、《丛林之书》等。

② 约翰·高斯华绥(John Galsworthy, 1867—1933)，英国作家，曾获1932年诺贝尔文学奖，作品有《福尔赛世家》、《小男人》、《岛国法利赛人》等。

③ 巴里·埃里克·奥德尔·佩恩(Barry Eric Odell Pain, 1864—1928)，英国作家、记者、诗人，擅长创作幽默故事，代表作有《百重门》、《看不见的影子》等。

④ 威廉·魏马克·雅各布(William Wymark Jacobs, 1863—1943)，英国作家，擅于撰写幽默故事，代表作有《驳船上的女士》、《水手的绳结》等。

⑤ 威廉·佩特·里奇(William Pett Ridge, 1859—1930)，英国作家，代表作有《聪明的妻子》、《国家之子》等。

⑥ 乔治·奥利弗·奥尼恩斯(George Oliver Onions, 1873—1961)，英国作家，擅长撰写恐怖小说，代表作有《白日见鬼》、《脸谱》等。

⑦ 亨利·色顿·梅里曼(Henry Seton Merriman, 1863—1903)，英国作家休·斯托威尔·斯科特(Hugh Stowell Scott)的笔名，代表作有《姐妹》、《战争与爱情》等。

⑧ 莫里斯·巴林(Maurice Baring, 1874—1945)，英国作家，"一战"时曾服务于情报部门和英国皇家空军，代表作有《勿忘我与空谷幽兰》、《十四行诗与短诗集》等。

⑨ 斯蒂芬·麦克基纳(Stephen McKenna, 1872—1934)，爱尔兰翻译家，曾翻译出古罗马新柏拉图学派的普罗提诺(Plotinus)的作品。

⑩ 梅·辛克莱尔(May Sinclair, 1863—1946)，是英国女作家和女权活动家玛丽·艾米莉亚·圣克莱尔(Mary Amelia St. Clair)的笔名，代表作有《问题的两面》、《水晶的瑕疵》等。

⑪ 阿诺德·本涅特(Arnold Bennett, 1867—1931)，英国作家，"一战"时曾任法国战局情报主任，代表作有《巴比伦大酒店》、《皇宫》等。

⑫ 伊琳娜·格琳(Elinor Glyn, 1864—1943)，英国女作家，作品以大胆刻画性爱而出名，代表作有《三周》、《岩石之上》等。

欧·亨利[1]、斯蒂芬·李科克[2]，甚至还阅读了希拉斯·霍金[3]和琼·斯特拉顿·波特[4]的作品。我不知道你是否了解这些作家。当时很受人们欢迎的书现在有一半已经被遗忘了，但一开始的时候，我就像一条鲸鱼一口将一群虾米吞下一样囫囵读书。我陶醉于读书中。当然，后来我的眼界高了，开始分辨得出文笔好坏。我找到了劳伦斯的《儿子与情人》，觉得还算好看，而奥斯卡·王尔德[5]的《道林·格雷》和斯蒂文森[6]的《新一千零一夜》则让我大呼过瘾。威尔斯是令我印象最为深刻的作家。我读过乔治·摩尔[7]的《伊斯帖·沃特斯》，觉得很喜欢。我还试读了几本哈代[8]的小说，但总是读到一半就读不下去了。我甚至读了一本易卜生[9]的书，给我留下的模糊印象是，挪威老是在下雨。

---

① 欧·亨利(O. Henry，1862—1910)，美国作家威廉·悉尼·波特(William Sydney Porter)的笔名，擅长创作短篇故事，代表作包括《麦琪的礼物》、《警察与赞美诗》等。

② 斯蒂芬·李科克(Stephen Leacock，1869—1944)，加拿大作家，作品以幽默风趣著称，代表作有《幽默随笔》、《小镇艳阳录》等。

③ 希拉斯·霍金(Silas Hocking，1850—1935)，英国作家，代表作有《生命无非如此》、《我命由我不由天》等。

④ 琼·斯特拉顿·波特(Jean Stratton Porter，1863—1924)，美国女作家、摄影师和电影制作人，代表作有《雀斑》、《彩虹的脚下》等。

⑤ 奥斯卡·王尔德(Oscar Wilde，1854—1900)，爱尔兰作家、诗人，唯美文学主义先驱，代表作有《莎乐美》、《斯芬克司》、《快乐王子及其它故事》等。

⑥ 罗伯特·路易斯·斯蒂文森(Robert Luis Stevenson，1850—1894)，苏格兰作家、诗人，代表作有《金银岛》、《新一千零一夜》等。

⑦ 乔治·奥古斯都·摩尔(George Augustus Moore，1852—1933)，爱尔兰作家，代表作有《伊斯帖·沃特斯》、《异教徒之诗》等。

⑧ 托马斯·哈代(Thomas Hardy，1840—1928)，英国作家、诗人，代表作有《还乡》、《德伯家的苔丝》、《今昔诗集》等。

⑨ 亨利克·易卜生(Henrik Ibsen，1828—1906)，挪威剧作家、诗人，现实主义戏剧的先驱，代表作有《玩偶之家》、《群魔》等。

这真的很奇怪，即使在当时我也觉得很不可思议。我成了个少尉，说起话来几乎没有土腔，我已经能够分清阿诺德·本涅特和伊琳娜·格琳的文笔有什么不同，而四年前我还穿着白围裙在柜台后面切奶酪，幻想着有朝一日自己开一间杂货店。如果考量一番的话，我想我得承认战争对我造成了伤害，也带来了好处。不管怎样，那一年阅读小说的经历是我在书本学习意义上真正的教育。这段经历影响了我的思想，让我树立起了一种质问的态度，如果我的生命以一种普通平淡的方式度过的话，或许我永远不会养成这一态度。但是——我不知道你是否能够明白——真正改变我的，真正对我形成影响的不是我所读的那些书，而是我当时所过的那种毫无意义的堕落生活。

1918 年那段时间生活确实毫无意义。我就坐在一座军事小屋的炉子旁边，读着小说，而在数百英里之外的法国，大炮正在轰鸣，一群群可怜兮兮的孩子吓得行囊都被冷汗浸湿了，就像你把小块的煤炭倒进炉子里面一样被赶入了机关枪火力范围之内。我是个幸运儿。军方高层没有看上我，我躲在舒舒服服的避难所里，做着一份不存在的工作，领取报酬。有时候我心里很害怕，认定他们会记起我，掘地三尺把我找出来，但这件事从来没有发生。那些粗糙的灰纸打印的军事文件每个月寄过来一次，我填好之后又寄回去，又有表格寄了过来，我填好后又寄了回去，就这么进行下去。整件事就像是一个疯子在痴人说梦。这件事和我所读的那些书对我造成的影响就是，我不再相信任何事情。

我不是唯一的一个。战争总是充满了漏洞和被遗忘的角落。那个时候有好几百万人困在这种情况或那种情况的一潭死水中，好几支部队被困在前线，而人们却忘记了前线到底在什么地方。大型的机关部门请了许多文职人员和打字员，每星期领两英镑以上的薪水，整理一堆堆的文件。而且，他们都知道自己正在做的工作其实也就是整理文件而言。再也没有人相信英勇抗争的比利时蕞尔小国和德军的暴行那些故事。士兵们觉得德国人其实是好人，视法国人如寇仇。每个下等军官都认为总参谋部的人都是白痴。怀疑主义席卷整个英国，甚至波及到了十二里库。如果说战争使得人们变成了知识分子，那未免太夸张了，但战争在当时确实将他们变成了虚无主义者。战争将那些原本一辈子会像板油布丁一样浑浑噩噩过日子的人变成了布尔什维克主义者。如果没有战争，我现在会变成什么样子？我不知道，但一定不会是像现在这个样子。如果战争没有毁灭你，它会让你开始思考。经历过无以言状的蠢事之后，你再也不会认为这个社会是像金字塔一样永恒而无可质疑的存在，你知道那只是一个烂摊子。

第九章

战争把我从熟悉的旧生活轨道中拉了出来，但经过一连串奇奇怪怪的事情之后，我几乎把它忘得一干二净。

我知道从某种意义上说一个人永远不会忘记任何事情。你记得十三年前在阴沟里看到的那片橘子皮，你记得在火车站候车室惊鸿一瞥的托基小镇的彩色海报。但我这里说的是另外一种回忆。我仍记得旧时下宾菲尔德的生活。我记得我的钓鱼竿、红豆草的味道、站在棕色茶壶后面的母亲、那只红腹灰雀杰奇和集市的马槽。但这些都不再是鲜活的回忆。这些是逝去的事物，和我缘分已尽。我从来没有想过，有那么一天我会希望回到过去。

战争结束后的那几年很古怪，几乎比战争本身还要古怪，虽然人们对那段时间的记忆并不是非常鲜明。对一切抱以怀疑的态度变成了一种不同的形式，但比以往更加强烈。数百万男人突然间被踢出部队，发现他们为之浴血沙场的国家根本不欢迎他们。劳合·乔治[①]和他的朋党在营造工作依然存在的幻觉。一群群退役的士兵摇晃着捐献箱来回徘徊着，蒙面的女人在街头唱歌，穿着军官束腰外衣的家伙拉着难听的手摇风琴。在英国，每个人似乎都在为了找工作而奔波，包括我在内。但我比大部分人要运气好一些。我得到一小笔负伤津贴，再加上我在战争最后一年攒下的钱（我没什么机会花钱），退伍的时候我攒下了三百五十英镑。我觉得说一说我的反应是挺有趣的一件事情。那时候我有了足够的财力，去做我从小就耳濡目染，而且梦想了许多年的事情——那就是，开一间小店。我有足够的本钱。如果你肯花时间，打起精神，靠三百五十英镑可以经营挺不错的小生意。但是，如果你相信我说的话，我根本没有这么想过。我不仅没有朝开店的方向努力，而且直到多年之后，事实上是在 1925 年，才想到那时我或许可以去开店。事实上，我已经远离了开店经营的人生轨道，那就是参军对你造成的影响。军队将你改造成一个半吊子的绅士，让你根深蒂固地以为钱总是会从某个地方冒出来。如果在 1919 年的时候你建议我去开一间商店——比方说，在某个被上帝遗弃的村庄里开一间烟店、糖果店或杂货店——我会一笑置之。我的肩膀上戴过勋章，我是个有身份的人了。与此同时，我不像许多退伍军官那样以为下半辈子可以舒舒服服地享受苦味杜松子酒。我知道我得找一份工作。而这份工作当然得是一份“生意人的工作”——至于是什么样的工作我就不知道了。但那必须是一份高尚而重要的工作，配备小车和电话，如果可能的话，最好有一个曲线玲珑的秘书。在战争的最后一年，我们很多人都有着类似的幻想。曾经在商店跑腿的人幻想着自己成为旅行推销员，曾经是旅行推销员的人幻想着自己当上了经理。这就是军旅生涯的影响，佩戴着军功章、身上带着支票簿、把晚餐称为正餐的影响。一直以来有一个想法在广泛流传——士兵和军官都深受其影响——当我们退伍的时候肯定可以找到工作，工资至少不会比在军队服役的报酬低。当然，假如这样的想法没有

① 大卫·劳合·乔治（David Lloyd George，1863—1945），英国自由党政治家，1908 年至 1915 年曾任英国首相。

传开的话，战争也就不会打起来了。

我没有找到那种工作，没有人愿意给我一年两千英镑的年薪，让我坐在流线型的办公室大班桌旁，对着一个金发女郎口述信件。和其他四分之三曾担任军官的家伙一样，我发现了一件事情——从经济角度说，军旅生涯是我们最滋润的时期，以后再也不会有这么滋润的日子了。一下子，我们从英王钦命委任的军官沦落为可怜兮兮的无业游民，没有人愿意聘请我们。我的期望从年薪两千英镑一下子下滑到周薪三四英镑，但就算是周薪三四英镑的工作似乎也找不到。每个岗位上都已经有人了，不是那些年纪大了几岁不能去参军的老人，就是那些年纪差几个月的小青年。那些碰巧生于1890年到1900年之间的可怜虫被抛弃冷落了。但就算这样，我也没有想过要回去从事杂货店的生意。或许我可以找到杂货店店员的工作，如果老格里米特还在世并仍在经营的话（我没有和下宾菲尔德联系，不知道情况），或许能帮我介绍工作。但我已经踏入了不同的人生轨道，就算我的心气没有变高，我也很难想象在我长了见识之后还会回去当个店员过上安稳的日子。我想要四处闯荡，干一笔大买卖。我最想当一名旅行推销员，我知道这份工作会很适合我。

但我找不到旅行推销员的工作——我指的是有固定工资的工作。不过，挣佣金的工作倒是有不少。那种生意伎俩正开始盛行。这是提高产品销量简单而行之有效的方法，而且不用承担任何风险，在经济不景气的时候这种工作满大街都是。他们总是向你许诺干上三个月就能转正领工资，以此钓住你。等你觉得受够了，总会有其他可怜的家伙准备接替你的岗位。很快我就找到了一份领佣金的工作，事实上，我像走马灯一样换了好几份这样的工作。感谢上帝，我还不至于沦落到推销吸尘器或词典的地步，但我得穿街走巷去卖餐具、洗衣粉、专利螺丝刀、罐头起子和类似的小玩意，最后还去卖办公室用品——文件夹、复写纸、打印机墨带等东西。我干得还不赖。我是那种能推销东西挣佣金的人，脾气和举止都很适合，但我从未挣到过维持体面生活的薪金。从事那样的工作你是无法做到这一点的——当然，这本就是个中之义。

这种工作我干了一年。那是一段很奇怪的日子。全国到处跑，住的是十分可怕的地方——正常人一百辈子都未曾听说的米德兰郊区小镇。那些恐怖的“床位加早餐”寄宿旅馆的床单总是有泔水的味道，早餐吃的煎鸡蛋的蛋黄颜色比柠檬还浅。你总是会遇到其他可怜兮兮的推销员，他们当中有的是成了家的中年男人，穿着蛀得破破烂烂的大衣和圆顶高帽，打心眼里相信生意很快就会有起色，一星期能挣到五英镑。他们从一间商店走到另一间商店，和不想听他们推销的老板争吵，当顾客进店里的时候就得卑微地站到一旁。你不要以为我会在意这些事情。对有些人来说，那样的生活是一种折磨。有的人甚至一走进商店打开装着样品的袋子就会把事情搞砸，似乎他们根本没办法应付得来。但我不是那样的人。我脸皮很厚，我能忽悠客人购买他们不想要的东西，就算他们当面让我吃闭门羹我也毫不在意。我喜欢推销东西挣取佣金，只要让我知道我能从中挣到钱就行。我不知道那一年我是否学到了很多东西，但我忘记了很多东西。这份工作把我受军队影响的荒谬思想消磨得一干二净，把我无所事事读小说那一年所形成的观念统统扫到脑后。我想除了侦探故事书之外我一本书也没有读过，因为我一直在路上奔波。我再不是什么风雅的读书人，我沉沦于现代生活的本质中。现代生活的本质到底是什么？最主要的特征就是不断地、疯狂地贩卖东西。对于大部分人来说，这意味着出卖他们自己——也就是说，找一份工作并保住它。我想自从战争以后，在任何你能说出的行业里，没有哪一个月找工作的人不比提供的岗位多。这让生活充满了奇特而恐怖的感觉，就像在一艘沉船上有十九个乘客，却只有十四件救生衣。但你觉得这有什么特别的现代特征可言吗？这与战争有关系吗？嗯，感觉似乎有关系。那种你一定得不停地奋斗挣钱，那种任何东西都得从别人的手中抢过来的感觉，那种别人总是在觊觎你的工作，下个月或下下个月他们就会裁员而你正是那个被解雇的人的感觉——我可以发誓在战争之前的日子里根本不曾存在。

但那段时间我的生活并不算穷困潦倒。我能挣到钱，银行里还有不少存款，差不多有两百英镑，对未来并不感到恐惧。我知道迟早我会找到一份正当的工作。确实如此，一年之后，似乎是机缘巧合，但事实上它注定会发生在我的身上。我不是那种会饿肚子的人。我进济贫院的概率就跟进上议院的概率差不多。我是那种比上不足比下有余的人，那种在某种自然法则的作用下一星期能挣到五英镑的人。只要有工作，我就能给自己谋得一份差事。

事情发生的时候我正在推销文件夹和打印机墨带。我躲躲闪闪地进了弗里特大街的一幢办公大楼，本来推销员是不能进大楼的，但那个电梯管理员以为我那个装着样品的包包是个公文包。我在一条走廊里走着，寻找一间小牙膏公司的办公室，有人推荐我到那里碰碰运气。这时我看到某个大人物正沿着走廊从对面走来。我立刻知道那是个大人物。你知道这些商业大亨是什么样子的，比起普通人，他们似乎占据了更多的空间，走起来声响更大一些。而且他们发出一种金钱的冲击波，在五十码开外你就可以感觉得到。他朝我走近了一些，我看到他就是约瑟夫·基姆爵士。当然，他穿着平民的衣服，但我一下子就认出了他。我想他是过来参加商业会议什么的。两个文员或秘书跟在他身后，事实上没有在提着他的裙裾，因为他并没有身着长裙，但不知怎地你会觉得他们就在提着他的裙裾。我立刻躲在一旁，但奇怪的是，他居然认出了我，虽然我们有很多年没见过面了，而且让我吃惊的是，他停下脚步，和我说话。

“你好！你看起来很面熟。你叫什么来着？你的名字就在我的舌尖打转了。”

“我姓博林，长官。曾经在后勤部门服役。”

“对了。那个说他不是贵族的小青年。你在这儿做什么？”

如果我告诉他我是来推销打印机墨带的，或许整件事就到此结束，但我灵机一动——我当时觉得要是我应付得当的话，会有好事发生。我回答道：

“事实上，长官，我来这里找工作。”

“哦，找工作，嗯，现在找工作可不容易啊。”

他上下打量了我一秒钟。那两个提着裙裾的人似乎稍稍躲远了一些。他那张英俊的老脸长着浓密的灰色眉毛和睿智的大鼻子，他正看着我，我意识到他决定帮我一把。真是奇怪，这些有钱人似乎无所不能。他刚才正气度非凡地从我身边走过，身后跟着两个手下，然后一时心血来潮，转身和我说话，就像一位君主准备打赏一枚硬币给一个乞丐。

“你要找工作？你能做什么？”

我再次灵机一动。和这种大人物要小聪明是没有用的。我说出了真相："我什么也不会，长官。但我想当一名旅行推销员。"

"推销员？我不知道现在能不能给你安排这么一份工作。让我想想。"

他努着嘴唇，思索了半分钟。真是奇怪。即使在当时我也意识到那是很奇怪的事情。他是个地位显赫的老家伙，身家或许得有五十万英镑，正在为了我的事而思索着。我拦了他的道，至少浪费了他三分钟的时间，这都是缘于多年前我曾对他说过一句话。我留在了他的记忆中，因此他不介意费举手之劳，帮我介绍一份工作。我敢说，在同一天他可能解雇了二十个职员。最后他说道：

"你想进保险公司吗？你知道这工作很稳定。人们总得买保险，就像他们总得吃饭一样。"

能进保险公司当然令我欣喜若狂。约瑟夫爵士在飞龙保险公司"参了股"。天知道他在多少家公司"参了股"。一个手下迎上前递给了他一个写字本，就在当时当地，约瑟夫爵士从背心口袋里拿出一支金笔，给飞龙保险公司某位大人物写了张条子。然后我向他道谢，他继续前进，而我朝相反的方向溜去，我们俩从此再也没有碰面。

我找到了工作，正如我前面所说的，是工作找上了我。我在飞龙保险公司一呆就是十八年。我开始在办公室上班，现在当上了巡检员，或者用个比较威风的头衔，叫业务代表。每星期我在分行办公室上几天班，剩下的时间我到处跑，访问那些地区经纪上报的客户，评估商店和其它财产，时不时自己拉到几份保单。我每个星期挣七英镑左右，可以说，我的故事就这么结束了。

当我回首往事时，我意识到，如果说我曾有过充满活力的人生，那在我十六岁的时候就结束了。任何对我来说真正重要的事情都发生在十六岁之前。但从某种程度上说，事情仍在发生——比方说，战争——直到我得到飞龙保险公司这份工作。之后呢——他们说快乐的人没有历史可言，而在保险公司上班的人也没有历史可言。从那一天起，我的生命变得平淡无奇，唯一可说的就是，两年半后，1923 年初，我结婚了。

第十章

我住在伊林的出租屋。时间一年年地过去，或者说，缓缓地流逝。我几乎忘记了下宾菲尔德。我是都市年轻上班族的一员，赶八点十五分的地铁，羡慕并图谋着别人的工作。公司上下都觉得我是个不错的员工，我对生活也很满意。战后的成功学鸡汤多多少少蒙住了我。你记得当时流行的那些话。要有进取心，要勇于出击，要坚韧不拔，要觍着脸皮。不成功便成仁。往上爬的机会多的是。能干的人总会冒尖。杂志广告里净是那些得到老板轻拍肩膀以示鼓励的员工。那些神情坚定的行政人员搞定了一笔大单，将他的成功归结为自己读过某某函授课程。真是奇怪，我们都接受了这一套，虽然那些课程对于像我这样的人来说毫无用处，因为我天生既不是一个奋发上进的人，也不是一个自甘堕落之辈。但那就是时代精神的写照。努力！发达！如果你看到一个人落魄潦倒，你会在他爬起来之前踩上一脚。当然，那是二十年代早期，战争的影响已经消逝，将我们彻底打倒的大萧条尚未到来。

我在博姿借书部办理了 A 类借书卡，参加门票半克朗的舞会，加入了当地一家网球俱乐部。你知道那些中层人士居住的郊区的网球俱乐部是什么样子的——小小的木亭和高高的铁丝网围墙，年轻人穿着剪裁很糟糕的白色法兰绒球衣蹦蹦跳跳地来回走动着，嘴里嚷着：“比分，十五：四十！”“平分！”口音在刻意模仿上流社会的人士，模仿得还像模像样的。我学会了打网球，舞跳得也不差，很受女孩子们欢迎。快三十岁的我那红润的脸膛和黄油颜色的头发还算得上英俊潇洒。那时候曾参加过战争仍然是件光荣的事情。无论是那时候或是别的什么时候，我从未能摆出贵族的派头，但你或许看不出我是郊区小镇一个小店主的儿子。伊林这里生活着办公室上班族和中产专业人士，我在这个龙蛇混杂的社区还算混得开。在网球俱乐部我第一次遇到了希尔达。

那时希尔达二十四岁。她个头瘦小，性情腼腆，长着一头黑发，动作很优雅——因为长了一双大眼睛的缘故，看上去很像一只兔子。她不喜欢多话，但总能接得上话，让人知道她在倾听。如果她开口说话，内容总是“噢，是的，我也有同感”，无论最后谁说了什么她都表示赞同。打网球的时候她非常优雅地跳来跳去，打得还不错，但神态就像一个无助的小孩子。她姓文森特。

如果你结了婚，有时候你肯定会问自己：“我为什么要这么做？”天知道我娶了希尔达之后不知在心里问了多少遍这个问题。结婚十五年后，我又问了自己一遍，为什么我娶了希尔达？

当然，一部分原因是她很年轻，而且称得上是个美人。除此之外我只能说因为她和我有着完全不同的出身，我很难真正了解她是个什么样的人。我只能先和她结婚，然后再去了解她。如果我娶了别人，比方说，埃尔丝·沃特斯，我会知道自己娶了一个怎样的老婆。希尔达来自我只听说过的社会阶层：穷困潦倒的军官阶层。她家几代人从事的都是士兵、水手、神职人员、驻印度官员之类的职业。这些人都很穷，而另一方面他们又从未屈尊做过任何在我看来可以称为工作的事情。随你怎么说都行，如果你和我一样出生于敬畏上帝的小店主阶层，宗教上属于低教会派[①]，平时喝喝下午茶，你就会和我一样有点媚上的势利眼。现在我不再受其影响了，但这在当时确实影响了我。不要对我的话产生误会，我不是说我娶希尔达是**因为**她属于以前我在柜台服侍的社会阶层，我一心要往上爬。我娶她只是因为我无法了解她，因此对她存有幻想。我不知道生于这一穷困潦倒的阶层的女孩子愿意嫁给任何一个衣着还算体面的男人，只要能离开家里就行。

认识不久之后希尔达就带我回家见她的家人。直到那个时候我才知道原来在伊林住着许多曾侨居印度的英国人。那种感觉就像发现新大陆一样！真是让我大开眼界。

你了解那些驻印度官员的家庭吗？那是几乎不可能的事情。当你走进这些人的家里时，你几乎不记得在街道外面就是二十世纪的英国。当你踏进前门时，你来到了十九世纪八十年代的印度。你知道那是一种什么样的气氛。雕花的柚木家具、黄铜盘子、挂在墙上落满灰尘的老虎头、印度特里其雪茄、辣腌菜、泛黄的相片上戴着遮阳帽的人、他们以为你会明白的印度斯坦语词汇、捕猎老虎的陈年旧事和1887年在印度普纳的传闻。那是他们自己营造的小天地，就像是一个囊肿。在我眼中，这当然是一个新奇而有趣的世界。希尔达的父亲老文森特不仅在印度呆过，而且曾被派驻到甚至更偏远的海外殖民地，到底是波尼奥还是沙捞越我忘了。他是那种典型的驻印度官员，完全秃顶了，胡须几乎遮住了他的脸，有许多关于眼镜蛇

① 低教会派（low church），指英国国教中主张简化仪式，反对过分强调教会权威的一派，与高教会派相对。

和宽腰带的故事，记得地区行政长官在1893年时说过些什么。希尔达的母亲毫无活力，看上去像墙上挂着的褪色相片。他们有一个儿子，名叫哈罗德，在锡兰任职，我和希尔达结识的时候他正好放假回家。在伊林有几条荒凉的后街，他们就住在其中一条街上黑漆漆的小房子里。里面总是有一股特里其雪茄的味道，堆满了长矛、吹管、铜器和野生动物的头颅，你几乎无法在屋里走动。

老文森特1910年的时候退休了，从那时起，他和太太无论是体力上或脑力上，就像一对水母一样。但当时我对这么一户出过少校、上校甚至一位海军上将的家庭觉得十分仰慕钦佩。我对文森特一家的态度，以及他们对我的态度，表明了一件有趣的事情，那就是：一旦人们走出自己的生活圈子，他们就变成了白痴。让我和商人在一起——无论他们是公司董事还是旅行推销员——我能看准他们都是些什么样的人。但我和那些出身军官阶层、食利阶层、神职人员阶层的人从未打过交道，对这些腐朽的、被社会抛弃的人点头哈腰。我仰视着他们，觉得他们无论在社会地位上还是学问见识上都要比我强，而他们则错把我看成是一个年轻才俊，很快就会时来运转飞黄腾达。对于那些人来说，“商人”，无论从事的是海事保险还是卖花生，都是漆黑的谜团。他们只知道那是一个粗鄙的行业，但可以挣到大钱。老文森特总是兴致勃勃地说起我是个“生意人”——我记得有一次他说溜了嘴，说我是“做买卖”的——显然，他搞不清楚当一个雇员和自己创业当老板有什么不同。他只模糊地知道我在飞龙保险公司工作，迟早会晋升到公司高层。我觉得他可能已经在幻想以后他问我要几张五英镑钞票的情景了。哈罗德肯定就是这么想的，从他的眼神中我就看出来了。事实上，要是哈罗德现在还活着的话，虽然我的收入很微薄，我还是得借钱给他周济一下。幸运的是，我们结婚几年后他去世了，好像是肠疾什么的。文森特二老也去世了。

希尔达和我结了婚，从一开始这就是失败的婚姻。你会问，为什么你要娶她？但为什么你要结婚呢？这种事情总会发生在我们身上。我不知道你信不信，结婚的前两三年里我曾认真地筹划过谋杀希尔达。当然，生活中没有人会干出这些事，它们只是人们喜欢想象的念头。而且，那些谋杀亲妻的人总会被警察逮捕。无论你掩饰得多么巧妙，他们总是知道你就是凶手，把罪名钉在你身上。当一个女人被害了，她的丈夫总是第一个有嫌疑的人——这让你从侧面了解到人们对婚姻真正的想法。

时间久了，一个人对任何事情都会习惯。生活了一两年之后，我不再想着要杀掉她，而是开始对她产生了疑惑。只是疑惑。有时候，在星期天下午或晚上，我下班回家，躺在床上，除了脱掉鞋子外仍穿着全身上下的衣服，发几个小时的呆，想着女人的事情。为什么她们会是这样？她们是怎么变成这样的？她们是有意变成这样的吗？这似乎是一件极其可怕的事情，有些女人一结了婚就彻底变了样。几乎她们一心一意就是为了完成这么一件事情，一旦达到了目的，立刻就像结了籽的花朵一样枯萎了。真正让我觉得郁闷的是，这种事情所蕴含的对于生活枯燥沉闷的态度。如果婚姻就是一场公开的骗局——如果那个女人将你骗进婚姻的陷阱，然后转过身对你说："你这个畜生，现在我已经把你骗到手了，你得为我服务，而我可以去逍遥快活！"——如果是这样的话我不会介意，一点儿也不介意。但根本不是这样。她们并不想逍遥快活，她们只是想一下子进入中年。经过一番可怕的战斗，把她的男人拉到了结婚的礼坛上以后，这个女人松懈了下来，她的一切青春、样貌、活力和生命的快乐在一夜之间消失殆尽。希尔达的情况就是这样。她曾是一个漂亮斯文的女孩，曾经在我的眼中——事实上，在我最初认识她的时候她的确就是这样的——她是比我更加高贵的物种，而在短短的三年内，她变成了一个阴郁的、死气沉沉的邋遢中年女人。我并不是在拒绝承认我是促成这种变化的原因之一，但无论她嫁给谁，她都会变成这副模样。

希尔达所缺少的——结婚一个星期后我发现了——是对生活的快乐，对事物本身感兴趣的情怀。那种因为你喜欢做一件事情而去做那件事情的感觉对她来说很难以理解。通过希尔达，我第一次了解到那些破落的中产阶级家庭的本质。关于他们最重要的一点就是，他们的活力由于缺钱而消磨殆尽。在那些依靠微薄的退休金和年金生活的家庭里——他们的收入不会水涨船高，而是日益缩水——他们觉得自己越来越穷，越来越计较鸡毛蒜皮的事情，花个六便士得再三思量，比农场帮工的家庭更寒酸，更别说像我们这样的家庭。希尔达总是告诉我她所记得的第一件事就是不够钱买东西那种可怕的感觉。确实，在那样的家庭里，当几个孩子到了上学的年龄时缺钱是最严重的。结果呢，孩子们长大后，尤其是女孩子，便根深蒂固地认为一个人不仅总是得挨穷，而且有义务为此受难。

刚开始我们住在一间狭小的公寓里，靠我的工资勉强度日。后来我转到了西布勒切利分行，情况有所好转，但希尔达的态度并没有改变，总是为钱的问题发愁。牛奶要钱！煤炭要钱！房租要钱！学费要钱！这辈子我们俩的生活就是提心吊胆地在“下星期我们就得进收容所了”这样的忧虑中度过的。希尔达并不是一个吝啬鬼，更不是一个自私的女人。就算有时候剩下一点闲钱我也说服不了她给自己买件得体的衣服。但她就是认定你应该一直让自己被缺钱花这种事情折磨。出于一种责任感，她总是营造出悲惨的气氛。我不是那样的人。对于金钱我的态度更接近于那些无产者。日子总得过下去，要是我们下星期将陷入困境——嗯，下星期还远着呢。让她觉得惊讶的是，我总是不愿意为钱而犯愁。她总是要我为了钱而犯愁，“但是，你似乎还不明白，乔治！我们已经山穷水尽了！这可是很严重的事情啊！”她喜欢动不动就因为某件“很严重的”事情而抓狂。而近来她因为某件事而陷入忧愁时，还学会了耸着肩膀和双臂抱胸这套把戏。如果你把希尔达一天之内所说过的话列下来，你会发现有三句话的频率最高：“这东西我们买不起”、“这东西大减价”、“我不知道钱从哪儿来”。她做每件事情都是出于负面的原因。当她做一个蛋糕时，她想的不是蛋糕，而是如何节约黄油和鸡蛋。当我和她上床的时候，她只想着如何不要怀上孩子。如果她去看电影，她会一直想着票价，为此感到心痛。她的持家之道不外乎两个方针：“物尽其用”和“凑合将就”，要是母亲还在世的话会被气晕过去的。但另一方面，希尔达绝对不是一个势利的女人。她从来没有因为我不是一位绅士而看不起我。恰好相反，她觉得我的生活习惯太贵族气了。每次去茶餐厅吃饭我们总会低声地吵架，因为我给那个女服务员的小费太多了。有趣的是，这几年来她变得越来越像个下层中产阶级人士，无论是外表还是思想，比我还像。当然，所有这些“省钱”的措施根本没有效果。从来没有什么效果。我们的生活和埃尔斯米尔路的其他家庭没什么两样。但我们总是为了煤气账单、牛奶账单、黄油涨价、孩子们得买鞋子、交学费等事情而烦恼。这些就是希尔达的消遣。

1929 年我们搬到了西布勒切利，第二年在埃尔斯米尔路买了这座房子，那是在比利出生之前的事情。然后我当上了巡检员，我有更多机会出差，也就有了更多机会和女人厮混。我当然是个不忠的丈夫——我不会说自己一直对她不忠，但一有机会就会出轨。有趣的是，希尔达会吃醋。在某种程度上，那种事情对她来说其实没有什么意义，我还以为她是不会介意的。和所有吃醋的女人一样，有时候她会对你耍出你根本没想过她要得出的手段。有时候她把我逮个正着的手段差点让我相信心灵感应是真有其事了，要不是因为我没干坏事的时候她也是一样疑神疑鬼的话。我总是被她怀疑，但上帝可以作证，过去这几年来——至少在过去五年——我是清白无辜的。如果你变成像我这样的胖子，你就不得不安分一些。

大体上说，我想希尔达和我的关系并不比埃尔斯米尔路上半数的夫妻关系更加糟糕。有好几次我想过分居或离婚，但我们这个社会阶层的人是不会做出这种事情的。你付不起代价。然后随着光阴流逝，你几乎放弃了反抗。当你和一个女人生活了十五年后，你很难想象没有她生活该怎么过。她成了秩序的一部分，我敢说你可以找出种种理由进行反驳，但你真的愿意改变这种秩序吗？而且，我们有了孩子。正如他们所说，孩子是夫妻之间的“羁绊”或“纽带”，更像是拴着铁球的镣铐。

这几年来希尔达结交了两个好朋友：威勒太太和敏丝小姐。威勒太太是个寡妇，我猜她对男人恨之入骨。当我走进房间里的时候，我可以感觉得到她在不悦地战栗着。她是个憔悴的女人，给你一种奇怪的印象，似乎她从头到脚都是一种灰蒙蒙的尘土般的颜色，但她非常活跃。她带坏了希尔达，因为她对“省钱”和“将就”非常狂热，不过形式稍有不同。在她看来，你可以不花钱享受一把。她总是在寻找便宜货和不用花钱的乐子。像她那样的人根本不在乎一样东西是不是需要，而是能不能以便宜的价格买下来。大型超市清仓大甩卖时威勒太太总是排在队伍的最前头，而在围着柜台奋力拼杀了一天后，出来时什么都没买就是她最大的自豪。敏丝小姐则很不一样。可怜的敏丝小姐，她真是一个天涯沦落人。她个头瘦高，大概三十八岁，一头乌黑的头发，长着一张招人信任的和蔼的脸。她有固定的收入，应该是年金什么的，我猜想她是旧阶层遗留下来的人，那时候市郊还没有扩展，西布勒切利还只是一座乡村小镇。看她的脸就知道她的父亲是一位神职人员，在世的时候一直对她十分专制。这两个女人是中产阶级的副产品，在摆脱家庭影响之前就憔悴枯萎了。可怜的敏丝老小姐，虽然皱纹满面，看上去仍像一个小孩。对她来说，不去教堂仍然是一场大冒险。她总是在大谈特谈“现代进步”和“妇女运动”，她渴望做一些她称之为“增长见闻”的事情，只是她不知道该如何着手。我想一开始的时候希尔达和威勒太太只是为了排解孤单而和她交往，但现在她们无论去哪儿都会叫上她。

她们总是在一起，这三个女人！有时候我觉得自己几乎在嫉妒她们。威勒太太是带头大姐。你说不出有什么无聊举动她没有怂恿她们做过。任何蠢事，从通灵术到猫咪摇篮，只要是不费钱的事情都做。她们会花几个月时间进行稀奇古怪的饮食。威勒太太得到一本名叫《活力四射》的旧书，里面说你可以只吃生菜和其它不花钱的东西活下去。当然，这一说法让希尔达动心了，她立刻开始节食，还要拉我和两个孩子下水，但被我坚决抵制了。然后她们进行信心疗法。然后她们想获得佩尔曼记忆训练法，但写了很多封信之后她们发现要不掏钱就得到那套书是不可能的，而这又是威勒太太的主意。然后是干草盒[1]烹饪法。然后是名叫“蜂酒”的脏兮兮的玩意儿，这东西据说不用花钱，因为是用水做成的。后来她们读到一篇报纸上的文章说蜂酒会致癌就放弃了。然后她们差点就加入了一家组织参观工厂的妇女俱乐部，但经过一番盘算威勒太太觉得那些工厂提供的免费茶点并不足以弥补交会员费的损失。然后威勒太太和某位免费赠送舞台剧俱乐部门票的人打上了交道。我知道这三个女人会坐上几个小时，欣赏某出高雅的剧目，但她们甚至毫不掩饰自己一个字也没听懂——过后甚至没办法告诉你那出剧目到底叫什么名字——但她们觉得反正不花钱，不看白不看。有一回她们甚至去搞招魂术。威勒太太认识了某个穷困潦倒的灵媒，只掏十八便士就可以把灵魂请上来，因此她们仨一人只花六便士就可以一睹鬼魂的真面目。我见过他一次，当时他在我们家搞招魂仪式。他是个衣衫褴褛的老家伙，显然是个无可救药的震颤性谵妄症患者。他的情况很不稳定，当他在客厅脱掉大衣时，他身体一阵抽搐，一卷奶油包布从他的裤腿里掉了出来。在那几个女人看到之前我把奶油包布塞还给了他。后来我才知道奶油包布是他们制造灵体的道具。我想他还赶着要去做另一场招魂法事。只掏十八便士你可看不到真正的显灵。过去几年来威勒太太的最大发现就是左翼书社。我想左翼书社进驻西布勒切利是在1936年。过了不久我就加入了，那几乎是唯一我记得的希尔达不反对我花钱的事情。她觉得只掏三分之一的钱就可以买到一本书是很划算的事情。那三个女

① 干草盒（hay box），利用干草填充物的绝热性焖熟食物的盒子。

人的态度真是好玩。当然，敏丝小姐试过读一两本那些左翼书籍，但另外两个女人根本不想读书。她们与左翼书社根本没有直接联系，也不知道它到底是什么样的组织——事实上，我相信一开始的时候威勒太太以为它是处理那些遗留在火车上的书籍，将其廉价拍卖的书社[①]。但她们知道原价七先令六便士的书只要半个克朗就可以买到，因此她们总是说加入书社就是好。左翼书社的本地支部时不时会举行聚会，邀请一些人来做演讲。威勒太太总是叫上另外两人。她经常参加公共聚会什么的，只要是在室内举行而且不用买票就行。这三个女人就像三团布丁一样坐在那儿。她们不知道聚会的主题是什么，而她们也毫不关心，但她们有种模糊的感觉，特别是敏丝小姐，觉得自己在增长见闻，而且还不用花钱。

这就是希尔达。你知道她是个什么样的女人。大体上说，我觉得她并不比我糟糕。在我们刚结婚的时候，我觉得很想掐死她，但后来我不再有这个念头。然后我发胖了，安定了下来。我发胖的时候应该是在1930年。事情发生得如此突然，就好像有一发炮弹击中了我，嵌入我的身体里面。你知道那是怎么一回事。头一天晚上你上床睡觉，感觉还很年轻，老是偷看那些女孩子，到了第二天早上你一觉醒来，清楚地意识到你只不过是个可怜的老胖子，这辈子再没有什么指望，只能辛辛苦苦地挣钱给孩子买鞋穿。

现在是1938年，世界上每一间造船厂都在焊接战舰准备另一场战争，我碰巧在海报上看到的一个名字勾起了我一连串的回忆，天知道这些回忆原本应该在多少年前就被埋葬了的。

---

① 在英文中，“左”的单词left，也可表示“被遗留”的意思。

第三部

第一章

那天傍晚回到家里的时候，我仍然在想着该怎么花那十七英镑。

希尔达说她要去参加左翼书社的聚会。听说有个从伦敦来的嘉宾将进行演讲，不用说，希尔达并不知道演讲的内容是什么。我告诉她我会和她同去。我不喜欢听讲座，但今天早上被那架在火车上空掠过的轰炸机勾起的战争回忆让我陷入了沉思。和往常一样，我们费了一番口舌才把孩子们早早地哄上床睡觉，然后出发去参加八点钟开始的讲座。

那天晚上起了薄雾，礼堂里很冷，而且灯光昏暗。那是一间小小的木建筑礼堂，盖了铁皮屋顶，是某个非英国国教的教派的产业，租下这间礼堂只要十先令。平时来的那十五六个人已经签到了，讲台的前面有一张黄色海报，写着今晚讲座的主题是“法西斯的威胁”。我对这个并不感到吃惊。聚会活动的主持人是威特切特先生，他在一家建筑师事务所上班。他正向众人介绍演讲者某某先生（我忘了他的名字）是“知名的反法西斯斗士”，就像你介绍某人是“知名钢琴家”一样。演讲者年近四旬，个头瘦小，穿着深色的西装，头秃得很厉害，他想以稀疏的发绺作掩饰，但效果并不理想。

像这样的聚会从来没有准时开始过。他们总是会推迟一段时间，假装还会有人正在赶来。八点二十五分威特切特先生敲了敲桌子，开始致欢迎辞。威特切特先生相貌斯文，脸颊像婴儿的屁股一样粉嫩，总是带着微笑。我想他是本区自由党的书记，而且是教区理事会的成员，还是“母亲联合会”幻灯片讲座的主持人。他是那种你会说“天生是当主席的料”的人。当他说出我们能请到某某先生今晚莅临演讲实感荣幸时，你看得出他自己确实相信这番话。每次看着他，我总会在心里想，或许他还是个处男。那个小个子演讲者拿出一卷讲稿，主要是新闻剪报，镇在他那杯水下面，然后快速舔了一下嘴唇，开始发言。

你去听过讲座、公共会议或类似的活动吗？

当我参加这类活动时，总会有那么一会儿我发现自己一直在想着同样的问题：到底为什么我们要举行这么一个讲座？为什么会有人大冬天晚上跑来参加这种活动？我环顾礼堂。我坐在后排。每次参加公众聚会，如果可以的话，我总是会坐在后排。和往常一样，希尔达和其他人坐在前排。这是一间阴郁的小礼堂。你知道那种地方。涂着沥青的松木墙，盖着瓦楞铁皮的屋顶，里面老是透着风，让你没办法脱掉外套。我们这一小群人坐在讲台周围的灯光下，后面是三十排空荡荡的椅子。所有的椅子坐垫上都布满了灰尘。讲台上，演讲者的身后有一个巨大的四方形物体，盖着满是灰尘的布匹，或许是一具盖着幕布的棺材。事实上，那是一架钢琴。

一开始的时候我并没有专心倾听。那个演讲者长得很寒碜，但不失为一个好的演讲者。苍白的脸上长着一张能说会道的嘴巴，因为总是进行演讲，声音有点沙哑。当然，他在谴责希特勒和纳粹党。我并不是很关心他所讲的内容——每天早上的《新闻纪事报》说的都是同样的话——但他的声音在我听来总是叽里呱啦的，时不时会有一句话听得很清楚，引起我的关注。

“卑劣无耻的暴行……施虐狂可怕的发作……橡胶警棍……集中营……对犹太人的不公审判……回到黑暗世纪……欧洲文明……趁为时未晚赶快行动……所有正派人士都义愤填膺……民主国家的联盟……坚定的立场……捍卫民主……民主……法西斯……民主……法西斯……民主……”

你知道这些演讲的内容。这些人可以反反复复地讲上好几个小时，就像一部留声机一样。转动好把手，按下按钮，演讲就开始了。民主、法西斯、民主。但看着他我觉得很有趣。一个相貌寒碜、脸色苍白、脑袋谢顶的男人，站在讲台上喋喋不休地高喊口号。他在做什么？他正在刻意地、公开地煽动仇恨。在尽他最大的努力让你痛恨某些被称为法西斯分子的外国人。我觉得成为“某某先生，知名的反法西斯斗士”是一件很奇怪的事情。反法西斯是一份奇怪的职业。我猜测这个家伙靠撰写反对希特勒的书籍谋生。但在希特勒上台之前他做了些什么呢？如果希特勒下台了，他又会做什么呢？当然，同样的问题可以应用在医生、侦探、捕鼠人等职业的身上。但他那沙哑的声音一直说个不停，我又有了另一个想法。他是认真的，没有任何伪装——他说的每个字都是由衷的心声。他正在努力煽动听众的仇恨，但那比起他自己心中的仇恨根本算不了什么。每一句口号对他来说都是福音和真理。如果你剖开他的身体，你会发现他的心里就刻着“民主—法西斯—民主”。私底下认识这么一个家伙会是很有趣的事情。但他有私人生活吗？或许他就从一个讲台奔波到另一个讲台，努力煽动仇恨？或许在他做梦的时候也会高喊口号。

我坐在后排，打量了一下听众，我想，如果你想一想的话，你就会知道我们这些人大冬天晚上跑来这个四处漏风的礼堂里听左翼书社的讲座（我想我也是“我们”中的一员，因为我也适逢其会）确实是有意义的。我们都是西布勒切利的革命志士，虽然乍一看实在是令人失望。环顾人群时我惊讶地发现只有六七个人真正听懂了演讲者在说些什么，虽然到了这会儿他已经对希特勒和纳粹党攻讦了半个小时之久。这种聚会总是会出现这样的情形。总是会有一半的人在不知情的情况下就赶过来。在桌子旁边，威特切特先生正坐在椅子上，面带微笑注视着演讲者，脸色看上去有点像粉红色的天竺葵。你可以猜想得到等演讲者一坐下来他会说些什么话——就像为美拉尼西亚人捐助长裤的幻灯片讲座结束时所作的讲话一样：“非常感谢——道出了我们所有人的心声——真是太有趣了——给予我们许多启示——富有意义的夜晚！”前排的敏丝小姐正身姿笔挺地坐着，头稍微歪向一边，看上去像一只小鸟。演讲者从水杯下拿起一张纸，读出上面关于德国人自杀率的统计数字。从敏丝小姐伸长了细细的脖子这个动作你就看得出她不太高兴。这次讲座提高了她的心智了吗？还是没有呢？要是她能听懂讲座的内容就好了！其他两个人坐在那里，像两团软软的布丁。她们旁边是个长着红头发的小妇人，正在织一件套头外衣。正面织一针，反面织两针，跳掉一针，再密密织两针。那个演讲者现在描述起纳粹党如何把叛国者的头颅砍下来，有时候那些行刑者还故意没砍准。观众里有另一个女人，在公立学校当老师。和别人不一样，她正在认真倾听，坐姿前倾，一双又大又圆的眼睛紧盯着演讲者，嘴巴微微张开着，内容都听进去了。

在她身后坐着两个工党的本地老党员。一个头发灰白，剪得很短，另一个脑袋谢顶了，蓄着下垂的八字胡。两人都穿着大衣。你知道那些人，很久很久以前就加入了工党，一辈子都投身于工人运动中，有二十年的时间被雇主列入黑名单，接下来的十年缠着市政局要求改善贫民窟。突然间一切都变了，以前工党所做的工作不再重要了，他们突然被卷入了国际政治的漩涡中——希特勒、斯大林、炮弹、机关枪、橡胶警棍、罗马—柏林轴心同盟、民主战线、反共产主义协定什么的，根本不知道发生了什么事。在我前面坐着本地的共产党支部。三个人都很年轻，一个很有钱，在金苹果家园公司任职。事实上，我相信他是克伦姆的侄子。另一个是某家银行的职员，有时我会找他兑现支票。他是个挺不错的年轻人，长着一张稚嫩热情的脸庞，蓝色的眼睛就像婴孩一样，一头金黄色的头发，你会猜想是不是染过了。他看上去只有十七岁，不过我猜他有二十岁了。他穿着一套便宜的蓝色西装，打了一条明蓝色的领带，和他的发色很般配。挨着这三个人坐着另一个共产党员，但似乎比较另类，因为他被称为托派分子，别人都不怎么理会他。他看上去要更年轻一些，又瘦又黑，看上去有点神经质，脸倒是长得很机灵，应该是个犹太人。这四个人对讲座的态度与其他人很不一样。你知道等提问时间一开始他们就会起立发问。你可以看到他们已经蠢蠢欲动了。那个小个子的托派分子坐在那里，身子晃来晃去的，希望抢在别人的前面发言。

我没有继续认真地听讲座，但倾听的方式有很多种。我闭上眼睛一会儿。真是奇怪，只听见他的声音时，我似乎能更真切地看见他。

他的声音听起来似乎可以一连半个月说个不停。确实，让一个人体器官对着你喋喋不休地进行政治宣传是件很恐怖的事情。翻来覆去就是同一件事：仇恨、仇恨、仇恨，让我们同仇敌忾地团结在一起，反反复复喋喋不休。那种感觉就像有什么东西被锤子敲进了你的头颅里。但闭上眼睛听了一会儿，我似乎和他调转了位置。我钻进了他的头颅里。那是一种奇怪的感觉。有那么一秒钟，我就在他体内。你几乎可以说我就是他，和他感同身受。

我看到了他所看到的情景。但那根本是难以启齿的情景。他说的只是希特勒在追杀我们，我们必须同仇敌忾，共同对抗敌人。他没有讲述细节，话说得很体面。但他看到的情景则完全不同，是他拿着一把扳手在揍别人的脸。当然，都是法西斯分子的脸。我知道那就是他所看到的情景。在我进入他体内的那一两秒钟里，我也亲眼目睹了这一幕情景。咣！就打在面门！骨头就像蛋壳一样陷了进去，刚才还是一张脸，现在变成了草莓酱般的一团。咣！又一张脸被砸烂了！这就是他无论醒着还是睡着时心中的想法，越想就越来劲。没事的，因为那些都是法西斯分子的脸。所有这些你都可以从他说话的腔调中听出来。

但这是为什么呢？最合理的解释是，因为他很害怕。如今每个愿意思考的人都很害怕。这里有一个看得更长远的家伙，比别人更加害怕。希特勒就要杀过来了！快点！我们大家都拿起扳手，团结在一起，要是我们能够砸烂足够多的脸，或许他们就不能砸烂我们的脸。团结起来，选出你们的领袖。希特勒在唱黑脸，斯大林在唱白脸。不过，情况或许正好相反，因为在这个瘦小的家伙心目中，希特勒和斯大林都是一类人。两个人都意味着扳手和被砸得稀巴烂的脸。

战争！我又想起了战争。战争很快就要打响了，这是肯定的。但谁在害怕战争呢？换句话说，谁在害怕炸弹和机关枪呢？你会说："就是你啊。"是的，我很害怕，任何目睹过炸弹和机关枪的人都会害怕。但战争本身并不可怕，可怕的是战后的世界，那个我们就要沉沦陷入的世界，充满仇恨和口号的世界，到处是迷彩服、铁丝网、橡胶警棍、电灯日夜长明的秘密监狱、在你睡觉时也监视着你的密探，还有游行和印着巨大脸庞的海报，上百万人齐声为领袖震耳欲聋地欢呼，直到他们真的以为自己在崇拜他，而从头到尾他们打心眼里痛恨他，都快作呕了。这种事情就要发生了，不是吗？有时候我觉得不可能发生，有时候我觉得不可避免。而那天晚上，我知道这种事情是绝对会发生的，听这个小个子演讲者说话时的语气就知道了。

或许，我们这一小群人大冬天晚上跑来听讲座还是有意义的。不管怎样，还是有五六个人知道发生了什么事情。他们是庞大军队的哨兵。他们是眼光长远的人，最早一批察觉到船就要沉没的老鼠。快点，快点！法西斯分子就要杀过来了！拿好扳手，孩子们！把他们干掉，不然他们就会干掉你。我们对未来充满恐惧，就像一只兔子跳进了一条大蟒蛇的喉咙里。

如果法西斯主义传播到了英国，像我这样的人会怎么样呢？事实上或许不会对我有什么影响。至于这个演讲者和听众里的那几个共产党人，是的，他们的命运会有很大的不同。他们会砸烂人家的脸，或被别人砸烂他们的脸，这得看谁获得胜利。但像我这样的普通中产阶级市民，日子还会像以前一样。但是，这次讲座让我很害怕——告诉你吧，我真的在害怕。我刚想着为什么会这样，那个演讲人就讲完了，坐了下来。

由于只有十五名听众，所以掌声听起来很稀疏空洞。然后老威特切特作了致谢辞，别人还没有开口，那四个共产党人就一齐站了起来，吵吵闹闹地说了十分钟，说的都是一些其他人根本听不懂的事情，什么辩证唯物主义、无产阶级的命运和1918年列宁如是说等等等等。然后那个演讲者喝了一口水，站起身作总结发言，那番话令那个托派分子坐立不安，但另外三个人听得很满意，接着那几个人又争吵了一番，而其他人默不作声。讲座一结束希尔达和其他人就离开了。或许她们担心会有人找她们凑份子付礼堂的租金。那个红头发的小妇人留下来把剩下的一行针线织完。你可以听到她在悄悄数着缝了几针，而其他人正在争论。无论谁在发言，威特切特都坐在那儿微笑着，你可以看得出他觉得这一切很有趣，一一都记在脑海里。那个黑发女孩的眼睛从一个人转到另一个人身上，嘴巴微微张开着。那个蓄着下垂的八字胡的老工党党员看上去像是一只海豹，他把大衣掀到耳际，坐在那儿抬头看着别人，不知道这个讲座到底说了些什么。最后我站起身，开始穿上大衣。

争吵变成了那个小个子托派分子和那个金发青年之间的口角。他们正在争辩如果战争爆发你应不应该参军。正当我顺着那排椅子走出去的时候，那个金发青年问我：

“博林先生！听我说，要是战争爆发了，而我们有机会将法西斯主义斩草除根，你愿意参军打仗吗？我是说，如果你是个年轻人的话。”

我觉得他以为我得有六十岁了。

“我可不想打仗。”我回答道，“上一次打仗我可受够了。”

“但这一次是为了消灭法西斯主义！”

“哦——操他妈的法西斯主义！消灭消灭，还没消灭够吗，如果你问我的话。”

那个小个子托派分子想要插话，大谈社会主义爱国热情和对工人阶级的背叛，但另外几个人打断了他。

“但你说的是1914年。那只是一场帝国主义战争。这一次情况不一样了。听我说，当你听到在德国所发生的事情，那些集中营，纳粹党人用橡胶警棍殴打平民，让犹太人互相往脸上吐口水——难道这些不让你觉得怒火中烧吗？”

他们总是想让你怒火中烧。我记得上次战争的时候他们也耍了这一招。

“1916年我已经怒火中烧过一回了，”我对他说，“当你知道战壕里是怎么一回事你就会明白了。”

突然间，我似乎看清了他，那种感觉就像直到那一刻我才看见他一样。

那是一张很年轻热情的脸，就像一个帅气的书生，长着一双蓝色的眼眸和一头亚麻色的头发。他正凝视着我，眼睛里真的含着泪水！对那些德国犹太人充满了强烈的感情！但事实上我知道他的内心有怎样的感受。他体格强壮，或许是银行里的橄榄球队球员，而且很有头脑。他来到这么一片堕落肮脏的郊区，坐在结了霜的窗户后边当一个银行职员，往账簿里登记数字，数着一叠叠的钞票，对经理阿谀奉承。他觉得自己正在虚度年华。而与此同时，整个欧洲正在发生大事。炮弹在战壕间爆炸，一拨拨的步兵正穿过硝烟发起冲锋。或许，他的一些伙伴正在西班牙参战。当然，他很渴望战争。你怎么能责备他呢？这时我有种奇怪的感觉，仿佛他就是我的儿子——而就年龄而言，我确实可以当他爸爸了。我想起了八月份那闷热的一天，报童张贴了“**英国向德国宣战**”的海报。我们穿着白围裙，冲到人行道上高声欢呼。

“听我说，孩子。”我说道，“你全都搞错了。1914 年我们都以为那是一场神圣的战争，但我们错了。那只是一场血腥的屠杀。如果战争再次爆发，一定要置身事外。为什么你要让自己的身体嵌满弹片呢？将你的身躯留给女孩子吧。你以为战争就是英雄气概和维多利亚女皇十字勋章。但我告诉你吧，根本不是那么回事。现在已经没有人拼刺刀了，当你参军打仗的时候你会发现战争根本不是你所想象的那样。你不觉得自己像个英雄。你只知道自己三天没睡觉了，像臭鼬一样臭不可耐，你吓得在自己的裤裆里撒尿，你的手吓得凉冰冰的，连步枪都握不住。但那根本算不了什么，后来发生的事情才是最要命的。”

这番话当然毫无作用。他们只是认为你已经过气了，是站在妓女门前拉皮条的糟老头。

听众们开始离开。威特切特送演讲者回家。那三个共产党人和那个小个子犹太人一起走路回家，他们准备再讨论一番无产阶级的团结、辩证唯物主义和托洛茨基在 1917 年所说过的话。其实他们是一路人。今天晚上湿气很重，到处都很安静，天空黑漆漆的。街灯像星星一样悬挂在黑暗中，并没有照亮马路。你可以听到远处火车沿着高街轰隆隆驶过的声音。我想喝杯酒，但已经快十点钟了，最近的酒吧有半英里远。而且我想找人聊天，不是在酒吧里的那种聊天。一整天我的脑袋瓜一直转个不停，真是有趣。当然，一部分原因是我今天没上班，一部分原因是我安了新的假牙，似乎让我精神振奋。一整天我都在沉思着未来和过去的事情。我想谈论不知道会不会降临的艰难时局、战争口号、迷彩服和那些流线型现代化的东欧人，他们会把老朽的英国人揍得鼻青脸肿。找希尔达聊天是没指望的了。我突然想去找老朋友波特斯，他总是很晚才睡。

波特斯是个退休的公学校长，在老镇的教堂附近租了房间，幸运的是，住的是房子的楼下。当然，他是个单身汉。你不能想象像他这种人结婚会是什么样子。他这辈子就与书籍和烟斗为伴，家里有个女仆帮他做家务。他博学多才，会说希腊语和拉丁语，能写写诗歌什么的。我猜想，如果说左翼书社支部书记代表了进步，老波特斯则代表了文化。而这两个人在西布勒切利都没有什么影响力。

老波特斯读书的那间小书房的灯彻夜通明。我敲了敲前门，和往常一样，他施施然地走了出来，嘴里叼着烟斗，手指仍按着刚才读到的书页。他是个很引人注目的老头，身材高大，长着灰白的卷发和一张迷离瘦削的脸，脸色有点苍白，虽然已经年近六旬，看上去却像个小男孩。在公学和大学里有些人一直到死去那天都长着小男孩一样的脸庞，真是有趣。他们的动作很有特点。老波特斯喜欢来回踱着步子，他那张英俊的脸和那头花白的卷发微微后仰着，让你觉得他正在恍惚地想着诗作什么的，并没有注意到身边正在发生什么事情。只要看着他，你就能清楚地看到在他的身上写满了他的生活方式所留下的痕迹。公学、牛津大学、然后又回到母校当校长。他一辈子都生活在拉丁语、希腊语和板球的氛围中。他有着种种的怪僻行为，总是穿着一件旧的哈里斯斜纹软呢夹克，有几个灰色法兰绒的旧包，他喜欢你称之为“不体面的东西”，抽着烟斗，不屑于抽香烟，虽然他晚上经常熬夜，但我猜想每天早上他都会洗冷水澡。我觉得在他眼里我是个俗人：我没上过公学，我不懂拉丁语，也没有想学习的渴望。有时候他会告诉我“缺乏对美的鉴赏力”是一件憾事，我猜他只是委婉地说我没有受过教育。但我还是很喜欢他。他的热情好客让人觉得心里很舒服，他总是欢迎你到他家，一聊就是整个晚上，而且家里总是备好了酒。当你住在像我家那种饱受女人和孩子侵扰的地方时，有时候出去到单身汉家里坐坐，感受一下书籍、烟斗和壁炉的气氛对你很有好处。而那种高高在上的牛津优越感，认为除了书籍、诗歌和古希腊雕像之外再无重要的事情，而自哥特人劫掠罗马城之后历史再无大事的态度——有时候也会让你觉得是一种慰藉。

他让我坐在壁炉旁边那张旧皮椅上，端出威士忌和苏打水。每次拜访他的起居室里总是缭绕着烟斗的烟雾，天花板几乎被熏黑了。房间很小，除了房门、窗户和壁炉上方之外，四面墙从地板到天花板都堆满了书籍。壁炉架上面摆放着你意料当中的物品：一排脏兮兮的旧石楠烟斗、一个古希腊银币、一个上面印着老波特斯的学院徽章的烟草罐，还有一盏陶土做的灯，他曾经告诉过我这些陶土是他从西西里岛的山上挖来的。壁炉架上方挂着古希腊雕塑的相片。中间有一幅大相片，是一个长着翅膀的无头女人，看上去似乎她正要出门赶着搭巴士。我记得当我第一次看到这张相片却对其一无所知，问老波特斯为什么他们不给那个女人安上头颅时，他是何等惊讶。

波特斯开始从壁炉架上的罐子里拿烟草装填烟斗。

“楼上那个叫人无法忍受的女人买了一个无线收音机，”他说道，“我一直盼望着余生能够不用听到那些东西的声音。我想对此我们无能为力，是吧？你知道法律是怎么规定的吗？”

我告诉他一个人对此是无能为力的。我很喜欢他说起“叫人无法忍受”时的牛津腔，而且我觉得很好笑，到 1938 年还有人反对家里添置收音机。波特斯总是若有所思地踱着步，双手插在大衣口袋里，牙齿咬着烟斗，立刻说起了在伯利克里[①]时代雅典曾经颁布过法律禁止乐器演奏。老波特斯总是这样。他所说的话都是关于许多个世纪之前发生的事情。无论你聊起什么话题，他总是最后又兜回到雕塑、诗歌、古希腊和古罗马上面去。如果你说起玛丽女王，他就会开始告诉你腓尼基三列桨座战船的事情。他从未读过一本当代的书籍，拒绝知道它们的名字，除了《时代》之外不肯读报纸，而且骄傲地告诉你他从未看过电影。除了几位诗人，像济慈[②]和华兹华斯之外，他觉得现代世界——按照他的观点，现代世界指的是这两千年来的世界——根本不应该存在。

我也是现代世界的一部分，但我喜欢听他说话。他总是绕着书架踱着步子，拿出一本书，然后又拿出一本书，时不时地，他会抽着烟斗为你朗读里面的章节，基本上都是从拉丁文或其它文字翻译过来的。他的语调平静而柔和，就像一位校长在讲话，但让你觉得很舒服。当你倾听的时候，你离开了充斥着火车、煤气账单和保险公司的世界，你来到了到处是神庙和橄榄树、孔雀和大象的世界，那些人拿着捕兽网和三叉戟在竞技场格斗，有长着翅膀的狮子、太监、桨帆船和投石车，穿着铜铠的将军正骑着战马跃过士兵们的盾牌。真是奇怪，他会对像我这样的人产生好感。但身为胖子的一个好处就是你几乎可以适应任何社交场合。而且，我们俩都喜欢讲黄段子。这是现

① 伯利克里(Pericles，前495—前429)，古希腊雅典城邦政治家，其执政时代成为雅典文化与军事上的全盛时代。伯罗奔尼撒战争期间，伯利克里死于瘟疫。最终雅典战败，由盛转衰。

② 约翰·济慈(John Keats，1795—1821)，英国著名诗人，代表作有《夜莺颂》、《致秋天》、《当你年老时》等。

代事物中他唯一感兴趣的，不过，他总是告诉我黄段子古已有之。说黄段子的时候他就像个老处女，总是遮遮掩掩的。有时候他会挑出某首拉丁文诗，翻译成海淫诲盗的诗句，为你留下许多遐想的空间。他会提及古罗马皇帝的私生活，或阿斯塔罗斯[①]神庙里发生的事情。那些古希腊人和古罗马人似乎都是一帮坏种。老波特斯还有几张意大利壁画艺术的相片，看了会让你寒毛直竖。

当我受够了工作和家庭生活的折磨时，和波特斯聊天总是能让我觉得很宽慰。但今晚似乎不是这样。我的脑海里仍在想着一整天来所想的那些事情。就像在左翼书社听讲座时那样，我并没有专心倾听波特斯在说些什么，只听到他的声音。但在我心里回响的是那个演讲者的声音，而不是老波特斯的声音。他的声音太平静了，太牛津腔了。最后，当他说到一半的时候，我插话问道：

“告诉我，波特斯，你对希特勒有何想法？”

老波特斯颀长的身躯正优雅地把手肘靠在壁炉架上，一只脚踏着栅栏。他十分惊讶，几乎把烟斗从嘴里拿了出来。

“希特勒？那个德国人？我亲爱的朋友！我对他没什么想法。”

“但问题是，在他完蛋之前他会把我们搞得心神不宁的，真是该死。”

听到“该死”这个词时，老波特斯微微缩了一下，他不喜欢这个词，当然，他要摆出不为所动的姿态。他又开始上下踱

---

① 阿斯塔罗斯（Ashtaroth），古代迦南地区与腓尼基地区的神祇，象征冥界的黑暗和邪恶。

步，吞吐着烟雾。

“我不知道为什么要去关注他。他只是一个冒险家。这些人总是来来去去的。蜉蝣朝生而暮死，如此而已。”

我不是很明白“蜉蝣朝生而暮死”是什么意思，但我坚持自己的观点。

“我想你弄错了。希特勒是个不同的人物，约瑟夫·斯大林也不简单。他们和历史上那些做出把人钉在十字架上，砍掉他们的头颅等暴行以此取乐的独裁者不一样。他们在追求新的东西——前所未闻的东西。”

“我亲爱的朋友！太阳底下并无新事。”①

这句话是波特斯最喜欢说的。他不肯接受任何新的事物。只要你告诉他现在有哪些新的事情在发生，他会说同样的事情在某某国王统治的时候就出现过了。就算你提起像飞机这样的新发明，他也会告诉你在克里特岛或迈锡尼②或哪里这些东西就已经存在了。我向他解释听演讲时我的感受和我对未来悲观的前景，但他根本听不进去，只是一再重复说太阳底下并无新事。最后他从书架上拿下一本书，向我朗读了一篇关于公元前某个希腊暴君的文章，那个暴君听起来似乎就是希特勒的孪生兄弟。

争执进行了一会儿。一整天我都想找个人谈论这件事。真是有趣，我不是个傻子，但我也不是一个知识分子，上帝知道在太平年代，像我这么一个一周挣七英镑，有两个孩子要养育的中年男人才不会去关心这么多事情。但我还不至于那么笨，

① 本句出自《圣经·旧约·传道书》。

② 克里特岛与迈锡尼都是古希腊的一部分，对古希腊文化的形成具有深远影响。

我知道我们所习惯的生活方式正在被连根锯断。我能感觉得到这件事正在发生。我能看到战争正在迫近；我能看到战后的情景：购买食物的长队、秘密警察和告诉你应该想些什么的高音喇叭。在这件事情上我不是独醒者。有数百万人和我的想法一样。这些人我每天到处都可以遇到：酒吧里的酒客、巴士司机、为五金公司工作的旅行推销员，他们都觉得这个世界出了乱子。他们能感受到脚底下的世界正在分崩离析。但是，这里有位博学之士，一辈子都与书本为伍，整个人沉浸在历史里，从毛孔里散发着故纸堆的味道。他根本看不到事情正在改变。他觉得希特勒无足轻重，拒绝相信另一场战争就要到来。由于上一场战争他没有参加，他觉得这件事情根本不值得关注——他觉得与特洛伊战争相比那根本算不了什么。他不理解为什么一个人要为口号、高音喇叭和迷彩服这些事情而担心。怎么会有知识分子去关注这些事情呢？他总是说希特勒和斯大林会成为历史的过客，而他称之为“永恒真理”的事情将永留青史。当然他只是在换另一种方式说，世道将会以他所了解的方式延续下去。牛津大学的饱学之士将永远在堆满了书籍的书房里徘徊，引用拉丁文的警言名句，抽着从印着大学徽章的罐子里取出的上好烟草。和他解释只会是白费力气。反倒是那个亚麻色头发的年轻小伙子给了我更多的启示。渐渐地，和往常一样，谈话回到了公元前所发生的事情，然后迂回到了诗歌上面。最后老波特斯从书架上拿下另一本书，开始朗读济慈的《夜莺颂》（也可能是《云雀颂》，我忘了）。

对我来说。即使是一首短诗也令我觉得很冗长，但我很喜欢聆听老波特斯高声念诗。毋庸置疑，他读得非常好。他有这个习惯——他总是对着整班男生朗读。他会懒洋洋地靠在什么东西上面，叼着烟斗，喷出几口淡淡的轻烟，庄严而抑扬顿挫地朗读着诗文。你可以看到这首诗打动了他。我不知道诗歌是怎么一回事，也不知道诗歌的作用。我想或许就像音乐一样，诗歌对某些人有精神上的作用。当他朗读的时候我其实并没有在听，也就是说，那些诗句我根本没有听进去，但有时候诗歌的韵律带给我平静的感觉。大体上说，我喜欢听他朗诵诗文，但今晚不知道为什么他的朗诵没有了效果，似乎房间里吹入了一股冷风。我觉得这些都是废话。诗歌！什么是诗歌？只是声音，一小股空气的涡流而已。天哪！凭借这个可以对抗机关枪吗？

我看着他倚在书架上。真有趣，这些公学出身的人，一辈子都是书呆子，一辈子所想的事情就是母校和那些拉丁文、希腊文和诗歌。突然间，我想起了第一次和波特斯在一起的时候他朗诵的就是同一首诗。朗读的方式一模一样，他的声音念到同一处地方时发着颤——好像是“神奇的窗扉”什么的。我心生一个奇怪的念头：他已经死了。他是一个幽灵。所有和他一样的人其实都已经死了。

我突然想到，或许你所看到的四处走动的人其实已经死了。我们总是说一个人的心跳停止之后才算死了。这么说似乎有点武断。毕竟，有些身体部位是不会停止运转的——比方说，头发会多年保持生长。或许当一个人的大脑停止了运转，再也无法接受新的想法时，他就真的死去了。老波特斯正是这种人。他非常博学，而且品味高雅——但他无法适应改变，只会周而复始地说着同样的话，想着同样的事情。有很多人像他一样，精神上已经死了，思想已经停止运作了，只会在相同的轨道上来回地摆动，幅度越来越小，就像幽灵那样。

我想老波特斯的大脑或许在日俄战争的时候就已经停止运作了。而可怕的是，几乎所有的体面人，那些不想拿着扳手到处砸烂别人面孔的人都是这样。他们都是体面的人，但他们的脑袋已经停止运转了。他们无法抗拒即将降临到他们头上的命运，因为即使事情已经迫在眉睫他们也视若无睹。他们以为英国永远不会改变，而英国就是整个世界。他们无法理解英国只是炮弹刚好还没有炸到的一个角落而已。而那些来自东欧的流线型的新人呢？那些被改造过，心里想的是革命口号，嘴里喊打喊杀的人呢？他们正朝我们冲来，不久就会赶上我们。没有什么公平竞技的规则[①]能够约束这帮家伙。所有的体面人都麻木不仁了。死去的人和活着的野兽。在二者之间似乎别无其它。

半个小时后我就走了，我完全无法说服老波特斯相信希特勒将会掀起一场灾难。回家的路上街道很阴冷，我仍然在想着同样的事情。火车停运了。屋子里黑漆漆的，希尔达睡着了。我把假牙放在浴室的水杯里，换上睡衣，把希尔达拱到床的另一边去。她翻了个身，但没有醒过来，双肩处躬起的部位就正对着我。有时候在半夜里你会感觉悲从中来。在这个时候欧洲的命运对我来说似乎比房租、孩子们的学费和我明天得处理的工作更加重要。对于任何必须忙碌生计的人来说，这些想法纯粹只是在犯傻。但它们在我的脑海中挥之不去。我仍然看得到

---

① 译者注：原文是昆斯伯里侯爵规则(Marquess of Queensbury rules)，这个典故出自于拳击比赛，第九任昆斯伯里侯爵约翰·道格拉斯(the 9th Marquess of Queensbury John Douglas，1844—1900)倡导改革了拳击规则，突出公平竞技和运动员精神，为现代拳击运动奠定了基础。

那些迷彩服，听得到机关枪的哒哒声。在我睡着之前我记得的最后一件事就是：像我这么一个人，到底为什么要去在乎这些事情呢？

第二章

报春花开始绽放了。我猜现在应该是三月份了。

我开车经过了威斯特汉姆，正朝帕德利而去。我得去给一家五金商店作评估，然后去访问一个想买人寿险却又犹豫不决的顾客，如果我能找到他的话。他是我们的本地中介介绍来的，但到了最后一刻他却害怕了，拿不定主意自己能不能付得起钱。我很擅长和人打交道，全拜是一个胖子所赐。人们和我打交道时总是心情愉快，觉得开支票几乎是一件开心的事情。当然，对付不同的人要用不同的手段。对于有的人你要把重点放在收益上，而对于其他人，你可以不动声色地吓唬他们，暗示如果他们没有买保险就死掉的话，他们的老婆会有什么下场。

我的这辆旧车在延绵的丘陵间起起落落蜿蜒而行。上帝啊，多么美妙的一天！你知道三月份当冬天突然间似乎放弃了挣扎时天气是什么样子的。过去这几天天气一直很恶劣，人们称这种天气为“清冷”，天空是一片冰冷而坚实的蔚蓝，风就像一把钝刀割着你。突然间，风停了，太阳出来了。你知道那种天气。浅黄色的阳光，树叶纹丝不动，远处起了一层淡淡的雾，你可以看到羊群散布在山坡上，像一团团白垩。山谷下面正在烧火，浓烟缓缓地向上升去，融入薄雾中。路上没有别的车辆。天气很暖和，你很想脱掉身上的衣服。

我来到一处地方，道路两旁的草坪里长满了报春花。可能还有一小块露出黏土的地皮。开出二十码外我放慢车速，停了下来。这种好天气可不容错过。我觉得我得下车呼吸一下春天的气息，或许可以乘周围没有人摘几朵报春花。我甚至掠过想摘一束花送给希尔达的念头。

我关掉引擎，走出车外。我不喜欢让这部旧车挂着空挡，因为我总是担心它会把挡泥板或什么给震掉。那是辆 1927 年的旧型号轿车，已经开了非常远的路程。如果你打开机罩看看前面的引擎，你会想起古老的奥地利帝国，所有的零部件就靠几根绳子绑在一起，但还是能让活塞保持运转。你不会相信会有任何机器同时往不同的方向震动不停。就像地球的运动一样，有二十二种不同的震颤方式，或许有这么多吧，我记得在书上读过。如果你从后面看着它挂着空挡的话，活脱脱就像看着一个夏威夷女孩跳草裙舞。

路边有一道五栅的大门。我走过去靠在门上。视野里没有人，我把帽子稍稍往后推，让芳香的空气吹拂我的额头。篱笆下面的草地上长满了报春花。在大门里面一个流浪汉或什么人留下了一堆篝火的痕迹，白色的灰烬还徐徐地冒着烟。远处有一个小小的池塘，上面漂着浮萍。这块地种了冬小麦，地势很斜，上面落着一些白垩粉，还有一小片山毛榉林。树上长了看得不太真切的嫩叶。所有的东西都纹丝不动，风似乎连那团灰烬也吹不动。除了某个地方有一只云雀在歌唱之外，周围一片静谧，连一架飞机也没有。

我在那儿呆了一会儿，靠在大门上。只有我一个人，就只有我一个人。我看着那片田野，那片田野也在看着我。我心里有种感觉——我不知道你明不明白。

我的感觉现在已经很少有了，一说出口就显得很愚蠢可笑。我感觉很幸福。我觉得虽然我无法永远活下去，但我愿意永远活下去。如果你愿意，你可以说这只是因为今天是春天的第一天，是季节效应或其它什么影响了性腺体的结果。但并不只是这样。很奇怪，眼前的这一幕中突然让我觉得活下去还是值得的不是那些报春花或树篱上的花蕾，而是靠近门口的一堆篝火。你知道在无风的日子篝火是什么样子的。木柴都已经被烧成了白色的灰烬，但仍然保留着原来的形状，在灰烬下你可以看到里面仍有鲜红的火苗。一团红色的余烬看上去更有活力，比任何有生命的事物更让我感觉到生命的活力，真是很有趣。它有种特别的品质，让人觉得很顽强很活跃——我想不出贴切的词汇。但它让你知道你还活着。它是一幅画的画龙点睛之笔，让你注意到了其它一切事物。

我弯下腰想摘一朵报春花。我碰不到——肚腩太大了。我蹲了下来，摘了一小束花。运气真好，没有人看到我。那些树叶有点起皱，形状像兔子的耳朵。我站起身，把那束报春花放在门柱上。然后，我一时冲动，把假牙从嘴里取下来，看着那些牙齿。

如果我有一面镜子，我想看看自己的全身像，虽然我已经知道自己长着一副怎样的尊容：一个四十五岁的胖子，穿着一套不太合身的灰色人字呢西装，戴着一顶圆礼帽。娶了老婆，有两个孩子，在郊区有一座房子，这一切都写在我的身上。我长了一张赤红的脸膛和一双干涩的蓝色眼眸。我知道，你用不着告诉我。但是，在我匆匆看了一眼那排假牙，把它塞进嘴里之前，让我觉得惊讶的是那种无所谓的感觉。连戴假牙也无所谓。我是个胖子——是的。我看上去像一个赛马会经纪的落魄兄弟——是的。除非给钱，否则没有女人愿意和我上床。这些我都知道。但我告诉你吧，我不在乎。我不想要女人，我甚至不想恢复青春。我只想活着。当我看到篱笆下的报春花和红色余烬时，我觉得自己还活着。那是一种内在的感觉，一种温和的感觉，却又像是一团火焰。

在树篱后面，池塘上漂满了浮萍，就像一张地毯一样。如果你不知道什么是浮萍，你或许会觉得它很坚实，可以踩在上面。我不知道为什么我们都这么傻。为什么人们宁愿花时间尽干一些傻事，却不愿到处走走看看这些事物呢？以那口池塘为例——里面有多少神奇的动物：蝾螈、水蜗牛、龙虱、石蚕蛾、水蛭，天知道还有多少种只有拿显微镜才能看到的微生物。它们就在水底下过着神秘的生活。你可以花一辈子观察它们，观察十辈子都行，就算是这样你也无法观察完一口池塘里的生物。这让你感到好奇，心中燃起了奇怪的火焰。那是唯一值得拥有的东西，但我们都不想要它。

但我想要这种感觉，至少在这个时候我是这么想的。别误会我所说的话。首先我要说的是，和大部分伦敦人不一样，我并没有多愁善感的乡村情结。我就是在该死的农村里长大的。我不想阻止别人住在城镇或近郊。只要自己喜欢，住在哪儿都好。我不是在说所有的人都得一辈子到处闲逛，采摘报春花什么的。我清楚地知道我们都得工作。正是因为矿工们在煤矿里撕声裂肺地咳嗽，女孩子们在敲着打字机，才有人可以享受闲暇采摘鲜花。而且，如果你不是一个大腹便便、有温暖的家的胖子的话，或许你不会有采摘鲜花的闲情逸致。但这些并不重要。这就是我置身于这里的感觉——我得承认，这种感觉不是时常都有，但时不时会出现。我知道那是一种美妙的感觉。而且，每个人，几乎每个人都有同感。这种感觉一直就在身边，我们都知道它就在身边。停止机关枪的扫射！停止追逐你正在追逐的事物！平静下来，让你的呼吸平息下来，让一丝宁静沁入你的心灵。没用的。我们都不会这么做，只是继续进行那些该死的蠢事。

下一场战争正蓄势待发，大家都说 1941 年会打仗。再绕着太阳转三圈，我们就会径直投入战争的怀抱。炸弹就像黑色的雪茄一样落到你的头上，布朗式机关枪倾泻出流线型的子弹。我担心的并不是这些。我年纪太大了，不会上战场。当然，届时会有空袭，但空袭不会炸到每一个人头上。而且，就算这种危险真的存在，不到事到临头的时候是没有人会去想它的。我已经说过好几次了，我害怕的并不是战争，而是战后的情形。但即使是战后也不会对我有什么影响。因为谁会在乎像我这样的家伙呢？我胖得不配当个政治嫌疑犯。没有人会把我干掉，或拿橡胶警棍揍我。我是一个普通的中层人士，乖乖地听警察的话。至于希尔达和两个孩子，他们或许不会注意到有什么不同。但是我还是很害怕。那些铁丝网！那些口号！那些巨大的脸庞！用软木密闭的地下室，刽子手从你身后把你崩了！事实上，那些远比我愚钝的人也很害怕。但为什么？因为这意味着和我一直向你描述的这种心里特别的感觉道别。你可以称之为安宁。但当我说安宁的时候，我并不是指没有战争。我指的是内心的感受。如果那些拿着橡胶警棍的人控制了我们，这种感觉就永远消失了。

我拾起那束报春花，闻了一下。我想起了下宾菲尔德。真是有趣，我已经将故乡忘怀了二十年，而过去两个月来却老是会想起它。这时候一辆汽车正在公路上驶来。

它让我惊醒过来。我突然间意识到自己在做什么——我在采摘报春花，而我原本应该去帕德利巡视那家五金商店的存货。而且，我突然意识到，如果那辆汽车里的人看到了我，会是一番什么情景。一个戴着圆礼帽的胖子正拿着一束报春花！这实在太不像样了。胖子可不能摘报春花，至少不能在大庭广众之下这么做。趁那辆汽车还没驶过来我连忙把那束花丢在树篱上。我干得很漂亮。那辆汽车里坐着几个二十岁左右的年轻人，要是被他们看到，我肯定会被耻笑的！他们都在看着我——你知道那些坐着小汽车朝你开来的人是以什么眼神看着你的——我突然想到即使到了现在他们或许还能猜测出我刚才在干什么。最好让他们以为我在做别的事情。一个家伙会在一条乡村道路旁边下车做什么呢？这不明摆着嘛！那辆小汽车经过的时候我假装在拉裤子的拉链。

我摇动曲柄启动小汽车（自动启动装置已经坏了），坐进车内。有趣的是，就在我拉拉链的时候，当我一心只关注着那辆车里坐得满满当当的年轻傻瓜时，我想到了一个绝妙的主意。

我要回下宾菲尔德！

为什么不回去呢？我一边将汽车开到全速一边想，为什么我不回去呢？有什么能阻止我呢？为什么以前我就没有想过这个念头呢？到下宾菲尔德安静地度个假——这正是我想要的。

别以为我想回下宾菲尔德定居。我可不想抛弃希尔达和孩子们，改名换姓重新开始生活。那种事情只会存在于书籍里。但有什么事情能阻止我偷偷溜回下宾菲尔德，一个人在那里安安静静地住上一星期呢？

我几乎已经在心里计划好了一切。钱这方面没有问题。我还有十二英镑的私房钱，这笔钱可以让你舒舒服服地过上一个星期。我有半个月的年假，通常是在八九月的时候用掉。但如果我能编个说得通的故事——某个亲戚患上绝症奄奄一息了之类的故事——或许我可以让公司批准我分两次放年假。然后我就可以在希尔达知道发生了什么事情之前独自呆上一个星期。到下宾菲尔德度假一周，离开希尔达、孩子、飞龙保险公司、埃尔斯米尔路，不用为了还分期付款的账单而吵架，不会被交通噪音搞得你整个人都傻掉——整整一个星期到处溜达，聆听寂静的天籁。

但你会问，为什么我想回下宾菲尔德呢？为什么要去下宾菲尔德呢？我要去那里干什么呢？

我什么也不想干。这就是重点的一部分。我只想享受安宁和静谧。安宁！在下宾菲尔德我们曾经有过安宁的生活。我已经向你描述过战争之前我们的生活。我不是在违心地说那是完美的生活，我知道那是沉闷萧条的生活，那里的人就像蔬菜一样。你可以说我们就像一根根萝卜，但萝卜不会活在老板的恐怖之下，他们不会彻夜不眠担心下一次萧条和战争。我们的内心很宁静。当然我知道即使回到下宾菲尔德，那里的生活可能已经改变了。但那个地方不会改变。宾菲尔德馆的周围依然会有山毛榉树林。还有伯福德堰的纤道和集市的马槽。我想回那里，就只待一周，让那种感觉浸润我的心灵。这有点像东方的圣贤归隐田园。我觉得情况再这么继续下去的话，接下来的几年会有很多人选择遁世，就像老波特斯告诉过我的，在古罗马时期隐士太多了，每个洞穴都排起了长队。

但我并不是在缅怀躲在子宫里的感觉。我只想在艰难的时候到来之前找回自己的男气。因为还有不至于蠢到家的人不怀疑艰难时局会到来吗？我们不知道艰难时局什么时候会到来，但我们都知道它肯定会来。或许会有一场战争，或许会有一场萧条，以后不知道会怎样，但肯定不会是好事。无论我们往哪个方向去，都只会每况愈下。步入坟墓里，陷入泥沼中——不知道会有什么结局。除非你调整好心情，否则你无法面对那种事情。战后二十年来，我们失去了一些东西。我们的活力正被渐渐抽干，直到最后点滴不剩。我们总是在奔波忙碌，为了一点金钱而争得你死我活！沙丁鱼巴士、炸弹、无线电、电话铃声，以为这些将会是永恒。我们患了神经衰弱，我们的骨骼里原本应该充满骨髓，却变得空空如也。

我踩下油门。想到回下宾菲尔德，我的心情已经好多了。你知道我有什么感觉。上来透口气！就像海里那些大海龟，晃晃悠悠地游上水面，伸出鼻子深深地吸一口气将肺部填满，然后又沉下去，和海草与章鱼为伍。我们在垃圾箱的底部就快闷死了，但我要游到顶部去。回下宾菲尔德去！我的脚一直踩着油门，直到这部老爷车开到几乎四十英里的最高时速。它发出咔嗒咔嗒的声音，就像一个装满了陶器的托架，在噪音的掩盖下，我几乎想开始高歌一曲。

当然，煞风景的是希尔达。想到她我的心里不禁一紧，把车速降到二十，整理一下思绪。

当然，希尔达迟早会查明真相。至于八月份只有一星期假期这件事，我或许可以瞒天过海，骗她说今年公司只给我一个星期的年假。或许她不会刨根问底地纠缠不休，因为想到可以削减度假的开支她高兴都来不及。那两个孩子反正总会去海滨住上一个月。难点是怎么在五月份那个星期找到一个托辞。我可不能没有交待就人间蒸发。我想最好的方式是事先告诉她公司会安排我出差，去诺丁汉、德比、布里斯托或某个比较远的地方。如果我提前两个月告诉她这件事的话，或许她不会觉得我有什么事情隐瞒着她。

但她迟早会发现的。相信希尔达！她一开始会假装相信我的话，然后她会以不动声色而锲而不舍的方式查出我根本没去诺丁汉、德比、布里斯托或其它地方。她的行事风格真是令人叹为观止。如此坚毅卓绝！她会一直保持低调，直到她洞悉你托辞里的每一个漏洞，然后突如其来，当你不经意地说起这件事时，她就开始向你发起进攻，跟你算起了旧账。“星期六晚上你去哪儿了？少骗人了！你和一个女人在一起。看看这些头发，是我给你洗背心的时候发现的。看看！我的头发是这种颜色的吗？”然后好玩的事情开始了。天知道这种事情发生过多少遍。有时候她猜对了，有时候她猜错了，但后果总是一样的。连续几个星期不停地絮絮叨叨！每吃一顿饭都得吵一架——孩子们根本不知道发生了什么事情。最绝望的事情莫过于告诉她我去了哪儿度周末和为什么要这么做。如果等到东窗事发的那天我再去解释，她一定不会相信。

但是，该死的！我想，为什么要为此烦恼呢？事情还远着呢。你知道这种事情在事前和事后感觉根本就是两回事。我又踩下油门。我又萌发了一个想法，几乎和刚才的想法一样大胆。我不会在五月份的时候去，而是在六月下旬的时候去，那时正是垂钓的好季节，我会去钓鱼！

为什么不去钓鱼呢？我想要得到安宁，而钓鱼就很安宁。然后，最美妙的想法掠过我的脑海，差点让我激动得把车子驶离路面。

我要去钓宾菲尔德馆后面池塘里的那些大鲤鱼！

为什么不去钓鱼呢？我们的生活方式难道不是很奇怪的事情吗？总是觉得我们想做的事情是不可能实现的。我为什么不去钓那些鲤鱼呢？但是这个想法刚一浮现，你就会觉得那是不可能实现的事情，是不可能发生的事情，不是吗？即使到了现在，我还是有这种感觉。我觉得我是在痴人说梦，就像想和电影明星上床或赢得拳击重量级冠军。但这是完全可以做到的事情，并非不可能的事情。钓鱼权是可以出租的。假如出得起价钱的话，现在宾菲尔德馆的屋主或许愿意把池塘租出去。天哪！我愿意付五英镑一天的价格到那口池塘钓鱼。而且，很有可能那座房子依然空置着，没有人知道那口池塘的存在。

我想到那口池塘就坐落在树林的暗处，这么多年来一直在等候着我。还有那条大黑鱼仍在水里游弋。上帝啊，三十年前它们已经那么大了，现在它们得有多大啊？

第三章

六月十七日，星期五，垂钓季节的第二天。

公司那边我不费吹灰之力就处理好了。至于希尔达，我编了一个天衣无缝的谎言糊弄了过去。我解决了伯明翰那边的在场证明，在最后一刻我还告诉了她我将会入住的旅馆的名字：罗伯顿家庭商业酒店。我碰巧知道这个地址，因为三年前我在那里住过。与此同时，我可不想她写信到伯明翰，如果我出差一个星期，或许她真的会这么做。经过一番思索，我找了桑德斯——他会去格里索地板蜡公司公干——把一部分我的秘密计划告诉了他。他提过六月十八号的时候会经过伯明翰，我让他答应路过的时候稍作停留，帮我给希尔达寄一封信，地址上写着罗伯顿酒店。信里我会告诉她我或许会很忙，她最好不要给我写信。桑德斯理解个中情由，或者说，他以为是这样。他冲我眨了眨眼睛，说我这把年纪了还这么风流。这就搞定了希尔达。她没有问东问西，就算后来她起了疑心，有了在场证据就好说话多了。

我开车经过威斯特汉姆。这是一个晴朗的六月天清晨。清风吹拂着，榆树的树冠在阳光下随风摆动，朵朵白云就像一只只绵羊在天空中溜达过去，云朵的影子在田野里互相追逐。在威斯特汉姆外面，一个卖和路雪冰激凌、两颊像苹果一样红润的小伙子，正骑着单车朝着我辛苦地踩过来，嘴里吹着口哨，哨声传入我的耳中。我突然间想起自己小时候当跑腿的日子

（虽然那时候我们没有飞轮单车），我几乎想叫停他，问他买一根冰激凌。农民们已经晒好了干草，但还没有收走，堆成了长长的亮闪闪的几排，味道飘过马路，和汽油的味道掺和在一起。

我的车速不快，才十五。那天早上有一种宁静而梦幻般的感觉。池塘里游着鸭子，一只只似乎很心满意足，不想吃食。过了威斯特汉姆就是内特菲尔德村，那里有一个穿着白色围裙的小个子男人，长着一头灰发和浓密的灰色八字胡。他冲过绿地，站在马路中间，开始手舞足蹈地吸引我的关注。当然，住在这条路的人都知道我的车。我停下车。那个人是威伯先生，在村子里经营杂货店。他不想买人寿险，也不想给小店买保险。他只是没有零钱了，想知道我有没有一英镑的“大额银币”在身上。内特菲尔德的店总是缺零钱，连酒吧也没有零找。

我继续往前开。小麦长得有齐腰高了，顺着山脉起伏不定，像一张巨大的绿毡，风一吹就泛起一阵阵波纹，看上去很像厚厚的丝绸。我觉得它就像一个女人，勾起你躺在上面的欲望。在前面不远的地方我看到有个分岔路的路牌，右边的路通往帕德利，左边的路通往牛津。

我仍然在自己平常开的路线上，照公司的话说，在我跑买卖的“地盘”之内。我正开往西边，本应该沿着厄斯布里奇路离开伦敦，但出于本能我走了通常会走的路线。事实上，对于整件事我觉得有点内疚。在去牛津郡之前我想开远一点。虽然我安排得当地瞒过了希尔达和公司，虽然我的钱包里有十二英镑，车后面放着行李箱，当我接近分岔路口时，我还是感觉到一种诱惑——我知道我不会屈服于这种诱惑，但那确确实实在引诱着我——我想整件事就此作罢。我觉得只要我还是在平时的路线上行驶，我就还没有出轨。我心里想，现在还不算太晚。我还有时间做回一个体面的人。比如说，我可以开车去帕德利，去拜访巴克莱银行的经理(他是我们在帕德利的经纪)，看看是不是有新的生意。我甚至想掉头回去，回到希尔达身边，向她老实交代我的计划。

快到路口的时候我放慢了速度。我应不应该去呢？有那么一秒钟的时间，我真的被诱惑了。但不行！我按下喇叭，把车子转向西边，开上了牛津路。

好了，我已经做出这件事了。我已经踏入了禁区。确实，再往前开五英里，假如我愿意的话，我可以左拐回威斯特汉姆。但现在我正朝西边开去。严格来说，我正朝西边飞奔而去。真是奇怪，一开上牛津路，我就知道他们一定会知道这件事的。当我说他们时，我指的是所有那些不会赞成这趟旅行的人，那些如果可以的话会阻止我的人——我想，这或许基本上包括了所有的人。

而且，我肯定他们已经在找我了，所有的人！所有那些不明白为什么一个装假牙的中年男人会悄悄开溜一个星期，回到童年时住过的地方的人。所有那些心知肚明而且心地歹毒的家伙，他们会不惜一切代价阻止我的计划，他们就在我的后面。似乎有一支庞大的军队正在我后面的公路上鱼贯而过。我的脑海中浮现出他们的身影。跑在最前面的当然是希尔达；孩子们跟在她身后；威勒太太怀着恨意狠狠地催促着她向前冲；敏丝小姐快步跟在后面，她那副夹鼻眼镜滑了下来，脸色很苦恼悲伤，就像一只被落在后面的母鸡，别的鸡都已经吃到了火腿皮了；还有赫伯特·克伦姆爵士和开着劳斯莱斯到西班牙或瑞士度假的飞龙保险公司的高层；还有办公室的全体同事，和那些住在埃尔斯米尔路与其它马路、挣扎在社会底层的推销钢笔的人，他们有的推着婴儿车、割草机、花园压地机，有的嘟嘟嘟开着奥斯丁七型小轿车；还有那些灵魂拯救者和爱管闲事的人[1]，这些人你从未谋面，但他们主宰着你的命运，他们是内政大臣、伦敦警察厅、戒酒同盟、英格兰银行、比弗布鲁克爵士[2]、骑着双座单车的希特勒和斯大林、上议院主教、墨索里尼、教皇——他们就是跟在我身后的人。我几乎可以听见他们在叫嚷着：

"有一个家伙以为他可以逃避现实！有一个家伙说他不会被流水线同化！他要回去下宾菲尔德！抓住他！阻止他！"

真的很奇怪。那种感觉是那么强烈，我真的瞄了车后的小窗户一眼，看看到底有没有人追来。我猜想这是罪恶感的作用。但后面没有人，只有那条布满灰尘的白色马路和身后正在远去的长长一排榆树。

我踩下油门，这部旧车咔咔咔地驶上三十英里的时速。几分钟后我经过了威斯特汉姆。就是这样，我已经踏上了不归路。这就是我在装上新假牙那天脑海里模模糊糊形成的想法。

---

① 原文是大鼻子帕克(Nosey Parkers)，这个典故出自于十六世纪坎特伯雷大主教马修·帕克(Matthew Parker)，因刨根问底地调查教区人员的品行而被人戏谑。

② 比弗布鲁克爵士威廉·麦斯威尔·埃肯金(Lord Beaverbrook William Maxwell Aitken，1879—1964)，英国商业大亨，政治家，曾在英国内阁任职。

第四部

第一章

我越过查姆福特山，朝下宾菲尔德而去。到下宾菲尔德有四条路，横穿沃尔顿是最近的一条，但我想走查姆福特山这条路，以前我们去泰晤士河钓完鱼回家总是骑单车走这条路。当你越过山丘，树林展开，你就可以看到坐落在山谷下方的下宾菲尔德。

经过你已经有二十年未曾见过的家乡感觉很奇怪。你记得许多细节，而那些全都对不上号。所有的距离都不一样了，地标似乎被移动过了。你一直觉得这座山丘以前要更陡峭一些的——那个弯道不是应该在路的另一边吗？另一方面，有的记忆却又完全准确，但那只是个别的情况。比方说，你记得一片田野的角落，在冬季的雨天时草地绿得几乎呈现蓝色，一根腐朽的门柱上面长满了绿苔，还有一头奶牛站在草地里凝视着你。而当你二十年后重回故地时，你会觉得很惊讶，因为一切都没有变，只是没有了那头奶牛站在原地，以同样的表情看着你。

开到查姆福特山的山顶时，我意识到一直以来存在于脑海中的景象几乎完全是想象的。确实，有些事物改变了。这条路是柏油路面，而以前是碎石路面（我记得骑单车时那种颠簸的感觉），而且似乎拓宽了不少，树则少了许多。以前在灌木篱墙那里长着高大的山毛榉树，有的地方树枝在路的上方交织在一起，就像拱顶一样。现在这些树都不见了。快到山丘顶部的时候我看到一些可以肯定是新出现的事物。道路的右边是一大片矫揉造作的洋房，装饰了飞檐、藤架和其它什么的。你知道这种房子都自以为高贵，不能修成一整排，因此零星分布，修了私家小路引向门前。在一条私家小路的入口处竖着一块大白板，上面写着：

狗舍

纯种锡利哈姆犬

狗只寄宿

这个以前没有吧？

我想了一会儿。是的，我记起来了！这些房子所处的地方原来是一小片橡树林，那些橡树挨得太密了，因此长得又瘦又高，春天时地上老是长满了银莲花。在以前，出了小镇这么远肯定是没有房子的。

我来到山顶，再开一分钟就可以看见下宾菲尔德了。下宾菲尔德！我干吗要掩饰心中的兴奋呢？想到再次见到家乡，一股奇妙的感觉开始拨动着我的心弦。再过五秒钟我就可以看到家乡了。是的，我们到了！我关闭离合器，踩着脚刹，天哪！

噢，是的！我知道你早就知道会发生什么事情，但我根本没有想到。你可以说我是个该死的傻瓜，竟然没想到会是这样，而我真的是个大傻瓜，但我根本没想到过会这样。

第一个问题是，下宾菲尔德哪儿去了？

我不是说它被摧毁了。它只是被吞没了。我正在俯视着一个规模相当大的工业城镇。我记得——天哪，我想起来了！在这件事情上我想我的记忆还不至于太久远模糊——在查姆福特山顶俯瞰下宾菲尔德的景致。我想高街大约是四分之一英里长，除了几座偏远的房屋之外，小镇大致上呈十字形，最主要的地标建筑是教堂的塔楼和酿酒厂的烟囱。现在这两座建筑我都无法分辨出来。我只能看到山谷两旁各有长长一排崭新的房屋，而且一直蔓延到半山腰上。在右边有几亩一模一样的明红色的屋顶，看上去好像是一座大型的市政公屋住宅区。

但是，下宾菲尔德哪儿去了？我认识的那座小镇哪儿去了？它可能就在任何地方。我只知道它被湮埋在那一堆砖海中。我看到了五六根烟囱，根本分辨不出哪一根是酿酒厂的。在小镇的东边有两座生产玻璃和混凝土的大工厂。我开始接受眼前的一切，我想那或许就是小镇发展的动力。我估计这个地方的人口（以前大概是两千人）得有两万五千人。看起来似乎没有变的是宾菲尔德馆。这么远望过去它只有一个小黑点大小，但你可以看见它就在对面的山坡上，周围是那片山毛榉树林，小镇还没有发展到那头。这时一队黑色的轰炸机从山那头飞了过来，横越小镇渐渐变大。

我挂上离合器，开始慢慢地滑下山。房子已经修到了半山腰上。你知道那些沿着半山而建的廉价小房是什么样子的，屋顶层层叠叠，全都一模一样，就像一段阶梯一样。但在我到达那些房子之前，我又停了下来。道路左边还有一样新鲜的事物，是一片墓地。我停在墓地大门对面打量着里面。

这片墓地很大，我猜得有二十英亩。一座新的墓地总是有种暴发户般令人不自在的气氛，里面铺了粗沙石道路、粗糙的草坪和那些机器制造的大理石天使，看上去像是从结婚蛋糕上掉下来的。但这时令我感到惊讶的是，以前可没有这片单独的墓地，只有教堂墓地。我依稀记得这块地是谁的——是奶农布莱基特的地。这片地方的荒凉萧条让我想到了世事的沧海桑田。不仅仅是因为小镇的规模变大了，需要二十英亩土地埋葬尸体，更因为他们把公墓安置在了这里，小镇的边上。你发现了吗？如今他们就是这么干的。每个新城镇都把公墓放到外围。把它弄走——不要有碍观瞻！他们无法忍受被提醒人终有一死这回事。连那些墓碑也向你倾诉着同样的故事。它们不会说下面那个家伙“死掉了”，而总是说“仙游”或“沉睡”。以前可不是这样子的。我们的墓园就位于小镇的中央，你每天都会经过那里，你看到你的祖父躺着的那块地方，而终有一天你死后也会躺到里边去。我们不介意直面死者。我承认，到了大热天，我们得忍受恶臭，因为有的家庭墓穴的密封不是很好。

我让汽车缓缓地滑下山。真是奇怪！你无法想象有多么奇怪！一路上我看到的都是幻觉，大部分是篱笆、树木和奶牛的幻觉，就好像我同时在看着两个世界，原有的东西就像是一个泡泡，而真实存在的事物则透过泡泡闪耀着光芒。那不就是公牛曾经追逐“生姜”罗杰斯的田地吗！那不就是以前长伞菇的地方吗！但田地、公牛和蘑菇统统都没有了。到处都是房子、房子，这些简陋的红色小房子挂着肮脏的窗帘，后花园丢满了垃圾，里面什么都没有，就只有一小块草坪或几株飞燕草长在一片杂草中。有人在走动着，女人们掸着席子，流着鼻涕的小孩子们在人行道上玩耍。他们全都是陌生人！在我离开的时候他们一窝蜂涌了进来。但在他们眼中我也是个陌生人。他们对旧的下宾菲尔德一无所知，从未听说过舒特和威瑟罗尔、格里米特先生或以西结伯伯，而且一定对这些一点儿都不在乎。

真是有趣，一个人很快就能适应环境。我想从我在山丘顶上停下来，想到可以再次见到下宾菲尔德而觉得有点喘不过气来到现在才过了五分钟，现在我已经对下宾菲尔德就像荒弃的秘鲁古城[①]一样被湮埋觉得习以为常了。我打起精神面对眼前的这一幕。毕竟，你还想怎么样呢？城镇总得扩张，人总得有地方住。而且，老镇并没有被摧毁。它仍存在于某处，虽然周围变成了房子，而不是田园。再过几分钟我就能看到它了，那座教堂、酿酒厂的烟囱、父亲的小店橱窗和集市里的马槽。我来到山下，道路分岔了。我转向左边，一分钟后我迷路了。

我什么都不记得了。我甚至不记得是不是从这里进入小镇。我只知道以前根本没有这条街道。我开了好几百码——这是一条非常破败萧条的街道，那些房屋一走出来就是人行道，时不时在角落里冒出一间杂货店或一间昏暗的小酒馆——我根本不知道这条街道会通往哪里。最后，我把车停在一个女人身边，她穿着一条脏兮兮的围裙，没有戴帽子，正走在人行道上。我把头探出窗外。

“打扰了——您能告诉我到集市怎么走吗？”

她“答不出来”，说话时的口音硬邦邦得拿把铲子砸开。兰开夏人。如今在英国南部有许多这些兰开夏人，因为家乡经济不好而迁徙过来。接着，我看到一个穿工装裤的男人，正提着一袋工具走过来，我又向他问路。这一次他说的是伦敦土腔，但他想了一会儿。

“集市？集市？让我想想。噢——你是说那个旧集市？”

我想我指的应该就是旧集市。

“噢，好咧——前面往右转就是了——”

这段路很长，我觉得开了有好几里路，其实还不到一里路

---

① 应指马丘比丘古城（Machu Picchu），是南美前哥伦布时代印加帝国的遗址。

远。房子、商店、电影院、小教堂、足球场——新的，全部都是新的。我又一次萌发敌人趁着我离开的时候侵略了故乡的感觉。所有这些人从兰开夏和伦敦的郊区拥来，在这片混乱不堪的地方扎根生存，甚至不去了解这座小镇地标的名字。但很快我就知道我们以前叫集市的地方为什么现在被称为“旧集市”了。那里有一片广场，虽然称之为广场并不是很贴切，因为这块地的形状很不规则，坐落在新镇的中央，竖起了交通灯和一座巨大的青铜雕像，刻画着一头狮子与一只雄鹰在对峙——我想是战争纪念碑。每样东西都那么新！这里看起来是那么粗俗难看！你知道这些过去几年间突然像气球一样猛然膨胀的新城镇的样子吗？海耶斯、斯洛、达格南等地方。那种冷冰冰的气息，到处是亮红色的砖头，看起来像是临时搭建的橱窗里堆满了大减价的巧克力和收音机零部件。这里的情况就像那样。但是突然间我拐进了一条街道，到处都是老屋。天哪！是高街！

我的记忆终究没有欺骗我。现在我记得每一寸地方了。再开几百码我就到集市了。我家那间旧店就在高街的另一头。吃完午饭之后我就会去那里——我得去乔治酒店投宿。每一英寸的土地都印在我的记忆里！我知道所有的商店，所有名字全都变了，里面卖的东西也变了。那间是拉沃格罗夫的小店！那间是托德的小店！还有一间悬着横梁、修了老虎窗的昏暗的大店面，以前是莉莉怀特的布匹店，就是埃尔丝上班的地方。还有格里米特的店！看上去还是一家杂货店。就快看到集市的那个马槽了。我前面有一辆车，挡住了我的视线。

我们进入集市，那辆车拐到一旁。马槽不见了。

街上有个汽车协会的人在老地方指挥交通，他瞥了我的汽车一眼，看到上面没有汽车协会的标志，决定不行礼了。

我转过街角，朝乔治酒店而去。马槽不见了让我非常失望，我甚至没有去看酿酒厂的烟囱还在不在。乔治酒店除了名字没变之外，其它一切全变了。前门打扮得漂漂亮亮的，看上去像是一家河滨酒店，招牌也不一样了。真是奇怪，虽然二十年来我从未想起过那块旧招牌，我突然间发现自己仍记得旧招牌的每一个细节，那块招牌打我能记事开始就一直在那里晃悠。那是一张粗陋的图画，画着圣乔治骑着一匹瘦马，踩在一条胖乎乎的火龙上面，在角落里，虽然字迹已经破裂褪色了，你仍可以分辨得出字体很小的签名，“威廉·桑福德，画家兼木匠”。新的招牌很有艺术感。你可以看出那是由一位真正的画家绘制的，圣乔治看上去像个普通的同性恋者。以前后院铺的是鹅卵石，用来摆放农民们的马具，喝醉酒的客人在星期六晚上经常跑到这儿呕吐，现在面积扩大了将近三倍，而且到处都铺了混凝土，到处都是停车位。我把车子倒进一个停车位，走了出来。

我发现，人的精神状态会大起大落，没有什么情感能够保留一段较长的时间。在刚才十五分钟里你可以用“震惊”形容我的情绪。当我在查姆福特山的山顶停下来，突然间意识到下宾菲尔德已经消失了，我觉得就像肚子上被揍了一拳，而当我看到马槽不见了，心里仿佛又被刺了一刀。我开着车穿过街道，感觉十分沮丧，就像以迦博①的心情。但当我走出车子，戴上软呢帽时，我突然间觉得我一点儿也不在乎了。今天是个明媚的艳阳天，酒店的后院一派盛夏风情，绿色的花圃什么的

① 以迦博(Ichabod)是《圣经·旧约·撒母尔记上》的人物，他出生的时候适逢以色列人的圣物约柜被非利士人夺走，以迦博这个名字的意思是“荣耀离开(失去)”。

绽放着鲜花。而且我饿了，想好好吃一顿午饭。

我高傲地走进酒店，几个服务员已经飞奔出来迎接我，拎着行李箱跟在我身后。我觉得自己很有钱，或许看上去也像个有钱人。如果你没看到我那辆旧车，你或许会说我像一个殷实的生意人。我很高兴穿了新西装过来——蓝色的法兰绒料子，带着细细的白条，这套衣服很衬我的风格。用裁缝的话说，“看上去很显瘦”。我相信那天自己看上去像个股票经纪。随你怎么说都行，这种感觉实在是太美妙了。在明媚的六月天，阳光照射在窗台上那几株粉红色的天竺葵上，走进一家蛮不错的乡村酒店，烤羊肉和薄荷酱正等候着你。住酒店对我来说可不是什么新鲜事情，天知道我住过多少回酒店了——但绝大部分是那些烂透了的“家庭和商务”酒店，就像理论上我应该正在入住的罗伯顿酒店，你付个五先令，包下床位和早餐，床单总是湿漉漉的，浴室的水龙头总是坏的。乔治酒店变得非常豪华，我几乎认不出来了。以前它几乎称不上是一家酒店，只是一间小酒馆，虽然它有一两间房出租，而且在集市日为农夫们提供午餐（烤牛肉加约克夏布丁、板油布丁和斯蒂尔顿干酪）。除了公共吧台之外这里似乎全变了。以前我经过酒馆的时候总是看到那张吧台，它看上去还是和以前一样。我走在一条铺了柔软地毯的通道里，墙上挂着狩猎的图画、红铜炭炉和诸如此类的不中用的玩意儿。我隐约记得这条走廊以前是什么样子的：脚下是凹陷的铺路石板，啤酒的味道夹杂着灰泥的味道。一个漂亮的年轻女人，烫了一头鬈发，穿着一件黑色长裙。我想她应该是个文员或什么的，在办公室里帮我登记。

“您要订房吗，先生？当然可以，先生。应该怎么称呼您呢，先生？”

我顿了一下，这可是重大时刻。她应该知道我的名字。我的姓氏并不常见，在墓园里躺着许多我的家人。我们可是下宾菲尔德老镇的世家，下宾菲尔德的博林一家。虽然从某种程度上说，被认出来是件不愉快的事情，但我还是挺希望她能认出来。

“博林。”我清楚地回答道，“乔治 · 博林先生。”

“博林，先生。勃——哦！博？是的，先生。您是从伦敦来的吗，先生？”

没有反应，什么事情也想不起来。她从来没听说过我，从未听过乔治 · 博林，萨缪尔 · 博林的儿子——萨缪尔 · 博林，该死的！三十年来每个星期六他都会来这间酒馆喝半品脱啤酒。

第二章

餐室也变了。

我记得以前餐室是什么样子，虽然我从未在那里吃过饭。里面有棕色的壁炉架，贴着青不青黄不黄的墙纸——我不知道是故意弄成这种颜色，还是说是长时间烟熏造成的——还有那幅油画，也是画家兼木匠威廉·桑福德的作品，画的是特勒凯比尔之战[①]。现在他们把整个地方装修成中世纪的风格。砖砌的壁炉修了炉围，一根大梁贯穿整个屋顶，墙上镶着橡木面板，五十码开外你就可以看出每一处细节都透着山寨气息。那根大梁是真正的橡木，或许是从某艘旧的帆船上面拆下来的，但根本没有承重的作用。而且我一看到那些墙上的面板就起了疑心。我在桌子旁坐了下来，那个衣着整洁的年轻服务员摆弄着餐巾朝我走来。我敲了敲后面的那堵墙，果然如我所料！那根本不是原木，而是用某种合成材料做成的，上面涂了一层漆。

但这顿午饭味道还不错。我点了羊肉和薄荷酱，要了一瓶写了法国名字的白葡萄酒，这酒让我打了好几个嗝，但让我觉得很开心。还有另一个人在这里用餐，一个大约三十岁的金发女性，看上去像个寡妇。我猜想她是不是住在乔治酒店，开始动起了勾搭她的念头。种种感觉交织在一起，真是太奇怪了。有一半的时间我看到了幽灵。过去的情景与现实的情景交织在一起：集市的日子、那些结实的大块头农民正坐在长桌周围跷着二郎腿，鞋钉在石头地板上刮擦着，吃下一大顿牛肉和面团布丁，你根本不敢相信一个人竟然会有这么大的胃口。然后摆着干净的白色桌布、酒杯和折叠餐巾的小餐桌，店面里的山寨装修和漫天要价的狡诈又会将过去的幽灵抹掉。我在心里想，我有十二英镑，穿了新西装，我是博林家的小儿子乔治，谁会相信我开着自己的汽车回到下宾菲尔德来呢？然后，胃里的酒涌起一股温暖的感觉，我上下打量着那个金发女人，在脑海里脱下她的衣服。

当天下午，我懒洋洋地躺在休息室里，这里的情况也一样——还是山寨中世纪的装修风格，但这里有流线型的皮扶手椅和玻璃面的桌子——点了一杯白兰地和雪茄。我看到了幽灵，但大体上我觉得很开心。事实上我喝得有点醺醺然，希望那个金发女郎能过来和我搭讪，但她没有过来。我一直消磨到茶点的时间才出去。

我走到集市那里，拐到左边。是那间小店！真是有趣。二十一年前，母亲的葬礼那天，我乘着驿站马车经过这里，看到店门紧闭着，布满了灰尘，招牌被水管工的喷灯烧掉了。那时候我一点儿也不在乎。而如今我离小店更远了，店里的细节我也都不记得了，想到能够再见它一面，我却不禁心潮澎湃。我经过理发店，那里还是理发店，虽然名字换了。从门里飘出一股暖和的杏仁肥皂味。没有以前那种月桂油和土耳其拉塔基亚香烟的味道那么好闻。那间小店——我家的小店——就在二十码开外的地方。啊！

---

① 特勒凯比尔之战（the battle of Tel-el-Kebir），1882 年英国军队镇压埃及叛乱，保卫苏伊士运河的一场战斗，以英军胜利而告终。

一幅艺术气息的招牌——我猜想和乔治酒店的招牌是出自同一人的手笔——就挂在人行道的上方：

温迪茶店

早上咖啡供应，自家蛋糕。

是一间茶店！

我猜想要是它变成了一间肉店或五金店，或任何其它不是经营种子谷物的商店，我也会觉得非常失望。因为你刚好是在某间房子里出生的，你就觉得这辈子这间房子都应该是你的，这真是滑稽，但你确实就是这么想的。这间店和名字很相称。橱窗里挂着蓝色的窗帘，摆放着一两个蛋糕，那种外面覆盖着巧克力，顶部嵌了一个核桃的蛋糕。我走进店里。我不想喝茶，只是想看看里面。

显然，他们把店门和以前是门廊的地方改造成了茶室。至于后面那个摆放垃圾桶和长着那一丛丛杂草的小院，他们将其铺平了，装饰着乡村风格的桌子、绣球花和一些小摆设。我仿佛走过了门廊。又是幻觉！墙边摆着那架钢琴和课本，还有那两张笨重的旧扶手椅，星期天下午父亲和母亲总是坐在上面，对着壁炉阅读《人民报》和《世界新闻报》！他们把那个地方布置得甚至比乔治酒店更具古典风格，有活动桌脚的桌子和锻铁的枝形吊灯，墙上挂着锡镴盘子和别的什么。你注意到了吗？他们总是把这些富有艺术气息的茶室弄得很昏暗。我猜想这也是古典风格的一部分。招呼我的不是一个普通的女服务员，而是一个穿着印花布裙的年轻女人，说话的语气很难听。我向她点了茶，她花了十分钟才把茶端来。你知道那是什么茶——中国茶，淡得你几乎以为是白开水，得往里面加牛奶才有点味道。我坐的地方差不多就是以前父亲那张扶手椅摆放的位置。我几乎可以听到他的声音，正在朗读《人民报》一篇关于新型飞行器或一个人被鲸鱼吞食之类的新闻。我有一种奇怪的感觉：我找了借口到这儿来，如果他们知道我是谁，会把我一脚踢出去。但与此同时，我很想告诉某个人我就是在这里出世的，我属于这间房子，又或者说（我真的这么觉得），这间房子是属于我的。店里没有其他人在喝茶。那个穿着印花布裙的女孩正在橱窗边闲荡。我看得出，如果我不在这里的话她会剔剔自己的牙齿。我咬了一口她端上来的蛋糕。自家做的蛋糕！确实如此。自家用人造黄油和鸡蛋替代品做的蛋糕。最后我开口问道：

“你在下宾菲尔德呆了很久吗？”

她看上去有点惊讶，没有回答。我又开口说道：

“我以前就住在下宾菲尔德，很久以前的事了。”

她又没有答话，或者说，我听不见她在说什么。她冷淡地看了我一眼，然后又望着窗外。我知道这是怎么回事。一位大小姐是不会和顾客们搭讪聊天的。而且，她或许以为我想勾引她。告诉她我在这间房子里出世又能怎样呢？就算她相信了，她也不会感兴趣。她从未听说过谷物种子商人萨缪尔·博林这个人。我付了钱，走出店外。

我走到教堂那里。我有点害怕，又有点盼望的事情，就是被那里的熟人认出来。但我的担心是多余的，街上没有一张我认识的面孔。似乎整个小镇的人口全都是新的。

当我来到教堂的时候，我了解到为什么他们要建新的公墓了。墓园已经被挤满了，一半的坟墓上面写着的名字是我不认识的。不过，我认识的名字倒是很容易发现。我绕着墓碑走了一圈。教堂司事刚刚剪过草，这里甚至有一股夏天的味道。这些墓碑都是孤零零的。都是一些我认识的老家伙。屠夫格拉菲特、另一位种子商人温克尔、以前经营乔治酒店的老板特鲁、糖果店的老板娘威勒太太——他们都躺在那里。舒特和威瑟罗尔相对着各躺在小径的一边，似乎他们仍隔着过道在高唱着赞美诗。威瑟罗尔终究还是活不到一百岁。生于 1843 年，卒于 1928 年。但和以往一样，他还是比舒特厉害，后者于 1926 年就去世了。最后那两年老威瑟罗尔一定很寂寞，没有人和他赛歌了！老格里米特躺在一块硕大的、形如小牛肉和火腿馅饼的大理石墓碑下，四周围着铁栅栏。在墓园的角落里，西蒙斯一家就躺在廉价的小十字墓碑下面。一切尽化为尘土。张着他那口被烟熏得发黄的牙齿的老霍奇斯，蓄着棕色的大胡子的拉沃格罗夫，请得起马车夫又养得起老虎狗的拉姆普林小姐，哈利·巴恩斯的那位有一只玻璃眼球的阿姨，长着一张凶神恶煞、仿佛是用一颗坚果凿出来的老脸的米尔农场布鲁尔——这些人都走了，只留下一块墓碑，下面的尸体只有上帝才认得。

我找到了母亲的坟墓和旁边父亲的坟墓。两座坟墓都修葺得很好，教堂司事一直坚持清理杂草。以西结伯伯的坟墓就在附近。他们将许多更旧的坟墓铲平了，那些看上去就像床头板的木头墓碑都被清走了。隔了二十年再看到父母的坟墓时你心里有什么感觉？我不知道你会是什么心情，但我会告诉我是什么心情。那就是，什么感觉也没有。父亲和母亲从未在我的脑海中褪色。他们似乎永远生活在某个地方。母亲站在棕色的茶壶后面，父亲略秃的头顶沾着面粉，戴着眼镜，蓄着灰白的八字胡，就像画像里的人一样静止不动，却又是活生生的人。埋在地下的那两盒骨骸似乎和他们毫无关系。我站在那儿，开始想象着当你被埋在地下时会是什么感受，你会不会很在意，要过多久你才不会在意。这时一个阴影从我身上掠过，把我吓了一跳。

我回头望去，那只是一架轰炸机，正好飞到我的头上，遮住了太阳。这个地方似乎有很多飞机。

我走进教堂。自从我回到下宾菲尔德后，这可能是第一次我没有那种见到幽灵的感觉。又或者是，那种感觉变得不一样了，因为一切都没有改变，只是那些人都已经逝去了。连那些跪垫看上去也一模一样，同样还是那股尘土甜腻腻的陈腐的味道。上帝啊！窗户还是破了个洞。现在是傍晚，太阳在另一边，通道里没有阳光射进来。他们还在用靠背长凳——没有换成椅子。我们的长凳就在那儿，前头就是威瑟罗尔和舒特赛歌的长凳。亚摩利人的王西宏和巴珊王噩！你仍可以依稀辨认出过道上磨损的石碑下面那些人的墓志铭。我蹲了下来，看看我们那张长凳对面的墓碑。我仍然记得那些依稀可辨的文字，就连它们的字体也印在我的脑海中。上帝知道在布道的时候我老是去读上面写了些什么。

这里……的儿子，本教区的绅士……他的正直和诚实……

对他的……展现出善行，而且勤勉……

挚爱的妻子艾米莉亚……七位女儿……

我记得上面的字母 S 总是让年纪还小的我很迷惑，不知道以前他们为什么老是把 S 写得像 F。①

我身后传来了脚步声。一个穿着法袍的人站在我身边。他

---

① 原文中的 S 写成了 ſ，形状像字母 f。

是这里的牧师。

是牧师！他就是老贝特顿，就是这里以前的牧师——当然，在我小时候他还不是，但从1904年开始就担任牧师了。我立刻认出是他，虽然他的头发已经花白了。

他没有认出我。我只是一个穿着蓝色西装来这里参观的胖子。他向我道了声“晚上好”，然后开始普通的寒暄——我是不是对建筑感兴趣，这是一间很不平凡的老建筑，历史可以追溯到撒克逊人时代等等等等。然后他就蹒跚着脚步带着我四处参观教堂的景致——通往法衣堂的诺曼式拱顶、在纽伯利之战[①]中捐躯的罗德里克·伯恩爵士的铜像。我就像一只驯服的小狗跟在他后面，中年商人在参观教堂或画廊的时候都会是这副德性。我告诉他我已经知道这个地方了吗？我告诉他我就是乔治·博林，萨缪尔·博林的儿子——就算他不记得我，他也会记得我父亲——我不仅听了十年他的布道，而且参加他的福音见证班，还加入了下宾菲尔德读书会，读《芝麻与百合》这本书只是为了哄他开心吗？不，我没有这么做。我只是跟着他四处参观，含糊地应酬着，就像别人告诉你某某某某东西有五百年的历史了，而你觉得那东西看起来根本没有那么古老时所敷衍的话。从我看到他第一眼后，我就决定让他以为我只是一个陌生人。我朝教堂的捐献箱里捐了六便士以示体面，然后立刻逃离了这里。

为什么？我终于找到了一个认识的人，为什么却不肯和他相认？

---

① 纽伯利之战(the Battle of Newbury)，1643年英国内战时保皇派军队与议会派军队之间展开的一场战斗。

因为经过这二十年他容貌的改变着实让我吓了一跳。我猜想你会以为我的意思是他看上去老了许多。但不是这样！他看上去更年轻了。这突然间让我明白了关于岁月变迁的一些道理。

我猜老贝特顿现在大概六十五岁了，因此上一次我见到他的时候他大概是四十五岁——相当于我现在的年龄。现在他的头发白了，埋葬母亲那时候他的头发是斑驳的灰色，像一把修面刷。但是，我一看到他就觉得很诧异，他看上去更年轻了。我本以为他会是一个糟老头，但他毕竟还不算太老。我想到，在童年的时候，所有四十岁以上的人对我来说都是糟老头子，老得几乎没什么分别。那时候一个四十五岁的人要比现在这个六十五岁的人对我来说更加显老。天哪！我自己已经四十五岁了。这让我觉得很害怕。

我一边走在坟墓之间一边想，在二十岁的年轻人眼中，我就是这么一副尊荣，一个行将腐朽的、可怜的老胖子。真是奇怪。通常来说，我可不在乎自己的年龄。为什么我要在乎呢？我很胖，但我很强壮健康。我想做什么事情都可以去做。一朵玫瑰花现在闻起来和我二十岁的时候一样芳香。啊，但对于玫瑰花来说，我闻起来还是和以前一样吗？就像是给我的答案一样，一个约莫十八岁的女孩走在教堂墓地的小径上，从我身边一两码的地方经过。我看到她脸上的表情，那只是细微的短暂的表情。不，不是恐惧，也不是带着敌意，只是有点惊讶而疏远，就像你看着一只野生动物的眼睛时它的表情。在我离开下宾菲尔德的这二十年间她才出世，在这里成长。我所有的回忆对她来说毫无意义。她就像一只小动物，生活在另一个世界里。

我回到乔治酒店。我想要喝酒，但酒吧得半个小时后才营业。我在周围闲逛，读着一份去年的《运动与戏剧》。过了一会儿，那位我觉得或许是寡妇的金发女郎进来了。我突然很想去勾引她。我想向自己证明我这条老狗还精力旺盛，虽然这条老狗得戴着假牙。我心里想，如果她三十岁，而我四十五岁，那不就很公平嘛。我正站在空壁炉前面，假装在暖和我的屁股，在夏天你就会这么做。我穿着那身蓝色西装，看上去还挺帅的。毫无疑问是有点胖，但像一个有身份的男人。一个见过世面的男人。可以冒充一个股票经纪。我装出最风流倜傥的声音，随意地说道：

“六月的天气真是不错。”

这句话不算唐突，不是吗？不像“我们曾经在哪里见过面吗”那么冒昧。

但这句话并不奏效。她没有答话，只是把正在阅读的报纸稍微放下了半秒钟，看了我一眼，眼神凌厉得可以打碎一扇窗户。真是太可怕了。她那双蓝色的眼眸就像子弹一样射穿你。就在这半秒钟里我意识到自己把她想错了，而且错得很离谱。她可不是那种染过头发喜欢被别人带去舞厅的寡妇。她是上流社会的女士，或许是一位将军的女儿，上过开展曲棍球运动的名门女校。而我也高估了自己，无论穿的是不是新西装，我看上去都不像是个股票经纪，只像个碰巧赚了一笔的旅行推销员。我溜到私人吧台那里，准备在晚餐前喝上一两品脱啤酒。

啤酒和以前也不一样了。我记得以前的泰晤士河谷牌啤酒总是有一股味道，因为它是用掺了白垩的水酿造的。我问吧台的小姐：

“贝瑟默酿酒厂还在吗？”

“贝瑟默？噢，没有了，先生。他们倒闭了。很多年前的事了——在我们来之前很早的事情了。”

她态度很友好，是那种我称之为老大姐型的吧女，三十五岁左右，态度很和气，两只胳膊由于老是得拉啤酒桶的把手而变得很粗。她告诉我收购了酿酒厂的联合企业的名字，事实上，从啤酒的味道我大概能猜得出来。不同的吧台都在同一圈地方，中间隔开了。在公共吧台那里两个人正在玩飞镖，而在喝扎啤和瓶装啤酒的吧台那边有一个家伙说起话来阴阳怪气的，但我看不见他。那个吧台小姐把粗壮的手肘搁在吧台上，和我聊天。我把认识的名字说了一遍，但没有一个她听说过。她说她五年前才来到下宾菲尔德。她甚至没听说过以前经营乔治酒吧的老特鲁。

“我以前就住在下宾菲尔德。”我对她说，“很久以前的事了，是战争之前的事了。”

“战争之前？哇，你看上去没那么老嘛！”

“看到一些变化了吧，我说。”扎啤和瓶装啤酒吧台的那个家伙说道。

“这里的变化可大了。”我说道，“我想是那些工厂的缘故。”

“是的，大部分人都在工厂里上班。这里有留声机工厂，还有特鲁菲特丝袜厂。当然，现在他们都在生产炸弹了。”

我完全不明白为什么她要说“当然”这个词，但她开始告诉我有个年轻人在特鲁菲特丝袜厂上班，有时候会到乔治酒店来消遣。他告诉她他们在制造炸弹和丝袜，而这两样东西很容易混合在一起生产，但至于为什么我就不明白了。然后她告诉我在沃尔顿附近有大型的军用机场——这就是我老是看到有轰炸机的原因——接着，和平常一样，我们聊起了战争。真是有趣。我就是为了逃避战争才来到这里的。但你怎么能躲得开呢？战争已经渗透进你所呼吸的空气了。

我说战争 1941 年就要打响了。扎啤和瓶装啤酒吧台的那个家伙说他猜这场战争会打得很惨烈。那个吧女说战争让她觉得毛骨悚然。她说：

“说了这么多做了这么多，似乎什么用也没有，不是吗？有时候我晚上一直睡不着，听到那些庞大的东西从头顶飞过，心里对自己说：‘想想看，那个东西就要在我的头顶扔下一颗炸弹了！’还有那些战备训练。托杰斯小姐是空袭训练教官，她说要是你能保持冷静，用报纸塞住窗户，就问题不大。他们还说准备在市政厅后面修筑防空洞。但我很纳闷，你怎么帮一个孩子戴上防毒面罩呢？”

扎啤和瓶装啤酒吧台的那个家伙说他在报纸上读过，如果空袭结束你应该去泡个热水澡。公共吧台的那两个人听到了这番话，就这个话题扯了开去，聊起了一缸热水可以给多少个人洗澡，两人还问那位吧女能不能和她一起洗澡。她警告他们不要想入非非，然后走到吧台的另一头，给他们端来几品脱老啤和淡味麦芽啤酒。我喝了一口自己的啤酒。味道很难喝。他们称之为苦啤。确实很苦，实在太苦了，一股子硫磺味，化工原料做的。他们说如今啤酒里再也不放英国啤酒花了，全都是用化工原料酿造的。我发现自己在想着以西结伯伯，不知道他会对这样的啤酒，对战备训练，对那些用来扑灭铝热剂炸弹的一桶桶的沙子说些什么。那个吧女回到我这一头的吧台时，我问道：

“顺便问一下，现在‘大厅’是谁在住？”

我们总是说“大厅”，其实它的名字是宾菲尔德馆。她愣了一会儿。

“‘大厅’，先生？”

“他是说宾菲尔德馆。”扎啤和瓶装啤酒吧台的那个家伙说道。

“噢，宾菲尔德馆！噢，我还以为你在说纪念厅呢。宾菲尔德馆现在的业主是梅罗尔医生。”

“梅罗尔医生？”

“是的，先生。他们说，他把六十多个病人安置在那里。”

“病人？他们把那里改造成医院了吗？”

“嗯——那不是一间普通的医院。更像是疗养院，里面都是些精神病人。他们说那里是精神病院。”

一间疯人院！

但说到底，你还想怎么样呢？

第三章

我爬下床，嘴里带着口臭，浑身的骨头似乎都快断了。

事实上，我中午喝了一瓶酒，晚上又喝了一瓶，中间还喝了几品脱啤酒和一两杯白兰地，昨天喝得实在有点多。我眼神恍惚地在地毯中间站了几分钟，累得根本不想动。你知道清晨宿醉醒来时那种糟糕透顶的感觉。那种感觉主要集中在双腿上，比任何言语都更加清楚地在质问着你："为什么你还要这样喝下去呢？别再喝下去了，老家伙！你这样做跟把头伸进煤气炉里有什么分别！"

我把假牙放回嘴里，走到床边。又是一个明媚的六月天，太阳正开始斜照过屋顶，落在街道另一边的屋前。窗台上粉红色的天竺葵看上去蛮漂亮的。虽然现在才八点半，而且这里只是集市旁边的一条小巷，外面已经有很多人在走动了。一排看上去像是文员的人穿着黑西装，拎着公文包，正匆匆忙忙地朝着同一个方向赶路，似乎这里是伦敦的郊区，他们正快步赶着去搭地铁。上学的孩童正三三两两地朝集市走去。我的感觉和前天看到那排吞没了查姆福特山的红色房屋时一模一样。该死的外来人口！两万个不速之客，甚至不知道我的名字，在这里挤来拥去地过着新生活，而我就在这里，一个又老又穷的胖子，戴着假牙，站在窗前看着他们，嘴里嘟囔着三四十年前发生的事情，而人们根本不想听。上帝啊！我心想，我以为自己看到了幽灵，其实我错了。我自己就是幽灵。我已经死了，而他们还活着。

但吃完早餐后——黑线鳕鱼、烤鸡肾、吐司面包加橘子酱和一壶咖啡——我感觉好了一些。那位冷若冰霜的夫人没有来餐厅吃早餐。空气中有一种愉悦的盛夏的感觉，我老是觉得穿上这身蓝色法兰绒西装的自己看上去像个上流绅士。我在心里想，上帝啊！如果我是一具幽灵，那就由他去吧！我要四处走走，我要去旧时的地方撒野。或许我可以捉弄那些抢走我的故乡的人一把。

我走了出去，但还没走过集市就被意想不到的一幕吓住了。一队约有五十人的学童正排成四列纵队在街道上走着——看上去很像当兵的——有个神情冷酷的女人走在他们旁边，像个军曹一样。最前面的四个孩子扛着一面红白蓝三色镶边的旗帜，上面写着大大的字“英国同胞做好准备”。街角的理发师走到门道上看热闹。我和他搭话。他黑色的头发梳得油光水亮，神情有点阴郁。

“这些孩子在干什么？”

“是这里的空袭演习。”他平淡地回答，“这里的空袭演习，类似于军事训练。那位是托杰斯小姐。”

我应该猜得到她就是托杰斯小姐。从她的眼睛里你就可以看出她是那种管理女童军、在基督教女青年会旅社或其它地方上班的可怕的老女人，头发花白了，脸长得像腌鱼一样。她穿着一件大衣和裙子，看上去像是一套军装，让你心里油然而生一种感觉，仿佛她正斜挂着武装带，尽管事实上她并没有。我知道她这种类型的女人：一战时参加过妇女拥军团，从那以后再未有过一天的快乐。她对这种战备训练甘之如饴。那群孩子走过去的时候我听到她就像一位真正的军曹一样朝他们训话："莫尼卡！把脚抬高！"我看到最后面的四个孩子扛着另一面红白蓝三色镶边的旗子，中间写着：

"我们准备好了，你呢？"

"他们这么走来走去在干什么？"我问那个理发师。

"不知道。我猜是在进行宣传吧。"

我就知道是这样。让这些孩子了解战争。让我们所有人都觉得无处可逃。和圣诞节一样，轰炸机肯定会降临到我们头上，所以你就乖乖地躲在地窖里吧，不许争辩。来自沃尔顿的两架黑色轰炸机正从小镇的东边飞来。上帝啊！我心想，如果战争真的开始了，我们都不会感到惊讶，就当是在下雨。我们似乎听到了第一颗炸弹的声音。那个理发师继续对我说多亏了托杰斯小姐的努力，学校的孩子们才分到了防毒面罩了。

我逛起了小镇。我花了两天时间，只是到那些我认得出的旧地标转悠。这段时间我没有遇到一个认识我的人。我就像一个游魂野鬼，似乎没有人看得见我，这就是我的感觉。

那是一种奇怪而难以言状的感觉。你读过赫伯特·乔治·威尔斯的一则故事吗？故事讲述一个家伙同时身处两地，他人在自己的家里，但他有臆想症，以为自己身处海底。他在自己的家里走动着，但他看到的并不是桌椅，而是飘拂的水草，巨大的螃蟹和乌贼朝他游来。就是那种感觉。连续几个小时我走在一个并不存在的世界里。我在人行道上走着的时候会度量步数，在心里说："是的，这里就是某某人家的田。篱笆横穿街道，并贯穿那间房子。那个汽油站以前是棵榆树。这里是菜园的田基。这条街（我记得这是一条萧条的街道，建了一排半独立屋，名叫康柏里奇路）就是我们以前常常和凯蒂·西蒙斯一起散步的那条两边长着坚果灌木丛的小路。"当然，具体的距离我算得不准，但大体上的方位是对的。我相信那些不是在这里出世的人绝对不会相信这里的街道二十年前都是田野。似乎整个乡村被城市远郊类似火山爆发的喷射物掩埋了。旧酿酒厂整块地几乎都被市政公屋住宅区吞没了。米尔农场不见了，我钓到第一条鱼的那口喂牛的池塘被抽干填土，上面建了房子，所以我说不清以前它确切的位置。现在到处都是房子、房子，几乎一模一样的红色的小砖房，种了水蜡树树篱和通往门口的沥青小道。在市政公屋住宅区后面，房子稀疏了一些，但偷工减料的建筑商们并没有放过这里。到处都散落着一小间一小间的房子，建在任何一处被人买下的小地块上，总会有一条临时的小路通往那些房子，空地上摆着建筑商的招牌，还有几块荒弃的土地，上面堆满了瓶瓶罐罐，长出了刺蓟。

另一方面，老镇中心变化并不是很大，我指的是建筑。许多商店还在经营相同的生意，只是名字变了。莉莉怀特仍是布匹店，但看起来生意不怎么样。以前屠夫格拉菲特的肉店现在变成了卖收音机零部件的商店。威勒太太的糖果店的小橱窗被砖头封了起来。格里米特的店还是杂货店，但已经被国际连锁超市收购了。你会觉得这些大公司势力之大，可以把像格里米特这样一个精明的老吝啬鬼生吞活剥了。不过，就我所知他的为人——还有教堂墓地里那块耸立的墓碑——我猜他一定趁着生意还好的时候就把店盘了出去，带着一万到一万五英镑上天堂去了。唯一没有易手的商店是萨拉金的商店，就是摧毁了父亲生意的那帮人。店面扩张了许多，而且在新镇开了一间很大的分店。但他们的业务变成了综合商店，卖家具、药品、五金设备和以前那些园艺工具。

这两天来大部分时间我只是到处闲逛，没有真的在抱怨或大发脾气，但有时候真的想这么做。而且我酗酒无度。一来到下宾菲尔德我就开始喝酒，我觉得酒馆似乎都很晚才开门营业，而在此之前的半个小时我总是垂涎三尺。

告诉你吧，我可不是一直都是怀着同样的心情。有时候我觉得就算下宾菲尔德被毁灭了我也根本不在乎。说到底，我来这里只是为了逃避家庭而已。有什么理由不让我去做我想要做的事情呢？如果我愿意的话，我甚至可以去钓鱼。星期六下午我甚至跑到高街的钓具店，买了一根分段式钓竿（童年的时候我总是渴望能拥有一根分段式钓竿——要比绿心木鱼竿稍贵一些）、鱼钩、肠线等东西。店里的气氛让我觉得精神为之一振。无论发生了什么改变，钓鱼竿可没有变——因为鱼也没有变。那个店员并不觉得一个中年胖子买一根钓鱼竿是一件稀奇的事情。恰恰相反，我们聊起了在泰晤士河里钓鱼，前年有个家伙用黑面包、蜂蜜和剁碎的兔子肉做成团子，钓到了一条大白鲑。我甚至买了店里最坚韧的钓三文鱼的鱼线和几个5号斜齿鳊鱼钩，一心想着去钓宾菲尔德馆的那些大鲤鱼，假如那些鱼还在的话——但我没有告诉那个店员，甚至几乎不敢对自己承认这一想法。

星期天上午大部分时间里我在脑海里进行着挣扎——我要去钓鱼吗？不去钓鱼吗？一会儿我想为什么不去钓鱼呢？过了一会儿我又觉得钓鱼不过是那些你心向往之，但从来不会去做的事情中的一件罢了。但到了下午，我把车开了出去，一直开到伯福德堰。我想就去看一看河里的情况，明天如果天气好的话，或许我会带上新的钓鱼竿，穿上旧大衣，带上我放在行李箱里的灰色法兰绒包好好去钓鱼。如果我喜欢的话，一连钓上个三四天。

我开到查姆福特山。在山底下公路改变了方向，与纤道平行。我下了车，开始散步。啊！路边有一排红白相间的平房。我当然应该事先想象得到会是这么一番情景。这里似乎停放着很多汽车。接近河边的时候，我听到了什么声音——是的，叮叮咚咚—叮叮咚咚！——是的，就是留声机的声音。

我拐过弯，见到了纤道。天哪！又把我吓了一跳。这个地方黑压压的满是人。以前原本是沼泽草甸的地方，现在尽是茶馆、一便士售卖机、糖果店、卖和路雪牌冰激凌的小贩，就像在马盖特一样。我记得那条纤道。你可以沿着它走上几英里，除了守水闸的人和在马后面慢悠悠走着的驳船船员之外，你不会遇到一个人。我们去钓鱼的时候整个地方似乎就只有我们。我经常一坐就是一个下午。离岸边五十码远，一只鹭鸶正站在浅水处，一连三四个小时没有人会过来把它给吓跑。我以前怎么会以为成年人就不钓鱼呢？举目望去，我看到河流的上下游左右两边都坐着一排男人在钓鱼，彼此相隔只有五码。我在心里纳闷这些人怎么跑到这儿来了，然后我突然间想了起来：他们一定是某个钓鱼俱乐部的成员。河里挤满了船——划桨的船、独木舟、平底船，还有摩托艇，上面坐满了年轻人，几乎赤身裸体，都在大声叫嚷着，许多船上还放着留声机。那些想钓鱼的人的船被摩托艇的浪冲刷得上下摇晃不停。

我走了一小段路。虽然天气很好，但水脏兮兮的，而且翻腾着波浪。没有人钓到鱼，连鲰鱼也没有。我不知道他们指望钓到什么。有一群这么吵的人，鱼都给吓跑了。事实上，当我看着小舟在冰激凌盒和纸袋之间上下摇摆时，我不知道这里到底还能不能钓到鱼。泰晤士河里还有鱼吗？我想肯定还会有鱼。但我可以发誓泰晤士河的河水和以前不一样了。河水的颜色变了。当然，你会以为那只是我的幻觉，但我可以告诉你这并不是幻觉。我知道水质变了。我记得以前泰晤士河是什么样子：河水是绿色透明的，你可以看到很深的地方，看见一群群鲦鱼围着芦苇在游弋。现在你看不到水里三英寸深的地方。水又黑又脏，摩托艇开过的地方漂着一层油迹，而且尽是烟头和纸袋。

过了一会儿我折了回去。我再也受不了留声机的噪音了。当然，今天是星期天，我想工作日的情况不至于如此糟糕。但我知道我不会再回来了。上帝会惩罚他们的，让他们守着那条该死的河流吧。去哪儿钓鱼我都绝对不会去泰晤士河。

人群簇拥着经过我的身边。这帮该死的异乡人，几乎都是年轻人。男男女女成双成对地嬉闹着。一群女孩走了过来，穿着喇叭裤，戴着美国水兵式的白帽子，上面印着标语。其中一个女孩大概才十七岁，帽子上的标语是“请吻我吧”。这我倒是很乐意呢。突然间我一时冲动，跑到路边一部那种投一便士就可以称体重的机器上，称了称自己的重量。机器里冒出咔咔咔的声音——你知道那些算命机器兼体重机器都是这副德性——一张打印好了的卡片滑了出来。

“你拥有出众的才华。”我读着上面的内容，“但因为过于谦虚你从未获得赏识，能力也得不到身边众人的承认。你总是站在一边，让别人抢走你的功劳。你是个敏感而有爱心的人，对朋友总是非常忠诚。你对异性很有吸引力，最大的缺点就是慷慨。坚持下去，你会有平步青云的一天！体重：十四英石又十一磅。”

我发现过去这三天我重了四磅，一定是因为喝了酒的缘故。

第四章

我开车回到乔治酒店，把车放在停车处，喝了一杯晚茶。因为今天是星期天，酒吧得再等一两个小时才营业。趁着傍晚的凉意我出去散步，朝教堂的方向走去。

经过集市的时候我发现有一个女人走在我前面。我看着她，心里有一种很奇怪的感觉，以前我一定在哪儿见过她。你知道那种感觉。当然，我看不见她的脸，看她的背影我认不出她是谁，但我可以发誓我认识她。

她沿着高街走着，向右拐进一条巷子里，以西结伯伯以前就在这条巷子里开店。我跟在后面。我不知道为什么会这么做——或许是出于好奇，或许是出于某种预感。我的第一个想法是，我终于遇到了一个以前在下宾菲尔德认识的熟人了，但几乎是在同一时间，我又觉得她可能是从西布勒切利来的。要是那样的话我可得小心了，因为要是被她发现我在这里的话，她可能会向希尔达告密。因此，我跟得很谨慎，保持着安全的距离，端详着她的背影。没什么特别的。她是个高大肥胖的女人，或许得有四五十岁了，穿着一条寒酸的黑裙子。她没有戴帽子，似乎只是出家门一会儿，她走路的方式让你觉得她的鞋跟就快掉了。大体上，她看上去有点像一个懒妇。但我还是认不出她是谁，只是模糊地觉得我以前见过她。或许是因为她的动作的缘故。她来到一间卖糖果纸张的小店，这种小店星期天也总是营业。看店的女人站在门口，正在摆弄放明信片的架子。我跟踪的那个女人停了下来，流连了一会儿。

我也停了下来，立刻站在一间店铺的橱窗前，假装在看着里面。那是一间水管和室内装修五金店，摆满了墙纸、浴室配件等东西的样品。我离那两个女人只有不到十五码远，可以听到两人说话的声音，说的尽是一些女人打发时间的无谓闲聊。“是啊，就是这样。确实就是这样。我自己对他说，我说：‘那你还想怎么着？’我说。这种事似乎不是很对劲，不是吗？但又有什么用，这是在对牛弹琴。真是丢脸！”等等等等。我开始有点了解情况了。显然，我跟踪的女人和另一个女人一样，是某位小店主的妻子。正当我觉得她可能不是我在下宾菲尔德认识的人时，她转过身，几乎面朝着我，我看到了她四分之三的脸。上帝啊！她是埃尔丝！

是的，她就是埃尔丝！绝对没错，埃尔丝！这个肥婆！

告诉你吧，让我如此惊讶的不是看到埃尔丝，而是看到她变成了如今这副模样——有那么一刻，我的眼前天旋地转。铜水龙头、球状止阀、陶瓷水槽等东西似乎消失在远方，在我的眼前若隐若现。而且有那么一刻我吓得要死，担心她会认出我来。但她看着我的脸，没有露出任何迹象。然后她转过头，继续往前走。我继续跟着她。这很危险。她可能会发现我在跟踪她，让她开始怀疑我到底是谁，但我想再看她一眼，事实上，她对我施加了一种魔法。可以这么说吧，我以前看过她，但现在我看着她的时候，那种感觉很不一样。

看着她的背影我觉得心里很害怕，又觉得好像是在做科学研究。二十四年能将一个女人变成这样，真是让人触目惊心。才过了二十四年，那个我认识的女孩，那个肌肤胜雪金发红唇的女孩，变成了这个腰圆膀阔的肥婆，拖着扭歪的鞋跟，走起路来脚步蹒跚。我很庆幸自己是个男人。男人不会像那样身材完全走形。告诉你吧，我很胖，如果你喜欢的话，你可以说我身材不好。但至少我是 A 字形的身材。埃尔丝算不上特别胖，但她的身材全走样了。她的臀部变得无比丑陋，她的腰身消失了，她的身材变成了水桶形的，就像一袋面粉。

我跟了她很长一段路，出了老镇，穿过许多条我不认识的肮脏小巷。最后她拐进了另一间商店的门道里。看她进去的架势，那应该就是她自家的小店了。我在窗外停了一会儿。“库克森，糖果店和烟店”。也就是说，埃尔丝是库克森太太了。那是一间肮脏的小店，看上去和刚才她稍作停留的小店差不多，但要小一些，而且苍蝇卵更多一些。里面似乎除了香烟和最廉价的糖果之外就没有别的东西了。我在想能买点什么东西消磨个一两分钟，然后我看到橱窗里有一个架子，摆着廉价烟斗，于是我走进店里。进去之前我鼓起心中的勇气，因为要是她依稀认得我的话，我得撒几句谎。

她走进了店面后的房间里，但我一敲柜台她就走了出来。我们面对面看着对方。啊！没有迹象。她没有认出我，只是以小店主看待客人的方式看着我，你知道那种看人的方式——完全意兴索然的样子。

那是我第一次看着她整张脸，虽然在心里已经有所预料，但还是像刚刚认出她时那样觉得十分诧异。我猜当你看到一张年轻人或孩子的脸庞时，你或许可以预见得到那张脸老了的时候会是什么模样，这完全取决于骨架的形状。但如果让我在二十岁而埃尔丝二十二岁的时候想象她到了四十七岁时会是什么样子，我绝对不会想象得到她会变成这样。她整张脸都下垂了，似乎被什么拉着往下坠。你知道那种脸长得像斗牛犬的中年女人吗？下颌突出的大嘴，嘴角下垂，眼睛凹了下去，下面眼袋很重，和一只斗牛犬别无二致。但这确实就是在成百万人中我认识的一张脸。她的头发还没有完全变得灰白，而是呈现出一种脏兮兮的颜色，而且比起以前稀疏了许多。她完全认不出我，我只是一个陌生的顾客，一个无趣的胖子。多了一两寸肥肉而已，真是奇怪。我猜想是不是我的改变比她还大，又或者说，她根本没有想到会见到我，又或者——这是最有可能的——她已经忘记我的存在了。

“晚上好。”她说话就像那些女店主一样无精打采的。

“我要买支烟斗。”我说道，“石楠烟斗。”

“一支烟斗。让我想想。我知道我们有烟斗的，我放哪儿去了呢——啊！在这儿呢！”

她从柜台下拿出一个纸箱，里面放满了烟斗。她的口音怎么这么难听！或者说那只是我的想象，因为我的标准改变了？但不是这样，她以前说话的口音“很高雅”，莉莉怀特店里的女店员说起话来都“很高雅”。她曾是牧师组织的读书会的成员。我敢发誓她以前咬字绝对不带土腔。这些女人一结了婚就彻底堕落了，真是奇怪。我在那堆烟斗里挑挑拣拣了一会儿，假装在审视着它们。最后我说我想要一支带琥珀咬嘴的。

“琥珀咬嘴？我不知道我们有没有——”她对着店面后面喊了一句，“乔治！”

原来她老公的名字也叫乔治。后面传来了“嗯”的一声。

“乔—治—！你把另外那箱烟斗放哪儿了？”

乔治进来了。他是个矮小结实的秃子，只穿着衬衣，蓄着姜黄色的浓密的胡须。他的嘴里像是在咀嚼着什么。显然，他正吃着茶点，却被打断了。两人开始翻箱倒柜地找另外一箱烟斗。过了五分钟他们总算在几瓶糖果后面找到了。真是奇怪，这种肮脏的小店的人总是堆着这么多垃圾，而全部存货的价值大概也就值个五十英镑。

我看到老埃尔丝在一堆杂物里翻寻着，自言自语地嘟囔着。你知道一个青春不再的老女人耸着肩膀缓慢的行动吗？我无法向你形容内心的感受。那是一种冰冷而绝望的感觉。除非你亲眼目睹，否则你无法想象得到。我只能说，如果二十五年前有一个你很在乎的女孩子，现在去看看她，或许你就会了解我的感受。

但事实上，我心里想的是，事情的变化和你心中的想法是多么不同。我曾经和埃尔丝度过何等甜蜜的时光！七月的夜晚在栗子树下的旖旎风光！难道你不认为这一幕会让人难以忘怀吗？谁会想到有那么一天我们俩会形同陌路呢？我就在这里，她也在这里，我们的身躯相距只有一码远，而我们就像是从未谋面的陌生人。她甚至没有认出我来，如果我告诉她我是谁，她很有可能记不起来了。就算她记得起来，她会有什么感觉吗？没有感觉。或许甚至不会因为我抛弃了她而觉得生气。整件事情就像没有发生过一样。

话又说回来，谁能预见得到埃尔丝的结局会是这样？她似乎是那种一定会走向堕落与毁灭的女孩子。我知道在我遇到她之前她有过不止一个男人，很有可能在我和另一个乔治之间她还有过别的男人。要是我知道她总共跟十几个男人好过我可不会觉得惊讶。确实，我对她不好，很多时候想到这一点我就会黯然神伤一会儿。我总是想到她最后会流落街头，或把头钻进煤气炉里自杀。有时候我觉得自己实在是太混账了，但有时候我会想就算不是我也会是别人甩了她（这倒是真的）。但你知道事情总会以枯燥无聊的形式发生。有多少女人最后真的会流落街头？沦落为洗衣女工倒是更常见。她既没有遭受厄运，也没有交上好运，只是落得和其他人一样的结局，变成了一个老肥婆，在经营一间肮脏的小店，和一个蓄着姜黄色胡须、名叫乔治的男人厮守。或许她还生下了一群孩子。乔治·库克森太太。活着的时候受人尊敬，死去的时候有人为之哀悼——要是运气好的话，或许会在上破产法庭之前就死去。

他们找到了那箱烟斗。当然，里面没有哪支烟斗有琥珀咬嘴。

“先生，恐怕现在我们没有带琥珀咬嘴的烟斗。我们有上好的硫化橡胶咬嘴的烟斗。”

“我要带琥珀咬嘴的。”我说道。

“我们这儿的烟斗都很好。”她拿出一支烟斗，“这支就挺不错的，半个克朗，这根好。”

我接过烟斗。我们的手指碰了一下。没有悸动，没有反应。她的身体遗忘了我。我猜你会以为我买下了这支烟斗，以此缅怀旧情，让埃尔丝挣这半个克朗。根本不是这样。我不想买这东西，我不抽烟斗。我只是找个理由走进店里。我把烟斗放在手里掂了一下，然后放在柜台上。

“算了，这东西我不买了。给我包运动员牌香烟，小的。”

带来了这么多麻烦，我总得买点东西。另外一个乔治，或许是第三、第四个乔治，拿出一包运动员牌香烟，胡子下面的嘴仍在咀嚼着。我看得出他很生气，因为我在他吃茶点的时候把他叫了过来，却做不成买卖。但浪费半个克朗实在是太傻帽了。我走出店外，那是我最后一次见到埃尔丝。

我回到乔治酒店，吃了晚餐。然后我去了外面，想上电影院看电影，如果它们开了的话。但我走进了新镇一间热闹的酒吧里。在那里我碰到了几个从斯塔福德郡来的五金用品旅行推销员。我们聊起了生意行情，一起玩飞镖，喝吉尼斯黑啤。关门的时候那两人都喝得酩酊大醉，我只能搀扶着他们上了一辆出租车送他们回去。我自己也喝高了，第二天早上醒来时头疼得更厉害了。

第五章

但我得去看看宾菲尔德馆那口池塘。

那天早上我感觉糟透了。事实上，自从来到下宾菲尔德，我几乎是从酒吧开始营业一直喝到酒吧关门为止。直到这时我才想到原因：这里实在是没有什么事情可做。我这三天的假期可以用一个词概括——酗酒无度。

和前天早晨一样，我走到窗边，看着那些戴圆礼帽和校帽的人穿梭不停。我的敌人，我在心里想。这帮人洗劫了这座小镇，在废墟上丢满了烟屁股和纸袋。我不知道为什么我会在乎。我敢说，你觉得我之所以为下宾菲尔德变成了类似达格南的地方而感到震惊，只是因为我不喜欢看到地球越来越挤和乡村的城镇化。但事情并非如此。我不介意城镇发展，只要它们确实在发展，而不只是像洒在桌布上的肉汤渍那样一圈圈扩散开去。我知道人们总得有地方居住，如果工厂不设在这里，它也会在别的地方出现。至于那些伪乡村风格，橡木墙面、锡镴盘子和红铜炭炉什么的，那只是让我觉得恶心。我们以前可没有什么田园风光。母亲对温迪在我们家里布置的东西可不会感冒。她不喜欢活动脚的桌子——她说它们“老是磕脚”。至于锡镴制品，她绝对不会摆在家里，她称之为“脏兮兮油腻腻的东西”。然而，随你怎么说都行，那时候我们所拥有的一些东西是现在所没有的，是在放着收音机的流线型的奶吧里所没有的。我回来就是为了寻找它，但没有找到。我还没有把假牙装

上，我的肚子咕咕咕地叫，想喝一杯茶，吃上一片阿司匹林，但就算现在，我仍然没有完全放弃对它的信念，

而这让我又想起了宾菲尔德馆那口池塘。看到他们把小镇变成这样，我心里的感觉只能用害怕加以形容，我不敢去看那口池塘还在不在。但是它可能还在，谁也说不准。小镇到处是红砖房子，令人觉得十分压抑。我家的房子堆满了温迪的垃圾。泰晤士河被汽油和纸袋污染了。但或许那口池塘还在那儿，黑色的大鱼还在游动。或许池塘还隐藏在树林里，从那天直到现在没有人发现它的存在。这并非不可能的事情，那是一片很茂密的树林，长满了荆棘和腐烂的灌木(在那里橡树取代了山毛榉树，使得树下的灌木更加茂密)，大多数人不会想进去里面。比这更奇怪的事情也不是没发生过。

直到下午很晚的时候我才动身出发。大约四点半的时候我开车来到上宾菲尔德路。开到半山腰的时候房子开始渐渐稀少，然后没有了，取而代之的是山毛榉树林。道路分岔了，我拐往右边，想绕过树林，然后回路边的宾菲尔德馆。但没走一会儿我就停了下来，看一眼我正开车穿过的矮树林。山毛榉树林似乎还和从前一样。上帝啊，它们还是和以前一样！我把车倒到路边草地的一堆白垩上，出了车子步行。还是和以前一样。一样那么安静，一样是一大片窸窣作响的落叶，似乎堆积了多年，却没有腐烂。除了几只树上视线之外的小鸟之外，没有其它动物的动静。很难相信那个喧嚣的城镇就在不到三英里之外。我开始穿过这片矮树林，朝宾菲尔德馆走去。我依稀记得这里的小路通往那里。上帝啊！是的！这就是黑手帮曾经来过的白垩洞穴，他们在这里玩弹弓，席德·拉沃格罗夫告诉我们小孩子是如何生出来的，那天我钓到了第一条鱼，那已经是

差不多四十年前的事情了！

树木又渐渐稀疏，你可以看到另一条马路和宾菲尔德馆的高墙。当然，破旧腐朽的木篱笆不见了，他们修建了一堵高高的砖墙，上面安了尖刺，在疯人院你就知道会看到这些。我想了一会儿，不知找什么理由进去宾菲尔德馆，突然我想到我可以告诉他们我老婆疯了，我正在找地方安置她。这样的话他们应该会带我参观这个地方。我穿着新西装，应该像个能让老婆住进私立疯人院的有钱人。我站在大门口的时候才想到不知道那口池塘还在不在这块地里面。

我猜以前宾菲尔德馆占地约五十英亩，而这座疯人院占地应该在五到十英亩之间。他们可不想有一口大池塘，让那些疯子淹死在里头。以前老霍奇斯住的那间小屋还在，但黄色的砖墙和几扇大铁门都是新的。从门口望去我可看不出这是座疯人院。沙砾小径、花床、草坪，几个眼神恍惚的人在游荡——我想他们就是疯子。我信步沿着小路走到右边。那口池塘——我经常钓鱼的那口池塘——就在房子后面几百码远的地方。走到墙角时我大概走了有一百码远，所以池塘应该在外面。树木似乎稀疏了许多。我可以听到孩子们的声音。天哪！池塘就在那儿。

我站了一会儿，想象着到底发生了什么事情。然后我看到了那是怎么一回事——疯人院外面的树都不见了。这里看上去光秃秃的很不一样了。事实上，这里看上去就像肯辛顿花园[①]的大圆池。孩子们在四周玩耍，荡桨划船，几个挺大的孩子正

① 肯辛顿花园(Kensington Gardens)，位于伦敦市中心，西连海德公园，占地 111 英亩。

驾着那种脚踏式独木舟在水上穿梭。左边原来是一片芦苇和那间腐烂的旧船屋，现在是一座凉亭和一个卖糖果的小摊，还有一块大大的白色告示牌，上面写着：“上宾菲尔德模型游艇俱乐部”。

我看着右边。到处都是房子、房子、房子。我似乎来到了城郊。池塘那头原本长着茂密如热带丛林的树木，如今全被铲平了。只有几处树丛围绕着房子。那都是些附庸风雅的房子，就像第一天我在查姆福特山上看到的那些山寨都铎式的住宅区一样，只是更为夸张。我还以为这片树林会和以前一样，真是太傻帽了！我知道这是怎么一回事。只有一小块大约五六亩的矮树林没有被砍伐掉，我走过来的时候碰巧从中穿过。上宾菲尔德以前只是一个名字，而如今已经变成了高档住宅区。事实上，它只是下宾菲尔德的外围延伸而已。

我绕着池塘散步。孩子们正在嬉水，发出刺耳的尖叫声。这里似乎有好几群孩子。池塘的水看上去一片死寂，现在里面没有鱼了。有一个人站在那儿看着孩子们。他是个秃顶的老头，只剩下几绺白发，戴着夹鼻眼镜，脸被太阳晒得通红。他的外表有点奇怪。我注意到他穿着短裤、凉鞋和一件那种开领的纤烷丝衬衣。但让我感到惊讶的是他那双眼睛，他长着一双湛蓝的眼睛，在眼镜后面朝着你闪烁着。我看得出他是那种从未成熟的老人。他们要么是追求健康饮食的怪人，要么和童子军有某种联系——无论是哪种人，他们都喜欢大自然，喜欢置身于露天的户外。他正看着我，似乎想和我聊一聊。

“上宾菲尔德扩张了许多。”我说道。

他朝我眨了眨眼睛。

“扩张！我亲爱的先生，我们可不允许上宾菲尔德扩张。

身为住在这里的特别人士，我们感到很骄傲，你知道的。我们是一个自成天地的小社区，不欢迎不速之客——呵呵呵！”

“我是说，和战争之前相比较而言。”我说道，“我小时候就住在这里。”

“噢，那倒是。当然，那是我来之前的事情了。但上宾菲尔德的房地产可不是普通的房地产，你知道的。它是一个自我的小天地。全部都是由建筑师小爱德华·沃特金设计的。你应该听说过他。我们住在这里，与自然为伴。和下面的城镇没有往来。”他朝下宾菲尔德的方向扬了扬手——“那个黑暗的地狱——呵呵呵！”

他笑起来很和蔼，整张脸都皱了起来，活像一只兔子。没等我问话，他就立刻滔滔不绝地说起了上宾菲尔德庄园和那位对都铎时代情有独钟的建筑师小爱德华·沃特金。他到旧的农舍里找到真正的伊丽莎白时期的横梁，出高价买了下来。他是一个非常有趣的年轻人，是裸体派对的灵魂人物。他重复了好几遍说住在上宾菲尔德的人都是有身份的人物，与下宾菲尔德的人不可同日而语。他们充实丰富了乡村生活，而不是破坏了乡村生活(我用的是他的原话)，而且这里没有市政局的公屋。

“他们标榜自己是花园城市，而我们则称上宾菲尔德为林中之城——呵呵呵！自然风光！”他朝剩下的那些树木挥了挥手，“原始森林就与我们为伴。我们的下一代就在美丽的大自然中成长。我们这里所有人当然都受过良好教育。你知道吗，这里有四分之三的人是素食主义者。这里的屠夫可不喜欢我们——呵呵呵！这里住着一些杰出人士。赫丽娜·瑟洛小姐是个小说家——你当然听说过她。还有伍尔德教授，通灵研究专家。多么诗情画意的一个人！他总是到树林里漫步，吃饭的时候家人找不到他。他说他与精灵们同行。你相信有精灵吗？我承认——呵呵呵——我自己是不太相信啦，但他的照片很有说服力。”

我开始怀疑他是不是从宾菲尔德馆逃出来的疯子。但不是，他是个很理智的人。我知道这种人：奉行素食主义，生活简朴，诗情画意，崇尚自然，吃早餐前会在露珠里打个滚。几年前在伊林我遇到过几个这样的人。他开始带着我在庄园周围参观。树林已经全都不见了。只有房子、房子——都是些什么房子啊！你知道那些山寨都铎风格的房子吗？修了波浪形的屋顶、没有支撑任何东西的扶壁、带混凝土鸟澡盆的岩石庭院和花店里可以买到的红色石膏精灵像。你可以想象出住在这里的那些可怕的——一年挣一千英镑、有食物怪癖的精灵捕猎者，奉行简单的生活方式。连步道看上去也十分怪异。我没有让他带我走很远。有的房子让我希望口袋里揣了一颗手榴弹。我想挫挫他的威风，于是问他介不介意住的地方和疯人院这么接近，但没有多大的效果。最后我停下脚步，说道：

“以前那口大池塘旁边还有一个池塘。离这里不是很远。”

“还有一个池塘？噢，没有这回事。我想这里没有别的池塘了。”

“或许他们把它抽干了。”我说道，“那口池塘挺深的。应该会留下一口大坑。”

他第一次看上去有点不自在。他揉了揉鼻子。

“噢—啊，当然，你知道的，我们这里的生活挺原始的。你知道的，简单的生活嘛。我们喜欢这样的生活。当然，离镇里那么远的确有不便之处。我们有些卫生设施不是很尽如人意。我想垃圾车一个月才来一趟。”

“你是说，他们把那口池塘变成了垃圾堆？”

“嗯，确实是这么一回事——”他回避了垃圾堆这个词，“我们总得处理瓶瓶罐罐什么的。就在那儿，在那丛树木后面。”

我们走到那儿。他们留下了几棵树作为遮掩。但是，它的确就在那儿。它就是我的池塘，没错。他们把水抽干了，留下一个大大的圆坑，像是一口大井，约有二三十英尺深。里面已经被瓶瓶罐罐堆得半满了。

我站在那儿看着那些瓶瓶罐罐。

“真可惜，他们把池塘抽干了。”我说道，“以前这里有很多大鱼的。”

“鱼？哦，我可没听说过什么鱼。当然，我们不能在房子附近留一口池塘。你知道，会生蚊子的。但那是我来之前的事情了。”

“我想这些房子已经建了很久了吧？”我问道。

“噢——我想大概有十到十五年了吧。”

“我知道这里在战争之前是什么样子。那时候到处是树林，除了宾菲尔德馆之外没有其它房子。但那边的矮树林没怎么变。我是穿过树林到这儿来的。”

“啊，那片树林！那是神圣不可侵犯的。我们决定不在那里修建房屋。那是年轻人的圣地。大自然，你懂的。”他朝我眨了眨眼睛，眼神有点淘气，似乎在和我分享一个小秘密，“我们称之为精灵幽谷。”

精灵幽谷。我和他道别，回到车上，开车下山回下宾菲尔德。精灵幽谷。他们把我的池塘抽干用来填埋瓶瓶罐罐。这帮天杀的！随你怎么说都行——说我傻气、幼稚，什么都行——

但看看他们对英国所做的事情，在原来是一片山毛榉林的地方修建了什么鸟澡盆、石膏精灵像、精灵幽谷和罐头填埋堆，难道你不觉得恶心吗？

你说我这是感情用事？反社会情绪？我不应该把树看得比人还重要？我认为这得看什么样的树和什么样的人。除了希望他们头顶生疮脚底流脓之外，我对此无能为力。

开车下山的时候我想起了一件事：回到过去这个想法是彻底没戏了。重回童年故地有什么意义呢？它们已经不复存在。上来透口气！但哪里有空气呢？我们身处的垃圾桶已经够到同流层了。但我并不是很在乎。我想终究我还有三天的假期。我得到了片刻的平静和安宁，不要再为他们对宾菲尔德做了些什么而烦恼了。至于我想去钓鱼的念头——那当然已经消失了。钓鱼！我这把年纪！希尔达确实没说错。

我把车放在乔治酒店的停车处，走进大堂。六点钟了，有人打开了无线收音机，里面正在播放新闻节目。我走进大门的时候刚好听到一则紧急广播找人的最后几个字。我承认，这则消息让我吓了一跳，因为我听到的最后几个字是："……而他的妻子，希尔达·博林身染重病。"

接着，那个甜润的声音继续说道："下面是另一则紧急广播找人。威尔·帕西沃尔·楚特，他为人所知的最后行踪是在……"但我没有继续听下去。我只是继续向前走。后来我回想起这件事，觉得很自豪的是，当我听到喇叭里播放这则紧急广播找人时，我连眉毛也没有动一下。我没有停下脚步，让人知道我就是乔治·博林，他的妻子重病在身。老板娘在大堂，她知道我姓博林，她一定看过登记册了。除此之外大厅里只有几个住在这里的客人，他们根本不知道我是谁。但我保持着平静，没有向任何人透露出蛛丝马迹。我只是走进刚刚开始营业的私人酒吧，和往常一样，叫了一品脱啤酒。

我得好好想一想。喝下半品脱啤酒后我开始弄清楚了情况。首先，希尔达不可能生病了，无论是大病还是小病。我知道离开的时候她很健康，现在又不是流感季节。她是在装病。为什么？

显然，这又是她的把戏。我知道怎么回事。她不知从哪儿听到了风声——相信希尔达的能力！——知道我其实不在伯明翰，而这只是她骗我回家的伎俩。想象我和其他女人在一起，她会妒火中烧的。她一定是以为我和一个女人在一起。她想不出别的动机。她也一定以为当我听到她得病的消息就会立刻赶回家里去。

我一边喝完那一品脱啤酒一边在心里对自己说，你可想错了。我可没有那么容易上当。我记得她以前耍过这一招，她会大费周章地想把我逮住。我甚至知道有一次我去出差，她对我起了疑心，于是，校对了一份火车时刻表和地图，看看我对她所说的行踪是否属实。还有一次她一路跟踪到了科尔切斯特，然后在滕普伦斯酒店突然把我逮个正着。不幸的是，那一次她猜对了——其实她没有猜对，但当时的情况让她觉得自己猜对了。我才不信她病了呢。事实上，我知道她没病，但我不知道该如何描述我怎么知道她没病。

我又喝了一品脱啤酒，觉得心情好多了。当然，等我回到家会和她大吵一架，但不管怎样我们总是要吵架的。我心想，我还有三天逍遥快活的日子。说来也怪，现在我过来寻找的事物已经不复存在了，度假的念头却更加吸引着我。离开家庭——真是太美妙了。正如那首赞美诗所唱的，安宁，完美的安宁，心爱的人在远方。突然间我决定去找个女人，既然希尔达的想法这么肮脏，那就成全她吧，而且被人怀疑偷腥，却没有风流快活，未免太没有意思了吧？

随着两品脱啤酒的酒力在体内发作，我开始觉得这件事很好笑。我没有上圈套，但这一招真他妈聪明。我纳闷她是怎么发出这条紧急广播找人。我不知道该怎么办。你得有医生的证明吗？还是说你只需要报上自己的名字？我很肯定是那个威勒太太唆使她这么做的。这一招可真狡猾。

不管怎样，这实在是太歹毒了！女人做事还真是过分！有时候你不得不佩服她们。

第六章

吃完早饭后我散步到了集市。早上天气晴朗，有点凉意，没有起风，淡黄色的阳光像白葡萄酒一样洒在万物之上，清新的空气夹杂着我那雪茄的味道。但房子后面传来一阵由远及近的噪音。突然间一队轰炸机呼啸着飞了过来。我抬头望着它们，它们似乎就在头顶掠过。

接着我听到了什么声音。与此同时，如果你也在场的话，你会看到有趣的一幕，我相信那就是条件反射，因为我所听到的声音——绝对错不了——就是炸弹的呼啸声。我已经有二十年没听到过这个声音了，但我不需要别人告诉我就知道那是什么声音。我不假思索地作出正确的举动，脸朝下扑倒在地。

我很庆幸你没看到我的模样。我知道自己很狼狈。我像一只钻进门缝的老鼠一样平躺在人行道上。没有人的动作能有我的一半快。在炸弹呼啸而下的千钧一发之际我动作非常敏捷，我甚至有时间担心一切只是一个误会，我平白无故地让自己看上去像个傻瓜。

但下一刻——嗖！砰！

那就像审判日的巨响，接着又传来了似乎一吨煤炭砸在铁皮上的巨响。那是掉落的砖头。我似乎整个人瘫在人行道上。“开始了。”我心想，“我就知道！希特勒可不会浪费时间。在毫无警示的情况下他派遣轰炸机过来了。”

但是这时出了一件怪事。即使在当时那震耳欲聋的可怕巨响声中，我似乎从头到脚都吓得僵住了，但我还有时间去想这么大一颗炸弹爆炸真是太壮观了。这声巨响像什么呢？很难以言语描述，因为你所听到的与你心中的恐惧交织在一起。在你脑海中浮出的画面主要是爆裂的金属。你似乎看到几张大大的铁皮爆裂开来。但那种突然间被推搡到现实中的感觉是最古怪的。那种感觉就像你被人用一盆冷水当头淋醒，又像突然间被金属炸开的哐当一声从梦境中被拉了出来。太恐怖了，太真实了。

周围响起了尖叫声和呐喊声，还有汽车突然间刹车的声音。我所等候的第二颗炸弹没有掉下来。我微微抬起头。人们似乎在尖叫着到处乱跑。一辆汽车侧滑着斜穿马路。我听到一个女人尖叫着，“德国人！德国人！”我隐约看见右边有一个男人苍白的圆脸，就像一个皱巴巴的纸袋，正低着头看着我。他的身体似乎在颤抖。

“那是什么？发生什么事了？他们在干什么？”

“开始了。”我说道，“那是一颗炸弹。快趴下。”

但第二颗炸弹没有落下来。等了大约十五秒我又抬起头。有的人仍在到处乱跑，其他人站在那儿，似乎被粘在地上了。从房子后面的某处冒起一片巨大的尘霾，尘霾的中间一道黑烟扶摇直上。接着我看到了离奇的一幕。在集市的另一头，高街隆起了一点点。在这座小丘下面有一群猪正在奔跑，是一大群长着猪脸的生物。当然，接下来我看清楚了那些到底是什么。那些根本不是猪，而是一群戴着防毒面罩的小学生。我猜他们正奔往接受空袭演习时被告知的防空洞。在他们后面我甚至看到一只个头高一点儿的猪，那或许就是托杰斯小姐。但我可以告诉你，他们乍看上去真的很像一群猪。

我站起身，走过集市。人们已经开始镇静下来，有好几个人开始朝炸弹掉落的地方跑去。

噢，是的，你果然说对了。这不是德国的轰炸机。战争还没有爆发。这只是一次事故。那些飞机正在进行轰炸演习——它们真的载了炸弹——某个家伙不小心按错了开关。我希望他因为这件事被记大过。邮政所长给伦敦打了电话，询问战争是否爆发了，那边说战争没有爆发。大家都知道原来这只是一次事故。但有那么一刻，大约是在一分钟到五分钟之间，数以千计的人以为我们开始打仗了。这场误会没有持续下去，真是太走运了。不然，再过个一刻钟我们就要私刑处决第一个间谍了。

我跟在人群后面。炸弹落在了高街旁边一条小巷里，以西结伯伯以前就在那儿经营他的小店。爆炸的地点离小店不到五十码远。拐过街角时我听到喃喃的声音“噢—噢！”——声音充满了畏惧，似乎他们被吓得魂飞魄散。幸运的是，我比救护车和消防车早到了几分钟，虽然现场聚集了大约五十人，但我还是看到了一切。

乍一眼看上去似乎天空刚刚下过一阵砖头雨和蔬菜雨，到处都是卷心菜的叶子。炸弹把一间蔬菜商的店给炸没了。右边的房子一部分屋顶也给炸掉了，而且横梁着火了。周围所有的房子或多或少都有损坏，窗户都被轰碎了。但大家都在看着左边的房子——与蔬菜商毗邻的那堵墙被齐刷刷地夷平了，似乎有人用刀子将它割掉了一样。最神奇的是，楼上的房间一切如常，看上去就像一座玩具屋一样。五斗柜、卧室的椅子、褪色的墙纸、还没做好的床、床底下摆着一个夜壶——所有的摆设就像平时住人时一样，只是一堵墙不见了。但楼下的房间承受了爆炸的冲击力，被炸得一片狼藉，砖头、石膏板、椅脚、刷了油漆的碗柜的碎片、桌布的碎片、破碎的碗碟、洗碗槽的碎片到处都是。一罐橘子酱滚过地板，后面留下长长一条橘子酱的痕迹，旁边是一道血痕。但是，在零落的碎片中躺着一条腿。只是一条腿，上面还穿着裤子，穿着一只黑色的靴子，打了伍德-米尔恩牌的橡胶鞋跟。人们就看着这条断腿“噢噢啊啊”地惊叹着。

我仔细地观察着那条断腿，把这一幕印在心里。那摊血开始和果酱混杂在一起。救火车抵达的时候我走出人群，回到乔治酒店打点行装。

我想就这样和下宾菲尔德道别吧。我得回家了。但事实上，我并没有毅然决然地拔腿就走。当类似这样的事情发生时没有人会这么做。人们总是会站在一旁，一连谈论几个小时。当天，下宾菲尔德的老区人们无心工作，每个人都在谈论着那颗炸弹，爆炸时的声音和他们听到爆炸声时心里的想法。乔治酒店的吧女说她被吓得全身打颤，说她再也没办法睡得踏实了，你还能怎么样，你不知道这些炸弹什么时候会落下来。一个女人把自己的舌头给咬掉了，因为爆炸的时候她着实吓了一跳。后来我们得知，我们这一头的镇里每个人都以为是德国的空袭，而镇子的另一头大家都以为是丝袜厂发生了爆炸。然后（我是从报纸上了解到的）空军部门派来了一个人视察破坏的情形，并提交了一份报告，说轰炸的效果“令人失望”。事实上，只有三个人被炸死——名叫佩罗特的蔬菜贩子和住在隔壁的一对老夫妇。妻子没有被炸得七零八落，而他们根据那只靴子认出了丈夫。但他们没有找到佩罗特的一片残肢。连一颗供举行葬礼时使用的裤子纽扣都没能找到。

下午我结了账，然后逃之夭夭。付了账单之后我的钱只剩下三英镑多一点。这些装修得花里胡哨的乡村酒店知道怎么宰客，再加上酒钱和其它杂七杂八的，我真可谓是花钱如流水。我把新的钓鱼竿和其它钓具留在房间里。送给他们吧。对我来说没有用了。权当是浪费了一英镑给自己上了一课。而这一课给我的教训就是：四十五岁的胖子可不能去钓鱼。那种事情不会再发生了，那只是一个梦想，在我有生之年再也不会去钓鱼了。

这种事情渐渐地侵蚀你的心灵的方式真是奇怪。当炸弹爆炸时我有什么感觉？当然，在那个时候我被吓得魂飞魄散。当我看到被炸毁的房子和那个老人的断腿时，我只是感觉微微一惊，就像你看到马路事故一样。当然，那是令人恶心的一幕，足以让我不再想度过这个所谓的假期了。但它并没有给我留下特别深刻的印象。

但当我开出下宾菲尔德的郊外，掉头往东开去时，心里五味杂陈。你知道那种独自在车子里的感觉。或许是飞驰而过的篱笆，或许是引擎的震动，你的思绪陷入了某种节奏。当你坐火车的时候偶尔你会有同样的感觉。你觉得似乎能比平时更好地看待事情。原来那些我仍存有怀疑的事情现在已经弄清楚了。首先，我心里面带着一个疑问来到下宾菲尔德。我们会有怎样的前景？游戏真的玩完了吗？我们还能不能回到以前的生活？还是说，以前的生活已经一去不复返了？我得到答案了。以前的生活已经结束了，就算你回到下宾菲尔德也无法让约拿回到鲸鱼的肚子里去。我知道了答案，虽然我不能让你明白我的思绪。真是奇怪，我居然会回来。这么多年来，下宾菲尔德一直被藏在脑海的某个安静的角落里，当我想念家乡的时候就可以回去；最后，我回到了家乡，却发现它已不复存在。我往自己的梦里塞了一个手榴弹，为了不出岔子，皇家空军还载着五百磅的 TNT 炸药跟了过来。

战争就要来临了。1941 年。他们都这么说。到了那个时候遍地将是瓶瓶罐罐的碎片，小小的房子就像行李箱一样被轰开，那些注册会计师的职员的五脏六腑掉落在分期付款买来的钢琴上。但那样的事情又有什么要紧呢？我会告诉你我在下宾菲尔德住的那几天领悟到的东西： 事情总是会发生的。所有你抛诸脑后的事情、所有你害怕的事情、所有你告诉自己那只是梦魇或者只会发生在外国的事情、炸弹、购买食物的长队、橡胶警棍、铁丝网、迷彩服、口号、海报上巨大的面孔、从卧室窗口伸出来的机关枪等，这些事情总是会发生的。我知道会是这样——至少，在当时我是这么想的。我们无路可逃。如果你愿意的话，你可以进行抗争，或者可以看着别处，假装不以为意，或拿起你的扳手冲出去和其他人一起砸烂敌人的脸。但我们无路可逃。该发生的始终都会发生。

我踩下油门，这辆旧车呼啸着在山丘之间上上下下，奶牛、榆树、麦田飞驰而过，直到引擎变得火烫不已。我的心情就像一月份那天走在斯特朗大街上一样，就是我装了新假牙的当天。我感觉似乎拥有了预见未来的能力。我觉得似乎可以看到整个英国、所有的国民，以及所有将会发生在他们身上的事情。当然，有时候，即使是在当时，我也会感到疑惑。当你开车的时候你会觉得世界是如此的广阔，这让你觉得有点安心。想想当你开车经过一个英国乡村时那片广袤的土地。这里就像是西伯利亚。田野、山毛榉林、农舍、教堂、有小杂货店和教区礼堂的小村庄，一群鸭子横穿过绿地。这片地方难道不是大得无法改变吗？而且一直都会是这样。很快我驶入了伦敦郊区，顺着厄斯布里奇鲁一直开到绍索尔，延绵好几英里的都是丑陋的房子，住在里面的人们过着体面而无趣的生活。在这后面，伦敦占地广袤，道路、广场、后街小巷、出租屋、公寓楼、酒馆、干鱼店、电影院等等延绵足有二十英里远，还有这里的八百万人口，每个人都过着自己不愿被改变的小日子。炸弹是不可能将这里夷为平地的。这里的生活是那么的忙碌！这些人的生活是多么的私密。约翰·史密斯正在裁剪足球彩票。比尔·威廉姆斯正在理发店里吹牛。琼斯太太正拿着餐酒回到家里。八百万人哪！无论有没有轰炸，他们还是一定会坚持已经习惯的生活方式，难道不是吗？

这是幻觉！这是胡扯！无论他们有多少人都不打紧，他们全都逃不掉的。艰难的时局就要来临了，流线型的人类也要来临了。之后会有什么来临我就不知道了，也对此不感兴趣。我只知道如果你有什么在乎的事物，最好现在就和它道别，因为你所知道的每件事物都会沉沦到泥沼里，机关枪无时无刻不在哒哒哒地扫射。

但当我回到郊区时，我的心情突然一下子变了。

我突然想到——直到这时这个念头才在脑海里闪过——希尔达可能真的病了。

你可以看出，这是由于环境的影响。在下宾菲尔德我一心认定她根本没病，只是在装病想让我回家。当时这么想似乎理所当然，我不知道为什么会这样。但当我开车进入西布勒切利后，和平时一样，金苹果家园就像红色的监狱砖墙一样包围着我，这时候习惯性的想法回来了。星期一早上我总会有这种感觉，一切事情似乎单调而合理。我知道自己过去这五天来干了一桩该死的蠢事。偷偷溜到下宾菲尔德，以为可以旧梦重温，然后开着车回到家里，想着一堆对未来乱七八糟的预测。未来！未来与你我这样的家伙又有何干？保住我们的工作——那就是我们的未来。至于希尔达，就算炸弹真的掉下来她也会在想着黄油涨价了。

突然间我觉得自己是一个大傻瓜，以为她会做出那么一桩事情。那则紧急广播找人当然不是捏造的！她怎么会有这么好的想象力！那只是真相。她根本没有骗人，她真的病了。天哪！我想这个时候她可能躺在某个地方忍受着剧烈的疼痛，甚至可能死了。这个想法让我吓了一大跳，心里瓦凉瓦凉的。我以几乎四十英里的时速沿着埃尔斯米尔路呼啸直去，我没有像往常一样把车子停在车库里，而是停在房子外面，然后跳出车外。

你会说，我终究还是爱希尔达的！我不知道你所说的爱是什么意思。你爱自己的脸吗？或许不爱，但你不能想象没有脸会怎么样。那是你的一部分。而那就是我对希尔达的感觉。没什么事情的时候我不想见到她，但当想到她可能死掉了或在忍受病痛的时候，我会觉得心里凉冰冰的。

我笨手笨脚地掏出钥匙打开房门，那股熟悉的旧橡胶布的味道迎面而来。

“希尔达！”我叫嚷着，“希尔达！”

没有回答。我一直朝着寂静的房子高喊着“希尔达！希尔达！”我的背后开始冒出冷汗。或许他们已经把她送到了医院——或许在这间空房子的楼上已经躺着一具尸体了。

我正要冲到楼上，这时两个孩子穿着睡袍从楼道两边他们的房间里走了出来。我猜现在大概是八九点钟——天色刚刚开始暗下来。洛娜抓着楼梯的栏杆。

“噢噢，是爹地！噢噢，是爹地！你怎么今天回来呢？妈咪说你得星期五才回来的。”

“你妈妈呢？”我问道。

“妈咪出去了。她和威勒太太出去了。你怎么今天回来了，爹地？”

“你妈妈没有生病吗？”

“没有。谁说她生病了？爹地！你去了伯明翰吗？”

“去了。回去睡觉吧。你会着凉的。”

“但我们的礼物呢，爹地？”

“什么礼物？”

“你从伯明翰买给我们的礼物啊。”

“明天早上你就会看到的。”我说道。

“噢，爹地！我们今晚上不能看吗？”

“不行。住嘴。回床上去，我会把你们俩狠狠揍一顿。”

也就是说她其实没病。她是在撒谎。我不知道应该觉得高兴还是难过。我转身对着前门，我刚才忘了关门了，就在那儿，真的就在眼前，希尔达正顺着花园小径走过来。

我看着她在最后一缕暮光中朝我走来。真是有趣，不到三分钟之前我还一副气急败坏的样子，想到她可能死掉了，背上还冒出了冷汗。她没有死，还是和以前一样。老希尔达还是那副瘦削的肩膀和那张忧愁的脸，想着煤气账单和学费，还有这股橡胶布的味道和星期一的办公室——所有这些你回来后一定会遇到的铁板钉钉的事实，用老波特斯的话讲，是永恒的真理。我看得出希尔达的心情不是很好。她匆匆看了我一眼，就像有时候她在想事情的眼神一样，好像一只小动物，比方说一只鼬鼠，在看着你。但是，看到我回来了，她似乎不觉得很惊讶。

“噢，你回来了？”她说道。

我回来了这不明摆着嘛。我没有答话。她没有走过来和我亲吻。

“晚饭没做你的份。”她继续快言快语地说道。这就是希尔达的风格，你一踏进屋子她就总是会说点什么打击你。“我没想到你会回来。你只能吃面包加奶酪——不过我想家里没奶酪了。”

我跟着她走进屋里，闻着那股橡胶布的味道。我们走进起居室，我关上门，打开电灯。我想先开口为强，我知道如果从一开始我就言辞强硬的话将会占得上风。

我说道：“好了，你到底在玩什么把戏？”

她把皮包放在收音机上面，有那么一会儿，她看上去真的很吃惊。

“什么把戏？你在说什么？”

“发那则紧急通知！”

“什么紧急通知？你在说些什么，乔治？”

“你是在告诉我你没有让他们发出那则紧急启事，说你病得很严重吗？”

“我当然没有！我怎么会这么做？我又没病。我怎么可能做出这样的事情？”

我开始解释，但还没等我开口我就明白到底发生了什么事情。这全都是一场误会。我只听到了紧急通知的最后几个字，显然，那是另外一位希尔达·博林。我猜想如果你翻开电话簿，上面会有十几个希尔达·博林。这种最无聊愚笨的误会总是会发生。希尔达可没有我所想的那么有想象力。整件事唯一的有趣之处在于，当我以为她死掉了的那五分钟里，我发现我还是挺在乎她的。但那已经是过去的事情了。在我解释的时候她一直盯着我。从她的眼里我可以看出，麻烦的事情就要来了。然后她开始以我称之为“第三级”的嗓门质问我，那种声音不是你所想象的愤怒和挑剔，而是很平静，又很警觉。

“你是在伯明翰的酒店里听到这则紧急启事的吗？”

“是的，昨晚上在全国广播新闻里听到的。”

“那你什么时候离开伯明翰呢？”

“当然是今天早上。”（我已经在脑海里规划好了路线图，以防万一我得撒谎。十点钟的时候动身出发，在考文垂吃午饭，在贝德福德吃茶点——这些我都想好了。）

“也就是说昨晚你就知道我病得很厉害，却直到今天早上才出发？”

“但我不是告诉过你吗，我觉得你没有病。我不是解释过了吗？我觉得那只是你的把戏。听起来真像那么一回事。”

“那我倒是挺惊讶你终究还是回来了！”她的语气酸溜溜的，我知道还有更严重的事情在后头。但她平静了许多，继续问道：“也就是说，你是今天早上动身出发的了，是吗？”

“是的。我十点钟出发，在考文垂吃了午饭……”

“那这个你怎么解释？”突然间她冲我吼了一句，同时拉开她的包，拿出一张纸，动作就好像那是一张伪造支票什么的。

我感觉似乎被人狠狠地抽了一巴掌。我本该事先就知道的！她终究还是揭穿了我。这就是证据，铁证如山不容抵赖。我只知道那是证明我和一个女人鬼混的证据，除此之外一无所知。我一下子像被抽干了。刚才我还在斥责她，假装生气，因为我从伯明翰赶回来，却什么事情也没有发生，而现在她突然反客为主，倒将了我一军。你不用告诉我在那个时候我看上去是什么模样。我知道。我的脸上大大地写了“有罪”两个字——我知道。其实我根本没有犯错！但那是一种习惯。我总是错的那一方。就算给我一百英镑我也掩饰不住声音里的内疚。我问道：

“你什么意思？你拿着的到底是什么东西？”

“你自己看，你会知道那是什么。”

我接过那张纸。那是一封信，似乎是律师事务所寄来的，我注意到，上面的地址与罗伯顿酒店一模一样。

“亲爱的夫人，”我读道，“关于您 18 号寄来的信函，我们认为肯定是什么地方弄错了。罗伯顿酒店已于两年前结业并被改建为办公大楼。我们没有见过长相与尊夫相似的人。或许——”

我没有继续读下去。当然，我一下子全都明白了。我太自作聪明了，走错了一步棋。我还有一丝希望——或许桑德斯忘了寄出那封信，那封我写了罗伯顿酒店地址的信。如果是这样的话我还有可能厚着脸皮瞒天过海。但希尔达很快就打消了我这个幻想。

“好了，乔治，你看到信上面说什么了吗？你离开的当天我就给罗伯顿酒店写了信——噢，只是一封短信，询问他们你到了那里没有。你看到我收到什么回信！根本没有罗伯顿酒店这个地方。而就在同一天，同一家邮局，我收到了你的信，说你住进酒店里了。我猜你一定是找了某个人帮你寄信。你去伯明翰出什么差啊！”

“听我说，希尔达！你想错了。事情根本不是如你所想的那么一回事。你不明白。”

“噢，我明白得很，乔治。我知道得一清二楚。”

“听我说，希尔达……”

当然，这根本没有用。这一次被她逮个正着了。我甚至不敢直视她的眼睛。我转过身，想朝门口走去。

“我得把车子挪到车库里去。”我说道。

“噢，不，乔治！你不能就这么出去。给我呆在这儿，我有话对你说。”

“但是，该死的！我得把灯打开，不是吗？已经过了亮灯时间了。你不是想我们被罚款吧？”

听到我这么说她放行了。我走到外面，把车子的灯打开，但当我回去的时候她仍然站在那儿，像是末日审判的法官。那两封信，我的信和律师行的信就摆在她身前的桌上。我鼓起一点勇气，再次尝试解释道：“听我说，希尔达。你把这件事情想错了。我可以把整件事解释清楚。”

“我知道你什么事都能解释清楚，乔治。问题是，我相不相信你。”

“但你这是在妄下结论！到底是什么原因促使你给酒店写信呢？”

“是威勒太太的主意。结果证明确实是个好主意。”

“噢，威勒太太，是吗？也就是说你不介意那个八婆介入我们的家事？”

“这件事可不能怪她。是她提醒了我这个星期你不大对劲。她说她觉得有什么事情不对劲。真被她说中了。她很了解你，乔治。她以前的丈夫跟你一个德性。”

“但是，希尔达……”

我看着她。她的脸变得苍白，当她以为我与别的女人在一起时脸色就会变得这样。和一个女人有染。要真是这样就好了！

天哪！我看到了以后会是什么情形！你知道那会是怎样一番情形。连续几个星期可怕的絮絮叨叨和闹别扭，你以为事情已经过去了，但还是得忍受刻薄的冷嘲热讽，连吃饭也总是没个准点。孩子们想知道到底发生了什么事情。但真正让我觉得心灰意冷的是那种肮脏龌龊的想法，在这种氛围下我回下宾菲尔德的真正原因甚至成了不可想象的事情。这就是当时对我打击最大的一件事情。就算我花上一个星期的时间向希尔达解释为什么我会去下宾菲尔德，她也绝对不会明白的。住在埃尔斯米尔路的这些人又有谁会明白呢？天哪！我自己能明白吗？整件事情似乎从我的脑海中渐渐遗忘。我为什么去了下宾菲尔德呢？我去过那里吗？在这样的氛围里，这件事似乎毫无意义。在埃尔斯米尔路，除了煤气账单、学费、煮卷心菜和星期一上班之外，没有什么事情是真实的。

我又尝试着解释道：

“听我说，希尔达！我知道你在想什么。但你完全想错了。我向你发誓，你想错了。”

“噢，不，乔治。如果是我想错了，为什么你要撒谎呢？”

当然，你是解释不清楚的。

我来回踱着步子。那股旧橡胶布的味道非常浓烈。我为什么要像那样子跑开？我为什么要为未来和过去的事情烦心，明知道未来和过去其实并不重要？无论我当时怀着什么样的动机，现在我已经记不起来了。下宾菲尔德旧时的生活、战争、战争之后的情形、希特勒、斯大林、炸弹、机关枪、购买食物的长队、橡胶警棍——这些都在渐渐褪色，一切都在渐渐褪色。除了在旧橡胶布的味道里进行了一场低俗的口角外，什么也没有保留下来。

我最后尝试着解释：

“希尔达！请听我一分钟。听我说，你不知道这个星期我去了哪儿，是吗？”

“我不想知道你去了哪儿。我知道你做了什么。这对我来说已经够了。”

“但是，该死的——”

当然没有用。她认定我有罪，现在她准备告诉我她认为我做了些什么。这番话可能得说上几个小时。而且此后会麻烦不断，因为很快她就会猜疑我怎么会有钱去风流快活，然后她就会发现我一直向她隐瞒那十七英镑的事情。这一架得吵到凌晨三点才能告一段落。扮演无辜蒙冤的角色是没有用的。我想要做的是进行最小程度的抵抗。我在脑海里掂量着三种可能：

其一，告诉她真相，想方设法让她相信我。

其二，玩失忆的老把戏。

其三，就让她继续认定事情是为了一个女人，咽下这个苦果。

该死！我知道自己只能怎么做。

作品题解

背景信息：

奥威尔童年时生活在泰晤士河谷的施普雷克和亨里。他的父亲是一位驻印度的民政官，当时仍然在印度任职，他和母亲与两个姐姐过着还算宽裕的生活，先是在伊斯特本的一间寄宿学校上学，后来获得奖学金入读著名的伊顿公学。童年时埃里克（奥威尔本名）的姐姐玛尤丽经常带着他和她的伙伴们一同外出游玩，河谷的优美风光和孩子们无拘无束的嬉戏玩乐为奥威尔留下了美好的印象，而小镇淳朴民情则塑造了奥威尔重视英国传统价值观的品格和情怀。

1937年奥威尔参加西班牙内战，被法西斯军队的狙击手击中喉部，到了1938年伤情复发，引发严重肺炎。友人迈尔斯资助三百英镑让他与妻子到北非法属摩洛哥的马拉喀什疗养，从1938年9月一直呆到1939年3月，《上来透口气》就是在这段时间里完稿的。和之前的作品一样，由维克多·戈兰兹出版社在1939年6月出版，但该书里面关于左翼书社的演讲的描写令戈兰兹深感不悦，但是他并没有要求对内容进行修改就出版了这本书，但自此奥威尔与戈兰兹心生芥蒂。

情节梗概：

《上来透口气》的主人公乔治·博林是个四十五岁的胖子，在保险公司担任地区巡检员，事业高不成低不就，有妻子和两个孩子需要养活，终日为账单、学费等开支问题所苦。偶然间，一张海报让他回忆起泰晤士河畔的家乡和那时的童年生活。

博林的童年多姿多彩，父亲是一个经营种子和谷物的小店主，母亲是家庭主妇，哥哥乔伊愚笨粗鲁，而他却天资聪颖，被家人寄以厚望。下宾菲尔德是英国维多利亚时期安详宁静的小镇，到处一派田园风光。镇里的一帮小孩子逃学摘野果、掏鸟窝、骂脏话、打架，而最令博林感到兴奋的就是去钓鱼，甚至付出第一天去钓鱼就被哥哥、看池塘的老头和母亲打了三顿的代价也觉得很值得，因为他钓到一条小鱼。在机缘巧合之下，博林得知附近的宾菲尔德馆有一口隐秘的大鱼塘，里面有许多大鲤鱼，但随后他就为了帮补家计而辍学工作。忙碌的生活和青春期的恋爱让他无暇去钓鱼。一战爆发后，博林参军奔赴前线，但战争让他体验到了生命的残酷和英国政府的无能。派驻法国的时候他和战友差一点就可以在休整的时候去钓鱼，但未能成行。后来他被提拔为委任军官，跟随约瑟夫爵士，却鬼使神差地被调到所谓的“西海岸防卫部队”后勤部，守着只有十一个罐头的十二里库军需站长达两年。战争结束后，博林没有回家乡从事小时候的理想职业——开一家小杂货店，而是选择了当挣佣金的推销员，希望在商界立足。无巧不成书，有一次他与约瑟夫爵士偶遇，被推荐进入一家保险公司上班，成为居住在伦敦市郊的小白领，娶了老婆，生了孩子，当了房奴。

博林的妻子希尔达为图便宜（可以享受折扣价买书）加入了左翼书社，夫妻俩一起去听“反法西斯主义”的讲座，演讲者煽动刻骨仇恨的态度勾起了博林的恐惧和忧愁，为了排解心情，他找老朋友波特斯聊天，但代表经院知识分子的波特斯僵化呆板的学究气让博林感到彻底失望。当晚他回到家里，黯淡的前景使他彻夜未眠。

博林决定用他那赌马赢来的十七英镑私房钱偷偷回下宾菲尔德，重温童年故梦。他瞒骗希尔达说是出差，并串通同事给希尔达寄信，自以为计划天衣无缝。来到下宾菲尔德时，他发现故乡已发生了翻天覆地的变化。工业化和城市扩张将旧的小镇淹没，农田和水塘变成了宅基地和墓地，房屋和小店被重新整改装修。他遇到了故人贝特顿牧师和前女友埃尔丝，却不敢与他们相认。重温故梦这个希望的破灭让博林自暴自弃，酗酒无度，甚至试图勾引寡妇但未能得手。最后他来到期盼已久的宾菲尔德馆，发现那里已经变成了疯人院和上流社会的住宅区，而那口曾经游弋着大鱼的池塘变成了垃圾填埋坑。面对此情此景，博林割舍了钓鱼的愿望。回到酒店，博林听到广播中报道“希尔达得了重病”，但他认定这是妻子骗他回去的伎俩，决定继续呆在下宾菲尔德。次日，英国皇家空军发生了飞行事故，一枚炸弹炸中了下宾菲尔德，博林目睹轰炸的惨状，发现自己其实很在乎希尔达，觉得她真的患病在身，连忙赶回家里。结果，这只是一场误会。但希尔达已经掌握了博林对她撒谎的证据，两人开始了一番争吵，全书到此结束。

作品评论：

《上来透口气》是奥威尔的小说作品中相对评价较高的一本，据统计，《上来透口气》销售了近三千本，初步奠定了奥威尔作为左翼优秀作家的地位。《奥威尔传》的作者迈克尔·谢尔顿表示该书“有许多田园牧歌般的美妙描写，抒发了奥威尔的诗人情怀”。有书评家认为《上来透口气》在创作时或多或少受到了奥威尔在同一时期阅读的亨利·米勒的作品的影响

（奥威尔评论亨利·米勒作品的杂文《葬身鲸腹》发表于1940年3月），他借书中的主人公乔治·博林道出：任何逃避现实的形式（寄情古典文化、回归田园故土、妖魔化敌人和煽动仇恨）都无助于改善惨淡绝望的现实。

《上来透口气》中所描写的乔治·博林的童年在很大程度上正是奥威尔的童年：他的童年消遣，内向敏感的性格而招致的在小伙伴中不受待见，他对文学的钟爱等等。他细致地刻画了英国社会在一战前后的鲜明对比，大规模生产营销对传统作坊和小店的摧残，机器文明对故土家园的破坏，以及自由放任的资本主义面对法西斯主义威胁时的无助与没落。在情节安排上，采用双线描述，一条主线展示了英国从一战前到二战前以工业化和城市化为特征的社会变迁对传统小镇的冲击和影响，另一条主线带出了社会各个阶层应对世界大战这一危机时各自的反应和行动。博林从事过杂货店员到征募士兵到委任军官到旅行推销员到保险经纪到保险公司地区小主管等工作，从渴望自立门户的小商人之子到变成一个唯唯诺诺意气消沉的都市白领，现代商业就这么将一个年轻人的活力和创造力消磨殆尽。面对法西斯主义和轴心国的威胁，博林的反应是惊恐和逃避；希尔达的反应是全然漠不关心；左翼人士的反应是激起民众的仇恨，“拿着扳手去砸烂敌人的脸”；经院派知识分子代表波特斯的反应是像希特勒这样的人“蜉蝣朝生而暮死”，不足为患；曾参加过一战的托杰斯小姐的反应是积极备战；下宾菲尔德的吧女的反应是“我吓得天天晚上睡不着觉”。靠这些人能够抵挡得住法西斯主义的黑衫军、宣传攻势、军事扩张、橡胶警棍和机关枪吗？

奥威尔的耿直品行在第三部第一章对左翼书社主持讲座的

那一幕描写中表现得淋漓尽致。那个讲座就是《一九八四》中“两分钟仇恨仪式”和“仇恨周”高潮的演讲的杂糅：对基于意识形态差异的仇恨的露骨张扬的宣传。尽管奥威尔深知这一段描写将会令他的同志（左翼社会主义人士）深感不快，但他敏锐的政治头脑对英国社会主义运动的种种偏差——脱离群众、牢骚满腹、宣扬仇恨和依附苏俄——感到深深的担忧。

在《上来透口气》中，奥威尔没有谈及英国政府应对法西斯主义的内政外交策略（首相张伯伦试图祸水东引，力促慕尼黑会议召开，并出卖捷克斯洛伐克的利益，签署割让苏台德地区的《慕尼黑协定》），也没有看到全世界范围内反法西斯的抗争（中国抗日、波兰抗德、北非抗意等）。对上层建筑的轻蔑和骨子里的悲观主义色彩（许多文学评论家都认为奥威尔作品的悲剧色彩与他一直负伤生病的身体状况有关）让奥威尔只看到了知识分子和小市民阶层面对危机的无力感，以手术刀般锐利的思辨能力剖开他们的脑袋，却只看到一团囊肿。

奥 威 尔 作 品 全 集

• 奥威尔纪实作品全集

《巴黎伦敦落魄记》

《通往威根码头之路》

《向加泰罗尼亚致敬》

• 奥威尔小说全集

《缅甸岁月》

《牧师的女儿》

《让叶兰继续飘扬》

《上来透口气》

《动物农场》

《一九八四》

• 奥威尔散杂文全集

奥威尔杂文全集（上、下）

奥威尔书评全集（上、中、下）

奥威尔战时文集

George Orwell
奥威尔小说全集

让叶兰继续飘扬

Keep the Aspidistra Flying

[英]乔治·奥威尔 著　陈超 译

上海译文出版社

第一章

时钟敲响了两点半。麦克凯切尼书店后面的小办公室里，戈登——他叫戈登·康斯托克，康斯托克家族的最后一位男丁，今年二十九岁，看上去却已经憔悴不堪——懒洋洋地伸手越过桌子，把一包四便士的“运动员体格牌”香烟打开，又用拇指将烟盒合上。

远处，另一口时钟的报时声——从街对面威尔士王子酒店那边——透过凝滞的空气飘了过来。戈登费劲地坐起身，把那包香烟放进里衣的口袋里。他很想抽一口烟，但只剩下四根烟了。今天是星期三，得到星期五他才有钱。今晚和明天要是没有烟抽会非常难挨。

想到明天没烟抽会多么无聊，他站起身，走到门边——他个头瘦弱，骨架很小，举止烦躁不安。他那件大衣右边袖子的手肘处破了个洞，中间的钮扣不见了。那条成衣法兰绒裤子斑斑驳驳，已经不成样子。即使居高临下望去，你也看得出他那双鞋子的底需要更换了。

他站起身的时候，裤袋里的钱叮当作响。他知道里面到底有多少钱。五个半便士——一个两便士硬币、一个半便士硬币和一个三便士硬币。他停下脚步，拿出那个可怜兮兮的三便士小硬币，端详着它。该死的没用的东西！他真是个该死的傻瓜，居然要了这个硬币！那是昨天的事，他去买烟，“您不介意收三便士的硬币吧，先生？”那个女店员像婊子一样冲他发嗲。他当然就让她把硬币给他了，“噢，不，当然不介意！”他说道——傻瓜，该死的傻瓜！

想到只剩下五个半便士，他的心一沉，里面还有三便士是根本花不出去的，因为你拿着一个三便士的硬币怎么能买东西呢？这不是一个硬币，而是谜语的答案。把这个硬币从口袋里拿出来时，你看上去就像个大傻瓜，除非把它放进满满一堆硬币里面才能花出去。“多少钱？”你问道。“三便士。”女店员回答。然后你满口袋里找，掏出那奇怪的小玩意儿，就只有那么一枚硬币，夹在指尖，就像挑圆片游戏[①]的小圆筹一样。那个女店员嗤之以鼻。她立刻察觉到那是你仅剩的三便士。你看到她迅速瞥了它一眼——她怀疑上面是不是还沾有圣诞节的布丁。你昂首阔步地走出店外，以后再也没脸进这间商店了。不！我们决不会把三便士硬币花掉。那就只剩下两个半便士——这两个半便士要撑到星期五。

午饭后的这个小时很冷清，没有几个顾客，或者说，根本没有顾客会上门。他独自与七千本书为伍。房间狭小阴暗，弥漫着灰尘和霉纸的味道，正对着办公室摆着整整一墙的书，绝大部分是卖不出去的陈年旧书。最顶端的书架上摆着四卷本的绝版百科全书，静静地躺在那儿，就像公共墓地里层层叠叠的棺材。戈登把隔开隔壁房间的那道布满灰尘的蓝色布帘拉开。这间房的采光要好一些，借书部也设在这里。这是一间“两便士免押金”的借书部，不肯花钱买书的人喜欢到这儿来。当然，除了小说之外没有别的书了。都是些什么小说啊！而这也

① 挑圆片游戏（tiddley-wink）：英国民间游戏，游戏者将许多彩色的小圆筹用小棍子挑到圆筒里。

是天经地义的事情。

八百多本小说堆满了借书部的三面墙壁，一直堆到了天花板那里，一排又一排艳俗的长方形书皮，看上去好像墙壁是用许多不同颜色的砖头堆砌而成似的。这些书按照字母顺序排列好了：阿尔伦①、布洛斯②、迪平③、戴尔④、弗兰考⑤、高斯华绥⑥、吉布斯⑦、普雷斯利⑧、萨帕⑨、沃波尔⑩。戈登怀着恨意看着这些书。这个时候他痛恨所有的书籍，尤其是小说。想到这么多沉闷、无聊而肤浅的读物就集中在一个地方，实在是

---

① 应指迈克尔·阿尔伦（Michael Arlen，1895—1956），亚美尼亚裔英国作家，作品多讽刺一战后的伦敦社会，文风玩世不恭，充满幻灭感，代表作有《伦敦历险记》、《恋爱中的年轻人》等。

② 应指埃德加·赖斯·布洛斯（Edgar Rice Burroughs，1875—1950），美国作家，作品多描写白人殖民者的冒险，《人猿泰山》即出自他的手笔。

③ 乔治·华威·迪平（George Warwick Deeping，1877—1950），英国作家，其作品在二三十年代非常畅销，代表作有《福克斯庄园》、《猫咪》、《十诫》等。

④ 埃塞尔·梅·戴尔（Ethel May Dell，1881—1939），英国女作家，其作品多为浪漫言情小说。

⑤ 应指吉尔伯特·弗兰考（Gilbert Francau，1884—1952），英国作家，出身犹太家庭，却接受英国国教洗礼，并且在三十年代撰写文章《身为犹太人，我并不反对希特勒执政》，自此声名狼藉。

⑥ 约翰·高斯华绥（John Galsworthy，1867—1933），英国作家，曾获1932年诺贝尔文学奖，作品有《福尔赛世家》、《小男人》、《岛国法利赛人》等。

⑦ 应指菲利普·吉布斯（Philip Gibbs，1877—1962），英国作家、新闻工作者，曾担任两次世界大战的战地记者，1918年受册封为勋爵。

⑧ 应指约翰·布伊顿·普雷斯利（John Boynton Priestley，1894—1984），英国作家、剧作家、广播员，作品诙谐而具批判精神，倾向社会主义。

⑨ 萨帕（Sapper），赫尔曼·西里尔·麦克尼尔（Herman Cyril McNeile，1888—1937）的笔名，英国作家，其作品在一战与二战期间广受欢迎，代表作有间谍推理小说《斗牛犬杜蒙》系列，主人公杜蒙被认为是电影007系列詹姆斯·邦德的前身。

⑩ 休·沃波尔（Hugh Walpole，1884—1941），英国作家，其作品在二三十年代广受欢迎，代表作有《浪人哈里斯》系列、《绿镜》、《金色稻草人》等。

太可怕了。布丁——牛油布丁。八百块牛油布丁把他包围在一座圆砾岩的小房间里。这个想法压在他的心头。他穿过通道，走到书店的店面，一边梳理好头发。这是他的习惯举动。毕竟，那扇玻璃门外面可能会有女孩子。戈登不是什么美男子。他只有五英尺七英寸高，他的头发总是太长，因而给人的印象是，相比起他的身躯，他的头看上去未免太大了一些。他知道自己身材瘦小，当发现有人在看着他时，他会站得笔直，挺起胸膛，摆出一副不可一世的架势，有时候头脑简单的人还真的被他骗了。

但是，外面没有人。和店里其它地方不一样，店面装修得很华丽高档。这里摆放了两千本书，不包括玻璃橱窗里的书。在右边有一个玻璃陈列柜，里面陈列着儿童读物。戈登的眼睛避开了一本包着丑陋的、花花绿绿的封皮的书，上面画着淘气的孩子们轻快地在一片风信子花海中奔跑。他透过玻璃门望着外面。天气很糟糕，起风了，天空阴沉沉的，鹅卵石街道湿漉漉的。今天是十一月三十号圣安德鲁节①。麦克凯切尼书店坐落于一个四条街道汇集的形状不规则的街角。朝门左边望去是一棵大榆树，现在树叶都掉光了，繁茂的枝条似乎为天空穿上了一件棕褐色的蕾丝。书店对面是威尔士王子酒店，旁边有几面围墙，贴满了专利食物和专利药品的广告。上面尽是巨大的洋娃娃的脸庞——肤色粉嫩，神情空洞，洋溢着傻瓜一样的快乐，有 Q. T.调味品、特鲁维特牌早餐麦片（“早餐麦片，小孩子们都吵着要吃！”）、袋鼠牌勃艮第红酒、维塔莫牌巧克力和

① 圣安德鲁节（St. Andrew's day），于 11 月 30 日举行，纪念苏格兰守护圣人圣·安德鲁。

宝维消化液的广告。全部广告中，那张宝维消化液广告最令戈登心烦。一个戴着眼镜獐头鼠目的职员，戴着专利假发，坐在一张咖啡桌旁，笑眯眯地拿着一杯宝维消化液，“科纳·忒布尔喜欢吃饭时喝一杯宝维”，广告标语如是说。

戈登收回视线，布满灰尘的玻璃上映出他自己的脸庞，正在凝视着他。这张脸不好看。虽然还没到三十岁，看上去却已经很沧桑，脸色苍白，刻着无可磨灭的愁苦的皱纹。人们会说他的额头“好看”——很高——但下巴又小又尖，使得整张脸变成了瓜子脸，而不是鹅蛋脸。他的头发是栗灰色的，蓬乱不堪，嘴角下垂着，眼珠是淡褐色又偏绿色。他又望着远处。如今他讨厌照镜子。外面是萧瑟阴冷的冬天，一辆电车像钢铁天鹅一样沙哑地叫唤着在鹅卵石街面上驶过，带起一股风，吹起被踩成碎片的落叶。那棵榆树的枝条被风一吹，伸向东边。那张 Q. T.调味品公司的海报边缘已经破损了，有个角落像一面小三角旗一样飘舞不停。在右边的小巷子里，人行道上那一排光秃秃的白杨树被风一吹，弓起了树干。冬天的寒风实在是令人讨厌，发出令人不安的警告，像是盛怒的冬天发出的第一声咆哮。戈登的脑海里酝酿着两句诗：

什么什么寒风——发出威胁的寒风好吗？——不好，凛冽的寒风比较贴切。凛冽的寒风吹过——不好，应该改为呼啸而来。

白杨树怎么了——屈服了？不好，弓下了腰比较好。呼啸和弯腰会不会更加押韵？这个不重要。白杨树弓下了腰，再加一个词“落叶殆尽”，很好。

凛冽的寒风呼啸而来，
落叶殆尽的白杨树弓下了腰。

很好，“落叶”这个词就很押韵，自诗人乔叟[①]以降，每个诗人都在绞尽脑汁创作韵律诗。但是，创作的冲动在戈登的脑海中消逝了。他摆弄着口袋里的钱。两个半便士和一个三便士硬币——其实就只有两个半便士。他觉得百无聊赖，不想去推敲韵律和修辞。口袋里只有两个半便士的时候你根本没有心情。

他的眼睛落在了对面的海报上。他对这些海报怀有私愤。他呆板地读着那些标语，“袋鼠牌波艮第红酒——英国人的选择”“哮喘让她窒息了！”“Q. T.调味品让老公笑口常开”“远足一天，你只要吃一块维塔莫牌巧克力！”“科弗·卡特牌香烟——户外男子汉的香烟”“早餐麦片，小孩子们都爱吃”“科纳·忒布尔喜欢吃饭时喝一杯宝维”。

哈！有顾客上门了——当然只是潜在的顾客。戈登站直了身子。站在门口你可以透过前面的玻璃斜斜地看到外面，而别人看不到你。他打量着那位潜在顾客。

他是个体面的中年男子，穿着黑西装，戴着圆礼帽，拿着雨伞和公文包——不是镇里的律师就是城里的文员——正睁大着淡褐色的眼睛朝窗户里窥视着，看上去有点做贼心虚。戈登顺着他的视线望去。啊！就是那本书！他正在窥视摆在远端角落里的那些戴维·赫伯特·劳伦斯[②]初版的作品。显然，他渴望受到毒害。他听说过《查泰莱夫人的情人》这本书。戈登觉

① 杰弗里·乔叟（Geoffrey Chaucer，1340—1400），英国著名诗人，代表作有《坎特伯雷故事集》（*The Canterbury Tales*）等。

② 戴维·赫伯特·劳伦斯（David Herbert Lawrence，1885—1930），英国作家、诗人、文学批评家，其作品曾因涉及性爱描写而被列为禁书，现被公认为现代小说的先驱者，代表作有《查泰莱夫人的情人》、《虹》、《恋爱中的女人》等。

得他的脸长得很丑。苍白，下坠，毛茸茸的，轮廓很难看。看他的样子像威尔士人——总之是非英国国教信徒。他总是把反国教的教义挂在嘴边，在他的家乡，他可能是地区贞洁团体的理事长或海滨治安委员会的成员（穿着橡胶底的凉鞋，拿着手电筒，沿着海滨捉拿那些亲热的情侣），现在跑到城里来偷欢嬉戏。戈登希望他会进来。卖他一本《恋爱中的女人》。他会多么失望啊！

但是，不要！那个威尔士律师退却了。他把雨伞夹在腋下，一本正经地走开了。但他今晚肯定会趁着夜色掩盖了他的脸红，鬼鬼祟祟地溜进一间成人商店买一本萨蒂·布莱克艾斯[1]的《巴黎女修道院狂欢》。

戈登从门边转身回到书架旁边。从借书部那边走过来，左手边的书架上摆放着新出的书和差不多是新出的书——颜色很鲜艳，读者从玻璃门望进来时会被吸引住。它们光滑干净的书皮似乎在书架上冲着你叫嚷道："买我吧，买我吧！"刚从出版社送来的小说——就像是未经人事的新娘子，期待着裁纸刀辣刃摧花——还有许多本被人翻看过的供写书评的用书，就像年轻的寡妇，风韵犹存却不再是处子之身。有的书好像是可怜的"剩女"，六七本堆在一起，散落得到处都是，仍然坚守着贞洁，怀着被买下的希望。戈登不去看这些剩书，它们勾起了伤心的回忆。两年前他自己出版过一本可怜的劣作，只售出了一百五十三本，然后就被归入"剩女"的行列，自此再也卖不出一本。他经过摆放新书的书架，在与之成直角线的那几排书

① 萨蒂·布莱克艾斯（Sadie Blackeyes），法国作家皮埃尔·马克·奥兰（Pierre Mac Orlan，1882—1970）的笔名，曾撰写一系列畅销的性爱虐恋小说。

架前停了下来，这里摆放的是二手书。

右边的几个书架摆放着诗歌作品。在他面前的是散文作品，什么样的内容都有。这些书按照高低顺序进行了排列，干净的、昂贵的书摆在眼睛的高度，而便宜的、破烂的书就摆在上方和下方。所有的书店都在进行残酷野蛮的达尔文主义式的斗争，在世作家的作品占得眼睛高度的风水宝地，而逝世作家的作品就只能屈居上面或下面的书架——向下直到欣嫩谷[1]，向上直到天堂的宝座，但总是被摆放在不会受人注意的位置。最下面的书架上摆放着“经典著作”，都是维多利亚时代之后已经绝种的蛮荒怪物，静静地步入腐朽。斯科特[2]、卡莱尔[3]、梅雷迪斯[4]、拉斯金[5]、帕特[6]、斯蒂文森[7]——宽阔的书皮已经弄得脏兮兮的，几乎看不见书名了。最顶端几乎在视线之外的书架上沉睡着厚厚的达官贵人的传记。在这些书的下面是一些仍然卖得出去的书籍，因此放在了触手可及的地方，这些书是“宗教”文学——各个教派各种教义都有，毫无秩序地堆放在一起。《圣灵之手抚摸着我》的作者所写的《来生的世界》、

① 欣嫩谷(Gehenna)，耶路撒冷城外一处山谷，为犹太人焚烧罪犯尸体的地方，终年烟雾缭绕。

② 沃尔特·斯科特(Walter Scott，1771—1832)，英国作家、剧作家、诗人，代表作有《赤胆豪情》、《湖畔少女》等。

③ 托马斯·卡莱尔(Thomas Carlyle，1795—1881)，苏格兰作家、历史学家，代表作有《法国大革命》、《论英雄与英雄崇拜》等。

④ 乔治·梅雷迪斯(George Meredith，1828—1909)，英国作家、诗人，代表作有《利己主义者》、《哈利·里奇蒙历险记》等。

⑤ 约翰·拉斯金(John Ruskin，1819—1900)，英国作家、诗人、画家、思想家，代表作有《现代画家》、《建筑学的诗艺》等。

⑥ 沃尔特·帕特(Walter Pater，1839—1894)，英国作家、诗人、文学及绘画批评家，对文艺复兴时代的名家有独到见解。

⑦ 罗伯特·路易斯·斯蒂文森(Robert Luis Stevenson，1850—1894)，苏格兰作家、诗人，代表作有《金银岛》、《新一千零一夜》等。

法勒牧师[1]的《基督的生平》和《扶轮社创始人耶稣》、希莱尔·切斯特纳神父[2]最新的宣扬罗马天主教的书籍。只要写得够煽情，宗教书籍总是能卖得出去。在下面，刚好在眼睛的高度，是当代作家的作品。普里斯利的新作、再版的口袋书、赫伯特、诺克斯[3]和米尔恩[4]的诙谐作品。还有几本高雅的作品，包括一两本海明威[5]和弗吉尼亚·伍尔夫[6]的小说。还有托名斯特拉奇[7]所写的名人简明传记，还有那些从伊顿公学考入剑桥大学，再从剑桥大学跻身文学评论界的富家子弟所撰写的关于画家和诗人的评论，文风精致典雅，但傲气十足，目中无人。

戈登无精打采地看着这堵书墙。他痛恨这里所有的书籍，无论是新书还是旧书、高雅的书或是粗俗的书、装腔作势的书还是幽默诙谐的书，统统都不喜欢。单是看到这些书就令他想

---

① 弗雷德里克·威廉·法勒(Frederick William Farrar，1831—1903)，英国圣公会牧师，曾任职坎特伯雷大教堂主持牧师。

② 希莱尔·切斯特纳神父(Father Hilaire Chestnut)，这个名字应该是奥威尔杜撰的，将希莱尔·贝洛克(Hilaire Belloc，1870—1953，英国作家，思想笃信天主教)和吉尔伯特·基思·切斯特顿(Gilbert Keith Chesterton，1874—1936，英国作家，思想笃信基督教)的名字合二为一。

③ 应指埃德蒙德·乔治·瓦尔比·诺克斯(Edmund George Valpy Knox，1881—1971)，英国诗人及讽刺作家，1932 年至 1946 年曾担任幽默杂志《潘趣》的主编。

④ 应指尤尔特·米尔恩(Ewart Milne，1903—1987)，爱尔兰诗人，曾与奥威尔一起奔赴西班牙内战。

⑤ 欧内斯特·海明威(Ernest Hemmingway， 1899—1961)，美国记者及作家，1954 年诺贝尔文学奖得主，代表作有《老人与海》、《丧钟为谁而鸣》等。

⑥ 弗吉尼亚·伍尔夫(Virginia Woolf，1882—1941)，英国女作家，代表作有《日日夜夜》、《年华》等。

⑦ 贾尔斯·里顿·斯特拉奇(Giles Lytton Strachey，1880—1932)，英国作家，其传记作品以细腻描写及心理阐述而见长。

起自己已经文思枯竭。他在这里上班，说是一位作家，却根本写不出一个字！这不仅仅是不能出版的问题，而是他什么都写不出来。而那些尽是废话的作品却能堆在书架上——至少它们就在那里，称得上是一种成就。连戴尔和迪平那种作家每年都能出书。不过，他最痛恨的是那些装腔作势的“有文化”的书，那些文学批评和纯文学作品。那些有钱的剑桥文艺青年几乎是在睡梦中写下了这些东西——要是戈登钱多一点的话，说不定他也会写出这种作品。金钱与文化！在英国，没有钱就意味着你没有文化，就像没有钱你进不了马术俱乐部。就像一个孩子摆弄松动的牙齿的本能，他拿出一本看上去很高雅的作品——《意大利巴罗克风格之我见》——打开这本书，读了其中一段，然后半是厌恶半是羡慕地把书塞回原来的位置。多么渊博的知识！多么富于品味而可恶的典雅文字！而且，这种精致的作品意味着金钱！因为说到底，藏在这些文字背后的除了钱还有什么？有钱才能接受正规的教育，有钱才能结交有影响力的朋友，有钱才能享受闲暇和心灵的宁静，有钱才能去意大利。是钱写出了书，是钱把书卖出去。噢，上帝啊，不要赐予我公义，赐予我金钱吧。

他晃了晃口袋，里面的硬币叮当作响。他就快三十岁了，仍然一事无成，只有他那本彻底以失败告终的可悲的诗集。自从那时起，整整两年，他在一本烂书的迷宫中竭力挣扎，毫无进展，而且他也清楚地知道以后也不会有任何进展。全都是因为缺钱，就是因为缺钱，剥夺了他“创作”的能力。他认定了一个信念：钱，钱，一切都和钱有关！没钱的话就连一本只卖几便士的廉价中篇小说你也写不出来。构思、精力、才智、风格、魅力——这些都得用真金白银才能买到。

不过，顺着这几排书架望去，他觉得心里舒服了一些。这么多本书已经成为过去，不忍卒读。我们大家都有着相同的命运。死亡的象征。你、我、那些剑桥大学毕业的自负的青年才俊都一样，一切都注定会湮灭——当然，那些剑桥大学毕业的自负的青年才俊步入湮灭的用时要久得多。他看着脚边那些被时间遗忘的“经典著作”。死了，全都死了。卡莱尔、拉斯金、梅雷迪斯和斯蒂文森——都死去了，上帝将他们毁灭了。他看着那些褪色的书名。《罗伯特·路易斯·斯蒂文森作品集》。哈哈，好嘛。《罗伯特·路易斯·斯蒂文森作品集》！这本书的上面堆满了黑灰。汝本是尘土，应归于尘土。戈登把斯蒂文森这本包着硬衬布书皮的大部头踢到一边。你在那儿吗，不值一文的老家伙？[①]你已是明日黄花，就像每个苏格兰人一样。

哔！是书店的铃声。戈登转过身。有两个顾客来借书。

一个萎靡弓背的下等阶层的女人走了进来，笨拙地挽着一个篮子，看上去像一只在垃圾堆里翻寻的母鸭。一个丰满矮小的女人跟在后面走了进来，她面色红润，是那种中层中产阶级妇女，胳膊下夹着一本《福尔赛世家》——书名对着外面，这样经过她身边的人会认为她很有品位。

戈登一改闷闷不乐的表情，以书店店员那种亲切和蔼如家庭医生的态度和两位女士打招呼。

“下午好，威弗太太。下午好，佩恩太太。天气真是太糟糕了！”

---

① 此句出自于《哈姆雷特》，原文是：“你在那儿吗，好家伙？”（朱生豪译本）奥威尔进行了些许改动。

“糟透了！”佩恩太太说道。

他站到一边给她们让道。威弗太太把篮子弄翻了，一本翻得皱巴巴的埃塞尔·梅·戴尔的《银婚》掉在地上。佩恩太太鸟一般锐利的眼睛看见了，在威弗太太背后，她朝戈登示以狡黠的微笑，他们俩可都是品味高雅的人。戴尔的书！太低俗了！这些下等阶层的人读的都是些什么书啊！他会心地报以微笑。两人走进借书部，心心相印地微笑着。

佩恩太太把《福尔赛世家》放在桌子上，将麻雀一般的胸脯对着戈登。她对戈登总是很客气，虽然他只是一个店员，却称呼他为“康斯托克先生”，和他聊聊文学。两人因为品味高雅而惺惺相惜。

“我希望这本《福尔赛世家》您读得开心，佩恩太太。”

“这真是一本伟大的、杰出的作品，康斯托克先生！我读了四遍，你知道吗？真是史诗般的作品！”

威弗太太在书堆里翻寻着，她笨得连这些书是按字母顺序排列的都不知道。

“我不知道这个星期该读哪本书好，我不知道。”她嘟囔着，嘴唇上不是很干净，“我女儿一直叫我读一读迪平的书。我女儿很喜欢迪平的书，但我的女婿，他更喜欢布洛斯的书。我不知道读什么好，我真的不知道。”

听到布洛斯这个名字，佩恩太太的脸抽搐了一下，转过身背对着威弗太太。

“康斯托克先生，我觉得高斯华绥称得上是位文学大家。他的作品堪称博大精深，却又体现了纯粹的英国风格，如此具有人文色彩。他的作品真是人文精神的写照。”

戈登说道：“普雷斯利也不错。我觉得普雷斯利是位非常优秀的作家，您认为呢？”

“噢，是的！如此博大精深，如此具有人文精神！而且是纯粹的英国风格！”

威弗太太努起嘴唇，露出三颗孤零零的黄牙。

“我想或许我还是再借一本戴尔的书吧。”她说道，“你这儿还有戴尔的书吗？我得说，我很喜欢读戴尔的书。我对我女儿说，我说：‘你们可以自己去借迪平和布洛斯的书。我就要戴尔的书。’”

叮咚！戴尔！公爵和狗鞭！佩恩太太的眼里露出高雅的揶揄神情。戈登回应了她的眼神。他得讨好佩恩太太，因为她经常光顾。

“噢，当然有，威弗太太。我们有整整一书架埃塞尔·梅·戴尔的书。您想读《他生命中的渴望》吗？或许您读过这本书了。那《荣耀的祭坛》呢？”

“我不知道你这儿有没有休·沃波尔的新书？”佩恩太太问道，“这星期我想读大部头的史诗作品。沃波尔，你知道的。我觉得他是个伟大的作家，仅次于高斯华绥。他的作品博大精深，却很有人文思想。”

“而且体现了纯粹的英国风格。”戈登说道。

“噢，这是当然！体现了纯粹的英国风格！”

“我想我还是再读一遍《苍鹰之道》吧。”威弗太太说道，“《苍鹰之道》这本书怎么读都读不厌，是吧？”

“这本书的确很受欢迎。”戈登以外交家的口吻说道，眼睛看着佩恩太太。

“哦，的确如此！”佩恩太太讽刺地应和着，眼睛看着戈登。

他各收了两人两便士，然后把她们开心地打发走了。佩恩太太借了沃波尔的《浪人哈里斯》，威弗太太借了《苍鹰之道》。

过了一会他走进另一间房，朝摆放诗歌作品的书架走去。那几排书架对他来说有股忧郁的魔力。他那本拙作也在里头——当然是放在最高的地方，和那些卖不出去的书放在一起。《耗子》，戈登·康斯托克作品，是一本上不了台面的八开本小书，原价三先令六便士，现在减价为一先令。那十三个为它写了书评的大傻瓜中（《时代文学增刊》盛赞这是一本“前途无量”的作品），没有一个能理解其书名中那个算不得隐晦的玩笑。他在麦克凯切尼书店工作了两年，没有一个顾客，一个也没有，曾把《耗子》从书架上拿下来过。

诗歌类的书籍摆了十五到二十个书架，戈登乖戾地看着这些书。大部分都是百无一用的内容。在比眼睛高一些的书架上是以前的诗人的作品，他们已经上了天堂，渐渐被遗忘。这些人是他童年时的偶像，有叶芝[①]、戴维斯[②]、豪斯曼[③]、托马斯[④]、

① 威廉·巴特勒·叶芝（William Butler Yeats，1865—1939），爱尔兰诗人、剧作家，1923 年诺贝尔文学奖得主，代表作有《当你老了》、《钟楼》、《旋梯》等。

② 应指威廉·亨利·戴维斯（William Henry Davies，1871—1940），威尔士诗人，曾沦落为流浪汉，诗作多描写社会底层人物生活的艰辛，对奥威尔有一定影响。

③ 阿尔弗莱德·爱德华·豪斯曼（Alfred Edward Housman，1859—1936），英国学者、诗人，代表作有《西洛普郡的少年》、《最后的诗集：亨利·霍尔特和同伴们》等。

④ 菲利普·爱德华·托马斯（Philip Edward Thomas，1878—1917），威尔士作家、诗人，代表作有《随遇而安的摩根一家》、《六诗集》等。

德·拉·梅尔[①]、哈代[②]，都是逝去的文坛巨星。在这些人的作品下面，正好位于眼睛的高度，是当代诗人的作品：艾略特[③]、庞德[④]、奥登[⑤]、坎贝尔[⑥]、戴伊·刘易斯[⑦]、斯宾德[⑧]，都是些令人败兴的作品。逝去的巨匠的作品摆在上面，而失败的作品却摆在下面，我们还能再遇到优秀的作家吗？不过劳伦斯倒是不错，乔伊斯[⑨]患眼疾之前文笔更好。就算真的出了这么一个作家，置身于垃圾中，已经喘不过气来了的我们看到他的时候还认得出来吗？

哔！书店的铃声又响了。戈登转过身。又有顾客上门了。

---

① 沃尔特·德·拉·梅尔(Walter De la Mare，1873—1956)，英国作家、诗人，作品想象力丰富，代表作有《邦普斯先生和他的猴子》、《聆听者》、《风吹起时》等。

② 托马斯·哈代(Thomas Hardy，1840—1928)，英国作家、诗人，代表作有《还乡》、《德伯家的苔丝》、《今昔诗集》等。

③ 托马斯·斯特恩斯·艾略特(Thomas Sterns Eliot，1888—1965)，美国/英国剧作家、文学批评家、诗人，1948 年诺贝尔文学奖得主，代表作有《荒原》、《四个四重奏》等。

④ 埃兹拉·庞德(Ezra Pound，1885—1972)，美国流亡诗人、文学批评家，二十世纪现代主义文学运动先锋之一，曾翻译一系列东方文学(包括孔子的作品)，促进东西文化交流。二战时庞德投靠墨索里尼，效忠纳粹政府，战后被收押精神病院长达 13 年。代表作有《灯火熄灭之时》、《在地铁站内》等。

⑤ 威斯坦·休·奥登(Wystan Hugh Auden，1907—1973)，英国/美国诗人，代表作有《死亡之舞》、《阿基里斯之盾》等。

⑥ 应指伊格那修斯·罗伊斯顿·当纳切·坎贝尔(Ignatius Royston Dunnachie Campbell，1901—1957)，非洲裔英国诗人、讽刺作家，代表作有《夏宴：南部非洲的讽刺》、《饶舌的布兰科》等。

⑦ 塞西尔·戴伊·刘易斯(Cecil Day Lewis，1904—1972)，爱尔兰诗人，曾翻译古罗马诗人维吉尔的作品，代表作有《从羽毛到坚铁》、《天马座与其它诗集》等。

⑧ 史蒂芬·哈罗德·斯宾德(Stephen Harold Spender，1909—1995)，英国作家、诗人，代表作有《法官的审判》、《世界中的世界》等。

⑨ 詹姆斯·乔伊斯(James Joyce，1882—1941)，爱尔兰作家、诗人，代表作有《尤利西斯》、《都柏林人》等。

那是一个二十岁左右的年轻人，长着一张樱桃小嘴和一头金发，娘娘腔地走了进来。他显然是个有钱人，头上似乎有金灿灿的金钱的光环。他以前来过书店。戈登露出接待新顾客那绅士般恭敬的态度，重复了一遍平时常说的商业问候语：

“下午好。我能为您效劳吗？您在找什么书吗？”

“噢，不，不用。”一听就是上流社会娘娘腔的口音。“我可以看看吗？看了你们的橱窗我忍不住就走进来了。我见到书店就忍不住想进来看看！其实我只是进来……呵呵！”

然后又会出去是吧，娘娘腔。戈登露出富有教养的微笑，就像爱书之人惺惺相惜一样。

“噢，请随便看。我们欢迎顾客参观。顺便问一句，您对诗歌感兴趣吗？”

“噢，当然！我钟爱诗歌。”

当然！这个该死的自命不凡者。他的衣着颇有艺术气息。戈登从诗歌作品的书架上取下一本薄薄的红色装帧的书。

“这本书是新出的，或许您会感兴趣。是译文诗集——不同寻常的好作品，保加利亚作品的译本。”

点到即止就好了。现在就让他自己转悠去。对待客人就得这样。不要打扰他们，由得他们浏览二十分钟左右，然后他们就会觉得很惭愧，随便买本书走人。戈登悄悄地走到门口，与这位娘娘腔的顾客保持距离，一只手插在口袋里，装出绅士般漫不经心的派头。

外面湿漉漉的街道看上去很冷清寂寞。某个街角传来了马蹄的咔嗒声，听上去很空洞。烟囱喷出黑烟，被风一吹，改变了方向，水平地顺着斜斜的屋顶滚滚而下。啊！有了！

凛冽的寒风呼啸而来，

落叶殆尽的白杨树弓下了腰，

烟囱飘舞着黑黢黢的缎带，

在昏沉沉（“阴郁朦胧”的同义词）的空气中摇摆而下。

很好。但是创作的冲动又消逝了。他的眼睛再一次落在街对面的广告海报上。

他很想冲那些广告海报大笑一通，那些内容那么苍白无力，那么死气沉沉，那么倒人胃口，还以为会有人被那些内容所吸引！就像屁股上长了疱疹的女妖，它们给他的感觉都一样：铜臭味，处处都充斥着铜臭味。他偷偷望了那个娘娘腔一眼，他离开了诗歌的书架，取下了一本昂贵的关于俄国芭蕾舞的书。他小心翼翼地用粉红色的柔弱的手指托着书，就像一只松鼠托着坚果，端详着那些相片。戈登了解他这种人。有钱的“艺术气息”的公子哥儿，自己不是艺术家，却倾心于艺术，经常到画廊流连，惹出丑闻。虽然举止很娘娘腔，但长得还算英俊。他脖子后面的皮肤像丝绸一般光滑，又像贝壳的里层。一年挣不到五百英镑可保养不了这种皮肤。和别的有钱人一样，他有一种魅力。金钱和魅力，谁能将它们分开呢？

戈登想起了他那富有而充满魅力的朋友，《反基督报》的编辑拉沃斯顿。他很喜欢拉沃斯顿，但不是太经常见面，大约每半个月聚一聚。还有他的女朋友罗丝玛丽，她爱着他——用她的话说，爱慕着他——但是，她总是不肯和他上床。又是钱，一切都与钱有关，所有的人际关系都必须靠金钱去维系。要是你一文不名，男人不会在乎你，女人不会爱上你，换句话说，不肯在需要迈出那至关重要的最后一步时在乎你、爱上你。而他们是对的，确实如此！没有钱你并不值得被爱。虽然他谈吐大方得体，但假如他没钱，他说出来的话就没有半点分量。

他又看着那些广告海报。这一次他气不打一处来。比方说吧，那个维塔莫牌巧克力的广告，“远足一天，你只要吃一块维塔莫牌巧克力！”一对年轻的夫妇与一男一女两个小孩，带着干干净净的郊游用品，清风吹拂着他们的头发，正在苏塞克斯郡如画的风景中远足。那个女孩的脸！就像假小子一样热情活泼！是那种参加“正派娱乐”的女孩。在清风吹拂下，她穿着卡其布紧身短裤，但这并不意味着你能捏一把她的屁股。在他们旁边——科纳·忒布尔。“科纳·忒布尔喜欢吃饭时喝一杯宝维。”戈登怀着恨意看着那张海报。那张白痴一般咧嘴大笑的脸，活像一只自鸣得意的老鼠，油光水亮的黑发，傻兮兮的眼镜。科纳·忒布尔，时代的宠儿，滑铁卢的胜利者，科纳·忒布尔，上帝塑造的现代男人。他就像一只温顺的小肉猪，坐在金钱筑成的猪圈里，享受着宝维消化液。

一张张被风吹得蜡黄的脸经过书店，一辆电车轰隆隆地驶过广场，威尔士王子酒店的时钟敲响了三点钟。一对老夫老妻，男的可能是流浪汉，也可能是乞丐，带着他的妻子，两人都穿着油腻腻的、几乎垂到了地面的长风衣，正脚步蹒跚地朝书店走来。一看他们的外表就知道他们是来卖书的。最好盯紧外面的箱子。那个老头站在离书店几码远的地方，那个老太婆走到书店门口，推开门，抬头望着戈登。她头发花白，脸上露出怨毒而期盼的表情。

“你们收书吗？”她嘶哑着声音问道。

“有时会收。得看是什么书。”

“我这里有几本很好的书。”

她走进书店里，咣的一声关上了门。那个娘娘腔扭头不悦地望了一眼，挪开了一两步，躲在角落里。老太婆从她的大衣下面拿出一个小小的、油腻腻的麻袋，悄悄地凑近戈登，身上有股很浓郁的陈年面包屑的味道。

她紧紧地抓住麻袋的袋口，问道：“你会买下这些书吗？只要半克朗，全都归你。”

“都是些什么书？让我先看一看，好吗？”

“都是些好书。”她喘着气，弯下腰解开麻袋，一股浓烈的面包屑的味道涌了过来。

“看吧！”她把一摞脏兮兮的书推到戈登面前。

那些是1884年出版的夏绿蒂·玛丽·杨格[①]的小说，看上去已经沉睡了许多年。戈登退后一步，突然间觉得很恶心。

“这些书我们肯定不收。”他匆匆说了一句。

“不收这些书？为什么你们不收这些书？”

“因为它们对我们一点用处也没有。我们不卖这种书。”

“那你要我把书从袋子里拿出来干吗？”这个老女人恶狠狠地追问道。

戈登绕过她以避开那股味道，静静地打开店门。争辩毫无意义。每天都会有这种人走进书店。那个老太婆嘟嘟囔囔地离开了，恶狠狠地弓着背，回到她老公身边。他站在外面大声地咳嗽，隔着店门你都可以听见。一团浓痰，看上去就像一小根白色的舌头一样，慢慢地从他的嘴唇之间溜出来，被吐进阴沟

---

① 夏绿蒂·玛丽·杨格（Charlotte M. Yonge，1823—1901），英国女作家，代表作有《当代忒勒玛科斯》、《家里的顶梁柱》等。

里。然后这两个老人慢悠悠地离开，穿着那一身油腻腻的长大衣，下面只露出两只脚，就像两只甲虫。

戈登看着他们走开。他们是没有得到财神爷眷顾的可怜人。这种人在伦敦数以万计，像肮脏的甲虫一样游荡，直到踏入坟墓。

他看着破败的街道，这时他觉得在这么一座城市，这么一条街道，每个人的生活都毫无意义，不堪忍受。这种破败萎靡的感觉正是我们这个时代的写照，强烈地影响着他。不知怎的，这种感觉和对面那些广告海报交织在一起。现在他看着那些笑眯眯的巨大的脸庞，洞察到更为深邃的意义。那些脸庞不仅象征着贪婪、愚昧和粗俗。科纳 · 忒布尔正冲你咧嘴大笑，他的假牙闪烁着光芒，看上去似乎很乐观。但在那笑容后面隐藏着什么呢？荒芜、空虚、早已注定的毁灭。如果你知道如何观察的话，你难道看不出在那矫情的自我满足，在那肉嘟嘟、笑嘻嘻的轻浮面孔后面，只有令人恐惧的空虚和隐秘的绝望吗？现在这个世界充斥着求死的欲望。很多人集体自杀。在孤独的小公寓里，人们把头伸进了煤气炉里。避孕套和安眠药、对未来战争的恐惧、正在伦敦上空盘旋的敌机、充满威胁意味的螺旋桨的轰鸣、炸弹震耳欲聋的爆炸声。这一切都写在科纳 · 忒布尔的脸上。

又有顾客上门了。戈登退了开去，露出绅士一般温顺恭敬的表情。

门铃响了。两位上层中产阶级的女士吵吵闹闹地走进店里。一个三十五岁左右，脸色绯红丰润如同水果一般，松鼠皮大衣下面有一对鼓鼓胀胀的撩人胸脯，散发出风情万种的帕尔马紫罗兰香味。另一位是个中年妇女，脸蛋瘦削，呈咖喱色——应该是印度咖喱。一个肤色黝黑、身材矮小的害羞的年轻人紧跟在她们后面，像猫咪一样从门口溜了进来。他是书店最好的顾客——是个单身汉，性情羞涩，不喜欢说话，不知道为什么，总是隔天才刮一次胡子。

戈登重复了他那几句陈词滥调：

“下午好。有什么我能为您效劳的吗？您在找什么书吗？”

那个长着水果脸的女人冲着他笑了一下，但那个咖喱脸的女人却认为他这么问冒犯了她。她没有理会戈登，拉着那个丰满的女人走到新书的架子旁边摆放宠物书籍的书架那里。两人立刻从架子上拿起书开始浏览，还大声地谈论着。咖喱脸说起话来就像军训教官在说话一样，显然，她是某位上校的妻子或遗孀。那个娘娘腔还沉浸在俄国芭蕾舞中，悄悄退到一边。他的表情好像在说，如果他的私人空间再被侵犯的话，他就会离开书店。那个羞涩的年轻人已经找到了通往诗歌书架的路。这两位女士经常光顾书店。她们总是浏览关于猫猫狗狗的书，但从未购买任何书籍。猫猫狗狗的书塞了满满两个书架。老麦克凯切尼称之为“女士角落”。

又有一位顾客上门了，是来借书的。那是一个二十岁左右的丑女，没有戴帽子，穿着一袭白色大衣，脸色蜡黄，表情诚恳，总是在念叨着什么，戴着一副高度数的眼镜，眼睛看东西时乜斜着。她在一间药店当店员。戈登摆出亲切的图书管理员的姿态。她冲他微笑着，迈着狗熊一样笨拙的步伐跟着他走进了借书部。

“您这次要借什么书，威克斯小姐？”

“嗯……”她抓住大衣的前襟，那双黑漆漆的、乜斜的眼睛盯着他的眼睛，露出信任的神情，“嗯，我想借一本描写大胆一点的爱情小说。你知道的——现代读物。”

“现代读物？比方说，芭芭拉·贝德沃斯[1]的作品？您读过《宛若处子》吗？”

“哦，不，不要她的书。她写得太深了。我不喜欢读太深的书。但我要的是——嗯，你知道——现代风格的。关于性的问题和离婚什么的。你懂的。”

“现代风格，但又不至于太深。”戈登说道，对品味浅薄的客人他也得装出品味浅薄的样子。

他在描写大胆的现代爱情故事书里翻翻捡捡。借书部里有三百多本这样的书。前面的房间传来那两个上层中产阶级女士的声音，是水果脸和咖喱脸在说话，两人在关于狗的问题上起了争执。两人拿出了一本养狗的书，正在端详上面的相片。水果脸看到一张哈巴狗的相片，喜欢得不得了，这小东西好可爱，长着一双水汪汪的大眼睛，还有那小黑鼻子——噢，真是太可爱了！但咖喱脸——没错，她就是某位上校的遗孀——说哈巴狗太软弱了。她说她要养的是勇敢的狗——能打架的狗。她说她不喜欢那些没用的宠物狗。“你真是没心没肝，贝德里亚，真是没心没肝。”水果脸哀怨地说道。门铃又响了。戈登将《绯红色的七夜》递给药店的女店员，然后在她的借书单上作了登记。她从大衣口袋里掏出一个难看的皮夹，付给了他两便士。

他回到前屋。那个娘娘腔把书放错了架子，不见了。一个瘦削活泼的女人，长着尖尖的鼻子，穿着很知性的衣服，戴着

① 贝德沃斯(Bedworth)的英文单词有“性感撩人，床上风光”之意。

金边夹鼻眼镜——应该是个女老师，肯定是个女权主义者——走了进来，要买沃顿-比弗利太太关于女权主义运动历史的书籍。戈登告诉她店里没有这本书，心里暗自高兴。她狠狠地瞪了他一眼，刺透了他无能小男人的内心，然后走了出去。那个瘦小的年轻人带着歉意站在角落里，把脸埋在劳伦斯的诗集当中，看上去就像一只长腿鹭鸶把头埋在自己的翅膀中间。

戈登候在门口。外面有一个破落户老头，长着草莓鼻子，脖子上围着卡其布围巾，正在六便士廉价书籍的箱子里翻翻拣拣。两个上层中产阶级女士突然间离开了，桌子上摊着几本打开了的书。水果脸还回头恋恋不舍地看着那几本关于宠物狗的书，咖喱脸拉着她出去了，坚决不肯买书。戈登打开了门，两个女人吵吵闹闹地离开，根本不去理会他。

他看着这两个穿着皮草大衣的上层中产阶级女人沿着街道走去。草莓鼻老头一边翻着书一边喃喃自语，或许他的精神有点毛病。要是不看着的话他可能会偷书。风越吹越冷，吹干了湿漉漉的街道。很快就得点灯了。一股风吹过，Q. T.调味品广告海报那剥落的一角猛烈地扑腾着，像吊在晾衣绳上的一件衣服。啊！有了！

凛冽的寒风呼啸而来，
落叶殆尽的白杨树弓下了腰，
烟囱飘舞着黑黢黢的缎带，
在昏沉沉的空气中摇摆而下，
撕裂开来的海报战栗颤抖着。

不错，写得不错。但他不想继续写下去——事实上，他写不下去。他的手指摆弄着口袋里的钱，没有弄出声音，免得被那个害羞的年轻人听见。两个半便士。明天一整天都没有烟抽，他浑身的骨头都疼了。

威尔士王子酒店亮起了一盏灯。他们应该正在清洁吧台。那个草莓鼻老头正从两便士的箱子里拿出一本埃德加·华莱士[①]的小说在阅读。远处传来电车轰隆隆的声音。在楼上的房间里，麦克凯切尼先生正在壁炉旁边打瞌睡。他的头发和胡子全白了，手里拿着鼻烟盒和一本小牛皮装帧的米德尔顿的《流亡记》[②]。他很少到店里来。

那个害羞的年轻人突然发现只剩下自己一个人，内疚地抬头看了看。他经常到各间书店浏览，但在每间店从不停留超过十分钟。他很喜欢看书，又害怕自己惹人讨厌，总是在内心苦苦挣扎。在任何一间书店停留超过十分钟他就会觉得很不自在，觉得自己是不受欢迎的人，出于紧张会买一本书，然后匆匆离开。他什么也没说，拿着一本劳伦斯的诗集，尴尬地从口袋里拿出三个弗洛林[③]。把钱递给戈登的时候他掉了一个弗洛林，两人同时蹲下去捡钱，头碰到了一块儿。那个年轻人退了开去，脸涨得通红。

“我帮您把书包好吧。”戈登说道。

但那个害羞的年轻人摇摇头——他结巴很厉害，尽量不开口说话。他把书夹在腋下，溜出书店，似乎做了什么见不得人

---

① 理查德·霍拉西奥·埃德加·华莱士(Richard Horatio Edgar Wallace，1875—1932)，英国作家，作品多为犯罪心理小说，代表作有《四个公正的人》、《神探里德》、《金刚》等。

② 托马斯·米德尔顿(Thomas Middleton，1580—1627)，英国剧作家、诗人，代表作有《凤凰》、《女人，小心女人》、《致吾王》等。

③ 弗洛林(florin)，英国硬币，价值为两先令。

的事情。

戈登回到门口，那个草莓鼻老头转头看了一眼，与戈登的目光碰到一块儿，于是打消了主意。他刚才正想把那本埃德加·华莱士的小说放进口袋里。威尔士王子酒店的时钟敲响了三点一刻。

叮咚！三点一刻了。三点半点灯。还有四小时三刻钟才下班，还有五小时一刻钟才能吃晚饭。口袋里还有两个半便士。明天没有烟抽。

突然间，一股难以抵挡的烟瘾朝戈登袭来。他原本下定决心下午不抽烟的。他只剩四支烟，得留着今晚“创作”的时候抽，因为没烟抽比断气更难受，他根本写不出东西来。但是，他一定得抽一口。他拿出那包“运动员体格牌”香烟，拿出一支短烟。这完全是在纵容自己，这意味着今晚“写作”时间将会少了半小时。但他抵挡不住烟瘾。怀着羞耻的快感，他一口将能抚慰身心的烟雾吸入肺部。

灰蒙蒙的玻璃上倒映出他的脸，正在看着自己。戈登·康斯托克，《耗子》的作者，已经年过三旬，面容憔悴，嘴里只剩二十六颗牙齿。但诗人维庸①三十岁的时候正在忍受病痛的折磨。让我们为上帝的怜悯而感恩。

他看着 Q. T.调味品那张广告海报剥落的一角不停地颤动着。我们的文明已经奄奄一息，确实如此。但它不会寿终正寝。很快飞机就来了。嗡嗡嗡——嗖——砰！整个西方世界将在高能炸药的轰鸣声中灰飞烟灭。

---

① 弗朗科伊斯·维庸（Francois Villon，1431—1463），法国诗人，代表作有《去年之雪今安在》、《我的遗嘱》等。

他看着渐渐暗下来的街道，看着玻璃窗上他那张脸的灰蒙蒙的倒影，看着来来往往、衣着褴褛的路人，无意识地重复着一句话：

“这便是无聊！——眼里噙着不由自主的泪花，

他抽着烟斗，幻想着断头台！”①

金钱，金钱，科纳·忒布尔！飞机在轰鸣，炸弹在引爆。

戈登乜斜着眼睛望着灰沉沉的天空。那些飞机正在飞来，他似乎想象得到它们正在飞来。一队队的飞机，不胜其数，就像铺天盖地的蝗虫。他的舌头稍微顶着牙齿，发出嗡嗡嗡的声音，模拟着飞机的轰鸣声，听上去就好像一只青蝇撞击着窗户玻璃。在这个时候，他很渴望听到这个声音。

---

① 此句出自波德莱尔《致读者》(*Au lecteur*)。

第二章

戈登顶着凛冽的寒风往家里走去，风势将他的头发吹往脑后，秀出他那“好看的”额头，比任何时候都好看。路过的人看到他的姿态会以为——至少他希望如此——他是个放荡不羁之人，故意不穿上大衣。事实上，他的大衣在当铺里，当了十五先令。

西北段的柳堤路严格来说不算是贫民窟，只是很肮脏萧条，离真正的贫民窟只有不到五分钟的路程。那里的出租屋家庭一张床睡五口人，要是有人死掉了，在尸首下葬之前，家里人都得与其同眠。在后巷里，女孩长到十五岁就和十六岁的男孩靠着斑斑驳驳的灰泥墙初尝禁果。不过，柳堤路本身看上去还保持着一丁点儿中下层中产阶级的体面，在其中一户房子门前甚至还挂着一位牙医的黄铜招牌。三分之二的房子都在客厅窗户的蕾丝窗帘之间，在一株叶兰的叶子上面挂着一块绿牌，上面用银色字体写着“公寓”二字。

戈登的女房东威斯比奇太太专门招徕“单身绅士”。房间是卧室兼起居室，有煤气灯，自己安装暖气，洗澡另外加钱（房子里有热水锅炉），在陵墓一般黑漆漆的饭厅里吃饭，饭桌中间密密麻麻摆着许多瓶已经凝固了的酱料。戈登中午回来吃午饭，一周付二十七先令六便士。

三十一号房门上方结了霜的气窗里透出煤油灯昏黄的光芒。戈登取出钥匙，摸索着插进钥匙孔里——这种房子的钥匙和锁头从来就没有严丝合缝过。玄关狭小漆黑——事实上，那只是一条走廊——带着洗碗水、卷心菜、破布地毡和卧室废水的味道。戈登看了玄关架子上那个涂漆托盘一眼。果不其然，没有信件。他已经告诉过自己不要指望有信件，但他还是心存侥幸。他的胸口掠过一阵不算疼痛但很不舒服的感觉。罗丝玛丽或许已经写了信了！自从她上回给他写信已经过去四天了。而且他给几份杂志投了几首诗，却还没有收到回信。能够让今晚好过一点的事情就是回到家的时候看到有他的信件，但他的来信不多——每星期最多只有四五封。

玄关的左边是从来没有人用过的客厅，后面是楼梯，再过去是一条过道，通往厨房和威斯比奇太太自己住的不可侵犯的房间。戈登一进门，通道尽头的门打开了一英尺左右，威斯比奇太太探出头，狐疑地打量了他一眼，然后立刻缩了回去。晚上十一点钟之前，进出这间屋子都会被这样审视一番。不知道威斯比奇太太到底在怀疑你什么，可能是怕你偷偷带女人回来吧。她是那种经营出租屋的不好相处的体面女人，年纪约莫四十五岁，身材矮胖却很好动，脸色红扑扑的风韵犹存，而且特别会察言观色。她那头灰色的头发很漂亮，却总是愁眉苦脸。

戈登在窄窄的楼梯底下停住了脚步。上面传来了浑厚的歌喉，唱着粗俗的小曲，“谁怕大灰狼啊？”一个三十八岁的大胖子从楼梯的拐角处走了出来，跳着对于胖子来说很难想象的轻盈舞步。他穿着一套时髦的灰西装和一双黄色的鞋子，戴着一顶时髦的呢帽，外面披着一件粗俗无比的束腰蓝色风衣。这位是一楼的房客弗拉斯曼，是示巴女王卫浴精品公司的旅行推销员。下楼的时候他扬了扬一只柠檬色的手套朝戈登致意。

“你好，老伙计！（弗拉斯曼管每个人都叫‘老伙计’）”

他快活地打着招呼，“你还好吗？”

“糟透了。”戈登回了一句。

弗拉斯曼已经走到楼梯底下了，伸出短短胖胖的胳膊热情地搂着戈登的肩膀。

“开心点，小老头，开心点！干吗像奔丧一样。我去克莱顿酒吧，一起去喝点东西吧。”

“不去了，我得写东西。”

“哦，该死的！别那么见外嘛，好吗？在这里发呆有什么好？到克莱顿酒吧去，我们可以捏一捏那个吧女的屁股。”

戈登挣脱弗拉斯曼的胳膊。和所有个头瘦小的人一样，他讨厌人家碰他。弗拉斯曼只是咧嘴一笑，和大部分胖子一样，他很有幽默感。他真的很胖，那条长裤鼓鼓胀胀的，似乎他是被融化后再倒进裤腿里一样。不过，和其他胖子一样，他从不承认自己很胖。如果可以的话，没有胖子会说起“胖”这个字。他们用的是“肉头”这个词——“健壮”这个词更好。一个胖子说自己很“健壮”的时候最开心不过了。第一次与戈登见面时弗拉斯曼就想说自己很“健壮”，但戈登那双绿色的眼睛露出狐疑的神情，于是他转而用“肉头”形容自己。

“我得承认，伙计，”他说道，“我确实有点肉头，但并不影响健康，你知道的。”他拍了拍胸膛和腹部那条模糊的界线。“结实得很呢。站起身来可算得上身姿挺拔。不过——嗯，我想你可能觉得我很肉头。”

“像科特兹[①]。”戈登提了一句。

---

① 赫南·科特兹（Hernán Cortés，1485—1547），西班牙征服者，曾率西班牙军队灭亡阿兹特克帝国，殖民墨西哥，曾任墨西哥总督。

“科特兹？科特兹？就是经常在墨西哥山区里转悠的那个家伙？”

“就是他。他很肉头，但眼睛像雄鹰一样锐利。”

“啊？真是太有趣了，因为我太太也曾对我说过类似的话。‘乔治，’她说道，‘你长了一双世界上最漂亮的眼睛。你的眼睛就像鹰眼一样。’她就是这么说的。那是结婚前的事情了。你懂的。”

弗拉斯曼现在与妻子分居了，不久前示巴女王卫浴精品公司给所有旅行推销员发了一笔意想不到的奖金，有三十英镑之多。弗拉斯曼和两个同事被派到巴黎向几家法国公司推销新推出的天然色泽性感唇膏。弗拉斯曼觉得没有必要告诉他的妻子这三十英镑的事。当然，那趟巴黎之旅是他生命中最快活的时光。直到现在，三个月过去了，一说起巴黎之旅他就会口水直流。他总是向戈登绘声绘色地吹嘘他的享受。揣着老婆根本不知道的三十英镑在巴黎待了十天！我的天哪！乖乖！然而，不幸的是，不知哪里走漏了风声，弗拉斯曼回到家里，发现报应正等候着他。他老婆用一樽雕花玻璃威士忌酒瓶打破了他的头，那是他们保存了十四年之久的结婚礼物。然后她带着孩子回了娘家。自此弗拉斯曼便被流放到柳堤路。但他可不会因为这个而忧愁。事情总会过去的，这种事已经发生过好几回了。

戈登又尝试着摆脱弗拉斯曼，登上楼梯。可怕的是，他心里其实很想和他一起去。他很想喝一杯——提到克莱顿酒吧就勾起了他的酒瘾。但那当然是不可能的事情：他没钱。弗拉斯曼伸出一只胳膊跨过楼梯，拦住他的去路。他真的很喜欢戈登，觉得他是个“聪明人”——在他看来，“聪明”其实是没有恶意的精神癫狂。而且他不喜欢独自一人，就算走几步路到酒馆这么短的时间也不愿意。

“走嘛，伙计！”他催促道，“你需要喝杯吉尼斯啤酒让自己振作起来。你需要的就是这个。你还没见过雅座吧台那里他们新请来的小女孩呢。乖乖！就像水蜜桃一样！”

“这就是为什么你打扮得这么潇洒，对吧？”戈登冷冷地看着弗拉斯曼那双黄色的手套。

“被你猜对了，伙计！噢，就像水蜜桃一样！她是个金发女郎，而且懂的事情还挺多，这种骚货都是这样。昨晚上我送给了她一管我们公司的天然色泽性感唇膏。你真得看看她经过我的桌子时朝我晃着她那小巧的屁股是什么样子。她令我心悸了吗？心悸了吗？乖乖！”

弗拉斯曼猥琐地扭动着身子，舌头伸在双唇之间。然后，他假装戈登就是那个金发吧女，搂着他的腰，温柔地掐了他一把。戈登将他推开。有那么一刻，去克莱顿酒吧的渴望是那么强烈，几乎征服了他。噢，喝上一品脱啤酒！他几乎可以感觉得到啤酒涌入喉咙的快感。要是他有钱的话就好了！就算只有七便士买一品脱啤酒也好。但光想又有什么用呢？他口袋里只有两个半便士。你可不能指望别人会帮你付酒钱。

“噢，看在上帝的分上，别烦我！”他气恼地说道，挣开弗拉斯曼，登上楼梯，没有回头看一眼。

弗拉斯曼把头上的帽子摆正，有点愠恼地朝前门走去。戈登闷闷不乐地想到，如今情况总是这样，他总是冲别人友好的问候泼冷水。当然，说到底就是钱的问题，总是关于钱的问题。当你口袋里没钱的时候，你无法友好待人，甚至无法彬彬有礼。他顿时觉得自怜自伤。他的心向往着克莱顿酒吧的雅座吧台、啤酒美妙的味道、温暖明亮的灯光、欢声笑语、滴满啤酒的吧台上酒杯轻轻碰撞的声音。金钱！金钱！他继续顺着黑漆漆冒着一股怪味的楼梯走着。想到要在阁楼度过阴冷的漫漫长夜，他想死的心都有了。

二楼住着罗伦海姆，一个又黑又瘦的家伙，长得像只蜥蜴，看不出是什么族裔或多大年纪，每周靠兜售吸尘器挣三十五先令。戈登总是匆匆忙忙地走过罗伦海姆的门口。罗伦海姆是那种世界上连一个朋友都没有的人，很想有人能陪陪他。他如此孤独，只要你在他门外经过时走得慢了一些，他肯定会冲出来，又是拉扯，又是哄骗把你拽进他的房间里，让你听他那些冗长而疯狂的如何哄骗小女孩的故事，以及他如何戏弄雇主的恶作剧。而且他的房间比任何一家寄宿旅馆的房间都要来得更阴冷肮脏一些。到处都是咬了几口的面包和人造黄油。这里还有另一个租客，好像是个工程师，上的是夜班。戈登只见过他几面——是个块头很大、脸色阴郁苍白的家伙，屋里屋外都戴着圆礼帽。

屋里很暗，戈登熟练地摸到煤气喷嘴，点着了灯。这间房中等大小，说大呢又不足以隔成两间，但说小呢一盏不太好的油灯根本不足以供暖。里面的家具都是那些你可以想象会在顶楼出现的东西。铺着白色床单的单人床，棕色的亚麻布地毯，摆放着水盆和水壶的洗手架。那个白色的水壶是个便宜货，你会以为那是一口夜壶。窗台上摆放着一个涂着绿漆的花盆，种着一株病恹恹的叶兰。

窗户下面摆着一张饭桌，上面铺着一张沾了墨迹的绿色桌布。那张就是戈登的写字桌，是他几经周折才从威斯比奇太太那里要来的。原来这里摆放的是一个竹制的临时茶几——是用来摆放那盆叶兰的——她觉得摆在顶楼很合适。直到现在她还总是絮絮叨叨的，因为戈登一直不肯好好收拾桌子。这张桌子上总是东西放得一团糟，几乎被一堆稿纸遮盖住了，大概得有两百多页，脏兮兮的，页角都卷了起来，上面写满了字，用笔划掉，又写上了字——就像迷宫一样，只有戈登掌握了开启迷宫的钥匙。每样东西上面都蒙着一层灰，几个小碟子上面落满了烟灰和扭曲的烟屁股。除了壁炉架上的几本书外，这张桌子和上面那堆杂乱的稿纸就是戈登的个性在这个房间里留下的印记。

屋里冷得出奇。戈登决定把油灯点着。他拿起油灯——感觉很轻，备用的灯油也快烧完了，到星期五才能去添油。他打着一根火柴，一团黯淡的黄色火苗不情愿地绕着灯芯亮了起来。运气好的话它还能燃烧上几个小时。戈登扔掉火柴，眼睛落在草绿色的花盆里那株叶兰上。这株东西还真是奇怪，只有七片叶子，似乎不会再长出新叶了。戈登心里隐隐讨厌这株叶兰。他试过很多次，想将其扼杀，但都没有成功——不给它浇水，用点着的烟屁股烫它的茎部，甚至往土里掺盐。但这该死的玩意儿似乎是不死之身。无论怎么虐待它，它总是病恹恹地继续活下来。戈登站起身，故意将沾了煤油的手指往叶片上面擦拭了一下。

这时楼下响起了威斯比奇太太泼妇骂街一般的声音。

“康——斯托克先生！”

戈登走到门口，冲着下面喊道：“怎么了？”

“你的晚饭已经做好十分钟了。你怎么还不下来吃饭呢？我还等着洗碗哪。”

戈登走到楼下。餐室在一楼弗拉斯曼先生房间的对面。房间里很冷，而且通风不畅，有一股子味道，即使是在中午也很昏暗。里面摆放着好几株叶兰，戈登数不清到底有多少。它们堆放得到处都是——餐具柜上、地板上、临时桌台上、窗台的花架上，把光线都给遮住了。在半明半暗的屋里，周围摆放了这么多株叶兰，你感觉就像置身于不见天日的水族馆里，身边尽是枯燥乏味的海底植物。戈登的晚餐已经摆好了，正等候着他，破裂的煤气灯在桌布上投下一圈白色的光，他坐了下来，背朝着壁炉（里面摆放着一株叶兰，而不是生着火），吃他那碟冷盘牛肉，就着加拿大黄油、捕鼠诱饵那般大小的奶酪和潘彦牌腌黄瓜吃了两片板硬的白面包，喝了一杯有股霉味的冷水。

回到房间时那盏油灯已经快熄灭了，不过他想还能烧一壶水。现在将进行今晚的秘密行动——偷偷泡一杯茶喝。他几乎每天晚上都会偷偷摸摸地泡一杯茶。威斯比奇太太不肯给房客泡茶，因为她不想另外烧水，而私自在房间里泡茶是严令禁止的。戈登厌恶地看着桌子上那堆乱糟糟的稿纸，在心里对自己说今晚他绝对不会写作。他会喝一杯茶，把剩下的烟抽掉，读一读《李尔王》或《神探福尔摩斯》。他的书就放在壁炉架上闹钟的旁边——平装本的莎士比亚作品、《神探福尔摩斯》、维庸的诗歌、《罗德里克 · 兰登历险记》、《恶之花》和一堆法文小说。但如今他已经不读这些书了，《莎士比亚》和《神探福尔摩斯》除外。现在，他要泡茶了。

戈登走到门口，半推开门，倾听着有没有威斯比奇太太的动静。你得非常小心，她能蹑手蹑脚地摸上楼，把你逮个正着。私自泡茶可是严重的罪名，仅次于带女人回家。他悄悄地闩好门，从床底下拉出他那口廉价的行李箱，打开锁头，从里面拿出价值六便士的伍尔沃斯牌烧水壶、一包立顿茶叶、一罐炼乳、一个茶壶和一个茶杯。这些都用报纸包着，免得碰裂了。

他泡茶时自有一套步骤。首先他往烧水壶里装上半满的水，然后放在煤油灯上，接着跪了下来，铺开一张报纸。当然，昨天的茶渣还在茶壶里。他把茶渣摇出来，倒在报纸上，用大拇指清理干净茶壶，把那堆茶渣折成一个纸包。待会儿他就会偷偷将其带下楼。清理茶渣是最冒险的一个环节——难度不亚于毁尸灭迹。至于茶杯，他经常等到早上再拿到洗手盆里洗干净。这真是卑鄙的勾当，有时候令他觉得很恶心。真是奇怪，寄居威斯比奇太太篱下做什么事情都得偷偷摸摸的。你觉得她总是在监视着你，而事实上，她的确喜欢随时蹑着脚尖在楼上楼下转悠，希望逮到房客的不当行为。在这种房子里住，就算上厕所也不能安心，因为你总是觉得有人在偷听你如厕。

戈登又把门打开，专注地倾听着。没有动静。啊！楼下传来餐具的碰击声，威斯比奇太太正在清洗餐具，现在下去或许安全。

他踮着脚尖下楼，把那包潮湿的茶渣搂在胸前。厕所在二楼，在楼梯的拐角处他停下脚步，又倾听了一会儿，啊！下面又传来餐具的碰击声。

安全！诗人戈登·康斯托克（“前途无量的希望之星”，《时代文学增刊》曾经这么说过）匆忙溜进厕所，把茶渣扔到下水道里，拉起塞子。然后他匆忙溜回房间，重新闩好门，小心翼翼地不弄出声音，给自己泡了一壶新茶。

现在房间里暖和多了，茶和香烟施展出了短暂的魔力。他感觉没有那么无聊烦躁了。说到底他得多多少少写点东西吧？这是当然的。每当他蹉跎了一个晚上后他总会痛恨自己。他不大情愿地把椅子拉到桌旁。甚至翻开那堆乱糟糟的稿纸也需要下一番决心。他把几张脏兮兮的稿纸拿了过来，摊开端详着上面写的字。上帝啊，多么潦草的笔迹！写了字，划掉，在上面又写了字，然后又划掉，直到最后稿纸看上去就像开了二十次刀的可怜巴巴的癌症病人。不过，没有被划掉的笔迹很清秀，有“学者派头”。戈登下过一番苦功练出这手有“学者派头”的字，跟他在学校里所学的铜版印刷体的字很不一样。

或许他能写点东西，写上一会儿也行。他在这堆稿纸里翻寻着。昨天他写的那一段诗稿哪儿去了？这首诗很长——确实很长，当这首诗完成时会是一首相当长的诗——大约两千行，以君王诗体[①]为格律，描述在伦敦的一日。这首诗起名叫《伦敦之乐》。这是一个非常庞大而雄心勃勃的工程——只有那些生活优裕的人才能把它写出来。刚开始写这首诗的时候戈登没有想到这一点，但是，现在他明白了。两年前他开始创作时怎么就那么鲁莽冲动呢！那时候他抛弃了一切，沦落到贫困的泥沼中，而这首诗的构思也是当初他的动机的一部分。那时候他充满自信，觉得自己能够写出这么一部长诗。但几乎从一开始，《伦敦之乐》就出了岔子。这首长诗对他来说太浩繁了，这就是事实。从一开始这首诗就没能有条不紊地写下去，而是一堆杂乱无章的零星片段。苦苦写了两年，这些就是他拿出来见人的东西——都是一些没有完成的残章片断，根本凑不到一块儿。每一张稿纸上都只写了几句诗，然后在几个月间反复修改。只有不到五百行诗句你可以说确实写完了，而他再也无法续写一句，只能就着这堆诗稿修修改改，这里添加几个词，那

---

① 君王诗体（rhyme royal），五步格七行格律诗体，因英王詹姆斯一世曾以此作诗而闻名。

里删掉几个词，完全乱了套。这再也不是他创作出来的诗稿，而是变成了他苦苦与之斗争的梦魇。

除此之外，两年来他就只创作了一些短诗——或许总共有十来首吧。他总是无法让心情平静下来，而对于创作诗歌，平静的心情至关重要。他“无法创作”的时间越来越频繁。在所有人里面，只有艺术家会说他“没办法”工作。但这的确就是事实。有时一个人的确写不出东西。又是钱的问题，总是钱的问题！没钱意味着过得不舒服，意味着忧心忡忡，意味着没有烟抽，意味着总是觉得自己是失败者——而最重要的是，意味着孤独。当你周薪只有两英镑时，除了孤独的生活你还能怎么样？生活在孤独中可写不出什么好作品。有一点他很清楚，《伦敦之乐》将不会是他心目中所想象的那首长诗——他很清楚这首诗永远都写不完。当戈登能面对真相的时候，这一点他心知肚明。

尽管如此，正是因为这样，他更要写下去。这是他的坚持，是他对贫困和孤独的反击。有时候创造的灵感还是会回来的，或者说，似乎回来了。今晚它就回来了，但只是短暂的一小会儿——也就是抽两根烟的工夫。烟雾在他的肺里缭绕，他的精神摆脱了这个卑劣的现实世界，来到了孕育诗歌的深渊。煤油灯在他的脑袋上方发出令人放松的声响。词汇变成了鲜活的事物。他的眼睛带着疑惑，落到了一年前没写完的对偶句上面。他不停地对自己说这句话写得不好。一年前读上去还蛮好的，现在读起来透着一股子俗气。他在那堆稿纸中翻寻着，直到找到一张背面没有写字的空白稿纸，把那两行对偶句抄了上去，然后又写了几个不同的版本，每句话都对自己反复朗读几遍。最后，还是没有一句能让他满意。这个对偶句得去掉，太低俗了。他找到那张原稿，用粗线将那个对偶句删掉了，觉得颇有成就感，觉得光阴没有虚度，似乎将辛苦的劳动成果摧毁掉与创作出结晶是一回事。

突然楼下传来两记敲门声，整座屋子都在震动。戈登吓了一跳，精神从深渊里回来了。是邮递员！《伦敦之乐》被抛诸脑后。

他的心扑通乱跳。或许罗丝玛丽给他回信了。而且，他给几份杂志投了两首诗，事实上，其中一首诗他已经几乎放弃了希望。几个月前他把那首诗寄给了一份美国报纸《加利福尼亚文学评论》。或许他们嫌麻烦不肯退稿。但另一首诗投给了一份英国刊物《报春花季刊》。这首诗他觉得有点希望。《报春花季刊》是一份顶讨厌的文学刊物，许多时髦的娘娘腔作家和笃信罗马天主教的职业写手的作品同刊发表。它也是英国最具影响力的文学刊物之一。要是能在里面发表一首诗，那你就成名了。戈登打心眼里知道《报春花季刊》并不会发表他的诗作。他的文字还够不上水准，但奇迹偶尔也会发生，如果不是奇迹，意外也行。毕竟，他们收到他的诗稿有六个星期了。如果他们不接受诗稿的话，会保留六个星期吗？他试图平息这个不切实际的希望。但最低限度，罗丝玛丽可能给他写信了。自从她上次写信已经整整四天了。要是她知道这样会令他感到多么失望，或许她就不会这么做。她的信——写得很长，单词老是拼错，总是写了很多荒唐的笑话和对他热烈的爱的宣言——对他来说是多么的重要，而她是永远不会明白的。这些信让他知道这个世界上还有人在乎他，在他的诗稿被无情地退回来时安慰了他。事实上，那些刊物总是把他的诗稿退回。只有《反基督报》是例外，因为这份刊物的编辑拉沃斯顿是他的朋友。

楼下响起了脚步声，总是得等上几分钟威斯比奇太太才会把信带到楼上来。她喜欢摆弄这些信，掂一掂信有多厚，看一看邮戳，对着灯光照一照信封，猜一猜里面装了什么东西，然后才交给信件的主人。她似乎对这些信件拥有处置的权利，她觉得这些信件寄到她的家里，至少在部分程度上就是她的。如果你走到前门自己去取信的话，她会很不高兴。另一方面，她又不喜欢拿信上楼。你会听到她慢吞吞地走上来的脚步声，如果有你的信，楼梯平台上会传来沉重而痛苦的呼吸声——这是让你知道威斯比奇太太为了你爬了这么高的楼梯，累得喘不过气来了。最后，在不耐烦的嘟囔声中，她把信件从门缝里塞了进去。

威斯比奇太太正在走上楼梯，戈登倾听着，脚步声在一楼停了下来。弗拉斯曼有一封信。脚步声上来了，在二楼又停了下来，那个工程师有一封信。戈登的心跳得有点疼。一封信，求你了，上帝，来一封信吧！又有脚步声了。是上楼呢还是下楼呢？脚步声越来越近了，这必须的！啊，不，不要！脚步声减弱了。她下楼去了。脚步声渐渐听不见了，没有信件。

他又拿起笔，但这只是在装腔作势。她终究没有写信！她真是太可恶了！他没有继续工作的心情了。事实上，他真的无法继续工作下去了。失望涌满了他的心，五分钟之前他的诗在他眼中似乎是鲜活的事物，但现在他清楚地知道那只是毫无价值的废话。他厌恶地把散落的稿纸收集起来胡乱码在一块，将它们堆在桌子的另一头那株叶兰底下。再让他看到这些诗稿他可受不了。

他站起身。现在睡觉还太早了，至少，他没有睡觉的心情。他渴望能有点娱乐——廉价而轻松的娱乐。去电影院、抽烟、喝啤酒。没用的！这些他都付不起钱。他决定读《李尔王》，忘记这个卑劣的世纪。但是，他从壁炉架上拿下来的是《神探福尔摩斯》。《神探福尔摩斯》是他最喜欢的一本书，因为他已经烂熟于胸。灯油渐渐枯竭，屋里越来越冷。戈登从床上拽过被子，裹在腿上，然后坐下来读书，右肘撑在桌子上，双手放在大衣下保暖，读了一遍《斑点带子案》。那盏小煤气罩灯在上面叹息着，灯芯烧得很矮，圆形的火苗看上去像两个单薄的括号，热力比一支蜡烛大不了多少。

楼下威斯比奇太太房间里的时钟敲响了十点半。晚上你总能听见它的钟声。当—当—当，宣告着末日的到来。壁炉架上，小时钟的嘀嗒声又清晰可闻了，让戈登想起了时间在狰狞地流逝。他看了看自己身边，又一个晚上荒废了。时间就一小时一小时、一天一天、一年一年地流逝。夜复一夜，恒久不变。孤单的房间、没有女人的床铺、尘土、烟灰、叶兰的叶片。他已经快三十岁了。纯粹是作为对自己的惩罚，他拿了一叠《伦敦之乐》的稿纸，就像看着昭示着死亡的骷髅一样端详着那些文字。《伦敦之乐》作者：戈登·康斯托克，《耗子》的作者。这是他的鸿篇巨著，花费两年心血创作的成果（成果，确实如此！）——就是这么一堆乱糟糟的文字！今晚的成果就是——删掉了两行诗句，没有多写两行，而是少写了两行。

那盏灯发出一声像噎着了的轻响，然后熄灭了。戈登艰难地站起身，将被子扔回床上。或许在屋里变得更冷之前上床睡觉比较好。他朝床铺走去——等等，明天得上班，他给时钟上了发条，调好了闹钟。什么事也没做成，又是一夜的安眠。

他躺了好一会儿才有力气脱衣服。他双手放在头下，穿着全套衣服躺在床上大约得有十五分钟。天花板上有一道裂缝，形状像是澳大利亚地图。戈登没有坐起身子，勉强将鞋子和袜子脱掉。他抬起一只脚丫看了看。他的脚小而秀气，没有力气，就和他的手一样。而且上面很脏。他已经有将近十天没洗澡了。脚上这么脏让他觉得很难为情，蜷起身子坐了起来，脱掉身上的衣服，将衣服随手扔在地板上。然后他灭掉煤油灯，钻进被窝里，打着冷战，因为他光着身子。他总是光着身子睡觉，已经有一年多没穿过睡衣了。

楼下的时钟敲响了十一点。刚钻进床单的那阵寒意渐渐退去，戈登想起了下午他写了开头的那首诗。他低声念了一遍已经写完的那一节诗文：

凛冽的寒风呼啸而来，
落叶殆尽的白杨树弓下了腰，
烟囱飘舞着黑黢黢的缎带，
在昏沉沉的空气中摇摆而下，
撕裂开来的海报战栗颤抖着。

这些诗句念起来就像僵硬呆板的机械发条，嗒—嗒、嗒—嗒！空洞无聊的内容让他泛起了恐惧。这首诗就像一件毫无用途的小机器滴答作响。韵律遥相呼应，嗒—嗒、嗒—嗒。就像上了发条的人偶在点头。诗歌！毫无价值的文字。想到自己毫无作为，他就睡不着。三十岁了，他的生活走进了一条死胡同。

时钟敲响了十二点。戈登伸直双腿，床铺变得暖和舒服了。与柳堤路平行的一条街道上有一辆汽车亮起了车灯，灯光射到百叶窗上，投下那株叶兰的一片叶子的剪影，形态就像阿伽门农[①]的宝剑。

---

① 阿伽门农（Agamemnon），古希腊史诗《伊利亚特》中希腊城邦的盟主，征讨特洛伊的联军总帅。

第三章

“戈登·康斯托克”是个很土气的名字，但戈登就出生于一户很土气的家庭。“戈登”是苏格兰名字，如今这些苏格兰名字到处都是，这正是过去五十年来英国越来越苏格兰化的写照。“戈登”、“科林”、“马尔克姆”、“唐纳德”——这些都是苏格兰传播到世界的馈赠，包括高尔夫、威士忌、燕麦粥，还有巴利[①]和斯蒂文森的作品。

康斯托克家族属于最可怜的社会阶级——没有土地的中层中产阶级。他们穷得叮当响，而且甚至无法虚荣地自我安慰说他们原本是古老的世家，只是生不逢时家道中落了，因为他们根本称不上是古老的世家，只是趁着维多利亚时代的繁荣发了一笔小财，却比这一波繁荣衰落得更快。相对富裕的日子不过区区五十年，那时候戈登的祖父萨缪尔·康斯托克还在世——戈登应该叫他康斯托克爷爷，但老头子在他出生四年前就去世了。

康斯托克爷爷是那种即使进了坟墓仍很有影响力的人。在生的时候他是个强硬粗暴的老恶棍，从无产者和外国人身上压榨了五万英镑，建了一座红砖楼房，坚固程度有如金字塔，生了十二个孩子，十一个活了下来。他死得很突然，死因是脑出血。他的孩子们在肯萨尔陵园的墓地上用一大块石料给他做了墓碑，刻着如下铭文：

永远缅怀

萨缪尔·以西结·康斯托克

忠诚的丈夫、慈爱的父亲

正直而虔诚的男人。

生于1828年7月9日

卒于1901年9月5日

孝子贤孙

谨立此碑

愿他在耶稣的怀抱中安息

认识康斯托克爷爷的人对碑文最后一句话都会说点难听的评论，这个就不提了。值得一提的是，那块刻了字的花岗岩墓碑重达近五吨，虽然不是刻意为之，但绝非出于巧合，目的是将康斯托克爷爷永远镇在地底下。如果你想知道一个死者的亲戚如何看待他，从他墓碑的重量便可略知端倪。

在戈登的印象中，康斯托克家族是无聊、猥琐、没有活力的行尸走肉一般的家族。他们暮气沉沉，简直令人发指。这当然都是拜康斯托克爷爷所赐。他逝世的时候孩子们都长大成人了，有几个已经人到中年。康斯托克爷爷一早就已经将他们或许曾经有过的活力摧残殆尽。他欺辱着他们，就像园圃压土机碾过小雏菊一样。他们被压得扁扁的个性再也没能膨胀起来。他们一个个都变成了萎靡不振的失败者。没有一个儿子做出一番事业，因为康斯托克爷爷一直不遗余力地驱使他们从事根本

① 詹姆斯·马修·巴利（James Matthew Barrie，1860—1937），苏格兰诗人、剧作家，代表作有《小飞侠彼得·潘》、《婚礼的客人》等。

不适合自己的职业。只有一个儿子——约翰，戈登的父亲——敢于挑战康斯托克爷爷，居然在他还活着的时候结婚了。对于他们来说，在这个世界上留下印记是不可想象的事情。创造点东西，破坏点东西，活得开心一些，活得不开心一些，活得肆意自然，就连挣到体面的收入，都是不可能的事情。家族里一直弥漫着半吊子上流社会失败者的气氛。他们是中层中产阶级里常见的那些压抑沮丧的家庭中的一员，一辈子什么事情也没有发生过。

从小戈登的亲戚们就让他觉得非常郁闷。他还是个孩子的时候，许多叔伯姑婶都还在世。他们都是差不多的人——阴沉、破落、郁郁寡欢。所有人都病恹恹的，总是为了钱而发愁，勉强度日却又从未沦落到轰轰烈烈破产的地步。当时他已经注意到他们失去了繁衍后代的冲动。真正有活力的人，无论他们有钱没钱，都会像动物那样自发地生儿育女。以康斯托克爷爷为例，他自己就生了十二个孩子，养大了十一个。但这十一个孩子只生了两个孙辈——戈登和他的姐姐朱莉亚——而这两人到了 1934 年都还没有孩子，一个都没有。戈登是康斯托克家族最后的香火传人，生于 1905 年，原先他的父母根本没有想过要他。在他出生后漫长的三十年间，家族里再也没有添丁，只有死亡。这种情况不止局限于婚姻和生儿育女，而且蔓延到了方方面面。在康斯托克家族身上，什么事情也没有发生。每个人都似乎被诅咒缠身，过着凄凉寒酸不见天日的生活。没有人做过任何事情。他们属于那种会自动被排挤出一切事件中心的人，哪怕只是搭巴士。当然，在金钱问题上他们都是白痴。康斯托克爷爷最后将他的遗产平分给儿孙，卖掉那座红砖房子后，每个人分到大约五千英镑。康斯托克爷爷一下葬他们就开始乱花钱。没有一个人有勇气将遗产潇洒地花掉，像去泡妞或赌马什么的。他们只是坐吃山空，一点点地花光。女的拿去盲目地进行投资，男的拿去做小生意，但一两年后都以失败亏钱告终。他们当中大部分人终生未婚。而有几个女儿在康斯托克爷爷去世后嫁了出去，那时她们已人到中年，婚姻状况很不理想。几个儿子由于没有能力挣到体面的收入，沦为那种结不起婚的可怜虫。除了戈登的姑姑安吉拉有自己的房子之外，其他人都寄人篱下，住在那些如同坟墓一般的寄宿旅馆里。时间一年年过去，他们相继去世，死因都是那些昂贵而无治的疾病，将他们折磨得身无分文。戈登的姑姑夏绿蒂 1916 年的时候进了克拉彭的精神病院。如今英国精神病院人满为患！中产阶级那些被遗弃的老处女最后都会被送进里面，让这些精神病院得以继续经营。到了 1934 年，那一代人就只剩下三个还活着：已经提过的夏绿蒂姑姑；安吉拉姑姑，她运气很好，在 1912 年买了一座房子和一笔微薄的年金保险；还有沃尔特叔叔，他那五千英镑的遗产只剩下几百英镑，开过许多间“公司”，但经营总是无法长久。

戈登从小生活的环境是这样的：穿的是剪短了的旧衣服，吃的是炖羊颈骨汤。他的父亲和康斯托克家族其他人一样，性情忧郁，因此也不让别人活得开心。但他总算有点头脑，粗通文墨。他明明是个喜欢文字的人，一见到数字就害怕，康斯托克爷爷却逼他去当注册会计师，觉得这是天经地义的事情。他徒劳无功地努力当好一名注册会计师，总是和人家合伙开会计师事务所，但一两年后就以停业告终。他的收入起伏不定。有时候一年能挣到五百英镑，有时却只能挣到两百英镑，但每况愈下的情形更加普遍。他于 1922 去世，年仅五十六岁，却已经彻底枯萎了——很久以前他就得了肾病。

由于穷困潦倒的康斯托克一家是有教养的人，他们觉得戈登有必要接受“教育”，花再多的钱也在所不惜。“教育”的负担成了可怕的梦魇！这意味着，为了让他的儿子能上好的学校（公学或山寨的公学），一位中产阶级人士只能长年累月过着窘迫的生活，连水管工都会轻蔑嘲笑他。戈登被送到那些装腔作势的糟糕学校，每年的学费是一百二十英镑左右。当然，缴纳这些学费意味着家里人要做出可怕的牺牲。比戈登大五岁的姐姐朱莉亚基本上没有受过教育。事实上，她曾被送到一两间破落肮脏的小寄宿学校，但十六岁的时候就辍学了。戈登是男丁而朱莉亚是闺女，大家都认为闺女就应该为了男丁而作出牺牲。而且整个家族一早就都认为戈登很“聪明”。天资聪颖的戈登应该可以获得奖学金，当个成功人士，将来光宗耀祖——这只是一个想法，但没有人比朱莉亚更笃信这个想法。她个子高挑，样貌平凡，比戈登要高得多，长着一张瘦削的脸庞，脖子又太长——从小看上去就像一只呆头鹅。但她是个头脑简单充满柔情的女人，总是低调地深居简出，熨烫衣服，缝补衣物，天生就是个老处女，十六岁的时候她看上去已经很像一个老女仆了。她奉戈登为偶像。在他整个童年时代，她看护他，照顾他，宠爱他，自己穿得破破烂烂，让他能穿着体面的衣服去上学，自己辛苦地攒钱给他买圣诞礼物和生日礼物。而他对她的回报就是，长大之后他就鄙视她，因为她不漂亮，而且又不“聪慧”。

即使读的是一所三流男校，几乎所有戈登的同学都比他有钱。当然，很快他们就发现他是个穷鬼，因此老是欺负他。或许，对于孩子来说，最残酷的事情就是被送到一所同学都比他有钱的学校。一个大人是很难想象当一个孩子懂得贫穷的含义后，势利会对他的心灵带来多么大的痛苦。在那些日子里，特别是在读预科学校的时候，戈登的生活就是在不停地伪装，骗别人他的父母很有钱。啊，那些日子他受尽多少羞辱！比方说，每学期开学时他得向校长交待他带了多少钱回学校，当你交待的金额少于十先令时，其他男孩子就会瞧不起你，揶揄羞辱你。还有一次，同学们发现戈登穿的是现成做好的西装，只值三十五先令！戈登最担心的就是父母来探望他。那时候戈登还是个信徒，总是祈祷父母不要到学校来，尤其是他的父亲，他是那种让你无法不觉得害臊的男人，面容苍白沮丧，弓腰耸肩，穿着寒酸过时的衣服，看上去就是个忧郁无聊的失败者。而且他有个可怕的习惯，在他道别的时候，会当着其他孩子的面塞给戈登半个克朗，所以大家都看得清清楚楚那只是半个克朗，而不是他所吹嘘的十个先令！二十年过去了，回想起上学的情形，戈登仍然会不寒而栗。

首先，这段经历让他对金钱充满了卑微的渴望。那时候他痛恨自己那些穷困潦倒的亲人——他的父母、朱莉亚、所有人。他痛恨他们，因为他们住的是破败的房子，他们衣着邋遢，他们郁郁寡欢，他们总是为了三便士或六便士而忧愁哀叹。康斯托克在家里最经常听到的一句话就是“我们买不起”。那些日子里，他对金钱的渴望到了无以复加的地步。为什么一个人就不能穿着体面的衣服，有吃不尽的糖果，想去电影院就去电影院呢？他责怪父母怎么这么穷，似乎他们是故意要过穷日子一样。为什么他们就不能像别的孩子的父母那么有钱呢？他觉得他们喜欢挨穷。这就是一个孩子的思维方式。

但随着他年岁渐长，他变了——确切地说，他不可理喻的程度并没有降低，但方式不一样了。到了这个时候，他已经在学校里扎稳了脚跟，不像以前那么受欺负了。他的学业并不出色——学习不认真，拿不到奖学金——但他的心智在朝着适合他的方向发展。他阅读了那些校长在讲台上谴责抨击的书籍，产生了对英国国教、爱国主义和校友情谊离经叛道的思想。他还开始写诗。一两年之后，他甚至开始给《雅典娜文艺》、《新时代》和《威斯敏斯特周刊》投稿，但诗稿总是被退回来。当然，他和几个志同道合的小男生组成了社团。那时每所公学都有自发成立的小知识分子团体。当时正值战后，英国弥漫着革命的气息，连公学也深受影响。年轻人，包括那些年纪太小没能参军的小青年，对年纪大的人很不满，那时候每个有思想的人都是革命者。与此同时，那些老人——年纪超过六十岁的人——像老母鸡一样惊慌失措，絮絮叨叨着“反动思想”。戈登和他的朋友也有“反动思想”，那段时间非常振奋人心。他们未经批准就发行了一份月报，名叫《布尔什维克》，用蜡印的方式出版，足足运作了一年。内容宣扬的是社会主义、自由恋爱、瓦解大英帝国、解散陆军和海军等等。那真是太有趣了。每个十六岁的聪明男孩子都是社会主义者。在那个年纪，没有人会看得上鱼钩挂着的那丁点儿蝇头小利。

他以孩子气的简单思想去理解关于金钱的问题。从小他就认为所有现代商业的把戏都是骗局。有趣的是，最早让他开始明白这一点的，是地铁站里张贴的那些广告。他自己没有想到有朝一日他会进一间广告公司工作。但金钱不只是一场骗局。他认识到，对金钱的膜拜已经被提升到了宗教的高度，而且这种想法随着时间的流逝越来越清晰。或许那是唯一真实的宗教——唯一感化人心的宗教——这个世界上唯一的宗教。金钱取代了上帝的位置。善恶是非已经不再重要，取而代之的是成王败寇的哲学。“发达”成了深入人心的信条，摩西的十诫被缩短成了两条戒律，一条是给雇主的——他们是高大巍峨的侍奉金钱的神父和牧师——“汝等应当挣钱”，而另一条是给雇员的——他们是奴隶和下人——“汝等不可失业”。在这个时候，他翻开了一本《穿破裤子的慈善家》[①]，读到了一位饥肠辘辘的木匠，当掉了所有的财物，却仍保留着他那盆叶兰的故事。自此，叶兰在戈登的心目中成为了一种象征。叶兰，英格兰之花！我们的国徽上应该有叶兰，而不是狮子和独角兽。只要窗户上还摆着叶兰，英国就不会爆发革命。

这时他不再痛恨鄙夷他的亲人了——或者说，不像以前那么痛恨鄙夷了。他们仍然让他觉得很不开心——那些可怜的、年老体衰的叔伯姑婶，有两三个已经去世了，他的父亲已经老态龙钟，他的母亲老迈孱弱(她的肺不大好)，而朱莉亚那时候二十一岁，尽职尽责地做着苦工，一天工作十二个小时，从未穿过一件好衣服。这时候他知道他们到底出了什么问题。问题不仅仅是因为他们没钱，更是因为他们在精神上还生活在金钱的世界里——在那个世界里，金钱就是美德，而贫穷就是罪恶。不是贫穷，而是既没钱又死要面子的心态将他们拖入了万丈深渊。他们以金钱为衡量万物的标准，而他们则是这一标准的失败者。他们从未想过像下层阶级的人一样有钱没钱都要好好活着。那些下层阶级的人是多么正确！我们应该向那些工厂里的工人致敬！他们只有四个便士，却有勇气与自己的女友组

---

① *The Ragged-Trousered Philanthropists*，爱尔兰作家罗伯特·特雷塞尔所著，被视为一部工人阶级的文学经典。书中将破衣烂衫、任劳任怨的工人比作无偿为剥削他们的资本家创造利润的慈善家。

成家庭！至少，在他们的血管里流淌的是鲜血，而不是金钱。

戈登以小男孩天真而自私的方式下定了决心。他有两条路走。你要么成为有钱人，要么故意拒绝成为有钱人。你可以占有金钱，你也可以鄙弃金钱，最可怜的莫过于膜拜金钱却无法得到它。他认定自己这辈子发不了财，他从未想过自己有什么才华能够发财。这是拜他那些学校老师所赐，他们让他觉得自己是个无法无天的小混蛋，这辈子别想“成功”。他接受了这一点。那好吧，那他就决定与“成功”的人生分道扬镳。他下定决心不当一名“成功人士”。在地狱里称王总比上天堂当奴仆强，就算在地狱里当奴仆也要比在天堂当奴仆强。在十六岁的时候他就决定了人生的道路，他要与财神爷和他那些卑劣的侍从为敌。他发誓要与金钱不共戴天，当然，只是悄悄地在心里说说罢了。

十七岁的时候父亲去世了，只留下两百英镑。朱莉亚已经出来工作几年了。1918 年到 1919 年的时候她在一家政府机构上班，然后她报读了烹饪课程，在伯爵府地铁站旁边一间肮脏的小茶馆找了份工作。每星期她工作七十二个小时，挣二十五先令，包伙食和茶点。光是每星期的生活费就得搭进去十二先令，甚至更多。显然，康斯托克先生一死，最好的方式就是让戈登退学，给他找份工作，让朱莉亚拿那两百英镑开一间自己的小茶馆。但这时康斯托克家族惯有的在金钱上的傻气又发作了。母亲和朱莉亚都不肯听劝让戈登退学。她们带着中产阶级那种莫名其妙又理想化的势利心态，宁肯进收容所也不肯让戈登在十八岁的法定年龄之前退学。那两百英镑，或一半以上，必须用在完成戈登的“学业”上。戈登由得她们这么做。他已经发誓与金钱不共戴天，但这并不表示他不是一个自私透顶之人。当然，他十分害怕上班工作。哪个男孩子不害怕呢？在某间肮脏的办公室里抄抄写写——上帝啊！他的叔伯姑婶已经在絮絮叨叨地说着“戈登该成家立业了”。他们看待一切事情的唯一出发点就是“好差事”。史密斯那小伙子在银行找到了一份“好差事”，琼斯那小伙子在保险公司找到了一份“好差事”。这些他都听烦了。他们似乎想要看到每一个英国的年轻人在棺木上都写着“好差事”。

与此同时，钱还是得挣。结婚前戈登的母亲是个音乐老师，结婚后当家庭收入拮据时也会偶尔收收学生。现在她决定重新开始招收学生。他们住在亚克顿，在这里的郊区收学生很容易——有了音乐课的学费和朱莉亚帮补家计，接下来的一两年应该还撑得下去。但康斯托克太太的肺现在已经不能用“虚弱”加以形容。生前给父亲看病的那位医生曾为她的胸部听诊，态度非常严肃。他叮嘱过她要好好照顾自己，不要着凉，要吃有营养的东西，而最重要的是不要操劳过度。当然，上钢琴课这么操劳疲惫的工作对她来说是最糟糕不过的事情了。戈登对此一无所知。朱莉亚知道这件事，但她和母亲守口如瓶，不让戈登得悉。

一年过去了，戈登在学校里过得很不开心，为自己那身蹩脚的衣裳和囊中羞涩感到十分尴尬，而这些让女孩子成了他的梦魇。不过，那一年《新时代》接受了他的一首诗作。这段时间母亲就坐在阴风阵阵的客厅里很不舒服的钢琴凳上，给学生上钢琴课，课酬是每小时两先令。然后戈登毕业了，好管闲事的胖叔叔沃尔特有点生意上的门路，找上门来说他一个朋友的朋友可以给戈登安排一份在一家矿业公司会计部上班的“好差事”。这可是份优差——对于一个年轻人来说是非常有前途的入门职业。要是戈登肯踏踏实实地干，或许有朝一日他会成为一名大人物。戈登的心情很不安。突然间，和那些软弱的人一样，他僵住了，接着，全家人惊讶地听到他不肯去尝试这份工作。

当然，他们吵了好几架。家里人实在不明白他。他们觉得在机会找上门的情况下拒绝这么一份“好差事”简直是在亵渎神明。他一再重申他不想从事那种工作。那到底他要什么样的工作呢？家里人都问他。他阴沉沉地告诉他们，他想要“写作”。但靠“写作”他怎么可能挣钱谋生呢？他们追问他。当然，他只能哑口无言。在他内心深处，他觉得自己能靠写诗谋生。但那实在是一个荒唐透顶难以启齿的想法。但不管怎样，他一定不会从商，跟金钱打交道。他会去找一份工作，但不会是“好差事”。家里没有人知道他到底是怎么想的。母亲啜泣流泪，连朱莉亚也对他“横加指责”，那些叔伯姑婶（那时候还有六七位在世）一直缠着他好说歹说，但都没有用。三天后，悲剧发生了。吃晚饭的时候母亲突然咳嗽得很厉害，手抚着胸口扑倒在桌上，嘴里流出鲜血。

戈登吓坏了。母亲没有死，但他们将她抬上楼的时候看上去和死人没什么两样。戈登跑去找医生。接下来的几天母亲就在死亡的门槛徘徊。长时间坐在阴风阵阵的客厅和经年累月的奔波操劳使得她病入膏肓。戈登无助地在房子里徘徊，罪恶感与忧愤感交织心头。虽然不知道个中内情，但他隐约察觉得到母亲是为了他的学业而把自己累垮的。出了这档子事情，他不能再忤逆母亲了。他找了沃尔特叔叔，跟他说他愿意接受那份矿业公司的工作，如果他们还肯聘请他的话。于是沃尔特叔叔拜托了他的朋友，那个朋友又拜托了他的朋友，戈登被叫去面试。面试者是一位年长的绅士，装了咬合不好的假牙，最后他面试成功，开始实习，起薪是二十五先令。他在这家公司一呆就是六年。

一家人从亚克顿搬了出去，在帕丁顿区一栋破败的红砖公寓楼租了一间公寓。康斯托克太太把钢琴也搬去了，精力稍有恢复她就重新招生授课。戈登的工资逐渐提升，一家三口勉强过得下去，而贡献最大的是朱莉亚和康斯托克太太。戈登在金钱上还是像小时候那么自私。他在办公室混得并不算太糟。大家都说他工作还算尽职，但不是那种能“发达”的人。在某种程度上，他对工作的鄙视使得他的心情好受一些。他可以忍受这种毫无意义的办公室生活，因为他从未想过会一直干下去。终有一天他会挣脱这份工作的束缚，至于是什么时候以什么方式辞别就只有天知道了。终有一天他会开始自己的“写作”事业。或许终有一天他能靠“写作”谋生。你觉得如果你成为一名“作家”，你将能摆脱铜臭味的生活，不是吗？他看着身边那些人，尤其是那些年纪大一些的人，心里觉得特别难受。那就是拜金主义的生活！安定下来，安心挣钱，出卖灵魂换得一所别墅和一株叶兰！变成一个典型的戴着圆礼帽的小人物——斯特鲁布漫画[①]中的小人物——那种温顺的小市民，六点十五分准时回家吃晚饭，吃的是土豆肉饼和炖罐头梨汤，听上半小时的英国广播电台交响乐节目，然后，如果他的妻子“心情好”的话，就进行合法正当的性交！多么可悲的命运！不，一个人不应该就这么活一辈子，一个人得摆脱这种生活，不能沾

① 英国漫画家西德尼·斯特鲁布（Sydney Strube）创作的政治讽刺漫画系列。

染上铜臭味。他在酝酿着一个计划。他似乎与这场对抗金钱的战争铆上了。但那仍是一个秘密。办公室的人从未想到他有这么荒诞不经的想法。他们甚至不知道他在写诗——因为他留下的蛛丝马迹并不多，六年里他只在杂志上发表过不到二十首诗作。看上去他只是一个普通的都市职员——早上站在地铁里拽着皮带朝东边出发，晚上搭西向地铁回家的上班一族大军中的一员。

他二十四岁的时候母亲去世了。康斯托克家族已经分崩离析，上一代人只有四个还活着——安吉拉姑姑、夏绿蒂姑姑、沃尔特叔叔和另一个叔叔，这位叔叔一年后也去世了。戈登和朱莉亚没有再在公寓里住，戈登在道迪大街租了一间带装修的房间（他似乎觉得住在布伦斯伯里比较有文学气息），朱莉亚搬到了伯爵府旁边靠近茶馆的地方。她那时已经是奔三的人了，看上去比年龄还苍老。她比以往更瘦了，但还算健康，头发开始花白。她每天还是工作十二个小时，时隔六年，她的周薪只涨了十先令。经营茶馆的那位贤淑高贵的女士半是朱莉亚的朋友，半是她的雇主，因此她能左一句"亲爱的"右一句"亲爱的"和朱莉亚谈话，一边狠狠地欺负她，让她辛苦地干活。母亲去世四个月后，戈登突然辞职了，没有给公司任何理由。同事们觉得他一定是"另有高就"——事实证明，这真是一件幸事——给他写了正面的推荐信。他根本没有想过另外找一份工作。他决心破釜沉舟，从此他将畅享自由的空气，摆脱铜臭味。他不是有意等到母亲去世才这么做的，但母亲的去世让他鼓起了勇气。

当然，家里剩下的那几口人也大吵了一架。他们觉得戈登一定是疯了。他一次又一次徒劳地向他们解释为什么他不愿意受一份“好差事”的束缚。他们一直缠着他问道：“但你要怎么活下去呢？你靠什么谋生呢？”他不愿意严肃地考虑这个问题。当然，他仍幻想着自己可以靠“写作”谋生。他结识了《反基督报》的编辑拉沃斯顿，他不仅刊登他的诗作，还偶尔让他写写书评。比起六年前，他的文学之路似乎没有那么渺茫了。但“写作”的渴望并不是他真正的动机。他想要的，是摆脱金钱的世界。他模糊地向往着没有金钱的隐士一般的生活。他觉得假如你真的鄙视金钱，你可以像天空中的小鸟一样不断地向前飞。他忘了天空中的小鸟是不用付房租的。住在阁楼饿着肚子的诗人——饿肚子没什么大不了的——那就是他脑海中的自己。

接下来的七个月令他感到绝望和恐惧，几乎打断了他的风骨。他领略到了连续几个星期只吃面包和人造黄油的滋味。他空着肚子试图“创作”，将衣服典当掉，欠了三个星期房租，只能颤巍巍地溜上楼梯，而房东太太就在倾听你的脚步声。而且那七个月他几乎没有写出任何东西。挨穷的第一个后果就是灵感都被扼杀了。他终于醒悟了过来，身无分文并不意味着摆脱了金钱。恰恰相反，除非你有足够多的金钱支撑你的生活——用那该死的中产阶级的话讲，“衣食无忧”——否则你将成为金钱的奴隶，毫无翻身的希望。在粗俗不堪地吵了一架之后，他被扫地出门，在街头流落了三天四夜。太可怕了。有三个早上，在河堤路认识的一个人的指点下，他去了伦敦鱼市，帮忙把装鱼的手推车顺着蜿蜒的丘陵路段从鱼市送到东区批发市场。推一趟车挣两便士，非常辛苦，大腿的肌肉都蹬麻了。这份工作有很多人抢着干，你得等候着接活儿。运气好的话，从凌晨四点到九点你可以挣到十八便士。三天后戈登放弃了。这有什么意义呢？他山穷水尽，无路可走，只能向家里人借了些钱，重新去找一份工作。

但现在工作不好找了。几个月来他就靠着家里人的接济生活。朱莉亚一直收留他，直到她那微薄的积蓄最后一便士都花光了。实在是太悲惨了！这就是他人生态度的结果！他放弃了出人头地的理想，发誓与金钱不共戴天，最后却得仰仗姐姐的救济！他知道比起花光积蓄，朱莉亚对他的失败更加痛心疾首。她对戈登寄予厚望。他原本是康斯托克家族里最有望成材的人。即使到了现在，她仍相信终有一天他会光宗耀祖。他是那么“聪明”——如果他肯努力的话，一定可以挣到大钱！整整两个月，戈登和安吉拉姑姑住在她在海格特的那间小房子里——可怜的木乃伊一般的安吉拉姑姑，她自己甚至连饭都吃不饱。这段时间他绝望地到处求职。沃尔特叔叔帮不上他的忙了。本来他在商界的影响力就微乎其微，如今已经彻底没有了。不过，后来峰回路转，好运气来了。朱莉亚的老板娘的弟弟的朋友的朋友给戈登介绍了一份在新阿尔比恩[1]公关公司的会计工作。

新阿尔比恩公关公司是自战争以来冒起的众多公关公司之一——你或许可以说，这些公司就像是植根于腐朽的资本主义体制的蘑菇。这家公司规模不大，业务不断扩展，什么样的公关策划都做。它帮燕麦和自发面粉什么的设计广告海报，但主要业务是在针对女性的报刊杂志上设计饰物和化妆品的广告，此外还负责在两便士一份的周报上做一些小广告，例如专治女性不调的白玫瑰药丸、拉拉汤加教授的星座占卜、维纳斯的七

---

① 阿尔比恩(Albion)是不列颠群岛的古称。

个秘密、疝气病人的新希望、利用闲暇时间一周挣五英镑、西普罗拉克斯驱虱发油等等。当然，公司里有一大帮商业设计人员。在这家公司戈登认识了罗丝玛丽。她在“创作室”上班，帮忙设计时装图样。他在公司上了很久班才和她说过话。一开始的时候他只是听说过她这个人。她个子娇小，皮色黝黑，行动敏捷，很有吸引力，但也很令人畏惧。有一次他们在走廊相遇，她的眼神中带着讥讽，似乎她知道所有关于他的事情，认为他就是个笑话。不过她打量他的次数似乎多了一些。在业务上他和她没有来往。他在会计部上班，是每星期挣三英镑的小职员。

新阿尔比恩公关公司有趣的一点就是，这家公司具有彻头彻尾的现代精神。公司里所有人都清楚地知道公关行业——广告行业——是资本主义体制下最乌烟瘴气的行业。那家矿业公司多多少少还保留着一点商业荣誉感和追求价值的理念。但在新阿尔比恩公关公司，这些都是遭人嘲笑的玩意儿。大部分雇员脸皮都很厚，奉行美国工作风格，敢闯敢拼，在他们心目中，金钱是唯一神圣的事物。他们玩世不恭，认为公关就是欺诈，广告就是泔水桶里搅动一根棍子发出的声音。但在他们玩世不恭的态度之下仍保留着最后的天真，那就是盲目的拜金主义。戈登躲在一旁观察着他们。和以前一样，他上班时总是应付了事，同事们都看不起他。他的内心并没有改变。他仍然鄙夷和抗拒金钱。不管怎样，迟早他都会跳出这个圈子。即使到了现在，在经历了第一次失败之后，他仍然在筹划着逃离。他沦落于金钱的世界，但并不属于这个世界。至于他身边的那些人，那些未能化蛹成蝶的戴着礼帽的蠕虫、那些善于钻营的人、那些毕业于美国商学院会溜须拍马的人，他们总是让他觉得好笑。他喜欢观察他们谦卑谄媚的态度，为的只是保住自己的饭碗。他是航海日志的记录员，记录下他们的一举一动。[①]

一天，奇怪的事情发生了。有人碰巧看到戈登刊登在杂志上的诗作，消息传开了，“他们的办公室里出了个诗人”。当然，其他职员都嘲笑戈登，但并非出于歹意。从那天起他们给他起了个绰号“吟游诗人”。虽然这件事很有趣，但他们都看不起戈登。这件事印证了他们对他的印象。一个写诗的人怎么会“出人头地”呢？不过，峰回路转，就在职员们厌倦了取笑戈登的时候，经理鄂斯金先生原本很少注意到他，居然叫他去面谈。

鄂斯金先生块头庞大，行动缓慢，一张红润的大脸上面无表情。看他的外表、听他慢悠悠的说话声，你会笃定地以为他对种庄稼或喂养牲口很在行。他的脑筋和他的行动一样迟缓，而且人家都说完了他还没反应过来别人说了些什么。这么一个人怎么会成为一家广告公司的经理呢？真是只有资本主义那些奇奇怪怪的神明才晓得。但他是个可爱的人，他没有那种会赚钱的人常有的轻蔑自大的态度。某种程度上说，他的愚钝反倒帮了他的忙。对于那些时尚的偏见他十分麻木，因而倒是能看到别人身上的优点，称得上知人善用。戈登会写诗这件事让他很吃惊，也心有感触。新阿尔比恩公关公司需要能写东西的笔杆子。他叫了戈登过去，侧着头昏昏欲睡地打量着他，然后问了他几个没头没脑的问题。他从不去听戈登的回答，在提问的时候他总是“嗯、嗯、嗯、嗯”个不停。他会写诗？噢，是

① 这句话出自苏格兰诗人罗伯特 · 伯恩斯（Robert Burns，1759—1796）的诗作《致已故的格罗斯船长》。原句是：“我奉劝你要小心，如果你的船破了个洞；有个航海日志的记录员，他会记录下你的一举一动。”

吗？嗯。报纸发表过他的诗作？嗯，嗯。发表诗作他们会给你稿费吗？不是很多吧？不，不是很多，嗯，嗯。诗歌？嗯。这东西一定很难写。要把每行字写得一样长什么的，嗯，嗯。还写其它什么吗？故事什么的？嗯。噢，是吗？非常有趣。嗯！

然后，他没有再提问下去，将戈登提拔为文秘——事实上是学徒——跟随新阿尔比恩公关公司的头号文案克鲁先生。和任何一家广告公司一样，新阿尔比恩公司总是在网罗有想象力的文案。事实上，找到能想出“Q. T.调味品让丈夫笑口常开”和“早餐麦片，小孩子们都吵着要吃”这样的广告标语的文案要比找到能干的美工难得多，真是有趣。戈登没有涨工资，但公司已经在关注他。运气好的话，一年后他就可以晋升为独当一面的文案。这可是出人头地的好机会。

他跟着克鲁先生工作了六个月。克鲁先生四十来岁，面容倦怠，头发像钢丝一样笔直挺翘，总是把手伸进头发里。他的办公室狭小局促，墙上贴满了以前他所设计的广告海报，作为成功的象征。他很照顾戈登，对他很友善，教会了他如何写文案，甚至愿意听取他的建议。那时候他们帮示巴女王卫浴精品公司（就是弗拉斯曼就职的公司，真是太巧了）新推出的春露除臭剂设计一组杂志广告。戈登不大情愿地开始了这份工作，但工作出奇地顺利。从一开始戈登就展现出文案的才华。他能创作出非常贴切的广告标语，生动的词句深入人心、过目难忘，他能写出精致的段落，用区区一百字囊括了无数个谎言——这些他都可以信手拈来。他天生就是个文字高手，但这是他第一次成功地加以应用。克鲁先生觉得他非常有前途。戈登看着自己事业逐渐发展，先是很惊讶，然后又觉得很好笑，最后感到很恐惧。这就是他在做的事情！编织出谎言将钱从傻瓜们的口袋里骗出来！这真是太讽刺了，他一直希望能够成为一名“作家”，却只能在帮除臭剂撰写广告时获得成功。但是，事情并不像他所想象的那么奇怪。大部分文案都是未能成功的小说家，或者，应该反过来说才对？

示巴女王卫浴精品公司对广告非常满意。鄂斯金先生也很满意。戈登的周薪涨了十先令。现在戈登吓坏了。他最终还是投入了金钱的怀抱。他正在堕落，堕落，堕入金钱的泥沼。再这样下去，他一辈子就会困在金钱的世界里了。奇怪的事情总是会发生，你下定决心不追求成功，你发誓这辈子不会“发达”——你认为就算你有这个想法也不可能“发达”，然后，事情发生了，你发现自己不知不觉就“发达”了。他觉得是时候逃离这个世界，否则时不再来。他必须跳出来——跳出金钱的世界，不然他将万劫不复。

但这一次他不会让自己饿肚子，最后被迫屈服。他向拉沃斯顿求助。他说他想找份工作，不需要什么“好差事”，能维持生计，不至于彻底出卖灵魂就行了。拉沃斯顿非常理解他。他不需要戈登向他解释一份工作与“好差事”之间的区别。他也没有告诫戈登这么做有多傻。这就是拉沃斯顿的过人之处。他总是能理解别人在想些什么。毫无疑问，这是因为他有钱，有钱人都是聪明人。而且，他是个有钱人，能帮别人找到工作。刚过了半个月他就告诉戈登有一份工作可能适合他。他和经营一间破败的二手书店的麦克凯切尼先生做过几回生意，麦克凯切尼先生正要找一个助手，但他不想找受过训的助手，因为那样他得付全额工资，他想找一个看上去像位绅士，能聊聊书籍的人——这样更能打动那些喜欢看书的顾客。这份工作和“好差事”相差何止十万八千里。工作时间长，工资又少——

周薪两英镑——而且根本没有晋升的机会。这是一份毫无前途的工作，而戈登想找的就是这种没有前途的工作。他去见了麦克凯切尼先生，一个睡眼惺忪的和蔼的苏格兰老头儿，长着一个酒糟鼻子和被鼻烟熏得发黑的白胡子。他没有提出异议，聘用了戈登。这时他的诗集《耗子》正准备出版。他投的第七家出版社终于接受他的诗稿了，戈登不知道这是拉沃斯顿的功劳——那个出版商是他的朋友。他总是暗中扶持那些没出名的诗人。戈登觉得未来一片光明。他靠着自己的奋斗成功了——或者，按照斯迈尔斯①的信条，按照叶兰式的信条，他成了一个失败者。

他提前一个月通知办公室他要辞职。这件事很痛苦。当然，得知他第二次放弃了一份“好差事”，朱莉亚越发难过。这时戈登已经认识了罗丝玛丽。她没有阻止他辞职。这违反了她的人生哲学——“人都有自己的活法”。她总是抱着这一态度。但她根本不明白为什么他要这么做。令他心里最难受的，是与鄂斯金先生的面谈。鄂斯金先生真是个好人。他不希望戈登离开公司，而且坦率地说出这番话。他的动作笨拙而有礼貌，好不容易忍住情绪，没有斥责戈登是个愣头青大傻瓜。不过，他问起了戈登辞职的原因。而不知为什么，戈登无法回避这个问题，或者说一些鄂斯金先生能理解的话——他要找一份工资更高的工作什么的。他羞愧地脱口而出，说“他觉得商业不适合他”，说“他要投身写作”。鄂斯金先生不置可否。啊？写作？嗯。现在写作能挣很多钱吗？啊，不多？嗯。不

---

① 萨缪尔·斯迈尔斯(Samuel Smiles，1812—1904)，苏格兰励志作家，代表作有《自助》、《论节俭》、《生命与劳动》等。

多，我想确实不多。嗯。戈登觉得自己很可笑，嗫嚅着说“他有本书就要出版了”，是一本诗集，“诗集”这两个字他费了好大劲才说出口。鄂斯金侧着脸打量着他，然后说道：

“啊，写诗？嗯。写诗？靠写那种东西谋生？你觉得呢？”

“嗯——确切来说，没办法谋生。但会有点帮助的。”

“嗯——好吧！我想你自己最清楚不过了。如果以后你想找工作，那就回来吧。我敢说这里有你一席之地。我们这里欢迎你。别忘了。”

戈登离开了公司，为自己这么乖张任性和忘恩负义而觉得心里很不痛快。但他必须这么做。他必须摆脱金钱的世界。真是奇怪。整个英国的年轻人都在因为失业而捶胸顿足，而他，戈登，却觉得“工作”这个词令他作呕。明明他不想干，工作却不请自来。这验证了一个事实，越是不想要的事情，就越有可能发生在你身上。而且，鄂斯金先生的那番话触动了他。或许，他是认真的。或许，如果戈登决定回去的话，他还能找到一份工作。所以，他并没有破釜沉舟。无论是从前还是以后，他都注定逃不脱新阿尔比恩的劫数。

不过，刚开始在麦克凯切尼先生的书店工作的时候他是那么的开心！有那么一段时间——非常短暂的时间——他以为自己真的摆脱了金钱的世界。当然，书的买卖和其它买卖一样，都是骗人的把戏，但那不可同日而语！他不用奔波忙碌，想着怎么“发达”，也不用观言察色溜须拍马。没有哪个善于钻营的人能在沉闷的书店里呆上十分钟。至于工作，内容非常简单，就是一天在书店里呆十个小时。麦克凯切尼先生是个好人。当然，他是苏格兰人，但苏格兰人又怎么样。至少他不是一个贪财之人——他最大的特征似乎就是懒惰。他滴酒不沾，是某个非英国国教基督教派的信徒，但这些对戈登并没有影响。在书店里干了一个月，《耗子》出版了。有十三篇文章对其进行了评论呢！《时代文学增刊》说这本诗集前途无量。几个月后，他才知道《耗子》是多么失败的一本作品。

直到现在，当他一周只挣两英镑，基本上没有涨工资的希望时，他才意识到自己在进行的这场战斗的真实本质。糟糕的是，高风亮节的光芒无法持久。一周两英镑的生活不再是英勇的举动，而是成为了一种卑劣的习惯。和成功一样，失败也是一个骗局。他放弃了“好差事”，从此与“好差事”彻底绝缘。那是必须做的。他不想走回头路。他主动让自己陷入贫穷，但这并不代表他能摆脱贫穷所意味的不幸，掩饰毫无意义。问题的关键并不是生活的艰苦。一星期两英镑的生活谈不上艰苦，而就算真的很艰苦那也没什么。贫穷摧毁的是你的意志和心灵。思想上的死寂和精神上的龌龊——当你的收入在某个水平之下，它们就会降临在你身上，无法摆脱。信仰、希望、金钱——只有圣人才能在没钱的情况下仍保有前两者。

他越来越成熟世故。二十七岁、二十八岁、二十九岁。他就快三十岁了，前途不再模糊而美好，而是变得非常现实而残酷。他那几个还健在的亲人可怜的处境越来越令他感到沮丧失落。随着他年岁渐长，他觉得自己和他们越来越像。那就是他将要走的道路！再过几年，他也会和他们一样，就像他们一样！他觉得朱莉亚也是一样，比起他的叔叔和姑姑，他和她见面的次数更多一些。虽然他下了许多次决心不再借钱，但他还是时不时需要她的周济。朱莉亚的头发花白得很快，消瘦的红润脸颊上现出了深深的法令纹。她生活刻板不变，谈不上过得不开心。她在茶馆里上班，晚上在伯爵府附近那间起居卧室（位于二楼的里间，一周的租金是九先令，不带家具）里缝补衣服，偶尔与和她一样孤独寂寞的老处女朋友聚一聚。作为一个身无分文的未婚女性，生活就是这样。她认命了，觉得命运不会再有改变。但比起自己的遭遇，更令她感到痛心的是戈登的命运。康斯托克家族就这么没落了，人事凋零，什么东西也没有留下。她觉得这是一个悲剧。金钱，金钱！“我们家里似乎没有人会赚钱！”她总是这么哀悼着。而在家族里面，戈登曾经有过发财的机会，而他却选择了放弃。他掉入了贫困的深渊，就像家里其他人一样。在吵了第一次架后，当戈登放弃了新阿尔比恩公关公司的工作时，她没有去数落斥责他。但她觉得他的想法毫无意义。她是个女流之辈，口齿笨拙，但她知道与金钱过不去是最不可原谅的罪行。

至于安吉拉姑姑和沃尔特叔叔——噢，天哪，噢，天哪！这对老人家！每次看着他们俩，戈登都觉得自己仿佛老了十岁。

以沃特尔为例吧。看到沃特尔叔叔实在令人心里不痛快。他六十七岁了，开过许多间公司，遗产坐吃山空，收入可能只有每星期三英镑。他在科西特街有一间小小的办公室，自己住在霍兰德公园附近一间租金很便宜的寄宿旅舍。这是有例可循的。所有康斯托克家族的男丁住的都是寄宿旅舍。他看着穷苦潦倒的叔叔——颤巍巍的大肚腩，说话老是气喘，面容苍白而孤僻，有如萨金特[1]所作的亨利·詹姆斯的画像，脑袋上的头

① 约翰·辛格·萨金特（John Singer Sargent，1856—1925），美国画家，擅长人物肖像画。

发全都掉光了，眼袋很重，虽然他总是捻着胡须往上拉，但总是萎蔫下来——当你看着他的时候，你会发现你根本不能相信他曾经年轻过。你想象得出这么一个人曾经感受过生命的激情吗？他爬过树吗？从跳板上扎过猛子入水吗？谈过恋爱吗？他曾经动过脑筋吗？甚至回到十九世纪九十年代初，那时他还很年轻，他曾经努力奋斗过吗？或许他曾偷欢嬉闹过。在阴暗的酒吧里喝过威士忌，去过一两次帝国赛马会，偷偷嫖过那些老妓女——想象一下大英博物馆晚上关门后那些古埃及木乃伊的私密夜生活，你就知道那是怎样一种肮脏不堪的奸情了。在经过长年累月的商业失败后，他沦落到住进上帝不闻不问的寄宿旅馆，过着孤单萧索的生活。

但是，年迈的叔叔或许生活得很开心。他有一个从未让他厌倦的爱好，那就是他的疾病。据他自己所说，他得了医学词典里几乎每一样疾病，一说起这些病就来了精神。事实上，戈登觉得叔叔住的那间寄宿旅馆里的每一个人——有时候他会去那里坐坐——聊起天时谈论的就只有他们身上的病。在漆黑的客厅里，那些面无血色的老头子一对对坐在那儿，探讨着各种疾病症状，就像是滴着水珠的钟乳石在和石笋对话。滴答、滴答。“你的腰疼怎么样了？”钟乳石问石笋。“我发现那些克鲁斯岑盐粉很有效。”石笋回答钟乳石。滴答、滴答、滴答。

还有安吉拉姑姑。她六十九岁了。戈登尽量不让自己想起安吉拉姑姑。

可怜的、亲爱的、和蔼的、忧愁的安吉拉姑姑！

可怜的、皱巴巴的、皮肤枯黄的、皮包骨头的安吉拉姑姑！她住在海格特一座半独立小屋里——那个地方的名字叫布里亚布莱——在那北边的群山中，就是她居住的地方。安吉拉姑姑终生是个处女，无论是在世或是已逝的男人，没有一个以爱人的身份吻过她的双唇。她过着独居生活，终日奔波操劳，手里拿着骄傲的火鸡尾巴的羽毛做成的鸡毛掸子，打扫叶兰深绿色的叶片，掸掉那套华丽的德比皇冠牌陶瓷茶具上面的灰尘，虽然她永远不会去用它来泡茶。偶尔她会用橙黄白毫茶叶和白毫尖茶叶泡一壶浓浓的红茶，抚慰自己的心灵，那些茶叶是科罗曼德尔几个儿子从酒红色的海洋那里捎来给她的。可怜的、亲爱的、和蔼的但根本不招人喜欢的安吉拉姑姑！她的年金是九十八英镑（一周三十八先令，但她仍保留了中产阶级的思维习惯，以年金衡量自己的收入），十二先令又六便士得用来付房租。要不是朱莉亚时不时从茶馆里偷偷带点蛋糕、面包和黄油给她的话，她或许连饭都吃不饱——当然，朱莉亚总是一本正经地假装说“只是一点东西，丢了怪可惜的”，仿佛安吉拉姑姑其实根本不需要她的周济。

但连她也有自己的快乐，可怜的老姑姑。年纪大了之后她特别爱看小说，公共图书馆离布里亚布莱只有十分钟路程。康斯托克爷爷在世的时候，不知是出于什么缘故，他不许女儿们阅读小说。因此，直到1902年安吉拉姑姑才开始阅读小说，读的都是一些落伍几十年的作品。但她慢悠悠地从过去的作品读起，到了二十世纪初她还在读罗达·布洛顿[①]和亨利·伍德夫人[②]的作

① 罗达·布洛顿（Rhoda Broughton，1840—1920），威尔士女作家，代表作有《恰似一朵玫瑰的她》、《费思量》等。

② 亨利·伍德夫人（Mrs. Henry Wood），原名埃伦·普莱斯（Ellen Price，1814—1887），英国女作家，代表作有《乔治·坎特伯雷的愿望》、《在迷宫中》等。

品。到了战争年代她喜欢上了赫尔·凯因[1]和汉弗莱·瓦德夫人[2]的书。到了二十年代她读起了希拉斯·霍金[3]和色顿·梅里曼[4]的作品，到了三十年代她开始阅读麦斯威尔[5]和威廉·洛克[6]的书。或许再往后的作品她就读不到了。至于那些战后的小说家，她隐约听说过他们的名字，知道他们的书伤风败俗、亵渎神明却又富于机智。但她绝不会碰他们的作品。她知道沃波尔，读过希金斯[7]。但海明威呢？他是谁？

那是1934年的事情了，那时候康斯托克家族就只剩下这几个人了。沃尔特叔叔，经营过许多间"公司"，全身都是病；安吉拉姑姑，在布里亚布莱掸着德比皇冠牌陶瓷茶具上面的灰尘；夏绿蒂姑姑，仍然在精神病院，过着植物人的生活。朱莉亚，一周工作七十二小时，晚上在起居卧室里就着一盏小煤油灯"缝补衣服"；年近三十的戈登在从事一份没有前途的工作，一周挣两英镑，挣扎着想写出一本永远没办法完成的诗集，以此证明他的存在。

---

① 托马斯·亨利·赫尔·凯因(Thomas Henry Hall Caine，1853—1931)，英国作家、剧作家，代表作有《罪之影》、《基督徒》等。

② 汉弗莱·瓦德夫人(Mrs. Humphry Ward)，原名玛丽·奥古斯塔·阿诺德(Mary Augusta Arnold，1851—1920)，英国女作家，代表作有《罗丝夫人的女儿》、《失踪》等。

③ 希拉斯·霍金(Silas Hocking，1850—1935)，英国作家，代表作有《生命无非如此》、《我命由我不由天》等。

④ 亨利·色顿·梅里曼(Henry Seton Merriman)，英国作家休·斯托威尔·斯科特(Hugh Stowell Scott，1863—1903)的笔名，代表作有《姐妹》、《战争与爱情》等。

⑤ 威廉·巴彬顿·麦斯威尔(William Babington Maxwell，1866—1938)，英国作家，代表作有《好与坏》、《棉絮》、《伪君子》等。

⑥ 威廉·约翰·洛克(William John Locke，1863—1930)，代表作有《爱在何方》、《白鸽》等。

⑦ 应指德洛丽丝·希金斯(Dolores Hichens，1907—1973)，美国女作家，作品多为悬疑题材，代表作有《通往密室的楼梯》、《诱拐者》等。

或许康斯托克家族还有其他旁亲，因为康斯托克祖父有十一个兄弟姐妹。但就算他们还活着，他们或许已经发财了，不会和穷亲戚联系，因为虽然血浓于水，但金钱却大于亲情。戈登的直系亲属总共五个人，全部收入加在一起，扣除掉夏绿蒂住精神病院的费用，还有六百英镑。五个人加起来的岁数是二百六十三岁。他们当中没有人出过国，打过仗，坐过牢，骑过马，乘过飞机，结过婚或生过孩子。他们将继续这样的生活，直至死去。年复一年，康斯托克家族什么事情也没有发生。

第四章

> 凛冽的寒风呼啸而来，
>
> 落叶殆尽的白杨弓下了腰。

事实上，那天下午一丝风也没有。天气几乎和春天一样温暖。戈登抑扬顿挫地低声朗诵着昨天写下的这两句诗，觉得韵律非常动人。这个时候他对这首诗很满意。这是首好诗——等写完了就会是首好诗。他忘了昨天晚上这两句诗几乎让他觉得恶心。

那棵悬铃树一动不动，蒙上了一层雾霭的薄纱。下面的山谷里，一辆电车轰隆隆地驶过。戈登走上马尔金山，没脚深的干燥落叶发出窸窸窣窣的声音。整条人行道上都堆满了金灿灿皱巴巴的落叶，看上去像美式早餐那些嘎嘣脆的麦片，似乎是大人国的女皇①打翻了她那包特鲁维特牌早餐麦片，洒满了整座山坡。

无风的冬日，多么快乐！这是一年最好的时光——至少戈登这时是这么想的。虽然他一整天没有抽过烟，口袋里只有三个半便士的硬币和一个三便士的硬币，他仍然很开心。今天是星期四，戈登可以早点关门，下午不用上班。他打算去书评家保罗·多尔林的家里。他住在柯尔律治林，在家里举办文学茶话会。

他花了一个小时多的时间精心打扮了一番。当你的收入只有两英镑一星期时，社交生活就会变得很令人头疼。吃完午饭他立刻就着冷水不无痛楚地刮了胡子，穿上最好的西装——这身衣服穿了三年了，但要是他记得把裤子在床垫下面压一压的话还可以见人。他把领子的里面翻了出来，将领带夹紧，这样那个破损的地方就不会显露出来。他用一根火柴从罐子里刮出鞋油，刚好把皮鞋擦亮。他甚至找罗伦海姆借了针线，将袜子补好了——这活儿很累人，但总比将露出的脚踝用墨水涂黑好一些。而且他还找到了一个空的金叶牌烟盒，从一便士香烟售卖机那里买了一支烟放进去。这起码能充充门面。到别人家里你身上当然不能没有烟。但有一支烟就行了，因为人们看到盒子里有一支烟，就会以为里面曾经是满的，很容易就把这件事当成是小意外蒙混过关。

“抽烟吗？”你随意地问了问别人。

“噢，谢谢。”

你打开烟盒，然后故作惊讶地说道：“该死！我就剩一支烟了。我明明记得里面是满的啊。”

“噢，我怎么能要你最后一支烟呢。抽支我的吧。”那个人说道。

“噢，谢谢。”

然后主人家会给你敬烟。但你必须有一支烟充充门面。

*凛冽的寒风呼啸而来。*很快他就会写完这首诗。他想什么时候写完就能什么时候写完。真是奇怪，只是参加一个茶话会而已，他却精神大振。当你的周薪只有两英镑时，没什么人会

---

① “大人国的女皇”，英国作家斯威夫特的《格列佛游记》一书中的角色。

来找你。就连能到某人家里做客也成了一桩乐事。屁股底下坐着带软垫的扶手椅子，可以喝茶抽烟，闻到女人的香味——当你匮乏这些东西时，你学会了欣赏它们的价值。事实上，多尔林的茶话会从来不像戈登所想象的那么美好。他所想象的那些博学睿智精彩纷呈的谈话从来不会发生。事实上，茶话会里几乎没有称得上是谈话的内容，只是平时茶话会那些无聊的絮絮叨叨，无论是在汉普斯泰德还是在香港都一样。参加多尔林的茶话会的人都是一些庸人白丁。多尔林自己不是什么大人物，他的追随者也都是一些小角色。大概得有一半的客人是那些头脑迟钝的中年妇女，她们刚刚摆脱了基督教家庭的束缚，准备投身文艺界。到场的明星是那些文坛新星，他们只会坐上半个小时，结成自己的小圈子，窃窃私语谈论着其他文坛新星的事情，彼此间以绰号相称。大部分时间里戈登发现自己游离于谈话的边缘。多尔林会草草地将他介绍给别人认识，“这位是诗人戈登·康斯托克，你知道的，他创作了那本非常机智诙谐的诗集《耗子》。”但戈登从未遇到过哪个人听说过他的诗集。那几个文坛新星匆匆看了他一眼，然后就不去理会他。他三十岁左右、面容憔悴，而且一看就知道身无分文。但是，虽然每次都会感到失望，他仍然多么期盼能参加文学茶会话！这样可以让他摆脱寂寞。贫穷最可怕的折磨，最经常反复发作的痛苦就是——寂寞。日复一日，你找不到一个有学识的人聊天。夜复一夜，你只能独自一人呆在萧索的房间里。要是你有钱而且备受吹捧的话，那或许会是好事，但要是你不得不忍受寂寞的话，情况则大不一样！

*凛冽的寒风呼啸而来。*一排汽车嘟嘟嘟地轻轻松松驶上山坡。戈登看着这些汽车，并不觉得羡慕。谁会想要开车呢？那

些上流社会的女人粉嫩如洋娃娃的脸透过车窗看着他。这些胸大无脑的哈巴狗，绑在链子上饱食终日的母狗。他宁可当一头独狼也胜过当一只摇头摆尾的哈巴狗。他想起了清晨的地铁站，一群群黑压压的小职员就像蚂蚁回洞一样钻进地底下。这群蚂蚁一样的人，每个人右手拿着公文包，左手拿着报纸，对失业的隐秘恐惧就像蛆虫在啃咬他的心一样，似乎要将他吞吃掉！特别是在冬天，当他们听到呼啸的风声时。冬天，裁员，收容所，街上的长凳！啊！

凛冽的寒风呼啸而来，
　　落叶殆尽的白杨树弓下了腰，
　　烟囱飘舞着黑黢黢的缎带，
　　在昏沉沉的空气中摇摆而下，
撕裂开来的海报战栗颤抖着。
　　火车在轰鸣，马蹄哒哒哒响个不停，
　　职员们匆匆赶向车站，
　　看哪，东边的屋顶正在战栗，
　　想着——

他们在想什么呢？冬天快到了。我能保住饭碗吗？被解雇的话意味着进收容所。“你们都要行割礼。”主如是说。①你们都要好好地拍老板的马屁。有了！

每个人都在想着，

① 此句出自《圣经·旧约·创世记》。

“冬天来了！求求你了，上帝啊，今年让我保住工作吧！”

寒风就像一把冰冷的长矛，
刺透了他们的身体，
他们忧郁地想着……

又用“想”这个字。没关系。他们在想什么呢？钱！钱！房租、纳税、学费、季票、给孩子们买鞋子。还有人寿保险和女仆的工资。我的天哪，要是老婆又怀孕了怎么办！昨天老板说了个笑话，我笑得够大声吗？吸尘器下个月的分期付款又得交了。

他觉得自己的文笔很优美，就像把拼图一片一片搭起来一样，他想出了另一节诗：

他们想到了房租、水电、季票、
保险、煤炭和仆女的工资，
靴子、学费和在德雷格家具店买的两张双人床
下个月还得供分期付款。

不错，真的不错。很快就可以写好了。再加上四五节诗。拉沃斯顿会将其发表的。

一只八哥栖息在一棵悬铃树的光秃秃的树枝上，自怜自伤地叫唤着，在和煦的冬日八哥都会这么叫唤，因为它们以为春天到了。树下坐着一只大黄猫，大张着嘴一动不动，热切地望着树上，满心以为那只八哥会掉进它的嘴里。戈登重复着那四段想好了的诗句。写得很好。为什么昨晚上他觉得这首诗内容贫乏文字呆板呢？他可是个诗人。他挺直了腰杆，怀着作为一

位诗人的骄傲，志满意得地走着。戈登·康斯托克，《耗子》的作者。“前途无量的作品。”《时代文学增刊》是这么说的。而且还是《伦敦之乐》的作者。因为这本诗集很快就会付梓。他知道，只要他愿意，他可以完成这首长诗。为什么以前他会觉得那么绝望呢？三个月就能写好，这个夏天就可以出版。他似乎见到那本用白色硬衬布作封面的薄薄的诗集《伦敦之乐》，里面用的都是上好的纸张，宽阔的页边距，好看的卡斯隆字体，雅致的书皮，还有最好的报纸所刊登的诗评：“杰出的作品”——《时代文学增刊》；“继西特韦诗派[①]之后的又一广受欢迎的作品”——《文学评论》。

柯尔律治林是一条阴暗潮湿、与世隔绝的死胡同小路，因此路上几乎没有什么行人或车辆，弥漫着一股荒凉的文学气息（据说1821年夏天柯尔律治[②]在这里住了六个星期）。看到路边那些年代久远的破旧房子、湿漉漉的花园和枝叶繁茂的大树，你会觉得置身于不合时宜的文化氛围中。毋庸置疑，在有的房子里，勃朗宁[③]书社仍欣欣向荣，穿着哔叽华服的女士匍匐在已逝的诗人的脚下，谈论着斯温伯恩[④]和沃尔特·帕特。到了

① 西特韦诗派（the Sitwell School），指埃迪丝·西特韦（Edith Sitwell，1887—1964）、奥斯波特·西特韦（Osbert Sitwell，1892—1969）及撒切维尔·西特韦（Sacheverell Sitwell，1897—1988）姐弟三人，都在英国文坛享有一定的名气。

② 萨缪尔·泰勒·柯尔律治（Samuel Taylor Coleridge，1772—1834），英国浪漫主义诗人，代表作有《古舟子咏》、《忽必烈汗》等。

③ 伊丽莎白·巴雷特·勃朗宁（Elizabeth Barrett Browning，1806—1861）及其丈夫罗伯特·勃朗宁（Robert Browning，1812—1889），广受尊敬的英国文坛伉俪，代表作有《葡语十四行诗》、《戒指与书》等。

④ 阿尔杰农·查尔斯·斯温伯恩（Algernon Charles Swinburne，1837—1909），英国诗人，对回旋诗体进行了创新发展，曾获六次诺贝尔文学奖提名，但未能获奖。代表作有《回旋诗百首》、《阿尔杰农·查尔斯·斯温伯恩诗集》等。

春天，花园的小圆花圃里长满了紫色和黄色的番红花，接着又长出了风信子，周围是贫瘠的草地。戈登似乎觉得这里的树也受到了环境的影响，长得歪歪扭扭奇形怪状的。保罗·多尔林是位当红的媚俗书评家，住在这样一个地方还真是奇怪，因为多尔林作为书评家的品味实在是不怎么样。他为《星期天邮报》撰写小说书评，和沃波尔一样，每半个月就有文章面世。你会以为他住的是海德公园一角的公寓。或许，他是在进行苦修，住在雅致而不舒服的柯尔律治林能抚慰受伤的文学神明。

戈登拐过街角，心里琢磨着《伦敦之乐》的一句诗，突然停下了脚步。多尔林家的大门看上去有点不大对劲。到底是什么不大对劲呢？啊，果然是这样！外面没有停汽车。

他停下脚步，走了两步，然后又停了下来，像一只狗嗅到了危险。一定是出了什么差错。这里应该停着几辆车的。每次多尔林举办茶话会都有很多人参加，而一半左右的人会开着汽车过来。为什么还没有人来？他来得太早了吗？没有啊！他们说三点钟，现在都三点四十分了。

他快步朝大门走去。他觉得茶话会肯定是取消了。乌云笼罩着他的心头。多尔林一家人根本不在家！茶话会取消了！这个念头虽然让他心头一凛，但他觉得并非是不可能的事情。这是他特有的恐惧，从小就一直萦绕在心头，害怕被别人邀请到家里做客，却发现别人不在家。即使受到邀请是确凿无疑的事情，他也总是觉得会出什么岔子。他觉得自己从来就是一个不受欢迎的人。他觉得人们看不起他，忘记他的存在是天经地义的事情。事实上，这样做又有什么出奇呢？他没钱。当你没钱的时候，生活就是不断地受人冷落。

他拉开铁门，发出嘎吱嘎吱的荒凉的声音。门前的小径湿漉漉的，长满了青苔，旁边堆着几块奇形怪状的粉红色石头。戈登仔细地观察着前屋。他习惯了这么做，就像神探福尔摩斯一样，他能分辨得出一户房子里是否有人。啊！这一次不会错的。房子看上去似乎没有人在里面。烟囱没有冒烟，窗户里没有透出灯光。屋里面一定是黑漆漆的——有人的话一定会点灯吧？台阶上连一个脚印也没有。他已经知道答案了，但他还是怀着一丝希望试了试门铃。当然，那是旧式的拉绳门铃。在柯尔律治林装电铃被认为是低俗而没有文学品味的事情。

叮，叮，叮！铃响了。

戈登最后的希望破灭了。那的确是门铃的叮当声在一间空房子里回荡的声音。他拽着把手猛扯了一下，几乎把绳子拉断了。吵得吓人的门铃声回应了他的动作。但没有用，一点用都没有。里面没有响起脚步声。连仆人都出去了。这时他看到从隔壁房子的地下室里冒出一个头，戴着蕾丝帽子，头发乌黑，一双年轻的眼睛正在打量他。她是一个女仆，出来看看到底是什么在吵。她直勾勾地看着他的眼睛。他知道自己看上去像个傻瓜。一个人在空荡荡的屋子门口拉门铃总是看上去像个傻瓜。突然间，他觉得那个女孩什么都知道——她知道茶话会取消了，每个人都知道这个消息，唯独他不知道——她还知道因为他没钱，所以人家嫌麻烦不通知他。她什么都知道。仆人们总是知道得一清二楚。

他转身朝门口走去。在那个女仆的目光关注下他不得不装出施施然的样子离开，似乎只是略感失望，不是什么大不了的事情。但他气得浑身发抖，很难控制自己的行动。这些混蛋！这些该死的混蛋！竟然这般戏弄他！邀请了他，然后改了日子，竟然不告诉他！或许会有其它解释——但他不愿去想这些。这些混蛋！这些该死的混蛋！他的眼睛落在那些花花绿绿的石头上。他真想捡起一块石头，从窗户扔进去！他用力地抓着大门生锈的栅栏，手抓得生疼，几乎快磨破了。身体上的疼痛让他感觉好了一些，缓解了心里的痛苦。这不仅仅是因为他上当受骗了，以为可以有人陪伴度过一个晚上，虽然这对他来说很重要。更难受的是那种被视为无足轻重之人、被抛在一边那种无助的感觉——就像一只根本不值得顾虑的小动物。他们改了日期，却嫌麻烦不肯通知他。他们通知了每个人，但就是没有通知他。当你没钱的时候人们就会这样对你！就这么肆意而冷酷地侮辱你。事实上，很有可能多尔林一家真的忘了，并不是故意要伤害他，甚至有可能是他自己弄错了日子。但是，不行！他不愿这么想。多尔林一家是故意这么做的。他们当然就是故意这么做的！他们嫌麻烦，没有通知他，因为他没钱，因此也就无足轻重。这些混蛋！

他快步走开，胸口一阵剧痛。他多么渴望人际关系，和人聊天！但想这些又有什么用？今晚他还是得像往常一样独自度过。他没几个朋友，而且住得很远。罗丝玛丽应该还在上班，而且她住在西肯辛顿的一间女子旅馆里，看门的都是一些老虔婆。拉沃斯顿住得近一些，在摄政公园那一区，但拉沃斯顿是个有钱人，忙碌得很，应该不会在家。戈登甚至没办法给他打个电话，因为他没有两便士，只有三枚半便士的硬币和一枚三便士的硬币。而且他身上没钱，怎么能去见拉沃斯顿呢？拉沃斯顿会说："走吧，我们去酒吧！"他不能让拉沃斯顿帮他付酒钱。他和拉沃斯顿的交情建立在他为消费自掏腰包的基础之上。

他点着了那支烟。走得太快，抽烟并没有带给他什么快感，那只是无意识的举动。他没有注意自己正往哪里去，他只想让自己不停地走不停地走，直到身体上的疲惫压过多尔林的羞辱为止。他往南边走去——沿着托特纳姆宫廷路经过荒凉的卡姆登镇。天已经黑了，他穿过牛津街，横穿考文特花园，发现自己来到了斯特朗大街，由滑铁卢大桥过泰晤士河。入夜后天变冷了，走着走着，他的愤怒没有那么激烈了，但他的心情并没有好转。有一个念头一直困扰着他——他想摆脱这个念头，但一直挥之不去。他想到了他的诗。他那些空洞、无聊、傻气的诗！他怎么会对这些诗怀有信心呢！想到不久前他还幻想《伦敦之乐》能够完成出版！现在想起自己的诗他只觉得恶心，就像想起昨晚的堕落。他打心眼里知道他没有才华，而他的诗都是劣作。《伦敦之乐》永远也别想写完。就算他能活到一千岁，他也写不出一行值得品读的诗句。出于对自己的憎恨，他一遍又一遍地念叨着他已经写好的那四段诗句。上帝啊，都是些废话！一个韵脚接一个韵脚——叮咚，叮咚，叮咚！就像一个空饼干罐子。他的生命就荒废在这些垃圾上。

他走了很长一段路，可能得有五到七英里。他的双脚火辣辣地疼，被人行道磨肿了。他来到了兰贝斯的一处贫民区，狭窄泥泞的街道前面五十码处的地方一片漆黑。路上几盏路灯雾气缭绕，像孤星一般悬在空中，除了它们自身什么也没有照亮。他饿得很厉害。咖啡厅熏满了蒸汽的玻璃引诱着他，上面写着粉笔字的告示：“好茶一杯只要两便士，非大壶茶”。但他不想花掉他那个三便士的硬币。他穿过几道轰鸣的铁路拱桥，沿着街道来到亨格福德桥。街道的招牌灯饰照亮了污浊的河水，伦敦东部的垃圾正被冲刷到陆地上。软木塞、柠檬、木桶的木片、一只死狗，还有几块面包。戈登沿着河堤朝威斯敏斯特大教堂的方向而去。寒风吹过，悬铃树发出簌簌的响声。凛冽的寒风呼啸而来。他畏缩了一下。又是那句废话！虽然现在是十二月，但还有几个穷苦的老流浪汉睡在长凳上，身上裹着报纸。戈登冷冷地看着他们。他们管这叫漂泊。终有一天他会成为他们中的一员。或许，这样比较好？对这些真正的赤贫者他从未有一丝同情。那些穷苦的小职员和中层中产阶级人士才需要被别人可怜。

他走到了特拉法尔加广场。还得消磨几个小时。去国家美术馆吧？啊，早就关门了。现在是七点一刻，离睡觉还有四五个小时。他绕着广场走了七圈，四圈是顺时针方向，三圈是逆时钟方向。他的脚很酸，许多长凳是空着的，但他不想坐下。如果他停下一会儿，烟瘾就会发作。查令十字街上，那些茶馆叫卖的声音就像塞壬女妖的歌声。一间里昂快餐店的玻璃门打开了，飘出一股热乎乎的蛋糕的香味，几乎让他把持不住。为什么不进去呢？你可以在那儿坐上一个小时。一杯茶两便士，两个小圆面包各一便士。算上那个三便士硬币，他有四个半便士。但是，不行！那个该死的三便士硬币！收银台的那个女孩会嗤嗤偷笑的。在他生动的幻想中，他看到收银台的那个女孩接过他给的三便士硬币，转过头朝蛋糕柜台后面的那个女人咧嘴一笑。她们知道那是你最后的三便士。算了，走吧，继续走下去。

在霓虹灯刺眼的光芒照耀下，人行道上挤满了人。戈登在人群中穿梭着，他显得那么瘦小褴褛，脸色苍白，头发凌乱。人群从他身边走过，他避开别人，别人也在避开他。伦敦到了晚上就变得很可怕：严寒、冷漠、谁也不认识谁。七百万人就像水族馆里的那些鱼一样穿梭来往，避免接触，几乎没有察觉到别人的存在。街道上有很多漂亮女孩。她们从他身边经过，扭过脸避开他，或对他视若无睹。这些冷漠的美人鱼，让男人的眼睛不敢直视。这么多女孩独自一人或身边只有一个女伴，真是奇怪。他注意到独自一人的女人要多于有男人陪伴的女人。这也是因为钱的缘故。有多少女人宁愿没有男人陪伴，也不愿接受一个没钱的男人？

酒馆还在营业，飘出酸臭的啤酒味。单身或结伴而行的人纷纷走进电影院。在一家花里胡哨的大电影院门口戈登停下了脚步，看着那些电影剧照，看门人那双惹人讨厌的眼睛一直盯着他。葛丽泰·嘉宝[①]主演的《面纱》。他很想进去，但不是为了葛丽泰，只是想坐在天鹅绒座位上，享受那份柔软和温暖。当然，他讨厌电影，即使身上有钱的时候也很少去看电影。凭什么要助长这种将注定会取代文学的艺术呢？但电影院对他很有吸引力。坐在暖和的、烟雾缭绕的黑暗中衬着软垫的座位上，让闪烁不定的画面渐渐将你淹没——感觉到里面那些无聊的内容像一波波浪潮那样将你包围，直到你似乎被淹没在黏稠的海洋里，失去了知觉——说到底，那就是我们需要的毒品，对于没有朋友的人来说那正是灵丹妙药。他走近皇宫大戏院时，一个正在门廊下面站街的风尘女子注意到他，朝他走过来，挡住了他的去路。她是一个矮胖的意大利女孩，很年轻，长着一双又黑又大的眼睛。她看上去很温顺，而且和大部分妓女不一样，看上去很开心。他的脚步迟疑了下来，甚至和她四

---

① 葛丽泰·嘉宝（Greta Garbo，1905—1990），瑞典女演员，好莱坞著名影星。

目相投。她抬头看着他，那张双唇很厚的嘴准备好了绽放出微笑。为什么不停下来和她说说话呢？她看上去似乎能理解他。但不行！他没钱！他看着别处，就像一个因贫穷而只能坐怀不乱的小男人那样冷漠而匆忙地绕开了她。如果他停了下来，然后她发现他身上没钱，那她肯定会大发雷霆！他继续向前走。连说个话都得身上有钱才行。

走完托特纳姆宫廷路和卡姆登路实在是很辛苦。他放慢了速度，脚步开始有点沉重。他已经在人行道上走了十英里。又有女孩从他身边经过，根本没有注意到他。单身的女孩子、有年轻男伴的女孩子、有女伴的女孩子、又是单身的女孩子。她们那一双双年轻而残酷的眼睛看着他，然后越过他，对他视若无睹。他累得没有怨恨的力气了，双肩觉得很疲惫，塌了下来，腰弓着，再也没有力气保持昂首挺胸的姿势和那副盛气凌人的态度。我寻寻觅觅，她们却从我身边逃离！[①]你又怎能责怪她们呢？他三十岁了，面容沧桑，毫无魅力可言。为什么会有女孩子多看他一眼呢？

他记起如果他想吃饭的话就必须得赶紧回家——因为过了九点钟威斯比奇大妈就不肯做饭了。但想到他那间冰冷又没有女人的房间他就提不起劲。爬上楼梯，点着煤气灯，趴在桌子上无所事事地消磨几个小时，没有书读，没有烟抽——不，他无法忍受。虽然今天只是星期四，卡姆登镇的酒馆里还是坐满了人，热闹得很。三个胳膊通红的女人手里拿着啤酒杯，正站在一间酒馆的门口聊天。酒馆里传来了嘶哑的声音、香烟的烟

① 此句出自托马斯·怀亚特(Thomas Hyatt)的诗作《在爱情中享受快乐却被遗弃的他》。

雾和啤酒的味道。戈登想起了克莱顿酒吧。弗拉斯曼或许在那儿。要不要去碰碰运气？半品脱苦啤要三个半便士。算上那个三便士硬币，他有四个半便士。毕竟，三便士硬币**也是**法定货币。

他已经觉得渴得要命了。他不该让自己想到啤酒。走近克莱顿酒吧时，他听到了唱歌的声音。这间漂亮的酒馆似乎比平时更加灯火通明。里面似乎在开音乐会。二十个成年男子的声音正在齐声合唱：

“他是一个快乐的好小伙，

快乐的好小伙，

快乐的好小伙，

我们大伙儿都这么说！”①

至少歌声听起来就是这么唱的。戈登心中充满了渴望，走近了一些。那些声音里透出浓烈的啤酒的味道。听到这些声音，你就会看到那些有钱的水管工通红的脸膛。在吧台后面有一间房，那些水牛兄弟会②的人总是在里面秘密集会。一定是他们在唱歌。他们正在向他们的主席和书记祝酒，他们都叫他“大块头食草动物”，是吧？戈登在雅座酒吧外面犹豫着。或许他还是去公共酒吧比较好。公共酒吧卖的是扎啤，而雅座酒吧卖的是瓶装啤酒。他走到酒吧的另一头，那些带着啤酒味的歌声一直跟着他。

“我们大伙儿都这么说，

我们大伙儿都这么说！

---

①《他是一个快乐的好小伙》是一首广为传诵的英文歌谣。

② 水牛兄弟会，全称“皇家太古水牛兄弟会”（RAOB），是英国的一个慈善互助会组织，其名称具有戏谑的意味。

因为他是一个快乐的好小伙，

快乐的好小伙儿！”

有那么一会儿，他觉得头很晕。那是疲惫、饥饿和口渴夹杂在一起的感觉。他可以想象出里面一定很舒服，那几头“水牛”正在唱歌，壁炉的火烧得很旺，还有锃亮的大桌子，墙上挂着许多大“水牛”的照片。他还想象得到当歌声渐渐平息，那二十张通红的脸膛举杯畅饮的情景。他把手伸进口袋里，确定那个三便士硬币还在里面。说到底，干吗不去喝一杯呢？在公共酒吧谁在乎这个呢？他把那个三便士硬币拍在吧台上，大家就权当是个笑话一笑而过。“这东西是吃圣诞布丁的时候一直攒到现在的吧——哈哈哈！”周围响起了笑声。他的舌头似乎已经尝到了扎啤苦涩的味道。

他的手指摸着那个小硬币，犹豫不决。那群“水牛”又齐声同唱：

“我们大伙儿都这么说，

大伙儿都这么说，

因为他是一个快乐的好小伙——”

戈登走回那间雅座酒吧。窗户上结了霜，由于里头很热，另一面结了水珠。但透过缝隙你可以看到里面。他窥视着里头，是的，弗拉斯曼就在那儿。

雅座酒吧里面人头涌动。所有的房间都一样，从外头看去，里面舒服得很。壁炉里的火焰跳动着，铜痰盂反射着火光。戈登觉得自己透过玻璃几乎可以闻到啤酒的香气。弗拉斯曼正和两个长着鱼一样的脸，看上去似乎混得不错的保险经纪人坐在吧台那里。他一只手肘撑在吧台上，一只脚踩着踏栏，另一只手拿着满满一杯啤酒，正和一个漂亮的金发吧女搭讪。

她正站着靠在吧台后面一张椅子上，一边整理着瓶装啤酒，一边风情万种地扭过头聊天。你听不见他们在说什么，但你可以猜想得到。弗拉斯曼正在说一些背熟了的俏皮话，那两个长着鱼脸的家伙猥琐地笑得前仰后合。那个金发女郎低着头嗤嗤地笑着，有点惊讶又有点开心，扭动着她小巧的臀部。

戈登心痒痒的。进去，进去！里面很暖和，灯火通明，可以和别人聊天，喝啤酒抽烟，和一个女孩调情！为什么不进去呢？你可以找弗拉斯曼先生借一先令。弗拉斯曼会马上借给你的。他想象着弗拉斯曼满不在乎的口气——“怎么了，伙计？你还好吗？什么？一先令？当然可以！这有两先令，接着，伙计！”——他弹了一个弗洛林，从滴满了啤酒的吧台上滚过来。在钱这方面弗拉斯曼可不是小气鬼。

戈登将手放在旋转门上，推开了几英寸。暖和的烟味和啤酒味从门缝里飘了出来。多么熟悉而令人振奋的味道。但是，这股味道打消了他的念头。不行！他不能进去。他转过身。口袋里只有四个半便士，他没脸走进这间雅座酒吧。不能让别人请你喝酒！这是穷人的第一条戒律。他动身出发，走在黑漆漆的人行道上。

“因为他是一个快乐的好小伙，

我们大伙儿都这么说！

我们大伙儿都这么说！嘿！”

歌声和啤酒的味道交织在一起，随着他越走越远，渐渐在他身后减弱。戈登拿出那枚三便士的硬币，扔到了黑暗中。

他正走回家，如果你能将其形容为“走”的话。他似乎是出于地心引力的缘故朝家的方向走去。他不想回家，但他得坐下来。他的双腿很酸，两只脚都肿了，而那间廉价肮脏的卧室是整个伦敦唯一他付了钱有权利坐下来的地方。和往常一样，他悄悄地溜进房子里，但威斯比奇太太还是听到了他的动静。她从门口匆匆好奇地瞥了他一眼。现在刚过九点，如果他提出要求的话，或许她会给他做顿饭吃。但她会抱怨不停，而且会以恩人的姿态自居。他宁愿饿着肚子上床睡觉也不愿意招惹她。

他走上楼梯。正走到第一段楼梯中间时，身后传来了两下敲门声，吓了他一跳。是邮递员！或许罗丝玛丽寄信来了！

外面有人将信箱的翻板推了起来，从里面溜出几封信，掉在地毯上，就像一只鹭鸶艰难地从胃里反吐出几条比目鱼。戈登的心跳得很厉害。那里有六七封信，肯定有一封是寄给他的！和往常一样，听到邮递员的敲门声，威斯比奇太太从她的巢穴里冲了出来。事实上，两年来戈登从未在威斯比奇太太染指之前拿到过一封信。她把信件一把搂在胸前，然后每次拿起一封信，检视着上面的地址。看她这副模样，你可以猜得到她怀疑每封信都夹着法庭的告票、不得体的情书或安眠药的广告。

她乖戾地说道："你有一封信，康斯托克先生。"然后把一封信递给了他。

他的心收缩了一下，然后停住了。那是一个长方形的信封。因此不是罗丝玛丽寄来的。啊！上面的地址是他自己的笔迹，那就是某份报纸的编辑寄回来的。现在他有两首诗投了稿。一封寄给了《加利福尼亚文学评论》，另一封寄给了《报春花季刊》。但信封上面贴的不是美国邮票。《报春花季刊》收到他的信起码有六个月了！上帝啊，难道他们接纳了他的稿件？

他忘记了罗丝玛丽，说了句“谢谢”，把信件塞进口袋里，装出一副平静的样子走上楼梯。刚走出威斯比奇太太的视线他就三步并作两步跑上楼去。他得在独自一人的情况下拆这封信。还没走到门口他就伸手去摸火柴盒，但他的手指颤个不停，点灯时火柴老是划在灯罩上。他坐了下来，从口袋里取出那封信，然后胆怯了，不敢鼓起勇气拆开信封。他将信封对着灯光，摸着信纸的厚度。他的信有两页纸。然后，他责骂自己是个傻瓜，拆开了信封。他那首诗掉了出来，还有一张整洁的——噢，多么整洁！——仿羊皮纸的打印件：

“诗稿未能采纳，对此编辑深表遗憾。”

那张纸条上面还设计了一丛葬礼上使用的月桂树叶图案。

戈登看着这张纸条，心里燃起了无名怒火。或许这是世界上最令他无法忍受的轻慢，因为他无法找谁去争辩。突然间他痛恨自己那首诗，觉得它实在是太丢人了。他觉得那是自己写过的最蹩脚傻帽的作品。他没有再去看那首诗，将其撕成碎片，扔进废纸篓里。他会永远忘了那首诗。但是那张退稿通知他还没有撕掉。他的手指抚摸着那张纸，感受着它令人生厌的光滑质感。这封信多么精致，是字体清秀的打印件。你一眼就看得出它来自一本“好刊物”——高雅自负的刊物，后面有一家出版社的财力作支撑。金钱，金钱！金钱和文化！他怎么那么蠢，以为《报春花季刊》这么一份报纸会接受他的诗稿！以为他们会接受像他这种人的作品，他那首诗不是打印稿，单是这件事就足以让他们知道他是什么样的人。他怎么不去白金汉宫投帖呢。他想到那些为《报春花季刊》写稿的人：都是有钱而高雅的小圈子文人——那些油头粉面文质彬彬的年轻人，吃奶的时候就吸收了文化和金钱。他竟然想和那群装腔作势的人打交道！但他还是要痛骂他们。这些混蛋！这些该死的混蛋！“对此编辑深表遗憾！”为什么要这么文绉绉地拒绝他？为什么不直截了当地说：“我们不会要你那蹩脚的诗作。我们只刊登剑桥学友的作品。你们这些无产者给我滚远一点。”这些该死的伪善的混蛋！

最后，他将退稿通知揉成一团，扔到一边，然后站起身。趁他还有力气脱衣服，最好上床睡觉。那张床是唯一暖和的地方。但先等等，给时钟上发条，调好闹钟，无精打采地做完这件熟悉的事情。他的眼睛落在了那株叶兰上。他住在这廉价肮脏的房间里两年了，这两年来他一事无成。七百多天就这么荒废了，全都以躺在那张孤独的床上而告终。冷落、失败、侮辱，所有的这些他都无力报复。钱、钱，一切都是因为钱！因为他没钱，所以多尔林看不起他；因为他没钱，所以《报春花季刊》拒绝刊登他的诗作；因为他没钱，所以罗丝玛丽不肯和他上床。社交上的失败、创作上的失败、性生活上的失败——它们都是一样的，最根本的原因就是因为没钱。

他得找个人或找件什么事情出气。一直想着那则退稿通知，他根本睡不着觉。他想起了罗丝玛丽。自从她上次写信已经过去五天了。要是他能收到她的来信，被《报春花季刊》退稿的打击或许不会如此沉重。她口口声声说爱他，却又不肯和他上床，甚至不肯给他写信！她和别人一样，看不起他，忘记了他，因为他没钱，所以无足轻重。他准备给她写一封长信，告诉她被漠视和侮辱是什么滋味，让她知道她对他有多么残忍。

他找到一张干净的信纸，在右上角写下：

“柳堤路西北段 31 号

十二月一日，晚上九点三十分。”

但写下这些之后，他发现自己写不下去了。他意气消沉，连一封信都懒得写。而且，写了信又有什么用呢？她不会明白的。没有女人能明白。但他一定得写点什么东西，能伤害她的东西——那就是他此刻最想做的。他想了很久，最后在信纸的中间写道：“你让我心碎了。”

没有地址，没有签名，就在信纸的中间用他那有“学者派头”的笔迹写了一行字，看上去很简洁，几乎就像一首短诗。这个想法让他心里高兴了一些。

他把信放进一个信封里，走到街角的邮递局寄了出去，用掉了最后三枚半便士的硬币，从售卖机里买了一张一便士和一张半便士的邮票。

第五章

“下个月我们打算在《反基督报》刊登你那首诗。”拉沃斯顿从二楼的窗口说了一句。

戈登站在楼下的人行道上，假装忘了拉沃斯顿在说哪首诗。当然，他记得很清楚，他记得自己的每一首诗。

“哪首诗？”他问道。

“那首写一个垂死妓女的诗。我们觉得那是首好诗。”戈登洋洋自得地笑了起来，假装是不屑一顾的自嘲。

“啊哈！一个垂死的妓女！你可以说那是我的重要主题之一。下次我给你看看一首关于叶兰的诗。”

拉沃斯顿长着一张过于敏感而孩子气的脸和一头茂密的棕黑色头发。他的头从窗户边略微往后缩了缩。

“外面冷得紧，”他说道，“上来吃点东西吧。”

“不了，你下来吧。我吃过晚饭了。我们去酒吧喝杯啤酒。”

“那好吧。等我一下，我穿鞋。”

两人就这么交谈了几分钟，戈登站在人行道上，拉沃斯顿从上面的窗户探头出来。戈登不是敲门告知自己到访，而是往窗户上扔一块石头。如无必要，他绝不踏足拉沃斯顿的公寓半步。公寓的气氛让他很不自在，觉得自己肮脏可鄙，与那个地方格格不入。他下意识地觉得那个地方所透出的上流社会的气势压倒了自己，只有站在街上或坐在酒吧里他才觉得自己能和拉沃斯顿平等相待。拉沃斯顿觉得他那套有四个房间的公寓只是一间陋室，如果知道它让戈登自惭形秽的话，他会觉得非常惊讶。在拉沃斯顿看来，住在摄政公园这一区就跟住在贫民窟没什么两样。他选择了住在这里，是想成为一名社会主义者，就像那些势利小人为了能夸耀说“咱家”住的是伦敦上流住宅区，愿意待在马厩里一样。他一辈子都在努力摆脱自己出身的阶级，希望成为光荣的无产阶级的一员。和所有类似的尝试一样，他的尝试注定将以失败告终。没有哪个富人能成功伪装成穷人。金钱就像谋杀案，瞒是瞒不住的。

在临街的大门上挂着一块黄铜铭牌，上面写着：

“P. W. H. 拉沃斯顿

《反基督报》”

拉沃斯顿住在一楼，《反基督报》的编辑室在楼下。《反基督报》是一份面向中上阶层的月刊，热切而语焉不详地宣扬社会主义。大体上，这份刊物让人觉得它是一位热诚的非英国国教信徒所编辑的刊物，由笃信上帝转而信奉马克思，与一帮自由体诗人厮混在一起。但这并不是拉沃斯顿内心真正的信仰，只是他的心肠太软，不适合当编辑，总是可怜那些投稿的人。基本上，任何刊登在《反基督报》的作品都是出于拉沃斯顿同情作者正在挨饿的一片好心。

过了一会儿拉沃斯顿出来了，没有戴帽子，正在戴一双长手套。你一眼就可以看出他是个年轻的富翁，因为他一身有钱人的装扮：一件旧的斜纹软呢大衣——但剪裁得体，越旧越有贵族派头——宽松的灰色法兰绒长裤、灰色的套领衫和一双穿得很旧的棕色皮鞋。无论他去哪里，甚至到上流社会交际或到昂贵的餐厅用餐，都故意穿着这身衣服，以此表示他对上流社会繁文缛礼的轻蔑。他没有意识到，只有上流阶级的人才有资格做这些事情。虽然他比戈登大一岁，但看上去要年轻得多。他个头很高，身材瘦削，肩膀宽阔，和上流阶级的年轻人一样，气质从容尔雅。但他的神情和动作总是带着拘谨和歉意，似乎总是妨碍了别人。当他表达个人意见时，他总是用左手食指的指背揉着鼻子。事实上，他这辈子无时无刻不在道歉，觉得自己那么富有是一桩罪过。你恭维他是个有钱人就像你对戈登说他是个穷鬼一样，两人最忌讳的就是自己的身份。

“我想你吃过晚饭了？”拉沃斯顿说话时带着伦敦布伦斯伯里的口音。

“是的，吃过很久了。你呢？”

“噢，吃过了，当然。噢，吃得挺饱！”

现在是八点二十分，从中午到现在戈登还没吃过东西。拉沃斯顿也还没有吃饭。戈登不知道拉沃斯顿饿着肚子，但拉沃斯顿知道戈登饿着肚子，而戈登也知道拉沃斯顿知道这一点，但两人都有理由假装肚子不饿。他们从未一起吃过饭。戈登不愿让拉沃斯顿帮他付钱，而他自己又没钱下馆子吃饭，连里昂咖啡厅或快餐店都去不了。今天是星期一，他身上还有五先令九便士，去酒吧喝几品脱啤酒他还喝得起，但吃顿像样的饭就不行了。每次他和拉沃斯顿见面时，两人都心照不宣，除了去酒吧喝酒花一个先令左右之外，其它涉及花钱的事情一概不做。这样一来，两人似乎在收入上就没有差别了，矛盾被掩盖了。

两人沿着人行道走着，戈登往拉沃斯顿身边凑近了一些。他想挽着拉沃斯顿的胳膊，当然，他不能这么做。拉沃斯顿个子比他高，样貌比他英俊，站在旁边显得他憔悴不堪，而且形象猥琐。他很喜欢拉沃斯顿，但和他在一起时总是觉得很不自在。拉沃斯顿举手投足间不仅很有魅力，而且气度雍容优雅，戈登从未见过像他这样的绅士。毫无疑问，这是因为拉沃斯顿有钱。金钱可以买到一切美好的品质。钱是恒久忍耐，又有恩慈。钱是不嫉妒，钱是不自夸、不张狂。[①]但拉沃斯顿在某些方面看上去不像个有钱人。他没有伴随财富而来的那股铜臭味，或许他经过一番努力才将其摆脱。事实上，终其一生他都在努力摆脱它。正是因为如此，他才花了那么多时间和金钱出版一本不受欢迎的宣扬社会主义的月刊。除了《反基督报》之外，他到处花钱。一帮诗人和街头画家总是不停地找上门，寻求他的救济。他花在自己身上的钱大约是八百英镑一年，即使是这样他仍觉得很羞愧。他觉得以他的收入根本算不上是无产阶级，但他实在不知道该怎么节制消费。对他来说，一年八百英镑已经是最低限度了，就像对戈登来说一周花两英镑是最低消费一样。

“你的工作进行得怎么样了？”拉沃斯顿问道。

“噢，还是那样。这工作烦人得很。和那些老女人聊休·沃波尔。我没什么可抱怨的。”

“我是说你自己的工作——你的诗集。《伦敦之乐》进行得顺利吗？”

“噢，上帝啊！别提了，我头发都愁白了。”

“有进展吗？”

“我的书没有进展，只会后退。”

---

① 此句出自《圣经·新约·哥林多前书》。句子中的“钱”，原文为“爱”。

拉沃斯顿叹了口气。作为《反基督报》的编辑，他总是得鼓励意气消沉的诗人，这已经成了他的第二天性。他当然知道为什么戈登会写不下去，为什么如今所有的诗人都写不下去，为什么会写出那些空洞无物的作品，就像在一面大鼓里晃着一个豌豆。他同情地说道：

“确实如此！我承认如今不是创作诗歌的好时代。”

“你说得没错。”

戈登抬起脚跟敲了敲人行道。他希望《伦敦之乐》这个话题没有被提起过。这让他想起了他那间狭窄阴冷的卧室和那株叶兰下面凌乱的手稿。突然他开口说道：

“创作这档子事儿！真他妈太烦了！枯坐在角落里，折磨着再也无力思考的神经。现在还有谁会读诗？去训练跳蚤表演也要比写诗更有前途。”

“但你不能心灰意冷。毕竟，你还是写出了一些东西，现在很多诗人都做不到呢。比方说，你出版了《耗子》。”

“噢，《耗子》！一想起它我就想吐。”

他厌烦地想起了那本可耻的八开本诗集，里面有四五十首干巴巴了无生机的短诗，每首诗都像小产的胎儿，装在罐子里，外面贴着标签：“前途无量”，《时代文学增刊》如是说。卖出了一百五十三本，剩下的都积压在仓库里。每个艺术家都有过这种时候，想起自己的作品时，心里只觉得轻蔑，甚至是厌恶。

“死了。”他说道，“就像装在罐子里的小产婴儿一样死掉了。”

“噢，我觉得大部分书籍都是这样。如今你不能指望诗集能有好的销量。竞争太激烈了。”

“我不是那个意思。我是说那些诗本身就是死的，毫无生命力可言。我写的所有作品都是这样。没有生命，没有活力。倒不一定写得很粗俗蹩脚，却都死气沉沉的——死掉了。”“死”这个字在他的脑海里回荡着，勾起了一连串的思绪。他补充道：“我的诗都死了，因为我死了。你也死了。我们大家都死了，我们是活在阴间的一群死人。”

拉沃斯顿轻声附和着，带着滑稽的罪恶感。现在他们聊起了两人最喜欢的话题——至少是戈登最喜欢的话题——现代生活的无聊、残酷与了无生机。每次见面他们都会就这个问题谈论上半个小时。但这个话题总是让拉沃斯顿觉得很不自在。他当然知道腐朽的资本主义制度下的生活是毫无生机而且没有意义的——而这也是《反基督报》所要指出的事实，但这些都只是停留在理论上。当你一年花费八百英镑时，你无法真切地体验那种感觉。大部分时间里，当他没有想到矿工、中国苦力和米德尔斯堡的失业者时，他觉得生活是那么有滋有味。而且，他怀着天真的想法，认为很快社会主义就会让一切好起来。他总是觉得戈登在夸大其词。因此两人其实无法达成共识，但拉沃斯顿太有礼貌了，不愿意将自己的主张坚持到底。

但在戈登看来情况并非如此。戈登的周薪只有两英镑，因此他对现代生活深恶痛绝，衷心希望看到这个充斥着金钱的文明被炮弹摧毁。两人沿着一条昏暗但勉强称得上整洁的住宅区小道朝南走去，路上有几间商店，都关门了。一座房子的围墙上贴着科纳·忒布尔那张一码长的脸，正在嗤嗤地傻笑，在灯光下显得苍白委顿。戈登看到一扇窗户上摆着一盆枯萎了的叶兰。这就是伦敦！延绵好几英里都是破落孤独的房子，房屋都租了出去，这里没有家，没有社区，只有一群群行尸走肉一样的人在浑浑噩噩中走向坟墓！他看着梦游般的路人。他只是将内心的痛苦具体化了，但这个想法并没有令他觉得不安。他的思绪回到了星期三下午，那时候他渴望听到敌人的飞机在伦敦上空逼近的声音。他抓住拉沃斯顿的胳膊，停下脚步，指着科纳·忒布尔那张海报说道：

“看看那边那张该死的脸！看看，看看！你不觉得想吐吗？”

“我承认从审美角度上说确实令人不悦。但我不觉得这有什么要紧的。”

“这当然很要紧——整个城市都贴满了这些东西。”

“噢，那只是暂时的现象。资本主义已经日薄西山。我想这没什么好在意的。”

“但事情没这么简单！看看那家伙的脸，他正在盯着我们！从那张海报你可以洞察我们整个文明的本质。无聊、空虚、荒凉！看到这张海报你就会想到避孕套和机关枪。你知道吗，前几天我真的盼望战争爆发！我渴望战争——几乎想祈求战争到来。”

“确实如此，你知道，欧洲有将近一半的年轻人也是这么想的，问题非常棘手。”

“希望他们真的是这么想的。那样战争或许真的会打响。”

“我亲爱的老伙计，别这么说。一场就够了①，真的。”

戈登焦躁不安地继续走着。“如今我们过的都是什么样的生活啊！这根本不是生活，只有萧索和死寂。看看这些该死的

① 指一战。

房子，还有里面住的那些毫无意义的人！有时候我觉得我们都是行尸走肉，站着的时候就开始腐烂。”

“但你知道你犯了什么错误吗？你把这些都看成是无可救药的弊端。其实这些只是无产阶级掌握权力之前注定会发生的事情。”

“噢，社会主义！不要和我谈论社会主义。”

“你应该读一读马克思，戈登。你真的应该这么做。然后你就会认识到这只是一个历史阶段，不会永远持续下去。”

“不会吗？我倒是觉得这种情况会一直持续下去。”

“这只是因为我们生不逢时。置之死地而后生，希望你能明白我的意思。”

“我们就快死了。但我看不到重生的希望。”

拉沃斯顿揉了揉鼻子。“噢，我觉得，我们必须坚定信仰，坚持希望。”

“你是说，我们必须有钱。”戈登阴沉沉地说道。

“钱？”

“那是乐观的代价。给我一周五英镑，我敢说，我就会成为一名社会主义者。”

拉沃斯顿看着别处，心里有点不舒服。又谈起了钱！去到哪里它都会找上你！戈登后悔说出这一番话。和比你有钱的人在一起的时候，你千万不能谈起钱。或者说，当你谈起钱的时候，那必须是形而上的金钱问题，而不是现实的具体的金钱，在你的口袋里而不是在我的口袋里的金钱。但这个该死的话题就像磁铁一样，迟早他都会自怜自伤地说起他那两英镑一星期的可怜生活，尤其当他多喝了两杯的时候。有时候，出于冲动他会说错话，将难堪的真相和盘托出——比方说，他已经两天没有烟抽了，或他的内衣千疮百孔而他的大衣拿去当掉了。但他决心今晚绝对不会发生这样的事情。他们立刻避开了钱这个话题，开始空泛地聊起了社会主义。多年来拉沃斯顿一直致力于将戈登改造成为社会主义的信徒，但戈登对此根本不感兴趣。不一会儿他们经过一间位于小巷子角落的酒馆，看上去档次很低，带着一股啤酒酸溜溜的味道。那股味道令拉沃斯顿觉得很难受，希望加紧步伐离开这里。但戈登停了下来，鼻孔翕张着。

“上帝啊！我想进去喝一杯。”他说道。

“我也是。”拉沃斯顿勇敢地附和着。

戈登推开酒吧的门，拉沃斯顿跟在后面，说服自己他喜欢酒吧，尤其是不上档次的酒吧。酒吧里洋溢着无产阶级的气氛。在酒吧里，你可以和工人阶级平等相待——至少理论上是这样。但实际上，除非是和戈登这样的人同行，否则拉沃斯顿绝不会走进这么一间酒吧。每次到了那里他总是觉得自己就像一条离了水的鱼。一股臭烘烘的寒意朝他们袭来。酒吧里面很脏，烟雾缭绕，天花板很矮，地板是用锯末压成的，酒桌上摆满了来来往往的客人留下的啤酒杯。在一个角落里坐着四个身材丰满的女人，胸脯得有西瓜那么大，正喝着波特酒，围绕着一个叫克鲁普太太的女人说长道短。酒吧的女老板个头很高，脸色阴沉，留着一绺黑色的刘海，看上去像妓院里的老鸨。她站在吧台后面，强健的前臂交叉在一起，正在看四个干体力活的工人和一个邮递员投飞镖。穿过房间时你得猫着腰躲过飞镖。酒客们有点骚动，好奇地盯着拉沃斯顿。一眼看上去他就是位绅士，这种人出现在平民酒吧可不多见。

拉沃斯顿假装没有注意到别人正盯着他，施施然朝吧台走去，脱下一只手套从口袋里掏钱，随口问道：“你喝什么？”

戈登已经冲到前头，将一先令放在吧台上。第一轮酒得由他付钱！这事关他的荣誉。拉沃斯顿朝唯一空着的桌子走去。一个苦力手肘撑在吧台上，粗俗无礼地久久盯着他，心里骂道：“花花公子！”戈登过来了，端着两杯一品脱的深色麦芽啤酒。两个酒杯都是廉价货，厚得几乎像果酱罐一样，脏兮兮油腻腻的。啤酒上漂着一层薄薄的黄色泡沫。空气中弥漫着像火药味一样的烟草味。拉沃斯顿看到吧台旁边摆着一口满满的痰盂，将视线移了开去。他想到这啤酒是从某个长满了甲虫的地窖通过好几码长的脏兮兮的管道吸上来的，而这些杯子从来没有好好洗过，只是在啤酒一样的水里泡了一下。戈登肚子很饿。他本来想吃点面包加奶酪，但如果叫了这些的话，那他吃过晚饭的谎言就不攻自破了。他深深喝了一口啤酒，点着了一支烟，暂时忘记了饥饿。拉沃斯顿也吞下满满一口啤酒，小心翼翼地把眼镜拿了下来。这是典型的伦敦啤酒，味道令人作呕，而且在口里留下一股化工品的余味。他想喝勃艮第红酒。两人继续讨论着社会主义。

“你知道，戈登，你真的得好好读一读马克思。”拉沃斯顿说道，态度没有刚才那么谦和了，因为啤酒低劣的味道让他有点生气。

“我宁可去读汉弗莱·瓦德夫人的书。”戈登说道。

“你怎么就不明白呢，你的态度很不理智。你总是滔滔不绝地反对资本主义，但你却不肯接受唯一的解决之道。钻牛角尖是解决不了问题的。一个人要么接受资本主义，要么接受社会主义，二者必居其一。”

“我告诉你吧，我才不信社会主义那一套呢。一想起社会主义我就犯困。”

“那你反对社会主义是出于什么理由呢？”

“反对社会主义只有一个理由，那就是，没人想要社会主义。”

“噢，这可真是太荒唐了。”

“我是说，没有人能够了解社会主义到底意味着什么。”

“那在你看来，社会主义到底意味着什么呢？”

“噢！就是奥尔德斯·赫胥黎[①]的《美丽新世界》所描绘的情景，只不过没有那么有趣罢了。每天在模具厂工作四小时，把编号为6003的螺丝拧紧。公共食堂里用防油纸盒派饭。集体从马克思社区远足到列宁社区，然后再走回来。街头到处都是免费的流产诊所。当然，一切都井然有序。只是，我们不想生活在那个世界里。”

拉沃斯顿叹了口气。每个月他都会在《反基督报》驳斥对社会主义如此描述的论调。“那我们到底要争取什么呢？”

“谁知道呢。我们只知道我们不要什么。而这正是问题的症结所在。我们被困住了，就像布里丹之驴[②]一样。但我们的选择是三个，而不是两个，而这三个选择都令我们作呕。社会主义只是其中之一。”

“那另外两条出路是什么？”

“噢，我想是自杀和天主教会。”

拉沃斯顿笑了，觉得有点惊讶：“天主教会！你觉得那会

---

① 奥尔德斯·赫胥黎（Aldous Huxley，1894—1963），英国作家、诗人，出身名门赫胥黎世家，代表作为《美丽新世界》、《猿猴与本质》、《约拿》等。

② 法国哲学家布里丹曾讲述过如下命题：一只完全理性的驴子在两堆一模一样的干草面前将不知作何选择，活活饿死。

是一条出路吗？”

“对于知识分子来说，那一直是个诱惑，不是吗？”

“不，我不会称那些人为知识分子。虽然，艾略特是其中一员。”拉沃斯顿承认。

“像他那样的人还有很多。我敢说，在基督教会的庇护下感觉一定非常惬意。当然会有点不合理性——但你在那里会很有安全感。”

拉沃斯顿用力地揉着鼻子，“在我看来那和自杀没什么两样。”

“确实如此。但社会主义不也一样。至少在绝望的时候能获得些许安慰。但我不会去自杀，这未免太软弱了，我可不会把我在这个世界上所享有的东西拱手让给别人。要死我也要先拉几个敌人垫背。”

拉沃斯顿又笑了，“那谁是你的敌人呢？”

“噢，那些一年挣五百英镑以上的人。”

两人陷入了尴尬的沉默。拉沃斯顿的收入，扣除所得税之后，大约是每年两千英镑。戈登老是说这样的话。为了掩饰此刻的困窘，拉沃斯顿拿起酒杯，忍着那股令人作呕的味道，喝下了三分之二——喝得够多了，足以让人觉得他把酒喝完了。

“干杯！”他装出热情的声音，“我们继续喝。”

戈登喝光杯里的酒，让拉沃斯顿拿走杯子。现在他可以心安理得地让拉沃斯顿付钱买酒了。他付了第一回的酒钱，面子保住了。拉沃斯顿自觉地走去吧台。他一站起来人们又开始盯着他。那个苦力仍然靠在吧台上，自己那杯啤酒碰也没碰，一直静静地、很没有教养地盯着他。拉沃斯顿决心不再喝这脏兮兮的麦芽啤酒了。

“两杯双份威士忌，谢谢。”他带着歉意说道。

那个阴沉的女老板瞪着他，“什么？”她问道。

“两杯双份威士忌，谢谢。”

“这里没有威士忌。我们不卖烈酒，只卖啤酒。”

那个苦力蓄着八字胡的嘴巴窃笑着。“这个无知的花花公子！”他想着，“跑到啤酒吧来要威士忌喝！”拉沃斯顿苍白的脸微微一红。到现在他才知道有的破落酒吧付不起钱申请卖烈酒的营业执照。

“那就来点贝丝红酒，有吗？两瓶一品脱装的贝丝。”

酒馆里没有一品脱的瓶子，所以只能用四个半品脱的瓶子装了贝丝红酒。真是一间不像样的酒馆。戈登长长地喝了一口贝丝，觉得心满意足，这可比生啤的酒精度更高。他喉咙觉得有点疼。因为他饿着肚子，所以觉得有一点上头。他又开始觉得自怜自伤，而且脑袋开始胡思乱想。他本来决定不抱怨自己的苦日子，但他决定还是要吐一吐苦水，突然开口说道：

“我们谈论的都是些废话。”

“怎么了？”

“所有这些关于社会主义、资本主义、当今世界的局势和天知道什么内容。我才不管这个世界怎么样了呢。只要我和我关心的人不饿肚子，整个英国的人都饿死了我才不在乎呢。”

“你说的未免太夸张了吧。”

“没有。我们所说的这些——只是在宣泄情绪罢了。一切都取决于我们口袋里有多少钱。我觉得伦敦是一座死寂的城市，我们的文明奄奄一息，我希望战争会爆发，天知道我还说了些什么，这都是因为我一周只挣两英镑，我希望能有五英镑。”

拉沃斯顿又想起了自己的收入，用左手的食指关节碰了碰鼻子。

“当然是这样，我同意你的观点。说到底，就像马克思所说的，一切意识形态都取决于经济状况。”

“啊，但那是你读马克思学来的。你不知道一周靠两英镑苦苦支撑意味着什么。那不是生活艰苦的问题——那跟艰苦完全是两码事。那是一种鬼鬼祟祟见不得人的生活。几个星期来你就生活在寂寞中，因为当你没钱的时候你也就没有朋友。你自诩是个作家，却写不出任何东西，因为你总是精疲力尽，没有精神动笔。那是肮脏的下等人的生活，就像生活在精神的阴沟里一样，”

现在他开始了。每次两人一见面不久戈登就会开始谈论这个话题，而且态度极其恶劣，让拉沃斯顿觉得非常尴尬。但是戈登没办法不让自己这么做。他得找个人倾吐烦恼，而拉沃斯顿是唯一明白他的人。贫穷就像弄脏了的伤口一样，得时不时暴露一下。他开始说起自己在柳堤路的生活细节。他详细地描述那种泔水和卷心菜的味道、饭厅里凝结了的酱料瓶、不堪入口的食物和那株叶兰。他描述着自己如何偷偷摸摸地泡茶和将茶渣扔进厕所里的伎俩。拉沃斯顿心中很愧疚很难过，坐在那儿盯着自己的酒杯，搁在手里慢慢地旋转着。他感觉自己右边的胸口被一个方方正正的东西硌得慌。那是他的钱包，他知道里面有八英镑钞票和两张十先令的钞票，就搁在厚厚的绿色支票簿旁边。这些贫穷生活的细节多么可怕！戈登描述的不是真正的贫穷，而是最可怕的贫穷边缘的情形。而那些真正的穷人又是怎么生活的呢？米德尔斯堡的那些失业者，七个人挤在一间房里，一星期只挣二十五先令，他们的日子是怎么过的呢？

这个世界上有人过着这样的生活，而他还敢带着几英镑的钞票和支票簿到处招摇？

“真是糟糕。”他软弱无力地喃喃自语了几回。他不禁在想——这是他的自然反应——要是他提出借十先令给戈登，戈登会不会接受。

他们又喝了一轮酒，还是拉沃斯顿给钱，然后走到外面的街道。是时候道别了。戈登和拉沃斯顿出去从不超过两小时。和有钱人交往就像到高海拔的地方一样，不能呆太久。今晚无星无月，吹拂过来的风带着湿气。夜里的空气、啤酒和路灯雾气蒙蒙的光芒让戈登脑子清醒了一些。他知道任何有钱人都根本无法明白挨穷的痛苦，即使是像拉沃斯顿这么通情达理的人也一样。正是因为这样，他更加有必要解释。他突然问道：

“你读过乔叟的《法学家的故事》吗？”

“《法学家的故事》？我不记得了。内容是什么？”

“我忘了。我只能想起最前面的六句话。他是这么描述贫穷的：每个人都可以踩你一脚！每个人**都想**踩你一脚！人们知道你是个穷鬼，对你**厌恶**至极。他们侮辱你，纯粹就是为了享受侮辱人的乐趣，知道你根本无力还击。”

拉沃斯顿心里一痛，“噢，不会这样的！人不至于坏到这种地步。”

“啊，那是你不知道罢了！”

戈登不想听他说“人不至于坏到这种地步”的说教。他痛苦而快乐地坚持着一个看法，那就是，因为他没钱，人们就一定**想要**侮辱他。这与他的人生哲学相一致。突然，他谈起了过去两天来一直盘亘在他脑海里的事情，完全无法制止自己——他讲述了星期四被多尔林一家爽约戏弄的事情。他将整件事和盘托出，全然不觉得羞愧。拉沃斯顿很惊讶。他不明白戈登说这件事的目的何在。不就是错过一次茶话会嘛？有什么大不了的。他觉得很滑稽。就算你给他钱他也不会去参加茶话会。和其他有钱人一样，他花在回避交际聚会上的时间要比参加交际聚会的时间多得多。他打断了戈登：

“说老实话，你不应该这么容易生气，你知道，这种事情其实没什么大不了的。”

“这件事本身没什么，但要紧的是这件事所蕴含的意味。他们认为侮辱你是理所应当的事情，就因为你没钱。”

“但这很有可能只是一场误会而已。为什么别人想要侮辱你呢？”

“穷人家的兄弟可不亲[①]。”戈登倔强地引用了一句话。

虽然拉沃斯顿连戈登认为世界已死的论断都不加反驳，听到这句话他却揉了揉鼻子，“乔叟真的写过这样的话？那恐怕我无法认同乔叟的观点。人们不会因为你没钱而恨你，真的。”

“他们会的。而且他们有权利恨你。你**就是**可恨。就像那些李斯特林除臭剂一样，‘为什么他总是独自一人？因为口臭毁了他的前途。’贫穷就是精神上的口臭。”

拉沃斯顿叹了口气。戈登就是这么不近人情。两人继续走着，戈登态度十分激烈，而拉沃斯顿无法认同他，和戈登为了这种问题而起争执时，拉沃斯顿觉得爱莫能助。他认为戈登未免夸大其词了，但不愿意反驳戈登。他能怎么说呢？他是个有钱人，而戈登是个穷鬼。你怎么能和一个穷得叮当响的人争辩

---

① 此句出自乔叟的《法学家的故事》。

贫穷这个话题呢？

“还有，当你没钱的时候，女人会怎么对你！”戈登继续说道，“关于钱还有一样可恶的事情——女人！”

拉沃斯顿阴沉着脸点了点头。他觉得关于这一点戈登还算有点道理。他想起了自己的女朋友赫尔迈厄尼·斯拉特。他们恋爱两年了，但还没有谈婚论嫁。结婚“太烦人了”，赫尔迈厄尼总是这么说。当然，她很有钱，或者说，她家里很有钱。他想起了她的肩膀，宽阔、光滑、年轻，从她的衣服里滑出来，就像一条美人鱼脱水而出。还有她的肌肤和头发，像阳光下的麦田，温暖而令人陶醉。一提起社会主义赫尔迈厄尼就会打呵欠。而且她从来不读《反基督报》。“别和我提起下等阶层的事。”她总是说，“我憎恨他们。他们臭死了。”而拉沃斯顿很爱她。

“当然，女人确实是件麻烦事。”他承认。

“她们不止是麻烦。她们是该死的诅咒，要是你没钱的话。要是你没钱，没有哪个女人想见你。”

“我觉得这么说未免太过分了。事情不至于这么糟糕。”

戈登没有听他在说些什么。“女人就是女人，和她们谈社会主义或其它什么主义根本就是对牛弹琴！女人想要的就只有钱。要有钱买自己的房子，养两个小孩，买一套德拉格牌的家具，种一盆叶兰。她们觉得不想发财就是唯一的罪过。女人判断男人的标准就只有他的收入。当然，她不会这么说出口。她会说他是个好人——意思就是他很有钱。要是你没钱，你就称不上是个好人。你就是不光彩的人，有罪的人，在叶兰面前有罪的人。”

“你提起叶兰很多次了。”拉沃斯顿说道。

“它可是很重要的主题。”戈登说道。

拉沃斯顿揉了揉鼻子，不大自在地看着别处。

“听我说，戈登，如果你不介意我这么问的话——你有女朋友吗？”

“噢，上帝啊！不要提她！”

但他还是说起了关于罗丝玛丽的事情。拉沃斯顿从未遇到过罗丝玛丽。这时戈登甚至记不得罗丝玛丽是个怎样的女人；记不得两人是多么深深地喜欢对方；记不得他们见面的机会虽然不多，但每次见面总是很开心；记不得她是如何耐心地包容他那些令人无法忍受的毛病。他只记得她不肯和他上床，以及自从上回她写信到现在已经过去一个星期了。站在潮湿的夜色里，喝多了几杯啤酒，他觉得自己就像是一头被遗弃的动物。罗丝玛丽对他“太残忍”了——这就是他的感受。完全是出于自虐式的快感和故意让拉沃斯顿不痛快，他固执地幻想着罗丝玛丽的性情，将她描述成为一个喜怒无常的女人，和他在一起虽然很开心，但在心里鄙夷他，和他在一起，却和他若即若离，而要是他身上有点钱的话就会投怀送抱。拉沃斯顿没见过罗丝玛丽，并没有怀疑他所说的话。他插了一句，

“但听我说，戈登，这个女孩，罗什么小姐来着——罗丝玛丽小姐，她对你一点儿都不在乎吗？”

戈登的良知在责备自己，但并不是很深刻。他说不出罗丝玛丽根本不在乎他。

“噢，她还是在乎我的。我敢说，以她自己的方式，她还是很在乎我的。但难道你不明白吗，她在乎得远远不够。当我没钱的时候，她办不到。一切都是钱的问题。”

“但钱并不是那么重要吧？终究，还是有其它因素在里

面的。”

“其它因素？难道你还不明白，一个男人的品质和他的收入密不可分吗？收入就代表了他的品质。你是个穷光蛋的话，怎么能讨女孩子欢心呢？你没有体面的衣服穿，你不能带她去外面吃饭，去剧院看戏，或到外面度过周末。你无法营造出开心有趣的气氛。谁说这种事情不重要，那一定是在胡扯。钱就是这么重要。要是你没钱，你根本没有地方和女友约会。罗丝玛丽和我不是逛马路就是去看画展。她住在某间污秽的女子宿舍里，而我那个婊子养的女房东不肯让女人进屋。我们俩就只能在潮湿的街道上瞎逛——罗丝玛丽和我在一起的时候就只能这样。难道你不明白这让一切都失去了光彩？”

拉沃斯顿很难过。要是你没钱带女朋友出去的话一定很惨。他想鼓起勇气说点什么，但说不出口。他想起了赫尔迈厄尼赤裸的、如熟透了的热带水果的娇躯，觉得有点罪恶感，又有点热切的渴望。运气好的话，今晚她可能会到他的公寓里去。或许现在她正等着他呢。他想起了米德尔斯堡那些失业的人，他们在忍受性饥渴的折磨，却没有公寓住。他抬头看了看窗户。是的，窗户里透着光亮，赫尔迈厄尼一定在里面。她自己有钥匙。

他们走近公寓时，戈登贴近拉沃斯顿。今天晚上的相聚就要结束了，他得和亲爱的拉沃斯顿告别，回到自己那间肮脏孤独的卧室。所有的夜晚都以这种方式结束，从漆黑的街道走回房间，没有女人陪伴。拉沃斯顿会说：“上来坐一坐吧。”戈登知道自己该说什么：“不了。”不能和你喜欢的人呆在一起太久——这是穷人的另一条戒律。

两人在台阶下面停下脚步。拉沃斯顿伸出戴着手套的手，握着一根栏杆的铁矛头。

“上来坐一坐吧？”他的语气一点儿也不坚定。

“不了，谢谢。我得回去了。”

拉沃斯顿的手指握紧了矛头，似乎作势要走上去，但没有动脚。他的目光不自在地越过戈登脑袋，凝视着后方，开口说道：“听我说，戈登，我希望我这么说你不会介意。”

“怎么了？”

“我是说，你知道的，我对你和你女朋友的事情感到很难过。不能带她出去。这种事情实在是太糟糕了。”

“噢，这其实没什么。”

一听到拉沃斯顿说“太糟糕了”，他就知道自己刚才说得实在是太夸张了。他知道自己不该那么傻气地、自怜自伤地诉苦。说起这些事情的时候，他没办法制止自己，但说完之后他又觉得很后悔。

“我觉得我有点夸大其词了。”他说道。

“听我说，戈登。我可以借给你十先令。带她出去吃饭，或度过周末，或做点别的事情。或许情况会不一样。我很难过，想到——”

戈登难受地皱着眉头，猛然退后了一步，似乎在逃避威胁或侮辱。可怕的是，说出“好吧”的诱惑几乎令他心动了。十先令可以做好多事情！他想象着自己和罗丝玛丽坐在一间餐厅的桌旁——上面放着一碗葡萄和桃子，一个服务员正弯着腰，柳条篮子里搁着一个黑漆漆蒙着灰尘的红酒瓶。

“这怎么行！”他说道。

“我希望你能接受。我很乐意借钱给你。”

“谢谢。但我希望维系我们的友谊。”

“这句话未免——嗯，未免太布尔乔亚了吧？”

“你以为我拿了这十先令算是借钱？十年我都可能还不清。”

“噢，没这么严重。”拉沃斯顿看着别处。他必须说出那句话——他发现自己经常被迫说出这句话，觉得很可耻——“你知道，我钱多得是。”

“我知道你有钱。这正是我不能向你借钱的原因。”

“你知道，戈登，有时候，你实在有点——嗯，固执。”

“很抱歉，我就是这样。”

“噢，那好吧！晚安。”

“晚安。”

十分钟后，拉沃斯顿和赫尔迈厄尼乘一辆出租车朝南而去。她一直在等他，在客厅壁炉前面一张大得吓人的扶手椅上朦朦胧胧地睡着了。没什么事情做的时候，赫尔迈厄尼会像小动物一样总是很快就睡着，睡得越多人就越健康。他朝她身边走去时，她醒了过来，睡眼惺忪而撩人地扭动着身躯，半打着呵欠朝他微笑着，在灯光的照射下，一边脸颊和一只裸露的胳膊像玫瑰花一般娇艳。打完呵欠后她问道：

“晚上好，菲利普！你去哪儿了？我等你好久了。”

“噢，我和一个朋友出去了。戈登·康斯托克。我想你不认识他。是个诗人。”

“诗人！他问你借了多少钱？”

“没有。他不是那种人。事实上，在金钱方面他是个傻瓜。但他很有文学才华。”

“我真受不了你和你那些诗人朋友！你看上去很疲惫，菲利普。你什么时候吃晚饭的？”

“嗯——事实上，我还没吃晚饭呢。”

“你还没吃晚饭！为什么？”

“嗯，你知道——我不知道你明不明白，出了一桩小事故，事情是这样的。”

他解释了一番。赫尔迈厄尼笑得乐不可支，坐直了身子。

“菲利普！你真是个大傻瓜！没吃饭就出去，为的就是不至于伤害那个家伙的自尊！你必须马上吃点东西。当然，你的女仆回家了。为什么你就不能雇几个像样的仆人呢，菲利普？我不喜欢你过这种不体面的生活。我们去莫迪利亚尼餐厅吃晚饭吧。”

“但现在都十点多了。他们可能关门了。”

“胡说。他们一直开门到两点钟。我打电话叫辆出租车。我可不能让你饿坏了自己。”

坐在出租车里，她半睡半醒地靠在他身上，头枕着他的胸膛。他想起了米德尔斯堡那些失业的人，七个人睡一间房，一周靠二十五先令过日子。但她的身躯重重地压在他身上，米德尔斯堡在遥远的地方，而且他实在是很饿。他想起了莫迪利亚尼餐厅里他最喜欢的那张角落里的桌子，还有刚才去的那间酒馆硬邦邦的凳子、发馊的啤酒味和黄铜痰盂。赫尔迈厄尼带着睡意教训他。

“菲利普，为什么你得过着那么艰苦的生活呢？”

“但我的生活并不艰苦啊。”

“还不艰苦啊。你又不穷，装什么穷人呢？住那么破的公寓，没有仆人伺候你，和那些穷鬼一起出去。”

“什么穷鬼？”

“噢，就像你那位诗人朋友一样的人。那些帮你的刊物写东西的人。他们只是想从你身上捞钱。我当然知道你是个社会主义者，我也是。我是说，现在我们都是社会主义者。但我不明白为什么你要把钱那样花掉，和那些下等人交朋友。你可以做一个社会主义者，同时好好享受生活。我想对你说的就是这个。”

“赫尔迈厄尼，亲爱的，别把他们叫成下等人！”

“为什么不行？他们的确是下等人，不是吗？”

“这个说法太难听了。你就不能称呼他们是工人阶级吗？”

“如果你喜欢的话，那就称呼他们为工人阶级吧。但他们的味道可不会变。”

“你不能这么说话。”他小声地抗议着。

“你知道吗，菲利普，有时候我觉得你和那些下等人没什么两样。”

“我当然和他们一样。”

“真是讨厌。真是太讨厌了。”

她静静地躺着，不再争辩下去，伸出胳膊搂着他，像睡梦中的仙女。她的呼吸带着女性的芳香，像是进行无言而强大的宣传，让他放弃利他主义和公正的心。在莫迪利亚尼餐厅外面，他们付了出租车车费，正朝大门走去的时候，一个高大瘦削的男子从人行道上冲到他们面前，拦住他们的道，像一只摇头摆尾的宠物，脸上充满了渴望，却又很胆怯，似乎害怕拉沃斯顿会打他。他的脸离拉沃斯顿的脸很近——那是一张可怕的脸，像死鱼一样惨白，拉碴的胡子一直延伸到眼睛那里。他张开满是龋齿的嘴，说道：“施舍点茶钱，大爷！”拉沃斯顿厌恶地躲开他。他的手自动伸进了口袋。但与此同时，赫尔迈厄尼拽着他的胳膊，把他拉进了餐厅。

“要是我不拦住你的话，钱都给你施舍光了。”她说道。

两人走到最喜欢坐的角落那张桌子旁边。赫尔迈厄尼点了一杯葡萄酒，但拉沃斯顿饿得很厉害，点了一直想吃的烤后腿牛排，要了半瓶博若莱红酒。那个胖乎乎的白头发意大利招待员是拉沃斯顿的朋友，捧上冒着白烟的牛排。拉沃斯顿切开牛排。太美妙了，那紫红色的肉！在米德尔斯堡，那些失业的人正挤在一起睡在脏兮兮的床上，肚子里装的是面包和人造黄油，没有牛奶喝。他就像一只小狗偷来一根羊腿，难为情又快乐地大快朵颐。

戈登快步朝家里走去。天气很冷。十二月五日——现在是真正的寒冬了。割掉你的包皮，“你们都要行割礼。”主如是说。湿冷的风透过光秃秃的树直吹过来。*凛冽的寒风呼啸而来*。他想起了星期三他开始创作的那首诗，六个诗节已经写好了。这个时候他很喜欢这首诗。每次和拉沃斯顿聊完天总是令他觉得精神振奋，真是很奇怪。和拉沃斯顿见面似乎能让他觉得心里很踏实。即使他们刚才的谈话并没有默契，他也觉得自己其实并不算太失败。他轻声朗诵着那六节写好了的诗句，写得还真不错，真的不错。

但时不时地，他回想着自己对拉沃斯顿所说过的话。他记得自己说过的每一句话。贫穷的羞辱！那是他们所不能了解，也永远无法了解的事情。不是生活上的困苦——有两英镑的周薪你不至于受苦，就算你真的受苦也没什么——但是，你将被人羞辱，狠狠地被人羞辱。每个人都有资格踩你一脚。每个人都想踩你一脚。拉沃斯顿不以为然。他太体面了，这就是原因所在。他以为你可以当个穷人，同样被当成一个人看待。但戈登比他更清楚何谓贫穷。走进房子里的时候他仍在对自己说他比拉沃斯顿更清楚何谓贫穷。

客厅的托盘上摆放着一封他的信。他的心跳得很厉害。现在看到有信他就会很兴奋。他快步走上楼梯，进屋点灯，信是多尔林寄来的。

“亲爱的康斯托克——你星期六没有出席实在是令人遗憾。我想介绍一些人给你认识。我们通知过你茶话会将于周六举行，而不是周四，是吧？我太太说她的确告诉过你了。不管怎样，我们在二十三号还将举行另一场聚会庆祝圣诞，时间还是一样。你会参加的，是吧？这次可别忘了时间。

此致

保罗·多尔林”

戈登的肋骨下面疼痛地痉挛着。多尔林假装这只是一场误会——假装没有羞辱他！确实，星期六他无法出席茶话会，因为星期六他得上班，而这就是他写信的用意。他读着那几个字“我想介绍一些人给你认识”。他觉得自己要交上好运了！他想象着会见到哪些人——比如说，那些格调高雅的杂志的编辑。他们或许会邀请他撰写书评，或要求读一读他的诗作。有那么一会儿，他真的宁愿相信多尔林所说的是真的。或许，他们真的告诉过他茶话会是在周六而不是周四举行。或许，如果他好好整理思绪的话，他会记起这回事——或许在那堆稿纸中还能找到那封信。但是，不行！他不会那么想。他克制住诱惑。多尔林一家成心要羞辱他。他很穷，所以他们羞辱了他。如果你是穷人，别人就会羞辱你。这就是他的信念。坚持自己的信念！

他走到桌子旁边，将多尔林的信撕成碎片。盆子里的那株惨绿色的叶兰病恹恹的，还是那么丑陋。他坐了下来，将它的叶子拉到身边，若有所思地看着它。他对叶兰充满了仇恨。他对那几片布满了灰尘的叶子低声骂道："我会干掉你的，你这狗——"

然后他从那堆稿纸里找出一张白纸，拿起一支笔，在信纸中间以清秀的笔迹写下：

"亲爱的多尔林，

来信已阅：你去死吧。

此致

戈登·康斯托克"

他把信放进信封里，然后走出去从售卖机里买了邮票，当晚就寄了出去，到了明天他可能就不会这么做了。他把信丢进邮筒，于是，又一个朋友没了。

第六章

女人这档子事儿！真是无聊透顶！我们不能戒除女色，真是太遗憾了。哪怕是像动物那样也好呀——几分钟的色欲狂欢换来几个月冷冰冰的节操。以雄雉为例吧，发情的时候它就会骑上母鸡的背部，连一句“劳驾”也不说，刚发泄完整件事它就忘得一干二净，不再关注它的那些母鸡，要是那些母鸡走近它的食料的话还会狠狠地啄它们。它不用养育自己的后代。这些幸福的雄雉！反观创造世界的男人们呢，却总是在记忆和良心中备受谴责！

今晚戈登甚至没有假装要进行创作。吃完晚饭后他就马上出去了。他朝南边走去，走得很慢，心里想着女人。天气很暖和，起了薄雾，像是秋夜而不是冬夜。今天是星期二，他还剩四先令四便士。如果他愿意的话，他可以去克莱顿酒吧。不用说，弗拉斯曼和他的朋友已经在那里喝酒了。但是，在他没钱的时候，克莱顿酒吧看上去像是天堂，而当他有钱的时候，又觉得那里实在是无聊恶心。他不喜欢那个陈旧而弥漫着啤酒味的地方。他所看到的、听得的、闻到的，一切都充斥着令人不快的男性气息。那里没有女人，只有那个女招待，总是露出淫荡的微笑，似乎什么事情都可以答应你，却又没有许下任何承诺。

女人，女人！雾霭凝滞地悬在空气中，将二十码外过往的行人变成了幽灵。不过，借着路灯柱子的一小圈光线，他看到了女孩子的脸。他想起了罗丝玛丽，想起了所有女人，然后又想起了罗丝玛丽。整个下午他一直在想念她，想起她小巧而结实的身躯，他的心里就泛起一股怨恨，因为他从未见过她赤身裸体的样子。我们受色欲的折磨，却又得不到满足，真是太不公平了！为什么一个人会被剥夺享受性爱的权利，就因为他没钱？这可是如此天经地义、如此必不可少、如此不容剥夺的人权啊。他沿着黑漆漆的街道走着，空气冰冷而恬静，但他的胸口燃起了一股奇怪的希望。他似乎觉得在漆黑的前方有一具女人的躯体在等待着他。但他心里知道没有女人在等候他，就连罗丝玛丽也不会等他。自从上次她写信给他已经过去八天了。这个贱货！整整八天不给他写信！她明明知道收到她的信对他来说有多么重要！这不明摆着吗，她已经不在乎他了。对她来说，他只是一个困扰。他既没钱又不体面，还总是纠缠着她，要她说她爱着他！她很可能不会再给他写信了。她厌倦了他——因为他没钱。你还能想怎么样？他对她毫无吸引力。没有钱，因此也就没有了吸引力。说到底，除了金钱之外，男人能靠什么留住女人呢？

一个女孩独自从人行道那边走来。在路灯的照耀下他和她擦身而过。她是一个年轻的女工，可能才十八岁，没有戴帽子，脸蛋像一朵野玫瑰。看到他在打量着她，她立刻转过头，不敢和他对视。她穿着一件薄薄的、丝绸一般的雨衣，腰部束着带子，胯部显得那么柔软苗条。他几乎想转身跟在她后面，但这样做又有什么用？她可能会逃跑，或向警察求救。他心想，光阴飞逝，我的金发已变成了银霜。[1]他已经三

① 此句出自英国诗人乔治·皮尔（George Peeles）的诗作《告别了，武器》，将原文的“他”改成了“我”。

十岁了，而且面容沧桑。哪个值得拥有的女人会多看他一眼呢？

女人这档子事儿！或许结了婚感觉会不一样？但多年前他已经发过誓不会结婚。婚姻只是财神爷为你设下的一个圈套。你贪图诱饵，圈套从天而降，然后你就着了道儿了，被一份“好差事”束缚住你的手脚，直到他们将你拉到肯萨尔绿地的公墓。多么可悲的生活！在叶兰的影子下进行合法的性交。推着婴儿车，偷偷出轨，老婆发现你的不忠，用雕花玻璃的威士忌酒瓶砸破你的头。

但是，他觉得结婚还是挺必要的。结婚是不好，但不结婚更糟糕。有那么一会儿，他希望自己已经结了婚。他渴望结婚，渴望体验婚姻的现实、难处与痛苦。婚姻是情比金坚的关系，无论境遇好坏，富有或是贫穷，直到死亡将你们分开。在旧基督徒的心目中，理想的婚姻应该经受得住偷情的引诱，而如果情非得已，你偷情了，不管怎样你必须体面地承认自己偷情了，而不能像美国人一样，说什么那是寻找灵魂伴侣。你出去偷欢，然后悄悄溜回家，禁果的汁液仍残留在你的胡须上，勇敢地承受后果。你被雕花玻璃威士忌酒瓶砸破了头，老婆对着你絮絮叨叨，饭都烧焦了，孩子哭哭啼啼，丈母娘冲着你吵吵闹闹。或许，那样要比可怕的自由来得好一些？至少你知道你的生活是真实的。

但是，你的周薪只有两英镑，怎么结得起婚呢？钱、钱、钱，总是钱的问题！可恶的是，结婚是和一个女人发生关系唯一正当的途径。他的脑海里想起了他成年以来那十年的生活。一张张女人的脸从记忆中掠过。大概有十到十二张脸吧。有的是妓女，就像横陈在一具死尸旁边的死尸。[1]其他女人有的不是妓女，但她们也非常肮脏。他总是任性而冷漠地开始一段恋情，然后卑劣而冷漠地将别人遗弃。那也是因为钱的缘故。没有钱你就不能对女人坦诚相待。因为没有钱，你就不能挑挑拣拣，你只能满足于能追到手的女人，然后，你必须将她们摆脱。忠贞的爱情和其它美德一样，是必须用真金白银买到的。他向拜金主义宣战，不愿意被一份“好差事”束缚——没有哪个女人会理解他——他与女人的交往就总是无法长久，充满了欺骗。既然他与金钱分道扬镳，那他就别指望有女人。侍奉财神爷或孤独终老——这两者就是仅有的选择。而这两件事对他来说都是不可能的事情。

前面的小巷子里，一道白光刺透雾霭，同时传来街头小贩的叫卖声。那是卢顿路，每星期有两个晚上开设夜市。戈登左转走进夜市。他总是走这条路。街道十分拥挤，你只能在摊位之间掉满了卷心菜叶子的小径上艰难地左右穿行。摊位上悬挂着灯泡，在光线的照耀下，摊位上的货品闪烁着鲜丽而艳俗的光芒——鲜红的肉块、成堆的橘子、白色和绿色的椰菜、眼睛有如玻璃球的硬邦邦的兔子、在搪瓷盆子里蠕动的鳗鱼、内脏已经被掏空的家禽露出赤裸的胸肉，就像光着身子游行的皇家卫队。戈登的精神为之一振。他喜欢这里的嘈杂、忙碌和活力。每当你看到市场，你就知道英国还有希望。但就算走在这里，他也觉得自己很孤单。到处都是女孩，四五个凑成一堆，热切地在廉价内衣的摊位间徘徊着，和跟在身后的年轻男子们

① 此句出自法国作家查尔斯·波德莱尔的诗作《上了一个犹太妓女的那一夜》。

聊天说笑。没有一个人关注戈登。他走在人群中，就像是个透明人，只是经过他们身边时他们会避开他。啊，看那边！他不由自主停住了脚步。在一个堆着丝绸内衣的摊位前面，三个女孩正弯着腰，脸凑在一起——三张年轻的脸，在灯光照射下就像鲜花般娇艳，像一束并蒂绽放的美洲石竹或夹竹桃。他动心了。当然，没有人看他一眼！一个女孩抬头看了一下。啊！她立刻露出恼怒的样子，转头看着别处，脸上泛起一抹水彩般的绯红。他眼里所透出的赤裸裸的情欲把她吓坏了。我寻寻觅觅，她们却从我身边逃离！他继续走着。要是罗丝玛丽在就好了！现在他原谅她不给他写信了。要是她在这里的话，他什么都可以原谅她。他知道她对他有多么重要，因为只有她这个女人愿意将他从寂寞中解救出来。

这时他抬头望去，看到了一个人，心儿顿时扑通扑通地乱跳。他立刻定睛望去，以为自己出现了幻觉。但不是幻觉！那的确是罗丝玛丽！

她正走在集市摊位中间，顺着街道朝这边走来，距离大约有二三十码。似乎是他热切的渴望将她召唤了过来。她还没有看见他，正朝他这边走来。她个头娇小灵活，敏捷地在人群中穿梭，避开脚下的垃圾。她戴着一顶黑色的平顶帽，把帽子拉到眼睛那里，几乎遮住了整张脸。那顶帽子就像哈罗公学那些男生的草帽。他开始朝她走去，呼唤着她的名字。

“罗丝玛丽！嗨，罗丝玛丽！”

在一处鱼档那里，一个穿着蓝色围裙的男人手里拿着一条鳕鱼，转过身瞪着他。周围非常嘈杂，罗丝玛丽没有听见他在叫她。他又呼唤道：

“罗丝玛丽！听见了吗，罗丝玛丽！”

现在两人相距只有几码远了。她吃了一惊，抬头看了一下。

“戈登！你在这里做什么？”

“你呢！你来做什么？”

“我过来见你。”

“但你怎么知道我在这儿？”

“我不知道。我经常走这条路。我在卡姆登镇那个站下的地铁。”

罗丝玛丽有时会到柳堤路探望戈登。威斯比奇太太会没好气地告诉他“有个年轻女人要见他”，他得走到楼下，两人出门去街上散步。罗丝玛丽从来不能进他的房间，连进客厅也不行。这就是房子的规矩。听威斯比奇太太说起“年轻女人”的语气，你会以为那是传播瘟疫的老鼠。戈登拉着罗丝玛丽的胳膊，将她拉到身边。

“罗丝玛丽！噢，能再和你见面真是太高兴了！我好寂寞。为什么前几天你不过来呢？”

她挣脱他的手，从他身边退了开去。在歪斜的帽檐下，她紧盯着他，眼神似乎有点生气。

“放开我！我生你气呢。你给我写了那么一封信，我本不想来见你的。”

“什么信？”

“你自己心里知道。”

“我不知道。噢，我们别再争论这件事了。我们找个地方坐下来谈。这边走。”

他挽着她的胳膊，但她又挣脱了他，不过仍走在他身边。她的步子比他要短一些，快一些。走在他身边，她显得那么娇小、活泼、年轻，就像他带着一只活泼的小动物在他身边嬉戏一样，像一只松鼠。其实她的个头并不比戈登小多少，而且年龄只比他小几个月。但没有人会将罗丝玛丽形容为年近三旬的老处女，尽管事实的确如此。她是个健康活泼的女孩，长着一头坚韧的黑发，一张小巧的瓜子脸和浓密的眉毛，样貌风情万种，就像是十六世纪的肖像画。当你第一次看到她摘下帽子时，你会惊讶地看到在她的头顶有三根白头发，在黑色的发丛中闪闪发光，像三根银丝。罗丝玛丽从来不会把白头发拔掉，这就是她的性格。她仍然觉得自己还很年轻，其他人也这么觉得。但如果你仔细观察的话，岁月在她脸上其实已经留下了明显的痕迹。

罗丝玛丽走在他身边，戈登觉得走起路来心里有了底气。他为她感到自豪。人们在看着她，因此也看着他。他再不是被女人视若无物的小男人。和平时一样，罗丝玛丽衣着很时髦漂亮。她一周只挣四英镑，真不知道是怎么张罗的。他特别喜欢她戴的那顶帽子——那种正值时尚的平顶毡帽，有点像神职人员的铲形宽边帽款式，看上去有点俏皮。帽子微微向上翘起，和罗丝玛丽脸蛋的弧线非常和谐，有一种无以名状的美感。

“我喜欢你这顶帽子。”他说道。

她的嘴角不由自主地露出一丝微笑。

“是挺漂亮的。”她伸出手轻轻碰了一下帽子。

但她还在假装生气，不让两人的身体接触。走过最后的摊位，拐进主街时，她突然停下脚步，严肃地看着他。

“你给我写那么一封信是什么意思？”她问道。

“什么样的信？”

“说什么我让你心碎了。”

“确实如此。”

“真的是这样吗？”

“我不知道。但我感觉真的心都碎了。”

这番话只是玩笑，但听到他这么说，她更加专注地看着他——看着他苍白憔悴的脸庞、凌乱的头发和邋遢的外表。她的心登时软了，但她皱了皱眉头，心里想，为什么他就不能好好照顾自己呢？两人挨得近了一些。他搂着她的肩膀，而她没有反对，还伸出瘦小的胳膊紧紧地搂着他，一半是出于气恼，另一半是出于怜爱。

“戈登，你真是好可怜！”她说道。

“为什么说我可怜？”

“为什么你不能好好照顾自己？你看上去就像个稻草人。看看你穿的这身破旧的衣服！”

“这身衣服很适合我。你知道，一周才挣两英镑，能穿什么体面的衣服呢。”

“但你也不用像个破麻袋一样到处乱跑啊。看看这个大衣钮扣，都裂成两半了！”她的手指捏着那个钮扣，然后突然将他那条掉色的伍尔沃思领带拉到一边。出于女性的本能，她猜到戈登的衬衣上一颗钮扣也没有。

“又是这样！连一颗钮扣也没有。你太邋遢了，戈登！”

“我告诉过你我不会为这种事情劳心费神。我要关心的事情可不是钮扣。”

“但你为什么不把衣服给我，让我帮你把钮扣缝好呢？还有，噢，戈登！你今天甚至没有刮胡子。你真是太邋遢了。你起码应该每天早上刮刮胡子。”

“每天早上刮胡子我可掏不起钱。”他故意顶嘴。

“你什么意思，戈登？刮胡子不用花钱，不是吗？”

“要花钱的。每样东西都是要花钱的。清洁、体面、活力、自尊——每样东西都要花钱。我不是告诉过你上千次了吗？”

她又掐了他的肋部一把——她的力气大得出奇——抬起头冲他皱着眉头，端详着他的脸，就像一个母亲看着她那娇气的孩子，充满了没来由的爱怜。

“我真是个大傻瓜！”她说道。

“怎么这么说？”

“因为我那么喜欢你。”

“你喜欢我吗？”

“我当然喜欢你。你知道我喜欢你。我爱你，真的好傻。”

“那，我们去个阴暗的地方，我想亲亲你。”

“被一个没有刮胡子的男人亲亲？才不要呢！”

“嗯，那将是你新的体验。”

“不，不要，戈登。我认识你已经两年了，还有什么新的体验呢。”

“噢，别这样，来嘛，亲亲。”

他们来到一条位于房子后面，几乎没有亮光的巷子。他们所有的亲昵几乎都是在这样的地方进行的。他们唯一可以独处的地方就只有街道。他把她的肩膀抵在粗糙湿润的砖墙上，她的脸对着他的脸，像个孩子一样热烈地搂着他。但是，虽然两人的身体贴在一起，却好像有一面盾牌将两人隔开。她亲吻着他，就像小孩子玩过家家那样亲吻，因为她知道他渴望她的亲吻。两人亲热时总是这样，他总是不能唤起她心中的情欲，就算偶尔做到了，过后她几乎忘得一干二净，因此他总是得从头再来。她那小巧玲珑的身子里总是带着抗拒的感觉。她渴望了解情欲的滋味，却又怀着恐惧。情欲将会摧毁她的青春，摧毁她所选择的那个没有性爱的青春世界。

他把嘴从她的唇边移开。“你爱我吗？”他问道。

“当然爱你，傻瓜。为什么你总是问我这个问题？”

“我喜欢听你说爱我。我得听到你说出这句话，否则我心里不踏实。”

“为什么？”

“哦，嗯，你可能会变心。毕竟，我不是少女所祈求的白马王子。我三十岁了，而且沧桑早衰。”

“别这么傻气，戈登！听你说话别人会以为你是个上百岁的糟老头子。你知道我和你一样大。”

“是的，但你还很年轻。”

她的脸颊厮磨着他的脸颊，感受他一天没刮的胡须粗粝的感觉。两人的小腹紧紧地贴在一起。他想起这两年来他一直想得到她，但一直未能遂愿。他的嘴唇凑到她的耳边，喃喃地说道：

“你愿意和我上床吗？”

“愿意，以后吧。现在不行，以后吧。”

“你总是说‘以后吧’，这句话都说了两年了。”

“我知道，但我做不到。”

他把她摁在墙上，摘下那顶可笑的帽子，将他的脸埋进她的头发中。和她这般亲密，而无法更进一步，实在是太折磨人了。他一手托着她的下巴，抬起她小巧的脸庞，想在几乎一片漆黑中看清楚她的五官轮廓。

“答应我，罗丝玛丽！亲爱的，答应我！”

“你知道以后我会愿意的。”

“是的，但不是以后——而是现在。我不是说这个时候，而是不久以后，当我们有机会的时候。答应我！”

“不行，我不能答应你。”

“答应我，罗丝玛丽！求你了！”

“不。”

他仍然爱抚着她看不见的脸，引用了一首法语诗：

“请说出来吧，
说你愿意，
因为这个温柔的词语并不长，
是谁封住了你的小嘴？”

“你在说什么？”

他翻译了这句诗。

“不行，戈登，我不能答应你。”

“答应我，罗丝玛丽，亲爱的。‘行’和‘不行’，说出口来难道不是一样容易吗？”

“不，不是这样。对你来说很容易。你是男人。但这对女人不一样。”

“答应我，罗丝玛丽！‘行’——多么容易的一个词，说吧，说‘行’！”

“人家会以为你在教鹦鹉学舌呢，戈登。”

“噢，该死的！不要开玩笑了。”

争辩是没有用的。过了一会儿他们走出巷子，继续朝南走去。从罗丝玛丽利落灵巧的动作，从她懂得如何照顾自己，轻松对待生活的气质，你可以猜得到她的出身和思想背景。她出身于一户中产阶级大家庭，这种家庭现在仍然存在，总是连饭都吃不饱。家里总共有十四个孩子，她是老幺。父亲是一个乡村律师。罗丝玛丽有几个姐姐出嫁了，有的当了老师或打字员；她的几个兄弟或在加拿大种田，或在锡兰的茶园工作，或参军驻扎印度。和所有童年时很欢乐的女人一样，罗丝玛丽希望自己一直是个小女孩。这就是为什么在情爱问题上她还是那么不成熟。她仍然受一户大家庭那种热热闹闹但从不提起性爱的气氛的影响。而且打心眼里她坚守着“人与人应平等相待”和“己所不欲勿施于人”的信念。她性格宽厚大方，从不盛气凌人。她喜欢戈登，几乎愿意忍受任何事情。她认识戈登两年了，从未因为他不好好营生而责骂过他，总是那么宽容。

戈登心里知道这些，但现在他一门心思想着别的事情。在路灯苍白的光芒照射下，身边的罗丝玛丽看上去娇小而整洁，显得他那么粗俗、猥琐、肮脏。他多么希望今天早上自己刮了胡子。他偷偷地将一只手伸进口袋里，摸着身上的钱，心里有点害怕——他总是怀着恐惧——担心他掉了一个硬币。但是他摸到了一枚两先令硬币的轧边，现在这是他身上面值最大的硬币了。还剩下四先令四便士。他知道自己不能带她去吃晚饭。和往常一样，他们只能闷闷不乐地在街上走来走去，最多去里昂咖啡厅喝杯咖啡。该死！没钱的时候你能享受到什么乐趣呢？他若有所思地说道：

“当然，一切最终都离不开钱。”

听到他没头没脑地冒出这么一句话，她诧异地抬头看着他。

“你在说什么？怎么又扯到钱上面去了？”

“我是说，我这辈子从未过得顺心过，总是为了钱而发愁。任何事情说到底都是关于钱。特别是你我之间的关系，这就是你并不真心爱我的原因。我们之间因为钱有一层隔阂。每次我亲吻你的时候都可以感受得到。”

“钱！这到底跟钱有什么关系，戈登？”

“任何事情都跟钱有关系。如果我钱多一点的话，你会更爱我。”

“当然不是这样。我怎么会这样呢？”

“这件事不是你说了算的。你不明白吗？要是我有更多钱的话，我就会更值得你去爱。看着我！看着我的脸，看着我穿的这些衣服，看着我身上的任何东西。你以为我一年能挣两千英镑的话，会至于沦落到这步田地吗？如果我有更多的钱，我将会是另一个人。”

“如果你变成另一个人，我可不会爱上你。”

“这是在胡说八道。这么说吧：要是我们结婚了，你愿意和我上床吗？”

“你问的都是些什么问题啊！我当然愿意。不然结婚又有什么意义？”

“那好，假如我很有钱，你愿意和我结婚吗？”

“说这些有什么用，戈登？你知道我们结不起婚。”

“是的，但假如我们结得起的话，你愿意吗？”

“是的，我愿意。我可以保证。”

“被我说中了吧！这就是我说的——因为金钱的缘故！”

“不，戈登，不是！这不公平。你在曲解我所说的话。”

“不，我没有。在你的心里面，你想的就只有钱的问题。每个女人都是这样。你希望我现在有份好工作，不是吗？”

“不是你所想的那样。我的确希望你能挣多点钱——是的。”

“你觉得我应该留在新阿尔比恩公司，不是吗？你希望我回那里去，为Q. T. 牌酱料和特鲁维特牌早餐麦片撰写广告标语，不是吗？”

“不，我没这么想。我从未说过这些话。”

“但你想过。每个女人都这么想。”

他知道自己是在无理取闹。罗丝玛丽从未说过，或许根本不会说出他应该回新阿尔比恩公司这番话。但这时他不想自己通情达理，性欲未能满足的失落感仍然在刺痛他的心。带着一种失落的胜利感，他觉得自己其实说得没错。就是钱在他们之间作梗。钱，钱，一切都离不开钱！他略带严肃地开始了长篇大论：

“女人！你们把我们迷得神魂颠倒！没有人能够摆脱女人，而每个女人都会让男人付出同样的代价，‘还顾什么体面，挣更多的钱回来。’——那就是女人们所说的话，‘还顾什么体面，好好巴结老板，给我买一件皮大衣回来，要盖过隔壁家老婆的。’你可以看到每个男人的脖子都被女人紧紧缠绕着，像被一条美人鱼拖到水里，他们一直堕落，直到最后住进了普特尼一间半独立的别墅，里面布置了分期付款的家具和一台轻便收音机，窗台上种着一株叶兰。女人阻碍了一切进步，当然，我自己并不相信什么进步。”最后他愤愤不满地补充了一句。

“你到底都在胡说八道些什么，戈登！好像一切都是女人的错一样！”

“归根到底就是你们的错。因为奉金钱为金科玉律的都是女人。虽然男人们不信这一套，但他们只能乖乖听命。是女人在推动着一切，她们想住进普特尼的别墅，想穿皮草大衣，想生儿育女，想种植叶兰。”

“这不关女人的事，戈登！发明钱这东西的又不是女人，不是吗？”

“是谁发明钱的不重要，关键是，女人崇拜金钱，女人对金钱情有独钟。在女人的心目中，是非善恶的标准就是有钱和没钱。看看我们俩。你不肯和我上床，原因很简单，因为我没钱。是的，这就是原因所在。（他捏了捏她的胳膊，不让她开口说话。）刚才你承认了。要是我有体面的收入的话，明天你就愿意和我上床。这倒不是因为你唯利是图，你不会让我为了和你上床而付钱给你，我们的关系没有这么低俗。但在你内心的深处你觉得一个没钱的男人配不上你。他是弱者，算不上男人——这就是你的想法。赫拉克勒斯，他是战神，同时也是财神——在兰普里埃[1]的作品中就是这么写的。女人对他顶礼膜拜，女人！”

“女人！”罗丝玛丽应和着，但语气很不一样，“我不喜欢男人说起女人的口气，‘女人如此如此这般’，‘女人如此如此那般’——似乎所有的女人都是一样的！”

“所有的女人当然都是一样的！任何女人都只想要稳定的收入，生两个孩子，住在普特尼半独立的别墅里，在窗户上摆一盆叶兰，不是吗？”

“噢，你和你的叶兰！”

“恰恰相反，是你的叶兰。种叶兰是你们女人的事。”

---

① 约翰·兰普里埃（John Lempriere），英国学者，精通词源学与神学，曾编撰过古典作品词源。

她抓住他的胳膊，开怀大笑起来。她的性格真的很开朗，而且他说的那些话一听就知道是在胡说八道，她根本没有放在心上。戈登对女人的谩骂其实只是在开玩笑。事实上，性别之间的冲突说到底只是一个玩笑。罗丝玛丽扮演成女权主义者而他扮演成反女权主义者真是太好玩了。两人继续走着，就男人和女人这一永恒而无聊的问题又起了一番争执。他们所坚持的观点总是一样的——每次他们见面总是会因为这个问题而争执不休。男人粗俗不堪，而女人毫无头脑。女人总是处于从属地位，而她们也乐于受男人支配。看看贤妇格莉塞尔达[①]和阿斯特夫人[②]，看看一夫多妻制和印度的寡妇，看看潘克赫斯特妈妈[③]活跃的年代，每个女人都在吊袜带上挂着捕鼠器，看到一个男人就觉得手痒痒的，想把他阉掉。戈登和罗丝玛丽对这一话题乐此不疲，总是嘲笑对方荒唐的观点。这是两人打情骂俏的方式。他们一边拌嘴一边手挽着手，身子偎依在一起。事实上，他们非常开心，两情相悦，觉得对方是那么有趣，是心中的无价之宝。远处亮着一盏蓝红色的霓虹灯。他们已经走到托特纳姆宫廷路的路口。戈登搂着她的腰，带着她向右拐进一条黑漆漆的小巷子里。他们在一起太开心了，得亲吻一下。两人

---

① 《贤妇格莉塞尔达》是英国作家乔叟的作品《坎特伯雷故事集》中的一篇故事。

② 南希 · 威切尔 · 阿斯特(Nancy Witcher Astor，1879—1964)，丈夫是华道夫 · 阿斯特伯爵，阿斯特夫人是英国历史上首位女性下议院议员，但当选背景是英国保守党为了阻挠妇女解放运动而动员党员将选票投给了她。

③ 指艾米琳 · 潘克赫斯特(Emmeline Pankhurst，1858—1928)，英国妇女解放运动先驱，与她的两个女儿艾德拉 · 潘克赫斯特(Adela Pankhurst)和西尔维娅 · 潘克赫斯特(Sylvia Pankhurst)共同倡导英国妇女争取平等权利，并于一战后为她们争取到选举权。但在一战期间，母女因为妇女解放运动是否应该继续或暂时停止以支持战争这一问题而决裂。

站在路灯柱子下，紧紧地偎依着，仍然笑个不停。这两个敌人心心相印，面颊厮磨，好不亲昵。

“戈登，你真是心肝宝贝！我好爱你，你那尖尖的下巴，还有其它一切。”

“真的吗？”

“真的，真心的。”

她的双臂仍然搂着他，身子稍稍朝后仰去，小腹抵着他的小腹，虽然只是无心之举，却勾起了他的情欲。

“生活值得我们去过，不是吗，戈登？”

“有时是这样。”

“要是我们能多点时间见面就好了！有时候我几个星期都见不到你一面。”

“我知道。太糟糕了。我希望你知道那些独守空房的夜晚是多么难受！”

“我总是没时间。我得到七点钟才下班。星期天你一般做什么，戈登？”

“噢，天哪！就是无聊地发呆，和其他人一样。”

“我们偶尔去郊区散散步，好吗？那样我们就可以整天在一起了。下个星期天，好吗？”

这番话给他当头浇了一盆冷水，让他又想起了钱的问题，半个小时前他好不容易才把这个问题抛到脑后。到郊区一趟得花钱，远远超出了他的支付能力。他装出漫不经心的口吻，避实就虚地说道：

“当然可以，星期天里奇蒙德公园风景挺不错。或者可以去汉普斯泰德的原野。早上趁别人还没去的时候风景更好。”

“噢，我们去郊区吧！比方说，去萨里郡，或者去博恩罕山毛榉林。这时候风景很漂亮，地上铺满了落叶，你可以走上一整天也碰不到一个人。我们可以走上几英里，然后到一间酒吧里吃饭。一定很好玩，去吧！”

该死！钱的问题又回来了。去博恩罕山毛榉林这么远的地方得花上十个先令。他匆匆在心里计算了一番：他能凑到五先令，然后找朱莉亚“借”五先令，其实是不用还的。与此同时，他记起了自己的誓言，他总是信誓旦旦地说不会再找朱莉亚“借钱”，却又总是违背誓言。他以同样轻松的口气说道：

“那一定很好玩。我想我们应该应付得来。这星期晚些时候我通知你。”

两人走出巷子，仍然手拉着手。街角有一间酒馆，罗丝玛丽踮起脚尖，然后拉住戈登的胳膊站稳身子，勉强从结了霜的窗户下边往里面张望。

“看，戈登，里面有个时钟。快九点半了。你肚子饿吗？”

“不饿。”他立刻撒了个谎。

“我饿了。我们去吃点东西吧。”又是钱的问题。再拖一会儿，然后他必须坦白他身上只有四先令四便士——这四先令四便士得撑到星期五。

“我吃不下东西。”他说道，“不过我可以喝点东西。我们去喝杯咖啡什么的吧。我想我们可以去找一间里昂咖啡厅。”

“噢，别去里昂咖啡厅了！我知道有家很不错的意大利餐厅，这条路走下去就到了。我们去吃那不勒斯通心粉，再点一瓶红酒。我好喜欢吃通心粉。走吧！”

他的心一沉。糟糕。他不得不老实交代。两人去意大利餐馆吃顿饭肯定不止要五个先令。他阴沉着脸说道：

“事实上，我得回去了。”

“噢，戈登！你得回去？为什么？”

“噢，好吧！如果你一定要知道的话，我身上只有四先令四便士。这些钱得撑到星期五。”

罗丝玛丽猛然停下了脚步，气得用力掐着他的胳膊，以此作为对他的惩罚。

“戈登，你这个混蛋！你真是个大笨蛋！你是我见过的最不可理喻的笨蛋！”

“我怎么笨了？”

“因为你有没有钱根本不重要！我只是想让你陪我一起吃饭！”

他挣脱她的胳膊，站了开去，不去看她的脸。

“什么！你觉得我会进一间餐馆，然后让你掏钱为我那顿饭买单吗？”

“为什么不会呢？”

“因为这种事我做不出来。没有这种事。”

“什么叫‘没有这种事’！接下来你就要说‘这种见不得人的事’了。什么叫‘没有这种事’？”

“让你替我买单。男人要为女人付钱，而女人不用为男人付钱。”

“噢，戈登！我们还生活在维多利亚女王的时代吗？”

“是的，在这个问题上，观念的转变还没那么快。”

“但我的观念已经转变了。”

“不，还没有。你以为转变了，但其实还没有。你是一个女人，所以你的行为举止就会像一个女人，无论你心里怎么想。”

“照你所说，**行为举止像一个女人**是什么意思？”

“让我告诉你吧，遇到像这种事情，每个女人都一样。女人看不起花她钱的小白脸。她或许会说她不在乎，她或许会觉得自己不在乎，但她就是在乎。她没办法不在乎。如果我让你帮我付饭钱，**你一定会**看不起我的。”

他转过脸。他知道自己是在无理取闹。但不知道为什么他一定得说出这番话。他觉得大家——甚至包括罗丝玛丽——**一定**因为他穷而看不起他，那种感觉如此强烈，无法压抑下去。只有以这种猜疑而不近人情的方式显示独立，他才能保住自己的尊严。这一次罗丝玛丽真的火大了。她抓住他的胳膊，让他转过身面对着她。她紧紧地抱着他，胸脯顶着他的胸膛，动作非常坚定，既带着怒意，又渴望被他怜爱。

“戈登！我不许你这么说。你怎么能说我看不起你呢？”

“我是说，要是我让自己变成你的小白脸，你就会看不起我，那不是你能控制的。”

“我的小白脸！你用的都是些什么措辞啊！让我请你吃一顿饭怎么就成了小白脸了呢！”

他可以感受到她那小巧的胸脯，浑圆而坚挺，就顶着他自己的胸膛下方。她仰头看着他，眉头紧皱，泪珠就快掉下来了。她觉得他是那么不近人情、不可理喻、心如铁石。但她的身体靠得那么近，让他意乱情迷。这时他记起两年来她一直不肯顺从他，在最重要的问题上她忍心让他忍受煎熬之苦。她假装爱着他，却又在最关键的问题上退却，这算什么事啊！他带着自虐的快乐补充道：

“你确实看不起我。噢，是的，我知道你喜欢我。但说到底，你对我不是真心的。在你心中我只是个笑话。你喜欢我，但我配不上你——这就是你的想法。”

刚才他也说过这番话，但这一次不一样，他是认真的。或者说，他的语气像是认真的。她放声痛哭：

“不是，戈登，我不是这么想的！你知道我不是这么想的！”

“你就是这么想的。所以你不肯和我上床。我以前不是告诉过你了吗？”

她仰头凝视着他，然后似乎在躲避一记拳头一样，埋首在他的胸膛上，因为她再也控制不住自己的泪水，哭个不停。她生气了，她恨他，却又像孩子一样紧紧地抱着他。最让他难受的，就是她抱着他这种孩子气的表现，似乎他只是一只雄性动物，让她搭个胸膛哭泣而已。带着对自己的仇视，他记起别的女人也曾经靠在他的胸膛上这么哭过。似乎他就只能让女人哭泣。他搂着她的肩膀，笨拙地安慰着她，想开导她。

“你真的好狠心，让我哭泣！”她自卑地啜泣着。

“对不起！我亲爱的罗丝玛丽！别哭，别哭了，求求你。”

“我最亲爱的戈登！为什么你要这么残忍地对我？”

“对不起，对不起！有时我实在是无法控制自己。”

“为什么？为什么会这样？”

她的哭声停止了，恢复了平静，挣脱他的怀抱，找东西擦眼睛。两人都没有手帕，她不耐烦地用手擦干眼里的泪水。

“我们总是这么傻气！戈登，听话，就这么一回，一起去餐厅，吃点东西，钱由我来付。”

“不行。”

“就这么一回。不要在意钱的问题。就当是哄我开心吧。”

“我说过我不能这么做。我得坚持我的原则。”

“你在说什么？坚持你的原则？”

“我一直在和钱做斗争，我得守住自己的规矩。而第一条规矩就是，绝不能接受施舍。”

“施舍！噢，戈登，我觉得你好傻！”

她又掐了他的肋骨一把。这是和平的讯号。她不理解他，或许永远不能理解他，但她接受了他就是这么一个人，甚至不会抱怨他的无理取闹。她抬起脸，让他亲吻她。他发现她的嘴唇咸咸的，一滴泪水滴在了那里。他将她紧紧搂在怀里，她的身躯那股充满戒备的感觉消失了。她闭上双眼，靠在他身上，似乎她全身的骨头都松软了，张开嘴唇，小巧的舌头寻觅着他的舌头。她很少这么主动。突然间他察觉到她的身体屈服了，他似乎肯定地知道他们的斗争结束了。现在如果他愿意的话，她会是他的人，但或许她并不知道自己已经决定委身于他。这只是出于她的本能，她是如此包容，希望能抚慰他的心灵——让他摆脱那种无法得到爱的恨意。她没有说出口，但她的身体似乎就在表达她的情意。但就算现在时间和地点都合适他也不会立刻占有她。在这个时候，他爱着她，但并没有占有她的渴望。只有到了以后，当两人没有吵架，口袋里只有四先令四便士这个念头不再困扰他的时候，他的欲望才会回来。

过了一会儿，两人的嘴分开了，但仍紧紧地搂着对方。

“我们老是吵一些很傻气的架，不是吗，戈登？我们见面的机会这么少。”

“我知道。都是我不好。我总是管不住自己。这些事情总是让我容易激动。说到底都是钱的问题，总是钱的问题。”

“噢，钱！你对钱的顾虑太多了，戈登。”

“这不可能。钱是唯一值得顾虑的事情。”

“但不管怎样，下个星期天我们会去郊野散步，对吗？到博恩罕山毛榉林或哪里。要是能去该有多好。”

“是的，我很想去。我们一早就出发，整天都在外面。我会凑到火车票钱的。”

“但你能让我付自己的车票钱吗？”

“不，钱由我来付，我们一定会去的。”

“你不肯让我请你吃顿饭吗？就这么一次，表明你信任我。”

“不，不行。我很抱歉。我告诉过你原因了。”

“噢，天哪！我想我们得道别了。已经很晚了。”

但两人仍呆在一起，说了很久的话，结果罗丝玛丽没能吃到晚饭。她得在十一点钟之前赶回房间里，不然那些母大虫会生气的。戈登走到托特纳姆宫廷路搭电车。电车的票价比巴士的票价便宜一便士。他和一个脏兮兮的小个子苏格兰人一起挤在上层的木凳上，那个苏格兰人在阅读着足球比赛的赛果，喝着啤酒。戈登很开心。罗丝玛丽将成为他的情人。凛冽的寒风呼啸而来。电车在轰鸣，但他觉得那似乎是音乐，嘴里朗诵着他那首诗已经写好了的七节。整首诗将会有九节。这是首好诗。他对这首诗和自己很有信心。他是一位诗人。戈登·康斯托克，《耗子》的作者。他甚至对《伦敦之乐》也重新怀有信心了。

他想到了星期天。他们将于九点钟在帕丁顿车站会合。这趟出行大概得花十先令。就算当掉衬衣他也得筹到这笔钱。她将成为他的情人，或许，这个星期天机会就会出现。两人没有明说，但已经心有默契。

上帝保佑，星期天一定得是个晴天！现在是隆冬时节。要是那天是一个无风的日子就好了——无风的日子几乎就像是夏天一样，你可以在枯草上躺几个小时而不会觉得冷！但这种日子不是很常有，每个冬天大概就十几天而已。天有可能会下雨。他不知道他们到底有没有机会成事。除了郊野之外他们没有什么地方好去。现在伦敦有许多对情侣没有什么地方可以去，只能逛街和逛公园，没有私密空间，而且总是挨冻。身上没钱，天气又冷，做爱可不容易。小说里很少有关于这种“时间地点都不合适”的情节描写。

第七章

烟囱浓烟滚滚，在漫天云彩中扶摇直上。

八点十分，戈登赶上了二十七路巴士。街道仍沉浸在星期天的睡意中。门道上摆着牛奶瓶，还没有被收进去，像小小的白色门卫。戈登身上有十四先令——确切地说，还剩下十三先令又九便士，因为车费是三便士。九先令是他从工资里省下来的——天知道接下来的那个星期得怎么过！——还有五先令是他从朱莉亚那里借来的。

星期四晚上他去了朱莉亚住的地方。朱莉亚住在伯爵府附近，虽然只是一间二楼的后房，但不像戈登的房间那么脏乱。那是一间起居卧室，重点在于有起居室。朱莉亚宁肯饿死也不会像戈登那样住在不像样的房间里。事实上，她那堆家具中的每一件都是多年收集而来的，每一件都意味着得经过一段时间的缩衣节食。有一张没有扶手的床，很容易就被当成是一张沙发；还有一张小小的熏橡木桌子、两张"古典"硬木椅子、一张装饰用的脚凳、一张铺着印花棉布的扶手椅——德雷格牌的，十三个月分期付款——摆在小小的壁炉前面。此外，还有很多装了相框的爸爸、妈妈、戈登和安吉拉姑姑的相片，还有一个榉木日历——是别人送的圣诞礼物——上面烫印着四个字"否极泰来"。每次见到朱莉亚都让戈登觉得很沮丧，他总是对自己说要多去看望她，但除了"借钱"之外，他从不会过来。

戈登敲了三下门——敲三下门意味着找住在二楼的人——朱莉亚带着他上了楼，跪在壁炉前面。

“我再把火生起来。”她说道，“你喝茶吗？”

他注意到“再”这个字。房间里很冷——其实今晚火还没有生起来。一个人在家时朱莉亚总是会节省煤气。她跪了下来，他望着跪着的她那长而瘦削的脊背。她的头发越来越花白了！整绺整绺的头发已经都花白了。再白一点的话就可以说是“满头白发”了。

“你喜欢喝浓茶，是吗？”朱莉亚说道，像一只呆头鹅那样站在茶叶罐旁边。

戈登站着喝完了他那杯茶，眼睛盯着榉木日历。说出来！搞定这件事！但他实在开不了口。向她开口要钱实在太难以启齿了！这些年来他问她“借”的钱加在一起总共有多少了呢？

“听我说，朱莉亚，我非常抱歉——我不想开口，但听我说——”

“怎么了，戈登？”她平静地说道。她知道他想说什么。

“听我说，朱莉亚，我真的很抱歉，但你能借我五先令吗？”

“好的，戈登，我想没问题。”

她把藏在亚麻布衣柜底部的那个又小又破的黑色钱包拿了出来。他知道她在想什么。这意味着花在圣诞礼物上的钱少了。如今这成了她生命中的重要时刻——圣诞节和赠送礼物：从茶馆下班后大半夜还在张灯结彩的街道上搜寻，从一个大减价柜台走到另一个大减价柜台，从一堆处理的货品中找出女人们喜欢的东西——手帕、香囊、信架、茶壶、美甲套装、烫印了格言的榉木日历。一年到头她就从微薄的工资里抠抠省省，给“某某人买圣诞礼物”，或给“某某人买生日礼物”。去年的圣诞节她不是因为戈登“钟爱诗歌”而送给他一本绿色摩洛哥皮革装帧的约翰·德林沃特[1]诗集，而他把书卖掉了，换了半个克朗吗？可怜的朱莉亚！戈登客客气气地借到五先令，然后就走了。为什么他不能去找一个有钱的朋友借钱，却能向一个连饭都吃不饱的亲人要钱？但他们是一家人，“不会计较那么多”。

坐在巴士上他心算了一番。十三先令又九便士。两张到斯洛的当天往返票五先令，巴士车费就算两先令吧，那就是七先令。到酒吧吃面包加奶酪，喝点啤酒，每人一先令，那就是九先令。喝茶，一人十八便士，那就是十二先令。一先令买烟，那就是十三先令。还能剩九便士应急。这些钱应付有余了。接下来整个星期怎么办？连一便士买烟的钱都没有了！但他不会为此担心。为了今天，什么都值得。

罗丝玛丽准时和他会合。她的一个优点就是从不迟到，即使这么早她仍然那么开朗活泼。和平时一样，她穿得很漂亮，又戴着她那顶铲形平顶帽，因为他说过喜欢这顶帽子。车站里几乎只有他们俩，地方很大，灰蒙蒙空荡荡的，丢满了垃圾，似乎在周六晚上的狂欢之后仍沉沉睡着，到处一片肮脏凌乱。一个没有刮胡子打着呵欠的站台人员告诉他们去博恩罕山毛榉林的最佳路线，很快他们就坐上可以抽烟的三等车厢，朝西而去。伦敦荒凉的郊野尽展于眼前，逐渐过渡到狭窄的堆煤场，点缀着卡特牌养肝丸广告。今天没有起风，而且很暖和。戈登

① 约翰·德林沃特（John Drinkwater，1882—1937），英国剧作家，作品多描写英国皇室及政治领导人，代表作有《克伦威尔传》、《玛丽·斯图亚特》等。

的祈祷应许了。今天没有风，天气暖和得跟夏天没什么区别。你可以感觉得到薄雾后面的太阳，运气好的话，雾很快就会散去。戈登和罗丝玛丽打心眼里高兴。他们觉得好像是离开伦敦去冒险，一整天都可以在郊外游玩。罗丝玛丽已经有几个月，而戈登有一年没有去过郊外了。两人坐在一起，膝盖上摆着《周日时报》，但没有去读里面的内容，而是看着一路上经过的田野、奶牛、房屋、空荡荡的运货卡车和巨大的、沉睡中的工厂。两人都很喜欢乘火车，巴不得路程长一点才好。

到了斯洛他们下车转乘一辆巧克力色，造型很好笑，没有车顶的巴士到法纳姆公地，斯洛仍在睡梦中。到了法纳姆公地罗丝玛丽认得路了。你沿着一条布满了车辙的小路走，来到成片的湿漉漉的草坪，上面点缀着几棵光秃秃的小山毛榉树。后面就是山毛榉树林。没有一根树枝或一片树叶在动，树木就像幽灵一样矗立在凝滞迷离的薄雾中。看到这一切漂亮的景致，罗丝玛丽和戈登都忍不住欢呼起来。晨露、静谧、光滑的山毛榉树干、脚下柔软的草皮，感觉多么美好！不过，刚开始的时候他们觉得自己很渺小，与这个地方格格不入。伦敦人出了伦敦都有这种感觉。戈登觉得自己好像在地底下生活了很长一段时间，他觉得自己面容憔悴、蓬头垢面。两人走路的时候他溜到罗丝玛丽背后，这样她就看不见他那皱巴巴没有血色的脸。还没走多远两人就上气不接下气，因为他们只习惯于在伦敦散步。前半个小时两人几乎没怎么说话。他们走进树林，开始向西走去，漫无目的地走下去——只要不是在伦敦，到哪儿都行。他们身边都是高耸的山毛榉树，长着光滑的、像人皮一样的树皮，底部开了裂缝，看上去就像阳物一样。它们的根部寸草不生，但堆满了厚厚的落叶，站在远处，山坡望过去就像层层叠叠的红铜色绸缎。周围似乎一个人也没有，于是戈登和罗丝玛丽并排走着，手拉着手，沙沙沙地踩着一路黄澄澄的枯叶。有时候他们会走回路上，经过荒弃了的大房子——在四轮马车的年代曾经是不错的乡村房子，但现在没有人住了，而且卖不出去。一路上望去，笼罩在雾霭中的树篱呈现出奇怪的、茜草般的棕紫色，这就是冬天的景致。周围有几只鸟——有时候是松鸡，在树丛间低飞，有时候是野雉，拖着长长的尾巴走过马路，就像母鸡一样温顺驯服，似乎它们知道星期天是安全的。但走了半个小时，戈登和罗丝玛丽还没遇到一个人。睡意仍笼罩着郊野，很难相信他们出了伦敦只有二十公里。

刚散步没多久两人就觉得神清气爽。他们休息了一下，调整呼吸，血液在他们的体内畅快地流淌着。今天他们觉得如果愿意的话，可以走上一百英里。突然他们又回到路上了，树篱上的露珠闪烁着钻石般的光芒，太阳已经射透了云层，阳光斜照下来，将田野镀成了金黄色，万物透出斑斓而细腻的色彩，似乎有个巨人的孩子用新的颜料盒到处肆意挥洒作画。罗丝玛丽挽着戈登的胳膊，将他拉到身边。

“噢，戈登，今天的天气真好！”

“确实很好。”

“噢，看，看！看看那边田里的兔子！”

确实，在对面的田野里，有数不清多少只兔子正在吃草，看上去就像一群绵羊。突然间树篱下面起了一阵骚动。一只兔子蹲在那儿，从草丛中的洞穴口一跃而出，激起一阵露珠，翘起白色的尾巴在田野上奔跑着。罗丝玛丽投入戈登的怀抱中。天气出奇的暖，就像夏天一样。两人的身体挨在一起，却又没有性欲的冲动，就像两个孩子一样。在大白天里，他可以清楚地看到岁月在她脸上留下的痕迹。她快三十岁了，看上去也像这个年龄，他也快三十岁了，看上去更苍老一些，但这些都不要紧。他摘下她那顶滑稽的扁平帽子。那三根白发在她的头顶闪耀着光芒。这个时候他不想将这三根白发摘掉。它们是她的一部分，所以也很可爱。

“和你单独在一起真好玩！我们能到这儿来我好开心！”

“噢，戈登，想到我们可以在一起整整一天，真是太好了！而且本来可能会下雨的，我们真是太幸运了！”

“是的。我们得马上向不朽的神明献上祭礼。”

两人兴高采烈地走着，看到任何东西都充满了兴致：为捡到一根蓝得像青金石的松鸡羽毛而高兴；为见到一个像镜子一样的积水小坑，看到水底下的树枝而高兴；为见到树上长出硕大的木耳而高兴。他们讨论了很久，到底给山毛榉树起个什么绰号最贴切。两人都觉得比起其它树木，山毛榉树更像是有知觉的动物。或许这是因为它们的树皮很光滑，而且枝条从树干里生出来的姿态很像是动物的肢体。戈登说树皮上那些小小的结眼就像是胸脯上的乳头，而上面那些蜿蜒的树枝长着光滑黝黑的树皮，看上去就像大象蜷曲的鼻子。他们争论起暗喻和明喻的问题。和往常一样，两人时不时就会激烈地争吵一番。戈登开始嘲笑她对一切事物所用的糟糕的比喻。他说角树黄褐色的树叶就像是伯恩-琼斯[①]画笔下少女的头发，而那些缠绕在树上的藤蔓就像狄更斯笔下那些女性角色热情的胳膊。有一回

---

① 爱德华·克里·伯恩-琼斯（Edward Coley Burne-Jones，1833—1898），英国画家、设计家，前拉斐尔画派名家。

他执意要捣毁几朵淡紫色的毒蘑菇，因为他说它们让他想起了拉克汉姆[①]的插画，他怀疑会有精灵围着这些蘑菇跳舞。罗丝玛丽骂他是一只没心没肺的猪猡。她踩着齐膝深的落叶，发出沙沙沙的声音，似乎踏入了没有重量的金红色的海洋中。

“噢，戈登，看看这些树叶！看看，阳光照耀着这些树叶！就像金子一样，真的像金子一样。”

“童话里的金子。再过一会儿你就会沉浸在巴里的童话世界里了。事实上，如果你要打个贴切的比方的话，它们的颜色就像番茄汤。”

“别像只猪一样，戈登！听一听它们沙沙作响的声音。‘层层叠叠，就像散落在瓦伦布罗莎的秋叶。’[②]”

“或者说，像那些美式早餐麦片。特鲁维特牌早餐麦片。‘孩子们吵着要吃早餐麦片。’”

“你真是一头猪！”

她大笑起来。两人手拉手散着步，沙沙沙地踏着齐踝深的枯叶，大声地说着：

“厚厚密密的早餐麦片，装满了卫尔温花园城的盘子！”

太好玩了。过了一会儿他们走出了林区。现在周围有很多人了，但如果你避开大路的话，车子倒是不多。有时候他们听到教堂的钟声，就绕路避开去教堂的人。他们开始穿过偏僻的村落，在这些村庄的外围建了几座伪都铎式的别墅，孤芳自赏地与其它房屋保持着距离，修了车库，种了月桂树丛和未经修

---

① 亚瑟·拉克汉姆（Authur Rackham，1867—1939），英国插画家，画作多以神话和传说为题材。

② 此句出自英国诗人约翰·弥尔顿（John Milton）的长诗《失乐园》（*Paradise Lost*）。

剪的草坪。戈登兴致勃勃地抨击着这些别墅和它们所代表的堕落文明——股票经纪人和他们浓妆艳抹的妻子，高尔夫球、威士忌酒、占卜板和名叫“乔克”的阿伯丁犬。他们又走了大概四英里路，一直在聊天，经常吵起架来。天空中飘过几朵薄纱一般的云，但几乎没有一丝风吹来。

他们觉得脚越来越酸，肚子越来越饿。谈话不知不觉地转到了食物上面。两人都没有手表，但经过一座村子时，他们看到小酒馆开着，因此肯定是过了十二点。他们经过一间名叫“擒鸟酒吧”的小酒馆，看上去档次不高，两人犹豫着，戈登想进去，因为他觉得这么一家酒馆叫上面包加奶酪和啤酒顶多只要花一先令。但罗丝玛丽说这间店太邋遢了，而情况的确如此。于是他们继续向前走，希望在村子另一头找到一间比较像样的酒吧。他们幻想着一间舒舒服服的酒吧，安放着橡木靠背长凳，或许在墙上的玻璃橱窗里挂着一条腌干了的梭子鱼。

但村子里没有别的酒吧了，他们又走到开阔的郊外，视野之内没有房子，甚至没有路牌。戈登和罗丝玛丽开始有点紧张。两点钟酒吧就关门了，那时候可就没东西吃了，或许就只能去某间乡村糖果店买包饼干充饥。想到这里，两人的肚子都饿得咕咕叫。他们拖着步子疲惫地登上一座山丘，希望在山对面找到另一座村庄，但只看到山下远处有一条墨绿色的河流蜿蜒而去，边上似乎有一座很大的城镇，一座灰色的桥横跨河流。他们甚至不知道那是什么河——那当然就是泰晤士河。

“感谢上帝！”戈登说道，“那里一定有许多酒馆。我们见到第一间就进去。”

“好的，快走吧。我肚子好饿。”

但当他们走近那座城镇时，那里出奇的安静。戈登怀疑人是不是都上教堂去了，或在吃星期天中午的正餐，但后来他意识到是这个地方人烟太稀少了。这里是泰晤士河上的一座河滨小镇克里卡姆，每到泛舟的季节才生机勃勃，而其它时候则死气沉沉。小镇由河堤一直延伸，方圆大概有一英里，房子都是船屋和平房，全部都关着门，没有人住。到处都看不见人，不过最后他们遇到了一个态度冷漠的红鼻子胖子，蓄着参差不齐的胡须，坐在一张露营凳子上，旁边放着一罐啤酒。他正拿着一根二十英尺的钓鱼竿在河床的牵引道钓鱼，平静的绿水上有两只天鹅正绕着他的浮标游来游去，他一拉起鱼钩就想偷吃上面的钓饵。

“劳驾问一下，你知道哪里可以吃东西吗？”戈登问道。

胖子似乎预料到他会问这个问题，心里暗自窃喜。他看都没看戈登一眼，回答道：“这里没东西吃，你不用指望了。”

“该死的！你是说，这里没有一间酒吧？我们从法纳姆公地一路走过来的。”

胖子嗤之以鼻，似乎想了一想，仍然紧盯着鱼漂。“我想你可以去拉文斯克罗夫酒店碰碰运气。”他说道，“大约半英里，那里可以点餐。我是说，如果有开门的话。”

“他们开门吗？”

“可能有，也可能没有。”胖子悠然自得地回答。

“请问现在几点了？”罗丝玛丽问他。

“刚好一点十分。”

两只天鹅顺着牵引道跟着戈登和罗丝玛丽一段距离，显然以为他们会喂东西吃。拉文斯克罗夫酒店似乎没什么指望会开门。整个地方看上去就像淡季的度假村一样萧条肮脏，那些平房的木头都开裂了，白色的油漆掉得斑斑驳驳，透过布满灰尘的窗户可以看到屋里面空荡荡的。连河堤旁边的那些自动售卖机都坏了。

镇的另一头似乎又有一座桥。戈登骂骂咧咧地说："我们刚才真是太傻了，有机会到酒吧里吃东西，却没有进去！"

"噢，亲爱的。我真的饿了。我们折回去好不好，你觉得呢？"

"没用的，我们一路走来都没有见到像样的酒馆。我们必须继续走下去。我想拉文斯克罗夫酒店应该在桥的对面。如果那是一条大路，或许酒店仍在营业。如果不是那样的话，我们就惨了。"

他们拖着步子走到桥那里。现在两人的脚酸得不行了。但是，看哪！他们最想要的东西终于出现了。在桥的对面，顺着一条看上去像是私人产业的道路望过去，矗立着一座巍峨时髦的酒店，背后的草坪一直延伸到河边。显然，酒店还在开门营业。戈登和罗丝玛丽立刻热切地朝酒店走去，然后停下脚步，有点被吓住了。

"这家酒店看上去挺贵的。"罗丝玛丽说道。

确实，这地方看上去不便宜。这是一个自命不凡又粗俗不堪的地方，到处都涂着金漆和白漆——是那种每一块砖头上都写着"收费昂贵"和"服务低劣"这对标语的黑店。在车道旁边，一面金字招牌居高临下对着道路，上面写着，

拉文斯克罗夫酒店
向非度假村住客开放
午餐—茶点—晚餐
舞厅及网球场开放
承办宴席

两辆锃亮的双座小汽车就停在车道上。戈登心虚了，口袋里的钱似乎化为乌有，这跟他们一直在寻找的舒适的小酒吧简直就是云泥之别。但他真的很饿了。罗丝玛丽拧着他的胳膊。

“这地方看起来好贵。我们还是走吧。”

“但我们得吃点东西。这是我们最后的机会，我们找不到别的酒吧了。”

“这种地方东西总是很难吃。冷盘牛肉吃起来就像是去年剩下来的一样，而且就这破玩意他们还死命宰你呢。”

“噢，那好，我们就只点面包加奶酪和啤酒。这些东西价格到处都一样。”

“但他们可不喜欢你这么点菜。他们会哄骗我们吃一顿像样的午餐，你一会儿就知道了。我们必须意志坚定，就说只要面包加奶酪。”

“那好，我们绝不松口。走吧。”

他们走了进去，打定了主意绝不松口。但刚走进阴风阵阵的门厅就感觉到一股昂贵的味道——其实那是印花棉布、干花、泰晤士的河水和空酒瓶的味道。一家河滨酒店总是带着这股味道。戈登的心一沉。他知道这是一个什么样的地方。这种公路边的酒店平时门可罗雀，那些股票经纪人经常在星期天下午带着妓女到这里来。在这种地方，你遭受羞辱和被宰是板上钉钉的事情。罗丝玛丽畏缩着挨近了他一些。她也被吓到了。他们看到一扇门上写着“雅座”，于是推开门，以为那一定是间酒吧。但那不是酒吧，而是一个装修时髦寒气逼人的宽敞房间，布置着灯芯绒椅子和长靠椅。你或许会以为这只是一间普通的大堂，但是所有的烟灰缸都印着“白马牌威士忌”的广告。在一张桌子旁边，那几个汽车停放在外面的车主——两个头顶扁平、肥头大耳的金发男子，穿着过于年轻，带着两个盛气凌人的女伴——正坐在那儿，显然刚刚吃完了午饭。一个侍者正弯着腰站在他们的桌旁给他们斟酒。

戈登和罗丝玛丽在门口停住了。那一桌人正以中上阶层鄙视的眼神打量着他们。他们都看得出戈登和罗丝玛丽看上去很疲惫邋遢。只点面包加奶酪和啤酒的念头几乎被抛到脑后。在这么一个地方，你可不能说"面包加奶酪和啤酒"，你只能说"来两客午餐"。不然的话，就只有走人。那个侍者几乎公然表示出轻蔑。他光瞄了两人一眼就知道他们都是穷鬼，而且知道两人都想着快点逃离这里，于是打定主意要在他们逃之夭夭之前把他们给截下来。

"要来点什么，阁下？"他将桌上的托盘拿了起来。

来吧！说"面包加奶酪和啤酒"，管它什么呢！呜呼哀哉！他的勇气不见了，只能说"来两客午餐"。他貌似不经意地把手伸进口袋里，确定一下钱还在那儿。他知道还剩七先令七便士。那个服务员的眼睛盯着他的一举一动。戈登气恼地觉得他似乎能看穿他的衣服，数清他口袋里有多少钱。他以最大的音量开口问道："请问有午餐吃吗？"

"午餐是吗，阁下？有的，阁下。这边请。"

这个侍者是个年轻人，长着一头黑发，脸蛋光滑，五官端正，就是脸色不大好看。他那身衣服剪裁做工很精细，但看上去很脏，似乎他很少把衣服脱下来。他看上去像个俄国的亲王，或许他其实是英国人，故意装出外国人的腔调，因为服务员都是这副德性。罗丝玛丽和戈登像战败者一样跟着他来到后面正对着草坪的用餐的地方。这地方感觉像个水族馆，完全是由绿色的玻璃营造的，非常潮湿阴冷，你可以幻想自己就置身于水底。你可以看到外面的河流并闻到河水的味道。在每张小圆桌子的中间都摆了一碗纸花，而为了让水族馆的效果更完善，在一面墙上靠着一个大花架，上面摆放了长青植物、棕榈植物、叶兰什么的，看上去就像单调的水草。如果是夏天，这个房间应该十分宜人，但现在太阳躲在云朵后面，感觉很潮湿难受。和戈登一样，罗丝玛丽也很怕那个侍者。两人坐下来之后，趁那个侍者转过身，她冲他扮了个鬼脸。

“我这顿饭自己给钱吧。”她隔着桌子低声对戈登说道。

“不行，你少来。”

“这地方好可怕！这里的食物肯定很难吃。我好希望我们没进来这里。”

“嘘！”

那个侍者拿着一张脏兮兮的菜单回来了。他将其递给戈登，站在他身边，带着盛气凌人的架势。作为侍者，他知道戈登口袋里其实没多少钱。戈登的心怦怦乱跳。要是一客午餐要价三先令六便士，甚至半克朗的话，他们可就完蛋了。他咬紧牙关，瞄了菜单一眼。感谢上帝！这是一份自选菜单，上面最便宜的是冷盘牛肉和沙拉，只要一先令六便士。他含含糊糊地说道：

“给我们来一份冷盘牛肉，谢谢。”

那个侍者精致的眉毛一扬，故作惊讶地问道：

“只要冷盘牛肉吗，阁下？”

“是的，就要这个。”

“您不点其它东西吗，阁下？”

“噢，好的，面包当然是要的。还有黄油。”

“不要开胃汤吗，阁下？”

“不了，不喝汤。”

“也不要鱼吗，阁下？只要冷盘牛肉？”

“我们要吃鱼吗，罗丝玛丽？我想我们不吃了。不，不要鱼。”

“也不要饭后甜点吗，阁下？就只要冷盘牛肉？”

戈登几乎按捺不住自己的脾气。他觉得这辈子最痛恨的人莫过于这个侍者了。

“要是我们还要点其它东西的话会告诉你的。”他说道。

“您要喝什么呢，阁下？”

戈登想点啤酒，但现在他没这个勇气了。经过这场冷盘牛肉的风波后，他决定挽回自己的面子。

“拿酒单给我看看。”他的语气很冷淡。

又一份脏兮兮的菜单拿过来了。所有的酒看上去都很昂贵。但在最顶端的一项写着无名餐酒，一瓶只要两先令九便士。戈登迅速计算了一番。他花得起两先令九便士。他用大拇指指甲点了点那种酒的名字。

“给我们拿这瓶酒来。”他说道。

那个侍者的眉毛又扬了起来，阴阳怪气地问道：

“您要一整瓶吗，阁下？您确定不要半瓶？”

“要一整瓶。”戈登冷冷地回答。

那个侍者侧着头，耸了耸左肩以示轻蔑，然后转身离开。戈登再也受不了了。他看到桌子对面罗丝玛丽的眼神，他们得好好教训那个侍者一顿！过了一会儿，那个侍者回来了，端着那瓶廉价红酒的瓶颈，将一半瓶身藏在外套的下摆里，似乎那是什么见不到人的东西。戈登已经想到了报复的点子。那个侍者给他们看瓶身的时候，他伸出一只手摸了摸，然后皱着眉头说道：

“红酒怎么能这样端上来。”

那个侍者吃惊地问道：“怎么了，阁下？”

“酒太冷了。把瓶子拿去温一下。”

“遵命，阁下。”

但这并不是真正的胜利。那个侍者神色自若。这酒还值得温一温吗？他那上扬的眉毛似乎在这么说。他带着一脸轻松的鄙夷拿着酒瓶离开了，让罗丝玛丽和戈登知道光是点菜单上最便宜的酒已经够丢脸了，点完之后还要小题大做更是把脸丢到家了。

牛肉和沙拉冰冷得有如死尸，似乎根本不是真正的食物，味道像水那么淡。那些面包又馊又潮。芦苇丛生的泰晤士河的河水似乎掺进了一切食物里。酒瓶一开，那酒尝起来果然就像泥浆一样。但幸好还是酒精饮品，实在是太好了。当它穿喉而过，流入胃里时，你会惊奇地发现整个人开始振奋起来。喝了一杯半酒之后，戈登感觉好多了。那个侍者站在门边，耐心地等候着，手臂上搭着餐巾，想让戈登和罗丝玛丽看到他而感觉不自在。一开始的时候他的小伎俩得逞了，但戈登背朝着他，过了一会儿就几乎将他忘记了。渐渐地，他们恢复了勇气，开始更加轻松愉快地说话，声音也响亮了一些。

戈登说道：“你看，那两只天鹅一直跟着我们到这儿来了。”

确实，外面墨绿色的河上有两只天鹅游来游去。这时太阳又出现了，这间沉闷的、水族馆式的餐室笼罩在令人愉悦的绿色光芒中。戈登和玛丽顿时觉得很暖和开心。他们开始有一句没一句地闲聊，似乎当那个侍者不存在一样。戈登拿起酒瓶，又倒了两杯酒。两人举杯时四目交投。她温柔而略带讽刺地看着他，眼神似乎在说：“我是你的情人，真是好笑！”他们的膝盖在小小的桌子底下接触碰撞着。时不时她的膝盖会夹住他的膝盖。他的心里涌过一股渴望色欲的暖意，身子都软了下来。他想起来了！她是他的女朋友，他的情人。呆会儿两人独处的时候，在一个隐匿暖和无风的地方，他会脱光她的衣服，到最后，他还是能占有她。是的，一整个早上他已经知道这件事会发生，但那幕情景并不真实。直到现在他才有了真切的感受。他什么也没说，心里确信一小时后她将会赤身裸体地躺在他的怀抱里。他们坐在温暖的阳光中，膝盖厮磨着，目光交流着，似乎觉得一切已经完成了。两人之间充满了柔情蜜意。他们可以在这里坐上几个小时，就只是看着对方，谈一些只有他们俩才能理解的琐事。他们在那儿坐了二十分钟，或许更久。戈登忘记了那个侍者——甚至暂时忘记了来这里吃午饭所意味的灾难：他将被宰得分文不剩。但很快太阳又躲到云后，房间又变得灰蒙蒙的，他们意识到得走了。

“结账。”戈登半转过身说道。

那个侍者惹嫌地最后问了一句：

“结账吗，阁下？但您不喝杯咖啡吗，阁下？”

“不了，不喝咖啡。结账吧。”

那个侍者退了下去，然后拿着一个托盘回来了，上面摆着一张折叠了的账单。戈登打开账单一看，六先令三便士——他身上有七先令十一便士！当然，他已经知道账单会是多少钱，但它真的被递过来时还是吓了他一跳。他站起身，伸手到口袋里，掏出所有的钱。那个年轻的侍者脸色很难看，手里拿着托盘，看着那堆硬币。显然，他知道这是戈登的全副家当。罗丝玛丽也站了起来，走过桌子，捏了一下戈登的手肘，暗示她愿意付她分内的钱。戈登假装没有察觉。他付了六先令三便士，转过身的时候往托盘上又放了一先令。那个侍者把那个先令拿在手里掂了一下，轻轻一弹将它滑进背心的口袋里，神态似乎在掩藏什么见不得人的东西一样。

顺着走廊走出去的时候，戈登觉得很郁闷无助——几乎觉得头晕目眩。这下子他的钱全都用完了！怎么会发生这么可怕的事情。要是他们没有到这个该死的地方就好了！今天一整天就这么毁了——就为了一个冷盘牛肉和一瓶泥浆一样的红酒！一会儿还得为茶点而发愁，他只剩下六支烟，还有回斯洛的巴士车费，天知道还有什么地方得花钱，而他只有八便士可以张罗！他们走出酒店，感觉就像被踢出门一样，大门在他们身后关上了。刚才那种温馨的亲密感消失了。现在他们来到外面，一切似乎都变了。来到户外，他们的血似乎突然间冷却了。罗丝玛丽走在他前面，似乎愁眉不展，没有说话。她为自己下了决心要做的事情而感觉心里有点害怕。他看着她那强壮而秀气的胳膊和腿脚在移动。她的身躯就在这里，他一直梦寐以求的身躯，但现在时候到了，却令他觉得气馁。他想要占有他，让她成为他的情人，但他一心只希望事情赶快过去。他得强迫自己把这件事给做了。那张该死的酒店午餐账单搞得他方寸大乱，真是奇怪。早上轻松愉快无忧无虑的气氛被打破了，那令人憎恶而熟悉的幽灵——对钱的担忧——又回来了。再过一会儿他就得承认自己只剩下八便士，他得向她借钱才能回家。真是太丢脸了，太没面了了。让他仍能鼓起勇气的是那些红酒。酒精的暖意和只剩下八便士那种可恶的感觉在他的心里交战着，哪一方都无法占得上风。

两人慢慢地走着，但很快他们就离开了泰晤士河，又走到了高地上。两个人都挖空心思想说些什么，却又想不起能说些什么。他和她并肩走着，拉着她的手，十指相扣。两人感觉好了一些，但他的心充满了痛苦，五脏六腑似乎缩成了一团。他不知道她是否也有同感。

“这里似乎一个人也没有。”最后她开口说道。

“今天是星期天下午。吃完烤牛肉和约克郡布丁后，都躺在叶兰下面睡觉呢。”

两人又沉默了。走了五十码远，他艰难地开口说道：

“天气好暖和，我们找个地方坐下来好吗？”

“好的，如果你喜欢的话。”

很快他们就来到道路左边的一处小树林，四周一片荒寂，光秃秃的树下寸草不生。但在小树林远端的角落里长着一大丛黑刺李灌木丛。他什么也没说，伸手搂着她，带着她朝那个方向走去。在树篱那里有一道空隙，围了几根铁丝。他将铁丝拉起来，她敏捷地钻了过去。他的心又怦怦乱跳。她的身躯是那么柔软而强健！但当他钻过铁丝跟在她后面的时候，那八便士——一个六便士的硬币和两个一便士的硬币——在他的口袋里叮当作响，再次让他气馁。

走到灌木丛那里时，他们发现有一处天然的凹处，三面环绕着荆棘丛，虽然没有叶子，但根本无法通行。剩下的一面俯瞰着山下一片光秃秃的、翻耕好的农田。山脚下有一间低矮的小木屋，看上去就像小孩子的玩具一样，烟囱没有冒烟。到处都静悄悄的，你再也找不到这么僻静的地方了。树底下长着柔软的青草，感觉就像苔藓。

“我们应该带一张防水布毡过来的。”他跪了下来。

“没关系。地上很干。”

他把她拉到身边，亲吻着她，摘下那顶帽子，胸对胸压在她身上，亲吻着她整张脸。她躺在他身下，一直在退缩着，并没有迎合他，当他的手摸到她的胸脯上时也没有反抗。但在心里面她仍在害怕。她愿意献身——噢，是的！她会遵守她没有说出口的承诺，她不会反悔，但她真的很害怕。而他的心里面也带着不情愿。到了这个时候他才发现自己其实并不是真的想占有她，这让他意兴阑珊。关于钱的事仍然在困扰着他。你口袋里只有八便士，而且一直在想着这件事，怎么能做爱呢？但在某种意义上说，他又想占有她。事实上，他不能没有她。当他们真正成为情人后，他的生活将完全改变。他久久地压在她的胸脯上，她的头转到一边，而他的脸就靠在她的脖子和头发上，没有更进一步。

接着，太阳又出来了，低矮地悬在空中。和煦的阳光洒落在他们身上，似乎有一张横贯天空的薄膜裂开了。太阳躲在云后面的时候草地上真的有一点冷，但现在感觉又像夏天一样暖和。两人都坐了起来，为阳光欢呼。

“噢，戈登，看！阳光把一切都照亮了！”

随着云层渐渐散去，黄色的阳光照耀的范围迅速扩展至整座山谷，所到之处万物都被镀上了一层金光。原本是暗绿色的草坪一下子变成了翡翠般的颜色。山下那间空木屋显露出暖和的色调：紫蓝色的瓦片、樱桃红的砖块。只是缺少了鸟儿的歌唱，让你意识到现在其实是冬天。戈登搂着罗丝玛丽，用力地将她揽入怀中。两人脸颊贴着脸颊，坐着那儿望着山下。他转过身，亲吻着她。

“你真的喜欢我，是吗？”

“我爱你，傻瓜。”

“你会对我好，是吗？”

“对你好？”

“让我做我想做的事情？”

“是的，我想是的。”

“任何事情？”

“嗯，好的，任何事情。”

他又把她压在草坪上。现在气氛感觉很不一样了。太阳的暖意似乎注入了他们的骨头里。“亲爱的，把衣服脱掉吧，”他低声说道。她脱掉了衣服，没有扭捏作态。在他面前她不觉得害羞。而且天气这么暖和，这里又那么僻静，你脱多少件衣服都无所谓。他们把她的衣服铺开，当成一张临时的床让她躺在上面。她光着身子躺了下来，手放在头后，眼睛紧闭着，脸上带着微笑，似乎她已经想好了，内心很平静。他跪在地上，久久地看着她的身体。那么优美，令他心醉神迷。光着身子的她比穿着衣服的她看上去年轻得多。她的脸往后仰，眼睛紧闭，看上去像个小女孩。他凑到她的身边。口袋里的硬币再次叮当作响。只剩下八便士了！待会儿就会有麻烦的。但现在他不会去想这件事。继续下去，这才是要紧事，继续下去，以后的事情管它呢！他伸出一只手到她身下，将自己的身躯压在她的身躯上。

“可以吗？现在？”

“嗯，可以。”

“你不害怕吗？”

“不害怕。”

“我会尽量温柔地对你。”

“没关系。”

过了一会儿。

“噢，戈登，不要！不，不要，不要！”

“怎么了？到底怎么了？”

“不，戈登，不要！你不能这么做！不行！”

她伸出手用力将他往后推。她的脸看上去很陌生惊恐，几乎带着敌意。在这个时候她将他推开真是太可怕了。他好像被当头浇了一盆冷水，从她身上缩了回去，心烦意乱地匆匆整理好衣服。

“怎么了？到底出什么事了？”

“噢，戈登！我以为你——噢，亲爱的！”

她把手掩面，然后侧转身子避开他，突然害臊起来。

“怎么了？”他又问了一遍。

“你怎么可以这么草率？”

“你什么意思——我怎么草率了？”

“噢，你知道我在说什么！”

他的心一沉。他知道她想说什么，但直到现在他才想到这件事。确实如此——噢！是的！——他应该一早就想到的。他站起身，背对着她。突然间，他知道这件事就到此为止了。星期天下午在一块湿漉漉的草地上——还是大冬天！不可能的事情！一分钟前这似乎还是顺理成章的事情，现在看起来是那么肮脏丑陋。

“我没有想到这一点。”他苦涩地说道。

“但我实在是忍不住，戈登！你应该想到的——你知道的。”

“你不会以为我老是想着这档子事情吧？”

“但我们还能怎么办？我不能怀上孩子，不是吗？”

“或许不会有孩子呢。”

“噢，戈登，你怎么可以这样！”

她躺在那儿看着他，脸上尽是哀愁，这个时候她甚至忘记了自己光着身子。他的失落化为了愤怒。又来了，你看，又是钱的问题！连你生活中最私密的事情都无法摆脱金钱的影响。为了钱的缘故，冷漠卑劣的预防措施把这件事给搅黄了。钱，钱，总是钱的问题！即使在新婚的床上，财神爷也要染指！无论你跑到天涯海角他都不会放过你。他来回踱着步子，双手插在口袋里。

“你看到了吧，又是钱的问题！”他抱怨道，“即使在这一刻它也要横插一脚，肆意玩弄我们。即使只有我们两人独处，在这僻静的荒野，没有人看着我们。”

“这件事和钱有什么相干？”

“告诉你吧，要不是因为钱的缘故，你绝对不会担心怀上小孩。要不是钱的缘故，你**会想**怀上小孩。你说你‘不能’有小孩，你是说真的不能有小孩吗？你是说你‘不敢’有小孩。因为你会失去工作，而我又没钱，我们都会饿死。所以才会有这种控制生育的把戏！这只是金钱欺辱我们的另一种方式。而显然，你只能忍气吞声。”

“但我能怎么办，戈登？我该怎么办？”

这时太阳消失在云后。天一下子凉了。眼前的这一幕真是滑稽——一个赤身裸体的女人躺在草坪上，一个衣着整齐的男人闷闷不乐地站着，双手插在口袋里。再躺下去的话她就会着凉的。整件事实在是太荒唐太猥琐了。

“但我还能怎么办？”她重复了一遍。

“我想你应该穿上衣服。”他冷冰冰地说道。

他说出这番话是出于报复心里的不爽，却深深地刺痛了她，显然让她觉得很难堪，他只能转身背对着她。没过一会儿她就穿好了衣服。她跪在地上绑鞋带时，他听到她啜泣了几声。她就快哭出来了，正竭力控制住自己的情绪。他觉得羞愧万分。他想跪在她面前，搂着她，乞求她的原谅。但他做不出这些事来，此情此景让他变成了一个迟钝笨拙的人。他觉得很难开口说话，即使只是说一些最平淡的话。

“你弄好了吗？”他哑声哑气地问道。

“好了。”

两人钻过铁丝，回到路上，一言不发就开始下山。清新的云朵卷过太阳，气温陡降了。再过一个小时，黄昏就会降临。他们来到山脚下，见到拉文斯克罗夫酒店，他们的蒙难之地。

“我们去哪儿？”罗丝玛丽幽幽地轻声问道。

“回斯洛吧。我们得过桥看看路标。”

走了几英里，两人几乎没有开口说话。罗丝玛丽觉得很尴尬难过。有好几次她靠近他身边，想挽着他的胳膊，但他躲开了她，于是两人并排走着，中间几乎隔着一条马路。她猜想是自己惹恼了她，他觉得很失望——因为在最要紧的关头她把他推开了——他生她的气了。要是他肯给她机会的话，她愿意向他道歉，但事实上他根本没再想这件事了。现在困扰着他的是钱的问题——他口袋里只有八便士这个事实。再过一会儿他就得坦白，从法纳姆到斯洛坐巴士要钱，到斯洛吃茶点要钱，买烟要钱，再得坐一趟巴士要钱，回到伦敦可能还得吃顿饭要钱，而他只有八便士，怎么应付得了！他终究得向罗丝玛丽借钱，这真是太羞耻了。跟一个刚刚吵完架的人借钱实在是太可恶了。他为什么老是喜欢胡说八道！刚刚他还在振振有词地教训她，假装因为她觉得避孕是天经地义的事情而吃惊，而接下来他就开口问她借钱！但是你明白这就是金钱的威力。不管你摆出什么样的姿态来，金钱，或者说是缺钱的事实都可以将其轻轻戳破。

四点半的时候天几乎都黑了。两人在雾蒙蒙的路上跋涉着。除了小木屋的窗户透出的灯光和偶尔驶过的汽车车灯之外，路上没有照明。天气变冷了，但他们走了四英里路，觉得很暖和。一直不吭声是不可能的。两人开始轻松地聊起天来，渐渐地凑在了一起。罗丝玛丽挽着戈登的胳膊，过了一会儿，她拉住他，让他转过身，面对着她。

"戈登，为什么你要那么残忍地对我？"

"我怎么对你残忍了？"

"这一路上你对我不理不睬的！"

"噢，天哪！"

"你还生我的气吗？因为刚刚发生的事情？"

"不，我没生你的气。你又没有错。"

她抬头看着他，想在几乎漆黑一片的天色中看清楚他脸上的表情。他把她拉到怀里，她似乎知道会这样，将头往后仰，和他接吻。她热切地搂着他，身体靠在他身上，似乎她一直在等候着这一刻。

"戈登，你爱我，是吗？"

"我当然爱你。"

"不知道出了什么事。我忍不住就那么做了。我突然间好害怕。"

"没事了。下一次就会好的。"

她偎依在他身上，把头栽在他的胸膛上。他可以感觉到她的心跳得很猛烈，似乎她正在下决心。

“我不在乎了。”她含糊地说道，脸埋在他的大衣里。

“不在乎什么？”

“怀上孩子。我愿意冒险。你可以对我做你想做的事情。”

这些让步的话勾起了他微弱的欲望，然后立刻平息下来。他知道为什么她会说这些话。并不是因为现在她真的愿意和他做爱，而是出于一种慷慨的冲动，想让他知道她爱他，因此甘冒风险也不愿令他失望。

“现在？”他问道。

“嗯，如果你想的话。”

他想了一下。他是多么渴望占有她！但傍晚的寒风吹拂着他们，树篱后的草坪一定又湿又冷。不是时候也不是地方。而且，那八便士一直盘踞在他的脑海里。他不再有亲热的心情了。

“我不能这么做。”最后他开口了。

“你不能这么做！但是，戈登！我以为——”

“我知道。但此一时彼一时。”

“你还在生气吗？”

“是的，在某种程度上。”

“为什么？”

他将她推开了一些，早说晚说都一样。但是他觉得很惭愧，只能嗫嚅着说道：

“我有一件糟糕的事情要告诉你。这件事一路上都在困扰着我。”

“什么事情？”

“是这样的，你能借点钱给我吗？我身上几乎没钱了。本来钱刚好够今天用的，但那张该死的酒店账单把一切都毁了。我只剩下八便士了。”

罗丝玛丽惊讶地挣脱他的怀抱。

“只剩下八便士！你在想些什么？你只有八便士，这又有什么大不了的？”

“我不是告诉过你吗，待会儿我就得向你借钱。你得自己付坐巴士的钱，还得帮我付钱，还得自己掏钱吃茶点，天知道还有什么得花钱。是我叫你和我一起出来的！你应该接受我的款待。真该死。”

“接受你的款待！噢，戈登。就是这件事让你一直愁眉苦脸？”

“是的。”

“戈登，你就像个小孩子一样！你怎么会让自己为这件事而发愁呢？似乎我介意借钱给你一样！我不是一直告诉你，我们一起出来的时候，我愿意自己掏钱吗？”

“是的，而你也知道我不喜欢你自己掏钱。这件事那天晚上我们已经谈过了。”

“噢，你真是荒唐，太荒唐了！你觉得没钱是一件很羞耻的事情吗？”

“当然是这样！这是世界上唯一令人觉得羞耻的事情。”

“但这跟你和我做爱又有什么关系？我不理解你。一会儿你想要做爱，一会儿你又不想做爱。这跟钱有什么关系？”

“关系大了。”

他挽着她的胳膊，开始赶路。她是不会明白的，但他还是得解释一番。

“你不明白吗，当一个人口袋里没钱的时候，他感觉自己不像是一个完整的人——感觉根本不算是一个男人！”

“我不觉得。我觉得这很傻。”

“我不是不想和你做爱。我很想。但听我说，我身上只有八便士时，我做不到。至少在你知道我只有八便士的时候我做不到。我的身体不听使唤。”

“但为什么会这样？为什么？”

“你去读兰普里埃的书就知道了。”

他含糊地回答。解释到此结束。两人不再谈起这件事。他又一次行为乖张，却让她觉得做错事的人是她自己。两人继续走着。她无法理解他，但什么事情都可以原谅他。很快他们就走到法纳姆公地，在十字路口等候巴士回斯洛。巴士驶近他们时，罗丝玛丽趁黑抓住戈登的手，放了半克朗进去，这样他就可以付车费，而不用因为在大庭广众之下让女人给钱而觉得难堪。

戈登自己宁愿走回斯洛，省下搭巴士的费用，但他知道罗丝玛丽不肯这么做。到了斯洛他想直接坐火车回伦敦，但罗丝玛丽气愤地说她得吃完茶点才会动身，于是他们去火车站旁边一家阴风阵阵的大酒店里，要了茶、几个萎蔫的小三明治、几个像油腻子的岩皮饼，每个人用了两先令。让罗丝玛丽付钱让戈登羞愧难当。他恼羞成怒，什么也不肯吃。两人低声吵了一架，因为他执意要把自己那八便士添进去帮补茶点的钱。

两人乘火车回伦敦时已经七点了。火车上坐满了穿着卡其布短裤的远足者，每个人都很疲惫。罗丝玛丽和戈登没怎么说话。两人坐得很近。罗丝玛丽挽着他的胳膊，把玩着他的手。

戈登望着窗外。车厢里的人望着他们，猜想他们刚才因为什么事情而吵架。戈登看着路灯照耀下的夜色呼啸而过。他一直盼望的日子就这么结束了。现在他要回柳堤路去，身无分文的一周正等候着他。整整一个星期，除非奇迹发生，否则他甭想给自己买一支香烟。他真是个彻头彻尾的大傻瓜！罗丝玛丽没有生他的气。她用力地抓着他的手，想让他知道她爱着他。他那张苍白不满的脸扭了过去，不去看她的脸。他的大衣很邋遢，他那头鼠色的头发很蓬乱，得好好剪一剪了。看着他这副模样她觉得心里充满了怜爱之情。要是没发生这些事情的话，她或许不会像现在这样对他怀着满腔的柔情，因为女性的直觉告诉她他不开心，生活对他来说非常艰难。

"送我回家好吗？"在帕丁顿下车时她问道。

"如果你不介意走路的话。我没钱搭车了。"

"车费我来付。噢，亲爱的！我知道你不愿意。但你待会儿自己怎么回家呢？"

"噢，我可以走回去。我认识路。不是很远。"

"我不想你一路走回去。你看上去很累了。乖乖的，让我付车费送你回家吧。好嘛！"

"不行。你已经为了我付了不少钱了。"

"噢，亲爱的。你怎么这么傻！"

两人在地铁站的入口处停了下来。他拉着她的手，"我想我们得道别了。"他说道。

"再见，亲爱的戈登。谢谢你带我出去。今天早上真的太好玩了。"

"啊，今天早上！那时确实不一样。"他想起了早上的情形，那时候就只有他们俩走在路上，他的口袋里还有钱。他觉得很悔恨。一整天来他的行为是如此乖戾。他用力地抓着她的手，“你不生我的气，是吗？”

“不生气，傻瓜，当然不生气。”

“我不是故意对你那么不好。是因为钱的缘故，总是因为钱的缘故。”

“别介意，下次不会这样了。我们去更好玩的地方。我们去布莱顿度周末，或做别的事情。”

“或许吧，等我有钱了再说。你会给我写信，对吗？”

“会的。”

“你的信是让我继续生活下去的唯一理由。告诉我，你什么时候给我写信，让我好有个盼头。”

“明天晚上我就给你写信，星期二寄出去。星期二晚上最后一趟递信你就可以收到了。”

“那再见吧，亲爱的罗丝玛丽。”

“再见，亲爱的戈登。”

他在书店门口和她道别。走出二十码开外时，一只手搭在了他胳膊上。他立刻转过身，是罗丝玛丽。她把一包二十支的金叶牌香烟塞进他的大衣口袋里，那是她刚才在香烟店里买的。还没等他提出抗议，她就跑回地铁站里去了。

他穿过玛丽尔伯恩的荒地和摄政公园。现在是一天里最索然无味的尾声。冷冷清清的街道上一片漆黑，带着星期天晚上奇怪的萧索之感，大家经过一天的闲暇，反而感觉比上一天班还累。夜幕降临，天凉了，风也刮得紧了些。凛冽的寒风呼啸而来。戈登的脚很酸，他走了得有十二到十五英里的路程，而且饥肠辘辘。一整天他都没怎么吃东西。早上的时候他匆匆忙忙出发，没来得及好好吃早餐；中午在拉文斯克罗夫酒店那顿饭根本不像样，从那之后他就再没吃过干粮。但是，回到家里也别指望有东西吃，因为他已经告诉过威斯比奇大妈他一整天都在外面。

走到汉普斯泰德路时他在路肩上等候着，让一排排车辆经过。即使到了这里，虽然路灯亮着，珠宝店的橱窗透出清冷的灯光，但周围看上去漆黑冷清。寒风穿透了他单薄的衣服，让他直打哆嗦。凛冽的寒风呼啸而来，落叶殆尽的白杨树弓下了腰。还剩两节这首诗就写完了。他又想起了今天早上的情形——空荡荡雾茫茫的道路、自由和冒险的感觉，你有一整天的时间在郊野里随意散步。当然，是因为他身上有钱才有这种感觉。那时他的口袋里有七先令十一便士。那是对抗财神爷的一次小小的胜利，一早上的偷欢，在阿斯塔罗斯①的树林中度过周末。但这种情况不会持久。你的钱花光了，自由也就随之而逝。"你们都要行割礼。"主如是说。我们灰溜溜地、哭哭啼啼地回来了，真是活该。

又有一列汽车经过。其中有一辆引起了他的注意。修长的车身像燕子一样优雅，涂着闪闪发亮的蓝色和银色油漆。他猜想这辆车得值一千基尼②，穿着一袭蓝衣的司机坐在方向盘后面，笔挺的身姿一动不动，像一尊对他充满轻蔑的雕像。车的后座有粉红色的内饰，四个文雅的年轻人，两男两女，正在抽烟大笑。他瞥见那几张油光水亮像兔子一样的脸，皮肤粉粉嫩嫩的，长得很迷人，在车厢里的灯光照耀下，散发着无法伪造、柔和温暖的金钱的光芒。

---

① 阿斯塔罗斯(Ashtaroth)，古代迦南地区和腓尼基地区神话传说中主管爱情与生殖的女神。

② 基尼(guinea)，英国金币，合21先令，币值比英镑略高。

他穿过马路。今晚没饭吃。但是，灯里还有油。感谢上帝，回去之后他可以偷偷泡一杯茶。这时他毫无掩饰地看清了自己和自己的命运。每天晚上都是一样——回到寂寞冷清的卧室，那一堆再也写不下去的脏乱的诗稿。这是一条死胡同。他永远写不完《伦敦之乐》，永远不能和罗丝玛丽结婚，永远不能让生活过得秩序井然。他只能浮浮沉沉，就像家里其他人一样，但比他们还糟——他将沦落到可怕的下等人的世界，那就是他所能想象到的前景。当他向金钱宣战时，他就选择了这么一条道路。要么侍奉金钱，要么沉沦堕落，没有其它道路可走。

地底下有什么动静，整条石板路都在颤抖。是地铁列车正在经过。他的脑海中浮现出伦敦和西方世界。他看到亿万名奴隶在金钱的宝座下卑躬屈膝辛苦劳动。农民们在耕地，水手们在航海，矿工们在地底下挥汗如雨地挖煤，职员们匆匆忙忙赶八点十五分的班，担心老板会将他们解雇，断了谋生之路。即使和妻子躺在床上他们也是一副战战兢兢恭恭敬敬的模样。服从谁？服从拜金教的教会势力，那些红光满面的世界的主宰，上流社会的成员。一群皮毛光滑的小兔崽子坐在价值一千基尼的汽车里，他们是打高尔夫球的股票经纪、大都会的金融家、大法官法庭的律师、衣着时髦的风花雪月的诗人、银行家、报刊记者、迎合四种性别[①]的小说家、美国拳击手、女飞行员、电影明星、主教、桂冠诗人和芝加哥黑手党。

他又走了五十码，脑海那首诗的最后一节浮现出来。他朝

① 此处奥威尔语焉不详，译者猜想是指性取向正常的男女及同性恋的男女。

家里走去，嘴里反复念叨着这首诗：

凛冽的寒风呼啸而来，
落叶殆尽的白杨树弓下了腰，
烟囱飘舞着黑黢黢的缎带，
在昏沉沉的空气中摇摆而下，

撕裂开来的海报颤抖着，声音很冷清，
火车在轰鸣，马蹄哒哒哒响个不停，
职员们匆匆赶向车站，
看哪，东边的屋顶正在战栗，

每个人都在想着，
“冬天来了！求求你了，上帝啊，让我今年保住工作吧！”
寒风就像一把冰冷的长矛，
刺透他们的身体。

他们想到了房租、水电、季票、
保险、煤炭和仆女的工资，
靴子、学费和下个月的分期付款，
上次在德雷格家具店买了两张双人床。

因为在无忧无虑的夏天，
我们在阿斯塔罗斯的树林里荒淫，
现在就忏悔吧，寒风吹起了，

让我们跪在公义的主宰面前。

财神爷就是万物的主宰，
他主宰着我们的血液、双手和大脑，
他赐予房屋遮风避雨，
也可以将其收走。

他嫉妒警惕地监视着，
我们的想法，我们的梦想，我们暗地里的行动
他决定我们说什么样的话，穿什么样的衣服，
决定我们的生活方式。

他浇灭我们的怒意，遏制我们的希望
以毫无价值的玩意儿买下我们的生命，
要我们以千疮百孔的信仰作为对他的祭礼，
我们接受他的凌辱，在心里暗暗高兴。

他将我们锁住，用诗人的才智，
苦力的力气和士兵的骄傲，
在新郎与新娘之间，
筑起光滑的、阻隔爱情的高墙。

第八章

时钟敲响了一点钟，戈登关上店门，然后快步小跑来到街道那头威斯敏斯特银行的分行。

出于谨慎，他下意识地将大衣的翻领紧紧地拉到身边。在他右边的里袋中放着一样东西，一样他不大相信真的存在的东西。那是一个厚厚的蓝色信封，贴着一张美国邮票，信封里有一张五十美元的支票，收款人是“戈登·康斯托克”！

他可以摸到信封长方形的轮廓，显露在他的身体外面，似乎那是一块火热的烙铁。一整个早上他感受到它的存在，无论他有没有去摸它，似乎右边胸膛下方那块皮肤得了过敏症。每隔十分钟他就会把支票从信封里拿出来，紧张地审视一番。毕竟，支票这东西不大靠得住。要是日期或签名出了问题那可就麻烦了。而且，他可能会把支票弄丢了——甚至会像童话里的金子一样凭空消失。

支票是《加利福尼亚文学评论》寄来的，几个星期前或几个月前他给这家美国杂志投过一首诗稿，但没有抱什么希望，几乎忘了有这么一首诗。都过了这么久了，直到今天早上，这封信终于远渡重洋送到他手里。多么热情的一封信！英国没有一个编辑会这样给投稿人回信。他那首诗给他们留下了“深刻而美好的印象”。他们将“着手安排”，将其刊登在下期杂志中。他可否“不吝珠玉”，让他们欣赏更多他的作品？（可以吗？噢，乖乖！——弗拉斯曼会这么说。）信里还夹了一张支票。这可真是太荒唐了，在这萧条动荡的 1934 年，谁会付五十美元作为一首诗的稿费。但是，信真的来了，支票就在里头，他检查了一遍又一遍，支票看上去的确是真的。

他得等到支票兑现之后心情才能恢复平静——因为银行有可能会拒绝兑现——但他已经在脑海里幻想着种种情景。他看到女孩子的脸，看到密密麻麻的红酒瓶和一瓶瓶容量为一夸脱的啤酒，看到一套新的西装和他从当铺里赎回来的风衣，看到自己和罗丝玛丽一起去布莱顿共度周末，看到他准备给朱莉亚的那张挺括的五英镑钞票。当然，最显眼的是那张给朱莉亚的五英镑钞票。收到支票时这是他的第一个念头。无论这笔钱他怎么用，他得分一半给朱莉亚。这很公道，因为这么多年来他从她那里“借”了那么多钱。整个早上，他老是突然想起朱莉亚和他欠她的钱。不过，这个想法让他有点不大高兴。每半小时他就会忘了这件事，计划出很多方式把这十英镑统统给花掉，然后他就会想起朱莉亚。和蔼的年老的朱莉亚！这笔钱理应有她一份。至少得有五英镑。即使是五英镑也不足以弥补他亏欠她的十分之一。到了第二十次，带着一丝不悦，他坚定了这个想法：五英镑留给朱莉亚。

银行没有刁难这张支票。戈登没有银行账户，但他们都认识他，因为麦克凯切尼先生在这里开了户。他们以前帮戈登兑现过编辑寄来的支票。出纳员咨询了一分钟，然后回来了。

“怎么给你钱呢，康斯托克先生？”

“一张五英镑，其它的一英镑，谢谢。”

那张挺括漂亮的五英镑钞票和五张干净的一英镑钞票从黄铜栏杆下面滑了出来，发出轻微的沙沙声。然后那个出纳推出一小堆半克朗和几便士的硬币。戈登装出绅士的派头，数都没数就把这些硬币丢进口袋里。这是一小笔意外之财。他以为五十美元只能兑换十英镑。美元一定是升值了。不过，他小心翼翼地折好那张五英镑钞票，放进那个美国信封里。这张钞票是给朱莉亚的，是神圣不可侵犯的事物。一会儿他就去寄给她。

他没有回家吃晚饭。他身上有十英镑——确切地说，是五英镑（他老是忘记一半的钱是要还朱莉亚的）——为什么要回去那间摆满了叶兰的饭厅啃硬得像牛皮的牛肉呢？现在他觉得给朱莉亚寄那张五英镑的钞票太麻烦了。今晚再寄都来得及。而且，他很享受那张钞票摆在口袋里的感觉。口袋里有了钱，你感觉完全不一样了，真是奇怪。不只是感觉有钱，而且很有安全感，令人振奋，似乎获得了重生。他觉得比起昨天的自己，整个人都变了。他变成了完全不同的人。他不再是那个任人践踏的可怜虫，那个只能寄居在柳堤路31号，就着煤油灯偷偷泡茶喝的可怜虫。他是大西洋两岸闻名遐迩的诗人戈登·康斯托克，出版了《耗子》（1932年）和《伦敦之乐》（1935年）。现在他对《伦敦之乐》非常自信。再过三个月这本诗集就可以面世了。八开本，白色亚麻布封皮。现在他觉得自己时来运转，天下事无不可为。

他走进威尔士王子酒店吃点东西，要了一份肘子和两个蔬菜，一先令二便士；一品脱麦芽啤酒，九便士；一包二十根的金叶牌香烟，一先令。即使经过这么一番挥霍，他还有不止十英镑——确切地说，不止五英镑。啤酒让他暖和起来，他坐在那儿琢磨着怎么花这五英镑。一套新的西装，到郊外度过周末，巴黎一日游，痛快地喝五回酒，到苏荷区吃十顿晚饭。想到这里他决定和罗丝玛丽与拉沃斯顿今晚一起吃顿饭，庆祝他的好运。毕竟，不是每天都有十英镑——五英镑——从天而降掉进你的怀里。想到三个人坐在一起，享受美酒佳肴，付钱对他来说是小事一桩，他就觉得心痒痒的，但是在心里感到一丝刺痛。当然，他可不能把钱都花掉。但他付得起一英镑——两英镑吧。没过一会儿他就用酒吧的电话给拉沃斯顿致电。

“是你吗，拉沃斯顿？听我说，拉沃斯顿！听我说，今晚和我一起吃饭吧。”

电话另一头，拉沃斯顿客气地说道，“不行，这怎么行！晚饭得我请。”但戈登盛情难却。胡说！今晚得由他做东请拉沃斯顿。拉沃斯顿不大情愿地同意了。好的，是的，谢谢，他非常高兴。他的声音带着歉意。他猜到是怎么一回事。戈登不知从哪儿得到了一笔钱，立刻准备挥霍一空。和平时一样，拉沃斯顿觉得自己没有权利干预他怎么花钱。他们去哪儿吃饭好呢？戈登问他。拉沃斯顿开始盛赞起那些舒服的苏荷区餐馆。你花半个克朗就可以美美地吃一餐。但拉沃斯顿一提起那些苏荷区餐馆，戈登就不高兴了，他不能接受这个建议。荒唐之极！他们得去体面的地方。他心里想，去哪儿吃都无所谓，花上两英镑——甚至三英镑都行。拉沃斯顿平时去什么地方呢？拉沃斯顿坦诚说他去的是莫迪利亚尼餐厅。但莫迪利亚尼餐厅很——不行！即使在电话中拉沃斯顿也说不出“昂贵”这个可恶的词语。怎么提醒戈登他其实是个穷光蛋呢？他委婉地说戈登或许会觉得莫迪利亚尼餐厅并不怎么样。但戈登满意了。莫迪利亚尼餐厅？就去那里吧——八点半见。太好了！就算这顿饭他得花上三英镑，他还有两英镑给自己买一双新鞋子、一件马甲和一条裤子。

五分钟后他约了罗丝玛丽。新阿尔比恩公司不喜欢雇员接电话，但偶尔一回还是可以的。自从那次可怕的星期天出游后，五天来他收到了她的一封来信，但还没有和她见过面。听到电话那头是他，她的声音非常热情。她愿意和他今晚一起吃饭吗？当然愿意！太开心了！只需要十分钟，整件事就安排妥当了。他一直希望罗丝玛丽和拉沃斯顿能见一面，但总是无法安排。而当你有了一点钱，这些事情很容易就做到了。

出租车载着他朝西边而去，一路经过黑漆漆的街道。这趟路有三英里——但他给得起钱。为什么要为了省一桶沥青而毁掉一艘船呢？他已经想好了，今晚不止要花两英镑，他愿意花三英镑或三英镑十先令——四英镑也在所不惜。豁出去，不管了——这就是他的想法。噢！等等！朱莉亚那张五英镑钞票。他还没寄出去呢。不要紧。明天早上第一件事就是把它寄出去。善良的年迈的朱莉亚！这五英镑理应是她的。

他屁股底下的软垫座位是那么舒服！他懒洋洋地坐过来躺过去。当然，他喝了酒——来之前喝了两三杯，喝得很急。那个出租车司机矮矮胖胖，人倒是很机灵，长着一张饱经风霜的脸和一双善于察言观色的眼睛。他和戈登心意相通。两人是在戈登喝酒的那间酒吧里认识的。快开到西区的时候，出租车司机未经指示就在街角一间小酒吧门口停了下来。他知道戈登在想什么。戈登想去喝一杯，而他也想去，而酒钱得算在戈登头上——这一点两人当然都心里明白。

“你猜到我的心思了。”戈登下了车。

“是的，先生。”

“我正想赶快喝一杯。”

“我就是这么想的，先生。”

“你也喝一杯，怎么样？”

“悉听尊便。”出租车司机说道。

“进来吧。”戈登说道。

两人亲密地坐在镶着黄铜的吧台上，手肘靠着手肘，点着了两支出租车司机的香烟。戈登觉得自己才思敏捷，而且整个人在膨胀。他想告诉那个出租车司机自己的生平。穿着白围裙的侍者快步朝他们走来。

“要点什么呢，先生？”侍者问道。

“杜松子酒。”戈登答道。

“两杯。”出租车司机补充道。

两人碰了碰酒杯，感觉更加亲密了。

“人生得意须尽欢啊。”戈登说道。

“今天是您的生日吗，先生？”

“只是打个比方，是我的重生日，可以这么说。”

“我没怎么读过书。”出租车司机说道。

“我是在比喻。”戈登说道。

“英语对我来说可够难的。”出租车司机说道。

“那是莎士比亚的句子。”戈登说道。

“您真是个才子，先生，我猜对了吗？”

“我看上去很落魄吗？”

“不能说落魄，先生，只是看上去像饱读诗书的人。”

“你说对了。我是诗人。”

“诗人！这个世界得有各种各样的人才算得上完整，不是吗？”出租车司机说道。

“而且是一个真他妈美好的世界。”戈登回答。

今晚他的心里充满了诗情画意。他们又喝了一杯杜松子酒，然后互相搭着胳膊回到出租车上。那天晚上戈登总共喝了五杯杜松子酒。他的血管里荡漾着一种轻飘飘的感觉，杜松子酒似乎游走在他的血管里，和他的血液混在一起。他躺在座位的一角，看着耀眼的街灯在蓝黑色的夜空中飘过。这个时候丑陋的蓝红色霓虹灯令他觉得赏心悦目。这辆出租车的行驶非常平滑！像坐在一条贡多拉小舟上，而不像坐在汽车里。有钱就可以这么享受。钱给四个车轮上了润滑油。他想到了接下来的夜晚：美酒佳肴、亲密交谈——最重要的是，无须为了钱而发愁。不用为了六便士而烦恼，想着“这个我们付不起钱”、“那个我们买不起”。罗丝玛丽和拉沃斯顿会试图阻止他乱花钱，但他会让他们闭嘴。要是他愿意的话，他会花光每一便士。整整十英镑可以挥霍！至少，五英镑。朱莉亚掠过他的脑海，然后又消失了。

到达莫迪利亚尼餐厅的时候他已经清醒了不少。那个大块头的门卫看上去就像一尊栩栩如生但少了几个关节的蜡人，动作僵硬地走过来，打开出租车的车门。他那双冷冰冰的眼睛乜斜着盯着戈登的衣服。那并不是来莫迪利亚尼餐厅的客人应该有的穿着。确实，这身衣服在莫迪利亚尼餐厅实在是太波希米亚了，但波希米亚风格有很多种，而戈登的这种实在不合时宜。戈登并不在乎。他热情地和出租车司机道别，付了车费，还赏了他半克朗作小费，那个门卫看在眼里，眼神顿时柔和多了。这时拉沃斯顿从门口走了出来。这个门卫当然认识拉沃斯顿。拉沃斯顿走到人行道上，高高的个子看上去特别显眼，穿着那身虽不新却很有贵族派头的衣服，眼神看上去郁郁寡欢。他已经在担心今晚上这顿饭会花掉戈登多少钱。

“啊，你来了，戈登！”

“你好，拉沃斯顿！罗丝玛丽呢？”

“或许她在里面等。你知道，我和她没见过面。听我说，戈登，听我说！我们进去之前，我想——”

“啊，看哪，她来了！”

她正朝他们走来，灵巧而不失风度地在人群中穿行，就像一艘轻巧的驱逐舰在一群庞大而笨重的货船间穿梭。和平时一样，她穿得很得体。那顶宽边帽以最撩人的角度翘了起来。戈登怦然心动。这就是他的女朋友！让拉沃斯顿和她见面让他觉得很自豪。今晚她非常高兴，看得出她不会让自己或戈登回想起上次尴尬的经历。戈登介绍两人认识，一起走进餐厅。或许她的言语或笑容都显得太活泼了一些，但拉沃斯顿立刻对她有了好感。事实上，每个和罗丝玛丽见过面的人都喜欢她。餐厅的里面颇让戈登感到震惊。实在是太豪华了，太富有艺术气息了。深色的折叠腿桌子、锡镴烛台、现代法国画家的画作。有一幅画着街景，似乎是乌特里罗[①]的作品。戈登的肩膀僵硬起来。该死的，这有什么好害怕的？那张五英镑钞票就放在口袋中的信封里。这五英镑当然是要留给朱莉亚的。他不打算用这些钱，但有它在赋予了他勇气，就像是一道护身符。三人朝角落的那张桌子走去——那是拉沃斯顿最喜欢坐的桌子——位于餐厅的远端。拉沃斯顿拽着戈登的胳膊，将他拉后一些，不让罗丝玛丽听见。

“戈登，听我说！”

“怎么了？”

“听我说，今晚这顿饭我做东吧。”

“胡说！这顿饭我做东。”

---

① 莫里斯·乌特里罗（Maurice Utrillo，1883—1955），法国画家，画作多以城市风景为素材。

“我真的希望你能同意。我不想看到你花那么多钱。”

“今晚我们不谈钱的事。”戈登说道。

“那就 AA 吧。”拉沃斯顿说道。

“我请客。”戈登坚定地回答。

拉沃斯顿没有再争下去。那个胖乎乎的、白头发的意大利侍者站在角落的桌子旁边微笑鞠躬。但他微笑的对象是拉沃斯顿，而不是戈登。戈登坐了下来，决定他必须立刻反客为主。他把侍者拿过来的菜单放在一边。

“我们先点些喝的吧。”他说道。

“我喝啤酒。”拉沃斯顿立刻开口，“我只喜欢喝啤酒。”

“我也是。”罗丝玛丽响应着他。

“噢，胡说！我们得喝点葡萄酒。你喜欢红葡萄酒还是白葡萄酒？把酒单给我看看。”他吩咐侍者。

“那我们就来一瓶普通的波尔多红酒吧。梅多克或圣祖利安就可以了。”拉沃斯顿说道。

“我喜欢喝圣祖利安。”罗丝玛丽应了一句，她仿佛记得圣祖利安总是酒单上最便宜的红酒。

戈登瞪了他们一眼。你看看，你看看！他们联合起来给他添乱了。他们要阻止他花钱。那种讨厌至极的“这东西你付不起钱”的气氛就要笼罩住一切了。这让他更加希望大肆花钱过瘾。他原本打算点勃艮第红酒就算了，现在他决定他们一定得喝点昂贵的酒——带泡沫的来劲的酒。香槟酒？不行，他们肯定不会让他点香槟的。啊哈！

“你们有阿斯蒂吗？”他问那个侍者。

想到丰厚的开瓶费，那个侍者顿时来了精神。现在他知道戈登才是东道主，而不是拉沃斯顿。他操着法语掺杂着英语的口音回答道：

“阿斯蒂吗，先生？有，先生。上好的阿斯蒂！阿斯蒂气泡酒，非常细密，非常有活力！”

拉沃斯顿忧郁的眼神隔着桌子望着戈登的眼睛。你喝不起的！他的眼神在哀求着。

“那是气泡酒吗？”罗丝玛丽问道。

“泡沫非常丰富，夫人。上好的红酒。非常有活力！波！”他胖乎乎的手作势比划着泡沫流淌的情形。

“就阿斯蒂吧。”趁罗丝玛丽没来得及阻止他，戈登点了酒。

拉沃斯顿看上去很忧郁。他知道一瓶阿斯蒂得花掉戈登十到十五先令。戈登假装没有注意。他开始聊起司汤达①——谈起了他笔下的桑塞维利亚公爵夫人和她对阿斯蒂的钟爱。那瓶阿斯蒂装在一桶冰里送来了——这么做是错的，拉沃斯顿本可以告诉戈登的。瓶塞被拔了出来。波！四溢的酒沫被倒入平底杯里。饭桌的气氛一下子神奇地改变了，似乎有什么事情发生在三人身上，酒还没入口就产生了奇妙的作用。罗丝玛丽不再紧张兮兮的，拉沃斯顿也不再担心会花多少钱，戈登也放弃了一意孤行要挥霍一番的冲动。他们点了凤尾鱼、面包加黄油、煎比目鱼、牛奶调味汁烤山鸡和薯片，但他们主要是在喝酒聊天。他们聊的内容真是太有趣了——至少他们觉得很有趣！他们聊起了当代生活和书籍。现在，还有什么可以聊的？和往常一样戈登开始抨击当代的死寂与无聊。（但是，噢，现在他的

---

① 司汤达（Stendhal）是法国作家玛丽-亨利·贝尔（Marie-Henri Beyle，1783—1842）的笔名，代表作有《红与黑》、《帕尔马修道院》等。

口袋里有了钱，他也不相信自己脱口而出的那些话，这感觉就完全不一样了！）法语作品和机关枪！电影和《每日邮报》！当他口袋里只有几个硬币时他的确觉得那是深刻的真相，但现在听起来却像是有趣的笑话。当你享用完美酒佳肴，却大肆渲染我们生活在一个死寂腐朽的世界里，真是太有趣了。他才思敏捷地谈起了当代文学的缺失，每句话都那么俏皮机智。带着自己的作品未能出版的文人那种轻蔑的态度，他一个接一个地贬斥那些文坛巨星。萧伯纳、叶芝、艾略特、乔伊斯、赫胥黎、刘易斯、海明威——他只是漫不经心地给每一位安了一两个标签，就把他们统统丢进了垃圾桶里。真是太好玩了，假如这一幕能一直持续下去的话该多好！当然，在这一刻戈登觉得这一幕将会继续下去。第一瓶阿斯蒂戈登喝了三杯，拉沃斯顿两杯，罗丝玛丽一杯。戈登注意到对面桌子有个女孩在看着他。她个子很高，五官精致，皮肤像珍珠贝一样粉嫩，一双杏眼顾盼生姿，显然是个富家女，有钱的知识分子。她觉得他很有趣——正在猜想他是谁。戈登发现自己为了取悦她特别卖力地说一些有水平的俏皮话。而他的确才思敏捷，这一点毋庸置疑。这是金钱的功劳。金钱润滑了车轮——不仅润滑了出租车的车轮，还润滑了思维的车轮。

但第二瓶阿斯蒂就没第一瓶那么好喝了。首先，点酒的时候发生了一些不愉快的事。戈登叫来侍者：

"我们想再点一瓶这种酒。"

那个侍者整个人都放光了，"好的，先生！当然好，先生！"

罗丝玛丽皱着眉头，在桌底下踩了戈登一脚。"不要了，戈登，不要了！你别点了。"

“不要什么？”

“不要再点酒了。我们不喝了。”

“噢，胡扯！再来一瓶，侍者。”

“好的，先生。”

拉沃斯顿揉了揉鼻子。他觉得心里很内疚，不敢去看戈登的眼睛，看着自己的酒杯。“听我说，戈登，这瓶酒我付钱吧。我很乐意。”

“胡扯！”戈登重复了一遍。

“那就来半瓶吧。”罗丝玛丽说道。

“来一整瓶，侍者。”戈登说道。

自此之后一切都变了。他们仍在聊天说笑，讨论争执，但感觉不一样了。对面桌子那个女孩不再看着戈登。不知怎么的，戈登的思路不再敏捷。点第二瓶酒总是错误的选择，就像在夏日洗第二次澡一样，无论那一天有多热，无论你多么享受第一次洗澡的感觉，洗第二次的时候你总会觉得很遗憾。酒失去了魔力，泡沫似乎少了，就像凝滞酸涩的液体，你咕嘟一口喝下去，半带着厌烦，半带着快点喝醉的希望。这时戈登有醉意了，但没有显露出来。一半的他醉醺醺的，另一半仍很清醒。他开始产生那种奇怪的、模糊的感觉，似乎你的身体膨胀了起来，你的手指变粗了，这是醉酒第二阶段的感觉。但另一半清醒的他仍然能控制住自己，外表上看不出来。谈话越来越枯燥乏味。和那些刚刚闹过别扭但没有把话挑明的人一样，戈登和拉沃斯顿貌合神离地聊着天，他们聊起了莎士比亚。这番谈话演变成了关于《哈姆雷特》文学意义的冗长讨论，内容非常枯燥。罗丝玛丽好不容易才忍住没打呵欠。当戈登清醒的那一半头脑在说着话时，他那醉醺醺的另一半站在一旁倾听着。醉醺醺的另一半非常生气。他们为了第二瓶酒起了争执，毁掉了他的夜晚，该死的！现在他只想好好喝酒，喝醉算了。第二瓶那六杯酒里他喝了四杯——因为罗丝玛丽不肯再喝了。但喝这种寡淡的酒是喝不醉的。醉醺醺的另一半聒噪着还要喝酒，还要喝，还要喝。要喝成夸脱成桶的啤酒！真真正正地大喝一通！以上帝之名起誓！待会儿他还会再喝。他想起了口袋里那张五英镑钞票。反正他还有的是钱。

莫迪利亚尼餐厅不知道哪个地方的音乐时钟敲响了十点钟。

“我们走吧？”戈登说道。

拉沃斯顿的眼神越过桌子内疚地哀求他。让我们一起结账吧！他的眼神这么说。戈登没去理他。

“我提议，去帝国咖啡厅吧。”他说道。

账单并没有让他清醒。这顿饭花了两英镑多一些，两瓶酒三十先令。当然，他没有让别人看到账单的数目，但他们见到他付钱。他把四张一英镑钞票放在侍者的托盘上，态度轻松地说道：“不用找了。”除了那张五英镑钞票外，他还剩十先令。拉沃斯顿帮罗丝玛丽穿上大衣，她看到戈登将钞票扔给侍者，不悦地张大了嘴。她不知道这顿饭竟然要花四英镑，而且看到他这般挥霍，她十分惊诧。拉沃斯顿看上去很不高兴，似乎反对他这么做。看到他们的眼神，戈登在心里骂娘。为什么他们一直在担心呢？他付得起钱，不是吗？他还有五英镑呢。但是，以上帝的名义，如果他身无分文地回到家，那可不是他的错！

但在外表上他仍然很清醒，比半小时之前低调得多。“我们打的去帝国咖啡厅吧。”他说道。

“噢，我们走路去吧！”罗丝玛丽说道，“就一站路。”

“不，我们坐出租车去。”

他们坐进出租车，动身出发。戈登坐在罗丝玛丽旁边，虽然拉沃斯顿在场，他很想伸手搂着她。这时一阵夜里的冷风吹进车窗里，吹在戈登的额头上，让他惊醒过来。那种感觉就像夜里从睡梦中惊醒，深刻地领会到人生的真谛——比如说，你终将死去，或意识到你这辈子是一个失败者。大约有一分钟他的心头冰凉而清醒。他知道自己在做多么可怕的傻事——知道他无谓地挥霍了五英镑，还准备将属于朱莉亚的另外五英镑也挥霍掉。朱莉亚的模样在他脑海中一闪而过，但格外清晰生动。她的脸瘦削，头发灰白，坐在阴冷寂寞的起居卧室里。善良的可怜的朱莉亚！朱莉亚这辈子都奉献给了他，从她那里他借了一英镑又一英镑又一英镑。现在他竟然丧心病狂到要花掉她那五英镑！他逃避这个想法，他躲进了醉醺醺的意识里，似乎躲进了一座避难所。快点，快点，我们就要清醒了！喝酒，继续喝酒！重新唤起最初那种无忧无虑的快乐！①外面一间意大利杂货店的彩色玻璃窗仍然开放着，正朝他们接近。他用力地敲着车窗玻璃，出租车停了下来。戈登跨过罗丝玛丽的膝盖钻出车外。

“你去哪儿，戈登？”

“重新唤起最初那种无忧无虑的快乐。”戈登在人行道上回答。

“什么？”

“我去买酒。酒吧半小时后就关门了。”

---

① 这句话出自罗伯特·勃朗宁的诗作《异乡情思》。

“不要，戈登，不要！你不能再喝了。你已经喝够了。”

“等等！”

他从店里走了出来，小心翼翼地抱着一瓶基安蒂葡萄酒。店主帮他拔出了木塞，然后没有拧紧放了回去。现在他们知道他喝醉了——在和他们见面之前他一定就在喝酒了。两人都觉得很尴尬。他们走进帝国咖啡厅，但两人的想法都是把戈登带走，尽快让他上床睡觉。罗丝玛丽在戈登背后小声说道：“不能再让他喝酒了！”拉沃斯顿阴沉着脸点了点头。戈登走在前面，来到一张空桌子旁边，完全不去理会其他人看到他手上拿的酒瓶时对他投来的目光。他们坐了下来，点了咖啡，戈登还想点白兰地，拉沃斯顿好不容易才阻止了他。三个人都很不自在。坐在这间华而不实的咖啡厅里感觉很不舒服，里面又热又闷，而且几百个客人窃窃私语，杯觥交错，还有乐队时不时在演奏音乐，吵得要命。三个人都希望离开这里。拉沃斯顿仍然在担心得花多少钱，罗丝玛丽则担心戈登喝醉了。戈登坐立不安，口干舌燥。是他要来这里的，但一到这儿来他就想走开。喝醉酒的一半在聒噪着要来点乐子，很快就制止不住要胡作非为一番。啤酒，啤酒！喝醉酒的一半叫嚷着。戈登讨厌这个闷热的地方。他想象着一间酒吧，放着大大的酒桶，容量为一夸脱的杯子洋溢着啤酒泡沫。他一直留意着时钟。快十点半了，威斯敏斯特酒吧十一点钟关门。他可不能错过啤酒！这瓶红酒得留到酒吧关门了再喝。罗丝玛丽坐在他对面，正和拉沃斯顿说话。她其实很不自在，却装出一副若无其事而且很高兴的样子。他们还在继续莎士比亚的作品这个无聊的话题。戈登顶讨厌莎士比亚。他看着罗丝玛丽在说话，心里燃起了想要占有她的冲动。她前倾着身子，双肘架在桌子上，透过她的上衣，他可以看到她那小巧的胸脯。想到他曾见过她的裸体，他不禁心里一震，呼吸变得困难起来，几乎清醒过来。她是他的女人！只要他愿意，他可以占有她！以上帝之名起誓，今晚他就要上了她！为什么不行动呢？今晚以这个为结束最好不过了。他们很容易找到地方。沙弗斯伯里大街一带有很多酒店，只要你付得起钱，他们可不会盘根问底。他还有那张五英镑钞票。他在桌子底下探着她的脚，原本是想轻轻地碰一下，却踩到了她的脚趾。她把脚从他身边挪了开去。

“我们走吧。”他突然说道，然后立刻站起身。

“噢，走吧。”罗丝玛丽松了口气。

他们又来到摄政街。左前方，皮卡迪利广场灯火通明。罗丝玛丽的眼睛落在马路对面的巴士站上。

“十点半了。”她含糊地说道，“我十一点得回到家。”

“噢，胡说！我们去找间像样的酒吧。我想喝啤酒。”

“噢，不要，戈登！今晚别去酒吧了！我喝不下了。你也别喝了。”

“没事。这边走。”

他挽着她的胳膊，开始拉着她朝摄政街的另一头走去，拉得很紧，似乎担心她会跑掉。这时他已经忘了拉沃斯顿。拉沃斯顿跟在后面，不知道是否应该让两人独处，还是应该留下来看好戈登。罗丝玛丽犹豫着，她不喜欢戈登这样拽着她的胳膊。

“你要带我去哪儿，戈登？”

“拐过街角，那里很黑，我想亲亲你。”

“我不想你亲我。”

“你当然想我亲你。”

“不想！”

“想！”

她由得他拉着她。拉沃斯顿在摄政宫旁边的角落里等候着，不知道该怎么办。戈登和罗丝玛丽消失在街角那头，拐进了黑漆漆的、狭窄的街道里。几扇门后面探出妓女的脸，盯着他们俩，像是涂着脂粉的骷髅头，十分吓人。罗丝玛丽吓得躲到一边，戈登却觉得很开心。

“她们以为你是她们的一员。”他向她解释。

他把那瓶酒小心翼翼地靠着人行道的墙放好，然后突然抱住她，将她往后面推去。他好想要她，不想花费时间在前奏上。他开始亲吻她的整张脸，动作很笨拙，但非常用力。她由得他亲了一会儿，但她很害怕。他的脸凑得那么近，看上去苍白、陌生、意乱情迷，浑身散发出强烈的酒味。她挣扎着，扭开脸，他只能亲吻到她的头发和脖子。

“戈登，你不能这样！”

“为什么我不能这样？”

“你想干什么？”

“你觉得我想干什么？”

他将她的背顶在墙上，和那些喝醉酒的人一样，聚精会神地伸手要解开她裙子的前摆，但那是一条很难解开的裙子。现在她生气了，拼命挣扎着，将他的手挡开。

“戈登，立刻给我住手！”

“为什么？”

“如果你再这样，我会打烂你的脸。”

“打烂我的脸！别跟我来女童军那一套。”

“放开我，好吗？”

“我想到上个星期天的事了。”他淫荡地说道。

“戈登，如果你再继续的话，我就打你了。我真的会打你的。”

“你不会的。”

他把手伸进她的裙子前摆。他的动作非常粗野，似乎她是一个陌生人。从他脸上的表情她意识到对他来说，她不再是罗丝玛丽，她只是一个女人，一副女性的躯体。这让她气坏了。她拼命挣扎，摆脱了他。他追在她后面，抓住她的胳膊。她用尽全身的力气给了他一耳光，然后躲开了他。

“你干吗要打我？”他问道，摸着面颊，但这一耳光并不觉得疼痛。

“我不能忍受这种事情。我要回家。明天你会清醒过来的。”

“胡扯！你得跟我在一起。你得和我上床。”

“晚安！”说完她就顺着黑漆漆的街道跑开了。

他有想过跟在她后面，但双脚实在是太沉重了，而且也没什么好追的。他回到拉沃斯顿那里，他还在等候着，看上去很孤单，闷闷不乐。一部分是因为他担心戈登，另一部分是因为他试着不去关注两个在他身后招揽生意的妓女。拉沃斯顿觉得戈登看上去醉得不轻。他的头发垂在额头上，一边脸颊非常苍白，另一边脸颊有一摊红印，是罗丝玛丽掴了他一巴掌留下的。拉沃斯顿还以为是酒醉留下的红晕。

“你对罗丝玛丽做了些什么？”他问道。

“她走了。”戈登说道，挥舞着手臂想解释清楚每件事。“夜如何其？夜未央。”

“听我说，戈登，你得回去睡觉了。”

“睡觉，是的，但不是一个人。”

他站在街道上，注视着凄楚的夜色。有一刻他觉得非常难过。他的脸在发烫，他的整个身子像是要涨起来一样，燥热不安。他的头似乎就要炸开了。他觉得灯光很刺眼。他看着那些楼顶的广告灯牌明暗不定，闪烁着红蓝两色的光芒，箭头一会儿向上，一会儿向下——这是注定将毁灭的文明发出的邪恶之光，就像一艘正在下沉的船，依然灯火通明。他挽着拉沃斯顿的胳膊，指着整座皮卡迪利广场。“地狱里的光看上去一定就像那里一样。”

“果真如此的话，我不会觉得奇怪。”

拉沃斯顿在找一辆空出租车。他必须尽快把戈登送回家。戈登不知道他是高兴还是恼怒。那种燥热的感觉太难受了，似乎整个人就要爆炸了。清醒的一半还没有死去，清醒的一半仍清醒地知道自己做了什么事情，正在做什么事情。他做了许多傻事，明天他会想杀了自己。他奢侈而无谓地挥霍掉五英镑。他掠夺了朱莉亚的钱。他侮辱了罗丝玛丽。明天——噢，明天，我们都会清醒的！回家，回家吧！清醒的一半叫嚷着。去你妈的！喝醉的一半轻蔑地说道。喝醉的一半仍在鼓噪着要来点乐子。喝醉的一半更加强大。对面的时钟吸引了他的目光。十点四十分。快点，趁酒吧还没关门！你好！敞开你的胃口吧！你好！张开你的喉咙吧！又一次，他的思绪肆意妄为起来。他感觉到腋下有一样硬邦邦的圆形物体，发现就是那瓶基安蒂红酒，于是拔出瓶塞。拉沃斯顿正朝一位出租车司机招手，没有看见他在做什么，但他听到身后那几个妓女在惊声尖叫，转过身，惊讶地看到戈登把酒瓶仰了个底朝天，正在狂饮滥喝。

“嘿！戈登！”

他冲到他身边，用力把他的胳膊往下压。一摊红酒滴到了戈登的领子上。

“看在上帝的分上，小心点！你不想被警察抓住，是吧？”

“我要喝酒。”戈登抱怨着。

“不行！你不能在这里喝酒。”

“带我去酒馆。”戈登说道。

拉沃斯顿绝望地揉着鼻子，“噢，上帝啊！我想那总比你在大街上喝酒强。走吧，我们去酒吧。你可以在那里喝酒。”

戈登仔细地把酒瓶的木塞塞好。拉沃斯顿领着他经过广场，戈登拉着他的胳膊，但不是为了扶稳脚步，因为他仍可以走得很稳。他们在安全岛上停了下来，然后从车流中找空隙冲过马路，来到干草市场。

酒吧里的空气很潮湿，弥漫着令人作呕的啤酒夹杂着威士忌的味道。吧台边坐着一群人，正趁着丧钟敲响十一点之前像浮士德那么热诚地开怀畅饮。戈登轻松地穿过人群，一路上磕磕碰碰的，但他并不在意。不一会儿他就走到了吧台前边。在他一边坐着个胖乎乎的旅行推销员，正喝着基尼斯啤酒，另一边坐着一个高高瘦瘦的男人，像是一位少校，蓄着下垂的胡须，他似乎只会说“哇呵！”和“什么！什么！”这两句话。戈登往沾满了啤酒的吧台上丢下半个克朗。

“来一夸脱苦啤，谢谢！”

“这里没有一夸脱的杯子！”那个饱受骚扰的女招待嚷嚷着，正倒着威士忌，一只眼睛老是看着时钟。

“一夸脱的杯子在顶架上，艾菲！”酒吧另　边老板扭过头吼了一句。

那个女招待匆匆拉了三下倒啤酒的把手，把那个硕大的杯子摆在戈登面前。他举起酒杯。真沉啊！一夸脱啤酒的重量是一又四分之一英磅重。喝下去！咕嘟咕嘟喝下去！长长一口啤酒就顺着他的食道往下灌，感觉畅快极了。他停下来喘口气，觉得有点想吐。来吧，再喝一杯。咕嘟咕嘟喝下去！这一次他几乎被呛到了。顶住，顶住！啤酒灌下他的喉咙，似乎淹没了他的耳朵，这时他听到老板大声嚷道："就快打烊了，先生们！"他把杯子放了下来，大口大口地喘气。现在，最后一杯。咕嘟咕嘟喝下去！啊—啊—啊哈！戈登放下酒杯。三口就喝了三杯——不赖嘛。他用酒杯敲着吧台。

"嘿！再给我来半杯——要快！"

"哇啊！"那位少校惊叹着。

"来得有点晚，不是吗？"那个旅行推销员说道。

拉沃斯顿还在酒吧的另一头，被几个人挡住了去路。他见到戈登在干什么，对戈登喊道："嘿，戈登！"皱着眉头，晃着他的脑袋，不大好意思在众人面前说出话，"别再喝了。"戈登站了起来，他还能站稳，但必须打起精神才能站稳。和刚才一样他的头似乎涨得非常大，整个身子也燥热鼓胀起来，十分难受。他很不情愿地拿起那个刚倒了啤酒的酒杯。现在他不想喝酒了。那股味道让他反胃。那只是讨厌的、淡黄色的、味道很恶心的液体。几乎就像尿液一样！这东西就要被倒进他已经快要胀破的肚子——太可怕了！但是，来吧，不要畏缩！我们来这里还能干什么？喝下去！她就在我的鼻子跟前，给点小费打发她走人。[1]咕嘟咕嘟喝下去！

---

① 此句出自英国民间流传的喝酒行令的小曲《棕色的小酒壶》（*Little Brown Jug*）。

与此同时，可怕的事情发生了。他的食道自动关闭了，又或者他没有把啤酒倒进嘴巴里，都洒在了他身上。他要淹死在啤酒里了，就像《英戈尔兹比故事集》①里面描写的庶务修士彼得一样。救命啊！他想喊救命，却呛住了，手一松那个酒杯掉了下来。周围起了一股骚动，人们跳到一边避开四处飞溅的啤酒。咣！酒杯摔烂了。戈登摇摇晃晃地站在那儿，酒客、酒瓶、镜子都在转啊转啊。他倒了下去，失去了知觉。但在他面前，他隐约看到一样黑色直立的东西，是摇晃不定的世界中唯一稳固的东西——是啤酒桶的把手。他摇摇晃晃地握住把手，紧紧抓住不放。拉沃斯顿开始朝他走来。

那个酒吧女招待气愤地伸着身子越过吧台，天旋地转的世界慢了下来，然后停止了。戈登的脑袋恢复了清醒。

"嘿！你拉着啤酒桶的把手干什么？"

"我的裤子都弄湿了，该死的！"那个旅行推销员叫嚷着。

"我干吗拉着啤酒桶的把手？"

"对啊！你干吗拉着啤酒桶的把手？"

戈登侧转过身，那个长着马脸的少校俯视着他，湿漉漉的胡须垂了下来。

"她说：'我干吗拉着啤酒桶的把手？'"

"哇呵！什么？"

拉沃斯顿挤过几个人，来到戈登身边，强壮的胳膊扶着他的腰，把他搀扶起来。

---

① 《英戈尔兹比故事集》是英国作家理查德·哈里斯·巴哈姆（Richard Harris Barham，1788—1845，笔名托马斯·英戈尔兹比［Thomas Ingoldsby］）的神话志怪作品。

“看在上帝的分上，站好！你喝醉了。”

“喝醉了？”戈登问道。

每个人都在嘲笑他们。拉沃斯顿的脸红了。

那个酒吧女招待冷冰冰地说道：“那个杯子两先令三便士。”

“还有我的裤子怎么办？”那个旅行推销员问道。

“杯子的钱我来付。”拉沃斯顿说道。他付了钱。“现在我们出去吧，你喝醉了。”

他搀扶着戈登走向门口，一只手搭着他的肩膀，另一只手拿着那瓶基安蒂红酒，是刚才他从戈登手里抢下来的。戈登挣脱了他，他可以走得很稳，气愤地问道：

“你说我喝醉了？”

拉沃斯顿又抓住他的胳膊，“是的，恐怕你真的醉了。醉得很厉害。”

“天鹅游过河，河里游天鹅。”戈登说起了绕口令。

“戈登，你喝醉了。你得赶快上床睡觉。”

“为什么看见你弟兄眼中有刺，却不想自己眼中有梁木呢？”①戈登说道。

这时候拉沃斯顿已经拖着他走到人行道上。“我们叫辆出租车吧。”他上下观望着街道。

但是附近似乎没有出租车。人们吵吵闹闹地从酒吧里涌了出来，酒吧就要关门了。来到通风的外头戈登感觉好一些了。他的头脑从未这般清醒过。远处一盏霓虹灯闪烁着狰狞的红光，他的脑海里掠过一个新的好主意。他拉着拉沃斯顿的胳膊。

---

① 此句出自《圣经·新约·路加福音》。

“拉沃斯顿！听我说，拉沃斯顿！”

“怎么了？”

“我们去召妓吧。”

虽然戈登喝醉了，但拉沃斯顿还是很震惊，“我亲爱的老伙计！你不能做这种事情。”

“别跟我来上流社会的这一套。为什么不能？”

“但你怎么可以这样呢，真是的！你刚刚和罗丝玛丽道别——她是多么富有魅力的女孩！”

“到了晚上猫都是黑的。”[①]戈登说道，觉得自己说了一句俏皮而深刻的话。

拉沃斯顿决定不去理会他这番话。“我们回皮卡迪利广场吧。”他说道，“那边出租车多一些。”

几家剧院正在清场，人群和车流在恐怖的灯光中来来往往。戈登的脑子很清醒。他知道自己做了多么荒唐的事情，而且正要做出极其卑劣的事情。但是，一切似乎都不再重要。就像拿倒了望远镜一样，在他眼中，他三十年的生活、他荒废的人生、他前途渺茫的未来、朱莉亚那五英镑、罗丝玛丽——这一切都显得是那么遥远。他以探讨哲学的口气说道：

“看那些霓虹灯！看看那间成人商店上面那些丑陋的蓝灯。当我看着那些灯时，我就知道自己是个地狱里的游魂。”

“说得对。”拉沃斯顿其实并没有听他在说些什么，“啊，有出租车了！”他做了个手势。“该死的！他没看到我。在这儿等一下。”

他把戈登留在地铁站，匆忙走到街对面。戈登的脑袋里一

---

① 这句话据说出自美国总统本杰明·富兰克林。

片空白。然后他看到两张冷漠但很年轻的脸庞，就像两只猎食动物的脸一样，凑到他自己的脸跟前。这两张脸描了黑色的眉毛，戴着帽子，有点像罗丝玛丽那顶帽子的款式，但质量要低劣一些。他和她们调笑，好像聊了好几分钟。

“你好，朵拉！你好，芭芭拉！（他似乎知道她们的名字。）你们好吗？旧英格兰的裹尸布怎么样了？”①

“噢——你怎么这么不要脸！真是的！”

“这个时候了你们上哪儿去啊？”

“哦——只是到处走走。”

“如同吼叫的狮子，寻找可吞吃的人。”②

“噢——你真是不要脸！他怎么没脸没皮的，芭芭拉？你要脸不要！”

拉沃斯顿拦了一辆出租车，引着它来到戈登站着的地方。他出了车子，看到戈登站在两个女孩子中间，惊骇地停下脚步。

“戈登！噢，上帝啊！你这是干什么？”

“让我介绍一下，朵拉和芭芭拉。”戈登说道。

拉沃斯顿看上去似乎生气了。事实上，拉沃斯顿不知道怎么生气。他觉得很烦恼尴尬——是的，但并不生气。他走向前，尽量不去理会两个女孩子的存在。一旦他留意了她们，那可就完了。他抓住戈登的胳膊，准备把他拉进出租车里。

“过来，戈登，看在上帝的分上！出租车来了。我们回家去，你该上床睡觉了。”

朵拉抓住戈登的另一只胳膊，把他拽了过来，似乎当他是

---

① “旧英格兰的裹尸布”出自诗人威廉·布莱克的诗作《纯真预言》（*Auguries of Innocence*）。

② 此句出自《圣经·新约·彼得前书》。

一个被偷走的皮包。

“到底关你什么事？”她恶狠狠地问道。

“我想你不是想要侮辱这两位女士吧？”戈登说道。

拉沃斯顿支吾着退开去，揉了揉鼻子。这个时候得表现强硬一些，但拉沃斯顿这辈子从来没有强硬过。他看着朵拉，然后看着戈登，然后又看着芭芭拉。这下完蛋了。一旦他看着她们的脸，他就得举手投降。噢，上帝啊！他能怎么办？她们是活生生的人——他不能侮辱她们。这时他本能地将手伸进口袋里，就像看到乞丐一样。这两个可怜的女孩！他不忍心把她们赶进夜色中。突然间他意识到自己得经历这么一次无耻至极的冒险，而始作俑者就是戈登。生平以来他将第一次带着一个妓女回去。

“真是见鬼了！”他弱弱地说了一句。

“走吧。”戈登说道。

出租车司机在朵拉的指示下开着车。戈登躺在角落的座位上，似乎立刻堕入了无底的深渊，然后又挣扎着爬了上来，对自己所做的事情只有迷迷糊糊的印象。他正在点缀着灯光的漆黑中荡漾着。或者说，是灯光在移动，而他是静止的？那种感觉就像置身于海底，周围都是正在游动的、会发光的鱼。他又觉得自己是地狱里受到诅咒的鬼魂。这应该就是地狱里的情景吧？地狱的深谷里闪烁着冰冷的狰狞的火光，上面一片漆黑。但地狱里会有酷刑和折磨。这就是折磨吗？他努力想唤醒自己的意识，那短暂的昏迷让他觉得身体很虚弱，恶心想吐。他的额头似乎要裂开了。他伸出一只手，碰到了一个人穿着吊带袜的膝盖，还有一只柔软的小手呆板地握住他自己的手。他注意到坐在对面的拉沃斯顿正在焦躁而急迫地踢着他的脚指头。

“戈登！戈登！醒醒！”

“怎么了？”

“戈登！噢，该死的！我们说法语吧。你真的要我和这个脏兮兮的——哦，真是该死！”

“噢，你们说啥子法语撒？”两个女孩聒噪着。

戈登觉得很开心。他觉得这对拉沃斯顿来说是件好事。一位清谈社会主义者带着妓女回家！那是他生平以来第一件无产阶级式的壮举。仿佛是读到了他心里的想法，拉沃斯顿忧伤而安静地蜷缩在角落里，尽量坐得离芭芭拉远一些。出租车在一条巷子里的旅社门口停了下来。这是一间非常不上档次的酒店，大门上方“旅社”二字歪歪斜斜的。窗户几乎都是黑漆漆的，但里面传来了带着酒意的难听歌声。戈登醉醺醺地出了出租车，摸索着去牵朵拉的胳膊。把手给我，朵拉，小心台阶。哇呵！

旅社的门厅很小，黑漆漆的，有股子味道，铺着亚麻地毯，没有人打扫，看上去好像是临时铺设的。歌声是从左边的一个房间里传出来的，就像教堂的管风琴乐声一样哀伤。一个长相凶恶又长着斗鸡眼的女服务员不知从哪儿冒了出来。她和朵拉似乎认识。这张脸长得可真是的！完全不构成竞争。左边的房间变成了一个人在独唱，歌词听起来有点诙谐：

“他亲吻了一个漂亮的女孩，
跑去告诉了他的母亲，
应该把他的嘴唇切掉，
应该……”

歌曲带着一种难以形容的放纵和不加掩饰的忧伤，唱歌的人听上去很年轻。是一个可怜的年轻人，在他内心深处，他只想和母亲和姐妹呆在家里，玩“找拖鞋”游戏。应该是一群年轻人在聚会，一边喝威士忌一边泡妞。那首歌打动了戈登。拉沃斯顿进来了，芭芭拉跟在后面。

戈登转身问拉沃斯顿，“我的基安蒂呢？”

拉沃斯顿把酒瓶递给他。他的脸看上去苍白而厌倦，好像受到了伤害。他的动作很内疚不安，尽量让自己远离芭芭拉。他不敢碰她，甚至不敢看她，却又不敢离开。他看着戈登的眼睛。“看在上帝的分上，我们就不能离开这儿吗？”他的眼睛说道。戈登冲他皱了皱眉。顶住！不要退缩！他又拉住朵拉的胳膊。来吧，朵拉！现在我们上楼去。啊！等一等。

朵拉的胳膊搂着他的腰，搀扶着他，将他拉到一边。顺着又黑又臭的楼梯，一个年轻女人装腔作势地走了下来，给一只手套扣上钮扣。一个穿着晚礼服、黑色风衣和白围巾的中年男人跟在后面，手里拿着晚礼帽。经过他们身边时，他紧紧地抿着嘴，假装没看见他们。从他眼里的罪恶感可以看出他是个有家室的人。戈登看着光光的后脑勺倒映着煤油灯的光亮——他的前辈，可能还会跟他同用一张床。以利沙的斗篷。[①]现在，朵拉，我们上去吧！啊，这些楼梯！蜿蜒而上，直到地狱。[②]好了，我们到了！朵拉说道：“小心台阶。”他们站在楼梯顶上，这里铺着黑白两色的亚麻油地毡，看上去像个棋盘。房门涂了白油漆。有股泔水和烂亚麻布的味道。

我们这间房，你们那间房。在另一扇门口，拉沃斯顿停住了，手指搭在门把上。他不能——不，他不能这么做。他不能

---

① “以利沙的斗篷”出自《圣经·旧约·列王纪》，犹太人先知以利亚选择了先知以利沙作为他的继承者，传给了他自己的斗篷。

② 此句出自古罗马诗人维吉尔(Vigil)的作品《埃涅阿斯纪》(*Aeneis*)，原文为“蜿蜒而下，直到地狱”。

走进这间可怕的房间。最后一次，他的眼睛就像一只就要被鞭打的小狗的眼睛，转过去看着戈登。“我真的得进去吗？”他的眼神说道。戈登狠狠地瞪了他一眼。顶住，雷古拉斯！[①]走向你的毁灭！勇敢地面对你的敌人芭芭拉。[②]这是你所做的最具无产阶级气概的事情。然后，突然间拉沃斯顿愁眉尽展，甚至看上去很开心。他想到了一个绝好的主意。他可以付钱给这个女孩，什么事情也不做！感谢上帝！他耸起肩膀，鼓起勇气，走进房间里。房门关上了。

我们到了。这么一间肮脏破败的小房。地上铺着亚麻油地毡，有壁炉，一张大大的双人床，被褥不是很干净。床头挂着一幅装框的彩色《巴黎人生》。是一幅赝品，但有时比真品画得还要好。天哪！在窗户旁边的竹桌上摆着一株叶兰！我的仇敌啊，你找到我了吗？[③]过来，朵拉，让我看看你。

他似乎正躺在床上。他看得不是很清楚。她那张年轻而贪婪的脸，眉毛涂得很黑。他躺在床上，她凑了过来。

“我的礼物呢？”她问道，甜言蜜语中又带着威胁。

现在先别管这个。工作要紧！过来。你的嘴好甜。过来。靠近点。啊！

不，没用的，不可能的。他有心无力。再试一下。一定是因为喝酒了。《麦克白》里面都写了[④]。最后再试一把。不，没用的。我恐怕今晚不行。

---

① 雷古拉斯是古罗马帝国执政官，曾远征迦太基，战败被俘，从容就义。

② 以上两句是戏仿古罗马作家霍里斯（Horace）所作的《颂歌》（*Ode*）中描写雷古拉斯英勇就义的名言。

③ 此句出自《圣经·旧约·列王纪》。

④ 《麦克白》中的原句是：“淫欲呢，它挑起来也压下去；它挑起你的春情，可又不让你真的干起来。”（朱生豪译本）

没事的，朵拉，你别担心。我会给你两英镑。我们可不会因为不成事却少给你钱。

他笨拙地做了个手势，“来，把那瓶酒给我，就放在梳妆台上。”

朵拉把酒拿了过来。啊，感觉好一些了。至少酒不会令他失望。他用自己那双肿胀的手把那瓶基安蒂红酒竖了起来，红酒顺着他的喉咙往下灌，味道很苦很呛，有的还冲上了鼻子。他彻底醉了，从床上滑了下来，头碰到了地板，而脚还在床上。他就保持着这个姿势躺了一会儿。这就是生活吗？楼下那些年轻人仍在忧伤地唱着歌：

“今晚我们会开心，今晚我们会开心，今晚我们会开心……而明天我们将会清醒！”

第九章

祈求上帝，但愿我们明天将会清醒！

戈登从长长的噩梦中醒来，他似乎觉得借书部的书籍都摆错了地方。所有的书都东倒西歪的。而且不知道为什么，它们的书皮都变成白色的——白晃晃的，像陶瓷一样。

他把眼睛睁大了一些，动了动一只胳膊。身体几处意想不到的部位——比方说脚腓下面和头的两侧感到一阵疼痛，似乎是挪动身体引起的。他感觉到自己侧躺着，面颊枕着一个光滑坚硬的枕头，一条粗糙的毛毯磨擦着他的下巴，上面的毛钻进了他的嘴巴里。每一次挪动身子他就会觉得有点刺痛，除此之外，还有一种隐隐约约的疼痛，感觉不出确切的部位，但似乎就在头顶盘旋。

突然间他掀开毛毯坐起身子。他在警察局牢房里。这时他突然觉得恶心想吐，隐约看到角落有一个厕所，于是踉跄着走了过去，剧烈地呕吐了三四回。

吐完之后，过了几分钟，他觉得身子痛得很厉害。他几乎站不起来，他的头悸动着，就要裂开了，灯光就像滚烫的白色液体从眼眶里流进去。他双手抱头坐在床上。过了一会儿，悸动平息了一些，他又看了周围一眼。牢房大约十二英尺长，六英尺宽，天花板很高。墙壁都贴着白色的瓷砖，干净洁白得吓人。他猜想着他们是怎么弄干净天花板那么高的地方，他想或许是用软管冲水。牢房的一头有一扇装了栅栏的小窗，位置很高。另一头，在门的上方，是一只嵌入墙壁的灯泡，外面用结实的格栅加以保护。他坐在上面的其实不是床，而是一个铺着毛毯和帆布枕头的架子。房门是钢铸的，涂成了绿色。门上有一个小圆孔，翻板设在外面。

看完这些之后他躺了下来，拉着毛毯盖住自己。他对周围的事情不再觉得好奇。至于昨晚上发生了什么，每件事他都记得——至少和朵拉走进那间摆着叶兰的房间之前所发生的每一件事情他都记得。天知道后来发生了什么事。可能是因为他和人吵架了，被送进了监狱。他不知道自己做了什么。或许是谋杀也说不定，无论出了什么事他都不在乎。他转过脸对着墙壁，把毛毯拉上来盖住自己的头，遮住光线。

过了很久，门上的窥视孔被拉开了。戈登勉强转过头，脖子上的肌肉似乎咔嗒响了一下。透过那个窥视孔他看到一只蓝色的眼睛和一张半圆形、粉红色、肉嘟嘟的面颊。

“你要喝茶吗？”一个声音问道。

戈登坐起身，立刻又觉得恶心欲吐。他双手抱头，痛苦地呻吟着。他很想喝杯热茶，但他知道如果茶里加了糖的话他会吐的。

“好的。”他说道。

那位警官把房门上半截的一扇门板打开，递进来一只厚瓷白茶杯，里面加了糖。那位警官是一个健壮开朗的年轻人，大约二十五岁，面容和气，长着白色的眼睫毛，胸膛很宽，让戈登想起了拉货车的马匹的胸膛。他说起话来带着上流社会的口音，但说的话很粗俗。他站在那儿，打量了戈登一分钟。

“昨晚上你状态还不错啊。”他最后说道。

“我现在不好了。”

“不过你昨晚上更不好。你干吗要殴打警员？”

“我殴打警员？”

“你没有吗？哈！他气坏了。他转身对我——捂着自己的耳朵，就像这样——他说：‘要不是这个人醉得站不起来，我会把他的脑袋砸烂。’你已经被立案控告酗酒闹事。如果你不是打了警员的话，本来只会告你醉酒不省人事。”

“你知道我会因为这个受到什么惩罚吗？”

“罚款五英镑或坐牢十四天。审判你的是格鲁姆先生。你运气好，不是沃克先生审判你。他会判你坐牢一个月，没得商量。沃克先生就是这样。他对醉酒的人可不会留情。他是个禁酒主义者。”

戈登喝了点茶。茶水甜得发腻，但很暖和，让他恢复了一些气力。他喝了一大口茶，这时传来了难听的吼叫声——显然是那个被戈登揍了的警员——在外面叫嚷着：

“把那个犯人带出来，给他洗个澡。囚车九点半出发。”

那位警员立刻打开牢房的门。戈登走到外面，感觉更糟糕了，一部分原因是因为走廊要比牢房冷得多。他走了一两步，突然间觉得天旋地转。“我要吐了！”他叫嚷着。他快摔倒了——他伸出一只手扶住墙，不让自己摔下去。那个警员强壮的胳膊搂住了他。戈登一只胳膊勾着栏杆，弓起了背，全身像虚脱了一样。他的胃里翻江倒海，当然，吐出来的都是那些茶水，石头地板上留下一道呕吐物的痕迹。在走廊尽头，那个蓄着八字胡的警官穿着没有束上腰带的制服，一只手托着臀部站在那儿，厌烦地看着这一幕。

“脏兮兮的野狗。”他咕哝着，然后转过脸去。

“走吧，老伙计，”那个警员说道，“等一会儿你就会感觉好一些。”

他半拉半拽地把戈登引到走廊尽头一个大石水槽那里，帮他脱掉上身的衣服。他动作很温柔，实在令人惊讶，就像一个护士帮小孩子宽衣一样对待戈登。戈登恢复了气力，可以用冰冷的水冲洗身子，然后漱了漱口。警员递给他一条破烂的毛巾给他擦干身子，然后领着他回到牢房里。

“现在你乖乖地坐着，等黑囚车过来。听我说——当你上庭的时候，你就乖乖认罪，说你不会再犯事了。格鲁姆先生不会难为你的。”

“我的领子和领带呢？”戈登问道。

“我们昨晚把它们拿走了。你上庭之前会还给你的。曾经有个家伙用自己的领带上吊，有过一回。”

戈登坐在床上。有一会儿，他数着墙上瓷砖的数目让自己分神，然后用手肘撑在膝盖上坐着，双手抱头。他全身仍在疼痛，他觉得自己虚弱、发冷、无精打采，而且很无聊。他希望在上庭之前这段无聊的时间里能有点消遣。想到将被押进一辆颠簸的囚车，穿过走廊，在阴冷的囚室和过道里徘徊，回答问题，被地方法官教训一通，他就觉得意兴萧索。他只想自己一个人待着。但没过一会儿走廊那边传来了几个人说话的声音，然后脚步声近了。门上的翻板打开了。

“有人来看你。”那个警官说道。

想到有人来看他，戈登就觉得无聊。他不情愿地抬起头，看到弗拉斯曼和拉沃斯顿正看着他。他们俩怎么会一起来的，这是个谜团，但戈登一点儿都不觉得好奇。他们让他觉得无聊。他希望他们能离开。

“你好，老伙计！”弗拉斯曼说道。

“你们怎么来了？”戈登的语气很不耐烦。

拉沃斯顿看上去很悲伤。一大早他就起身，到处寻找戈登的下落。这是他第一次见到一间警察局牢房里面的情形。看到那冰冷的、贴着白瓷砖的牢房和角落那个令人觉得羞愧的厕所，他的脸厌恶地缩成一团。但弗拉斯曼对这种地方更加习惯。他乜斜着眼睛很有经验地看着戈登。

“我见过更糟糕的地方。”他快活地说道，“给他吃一个生鸡蛋，他就会振作起来的。你知道你的眼睛看上去像什么吗，伙计？”他对戈登说道，“就像被挖出来用水煮过。”

戈登双手抱着头，说道：“我昨晚上喝醉了。”

“我就是这么想的，老伙计。”

“听我说，戈登。”拉沃斯顿说道，“我们过来保释你，但似乎我们来晚了。再过一会儿他们就会带你上庭。真是太糟糕了。昨晚上他们把你带到这里来的时候你没有告诉他们一个假的名字，实在是太遗憾了。”

“我告诉他们我的名字了吗？”

“你什么都告诉他们了。我多么希望没有让你从眼皮底下溜掉。你溜出了那家酒店，跑到街上去了。”

“在沙弗斯伯里大街来回游荡，拿着一瓶酒喝。”弗拉斯曼颇为欣赏地说道，“但你怎么能殴打警官呢，老伙计！那真是太傻了。老实告诉你吧，威斯比奇太太被你吓坏了。当你的朋友今天早上过来告诉她你昨晚被关进牢房时，她还以为你杀人了。”

“听我说，戈登。”拉沃斯顿说道。

他的脸上带着那种熟悉的、不自在的表情。又是关于钱的问题。戈登抬起头。拉沃斯顿看着远处。

“听我说。”

“怎么了？”

“关于你的罚金。你让我处理，我会帮你付罚金。”

“不，你不能这么做。”

“我亲爱的老朋友！要是我不给钱他们会让你坐牢的。”

“噢，该死！我不在乎。”

他不在乎。这个时候即使他们判他坐一年牢他也不在乎。当然，他自己没有钱付罚金。他甚至不需要思索就知道自己身上没钱。他可能已经把钱统统给了朵拉，更有可能的是，她把他的钱全都偷走了。他又躺在床上，背对着两人。他觉得很恼怒沮丧，一心只希望他们能走开。他们尝试着和他说话，但他不肯回答，过了一会儿他们离开了。弗拉斯曼快活的声音顺着走廊渐渐平息。他正在向拉沃斯顿解释怎么用生鸡蛋醒酒。

那天接下来的时候非常糟糕。坐在囚车里很难受，里面就像一间具体而微的公厕，两边都有小隔间，你被铐在里面，而且几乎没有空间可以坐下。而更难受的是在毗邻法庭的牢房里漫长的等待。这间牢房和警察局的那间几乎一模一样，就连瓷砖的数目也是一样的。唯一不同的是，这间牢房脏得令人恶心。里面很冷，而且空气中弥漫着恶臭，几乎令人窒息。囚犯们一直来来去去，被丢进牢房里，等候了一两个小时就被带上法庭，然后又被带了回来，等候法官的判决或新证人的出庭。牢房里总是有五六个人，除了那张木架床就没有地方坐下。最糟糕的是，几乎每个人都用了马桶——就公然在这间小牢房里如厕。他们实在是憋不住。没有其它地方可以去。而那个可恶的东西抽水杆甚至拉不下来。

戈登一直等到下午，觉得虚弱头晕。他没有机会刮胡子，长出了茂密的胡须。一开始的时候他只是坐在木架床离门最近的一角，尽量离厕所远一些，不去留意其他囚犯。他们都很无聊，而且让他觉得很讨厌。接着，他的头没那么疼了，他观察着他们，心里觉得有点好奇。这里有一个职业窃贼——一个面容忧郁的瘦子，长着一头灰发，一直在担心如果自己被判刑他的妻子和孩子该怎么办。他被逮捕的罪名是“徘徊观望伺机作案”——罪名很模糊，但如果你有过前科，通常都会被定罪。他一直来回走动着，以奇怪而紧张的姿势打着响指，控诉着法律体制的不公。还有一个聋哑人，散发着臭鼬的味道。还有一个中年的小个子犹太人，穿着一件皮领大衣——他曾在一家犹太屠宰场大公司当过采购，带着二十七英镑的赃款潜逃，去了阿伯丁，足迹遍及每个地方，把钱都花在了妓女身上。他也满腹牢骚，因为他说他的案件理应由犹太拉比法庭审理，而不应该交给警方处理。还有一个酒馆经理，他贪污了圣诞储蓄的钱。他大约三十五岁，块头很大，看上去挺真挚诚恳，像个有钱人，脸色红润，穿着一件艳俗的蓝色风衣——这种人不是经理，就是在赛马会当注码登记员。他的亲人退缴了赃款，可还欠十二英镑，储户们决定起诉他。那个男人的眼神令戈登觉得心里不舒服。他对任何东西都带着趾高气扬的姿态，但眼神空洞而呆滞，谈话一有间歇他就会陷入沉思。看见他你就会觉得难受。他坐在牢房里，仍然穿着他那身时髦的衣服，显赫的酒馆经理生涯刚过去一两个月，现在他的生命就这么毁了，或许永远没有翻身的机会。和所有伦敦的酒馆经理一样，他是被酿酒商捏在手心里的。他将得变卖家当，他的家具和衣服将被没收，等他坐完牢出来，他别指望能再开酒馆或找到一份工作。

这天早上过得特别慢。你可以抽烟——不准使用火柴，但外面值勤的警官会通过门缝让你借火。除了那个酒馆经理外没有人身上有烟，他身上有很多烟，慷慨地给大家分烟。囚犯们来来去去。一个衣衫褴褛脏兮兮的男人（自称是个妨碍了交通的街头小贩）被关进牢房里待了半个小时。他的话很多，但其他人都对他所说的话抱以怀疑。当他又被带出去时，大家都说他是“卧底”。据说警察经常安排“卧底”化装成囚犯到牢房里去收集情报。有一次，那个警员透过窥视孔放风说有个杀人犯——或者说，意欲杀人者——被关进了隔壁牢房，牢房里顿时骚动起来。他是个十八岁的年轻人，捅了他召来的妓女肚子一刀，据说她是活不成了。有一次，窥视孔被拉开了，一位牧师疲惫苍白的脸望了进来。他看到那个窃贼，忧郁地说道：“你又在这里，琼斯？”然后离开了。十二点钟的时候吃午饭。分给你的就只有一杯茶、两片面包和人造黄油。不过假如你有钱的话，你可以自己点餐。那个酒馆经理要了一顿丰盛的午餐，盛在盖住了的碗碟里被送了进来，但他没有胃口吃东西，大部分食物都给了别人吃。拉沃斯顿仍在法庭里流连，等候着戈登的案子开庭，但他不熟悉行情，没有给戈登送饭。很快那名窃贼和经理被带走了，审判完毕，被带回牢房里等候囚车带他们回监狱。两人都被判了九个月徒刑。那个经理询问那名窃贼监狱里情况怎么样，对话的内容都是关于监狱里没有女人的痛苦，内容淫秽不堪。

戈登的案子于两点半开庭，很快就结束了，为此等候了那么长的时间，实在是太荒唐可笑了。事后他将法庭上的情景忘记得一干二净，只记得法官席位上方的徽章。法官两分钟就可以处理完一宗醉酒案。他们大声宣布：“约翰或史密斯醉酒罪名成立，罚款六先令！下一个！”犯人们鱼贯走过被告席，就像一群人到售票处买票一样。不过，戈登的案子花了两分钟，而不是三十秒，因为他扰乱治安，而且那名警官出庭作证戈登揍了他的耳朵，还骂他是个××的狗杂碎。而且法庭里还起了小小的骚动，因为戈登在警察局被盘问时说自己是一名诗人。他一定是喝得烂醉如泥，才会说出这样的话。法官狐疑地看着他。

“我看到，你自称是一名诗人。你是诗人吗？”

戈登乖戾地回答道：“我写诗。”

“嗯！这似乎没能让你明白行为应该检点，不是吗？你被处五英镑罚款或坐牢十四天。下一个！”

就是这样。不过，在法庭后排的座位上，一个百无聊赖的记者已经听在了耳里。

法庭的另一边有一间房，一位警官坐在那儿，面前摆着一本厚厚的记账本，正在登记酗酒者的罚金并负责收钱。那些付不起罚金的人被带回牢房里。戈登希望自己能被带回牢房。他已经做好了坐牢的准备。但当他走出法庭的时候，他发现拉沃斯顿正在房间里等候着，已经帮他交了罚金。戈登没有抗议，由得拉沃斯顿带他走进一辆出租车，带他回到摄政公园的公寓。他们一到那儿，戈登先洗了个热水澡，过去十二个小时以来他把自己搞得实在是太脏了。拉沃斯顿给了他一把刮胡刀、一件干净的衬衣、睡衣、袜子和内衣裤，甚至还出门给他买了一支牙刷。他特别关心戈登。他觉得很内疚，觉得昨晚上所发生的事情主要是他的过错。他原本应该更加坚定，一看到戈登喝醉了就立刻送他回家。戈登似乎没有注意到拉沃斯顿为他所做的事情。即使拉沃斯顿帮他付了罚金，他也觉得心安理得。那天下午他就躺在壁炉前的扶手椅上，读着一则侦探故事。他不愿去想以后的事情。早早地他就困了。八点钟的时候他就到客房睡觉，像一根木头那样睡了九个小时。

直到第二天早上他才开始认真地思考自己的处境。他在那张宽大舒服的床上醒来，这张床比他睡过的任何一张床都要来得柔软温暖。他摸索着要找火柴。然后，他记起在这样的地方你不需要拿火柴点灯，于是摸索着床头电灯的拉绳。柔和的灯光照亮了整个房间。床头柜上摆着一杯放着虹吸管的苏打水。戈登发现三十六小时之后他的嘴里仍有一股恶心的味道。他喝了一口水，观察着周围。

穿着别人的睡衣，躺在别人的床上，那种感觉很奇怪。他不知道自己在这里做什么——他不属于这个地方。他已经毁了，而且身无分文，躺在这里让他萌生了罪恶感。有一点可以肯定，那就是他已经彻底完蛋了。他似乎知道自己的工作肯定没了，天知道接下来还会发生什么事情。那次无聊的放荡狂欢的回忆栩栩如生地在他的脑海里浮现，他可以记起每件事，从出发前他喝的第一杯粉红色的杜松子酒，到朵拉桃红色的吊袜带。想起朵拉他顿时觉得局促不安。为什么一个人会做出这种事情？又是钱的缘故，总是钱的缘故！有钱人就不会做出这些事情。有钱人即使做坏事也做得很潇洒。但如果你是个穷光蛋，一有钱你甚至不知道怎么花。你只会疯狂地将其挥霍掉，就像第一晚进窑子的上岸水手。

他坐了十二小时的牢。他想起了法庭的牢房里冰冷的排泄物的恶臭。那就是以后日子的前奏。每个人都会知道他坐过牢。运气好的话安吉拉姑姑和沃尔特叔叔会毫不知情，但朱莉亚和罗丝玛丽可能已经知道了。罗丝玛丽知道了还问题不大，但朱莉亚会觉得羞愧万分的。他想到了朱莉亚，她俯身去拿茶叶罐时瘦长的脊背和那张和蔼而忧伤、像呆头鹅一样的脸庞。她从未过上好日子。从童年开始她就一直在为他奉献，为了戈登，家里的男丁。这些年来，他或许从她那儿借了有一百英镑，而他甚至连五英镑都没能偿还她。他为她留了五英镑，然后却花在了一个妓女身上！

他关掉电灯，躺在床上，脑子里很清醒。这个时候他清楚地看到了自己。他清点了一下自己的现状和财产。戈登·康斯托克，康斯托克家族最后一个男丁，三十岁，剩下二十六颗牙齿，没钱，没工作，穿着借来的睡衣，躺在别人家的床上，前途一片渺茫，只能死乞白赖地等人施舍，而之前的生活只是犯下了一连串卑劣的蠢事。他所有的财产就只是瘦弱的身躯和两个纸板箱，里面装满了破旧的衣服。

七点钟的时候拉沃斯顿被敲门声吵醒了。他翻了个身，睡意蒙眬地问道："谁啊？"戈登走了进来，头发蓬乱，那身借来的丝绸睡衣几乎把他整个人包了起来。拉沃斯顿挣扎着起床了，打着呵欠。理论上他应该和无产阶级一样七点钟起床，但事实上他会一直赖床，等到打杂的女仆比弗太太八点钟过来。戈登把眼镜前面的头发拨开，坐在拉沃斯顿的床尾。

"听我说，拉沃斯顿，这件事真该死。我一直在想事情。这回我死定了。"

"什么？"

"我会丢掉工作的。我坐过牢，麦克凯切尼不会再聘用我了。而且，我昨天应该上班的，或许一整天书店都没开门。"

拉沃斯顿打了个呵欠，"我想一切会好起来的。那个胖子——他叫什么名字来着？弗拉斯曼——给麦克凯切尼打了电话，说你得了流感卧病在床。他说得像真的一样。他说你高烧一百零三度。当然，你的女房东知道内情，但我想她不会告诉麦克凯切尼的。”

“但要是这件事上了报纸呢！”

“噢，天哪！我想这也不是不可能的事。八点钟女仆就会带报纸过来。但他们会报道酗酒案吗？应该不会吧？”

比弗太太带来了《电讯报》和《先驱报》。拉沃斯顿叫她去买《每日邮报》和《每日快报》。他们匆匆忙忙地浏览着治安和法庭的报道。感谢上帝！这件事没有登报。事实上，这种事情没有登报的理由，因为戈登既不是赛车手，又不是职业足球运动员。戈登感觉心安了一些，勉强吃了点早餐。拉沃斯顿吃完早餐后出去了。两人说好了，他去书店和麦克凯切尼先生见面，告诉他戈登的病情，探听一下风声。拉沃斯顿似乎觉得花几天时间帮助戈登摆脱困境是天经地义的事情。整个早上戈登就待在公寓里，情绪焦躁不安，不停地抽着烟。现在他独自一人，希望一扫而空。他本能地猜想麦克凯切尼先生已经听说他被逮捕这件事了。这种事情你可瞒不住。他已经丢掉工作了，就是这样。

他走到窗边，望着外面。天色阴沉沉的，灰色的天空似乎永远不会再变成蔚蓝色，光秃秃的树木向隅而泣。旁边的街上有个卖炭翁正在凄楚地叫卖着煤炭。现在离圣诞节只有半个月了。在这个时候失业真是可喜可贺！但这个想法并没有让他恐惧，而是让他无聊。他觉得无精打采，眼皮发沉，一个人宿醉后就会有这种感觉，而且这种感觉似乎永远烙在了他身上。要去找另一份工作的想法比挨穷更令他觉得无聊。而且，他找不到另一份工作。如今找到工作是不可能的事情。他将一直沉沦，沉沦到失业者的世界——沉沦，沉沦到住进济贫院，忍受肮脏、饥饿和无所事事的生活。最要命的是，他只想毫无挣扎地沦落到那个地步。

一点钟的时候拉沃斯顿回来了。他脱下手套，将它们扔到一张椅子上。他看上去很疲惫，而且情绪低落。一看他的样子戈登就知道完蛋了。

“他果然听说这件事了？”他问道。

“一清二楚，我想。”

“怎么知道的？我想是威斯比奇太太跑去告诉他的？”

“不，这件事还是登报了。是本地的报纸。他是从那里获悉的。”

“噢，该死！我忘了。”

拉沃斯顿从大衣口袋里拿出一张折叠了的半月刊。书店里订了这份报纸，因为麦克凯切尼先生在里面登了广告——戈登忘了这件事。他打开报纸。该死的！真是羞死人了！整件事就刊登在中页。

“世风日下，书店店员受罚，法官严词呵责”。

报道占了整整两栏，戈登从未如此出名过，以后也不会这么出名。他们一定是苦于没有新闻素材。这些本地报纸爱国情绪格外高涨，非常重视本地新闻，哈罗路一宗单车事故所占据的篇幅要比欧洲危机大得多，而像“汉普斯泰德男子被指控谋杀”和“坎伯韦尔地窖婴儿碎尸案”这样的新闻则被带着自豪刊登出来。

拉沃斯顿讲述了他和麦克凯切尼的见面。麦克凯切尼似乎对戈登大为光火，却又不想得罪拉沃斯顿这位好主顾。但是，出了这么一桩事情，你很难想象他还愿意让戈登回去上班。这些丑闻会影响生意的，而且他对弗拉斯曼打电话撒了一通谎觉得非常气愤。但他最生气的是他的店员竟然酗酒闹事。拉沃斯顿说酗酒这件事似乎让他气急败坏，有点儿夸张，感觉像是他宁愿戈登从钱柜里偷钱。当然，他自己是一个禁酒主义者。有时候戈登怀疑他会不会以传统苏格兰人的方式偷偷喝酒，毕竟，他的鼻子那么红。但那或许是抽鼻烟造成的。但总而言之，事情就是这样：戈登处于水深火热之中，足有五英寻之深。

“我想威斯比奇太太会扣下我的衣服和杂物。”他说道，“我不打算回去拿东西。而且，我还欠她一星期的房租。”

“噢，这个别担心。房租和其它一切包在我身上。”

“我亲爱的伙计，我怎么可以让你替我支付房租！”

“噢，胡扯！”拉沃斯顿的脸微微一红。他忧伤地望着远方，然后突然间一股脑说出他想说的话，“听我说，戈登，我们必须解决这件事。你得待在这儿，直到这件事过去为止。钱和其它事情由我来解决。你不要觉得自己很令人讨厌，因为你不是这样的人。不管怎样，等你再找到一份工作就会好起来的。”

戈登阴沉沉地从他身边走开，双手插在口袋里。他当然已经预料到会这样。他知道自己应该拒绝，他想拒绝，但他没有这个勇气。

“我不能这样死乞白赖地缠着你。”他闷闷不乐地说道。

“看在上帝的分上，别说这样的话！而且，你不待在这儿还能去哪儿？”

“我不知道　　睡阴沟里吧，我想。那是我应该去的地方，早去早好。”

“胡说！你就待在这儿，直到你找到另一份工作。”

“但根本没有工作。我找到工作可能需要一年。我不想找工作。”

“别说这种话。很快你就会找到工作的。工作一定会找上门的。还有，看在上帝的分上，不要说什么**缠着我**的话。这只是朋友之间互相帮助而已。要是你真的介意的话，等你有了钱再还给我也行。”

“是的——可什么时候呢！”

但最后他让步了。他知道自己会让步的。他待在公寓里，让拉沃斯顿到柳堤路，付清他的房租，取回他那两个纸板箱。他甚至让拉沃斯顿“借给”他两英镑以应付眼下的开支。做出这件事的时候他觉得很恶心。他在仰仗拉沃斯顿的施舍——死乞白赖地缠着拉沃斯顿。他们之间还有什么真正的友谊可言吗？而且，在他内心深处，他不愿意人家帮助他。他只想自己独自一人。他将去睡阴沟，早去早好，让事情就这么结束。但他留了下来，因为他没有勇气拒绝，就是这样。

至于找工作这件事，从一开始就毫无希望。虽然拉沃斯顿很有钱，但他不能无中生有创造出一份工作。戈登一早就知道去书店求职根本没有用。接下来的三天里，他踏破铁鞋，到一间又一间书店上门求职。在每一间书店门口，他咬紧牙关，走进店里，请求和经理见面，三分钟后就仰着鼻子走了出去。答案总是一样的——书店不请人。有几间书店在招额外人手应付圣诞节的营业高峰，但戈登不是他们想要找的人选。他既不精明，态度又不够恭敬，而且衣衫褴褛，说话又带着绅士的口音。而且，问了几个问题后，他们就知道他因为酗酒而被上一位老板开除了。仅仅过了三天他就放弃了希望。他知道没有用，但他继续假装寻找工作，只是为了让拉沃斯顿高兴。

到了晚上他拖着步子走回公寓，双脚酸痛，受了几番冷落，忍不住想发一通脾气。他一直在走路，以此节约拉沃斯顿那两英镑。回到家的时候，拉沃斯顿刚从办公室回来，坐在壁炉前面的一张扶手椅上，膝盖上摆着长条校样。戈登进门时他抬起头。

和往常一样，他问道："有收获吗？"

戈登没有回答。要是他一开口，难听的话就会滔滔不绝。他没有看拉沃斯顿一眼，径直走进卧室，踢掉鞋子，翻身倒在床上。这个时候他恨透了自己。为什么他要回来？他根本没有找工作的心思，他有什么权利回来白吃白住拉沃斯顿的？他应该流落街头，在特拉法尔加广场过夜，去当乞丐——怎样都行。但他还没有勇气去面对街头生活。为了有个温暖的栖身之所，他还是回来了。他躺在床上，双手枕在头下，心里既憎恨自己，又觉得很漠然。过了半个小时他听到门铃响了，拉沃斯顿站起身去开门。应该是那个女人赫尔迈厄尼·斯拉特。几天前拉沃斯顿向戈登介绍过赫尔迈厄尼，她当他就像一粒尘埃。但是，过了一会儿，有人敲了敲房门。

"谁啊？"戈登问道。

"有人过来看你。"拉沃斯顿说道。

"来看我？"

"是的，出来吧。"

戈登慢吞吞地滚下床，嘴里骂骂咧咧的。他走到客厅，发现是罗丝玛丽来看他。当然，他一直想见她，却又提不起劲去见她。他知道为什么她会来，她是过来同情他，怜悯他，责备他的——每个人都一样。他觉得心情很沮丧低落，不想费心思和她说话。他只想一个人待着。但拉沃斯顿见到她很高兴。虽然他们只见了一面，但他很喜欢她，觉得或许她能让戈登振作起来。他找了个借口，去了楼下的办公室，让他们两人独处。

现在只剩下他们了，但戈登没有走过去拥抱她。他站在壁炉前面，收拢着肩膀，双手插在大衣口袋里，脚上穿着拉沃斯顿的拖鞋，这双鞋对他来说太大了。她犹豫着朝他走来，她还没有脱下帽子或那件镶着羊皮领的外套。看到他的样子她觉得很心痛。一星期不到，他整个人都变了。他的样子看上去就像一个失业的人那样懒散邋遢。他的脸似乎更瘦削了，眼圈很重。而且，她看得出那天他没有刮胡子。

她把手搭在他的胳膊上，动作很尴尬，女人需要主动拥抱男人的时候总是这样。

“戈登……”

“嗯？”

他的口气很不高兴。下一刻她投入他的怀抱中。但主动的人是她，而不是他。她的头搭在他的胸膛上，噢，天哪！她竭力忍住几乎夺眶而出的泪水。戈登觉得心里很烦。他似乎总是让她流泪！他不愿意别人为了他哭泣。他只想独自一人——独自感受气恼与绝望。他抱着她，一只手机械地抚摩着她的肩膀，感觉很无聊。她过来找他，让他更觉得难受。他面临着饥寒交迫流落街头的命运，将来会进收容所和监狱，他得让自己坚强起来，才能承受那样的命运。要是她不能让他独自清静，老是拿这些无关紧要的情感烦他的话，他又怎么能坚强起来呢。

他将她推开了一些。和往常一样，她很快恢复了平静。

“戈登，亲爱的！噢，我好难过，好难过！”

“难过什么？”

“你失去了工作和一切。你看上去那么不开心。”

“我没有不开心。看在上帝的分上，不用可怜我。”

他挣脱了她。她摘下帽子，扔到椅子上。她来这里有话对他说。这些话她压抑了几年——这些话按照她的原则是不会说出口的。但现在她一定得直截了当地说出来。她不是一个喜欢拐弯抹角的人。

“戈登，你愿意做点事情让我开心吗？”

“怎么了？”

“你愿意回新阿尔比恩吗？”

果然是这样！他当然一早就想到了。和别人一样，她准备开始对他唠唠叨叨地说个没完。她准备加入那些担心他的人的行列，缠着他，要他“发达”。但你还想怎么样？每个女人都会说出这样的话。以前她一直不说这样的话实在是个奇迹。回新阿尔比恩公关公司去！他这辈子做过的唯一有意义的事情就是离开新阿尔比恩公司。你可以说，他的信念就是摆脱肮脏的金钱世界。但现在他记不得当初离开新阿尔比恩公司究竟是出于什么原因了。他只知道他决不会回去，即使天塌下来也不回去，他准备好了大吵一架。

他耸了耸肩膀，转过头去。“新阿尔比恩不会让我回去的。”他说道。

“会的，他们会让你回去的。你记得鄂斯金先生说过什么。事情没过去多久——才两年而已。他们总是在寻找好的文案。办公室里每个人都这么说。如果你回去，跟他们说一声，我相信他们会给你安排一份工作的。你的工资至少会是一周四英镑。”

“一周四英镑！太好了！我能养得起叶兰了，不是吗？”

“戈登，现在别开玩笑。”

“我没有在开玩笑。我是认真的。”

“你是说你不会回去——即使他们给你安排一份工作也不回去？”

“绝对不回。即使他们给我一星期五十英镑也不回。”

“但是，为什么？为什么？”

“我告诉过你为什么了。”他倦怠地说道。

她无助地看着他。说到底，这根本没有用。在两人之间横亘着金钱这个问题——她从来都不明白为什么他会有那么多毫无意义的顾虑，但她接受了，因为这些是他的想法。就像一个女人看到一个抽象的观念压倒了常识一样，她觉得心中充满了怨恨与无助的感觉。他就让这么一种思想将自己推入深渊，真是太疯狂了！她几乎生气地说道：

“我不能理解你，戈登。我真的不能理解你。你失去了工作，你知道自己很快就得忍饥挨饿，但是，只要你开口可能就会有一份好工作，你却不肯接受。”

“是的，你说对了。我不会接受的。”

“但你必须有份工作，不是吗？”

“是的，但不是一份好工作。我已经不知道向你解释过多少遍了。我敢说，我迟早会找到一份工作的。和我以前一样的工作。”

“但我不相信你在尝试着找工作，是这样吗？”

“我有。今天我出去了一整天，去那些书店求职。”

“你今天早上连胡子都没刮！”她说道，女人转变话锋的速度就是这么快。

他摸了摸下巴，“事实上，我想的确没有。”

“那你还指望别人给你一份工作！噢，戈登！”

“噢，那又有什么要紧的？每天刮胡子实在太麻烦了。”

“你就这么让自己沉沦，”她心疼地说道，“你似乎根本**不想**努力，只想着沉沦——沉沦！”

“我不知道——或许吧。我宁愿沉沦，也不肯往上爬。”

两人继续争吵着。这是第一次她以这样的态度对他说话。她又一次泪眼盈盈，然后又一次忍住眼泪。来这里的时候她发誓不会哭泣，可怕的是，她的眼泪并没有让他觉得难过，而是觉得很无聊，似乎他失去了在意的情怀。而在他内心的最深处，他很在意自己为什么不再在意。她就不能让他独自一人吗！独自一人！独自一人！不要絮絮叨叨地让他想起自己是个失败者，让他放纵沉沦，就像她所说的，沉沦到平静的世界里，金钱、努力、道德上的责任统统不复存在。最后，他离开了她，回到卧室里，他们吵了一架——他们认识以来第一次吵架，也是致命的一次吵架。他不知道这会不会是他们最后一次吵架。在这个时候他不在乎。他关上房门，躺在床上抽着烟。他必须离开这里，而且得赶快离开！明天早上他就搬出去。不要再缠着拉沃斯顿了！不要再利用人家的好心了！沉沦，沉沦，沉沦到泥沼中——流落街头，进收容所，蹲监狱。只有在那里他才能获得宁静。

拉沃斯顿上楼了，发现罗丝玛丽独自一人，就要离开这里。她和他道别，突然间转过身对着他，把手搭在他胳膊上。她觉得她很了解他，可以信任他。

“拉沃斯顿先生，求求您——您能劝说戈登找一份工作吗？”

“我会尽我所能。当然，这事情不容易。但我想很快我们就能帮他找到一份工作。”

“看到他这个样子实在太可怕了！他完全一蹶不振。你知道，他可以轻而易举地找到一份工作——是份很好的工作。他不是不能胜任，而是他根本不愿意接受。”

她解释了新阿尔比恩公司这件事。拉沃斯顿揉了揉鼻子。

“是的，事实上我听说过这件事了。当他离开阿尔比恩公司时我们谈到过这件事。”

“但你不是觉得他离开公司是对的吧？”她立刻察觉到拉沃斯顿**真的认为**戈登是对的。

“嗯——我知道你觉得这不是明智之举，但他说的也不无道理。资本主义腐朽堕落，我们应该远离它——这是他的想法。虽然不现实，但从某种程度上说是合理的。”

“噢，我也会说原则上是合理的！但当他没有工作，而他只要开口就能得到这份工作时——你觉得他拒绝这么做是对的吗？”

“从常理来说是不对的。但从原则上说——嗯，是对的。”

“噢，从原则上说！像我们这样的人可谈不起原则。戈登似乎不明白这一点。”

第二天早上戈登没有搬出公寓。他下定了决心要搬出去，他希望搬出去，但事到临头，在清冷的晨光中，他没有付诸行动。他对自己说就多待一天，然后又是“就多待一天”，自罗丝玛丽来看他那晚已经过去整整五天了，他仍然待在那里，靠拉沃斯顿的接济生活。找到工作的希望非常渺茫，但他仍然假装在寻找工作，尽管这么做只是为了保住面子。每天他到外面，去公立图书馆待几个小时，然后就会回到家里躺在客房的床上，只脱掉鞋子，不停地抽烟。他仍然觉得整个人懒洋洋的，而且对街道充满了恐惧。那五天实在是太可怕，太恐怖了，太令人无语了。这个世界上再没有比寄人篱下，靠着人家施舍却无以为报更糟糕的事情了。而最糟糕的或许就是，你的恩人还不肯承认他是你的恩人。拉沃斯顿总是那么温文有礼，死也不肯承认戈登在白吃白住他的。他付了戈登的罚金和拖欠的房租，收留了他一个星期，还“借了”他两英镑，但这些都没什么，只是朋友之间互相帮助，戈登也会这么对他。戈登总是说要走，但结果总是一样。

“听我说，拉沃斯顿，我不能再在这儿住下去了。你让我住得够久的了。明天早上我就搬出去吧。”

“我亲爱的老伙计！别感情用事。你又没有——”不行！就算到了这个时候，戈登已经摆明了沦落到一文不名的地步，拉沃斯顿还是说不出“你又没有钱”这样的话。这些话不应该说出口。他妥协了，“那你打算住哪儿？”

“天知道——我不在乎。到处都有寄宿旅社和住的地方。我还剩几个先令。”

“别这么固执。你还是住在这儿，直到找到工作为止，这样比较好。”

“但那可能得几个月。我不能像这样靠你生活。”

“别胡说，我亲爱的老伙计！我欢迎你住在这里。”

当然，在他内心深处他不愿意戈登住在那儿。他能怎么办？现在的情况很尴尬。两人之间一直很别扭，当有一方靠着另一方生活时，就总是会这样。无论怎么精心掩饰，慈善依然是讨厌的事情。施者与受者之间总是会有心结，甚至可以说是仇恨。戈登知道他和拉沃斯顿的友谊不会再像以前一样了。无论后来发生什么事情，对于这段时间的可怕回忆将一直横亘在他们之间。这种寄人篱下的滋味，妨碍别人生活的滋味，不受欢迎的滋味日日夜夜在困扰着他。吃饭的时候他吃得很少，不抽拉沃斯顿的烟，用他所剩无几的钱自己买烟抽。他甚至不肯在卧室里生火。如果可以的话，他就尽量躲起来。当然，每天公寓和办公室人来人往。他们都看见了戈登，知道他是什么处境。他们都说他是拉沃斯顿收留的食客。他甚至察觉到《反基督报》的一两个同行食客对他的嫉妒。那个叫赫尔迈厄尼·斯拉特什么的女人一星期过来三次。自从第一次见面后，每次她来他就立刻消失。有一次她晚上过来，他只能待在外面直到午夜。那个钟点工女仆比弗太太已经“看穿”了戈登。她知道他这类人，又是个一无是处的年轻“作家”，到可怜的拉沃斯顿先生这儿白吃白住。因此，她摆明了就让戈登难堪。她最喜欢挥舞着扫帚和簸箕把他轰出房间——“康斯托克先生，现在我得打扫这个房间了。请您……”无论他刚在哪个房间坐下来。

不过，意想不到的是，最后戈登不费吹灰之力就找到了一份工作。一天早上麦克凯切尼先生给拉沃斯顿寄来了一封信。他可怜戈登——当然，还不至于到愿意让他回去工作的地步，但他愿意帮他找一份工作。他说兰贝斯的书商切斯曼先生在找一个助手。据他所说，如果戈登肯去应聘的话应该可以得到这份工作。当然，这不会是一份什么好差事。戈登听说过切斯曼先生——干图书业这一行大家都彼此认识。这个消息让他心里觉得很烦。他不想要这份工作，他不想再去上班，他只想沉沦，沉沦，不去努力，掉入泥潭中。但拉沃斯顿为他的工作这么奔波，他不能让他失望。因此，当天他就去了兰贝斯，面试这份工作。

这间书店位于滑铁卢大桥南边那条荒凉的路上，看上去很狭小破败，上面褪色的金字店名不是写着切斯曼，而是埃尔里奇。不过，橱窗里摆着几张挺值钱的牛皮纸，还有几张十六世纪的地图，戈登觉得一定很值钱。显然，切斯曼先生专门经营“罕有的”书籍。戈登鼓起勇气，走进店里。

门铃“哔”了一声，一个长着尖尖的鼻子和浓密的黑眉毛、长相难看的小个子男人从书店后面的办公室走了出来。他抬起头，带着一股怨意看着戈登。他说起话来特别含糊，似乎在每个字脱口而出前就把它咬成两半，“有何贵干？”——听起来特别难懂。戈登解释了他的来意。切斯曼先生意味深长地看了他一眼，然后以同样含糊的口音回答道：

“噢，呃？康斯托克？呃？这边来。我办公室在后面。一直在等你呢。”

戈登跟在后面。切斯曼先生是个长得很瘆人的小个子，几乎可以称得上是个侏儒，头发很黑，身体有点畸形。发育不全的侏儒一般是长着正常的躯体，但腿脚特别短。而切斯曼先生情况则刚好相反。他的腿和正常人一样长，但他的上半身奇短无比，似乎屁股是从肩胛骨下面直接长出来的。这让他走起路来看上去像一把剪刀。他的肩膀瘦骨嶙峋，却很强壮，双手又大又丑，总是探着头。他的衣服很破旧肮脏，似乎都板结了，起了一层光泽。刚走进办公室门铃就响了。一个顾客走了进来，拿着一本从外面六便士书箱里拿出来的书和半个克朗。切斯曼先生没有从钱柜里找零——显然，书店里没有钱柜——而是从马甲下面一处隐秘的地方掏出一个油腻腻的软革钱包。钱包搁在他手里几乎都看不见了，他掏钱的时候动作鬼鬼祟祟的，似乎不想被别人看到。

走进办公室的时候他抬头瞥了戈登一眼，解释道，“我喜欢把钱放在口袋里。”

显然，切斯曼先生之所以说话这么含糊不清，是因为他惜语如金，不想浪费口舌。他们在办公室面谈，切斯曼先生从戈登口中盘问出他是因为醉酒闹事而被解雇的。事实上，这件事他已经知道了。从麦克凯切尼先生那里他听说了戈登的事情。几天前他在拍卖会上遇到了麦克凯切尼先生，听说戈登的事情时，他的耳朵竖了起来，因为他想找一个助手，显然，一个曾因醉酒闹事而被开除的助手工钱会便宜一些。戈登觉得醉酒闹事这件事会对自己不利。但切斯曼先生似乎并非全然毫不友好。他似乎是那种只要有机会就坑你一把，欺负你一下的人，但对你不失轻蔑的幽默。他很信任戈登，聊起了经营书店的行情，自吹自擂他自己的精明。他笑起来的时候样子很特别，嘴角往上翘起，大大的鼻子似乎不见了。

他告诉戈登，最近他想到了创立一个有利可图的副业。他准备设立两便士借书部，但这个部门不会和书店在一起，因为档次不高，可能会把那些来店里寻找“罕有”书籍的爱书之人吓跑。在不远的地方他找好了营业场所，午休的时候他带着戈登去参观。借书部要往那条破落的街头再走下去一些，位于一间苍蝇密布的火腿牛肉店和一间殡仪店的中间。殡仪店的广告引起了戈登的注意。如今似乎你只要付两英镑十先令就可以入土为安，甚至还可以分期付款。还有一份广告是火葬场刊登的——“庄严卫生，价格宜人。”

整个地方就是一间狭小的房间——有一根通风管和一扇窗户，窗户几乎和房间一样大小，里面摆放了一张廉价的书桌、一把椅子和一份卡片索引。新涂了油漆的书架已经可以用了，但还没有摆书。戈登一眼就看得出这个借书部和他曾经待过的麦克凯切尼书店的借书部根本不可同日而语。麦克凯切尼的书店相对要高雅一些，文学水平不低于戴尔，甚至有劳伦斯和赫胥黎的作品，但这里却是那种土得掉渣的借书店（它们被称为“蘑菇借书店”）。现在伦敦到处都是这类借书店，主要是为那些没有受过教育的人服务。这些借书店里的书没有一本被人写过书评，任何稍有教养的人士都从未听说过那些书的名字。那些书都是由山寨出版社印刷发行的，批量出版，一年可以出四本，就像做香肠一样，只是技术含量更低。充其量它们只是一些价值四便士的中篇小说，却充出长篇小说的派头，进货的时候只要一先令八便士就能买到一本。切斯曼先生解释说他还没有订书，他说起“订书”的语气就像在订一吨煤一样。他说他准备先订五百册五花八门的书。书架已经做好了标记——“性爱”、“犯罪”、“西部冒险”什么的。

他聘用了戈登。工作非常简单，你只需要每天工作十个小时，递书、收钱、把那些只看不借的人轰走。他侧着头打量着戈登，补充说工资是一周三十先令。

戈登当即同意了。切斯曼或许略感失望，他还以为会争执一番，然后欺负他说乞丐是没得挑挑拣拣的，借此开心一下。但戈登很满意。这份工作很好。像这样的工作很省心，没有前途，不需要努力，而且没有希望。工资少了十先令——离泥沼又近了十先令。这就是他想要的。

他从拉沃斯顿那儿又“借”了两英镑，租了一间卧室起居室，每周的租金是八先令，位于与兰贝斯胡同平行的一条肮脏的小巷。切斯曼先生订了五百本已经分门别类好的书，十二月二十日戈登开始上班。那天刚好是他三十岁生日。

第十章

来到地下，来到地下！回到柔软安全的大地的子宫，那里没有就业，也不会失业，没有亲人和朋友缠着你不放，没有希望、恐惧、野心、荣誉、责任——没有任何事情缠着你。那就是他希望去的地方。

但他盼望的并不是死亡，肉体意义上的死亡。他有一种奇怪的感觉。自从那天早上在警察局的牢房醒来之后那种感觉就一直纠缠着他。宿醉之后那种邪恶躁动的心情似乎已经变成了一种习惯。醉酒的那个晚上是他生命中的里程碑，突如其来地将他拖进了泥沼中。在此之前他一直在和拜金主义进行斗争，但他还保有最后一点可怜的体面。但现在他根本不想保持体面，只想沉沦，深深地沉沦到不需要保持体面的世界，抛却自尊的束缚，让自己被淹没——就像罗丝玛丽说过的那样，**沉沦到底**。他满脑子想的就只有生活在最下层的世界里。他喜欢想象那些失败者，那些不见天日的人：流浪汉、乞丐、罪犯、妓女。他们生活在一个美好的世界里，住的是肮脏的旅社和收容所。他喜欢幻想着在金钱的世界下面有一个广阔的肮脏的世界，无所谓成功也无所谓失败。在这个国度里，每个游魂都是平等的。那就是他想去的地方，堕落到游魂的国度，不需要有雄心壮志。想到烟雾缭绕的伦敦南区贫民窟在不断蔓延，他就觉得心里很舒服。那里是粗俗的蛮荒世界，你可以永远地迷失自我。

在某种程度上说，这份工作就是他想要的，或者说，接近他想要的。冬天在兰贝斯阴沉沉的街道里，那些黑着脸、喝茶喝得茶醉的人在迷雾中晃晃悠悠地来来去去，你感觉就像在**水底下**。在这里你接触不到金钱或文化。没有故作高雅的顾客让你也得装出品味高雅的样子。没有人会像有钱人那样对你刨根问底："你是谁？在哪儿接受教育？在哪里高就？"你就是贫民窟的一员，被当成是和所有生活在贫民窟的人一样的人。那些年轻人、女孩子和邋遢的中年妇女甚至没有注意到戈登是个受过教育的人。他只是"借书部的员工"，是他们当中的一员。

当然，这份工作实在是非常无聊。你只需要在那儿每天坐十个小时，星期四坐四个小时，递书、登记、收两便士。中间有许多空闲时间百无聊赖，只能读书。外面荒凉的街道没什么可以看的，一整天唯一的大事就是隔壁的殡仪馆出车。戈登对灵车有点感兴趣，因为其中一匹马身上的染料掉色了，渐渐地变成了奇怪的紫褐色。大部分时间里，当没有顾客上门的时候，他就阅读借书部那些包着黄色书皮的书。像那样的书你一个小时就可以读完一本。如今这种书很适合他的口味，两便士借书部的这些书是真正的"逃避文学"。没有什么能比读这些书更不需要动脑筋的，相比起来，即使是看一部电影也要费一番脑力。因此，当顾客要借这样的书时，无论是"性爱"、"犯罪"、"西部冒险"还是"浪漫"作品（浪漫的'浪'字总是读得很重），戈登总是能给出专业的意见。

只要你能明白即使你干到审判日都别指望涨工资，切斯曼先生就不失为一个不错的雇主。不消说，他总是怀疑戈登偷柜台里的钱。干了一两个星期后他想出了新的簿记方式，这样一来他就能知道多少本书借出去了，并用当天借书的情况对账。但戈登还是有能力把书借出去而不做登记(他老是这么想)，因此，戈登可能一天就坑了他六便士甚至一先令这个念头老是困扰着他，就像公主床垫下的那颗豌豆。不过，虽然他是一个矮小歹毒的人，为人倒还不算太讨厌。每到傍晚关店之后，他会来店里结算当日的账目，然后和戈登聊一会儿天，窃笑着讲述最近他所施展的骗人把戏。从这些对话中，戈登拼凑出了切斯曼先生的生平。他原本学的是二手衣服买卖，这是他向往的职业，三年前他从一位叔叔那里继承了书店。那时书店的情况非常糟糕，甚至连书架都没有，书就杂乱无章地堆在一起，没有人试着将其分类。藏书人会经常到这里来，因为时不时在成堆的廉价书籍中会有一两本值钱的书，但书店的主要业务是卖二手平装的惊悚故事书，一本两便士。一开始的时候这堆垃圾令切斯曼先生作呕。他讨厌书籍，那时候还不知道怎么通过卖书挣钱。他仍然经营着自己的旧衣店，找了一个人帮忙看店，准备将书店盘出个好价钱后就重操旧业。但很快他就想到，只要操作得当，卖书是有利可图的。一旦开了窍，他立刻培养出令人惊异的经营书籍的才能。两年内他就把这间书店运作成为伦敦同等规模的书店里经营最好的“珍版书”书店。在他看来，书纯粹就是商品，和一条二手裤子没什么两样。他这辈子从来没有读过一本书，也无法理解为什么会有人愿意读书。他对那些狂热搜寻孤本的藏书家的态度就像是一个性冷感的妓女应付上门的嫖客。但他似乎只要摸摸一本书就知道它值不值钱。他的脑海里一清二楚地记录着拍卖记录和第一版的日期，而且非常善于讨价还价。他最喜欢的进书途径是买下那些刚刚去世的人的藏书，特别是那些神职人员的。一有某个神职人员去世，切斯曼先生就会像秃鹫一样飞奔到场。他向戈登解释，许多神职人员藏书丰富，而遗孀又非常无知。他以开店为生，当然没有结婚，没有娱乐，也似乎没有朋友。有时候戈登会猜想当切斯曼先生没有在探听哪儿有好买卖的时候，晚上如何打发时间。他想象着切斯曼先生坐在上了双重锁的房间里，拉上窗帘，数着成堆的半克朗硬币和一捆捆的一英镑钞票，这些他都精心藏在香烟罐里。

切斯曼先生总是欺负戈登，而且总是在找机会克扣他的工钱，但他并没有抱特别的恶意。有时候傍晚他来书店时，会从口袋里拿出一包油腻腻的史密斯牌薯片，递了过来，用他那口齿不清的口气问道：

“吃点薯片吗？”

他那只大手总是把那包薯片捏得那么紧，只能从里面拿出两三片。但他觉得这是表示友好的姿态。

至于戈登住的地方，他住在酿酒厂的庭院里，与南边的兰贝斯胡同平行。那是一家肮脏的旅馆。他那间起居卧室的租金是一周八先令，正好就在屋顶下，天花板是斜的——整间房就像一片楔形的奶酪——开着一扇天窗。在他住过的所有地方中，这里最像是传说中穷诗人住的阁楼。里面有一张低矮的、断了靠背的大床，铺着破破烂烂的拼布床单和被单，每半个月换一次；有一张桌子，上方摆着不同款式的茶壶；还有一把快散架的厨房椅子、一个洗脸的水盆和一个放在壁炉架里的小煤气炉。光秃秃的地板没有污渍，但灰尘遍地。粉红色的墙纸裂缝里头生了一群群的臭虫。不过现在是冬天，它们都很迟钝，除非你把房间的暖气开得太大了。你得自己整理床铺。理论上房东米金太太会每天“整理”房间，但五天里会有四天她觉得爬楼梯太辛苦了。几乎所有的房客都在自己的卧室里偷偷做饭。当然，房子里没有炉灶，只是壁炉架里有小煤气炉。走下两段楼梯，有一个整座房子的人共用的水槽，弥漫着一股很恶心的味道。

戈登隔壁的阁楼里住着一位高挑漂亮的老女人，精神不大正常，脸上总是蒙着灰，就像黑人一样。戈登一直想不明白那些黑灰是从哪儿来的，看上去像是煤灰。当她蹒跚着脚步，像悲剧女演员一样喃喃自语在街上走着时，附近的小孩子总是在她身后骂她是“黑婆子”。楼下住着一个女人和一个婴儿，老是哭个不停。另外还住着一对年轻夫妇，老是大声地吵架，然后又言归于好，整个房子的人都听得到他们吵架的那些话。楼下住着一个粉刷匠和他老婆，生了五个孩子，靠领救济金过日子，有时会去做一点儿零工。房东米金太太住在地下室。戈登喜欢这座房子。这里和威斯比奇太太那里不一样，没有下层中产阶级的装腔作势，不会感觉到被人窥视，也没有那么多规矩。只要你付了房租，就几乎可以为所欲为，可以喝得醉醺醺地回家爬上楼梯，什么时候带女人回家都行，要是你愿意的话可以在床上躺一天。米金太太不是那种爱管闲事的人。她是个头发蓬乱、皮肉松弛的老女人，身材就像一个农家圆面包。人们说她年轻时是个水性杨花的女人，或许真是这样吧。她对任何男人都那么热情。但她的胸膛里仍流连着一丝“体面”的余声。戈登搬进来那天，他听到她艰难地爬上楼梯时发出的喘气声，似乎在搬什么沉重的东西。她用膝盖轻轻地敲了敲门，或者说，用那曾经是膝盖的部位敲门，他开门让她进来了。

“你在家哪。”她手里抱着东西，气喘吁吁地说道，“我知道你喜欢这样东西，我想让所有的租客都住得舒服。让我把这个摆在桌子上。好了。这样一来房间就更像个家了，不是吗？”

那是一株叶兰，看到它让他心里隐隐作痛。即使在这里，最后的避难所，你还是找上了我！噢，我的敌人！但那株叶兰长得像瘦巴巴的野草——事实上它已经奄奄一息了。

要是人们能不骚扰他的话，他本可以过得很快活。这地方是寒碜了一点，但你也**可以**过得很快活。白天干的都是些毫无意义的机械性工作，就算陷入昏迷也能完成；要是你有煤的话（杂货店就有得卖，一袋卖六便士），回到家里可以生个火，把这间局促的阁楼弄得暖和一些；他可以坐下来吃顿饭，吃的是熏肉、面包加人造黄油和茶，就着小煤气炉做饭；他可以躺在邋遢的床上，读上一本惊悚小说或做《点滴》杂志里的脑筋急转弯题目直至午夜。这就是他想过的生活。他的生活习惯迅速堕落了。现在他一周刮胡子不超过三次，而且只洗露出来的身体部位。这附近就有挺好的公共澡堂，但他一个月才会去一次。他从不好好整理床铺，只是把被单翻转过来盖，而且从来不洗他那几个瓶瓶罐罐，直到每一个都被用过两遍为止。每样东西上面都蒙着一层灰。壁炉里总是摆着一个油腻腻的煎锅和几个碟子，上面还残留着吃剩的煎蛋。有一天晚上，臭虫从一道裂缝里钻了出来，成双成对地爬行着。他躺在床上，双手摆在脑后，饶有兴味地看着它们。他正由得自己渐渐沉沦，心里不觉得遗憾，而且几乎是有心为之。在心底他怀着一种面对这个世界满不在乎的闷闷不乐。生活打败了他，但只要你不去理会它，你一样可以是胜利者。沉沦要比往上爬强。沉沦，沉沦，沉沦到游魂的国度，沉沦到鬼影幢幢的世界，那里没有羞耻，不需要努力，没有必要维持体面！

沉沦！这原本应该是非常轻松的事情，因为根本没有多少竞争者！但奇怪的是，沉沦往往要比往上爬还难，总是有什么在把人往上拉。说到底，一个人并非完全孤独，他总是有朋友、爱人、亲戚。戈登认识的每个人似乎都在给他写信，怜悯他或斥责他。安吉拉姑姑写了信，沃尔特叔叔写了信，罗丝玛丽写了一封又一封信，拉沃斯顿写了信，朱莉亚写了信，就连弗拉斯曼也给他写了一行字，祝他好运。弗拉斯曼的妻子原谅了他，他回佩克汉去了，享受着种叶兰的幸福。现在戈登讨厌收到信件。它们是与另一个世界的联系，而他拼命想摆脱那个世界。

就连拉沃斯顿也和他作对。那是在他去探访戈登的新寓所之后发生的事。此次探访让他意识到戈登居住的地方到底是什么样子。当他的出租车拐过街角驶入滑铁卢大街时，不知从哪里冒出了一群衣衫褴褛头发蓬乱的小男孩，争着要去开出租车的车门，就像一群鱼在争吃鱼饵一样。有三个人同时抓住把手，打开了车门。那三张脏兮兮的小脸看上去那么卑微谄媚，怀着热切的期盼，让他觉得恶心。他扔了几便士给他们，飞也似的沿着小巷逃开，没有再去看他们一眼。狭窄的人行道上尽是狗屎，但周围又看不到一只狗，真是让人奇怪。米金太太在地下室煮一条黑鳕鱼，走到楼梯的半当中你仍可以闻到那股味道。在阁楼里，拉沃斯顿坐在一把就快散架的椅子上，天花板就在他的脑后往下倾斜。壁炉的火灭了，屋里没有电灯，只是那株叶兰旁边的盘子里点了四根蜡烛。戈登躺在乱糟糟的床上，全身上下穿得很整齐，但没有穿鞋。拉沃斯顿进来时他几乎一动不动，就平躺在那儿，时不时浅笑一下，似乎在自顾自地和天花板开着玩笑。房间里有一股住了很久但从未打扫过的不通风又甜腻腻的味道。壁炉里摆放着肮脏的锅碗瓢盆。

“喝杯茶好吗？”戈登一动不动地问了一句。

“不用了，非常感谢——不用了。”拉沃斯顿应得有点快。

他已经看到壁炉里那些沾着棕黄色污渍的杯子和楼下令人作呕的公共水槽。戈登知道为什么拉沃斯顿拒绝喝茶。这间房间的气氛着实让拉沃斯顿感到很震撼。闻闻楼梯上那股泔水和黑鳕鱼夹杂在一起的味道吧！他看着戈登懒散地仰卧在破破烂烂的床上。该死的，戈登原本是一位绅士啊！换了别的时候他会否定这个想法，但置身此情此景，他根本说不出违心的话。所有那些他认为不存在于自己身上的上流阶级的本能猛烈地发作了。想到一个有头脑有品位的人住在这么一个地方，实在是太可怕了。他想告诉戈登离开这个地方，让他振作起来，找一份有体面收入的工作，活得像一位绅士。但他当然没有说出这么一番话。这种话是不能说的。戈登知道拉沃斯顿在想什么。这让他觉得很可笑。他对拉沃斯顿过来探望他并不觉得感激。另一方面，他并不对自己的环境感到羞愧，换了是以前他或许会这么觉得。他说起话来带着一丝刻薄和恶意。

“你觉得我很失败，不是吗？”他对着天花板说道。

“不，我没有这么想。我为什么会这么想？”

“是的，你就是这么想的。你觉得我是个失败者，住在这么肮脏的地方，而不是去找份好工作。你觉得我应该试着去新阿尔比恩公司求职。”

“不，该死的！我从未那么想过。我完全理解你的想法。以前我就告诉过你，我觉得从原则上说你是对的。”

“你觉得那只是在原则上是对的，只要你不付诸实践就行。”

“不是。但问题是，什么时候你真的去付诸实践了？”

“很简单，我向金钱宣战了，这就是我的结局。”

拉沃斯顿揉了揉鼻子，在椅子上不自在地挪动着。

“你难道不明白吗，你所犯的错误是以为一个人可以在腐朽的社会里独善其身。说到底，你拒绝挣钱，最后得到了什么？你这么做是想表示一个人可以置身于经济体制之外。但这是不可能的。一个人必须去改变体制，否则什么也改变不了。逃进角落的洞口于事无补。你明白我的意思吗？”

戈登朝爬满了臭虫的天花板晃着脚丫。

“我承认角落里确实有个洞口。”

“我不是在说这个。”拉沃斯顿生气了。

“我们直话直说吧。你觉得我应该去找一份好工作，是吗？”

“那得看什么工作。我觉得你不想把自己出卖给那家公关公司是对的，但你现在从事这份凄凉的工作实在是太让人心酸了。毕竟，你很有才华，应该用到正途上。”

“我还要写诗呢。”戈登自嘲地微笑着。

拉沃斯顿看上去很窘迫。这句话让他哑口无言。当然，戈登还要写诗呢，譬如说，《伦敦之乐》。拉沃斯顿知道，戈登知道，他们俩都心知肚明，《伦敦之乐》是永远不会写完的。或许，戈登再也不会写一行诗，至少，只要他仍然待在这个破落的地方，干着这份没有前途的工作，怀着这种失落的心情，他什么也写不出来。但他不能说出这些话来。他还得假装当戈登是一位苦苦挣扎的诗人——传统意义上的阁楼里的诗人。

过了不久，拉沃斯顿起身准备离开。这个臭烘烘的地方让他觉得很憋屈，而且戈登显然不希望他留下来。他犹豫着走向门口，戴上手套，然后又折了回来，脱下左边的手套，敲着他的左腿。

“听我说，戈登，你不要介意我的话——这是个糟糕的地方，你是知道的，这座房子、这条街道——所有的一切。”

“我知道。这是一个猪圈，很适合我。”

“但你非得住在这么一个地方吗？”

“我亲爱的伙计，你知道我挣多少钱——一周三十先令。”

“我知道，但是——！肯定有比这儿好一点的地方吧？你的房租多少钱？”

“八先令。”

“八先令？八先令你可以租到很体面的不带家具的房间了，总之比这里要好一些。听我说，为什么你不找个不带家具的房间，我借你十英镑买家具呢？”

“‘借’我十英镑！你不是已经‘借’过钱给我了吗？你是说给我十英镑吧。”

拉沃斯顿不悦地看着墙壁。真是的，怎么这么说话呢？他冷淡地说道：

“那好吧，假如你喜欢这么说的话。我给你十英镑吧。”

“但你要知道，我不想要这笔钱。”

“别胡扯了！你总得有个体面的地方住下来。”

“但我不想住什么体面的地方。我想住不体面的地方，比方说，住在这里。”

“但是，为什么？为什么？”

“这里很适合我。”戈登说道，然后把脸转过去对着墙壁。

几天后，拉沃斯顿给他写了一封没有底气的长信。信里又重申了一遍那一次他说过的话。拉沃斯顿说他完全明白戈登的想法，戈登说的话很有道理，戈登原则上是正确的，但是——！这个“但是”肯定是会出现的。戈登没有回信。他和拉沃斯顿有几个月没有见面。拉沃斯顿试过很多次和他联系。说来真是奇怪——站在社会主义者的立场，说起来有点难为情——他觉得戈登才华横溢，有良好的出身，却屈居于这么一个破落的地方，干着一份卑微的工作，他担心戈登，甚于关心米德尔斯堡成千上万的失业者。有好几次，为了鼓励戈登，他写信过来让他给《反基督报》投稿。戈登一封信也没回。他似乎觉得他们的友谊结束了。从他住在拉沃斯顿家开始，一切就都毁了。慈善扼杀了友谊。

还有朱莉亚和罗丝玛丽。她们和拉沃斯顿不一样，她们不会羞于说出自己的想法。她们不会委婉地说什么“原则上戈登是对的”，她们知道拒绝接受一份“好差事”永远是不对的。她们一再恳求他回新阿尔比恩公司上班。最惨的是，她们两个联合起来对付他。在发生这件事之前两人从未见过面，但现在罗丝玛丽认识朱莉亚了，两人结成妇女联盟一起对付他。她们总是聚在一起，谈论戈登的“疯狂举动”。这是两人唯一的共同之处，怀着女性的愤怒反对戈登的“疯狂举动”。她们俩同时以书信和口头的形式折磨他，简直让人无法忍受。

感谢上帝，两人都还没见过他向米金太太租来的房间。罗丝玛丽或许可以忍受，但要是让朱莉亚看见那间脏兮兮的阁楼的话，她会气死的。她们过来看他的时候是在借书部见的面，罗丝玛丽来过几次，朱莉亚来过一次，那一次她找了个借口离开茶馆。就算只是这样也够糟的。看到借书部是这么一个破败萧条的小地方，她们觉得很难过。原来他在麦克凯切尼先生的书店上班，工资虽然不多，但起码还算一份体面的工作。戈登接触的是有教养的人，把自己看成是一位“作家”，或许还“有点前途”。但在这里，街道几乎就是贫民窟，处理那些包着黄色书皮的垃圾读物，一周只挣三十先令——这么一份工作能有什么指望呢？这只是一份被社会遗弃的工作，根本没有前途。夜复一夜，借书部关门后戈登和罗丝玛丽在迷雾笼罩的街道上晃悠，为了这件事一再争吵。她反反复复地问他到底愿不愿意回新阿尔比恩公司。为什么他不肯回新阿尔比恩公司呢？他总是对她说新阿尔比恩公司不会让他回去的。但他没有尝试过去求职，他怎么知道自己不能得到工作呢？他不想去确认这个问题的答案。现在他让她觉得很惊讶恐惧。他似乎变了个人，突然间堕落了。虽然他没有告诉她，但她察觉得出他渴望逃脱体面的世界，不去努力，沉沦，沉沦到泥沼中。他拒绝的不只是金钱，而是整个生活。现在他们不再像戈登失业之前那样争执不休了。那时候她并不是很在意他那些荒谬的理论。他对金钱价值观的长篇大论曾经只是两人之间的玩笑。虽然时间在悄悄流逝，戈登谋得好营生的希望也越来越渺茫，但她并不在乎。那时候她仍然觉得自己是个年轻的女孩，拥有广阔的前景。她目睹他白白荒废了两年生命——也蹉跎了她两年的青春年华。她原本觉得为这件事争吵有失体面。

但现在她越来越害怕。光阴就像一辆插了翅膀的马车，匆匆流逝。当戈登失业时，她突然间意识到，就像得出什么重大发现一样，自己已经不是很年轻了。戈登过了他三十岁的生日，而她三十岁的生日也快到了。他们将何去何从呢？戈登根本不去努力，任凭自己沦为彻底的失败者。他似乎想要沉沦。就算他们现在结婚，生活又有什么希望呢？戈登知道她是对的。现在的情况很尴尬。两人虽然没有直说，但心里都知道他们只能分手——从此分道扬镳。

一天晚上，两人准备在铁路拱桥下见面。那是一月份，天气很糟糕，没有起雾，寒风扫过四周的角落，席卷着灰尘和破纸朝你的脸袭来。他等候着她，瘦小的身躯懒洋洋地缩成一团，身上的衣服破旧褴褛，头发被风吹得很凌乱。和往常一样，她准时到达。她朝他跑来，把他的脸往下拉，亲吻着他冰冷的面颊。

“戈登，亲爱的，你的脸好冷！为什么你不穿件大衣才出来呢？”

“我的大衣当掉了。我想你是知道的。”

“噢，亲爱的！我知道。”

她仰头看着他，黑色的眉毛略微皱了起来。站在灯光朦胧的拱桥下，他看上去那么憔悴消沉、愁云满面。她挽着他的胳膊，拉着他走到有光亮的地方。

“我们散步吧。站着太冷了。我有件严肃的事情想告诉你。”

“什么事？”

“我想你会生我气的。”

“到底什么事？”

“今天下午我去见了鄂斯金先生。我说有事找他，要和他面谈几分钟。”

他知道接下来她会说什么。他想挣脱她的胳膊，但她拉得紧紧地。

"嗯？"他的口气有点不悦。

"我跟他说起了你的事。我问他能不能让你回去上班。他说公司生意不好，他们不打算招聘新员工什么的。但我提醒他曾经对你说过什么，他说，是的，他一直觉得你是个人才；最后他说，如果你回去的话，他会帮你安排一份工作。所以呢，你看，我说的没错吧？他们会给你安排一份工作的。"

他没有回答。她捏着他的胳膊。"现在你有什么想法？"她问道。

"你知道我有什么想法。"他冷漠地回答。

他的心里既惊恐又气恼。这正是他一直在担心的事情。一直以来他知道迟早她都会踏出这一步。这让事情变得更加清晰，而他的罪责更加明确。他缩着身子，双手仍插在口袋中，由得她拉住他的胳膊，但没有去看她。

"你生我的气吗？"她问道。

"不，我没生气。但我不明白为什么你要这么做——还背着我。"

这句让她很受伤。她好不容易才说服鄂斯金先生许下了承诺，她鼓起了所有的勇气才敢闯进一位经理的办公室。她一直很担心自己会因为这件事而被解雇，但她不会告诉戈登这些。

"我觉得你不应该说'背着你'这些话。毕竟，我只是想帮你。"

"找一份我根本不想干的工作就是帮我吗？"

"你是说，就算到了现在你也不会回去？"

"不会。"

"为什么？"

"我们真的得再争论这件事吗？"他不耐烦地说道。

她用尽全身力气抓着他的胳膊，将他转过身，面对着她。抓着他的时候她觉得内心很绝望。她作了最后的努力，却以失败告终。她似乎可以感觉到他就像幽灵一样从她身边退开，渐渐消失。

“如果你再这样下去，你会让我心碎的。”她说道。

“我希望你不要为了我而烦恼。不要为我操心，事情就会简单得多。”

“但为什么你非得糟蹋自己的生活？”

“我告诉过你，我自己也控制不了。我必须坚持战斗。”

“你知道这意味着什么吗？”

他的心一凉，但他并没有挽回的念头，甚至觉得很轻松。他说道：“你是说，我们得分手——从此不再见面吗？”

他们继续走着，现在走到了威斯敏斯特桥大街。寒风呼啸着朝他们吹来，刮来一股尘土，两人缩着头，停下了脚步。她那张小巧的脸庞布满了皱纹，连冷风和清冷的灯光也遮掩不住。

“你要和我分手。”他说道。

“不，不是，我没有这么想。”

“但你觉得我们应该分手。”

“我们这样子怎么走下去呢？”她绝望地说道。

“我承认确实很难。”

“实在是太悲惨太绝望了！这种生活能有什么出路呢？”

“所以，你不再爱我了？”他问道。

“我爱你！我爱你！你知道我爱着你。”

“或许是吧。但不足以一直爱我，要是我永远没有钱照顾你。你希望我作你的丈夫，而不是一个爱人。这仍然是钱的问题，你懂了吧。”

“这不是钱的问题，戈登！不是这样的。”

“是的，就是钱的问题。从一开始钱这个问题就一直横亘在我们两人之间。钱，总是钱的问题！”

这一幕没有持续多久，因为两人都冻得瑟瑟发抖。当一个人站在寒风凛冽的街头时，感情问题也不是什么大不了的事。最后两人告别时，说的不是什么诀别的话。她只是说，“我会回来的”，亲了他一下，然后穿过马路去电车站。他看着她离开，心里的感觉以放松居多。现在他无法停下来问自己是否爱她。他只是想逃避——逃避这条寒风凛冽的街道，逃避和她争吵与感情上的要求，回到邋遢孤独的阁楼里。如果他的眼里流下泪水，那只是因为寒风的缘故。

朱莉亚更令他烦恼。一天晚上，她让他去见她。她从罗丝玛丽那儿听说鄂斯金先生愿意给戈登提供一份工作。朱莉亚根本不明白戈登的想法，这是最要命的。她只知道他可以找到一份“好差事”，而他却拒绝了。她几乎跪着哀求他不要让机会就这么溜走。当他对她说他主意已定时，她哭了，真的哭了。真是太可怕了。这个可怜的、长得像只呆头鹅的女人，头发已经斑驳花白，在她那间摆放着德雷格牌家具的小起居卧室里全然不顾尊严和体面地痛哭流涕！她所有的希望都破灭了。她看着家道渐渐中落，没有钱，没有孩子，步入绝望。戈登原本可以成功，而他不知发了什么疯，就是不肯上进。他知道她在想什么。他不得不狠下心肠，坚持自己的立场。他在乎的只有罗丝玛丽和朱莉亚。拉沃斯顿并不是问题，因为他是个明白人。当然，安吉拉姑姑和沃尔特叔叔都给他写了长信规劝他，但他都没有回。

朱莉亚绝望地问他为什么他要放弃人生中最后一次成功的机会，他只是回道："我要写诗。"他对罗丝玛丽和拉沃斯顿也说过这句话。对于拉沃斯顿来说这句话已经够了，而罗丝玛丽对他的诗不再有信心，但她不会这么说。至于朱莉亚，他的诗对她来说根本没有任何意义。"要是你写诗赚不了钱，那写了又有什么意义呢？"她总是这么说。连他也对自己的诗失去了信心。但他仍然在挣扎着"写作"，至少时不时会写点东西。换了地方住之后不久他就把《伦敦之乐》完成的那部分诗稿誊抄在干净的稿纸上——发现只有不到四百行。他连誊抄诗稿都觉得烦。但他仍然时不时继续写这首诗：这里删去一行，那里改动一下，但没有实质的进展，甚至不敢有取得进展的念头。很快，那些稿纸就像以前一样涂涂改改，难以辨认。他总是在口袋里带着那叠脏兮兮的手稿，有它在心里至少有点底气，那毕竟算是一种成就，但只是敝帚自珍，别人根本不觉得有什么了不起。这是两年笔耕的唯一成果——大约工作了一千小时吧。他对这首诗再也没有感觉。如今诗歌对他来说毫无意义。《伦敦之乐》的唯一价值在于，如果它终有一日能完成，那便是从命运的魔爪中夺下来的东西，与这个金钱世界格格不入的东西。但他比以往更清楚地意识到他永远也写不完《伦敦之乐》。过着现在这样的生活，他怎么还能有创作的热情呢？随着时间流逝，他甚至失去了完成《伦敦之乐》的愿望。他的口袋里仍然带着手稿，但那只是一种姿态，象征着他私人的战争。他已经放弃了徒劳无功的成为"作家"的梦想。说到底，这难道不也是一种"野心"吗？他想摆脱这一切，逃到万物的**下面**去。沉沦，沉沦！沉沦到幽灵的国度，放弃希望，远离恐惧！来到地下，来到地下！那就是他想要去的地方。

但这并不是容易的事情。一天晚上，大约九点钟的时候，他躺在床上，那条破破烂烂的被单盖在腿上，双手枕在脑后取暖。火熄灭了，到处都蒙着厚厚的灰尘。那株叶兰一个星期前就已经死掉了，摆在花盆中步入枯萎。他把一只没有穿鞋的脚从被单下面伸了出来，举着看了看。他的袜子上破了好几个洞——破的洞比袜子的布料还大。他，戈登·康斯托克，就躺在这儿，贫民窟阁楼的一张破床上，脚丫从袜子里露了出来，财产只有一先令四便士，人生虚度了三十年，一事无成！现在他已经无可救药了吧？当然，他们努力过了，但还是不能将他从这个泥沼中拉出来，不是吗？他一直想落入泥沼中——而这里就是泥沼，不是吗？

但他知道这里还不是真正的泥沼。另外那个世界，那个推崇金钱和成功的世界就在咫尺之外。光是躲在肮脏穷苦的地方是无法摆脱那个世界的。当罗丝玛丽告诉他鄂斯金先生愿意聘请他时，他惊怒交加。这番话让他意识到危险非常接近。只要写一封信，打一个电话，他就可以从这个肮脏穷苦的地方回到金钱的世界——重新过上一周四英镑的生活，努力工作，维持体面，沦为奴隶。堕落到地狱并不像听起来那么容易。有时候救赎就像天堂之犬[①]一样对你紧追不放。

有那么一会儿，他躺在床上盯着天花板发呆。躺在肮脏冰冷的床上，什么也不做，让他感觉舒服了一些。但有人在轻轻敲门，吵醒了他。他没有动。可能是米金太太，虽然听敲门声

① 《天堂之犬》，英国诗人弗兰西斯·汤普森（Francis Thompson，1859—1907）的诗作。

不像是她。

“进来。”他说道。

门打开了。是罗丝玛丽。

她走了进来，然后闻到了房间里灰尘那股甜腻的味道，停下了脚步。虽然灯光很微弱，她仍可以看到房间里十分脏乱——桌子上堆着稿纸和食物的残屑，壁炉架上满是冰冷的灰尘，壁炉里摆满了臭熏熏的罐子，还有那株死掉了的叶兰。她慢慢地走向床边，拿下帽子，扔在椅子上。

“你就住在这么一个地方！”她惊叹道。

“你回来了？”他问道。

“是的。”

他稍稍离她远了一些，胳膊靠在脸上，“我想你是回来继续对我说教的吧？”

“不是。”

“那是为了什么？”

“因为……”

她跪在床边，拉开他的胳膊，把脸凑过去亲吻他，然后惊讶地缩了回去，用指尖拨弄着他脑门上的头发。

“噢，戈登！”

“怎么了？”

“你有白头发了！”

“有吗？在哪儿？”

“这里——在脑门上面。有一小撮呢。一定是突然间变白的。”

“光阴飞逝，我的金发已变成了银霜。”他漫不经心地说道。

“我们俩都开始老了。”罗丝玛丽说道。

她低下头，让他看她头顶那三根白头发。然后，她躺在他的身边，一只手伸在他身下，将他拉到自己的身边，不停亲吻着他。他由得她这么做。他不希望这件事发生——这是他最不愿意发生的事情，但她已经蠕动着身子躺在他的身下，胸膛紧贴着胸膛。她的身子和他的身子融为一体。看着她的表情，他知道为什么她会到这儿来。

她终究还是个处女，她不知道自己在做些什么。她是在可怜他，怜悯他。他凄凉的处境让她回到他的身边，因为他沦为身无分文的失败者，所以她愿意献身给他，即使可能就这么一回。

“我必须回来。”她说道。

“为什么？”

“我不忍想象你一个人在这里，把你留在这儿实在是太残忍了。”

“你离开我是对的。你不回来比较好。你知道我们在一起是不能结婚的。”

“我不在乎。爱一个人不会在乎这个。我不在乎你会不会和我结婚。我爱你。”

“你这么做太傻了。”他说道。

“我不在乎。我希望能早点这么做。”

“还是不要了。”

“就要。”

“不要。”

“就要！”

终究，她的诱惑实在太大了。他一直想要她，顾不上考虑后果。最后，他还是得到了她，就在米金太太家肮脏的床铺上，并没有多少欢娱可言。罗丝玛丽起床整理好衣服。房间虽然很闷，但冷得要命。两人都冻得有点瑟瑟发抖。她给戈登盖好被子，他躺在那儿一动不动，背对着她，把脸埋在胳膊下面。她跪在床边，拿着他另外一只手，摩挲着她的面颊。他没去理会她。然后她悄悄地走出房间，关上门，踮着脚尖走下光秃秃又臭气熏天的楼梯。她觉得很不开心，很失望，而且很冷。

第十一章

春天，春天！三四月间，春天的气息开始了！树林青翠，绿草如茵，叶片大又长！当春天的猎犬奔跑在冬天的小径上，[①]春天是最好的结婚天，听嘤嘤歌唱枝头鸟，[②]布谷鸟在歌唱，咕—咕，布—喂，嗒—喂嗒—喔！[③]等等等等。从青铜时代到 1805 年，所有的诗人都在歌颂春天。

但如今已经是中央暖气和罐头桃子的年代，上千位所谓的诗人还在写着同样的诗篇，实在是太荒唐了！因为如今对于普通市民来说，春天、冬天或其它季节又有什么不同？在伦敦这样的城市，季节最显著的变化除了气温的改变外，就是人行道上你所看到的东西。在冬末主要是卷心菜的叶子，而到了七月你的脚下会踩到樱桃核，到了十一月是烧尽了的烟花，快到圣诞节的时候则满地是橘子皮。中世纪的时候情况很不一样。那时候过冬意味着躲在没有窗户的小屋里，以腌鱼和发霉的面包度过几个月后，春天终于来了，可以吃到新鲜的肉类和绿色的蔬菜，这时写诗赞美春天才富有意义。

即使春天真的到了，戈登也视若无睹。兰贝斯的三月天并不能让你联想到珀尔塞福涅[④]的气息。白昼越来越长，天老是起风，夹杂着沙尘，偶尔会露出支离破碎的刺眼的蓝天。如果你用心观察的话，或许可以看到树上结出了新蕾。那株叶兰原来没有死掉，枯萎的叶片掉落了，靠近根部的地方又长出了几片暗绿色的叶子。

现在戈登在借书部工作三个月了。懒散简单的工作并不让他觉得厌烦。借书部的藏书扩大到了一千本，每周为切斯曼先生带来一英镑的纯利，为此切斯曼先生感到很高兴。然而，暗地里他却对戈登渐渐心生不满。当初戈登向他求职的时候说自己是个酒鬼，他希望戈登能至少因醉酒而误工一天，那样他就有充足的理由克扣他的工资。但戈登从未喝醉过。如今他对喝酒已经失去了兴趣，真是奇怪。即使在他身上有钱的时候他也没有想喝酒的念头了。茶似乎是更好的毒药。他的欲望和牢骚没以前那么多了。现在他一周挣三十先令，却比以前一周挣两英镑还要过得宽裕。三十先令要用来付房租、香烟、一先令洗衣费、一点燃料费和饭钱，没能剩下多少钱。现在他几乎天天吃熏肉、面包加人造黄油和茶水，一天只要花两先令，包括取暖的钱了。有时候他会到威斯敏斯特桥大街一家廉价而热闹的电影院，花六便士看一场电影。他仍然在口袋里揣着《伦敦之乐》的手稿，但那只是出于习惯。他甚至放弃了写作的伪装。每天晚上他都以同样的方式消磨时间，在那间偏僻脏乱的阁楼里，如果还有煤炭就烧个火，如果煤炭烧完了就躲在床上，泡好茶，点着香烟，总是在阅读。现在他只读那些两便士的周报。《点滴》、《百事解答》、《女报》、《珠玉》、《吸引力》、《家居寄语》、《少女周报》等——这些东西内容都一样。每次

---

① 此句出自英国诗人阿尔格农·查尔斯·斯韦伯恩（Algernon Charles Swinburne，1837—1909）的诗作《亚特兰大的合唱》。

② 此句出自莎士比亚的《皆大欢喜》，朱生豪译本。

③ 此句出自英国诗人托马斯·纳什（Thomas Nashe，1567—1601）的诗作《夏季的遗言》。

④ 珀尔塞福涅（Persephone），古希腊神话中冥王哈迪斯的妻子，也是春天女神。

他都会从书店里带十几份报纸回家。切斯曼先生有好几大摞布满灰尘的旧报纸，是从他叔叔那时候留下来的，用来包东西。有些报纸是二十年前的了。

他有好几个星期没有见过罗丝玛丽了。她写过几封信，然后，不知道为什么，突然杳无音信。拉沃斯顿给他写过一封信，让他给《反基督报》写一篇关于两便士借书店的文章。朱莉亚寄来一封语气冷漠的短信，说了一些家里的事情。安吉拉姑姑整个冬天老是感冒，沃尔特叔叔老是抱怨膀胱不好。他们的信戈登统统没有回。如果可以的话，他希望忘记他们的存在。他们和他们的关心只是累赘。他会失去自由，失去堕落到最底层的泥沼的自由，除非他断绝与他们的来往，甚至包括罗丝玛丽。

一天下午，他帮一个长着淡黄色头发的工厂女孩选一本书，眼角瞥见有人走进了借书店，进门后迟疑不决。

“请问您要借什么书？”他问那个工厂女孩。

“噢——借浪漫的书，谢谢。”

戈登选了一本浪漫小说，转过身时心顿时剧烈地跳动起来。刚刚走进店里的人是罗丝玛丽，她没有朝他示意，只是站在那儿等候着，脸色苍白，看上去很焦虑，看她的样子一定是出了什么糟糕的事情。

他坐了下来，在工厂女孩的借书单上作登记，但他的手颤个不停，几乎写不了字。他把印章盖错了位置。那个女孩离开了，一边走一边看着书。罗丝玛丽看着戈登的脸——上次她在白天见到他已经是很久以前的事情了，她惊诧于他的改变。他沦落到衣着褴褛的地步，脸庞消瘦了许多，和那些只吃面包和人造黄油的人一样，脸色枯槁发灰，看上去至少像三十五岁的人。而罗丝玛丽自己看上去也和平时不大一样，不像以前那么快乐整洁，身上穿的衣服似乎是匆匆随便披上的。一定是出什么事了。

那个工厂女孩走后他关上店门。“我不知道你会来。”他说道。

“我必须来。吃午饭的时候我离开了创作部，告诉他们我病了。”

“你的脸色不大好。过来，你最好坐下来。”

借书部里只有一把椅子。他把椅子从桌子后面抬了出来，搬到她跟前，动作很小心，以示关切。罗丝玛丽没有坐下，而是伸手摘下手套，扶着椅背的顶圈。她的手指握得那么用力，他看得出她很焦虑不安。

“戈登，我有一件最糟糕的事情得告诉你。这件事情终究发生了。”

“发生什么事了？”

“我有了。”

“有了？噢，上帝啊！”

他说不出话来。有那么一会儿他觉得似乎有人狠狠地揍了他的肋部一拳。他问出了那个无聊的问题：

“你肯定吗？”

“非常肯定。已经有了几个星期了。你知道这段时间我都是怎么熬过来的吗！我一直在祈祷——还吃了一些药——噢，太可怕了！”

“有了！噢，上帝啊，我们怎么这么傻！我们明明已经知道会发生这样的事！”

“我知道。我想这是我的错。我——”

“该死！有人来了。”

门铃响了。一个长着雀斑、下唇很难看的胖女人大摇大摆地走进店里，要借一本“有谋杀案的书”。罗丝玛丽坐了下来，绕着手指拧着自己那双手套。那个胖女人很挑剔。无论戈登给她推荐什么书她都拒绝了，理由是“她以前看过了”或“那本书看上去很枯燥”。罗丝玛丽所说的那件可怕的事情让戈登心烦意乱。他的心在扑腾乱跳，五脏六腑似乎缩成一团。他一本接一本地把书拿下来，向那个胖女人保证那就是她想找的书。最后，折腾了差不多十分钟，他总算找到一本书让她勉强说“好像以前没看过”，然后把她打发走了。

他转身对罗丝玛丽说道：“那，我们到底该怎么办？”门一关他就脱口而出。

“我不知道该怎么办。要是保住孩子，我肯定会丢掉工作的。但我担心的不止是这件事，我担心被家里人知道。我妈妈——噢，天哪！我连想都不敢想。”

“啊，你的家里人！我怎么没想到他们。你的家里人！你的亲人！他们就像噩梦一样！”

“家里人倒还没什么啦。他们一直对我很好，但是这件事非同小可。”

他来回踱了几步，虽然这件事让他吓了一跳，但他还没来得及把整件事情想清楚。想到一个孩子，他的孩子，就在她的子宫里成长，他只觉得很不高兴。他没有把肚子里的孩子想象为活生生的人，而是纯粹的灾祸。他已经知道这件事会有什么后果。

“我想我们得结婚。”他断然说道。

“这样好吗？我过来就是想问你这个。”

“但我想你希望我娶你，不是吗？”

“除非你真的想娶我。我不会缠着你。我知道你反对结婚。你必须为了你自己做出决定。”

“但我们没得选择——如果你真的想保住孩子的话。”

“不一定。你必须做出决定。毕竟，还有另一条路可走。”

“什么路？”

“噢，你知道的。创作室有个女孩给了我地址。她的一个朋友只收五英镑。”

这句话让他一下子明白过来。他第一次意识到，他们究竟在谈论着什么问题。“孩子”这个词拥有了新的意义。它不再意味着抽象的灾难，而是他的骨肉，活生生的事物，就在她的子宫里成长。两人四目交投，在那一刻似乎心心相印，而在此之前他们从未有过这种感觉。在那一刻，他有种神秘的感觉，他们两人是一体的。虽然两人相距有一英尺，但他觉得两人结为一体——似乎在两人之间有一道看不见的生命的纽带。他知道他们所想的是一件非常可怕的事情——这个词意味着亵渎神明的事情。但要是这个问题换一种方式表达的话，或许他不会如此畏缩。是五英镑这个肮脏的细节让他想起了这些。

“不要害怕！”他说道，“无论发生什么事情我们都不会那么做的。太恶心了。”

“我知道很恶心，但我不能做出未婚先孕这种事情。”

“不行！如果那是另外的出路，我会和你结婚。我宁愿把右手砍下来也不做出那种事情。”

哔！门铃响了。两个丑陋的年轻人和一个不停傻笑的女孩子走了进来，那两个年轻人穿着廉价浅蓝色西装，其中一个傻乎乎地说要借本“带劲的书——有色情描写的书”。戈登没有说话，指着那几个放着“性爱读物”的书架。借书部里有好几百本这样的书。书名都是些什么《巴黎的秘密》、《她信任的男人》，在破破烂烂的黄色书皮上印着半裸的女孩躺在沙发椅上，穿着晚礼服的男人站在她们身边。不过，里面那些故事其实并不是那么刺激。那两个青年人和那个女孩就在书架边流连，嗤嗤笑着封面上的图片。那个女孩不时尖叫着，装出很震惊的样子。戈登觉得非常讨厌，转身背对着他们，直到他们选好了书。

他们走后，他回到罗丝玛丽的椅子旁边，站在她身后，搭着她小巧而结实的肩膀，然后将手伸进她的大衣里，感受她胸脯的温暖。他喜欢她的身体结实而有弹性的感觉，想到他的骨肉就在她的身体里面成长，他就觉得很高兴。她伸出手抚摩着他那只搭在她胸脯上的手，但没有说话。她等候着他做出决定。

“如果我和你结婚，我就得当个体面人。”他若有所思地说道。

“你愿意吗？”她还是以往那副口气。

“我得有份体面的工作——回去新阿尔波恩公司上班。我想他们肯让我回去的。”

他察觉到她整个人都僵住了，知道她在等候他的答案。但她决心以公平的态度对他。她不愿逼迫他或甜言蜜语哄骗他。

“我从未说过我希望你那么做。我希望你能娶我——是的，因为孩子的缘故。但这并不表示你得照顾我。”

“我不能照顾你的话，结婚还有什么意思呢。当我们结了婚，而我还像现在这样——没有钱，没有体面的工作，那时候你该怎么办？”

“我不知道。我会继续上班，一直做下去。然后，等肚子显出来了——我想我会回家和父母住一起。”

“你以前一直希望我回新阿尔比恩公司上班，你现在还是那么想的，是吗？这样会让你开心，不是吗？”

“我已经想得很清楚了。我知道你不喜欢被一份稳定的工作束缚住。我不怪你。你有自己的生活方式。”

他又想了一会，说道：“说到底，要么我们结婚，我回去新阿尔比恩上班；要么你去找一个那种医生，花五英镑把事情搞定。”

听到这句话她挣脱开他的怀抱，站起身面对着他。他这番话让她很难过，把这件事以最直白丑陋的方式表达出来。

“噢，为什么你要这么说？”

“这不就是我们的选择吗？”

“我从未那样子想过。我来这儿是想跟你好好商量，而现在听起来好像是我在逼你一样——威胁说要打掉孩子，想利用你的感情，这是可耻的胁迫。”

“我没有那个意思。我只是在表述事实。”

她的脸上布满了皱纹，黑色的眉毛紧蹙在一起。但她发过誓不会当众发作。他能猜测到这对她意味着什么。他从未见过她的家里人，但他能够想象得出他们是什么样的人。他知道带着私生子回到乡村小镇会是什么情况，而跟着一个养不起老婆的丈夫，情况一样糟糕。但她还是想公平地对待他。不要胁迫他！她深深地吸了一口气，做出了决定。

“那好吧。我不会让这件事左右你的思绪。这样做太卑鄙了。跟不跟我结婚都随便你，但不管怎样我都会保住孩子。”

“你决定这么做吗？真的吗？”

“是的，我想是的。”

他一把搂住她。她的大衣敞开着，她的身体贴在他身上，感觉很温暖。他觉得要是放弃她，那他就是个彻头彻尾的傻瓜。但他走不出那一步，哪怕此刻拥她在怀，他也很清楚这一点。

“你一定是要我回去新阿尔比恩公司上班。”他说道。

“不，我没有，你不愿意的话我不会勉强你。”

“是的，你就是这么想的。说到底，这是很自然的事情。你希望看到我能再挣到体面的收入。找到一份‘好差事’，一星期挣四英镑，在窗台上种种叶兰，不是吗？说真心话。”

“那好吧——是的，我希望是这样。但那只是我希望发生的事情。我不会逼你，我不希望你并非出于真心去做那些事情。我希望你能获得自由。”

“真正的自由？”

“是的。”

“你知道那意味着什么吗？要是我决定离开你，抛下你们母子俩呢？”

“如果你真的想这么做的话，你是自由的——悉听尊便。”

过了一会儿，她走了。当天晚上或明天他会告诉她他的决定。当然，现在还不能确定就算他去求职，新阿尔比恩公司会不会聘用他，但应该问题不大，因为鄂斯金先生许下了承诺。戈登想静心思考，但做不到。那天下午客人似乎比平时多。每次他刚坐下来就得从椅子上跳起来应付那些来借犯罪故事书、性爱故事书和言情故事书的傻瓜时，他觉得快要发疯了。六点钟的时候他突然间关掉电灯，关上借书部的大门出去了。他必须一个人静一静。还有两个小时借书部才结束营业时间，天知道切斯曼先生发现提早关门的话会说些什么。或许他会解雇戈登，但戈登不在乎。

他沿着兰贝斯胡同往西边走去。今晚天色很黑，但不是很冷。脚底下很泥泞，灯光很亮，街头小贩在声嘶力竭地叫卖。他必须好好考虑这件事，而走路有助于他的思考。但作出抉择实在是太艰难了，太艰难了！回新阿尔比恩公司上班，或抛下罗丝玛丽不管，他只有这两条路可走。他不用想都知道自己找不到其它让他觉得体面一些的“好差事”。对于一个三十岁的沧桑老男人来说，找到“好差事”的机会可不多。新阿尔比恩公司是他唯一的机会。

在威斯敏斯特桥大街的街角，他停了下来。街道对面有几张海报，在灯光照射下看得很清楚。有一张海报特别大，起码得有十英尺高，是宝维消化液的广告。宝维公司已经弃用了科纳·忒布尔，转而采纳新的广告方针。他们撰写了一系列四行诗——他们称之为“宝维诗篇”。海报上画着一户消化功能非常健康的家庭，像香肠一样红润的脸庞正在咧嘴大笑，坐在一起吃早餐。图片下面是一段恶俗的文字：

为什么你会身材瘦削脸色苍白呢？
为什么你老是觉得筋疲力尽呢？
每天晚上喝一杯热宝维——
包你精神爽利，精力十足！

戈登端详着这张海报，觉得这个广告实在是太傻帽了。上帝啊，这么垃圾的广告！“包你精神爽利，精力十足！”多么蹩脚的广告词！它甚至称不上俗气恶搞，只是几句空洞无物的废话。这张广告贴遍了伦敦和英国的每一个城镇，侵蚀着人们的精神，要是你不知道这一事实，你甚至会为它那些台词的空洞无物而替它感到可悲。他上上下下观察着破败的街道。是的，战争就要来临了。看到那些宝维消化液的广告，你不会再有疑问。街头的电钻声昭示了未来机关枪的哒哒哒开枪声。过不了多久轰炸机就来了。嗖——砰！几吨 TNT 炸药就足以让我们的文明灰飞烟灭。

他穿过街道，往南边走去。他萌发了一个古怪的念头。他不再希望战争发生。那是几个月来——或许是几年来——他第一次想到战争，而不希望战争发生。

如果他回新阿尔比恩公司，再过一个月他就得为“宝维诗篇”撰写文案。回到那样的生活！干一份“好差事”已经够糟了，还要和**那种事情**搅和在一起！上帝啊！他当然不能回去。问题是他有没有勇气坚持自己的立场。但罗丝玛丽怎么办？他想到了她回家里住将面临着什么样的生活，住在她父母的房子里，带着小孩，没钱过日子，而且消息会传遍她的家族，说罗丝玛丽嫁给了一个根本养不起她的穷光蛋。她那一家子将一齐朝她唠叨个不停。而且他还得考虑到孩子。财神爷是如此狡猾，如果他只是以游艇和赛马、美女和香槟为饵，抵制住金钱的诱惑并不难。但他能洞察你追求体面的内心世界，让你乖乖听命。

“宝维诗篇”在戈登的脑海里回荡。他必须坚持住立场。他已经向金钱宣战——他应该坚持下去。毕竟，他已经勉强支撑了这么久。他回顾自己的生平。欺骗自己是没有用的。那是非常可悲的生活——孤独穷苦、碌碌无为。他活了三十年，收获的只有悲哀。但这就是他的选择。即使到了现在，这也是他想要的。他希望沉沦，沉沦到金钱无法主宰一切的泥沼。但有了孩子这件事打乱了一切。这是老掉牙的窘迫困境了。私人的恶习，公共的道德——从古至今这种情况总是在不断上演。

他抬起头，看到自己正走过一间公共图书馆。他有了一个念头。那个孩子。有了孩子到底意味着什么？罗丝玛丽现在到底怎么样了？对于怀孕他只有非常模糊抽象的概念。图书馆里肯定有一些书籍可以告诉他到底怀孕是怎么一回事。他走了进去。借书部在左边，要借参考书籍的话你得到那里去。

前台的那个女人是大学毕业生，很年轻，脸色苍白，戴着眼镜，态度很不客气。她认定没有人——至少，没有男人——会借参考书，他们只想看色情读物。当你走近她的时候，她那副夹鼻眼镜闪烁着寒光，将你的内心洞察得一清二楚，让你知道你那肮脏的秘密对她来说根本不是什么秘密。所有的参考书籍都有淫秽的图片，或许只有《惠特克年鉴》除外。你甚至可以认为《牛津词典》也是晦淫秽盗的读物，因为你可以查阅像“——”和“——”那些字眼。

戈登一看就知道她是什么样的人，但他顾不上在意。“请问这儿有妇科医学的书吗？”他问道。

“什么？”那个年轻女人追问了一句，她的夹鼻眼镜闪烁着胜利的寒光。又来了！又一个想借淫秽读物的男人！

“嗯，是关于妇产科的书，还有关于临产的书什么的。”

“那种书我们不外借。”那个年轻女人面若寒霜。

“对不起——我真的想查点东西。”

“你是医学院的学生吗？”

“不是。”

“那我想不出你要借妇产科书籍的理由。”

这个该死的女人！戈登心想。换了是别的时候他或许会害怕她，但现在她只让他觉得很烦。

“如果你想知道原因，我老婆怀孕了，我们俩对生孩子的事情知道的不多。我想看看能不能找到一些有用的信息。”

那个年轻的女人不相信他的话。他的衣着看上去太邋遢褴褛了。她觉得不像是个刚刚结婚的人。但是，她的职责是借出书籍，除了对小孩子之外，她很少拒绝过前来借书的人。到最后，在你像干了坏事一样觉得自己实在是一个卑鄙可耻的人之后，你总是能借到想借的书。她面无表情地带着戈登来到图书馆中部的一张小桌子上，给他拿来了两本棕色封皮的厚厚的书。然后她走开了，但无论她走到哪儿都在留意着他。他可以感觉到她的夹鼻眼镜在脖子后面很远的地方盯着他，看他到底在做些什么，到底是在寻找信息还是纯粹翻寻淫秽内容。

他打开一本书，外行地搜寻着里面的内容。里面尽是长篇大段的、印得密密麻麻的拉丁文。这些内容根本没用。他想要一些简单的信息——他想看的是图片。怀孕这件事有多久了？六个星期——或许是九个星期。啊，一定就是这个。

他翻到一张九个星期的胎儿图片，那张图片令他触目惊心，因为他根本没有想到胎儿会是那样。那是一个畸形的、类似侏儒的东西，像一幅笨拙的人体讽刺漫画，又大又圆的头几乎和身体一般大小，在硕大的头颅中间是一只小如钮扣的耳朵。这东西是以剖面图的形式画成的，没有骨头的胳膊蜷曲着，一只手就像海豹的鳍足那么原始，捂着它的脸——或许是吧。下面是两条麻秆一样的腿，蜷曲了起来，就像一只长着内翻脚趾的猴子。这东西太难看了，很奇怪的是，又看得出是个人。胎儿这么早就成形令他觉得很惊讶。他原本以为会看到更发育不全的事物：仅仅是一个胚胎，就像青蛙卵一样。但这东西一定很小。他看着下方标识的尺寸：长度三十毫米，就像一颗大一些的醋栗。

不过，或许怀孕还没到这个时候。他翻过一两页，找到了一张胎儿六星期大的图片。这张图片就真的太恐怖了——他几乎不敢看下去。我们的开始和结束都这么丑陋，真是奇怪——未出生的胎儿和死尸都那么恶心。这东西看上去似乎已经死了。那个大大的头，似乎重得没办法抬起来，呈垂直角度耷拉在原本应该是脖子的地方。上面没有一张可以称之为脸的东西，只有一道皱纹象征着眼睛——或者说，那其实是嘴巴？这张图片根本不像是个人，更像一只死掉的小狗，又短又粗的胳膊就像狗腿，而那双手就像狗爪子一样。十五点五毫米长——比一颗榛子大不了多少。

他久久地凝视着这两张图片。奇丑无比的外貌令它们更加可信，因此也更加令人心有感触。当罗丝玛丽说起堕胎时，他的孩子对他来说就开始变得真切起来，但那时他还不知道肚子里的孩子长得什么样——那是发生在漆黑中的事情，直至它真的发生了才显得很重要。但这些图片描述了事情发生的过程。这个丑陋的东西，比醋栗大不了多少的东西，是他不小心的行为所缔造的。它的未来，它能否继续存在，都维系在他身上。而且，它是他的一部分——它就是他。有谁能逃避像这样的责任呢？

但另一条路又如何呢？他站起身，将两本书还给了那个乖戾的年轻女人，走了出去，然后，在冲动之下折回图书馆，来到另外一头摆放着期刊的地方。和往常一样，那些脏兮兮的闲人正在读报打盹。这里有一张桌子专门摆放着妇女刊物。他随便拿起一份报纸，带到另一张桌子那里。

那是一张以家政为主题的美国报纸，大部分内容都是广告，只有几则故事带着歉意穿插其间。都是些什么广告啊！他快速地翻过闪着光泽的纸张。女用贴身内衣、珠宝首饰、化妆品、皮草大衣、丝袜图片像给孩子看的西洋镜一样一张张地闪过。一页接一页尽是广告。唇膏、内衣、罐头食物、专利药品、纤体疗方、面霜。这就是金钱世界的截面图，由无知、贪婪、粗俗、势利、色情和疾病构成的全景。

那就是他们想让他再次体验的世界。那就是他有机会**发达的商业世界**。他翻页的速度慢了下来。翻过一页，又翻过一页。“她终于笑了——多么可爱。”“速食食品，快如子弹。”“你愿意让酸痛的双脚影响你的心情吗？”“丽容床垫，让你重回蜜桃初熟时。”“只有具备穿透力的面霜才能抵达皮肤下面的脏物。”“带血的牙刷让她十分苦恼。”“如何让你的胃立即碱化？”“粗粮吃出健壮宝宝。”“你是百分之八十的庸碌之辈吗？”“举世闻名的文化剪贴簿。虽然他只是个推销员，却能引经据典，谈论但丁的作品。”

上帝啊，都是些垃圾！

但这果然是一份美国报纸。美国人无论做什么事情都要来得粗俗一些，无论是冰激凌苏打水、敲诈勒索还是通灵学研究。他走到女性刊物的桌子旁，又拿了一份报纸。这一次是英国报纸。或许一份英国报纸里的广告不会那么糟糕——不至于那么令人讨厌吧？

他打开报纸，翻过一页，又翻过一页。英国人绝不会成为奴隶！

又翻过一页，“恢复窈窕的腰肢曲线！”“她**说**‘多谢你的顺风车’，但她在**想**，‘为什么一直没有人告诉他呢？真是可怜。'"“三十二岁的女人如何从二十岁的女孩那里夺回情郎？”“肾虚验方，立刻见效。”“如丝般柔顺的厕纸。”“她在忍受哮喘的折磨！”“你为你的内衣裤觉得羞愧吗？”“孩子们吵着要吃早餐麦片。”“现在我的肌肤就像校园里的女生一样。”“远足一天，你只要吃一块维塔莫牌巧克力！”

和这些东西纠缠在一起！回到那个世界，成为那个世界的一部分——成为其固有的一部分！天哪，天哪，天哪！

他走了出去。他已经知道自己会怎么做。他已经下定了决心——其实很久以前他就已经打定了主意。当这个问题被提起的时候其实他已经想好了答案。他的犹豫其实只是在装模作样。他觉得仿佛有一股外力在推动着他。旁边就有一个电话亭。罗丝玛丽的寓所装了电话——现在她应该在家。他走进电话亭，往口袋里摸了摸。是的，正好两便士。他把硬币投进投币口，拨了转盘。

一个带着鼻音的女声接了电话，“请问你是哪位？”

他按下应答按钮，踏出了最后一步。

“请问沃特洛小姐在吗？”

“请问你是哪位？”

“就说是康斯托克先生找她。她知道是谁。她在家吗？”

“我看看，请别挂电话。”

过了一会儿。

“喂！是你吗，戈登？”

“喂！喂！是你吗，罗丝玛丽？我有话想和你说。我想过了——做好决定了。”

“噢！”然后沉默下来，好不容易她才鼓起声音问道，“那，你决定怎么样？”

“我想好了。我会接受那份工作——如果他们愿意聘用我的话，就是这样。”

“噢，戈登，我太高兴了！你不生我的气吗？你不会觉得是我逼着你作出这个决定吧？”

“不是的，没事的。这是我唯一能做的事。我都想好了。我明天就去办公室见他们。”

“我太高兴了！”

“当然，我只是假设他们愿意聘用我。但我猜他们会的，毕竟老鄂斯金许下过承诺。”

“我想他们会聘用你的。但是，戈登，有件事想告诉你。你得穿得体面一些再去见他们，好吗？效果会很不一样的。”

“我知道。我得把最好的西装从当铺里赎出来。拉沃斯顿会借钱给我的。”

“别去烦拉沃斯顿了。我借你钱。我攒了四英镑，趁邮局还没关门我这就出去给你汇钱。我想你还得买双新鞋子和一条新领带。还有，噢，戈登！”

“怎么了？”

“你去办公室的时候戴顶帽子，好吗？戴顶帽子看上去好看多了。”

“帽子！上帝啊！我已经两年没戴过帽子了。真的得戴吗？”

“嗯——看上去更像样一些，不是吗？”

“哦，那好吧。如果你觉得合适的话，就算戴一顶圆顶礼帽都行。”

“我想戴一顶软帽就够了。但你能去理个发吗？答应我，好吗？”

“好的，你别担心。我会像个能干的青年商业才俊那样，好好打扮一番什么的。”

“太谢谢你了，亲爱的戈登。我得出去汇钱了。晚安，祝你好运。”

“晚安。”

他走出电话亭。就这样了。他的人生计划已经泡汤了，就是这样。

他快步走开。他干了什么？他觍着脸向罗丝玛丽要了钱！打破了他的一切誓言！他长期孤独的抗争可耻地以失败告终。“割去你的包皮。”主如是说。他悔过自新，重新成为了信徒。他走得似乎比平时快了一些。他的心里有一种奇怪的感觉，非常真切的感觉，在他的心中，在他的肢体中，弥漫到他的全身。那是什么感觉？羞愧？悲哀？还是绝望？气恼自己又被金钱所控制？想到死寂的未来而觉得无聊空虚？他体味着那种感觉，直面着它，思考着它。那是放松的感觉。

是的，这就是事情的真相。做出这个决定后他只觉得松了口气，庆幸自己终于摆脱了肮脏、冰冷、饥饿和孤单的生活，回到体面的像个人样的生活。现在他已经打破了自己的决心，那似乎只不过是一个沉重的枷锁，终于被他摆脱了。而且，他知道他只是在履行自己的宿命。在他的内心深处他一直知道会发生这件事。他想起了在新阿尔比恩公司他辞职的那天，想起了鄂斯金先生那张和蔼的肉嘟嘟的红脸，温和地劝说他不要为了虚无缥缈的事情而放弃一份“好差事”。那时候，他不是信誓旦旦地说他将彻底和“好差事”决裂吗！但那时候已经注定了他会回去，而且那时候他就已经知道会是这样了。他不是为了罗丝玛丽和孩子才这么做的。那只是表面上的理由，突如其来的理由，但就算没有这件事，结果也会一样。就算不是为了孩子，也会有别的什么事迫使他作出这个决定。因为，那是隐藏在他内心深处的渴望。

说到底，他仍活力充沛，而他自讨苦吃的那种穷苦生涯残忍无情地让他远离了生活的主流。他回顾这两年来可怕的生活。他抨击金钱，背叛金钱，想在金钱的世界之外过着隐士般的生活。而这不仅让他过着悲惨的生活，而且极度空虚，那种虚无的感觉如影随形。摒弃金钱就意味着摒弃生活。不要行义过分，何必自取败亡呢？[①]现在他回到了金钱的世界，或者说，很快就会回去了。明天他会去新阿尔比恩公司，穿着他最好的西装和风衣（他一定要记得，除了赎出西装之外，还得赎出他的风衣），戴上庄重的洪堡帽，剃干净胡须，把头发剪短。他将是一个新人。今天这个潦倒的诗人明天将摇身一变成为整洁的青年商业才俊。他们会接受他回去上班，他有才华，而他们需要他的才华。他会打足十二分精神工作，出卖他的灵魂，争取到这份工作。

以后怎么办？或许这两年的生活并没有在他身上留下太多的痕迹。这段时间只是一段空白，是他的职业生涯里一个小小的挫折。现在他已经踏出了第一步，很快他就会变得像商人一样愤世嫉俗、心胸狭隘。他将忘记自己原本深恶痛绝的事情，不再与金钱的统治为敌——他甚至不会再察觉到金钱的统治——看到宝维消化液和早餐麦片的广告也不会觉得羞耻。他会将自己的灵魂彻底出卖，忘记自己曾是一个有过灵魂的人。他会结婚，安定下来，发家致富，推着婴儿车，买一栋小别墅

① 此句出自《圣经·旧约·传道书》。

和收音机，种一盆叶兰。他会成为一个遵纪守法的小市民，和其他遵纪守法的小市民一样——成为公车地铁上拉着吊环站着的上班族大军中的一员。或许，这样的结局比较好。

他放慢了脚步。他三十岁了，头发开始花白，但他有种奇怪的感觉，似乎他才刚刚长大。他觉得自己只是在重复着每个人的宿命。每个人都会反对拜金主义，而迟早每个人都会投降。只不过，他的反抗比大部分人要来得久一些，仅此而已。而他以一败涂地而告终！他怀疑是不是每一个住在凄凉小屋里的隐士都在悄悄渴望着回到凡人的世界。或许会有一些人不这么渴望。有人曾经说过，在当今这个世界，只有圣人和小人才能够生存。他，戈登，并不是什么圣人，那他就应该和别人一样当个真小人。这就是他心里面暗自在期盼的事情。现在他坦承了自己内心的渴望，而且向其屈服，他觉得心里很宁静。

他正朝家的方向走去。他看着一路上经过的那些房子。这条街他不认识。房子稍有点显老，看上去不咋地，而且采光不好，大部分套房和单间都是拿来出租的。楼房围着栅栏，砖头被烟熏得发黑，台阶涂成了白色，挂着脏兮兮的蕾丝窗帘。一半的窗户上挂着“公寓出租”的字样，几乎每扇窗户都摆放着叶兰。这是一条典型的下层中产阶级街道。但是，他不愿意看到炸弹将这条街道炸毁。

他猜想住在这些房子里的都是些什么人。比方说，他们会是小职员、店员、旅行推销员、保险经纪、电车司机。他们知道自己只是一具具傀儡，被金钱所主宰吗？他们大概不知道吧。就算他们知道，又会在乎些什么呢？他们忙着出生，忙着结婚，忙着生孩子，忙着工作，忙着死去。如果你能应付得当，让自己成为他们的一员，或许这并不是什么坏事。我们的文明建立在贪婪和恐惧之上，但在普通人的生活中，贪婪和恐惧被神秘地改变成为更加高贵的品质。房子里的那些下层中产阶级人士躲在蕾丝窗帘后面，家里养着孩子，添了家具，种了叶兰——他们当然都是拜金主义者，但他们竭力维持着体面。他们并不觉得拜金主义就意味着全然自私贪婪，愤世嫉俗。他们有自己的价值观和不容僭越的荣誉底线。他们“竭力维持着体面”——让叶兰继续飘扬。而且，他们是活生生的人。他们在生活的束缚下过着小日子。他们养育小孩，而这是那些圣人和灵魂救赎者从来没有机会去做的事情。

他突然觉得，叶兰就是生命之树。

他觉得里衣口袋里沉甸甸的。那是《伦敦之乐》的手稿。他拿出手稿，就着路灯看着里面的内容。那是一大叠稿纸，带着污渍破破烂烂的，而且边边角角特别脏，一看就知道在口袋里放了很久。里面总共有四百行诗。被放逐的这两年来唯一的成果，一个永远无法出世的胚胎。他已经没戏了。写诗！在1935年写诗！

那这些手稿他该怎么办？最好的办法就是拿到厕所冲掉算了。但他还有很远的路才到家，身上又没有上公厕所需的一便士。他在一条阴沟的铁栅栏旁边停了下来。最近那座房子的窗台上摆着一盆带着条纹的叶兰，在两道黄色的蕾丝窗帘之间窥视着他。

他展开一页《伦敦之乐》的稿纸。在难以辨认的信笔涂鸦中有一句诗引起了他的注意。他的心里觉得有点遗憾。毕竟，有几句诗还是写得不错的！要是能写完就好了！他花费了这么多精力，就这么扔掉，似乎有点可惜。要不还是把它保存下来吧？留在身边，悄悄利用闲暇时间写完吧？即使到了现在，或许它还是能成为一部作品。

不，不行！坚守住你的誓言。要么投降，要么顽抗。

他把稿纸对折起来，塞在栅栏的铁条之间。扑通一声，稿纸掉进了下面的水里。

噢，叶兰，你赢了！

第十二章

在婚姻注册所外面拉沃斯顿想说再见，但他们俩不肯让他离开，坚持要邀请他和他们共进午餐。不过，不是去莫迪利亚尼餐厅。他们去了索霍区一间小餐馆，在那里你只花半个克朗就可以美美地吃一顿有四道菜的午餐。他们吃了蒜味香肠配牛油、煎比目鱼、牛排加薯条和一道很稀的焦糖布丁，还点了一瓶梅多克上等红酒，这瓶酒三先令六便士。

只有拉沃斯顿参加了婚礼。另外一位见证人是个可怜温顺的人，牙齿都掉光了。他是职业婚姻见证人，是他们在注册所外面找来的，给了他半个克朗。朱莉亚没办法请假离开茶馆，戈登和罗丝玛丽提前很久就向公司请假，那天才有理由离开公司。除了拉沃斯顿和朱莉亚，没有人知道他们今天结婚。罗丝玛丽准备在创作部再继续工作一两个月。她希望婚礼能够保密，直到结婚仪式结束，主要是因为她那些不计其数的兄弟姐妹没有一个买得起结婚礼物。如果是由戈登拿主意，他希望能以更传统的方式举行婚礼，他甚至想去教堂结婚。但罗丝玛丽拒绝了这个想法。

现在戈登回去上班两个月了。周薪是四英镑十先令。罗丝玛丽休假后靠他的工资生活会很吃紧，但明年有希望涨工资。当然，孩子出生的时候他们得向罗丝玛丽的父母借点钱。克鲁先生一年前离开了新阿尔比恩公司，他的位置由一个叫华纳先生的加拿大人所取代，他曾在纽约一家公关公司工作了五年。

华纳先生是个生龙活虎的人，但为人还算不错。目前他和戈登接了一单大业务。示巴女王卫浴精品公司准备为他们的除臭剂“四月露”在全国进行一场大型宣传活动。他们认为狐臭和口臭已经被宣传得差不多了，搜肠刮肚地想了很久，琢磨新的点子恐吓公众。果不其然，他们想出了一个绝妙的构思：臭脚丫怎么样？这个领域还从来没有被发掘，拥有巨大的发挥空间。示巴女王公司向新阿尔比恩公司阐述了这一构思。他们想要一条朗朗上口的宣传标语：能让人听了就会彻夜难眠——让公众一听就能勾起他们的欲望，像中了毒箭一般。华纳先生冥思苦想了三天，想出了这么一条过耳不忘的短语：“足气”（应该是“脚气”）。这真是灵光一闪的好句子，如此简洁而引人注意。当你了解它们所代表的含义，看到“足气”你就会心生内疚。戈登在《牛津词典》里查找“足气”这个单词，发现根本没有这一条目。但华纳先生说了，管他呢！这又有什么要紧的？反正效果一样是让公众恐慌不安。当然，示巴女王公司对这个创意欣然接受。

他们往此次宣传活动投了血本，不列颠群岛的每一面围墙上都张贴着巨幅海报，将“足气”这两个字牢牢地钉在公众的心中。所有的海报都是一样的，上面没有任何多余的修饰，只是简洁而恶狠狠地追问着：

“足气。你呢？”

就是这样——没有图片、没有解释。根本不需要解释“足气”代表了什么意思。现在每个英国人都知道它的含义。华纳先生让戈登帮他一起为报纸和杂志设计小广告。华纳先生负责提供大胆而笼统的构思，勾勒出广告的基本框架，决定采用什么图片；而大部分具体的文案工作由戈登执笔——撰写悲惨的小故事，每个故事都是一百字以内的现实主义小说，内容都是说什么三十岁绝望的老处女、无缘无故就被女朋友抛弃的寂寞单身汉、操劳过度却每星期换不起一双丝袜的家庭主妇，眼睁睁地看着她们的丈夫和别的女人出轨。他很胜任这份工作，而且干得比这辈子以往任何工作都好。华纳先生对他赞誉有加。戈登的文笔确实没得说，他用字洗练，这是经过多年的不懈笔耕才学会的。或许，他长年累月想成为"作家"的努力终究没有白费。

他们在餐厅外面和拉沃斯顿道别。出租车载着他们离开。从婚姻注册所过来时拉沃斯顿执意要付出租车钱，所以他们有钱再搭一程出租车。酒暖和了身体，两人懒洋洋地靠在一起，五月的阳光透过布满灰尘的出租车车窗。罗丝玛丽的头靠在戈登的肩膀上，两人的手十指紧扣搁在她的膝盖上。他把玩着罗丝玛丽的无名指上那个非常纤细的结婚戒指。是镏金的，价值五先令六便士，不过看上去很漂亮。

"明天我去创作部之前一定得记得摘下来。"罗丝玛丽若有所思地说道。

"我们真的结婚了！直至死亡把我们分开。我们结婚了，真好。"

"太令人激动了，不是吗？"

"我希望我们能够安顿下来。有自己的房子，买一辆婴儿车，种一盆叶兰。"

他抬起她的脸亲吻她。今天是他第一次看到她化了妆，化得不是很有水平。在春天的阳光下，两人的脸都不是很好看。罗丝玛丽的脸上起了细纹，而戈登的脸上皱纹则很深。罗丝玛丽看上去大约二十八岁，戈登看上去至少得有三十五岁。昨天罗丝玛丽把头顶的三根白发给拔掉了。

“你爱我吗？”他问道。

“钟爱你，傻样。”

“我知道你爱我。真是奇怪，我三十岁了，而且面容沧桑。”

“我不在乎。”

两人开始亲吻，然后匆匆分开，因为他们看到两个骨瘦如柴的上层中产阶级妇女乘着一辆汽车和出租车并驾而驱，好奇地打量着他们。

位于艾奇威路的那间公寓不算太差。这一区很萧条，而这条路就像贫民区一样，但位于伦敦中部，交通方便，而且因为是条死胡同，所以很安静。从后窗望出去（公寓在最顶楼）你可以望到帕丁顿车站的屋顶。一星期的租金是二十一先令六便士，不带家具。里面有一张床、一张写字桌、小厨房、浴缸（带有烧水锅炉）和厕所。他们已经添置了家具，大部分是以分期付款的形式购买的。拉沃斯顿送给他们一套餐具作为结婚礼物——真是考虑周到。朱莉亚送给他们一张很难看的临时桌子，外面虚饰着桃木片，边缘是扇形的。戈登一再叮嘱过她不要给他们送东西。可怜的朱莉亚！和往年一样，圣诞节已经让她几乎身无分文，而安吉拉姑姑的生日就在三月。但在朱莉亚看来，没有给婚礼送礼就像犯罪一样。天知道她是怎么省吃俭用才凑出这三十先令，买下这张临时桌子的。他们还没有买齐亚麻桌布和刀叉什么的，这些东西得等他们手头有了几先令的闲钱才能一点儿一点儿凑齐。

他们怀着兴奋走完最后一段楼梯，来到自己的房间。这里已经可以入住了。他们花了几个星期的晚上将东西搬进来。对他们来说，有属于两人自己的小天地似乎是一次骇人的历险。两人以前从未拥有过自己的家具，从童年开始他们住的就是租来的房子。一走进屋里他们就小心翼翼地参观里面的摆设，审视着、欣赏着每件家具，似乎他们不知道这些东西已经在那儿了。看到每一样家具他们都会兴奋雀跃。那张铺着干净的床单和粉红色鸭绒被的双人床！放在五斗柜里的亚麻布和毛巾！那张活动脚的桌子、四张硬座椅子、两张扶手椅、沙发椅、书架、红色的印度地毯和他们在卡尔多尼安集市淘便宜货时买到的铜煤斗！这些都是他们自己的，每一样东西都是他们自己的——至少只要他们能按月分期还款就是他们的了！他们走进小厨房。东西都布置妥当了，可谓万事俱全。煤气炉、放肉的纱橱、顶部镶着搪瓷的桌子、碗碟架、炖锅、水壶、水槽过滤筐、抹布、擦碟子的布——还有一瓶洗洁精、一包肥皂片和一磅盛在果酱罐子里的洗涤碱。一切都已准备就绪，可以过日子了，现在就可以做一顿饭。他们手拉着手站在搪瓷顶的桌子旁边，欣赏着帕丁顿车站的风景。

“噢，戈登，真是太美好了！能有我们自己住的地方，没有女房东打扰我们！”

“我觉得最美好的事情就是想到我们一起共进早餐。你坐在桌子的对面，正在倒咖啡。真是太奇怪了！我们认识这么多年了，还从来没一起吃过早饭呢。”

“那我们现在就做点东西吃吧。我好想用这些炖锅。”

她泡了一杯咖啡，搁在从塞尔福里奇百货公司减价地下商场买来的红漆碟子上，端到前厅。戈登走到窗前的那张临时桌子旁边。下面萧瑟的街道沐浴在稀薄的阳光中，就像是透着黄色玻璃光泽的海洋将其淹没在数英寻深的洋底。他把咖啡杯搁在临时桌子上。

“我们就把叶兰摆在这儿吧。”他说道。

“摆什么？”

“叶兰。”

她笑了。他知道她以为他是在开玩笑，于是补充道：“我们必须记得一会儿出去，在花店关门之前订一盆叶兰。”

“戈登！你不是说真的吧？你不是真的想买一盆叶兰吧？”

“是的，我真的想买。我们可不能让自家的叶兰布满灰尘。他们说用旧牙刷清洁叶兰最好不过了。”

她走到他身边，掐了一把他的胳膊。

“你不是来真的，是吧？”

“不可以吗？”

“种一盆叶兰！想象一下，把一盆那样可怕又烦人的东西摆在这里！再说了，我们可以把它放在哪儿？我可不想把它摆在这个房间里，摆在卧室里的话更糟。谁会把叶兰摆在卧室里！”

“我们不会把叶兰摆在卧室里。这个地方就是用来摆放叶兰的。摆在前窗，对面的人可以看见。”

“戈登，你在开玩笑吧——你一定是在开玩笑！”

“不，我没有。告诉你吧，我们一定得种一盆叶兰。”

“为什么？”

“那是应该有的东西。一个人结了婚买的第一件东西就是叶兰。事实上，它是结婚仪式的一部分。”

“别开玩笑了！在这里摆一盆那样的东西我可受不了。如果你非要种东西，那就去买一盆天竺葵吧，但种叶兰可不行。”

“天竺葵有什么好。我们要种的就是叶兰。”

“我们不会种叶兰的，就这么说定了。”

“我们会种叶兰。你不是刚刚答应过我要听我的话吗？”

“不，我可没有。我们又不是在教堂里结的婚。”

“噢，别这样，结婚仪式就有这样的含义。‘相爱、相敬和相从’就是这样。”

“不，不是这样。不管怎样我们绝不会种叶兰的。”

“我们会种的。”

“我们不种，戈登！”

“就种。”

“不种！”

“就种！”

“不种！”

她不能理解他。她觉得他只是在无理取闹。两人都火了，和以往一样，激烈地吵了起来。那是他们结为夫妻之后第一次吵架。半小时后，两人准备去花店订一盆叶兰。

但刚走到第一段楼梯的中部，罗丝玛丽突然停下了脚步，紧紧抓着扶栏，嘴唇张开着，神情看上去很奇怪，一只手捂着腹部。

“噢，戈登！”

“怎么了？”

“我感觉它在动！”

“什么在动？”

“孩子在动。我感觉它在里面动了。”

“真的吗？”

一股奇怪而几乎近似于可怕的感觉，一股带着暖意的惊厥，在他的心中激荡。有那么一会儿，他仿佛觉得自己以性爱的形式和她结合在一起，却是以从前无法想象的方式结合为一体的。他站在她下方一两级楼梯那里，跪在地上，耳朵贴着她的小腹倾听着。

最后他说道：“我什么也听不见。”

“当然听不见，傻样！还得等几个月呢。”

“但以后就可以听见它在动，是吗？”

“我想是吧。七个月的时候你就可以听见了。四个月的时候我可以感觉得到它在动，我想是这样子的。”

“它真的动了吗？你肯定吗？你真的感觉它动了吗？”

“噢，是的。它动了。”

他久久地跪在那儿，头贴着她柔软的小腹。她双手合在他的脑后，将他的头拉得更近一些。他什么也听不见，只听到自己耳朵里血液脉动的声音。但她不会弄错的。在那安全、温暖、有着层层保护的漆黑中，活生生的胎儿正在动弹。

啊，康斯托克家族总算有点动静了。

作品题解

背景信息：

《让叶兰继续飘扬》成书于1934年至1935年，是一部社会批判作品，讲述了青年诗人戈登·康斯托克在三十年代的伦敦幻想抵御金钱崇拜，坚持文学理想，却屡屡在现实中碰壁，最后无奈向现实妥协的故事。当时奥威尔居住在伦敦附近的汉普斯泰德，以他自己的生活经历为蓝本创作而成。1928年初，奥威尔为了解下层社会的生活，乔装打扮开始自己的流浪经历。在此期间，奥威尔曾在理查德·里斯男爵资助出版的左翼文学刊物《艾德菲月刊》发表过数篇文章。理查德·里斯男爵是一位有钱的富有理想的青年，在他自传中写道："一直以来，我每年的花费都在一千英镑以上，有时候花的钱要比这多得多——在战前这就是有钱人的生活。和我相比，我的许多社会主义友人都是穷人。"《让叶兰继续飘扬》中帮助扶持戈登的拉沃斯顿这个角色就是以他作为原型。1932年，奥威尔在伦敦西部的一间规模很小的学校担任教师，时而到附近的伯恩汉山毛榉林散心，那里的景色也被他写入了《让叶兰继续飘扬》一书中。1934年10月，奥威尔开始在汉普斯泰德的一间二手书店"爱书人之角"做兼职店员，期间他结识了在一间广告公司上班的女孩莎丽和另一个当文秘的女孩凯伊，并将这段经历转嫁在《让叶兰继续飘扬》的主人公戈登和女主人公罗丝玛丽身上。

1935 年 2 月，奥威尔搬到国会山的一间公寓，在房东太太的介绍下结识了后来成为他的妻子的艾琳·奥莎妮丝。八月份时，奥威尔搬到肯提斯镇，继续创作《让叶兰继续飘扬》。1936 年 1 月 15 日，奥威尔向维克多·戈兰兹提交了手稿，几天后，受戈兰兹的委托，赴英国北方为撰写《通往威根码头之路》收集素材。同年四月，戈兰兹的出版社出版了《让叶兰继续飘扬》。

书中写到的叶兰是一种生命力顽强的植物，能在低日照和点煤油灯的室内存活（其它植物会发黄或枯萎），因此在维多利亚时代普遍受到欢迎，成为中产阶级的家居象征。戈登对它从轻蔑和仇视，到最终无奈地接受，反映了他在价值观上的改变和资本主义社会对他的个人世界的侵蚀。

作品评价：

与《牧师的女儿》一样，奥威尔对《让叶兰继续飘扬》并不满意，不允许它在其生前重版。1946 年在写给友人乔治·伍德科克的信函中，乔治·奥威尔认为自己写了两三本羞于提及的书，并说“写这本书纯粹只是为了练笔，本不应将其出版，但当其时囊中羞涩，只得鬻稿为谋”。

但《让叶兰继续飘扬》在出版后得到多位作家的高度赞扬。西里尔·康纳利在《每日电讯报》和《新政治家》中认为它是“一部坦诚朴实的描写苦难的令人痛心疾首的作品”；《论坛报》的文学编辑托斯克·菲沃尔认为“奥威尔通过康斯托克表达了对伦敦的城市生活和大众广告的强烈不满……这本书揭示了《一九八四》的诞生”。美国评论家莱昂内尔·特里尔林认为这本书是“迄今为止对商业文明的最深刻全面的批判”。

1997 年，在英国艺术委员会资助下，改编自《让叶兰继续飘扬》的同名电影上映（在北美与新西兰，片名改为《一场快乐的战争》），导演是罗伯特·毕尔曼。

情节梗概：

戈登·康斯托克出身于中产下层家庭，康斯托克爷爷辛劳半生，薄有家产，奈何子女众多，而且没有一个成器，都只能勉强维持家计，坐吃山空。戈登是家里唯一的男丁，姐姐朱莉亚在小茶馆当服务员，薪水微薄却还要经常周济不会过日子的弟弟。童年时戈登在公立学校被有钱的同学耻笑，因此立誓终生不会屈服于金钱崇拜，坚持追求当诗人的梦想。但迫于家庭压力，戈登的第一份工作是在一间矿业公司担任会计，母亲去世后他辞职追求理想，但很快就因生活无以为继而偃旗息鼓，进入一间广告公司担任会计，后因在杂志上刊登了诗作，被知人善任的经理提拔为文案，撰写他极度厌恶的广告标语及商品软文。出版了诗集《耗子》之后，戈登拜托朋友拉沃斯顿找到了一份在书店担任店员的工作，正式与金钱决裂，但捉襟见肘的生活无法让他和女友罗丝玛丽体面地约会，更无法和她上床（两人都住在寄宿旅馆，不能留宿外人），因此总是心怀怨恨，言行乖张。因为家庭聚会时间上的误会，他与愿意提携他的书评家多尔林决裂，和拉沃斯顿出去聚会时总是令后者难堪。有一次罗丝玛丽邀戈登到郊野散心，并默许他在那里和她做爱。他向姐姐朱莉亚借了五先令，两人一同出发。早上的时候两人玩得很开心，但到了中午，两人误入一间装修堂皇的度假村酒店，戈登付了账单后身上只剩八便士，这使他意兴索然，虽然罗丝玛丽没有拒绝他，但他并没有像一开始设想的那样“上了她”。其后，一份美国文学刊物刊登了戈登的诗作，并寄给他十英镑的稿费。有了这笔钱，戈登充起了阔头，宴请拉沃斯顿和罗丝玛丽共进一顿豪华的晚餐，当晚挥霍无度，酗酒不休，惹恼罗丝玛丽之后，他竟邀请拉沃斯顿一起去召妓，最后因醉酒闹事被警察逮捕。拉沃斯顿保释出戈登，但戈登的案件被登上报纸，让他丢掉了工作，只能投靠拉沃斯顿，并在前雇主的帮助下，找到了一份报酬更加微薄的工作。罗丝玛丽原谅了戈登，但受此打击，戈登意气消沉，并对自己作为诗人的前途感到彻底绝望。罗丝玛丽告知戈登那间公关公司愿意重新聘用他，但戈登执意将自己与金钱崇拜的战争进行到底，宁可在贫民窟一直消沉堕落，连拉沃斯顿和姐姐的劝告也无法说服他，甚至在冬天的一夜，罗丝玛丽的以身相许也无法慰藉他的心灵。几个月后，罗丝玛丽告诉他自己已经怀孕，戈登在堕胎或结婚之间作出艰难选择，放弃了自己作为诗人的理想，重回公关公司担任文案，搬进了新家，和他一起搬进去的，还有一盆他曾视若寇仇的叶兰。

译者评论：

《让叶兰继续飘扬》无情地揭露了金钱崇拜对文学青年戈登在生活上的压迫与心灵上的侵蚀。奥威尔细腻地刻画了种种细节和看似别扭其实又合乎当事人性格的心理纠结：泡茶变成了鬼鬼祟祟的行动、为了顾及面子不愿用三便士的硬币（三便士硬币被当作包在圣诞布丁里的吉祥物，平时买卖很少用到）、到别人家里做客要有一支烟充门面、和朋友去喝酒第一杯必须由他请客等。三十年代的英国步入战后繁荣的最后狂欢：商业广告极其恶俗，以编织谎言为能事的广告公司如雨后春笋般出现，对年轻人的期许是“能来事”和找到一份“好差事”，堕胎这件原本是禁忌的事情正成为被人们所认可接受的事情。

戈登是一个小有才华的诗人，在诗歌的意象和韵律中找到自己的快乐，但他并没有淡泊名利的超脱心态。他的文学梦在很大程度上是受到童年贫寒的生活和同伴的耻笑的刺激而形成的，“在地狱里称王总比上天堂当奴仆强，就算在地狱里当奴仆也比在天堂当奴仆强”。以写作为职业是他人生的最后寄托，但这个理想在几经挫折之后异化成为商业广告文案，虽然让他觉得厌恶（“公关就是欺诈，广告就是泔水桶里搅动一根棍子发出的声音”），但总算让他的文学才华在金钱的世界里获得一席之地——无法想象戈登能像前室友弗拉斯曼那样鼓动如簧之舌靠推销为生或从事其它行当（他曾干过体力活儿，但手无缚鸡之力的书生体格让他很快就放弃了）。奥威尔还轻度地讽刺了英国知识分子对“社会主义”的虚伪崇拜。年轻而富有的拉沃斯顿声称自己是“社会主义者”，创办了宣扬社会主义的刊物，但他无法摆脱与生俱来的气质和举止，他最亲密的女友是传统的贵族小姐，他劝说戈登摆脱困境的方法还是“去找份像样的工作”。对英国这种半吊子的社会主义的批评在奥威尔随后的作品《通往威根码头之路》得到了酣畅淋漓的诠释。《让叶兰继续飘扬》虽然是奥威尔稍早期的作品，但本书的一些描写在奥威尔最重要的作品《一九八四》得到了延续。或许可以这么认为，康斯托克与《一九八四》里的主人公温斯顿是同一个人物在文学世界的平行宇宙中的投影：

	康斯托克	温斯顿
人物性格	社会环境（资本主义）的另类	社会环境（极权主义）的另类
生活经历	独居，受女房东监视	独居，受电幕监视
恋爱体验	与罗丝玛丽在野外结合（未能成功）	与朱莉娅在野外结合（成功）
假想敌	科纳·忒布尔头像的海报	老大哥头像的海报
衬托人物	带有贵族气质的成功人士拉沃斯顿	带有贵族气质的成功人士奥布莱恩
下　场	向资本主义屈服，放弃了写作的理想	向极权主义屈服，放弃了革命的理想

可以说，《让叶兰继续飘扬》在某种程度上是奥威尔前半生的写照，是他内心是否继续坚持文学理想和内心价值观的挣扎期的描述。奥威尔成文于 1946 年的《我为何写作》在回顾十年前自己在创作立场与思路上的改变时写道："1936 年至 1937 年间的西班牙内战和其它事件改变了情况，让我明白了自己的立场。在我看来，自 1936 年后，我所进行的严肃创作的每一行话，都是在直接或间接地反对极权主义体制，并为民主的社会主义体制鼓与呼。我觉得，在我们这个时代，如果有人认为创作可以回避这个话题，那他们就想错了。每个人都在以这样或那样的形式阐述这些问题，差别只在于站在什么立场，以怎样的态度去阐述。一个人对自己的政治偏见越有清醒的认识，他就越能在政治上有一番作为，而无须牺牲他的审美情趣和思想气节……"虽然书中的戈登选择了放弃，但在现实中，对英国北方矿区的考察和奔赴西班牙内战的决定改变了奥威尔的命运，引导他走上批判极权主义的道路，但前半生的经历仍在他后半生的作品中留下了无可磨灭的烙印。

奥威尔作品全集

- 奥威尔纪实作品全集

《巴黎伦敦落魄记》

《通往威根码头之路》

《向加泰罗尼亚致敬》

- 奥威尔小说全集

《缅甸岁月》

《牧师的女儿》

《让叶兰继续飘扬》

《上来透口气》

《动物农场》

《一九八四》

- 奥威尔散杂文全集

奥威尔杂文全集（上、下）

奥威尔书评全集（上、中、下）

奥威尔战时文集

George Orwell

奥 威 尔 小 说 全 集

牧师的女儿

A Clergyman's Daughter

[英]乔治·奥威尔 著　陈超 译

上海译文出版社

第一章

一

五斗柜上的闹钟叮铃铃响了起来，就像一个小型定时炸弹那么吓人。多萝西从恼人的噩梦中惊醒过来，然后仰面望着漆黑的夜色，觉得疲惫不堪。

闹钟继续响个不停，但声音不是很大，如果你不将它摁停的话，会一直响上五分钟左右。多萝西觉得全身从头到脚都在疼痛，不禁觉得自己有点可怜，又觉得自己实在是狡猾可鄙。每天早上起床时她总得经历这么一番心理斗争。她把头埋在被子里，以为能对烦人的闹钟声充耳不闻。她与身体的疲惫进行着抗争，不过，和往常一样，心里面的另一个她开始规劝自己，“加油，多萝西，起床啦！不要再睡下去啦！《箴言》第六章第九节[①]。”接着，她想到如果闹钟声一直响下去的话会把父亲吵醒的。她连忙跳下床，拿起五斗柜上的闹钟，将声音关掉。闹钟就摆在五斗柜上，这样她要关掉声音就一定得下床。在漆黑中她跪在床边，开始向上帝祈祷，但她的双脚觉得一片冰冷，根本无法专心。

现在才凌晨五点半，虽然是八月份，天气却很冷。多萝西（她的全名是多萝西·赫尔，是萨福克郡奈普山圣阿瑟尔斯坦教堂的牧师查尔斯·赫尔的独女）穿上她那件旧法兰绒晨衣，摸黑走下楼。楼下弥漫着寒冽的灰尘味、湿石膏味和昨天的晚餐烤比目鱼的味道。从二楼过道的两边，她可以听到父亲和埃伦有如轮唱赞美诗一般的打鼾声。埃伦是家里包办杂务的女仆。多萝西小心地摸索着——因为厨房的餐桌会冷不防在黑暗中顶到你的盆骨——走进了厨房里，点亮壁炉架上的蜡烛。她的身体还觉得很痛，而且很疲惫，但她跪在地上，清理出壁炉里的灰烬。

厨房里的火很难点着。烟囱修得歪歪扭扭的，因此总是会堵塞，得倒一杯煤油助燃才能把火烧旺起来，就像一个酒鬼早上得喝上一杯杜松子酒。多萝西先给父亲烧一壶水刮脸，然后上楼给浴缸放水准备洗澡。埃伦沉重而年轻的鼾声仍响个不停，醒来的时候她干活还是蛮勤快的，但一定得睡到早上七点才起床，天王老子也叫不醒她。

多萝西尽可能慢地往浴缸里放满水——如果水龙头开得太大，溅水的声音总是会吵醒父亲——然后站在那儿看着那缸清水发呆，全身起了鸡皮疙瘩。她讨厌洗冷水澡，而正是因为这样，她规定自己从四月到十一月必须洗冷水澡。她伸手探了探水温——水冰凉彻骨——和往常一样，她在心里鼓励自己勇敢向前。“加油，多萝西！踏进浴缸！不要害怕！”然后她毅然决然地踏进浴缸，坐了下去，让冰冷的水漫上她的身体，只露出头发在水面上，她已经把头发盘好扎在脑后。接着她从水里探出头，喘着粗气扭动着身躯，还没等她喘过气来，她想起自己的备忘录就放在晨衣的口袋里，她得通读一遍。她伸手拿出纸条，靠在浴缸边上，冰冷的水淹没她的腰际。就着椅子上蜡烛的微光，她读了一遍备忘录，内容如下：

---

① 本节的内容是：“懒惰人哪，你要睡到几时呢？你何时睡醒呢？”《圣经》和合本。

七点钟圣餐礼。

陶太太刚生孩子，得去探望她。

早餐：熏肉。得向父亲要钱。

问埃伦父亲的药酒泡的是什么材料。备注：去索尔派的店里询问帘布的价钱。

探访皮夫人，给她送《每日邮报》上面治疗风湿的当归茶方子。给乐太太送玉米面。

十二点钟，排练《查理一世》。备注：订半磅胶水和一罐铝漆。

午餐(被划掉了)正餐……?

派发教区杂志。备注：方太太欠三先令六便士。

下午四点半母亲团契茶点时间，别忘了两码半的薄窗帘布。

为教会摘花。备注：买一罐巴素擦铜水。

晚餐：炒蛋。

帮父亲打布道稿，新的色带打字机呢?

备注：豌豆田杂草太多了，要锄掉。

多萝西跨出浴缸，用一块比餐巾大不了多少的毛巾擦干净身体——在这个教区他们买不起大小合适的毛巾——把头发解了下来，分成两股披在锁骨上。她那一头金发很密，发质很好，显得特别苍白，但她的父亲不许她把头发剪短，因为头发是她唯一长得好看的部位。她个头中等偏瘦，但很有力气，身材也很好，不过长相就难以恭维了：脸庞干瘪苍白，长相平凡，眼睛黯淡无神，鼻子又太尖。如果仔细端详的话，你可以看到眼睛的周围长了鱼尾纹，嘴角边不说话的时候看上去似乎很疲惫。现在这还算不上一张老处女的脸，但再过几年就会变成那样。不过，陌生人总是会把她的年龄猜小几岁（她还没满二十八岁），因为她的眼神几乎就像孩童一样天真。她的左前臂密布着红色的小斑点，似乎是蚊虫叮咬的痕迹。

多萝西又穿上她那件晨衣，刷完牙——当然只是用清水，圣餐礼之前不能用牙膏刷牙。说到底，你要么就是破了斋戒，要么就是没有破，在这一点上，那些罗马天主教徒还是不含糊的——这时她的动作骤然咯噔了一下，停了下来，放下了牙刷。她的五脏六腑感觉到一股致命的痛苦，那是真切的肉体上的痛苦。

她惊愕地记起了一件事，任何人早上记得一件不愉快的事情都会有这种反应。家里拖欠屠夫卡基尔的账单已经七个月了，欠的钱可不少——大概得有十九英镑或二十英镑，可能根本没有还清这笔钱的希望——这是折磨她生活的最痛苦的一件事。这件事日日夜夜就潜伏在她的脑海里，随时准备着跳出来折磨她。一想起屠夫卡基尔的账单，其他数额较小的账单也纷纷从记忆中跳出来，她根本不敢去计算总共拖欠了人家多少钱。她不由自主地开始在心里祈祷："上帝，我恳求您，今天不要让卡基尔再来催账！"但她立刻觉得这样的祈祷实在是太市侩了，是在亵渎神明，于是她恳求上帝的原谅。接着，她穿上晨衣，跑到楼下厨房那里，希望忘记账单这件事。

和往常一样，火灭了。多萝西用煤油点着了火，双手沾满了脏兮兮的煤灰，然后焦虑地守在那儿等着水壶里的水烧开。六点十五分父亲就要用水刮胡子。多萝西端着水盆上楼，敲着父亲的房门，她晚了七分钟。

"进来，进来！"一个含糊又不耐烦的声音说道。

房间遮着厚厚的窗帘，空气很闷，弥漫着一股男性的气息。

牧师点着了床头柜上的蜡烛，正侧身躺在床上，看着他那刚从枕头下拿出来的金表。他灰白的头发像蓟花的冠毛一样浓密，那双明亮的黑色眼眸不耐烦地回头盯着多萝西。

“早安，父亲。”

牧师的声音很含糊——戴上假牙之前他的声音总是显得很苍老而口齿不清——“多萝西，我希望早上你能把埃伦叫醒，要不你自己就得准时。”

“我很抱歉，父亲，厨房里的火老是会灭掉。”

“好了！把水放在梳妆台上，然后把窗帘拉开。”

现在是白天了，却是乌云密布的阴天。多萝西快步走回自己的房间，迅速穿好衣服，一周七天有六天穿衣服得这么快。房间里只有一块小方镜，但她从来没有用过。她把金十字架挂在脖子上——只是一个金十字架，没有耶稣受难像，阿门！——将头发盘在脑后，往上面胡乱插了几根发卡，只花了大概三分钟胡乱披上几件衣服（灰色的毛线衫、磨得光光的爱尔兰粗呢大衣和裙子、一双和大衣与裙子不相衬的长袜，外加一双很破旧的鞋子）。去教堂之前她得整理好饭厅和父亲的书房，还得练习好圣餐礼的祷告，光是这个就起码得花二十分钟的时间。

她推着单车走出前门，天还是阴沉沉的，草地上露水很重。迷雾笼罩着山腰，隐约露出圣阿瑟尔斯坦教堂的轮廓，就像一只铅铸的斯芬克司巨兽，一口吊钟正发出哀悼的钟声——“当！当！当！”原本教堂有八口钟，但现在只有一口钟能响，其他七口钟从三年前就陆续动不了了，再也发不出声音，沉重的分量渐渐将钟楼的地板压烂。在远方的迷雾底下，你可以听到罗马天主教会那边传来难听的钟声——那是一口简陋廉价的小锡钟，圣阿瑟尔斯坦教堂的牧师总是称之为“松饼贩子的小铃铛”。

多萝西骑着单车，快速踩上山坡，整个身子的重心都压在车把上。清晨的严寒把她的鼻梁冻得通红。一只红脚鹬在头顶鸣叫着，但躲在乌云里根本看不见。让我的歌声在清晨为您歌唱！[①]多萝西把单车停在教堂墓地的门口，发现自己的手上仍有煤灰，连忙跪下来，在坟墓间湿漉漉的草坪上擦了几下，将双手擦干净。这时钟声停了，她跳了起来，快步走进教堂。教堂司事普罗哥特穿着褴褛的法袍和一双工人穿的大皮靴，迈着沉重的步伐走到教堂一侧的祭坛那里。

教堂里很冷，弥漫着蜡烛和陈年灰尘的味道。教堂很大但很破旧，信众却不多，超过一半面积空荡荡的。中殿摆了三排狭窄的靠背长凳，前面是一块荒废的石板地，上面有几块磨损很严重的石碑，标记着下面几座古时候的坟墓。高坛上的屋顶已经明显下垂，在教堂捐赠箱的旁边，两根千疮百孔的横梁无声地解释这是蛀虫导致的——蛀虫可谓是教堂不共戴天的敌人。光线被灰蒙蒙的玻璃过滤之后，显得很苍白。透过打开的南门，你可以看到一棵歪歪扭扭的柏树和一棵椴树的树枝，在没有阳光的空气中看上去呈淡灰色，轻轻地摇摆着。

和往常一样，只有另外一位参加圣餐仪式的信徒——梅菲尔老小姐，来自格兰奇家族。圣餐仪式的出席率太低了，牧师

---

① 本句出自著名的基督教赞美诗《圣哉三一歌》，由雷吉纳德·希伯(Reginald Heber)谱写。

甚至找不到男童服侍他，不过星期天早上是例外，那些男童喜欢在信众面前炫耀自己一派正经的装束。多萝西跟在梅菲尔小姐身后，走到座位上，为了忏悔昨天犯下的罪行，将法衣的下摆掀起来，跪在光秃秃的石板地上。仪式开始了。牧师穿着一件教袍和一件亚麻斜襟短法衣，正在训练有素地迅速背诵着祷词。现在他套了假牙，说话也清楚了，而且态度很不友好。他那张苛刻的老脸像银币一样苍白，露出冷漠甚至是轻蔑的表情。他似乎在说："这是一次圣餐仪式，我有责任为你们主持，但请记住，我是你们的牧师，不是你们的朋友。身为人子，我不喜欢你们，鄙视你们。"教堂司事普罗哥特四十岁了，头发卷曲灰白，脸膛通红憔悴。他耐心地站在旁边，虽然听得不是很明白，但态度毕恭毕敬，摆弄着那个小小的圣餐礼铃铛。小铃铛被他那双硕大通红的手一握，几乎看不见了。

多萝西揉了揉眼睛，她还没能集中起精神——事实上，她还记得屠夫卡基尔的账单，时不时就会犯愁。那些祷文她已经熟记于心，一句句掠过她的脑海，但她根本没有注意。她抬起眼睛，不一会儿就开始东张西望。她先是抬头望着屋顶那些掉了脑袋的天使雕像，脖子上还带着清教徒用锯子锯断的痕迹；然后她低下头，看着梅菲尔小姐那顶有点像猪肉馅饼的黑帽子和硕大的黑玉耳环。她身穿一袭发了霉的黑色长外套，多萝西记得她一直就是这副打扮。领子是油腻腻的羊羔皮，而料子很奇怪，像是水绸却又粗糙一些，上上下下都是涓流般的黑色绲边，但看不出很明显的图案来。或许这就是那传说中的邦巴辛黑绸纱。梅菲尔小姐年纪很老了，大家都忘了她的年龄，只知道她是个老女人。她的身上散发着一股淡淡的味道——似有若无的味道，闻得出是古龙水、樟脑丸和劣等杜松子酒夹杂在一起的味道。

多萝西从大衣的翻领里抽出一根带玻璃尖的长别针，借着梅菲尔小姐的背作掩护，刺了自己的前臂一下，肌肉痛得缩了起来。这是她的习惯，每当她发现自己没有专心聆听祈祷，就得把自己的手臂扎出血。这是她所选择的约束自己的方式，不让自己陷入无谓的胡思乱想和亵渎神明的念头中。

她握着别针，随时准备扎自己的手臂，这样一来，她的精神集中了到祈祷上。她的父亲一只黑溜溜的眼睛正不悦地盯着梅菲尔小姐，她不时地朝自己身上划着十字，他不喜欢信徒这么做。一只八哥在外面聒噪着。多萝西惊讶地发现自己正虚荣地看着父亲法袍上的褶子，那件法袍是她两年前缝制的。她咬紧牙关，将别针扎进手臂里，约莫有八分之一英寸深。

她们再次跪在地上，这是最近一段时间的总忏悔。多萝西发现自己的眼睛又在四处张望了——哎呀！这次她看的是在她右边的玻璃彩窗。那是1851年由皇家艺术学院的瓦德·图克爵士设计的，画着圣阿瑟尔斯坦来到天堂门口，大天使加百利领着一群长得一模一样，酷似王夫①的天使前来迎接他。她将别针扎进手臂上另一处地方，开始专注地思考每一句祷文的含义，让自己的精神再次集中起来。但是，在祈祷进行到“因此，大天使们和天使们——”这一句时，普罗哥特摇响了铃铛，她又走神了，和往常一样，听到这一句就忍不住想笑，不得不再扎自己一下。那是因为父亲曾经对她讲述过一个故事，说他童年时有一次在圣坛服侍牧师，铃铛的铃舌卡口松了，于

① 王夫（the Prince Consort），指女王的配偶。在奥威尔生前的时代，英国的王夫指维多利亚女王的丈夫弗朗西斯·阿尔伯塔·奥古斯都·查尔斯·埃曼努尔（Francis Albert Augustus Charles Emmanuel，1819—1861）。

是牧师当时是这么说的：“因此，大天使们和天使们，连同天堂所有的会众，我们颂扬您荣耀之名，永远赞美您，说：拧紧了，你个猪脑袋，拧紧了！[①]”

牧师的祷告结束了，梅菲尔小姐缓慢而艰难地站起身，看上去就像一个支离破碎的木偶慢慢地、一节一节地爬起来，每动一下都会散发出强烈的樟脑丸的味道。她的身体里发出奇怪的、咯吱咯吱的声音——应该是胸衣摩擦而发出来的，但听起来就像是骨头在摩擦。你可以想象得出，在那袭黑色大衣底下其实是一具干瘪的骸骨。

多萝西站在原地，而梅菲尔小姐颤巍巍地朝圣坛走去。她几乎走不了路，但如果你去搀扶她的话，她会很反感。她那张老脸毫无血色，嘴巴大得很突兀，没办法合拢，流满了口水。下边的嘴唇因为年迈而下垂了，滴着哈喇子，露出一排牙床和泛黄的假牙，就像旧钢琴的琴键一样。上嘴唇的边上长着一圈黑漆漆湿漉漉的胡须。看到这张嘴很令人倒胃口，你绝对不希望这张嘴从你的杯里喝水。突然间，似乎魔鬼在心里作祟，多萝西正念诵着祷文的嘴里蹦出了这么一句：“噢，上帝啊，不要让我喝梅菲尔小姐的口水！”

她立刻惊诧地发现自己说出了什么样的话，她宁愿将舌头咬成两截也不愿在圣坛的台阶上说出这么一番亵渎神明的言语。她又从翻领里摸出别针，狠狠地扎进手臂，疼得几乎按捺不住痛苦的叫声。然后她走上圣坛，温顺地跪在梅菲尔小姐的左侧，下定决心要跟在她后面喝圣水。

多萝西跪在地上，低着头，双手按在膝盖上，在父亲递给

---

① 在英语中，“拧”（screw）可以表示粗俗的“肏”、“干”之意。

她圣饼之前在心里祈祷，恳求上帝的原谅。但她的思绪被打断了，她无法专注于祈祷，她的嘴唇在张翕着，但心根本没有放在祈祷上，不知道在说些什么内容。她可以听到普罗哥特的脚步声和父亲以低沉的声音清晰地说道："接过圣餐，吃下去。"她看到膝盖下破旧的红地毯，她可以闻到尘土、古龙水和樟脑丸的味道，但她似乎被剥夺了思考的能力，她的脑海里一片空白，根本想不起她来这里是为了享用"基督的血与肉"。她似乎无法祈祷。她挣扎着，想理清自己的思路，呆板地念叨着一篇祷文的开头几句话，但这些根本没有任何意义——只是几句空洞的话。她的父亲那只秀气而年迈的手就拿着圣饼，伸在她身前。他用拇指和食指捏着，动作很讲究，又似乎带着一丝不悦，似乎那是一勺药品。他俯视着梅菲尔小姐，她正弓着腰，看上去像一只尺蠖，发出咯吱咯吱的响声，一丝不苟地朝自己身上画着十字，你会以为她正在扭开大衣前襟的几个盘扣。多萝西犹豫了好几秒钟，没有接过圣饼。她不敢接。她宁愿走下圣坛，也不愿在心神迷乱的情形下接受圣餐！

这时她往旁边瞥了一眼，透过打开着的南门，一束阳光正刺穿云层，透过椴树的枝叶和门口的落叶，闪烁着无可比拟又瞬息万变的绿光，比翡翠、祖母绿或大西洋的海水更绿。似乎是一颗璀璨的宝石在门口闪烁着绿色的光芒，然后就消退了。多萝西的心中涌过一股喜悦。这缕鲜活的绿光超越了理性，让她恢复了内心的平静，恢复了对上帝的爱和膜拜的力量。在绿叶的光芒照耀下，她又能继续祈祷下去。噢，您的绿意洒遍大地，我们赞美您，主啊！她开始热诚而喜悦地感恩祈祷。圣饼在她的舌尖融化了。她从父亲那里接过圣杯，银色的边缘沾着梅菲尔小姐的唇印，她带着厌恶喝了一口，为这个小小的自我贬抑的行为感到更加喜悦。

二

圣阿瑟尔斯坦教堂坐落于奈普山的山顶，登上塔楼的话你可以俯瞰郊野方圆十里的景致。但这里没什么风景——只有英格兰东部低矮平坦的原野，夏天非常单调乏味，而到了冬天，几棵光秃秃的榆树扇形的树冠直指铅灰色的天空，还算别有一番滋味。

山脚下就是市镇，镇里的主大街横贯东西，将市镇划为不均等的南北两部分。南区是旧镇，以农业为主，住的都是镇里有头有脸的人物；北区有布里菲尔-戈登甜菜制糖厂的厂房，周围是杂乱无章、脏兮兮的黄色小砖房，里面住的人大部分是厂里的工人。镇里有大约两千人，一半以上在厂里上班，有外来人口，也有本地人，几乎都是无神论者。

镇里有两个社交中心：一个是奈普山保守党俱乐部（有全面的营业执照[①]），酒吧营业时，透过拱形的窗户你可以看到镇里的名流那一张张肥头大耳红通通的脸，就像水族馆里那些胖乎乎的金鱼；一个是老茶铺，沿着主大街走一小段路就到了。这里是奈普山女士们聚会的主要场所。要是每天早上十点到十一点的时候不去老茶铺喝一杯“晨咖”，花上半小时倾听那愉快亲切的中上阶层的女士们唧唧喳喳地聊天（亲爱的，打扑克牌的时候他最大的牌就只有一张黑桃九，什么大牌都没有。什

① 英国经营餐馆、酒馆、俱乐部等场所需要申请执照，只有获得全面营业执照才贩卖啤酒和烈酒。

么，亲爱的，你不是在表示又要帮我付咖啡钱吧？噢，亲爱的，你真是太好了！明天可一定要让我请回你噢。看看这可爱的小托托，坐得那么笔挺，小黑鼻子一张一合的，真是个小机灵鬼，真是太可爱了。让他妈妈赏他一块方糖吃，要的，要的。来，托托！)，那你就肯定和奈普山的社交圈脱节了。牧师尖酸刻薄地将这些女士形容为“咖啡党”。这些咖啡党的成员住在虚荣浮夸的小别墅里，而梅菲尔小姐则住在格兰奇大宅，和这些别墅群没什么往来。那是一座古怪的红砖楼建筑，有点像城堡，上面开了堞眼——建造于1870年，可能是某个人在和历史开玩笑——幸运的是，整座建筑几乎被茂密的灌木给遮住了。

牧师的家就在半山腰上，面朝教堂，背对主大街。这是一座不合时宜的建筑，大得很离谱，前面涂着总是在剥落的黄色石膏。牧师在旁边加盖了一间很大的暖房，多萝西用作工作室，但总是破败失修。前面的花园里种着歪歪扭扭的冷杉和一棵巨大的、枝叶繁茂的白蜡木，遮蔽了几间前室，使得屋里根本种不了花。屋后有个大菜园。每到春天和秋天，挖土的重活由普罗哥特负责，而多萝西则利用闲暇时间负责播种、种植和除草，但她太忙了，菜园里总是长满了杂草。

多萝西在前门从单车上跳下来，有好事者在前门贴了一张海报，上面写着“投票给布里菲尔-戈登，为你争取更高的工资！”(现在正在进行补选，布里菲尔-戈登先生是保守党的代表。)多萝西打开前门，看到破旧的棕榈毯上丢着两封信。一封是乡村教区司铎寄来的，另一封信是给父亲缝制法袍的那间“手如柔荑”裁缝店寄来的，信封脏兮兮的，看起来很薄，里面肯定是账单。牧师有个习惯，他只拿自己想看的信，其他信件都丢着不管。多萝西俯下身子把信捡起来，这时她惊慌地看到一个没有贴邮票的信封放在信架上。

那是一张账单——肯定是一张账单！她只看了一眼，就“知道”那是屠夫卡基尔寄来的。她的心沉到了谷底。她开始祈祷那或许不是卡基尔的账单——或许那只是布料商索尔派追讨三先令九便士的账单，或者是国际杂货店、面包店或牛奶店的账单——只要不是卡基尔的账单就行！接着，她按捺住心中的恐惧，从信架上拿起信封，双手像痉挛一样将它撕开。

“结欠清单：二十一英镑七先令九便士。”

这的确就是卡基尔的会计那朴素的字迹。但在这行字下面赫然写了一行大字，而且还加了很粗的下划线：“敬请留意，此账单已逾期良久，还请尽早结账为盼。卡基尔。”

多萝西脸色变得更加苍白，根本没有胃口吃早饭了。她将账单塞进口袋里，走进饭厅。饭厅又小又黑，很需要重新裱贴。和牧师家里其他房间一样，里面的布置似乎是古董店大清仓时买来的。这里的家具都还“不错”，但都破得没办法修理，椅子被蛀得很厉害，除非你熟悉每张椅子哪里不好，否则坐下去就会有摔倒的危险。墙上挂着黑漆漆的破损的旧钢版雕刻画，其中一幅是范·迪克[①]的《查理一世》——假如不是被潮气侵蚀的话，勉强还称得上是一张好画。

牧师正在空壁炉前面站着，似乎当那里有火在取暖。他正在读一只蓝色长信封里的信函，身上仍然穿着那件黑色水绸法袍，衬托出他那头茂密的白发和苍白冷漠又不失相貌堂堂的

① 安东尼·范·迪克（Anthony van Dyck，1599—1641），生于比利时安特卫普，英国王室宫廷画家，其画作《查理一世》为世界名画。

脸。多萝西一进来，他把那封信放到一边，掏出金表细看着上面的时间。

“对不起，父亲，我迟了一会儿。”

“是的，多萝西，你的确迟了一会儿。”牧师重复了她这句话，语气说得很重。“确切地说，你迟到了十二分钟。多萝西，当我六点一刻得起床去执行圣餐仪式，回到家又累又饿的时候，如果你能按时回家做早饭，而不是迟了一会儿，我相信会比较好，难道不是吗？”

显然，用多萝西委婉的话讲，牧师现在的心情“很不舒服”。他说话的时候声音很有教养，但令人觉得很厌倦，听不出恼怒但从不幽默——似乎一直在说：“我真的看不下去你这般胡闹了！”他给人的印象是，由于别人的愚蠢和惰怠，他一直在承受着苦难。

“对不起，父亲！我刚才去探望了陶尼太太（陶尼太太就是备忘录里写的陶太太），昨晚她生了小孩。你知道她答应过我生完孩子后会到教堂参加仪式。但要是她觉得我们不关心她，又怎么会来呢？你知道这些女人是什么样的人——她们似乎不喜欢来教堂参加仪式。得我好说歹说她们才肯来。”

牧师没有说什么，只是不满地哼了一声，走到餐桌那里。他的意思是，首先，陶尼太太应该不需要多萝西规劝就自觉来教堂参加仪式；其次，多萝西不该浪费时间去见那些乱七八糟的人，特别是在做早饭前这么做。陶尼太太的丈夫是个工人，一家人住在主大街北边非教徒居住的区域。牧师将手靠在椅背上，什么话也没说，瞪了多萝西一眼，意思是说，“还不赶快吃饭？还磨叽什么？”

“饭都做好了，父亲，或许，您可以作谢恩祷告了——”

多萝西说道。

“感谢主的恩典。”牧师一边说一边掀起陈旧的早餐碟的银罩。这个银罩和那根镀银的舀果酱的小勺都是家传之宝。而刀叉和大部分餐用器皿都是从伍尔沃斯商店买的便宜货。“又吃熏肉，我就知道。”牧师补充了一句，看着搁在烤方面包旁边的那三小片熏肉。

“家里就只有这个了，对不起。”多萝西应道。

牧师用拇指和食指拿起叉子，动作很谨慎，似乎在玩挑棒棒游戏，将一片熏肉翻了过来。

“我知道早餐吃熏肉是英国古老的饮食传统，和代议制政府一样历史悠久。”牧师说道，“但时不时换换口味难道不是更好吗，多萝西？”

“现在熏肉很便宜。”多萝西带着歉意说道，“不买简直就是罪过。一磅才五便士，有的熏肉看上去还挺好，只卖三便士。”

“啊，丹麦的熏肉，是吧？丹麦人老是变着法儿侵略我们国家！先是使用武力，现在又用他们那令人讨厌的廉价熏肉。我在想，到底哪种侵略方式杀死的人更多一些呢？”

说了这么一句富有机趣的话之后，牧师的心情好了一些，端坐在椅子上，开始享用被自己鄙夷的熏肉，而多萝西（她没有吃熏肉——因为她昨天说了“该死的”，而且午饭后游手好闲了半个小时）则在心里筹划着该怎么开口将心里的事情告诉父亲。

她有个难以启齿的话题——开口要钱。即使在家里最景气的时候，要父亲给钱也几乎是不可能的事情。显然，今天早上向父亲要钱会更“不好打交道”。“不好打交道”是她另一个委婉的词汇。看着那个蓝色的信封，她沮丧地心想，他一定收到了坏消息。

只要和牧师说上十分钟话，任何人都会认为他是个“不好打交道”的人。他之所以总是这么脾气不好的根本原因是他与这个时代格格不入。或许他不该出生在现代社会，因为他总是对现实非常厌恶不满。如果他早几个世纪出生，或许他会是个快乐的多面手：写写诗歌，收集故纸堆，管理自己的教区，一年领四十英镑的牧师年薪，这样或许他会过得舒心一些。而如果现在他能富裕一些，他或许可以对二十世纪置若罔闻。但依照传统生活的代价非常昂贵，一年起码得有两千英镑。他从列宁和《每日邮报》[①]的时代就开始挨穷，心里愤愤不平，而这一情绪他总是发泄在身边最亲近的人身上——这个人当然就是多萝西。

他生于1871年，是一位男爵的小儿子的小儿子。他投身宗教是因为一个过时了的原因：在英国，小儿子的传统归宿就是进教会。他的第一份教职是在伦敦东区的一个贫民教区——那里肮脏污秽，到处是流氓混混，那是一段他不愿回首的往事。那时候下等人（他就是这么称呼他们的）已经开始无法无天了。后来他去了肯特郡的一个偏僻地方担任主持牧师，感觉好了一些（多萝西就是在肯特郡出世的）。在那里，村民仍很老实纯朴，见到教区牧师会碰碰帽子以示敬意。当时他已经结婚了，但这段婚姻并不快乐。而且，作为神职人员，他不能和妻子吵架，只能将不悦压在心里，而这让他更加痛苦。1908

① 弗拉基米尔·伊里奇·列宁（Vladimir Ilyich Lenin）生于1870年，卒于1924年。《每日邮报》创办于1896年，故牧师挨穷的日子应始于19世纪末。

年他来到奈普山，当时他三十七岁，脾气非常糟糕——这让教区的男女老少都对他敬而远之。

作为牧师，其实他还是很称职的。在履行职责时一丝不苟，非常正确——或许对于一个英国东部的低教会派[1]教区而言太正确了。他举行仪式的礼节无可挑剔，布道的内容也很精彩，每星期三和星期五总是能很早起来举行圣餐仪式。但他从来没有想过神职人员的职责并非只局限于教堂的四面高墙。他请不起助理牧师，将教区的脏活累活都交给自己的妻子打理。而当她死后（她于 1921 年亡故），又让多萝西承担起这份工作。人们总是带着怨恨说，如果可以的话，他会让多萝西帮他布道——这当然不是真的。从一开始“下等人”们就知道牧师对他们抱以怎样的态度。如果他是个有钱人，或许他们会对他溜须拍马，他们就是这样的人。但他不是个有钱人，于是他们就一心痛恨他。他根本不在乎别人是不是痛恨他，因为他根本无视他们的存在。但他和上流社会的人士也相处得不愉快。他和郡里的每一个世家子弟都起过争执，至于镇里那些不入流的士绅，身为一位男爵的孙子，他看不起他们，而且毫无掩饰地表示出来。他在圣阿瑟尔斯坦教堂服务了二十三年，教众的数目从六百人缩减到了不到两百人。

这不仅是因为牧师个人的缘故，同时也是因为牧师所坚持的那种守旧的高教会派英国国教让教区里各个阶层都觉得很讨厌。如今一个牧师如果想留住信众，他只有两条路可走。要么是走英国国教和天主教合流的道路，简单纯粹——或者说，纯

---

① 英国国教分为高教会派与低教会派。高教会派虽摒弃教皇辖制，却仍坚持部分天主教传统；低教会派反对过分强调教会权威，主张简化仪式，更接近于清教徒。

粹而不简单；要么他必须大胆地走现代化的开明路线，布道时说一些慰藉人心的话，向信徒们保证没有地狱的存在，所有好的宗教其实同流归宗。但这两条路牧师都没有走。一方面，他极其鄙视英国国教和天主教合流的运动。他了解过那些教义，但根本没有触动，将其斥为“罗马狂热”。另一方面，对于老一辈的信众来说，他又太“高教会派”了。时不时地，他总是用“天主教”这么一个要命的词汇，不仅在讲经的时候说，而且站在圣坛上的时候也说，把信众们吓坏了。自然而然地，信众的数目逐年减少，而那些上流社会人士是最早一批离开的。拥有郡里五分之一土地的波克索姆爵士、退休的皮革商人利维斯先生、住在克拉伯特里宫的爱德华·胡森爵士和那些拥有私家汽车的上流社会新贵都离开了圣阿瑟尔斯坦教堂。大部分人星期天早上会驱车到五英里外的米尔巴罗。米尔巴罗是个有五千人口的小镇，有两间教堂可以选择，分别是圣埃德蒙德教堂和圣卫德凯教堂。圣埃德蒙德教堂奉行现代主义——圣坛上张贴着布莱克[①]的《耶路撒冷》，用高脚小酒杯喝圣餐仪式的红酒——而圣卫德凯教堂是英国国教和天主教合流的教堂，总是与主教起侧面的冲突。但奈普山保守党俱乐部的秘书长卡梅隆先生就是改宗罗马天主教的信徒，他的几个孩子积极投身于罗马天主教文学运动。据说他们家养了一只鹦鹉，会说“教会之外无救恩”[②]这句话。事实上，除了格兰奇家族的梅菲尔小姐之外，有身份的人都离开了圣阿瑟尔斯坦教堂。据她所说，她死后大部分遗产都会捐给教堂，但她从未往捐献箱里捐献多过

① 指威廉·布莱克（William Blake，1757—1827），英国浪漫主义诗人、画家，代表作有《耶路撒冷》、《米尔顿》等。

② 原文是拉丁文：“Extra ecclesiam nulla salus.”

六便士，而且似乎她一直都会活下去。

早饭的前十分钟父女俩没有说话。多萝西一直在鼓起勇气想开口——她得先找个别的话题，然后再谈要钱的事——但父亲并不是一个随和的人，很难与他交谈。他总是心不在焉，你很难让他听你在说些什么；有时他又会过于专注，仔细地倾听你所说的内容，然后不耐烦地指出那些根本都是废话。礼貌的客套话——谈论天气什么的——总是会引起他的嘲讽。但多萝西顾不上那么多了，决定先谈论天气。

“天气真有趣，不是吗？”她说道——话刚说出口心里就意识到这句话是多么无聊。

“有趣？什么意思？”牧师问道。

“嗯，我是说，早上天气还很冷，而且雾蒙蒙的，现在又出太阳了，天气转晴了。”

“这样子就很有趣吗？”

多萝西心想，“这样是行不通的。他一定是收到了坏消息。”她继续说下去：

“我希望您能到后院看看，父亲。那些红花菜豆的长势可好了！豆荚差不多得有一尺长。我打算把长得好的豆荚留到丰收节。我觉得，如果在讲坛挂些红花菜豆，再点缀几个西红柿，一定会很漂亮。”

她说错话了。牧师抬起头，露出极其厌恶的表情。

“我亲爱的多萝西，”他疾声说道。“你这是拿丰收节来烦我吗？未免太早一些了吧？”

“对不起，父亲！”多萝西惶恐地回答，“我不是故意的。我只是想……”

牧师继续说道：“你觉得我在红花菜豆的华彩里布道感觉

会很开心吗？我可不是什么菜贩子。想到这个我就没胃口吃早饭了。这该死的节日什么时候举行？”

“九月十六号，父亲。”

“还有将近一个月呢。看在上帝的分上，让我不要那么快就记起这件事好吗！我想我们每年都得举行这么一个滑稽可笑的节日，满足教区里每个业余园丁的虚荣心。但除非真的有必要，就让我们不要记起它吧。”

多萝西本来应该想到的，牧师非常讨厌丰收节。他甚至因此失去了一位教区信徒——托尔吉斯先生，一个性情古怪的退休菜农——因为他说不喜欢看到教堂被打扮得像蔬果小贩的摊位。托尔吉斯先生其实是个非英国国教信徒，之所以一直会到教堂来，纯粹是因为在丰收节的时候他可以将侧面的祭坛装点得像巨石阵那样，往上面挂硕大的西葫芦。去年夏天他种出了一个巨大无比的南瓜。那个红通通的东西重得两个大男人才能举起来。那么一个丑陋的东西就摆放在高坛上，让圣坛显得很矮小，遮住了东边窗户的光线。无论你站在教堂里的哪个方位，那个南瓜总是那么扎眼。托尔吉斯先生可高兴了。他老是在教堂里待着，无法离开那个他钟爱的南瓜。他甚至不停地带朋友过来参观。从他脸上的表情你可以想到他正在引用华兹华斯[1]《在威斯敏斯特桥上》这首诗：

“大地再没有比这儿更美的风景，
只有灵魂麻木的人，
才会对如此壮丽的景致无动于衷！”

---

① 威廉·华兹华斯(1770—1850)，英国浪漫主义诗人，代表作有《抒情诗集》、《远足》、《诗集二卷》。

经过这件事情之后，多萝西甚至希望能让他过来参加圣餐仪式。但当牧师看到那个南瓜时，他非常生气，叫人立刻把“那个恶心的东西”搬走。托尔吉斯先生立刻“改投别地”，和他的几个孩子再也不来教堂了。

多萝西决定最后再试一下。

“我们正在赶制《查理一世》的戏服，”她说道。（教会学校的孩子们正在排练《查理一世》这出戏，经费由管风琴基金提供。）“但我希望当初我们选一出容易点的戏。做铠甲真的好难，而那些长筒靴更是让人头疼。我想下一次我们得演古罗马或古希腊的剧目。有时他们只需要穿着宽松的长袍。”

听到这番话，牧师又哼了一声。在他眼中，学校舞台剧、露天表演、市集、慈善义卖、募捐音乐会不像丰收节那么惹他嫌恶，但也根本不感兴趣。他总是说，这些活动都是必要的恶。这时，女仆埃伦推开门，笨手笨脚地走进房间，脏兮兮的手拿着她那条麻袋一样的围裙，贴在肚子上。她是个身材高大腰圆膀阔的女人，长着鼠色的头发，声音很哀伤，而且脸色很差，患有慢性湿疹。她的眼睛一直看着牧师，却朝多萝西打了声招呼，因为她很畏惧牧师，不敢直接跟他说话。

“早安，小姐……”

“怎么了，埃伦？”

“是的，小姐。”埃伦哀伤地说道，“波特先生在厨房里。他想请牧师给他家的孩子洗礼，因为他们觉得孩子可能活不过今天，但他还没受洗呢，小姐。”

多萝西站起身。牧师立刻说道：“坐下。”嘴里还吃着东西。

“他们认为孩子出什么事了？”多萝西问道。

“小姐，孩子的身体发黑了，而且老是拉肚子，太可怕了。”

牧师费劲地吞下口里的食物，“非得在我吃早饭的时候说这些恶心的事情吗？”他叫嚷着，然后转身对埃伦说，“把波特打发走，跟他说十二点钟的时候我就去他家。”接着他补充了一句，“我实在是不明白，为什么那些下等人老是挑吃饭的时候过来烦人。”然后又瞪了多萝西一眼，她坐了下来。

波特先生是个工人——确切地说，是个砌砖工。牧师对于洗礼这件事的看法合情合理。如果事情真的很紧急的话，他会在雪地里跋涉二十英里去给一个垂死的婴儿施洗，但他不希望看到一个砌砖工捎个话多萝西就急不可待地要离开饭桌的模样。

接下来吃早饭的时候父女俩没有说话。多萝西的心越沉越低。她得跟父亲要钱，但照眼下的情形看，钱肯定是要不到的了。牧师吃完了早饭，站起身从壁炉架上的烟草罐取烟丝装填烟斗。多萝西简短地祈祷了一番，鼓起勇气，在心里催促自己，“去啊，多萝西！说出来！不要畏缩！”她挣扎着开口说道：

“父亲……”

“怎么了？”牧师手里拿着火柴，停住了动作。

“父亲，我有件事跟您说，这件事很重要。”

牧师的脸色一变，他立刻猜到她要说什么。奇怪的是，他的表情没有刚才那么不耐烦了，反而显得很平静，看上去就像一只冷漠无情的狮身人面兽。

“亲爱的多萝西，我知道你想说什么。你又想跟我要钱，是吗？”

“是的，父亲，因为……”

“我可以告诉你，我一分钱都没有——得到下一个季度才有钱。你不是已经要过钱了吗？我是半个便士也掏不出了。现在你就别烦我了。”

“但是，父亲……”

多萝西的心沉得更低了。每次向父亲要钱最难以忍受的就是他这副处之泰然的冷漠态度。当你提醒他债务已经迫在眉睫的时候，他总是无动于衷。显然，他不知道欠债还钱是天经地义的事情，而一家人离了钱根本活不下去。他一个月给多萝西十八英镑应付家里的一切开销，里面还包括埃伦的工资。而他又对食物非常“讲究”，只要质量稍有下降就能立刻察觉。结果呢，他们家背了一屁股债，但牧师对此根本漠不关心——事实上，他不知道欠了多少钱的债。他投资亏了钱会火冒三丈，但欠商人钱——这种事情他根本不放在心上。

一缕青烟从牧师的烟斗里袅袅升起。他正若有所思地打量着查理一世的钢版雕刻画像，似乎已经将多萝西要钱的话忘得一干二净。看到他如此漠不关心，多萝西的内心充满了绝望。她再次鼓起勇气，比以往任何时候更大声地说道：

“父亲，请听我说。这钱非要不可，而且很急！真的非要不可！我们不能这样赖下去了。镇里几乎每家店铺我们都欠了钱。有时想到欠了那么多张账单没还，我都不敢出门。我们欠卡基尔二十二英镑呢，您知道吗？”

“那又怎么了？”牧师吞云吐雾地答了一句。

“这笔账拖欠七个月了！他催了一次又一次。我们得还钱！让他这样枯等对他可不公平！”

“胡说，亲爱的孩子！这些人就希望人家拖欠他们钱。他们就喜欢这样。到头来他们挣得更多。天知道我欠了‘手若柔荑’裁缝店多少钱——我才懒得去问。他们老是寄信过来讨债，但你没有听到我在抱怨，不是吗？”

“但父亲，我不能像您那样看待问题。我做不到！老是欠人家钱太可怕了！这不能算是什么了不得的过错，但实在是招人恨。我觉得太丢人了！我去卡基尔的店买蹄髈，他对我不理不睬的，让我排在别的顾客后面，就因为我们老是欠钱不还。而且我还不敢不去他的店买东西，要是这么做的话他一定会追上门的！”

牧师皱紧眉头，“什么！你是说这家伙曾经对你无礼过？”

“我没有说他无礼，父亲。但如果他生气了您也不能怪他，谁叫咱们家欠他钱呢？”

“我当然可以责备他！如今这些人以为自己是什么东西，真是令人讨厌——太令人讨厌了！但你知道的，这就是这个美妙的世纪我们所面对的事情：民主——进步，他们爱怎么说都行。别去他那儿买肉了。告诉他你找了另一家肉店。对付这种人就只能这样。”

“但是，父亲，这样子根本于事无补。说真的，您不觉得我们得还他钱吗？我们应该可以筹到钱吧？您就不能卖点股票或什么吗？”

“我亲爱的孩子，别跟我提卖股票的事！我刚收到经纪人那边的坏消息。他告诉我那只苏门答腊锡矿股票从七先令四便士跌到六先令一便士，这意味着我损失了将近六十英镑。我得告诉他趁跌得更厉害之前赶快抛售出去。”

“如果您卖出去的话，不就有现钱了吗？那就一次性把债都还清了吧。”

牧师平静地说：“胡说八道，胡说八道。”然后将烟斗放进嘴里，“这种事你根本一窍不通。我得马上将钱再投资到别的有希望的股票上——只有这样才能挽回损失。”

他将一根拇指搭在法袍的腰带上，对着那幅钢版雕刻画像皱紧了眉头。他的经纪人建议买联合纤烷丝。牧师的财务麻烦就出在苏门答腊锡矿、联合纤烷丝和不计其数的虚无缥缈的公司上面。他是个积习难改的赌徒。当然，他不认为这是赌博，而是寻找“合理投资”的探索。成年的时候他继承了四千英镑的财产，由于他“投资有方”，这笔钱逐渐缩水到只剩一千两百英镑。而且更糟糕的是，每年他还东拼西凑地从自己微薄的收入中继续追加投资，又让五十英镑化为乌有。有趣的是，神职人员比任何阶层的人都更痴迷于“合理投资”。或许，“合理投资”就是那个在黑暗时代披着美女画皮引诱教士的恶魔在现代的化身。

“我得买五百股联合纤烷丝。”牧师最后说道。

多萝西放弃了希望。现在父亲一心想的只有“投资”（她对这些“投资”一无所知，只知道它们总是出问题），已经将欠各家店铺一大笔钱这件事忘得一干二净了。她最后一次规劝道：

“父亲，我们把欠的钱还了吧，求您了。您能尽快再给我点钱吗？或许不用现在就给——下个月或下下个月？”

“不行，亲爱的，我没钱。圣诞节的时候或许可以——估计到了那时也不行。至于眼下，我确实没钱。我连半个便士都掏不出来。”

“但是，父亲，不能还钱实在是太可怕了！这多难为情啊！上次维尔温-福斯特先生（维尔温-福斯特先生是乡村教区司铎）在这里的时候，维尔温-福斯特太太在镇里到处找人询问关于我们的私人问题——问我们怎么消磨时间，我们有多少钱，我们一年烧多少吨煤，各种问题。她总是在打探我们的事情。如果她知道我们欠了那么多钱，那可怎么办！”

“但这些不是我们自己的私事吗？我不知道这些事情与维尔温-福斯特太太或其他人有什么关系。”

“但她到处都在打听这些问题——而且还夸大其词。你知道维尔温-福斯特太太是个怎样的人。她每到一个教区都会去打听关于那里的教区牧师的丑事，然后向主教打小报告。我不是在说她坏话，但她真的是——”

多萝西意识到自己正在说人家的坏话，立刻闭嘴不说话了。

“她就是那么一个喜欢搬弄是非的女人。”牧师坦然地说道，“那又怎么样？有谁听说哪个乡村教区司铎的老婆不这样呢？”

“但是，父亲，我怎么才能让您知道情况非常严重呢！我们下个月快要没米下锅了。我不知道今天午餐该去哪里买肉了。”

“是正餐，多萝西，正餐！”牧师不耐烦地说道，“我希望你能把这个将正餐叫成午餐的下等人讨厌透顶的习惯改掉！”

“那就是正餐吧。我们去哪儿买肉呢？我不敢再去卡基尔那里买肉了。”

“那就去找别的屠夫——他叫什么名字来着？索尔特——不要再去卡基尔那里了。他知道迟早我们会还他钱的。老天爷啊，我不知道这有什么好大惊小怪的！大家不都欠着店铺钱吗？我记得……”牧师正了正肩膀，把烟斗放回嘴里，眺望着远方。他的声音变得柔和了许多，开始缅怀旧事，“我记得在牛津的时候，父亲还欠着牛津那边的商铺三十年前的账没还呢。汤姆（汤姆是牧师的那位准男爵本家）在继承他的财产之前欠了七千英镑呢。这是他亲口告诉我的。”

听到这里，多萝西最后的希望破灭了。只要父亲提起堂亲汤姆，只要提起“我在牛津的时候怎么怎么样”，她就拿他没辙了。他陷入了对往昔美好岁月的幻想，那时根本没有屠夫催账这种低俗的事情。他会久久地忘记自己只是一个穷乡僻壤的牧师——他忘记了自己是一个出身于贵族世家却没有继承权的人。他自然而然记起的是那种贵族奢华的风范。而当他舒舒服服地沉浸在幻想的世界里时，多萝西却得去应付那些店主，将一根羊腿从星期天张罗到星期三。但她知道再争执下去已经没有意义，只会令父亲生气。她站起身，将早餐收拾干净。

“您确定不能给我钱，是吧，父亲？”她双手托着盘子，走到门口时最后问了一句。

牧师望着远方，舒舒服服地抽着烟斗，根本没听到她在说话。或许他正沉浸于美好的牛津岁月。多萝西走出饭厅，沮丧地几乎掉下眼泪。要钱还债的问题再次被束之高阁，这种情况已经不知重复了多少遍，根本没有解决的希望。

三

多萝西骑着她那辆旧单车，车把上挂着篮子，顺着坡势滑下山，脑海里盘算着三英镑十九先令四便士该怎么用——这些钱得撑到下个季度的第一天。

她已经想好了厨房里所需要的东西，有什么东西是厨房不需要的吗？茶叶、咖啡、肥皂、火柴、蜡烛、糖、扁豆、柴火、苏打、灯油、鞋油、人造黄油、烤面包粉——家里似乎每样东西都缺。每过一会儿她就会想起一样遗漏的东西，心情每况愈下。比方说，她想起了洗衣服的账单，而且煤也快烧完了，而且星期五还得买条鱼。牧师吃鱼的口味“很难伺候”。基本上，他只吃价格贵一些的鱼：鳕鱼、牙鳕鱼、鲱鱼、鳐鱼、青鱼，而且绝不吃腌鱼。

而且她还得想办法买到今天午餐——是正餐——要吃的肉（多萝西很听父亲的话，管这顿饭叫“正餐”。而晚上那顿饭是胡乱应付的，就只能叫“晚餐”，牧师的家里没有“晚正餐”这回事）。多萝西决定今天正餐做煎蛋卷吃。她不敢再去卡基尔的肉店，但是，假如正餐吃煎蛋卷，晚餐还吃炒蛋的话，父亲肯定会说些挖苦的话。有一次他们一天吃了两回鸡蛋，父亲冷冰冰地问道：“你开了间养鸡场吗，多萝西？”或许明天她可以到国际杂货店买两磅香肠，买肉的问题可以再拖一天。

还有三十九天，身上却只有三英镑十九先令四便士，多萝西脑海里想的就只有这些，不禁开始自怜自伤起来。她马上意识到自己在想些什么，对自己说道：“怎么了，多萝西！不许哭！如果相信上帝的话，一切都会好的。《马太福音》第六章第二十五节[①]。主会提供一切的，不是吗？”多萝西将右手从车把上移开，摸出那只带玻璃尖的别针，但亵渎神明的想法已经消逝了。这时她看到普罗哥特那张阴郁的红脸。他正站在路

---

① 该节经文内容如下：所以我告诉你们：不要为生命忧虑吃什么，喝什么；为身体忧虑穿什么。生命不胜于饮食吗？身体不胜于衣裳吗？

旁朝她打招呼，态度很恭敬，但神情很急切。

多萝西停了下来，跳下单车。

“冒昧打扰了，小姐。”普罗哥特说道，“有件事得告诉您，小姐——特别要紧的事情。”

多萝西暗自叹息。当普罗哥特说有特别要紧的事情得告诉你时，你可以很肯定地猜到发生了什么事：一定是关于教堂的某些不好的消息。普罗哥特性情悲观，认真尽职，对教堂的事情非常忠心。他不是很聪明，对自己的宗教信仰其实没什么了解，关心教堂的建筑修葺情况成了他表现虔诚的方式。很久以前他就认定基督教会就是奈普山圣阿瑟尔斯坦教堂的这几面墙、屋顶和钟楼。他会一整天在教堂周围转悠，一脸阴郁地记下哪里的石墙开裂了，哪里的横梁被蛀虫蛀松了——然后过来找多萝西要钱进行修葺工作，而这往往要花一大笔钱。

“怎么了，普罗哥特？”多萝西问道。

“是的，小姐，是那几口……”普罗哥特说话时总是会带着一个奇怪的发音，但又算不上一个完整的词，只是一个词的前奏。他的嘴唇已经作势要说出这个词了，这个词似乎是以字母 B 开头的[①]。普罗哥特是那种随时随地都会爆粗口的人，却又总是能在粗话说出来之前就把它憋回去。“是那几口钟啊，小姐。”他硬生生地把那个 B 开头的词憋了回去。“教堂钟楼上的那几口钟。钟楼的地板就要裂开了，情况真是触目惊心，您看了会寒毛直竖的。在我们想到要怎么办之前得把它们搬下来。今早我上了钟楼，看到地板就快被它们压烂了，告诉您

① 译者注：英语的粗话中，以 B 开头的词有 bitch，意为“婊子、贱货”。

吧，我吓得没命地往楼下跑，比上楼的时候快多了。”

每半个月普罗哥特就会抱怨钟楼那几口钟的情况。那几口钟躺在钟楼的地板上得有三年了，因为把钟再吊上去或干脆丢弃都得花费大概二十五英镑，但付这笔钱的机会可不比付两万五千英镑的机会大多少。普罗哥特所说的危险情况并没有夸大其词。他们都知道，就算不是今年或明年，反正不久这几口钟就会压穿钟楼的地板，砸到教堂的门廊上。普罗哥特总是说这可能会在星期天早上信众走进教堂的时候发生。

多萝西又叹了口气。那几口烦人的钟让她时刻不得安宁。有好几次她还梦见了那几口钟掉落下来。教堂总是有这样或那样的麻烦。就算钟楼修好了，屋顶或墙壁又会出问题，要么就是长凳坏了，叫木匠来修得花十个先令；教堂得添七本赞美诗，每本得花一先令六便士；炉子的烟道堵住了，清通费得花半个克朗；或是一扇损坏的窗棂；或是唱诗班男孩们破破烂烂的法袍。钱总是不够用。五年前牧师执意买了一部新的管风琴——他说旧的那部听起来像得了哮喘的奶牛，自此教堂就背上了沉重的财务负担。

“我不知道我们可以做些什么。”多萝西最后说道，“我真的不知道。我们没钱。就算我们能从学校舞台剧那里筹到一点钱，我们也得用在管风琴基金上。那些维护管风琴的人要账要得特别凶。你跟我父亲说过了吗？”

“说过了，小姐。他根本不以为意。他说，‘钟楼已经坚持了五百年，我们相信它还能再撑几年。’”

这种情况已经不是第一次了。牧师似乎对教堂年久失修根本没有在意。事实上，任何他不想为之烦恼的事情，他都一概不放在心上。

“我不知道我们可以做些什么。”多萝西重复了一遍，“当然，下下周就要举行慈善义卖了。我指望梅菲尔小姐能送我们一些好东西去拍卖。我知道她不在乎这些。她有好多家具和物品从来没用过。前几天我去她家，看到一套好漂亮的洛斯托夫特茶具，就放在橱柜里。她告诉我那套茶具有二十多年没有用过了。要是她把那套茶具捐给我们就好了！应该能卖好几十英镑。我们必须祈祷，希望慈善拍卖能获得成功，普罗哥特。希望这次我们起码能筹到五英镑。假如我们真诚祈祷的话，我们会挣到钱的。”

“是的，小姐。”普罗哥特恭顺地回答，转头望着远处。

一辆响着喇叭、涂着蓝漆、闪闪发亮的小汽车缓缓地沿着马路驶来，朝主大街的方向驶去。制糖厂的老板布里菲尔-戈登先生的脸从一扇车窗后面探了出来，脸膛黝黑光滑，在沙黄色的哈里斯牌粗毛呢西装的映衬下显得病恹恹的。车子经过的时候，他没有像平时那样无视多萝西的存在，而是对她报以微笑，几乎可以用热情加以形容。他的大儿子拉尔夫也在车上，不过他和家人都叫他瓦尔夫——他是个娘娘腔的年轻人，今年二十岁，喜欢写艾略特[①]风格的自由诗。一道乘车的还有波克索姆爵士的两个女儿。他们都微笑着，连波克索姆爵士的两个女儿也在微笑。多萝西很惊讶，因为好几年来这些人在街上一直假装不认识她。

“布里菲尔-戈登先生今天早上特别友善。”她说道。

“是的，小姐，这是意料中的事情。下个星期就要选举

---

① 应指托马斯·斯特恩斯·艾略特（Thomas Sterns Eliot，1888—1965），美国/英国剧作家、文学批评家、诗人，1948 年诺贝尔文学奖得主，代表作有《荒原》、《四个四重奏》等。

了，这就是他这么友善的原因。他们在争取您的选票，笑容自然要像蜂蜜和牛油一样甜美。而投票那天一过，他们就会立刻忘了您是谁。”

“噢，是因为选举哪！”多萝西轻轻说了一句。像议会选举这种事情与教区工作的日常事务几乎扯不上边，她几乎完全不知道有这么一件事——她甚至不知道自由党和保守党，社会主义党和共产党之间有什么区别。“嗯，普罗哥特，”她想起了更重要的事情，不再去理会选举，“我会告诉父亲关于那几口钟的严重性。我想，或许我们能做的，就是为这几口钟专门筹集款项。谁知道呢，或许我们可以筹到五英镑，甚至可能筹到十英镑！如果我去找梅菲尔小姐，请她认捐五英镑，或许她会愿意给钱呢，你说呢？”

“听我说，小姐，您可千万不能让梅菲尔小姐知道这件事。她会吓坏的。如果她知道钟楼不安全，我们可别指望她会再来教堂了。”

“哦，亲爱的，我可不这么想。”

“不，小姐，我们别想从她那儿得到什么好处。那个老——”

那个以字母B开头的词又一次从普罗哥特的嘴边溜了过去。现在他已经完成了每半个月一次的关于那几口钟的报告，心里踏实了一些。他碰了碰鸭舌帽，转身离开。多萝西骑着单车去主大街，脑海里盘旋着欠店铺的钱和教堂开销这两个问题，就像一首维拉内拉诗①的两段叠句。

灰蒙蒙的太阳现在玩起了四月天似的捉迷藏游戏，躲在羊

① 维拉内拉诗（villanelle），英语诗体，格式为十九行二韵。

毛般的云朵岛屿后面，射出一缕斜光照耀着主大街，为朝北的前屋镀上一层金辉。那是一条静谧老式的街道，偶尔去一趟会觉得那里特别宁静，但当你住在那里，与别人结下了仇怨，或是每扇窗户后面都站着一个讨债的人时，感觉又不一样了。唯一让人觉得不舒服的建筑是老茶铺（前面的石膏墙上钉着假冒的横梁，窗户上镶着做酒瓶的那种玻璃，屋顶翘了起来，就像中式的庙宇，令人觉得反感）和新开的装饰了多利安式柱子①的邮局。两百码开外，主大街分开两叉，形成一个小小的集市，有一个现在已经没用了的水泵和两间被虫子蛀得千疮百孔的仓库。水泵的一边是镇里最大的酒吧“狗和酒瓶”，另一边就是奈普山保守党俱乐部。卡基尔那家肉店就在街道的尽头。

多萝西转过街角，听到一阵阵热烈的喝彩声，还有长号在吹奏着《大不列颠颂》的旋律。原本很宁静的街道黑压压地挤满了人，还有更多的人从附近的街头巷尾赶过来。显然，这里正在举行凯旋游行。就在街对面，在“狗和酒瓶”的屋檐和保守党俱乐部的屋檐之间拉了一条绳子，上面挂满了蓝色的飘带，中间则悬挂着一幅旗帜，上面写着“布里菲尔-戈登和大英帝国！”布里菲尔-戈登的小车正以步行的速度朝着旗帜驶去，左右两边挤满了人。布里菲尔-戈登先生笑容满面，朝左右两边致意。在汽车前面走着一队“水牛皇家太古兄弟会②”的会员，领头的是一个热情洋溢的小个子，正在吹奏长号。队伍里还打着另一面旗帜，上面写着：

“谁将从赤化危机中拯救不列颠？

① 多利安式柱子：源于古希腊多利安地区，特征是没有柱础，柱身有二十道凹槽，柱头没有装饰。

② 水牛皇家太古兄弟会（RAOB），英国最大的慈善兄弟会之一。

布里菲尔-戈登。

谁将啤酒倒回你的杯子里?

布里菲尔-戈登。

永远支持布里菲尔-戈登!”

保守党俱乐部的窗口飘扬着一面英国米字旗，上边六张通红的脸正笑得喜逐颜开。

多萝西骑着单车慢慢地在街上行进着，想到要经过卡基尔的店铺就觉得焦虑不安(她要去索尔派的店铺，就得经过卡基尔的店铺)，根本没对游行多加留意。布里菲尔-戈登的汽车在老茶铺外面停了一会。前进，咖啡党!镇里一半的夫人小姐们似乎在快步前进，胳膊上抱着宠物狗或拎着购物篮，就像酒神的追随者一样簇拥着那辆小轿车。毕竟，基本上只有在选举的时候你才有机会跟郡里的大人物交流言欢。那些女士们热切地嚷嚷着，“祝您好运，布里菲尔-戈登先生!亲爱的布里菲尔-戈登先生!我们真心盼望您能当选!”布里菲尔-戈登先生的微笑一直挂在脸上，但还是有所区别对待。面对普罗大众时，他会露出空泛的微笑，不会在哪个人的脸上停留;对咖啡党的女士们和保守党俱乐部那六个脸膛赤红的爱国者，他对每个人都报以微笑;而对于那些最受重视的人，年轻的瓦尔夫时不时会招手致意，尖叫着:“欢呼吧!”

多萝西看到卡基尔先生和其他店铺老板一样站在店门口，心里不禁一紧。他个头很高，长得一脸奸商的样子，穿着蓝条纹围裙，瘦削的、刮了胡子的脸紫得就像柜台上那些搁了比较久的蹄髈肉一样。多萝西只顾着看他那充满威慑力的身影，没有注意前头的情况，撞到了一个正从人行道上倒退下来的大胖子身上。

那个胖子转过身，“老天爷啊，你是多萝西！”他叫嚷着。

“噢，是沃波顿先生，怎么这么巧！你知道吗，我有预感今天会遇到你。”

“我猜是因为你拇指在痛吧？[1]”沃波顿先生说道。他那张红润的大胖脸微笑着，就像米考伯[2]一样无忧无虑。“你好吗？好家伙！”他补充道，“这还用问吗？你看上去比以前更迷人了。”

他一把抓住多萝西赤裸的手肘——吃完早饭后，她换上了一件无袖条纹棉布连衣裙。多萝西匆忙后退了几步想摆脱他——她不喜欢被人家抓着手肘，也不喜欢被人“动手动脚”——她严肃地说道：

“请不要碰我的手肘，我不喜欢这样。”

“我亲爱的多萝西，谁能抗拒你的手肘呢？看到它谁都想捏一把，就像条件反射一样，如果你能理解我的话。”

“你什么时候回奈普山的？”多萝西问道，一边将单车推到沃波顿先生和她的中间。“我上次见到你是两个月前的事了。”

“我前天回来的，但只是稍作停留，明天我就走了。我要带孩子们去布列塔尼。你知道这帮兔崽子有多调皮。那帮兔崽子，你懂的。”

听到沃波顿先生说出“兔崽子”这三个字，多萝西看着别

---

① 此句出自莎士比亚的作品《麦克白》，原句是：“我的拇指一痛，邪恶潜来。”

② 威尔金斯·米考伯（Wilkins Micarber），狄更斯的作品《大卫·科波菲尔》中的角色，虽然穷困潦倒但性格乐观。

处，心里觉得怪不舒服的，又掠过一丝天真的傲慢。沃波顿先生和他的“兔崽子们”（他有三个孩子）是奈普山的丑闻的中心人物。他是个自由职业者，自称画家——每年会画几幅蹩脚的风景画——两年前他来到奈普山，买下了牧师家后面的一座别墅，时不时会在那儿住，公开与一个女人姘居，称她是女管家。四个月前，这个女人——她是个外国人，据说是西班牙人——离开了他，这又是一桩丑闻。他的三个孩子现在寄居于伦敦一个长年生病的亲人家里。沃波顿相貌堂堂，但头顶全秃了（他费了许多心思掩饰这一点），而且他总是装出风度翩翩的样子，希望让别人觉得他那个大肚腩只是他的胸肌的延伸。他四十八岁，但样貌要年轻三四岁。镇里的人都说他是个“老不正经”。年轻女孩都很怕他，这不是没有理由的。

沃波顿把手搭在多萝西的肩膀上，似乎把自己当成她的父辈，领着她走在人群中，滔滔不绝地说个不停，几乎没有停顿。布里菲尔-戈登的轿车已经转过了水泵，现在正在往回走，那帮中年的酒神侍从仍然陪伴在旁边。沃波顿先生留意到周围的喧嚣，也停下脚步看热闹。

“这些讨嫌的古怪把戏到底是怎么回事？”他问道。

“噢，这些是——这些是什么来着？是竞选活动。我猜是想让我们投他们一票。”

“让我们投他们一票？想得美！”沃波顿先生一边看着凯旋队伍一边嘟囔着。他举起那根随身携带的银柄手杖，指着游行队伍中的一个人，然后又指着另一个人，“看看！看看！看看这些谄媚的老女人。再看看那个傻不拉叽的白痴，他正朝我们咧嘴傻笑呢，就像猴子看到一袋坚果一样。你见过这么不堪入目的场面吗？”

“别这样！”多萝西低声说道，“别人会听到的。”

“好嘛！”沃波顿先生立刻抬高了嗓门，“想想看，那个低贱的狗一样的人竟然那么厚颜无耻，以为他戴着那口假牙就能哄我们开心！那和他身上穿的西装一样，看了就让人恶心。这里头有社会主义党的候选人吗？如果有的话我倒是得投他一票。”

几个路人转过身看着他们。多萝西看到特威斯先生——他是个枯瘦的五金商，肤色像皮革一样——正透过吊在门口的几个篮子怀着恨意打量着他们。他听到了社会主义党这个词，觉得沃波顿先生就是一个社会主义者，而多萝西则是社会主义者的朋友。

“我真的得走了。”多萝西觉得自己最好在沃波顿先生再说出什么更不得体的话之前摆脱他，“我得买很多东西。咱们就此道别吧。”

“噢，别，别走啊。”沃波顿先生愉快地说道，“我们还没到道别的时候呢，我陪你去买东西。”

她推着单车走在街上，他继续跟在旁边，一直说个不停，壮实的胸膛挺得高高的，手杖夹在腋下。他不是那么容易就甩掉的人，虽然多萝西当他是朋友，但她有时觉得他是镇里的丑闻人物，而她是牧师的女儿，他不应该老是选在大庭广众的地方和她谈话。不过这时候她很庆幸有他陪伴，因为这样一来经过卡基尔的店就容易多了——卡基尔仍站在店门口，乜斜着眼睛意味深长地盯着她。

“今天早上遇到你运气真好。”沃波顿先生继续说道，“事实上，我刚才在找你。你知道今晚谁和我一起吃饭吗？比乌利——罗纳德·比乌利。你听说过他吗？”

“罗纳德·比乌利？我不认识。他是谁？”

“什么？不是吧！罗纳德·比乌利，那个写小说的，《鱼塘和情妇》的作者。你肯定读过《鱼塘和情妇》吧？”

“没读过。事实上，我连听都没听过。”

“我亲爱的多萝西！你怎么可以这样呢？你应该读一读《鱼塘和情妇》这本书。这本书火得很。我可以向你保证——真正高端大气的言情读物。你该读一读这样的书，改一改你那满嘴女童军的口吻。”

“我希望你别这么说！”多萝西不悦地望着别处，然后立刻又望了回来，因为她看到卡基尔正盯着她。“这位比乌利先生住在哪儿？”她问道，“应该不是这里人吧？”

“不是。他从伊普斯威奇过来吃晚饭，可能今晚会在这儿过夜，所以我正找你。我想或许你想和他见见面。今晚过来一起吃晚饭好吗？”

“那可不行。”多萝西说道，“我得帮父亲做饭，还有很多事情要做，起码得到八点以后才有空。”

“嗯，那就晚饭后过来吧。我希望你认识比乌利。他是个很有趣的人——熟知布伦斯伯里[1]所有的丑闻。你见到他会很开心的。偶尔你也应该离开那个像鸡窝一样的教堂几个小时。”

多萝西犹豫着。她挺想去的。说老实话，有几次去沃波顿先生家里她玩得很开心，当然，只是偶尔才去——顶多也就是三四个月去一次。显然，和这么一个人打太多交道可不是什么好事。而且，就算去他家，她也会很谨慎，只有在确定还有其

---

① 布伦斯伯里（Bloomsbury），位于伦敦中部，是著名的文化、教育、艺术中心。

他客人的情况下才会去。

两年前沃波顿先生刚来奈普山的时候(那时他声称自己是一个鳏夫，带着两个小孩，可过了不久女管家就在半夜生了第三个孩子)，多萝西在一次茶会上认识了他，之后他就邀请她去他家做客，先是请她享用了精致的茶点，聊了些关于读书的话题，接着，茶点过后，他就坐在她身边的沙发上，开始向她求爱，动作很粗暴，甚至可以用野蛮加以形容。那简直就是在强暴她。多萝西吓坏了，拼命地抗拒他，摆脱了他，坐到沙发的另一头，脸色苍白，浑身颤抖，几乎快要哭出来了。沃波顿先生似乎根本不觉得羞耻，看起来似乎还得意洋洋。

“噢，你怎么能这样？你怎么能这样？”她啜泣着。

“但我似乎没能怎样。”沃波顿先生说道。

“噢，但你怎么能这么粗暴？”

“噢，那件事？别放在心上，丫头，别放在心上。等你到了我这个年纪，你自然会明白的。”

虽然有这么一个糟糕的开始，两人还是成了朋友，甚至到了多萝西和沃波顿先生总是被一起谈论的地步。在奈普山，只要稍有动静，你就会成为嚼舌根的对象。她很久才和他见一回面，小心翼翼地不与他单独相处，但就算是这样，他总是能找到机会轻浮地向她求爱，不过举止要文雅得多，那一次唐突粗暴的情形再也没出现。后来他得到谅解的时候解释说，他会向任何一个“看得顺眼”的女人求爱。

“那你岂不是讨过许多回没趣？”多萝西忍不住问他。

“噢，确实如此，但你要知道，我也得手过好几回。”

有时人们不明白像多萝西这样的女孩为什么会和沃波顿这样的男人交往，即使只是泛泛之交。但是，他深深地吸引着她，就像那些亵渎神明心地邪恶的人总是能深深地吸引虔诚的教徒一样。事实上，虔诚的人和不道德的人可谓是天造地设——你只要看看自己的身边就可以核实这一点。文学作品里对妓院最传神的描写，毫无例外，都是出自虔诚的信徒或虔诚的非信徒的手笔。当然，多萝西生于二十世纪，听到沃波顿那些亵渎神明的言语仍然可以尽量装得若无其事。让那些邪恶之人看出你被他们的言论所震撼会让他们得意万分，这是最要不得的。而且她是出自真心对他怀有好感。他老是取笑她，而且总是惹她不高兴，但是从他身上她可以得到某种从其他地方无法得到的同情和理解，虽然她自己并不是很清楚这一点。他劣迹斑斑，但不失为一个可爱的人，而且谈吐颇有矫饰的才华——掺了七次水的奥斯卡·王尔德——而她人生阅历尚浅，没办法看透其本质，在惊讶之余觉得很着迷。或许，能见到大名鼎鼎的比乌利先生这个提议让她动心了，虽然《鱼塘和情妇》这本书听起来不像是她会去读的书，要么读了之后她会严厉地自责和惩罚自己。走在伦敦街头，你会见到五十个写小说的作家，但在奈普山这种地方情况则大不一样。

“你确定比乌利先生会来吗？”多萝西问道。

“当然确定。他的妻子也会来。我想是的。会有人保护你的，今晚可不会出现塔克文强暴卢克丝[1]这样的事情。”

---

① 塔克文（Tarquin）强暴卢克丝（Lucrece）的故事大致情形是，古罗马王政时代的末代国王卢修斯·塔克尼乌斯（Lucius Tarquinius）之子塞克图斯·塔克尼乌斯（SextusTarquinius）强暴了贵族之女斯珀柳斯·卢克提乌丝（Spurius Lucretius），后者向父兄表明自己的屈辱后自尽身亡，其父兄发动军事起义，推翻王政，建立古罗马共和国体制。史学家、艺术家、文学家都对这一题材进行过创作，本文中的英文化名字出自莎士比亚的《卢克丝受辱记》。

“那好吧。”多萝西说道，“我会过去的——我想大约八点半的时候。”

“好的。如果你能白天的时候过来就更好了。你可记得，桑普利尔太太是我的隔壁邻居。每到日落之后她就来了精神。”

桑普利尔太太是镇里专门传播丑闻的人——应该说，是镇里那么多专门传播丑闻的人当中的佼佼者。达成目的之后（最近他比以往更加频繁地缠着要多萝西到他家里做客），沃波顿先生和多萝西道别，接下来她得继续买东西。

在索尔派半明半暗的店里，她正拿着那两码半的薄窗帘布准备离开柜台，这时她发现有人在她耳边悲哀而低沉地说着什么。那是桑普利尔太太。她今年四十岁，身材瘦削，长着一张土黄色的颀长的脸，在光滑的黑发和总是愁眉不展的气质衬托下，颇有范·迪克的肖像画里那些人物的风采。她一直躲在窗边一摞印花棉布后头，窥探着多萝西和沃波顿先生的对话。当你要做什么事情，又不希望被桑普利尔太太看到时，那她肯定就在附近。她似乎就像阿拉伯神话中的精灵，可以随时随地现身于不欢迎她的地方。任何有失检点的言行，无论有多琐碎，都逃不过她的眼睛。沃波顿先生总是说她就像《圣经·启示录》里的那四只圣兽——“汝须记住，它们长满了眼睛，而且日夜不休。”

“亲爱的多萝西。”桑普利尔太太的声音哀怨而深情款款，似乎在委婉地表达一则坏消息，“我有话想对你说。有件可怕的事情得告诉你——这件事情会让你吓一跳的！”

“什么事？”多萝西温顺地问道，心里知道那是什么事——桑普利尔太太的话只有一个主题。

两人走出商店，沿着街道慢慢走着。多萝西推着她的单车，桑普利尔太太做作地迈着小鸟一般的碎步走在她身边，她那张嘴离多萝西的耳朵越来越近，而她那些话也越说越贴心。

她问道："你有没有留意到一个女孩子，就坐在离教堂管风琴最近的那张长凳边上？长了一头红发，蛮漂亮的女孩。我不知道她叫什么名字。"桑普利尔太太其实知道奈普山每一个男女老少的姓氏和教名。

"莫莉·弗里曼。"多萝西回答，"她是蔬果店老板弗里曼的侄女。"

"噢，莫莉·弗里曼？这就是她的名字？我常常在想她是谁。嗯——"

那张猩红精致的嘴凑近了一些，哀伤的声音逐渐变成了耳边的呓语。桑普利尔太太开始滔滔不绝地说起莫莉·弗里曼和制糖厂六个年轻人之间的丑事。过了一会儿，故事变得不堪入耳，多萝西的整张脸涨得通红，连忙让耳朵离桑普利尔太太那张说个不停的嘴远一些。她停下了单车。

"我不想听这些事情！"她断然说道，"我知道莫莉·弗里曼不是这种人。这些都不是事实！她是个文静的好女孩——她是我最好的女童军成员之一，而且总是到教堂、集市和其他活动帮忙。我知道她绝不会做出你所说的那些事情。"

"但是，我最亲爱的多萝西，这些是我亲眼看到的……"

"我不相信！这样说人家是不对的！就算是真的也不应该反复不停地说。这个世界上邪恶不用去找就已经够多了。"

"还用得着去找吗！"桑普利尔太太长叹一声，"我亲爱的多萝西，你以为我想看到这种事情吗！问题是，你对这个小镇里所发生的那些丑事根本无法视而不见。"

如果你指责桑普利尔太太老是在说长道短，她总是会真心地觉得惊诧莫名。她会抗议说没有什么比看到人性的邪恶更让她感到痛苦了，她其实不想看到这些事情，但它们偏偏老是被她看到，而迫于道义上的责任，她不得不将它们公之于众。多萝西的话并没有让她闭嘴，她反而滔滔不绝地说起奈普山的道德堕落，而莫莉·弗里曼那些不检点的行为只是其中一例。从莫莉和她的六个情人，桑普利尔夫人扯到了镇里的卫生官员盖松医生身上，他和诊疗站的两个护士有染，还有了孩子。接着又扯到了镇书记的夫人科恩太太身上，曾经有人发现她倒在田里，烂醉如泥，灌了一肚子的古龙香水。接着扯到了米尔巴罗的圣卫德凯教堂的助理牧师身上，他和一个唱诗班的少年有勾搭。如此这般这般，从一个人引到另一个人。如果你愿意倾听的话，镇里和郊区一带几乎每个人桑普利尔太太都发现了某些不可告人的秘密。她的故事不仅下流难听，而且总是带着淫秽堕落的色彩。和镇里那些普通的八卦女人相比，她简直就是弗洛伊德[①]和薄伽丘[②]的结合体。听她所讲述的内容，你会觉得奈普山虽然只有一千多个居民，这里所犯的罪行要比所多玛、蛾摩拉[③]和布宜诺斯艾利斯加在一起还要多。事实上，当你想到这座当代"平原之城"的居民所过的生活——从本地银行经

① 西格蒙德·弗洛伊德(Sigmund Freud，1856—1939)，奥地利精神分析学家，其理论开创了精神分析学派，代表作有《梦的解析》、《精神分析导论》、《性学三论》等。

② 乔万尼·薄伽丘(Giovanni Boccaccio，1313—1375)，意大利文艺复兴时期作家、诗人，代表作《十日谈》揭露了基督教会的虚伪与贪婪，而且故事涉及贩夫走卒和市井平民的方方面面，并带有部分诲淫诲盗的描写。

③ 所多玛与蛾摩拉是《圣经·旧约》中所记载的摩押平原五城中的两座，充满罪恶与堕落，不信奉上帝，后遭上帝毁灭。

理监守自盗客户的存款去养小三和私生子，到“狗和酒瓶”的酒吧坐台女只穿着高跟丝绸拖鞋给客人陪酒；从音乐老师卡农老小姐那些偷偷放在一边的杜松子酒瓶和匿名情信，到面包师傅的女儿麦琪·怀特和自己的哥哥私底下生了三个小孩——当你想到这些人，无论老少贫富，都沉溺在丑陋的巴比伦式的罪行里时，你会怀疑为什么上帝还不从天堂降下熊熊烈火，立刻将这个城镇烧毁。但如果你再多倾听一会儿，那些污言秽语先是变得不堪入耳，接着就变得极度沉闷无聊。因为在这么一个小镇，人人要么在包小三，要么是鸡奸犯，要么是瘾君子，连最可怕的丑闻也失去了刺激性。事实上，桑普利尔太太比造谣者还要恶劣——她实在是太让人厌烦了。

至于她所说的话有没有人相信，那得视情况而定。有时候大家会说，她就是一个口不择言的疯婆子，说的尽是些谎话，但有时候她所说的话会令不幸的人受到伤害，需要数月甚至数年才能让伤痛平息。她拆散了好几对订了婚的佳偶，让丈夫和妻子心生怨怼口角不断。

与此同时，多萝西一直想摆脱桑普利尔太太。她一直往旁边躲，穿过了整条街道，直到最后推着单车沿着右边的路缘石走着，但桑普利尔太太一直跟着她，喋喋不休地说个没完。来到主大街的尽头，多萝西终于下定决心要摆脱桑普利尔太太。她停下脚步，右脚踩在单车的脚踏上。

“我真的不能再待下去了。”她说道，“我有很多事情要做，我都已经迟到了。”

“噢，但是，亲爱的多萝西！我还有别的事情一定得告诉你——这件事非常重要！”

“很抱歉——我真的赶时间。或许下次吧。”

“是关于那个可怕的沃波顿先生的事。”桑普利尔太太说得很快，担心还没说完多萝西就走了。“他刚从伦敦回来，你知道吗——这件事我一定得告诉你——你知道吗，其实他……”

多萝西知道她一定得甩掉桑普利尔太太，无论要付出什么代价。她想象不出还有什么事情能比和桑普利尔太太讨论沃波顿先生更令她恶心。她骑上单车，简促地道别，“抱歉——我真的得走了！”然后匆匆忙忙骑着单车离开了。

“我想告诉你——他和另一个女人勾搭上了！”桑普利尔太太在她身后高嚷着，甚至忘记了应该以耳语的形式传递这则美妙的珍闻。

但多萝西迅速转过街角，没有回头张望，假装听不到她说了些什么。她这么做并不明智，因为不让桑普利尔太太把话说完可是会得罪她的。任何人要是不愿听她讲述那些丑闻，她会认为这就是堕落的表现，等你一离开她就会炮制出更多关于你的骇人听闻的丑事。

多萝西骑着单车回家，一路上对桑普利尔太太产生了充满恶意的念头，一如既往，她用别针扎自己的手臂以示惩罚。直到这时，她才想到一件可怕的事情——桑普利尔太太一定会知道今晚她去沃波顿先生的家，到了明天一定会加油添醋地将其渲染成难听的丑闻。在大门口从单车上跳下来的时候，这个念头让多萝西的心头掠过不祥的预感。傻瓜杰克就在大门口那里。他是镇里的白痴，经诊断是三级智障，长着一张红彤彤的三角脸，看上去像一个草莓。他正在闲荡，拿着一根榛子树枝茫然地抽打着门柱。

四

十一点刚过，今天的天气就像一个过了青春年华却还有望改嫁的寡妇聊发十七岁少女的情怀，原本一直像是不合时节的四月天，终于记起现在是八月，气温开始变得非常炎热。

多萝西骑着单车，来到奈普山一英里外的芬内尔维克小村庄。她给列温太太送了玉米面，正准备去探访皮瑟太太，给她捎一份《每日邮报》的剪报，上面有当归茶治风湿的方子。天空万里无云，太阳透过她那件条纹棉布裙子炙烤着她的脊背，布满灰尘的马路在日头下颤动着。一年到了这个时候，平坦酷热的草坪上聚集了无数云雀，唧唧喳喳地叫个不停，非常烦人，而草坪绿油油的，显得非常刺眼。那些不用工作的人管这种天气叫“艳阳高照”。

多萝西将单车靠在皮瑟家小木屋的门口，从包里拿出手帕，擦了擦手，她的双手一直握着车把，出了很多汗。在日头的暴晒下，她的脸皱成一团，而且面色苍白。早上这个时候她的外表看上去和年龄很相称，还有点早衰。在她工作的一天中——通常一天她要干十七个小时的活儿——她总会经历疲劳期和活跃期。在上午中段进行第一批家庭探访时是她的疲劳期之一。

骑着单车从一户人家到另一户人家探访得消磨多萝西几乎半天的时间。除了星期天之外，多萝西每天得探访六到十二户教区居民的小屋。她走进那些局促的屋子里，坐在笨重的、布满灰尘的椅子上，和那些操劳过度蓬头垢面的家庭主妇聊天。每次只能坐半个小时，帮她们缝补熨帖衣服，读《福音书》给她们听，帮她们的“坏腿”重新包扎，抚慰那些老是晨吐的孕妇。她和那些身上臭烘烘的孩子们玩骑木马的游戏，那些孩子总是用黏糊糊的手指抓她的裙襟。她给长势不好的叶兰提意见，帮新生的婴儿取名，喝了无数杯“好茶”——那些家庭主妇总是会请她喝杯“好茶”，那些茶壶总是烧了又烧，煮了无数遍。探访工作很令人沮丧。她在引导那些女人过基督徒的生活，但那些女人对此几乎一无所知。有的女人很羞涩，又带着狐疑，对她戒心很重，总是找借口逃避圣餐仪式。有的假装是虔诚的信徒，希望能从教堂的捐献箱里骗点钱出来。欢迎她的女人都是些饶舌的妇人，想找个人倾听她们对丈夫的抱怨，或者没完没了地讲述一些可怜兮兮的事情（“他的血管里被扎了好几根玻璃管子呢。”等等等等），都是关于她们死去的亲戚的各种让人恶心的病因。多萝西知道她的名单上有一半以上的女人是不可理喻的无神论者。一整天她都得与之进行斗争——那些大字不识的人总是怀着模糊暧昧的怀疑论调，而任何争辩都毫无意义。无论她怎么努力，固定上教堂的人就只有那么十几个左右。那些女人口口声声说会上教堂，说了一两个月，然后就人影都不见了。而那些年轻一些的女人则更是没有希望。她们甚至连本地教堂那些为她们的利益而创办的妇联活动也不参加——多萝西是三个这种妇联组织的荣誉秘书长，此外还是女童军的队长。“希望之团”和“婚姻伴侣”几乎一个会员也没有了，而“母亲团契”之所以还能继续下去，纯粹是因为这个每周一次的缝纫聚会可以说长道短，而且浓茶无限供应。是的，这份工作令她很沮丧，有时候她甚至沮丧到即使她从来不知道“徒劳无功”这个词，也能体会到它是什么含义——而这正是魔鬼最可怕的武器。

多萝西敲了敲皮瑟家那扇装配不好的大门，从门缝下面传来一股令人不寒而栗的煮卷心菜和洗碗水的味道。探访了这么多回，她已经知道每户人家有什么样的味道。有几户人家的味道非常特别。比方说，退休书商汤姆斯老先生的小屋有一股阴阴的咸咸的味道。他整天躺在黑乎乎的房间的床上，长长的、满是灰尘的鼻子和那副水晶眼镜从一大张仿佛特别绚丽的毛毯上面凸了起来。

但如果你将手放在那块毛毯上，毛毯就会裂开，碎片朝四面八方跑去。那不是毛毯，而是一群猫——确切地说是二十四只猫。汤姆斯先生说“这令他觉得暖和”。几乎所有的小屋都有一股基本的味道，那是旧大衣和洗碗水的味道，然后再叠加上独特的味道：粪坑的味道、卷心菜的味道、孩子们的味道或灯芯绒裤那股强烈如熏肉般的陈年汗味。

皮瑟太太打开房门，门一下子卡在边框里，然后当你想把门给扭出来时，整座小屋都在摇晃。她是个大块头女人，弯腰驼背，脸色灰白，一绺绺的头发都花白了，穿着一件松松垮垮的围裙，套着一双地毯式拖鞋，蹒跚着脚步走路。

“噢，这不是多萝西小姐吗！”她的声音很沉闷，没有一点精神，但听得出还是很热情。

她伸出双手搂住多萝西，那两只大手皮肤粗糙，关节发白，就像剥了皮又洗了很久的洋葱一样。她亲了亲多萝西，然后领着她走进肮脏的小屋里。

“皮瑟去工作了，小姐。”走到屋里时她说了一句，“去盖松医生的诊所，帮他砌花床。”

皮瑟先生是个打零工的园丁，他和皮瑟太太都七十多岁了，是多萝西探访的家庭里为数不多的虔诚信徒。皮瑟太太的生活枯燥无味，就像一条蠕虫单调地爬来爬去，总是耷拉着脖子，因为门楣太低了。她的活动范围就只局限于水井、水槽、壁炉和厨房花园的那一小块空地。厨房收拾得还算干净，但非常局促闷热，而且臭气熏天，积着厚厚的一层灰。在壁炉对面的一端，皮瑟太太在一张坏了的小脚踏式风琴前面摆了一块油腻腻的破布，当成一个小祈祷台，上面摆了一张石版画的耶稣受难像、一幅写着“敬观祈祷”四个大字的珠绣和一张皮瑟夫妇1882年结婚时的相片。

“可怜的皮瑟！”皮瑟太太继续哀伤地说道，“这么一大把年纪还得去挖土，而且风湿还那么严重！真是太辛苦了，不是吗，小姐？他的腿一直疼得厉害，似乎根本动不了——这几天早上情况特别严重。小姐，我们穷人的生活咋就这么苦哪？”

“确实很辛苦。”多萝西说，“但我想您的身子还好吧，皮瑟太太？”

“啊，小姐，我这副老骨头一直都那样，治不好的了。住在这鬼地方，怎么可能好得了？”

“噢，您可别这么说，皮瑟太太！我知道今后我们在一起的时候还长着呢。”

“啊，小姐，您根本不知道上星期我有多难受！我那两条可怜的腿哟，腿背风湿老是发作，有几天早上我觉得连去花园挖几颗洋葱都没力气。哎，小姐，我们的生活真是悲惨，难道不是吗？这个世界就是这么累人，而且罪恶深重。”

“但皮瑟太太，我们可不能忘记，会有另一个美好的世界在等着我们。现在的生活只是一段考验——让我们变得更加坚强，让我们学会耐心，等时候一到，我们就可以进入天堂。”

听到她这么说，皮瑟太太一下子整个人都变了。是“天堂”这两个字触动了她。皮瑟太太只会谈两件事：一件事是天堂的快乐，另一件事就是现在的种种苦难。多萝西的话似乎对她施加了某种魔力，虽然她那双黯淡的灰色眼眸还是没有神采，但她的语速加快了，语调也显得欢快起来。

“啊，小姐，你说得真对！这世界真有天堂，小姐！皮瑟和我一直在谈论天堂。让我们俩还能撑下去的就只有天堂了——我们俩都将在那里得到永恒的安息。我们吃了这么多苦，到了天堂都会得到回报，不是吗，小姐？我们所受的每一分苦难，都将得到百倍千倍的补偿。这是千真万确的，不是吗，小姐？我们都将在天堂获得安息——享受宁静和快乐，不再有风湿病的困扰，也不用再挖土，不用再做饭，不用再洗衣服，什么事都不用做。你相信天堂，不是吗，多萝西小姐？”

“当然相信。”多萝西回答。

“啊，小姐，天堂让我们得到莫大的宽慰——只要想到天堂！有时候皮瑟干了一晚上的活儿，回到家累得够呛，而且我们风湿又那么严重，他会对我说，‘亲爱的，别介意，我们很快就会上天堂的。’他说，‘像我们这样的人会上天堂的。只有穷苦的劳动者才能上天堂，那真是神圣的安排，让我们的情谊地久天长。’这是最好的安排，不是吗，多萝西小姐？——这辈子过的虽然穷苦，但到了天堂就会富足起来。那些有钱人，别看现在开着汽车，住着漂亮的房子，他们可无法逃避死后被蚁虫侵蚀的命运，也无法逃避地狱里不灭的熊熊烈火。那真是太美妙了。您能和我一起做个简短的祈祷吗，多萝西小姐？今天早上我一直想要做个简短的祈祷。”

无论白天或黑夜，皮瑟太太随时都准备“做个简短的祈祷”，就像她随时都想“喝杯好茶”一样。两人跪在破布毯上，向上帝祈祷，并说出这一周的心得。接着，应皮瑟太太的要求，多萝西朗读了《圣经》里那则富翁与拉撒路[①]的寓言。皮瑟太太时不时冒出一句，“阿门！这些话说得真是太好了，不是吗，多萝西小姐？‘他被天使带到亚伯拉罕的怀抱。’太幸福了！噢，我只能说这真是太幸福了！阿门，多萝西小姐——阿门！”

多萝西给了皮瑟太太那张《每日邮报》关于当归茶治风湿的剪报。然后，多萝西觉得皮瑟太太病恹恹的，没办法去打水，于是帮她从井里打了三桶水。那口井很深，而且井沿很矮，要是皮瑟太太掉到井里的话，肯定会淹死的，而且这口井连绞盘都没有——你得用手一把一把地将水桶拎起来。打完水后，她们又坐了几分钟，皮瑟太太继续在谈论天堂。她的思想完全为天堂所主宰，实在是不可思议。而更不可思议的是，在她的脑海中，天堂的情形是那么真切而生动。那里有金子铺成的街道和镶着东方珍珠的大门，她觉得这些景象如此真切，似乎它们就在她的眼前。她可以看见最真切最贴近俗世的细节。天堂里的床是如此柔软！食物是那么美味！每天早上都可以穿上漂漂亮亮的绸缎衣裳！而且永远不用从事任何工作！对天堂的幻想无时无刻不在支撑着她，安慰着她。虽然她一直在抱怨“穷苦的劳动人民”生活是那么悲惨，但只有“穷苦的劳动人民”才能进天堂这个想法给了她莫大的安慰。她似乎是在进行某种交易：这辈子从事辛苦的劳动，以此换取永恒的祝福。她的信心十分充盈，或许说，太充盈了。这真是一件有趣的事情，但皮瑟太太笃信天堂的存在——那里是彻底绝望的人神圣

① 富翁与拉撒路（Dives and Lazarus），出自《圣经·路加福音》，讲述人世间的贫富并不能左右信徒能否进入天堂，重在对上帝的信心这一教义。

的家园——这让多萝西心里产生了异样的不安。

多萝西准备离开，皮瑟太太热情洋溢地对她的到访致谢，和往常一样，道谢夹杂着对风湿的抱怨。

“我一定会弄点当归茶的。”她说道，“真是太感谢您了，告诉了我这个方子，小姐。我想一定会很有帮助的。啊，小姐，要是您知道这个星期风湿把我给折磨得有多惨就好了！我的两条腿后面就像一直在被火烫的棒子扎着，我连好好按摩一下腿脚都做不到。小姐，在您离开之前给我按摩一下好吗？这样子会不会太麻烦您了？在水槽下面我有一瓶埃里曼牌药油。”

多萝西用别针狠狠扎了自己一下，当然，没有被皮瑟太太看见。她一早就知道皮瑟太太会提出这个要求，而和以往一样——她根本不想帮皮瑟太太按摩。她生气地斥责自己，“多萝西，别这样！你不能这么傲慢！《约翰福音》第十三章第十四节①。”

“当然可以，皮瑟太太！”她立刻回答。

两人走上那条狭窄的、摇摇晃晃的楼梯，有一处地方你得整个人弓起来才能避开上面的天花板。卧室只有一扇小窗采光，外面长了藤蔓，将其牢牢卡住，已经有二十年没打开过了。屋里摆着一张很大的双人床，几乎占据了整个房间，床单总是湿漉漉的，棉絮床垫就像瑞士国境一样凹凸不平坑坑洼洼。皮瑟太太呻吟着爬上那张床，脸朝下躺在上面。房间里弥漫着尿液和止痛剂的味道。多萝西拿起那瓶埃里曼牌药油，仔

① 本节内容：“我是你们的主，你们的夫子，尚且洗你们的脚，你们也当彼此洗脚。”

细地涂在皮瑟太太那两条松弛无力、布满灰色血管的腿脚上。

外面热得让人觉得头晕脑涨，她骑着单车，飞快地朝家的方向前进。太阳火辣辣地晒着她的脸，但空气是那么清新甜美。她好开心好开心！每当早上的探访结束时她总是特别开心，有趣的是，她不知道为什么会这样。在波拉斯的奶场，一群红色的奶牛正在及膝高的草坪上吃草。奶牛的味道有点像香草和新鲜干草的蒸馏香味，沁满多萝西的气息。虽然今天上午她还有一堆工作要做，现在她只想好好游荡一下。她一只手搭在波拉斯奶场的大门上把单车稳住，有一只奶牛长着湿漉漉的粉红色鼻子，抬着下巴擦着门柱在挠痒痒，神情恍惚地看着她。

多萝西看到篱笆那边长着一株野蔷薇，当然还没有开花。她爬过大门，想看看那到底是不是多花蔷薇。她跪在篱笆下方高高的杂草丛中。贴近地面的地方很热，她的耳朵里回响着许多看不见的昆虫的嗡嗡声，身边缭绕着茂密的植物发出的热辣辣的夏日气息。旁边有几株长得很高的茴香，拖着长长的叶子，就像几条海绿色的马尾。多萝西将一片茴香的叶子放在脸上，呼吸着那股浓郁的甜香，味道直呛她的鼻子，几乎令她晕眩。她深深地嗅闻着，让香气胀满双肺。多么美妙的气息——夏天的气息，童年快乐的气息，就像在东方温暖的海洋中盛产香料的岛屿的气味！

突然间她的心里充满了喜乐。那是一种神秘的感觉，她领略到大地及万物的本质，认为这就是上帝的爱，虽然这一想法可能并不正确。她跪在那里，感受着夏天的热力、甜美的气息和昆虫让人昏昏欲睡的嗡鸣。她似乎听见了赞美大地和一切受造之物的气势恢宏的赞美诗，亘久地称颂着万物的创造者。所有的植物，叶子、花朵、绿草，都在闪耀着，颤动着，快乐地呐喊着。云雀们也在歌唱，其他看不见的云雀在为它们伴奏，就像在演奏天籁之音。丰饶的夏天、温暖的大地、自由歌唱的小鸟、甜美的奶牛、无数嗡嗡作响的蜜蜂，万物交织升腾，就像一直熊熊燃烧的祭坛上升起的浓烟。天使和天使长似乎也出现了！她开始祈祷，热切而充满喜悦地祈祷，忘我地沉浸在顶礼膜拜的欢乐中。接着，不到一分钟，她发现自己正把脸凑在茴香上，亲吻它的叶子。

她立刻反省自己的行为，抬起头来。她在做什么？她在崇拜上帝吗？还是在崇拜大地？她心中的喜乐消失了，取而代之的是冰冷而不悦的自责——她刚才堕入了类似异教徒的狂喜。她告诫自己："你不能这样，多萝西！不能进行自然崇拜！"她的父亲警告过她自然崇拜的危险。她不止一次听过他在布道时斥责自然崇拜。他说，自然崇拜其实就是泛神论，而更令他生气的是，现在掀起了一股令人作呕的自然崇拜狂热。多萝西拿起那株野玫瑰，用上面的刺扎了自己的手臂三下，以此提醒自己要谨记三位一体的真神。然后，她爬过木门，骑上自己的单车。

一顶布满了灰尘的黑色铲形帽从树篱的角落转了过来，渐渐走近。那是麦盖尔神父，他是罗马天主教会的牧师，也骑着单车。他是个壮硕的大块头，庞大的屁股下面的单车显得那么渺小，就像一颗高尔夫球搁在球座上。他的脸很红润，带着幽默狡黠的神情。

多萝西的心情一下子阴沉下来，脸上微微一红，伸出手摸到衣襟下的金十字架。麦盖尔神父正骑着单车朝她而来，似乎满不在乎，又带着一丝愉悦。多萝西挤出微笑，阴沉地低声说道："早上好。"但他毫无反应，眼睛在她的脸上一掠而过，然后径直望着远方，似乎完全没有注意到她的存在。他完全无视她。哎呀，多萝西可干不出这种事情，她骑上单车离开了，心里充斥着各种恶念，每次见到麦盖尔神父她都会有这种感觉。

五六年前，麦盖尔神父在圣阿瑟尔斯坦的墓地主持葬礼（奈普山没有罗马天主教会的专属墓地），赫尔牧师和神父就要不要在教堂里为死人穿上法袍这个问题起了争执。两位神职人员站在洞穴大开的墓地，很没有风度地吵了起来。从此两人形同陌路，用牧师的话讲，这样子反而更好。

至于奈普山的其他神职人员——圣公理会的牧师瓦德先生、卫斯理公会的牧师弗利先生和埃比尼泽小教堂那个说话像驴叫的猥琐秃顶的长老——赫尔牧师轻蔑地称他们为粗俗的不信国教者，不许多萝西和他们有任何来往，否则就会大发雷霆。

五

十二点了。暖房里很宽敞但破破烂烂的，屋顶的玻璃经年积尘，变得昏暗发绿，闪烁着彩色的光芒，就像古罗马时代的玻璃。大家正在匆忙而嘈杂地排练《查理一世》。

多萝西没有参与排练，但她要赶制戏服。学校里的舞台剧大部分戏服都是她做的。负责编排和舞台指导的人是维克多·斯通——多萝西叫他维克多——是教会学校的校长。他二十七岁，个头瘦小，性情急躁，长着一头黑发，穿着一件深色的低级神职人员的衣服。他正用力挥舞着束成一捆的剧本，指挥着六个看上去像呆瓜一样的孩子。靠墙那边有一张长凳，另外四个孩子正在排练背景声效，拿着火炉用具敲敲打打，为争一小包脏兮兮的薄荷糖而吵个不停，这种糖一便士就可以买四十个。

暖房里很热，弥漫着胶水浓烈的味道和孩子们的汗臭味。多萝西跪在地板上，嘴唇夹着好几根针，一只手拿着一把大剪刀，正麻利地把牛皮纸剪成细细的长条。她身边的炉子里正在熬着胶水，她身后那张摇摇晃晃、沾满了墨迹的工作台上摆着一堆半完工的戏服、一大叠棕色的纸张、她的缝纫机、几捆麻绳、几摊干涸的胶水、几把木剑和几罐开了封的油漆。多萝西一半的心思正想着该怎么缝制两双十七世纪的长筒靴，一双给查理一世，一双给奥利弗·克伦威尔[1]，另一半的心思却在听维克多生气的斥责。只要他在指导排练，就会被气得够呛。他天生是个好演员，却被排练一帮傻乎乎的孩子这份无聊的工作搞得无比心烦。他来回踱着步子，对着他们滔滔不绝地喝骂，时不时打断排练，用从桌上拿来的一把木剑戳刺着这个或那个小孩。

“精神投入一点不行吗，你们这些家伙？”他大叫着，捅了一个长着一张牛脸的十一岁小男孩的肚子一下。“不许偷懒！说话就要有说话的气势！你看上去就像一具埋进土里又被挖出来的尸体。把话憋在喉咙里像什么样？站直了，朝他怒吼。把第二句要杀人的狠话说出来！”

“过来，帕希！”多萝西嘴上还夹着针就喊了一句，

---

① 奥利弗·克伦威尔（Oliver Cromwell，1599—1658），英国政治家、军事家，17世纪英国资产阶级革命领袖人物，在英国内战中战胜国王查理一世，并将其处死，成立英联邦共和体制，被册封为英格兰、威尔士、爱尔兰、苏格兰护国公，掌握军政大权，于1658年病逝。

“快点！”

她正在缝制铠甲——除了那些可恶的长筒靴外，这是最难的活儿——原料是牛皮纸和胶水。经过这么多年的实践，多萝西可以用胶水和牛皮纸做出任何东西，她甚至可以做出一顶将就得过去的假发，拿牛皮纸做头盖骨，将麻绳纤维染上色当成头发。这么多年来，她花了许多时间在胶水、牛皮纸、油纸布和业余舞台剧的其他道具上。教堂一直缺钱，因此几乎每个月都需要演一出学校舞台剧、一出历史剧、一场手工艺品展览来筹钱——当然还少不了集市和慈善义卖。

帕希——帕希·佐维特是铁匠的儿子，个头瘦小，长着一头卷发——从长凳上跳下来，不高兴地站在她身前，不停地扭动着身躯。多萝西拿起一张牛皮纸，对着他的身子比照大小，剪出脖子部位的洞口和手臂部位的洞口，套在他的身上，然后迅速勾勒出一副简单的护胸甲的轮廓。几个声音掺杂在一起传了过来。

维克多说：“好了，好了，开始了！奥利弗·克伦威尔上台——就是你！不，不能这样！你觉得奥利弗·克伦威尔会像丧家之犬一样鬼鬼祟祟地走上台吗？站直，挺胸，斯考尔。这样好多了。继续，克伦威尔说：‘站住！我手里有枪！’继续。”

一个女孩说：“小姐，妈妈叫我告诉你，小姐——”

多萝西说道：“别动，帕希！乖乖地别动！”

克伦威尔：“站住！我手里有枪！”

长凳上的一个小女孩叫嚷着：“老师！我的糖果掉了！（哭着鼻子）我的糖—果—掉了！”

维克多：“不行，不行，不行，汤米！不行，不行，不行！”

小女孩：“多萝西小姐，妈妈让我告诉你，她不给我做灯笼裤了，虽然她答应过你，因为……”

多萝西说：“如果你再动，我会把针给吞下去的。”

克伦威尔：“站住！我手里有枪……”

小女孩（哭哭啼啼地），“我的糖—果—！”

多萝西拿起那把胶水刷子，往帕希的胸口迅速贴上牛皮纸条，上贴下贴，前贴后贴，层层叠叠地贴，时不时纸条沾在她的手指上才不得不停下来。短短的五分钟内她就用胶水和牛皮纸做好了一件相当结实的护胸甲，等胶水一干，就算是真剑也刺不穿。帕希被“锁在铁甲里”，锋利的纸边割着他的下巴，就像一只在洗澡的小狗那样可怜巴巴地低头看着自己。多萝西拿起大剪刀，把那件护胸甲的一边剪开，放在一旁等着干透，迅速叫另一个孩子过来做胸甲。“幕后音”开始演练枪声和马蹄声，声音吵得吓人。多萝西的手指越来越黏，但时不时她会把手伸进一桶准备好的热水里洗掉一些浆糊。二十分钟内她已经把三件护胸甲差不多做好了。待会儿她再把最后的工作做完，用铝漆给它们上色，旁边用带子束紧。做完胸甲她还得做护腿甲，而最麻烦的是做头盔。维克多挥舞着那把剑，大吼大叫以盖过马蹄的声音，轮番扮演着克伦威尔、查理一世、清教徒、骑兵、农民、宫廷里的王后和公主。那帮孩子现在越来越难管教，开始打呵欠，发牢骚，互相踢一脚掐一把。那几件胸甲暂时做好后，多萝西将台上的杂物清掉一些，将缝纫机摆好，开始缝一件骑兵的绿色天鹅绒紧身上衣——用的是染成绿色的油纸布，但站在远处看还挺像样的。

又手忙脚乱地干了十分钟，多萝西把线头扯断了。她骂了一句“该死的”，然后匆忙把线重新穿好。她正在赶工。还有半个月舞台剧就要上演了，但还有一堆事情没有做——头盔、紧身上衣、长剑、长筒靴（过去几天来这些可恶的长筒靴就像噩梦一样缠着她）、剑鞘、花边、假发、马刺、舞台布景。想到这些，她的心沉到了谷底。这些孩子的父母从来不肯帮忙做戏剧的服装；确切地说，他们总是答应帮忙，然后百般推搪。多萝西的头疼得很厉害，一部分原因是暖房里很热，一部分原因是她一边在缝衣服一边还要在脑海里勾勒出牛皮长筒靴的鞋样。这时候她甚至忘记了还欠卡基尔 21 英镑 7 先令 9 便士。除了面前这堆可怕的还没完成的戏服，她没办法想别的事情。白天的时间就是这么过的，事情一件接一件地来——要么就是为学校舞台剧做戏服，要么就是担心钟楼的地板会坍塌，要么就是欠商店的钱还不了，要么就是给豌豆田除草——每一件事都那么急迫而令人烦恼，将其他一切事情都掩盖了。

维克多丢下木剑，掏出怀表看了看时间。

“就这样吧！”他的语气很生硬冷漠，当他和孩子们在一起的时候说话就总是这个口气。“我们星期五继续排练。全部人都给我出去！我看到你们就烦。”

他目送着孩子们出去，当他们一走出视野就把他们忘得一干二净，然后从口袋里拿出一张乐谱，开始坐立不安，乜斜着眼睛看着墙角两株被遗忘的盆栽，了无生机的棕色卷须耷拉在花盆边。多萝西仍然趴在缝纫机上，密密地织着那件绿色天鹅绒紧身上衣的缝合线。

维克多是个聪明而不安分的人，特别喜欢和别人吵架。他那张苍白英俊的脸带着不满和孩童一般热切的神情。第一次见到他的时候，人们会说，当一个乡村学校的校长对他来说实在是屈才，其实维克多除了略通音律、知道怎么和孩子们打交道之外别无所长。他干什么都不行，只会以强横专制的手段管束孩子。当然，和任何人一样，他看不起自己这点天分。他关心的就只有教会的事务。他是那种人们所说的“唯教会独尊”的年轻人。他的理想是成为神职人员，如果他能学会希腊文和希伯来文的话，早就被吸纳进去了。因为当不了牧师，所以他只能将就当起了教会学校的校长和管风琴手。这样一来，他总算还是一位神职人员。毋庸赘言，他是英国国教徒，而且深受刻薄尖酸的《教会时代》的影响——比那些牧师还要正统，熟知教会历史，对法袍服饰了如指掌，随时可以发表激烈的演说与现代主义者、新教徒、科学家、布尔什维克主义者和无神论者进行争辩。

“我刚才在想，”多萝西停下缝纫机，剪断线头，“我们或许可以把旧的圆顶礼帽改成头盔，如果旧帽子够多的话。把帽檐剪掉，贴上形状正确的纸边，把整个帽子涂成银色就行了。”

“噢，上帝啊，你怎么担心起这些东西来了？”排练一结束维克多就对舞台剧完全没了兴致。

“我最担心的是那些可恶的长筒靴。”多萝西一边说一边把紧身上衣放在膝盖上检查。

“噢，别管那些长筒靴了！现在我们能不能不想那出舞台剧了。瞧瞧。”维克多摊开那份乐谱，“我想让你帮我告诉你父亲一声。你问问他下个月能不能搞一场游行。”

“又要游行？什么由头呢？”

“哦，我可不知道。你总是可以为游行找出一个由头。八号不是圣母马利亚的诞辰吗——我觉得这就是游行的好由头嘛。我们可以弄得很漂亮。我已经写好了一首振奋人心的赞美诗，他们一定会高声歌唱的。或许我们可以从米尔巴罗的圣卫德凯教堂借那面画着圣母马利亚的蓝旗。要是牧师同意的话，我立刻就进行合唱排练。”

“你知道他只会说不行。”多萝西一边回答一边给一口针穿线准备缝紧身上衣的纽扣。“他不会同意游行的。这件事最好别提，不然他会生气的。”

“噢，怎么会这样！”维克多提出抗议，“我们有好几个月没有举行过游行了。我从未见过哪个地方像我们这里一样尽举行一些死气沉沉的仪式。照我们这样的做法，人家会以为我们这里是浸信会的教堂呢。”

维克多总是在不停地对牧师无趣而正统的做法进行攻讦。他的理想是他口中所说的“真正的天主教崇拜”——意即没有节制地焚香、镀金圣像和更多的罗马式法袍。作为一个管风琴手，他总是不停地要求举行更多的游行，演奏更多的华丽乐章，在举行圣餐仪式时进行更精心编排的赞美诗吟唱，老是和牧师争执不休。在这个问题上，多萝西支持她的父亲。从小她就接受英国国教奇怪而冷峻的中庸之道的熏陶，对任何“强调仪式”的事物都觉得反感和恐惧。

“但真是该死！”维克多继续说道，“游行多好玩啊！穿过走道，从西门出去，然后从南门回来，唱诗班拿着蜡烛跟在后面，童子军举着旗帜走在最前头，看上去多壮观哪。”他用尖利而婉转的男高音唱起了一首赞美诗。

“汝等欢呼吧，在这普天同庆的日子，汝等将沐浴神恩，直到永远！”

“要是我拿得了主意的话，”他补充道，“我还会让几个男孩捧着点了焚香的香炉。”

“是的，但你知道父亲不喜欢这些事情，特别是与圣母马利亚有关的事情。他说这是罗马天主教的狂热体现，会引导信徒们在不合宜的时候行十字礼和下跪，天知道还有什么。基督降临节发生了什么事你是记得的。”

去年维克多自作主张选了一首赞美诗在基督降临节时吟唱。那是赞美诗第642首，有这么一句歌词：“万福马利亚，万福马利亚，慈悲为怀的万福马利亚！”这首天主教色彩浓厚的赞美诗让牧师勃然大怒。第一段刚唱完他就重重地放下赞美诗集，在他的座位上转过身，站在那儿冷冰冰地盯着信众，吓得几个唱诗班的小男生结结巴巴地几乎唱不下去了。后来他说，听到那帮乡下人高唱着“妄糊马利亚！妄糊马利亚！”让他以为自己走进了“狗和酒瓶”那间廉价啤酒吧。

“但真是该死！”维克多愤愤不平地说道，“每次我想带给祈祷仪式一点活力的时候你父亲总是踩上一脚。他不许我们焚香，不许我们播放好听的音乐，不许我们穿上好看的法袍，什么事情都不许做。结果呢？来我们教堂的人连四分之一的面积都坐不满，连复活节星期天都这样。星期天早上你看看教堂，就只有童子军、女童军和几个老女人。”

“我知道，情况的确很糟糕。”多萝西承认，一边缝着纽扣，“但无论我们做什么都似乎无济于事——那些人就是不来教堂。”她补充说道，“不过他们要举行婚礼或葬礼的时候还是会找我们的。我觉得今年来教堂的人不算少了，复活节圣餐仪式的时候差不多有两百人呢。”

“才两百人！应该得有两千人！整个镇的人都得来！事实上，这个地方有四分之三的人一辈子都不来教堂。教堂对他们完全没有约束力了。他们根本当这间教堂不存在一样。为什么会这样？我一直在琢磨这个问题。为什么？”

“我猜都是这啥子科学和自由思想惹的祸。”多萝西引用了父亲的话，简洁扼要地作了回答。

这句话把维克多从原本的话题岔了开去。他原本想说圣阿瑟尔斯坦教堂的信众数目减少的最根本原因是无趣沉闷的仪式，但听到科学和自由思想这两个讨厌的词语勾起了他另一番更加熟悉的长篇大论。

“不就是那所谓的自由思想嘛！”他立刻又坐立不安地嚷嚷着，“都是那些无神论的猪猡，什么伯特兰·罗素[①]和朱利安·赫胥黎[②]之流惹的祸。我们非但没有回击他们，揭穿他们其实是傻瓜和骗子，反而安之若素，由得他们肆意妄为地宣扬无神论，把教会给毁了。当然，这都是那些主教们的错。（和每一个英国国教或天主教信徒一样，维克多极其藐视那些主教。）他们都是现代派，屈服于时代。天哪！”接着他停了一下，高兴地补充道：“你看过我上个星期刊登在《教会时代》里的信了吗？”

“抱歉，我没有读过。”多萝西用拇指将另一个纽扣摁紧，“写什么来着？”

“噢，关于现代派主教什么的。我狠狠地骂了老巴恩斯一通。”

几乎每个星期维克多都会写信到《教会时代》。他参与了每一次论战，积极投身每一回对现代派和无神论者的攻讦。他

---

① 伯特兰·亚瑟·威廉·罗素（Bertrand Arthur William Russell，1872—1970），英国学者，精通哲学、数学、历史、社会科学、逻辑学，代表作有《人类的知识》、《哲学史》、《宗教与科学》等。

② 朱利安·索雷尔·赫胥黎（Julian Sorell Huxley，1887—1975），英国生物学家与优生学家，出身名门赫胥黎世家。

与梅杰博士起了两次论战，写了几封信嘲讽英格牧师[1]和伯明翰主教，甚至毫不犹豫地攻讦脾气火爆的罗素本人——当然，罗素根本不敢作出回应。其实多萝西很少阅读《教会时代》，如果看到家里出现这本杂志牧师会非常生气。家里订的那份周报是《高教会派信徒公报》——是一份古老典雅却不合时宜的高教会派保守报刊，只在一小部分被挑选出来的信众中发行。

“那头猪猡罗素！”维克多回忆着往事，双手深深地插进口袋里，“他让我气得血都沸腾了！”

“他不是一个很聪明的数学家吗？”多萝西咬掉线头。

“噢，我得说他在自己的研究领域确实很聪明，这是当然。”维克多不情愿地承认，“但那又有什么相干？一个人在数学方面很有天赋并不意味着他可以说出那些话——好了，不说了！我们回到刚才的话题吧，为什么我们就不能让人们到这个教堂来呢？因为我们的仪式太沉闷太不崇敬上帝了，这就是原因所在。人们想进行真正的崇拜——他们想要真正的天主教式的崇拜，而我们就属于真正的天主教会。但他们从这里得不到自己想要的。他们得到的是旧时的清教徒式的胡言乱语，而清教徒的教义已经行将腐朽了，每个人都知道。”

“根本不是这样！”多萝西摁下第三颗纽扣，大声地反驳道，“你知道我们不是清教徒。父亲总是说，英国的教会是天主教会——我不知道他讲过多少遍关于使徒统绪[2]的布道。这就是为什么波克索姆爵士和其他人不肯到这座教堂来的原因。

---

① 指威廉·拉尔夫·英格(1860—1954)，英国著名神学家，剑桥大学三一学院教授。

② 使徒统绪(the Apostolic Succession)，基督教术语，大体上是指基督教会为突出自身权力的正统，强调其历史与耶稣及其使徒的渊源。

他不肯加入国教—天主教合流运动，是因为他觉得那些人都是仪式主义者，为了仪式而进行仪式。我也是这么认为的。”

“噢，我可不是在说你父亲在教义上出错了——他的看法绝对合理。但假如他认为我们是天主教会，为什么他不能用合乎天主教的方式举行仪式呢？我们连偶尔焚香都不行，真是太丢脸了。还有他那些关于法袍的看法——如果你不介意我直说的话——实在是太糟糕了。在复活节星期天的时候他穿着一件哥特式长袍配一件现代意大利式的蕾丝白麻布圣职衣。真是要命了，这就像戴着一顶高礼帽却配着一双棕色的靴子。”

“嗯，我倒不像你那样把法袍看得那么重。”多萝西说道，“我想重点在于牧师的思想，而不是他的穿着。”

“早期的卫理公会信徒就是这么说的！”维克多厌恶地叫嚷着，“法袍当然很重要！要是我们不能把崇拜搞得像样一些，崇拜又有什么意义？如果你想看看真正的天主教崇拜是什么样子的，你可以去米尔巴罗的圣卫德凯教堂看看！好家伙，他们在那里弄得像模像样的！圣母马利亚的雕像、圣餐的准备——每件事情都那么美妙。低教会派的人已经找过他们三次麻烦了，可他们公然藐视主教。”

“噢，我讨厌他们在圣卫德凯教堂搞的那一套。”多萝西说道，“实在是太出格了。整个祭坛烟雾缭绕，你几乎看不清上面在做什么事情。我想喜欢那里的人干脆去信罗马天主教好了。”

“我亲爱的多萝西，你应该去做一个非国教信徒，真的。去信普利茅斯兄弟会[①]好了——或普利茅斯姐妹会什么的。我

① 普利茅斯兄弟会(The Plymouth Brethren)，始创于1831年，由一些反对英国国教的基督教信徒组成的松散的宗教团体，崇信《圣经》，弱化教会及教堂对信徒的约束力。

想你最喜欢的赞美诗一定是第567首：‘噢，我的上帝啊，我敬畏您，您是如此的崇高！’”

“而你最喜欢的应该是第231首，‘我每晚扎下自己的帐篷，一天天接近罗马！’”多萝西反唇相讥，将丝线绕着最后一个纽扣转了几圈。

这番争执继续了几分钟，与此同时，多萝西用羽毛和缎带给一顶海狸皮的骑兵帽进行修饰（那是一顶她自己的旧黑皮学帽）。每次她和维克多见面总是会为了“仪式主义”这个问题吵上一架。在多萝西看来，如果不加以阻止的话，维克多将会“滑入罗马天主教的渊薮”，而她的想法确实没错。但维克多还没有意识到自己可能的宿命。目前英国天主教运动正进行得如火如荼，同时三面树敌，激战正酣——右边是清教徒，左边是现代派基督教徒，而不幸的是，罗马天主教徒就躲在后面，阴险地踢你的屁股一脚——他满脑子想的就是这些。在《教会时报》里驳倒梅杰博士对他来说比什么事情都来得重要。虽然他事事恪守教会仪式，但其实他根本没有半丁点儿虔诚的信仰。宗教论战对他来说最吸引人之处就像是一场游戏——最引人入胜的游戏，因为这场游戏将永远进行下去，而且允许一点点欺诈作弊。

“感谢上帝，总算做完了。”多萝西摆弄着那顶骑兵海狸皮帽，然后把它放了下来，“噢，亲爱的，还有一大堆事情要做呢！我好想把那些讨厌的长筒靴抛到脑后。几点了，维克多？”

“还有五分钟就一点了。”

“噢，老天爷呀！我得走了。我得做三个煎蛋卷。我可不能指望埃伦会做。噢，维克多！你有什么东西可以捐出来作慈善义卖吗？如果你可以捐条旧裤子那就最好不过了，因为裤子总是卖得出去。”

“裤子？没有，不过我倒是有其他东西可以捐。我有一本《朝圣者之路》，还有一本福克斯[①]的《殉道者之书》，这本书我一早就想处理掉了。该死的清教徒的垃圾！是一个不信国教的姑妈给我的——难道你不觉得烦吗，干这些死乞白赖讨上几便士的事情？要是我们能以体面的天主教方式举行仪式，我们就可以吸引到体面的信众。难道你不明白，我们不需要——”

“太好了。”多萝西说道，“我们总是能筹到一堆书——每本书我们卖一便士，几乎所有的书都卖得出去。我们一定要把慈善义卖搞好，维克多！我希望梅菲尔小姐能捐出点好东西。我很希望她能捐出那套漂亮的旧洛斯托夫特瓷茶具，那我们至少可以卖出五英镑。今天早上我一直在祈祷，希望她能把那套茶具送给我们。”

“哦？”维克多说道，语气没有平时那么热情。和普罗哥特一样，听到“祈祷”这个词他觉得很尴尬。他可以一整天谈论宗教仪式，但提到私下祈祷他就会觉得不太好意思。“别忘了问你父亲关于游行的事情。”他把话题兜回到更合自己脾气的话题上。

“好的，我会问他。但你知道结果会是怎样。他只会觉得生气，说这是罗马式狂热。”

“噢，该死的罗马式狂热！”维克多可不像多萝西那样，说了脏话会进行忏悔。

---

① 约翰·福克斯（John Foxe，1516/1517—1587），英国历史学家和殉教史作者，作品多记述玛丽一世（Mary I）时期新教徒受血腥镇压的历史事件。

多萝西赶回厨房，发现只剩下五个鸡蛋，却得做三人份的煎蛋卷，她决定只做一个大的煎蛋卷，往里面加上昨天吃剩的煮土豆把蛋卷弄大一些。她简短地祈祷了一番，希望蛋卷能做成功（因为把蛋卷从锅里端出来的时候很容易弄破）。她搅了蛋，维克多朝路上走去，半是渴望半是愠恼地哼唱着“汝等欢呼吧，在这普天同庆的日子”，与一个一脸嫌恶的男仆擦肩而过，那男仆手里端着两个没有手柄的夜壶——那就是梅菲尔小姐捐给慈善义卖的东西。

六

晚上十点刚过。今天发生了很多事情——但没有什么大事，都是一些多萝西平日里做的教区工作。现在，和白天说好的一样，她来到沃波顿先生的家里，努力想在一场漫无边际的争论中守住自己的立场，他老是喜欢将她卷入争论中。

他们在聊天——事实上，沃波顿先生总是能触发关于某个话题的交谈——这个话题就是宗教信仰。

“我亲爱的多萝西，”他带着雄辩的姿态，在房间里来回踱着步，一只手插在大衣口袋里，另一只手拿着一根巴西雪茄，“我亲爱的多萝西，到了你这个年纪，你不是在说真的吧——我想你已经二十七岁了——以你的智力，你仍然完全相信你的宗教信仰？”

“我当然相信。你知道的。”

“噢，得了吧！那些劳什子乱七八糟的东西？那些子虚乌有的事情都是你在母亲的膝下承欢时所接触的——你不是想告诉我你还相信那些话吧？你当然不会相信！你不可能会相信！你害怕坦白，就是这样。在这里你不需要担心，你知道的。没有乡村教区司铎的老婆在偷听，我也不会说出去。”

“我不知道你所说的那些‘子虚乌有’的事情指的是什么？”多萝西坐直了身子，觉得有点生气了。

“嗯，我们举个例子吧。某件难以接受的事情——就以地狱为例吧。你相信有地狱吗？听好了，当我说‘相信’的时候，我不是在问你是不是相信那些让年轻的维克多·斯通抓狂的现代派牧师所说的那些索然无味的晦涩隐喻。我是说你真的相信地狱吗？你就像相信澳大利亚的存在一样相信地狱的存在吗？”

“是的，我当然相信有地狱。”然后她向他解释地狱的存在要比澳大利亚的存在更加真实，也更加永恒。

“嗯，”沃波顿先生不为所动，“这套说法当然自有其道理。但让我对你们这些信教的人起疑心的是，你们的信仰极其冷血。退一步说，它展现了极其贫乏的想象力。我是个亵渎上帝的异教徒，身处水深火热之中，七宗罪[①]里至少犯了六宗，一定会遭受到永恒的折磨，说不定一小时后我就会在烈焰地狱里饱受煎熬之苦。但是，你仍然坐在那里平静地和我说话，似乎什么事情都不会发生在我身上一样。如果我只是得了癌症或麻风或其他身体上的疾病，你一定会觉得很难过——至少我会骗自己说你会感到难过。反过来说，我将永远在地狱里被烤得嗞嗞响，你反而似乎根本不以为意。”

“我从来没有说过你会下地狱。”多萝西有点不自在地说道，希望这场对话能够转入别的方向。因为真相是，沃波顿先

---

① 指天主教为约束信徒而罗列出的人的恶行，分别指色欲(lust)、饕餮(gluttony)、贪婪(greed)、懒惰(sloth)、暴怒(wrath)、妒忌(jealousy)和傲慢(pride)。

生提出的这个问题正是她自己所不能回答的难题，不过她可不会告诉他这件事。她确实相信地狱的存在，但她从来无法说服自己真的会有人下地狱。她相信地狱的存在，却认为里面是空荡荡的。她无法确定这一信念是否符合正统，决定把它埋在心里。“是不是真有人会下地狱还尚未可知。”她的语气坚定了一些，觉得至少说出这句话的时候心里比较有底气。

“什么？”沃波顿先生假装诧异地顿了一下，“你不是在说我还有得救吧？”

“当然有得救。只是那些可恶的命定论者在胡说八道无论你悔不悔改都会下地狱。你不会以为英国国教和加尔文宗是一回事吧？”

“我想人总是能以顽愚无知为由逃脱惩罚。”沃波顿若有所思地说道，然后更加坚定地说，“你知道吗，多萝西，我觉得即使到了现在，认识我两年之后，你仍然觉得可以让我皈依基督。一头迷失的羔羊——注定将遭受烈火焚身之苦。我觉得你仍然抱着一线希望，相信会有那么一天，我的眼睛将被神明睁开，你和我在冷得要命的冬日的早晨于圣餐仪式上相会，不是吗？”

“嗯——”多萝西又觉得不大自在。事实上，她确实对沃波顿先生怀有一线希望，虽然他并不大可能皈依基督。依她的本性，当她看到一个不信教的人时，总会想着怎么去帮他一把，将他引回正途。有很多回，她花了不少时间，热切地跟某个持无神论的乡野村夫进行激辩，那些人连一条支持自己的无神论的合理说法都提不出来！“是的！”最后她承认了，虽然她不愿承认这一点，但也不愿闪烁其词。

沃波顿先生开怀大笑起来。

“你是一个本性乐观的人。”他说道，“但是，难道你就不害怕万一我把你改造了呢？‘死去的却是那条狗’[①]，你还记得吗？”

听到这句话多萝西只是微微一笑，“别让他看出他使你惊讶”——这就是她和沃波顿先生说话时奉行的金科玉律。刚才的一个小时他们就这样一直在争论不休，但什么结论也没有得出，如果她愿意留下来的话，似乎今晚剩下的时间也会以这种方式度过，因为沃波顿先生很喜欢嘲弄她的宗教信仰。他很有一番小聪明，那些不信上帝的人很多都是这样。在他们的争论中，虽然多萝西总是正确的一方，但并非总是获得胜利。两人坐在舒适宽敞的房间里，正对着月色皎洁的草坪——确切地说，是多萝西坐在那儿，而沃波顿先生站着。沃波顿把这个房间称为自己的“创作室”——但里面没有半点儿创作的痕迹。让多萝西感到失望的是，那个闻名遐迩的比乌利先生并没有来。（事实上，比乌利先生、他的妻子、他那本名为《鱼塘和情妇》的小说都纯属子虚乌有。沃波顿先生捏造出了这些人和书，为的就是把多萝西哄到自己的家里来，因为他知道，要是没有其他人作陪的话，她是不会来的。）多萝西发现只有沃波顿先生一个人在家时觉得很不自在。她曾经想过赶快回家是比较明智的举动，事实上，她对此十分肯定。但她还是留了下来，主要是因为她实在太累了，而那张她一进屋沃波顿先生就让她坐下的皮扶手椅实在是太舒服了，让她不愿起来。但是，

---

① 死去的却是那条狗（the dog it was that died），此句出自英国诗人奥利弗·哥尔德斯密斯（Oliver Goldsmith）的诗作《一只疯狗之死的挽歌》（An Elegy on the Death of a Mad Dog），该诗的大意是小镇里有一个信奉上帝的好人，与人为善，收留了一只流浪狗，却被它咬伤，但神迹显现了，善人得救，疯狗却死了。这句诗因此常被用来形容一个意想不到的结局。

现在她的道德感在刺痛着她。不能在他的家里待得太晚——要是被人们知道的话会嚼舌根的。而且，她还有一大堆工作要做，而她却丢着不管跑到这儿来了。她很不习惯懒散，连花一个小时只是聊天都会让她觉得有罪恶感。

她努力让自己在那张太舒服的椅子上坐直身子，“我想，如果你不介意的话，我真的得回家了。”她说道。

“说到顽愚无知，”沃波顿先生不去理会多萝西的话，继续说道，“我忘了是否告诉过你，有一次我站在切尔西那间‘天涯海角吧’外面等的士，一个丑得要命的救世军小女孩走过来对我说——连一句介绍都没有，你知道的——‘在主的审判席之前你会说什么？’我说我会保留辩护的权利。我说得不错吧，呃？”

多萝西没有回答。她想起了另一个苦差使——那些可恶的长筒靴还没做，今晚至少得做完一只。但她实在是很疲惫。今天下午她累得够呛，在烈日下骑了十英里的单车派发教区杂志，在教区礼堂后面那间闷热的小木屋里和母亲团契的成员们喝下午茶。每个星期三下午母亲们会坐在一起喝茶，做点慈善缝纫工作，而多萝西念书给她们听（现在她读的是基恩·斯特拉顿·波特[①]的《一个来自林博洛斯特的女孩》）。这些工作老是交给多萝西去做，因为在大部分教区里承担脏活累活、乐于奉献的女人（她们被称为“教会的母鸡”）在奈普山这里只剩下至多四五个。多萝西唯一能指望的全勤帮手只有富特小姐，她是一个三十五岁的老处女，个头高挑，长着一张兔脸，容颜开

① 基恩·斯特拉顿·波特（Gene Stratton Porter，1863—1924），美国女作家、摄影师和电影制片人，曾撰写了几本流行小说，并将其收入用于维护印第安纳州的林博洛斯特沼泽及其他湿地。

始变得苍老，总是一惊一乍地好心干坏事。沃波顿先生总是说她让他想起了“彗星”——“一种滑稽的圆头圆脑的东西，在古怪的轨道上绕圈飞奔，却总是赶不上趟儿”。你可以放心地把装点教堂的任务交给富特小姐，但处理母亲团契或主日学校的事务则不行，因为虽然她按时上教堂，但她的思想是否合乎正统很值得怀疑。她曾经向多萝西透露说，在蔚蓝的天空下崇拜上帝效果最好。喝完茶点后，多萝西赶回教堂，把鲜花摆上圣坛，然后帮父亲的布道稿打字——她的打字机是一台快要散架的布尔战争前的“盲打型”机器，每小时只能打不到八百个字——晚饭后她给菜园里的豆圃除草，一直干到天黑，背都快累断了。工作总是接踵而来，她感觉比平时更加疲惫。

“我真的得回家了。”她以更坚定的语气重复了一遍，“我想我已经迟得很厉害了。”

“回家？”沃波顿先生说道，“别胡说了！这还没到晚上呢。”

他已经扔掉了那根雪茄，双手插在大衣口袋里，绕着房间踱着方步。多萝西又想起那些还没做好的长筒靴，突然间决定今晚做两只长筒靴，而不是一只，作为对自己荒废了一个小时的惩罚。正当她开始在脑海里勾勒着该怎么裁剪那些牛皮纸做脚样时，她发现沃波顿先生已踱到了自己的椅子后面。

“您知道几点了吗？”她问道。

“可能十点半了，你我之间干吗要扯到时间这种低俗的话题？”

“都十点半了，我真的得走了。”多萝西说道，“我睡觉前还有一堆工作要做。”

“工作！晚上这个时候？不可能！”

“我真的有工作要做。我得做一双长筒靴。”

“你得做一双什么？”沃波顿先生问道。

“一双长筒靴。给那些演舞台剧的孩子们穿的，原料是胶水和牛皮纸。”

“胶水和牛皮纸？我的老天哪！”沃波顿先生嘟囔着。为了掩饰他朝多萝西的椅子挪近的动作，他继续说道：“你过的都是什么生活啊！半夜里还要用胶水和牛皮纸做这些乱七八糟的东西！有时候我会觉得很高兴，幸好我不是一位牧师的女儿。”

“我觉得……”还没等多萝西说完，她看不见的沃波顿先生温柔地将双手搭在她的肩膀上。多萝西立刻扭动着身躯，将他挣脱，但沃波顿先生将她摁在座位上。

“别动。”他的声音很温和。

“放开我！”多萝西叫嚷着。

沃波顿先生的右手抚摸着她的上臂，手法非常露骨：那是男人对女人流连不舍的赞美，仿佛将这个女人的身体当成了美味佳肴。

“你的手臂真的好美。”他说道，“你怎么能这么多年都守身如玉呢？”

“马上放开我！”多萝西又叫嚷着，再次开始挣扎。

“但我不想让你离开。”沃波顿先生拒绝了她。

“不要那样摸我的手臂，我不喜欢这样！”

“真是个调皮的孩子！你怎么会不喜欢呢？”

“我就是不喜欢！”

“不要走，转过身来。”沃波顿先生温柔地说道，“你似乎不知道我为什么要煞费苦心从后面接近你。如果你转过身，你会看到我老得可以当你的父亲，而且是个丑陋的秃子。但如果你保持不动，不要看着我，你可以把我想象成伊弗·诺威罗[1]。”

多萝西看到那只正在抚摸她的手——一只肤色红润的男人的大手，手指肥粗，手背上长着金色的绒毛。她脸色苍白，原本愠恼的表情变得惊恐而厌恶。她奋力挣脱开来，站起身面对着他。

“我没想到你会做出这种事情！”她的语气里透着愤怒与悲痛。

“你怎么了？”沃波顿先生问道。

他已经站直了身子，恢复了平常的姿势，完全不以为意。他有点好奇地看着她。她的脸色完全变了，不仅变得苍白，而且眼神里流露出内敛的恐惧——这一会儿，在她的眼中，他似乎成了一个陌生人。他察觉得到自己伤害了她，但他不明白她为什么会受到伤害——或许，她也不想让他明白这种伤害到底是什么。

“你到底怎么了？”他又问了一遍。

“为什么你每次见到我都会做出这种事情？”

“每次见到你？这未免也太夸张了。”沃波顿先生回答，“能让我下手的机会可真是太少了。但如果你真的不喜欢……”

“我当然不喜欢！你知道我不喜欢这样！”

“好啦，好啦！那我们就别再提了。”沃波顿先生大度地说道，“坐下来，我们换个话题。”

---

① 伊弗·诺威罗（Ivor Novello，1893—1951），威尔士创作歌手兼演员，是二十世纪早期英国最受欢迎的娱乐界明星之一。

他似乎完全不知羞耻为何物，或许这就是他最了不起的地方。他试图勾引她，但失败了，现在又想继续聊天，似乎当什么事情都没有发生过一样。

“我得回家了。”多萝西说道，“我不能再待下去了。”

“噢，胡扯！坐下来，忘了那件事。我们谈谈道德神学或教堂建筑，或者聊聊女童军的烹饪班，你爱聊什么都行。如果这会儿你回家了，我得多孤单哪。”

但多萝西执意要回家，两人争吵起来。就算没有向她求爱的念头——如果没走的话，无论他答应过她什么，过上几分钟他就会故态重萌——沃波顿先生也会强迫她留下来，因为和所有无所事事的人一样，他不喜欢上床睡觉，完全没有时间观念。如果可以的话，他会和你一直聊下去，直到凌晨三四点钟。虽然多萝西最后还是离开了，但他陪着她走在月色皎洁的车道上时，仍然滔滔不绝地说个不停。他的话非常风趣幽默，实在是没办法继续生气下去。

“明天一早我就离开。”走到大门的时候他说道，“我会开车去镇里接孩子们——那群兔崽子——接着后天去法国。去了法国之后我不知道下一程会去哪里，可能会去东欧，去布拉格、维也纳、布加勒斯特。”

“多好啊。”多萝西说道。

沃波顿先生虽然体格庞大臃肿，却嗖地一下拦在多萝西和大门之间，动作之敏捷令人咋舌。

“我会离开六个月，或许更久。”他说道，“当然，我知道这个问题很多余：在久别之前，你愿意和我吻别吗？”

还没等她反应过来，他就一把将她搂入怀中。她往后缩了一下——但太迟了，他亲到了她的面颊——如果不是她及时转过头的话，他会亲吻到她的嘴。她竭力而又无助地在他的怀里挣扎着。

“噢，放开我！”她叫嚷着，“放开我！”

“我想我一早就告诉过你了，”沃波顿先生轻松地将她牢牢抱紧，“我不会让你走的。”

“但我们就站在桑普利尔太太的窗前！她一定会看到我们的！”

“噢，老天爷啊！她会看到的！”沃波顿先生说道，“我都忘了。”

只有这句话能对他起作用，他松开了多萝西。她立刻走到门外，而他正注视着桑普利尔太太的窗户。

“我没看见里面点了灯。”最后他说道，“希望我们运气好，那个该死的老妖婆没看到我们。”

“再见。”多萝西说得很快，“这一次我真的得走了。帮我问候孩子们。”

说完这句话她转身快步走开，但没有跑起来，不让他再有强吻她的第二次机会。

这时传来了一个声响，让她咯噔了一下——那是明确无误的窗户关上的声音，是从桑普利尔太太的屋里传来的。她刚才一直在窥视他们吗？（多萝西心想）她果然一直在窥视他们！你还能怎么想？难道你以为桑普利尔太太会错过这么一幕吗？如果她真的在偷窥他们的话，明天上午这件事无疑就会传遍整个小镇，而且任何细节都不会遗漏。这个念头虽然很可怕，却只是在多萝西的脑海里一掠而过，她匆忙地顺着小路离开了。

直到沃波顿的房子从视野中消失后，她才停了下来，拿出手帕用力擦拭刚才被他亲过的面颊。她擦得那么用力，整张面颊都变得通红了。直到她把想象中的唇印擦得一干二净之后，她才继续上路。

他的行为惹恼了她。即使到了现在，她的心仍在怦怦乱跳，搅得她心神不宁。她在心里对自己说了好几遍，“我绝对无法忍受这种事情！”不幸的是，这确实是真的。她真的无法忍受这种事情。被一个男人亲吻或爱抚——感受到笨重的男性的胳膊搂着她，厚厚的男性的嘴唇盖住她自己的嘴唇——对她来说是很恐怖而令人作呕的事情。连记起或联想起这种事情也会让她毛骨悚然。这是她的私隐，这辈子都改不了的心理疾病。

“要是他们能不去碰你就好了！”她放慢了脚步，一边走一边想。她老是在心里对自己说着这句话——“要是他们能不去碰你就好了！”确实她并不是不喜欢男人。正好相反，她喜欢男人胜于喜欢女人。沃波顿先生吸引她的地方就在于他是个男人，而且说话很幽默很有见地，而这些是绝大多数女人所缺乏的。但为什么他们就不能放过你呢？为什么他们非得亲你，对你动手动脚呢？他们亲吻你的时候是那么可怕——可怕而且恶心，就像一只毛茸茸的巨兽挨在你身边，非常友善，但随时会变得很危险。而且他们除了亲你和对你动手动脚之外，还有其他意图，非常可怕的意图（她把这些称之为“那种事情”），她甚至连想都不敢想。

当然，有好些男人对她有点意思。她长得不算很漂亮，但也不算丑，是那种男人总是会纠缠不休的女孩子。当一个男人想找点乐子时，他不会去挑逗太漂亮的女孩。漂亮的女孩（他会这么认为）被宠坏了，因此性情喜怒无常。长相普通的女孩是容易捕获的猎物，就算你是一位牧师的女儿，就算你住在像奈普山这样的小镇，就算你几乎一辈子都在为教堂工作，你也无法完全摆脱追求。多萝西已经习惯了——习惯了中年胖子的死鱼一样色眯眯的眼睛。当他们开着车在路上经过你身边时，会故意慢下来。他们还会装模作样地介绍自己，刚过十分钟就会开始在你的手臂上摸一把掐一把。男人都是这副德性。即使神职人员也一样——有一次，一位主教的专职牧师……

但问题在于，即使是那些看得顺眼的男人以合乎礼仪的方式接近你，情况也好不到哪里去，噢，甚至更糟！她回想起五年前在米尔巴罗的圣卫德凯教堂认识的弗朗西斯·穆恩助理牧师。亲爱的弗朗西斯！如果不是因为“那种事情”的话，或许她已经嫁给了他！他总是一而再再而三地求她嫁给他，当然，她的回答总是“不行”，而他当然从不知道原因。她不可能告诉他原因。于是他走了，短短一年后就莫名其妙地死于肺炎。她喃喃地祈祷，为他的灵魂送去祝福，暂时忘记了父亲并不同意她为这个男人祈祷。然后，她好不容易将这段回忆压下心头。啊，最好不要再回忆起这段往事！每次想起来，都令她痛彻心扉。

她永远都不可能结婚，从很早以前她就下定了决心。从孩提时代起她就知道自己的命运。她无法克服对那种事情的恐惧——只要想起那种事情她似乎就畏缩僵硬起来。当然，她自己并不想克服这个心理障碍，因为和所有不正常的人一样，她不知道自己其实不正常。

然而，虽然她觉得自己的性冷感是天经地义的事情，她知道这种心理是怎样开始形成的。她记得很清楚，就像发生在昨天一样，那是发生在父亲和母亲身上可怕的一幕——她亲眼看到那一幕，当时她才九岁，在心中留下了深切而隐秘的疤痕。

过后不久，她又看到刻在陈旧的钢板雕刻上传说中的半兽人萨提尔追逐水泽仙女的图画。她那颗幼小的心灵觉得头上长角、半兽半人的生物是那么可怕狰狞，它们就潜伏在灌木丛中和树林里，随时会跳出来追逐少女。童年时有整整一年她不敢单独踏入树林一步，害怕那些萨提尔怪兽。当然，长大后她不再觉得害怕，但那种恐怖的感觉仍挥之不去。对她来说，萨提尔仍是可怕的象征，或许她永远无法摆脱这个梦魇，无法摆脱那种令人绝望而无法理喻的恐怖——荒凉的树林中那些蹄印，萨提尔那精瘦而毛茸茸的腿脚。那是无法通过探讨而改变的事情。而且，如今这种事情在受过教育的女人中非常普遍，根本不会让人觉得奇怪。

回到牧师的住所时多萝西激动的心情已经平复了。关于萨提尔、沃波顿先生、弗朗西斯·穆恩和她注定不婚不育的命运的想法刚才还在她的脑海里来回交织，现在已经被淡忘了，取而代之的是责难着她的一只长筒靴的画面。她想起今晚睡觉前起码还有两个小时的活儿要干。房子里黑漆漆的，她走到里屋，蹑手蹑脚地溜进洗碗间，担心会吵醒父亲——他可能已经入睡了。

她在漆黑的走廊里摸索着走向暖房，觉得自己今晚根本不该去沃波顿先生家里。她下定决心，再也不去那里了，就算她知道有其他人在那里也不去。而且明天她会去忏悔，作为对今晚去那里的惩戒。她点着了灯，在开始工作之前，她找出“备忘清单”，里面已经写了明天要做的事情，在“早餐”后面写了一个大写字母 P，这个字母表示“忏悔”①——意思是明天

① 在英文中，“忏悔”的单词是 penance。

早餐又不吃熏肉。然后，她点着胶水罐下面的煤油炉。

昏黄的灯光照着她那部缝纫机和桌上那堆做了一半的戏服，提醒着她还有更多的衣服没有开始缝制——她知道自己其实已经非常疲劳。沃波顿先生将手搭在她肩膀上的那一刻，她完全忘却了疲劳，但现在疲惫的感觉以双倍的威力卷土重来。而且今晚的疲惫感与往常不一样。她觉得真的感受到了成语“筋疲力尽”所说的那种感觉。她站在桌子旁边，突然间感到一种奇怪的感觉，似乎脑海里一片空白；有那么几秒钟，她忘记了自己走进暖房的目的是什么。

接着，她想起来了——那些长筒靴！恶魔在她耳边卑劣地引诱她，“上床睡觉吧，那些长筒靴明天再做也行。”她开始祈祷，希望获得力量，然后用别针扎自己。“加油，多萝西！不要偷懒！《路加福音》第九章第六十二节。[①]”接着，她把桌子上的杂物清理干净，拿出剪刀、铅笔和四张牛皮纸，坐下来剪出长筒靴脚背的鞋样，一边熬着胶水。

父亲的书房那口老爷钟敲响了午夜的钟声，但她仍在工作。她已经做好了两只长筒靴的鞋样，正往上面贴纸片，让靴子能坚固一些——这活儿很繁琐冗长。她身上的每一根骨头都在痛，她的眼睛困得快睁不开了。事实上，她几乎不知道自己在做些什么，只是机械地往鞋样上一条条地贴纸片，熬胶水的锅就搁在煤油炉上，炉火发出熊熊的燃烧声，让人昏昏欲睡，她每隔两分钟就会用别针扎自己一下，不让自己睡着。

① 本节的内容：“耶稣说，手扶着犁向后看的，不配进神的国。”

第二章

一

多萝西从漆黑无梦的一觉中醒来，感觉就像被吊着往上，脱离一口深渊，眼前越来越亮越来越亮，然后恢复了意识。

她仍闭着眼睛，但是，渐渐地，眼睑适应不了亮光，接着不由自主睁了开来。眼前是一条街道——虽然很破败却很热闹，有许多小商店和门面很窄的住家。街道上熙熙攘攘，电车和汽车穿梭不断。

不过，她其实没有在看东西，因为她并不理解她所看见的东西是人、电车和汽车——它们什么都不是。她甚至不知道它们在动，也没有意识到它们是东西。她只是看到这些，就像一只动物看到东西，但没有思考能力，几乎没有意识。街上很嘈杂——人们七嘴八舌地说着话，汽车喇叭响个不停，电车在布着砂石的轨道上发出刺耳的声音——这些噪声飘进她的脑海了，激起的只是生理反应。她说不出话，也不知道说话有什么用，更不知道现在是什么时间或自己身处何方，她甚至察觉不到自己的身体或自己的存在。

不过，她的知觉渐渐变得敏锐起来。川流不息的事物开始在她的脑海中分成不同的种类。虽然她还说不出话来，但她开始辨认得出事物的形状。一个长形的东西走了过去，有四根东西驮着它，后面还拉着一样方形的东西，下面有两个圆形的东西撑着。多萝西看着这东西过去，几乎是同一时间，一个字从脑海里浮现出来。那个字是“马”。“马”字消失了，但很快就以更复杂的形式出现：“那是一匹马。”别的字也跟着出现了——“房子”、“街道”、“电车”、“汽车”、“单车”——几分钟后几乎每一样她见到的东西都有了一个名字。她还想起了“男人”和“女人”这两个词。她琢磨着这些词语，发现自己知道有生命和无生命的事物之间的区别，“人”和“马”之间的区别，“男人”和“女人”之间的区别。

直到这时，在注意到周围的事物之后，她才意识到自己的存在。直到刚才为止她似乎只是一双眼睛和它们后面那个有感知能力但没有人格意识的大脑。但现在，她有点惊讶地感受到自己的存在，就像有人在她的心里面大声高喊着：“我就是我！”她还知道这个“我”从很早的过去就开始存在，一直都是同一个“我”，虽然她对这段过去毫无记忆。

但这个发现只是持续了一小会儿。从一开始她的心里就弥漫着一种不完整的感觉，隐隐约约让她觉得不甚满意。那种感觉是这样的：“我就是我”这句话刚才还似乎是一个答案，现在却变成了一个问题，不再是“我就是我”，而是“我是谁”。

她是谁？她思考着这个问题，发现她对自己到底是谁根本没有丝毫概念。看着那些穿梭不断的人和马，她知道自己是一个人而不是一匹马。接着，问题变成了，“我是男人还是女人？”感觉和记忆还是没能指出答案。这时，她的指尖碰巧触摸到自己的身体，她意识到自己身体的存在，那就是她自己的身体——事实上，那就是她自己。她开始用双手探索着身体，摸到了胸部。她是个女人。只有女人才有胸脯。不知怎的，她知道那些在她面前穿梭的女人衣服下有鼓胀的胸脯，虽然她并没有亲眼看见。

现在她明白，如果要了解自己到底是谁，她必须审视自己的身体，首先她得看自己的脸。她真的尝试着想看自己的脸，但很快她就意识到这是不可能的事情。她低下头，看到一袭破旧的黑绸长裙，裙子很长，腿上穿着一对肉色的人造丝长袜，皱巴巴脏兮兮的，还有一双破旧的缎面黑鞋，鞋跟很高。她觉得这些东西都很陌生。她看着自己的双手，觉得很陌生，又觉得很熟悉。这双手很小，掌心很硬，而且很脏。过了一会儿，她意识到这双手看上去很陌生是因为它们很脏。虽然她其实认不出来，但这双手看上去很自然亲切。

犹豫了一会儿，她转身沿着人行道慢慢地朝左边走着。那段似乎一片空白的过去神秘地告诉她这个世界上有镜子，镜子有什么用途，还告诉她商店橱窗通常会有镜子。走了一会儿，她来到一间卖廉价珠宝首饰的小店，橱窗里挂着一面镜子，路过的行人可以照见自己的脸。镜子中有十几张脸，多萝西立刻知道哪一张是自己的脸。但这并不表示她认得自己的脸，因为在这一刻之前她根本不记得见过这张脸。那是一张年轻女人的脸，瘦削白皙，眼角边密布着鱼尾纹，脸上还蒙着淡淡的一层污垢。她的头上胡乱戴着一顶俗气的黑色钟形帽，盖住了大部分头发。那张脸看上去既谈不上熟悉，但也不觉得陌生。在这之前她不知道自己长着一张怎样的脸，但现在她见到了自己的脸，便意识到自己的脸就应该长成这样。这和她内心的想象很吻合。

她从珠宝首饰店的镜子前转过身，看到对面商店的窗口写着“弗莱斯巧克力”几个字。她发现自己知道这几个字的目的是什么，然后她又看了一下，发现自己会识字。她的眼睛掠过街道，解读着那些奇怪的印刷字样、商店的名字、广告和新闻海报。她拼读出一家烟草店外面两张红白相间的海报上面写的字。一张海报写着："牧师的女儿最新情况报道"，另一张写着："牧师的女儿，现在据说身在巴黎"。接着她抬头看了一下，一座房子的屋角上面写的几个白字："新肯特路"。这几个字吸引住了她。她现在知道自己正身处新肯特路——迷迷糊糊中，她记起了另一件事——新肯特路在伦敦，所以她正身处伦敦。

知道自己身处何地后，她不禁心里一颤。现在她完全恢复了神智，她发现自己正置身于一个完全陌生的地方，这让她很疑惑害怕。这到底是怎么回事？她在这里干什么？她怎么会在这儿？她到底发生了什么事？

她很快就知道答案了。她思索着，她似乎完全理解那个词是什么意思："是的！我失忆了！"

这时两个年轻男子和一个女孩迈着沉重的步子走了过去，两个年轻男子背上扛着沉重的麻袋。他们停了下来，好奇地看着多萝西，犹豫了一会儿，然后继续向前走，走到五码开外的一盏路灯那里又停了下来。多萝西看到他们回过头看她，彼此间说着什么。其中一个年轻男子大约二十岁，胸很窄，长着一头黑发，脸颊赤红，样貌英俊，看上去像伦敦本地人，穿着一件时髦但很破烂的蓝色西装，戴着一顶格子鸭舌帽。另一个男子大约二十五六岁，个子不高，但很敏捷强壮，长着一个短而翘的鼻子，脸色红润，嘴唇厚得像两条香肠，露出一口大黄牙。他衣着褴褛，长着一头蓬乱的橙黄色头发，头发剪得很短，发际线很低，让他看起来很像一只吓人的猩猩。那个女孩看上去有点傻气，身材很丰满，穿着有点像多萝西。她隐约听到他们谈话的部分内容：“那个雌儿看上去好像病了。”那个女孩说道。

那个长着橙黄色头发的家伙本来以优美的男中音唱着《小宝贝》，这时停止了歌唱，回答说：“她可没病，不过处境不太妙，跟我们一样。”

“她跟诺比可是绝配噢，不是吗？”那个黑头发的青年说道。

“噢，你少来！”那个女孩惊讶地叫嚷着，假装要打那个黑发青年的脑袋。

那三个年轻人放下包裹，靠在灯柱上，然后犹豫不决地朝多萝西走来。那个长着橙黄色头发的年轻人似乎名叫诺比，他带头走在前面。他走起路来像是猴子在蹦跳，而且笑的时候嘴咧得那么大、那么诚恳，很难不向他报以微笑。他友善地向多萝西致意。

“你好，美女！”

“你好！”

“你处境不好吗，美女？”

“处境不好？”

“嗯，在流浪吗？”

“在流浪？”

“天哪，她是个疯子。”那个女孩喃喃说道，拉着黑发男子的手臂，似乎要把他拉走。

“我是说——你有钱吗，美女？”

“我不知道。”

听到这句话三个人呆若木鸡地面面相觑。他们可能觉得多萝西真的是个疯子。不过这时多萝西将手伸进裙子一侧的口袋里，这个口袋是刚才她发现的，摸到了一枚硬币。

“我想我有一便士。”她回答。

“一便士！”那个黑发青年厌烦地说道，“对我们来说真是太棒了！”

多萝西掏出那枚硬币，那其实是半个克朗。那三个人看上去十分惊讶，诺比咧嘴笑开了，然后像只猿猴一样兴高采烈地雀跃着，然后亲昵地挽住多萝西的胳膊。

“乖乖隆地咚！”他叫嚷着，“我们交好运了——你也是，宝贝，相信我，能遇到我们算你走运。我们可以让你发大财，没错。听我说，宝贝——你要跟我们三个搭伙吗？”

“什么？”多萝西问道。

“我是说——你跟弗洛、查理和我三人搭伙好吗？伙伴，懂吗？大家都是同志，并肩同行的同志。团结就是力量，散伙只能一事无成。我们出主意，而你出钱，干一笔大买卖，怎么样，美女？这笔买卖你干不干？”

“闭嘴，诺比！”那个女孩打断了他，“你说的那些话她根本一个字都听不懂。你就不能好好跟她说吗？”

“她会懂的，弗洛。”诺比平静地说道，“你不要多嘴，让我跟她说。我对付这种甜心自有一套，没错。听我说，宝贝——请问贵姓芳名？”

多萝西差点儿没脱口而出“我不知道”，但她很冷静，没有说出这么一句，而是从脑海里掠过的六七个名字中选了一个比较有女人味的名字，回答说：“我叫埃伦。”

“埃伦，乖乖隆地咚！流浪的时候咱可不兴叫你的姓。现在听我说，亲爱的埃伦，我们三个正准备去摘啤酒花，懂吗——”

"摘啤酒花？"

"就是摘酒花！"那个黑头发的年轻人不耐烦地插了话，似乎很讨厌多萝西的无知。他的语气和举止很愠怒，而且他的口音比诺比更粗俗难听，"去摘酒花——去他妈的肯特郡！你懂不懂？"

"噢，啤酒花？酿啤酒的？"

"对啦，乖乖隆地咚！她蛮上道的嘛。好了，宝贝，我说的就是这个，我们三个准备去摘啤酒花，去找份应允给我们的工作——就在下莫尔斯沃思的布莱辛顿农场。只是我们现在遇到了一点麻烦，懂吗？因为我们几个钱都用光了，我们得走上三十五英里的路——还得填饱肚子，晚上找地方投宿。有女人同行，真是乖乖隆地咚！但现在你和我们一起走，懂了吗？我们可以花两便士搭电车去到布罗姆利，那就搞定了十五英里，路上可以省一晚投宿的钱。你可以和我们搭伙——四个人搭伙是摘啤酒花的最佳搭配——如果在布莱辛顿摘一蒲式耳[①]挣两便士，你一星期就可以轻松地挣到十先令。你怎么说，小妞？你那半克朗在大伦敦这里可顶不了事。但要是你和我们搭伙的话，你住上一个月都没有问题——我们现在就搭车去布罗姆利，顺便弄点残羹冷炙。"

他所说的话多萝西只能听懂两三成，不时地插话问道：

"什么是残羹冷炙？"

"残羹冷炙？就是填饱肚子的东西。我看得出你沦落至此还不是很久，小妞。"

"噢……你想要我和你们一起去摘啤酒花，是这样吗？"

① 蒲式耳（bushel），英国容积单位，1蒲式耳合8加仑，约等于36.37升。

“对啦，我亲爱的埃伦。你跟不跟我们走嘛？”

“好的。”多萝西立刻回答，“我跟你们走。”

她没有丝毫犹豫就作出了这么一个决定。如果她有时间好好思考自己的处境的话，或许她会作出不同的选择。她可能会去警察局寻求帮助，这才是合乎情理的行动，但诺比和同伴正好在这个关键时刻出现，而她又很无助，自然而然地就跟着第一次见到的人走了。而且，不知道为什么，听到他们要去肯特郡让她觉得很安心。肯特郡似乎就是她想去的地方。另外那两个人没有再表示好奇或问一些尴尬的问题。诺比说：“好的。真是乖乖隆地咚！”然后他从多萝西手中轻轻取走那半个克朗，滑入自己的口袋里——他解释说要替她保管，免得丢了。那个黑头发的年轻人——他似乎叫查理——以他那乖戾阴沉的口吻说道：

“好了好了，咱们该出发啦！已经两点多了，我们可不能错过了电车。起点站在哪儿，诺比？”

“在大笨象[①]那里。”诺比回答，“我们得在四点钟之前赶到那儿，因为过了四点钟就没有顺风车搭了。”

“那就走啊，别浪费时间了。我们到了布罗姆利，天黑时还得找个地方住。走吧，弗洛。”

诺比将包裹甩到肩膀上，“出发啦！”

他们没有再聊下去，匆匆出发。多萝西还是充满了困惑，但感觉比半个小时前好了许多。她走在弗洛和查理身边，但他们俩只顾着彼此说话，根本没有注意她。从一开始他们俩似乎就和多萝西有点疏远——他们想分享那半个克朗，却又不肯以

---

① 指伦敦中区的象堡(The Elephant and Castle)。

友善的态度对待她。诺比走在前头，虽然背着东西，脚步仍很轻捷。他高高兴兴地模仿着军乐的调子唱着那首著名的军歌，歌词似乎是这样的："我肏！这就是他妈的军乐队；我肏！[①]你他妈的也一样！"

二

现在是八月二十九日，多萝西在暖房睡着的那天晚上是八月二十一日，因此她的生命有八天的时间是空白的。

她的遭遇其实很普遍——几乎每周报纸上都会刊登一桩类似的事情。一个男人失踪了几天或几个星期，然后在警察局或医院里现身，不知道自己是谁或自己从哪里来，因此也就无从得知在失踪的那段时间里他做了些什么。他似乎一直像游魂野鬼一样游荡，但这段时间里别人都觉得他就是一个正常人。而关于多萝西的情况，只有一件事可以肯定，那就是，在流浪期间她被洗劫一空，因为她身上穿的衣服不是自己的，而且金十字架也不见了。

诺比搭讪她的时候，她已经开始康复。如果有人悉心照料她的话，她可能在几天内，甚至几小时内就恢复记忆。一件小事很容易就可以做到这一点：遇到一位朋友，有一张家里的照片，几句有技巧的盘问。但是她根本得不到这些所需的轻微精神刺激，因此，她陷入了最初她醒来时的那种精神状况——她的神智似乎很正常，但她根本想不起自己到底

---

① 指《波吉上校进行曲》(Colonel Bogey March)，是英国军乐指挥弗雷德里克·约瑟夫·里克特(Frederick Joseph Ricketts)于1914年创作的乐曲。在英国，广为流传的一则戏谑版本是："Bullshit, that's all the band can play, Bullshit, they play it night and day."而奥威尔在本书里的英文原版是："'...' that's all the band can play; '...' and the same to you!"

是谁。

当然，现在她遇上了诺比及其同伴，失去了反思自己处境的机会。她没有时间坐下来好好思考整件事——没有时间考虑自己的困境，并想出解决的办法。她一下子滑入了陌生而肮脏的下等人的世界，连静下来思考五分钟的机会也没有。每一天都似乎在无休止的噩梦中度过一样。事实上，这的确像一个噩梦，这个噩梦里没有急迫的恐惧，却充满了饥饿、污秽和疲惫，不停地冷热交替。后来她回首这段时光，白天和黑夜交织在一起，她完全不知道度过了多少个日夜。她只知道有一段不确切的时间她一直脚酸，而且总是饥肠辘辘。那段时间最清晰的回忆就是脚酸和饥饿，而且夜里很冷，由于睡不着觉和风餐露宿，油然生出一种奇怪的迟钝茫然的感觉。

来到布罗姆利之后，他们在一处可怕的垃圾堆“安营”——这里布满了纸屑，散发着屠宰场废料的恶臭——然后在一座游乐园边上又高又湿的草丛里盖着麻袋打着寒战又过了一夜。到了早上他们步行出发去啤酒花田。打一开始多萝西就意识到诺比所许下的找到一份工作的承诺根本不切实际。他是在信口开河——他漫不经心地承诺了这件事——目的是为了引诱她和他们同行。他们找到工作的唯一希望是去到种啤酒花的郊外挨家挨户上农场找活儿干，或许还有的农场需要采摘帮工。

他们可能还要走三十五英里的路，这是直线距离，但走到第三天他们还没走到啤酒花田的外围。当然，他们走得这么慢，是因为他们得找吃的。如果不是为了解决吃饭问题，他们可能只需要两天，甚至一天，就可以走完这段路程。他们几乎没有时间想一想自己是不是正在朝啤酒花田的方向前进。寻找食物主宰了他们的一切行动。多萝西那半个克朗不到几小时就用光了，之后他们只能行乞。但麻烦的事情来了。一个人乞讨到食物不难，两个人乞讨也不难，但他们四个人在一起，情况就完全变了。在这种情况下，要活下去就只能像野兽一样一心一意锲而不舍地寻找食物。食物，那成了那三天里他们所考虑的唯一的事情——就只有食物，而要弄到食物总是那么困难。

从早到晚他们都在乞讨。他们走了很远的路程，呈之字形横跨郊区，穿村过乡挨家挨户地乞讨。他们不放过任何一间肉店、任何一家面包店、任何一间有希望的房屋，怀着希望围着那些去野餐的人要吃的，朝过往的汽车招手——但总是落空，还觍着脸捏造出悲惨的故事向年老的绅士搭讪。他们经常得走上五英里的路才能乞讨到一点面包屑或几片熏肉。他们四个人都要乞讨，包括多萝西在内。她记不起以前的事情，所以也就无从比较，不知道这是羞耻的事情。但无论怎么努力，他们总是讨不到吃的，如果不是连讨带偷的话，可能得有一半的时间空着肚皮。黄昏和清晨的时候他们跑到果园和田间偷苹果、李子、梨子、榛子、覆盆子和土豆。诺比认为，经过一片土豆田不偷上满满一口袋简直就是一桩罪过。偷东西最多的是诺比，而其他人总是帮他放风。他是个胆大包天的窃贼，老是喜欢自吹自擂说任何没有绑紧的东西都可以手到擒来。如果不是好几次他们拦住他的话，可能四个人都会被关进监狱。有一次他甚至想去偷鹅，但那只鹅发出可怕的尖叫，主人走出屋门查看出了什么事，查理和多萝西赶紧把诺比拉走了。

那几天他们每天要走二十到二十五英里的路，走过公共空地和名字稀奇古怪的村庄，在死胡同路那里迷路了，四仰八叉地躺在弥漫着茴香和艾菊气味的干沟渠里，偷偷溜进私人的树林，在柴火和水都容易找到的灌木丛里“安营”，用两口两磅重的烟罐煮一些肮脏古怪的饭吃，那两口烟罐是他们仅有的饭锅。运气好的时候，他们可以吃到用乞讨来的熏肉和偷来的花椰菜煮成的炖汤；有时候他们把土豆扔进灰堆里煨熟，味道淡一点也照吃不误；有时他们偷来秋熟的覆盆子，放在铁罐里煮成果酱，心急得果酱还滚烫的时候就囫囵吞下肚里。茶叶是唯一不缺的东西。即使什么东西都没得吃的时候，他们也可以泡杯深棕色的茶水喝喝提神。茶叶是最容易乞讨到的东西。“求求您，夫人，能赏点茶叶么？”这句话一直有求必应，连那些冷漠无情的肯特郡家庭主妇也不会拒绝。

那几天热得要命，路面被晒得明晃晃的，路过的汽车激起烟尘直喷他们的脸。那些载着去采摘啤酒花的一家家老小的卡车经常驶过，他们欢呼着，车上堆满了家具、孩童、狗和鸟笼。晚上总是很冷。在英国，几乎没有一天晚上过了午夜天还会暖和。他们只有两张大麻袋御寒，弗洛和查理盖一张麻袋，多萝西自己盖一张，诺比睡在光秃秃的地上。睡地上很不舒服，几乎与寒冷一样难以忍受。如果你背着地，头部没有枕头支撑就会朝后仰，脖子似乎拗断了；如果你侧身躺着，盆骨会顶着硬邦邦的地板，非常难受。就算凌晨的时候你勉强睡一会儿醒一会儿，寒意也会侵入你最深的梦境。只有诺比能抵御得住寒冷，就算在一块浸湿的草地上他也可以睡得很香，就像睡在床上一样，他那张粗糙的猿猴一样的脸看上去总是那么红润温暖，十来根金红色的胡须就像铜线一样在下巴上闪闪发亮。和那些长着红毛的人一样，他似乎从体内散发着热量，不仅能温暖自己，连他周围的空气也变得暖和了。

多萝西对这种奇怪而艰苦的生活逆来顺受——她只隐隐约约地知道过去她的生活应该不是这样子的。才过了几天她就不再去想自己奇怪的处境。她接受了生活中的一切——接受了肮脏、饥饿和疲惫，接受了无休止的来回兜路，接受了这种白天得忍受炎热和烟尘，晚上冷得浑身颤抖根本睡不着的日子。她实在是累得没办法去想事情。到了第二天下午，除了诺比之外，大家都累垮了，而他似乎根本不会累倒。即使他们刚出发不久一枚钉子就扎穿了他的鞋底，他也似乎不以为意。有时，多萝西走路的时候似乎都快累得睡着了。现在她得扛点东西，因为两个男伴已经在扛着其他行李，而弗洛坚决不肯帮忙。多萝西自告奋勇扛那口麻袋，里面装着偷来的土豆。他们通常有十磅土豆作为储备。和诺比与查理一样，多萝西把麻袋扛在肩膀上，但绳子就像锯子一样勒进她的皮肉里，麻袋碰撞着她的臀部，不停地摩擦，直到磨出血来。没走多远路她那双破破烂烂的旧鞋就开始裂开，到了第二天右边的鞋跟就掉了，她只能跛着脚走路。诺比很有经验，他让她把左边的鞋跟也弄掉，变成一双平底鞋。结果，当她上山的时候小腿就疼得不行，似乎她的两个脚底板被一根铁棍捶打过一样。

弗洛和查理比她还惨。想到要走那么远的一段路，他们没被累死都被吓死了。他们之前从来没想过一天要走二十英里路。他们俩都是土生土长的伦敦人，虽然他们在伦敦流浪了七个月，但两人从未走过远路。不久前查理还有份好差事，而弗洛曾经有个温馨的家，直到她受人勾引，被逐出家门，流落街头。他们偶然在特拉法尔加广场与诺比相遇，同意跟他去摘啤酒花，一心以为会是什么乐子。他们俩都失业没多久，当然打心眼里看不起诺比和多萝西。他们需要诺比带路，而且诺比有勇气去偷东西，但他是属于社会地位较低的一类人——这就是他们的态度。至于多萝西，自从那半个克朗用完之后，他们就不再纡尊降贵看她一眼。

刚到第二天，他们就想打退堂鼓了。他们俩老是落在后头，不停地骂骂咧咧，吃东西又想吃多一点。到了第三天，他们几乎不想再走下去。他们只想回伦敦，不再想去啤酒花田了。他们只想躺在一处舒服点的地方，有东西吃的时候就吃个不停。每次歇脚之后，他们总得吵上一阵子，然后才能重新出发上路。

“起来啦，伙伴们！”诺比会说道，“收拾好你的行囊，查理。我们得出发了。”

“噢——出发了！”查理会愁眉苦脸地回答。

“我们可不能一直待在这儿，不是吗？我们说好了，今晚得赶到斯文诺克，不是吗？”

“噢——斯文诺克！斯文诺克或其他该死的地方——对我来说都他妈一样的该死。”

“但是——我们说好的了！我们明天不是要找工作吗？我们先得赶到那些农场，才能开始找工作。”

“噢——农场！我希望没听到农场这个词——噢！我生来可不是——像你这样死赶路烂赶路的。我受够了，是的，我——受够了！”

“如果这就是该死的摘啤酒花，”弗洛插话道，“我已经他妈的受够了。”

诺比偷偷对多萝西说，弗洛和查理能有机会搭顺风车回伦敦时可能会“开溜”。至于诺比，没有什么事情能让他灰心丧气或让他生气，即使鞋底扎了钉子，刺得他那只臭袜子鲜血淋漓也无所谓。到了第三天，那根钉子在他的脚上扎了一个洞，诺比不得不每走一英里就停下来把钉子敲下去。

“对不起，伙计们。”他会说，“我得再停下来弄弄我那血淋淋的蹄子。这根钉子真是乖乖隆地咚。”

他会找来一块石头，蹲坐在阴沟上，细心地把钉子敲下去。

“好了！”敲完之后他会高兴地说出这么一句，用大拇指摸索着鞋底。“这该死的钉子总算睡棺材里了！”

这句墓志铭似乎是在说反话，不到一刻钟，那根钉子又会翘起来。

当然，诺比向多萝西求过爱，虽然她拒绝了他，却也不对她怀恨在心。他是个乐天派，从来不会把挫折看得太重。他总是那么快活，精力充沛地以男中音的歌喉唱着歌——他最喜欢唱的三首歌是《小宝贝》、《收容所的圣诞节》（用《教堂唯一的基石》这首歌的调子唱出来）和那首用军乐的调子唱出来的《我肏！这就是他妈的军乐队》。他二十六岁，丧偶，一直以卖报纸为生，喜欢小偷小摸，进过少年感化院，当过兵，做过窃贼和流浪汉。不过，这些事情你得自己一点一点拼凑起来，因为他不会从头到尾讲述自己的生平。聊天时他会时不时随意而生动地讲述自己的回忆——他在前线部队里服役了六个月，后来一只眼睛受伤，因伤退役了；他在哈洛威喝过那叫人恶心的施粥棚稀粥；他在德普福德的贫民窟度过童年；他那十八岁的妻子在分娩时死去，而那时他才二十岁；他在感化院挨过那些可怕的、弹力十足的藤条；他还曾溜进伍德沃斯制鞋厂，硝化甘油闷声闷气地炸开了保险柜，他乘机偷了一百二十五英镑，三个星期就花个精光。

第三天下午，他们终于来到了种植啤酒花的乡村，灰心丧气的人也开始多了，大部分都是流浪汉，他们准备走回伦敦，因为他们听说这里根本找不到活儿干——啤酒花的收成不好，而且价格很低，吉卜赛人和有家的采摘工人几乎霸占了所有工作。听到这些话，弗洛和查理完全放弃了希望，但诺比巧舌如簧好说歹说，让他们继续又走了几英里路。在一座名叫威尔的小村庄，他们碰到了一个爱尔兰老妇人——她叫麦克艾里格特太太——她刚在附近一片啤酒花田找到了一份工作。他们拿几个偷来的苹果交换了一块她早前“讨来”的肉。她告诉了他们关于采摘啤酒花的一些有用的提示，告诉他们可以到哪些农场碰碰运气。他们几个人躺在村子里的绿地上，对面是一间小杂货店，外面贴着几张报纸的海报。

“你们最好继续往前走，到查尔莫斯农场试一试。”麦克艾里格特太太用她那低俗的都柏林口音说道，“大概离这里有五英里。我听说查尔莫斯农场还需要好几个采摘工。我敢保证，如果你们去得早的话，他会雇用你们的。”

“五英里！天哪！难道就没有近一点的农场了吗？”查理嘟囔着。

“嗯，还有诺曼农场，我自己就在诺曼农场工作——明天上午开始上班。但你们不用去诺曼农场碰运气了，他只会雇用有地方住的采摘工人，而且他们说他准备让一半的啤酒花风干掉。”

“有地方住的采摘工人？怎么回事？”诺比问道。

“他们都是自己有家的人。要么你得在附近有住所，要么农场主得给你提供睡觉的地方，现在的法律就是这么要求的。以前你来摘啤酒花，就算是住马棚也没人多问一句。但现在工党执政了，他妈的提出干预，制定了一条法律，规定如果农场主不能提供合理的住宿，就不能雇用采摘工人。所以诺曼只雇用那些自己有住所的人。”

“嗯，那你不会有自己的住所吧？”

“我才没有呢！但诺曼以为我有。我骗他说我住在附近一间小屋。这事就你们知道，我在一间牛棚里过夜，除了牛屎臭一点外，还不算太糟糕。不过我得早上五点就出来，不然会被那些放牛的逮到。”

“我们都没有摘啤酒花的经验。”诺比说道，“就算我看到一棵该死的啤酒花都不知道是什么。找工作前，还得向您请教呢，您可是老行家了。”

“天哪！摘啤酒花根本不需要经验。把它们摘下来，放进桶里就成。要做的就这些，摘啤酒花。”

多萝西快睡着了。她听到其他人有一搭没一搭地闲扯，刚开始说的是摘啤酒花，接着又说到了报纸上刊登的关于一个女孩失踪的新闻。弗洛和查理在看对面商店门前的海报，多少恢复了一些精神，因为那些海报让他们想起了伦敦和那里的乐子。他们似乎对那个失踪的女孩很感兴趣，称她为“牧师的女儿”。

“看过这张了吗，弗洛？”查理问道，一边有滋有味地读着一张海报，“‘牧师之女的春闺私情。真相大揭秘！’真带劲儿！要是我有一便士就好了，买一份来读一读！”

“哦？讲什么事儿来着？”

“什么？我不是刚读过了吗？报纸上铺天盖地报道着牧师的女儿这般这般，牧师的女儿那般那般的——有一半都是诲淫诲盗的描写。”

“她可是个热门话题，那个老牧师的女儿。”诺比仰面躺着，若有所思地说道，“要是她在这儿就好了！我知道该怎么对付她。没错，我可以搞定她。”

“是个离家出走的女孩子。”麦克艾里格特太太说道，“她和一个比她大二十岁的男人私奔了。现在失踪了，人们到处在找她。”

“夜半三更乘车私奔，身上除了一件睡袍外别无衣物。”查理品头评足地念道，“整个村子的人看见他们离开。”

“有人认为他把她带到国外去了，卖给了巴黎的某个灯红酒绿的妓院。”麦克艾里格特太太补充道。

“身上除了一件睡袍外别无衣物？她一定是个不要脸的臭婊子！”

原本，这番对话可以扯到更多细节，但这时多萝西打断了他们。他们所说的话引起了她的好奇，因为她不知道“牧师”这个词是什么意思。她坐起身，问了诺比一句，

“什么是牧师？”

“牧师？怎么了，就是目高于顶的家伙，那些在教堂里讲经布道，叫人唱赞美诗的家伙。昨天我们就遇到过一个——骑着一辆绿色的单车，把领子前后反着穿。牧师就是神职人员，你懂的。”

“噢……嗯，我懂了。”

“牧师啊！不就是那些讨厌的糟老头子嘛。”麦克艾里格特太太缅怀地说道。

多萝西其实还是没有搞懂。诺比的话让她有点明白了，但只是那么一点点。“教堂”和“神职人员”似乎勾起了她脑海中模糊的回忆。那是她对于过去的神秘回忆里的一处空白——

那段记忆里有许多处空白。

那是他们流浪的第三个晚上。天黑的时候他们和往常一样来到了一处小树林准备露宿，刚过午夜就下起了瓢泼大雨。他们摸黑踉跄着走了大约一个小时，想找个地方躲雨，最后，他们找到了一座干草堆，蜷缩在一起躲在背风面直到天亮得可以看见东西。弗洛以最令人无法忍受的方式整晚大哭大闹，到了早上她濒临半崩溃的状态。她那张傻乎乎肥嘟嘟的脸被雨水和泪水冲刷得干干净净，看上去就像一个自怨自艾的扭曲的猪尿泡。诺比从篱笆下面找到了一抱半干的柴火，然后他好不容易生起了火，煮了茶喝。无论天气多么恶劣，诺比总能生起火煮口茶喝。他随身带的东西里有几片旧轮胎，可以在木柴潮湿的时候用来点着火。他甚至还能用一根蜡烛把水烧开，只有少数经验丰富的流浪汉才有这个本事。

经过这一夜的折腾，大家的身体都冻得发僵，弗洛大声宣布自己再也走不动了。查理也这么说。因此，由于有两个同伴不肯上路，多萝西和诺比自己出发去查尔莫斯农场，约好了碰运气后的会合地点。他们走了五英里路，走过广袤的果园，终于找到了查尔莫斯农场，人们告诉他俩工头很快就到。于是他们在农场边上等了四个小时，太阳将背上的衣服烤干了。他们望着那些摘啤酒花的工人在干活，那幕情景是那么祥和迷人。那些啤酒花的藤蔓爬得很高，就像放大版的红花菜豆，郁郁葱葱、枝叶繁茂，一垄垄地生在田里，一簇簇淡绿色的啤酒花就像巨大的葡萄一样在上面晃荡着。轻风吹拂着啤酒花，散发出一股清新而略带苦涩的味道，有点像硫黄，又有点像冷冽的啤酒。每一垄田里都有一家子晒得黝黑的人把啤酒花摘下来放进桶子里，一边干活一边唱歌。很快，哨声一响，他们停下工作，就着以啤酒花的藤蔓为柴火噼啪作响的火堆烧茶。多萝西很羡慕他们。他们围坐在篝火旁边，喝着茶，吃着面包和熏肉，周围弥漫着啤酒花的味道和木头的清香，看上去那么快乐。她想在这里工作——但是，现在什么也做不了。一点钟的时候工头过来了，告诉他们这里不请人，于是他们只能顺着原路回去，路上偷了十来个苹果，作为对查尔莫斯农场的报复。

他们回到约好的地方时，弗洛和查理都不见了。他们找了一圈，但心里都知道发生了什么事情。显然，弗洛朝某个路过的卡车司机抛了几个媚眼，于是司机让她和查理搭顺风车回伦敦，希望路上能有机会一亲芳泽。更糟糕的是，他们把两个包裹也偷走了。多萝西和诺比没有东西吃了，没有面包屑、没有土豆、没有茶叶、没有被单，连那两个用来煮东西吃的铁罐都没有了——事实上，他们就只剩下身上穿的那身衣服。

接下来的三十六小时很难挨——非常难挨。他们又累又饿，多么渴望能找到一份工作！但他们在种啤酒花的乡村里越走越远，找到工作的希望却越来越渺茫。他们挨个农场找活儿干，但答案总是一样——那里不请采摘工人——而且他们光惦记着找工作，根本没有时间去乞讨，只有那偷来的苹果和李子充饥，但这些东西酸死了，吃下去搞得胃很不舒服，而且越发饥饿。那天晚上没有下雨，但比以往更冷了。多萝西根本没有睡觉，整晚就蜷在火堆前，照看着火堆，担心它会灭掉。他们躲在山毛榉树林里一棵虬曲的参天大树后面，这里可以挡风，但身上也被不时滴下来的冰冷的晨露打湿了。诺比舒展开身子，大张着嘴，半边大脸被微弱的火光照亮了。他睡得很安详，就像一个熟睡中的小孩。一整晚，失眠和无法忍受的不适让多萝西的心里产生了一丝怀疑。她长这么大，就是为了过这样的生活吗？这种漫无目的的流浪，整天饿着肚子，晚上躲在滴水的树下瑟瑟发抖？在那段空白的过去她就是这么生活的吗？她是从哪儿来的？她是谁？她想不出答案，到了天亮，他们又上路了。到了当天晚上他们问了十一家农场，多萝西的腿再也走不动了，她累得头晕眼花，连路都走不直。

不过，意想不到的是，到了深夜他们的运气来了。他们来到一座名叫克林托克的村庄，找到一家凯伦斯农场，连问题都不用回答就立刻被雇用了。监工只是打量了他们一下，然后说："就请你们了——你们行的。明天早上开始，第十九组七号桶。"他甚至连他们叫什么名字也没有问。似乎采摘啤酒花不需要什么优秀品质或经验。

他们走到草坪上，采摘工人们在那里宿营，感觉就像做梦一样，身体疲惫不堪，但找到了工作，心里很高兴。多萝西发现自己走过恍如迷宫、盖着铁皮屋顶的小茅屋和窗口吊着五颜六色的衣服的吉卜赛大篷车。一群群孩子簇拥在茅屋之间狭窄的青草小径上，衣着褴褛长相和蔼的人们正就着无数堆柴火做饭。在草地的尽头有几间小锡房，比起其他房子条件还要差一些，那是给未婚的采摘工人住的。一个正在烤奶酪的老头给多萝西指路，让她去其中一间女人住的小茅屋。

多萝西推开小屋的门，里面大概有十二英尺长，窗户没有安玻璃，钉上了木板，屋里没有任何家具，除了一摞堆到屋顶的稻草堆外就什么也没有了——事实上，整间屋子几乎被那摞稻草堆填满了。多萝西的眼睛几乎睁不开了，那堆稻草看起来似乎舒服极了。她往屋里走去，但脚底下传来一声尖叫，吓住了她。

"哎哟！你干吗？走开！谁叫你踩到我肚子上的，

蠢货？”

稻草堆里似乎有女人，多萝西更加小心地往前走，被什么东西绊到了，扑倒在草堆上，眼看着就要睡着了。一个外貌粗鲁衣衫不整的女人从稻草堆的海洋里像美人鱼般一跃而出。

“你好，伙计。”她说道，“刚来的，是吧，伙计。”

“是的，我累了——好累好累。”

“你不盖被单就这么睡在草堆里，会冻坏的。你没有毯子吗？”

“没有。”

“那你等等，我这儿有个袋子。”

她一头钻进稻草堆里，然后拿着一口七尺长的啤酒花麻袋又钻了出来。多萝西已经睡着了。她勉强醒来，钻进麻袋里，那口麻袋很长，从头到脚都套得下。然后她半是扭动半是沉落，深深地沉进了一堆比她想象中更暖和更干燥的稻草里。稻草撩拨着她的鼻孔，钻进她的发际，甚至透过麻袋刺痛着她，但现在没有哪个想象得到的地方——克里奥佩特拉①的天鹅绒卧榻或哈伦·拉希德②的浮床——能让她睡得更加舒坦。

三

当你找到了一份摘啤酒花的工作，你很快就会适应这份工作的日常节奏。只需要一个星期你就可以成为一名熟练的采摘工人，感觉好像这辈子都在摘啤酒花。

---

① 克里奥佩特拉（Cleopatra），“埃及艳后”，古埃及托勒密王朝最后一任女王，公元前 51 年至前 30 年在位。

② 哈伦·拉希德（Haroun al Raschid），阿拉伯阿巴斯王朝第五任哈里发，公元 786 年至 809 年在位。

这份工作容易得很，但无疑非常耗费体力——你一天得站十到十二个小时，到了晚上六点你就累得只想睡觉——但根本不需要任何技术。农场里有三分之一的采摘工人和多萝西一样都是新手。有的人来自伦敦，连啤酒花长什么样，该怎么采摘，为什么要采摘都不知道。据说，有一个人第一天来到田里的时候问，“铲子在哪里？”他以为啤酒花长在土里，得把它们挖出来。

除了星期天之外，在农场里每一天似乎并没有区别。五点半的时候就有人敲你的小屋的墙壁，你从睡铺上爬起来，开始找鞋子穿，其他埋在稻草堆里的女人半睡半醒地咒骂着（房间里睡六七个人，甚至要睡八个人）。如果你笨笨地把衣服脱掉，放在稻草堆里，它们很快就会不翼而飞。你一只手抓起一捆稻草，另一只手抓起干燥的啤酒花藤和外面拿来的一根木柴，生起火准备做早饭。多萝西总是比诺比起得早，所以经常是她给他和自己做早饭，做好后就敲敲他那间小屋的墙壁。那个九月早上很冷，东边的天空渐渐从黑色变成了钴蓝色。草地上结了一层银白色的晨露。早饭总是一成不变——熏肉、茶、用熏肉的脂肪烤的面包。吃着早饭的时候你又做了菜式相同的一餐，准备午饭的时候吃，然后，你带着便当盒，在蔚蓝多风的黎明中出发走一英里半路去到农田。一路上，你的鼻子被冻得老是流鼻涕，只能时不时停下来把鼻涕擦在麻布围裙上。

啤酒花田大概以一英亩为单位分隔开来，每一块田分配大约四十个采摘工人。监工总是一个吉卜赛人——每次大家一起把一块田摘完。藤蔓长了大约有十二英尺高，顺着绳子往上爬，拉着横向的铁丝，成串地吊在那儿，两排之间相隔大概有一两码远。每一排藤蔓下面放着一个麻布袋，就像深陷的吊床挂在沉重的木架上。你一到那儿就把你自己的布袋挂好，把旁边的两株藤扯下来——茂密的、尖细的叶子就像长发公主的发梢，露水滴滴答答地落在你的头上。你把藤蔓拉到布袋的上面，从藤的粗端开始，把上面一丛丛密集的啤酒花摘下来。凌晨的时候你只能慢慢地笨拙地摘，你的手被晨露冻得僵硬发麻，而且那些啤酒花又湿又滑。只摘啤酒花而不把叶子和茎秆摘下来是很困难的事情，而如果布袋里面有太多叶子和茎秆的话，计量员不会要你的啤酒花。

藤蔓的茎长着小小的刺，两三天内你双手就会被扎得体无完肤。每天早上摘啤酒花是一件痛苦的事情，因为你的手指僵硬得无法动弹，而且还有十几处伤口在流血。但当伤口裂开，鲜血流出来之后，痛苦反倒减轻了。如果啤酒花长势好的话，十分钟内你就可以摘光一根藤蔓，长势最好的藤蔓可以采摘到半蒲式耳的啤酒花。但每片田的啤酒花长势都大不一样。在有的田里，啤酒花大如核桃，一串串的没有叶子，轻轻一扯就掉了下来；而在别的田里，啤酒花却长得不比豌豆大多少，而且很单薄，你每次只能摘下一个。有的啤酒花差得摘上一小时都摘不满一蒲式耳。

清早时工作的进展很慢，那时啤酒花还没干，很难采摘。但随后太阳出来了，被晒暖的啤酒花开始散发出那股好闻而又带着苦涩的气味，清晨的倦意渐渐消退，工作步入了正轨。从八点到中午，你一直在不停地摘不停地摘，陷入了工作的热情——随着上午时间的推移，那种热烈的渴望越来越强烈，想把每一根藤蔓摘光，然后把布袋移到那一行更远的地方。在每块田的最前头，所有的布袋都齐头并进，但渐渐地，比较熟练的采摘工人冲到了前头，有的采摘工人摘完了他们那行啤酒花而其他人还没摘完一半。这时如果你被落下了，其他人可以掉转过头把你那行的啤酒花摘完，这种情况叫“偷啤酒花”。多萝西和诺比总是最慢的两个人——而最多有四个人跟他们抢啤酒花。诺比的手又大又笨，很不擅长摘啤酒花。大体上，女人要比男人更擅长采摘东西。

多萝西和诺比左右两边的布袋总是齐头并进，分别是六号和八号。六号是一户吉卜赛人——老爸长着一头卷发，戴着耳环；老妈又老又皱，皮肤像皮革一样；还有两个高大魁梧的儿子——八号是一个来自伦敦东区的老渔妇，戴着一顶宽大的帽子，穿着黑色的长袍，用盖子上面插着管子的彩纸盒子抽鼻烟。她总是有一堆女儿和孙女帮忙，那些人从伦敦过来，每次待上两天。大人们在采摘的时候，小孩子们就提着篮子跟在布袋后面捡掉下来的啤酒花。那个老渔妇的小孙女罗丝和一个黑得像印度人的吉卜赛小女孩总是偷偷溜出去偷秋覆盆子，拿啤酒花的藤荡秋千，还老是围着布袋唱歌，时不时被那个老渔妇尖利的叫嚷声打断，“快去，罗丝，你这个懒丫头！把那些啤酒花捡起来！看我不打你屁股！”等等等等。

田里有一半的采摘工人是吉卜赛人——工人营地里有大约两百个吉卜赛人。其他采摘工人叫他们“马屁精”。他们为人还不赖，态度很友善，有求于你的时候会把你夸到天上。但他们生性野蛮而且狡猾，畸形的东方面孔带着大型野生动物的那种神态——鲁钝愚笨却又夹杂着不可驯服的狡黠。他们说话时总是把五六句话翻来覆去地说好几遍，从来不觉得厌烦。守着六号袋的两个年轻吉卜赛人总是会问诺比和多萝西一个同样的谜语，一天问好几遍。

“英国最聪明的人做不到的事情是什么？”

“不知道。是什么？”

“用电线杆挠一只虫子的屁股。”

然后他们总是会哈哈大笑。这些人极其无知。他们会骄傲地告诉你他们目不识丁。那个长着一头卷发的父亲隐约觉得多萝西是个“博学的人”，有一次很严肃地问她能不能驾着大篷车去纽约。

十二点的时候，农场那边传来的哨声告知采摘工人休息一小时，而在此之前，计量员会过来把啤酒花收走。工头高喊一声：“啤酒花准备好了没，十九号！”每个人立刻快速捡起掉在地上的啤酒花，把这儿或那儿的支藤上还没有摘下来的啤酒花摘干净，然后把布袋里的叶子清理掉。这是有技巧的。摘得太干净可不划算，因为啤酒花和叶子都可以算入重量。那些吉卜赛人都是老手，知道不干净到何等程度是安全的。

计量员提着一个柳条筐过来了，这个筐的容量是一蒲式耳，随行的还有簿记员，会把每个布袋摘到的数量登记下来。簿记员是一些年轻的男人，大部分从事文员或注册会计师之类的工作，他们把这份工作当成是有薪酬的度假。计量员会一次从布袋里舀出一蒲式耳的啤酒花，一边舀一边喊着：“一！二！三！四！”然后簿记员把数字登记进账本里。每一蒲式耳他们可以挣到两便士。当然，关于度量啤酒花的收成公不公平这个问题总是争执不断。啤酒花很松软——你可以将一蒲式耳压进一口容积只有四分之一夸脱的锅里，因此，每舀起一蒲式耳，采摘工人就会弯腰把啤酒花搅得松散一些，然后计量员会抓着袋沿晃一晃，又把啤酒花晃得紧凑一些。有几天早上，他奉命“把它们弄得重一些”——他会每次舀起两蒲式耳当成一蒲式耳，这时采摘工人们就会气愤地叫嚷着，“看看这个混蛋，把啤酒花给夯实了！你他妈的干吗不往上面踩啊！”等等等等。几个老手会阴沉沉地说，他们知道到了采摘啤酒花的最后一天，那个计量员会被丢进喂牛的池塘。啤酒花从麻布袋里被装进大袋子里，理论上大袋子的容量是一英担，但在测量员要“把它们弄得重一些”的时候，得两个人才能抬起满满一袋啤酒花。你有一个小时的时间吃午饭，你用啤酒花的藤蔓生火——这是不允许的，但每个人都这么做——煮了茶，吃了你的熏肉三明治。午饭后你又继续采摘，直到傍晚五点，计量员又会过来取走你的啤酒花，然后你就可以下班回营地了。

后来回首这段采摘啤酒花的插曲时，多萝西记得最清楚的总是那些下午。她要在烈日下辛苦地工作好几个小时，四十个采摘工人一齐唱着歌，闻着啤酒花的气味和烧木头的烟味，那种经历很独特，也很难忘。随着下午的时间渐渐过去，你累得几乎连站都站不稳，那些小小的、绿色的啤酒花虫子钻进你的头发和耳朵里，让你不胜其扰，你的双手被那些含有硫黄的汁液浸得发黑，除了伤口在流血外，就像黑人的手一样。但你很开心，那是一种无来由的开心。你完全沉浸在工作中。这活儿很傻，机械而又累人，而且双手越来越疼，但你从不会感到厌倦。天气好而且啤酒花长势好的话，你会觉得你可以一直不停地采摘下去。那是一种身体上的愉悦感和发自内心的温暖的满足感：在那儿站了好几个小时，把沉甸甸的一簇簇啤酒花摘下来，看着那堆浅绿色的啤酒花在你的布袋里越堆越高。每摘满一蒲式耳，你就又挣到了两便士。太阳当空照耀着，把你晒得黝黑，还有那股挥之不去的苦涩的味道，就像清冽的啤酒之海吹来的海风，吹进你的鼻孔里，让你神清气爽。太阳出来的时候，大家都在一边工作一边唱歌，整片啤酒花田荡漾着歌声。不知道为什么，那个秋天唱的都是些悲伤的歌——关于失恋和真爱没有回报的主题，就像贫民窟版的《卡门》和《曼侬·雷斯卡》。歌词是这样子的：

“他们快乐地相偎依，

快乐的女孩——幸运的男孩——

而我却在这儿——

伤透了心！”

还有：

“我在翩翩起舞，眼里含着泪水，

因为我怀里的女孩不是你！”

还有：

“铃声为莎莉响起，

但不是为了我和莎莉！”

那个吉卜赛小女孩总是唱了一遍又一遍：

“我们都那么悲桑，都那么悲桑，

在这悲桑的农场！”

虽然大家都告诉她名字应该是《悲伤的农场》，但她坚持要说成是《悲桑的农场》。那个老渔妇和她的孙女罗丝会唱一首采摘啤酒花的歌，歌词是这样的：

“我们恶心的啤酒花！

我们恶心的啤酒花！

当计量员走过来，

把它们拿起，从地面拿起！

他开始称重，

不知道何时才能称完，

嘿，嘿，伸手进袋里去，

把那堆该死的东西拿出来！”

《快乐的一对儿》和《铃声为莎莉响起》是他们特别喜欢唱的两首歌。这帮采摘工人从来不厌倦唱这两首歌，到采摘季节结束前一定唱了好几百遍。就像那股苦涩的气味和炽热的阳光一样，这两首歌是啤酒花田的气氛的一部分，在枝叶繁茂的藤蔓间萦绕。

六点半左右你回到营地，蹲在流经小屋的溪水旁边，洗了一把脸，那可能是一天来你第一次洗脸。你得花二十分钟的时间才能把手上的黑迹洗干净。用水和肥皂是洗不掉的，只有两样东西有用：一种是泥，而奇怪的是，另一种竟然是啤酒花的汁液。然后你动手做晚饭，吃的总是面包、茶和熏肉，除非诺比去村子里从屠夫那儿买了两便士的肉回来。去买东西的人总是诺比。他能花两便士从屠夫那儿买到值四便士的肉，而且他精于计较锱铢之利。比方说，他总是喜欢买双面团的面包，其他形状的面包不买，因为他老是说，双面团的面包一掰开就像是两块面包。

还没来得及吃晚饭你已经昏昏欲睡了，但工人们在小屋外面生起的火堆是那么舒服，让人不愿离开。农场允许每间小屋一天烧两把柴火，但采摘工人们想烧多少就烧多少，而且还有一大堆榆树的树根，可以一直烧到天亮。有的晚上，火堆生得很大，足可以让二十个人舒舒服服地围坐在火堆边，唱歌一直唱到深夜，一边讲着故事，烤着偷来的苹果。年轻人和女孩子们偷偷溜到黑漆漆的巷子后面。几个像诺比一样胆大的人会拎着麻袋到附近的果园偷东西。孩子们在暮色中玩捉迷藏，驱赶老是来营地捣乱的夜鹰。这些小孩来自伦敦，误以为夜鹰就是野鸡。到了星期六晚上，五六十个采摘工人总是去小酒馆喝酒，然后唱着下流的歌曲在村子里的路上晃悠，让这里的村民十分气恼。他们看待摘啤酒花的季节就像以前罗马帝国治下尊贵的高卢行省人看待哥特人每年的入侵一样。

最后，你拖着身子回到铺着稻草的小屋，里面很冷很不舒服。睡了舒服的第一晚之后，多萝西发现稻草堆根本不适合睡觉，不仅扎人很痛，而且不像干草堆，这里的稻草堆四面透风。不过，她可以从田里偷来不计其数的装啤酒花的麻袋，用四口麻袋一个套一个，把自己包裹得像一个蚕茧，暖和得一晚可以睡上五个小时。

四

采摘啤酒花所得的报酬只能勉强维持温饱，仅此而已。

凯伦斯农场的酬劳是一蒲式耳两便士，如果收成好的话，一个熟练的采摘工人一小时可以采摘到三蒲式耳的啤酒花。因此，理论上讲，一周干六十小时就可以挣到三十先令。但事实上，农场里没有人能挣到这么多钱。最棒的采摘工人一周也只能挣到十三四先令，最可怜的只能挣到六先令。诺比和多萝西将摘到的啤酒花放在一起，挣到的钱两人平分，每个人一周可以挣到大约十个先令。

挣钱不多是有原因的。首先，有的农田里啤酒花长得不好；而且，每天都会有一到两小时的延误——当一片田采完以后，你可能得扛着布袋走上一英里路到下一片田，然后或许会出一些岔子，整组人挑着布袋(这些布袋得有一英担重)，又浪费半个小时走到别的地方。最惨的莫过于下雨天。那一年的九月天气很糟糕，每三天就下一场雨。有时，整个上午或下午你只能躲在没有采摘的藤蔓下面瑟瑟发抖，肩膀上披着一个湿淋淋的麻袋，等候着雨停。下雨的时候根本没办法采摘，因为那些啤酒花变得滑不留手，而且摘下来比不摘更糟糕，因为啤酒花一泡水就缩得很小，放在布袋里不占地方。有时你在田里干了一整天的活儿，却只能挣到一先令，甚至更少。

大部分采摘工人并不在乎，因为他们中有一半是吉卜赛人，习惯了挣几乎填不饱肚子的工资，而另外一半人几乎都是来自伦敦东区，小贩、小店主什么的，他们权当摘啤酒花是在度假，能把路费挣回来，剩一点儿钱够星期六晚上消遣就很满意了。农场主们知道这些人的想法，并加以利用。事实上，要不是采摘啤酒花被当成消遣，这个行业早就垮了，因为啤酒花的价格非常低廉，农场主们根本无法给采摘工人支付可以维持生计的工资。

每周你可以领到两次工钱，但农场主只发一半。如果你在采摘结束之前就离开的话(这样子农场主们会很被动)，他们有权按一蒲式耳一便士的标准结清剩下的工资，而不是原先说好的一蒲式耳两便士——也就是说，拖欠你的那部分工资有一半就归他们了。而且，大家都知道，到了采摘季节的尾声，所有的采摘工人都被拖欠了数额不菲的工资，因此不愿意中途放弃这份工作，农场主就会把酬劳从一蒲式耳两便士减到一蒲式耳一个半便士。罢工基本上是不可能的事情，因为采摘工人们没有工会，而每组工人的工头并不像其他人一样每蒲式耳挣两便士，他们挣的是周薪，一旦罢工发生就领不到工资。因此，他们当然会想方设法地阻止罢工发生。大体上，农场主们让采摘工人进退两难，但这不能怪农场主们——啤酒花的价格太贱了，这才是问题的根源所在。后来，多萝西还想到，几乎没有采摘工人意识到自己的报酬有多么低廉。计件工资的体制掩盖了可怜的待遇。

头几天领不到工资，多萝西和诺比几乎饿死了，如果不是别的采摘工人救济他们的话，可能真的会活活饿死。不过，大家都很慷慨。在不远处有一群人住在一间比较大的小屋里，有一个名叫吉姆·巴罗斯的卖花人和一个名叫吉姆·图勒的伦敦餐厅的帮工，两人娶了两姐妹，成了好朋友，他们都很喜欢多萝西，很照顾她和诺比，不让两人挨饿。头几天的每个晚上，十五岁的梅·图勒会拿着一口装满了炖菜的锅，装作满不在乎的样子递给他们，免得被认为是在施舍。说的内容总是一样：

“埃伦，妈妈说她准备把这锅炖菜倒掉，然后她觉得你可能喜欢吃。她说这锅炖菜吃不完，如果你能接受的话，当是帮了她一个忙。”

真是奇怪，图勒一家和巴罗斯一家在最初的那几天总有一大堆东西“准备扔掉”。有一回他们甚至还给了诺比和多萝西半边煮好了的猪头。除了食物之外，他们还给了两人几个做饭的锅和一个锡盘，可以用来当煎锅。最贴心的是，他们没有问任何让人觉得不愉快的问题。他们很清楚多萝西是个身世不明的女孩——他们都说：“看得出埃伦是个沦落风尘的女孩子。”——但他们很体面地从来没有提出令她觉得尴尬的问题。直到在营地里住了半个月，多萝西才不得不为自己想了一个姓氏出来。

等到多萝西和诺比能领到薪水，他们的金钱烦恼总算结束了。虽然两人一天只花一先令六便士，但生活还是很舒服。四便士用在了诺比的烟草上，四个半便士花在了面包上，茶、糖、牛奶、人造黄油和熏肉片（在农场半便士就可以买到半品脱牛奶）每天要花七便士。但你当然不可能每天不浪费一两便士。你总是饥肠辘辘，总是锱铢必较地算计着能不能买一条腌鱼或一个炸面圈或一便士的薯片，而且，尽管采摘工人的薪酬很微薄，肯特郡似乎有一半的人口在算计着怎么把钱从他们的口袋里榨出来。当地的杂货店有四百名采摘工人光顾，采摘啤酒花的季节挣的钱比一年其他时间挣得都多，但这并不能改变他们对采摘工人的蔑视——在他们心目中，采摘工人就像是伦敦的泥土一样低贱。到了下午，农场的帮工们会过来卖苹果和梨子，一便士可以买到七个；而伦敦的小贩们也会带着成筐的炸面圈、冰糕或半便士的棒棒糖过来；到了晚上，住宿营地挤满了小贩，他们开着货车从伦敦来到这里，车里载满了价格便宜得惊人的杂货、炸鱼薯片、鳗鱼、虾、发馊的蛋糕、已经在冰库里冻了两年、皱巴巴的眼睛像玻璃球的兔子，以九便士的价格便宜大甩卖。

大体上，采摘工人们的伙食很邋遢肮脏——这是不可避免的，因为就算你有钱买好的食物，你也没有时间做饭，星期天除外。或许营地里不至于坏血病肆虐的唯一原因就是偷来的苹果实在是太多了。他们总是在偷苹果，几乎营地里每个人要么偷过苹果，要么分过贼赃。甚至有几帮年轻人(据说他们是伦敦的水果小贩雇来的)每个周末从伦敦骑着单车来这里的果园大肆偷窃。至于诺比，他把偷水果变成了一门学问。一个星期内他就召集了一帮年轻人，他们都把他奉为英雄，因为他是真正的盗贼，而且坐过四次牢。每天晚上他们背着麻袋在夜色掩护下出发，带回来多达两英担重的水果。啤酒花田附近就有广袤的果园，那些苹果，尤其是漂亮的、个头小巧的金苹果成堆成堆地躺在树下，都快熟烂了，因为农民们卖不出苹果。用诺比的话说，不去偷这些水果实在是罪过罪过。有两回他和同伴甚至偷了一只鸡回来。他们怎么把鸡偷到手又不吵醒邻里，实在是费解之谜。诺比似乎能偷偷地把麻袋套在鸡头上，这样一来到了午夜它就会没有痛苦地“逝世”——不会发出声响。

就这样，一星期过去了，半个月过去了，多萝西还是记不起自己到底是谁。事实上，她的记忆越来越模糊，因为除了某些时候，她到底是谁这个问题几乎从她的脑海中消失了。她对自己现在的处境变得习以为常，不去在乎过去或将来的事情。那是啤酒花田的生活带来的自然反应，它让你只在意眼前的分分秒秒。当你总是昏昏欲睡，总是得不停干活时，你无法思考抽象的精神上的问题——因为当你不在田里工作时，你要么在做饭，要么去村子里买东西，要么用潮湿的枝条生火，要么拎着罐子去打水。（营地里只有一个水龙头，离多萝西的小屋有两百码远，而那间脏得无法以言语形容的土厕也有那么远。）这种生活让你疲惫不堪，榨干了你每一点每一滴的精力，让你沉浸于深刻的、确切无疑的快乐中。毫不夸张地说，它让你变得浑浑噩噩。白天在田里长时间地干活，吃的是糟糠般的食物，睡眠严重不足，还闻着啤酒花和柴烟的气味，这些都会让你的头脑发沉。在风雨、阳光和露天生活的洗礼下，你的心思和皮肤似乎都变得粗糙不堪。

当然，星期天不用到田里干活，但星期天早上会很忙，因为采摘工人们会做一顿一星期来最好的饭，还要洗衣服和缝补衣服。当村子里的教堂为采摘工人举行没什么人参加的纪念某某圣人的露天祈祷时，那边传来叮叮当当的钟声，夹杂着微弱的赞美歌声“噢，上帝保佑我们”，营地上下到处烧着柴火，桶里、锡罐里、锅里以及任何人们能利用的容器里的水沸腾着，每一间小屋的屋顶上都飘扬着褴褛破旧的换洗衣服。第一个星期天多萝西向图勒家借了一个水盆，先洗了头发，然后洗了自己的内衣和诺比的衬衣。她的内衣脏得吓人。她不知道这些内衣自己到底穿了多久，但肯定得有十天以上，这段时间她就一直和衣睡觉。她的长袜和鞋底几乎都磨光了，只是因为泥浆把它们板结起来，所以勉强还能穿。

晾好衣服后她做了午饭，大家狼吞虎咽地吃了半只炖鸡（偷来的）、煮土豆（偷来的）、烤苹果（偷来的），还从巴罗斯太太那儿借来了带把的茶杯，喝了点茶。吃完午饭后，整个下午多萝西靠坐在小屋向阳的那一面，膝盖上摆着一个干麻袋把身上的裙子拉直，时而打盹时而醒来。营地里有三分之二的人都在晒太阳打盹，偶尔醒来时就像奶牛一样茫然地盯着前方。这就是经过一星期的重体力劳动后你的感觉。

三点钟的时候她坐着快睡着了。诺比信步走了过来，赤裸着上身——他的衬衣还在晾干——拿着一份借来的周日报纸。那是《苹果周报》，五份下流的周日报纸中最下流的一份。经过多萝西身边时，他把报纸丢在她的膝盖上。

“读一读这份报纸吧，美女。”他大方地说道。

多萝西拿起那份《苹果周报》，摊在膝盖上，感觉困得读不下去。大字标题直射她的眼帘：“乡村教区的激情戏。”然后还有另外几段标题，还有几段加粗的文字描写，并附有一张女孩的相片。有大约五秒钟的时间，多萝西端详的是一团黑漆漆的污渍，但她认得出相片里的人就是她自己。

相片底下有一行字。事实上，大部分报纸已经不再报道“牧师女儿失踪之谜”这则消息，因为这已经是半个多月前的旧闻了，但《苹果周报》根本不管那是旧闻还是新闻，只要有噱头就好。那个星期关于强奸凶杀的新闻不多，于是他们再次刊登出“牧师女儿失踪之谜”——事实上，头版的左上角这个显眼的位置留给了她。

多萝西呆滞地看着照片。那是一张女孩子的脸，从毫无吸引力的黑漆漆的相框里看着她——根本无法让她想起什么。她呆板地又读了一遍标题“乡村教区的激情戏”，根本不知道它在说些什么，也根本不感兴趣。她发现自己根本没办法阅读，连看着照片对她来说也是一件很困难的事情。沉沉的睡意让她的脑袋往下耷拉着，她的眼睛半张半合，掠过那张报纸的版面，看到一张男人的相片，不知道那个是斯诺登爵士还是某个不肯绑疝带的男人，接着，就在同一时刻，她睡着了，《苹果周报》横放在膝盖上。

靠着小屋的瓦楞铁板墙睡觉其实也蛮舒服的，她一直睡到下午六点，直到诺比叫醒她，告诉她茶点已经准备好了。多萝西立刻把《苹果周报》放到一边（这东西可以用来点火），没有再去看上一眼。于是，解决她的身世之谜的机会就这么溜走了。要不是一星期后发生了一桩不幸的事情，将她从这种满足而毫无反思的生活中惊醒过来，她的身世之谜可能得再等上好几个月才能解决。

五

接下来的那个星期天晚上，两个警察突然来到营地，以盗窃罪为由逮捕了诺比和另外两个人。

事情来得太突然了，就算诺比事先得知消息可能也逃不掉，因为郊野遍布着辅警。在肯特有许多辅警，每到秋天就宣誓就职——类似于民间团练，对付劫掠成性的采摘工人。这里的农场主人已经对果园偷窃忍无可忍，决定杀鸡儆猴。

当然，营地里一片喧哗，多萝西走出小屋，得悉发生了什么事情，看到大家都朝一圈火光中的人奔去。她跟在人群后面，心里掠过一股寒流，因为她似乎已经知道发生了什么事情。她奋力挤到人群前面，看到心里一直害怕的一幕。诺比就站在那儿，被一个魁梧的警察制服，另一个警察抓住两个吓得魂飞魄散的年轻人的胳膊，其中一个才不过十六岁，正在号啕大哭。蓄着灰色鬓须、体格硬朗胡须花白的凯伦斯先生和两个农场的帮工正守着从诺比的稻草堆里找出来的贼赃。一件证物是一堆苹果，另一件证物是几片沾着鲜血的鸡毛。诺比看到人群中的多萝西，朝她咧嘴一笑，露出明晃晃的大白牙，还眨了眨眼睛。众人七嘴八舌地叫嚷着：

“看看这可怜的孩子——他都哭了！放开他！真不要脸，欺负年纪那么小的孩子！那个小畜生活该，他给我们惹了这些个麻烦！放开他！总是要怪我们这些该死的采摘工人！丢了一个该死的苹果就认定是我们偷的。放开他！你就不能闭嘴吗？要是那些该死的苹果是你的呢？你他妈的就不能……”等等等等，然后有人说道：“退开，伙计们！那个孩子的妈来了。”

一个身形臃肿的水桶腰女人过来了，她的胸脯胀胀鼓鼓的，头发披散在背后。她推开人群，先朝警察和凯伦斯先生嚷嚷了一通，然后又对着诺比大吵大闹，骂他把她的儿子带坏了。最后，农场的帮工们把她拉走。在那个女人的叫嚷声中，多萝西听到凯伦斯先生粗暴地盘问诺比：

“现在，小子，老实交待，告诉我们你把苹果都分给谁了！我们要一锅端，让这种偷窃的把戏彻底结束！如果你坦白的话，我们会考虑从宽处理的。”

诺比和往常一样快活地回答：“考虑你个头！”

“年轻人，嘴巴给我放干净点！否则见法官的时候可没好果子吃。”

“你才没好果子吃呢！”

诺比笑了，为自己的机智觉得很开心。他看到多萝西的眼睛，又朝她眨了眨眼，然后他被带走了。那是她最后一次看到他。

人们仍继续叫嚷着，那几个犯人被带走了，几十个人跟在后面，朝那些警察和凯伦斯先生作嘘，但没有人敢提出干预。多萝西趁机溜走了，甚至没有停下脚步看看能不能和诺比道别——她被吓坏了，只希望快点逃离这里，她的膝盖不由自主地战栗着。她回到小屋，其他女人坐在里面，兴奋地谈论着诺比被捕这件事。多萝西躲在稻草堆里，把自己埋起来，不去听她们的讨论。她们继续讨论了大半夜，因为她们都以为多萝西是诺比的“甜心”，她们一直在安慰她，又问了很多问题套她的话。她没有回答问题——假装睡着了，但她知道今晚肯定会是一个不眠之夜。

这件事让她又惊又怕——但她不明白为什么自己会这么害怕，因为她的处境并不危险。农场里的人不知道她也吃了那些苹果——其实营地里几乎每个人都吃过偷来的苹果，而且诺比不会出卖她。她并不担心诺比，因为在监狱里蹲上一个月对他来说只是小事一桩。她的心里激起了阵阵波澜——她的想法发生了改变。

她觉得和一个小时前相比，自己似乎变了个人。她整个人里里外外似乎都完全改变了。似乎她的脑海里有个泡泡破裂了，释放出种种想法、感受和她一度忘怀的恐惧。过去三个星期就像一场梦境，被击得粉碎。她一直以来的生活的的确确就像是一个梦——正是那种梦境的气氛让她接受了一切，没有提出质疑。肮脏的环境、褴褛的衣衫、颠沛流离、靠乞讨偷窃为生——这些事情她都习以为常，连失忆也觉得是很正常的事情。直到现在她才好好思考着这个问题：“我到底是谁？”这个问题原本已被她淡忘，直到现在才回到她的脑海里，迫切需要得到解答。

这个问题在她的脑海中盘桓了几乎整整一个晚上。但令她揪心的不是问题本身，而是很快就会揭晓的答案。她终将恢复记忆，这是确切无疑的，而且伴随而来的将是丑陋狰狞的震惊。她很害怕想起自己身份的那一刻。她不愿意面对的某件事情就在她的意识下面潜伏着。

五点半的时候，和往常一样她起床找自己的鞋，然后走到外面生起火，把水罐放在热乎乎的余烬上烧。就在这时，一段似乎毫无关联的回忆从脑海中闪过。那是半个月前在威尔村的乡间绿地上的歇息——就是他们遇到那个爱尔兰老女人麦克艾里格特太太的那一回。那一幕情形她记得非常生动清楚。她筋疲力尽地躺在草地上，用手臂盖着脸，诺比和麦克艾里格特太太在她身边说话。查理唾沫横飞地念着海报：“牧师之女的春闺私情。”而她自己虽然不是很好奇，但觉得有点奇怪，坐起身问道：“什么是牧师？”

想到这里，她的心里瓦凉瓦凉的，似乎有一只冰冷的手紧紧地攫住了她的心脏。她站起身，几乎是以跑步的速度匆忙回到小屋，然后钻进她放置了几口麻袋的那堆稻草堆里，朝里面乱摸乱刨。在这个巨大的稻草堆里，任何东西都会不见，慢慢地沉到底部。她搜了好几分钟，几个女人仍半睡半醒，纷纷咒骂她扰人清梦。最后多萝西找到了要找的东西，就是诺比一星期前给她的《苹果周报》。她把报纸拿到外面，跪在地上，把报纸摊开在火堆的亮光中。

封首页刊登了一张照片和三则大字标题。是的！就是这张报纸！

乡村教区的激情戏

牧师之女与老骗子私奔

白发苍苍的父亲悲痛欲绝

（《苹果周报》特别报道）

“我宁愿看她去死！”得悉自己二十八岁的女儿与一个据称是画家的老单身汉沃波顿私奔后，萨福克郡奈普山的查尔斯·赫尔牧师心碎欲绝地叫嚷着。

赫尔小姐于八月二十一日当晚离开小镇，经多方搜索，至今仍然下落不明。据未经证实的传闻讲述，最近有目击者看到她在维也纳一间声名狼藉的酒店与一个男人在一起。

《苹果周报》的读者们一定还记得，私奔发生的那一幕极具戏剧性。八月二十一日午夜前，住在沃波顿先生隔壁的寡妇埃弗利娜·桑普利尔太太刚好从卧室窗口看到沃波顿先生站在房子的前门，和一个年轻女人在说话。那天晚上月色皎洁，桑普利尔太太认出她就是牧师的女儿赫尔小姐。两个人在门口站了几分钟，在分开之前互相拥抱了一下，照桑普利尔太太的话讲，动作热情似火。半个小时后他们坐上了沃波顿先生的汽车，从前门退了出去，朝伊普斯威奇路的方向而去。赫尔小姐几乎衣不蔽体，看得出喝醉了酒。

现在大家都知道，以前赫尔小姐就经常偷偷摸摸地到沃波顿先生家里串门。桑普利尔太太原本不愿意就这么一个难堪的话题多作讲述，在百般劝说之下才进一步透露——

多萝西把《苹果周报》揉成一团，扔进了火堆里，把那罐水弄洒了，激起了一阵烟尘和硫黄的味道。几乎是在同一时间，多萝西又把那张报纸抽了出来，纸张还没有烧毁。害怕是没有用的——了解最糟糕的情况比较好。她继续读下去，既害怕又着迷。阅读关于自己的报道可不是什么好事情，但她已经非常肯定她眼前这则报道里的那个女孩就是她自己。她审视着照片，那张脸照得很朦胧模糊，但错不了，就是她的脸。而且，她不需要照片提醒自己。她记起了每件事情——生平中的每件事情，直到那天晚上她从沃波顿先生的家里出来，疲惫不堪地回到家里，在暖房里睡着了为止。她的记忆是那么清晰，很难相信她竟然一度忘记了。

那天她没有吃早饭，也不想做午饭。到了上班时间她受习惯驱使，和其他采摘工人一起出发去啤酒花田。现在只剩下她一个人，她费劲地把沉重的布袋拖到采摘的地方，把旁边的藤蔓拉下来，开始采摘。但过了几分钟，她发现自己干不了活儿，虽然采摘工作很机械呆板，但她根本没有心思做下去。《苹果周报》里那则捏造出来的骇人听闻的故事让她心乱如麻，根本无法集中哪怕一刻钟的精神去做别的事情。那些淫秽的字句在她的脑海里不停地闪现，什么“动作热情似火”、“衣不蔽体”、“看得出喝醉了酒”——每记起一句话心里就一阵抽疼，让她几乎哭了出来，仿佛是肉体上的痛苦。

过了一会儿，她连假装采摘啤酒花都没有心情，由得藤蔓落在她的布袋上，倚在撑起铁丝网的栏杆上坐着。其他采摘工人看着她，心里很是同情。埃伦心都碎了，他们都说。你还想她怎么样？她的男人被警察抓走了。（营地里的人都认为诺比是多萝西的男朋友。）他们劝她回农场请病假。到了十二点钟，计量员过来的时候，组里每个人都从袋里舀出一帽子左右的啤酒花，丢进她的袋里。

计量员来到田里，发现多萝西仍然坐在地上。虽然脸上都是泥，而且太阳晒得很厉害，但她脸色苍白憔悴，比以前老了许多。她的袋搁在组里其他袋的后面，里面只有不到三蒲式耳的啤酒花。

“出什么事了？”他问道，“你病了？”

“没有。”

“那你怎么不去摘东西？你以为来这里是干什么的——有钱人在野餐吗？你来这里不是干坐在地上不干活的，你懂不懂？”

“你说够了没有，别烦她了！”那个伦敦老渔妇突然喝道，“你就不能让那个女孩安静地休息一会儿吗？她的男人被抓进监狱，还不是因为你和你那帮该死的警察同伙？她已经够烦的了——肯特郡他妈的到处都是密探！”

那个计量员粗声粗气地说道：“你说够了没有，老太婆？”但听到是多萝西的男朋友昨晚被抓走，他看上去似乎很同情她。那个老渔妇烧了一壶水，让多萝西到她的布袋那里去，给了她一杯浓茶和一大块夹了奶酪的面包。午饭休息后，另一个没有搭档的采摘工人被派过来和多萝西一起干活。他是个枯瘦的小个子，名叫德弗伊。喝了茶之后多萝西觉得好受了一些。在德弗伊的鼓励下——他是个熟练的采摘工——那个下午她勉强完成了自己应该承担的工作量。

她把事情反复想了几遍，没有刚才那么心不在焉了。《苹果周报》里面的那些描写仍令她羞愧万分，但现在她可以面对自己的处境了。她知道究竟发生了什么事情，为什么桑普利尔太太会那么说她。桑普利尔太太看到了他们一起站在门口，还看到了沃波顿先生亲吻了她，之后两人一起从奈普山消失了，对于桑普利尔太太而言，他们俩私奔是再自然不过的事。至于那些绘声绘色的细节，都是她后来才捏造出来的。但真的是她捏造出来的吗？你永远不知道桑普利尔太太说谎时是不是故意为之，或许，她那扭曲而丑陋的内心已经让她相信了她所说的每一句谎言。

不管怎样，伤害已经造成了——再担惊受怕也无济于事。而且，她该怎么做才能回到奈普山？她得想办法让别人送衣物过来，而且她需要两英镑作为回家的路费。家！这个字勾起了她的心痛。回家！经过这么多个星期受尽肮脏和饥饿的折磨，回家！现在她想起自己的家，不禁归心似箭！

但是——！

她的心里浮出一丝冰冷的疑惑。有一件事直到现在她才想起来。她能回家吗？她敢回家吗？

发生了这么多事情后，她能面对奈普山的父老乡亲吗？这就是她要面对的问题。当你看了《苹果周报》的头版报道——“衣不蔽体”、“看得出喝醉了酒”——噢，不要再想下去了！但当你被人说了那么难听的风言风语后，再回到一个小镇里，那里的两千名居民彼此知根知底，而且整天说长道短、乐此不疲，你能受得了吗？

她不知道该怎么办——也无法作出决定。她原本觉得自己私奔的故事实在是太离奇了，应该没有人会相信。比方说，沃波顿先生就可以出来反驳——而且他一定会出来反驳的。但她立刻想起沃波顿先生去了外国，除非这件事登上欧洲大陆的报纸，否则他根本不会知情。然后，她再次畏缩了。她知道在一座乡村小镇带着丑闻生活下去将意味着什么。当你经过的时候，人们会悄悄地对你品头论足一番！当你走在街上的时候，窗帘后头会有一双双眼睛窥探着你！布里菲尔-戈登的工厂角落里会有小青年以污言秽语谈论着你！

“乔治！说啊，乔治！你看见那边的雌儿了吗？长着一头金发的那个。”

“哪个？那个瘦骨伶仃的女孩？看到了。她是谁？”

“她就是牧师的女儿，赫尔小姐。说说！你知道她两年前做过什么吗？和一个年纪足可以当她父亲的老头儿私奔了。和他在巴黎天天饮酒作乐！看她可不像做出这些事情的人，不是吗？”

“继续说！”

“她真这么干过！真的。报纸里都写了。刚过了三个星期他就把她给甩了，她还厚着脸皮回来了。真是不要脸，呃？”

是的，她将这样生活下去。可能会持续几年，或许长达十年，人们会一直这样谈论她。最糟糕的是，《苹果周报》里的故事可能是桑普利尔太太在镇里所说的那些话的删节版本。《苹果周报》可不想做得太过分，这是很自然的事情。有什么能管得住桑普利尔太太呢？只有她的想象力的边界——而她的想象力几乎就像天空那么广阔。

不过，有一件事让多萝西觉得很宽慰，那就是：无论发生什么事情，她的父亲一定会尽自己的能力保护她。当然，还有其他人也会保护她。她并非全然孤立无援。至少，去教堂的人都认识她、信任她，而且母亲团契、女童军和那些她经常去拜访的女人一定不会相信那些关于她的传闻。但最重要的是她的父亲。有一个家庭可以依靠，有家人和你并肩面对，没有什么情况是不能忍受的。只要她鼓起勇气，在父亲的支持下，她可以直面这些事情。到了晚上，她下定了决心要回奈普山，一切都会好起来的，虽然一开始的时候会不太愉快。那天干完活儿后，她“预支”了一先令的工资，到村里的杂货店买了一便士一包的便笺纸，回到营地，坐在火堆前的草地上——当然，营地里没有桌椅——开始用一根铅笔头写信。

“亲爱的父亲，

我无法以言语形容我是多么高兴：发生了这么多事情，我还能再给您写信。我希望您不至于太担心我，也不要太在意报纸上所刊登的那些可怕的故事。我突然间不辞而别，而几乎有一个月时间您没有收到我的音讯，我不知道您会作何感想。但请相信——”

她的手指满是伤口，而且非常僵硬，握着那支铅笔感觉真是奇怪！她只能像孩童一样写出大而笨拙的字体。但她写了一封长信，解释了整件事的来龙去脉，请他给她寄几件衣服和两英镑作为回家的路费。她请求他用信里写的化名给她回信——埃伦·米尔巴罗，就是萨福克郡的米尔巴罗镇。使用化名似乎是一件很奇怪的事情：不诚实——几乎是一种犯罪行为，但她不敢让村里和营地里的人知道她就是多萝西·赫尔，那个声名狼藉的“牧师的女儿”。

六

下定决心之后，多萝西一心只想着离开营地。第二天她几乎不想再继续干摘啤酒花这份无聊的工作。现在她记起了从前的事情，两相比较，她再也受不了这里艰苦的环境和恶劣的伙食了。要是有足够的路费回家的话，她恨不得能立刻离开这里。等她父亲的信一来，她收到两英镑，她就跟图勒一家道别，搭火车回家，到了那里就能长长地松一口气，虽然她得面对那些邪恶的传闻。

写完信后的第三天她去了村里的邮局，询问有没有她的信。邮局的那个女局长生着一张腊肠犬的脸，心里很鄙视所有采摘啤酒花的工人，面若严霜地告诉她没有信。多萝西很失望，信一定是在邮递过程中耽搁了——真是遗憾。不过，这不要紧，明天有信来也够快的了——再等一天就行了。

第二天晚上她又去了邮局，觉得这一回肯定可以收到来信。但还是没有她的信。这一次焦虑的感觉袭上她的心头。到了第五天晚上，还是没有信来，焦虑变成了可怕的恐慌。她又买了一包便笺纸，写了整整四页纸的一封长信，一再解释她到底出了什么事，哀求父亲不要丢下她不管。寄出信后，她决定等一星期再去一趟邮局。

那天是星期六，到了星期三她的决心就动摇了。中午休息的哨声一响她就把布袋放下，匆匆朝邮局走去——邮局有一英里半远，她会错过午饭时间。到了邮局她羞愧地走到柜台那里，几乎不敢开口说话。那个长着狗脸的女邮政局长坐在黄铜栅栏后面柜台的一头，往一本长方形的账本里填写着数字。她匆匆瞥了多萝西一眼，然后继续干她的活儿，根本没去理会她。

多萝西的胸口隐隐作痛，觉得喘不过气来。最后她开口问道："请问有我的信吗？"

"名字？"女邮政局长问道，继续填她的数字。

“埃伦 · 米尔巴罗。”

女邮政局长将她那像腊肠犬一样的长鼻子转到肩膀的一侧，扫了一眼邮局信箱那个写着字母 M 的放信件的小隔间。

“没有。”她继续在会计簿上写着东西。

多萝西恍惚地走到了外面，开始朝啤酒花田走去，然后停下脚步。她的胃里有一种特别难受的空荡荡的感觉，一部分原因是饥饿，让她虚弱得没力气走路。

父亲的沉默只能有一个解释。他相信了桑普利尔太太的说辞——相信多萝西恬不知耻地离家出走，现在又撒谎希望得到原谅。他非常生气，非常讨厌她，不肯给她回信。他只想和她断绝关系，不再和她联系，不再见她或想她，让这桩丑闻被掩盖起来，渐渐被淡忘。

出了这种事情，她不能回家。她不敢回家。现在她知道了父亲的态度，明白了之前她的想法是多么轻率鲁莽。她当然不能回家！带着耻辱偷偷地溜回去，让父亲的门第蒙羞——噢，不可能，根本不可能的事情！她怎么会以为自己还能回家呢？

那她该怎么办？她只能赶快离开这里——到大一点儿的地方藏身。或许她可以去伦敦。到一个没有人认识她的地方，看到她的脸或提起她的名字不会勾起一连串下流龌龊的回忆。

正当她站在那里时，路弯那头的乡村教堂传来了悠扬的钟声，那几个敲钟的人在自娱自乐地敲着《与我同在》这首歌的曲子，就像一个人单用一只手指在钢琴上弹奏出乐曲一样。但很快“与我同在”变成了星期天早上那首熟悉的聒噪的曲子：“噢，不要打扰我的老婆！她喝得醉醺醺的，回不了家了！”三年前圣阿尔瑟斯坦教堂那几口钟还可以敲响的时候也经常敲这首歌的曲子。钟声激起的思乡之情像长矛一样扎在多萝西的心头，唤起了生动而杂乱无章的回忆——她似乎闻到了她在暖房缝制学校舞台剧的戏服时那口胶水锅的味道，听到八哥在她卧室的窗外清脆地叫唤着，打断她在圣餐仪式前的祈祷，还有皮瑟太太悲切地抱怨着她的腿疼，还有她对行将倒塌的钟楼的担忧，还有那些店铺的账单和豌豆田里的杂草——在她工作与祈祷之间一直困扰着她的那么多层层叠叠又紧迫的生活细节。

祈祷！在一段非常短暂的时间里，大概有一分钟左右，她的心里掠过这个念头。祈祷——以前祈祷一直是她生命的源泉和支柱。无论遇到什么困难或高兴的事情，她都会祈祷。她想起来了——这个念头第一次从她的脑海里闪过——自从离开家里后，她还没有作过一次祈祷，而自从她恢复记忆后，也从来没祈祷过。而且，她知道自己已经没有了半丁点儿祈祷的冲动。她呆板地开始低声祈祷，然后立刻停了下来，那些话语是那么空洞无聊。祈祷原本是她生命的支柱，现在却失去了意义。她慢慢地沿着小路走着，思索着这件事，只是漫不经心地想了一会儿，似乎它只是在路上无意间看到的某个事物——沟渠里的一朵鲜花或飞过马路的一只小鸟——某个引起她的注意然后就被遗忘的事物。她甚至没有时间去思考这件事意味着什么。更加重要的事情将这件事逐出了她的脑海。

现在她得好好想想将来该怎么办。她已经想好了自己该做什么。等摘啤酒花结束后她一定得去伦敦一趟，给父亲写信要衣物和钱——就算父亲再生气，她也不相信他会由得她自生自灭——然后开始找一份工作。“找工作”这几个字在她听起来根本没有什么可怕的，暴露了她是一个多么无知的人。她觉得自己很能干，而且很勤快——她知道自己足以胜任很多工作。

比方说，她可以去当保育员——不，还是当女仆或客厅侍女好一些。说起做家务活，可没几个人能做得比她好，而且，她的工作越卑微，她就越容易让她过去的历史得以保密。

不管怎么说，父亲的家门对她关上了。从现在开始，她得好好照顾自己。她打定了主意，对这个主意意味着什么完全没有清楚的认识。她加紧了步伐，准时回到田里开始下午的劳动。

摘啤酒花的季节就快结束了。再过一个星期左右凯伦斯农场就会关门，伦敦人会搭载摘啤酒花工人的火车回伦敦，吉卜赛人会备好马，整理好大篷车，往北出发到林肯郡那里的土豆田找活儿干。那些伦敦人已经靠采摘啤酒花挣够了钱，一心只想回亲切的伦敦——伍尔沃斯商店和炸鱼店就在街边，不用再睡稻草堆，也不用在拿罐头盖烤熏肉时被柴火的烟熏得流眼泪。摘啤酒花是度假，却是那种你很高兴能结束的假期。你满心欢喜地来，离开时更是欢天喜地，发誓再也不会干摘啤酒花的活儿——直到明年八月，你忘记了那些寒冷的夜晚、低廉的报酬和双手的创伤。你只记得阳光灿烂的下午和围着红彤彤的篝火狂喝滥饮啤酒的夜晚。

早上开始变冷了，很有十一月的气氛：灰色的天空、第一次落叶、八哥和灰雀已经飞走过冬去了。多萝西又给父亲写了一封信，希望他能寄点衣物和钱过来。他没有回信，也没有其他人给她写信。事实上，除了父亲之外，没有人知道她现在的地址，但她希望沃波顿先生会给她写信。现在她几乎丧失了所有的勇气，特别到了晚上，躺在稻草堆里睡不着觉，思考着朦胧而狰狞的未来。她怀着绝望采摘啤酒花，发泄着旺盛的精力。每过一天她就更清醒地意识到每摘一把啤酒花都意味着多挣到几法新[1]，可以让自己免于挨饿。和她一样，她的工友德弗伊争分夺秒地采摘啤酒花，因为这是到明年的啤酒花季节到来之前他最后挣钱的机会。他们的目标是每天挣五先令——三十蒲式耳——两人加在一起的分量，但没有一天他们能摘到这么多。

德弗伊是个古怪的老头，比起诺比是个不好相处的伙伴，但人倒还不坏。他本来是个船员，但流浪了很多年。他聋得像根木桩，说话老是带着“肏”字。他还喜欢赤身裸体，但不会伤害人。他会连续好几个小时哼着一首小曲，歌词是这样的：“用我的小弟弟，小弟弟——用我的小弟弟，小弟弟。”虽然他听不见自己在唱些什么，但他似乎很开心。他是多萝西这辈子见过的耳朵上毛发最浓密的人。他两只耳朵上面都长着绒毛，堪比具体而微的邓德利老爷[2]的鬓须。每年德弗伊会来凯伦斯农场摘啤酒花，攒够一英镑，然后到纽英顿的布茨的寄宿旅馆住一星期，然后继续流浪。一年里就只有这么一个星期他能睡在称得上是张床的地方。

九月二十八日，采摘工作结束了。还有几片田没有摘，但啤酒花的长势不好，最后凯伦斯先生决定“随它们去吧”。第十九组在下午两点的时候摘完了最后一块田，那个小个子的吉卜赛工头爬上竿子，把没人摘到的几串啤酒花摘掉，计量员把最后一批啤酒花用小推车运走了。他刚离开，人们就突然叫嚷着：“把她们扔进布袋里去！”多萝西看到六个男人面目狰狞地朝她冲来，组里所有的女人都四散逃走。还没等她回过神来

---

① 法新，英国旧货币单位，合四分之一便士。

② 邓德利老爷(Lord Dundreary)，英国作家汤姆·泰勒(Tom Taylor)的舞台剧《我们的美国表亲》中的角色，因鬓须浓密而被英国人取笑。

逃跑，那几个男人已经抓住了她，将她放进布袋里面，然后剧烈地摇来晃去。然后她被一个年轻的吉卜赛人拖了出来，亲吻了几下，那个吉卜赛人嘴里有一股洋葱味。刚开始的时候她竭力挣扎，但她看到组里面别的女人也遭受到同样的待遇，于是放弃了抵抗。似乎把女人放进布袋里面是最后一天固定的习俗。当晚营地里非常热闹，每个人都没怎么睡觉。午夜过了很久，多萝西发现自己还在和一群人围着一堆烧得很旺的火跳舞，一个脸色红润的屠夫的儿子挽着她的一只手，一个戴着苏格兰帽子喝得醉醺醺的老妇人挽着她的另一只手，舞曲的调子是《友谊地久天长》。

第二天早上，他们到农场那边领工资，多萝西领到了一英镑外加四便士，给那些不识字的人计算记录簿又多挣了五便士。那些伦敦人会付你一便士作为报酬，而吉卜赛人只会奉承哀求你。然后，多萝西和图勒一家出发去四英里外的西亚克沃思车站。图勒先生扛着铁皮箱子，图勒太太抱着婴儿，另外几个孩子扛着杂七杂八的东西，多萝西推着满载着图勒家全副炊具的婴儿车，这辆婴儿车有两个轮子是椭圆形的。

中午的时候他们到了火车站，载采摘工人的列车原定一点钟出发，但两点钟的时候才进站，三点一刻的时候才出发。火车开得很慢，以之字形线路横穿肯特郡，到这儿接十几个采摘工人，到那儿接六七个采摘工人，来来回回地跑了好几趟，时不时退到侧线给别的火车让道——事实上，三十五英里的路程足足开了六个小时——到了晚上九点钟后才抵达伦敦。

七

当晚多萝西和图勒一家同睡。他们很喜欢她，而且非常热情好客，她可以在他们家待上一个星期或半个月。他们家只有两个房间（他们住在离塔桥路不远的一间租来的房子里），却要住七口人，包括那几个孩子，但他们用两条破烂的毯子、一个旧座垫和一件大衣在地板上为她临时打了地铺。

第二天早上多萝西向图勒一家道别，感谢他们的热情款待，然后出发到柏蒙西的公共澡堂，洗掉五个星期来身上堆积的污垢。洗完澡后她出发找住宿的地方，全部财产只有十六先令八便士的现金，还有身上穿的那身衣服。她尽量把身上的衣服缝补好并擦去污垢，由于料子是黑色的，它们看上去并不像实际的情况那么脏。膝盖以下她的穿着还称得上比较体面。在采摘啤酒花的最后一天，另一组的一个名叫基尔弗雷太太的“住家采摘工人”送给她一双挺好的鞋子，是她女儿的，还有一双羊毛袜子。

直到傍晚多萝西才找到一个房间落脚。她在城里流浪了大约十个小时，从柏蒙西走到绍斯沃克，再从绍斯沃克走到兰贝斯，穿过迷宫一般的街道，那里尽是拖着鼻涕的小孩在人行道上玩跳房子，地上尽是香蕉皮和腐烂的卷心菜叶子。她开口问的每一间房子给她的答案都是一样——房东太太直截了当地说不会接纳她。一次又一次，那些充满敌意的女人非常警觉地站在门道上，似乎把她当成了强盗或政府的稽查员。她们上下打量着她，然后冷漠地说道：“我们不欢迎单身女孩。”然后让她吃了闭门羹。她当然不知道自己这身打扮会让那些体面的女房东对她起疑心。她们或许可以忍受她那身肮脏褴褛的衣衫，但她没有行李，这件事从一开始就注定她会遭到拒绝。一个没有行李的单身女孩绝对不是什么好人——这就是伦敦女房东的第一条也是最重要的一条金科玉律。

七点钟的时候，多萝西已经累得站都站不直了，她闯进旧维多利亚剧院附近一家脏兮兮的、尽是苍蝇的咖啡馆，要了杯茶喝。老板娘和她聊了几句，得知她在找房间住，于是建议她去“兰贝斯胡同对面的威灵斯大楼里面那间玛丽客栈碰碰运气”，那里似乎对住客不挑剔，只要给钱就能租到房间。女房东的名字叫索耶太太，但男人们都叫她玛丽。

多萝西好不容易才找到威灵斯大楼。她沿着兰贝斯胡同一直走，走到一家名叫“绝代佳人裤子有限公司”的犹太人成衣店，然后拐进一条狭窄的巷子，然后左转走进另一条巷子，窄得当你走动的时候脏兮兮的灰泥墙壁几乎就碰到了你。几个颇有毅力的男孩在墙上刻了些脏话——到处都是，而且深得没办法擦掉。走到巷子的另一头，你发现自己置身于一个小小的庭院，有四栋又高又窄、修了铁梯的房子彼此相对。

多萝西问了几次路，在一栋房子的地库里找到了“玛丽”。她是一个了无生气的老女人，头发稀疏，脸庞瘦削，看上去像一个涂了脂粉的骷髅头。她的声音沙哑乖戾，而且格外沉闷。她没有盘问多萝西，事实上，她甚至没好好看她一眼，只是要了十先令，然后哑声哑气地说道：

“二十九号房，三楼，从后面的楼梯上去。”

显然，后面的楼梯就是屋里的楼梯。多萝西顺着漆黑的螺旋楼梯，摸着潮湿的墙壁，在一股旧大衣、洗碗水和泔水的味道中来到二楼，这时她听到了尖利的笑声，两个看上去很聒噪的女孩从一间房里走出来，盯着看了她一会儿。她们看上去很年轻，脸上涂着胭脂和粉红色的粉底，嘴唇红得像天竺葵的花瓣，但那两双淡蓝色的眼眸疲惫衰老，看上去很恐怖，就像在一个女孩的面具下面藏着一张老女人的脸。那个身材比较高的女孩向多萝西打了声招呼。

“你好，亲爱的！”

“你好。”

“你是新住客吧？住哪间房？”

“二十九号房。”

“老天爷啊，这里就像一座该死的地牢，把你给关起来！今晚你出去吗？”

“不，我想我不出去。”多萝西觉得这个问题问得有点奇怪。“我很累。”

“我就知道你不出去，我看你还没打扮。我说，亲爱的！你的处境不是很妙吧？舍不得孩子套不到狼，对吧？要是你想借唇膏的话，就跟我说一声。在这里大家都是好姐妹，你懂的。”

“哦……不用了，谢谢。”多萝西回答，心里有点纳闷。

“噢，那好吧！多丽丝和我得走了。在莱斯特广场那里有个重要约会。”说到这儿她轻轻推了一下另外一个女孩子的屁股，两人傻兮兮地咯咯咯笑了。“我说，”那个高个子的女孩悄悄说道，“偶尔一个人睡客栈不也挺好吗？我也想一个人睡，没有该死的大男人的脚整晚顶着你。有钱就怎么都行，不是吗？”

“是的。”多萝西觉得自己应该这么回答，但她其实不知道那个女孩在说些什么。

“好了，拜拜，亲爱的！睡个好觉。一点半的时候小心有人进来抢东西！”

两个女孩又发出一阵傻傻的尖笑，下楼去了。多萝西找到了二十九号房，打开房门。迎面而来的是一股阴冷难闻的味道。房间八英尺见方，里面很暗，只有简单的家具。房间的正中是一张窄窄的铁架床，盖着一面破破烂烂的床罩和几条灰蒙蒙的被单。靠墙摆着一个储物架，上面放着一个锡盆和一个装水的空威士忌瓶子。床头的墙壁上钉着一张从《电影之乐》杂志里撕下来的贝比·丹尼尔斯[①]的相片。

床单不仅很脏，而且湿漉漉的。多萝西上了床，脱了外套，仍穿着破破烂烂的衬衣和几乎成了破布条的内衣，她不敢光着身体睡在那几张污秽的被单里。虽然她累得全身从头到脚都很疼，但躺在床上她发现根本睡不着。她有一种不好的预感。这个破败的地方的气氛让她比以往更加清楚地意识到自己是个没有朋友的无助的女孩，身上只有六先令，很快就会流落街头。而且，随着夜色渐深，屋里越来越吵。房间的墙很薄，你可以听到发生的一切。有人在莫名其妙地傻笑，有粗声粗气的男人在唱歌，有一台留声机在慢吞吞地播放着低俗的歌曲，有人在大声地接吻，有人像要死了似的在呻吟，有一两回还传来了铁架床剧烈摇晃的声音。到了午夜，这些噪音开始在多萝西的脑海里回响，在轻飘飘的、不得安宁的感觉中她睡着了。一分钟后她就醒了过来，她的房门似乎被打开了，两个隐约可见的女人的影子冲了进来，除了床罩没拿之外，将她的床上的被单都拿走了，然后又冲了出去。“玛丽客栈”总是缺少被单，唯一的解决办法就是去抢别人的床铺。这就是为什么那个女孩子说“小心有人进来抢东西”。

到了早上，多萝西比开放时间早了半小时来到最近的公共

① 贝比·丹尼尔斯(Bebe Daniels，1901—1971)，美国女演员，二三十年代好莱坞的红星之一。

图书馆，到那里浏览报纸里的招工广告。已经有几十个邋遢的人在来回徘徊，而且人数三三两两地增加，直到最后达到了至少有六十人以上。图书馆的门一开，大家蜂拥而入，冲到阅览室另一头的公告板那里，上面张贴着从各大报纸剪切下来的招工广告。在这帮找工作的人后面，来了几帮衣衫褴褛的男男女女，他们晚上在街头露宿，现在到图书馆来睡觉。他们拖着脚步，跟在别人后面，走到最近的桌子旁边，立刻嘟囔着坐了下来，把离得最近的报纸拿到身边，那些可能是《自由教会信使》，也可能是《素食者前哨》——什么都不要紧，但你必须假装在读书才能在图书馆待下去。他们摊开报纸，与此同时就睡着了，下巴抵着胸膛。馆员走了过来，轮番捅着他们，就像一个司炉轮番给锅炉捅火一样。那些流浪汉嘟囔着醒了过来，然后馆员一经过就又睡着了。

招工广告板那边爆发了一场骚乱。大家都想挤到前面，两个穿蓝色工装裤的年轻人从其他人后面跑了上来，其中一个低着头使劲往人堆里挤，似乎在橄榄球赛场上争球。不一会儿他就挤到了广告板前，转身朝他的同伴喊道："我们到了，乔伊——我进来了！'招聘技工——洛克修车厂，卡姆登镇。'我们赶快走吧！"他又挤了出去，两人冲向门口。他们想以最快的步伐赶到卡姆登镇。就在这个时候，在伦敦的每一座公共图书馆，失业的技工都看到了同样的招工启事，匆匆忙忙赶去应聘，而有机会得到这份工作的人，或许是那个买得起报纸，今天早上六点钟就读到这份启事的人。

多萝西最后终于挤到了广告板前，抄下招聘"帮厨"的广告里面的地址。里面有很多工作可以挑——事实上，伦敦似乎有一帮太太和小姐要招聘强壮能干的做杂活的仆人。她的口袋里揣着二十个地址，花了三便士吃了面包、人造黄油和茶水的早餐，然后满怀希望出发去应聘。

她根本不知道如果没有熟人帮忙的话，找到工作的机会几乎为零，但接下来的四天，她渐渐明白了这个道理。她应聘了十八份工作，还为另外四份工作投了求职信。她在南部郊区跋涉了漫长的路程：克莱普汉姆、布里克斯顿、达尔威奇、潘吉、西德汉姆、贝肯汉姆、诺伍德——有一次还跑到了克罗伊顿。她被带到整洁的乡村房屋的客厅，被形形色色的女人盘问——有壮实丰满的女人、枯瘦刻薄的女人、戴着金夹鼻眼镜的警觉冷峻的女人、看上去似乎奉行素食主义或灵修疗法的神情恍惚的女人。无论是胖子或是瘦子，冷漠的人或是亲切的人，她们对她的态度都一样，只是打量着她，听她说话，狐疑地盯着她，问了她几个尴尬而唐突的问题，然后就拒绝了她。

任何有生活经验的人都可以告诉她这到底是怎么一回事。现在她这种情况，没有人敢冒险雇用她。她衣衫褴褛，而且没有人介绍，而且她一说话就让人知道她是受过教育的人，而她不知道该怎么掩饰，把每个机会都搞砸了。那些流浪汉和伦敦采摘工人没有注意到她的口音，但那些郊区的家庭主妇一下子就察觉到了。她的口音把她们吓坏了，就像她没有行李这件事把那些房东太太吓坏了一样。她们一听到她说话，察觉出她是个有教养的女人，整件事就砸锅了。她习惯了自己一张口，那些女人就露出惊诧莫名的表情——那种女性的窥探的眼神，从她的脸看到她那双伤痕累累的手，再从她的双手看到她裙子上的那些补丁。有的女人直截了当地问她，像她这种阶层的女孩子怎么会来找一份女仆的工作。听到她说自己“遇到了麻烦”时，她们嗤之以鼻——肯定是有了一个私生子——问完那些八卦的问题后，她们就赶快把她打发走了。

一找到落脚点后，多萝西就立刻给父亲写信，等到第三天还是没有回音。她又写了一封信，这一次根本不抱任何希望——这是她的第五封信了，头四封音讯全无——在信里她告诉父亲，如果他不赶快给她寄钱的话，她就快饿死了。她等待回信的时间不多了，她在“玛丽客栈”住的那个星期就要到头了，她就快付不起房租，被人赶出去了。

与此同时，她继续徒劳地找工作，而她的钱以每天一先令的速度在锐减——这点钱只能让她勉强活下去，但总是吃不饱饭。她已经不抱希望父亲会对她施以援手。奇怪的是，虽然她越来越饿，而找到工作的希望也越来越渺茫，她却不再觉得恐慌，而是陷入了麻木不仁的悲惨境地。日子过得很苦，但她并不是很担心。她正逐渐沦落到下等人的世界，随着它越来越近，似乎并不是那么可怕。

时下秋高气爽，但天气越来越冷，每一天日照的时间随着入冬也越来越短，早上透过薄雾，将房子前面染成水彩颜色的时间也越来越迟。多萝西整天不是在街头就是在公共图书馆，只有在睡觉的时候才会回“玛丽客栈”，睡觉前会把床拖过去顶着房门。现在她知道“玛丽客栈”其实不是妓院，在伦敦几乎找不到一家妓院，却是臭名昭著的妓女们落脚的地方，这也是为什么这个狗窝一样的地方明明一星期的租金不该超过五先令，你却得付十个先令。老“玛丽”（她不是女房东，只是这里的经理）年轻时也是一个妓女，看上去仍像个妓女。住在这么一个地方，即使在兰贝斯胡同也是一种耻辱。经过女人身边的时候，她们对你嗤之以鼻，而男人们则对你很感兴趣。街角的那个犹太人，“绝代佳人裤子有限公司”的老板，是最恐怖的人。他是个体格结实的年轻人，大约三十岁，脸颊红润鼓胀，卷曲的黑发就像一张黑羊羔皮。他一天十二小时站在街头，厚颜无耻地说你在伦敦买不到更便宜的裤子，拦住过路的人。只要你稍微停留不到一秒钟，他就会抓住你的胳膊，使劲把你拉进店里。一进到店里他立刻开始威胁你，假如你说了一些贬低他的裤子的话，他会威胁要狠狠揍你一顿，胆子小点儿的人会吓得买几条裤子消灾避难。不过，虽然他很忙，他还是有空盯紧着“雏儿”，这是他称呼妓女们的词语。比起其他“雏儿”，他最喜欢的似乎就是多萝西。他知道多萝西不是妓女，只是住在“玛丽客栈”，因此他猜想很快她也会委身风尘。这个想法让他对多萝西垂涎欲滴。一看到她从巷子那头走过来，他就会站在街角处，挺起壮实的胸膛，色眯眯地看着她，（他的眼神似乎在说：“你要开始皮肉生涯了吗？”）当她经过的时候，他会偷偷在她的背后掐一把摸一把。

在“玛丽客栈”住宿的最后一天早上，多萝西来到楼下，怀着一丝希望查看了门厅的那块木板，收到信件的住客的名字会用粉笔写在上面。上面没有“埃伦·米尔巴罗”的名字。就这样吧，她只能流落街头了。她没有想过像住在这里的别的女人那么做——捏造出一个手头拮据的故事，免费再住上一晚。她就直接走出寓所，甚至没有勇气告诉“玛丽”她要走了。

她没有打算，什么打算也没有。只是到了中午，她出去了一趟，身上只剩下四个便士，花了三便士买了面包、人造黄油和茶，吃了半个小时，然后一整天都待在图书馆里，阅读那些周报。早上她读的是《理发师纪实》，下午读的是《笼鸟指南》。她只有这两份报纸读，因为图书馆里挤满了闲人，你得经过一番抢夺才能争到一份报刊。每份报纸她都从封面看到封底，连广告也看。她花了几个小时细读那些技术性的文章，比方说《如何打磨法国式剃刀》、《为什么电毛刷不卫生》、《油菜籽能不能喂虎皮鹦鹉？》等。她只能做这种事情。她整个人麻木了，宁可读《如何打磨法国式剃刀》也不愿去思考自己绝望的困境。她不再觉得害怕。她无法去思考自己的前途，即使是想一想当天晚上的事情她也做不到。她只知道晚上她就要流落街头了，甚至对这个也觉得满不在乎。这里有《笼鸟指南》和《理发师纪实》。奇怪的是，这两份报刊读起来特别有趣。

九点钟的时候图书馆员拿着一根带钩的长杆过来，关掉了煤气灯。图书馆关门了。多萝西左转来到滑铁卢大街，朝泰晤士河走去。在铁架桥上她停下了脚步。晚上起风了。薄雾中黑乎乎的河堤就像沙丘一样从河面上升起，风吹到上面，打了个旋朝东北方吹过城市。一股旋风吹到多萝西身上，穿透她身上单薄的衣服，突然间让她打了个冷战，提前体验到了夜里的寒冷。似乎是出于地心引力的作用，走着走着，她来到了所有无家可归的人共同的落脚点：特拉法尔加广场。

第三章

一

（场景：特拉法尔加广场笼罩着迷雾，隐约可见十几个人，多萝西也在其中，那群人正围着北墙边的一张长凳。）

查理（歌唱）："万福马利亚，万福马利亚，万——福——马——利——亚——"（大本钟敲响了十点钟。）

长鼻子（模仿着钟声）："叮—咚—，叮—咚—！你能给我闭嘴吗？还有七个多小时才会迎来黎明，可以小睡一会儿！天哪！"

陶博伊先生（自言自语）："我不再是吾王爱德华治下的我！在我天真无邪的日子里，在魔鬼将我捧到高位，然后将我丢进星期天报纸之前——那时候我还是弗里和迪斯伯里的小教堂的牧师……"

德弗伊（歌唱）："用我的小弟弟，小弟弟——用我的小弟弟，小弟弟——"

韦恩太太："啊，亲爱的，我一看到你就知道你生来就是个大家闺秀。你我都知道世界将会变得怎样，不是吗，亲爱的？等候着我们的世界和等候着这里其他人的世界是不一样的。"

查理（歌唱）："万福马利亚，万福马利亚，大慈大悲的万福马利亚！"

本迪戈太太："他也敢说自己是人家的丈夫？在科芬园挣

四英镑的周薪，而他的妻子却在该死的广场看星星！这就是丈夫！”

陶博伊先生（自言自语）：“快乐时光，快乐时光！我那密布藤蔓的教堂就在山腰上——我那间红砖寓所就在伊丽莎白时代的紫杉林中沉睡！我的图书馆，我的葡萄园，我的厨师、女仆和园丁！我在银行里有存款，我的名字出现在《克罗克福德》①中！我的黑色西装剪裁无可挑剔，镶着反戴的领子②，我那身执事时穿的水绸法袍……”

韦恩太太：“当然，有一件事我要感谢上帝，亲爱的，那就是：我那可怜的好妈妈没有活到今天看到这一幕。因为要是她活到今天，看到她的大女儿——告诉你，我可是出身名门，沦落到身无分文喝西北风的地步……”

本迪戈太太：“这就是丈夫！”

金杰：“来吧，趁我们还有机会，让我们喝杯茶吧。今天晚上最后一杯茶——十点半咖啡馆就关门了。”

犹太人：“哦，上帝啊！这该死的大冷天要把我冻死了！我的长裤下面什么也没有穿啊。噢，上—帝—啊—！”

查理（歌唱）：“万福马利亚，万福马利亚——”

长鼻子：“流浪了六个小时——就只讨到四便士！都怪那个装着木腿点头哈腰的怪人，在阿尔盖德和迈尔·安德路之间的每一间酒馆搅了我们的好事。装着木腿，他的那些军功章都是在兰贝斯胡同那里买来的！畜生！”

德弗伊（歌唱）：“用我的小弟弟，小弟弟——用我的小弟

---

① 指《克罗克福德牧师手册》（Crockford's Clerical Directory），1858 年由约翰·克罗克福德（John Crockford）出版，是英国国教的权威教义手册。

② 牧师的衣领是从颈后扣在脖子上的，正面没有开口。

弟，小弟弟——”

本迪戈太太：“嗯，到最后我告诉了那死鬼我对他的看法。‘你说自己是个男人？’我说道，‘在医院我见过像你那种玩意儿放在瓶子里。’我说道……”

陶博伊先生（自言自语）：“快乐时光，快乐时光！烤牛肉与活泼的村民，还有无以言喻的上帝的祥和！星期天早上在我那个橡木做成的祈祷间里，散发着清冷的花香和时髦的法袍的气息，夹杂在甜腻的陈腐的空气里！夏天的傍晚夕阳射入书房的窗户——我喝着茶，陷入了沉思，闻着卡文迪丝烟馥郁的香气，懒洋洋地翻阅着一本小牛皮装帧的书册——威廉·申斯顿[①]的诗作、珀西[②]先生的《古代英国诗集》、神学博士兰普里埃[③]的神学作品……”

金杰：“来吧，谁要喝一杯醒神的茶水？我们有牛奶，也有茶叶。问题是，谁有该死的糖？”

多萝西：“这么冷，这么冷！这股寒意似乎钻进你的骨子里！今晚不会一直都这么冷吧？”

本迪戈太太：“噢，快走！我讨厌这帮哭哭啼啼的雌儿。”

查理：“又是一个顶讨厌的夜晚，不是吗？看看那边，该死的河雾从那边的柱子偷偷升上来了。天亮前把老纳尔逊的鱼钩都给冻住了。”

---

① 威廉·申斯顿（William Shenstone，1714—1763），英国诗人，田园诗作的倡导者，代表作有《利索尔斯庄园》。

② 威廉·珀西（William Percy，1574—1648），英国诗人，牛津大学经院诗派的代表。

③ 约翰·兰普里埃（John Lempriere，1765—1824），英国学者，精通词源学与神学，曾编撰过古典作品词源。

韦恩太太：“当然，那时候我们在街角还开着一间小烟店，生意挺红火，你知道的……”

犹太人：“噢，上—帝—啊—！把你的外套借给我，金杰，我快冻死了！”

长鼻子：“——背信弃义的畜生！等我抓住他，我就狠狠地往他的肚子揍上一拳！”

查理：“都拜战争所赐，都拜战争所赐。今晚的广场真该死——明天去吃一顿牛排，睡在鸭绒被上。在该死的星期四你还想怎么样？”

本迪戈太太：“起来了，老爹，起来了！你以为我想要你这脏兮兮的老头子靠在我的肩上吗？——我可是一个已婚的女士！”

陶博伊（自言自语）：“说到布道、唱赞美诗和祈祷，没有人可以跟我媲美。我教化人心的本事在整个教区可谓家喻户晓。你要什么风格我都可以做到：高教会派、低教会派、广教会派和无教会派。从低沉洪亮的英国天主教祈祷直到一针见血的英国国教祈祷，或者低教会派瓮声瓮气的嘟囔，犹如慧骃[1]国长老马鸣萧萧的祈祷……”

德弗伊（歌唱）：“用我的小弟弟，小弟弟——”

金杰：“把你那双该死的手从我的大衣上拿开，犹太佬。你说归说，别想拿我的衣服。”

查理（歌唱）：“我如困鹿切慕溪水，我心惟您是追[2]……”

麦克艾里格特太太（睡梦中）：“是你吗，亲爱的迈

---

① 慧骃（Houyhnhnm），英国作家乔纳森·斯威夫特（Jonathan Swift）的作品《格列佛游记》（Gulliver's Travel）中所描写的具有人的智慧的马匹。

② 此句出自《圣经·诗篇》。

克尔？”

本迪戈太太：“我知道那个鬼鬼祟祟的该死的家伙娶我的时候已经有了老婆。”

陶博伊先生(缅怀地以牧师庄严而最洪亮的声音)：“如果在座的你们中有人知道这两个人不能以神圣的婚姻结合在一起的正当理由……”

犹太人：“还说是朋友！真是该死的朋友！不肯把他那件该死的大衣借给我！”

韦恩太太：“嗯，既然你提到了，我必须承认，一杯好茶的诱惑我可抵挡不住。我那老母亲在世的时候，我们总是一壶又一壶地……”

好管闲事的华生(愤怒地自言自语)：“糟透了！……钻进去，然后伸个大懒腰……从来没有遇到过这么该死的事情……糟透了！”

德弗伊(歌唱)：“用我的小弟弟，小弟弟——”

麦克艾里格特太太(半睡半醒)：“亲爱的迈克尔……他真是可爱，迈克尔。温柔而真挚……那天晚上我在科伦克屠场外面遇到了他，他给了我从国际商场那里讨来、原本自己当晚饭吃的两磅香肠，从此我再也不去看别的男人一眼……”

本迪戈太太：“嗯，我想明天的这个时候我们就可以喝上茶。”

陶博伊先生(缅怀地吟唱着)：“我们坐在巴比伦的浅滩哭泣，当我们想起了你，噢，耶路撒冷！……[1]”

多萝西：“噢，好冷，好冷！”

---

① 本句出自《圣经 · 诗篇》。

长鼻子："好了，我再也不干了——在圣诞节的星空下过夜。明天我就去找地方投宿，就是要把他们给杀掉也干。"

好管闲事的华生："他是侦探吗？飞虎队的成员！更像是飞天间谍！他们什么该死的事情都做得出来——将那些惯犯给逮住，而地方执法官不会给他们公平的机会。"

金杰："我不想再胡扯下去了。谁有石头可以打水漂？"

麦克艾里格特太太（醒来了）："噢，亲爱的，噢，亲爱的！我的背就快折了！噢，神圣的耶稣，请别让这张长凳老是顶着我的肾！我多么盼望能住进一间温暖的客栈，床头有一杯好茶和两片涂了黄油的面包。嗯，我再也睡不着了，得到明天再去兰贝斯的公共图书馆补上一觉。"

老爹（他的头从大衣里伸出了出来，就像一个乌龟从龟壳中探出它的头）："你说什么来着，小子？花钱买水喝！你这个傻乎乎的小家伙，你流落街头才多久呢？花钱喝那该死的水？讨水喝，小子，讨水喝！能讨到的就不用买，能偷到的就不用去讨。记住我的话——五十年流浪的经验，你们这帮家伙。"（缩回了他的大衣里。）

陶博伊先生（吟唱着）："噢，一切皆受造于主——"

德弗伊（歌唱）："用我的小弟弟，小弟弟——"

查理："是谁把你给抓住的，华生？"

犹太人："噢，上——帝——啊——！"

本迪戈太太："起来了，起来了！我怎么觉得有的家伙以为自己把这张该死的椅子用抵押贷款买下来了呢。"

陶博伊先生（吟唱着）："噢，一切皆受造于主，我诅咒主，永远诅咒他，蔑视他！"

麦克艾里格特太太："我常说的一句话就是，总是我们这些可怜的天主教徒流落街头。”

好管闲事的华生：“飞虎队的成员——该死的飞虎队！我们拿到了屋子的蓝图，万事俱备，然后整整一车警察在等候着，把我们统统抓了起来。我在囚车上写了这首诗：‘史密斯警探破案如神，告诉他，我料他就是一……’”

长鼻子：“嘿，我们还喝不喝——茶啊？来吧，犹太佬，你这么年轻，给我——闭嘴，把那几个罐子拿过来。你们不用给钱。从那个老婊子身上把它给拿过来。哭哭啼啼什么。搅得好生不痛快。”

陶博伊先生(吟唱着)：“噢，所有的人子都诅咒主，永远诅咒他，蔑视他！”

查理：“什么，史密斯是个不正经人吗？”

本迪戈太太：“告诉你们吧，女孩子们，我告诉你们吧，是什么让我如此生气。那就是，我那死鬼丈夫正盖着四张毛毯，而我却在这个该死的广场挨冻。我就咽不下这口气，那个不近人情的混蛋！”

金杰(歌唱)：“他们走了——高高兴兴地走了——别把那里的圆桶给拿走，里面有冷香肠呢，凯子[①]。”

好管闲事的华生：“不正经？不正经？一个坏蛋和他比起来就像小巫见大巫！他们当中没有一个不是狡猾之人——这帮飞虎队都是婊子养的，把他们的祖母两英镑十先令就卖给屠夫，然后坐在她的墓碑上大吃薯片。这个该死的向警察告密的臭裹脚布！”

查理问道：“你被判了多少条罪名？”

---

① 原文是 kikie，是英语中羞辱犹太人的用语。

金杰（歌唱）：“他们走了——高高兴兴地走了——开心的女孩——幸运的男孩——”

好管闲事的华生：“十四条。背上那么多条罪名，你根本没有机会翻身。”

韦恩太太：“什么，他不要你了？”

本迪戈太太：“才不是，我们还是夫妻呢，他那个挨千刀的！”

查理：“我自己就背了九条罪名。”

陶博伊先生（吟唱着）：“噢，亚拿尼亚、阿沙勒斯和米沙耳[①]，诅咒主，永远诅咒他，蔑视他！！”

金杰（歌唱）：“他们走了——高高兴兴地走了——开心的女孩——幸运的男孩——，只留下我，伤——透——了——心！上帝啊，我在坟墓里还没躺满三天。[②]你有多久没有洗脸了，长鼻子？”

麦克艾里格特太太：“噢，亲爱的，噢，亲爱的！要是他不快点端茶给我喝的话，我就快变成一条该死的腌青鱼了。”

查理：“你们唱歌都不行，一个都不行。听长鼻子和我的吧，从现在一直到圣诞节，我们会到酒吧门口演唱《贤君温瑟拉斯》[③]和赞美诗。听到我们的歌声，吧台里的那些家伙眼泪汪汪的。我们有一次搞错了，上了同一间酒吧两次，还记得吧，长鼻子？那个老妓女把我们两个榨得一干二净。”

---

① 亚拿尼亚、阿沙勒斯和米沙耳（Ananias，Azarias and Misael），《圣经 · 但以理书》中的人物。

② 根据《圣经》所述，耶稣死后在坟墓中埋了三天，然后复活得道，重回天国。

③ 《贤君温瑟拉斯》（Good King Wenceslas），英国广为流传的一首圣诞节颂歌。

陶博伊先生（在一口想象中的大鼓后面来来回回地走着，歌唱着）：“邪恶该死的一切，大小万物众生——”①

（大本钟敲响了十点半）

长鼻子（模仿着钟声）：“叮咚！叮咚！还有六个半小时！老天爷啊！”

金杰：“犹太人和我那天下午在伍尔沃斯商店偷了四块安全剃须刀片。明天要是能要到一点肥皂的话就到喷水池那边刮胡子。”

德弗伊：“当我在航运公司②当乘务员时，我们总是在海上遇到黑漆漆的印度人，划着他们称之为‘双体船’的大木船，捕捉个头有饭桌那么大的海龟。”

韦恩太太：“您以前是一位牧师吗，先生？”

陶博伊先生（停了下来）：“以麦基洗德③之名，这可不是‘以前是’的问题，夫人。一朝为牧师，终生就是牧师。这就是‘吾身的延续’④。虽然我被脱去了法袍——我们称之为‘还俗’——被公然摘去了主教教区的狗环。”

金杰（歌唱着）：“他们走了——高高兴兴地走了——感谢上帝！凯子来了。现在是免费咨询！”

本迪戈太太：“没有该死的需要之前可别干。”

查理：“他们怎么把你逐出家门了，姑娘？还是那个老故

---

① 此句出自英国圣诗《明媚美丽的一切》（All Things Bright And Beautiful），将歌词进行了改动。

② 原文是 the P. & O.，或许指的是“半岛与东方蒸汽航运公司”（Peninsular and Oriental Steam Navigation Company）。

③ 麦基洗德（Melchizedec），《圣经·创世记》中记载的耶路撒冷王的名字。

④ 原文是拉丁文 Hoc est corpus hocuspocus。

事？唱诗班的女孩未婚先孕？”

麦克艾里格特太太：“你有过好时光，不是吗，年轻人？来，让我们喝一杯，趁我的舌头还没从我这该死的嘴里掉下来。”

本迪戈太太：“起来，老爹！你坐在我那包该死的白糖上面了。”

陶博伊先生：“姑娘是委婉的说法。她们是穿着法兰绒女裤的捕猎未婚神职人员的猎人。教会的母鸡——装点祭坛和清洗铜器——瘦骨伶仃的绝望的老处女。当她们到了三十五岁，魔鬼就会潜入她们的心。”

犹太人：“那个老虔婆不肯给我热水。只能到街头那边花一便士打水了。”

长鼻子：“说得跟真的似的！在路上海喝了一顿倒是真的。”

老爹（从大衣里伸出脑袋）：“喝茶，呃？我喝得下一壶茶。”（轻轻打了个嗝）

查理：“当他们的小弟弟就像萎蔫的磨剃刀皮带？我懂的。”

好管闲事的华生：“茶——该死的饮品。我觉得可可更加好喝。把你的杯子借给我们，伙计。”

金杰：“等一等，我得在这罐炼乳上凿个洞。丢点钱过来，丢你的命也行，你们这帮家伙。”

本迪戈太太：“小心那该死的白糖！谁掏钱买的？我倒想知道。”

陶博伊先生：“当他们的小弟弟就像萎蔫的磨剃刀皮带。谢谢你的幽默。《皮聘周刊》对这桩事情大肆宣扬：《失踪教士的秘密恋情，亲密关系大曝光》。《约翰牛》里还刊登了一封公开信：《披着羊皮的饿狼》。真是遗憾——我原本可以获得晋升的。（对着多萝西）自家人给你下绊子，如果你能明白我的话。你想不到这个一无是处的屁股曾经坐在大教堂牧师席的长丝绒坐垫上吧？”

查理：“弗洛莉来了。我就知道我们把茶给泡好她就会过来。这女人的鼻子灵得跟该死的秃鹫一样。”

长鼻子：“嘿，老是乞讨的命。（唱起了歌）

乞讨，乞讨，伸着手乞讨，

我是乞讨的老祖宗——”

麦克艾里格特太太：“可怜的孩子，什么都不明白。为什么她不去皮卡迪利马戏团，在那里安稳地挣上五先令呢？她在这个广场流连，和一群可悲的老男人在一起，对自己可没有好处。”

多萝西：“炼乳还行吧？”

金杰：“还行吧？”（把嘴放在罐头的一个洞口上，往里面吹气，一股黏稠的灰色的炼乳从另一个洞口流了出来。）

查理：“走好运了，弗洛莉？我刚刚看见你和一个该死的公子哥儿道别，他怎么样？”

多萝西：“上面写着‘婴儿不宜’。”

本迪戈太太：“你又不是该死的婴儿，不是吗？你得放下你那副白金汉宫的架子。来，亲爱的。”

弗洛莉：“请我喝杯咖啡抽根烟吧——小气鬼！你那儿有茶，金杰？你总是我最喜欢的人儿，亲爱的金杰。”

韦恩太太：“我们这里有十三个人。”

陶博伊先生：“我们没有晚餐吃，还请你担待则个。”

金杰："女士们，先生们！茶来了。请把杯子递过来！"

犹太人："噢，天哪！你给我那该死的杯子还没倒满一半！"

麦克艾里格特太太："祝大家好运，明天找到更好的地方落脚。我自己要去找一座教堂投宿了，只是那些该死的家伙要是觉得你身上有钱的话，是不会让你进去的。"（喝起了茶。）

韦恩太太："我得说，我一直以来不是这么喝茶的——但是——"（喝起了茶。）

查理："真是一杯好茶。"（喝起了茶。）

德弗伊："那里还有成群的绿色长尾小鹦鹉，就在椰子树上。"（喝起了茶。）

陶博伊先生："我喝的是塞壬女妖的眼泪，以地狱之水提炼而成！"（喝起了茶。）

长鼻子："我们到凌晨五点钟的最后一杯茶。"（喝起了茶。）

（弗洛莉从她的袜子里拿出一根破了洞的卷好了的香烟，讨了一根火柴。那些男人，除了老爹、德弗伊和陶博伊先生，用捡来的烟屁股卷烟。火红的烟头在朦胧的暮光中闪烁着，像是歪歪斜斜的星座图，几个抽烟的人躺在长凳上、地面上或护墙的斜坡上。）

韦恩太太："好了！一杯好茶似乎能让你暖和起来，不是吗？没有我习惯的干净的桌布和我妈妈的那套漂亮的瓷器茶具，我倒是觉得有点异样，当然，还有用钱能买到的最好的茶叶——真正的白毫尖，一磅卖两英镑九先令……"

金杰（歌唱着）："他们走了——高高兴兴地走了——快乐的女孩——幸运的男孩——"

陶博伊先生（用《德意志，至高无上的德意志》这首歌的调子哼着歌）：“让叶兰继续飘扬——”

查理：“你们这两个孩子来雾都多久了？”

长鼻子：“明天我就去打劫那些喝醉酒的人，他们喝得醉醺醺的可不会知道。我能抢到半英镑，把他们头朝下举起来——用力地摇。”

金杰：“三天。我们从约克过来——一半的路程风餐露宿。上帝啊，那里也是冷得要死的！”

弗洛莉：“去那边再弄点茶来好吗，亲爱的金杰？那好吧，再见，各位。明天早上在威尔金斯的餐厅见。”

本迪戈太太：“这个小偷小摸的娘们！喝了她那杯茶，然后就这么走了，连‘谢谢’也不说一声，连一刻也不肯久待。”

麦克艾里格特太太：“冷吗？哎，我想你会觉得冷。在草丛里睡觉，没有毛毯盖，该死的露水打湿你的身子，到了早上生不起火来，还得向牛奶工讨点奶给自己泡杯茶喝。我和迈克尔流浪的时候就经历过这些事。”

本迪戈太太：“她甚至愿意做黑鬼和中国佬的生意，这个贱货。”

多萝西：“她每次挣多少钱？”

长鼻子：“一坦纳。”

多萝西：“就是六便士吗？”

查理：“真该死。只有一根该死的烟，要熬到天亮。”

麦克艾里格特太太：“少于一先令我可不肯做，绝对不肯。”

金杰：“一天晚上，犹太佬和我到坟场落脚。早上醒来的时候发现我就躺在一块该死的墓碑上。”

犹太人："她可不是什么省油的灯。"

麦克艾里格特太太："迈克尔和我曾经在猪舍落脚。我们爬进去的时候，迈克尔说道：'圣洁的马利亚！这里有一头猪！''有猪好啊！'我说道，'能给我们取暖。'于是我们进去了，里面有一头老母猪正在打鼾，吵得就像拖拉机一样。我爬到它身边，双手搂着它，它让我整晚睡得很暖和。我还睡过更糟糕的地方呢。"

德弗伊(歌唱着)："用我的小弟弟，小弟弟——用我的小弟弟，小弟弟——"

查理："为什么老德弗伊不放声歌唱呢？老是这么哼哼唧唧的。"

老爹："我小时候可不像现在尽吃一些面包、人造黄油、茶水什么的垃圾食物。我们那时候吃的可是好东西。炖牛肉、焦糖布丁、熏肉团子、猪头肉。吃得就像一只每天吃六便士饲料的斗鸡。如今我流浪了五十年了。挖土豆，摘豌豆，偷羊羔，拔萝卜——什么都干，睡的是湿漉漉的稻草堆，一年吃不上一次饱饭。哎——！"(缩回他的大衣里。)

麦克艾里格特太太："但他真的很勇敢，迈克尔就是这样。他哪儿都敢进去。有很多回我们闯入一间没人的房子，在里面最舒服的床上睡觉。'别人睡家里，'他会说，'凭什么我们就不行！'"

金杰(歌唱着)："我迈着舞步——眼里含着泪水——"

陶博伊先生(自言自语)："因美酒或激情而丧失自制！[1]想

---

① 原文是拉丁文 Absumet haeres Caecuba dignior，出自古罗马诗人贺拉斯的《颂歌》。

到我的地窖里还放着21瓶1911年的圣雅克秘酿。孩子出生的当晚我就搭着送奶的火车来到了伦敦……”

韦恩太太：“我妈妈死的时候吊唁的花圈不计其数——你不会相信竟会有那么多！那些花圈都特别大……”

本迪戈太太：“要是我能从头再来的话，我只会嫁给金钱。”

金杰（歌唱着）：“我迈着舞步——眼里含着泪水——因为我怀中的女孩——不是你！”

好管闲事的华生：“你们觉得自己有满腹的牢骚要发泄，不是吗？那像我这么一个可怜虫呢？你们十八岁的时候可没有因为被别人出卖而坐牢吧，不是吗？”

犹太人：“噢，上——帝——啊——！”

查理：“金杰，你唱得就像蛋疼的公猫在叫春一样。你听，我给你唱一曲。（歌唱着）‘耶稣是我的灵魂伴侣……’”

陶博伊先生（自言自语）：“在《克罗克福德》里……主教、大主教和所有的天军……”

好管闲事的华生：“你知道我第一次是怎么进监狱的吗？是被我的亲姐姐告发的——是的，我那该死的姐姐！我的姐姐就是一个贱货。她嫁给了一个虔诚的疯子——他是那么虔诚，现在她生了十五个孩子——是他指使她告发我的。但告诉你吧，我报复了他们。我从监狱里出来做的第一件事就是买了一把榔头，跑到我姐姐家里，把她那架钢琴砸得稀烂。我说：‘好嘛，这就是你告发我的代价！你这个臭婊子！’”

多萝西：“这么冷！这么冷！我不知道我的脚还在不在。”

麦克艾里格特太太：“那该死的茶让你暖和不了多久，不是吗？我自己也快冷死了。”

陶博伊先生（自言自语）：“在我担任牧师的日子里！在我担任牧师的日子里！我在村里的草坪上组织刺绣义卖和莫里斯舞蹈①，我给母亲团契讲解在中国西部进行的传教工作，用了14张幻灯片！我举办男生板球俱乐部，只招收禁酒主义者，我还举办福音见证班——每个月在教区大厅举行内容纯正的讲座——我的童子军肆意狂欢！狼崽们将高声呼啸。教区杂志出版的家居指南！‘废弃的钢笔胆芯可以用来灌肠……’”

查理（歌唱着）：“耶稣是我的灵魂伴侣……”

金杰：“该死的条子来了！大家快从地上起来。”（老爹从大衣底下钻了出来。）

警察（摇晃着在旁边长凳上睡觉的人）：“好了，起床，起床！你们给我站起来！要睡觉回家里睡去。这里可不是寄宿旅馆。起来！”（等等等等）

本迪戈太太：“那是一个渴望晋升、好管闲事的年轻警官。要是可以的话，他让你连气都不能喘。”

查理（歌唱着）：“耶稣是我的灵魂伴侣，让我飞向他的怀抱……”

警察：“好了，你们听着！你们以为这是什么地方？浸信会的祈祷团契吗？（对着犹太人）给我起来，动作利落点！”

查理：“警官，我没办法。这是我的顽固天性，是出于我的天性。”

警察（摇晃着本迪戈太太）：“起床了，大妈，起床了！”

本迪戈太太：“大妈？是叫我大妈吗？要是我当了妈妈，

---

① 莫里斯舞蹈（Morris dance），起源于15世纪的英国民间舞蹈。

我得感谢上帝没有生出像你这么一个死孩子！再给你说个小秘密吧，警官。下一回我要一个男人肉嘟嘟的手搂着我的脖子睡觉。我可不会叫你这么做。我要找个性感一点的男人。”

警察：“好了，好了！没必要骂人，你知道的，我们也是奉命行事。”（耀武扬威地走了出去。）

长鼻子（低声说道）：“——走了，这个婊子养的！”

查理（歌唱着）：“纵是怒涛汹涌！纵是暴雨滔天！[①]我在达特摩尔的唱诗班唱了两年男低音呢，真的。”

本迪戈太太：“我大妈他个熊！（在警察身后大吼大叫）你他妈的小偷不去抓，跑到这儿来调侃一个可敬的已婚妇女？”

金杰：“睡觉吧，伙计们。他走了。”（老爹钻进了他的大衣里。）

好管闲事的华生：“达特摩尔是个什么样的地方？现在他们会给你果酱吃吗？”

韦恩太太：“当然，你知道的，他们不能让人们露宿街头——我是说，那样不太好——你得记住，那样会鼓励所有那些没有自己的家的人——那些乌合之众，如果你明白我想说什么……”

陶博伊先生（自言自语）：“快乐时光，快乐时光！和女童军到艾平森林去远足——租来的马车和打扮得漂漂亮亮的杂色马。我申请了互助金，穿着我那身灰色的法兰绒西装，戴着斑点草帽和庄严的信徒领带。青翠的榆树下长着蘑菇和生姜。二十个虔诚而贪玩的女童军在齐胸高的蕨丛里嬉戏，我这个快乐的牧师和她们在一起，像她们的父母，在她们的屁股上背上摸

---

① 此二句出自基督教的赞美诗《耶稣爱我的灵魂》。

一把掐一把……”

麦克艾里格特太太：“你们老是说投宿什么的，可怜我这把老骨头今天是别想睡多一会儿了。现在我可没办法像以前和迈克尔那样满世界乱睡了。”

查理：“不是果酱，是奶酪，每星期两次。”

犹太人：“噢，天哪！我再也受不了了。我要去市政收容所。”

（多萝西站起身，她的膝盖被冻得发僵，差点摔倒了。）

金杰：“只会把你送去该死的劳改所。我们明天晚上去科芬园，你说怎么样？要是去得够早的话还能偷到几个梨子。”

查理：“达特摩尔真让我受够了，相信我。我们四十个人看着田里那些老女人，被挑起了情欲，难受得紧。那些老女人得有七十岁了——都来偷土豆。要是我们不被逮到就好了！吃的只有面包和水，被链子锁在墙上——差点没被冻死。”

本迪戈太太：“没门！我那该死的丈夫还在那儿呢。一个星期打肿一只眼对我来说已经够了，谢谢你。”

陶博伊先生（缅怀地吟唱着）：“我们将竖琴挂起，挂在巴比伦的柳树上！……”①

麦克艾里格特太太：“起来，孩子！跺跺脚，让血液流回去。待会儿我就带你去圣保罗教堂那儿。”

德弗伊（歌唱着）：“用我的小弟弟——”

（大本钟敲响了十一点。）

长鼻子：“还有六个小时！天哪！”

（一小时过去了。大本钟的钟声停止了。雾霭变薄了，天

---

① 本句出自《圣经·诗篇》。

越来越冷。一轮斑斑驳驳的月亮从南边天空的云朵间鬼鬼祟祟的穿过。十几个饱经考验的老头仍然躺在长凳上，想方设法要睡着，蜷缩起来躲在大衣里头。时不时地，他们在睡梦中呻吟着。其他人向四面八方出发，准备走一晚上，保持血液流通，但几乎所有人都在午夜时分游荡回广场。一个新的警察过来巡逻。他每半小时就会走过广场，仔细查看着那些睡觉的人的脸，但没有驱赶他们，只是确认他们只是睡着了，而不是死了。每张长凳周围都有一小群人轮流坐下来，然后几分钟后就被寒意驱使着站起身。金杰和查理在喷泉那儿装了两罐水，然后怀着一丝希望出发，想到钱铎斯大街那儿借着苦力工人的炉渣火堆烧点水泡茶喝。但一个警察在那里就着火堆取暖，喝令他们离开。那个犹太人突然间不见了，可能在市政收容所讨得了一张床位。快到一点钟的时候有传闻说有位女士在查令十字街桥派发热咖啡、火腿三明治和香烟，大家冲到那里，却发现那根本就是空穴来风的传闻。广场再次聚满了人，无休止的换座位逐渐加快频率，直到最后演变成像是抢凳子的游戏。他们坐下来，双手夹在腋窝里，或许能睡着或打盹两三分钟。就这样，似乎过去了很久很久。他们陷入了繁复而恼人的梦中，他们仍然知道自己身处何方，感觉得到刺骨的严寒。随着时间分分秒秒地经过，夜晚变得越来越清冽寒冷。不同的声音构成了一组合唱——呻吟声、诅咒声、哈哈哈的笑声、歌唱声和穿插其中无法控制的牙关打战声。）

陶博伊先生(吟唱着)：“我如水被倒出去，我的骨头都脱了节……”①

① 本句出自《圣经 · 诗篇》。

麦克艾里格特太太：“埃伦和我这两个小时在城里闲逛，这里就像一座该死的坟墓，该死的大灯直照着你，连一个鬼影也没有，只有警察双双对对地在巡逻。”

长鼻子：“一点零五分，我晚饭还没吃呢！当然啦像这样一个该死的夜晚，我们也只能没饭吃！”

陶博伊先生：“我应该称之为畅饮的夜晚，但正所谓众口难调。（吟唱着）‘我的精力枯干，如同瓦片。我的舌头贴在我牙床上！……”①

查理：“你有什么想法？华生和我刚刚打劫了。华生看见一间香烟店的橱窗上摆满了美妙的盒装金叶牌香烟，他说：‘以上帝的名义，我要抢几包烟，就算他们把我吊死也不在乎！’然后他用围巾裹着手，我们等到一辆大货车经过，掩盖住声音，然后华生一拳挥去！我们拿了十几盒香烟，然后我敢打赌你没有看到我们面如土色的样子。我们拐过街角，打开那些烟盒，里面一根该死的烟都没有！那些都是该死的空盒。这下我可乐了。”

多萝西：“我的膝盖不行了。我站不了多久了。”

本迪戈太太：“噢，该死的，该死的！在这么一个该死的大冷天把一个女人赶出家门！你等着，到了星期六晚上我就把他灌醉，然后他没办法还手。我会把他剁成肉泥，我会的。等我用那个该死的熨斗把他狠狠揍一顿，揍得他看上去就像两便士的肉泥。”

麦克艾里格特太太：“喂，挪个位置，让这个孩子坐下来。靠在老爹身上，亲爱的，让他的胳膊搂着你。他话是多了

① 本句出自《圣经·诗篇》。

点，但他能让你暖和。”

金杰（查看了两次时间）：“用力跺脚——这是唯一能做的该死的事情。谁给唱首歌吧，让我们都和着歌跺跺脚吧。”

老爹（醒过来了，冒出头）：“那是什么？”（仍然半梦半醒，把头往后一仰，张开嘴巴，喉结从他那皱巴巴的喉咙凸了出来，就像一把战斧的锋刃。）

本迪戈太太：“要是有女人有像我这样的经历，她们早就往他的茶里下毒了。”

陶博伊先生（敲打着一口想象中的鼓，唱着歌）：“前进，天国的天军——”

韦恩太太：“唉，真的！有谁记得以前美好的日子吗？我们坐在自家的炉火旁边，炉子上烧着水，吃着街那头的面包店买来的一碟美味的松饼……”（她冷得牙齿打战，说不下去了。）

查理：“现在别去那该死的教堂陷阱，伙计。我给你来点乐子——我们可以他妈的跳个舞。听好了。”

麦克艾里格特太太：“你不说起松饼还好，女士们，我已经饿得前胸贴后背了。”

（查理站起身，清了清嗓子，以洪亮的声音唱着一首名叫《快乐的水手比尔》的歌。长凳上的人们不禁哈哈大笑起来，声音微微发着颤。他们又把这首歌唱了一遍，声音越唱越高，还和着跺脚声和拍手声。那些坐着的人肘子贴着肘子，怪异地左右摇摆着，抖动着双脚，似乎在踏着一架脚踏式风琴的踏板。就连韦恩太太过了一会儿也加入了，忘我地欢笑着。大家都在笑，虽然冻得牙关打战。陶博伊先生挺着下垂的大肚子来来回回地走着，假装在扛着一面旗帜或牧杖。夜色十分清朗，凛冽的寒风时不时就从广场席卷而过。随着人们感觉到彻骨的寒冷刺进骨子里，跺脚和拍手进入狂热状态。这时他们看见警察从东边那头走进广场里，歌声戛然而止。）

查理：“嘿！来点音乐还是能让你暖和起来的。”

本迪戈太太：“这该死的风！我连内裤都没穿，那个死鬼匆匆就把我踢出了家门。”

麦克艾里格特太太：“荣耀归于耶稣。很快格雷斯因路那间亲爱的教堂就会开放冬天的住所。至少他们让你有瓦遮头。”

警察：“喂，喂！你们知道现在是晚上几点了吗？还开始唱歌，搞得像动物园一样。要是你们不乖乖安静的话，别怪我送你们回老家。”

长鼻子（低声地骂道）：“你这狗娘养的！”

金杰：“是的——他们让你睡在该死的石板地上，盖的是三张报纸，而不是毯子。可能会死在广场这里。上帝啊，我希望我能在该死的收容所里。”

麦克艾里格特太太：“不管怎样，你还能喝到一杯好立克，吃到两片面包。要是能让我经常进去我就开心了。”

陶博伊先生（吟唱着）：“当他们对我说，我们将步入主的天国，我就开心了！”

多萝西（惊醒过来）：“噢，怎么这么冷，怎么这么冷！我不知道坐下还是站着哪个更糟糕。噢，你们怎么都能够承受得了？你们这辈子不是每晚都这么过吧？”

韦恩太太：“亲爱的，你不会以为我们这里没有人出身于体面的家庭吧？”

查理（歌唱着）：“振作起来，伙计，很快你就会死去！

啊！该死的耶稣！我的鱼钩都被冻成蓝色的了！”（查看了两次时间，然后双臂紧紧夹住身子。）

多萝西：“噢，但你们怎么受得了？你们怎么能夜复一夜，年复一年地像这样过下去？人是不可能这么活下去的！如果你不知道真有这么一回事的话，你是不会相信的，真是太荒谬了！不可能的事情！”

长鼻子：“——要是你问我的话，其实是可能的。”

陶博伊先生（俨然一副台上牧师的范儿）：“与主同在，一切皆有可能。”

（多萝西又躺倒在长凳上，她的膝盖仍然没办法站稳。）

查理：“好了，刚过一点半。我们得开始走动，或在那张该死的长凳上堆个金字塔。除非我们想死翘翘。有谁要进行保健散步操，到伦敦塔那里吗？”

麦克艾里格特太太：“我今晚是不会再走上半步的了。我那该死的双脚已经不行了。”

金杰：“我们叠金字塔吧！这个我可他妈的再熟悉不过了。不用在那张长凳上扭打——失礼了，夫人！”

老爹（昏昏欲睡）：“玩游戏吗？一个人就不能好好睡上一觉，非得过来吵醒他，把他给弄起来吗？”

查理：“就是这样！用力挤！老爹，挪挪你的位置，给我让点地方让我坐下。一个压着一个。对了。不要理会人家说什么。大家都挤在一起，就像该死的罐头里的沙丁鱼。”

韦恩太太：“嘿！我可没叫你坐在我的膝盖上，小伙子！”

金杰：“这位先生在我上面，然后，大妈——就这样吧。真好！这是自复活节以来第一次拥抱别人。”

（他们堆在一起，叠成了怪异的不成形的叠罗汉，男男女女不分彼此地紧紧抱在一起，就像一簇产卵时期的蟾蜍，人堆蠕动着，渐渐平稳下来，散发出一股衣服的酸臭味。只有陶博伊先生仍然来回徘徊着。）

陶博伊先生（慷慨陈词中）：“哦，你是白昼与黑夜，你是光明与黑暗，你是雷电与云朵，我要诅咒你，主啊！”①

（有人坐在了德弗伊的横膈膜上，他发出一声怪叫。）

本迪戈太太：“不要压我的坏腿，好吗？你以为我是什么？该死的客厅里的沙发吗？”

查理：“你们伏在老爹身上时不觉得他很臭吗？”

金杰：：“这么近乎，就像该死的法定假期。”

多萝西：“噢，上帝啊，上帝啊！”

陶博伊先生（停顿了一下）：“为什么要呼唤上帝？你这个临终时哀鸣的忏悔者。坚守你的信仰，像我一样呼唤恶魔。我为您欢呼，路西法，天堂的王子！（以《圣哉三一歌》的调子唱着歌）梦妖男与梦妖女②，在您的面前匍匐！……”

本迪戈太太：“噢，闭嘴，你这个亵渎神明的老混蛋！他胖得不觉得冷，这就是他的毛病。”

查理：“你的后背真柔软，太太。盯着那该死的警察，金杰。”

陶博伊先生：“餐前祈福经！安魂弥撒！为什么不行？一朝为牧师，终生为牧师。给我一块面包，我将能施行神迹。点上硫黄烛，倒着念献给上帝的祷文，把十字架上下颠倒③。

---

① 此句出自英国国教的《祈祷书》，将“赞美”换成了“诅咒”。

② 梦妖男与梦妖女（Incubi and Succubi），西方传说中在男女睡梦中与之交合，并摄取其精气的妖魔。

③ 点硫黄烛、倒念经文、颠倒十字架是基督教徒十分忌讳的崇拜魔鬼撒旦的禁忌仪式，而黑山羊是魔鬼撒旦的象征。

（对着多萝西）要是我们有一头黑色的公山羊，你就能派上用场。”

（层层叠叠的身躯产生的热力已经开始有感觉了。睡意笼罩着每个人。）

韦恩太太：“你绝对不能以为我习惯坐在一个男人的膝盖上，你知道的……”

麦克艾里格特太太（昏昏欲睡）：“我以前定时参加圣礼，明知道那个该死的牧师不肯原谅我和迈克尔在一起。真是个老混蛋，真是个老混蛋！……”

陶博伊先生（装腔作势地）：“我身上遍洒圣水，走上那十字架……”①

金杰：“谁能给口烟抽？我最后那根该死的烟屁股抽完了。”

陶博伊先生（似乎正站在祭坛上）：“亲爱的弟兄姐妹们，我们聚集在此，在上帝的面前，举行庄严的亵渎神明的仪式。他让我们蒙受尘埃与寒冷、饥饿与孤独、疹子与疥疮，头虱与阴虱之苦。我们吃的是发霉的面包屑和酒店门口打包丢弃的些许肉末；我们的快慰就是烧一杯茶，吃一点从臭气熏天的地窖里拿出来的锯末一样的蛋糕和酒吧的残羹冷炙，喝点带泡沫的普通麦芽酒，和没牙的老太婆拥抱。我们注定将步入贫民的坟墓，躺在廉价的棺材里，埋进二十尺深的墓穴，那里就是地下的寄宿旅馆。我们有权利也有义务在任何时候任何地方诅咒他，辱骂他。愿恶魔与大恶魔与你们同在。”（等等等等。）

① 此句原文是拉丁文：Per aquamsacratam quam nuncspargo, signumquecrucis quod nuncfacio ...

麦克艾里格特太太（昏昏欲睡）：“以神圣的耶稣为名，我现在已经快睡着了，只是哪个王八羔子在压着我的腿。”

陶博伊先生：“阿门，不叫我们遇见试探，救我们脱离凶恶。”①（等等等等。）（刚说出祷告的第一个字时，他就将那块圣礼用的面包撕成两半。血从中间流了出来。天空传来轰隆隆的雷声，景色为之一变。多萝西的双脚觉得很冷。可怕的、长着翅膀的恶魔和大恶魔影影幢幢地飞舞着。有什么东西，不知是嘴巴还是爪子，抓住了多萝西的肩膀，让她想到自己的双脚和双手被冻得生疼。）

警察（摇晃着多萝西的肩膀）：“起床了，起床了！你没有大衣吗？你脸色苍白得像个死人一样。难道你不知道在这样的大冷天得让自己走动吗？”

（多萝西发现自己冻僵了。现在天空很清朗，闪烁的星星就像遥远的电灯。那座金字塔已经散了开来。）

麦克艾里格特太太：“可怜的孩子，她可不像我们知道如何应付。”

金杰（拍打着自己的胳膊）：“呃！噢！真他妈的冷啊！”

韦恩太太：“她生来就是一个大家闺秀。”

警察：“是这样吗？——过来，小姐，你最好跟我到市政收容所去。他们会给你一张床铺。任何明眼人一看就知道你的身份要比这帮人高一些。”

本迪戈太太：“真是谢谢了，警官，谢谢！听到了吗，女孩子们？‘身份要比我们高一些。’他说。说得真好，不是吗？（对着那个警察）你自己是他妈的阿斯科特赛马场上的有

① 此句出自《圣经 · 马太福音》。

钱人喽？”

多萝西：“不要，不要！不要管我，我宁可待在这儿。”

警察：“那就随你吧。你刚才看上去真的很糟糕。我一会儿会过来看看你。”（疑惑地离开了。）

查理：“等那个该死的家伙拐过街角我们就再叠起来。只有这该死的法子能够保暖。”

麦克艾里格特太太：“来吧，孩子，躺下来，让我给你取暖。”

长鼻子：“一点——五十分。我想总归会熬过去的。”

陶博伊先生（吟唱着）：“我如水被倒出去，我的骨头都脱了节。我心在我里面如蜡熔化！……”[①]

（那帮人再次在长凳上叠在一起，但现在气温只有零上几度，寒风愈发刺骨。人们将被风刮得生疼的脸埋在人堆里，就像拼命想咬住母猪乳头的猪崽。几秒钟内他们又睡着了，梦境变得更加可怕和让人困扰，根本不像是在做梦。这九个人有时候就像平常一样说话，有时候甚至能嘲笑自己的处境一番，有时候发了狂一样紧紧地挨在一起，深切而痛苦地呻吟着。陶博伊先生突然间累了，他的独白变成了一连串废话。他那副庞大的身躯压在众人之上，几乎让他们窒息。人堆散开了，有的仍坐在长凳上，有的滑到了地上，靠在护墙上或别人的膝盖上。警察走进广场，命令那些躺在地上的人站起来。他们站起身，等警察一走就又瘫倒下来。除了半是呻吟半是打鼾的声音之外，这十个人没有出声。他们睡着了，随着时钟的滴答声有节奏地醒来，他们的头就像脑袋会动的中国瓷人那样点着。某处

① 此句出自《圣经·诗篇》。

传来了三点钟的钟声。广场东边传来了军号般尖利的声音：“大家！快起来！报纸来了！”）

查理（从睡梦中醒来）：“该死的报纸！走吧，金杰！拼命地跑！”

（他们拼命地跑，或者说，拼命地拖着步子赶到广场的角落，那里有三个年轻人在派发晨报免费赠送的多出来的海报。查理和金杰拿着厚厚一叠海报回来了。五个体格最大的男人现在挤在了长登上。德弗伊和四个女人坐在他们的膝盖上，然后，他们费劲力气（因为得从里面动手）用海报把自己严严实实地裹得像个蚕茧，足有几张海报厚，把碎纸塞在领口、胸襟、肩膀之间和凳子的靠背上。最后，除了他们的头颅和双脚之外，全身都被包裹住了。他们用海报做成风帽戴在头上。海报时不时就会脱落，寒风钻了进来，但现在他们可以连续睡上五分钟之久。这个时候——凌晨三点到五点之间——警察一般是不会过来打扰这帮广场露宿者的。一股暖流悄悄袭来，甚至蔓延到他们的双脚。在海报的遮掩下，有人在偷偷爱抚着这几个女人，但多萝西睡得很沉，没有注意到。

四点一刻的时候，所有的报纸都皱巴巴地掉光了，一直坐着实在是冷得受不了。他们站了起来，发现双脚恢复了气力，开始三三两两地散步，由于实在是太疲乏了而时不时停下脚步。现在每个人都饥肠辘辘。金杰的那罐炼乳被打开了，吃了个精光——大家都把手指伸进去，然后拿出来舔干净。那些身无分文的人离开广场去了格林公园，那里他们可以不受打扰睡到七点钟。那些有半个便士可以花的人去了离查令十字街不远的威尔金斯咖啡馆。大家都知道这间咖啡馆得五点钟才开门，但四点四十分的时候门外已经有一群人在等候着。）

麦克艾里格特太太：“你有半个便士吗，亲爱的？他们不肯让超过四个人搭伙只买一杯茶，这帮该死的小气鬼！”

陶博伊先生(歌唱着)：“玫瑰色调般的晨光——”①

金杰：“感谢上帝，在报纸下睡了那一小会儿让我恢复了精神。(歌唱着)但我迈着舞步——眼里含着泪水——”

查理：“噢，大家，大家！快看那扇该死的窗户。看看窗玻璃上滚滚而下的热气！看看那些烧开的茶壶，和那一堆堆热腾腾的面包和火腿三明治，还有那边煎锅里嗞嗞响的香肠！看到它们难道你的肚子不会咕咕咕地闹腾吗？”

多萝西：“我有一便士。不够喝一杯茶，是吧？”

长鼻子：“——我们总共有四便士，今天早上可以吃到很多香肠。还是买半杯茶和一个炸面圈更好一些。这就是你的早餐！”

麦克艾里格特太太：“你不需要自己掏钱买一杯茶。我有半便士，老爹也有半便士，加上你那一便士，我们三个人凑份子买一杯茶三个人喝。他嘴唇烂了，但该死的，谁在乎呢？靠着手把的位置喝就行了嘛。”

(四点三刻的钟声敲响了。)

本迪戈太太：“我赌一块钱，我那死鬼男人早餐吃的是鳕鱼。我希望他给噎死。”

金杰(歌唱着)：“但我迈着舞步——眼里含着泪水——”

陶博伊先生(歌唱着)：“让我的歌声在清晨为您歌唱！”

麦克艾里格特太太：“在这里有地方落脚真是一大安慰。他们可以让你把头搭在桌子上，一直睡到七点。这对我们这些

---

① 此句出自同名的基督教赞美诗。

广场上的可怜人来说真是天赐的慈悲。”

查理（像一只狗那样流着口水）：“香肠！该死的香肠！威尔士干酪！热乎乎的滴着黄油的面包！两英寸厚的后腿牛排配薯片和一品脱老波顿啤酒！噢，该死的耶稣！”（他冲向前，推开人群，摇晃着玻璃门的把手。那群人，大约有四十多个，涌向前试图把门撞开，但咖啡馆的老板威尔金斯先生紧紧地顶住了门，隔着玻璃咒骂着他们。几个人将胸膛和脸贴在窗户上，似乎在取暖。弗洛莉与其他四个女孩正和一帮穿着蓝色西装的年轻人大呼小叫地从旁边一条巷子里走了出来，她们看上去精神很不错，昨晚在床上睡了一觉。他们跟在人群后面猛推猛挤，几乎把门给撞开了。威尔金斯先生气冲冲地拉开门，把领头的几个人推了回去。一股香肠、腌鱼、咖啡和热面包的味道弥漫在外面寒冷的空气中。）

后面那几个年轻人喊道：“为什么他不肯——在五点钟之前开门？我们要喝茶！把门——撞开！”（等等等等。）

威尔金斯先生：“出去！你们都给我出去！不然的话，以上帝的名义，今天早上你们一个都不能进来！”

后面那几个女孩子喊道：“威尔金斯先生！威尔金斯先生！行行好，让我们进去吧！我亲你一下，免费的。行行好嘛！”（等等等等。）

威尔金斯先生：“出去！我们五点钟才开门，你们知道的。”（把门给关上了。）

麦克艾里格特太太：“噢，神圣的耶稣，这将是该死的整晚最漫长的十分钟！嗯，我得让我这双老腿休息一下。”（像矿工那样蹲坐下来，许多人也跟着她这么做。）

金杰：“谁有半便士？我跟他一个炸面圈对半分。”

那几个年轻人的声音（模仿着军乐，然后唱道）：“——！这就是他妈的军乐队；——！你他妈的也一样！”

多萝西（对麦克艾里格特太太）：“看看我们大家！看看我们大家！多么褴褛的衣裳！多么丑陋的脸！”

本迪戈太太：“别怪我多嘴，你又不是葛丽泰·嘉宝[1]。”

韦恩太太：“当你在等着喝一杯好茶的时候，时间似乎过得真慢，不是吗？”

陶博伊先生（吟唱着）：“我们的性命伏于尘土，我们的肚腹紧贴地面！”[2]

查理：“腌鱼！该死的成堆的腌鱼！我可以隔着这该死的玻璃门闻到它们的味道。”

金杰（歌唱着）：“我迈着舞步——眼里含着泪水——因为我怀中的女孩——不是你！”：

（过了许久，时钟敲响了五点钟。久得似乎让人无法忍耐。门突然间打开了，人们蜂拥而入，争抢着角落的位置。在温暖的室内他们几乎眩晕过去，一头栽倒在桌子上，全身的毛孔吸纳着热气和食物的香气。）

威尔金斯先生：“好了，各位！我想你们知道规矩。今天早上别想要花招！你们可以睡到七点钟，但在此之后如果我看到有人睡觉，我就拎着他的脖子把他赶走。喝你们的茶吧，女士们！”

震耳欲聋的叫嚷声响起：“这边要两杯茶！我们四个要一大杯茶和一个炸面圈！腌鱼！威尔金斯先生！香肠多少钱？来

---

① 葛丽泰·嘉宝（Greta Garbo，1905—1990），瑞典女演员，好莱坞著名影星。

② 此句出自《圣经·诗篇》。

两片！威尔金斯先生！有卷烟的纸吗？腌—鱼—！”（等等等等。）

威尔金斯先生：“闭嘴！闭嘴！不许叫嚷，不然我一个也不伺候。”

麦克艾里格特太太：“你觉得血液流回你的脚指头了吗，亲爱的？”

韦恩太太：“他对你说话时可不客气，不是吗？他可不是我所说的真正的绅士。”

长鼻子：“这就是——饥饿的角落，老天爷啊！我就不能吃上几根香肠吗？”

几个妓女（齐声高喊）：“腌鱼！快点上腌鱼！威尔金斯先生！要腌鱼！还有一个炸面圈！”

查理：“够了！今天早上就只能闻着它们的味道。反正我宁可在这里也不去那该死的广场。”

金杰：“这儿，德弗伊！这一半是给你的！把那个该死的茶杯给我。”

陶博伊先生（吟唱着）：“我们满口喜笑，满舌欢呼的时候！……”①

麦克艾里格特太太：“我已经快睡着了，这间屋子好暖和，让我好想睡觉。”

威尔金斯先生：“那边不许唱歌！你们知道规矩的。”

几个妓女（齐声高喊）：“腌——鱼——！”

长鼻子：“——炸面圈！冷盘！我的肚子好难受。”

老爹：“他们给你喝的茶不过是水里面加了点茶末。”（打

① 此句出自《圣经 · 诗篇》。

了个嗝。）

查理：“眼不见心不烦。梦到该死的猪肘子肉和两个菜。让我们把头搭在桌子上，舒舒服服地睡一觉。”

麦克艾里格特太太：“靠着我的肩膀，亲爱的。我身上的肉比你多一些。”

金杰：“要是我有该死的一坦纳的话，我就买根烟抽。”

查理：“收拾一下。把你的头靠在我的头上，长鼻子。对了，上帝啊，我他妈的睡不着觉！”

（一碟冒着烟的腌鱼被递到了那几个妓女的桌子上。）

长鼻子（昏昏欲睡）：“又是一盘腌鱼。不知道她陪人睡了多少回才挣到钱买了那盘腌鱼。”

麦克艾里格特太太（半睡半醒）：“遗憾，真是遗憾，迈克尔一走了之，只剩下我和那死孩子……”

本迪戈太太（愤怒地指着那盘腌鱼）：“看看那边，女孩子们！看看那边！腌鱼！这不让你觉得生气吗？我们的早饭可没有腌鱼，不是吗，女孩子们？那帮该死的妓女刚把腌鱼从盘子里拿出来就一口吃下去，而我们却得四个人喝一杯茶，还是走了运才喝得到！腌鱼！”

陶博伊先生（摆出牧师的姿态）：“罪恶的报应就是腌鱼。”

金杰：“不要朝我的脸呼气，德弗伊。我他妈的受不了。”

查理（在睡梦中）：“查尔斯……智慧……醉……不能醉？是的……六便士……继续……下一个！”

多萝西（靠在麦克艾里格特太太的胸脯上）：“噢，好开心，好开心！”

（他们睡着了。）

二

日子仍在继续。

这种生活多萝西忍受了十天——确切地说，是九个白天和十个夜晚。她不知道还能怎么办。她的父亲似乎已经完全抛弃了她。虽然她有朋友在伦敦，他们都愿意帮助她，但她觉得发生了那些事情，或者说，因为那些被认为发生了的事情，她没脸面对他们。她不敢去慈善机构求助，因为几乎可以肯定她的真实姓名会被别人发现，因此或许会引起新一轮关于“牧师的女儿”的喧嚣。

于是，她留在伦敦，成为那个古怪的部落的一员，她们人数虽少，却从来不会灭绝——那些女人身无分文，无家可归，但都在竭力掩饰自己的窘境，而且几乎成功做到了。她们在寒冷的清晨用饮水池的水洗脸，仔细地把彻夜未眠后弄得皱巴巴的衣服抚平，而且保持着内敛体面的态度，因此，只有她们那张晒黑的皮肤底下没有血色的脸明确无疑地让你知道她们是穷困潦倒的人。她不愿变成像身边的人里那种厚颜无耻的乞丐。在特拉法尔加广场的头二十四小时，她一点儿东西也没吃，只是前一天晚上喝了一杯茶和隔天早上在威尔金斯的咖啡馆喝了那三分之一杯咖啡。到了晚上，她实在是饿坏了，而且其他人都在乞讨，于是她走到一个陌生女人面前，硬着头皮开口说：“夫人，请赏我两便士好吗？求求您了。我从昨天到现在还没吃过东西呢。”那个女人瞪着眼睛，但她掏出钱包，给了多萝西三便士。虽然多萝西不知情，但她那口受过教育的口音虽然让她找不到当居家仆人的工作，在行乞的时候却非常管用。

之后她发现其实每天乞讨到足以让她活下去的几个便士是很容易的事情，但她还是不愿乞讨——她做不到——除非实在是饿得不行，或她得有一便士去威尔金斯咖啡馆喝杯早茶。去啤酒花田的路上，她和诺比也乞讨过，那时候她毫无畏惧或踌躇。但那时候的情况不一样，她根本不知道自己在做什么。现在，只有在饥饿的刺激下她才能鼓起勇气向那些慈眉善目的女人讨几个便士。当然，她的乞讨对象总是女人，只试过一回向男人讨钱——就那么一回。

至于其他方面，她适应了眼下的生活——习惯了无法入睡的漫漫长夜，寒冷、污秽、无聊和广场那种可怕的共产主义生活。一两天后，她不再对自己所处的环境感到一丝惊讶。就像身边的每个人一样，她接受了这种可怕的生存方式，几乎认为这是天经地义的事情。在去啤酒花田的路上那种恍惚的茫然无知感又回来了，而且比以前更加强烈。那是失眠和露天生活作用下的结果，后者的作用更为强烈。长时间待在露天的地方，从未在一间房子里待过一两个小时，你的知觉就会变得很迟钝，就像有一盏光线强烈的灯照射着你的眼睛，耳朵里有一口大鼓在死命地轰鸣着。你筹谋着，行动着，承受着苦难，而与此同时似乎每一样东西都模糊不清，看上去不是很真切。这个世界，外在的和内在的世界，变得越来越模糊，直到最后变得像梦境一样朦胧。

与此同时，警察们看惯了她。在广场上，人们总是来来去去，没有引起别人的注意。他们不知从哪儿而来，带着他们的瓶瓶罐罐和行囊，露宿几天几晚，然后就像来的时候那样神秘地消失了。如果你停留的时间超过一个星期左右，警察就会将你视为职业乞丐，迟早会把你抓走。他们不可能抓走所有乞丐，但他们时不时会突击扫荡，抓走两三个一早就盯上的乞丐。这种事情就发生在了多萝西身上。

一天晚上，她被“抓走”了，一起被抓的还有麦克艾里格特太太和另外一个她不知道姓名的女人。她们太不小心了，向一个样貌丑陋、长着一张马脸的老太婆讨钱。她立刻跑到最近的警察局举报了她们。

多萝西并不是很在意被抓。现在每件事都像是在做梦——那个丑老太婆的脸在急切地指控着她们，一个年轻的警察温柔地，甚至可以说恭敬地拉着她的胳膊带她去警察局，接着，她被关进了白砖砌成的牢房，一个和蔼的警司隔着铁栅递给她一杯茶，告诉她如果她肯认罪的话，法官不会太难为她。在隔壁的牢房，麦克艾里格特太太朝警司大吼大叫，骂他是个该死的混球，接下来大半个晚上都在自怨自艾，悲叹自己的命运。但多萝西觉得牢房里很干净暖和，只觉得心里松了口气。牢房里有一张木床，固定在墙边，就像架子一样，她立刻躺到床上，累得连毯子也懒得去盖在身上，一睡就是安稳的十个小时。到了第二天早上她才意识到自己的处境，黑囚车高速往旧街治安法庭驶去，车上五名醉汉高唱着《齐来崇拜歌》。

第四章

一

多萝西误会了父亲，以为他真的狠心让她饿死街头。事实上，他作出种种努力想和她取得联系，但他的方式很拐弯抹角，而且成效甚微。

得知多萝西失踪时，他的第一反应是非常生气。早上八点钟的时候，他开始纳闷怎么刮脸的水还没送来。埃伦走进他的卧室，惊慌失措地说道：

“老爷，不好了！多萝西小姐不在家里！我哪儿都找不到她！”

“什么？”牧师问道。

“她不在家里，老爷！她的床也似乎没有睡过。我觉得小姐可能跑了，老爷！”

牧师嚷道：“跑了！”挺身半坐在床上，“你什么意思——跑了？”

“嗯，老爷，我觉得她是离家出走了，老爷！”

“离家出走！在早上这个时候？那我的早餐和祷告怎么办？”

牧师走到楼下——因为没有热水送来，也就没有刮脸——埃伦去了镇里打听多萝西的下落，但毫无结果。一小时过去了，她没有回来。她的出走引发了一桩前所未有的恐怖事件——令牧师永生难忘的事件：他得自己准备早餐——是的，他得自己手忙脚乱地用黑漆漆的水壶泡茶，把丹麦熏肉切成薄片——用的是他那双神圣高贵的手。

经过这件事，他当然对多萝西恨之入骨。那天接下来的时间，他只顾着因为三餐无法准时供应而大发雷霆，没时间去关心为什么她会不见了，会不会遭遇了什么不测。问题的关键是，这个精神错乱的女孩（他骂过她好几次“精神错乱”，还差点骂得更狠一些）就这么不见了，把整个家搞得不得安宁。但是，到了第二天，问题变得更加严重，因为桑普利尔太太把私奔这个传闻公之于众了。牧师当然矢口否认，但在内心里他有点怀疑传闻有可能是真的。现在他觉得多萝西的确可能会做出这种事情来。一个连父亲的早餐都不顾及就离家出走的女孩什么事情都做得出来。

两天后，报纸上刊登了这桩事情，一个喜欢多管闲事的年轻记者来到奈普山，开始询问各种问题。牧师一口回绝了记者的采访，把事情弄得更加糟糕，因为报纸上只刊登了桑普利尔太太的片面之词。过了整整一个星期，各大报纸才对多萝西的私奔事件感到厌倦，转而报道在泰晤士河口目击蛇颈龙的事件。如今牧师声名狼藉。打开任何一份报纸，他都会看到煽风点火的新闻标题，比如“牧师的女儿失踪之谜真相进一步揭秘”或“牧师的女儿身处维也纳？据闻在低等卡巴莱卖唱”等等。最后，《周日窥私报》刊登了一篇报道，开头是这样写的：“在萨福克郡的教区，一个老人伤透了心，向隅而泣。”到了这一步，牧师再也无法忍受，咨询律师准备以诽谤罪控告这家报社。然而，律师反对他这么做，理由是虽然打这场官司有胜算，却会将这件事弄得满城风雨，众人皆知。于是牧师没有采取行动，但多萝西让他颜面尽失，他觉得怒不可遏，决心不会原谅她。

过后，他收到了多萝西寄来的三封信，信里解释了发生在她身上的一切，但牧师当然不相信多萝西曾经失忆过。这个故事未免太离奇了。他认定她要么是和沃波顿先生私奔了，要么就是红杏出墙，然后在肯特郡沦落到身无分文的地步。不管怎样——他已经下定了决心，任何理由都无法让他回心转意——无论她发生什么事，都是她自讨苦吃。他写的第一封信不是寄给多萝西的，而是寄给他的堂亲汤姆准男爵[①]。对于牧师这种出身的人而言，遇到麻烦，他们最自然而然的反应就是向一位有钱的亲戚求助。自从那一次因为五十英镑的借款起了争执之后，他与这位堂亲已经有十五年没有只言片语的联系了。不过他还是满怀信心地写了信，请求托马斯爵士和多萝西取得联系，并帮她在伦敦找份工作。这是理所当然的事情，出了这种事情，她可不能回奈普山。

他寄出信件之后，又收到了多萝西寄来的两封信，绝望地告诉他她就快饿死了，央求他给她寄点钱。牧师很烦恼。他想到——这是他生平以来第一次严肃地思考这种事情——一个人没有钱的确有可能会饿死。因此，在考虑了将近一个星期之后，他卖掉了价值十英镑的股票，寄了张十英镑的支票给他的堂亲，让他代为保管，直到遇见多萝西再转交给她。与此同时，他给多萝西写了封信，口吻很冷漠，告诉她去找托马斯·赫尔爵士。但这封信在寄出去之前又耽搁了几天，因为牧师对要不要给“埃伦·米尔巴罗”回信心存疑虑——他觉得不用真

① 准男爵(Baronet)介于爵士(Sir)与男爵(Baron)之间，受封者同时也称爵士。汤姆(Tom)即托马斯(Thomas)的昵称。

名写信似乎是违法的——而这让他拖延了不少时间。等到信件寄到“玛丽客栈”的时候多萝西已经流落街头了。

托马斯·赫尔爵士是个鳏夫，心地善良，脑袋不是很灵光，年纪约六十五岁，长着一张红通通的圆脸和卷曲的八字胡。他喜欢穿花格大衣，戴曾经很时髦但四十年前就已经过时的卷边圆顶礼帽。乍一眼看上去，他让人觉得是个精心打扮过的十九世纪九十年代的骑兵少校，因此，当你看着他时，你就会想起芥末带骨牛排和白兰地配苏打水、二轮小马车的铃铛声、《粉红报》[①]在其“伟大投手”的日子、洛蒂·科林斯[②]唱着《塔拉拉—邦—迪埃》[③]。但他最主要的特征是他的思维极其模糊紊乱，他是那种老是说“难道你不知道吗？”和“什么！什么！”的人，说着说着就不知道自己说到哪儿去了。当他处于困惑状态或遇到难题时，他的八字胡似乎竖了起来，让他看上去就像一只好心肠却毫无头脑的明虾。

托马斯爵士原本不想帮助他这个堂侄女，因为他从未见过多萝西，而且在他的心目中，牧师是那种最最糟糕的死乞白赖的穷亲戚，但“牧师的女儿神秘失踪”这桩风波让他无法忍受。多萝西毕竟是他的亲人，和他一个姓，这让他在过去半个月里寝食难安。他觉得如果再让多萝西流落街头的话，指不定会有更出格的丑闻发生。因此，在离开伦敦去打野鸡之前，他命人叫来管家——他视其为信得过的智囊——与他商量这件事。

---

① 《粉红报》（the Pink ‘Un），原名是《运动时报》（The Sporting Times），1865 年创刊，1932 年停刊，因为用的是粉红色的纸张而得名。

② 洛蒂·科林斯（Lottie Collins，1865—1910），英国女歌手与舞蹈家。

③ 《塔拉拉—邦—迪埃》（Tarara-BOOM-deay），十九世纪末流行于欧美的一首歌曲。

“看看这则报道，布莱什（布莱什是管家的名字），该死的。”托马斯爵士看上去就像一只明虾，“我想你已经了解报纸里报道的这桩该死的事情了，是吧？‘牧师的女儿神秘失踪’就发生在我那该死的侄女身上。”

布莱什个头瘦小，长得一脸机灵相，说话时轻声细语，就像在耳语一样，几乎难以听清。你只有专注地听，并观察他的嘴唇，才能听明白他在说什么。他的嘴唇动了，似乎在说多萝西是托马斯爵士的堂妹，不是他的侄女。

“什么？她是我的堂妹，是吗？”托马斯爵士说道，“就算是吧，老天爷啊！听我说，布莱什，我是说——我们得找到这个该死的女孩，把她锁起来。你明白我的意思吗？在出更多乱子之前找到她。我相信她就在伦敦某个地方游荡。该怎么做才能找到她呢？警察？私家侦探什么的？你觉得我们能找到她吗？”

布莱什的嘴唇动了几下，似乎在表示反对。他似乎是说找警察会引发不必要的关注，不用找警察应该也能找到多萝西。

“好的！”托马斯爵士说道，“那就着手进行吧。花多少钱都不要紧。我宁愿出五十英镑，但求能将牧师的女儿失踪案这件事平息。看在上帝的分上，布莱什，”他神神秘秘地说道，“你一找到那个该死的女孩，可要盯紧一点。把她带回家，把她留在这里。明白我的意思吗？把她锁起来，等我回来。不然天知道她会玩出什么把戏。”

托马斯爵士从未见过多萝西，因此，他对她的观感都来自报纸上的报道，这也是可以原谅的。

布莱什花了一星期的时间找到了多萝西。她从警察局的监牢里被释放了（她被处以六个先令的罚金，由于没钱还，被拘留了十二个小时；而麦克艾里格特太太作为一个惯犯，得关上七天)。布莱什走到她跟前，略微将头上戴的圆礼帽举起大约只有四分之一英寸高，轻声细语地询问她是不是多萝西·赫尔小姐。他连问了两遍，多萝西才明白他在说什么。她承认自己就是多萝西·赫尔小姐。布莱什解释说他是她的堂兄托马斯爵士派来的，托马斯爵士很想帮助她，她得马上跟他回家。

什么也没说，多萝西就跟着他走了。虽然堂兄突如其来的关心让她有点奇怪，但最近发生了这么多奇怪的事情，她已经见怪不怪了。他们搭巴士到了海德公园的角落，布莱什付的车费，然后他们走到位于骑士桥和梅菲尔区[1]的中间地带一座貌似很昂贵的大屋，窗户都紧闭着。他们走上几级台阶，布莱什拿出钥匙开门，他们进到屋内。在失踪了六个星期后，多萝西又踏入了上流社会的门户。

她在那里住了三天，然后她的堂兄回来了。这三天她觉得很奇怪孤单。家里有几个仆人，但她只见到布莱什，每天他给她带饭，和她聊天，说话轻声细语，态度很恭敬，却又不是很喜欢她。他搞不清她到底是名门闺秀还是被救出火坑的抹大拉[2]，因此把她当成了二者的结合体。就像那些主人不在家的房子一样，屋里静得就像灵堂，因此你会下意识地踮起脚走路，不拉起窗户上的百叶窗。多萝西不敢走进任何一间主房，整天都待在顶楼一间满是灰尘的荒凉的房间里。这里似乎是一间收藏自1880年以来各种小玩意的储藏室。赫尔夫人五年前去世，生前喜欢收集这些废品，去世后大部分东西就堆在了这

---

① 骑士桥(Knightsbridge)和梅菲尔区(Mayfair)都是伦敦的上流社区。

② 抹大拉(Magdalene),《圣经》中的人物，据称曾被鬼上身，耶稣为她驱鬼后追随耶稣。

间房里。屋里最奇怪的东西，可能就是多萝西父亲的一张发黄的相片。里面的他大概才十八岁，留着像上流绅士一样的鬓角，装模作样地站在一辆“普通的”单车旁——那是1888年的事情了；还有一样奇怪的东西，是一个小檀木盒子，上面写着“西塞尔·罗德斯[①]碰过的面包片，1897年六月于伦敦与南非联谊晚宴上”。屋里仅有的几本书不忍卒读，都是托马斯爵士的孩子们在学校里赢得的奖品——他有三个孩子，最小的与多萝西同龄。

显然，仆人们收到命令，不让她出门。不过，她父亲的那十英镑支票已经寄到了，她好不容易才说服了布莱什把支票兑成现钱，第三天的时候出去买了几件衣服。她给自己买了一件现成的花呢大衣和裙子、一件搭配的毛线衫、一顶帽子和一条很便宜的手工印花丝绸连衣裙，还有一双还过得去的棕色鞋子、三双莱尔纺长袜、一只廉价丑陋的手提包、一双站在远处看上去像是山羊皮的灰色棉布手套。这几件衣服花了她八英镑又十先令，她不敢再花钱了。至于内衣、睡衣和手绢，那些以后再买。毕竟，穿在外头的衣服比较要紧。

第四天的时候托马斯爵士回来了，看到多萝西的样貌不禁十分惊讶。他原本以为她会是一个浓妆艳抹的塞壬女妖，会勾引他，败坏他，然后就……老天爷啊！只是面对这种诱惑，他现在已经无力屈服了。见到这个土里土气又像老姑婆一样的女孩，他脑海里的全盘计划都被打消了。他原本想帮她找一份像美甲师或经纪人的私人秘书之类的工作，但现在只能作罢。多

① 应指西塞尔·约翰·罗德斯爵士(Sir Cecil John Rhodes，1853—1902)，英裔南非商人，钻石大王，德·比尔斯公司(De Beers，世界规模最大钻石矿公司)的创始人。

萝西发现他总是在打量她，眼神很迷惑，像一只明虾——显然，他想不通为什么这么一个女孩居然会作出私奔的举动。当然，向他解释她其实没有私奔根本无济于事。她对他讲述了自己的遭遇，他以绅士般的风度接受了她的说法，“这是当然的，亲爱的，当然！”而之后他所说的每一句话都暴露出其实他根本不相信她。

那几天来多萝西无所事事，整天待在楼上自己的房间里。托马斯爵士基本上都在俱乐部里吃饭，晚上尽说一些云里雾里的话。托马斯很想给多萝西找份工作，但他总是记不住几分钟前自己说过的事情。他会说：“嗯，我亲爱的多萝西，你知道吗，我真的很想为你做点事情。这是当然的，我是你堂叔嘛——什么？你说什么？我不是你堂叔？不，我想不是，老天爷啊！堂兄——就是这样，堂兄。嗯，亲爱的，作为你的堂兄——我刚才说什么来着？”多萝西将他引回刚才的话题，他会提出一些建议，比方说：“我亲爱的，你愿意陪一位年迈的夫人吗？某位可爱的老小姐，你不知道吗——戴着黑手套，得了风湿性关节炎。她们死后会给你留一万英镑，让你照顾好她的鹦鹉。什么，什么？”这番对话总是没有什么进展。多萝西说了好几遍她情愿去当女仆或客厅侍女，但托马斯爵士根本听不进去。这个想法唤醒了他的阶级本能，但他自己毫无察觉。“什么！”他会说，“当一个奔波忙碌的女仆？像你这种出身的女孩子？不行，我亲爱的——不行，不行！怎么能去做那种事情，想都别想！”

不过，最后事情出奇顺利地得以解决。托马斯爵士本人什么事情都办不好，但他突然想起来可以咨询自己的律师。那位律师甚至不需要和多萝西见面就帮她找到了一份工作。他说他可以安排她去学校当老师，这是最好找的差事。

托马斯爵士对这个提议很满意，高高兴兴地回到家里，觉得老师最适合多萝西不过了（他心里觉得多萝西长得的确很像个女老师）。不过，听到这个消息多萝西吓了一跳。

“学校老师！”她说道，“但我怎么可能当老师！我知道没有学校会要我的。我一门课都教不了。”

“什么？你说什么？教不了课？噢，怎么不行！你当然能教课！这有什么难的？”

“但我懂得那么少！我从来没教过别人，除了教女童军做饭。你得有一定的资历才能当老师。”

“噢，别瞎说了！教书是世界上最轻松的工作！拿一把厚厚的戒尺——打她们的指关节就行。他们很希望能有个家教严谨的年轻女老师教学生基础课程。就这么定了，亲爱的——当老师。这份工作最适合你不过了。”

顺理成章地，多萝西成了一名学校教师。律师不用出面，三天内就安排好了一切。听说在绍斯布里奇郊区有一座女子学校，校长是克里维太太，她要请一名助手，愿意聘用多萝西。多萝西不明白为什么学校会在学期中段这么快就接受一个全无资历的陌生人。她当然不知道，促成她上岗的是五英镑的贿赂，名义上叫保险金。

于是，在因行乞被抓进监狱十天之后，多萝西来到位于绍斯布里奇布拉夫路的林伍德学院。她带了一个小皮箱，里面塞满了像样得体的衣服，钱包里还有四英镑十先令——因为托马斯爵士给了她十英镑。她想到这份工作得来全不费功夫，而三个星期前她的处境却是那么艰难，不禁感慨万分。这让她体会到了金钱的神秘力量。事实上，她想起了沃波顿先生喜欢说的一句话：如果你翻到《圣经·多林哥前书》第十三章，每一行都写着“钱”而不是“爱”。这一章的意义比起前面的章节，要重要十倍以上。

二

绍斯布里奇距离伦敦有十一二英里远，是一处不招人喜欢的郊区。布拉夫路就位于该区的中心附近，周围是迷宫一般的不体面的街道，看上去几乎一模一样，修了一排排的半独立屋，种了水蜡树和月桂树的篱笆，十字路口处的空地还种了看上去病恹恹的灌木。这里就像巴西雨林一样让人容易迷路。不仅房子的外观，就连它们的名字也一遍又一遍地重复着。来到布拉夫路，读着上面门牌的名字，你会隐约记起业已被遗忘的诗篇，而当你停下来细细辨认的时候，你会想起来，那是《利希德斯》[①]这首诗的前两节诗句。

林伍德学院是一座阴森的半独立黄色砖房，有三层楼高，最底下的窗户被路上那些参差不齐、布满灰尘的月桂树挡住了。比月桂树更高处的房子正门上方挂着一个招牌，上面刻着褪色的金字：

林伍德女子学院

招收五岁至十八岁适龄女生

教授音乐舞蹈课程

欢迎参观了解详情

---

① 《利希德斯》（Lycidas），英国诗人约翰·米尔顿（John Milton）所写的诗作。

房子的另外半边，紧靠着这块招牌的是又一块招牌，上面写着：

拉辛顿·格兰治男子高中

招收六至十六岁适龄男生

传授簿记与商业数学等特别科目

欢迎参观了解详情

这一区尽是小规模的私人学校，光在布拉夫路就有四所学校。克里维夫人是林伍德学院的校长，而鲍尔格先生则是拉辛顿·格兰治高中的校长。两人一直不和，虽然在办学利益上毫无冲突。没有人知道这段仇怨是怎么结下的。连克里维夫人和鲍尔格先生也不知道个中原由。这段仇怨是他们从两所学校的前任校长那里继承下来的。每天早上吃完早饭后，两人会在各自学校的后花园散步，相隔只有一道矮墙，但他们假装没有看见对方，怀着仇恨狞笑着。

第一眼看到林伍德学院，多萝西的心就沉了下来。她没有想过那会是一所堂皇迷人的学校，但她没想到会是这么一间寒酸阴暗的房子，都晚上八点多了，但没有一扇窗户透着亮光。她敲了门，一个高个子、样貌憔悴的女人站在黑漆漆的玄关打开了大门，多萝西以为她是女仆，不料她就是克里维太太本人。她只问了多萝西的姓名，然后什么也没说就领着她沿着阴暗的楼梯来到一间昏暗的、没有生火的客厅，点了一盏小煤气灯，照亮了一架黑色的钢琴、几张填充马毛的椅子和墙壁上几幅泛黄的、幽灵一样的相片。

克里维太太四十来岁，干瘦而棱角分明，举止坚决而生硬，表明她是一个意志坚定的人，或许是个恶毒的妇人。虽然她既不肮脏也不邋遢，但她的整个外表看上去毫无血色，似乎她一辈子都生活在光线不好的地方。而且她的嘴巴总是带着愠恼，形状难看，而且下唇老是耷拉着，活像一只蟾蜍的大嘴。她说话语气很凶，颐指气使，带着难听的口音，时不时会说些粗俗的话。你可以一眼看得出她知道自己想要什么，并会像机器一样毫无感情地实现自己的想法，却不是一个霸道的人——从她的外表你可以猜测出她对你根本不感兴趣，不会欺负你——但利用完你之后会毫不留情地把你丢在一边，似乎只当你是一把用烂了的毛刷。

克里维太太没有和多萝西打招呼，只是示意她坐在一张椅子上，态度更像是命令而不是邀请。然后她自己坐了下来，双手交叉搭在前臂上。

“我希望大家可以相处得来，米尔巴罗小姐(按照托马斯爵士的律师建议，多萝西用的是化名埃伦 · 米尔巴罗)。”她开始用她那尖锐而虚张声势的语气说道，“我希望我不用像炒掉前两个助手那样对待你。你说你以前没有教书的经验？”

“没在学校教过。”多萝西回答——她的介绍信里撒了谎，说她有“家教经验”。

克里维太太打量着多萝西，似乎在想要不要套出她那家教经历的个中秘闻，然后决定还是不这么做。

“那好吧，这以后再说，”她说道。“我必须明说，”她抱怨着补充道，“如今要请到工作卖力的助教不容易。你给她们高工资和好待遇，她们却全不领情。我上次那个助手——我刚刚把她炒掉——斯特朗小姐，她教书还可以——事实上，她有学士学位，我不知道你的学历是否高于学士学位，除非是硕士学位。你是学士学位呢，还是硕士学位呢，米尔巴罗小姐？”

“都不是。”多萝西回答。

“那真是遗憾，要是你的名字后面有几个学历，招生简章会漂亮得多。好了，或许这不要紧。我想我们很多家长都不知道学士学位是什么意思，而且他们不吝于展示自己的无知。我想你会说法语，是吧？”

“嗯——我学过法语。”

“噢，那就好。我们可以在招生简章上宣传这个。好了，现在，回到我刚才所说的，斯特朗小姐是个合格的老师，但她不符合我心目中道德垂范的要求。在林伍德学院，我们非常注重道德教育。你以后就会知道父母们最关心的就是这个。在斯特朗小姐之前的布鲁尔小姐——嗯，我觉得她的性格太软弱了。如果你性格太软弱的话，可管不了那帮女生。结果呢，一天早上，一个小女孩偷偷走到讲台那里，拿着一盒火柴点着了布鲁尔小姐的裙子。出了这种事，我当然不能再让她待下去。事实上，当天下午我就把她赶出学院——而且还不给她开介绍信，这个就跟你明说了吧！”

“您是说，那个女孩被您开除了？”多萝西困惑地问道。

“什么？那个女孩？怎么可能！你不是以为我会把交了学费的学生赶出去吧？我是说我把布鲁尔小姐赶走了，不是那个女孩。管不住学生的老师我们可不要。我们现在班上有二十一个学生，你会发现，她们得被严加管束才会乖乖听话。”

“您不亲自教导她们吗？”多萝西问道。

“噢，天哪，不！”克里维太太几乎是以轻蔑的态度说道，“我手头有太多工作要忙，不能把时间浪费在教课上。我得照看着学院，有七个孩子在这里寄膳，现在我只有一个女佣。而向家长们要学费就花了我全部时间。学费才是最最重要的，不是吗？”

“是的，我想的确如此。”多萝西回答。

“好了，我们得把你的工资谈妥。”克里维太太继续说道，“学期中我会给你提供住宿和伙食，每星期工资是十先令；放假的时候就只包吃住。你可以用厨房里的水龙头洗衣服，每周六晚上我会开热水锅炉供洗澡用，至少大部分周六晚上会开。这间房你不能用，因为这是我的接待室。我不希望你在自己的房间里浪费煤气。不过你可以用起居室，什么时候都行。”

“谢谢。”多萝西说道。

“我要说的就这么多。我想你应该准备就寝了，晚饭已经吃过了，是吧？”

听她这么说，多萝西今晚别指望能吃到东西了，于是多萝西违心地说自己吃过了。谈话到此结束。这就是克里维太太的风格——她从不会和你多说一会儿废话。她的谈话非常具体，直奔主题，甚至不像真正的谈话，或者说，那是谈话的梗概，就像蹩脚的小说里面那些人物的对白，每个人说起话来一个字都不超出角色定位的本本。确切地说她不是在和别人交谈，她只是以凶悍的态度简单扼要地说出她需要说的事情，然后立刻把你踢到一边。她带着多萝西沿着走廊来到她的寝室，里面点着一盏和橡子差不多大的油灯，照亮了一间萧瑟的卧室，里面摆着一张铺着白色床单的窄床、一个摇摇欲倒的衣柜、一张椅子和一个洗手架，架上放着一个冷冰冰的白色瓷盆和一只大口水壶。这间房就像海滨的度假屋，但缺少一样赋予这种房间那朴素和体面气质的东西——床头的《圣经》。

“这就是你的房间。”克里维太太说道，“我希望你能把房间保持得比斯特朗小姐更整洁一些。请不要大半夜都点着煤气灯，因为从门缝里我就知道你几点钟关灯。”

这就是她临别时最后一句话，然后她就走了，只留下多萝西一个人。房间里冷得很令人难受，事实上，整座房子很潮湿阴冷，似乎很少点过火。多萝西迫不及待想上床睡觉，觉得床是世界上最温暖的地方。她把衣服放进衣柜里的时候发现上面有一个纸箱，里面有九个空威士忌酒瓶——可能是斯特朗小姐留下来的，这或许就是她“道德层面”上的缺陷。

早上八点钟的时候，多萝西下楼，看到克里维太太已经在那个她称之为“起居室”的房间里吃着早餐。这是一间连着厨房的小房，原本是洗碗的房间，但克里维太太把水槽和水龙头搬进厨房，将其改造成了“起居室”。餐桌上铺着一张质地粗糙的桌布，面积很大，而且光秃秃得令人望而生畏。在克里维太太那头摆着一个碟子，上面有一只很小的茶壶和两只茶杯。一个盘子上放着两个硬邦邦的煎蛋和一碟橘子酱。桌子的中间放着一碟面包加黄油，多萝西得伸直手臂才够得到，她的碟子旁边——似乎是唯一可以放心让她用的东西——是一个调味瓶，里面是一些干燥板结的玩意儿。

“早上好，米尔巴罗小姐。”克里维太太说道，“今天是第一天，就算了，但请记住：下一次我希望你能准时下来帮我准备好早餐。”

“真是抱歉。”多萝西回答。

“我希望你早餐喜欢吃煎蛋。”克里维太太继续说道。

多萝西忙不迭回答说她非常喜欢吃煎蛋。

“那就好，因为今后我吃什么你就吃什么，所以我希望你不是那种我称之为对食物挑剔的人。”她拿起刀叉，又补充了一句，“吃煎蛋前如果把它切碎，味道会好很多。”

她把两个煎蛋切成小片，然后分给两人，多萝西分到了大概三分之二个鸡蛋的分量，她勉为其难地六七口把分到的蛋吃了下去，然后拿起一片面包加黄油，眼睛不由自主地落在那碟橘子酱上面，但克里维太太瘦骨嶙峋的左臂——虽然没有揽住那个盘子——却作势保护着碟子的左侧，似乎多萝西会朝它发起进攻。多萝西不敢造次，这天早上她没吃到橘子酱——事实上，接下来许多天早上她都没能吃到橘子酱。

吃早饭的时候克里维太太没有再开口说话，不过，很快外面的沙砾小路传来了脚步声，教室里也响起了唧唧喳喳的声音。女学生们开始陆续到达，她们是从侧门进来的。克里维太太站起身，把餐具咣地一声堆在盘子上。她是那种做什么事情都会吵吵闹闹的女人，总是像一个吵闹鬼那样敲敲打打。多萝西把盘子端进厨房，出来的时候，克里维太太从柜子的抽屉里拿出一本一便士的笔记本，摊开放在桌子上。

“你看一下。”她说道，“里面是我准备好的女学生们的名单。我希望今晚你就能记得所有的名字。”她蘸了蘸拇指，翻开三页，“这三列名单你看到了吗？”

“是的。”多萝西回答。

“你得把这三列名单记在心里，知道哪一列名单有哪些女生，因为我希望你不要以为所有的学生待遇都一样。她们的待遇是不一样的——差别大着呢。不同的学生有不同的待遇——这就是我的规矩。你看到第一页的名单了吗？”

“是的。”多萝西回答。

“嗯，这些学生的父母我称之为尊贵客户。你知道我在说什么吗？他们立刻支付现金，而且偶尔多收半个基尼也不会介意。你不能体罚这列名单里的学生，绝对不行。这一列名单是普通客户，他们的父母迟早会还钱的，但你得日夜追讨才能把钱要到手。如果这群学生太调皮的话你可以体罚她们，但不能留下痕迹被她们的父母看见。如果你听我的建议，对付这帮孩子最好的方式就是揪她们的耳朵。你试过揪耳朵吗？”

“没有。”多萝西回答。

“我觉得这是最好的体罚方式，不会留下痕迹，而且那帮学生最怕这个。这三个学生的父母是下等客户，已经拖欠了两学期的学费了。我准备给他们寄律师信。你怎么对这几个学生都行——当然不能闹到上警察局的地步。现在，我带你进教室，你可以开始带这帮学生了。你最好带上那本册子，有时间就看一看，不要犯错。”

她们走进教室。里面很宽敞，墙壁上贴着灰色的墙纸，光线很昏暗，因为窗户外面堵着一丛浓密的月桂树，阳光无法直射进来。一张讲桌摆在空荡荡的壁炉旁边，教室里有十几张小双人桌和一面轻便黑板，壁炉架上挂着一口像个小小的陵墓的黑色时钟。教室里没有地图或图片，多萝西放眼望去，甚至连一本书也没有。房间里唯一称得上是装饰品的东西是钉在墙上的两张黑纸，上面用粉笔写了漂亮的铜版印刷字体。一张上面写着“话语是银，沉默是金”；另一张写着“守时是贵族的风范”。

总共二十一个女学生已经坐在课桌旁。听到脚步声接近时她们就安静了下来。克里维太太走进教室时，她们似乎畏缩成一团，就像松鸡的鸡雏看到老鹰在天上飞一样。大部分学生看上去笨头笨脑的，脸色很糟糕，扁桃腺肿大在她们当中似乎很普遍。她们当中年纪最大的可能十五岁，最小的几乎还是幼儿。学校没有提供校服，有一两个孩子穿的衣服破破烂烂的。

“起来，孩子们。”克里维太太走到讲台处，“我们首先进行晨祷。”

女学生们站了起来，双手合十，闭上双眼，由克里维太太领读，一起低声朗诵祷文。克里维太太凌厉的眼神观察着她们是否在用心祈祷。

“万能不朽的天父，”她们念叨着，“我们祈求您以神圣的指引让我们完成今天的学业。让我们以宁静而恭顺的态度约束自己的行为。望您垂顾我们学校，促使其走向繁荣，招生人数增加，成为社区的模范学校，不至于像您所知道的某些学校那样蒙羞。噢，主啊，我们向您恳求，噢，主啊，让我们成为勤奋、守时、贤淑的人，在方方面面追随您的脚步，奉我们的主耶稣基督之名，阿门。”

这段祷文是克里维太太自己写的。祈祷结束后，那帮女生又背诵了一遍主祷文，然后坐了下来。

“好了，各位同学，”克里维太太宣布，“这位是你们的新老师米尔巴罗小姐。你们知道，斯特朗小姐因为在算术课上出了严重状况，突然离开了我们。我可以对你们说，我苦苦找了一个星期，就是为了招聘一位新的老师。我收到了七十三封求职信，最后敲定了米尔巴罗小姐。别人我通通拒绝了，因为她们不够资格。请记住这一点并告诉你们的父母，所有人都要这么做——七十三个人来应聘！好了，米尔巴罗小姐将教你们拉丁语、法语、历史、地理、算术、英语文法、作文、拼写、法语、书写和素描。布什先生会继续在周四下午教你们化学。今天早上你们第一节是什么课？”

“是历史课，夫人。”一两个声音低声回答。

“很好。我想米尔巴罗小姐会问你们一些问题，考考你们正在学习的历史知识。你们要好好表现，让她知道你们这么辛苦学习可不是白学的。米尔巴罗小姐，你会知道她们努力起来还是蛮不错的。”

“我想确实如此。”多萝西应了一句。

“好了，我先走了。好好表现一番，孩子们！对米尔巴罗小姐可不能像对布鲁尔小姐那样没礼貌。我警告你们，她可不吃这一套。如果我听到这个房间吵吵闹闹的话，某些人可就会有麻烦了。”

她的眼睛扫了一圈，连多萝西也在被警告之列——事实上，她也可能是“某些人”中的一员，然后克里维太太离开了。

多萝西看着整个班级。她不怕她们——她已习惯了应付孩子，根本不怕她们——但在那一瞬间她觉得心里很疑惑。那种当一个冒牌老师的感觉（有哪个教师不会时不时有这种感觉呢）重重地压在心头。她突然间想到——其实之前她已经想过这个问题了——她是招摇撞骗才谋到这份教书工作的，她根本没有当教师的资格。她现在要教的科目是历史，和大部分“受过教育”的人一样，她对历史几乎一无所知。她想，要是这帮女生懂的历史比我多，那可就太丢脸了！她试探性地问道：

“斯特朗小姐以前在教哪一段时期的历史啊？”

没有人回答。多萝西看到几个大一点儿的女孩在交换眼色，似乎在互相询问发言是否安全，最后决定还是不要主动回答。

“呐，你们学到哪儿了？”多萝西又问了一句，或许“哪一段时期”这种说法她们无法理解。

学生们还是没有回答。

“你们肯定记得一些关于历史的内容，是吧？告诉我，你们上节历史课学了哪些人，他们叫什么？”

那些女生又交换了眼色，一个长相普通的小不点儿女孩坐在前排，身穿棕色套头外衣和裙子，头发编成了两条结实的辫子，茫然地回答：“我们学了古代英国名人。”听到她这么说，另外两个女生鼓起勇气，同时回答了问题。一个说：“哥伦布。”另一个说：“拿破仑。”

多萝西似乎更加了解情况了。显然，这些女生并不像她所担心的那么知识渊博，相反，她们似乎对历史一无所知。得知这一点后，多萝西的怯场情绪消失了。她决定在开始教课之前先摸摸这帮孩子的底。因此，她没有按照课程表的规定进行，接下来的上午她逐门课逐门课向全班提问。等她问完历史（她只花了五分钟就探明了她们的底），她又问了地理、英语文法、法语和算术——事实上，她问了这些女生应该已经掌握的所有知识。到了十二点钟，她虽然并没有真正地考核过，但她大体上知道这帮学生的无知到了骇人听闻的程度。

她们根本什么都不懂——彻彻底底的一无所知，就像鞑靼人一样。虽然她们都是孩子，但无知到这种程度也着实吓人。班上只有两个女孩知道到底是地球绕着太阳转，还是太阳绕着地球转。但没有一个女生能告诉多萝西英王乔治五世的上一任国王是谁，不知道《哈姆雷特》的作者是谁，也不知道数学里的分数是什么意思，更不知道你到美洲去要渡过哪个大洋，是大西洋还是太平洋。那几个十五岁的大女孩比八岁的小女孩好不到哪里去，不过她们起码能流利地朗读，写得一手漂亮的铜版印刷字体。她们就只会这个——她们的字体很娟秀。克里维太太特别关心她们的书写。当然，在她们茫然无知的脑海里有着零碎的、没有联系的知识片段，比方说：几句突兀的诗文，那是她们从默记下来的“诗篇”中采撷出来的；还有几句欧伦多夫式①的法语句子，例如“请把黄油递给我”和“那个园丁的儿子的帽子丢了”，都是鹦鹉学舌那样死记硬背的。至于她们的算术，情况要比其他科目好一点。大部分学生能进行加减运算，大约有一半的学生对乘法有一点儿概念，有三四个学生还懂一点儿长除法。而这就是她们所学的全部知识了，再问下去她们一概茫然不知。

更糟糕的是，她们不仅知识贫乏，而且不习惯别人对她们提问题，要她们回答问题是非常困难的事情。显然，她们所学习到的一切知识都是拜机械填鸭所赐，要她们自己动脑思考时，她们只会茫然地瞠目结舌。不过，她们倒没有显得不情愿上课，显然，她们决心要当“乖学生”——在新老师面前孩子们总是“很乖”。在多萝西的一再坚持下，这帮学生变得，或者说似乎变得没那么傻乎乎的。从她们给出的答案中，她开始清楚地了解到在克里维太太管治下是怎样一番情况。

显然，虽然理论上她们要学习学校的所有常规科目，但她们一直认认真真在学的两门课就是书写课和算术课。克里维太太对书写课特别上心。她们还花了许多时间——每天一两个小时——进行格外沉闷无聊的名为“抄写课”的常规课程。“抄写课”就是抄课本里或黑板上的范文。比方说，斯特朗小姐会板书一段富于教育意义的“散文”（有一篇散文名为《春

① 海恩里希·古特弗里德·欧伦多夫（Heinrich Gottfried Ollendorff，1803—1865），德国语言学家和语言教育家，推崇以模仿的方式学习外语。

天》，那几个大一些的女孩的抄写本里都有，开头是这么写的：“现在，当少女般的四月在大地上欢快地奔跑，当小鸟在枝头上快乐地歌唱，当绚丽的花朵从花蕾里绽放，”等等等等），女生们就将文章工工整整地誊在抄写本里，而她们的父母不时会看到那些抄写本，当然觉得非常满意。多萝西开始明白，这帮学生们所学习的课程完全是做给父母们看的。因此，“抄写课”、坚持练字和鹦鹉学舌地背诵现成的法语句子都是简易廉价，却又能让父母满意的教学方式。那些班上最差的学生几乎不会读写，其中一个学生——她叫玛维丝·威廉姆斯，今年十一岁，长得很寒碜，两只眼睛长得太开——甚至不会数数。这孩子上学期和前半学期似乎除了写点潦草的字帖之外什么也没学到。她写了一叠字迹潦草的本子——一页接一页龙飞凤舞的字迹，笔势蜿蜒盘结，就像热带湿地红树林的树根。

多萝西尽量不打击这帮孩子的自尊，告诉她们其实她们很笨，但心里觉得惊诧莫名。她不知道在文明社会里居然还有这种滥竽充数的学校。这个地方的气氛是如此陈旧过时——让你想起了维多利亚时代的小说里所描写的那些沉闷的私校。课室里有几本教科书，翻了几页你会以为自己回到了十九世纪中期。每个学生只有三本课本，一本是一先令的算术课本，是世界大战前编撰的，但还挺好用的；还有一本是顶糟糕的小册子，名为《英国百页简史》——小小的十二开本，粗糙的棕色封面，扉画上面画着英国的米字旗披在博阿迪西亚女王[①]的马车前辕上。多萝西随意翻到这本书的第九十一页，里面这般写道：

---

① 博阿迪西亚女王（Boadicea，？—61年），英国艾西奈部落（the Iceni）的女王，曾率领部落反抗殖民英国的古罗马帝国，起义以失败告终，传闻博阿迪西亚女王服毒自杀。

法国大革命结束后，自封为皇帝的拿破仑·波拿巴妄图称霸世界，但尽管他在迎战欧洲大陆的军队时赢得了几场胜利，很快他就发现他根本无法冲破“细细的红线”[①]。在滑铁卢战场上，决定性的战役打响了，50 000 名英国士兵打得 70 000 名法国士兵望风而逃——而我们的盟军普鲁士军队抵达战场时已经错过了战斗。在嘹亮的英国冲锋军号中，我们的将士冲下山坡，敌人溃不成军，仓皇逃走。现在我们来说说 1832 年伟大的改革法案[②]，开改革之先河，赋予英国人自由与权利，使得我们凌驾于其他欠发达国家之上。（等等等等）

这本书出版于 1888 年，多萝西以前从未读过这么一本历史书，怀着接近恐惧的感觉细细地阅读着。还有一本 1863 年出版的小开本读物，里面大部分内容是费尼莫尔·库珀[③]、瓦特兹博士[④]和丁尼生爵士的节选[⑤]，在结尾部分还有一段内容千奇百怪的“自然知识”，印着木版雕刻插图，里面有一幅大

① 细细的红线，指 1854 年克里米亚战争苏格兰高地兵团（着红色军服）在巴拉克拉伐战役（the Battle of Balaclava）中的一次战斗。在此次战斗中，高地兵团的士兵排成二行横队的狭长阵线，抵御俄国骑兵的冲击，没有临阵逃脱，而阵线也未被打乱，迫使俄国骑兵退走。“细细的红线”成为一则军事典故，颂扬英军士兵沉着坚韧的意志品质。

② 改革法案（Reform Bill 1832），英国在 1832 年通过的扩大下议院选民基础和平衡地方势力的政治改革法案。

③ 费尼莫尔·库珀（Fenimore Cooper，1789—1851），美国作家，作品多描写美国西进运动和印第安民族，代表作有《最后一个莫西干人》、《屠鹿人》等。

④ 瓦特兹博士，应指伊萨克·瓦特兹（Isaac Watts，1674—1748），英国神学家与逻辑学家，著有 700 多首赞美诗，被称为“赞美诗之父”。

⑤ 丁尼生爵士，阿尔弗雷德·丁尼生（Alfred Tennyson，1809—1892），维多利亚时代英国桂冠诗人，代表作有《抒情诗集》、《轻骑兵进击》等。

象的木刻画，下面有几行小字："大象是聪明的动物，生性喜欢在棕榈树下乘凉，虽然力气抵得上六匹马加在一起，却愿意让一个小孩子牵着走。它以香蕉为食。"接下来还有鲸鱼、斑马、豪猪和斑点鸵豹。教师的讲台上有一本《漂亮的乔》①、一本被丢弃的书，名叫《遥眺远土》和一本1891年出版的法语短语手册，名叫《巴黎之旅不求人》，里面的第一句是："绑上我的胸衣，但别太紧哦。"整个教室里没有一套地图册或一套几何尺规。

十一点的时候有十分钟的课间休息，几个女孩玩无聊的圈圈叉叉游戏，或为了笔盒而吵架。几个女生克服了羞涩，围在多萝西的桌前和她聊天。她们告诉了她更多关于斯特朗小姐的事情和她的教学方式，当她们弄脏了抄写本的时候她是怎么拧她们的耳朵。斯特朗小姐似乎是个很严厉的老师，而她"卧床不起"的时候除外，这种事情每星期发生两回。当她卧床不起时，她总是会从一个棕色的小瓶子里喝药，喝完药后她就会变得很开心，告诉她们关于她在加拿大的弟弟的情况。但在她的最后一天——就是那节她出了乱子的算术课——那些药似乎对她造成了比以往更糟糕的影响，因为她刚喝了那些药就立刻倒在一张桌子上，克里维太太不得不把她抬出了教室。

课间休息后又接着上四十五分钟的课，然后上午的课就结束了。在冰冷而不通风的课室里待了三个小时后，多萝西觉得全身又僵又累，很想到外面呼吸一下新鲜空气，但克里维太太一早就告诉过她要去帮忙做午饭。那些家离学校近的学生回家

---

①《漂亮的乔》(Beautiful Joe)，一本出版于1893年的畅销动物小说，作者是玛格丽特·马歇尔·桑德斯(Margaret Marshall Saunders, 1861—1947)。

吃午饭，但有七个在“起居室”里吃饭，每次交十便士。这顿饭吃得很不舒服，几乎没有人说话，因为那几个女生在克里维太太的监视下根本不敢交谈。午饭吃的是羊颈肉，克里维太太动作非常敏捷地将那些精肉分给了“尊贵客户”，肥肉分给了“普通客户”。至于那些“下等客户”，她们在教室里吃见不得人的纸包里带来的午饭。

两点钟的时候又开始上课。虽然只是教了一个早上，多萝西已经怀着秘密的畏缩和恐惧，回到自己的岗位上。她知道今后自己的生活会是什么样：日复一日，周复一周，她都得待在这间不见天日的教室里，给这帮不肯学习的女生灌输最基本的知识。但当她把那帮女生集合起来点名时，其中一个女生——一个名叫劳拉·弗丝、长着鼠色头发、形容憔悴的小女孩走到她的讲台前，递给她一束可怜巴巴、黄不拉叽的菊花。“这是我们大家送给你的。”这群女生很喜欢多萝西，一起凑了四便士买了这束花送给她。

这束丑陋的花打动了多萝西的心。她看着这些脸色苍白衣衫褴褛的孩子，觉得比刚才看得更加清晰，突然间心里觉得十分惭愧，因为她想到自己早上对这帮学生的态度一直很冷漠，甚至还很不喜欢她们。现在，一股深切的怜爱之情涌上心头。这些可怜的孩子，这些可怜的孩子！她们一直在忍受虐待和干涉！但她们仍然保留着童真，用仅有的几便士给老师买了一束花。

从那一刻开始她对这份工作完全改观了。她的心里涌起了忠诚和热爱。这是她的学校，她要为之奋斗，为之自豪，尽自己的一切心力将它从一个奴役的地方变成一个人性化的、体面的地方。或许她能做的事情微不足道。她没有教学经验，而且不适合干这份工作，因此她得先充实自己，然后才能去教育别人。但她会尽自己的最大努力。她愿意全心全意地做好这份工作。这群孩子的生活一直暗无天日，她要把她们拯救出来。

三

接下来的几个星期，多萝西一直在忙两件事，别的事情都顾不上了。第一件事是把班级组织好；第二件事是和克里维太太达成妥协。

第二件事比第一件事难多了。克里维太太的房子是一个人所能想象的居住条件最差的地方。里面总是非常阴冷，上上下下找不到一张舒服点的椅子，而且食物难以下咽。教书比看起来难多了，而老师需要吃点好吃的才能坚持工作。吃的是寡然无味的炖羊肉、满是黑色小孔的白煮土豆、像水一样稀的米布丁、面包涂上薄薄的人造黄油和清淡的茶，实在是太让人倒胃口了。而且就算是这些东西，分量还总是不够吃。克里维太太吝啬得连自己的伙食也要克扣，而且乐此不疲。她和多萝西吃的东西一样，但分量要多得多。每天早上那两个煎蛋总是要切碎，分成一大一小两份，而那碟橘子酱永远神圣不可侵犯。随着学期一天天过去，多萝西越来越饿。每个星期有两天晚上她偷偷溜出去，用日渐干瘪的钱包里的钱买点巧克力片充饥，而且还得偷偷摸摸的——因为克里维太太虽说是故意不让多萝西吃上饱饭，但如果她知道多萝西自己买东西吃，会觉得这是对她的大不敬之举。

多萝西最烦恼的是她几乎没有隐私，而且没有属于自己支配的时间。每天一放学，她唯一的去处就是那间“起居室”，克里维太太总是监视着她，认定绝不能让多萝西单独待上十分钟。她觉得多萝西是个懒女人，需要不停地督促她做事。她总是说："好嘛，米尔巴罗小姐，今晚你似乎没有事情做，是吧？那不是有几本练习册要批阅吗？要不，你可以拿起针线做点缝缝补补的活儿啊。要是我是你，我可受不了无所事事地坐着。"她总是能找出家务活儿让多萝西做，甚至在星期六上午让她擦教室的地板，那天早上女学生们不用上学。她这么做纯粹是不让多萝西好过，因为她信不过多萝西能把事情做好，总是亲手再做一遍。有一天晚上，多萝西莽撞地从公共图书馆带了本小说回来。克里维太太一看到这本书就火了，恶狠狠地说道："好嘛，真是的，米尔巴罗小姐！我可没想到你还有时间读书哪！"她自己一辈子从未读过一本书，并为此自豪。

而且，就算多萝西不在她眼皮底下，克里维太太也有办法让她感觉到自己的存在。她总是蹑手蹑脚地躲在教室旁边，多萝西觉得她随时都可能会闯进来。当克里维太太觉得太吵时，她会突然间拿着扫帚把敲墙壁，把孩子们吓一跳，无心学习下去。一天到晚她总是吵吵闹闹地不肯消停一刻，不是在做饭，就是拿着扫帚和簸箕到处转悠，要不就是和女杂工吵架，要不就是咚咚咚地直奔教室而来，想"四下里瞧一瞧"，希望逮到多萝西或孩子们行为不轨，要不就是"做点园艺工作"——拿着一把大剪刀在后院把荒弃的沙砾地上那几丛病恹恹的灌木剪来剪去。一星期只有两天晚上多萝西可以摆脱她——克里维太太去外面交际，照她的话说，是去"跟进女生"，就是去游说那些有希望报名的父母。这两天晚上多萝西总是去公共图书馆，因为当克里维太太不在家的时候她希望多萝西也到外面去，以节省柴火和煤油。其他晚上克里维太太忙着写信给父母，或写信给本地报纸的编辑，为了十来份广告讨价还价，或检查女生们的书桌，看看她们的练习册有没有批阅，或做点“针线活儿”。只要闲下来五分钟的时间，她就会拿出针线盒，做点“针线活儿”——基本上就是缝补她那不计其数的白色亚麻粗布做成的灯笼裤。那些裤子是一个人所能想象的最冷冰冰的服饰，穿上这样的裤子，比修女的头巾或苦行僧的刚毛衬衣更让人觉得她是一个冷漠可怕、三贞九烈的女人，你甚至会猜想到底有没有已故的克里维先生这么一个人。

从一个外人的角度观察克里维太太的生活方式，你或许会说她的生活毫无快乐可言。她从不进行普通人找乐子时的消遣——从不看电影，从不读书，从不吃甜食，从不做一顿特别的菜式或给自己穿上一件好衣服。社交生活对她来说是根本无足轻重。她没有朋友，或许她根本不知道友谊为何物，除了谈公事外从不和别人沟通。她没有信教的迹象，虽然每个星期天她都会去浸信会教堂礼拜，向那些父母展现她的虔诚，但她非常反对教权主义，认为那些牧师“要的无非就是你的钱”。她似乎是一只全然没有欢乐，全然沉浸在无趣的生活中的动物，但事实上并不是这样，有几件事情她总是乐此不疲。

比方说，她是个很贪财的人，金钱是她这辈子最大的乐趣。世界上有两种贪财的人——一种人勇往直前，如果可以的话，不惜将对手打垮，但从不会把两便士看在眼里；还有一种人是吝啬的守财奴，没有挣大钱的雄心壮志，但正如俗话所说的，他们愿意“用牙齿从粪堆里刨出一法新来”。克里维太太属于第二种人。通过游说忽悠和无耻吹嘘，她拉到了二十一个学生，但她无法再把学校做大，因为她太吝啬，不肯花钱购置必需的器材，而且不肯给助手支付像样的工资。那些女生，不管她们有钱没钱，每个学期要交五基尼，另外还有一些杂七杂八的收费，再加上克扣老师的薪水、指使她不停地干活，她一年的净利润大概是一百五十英镑左右，不会再多了。但她对这个很满意。对于她来说，省下六便士比挣一英镑更有意义。只要她能想出个法子克扣多萝西的晚餐一个土豆，或买练习册的时候十二本便宜半便士，或让那些“好主顾”多付谈好的价格外的半个基尼，她就会满心欢喜。

此外，她还有一个从不厌倦的爱好——纯粹是出于恶意，即使捞不到什么好处。她是那种让别人不好受心里才觉得痛快的人。她和隔壁的鲍尔格先生之间的恶斗——这是一场一边倒的战争，因为可怜的鲍尔格先生和克里维太太根本不是一个级别的对手——以一种冷酷无情、毫不手软的手段进行着。克里维太太非常热衷于斗垮鲍尔格先生，甚至不惜时不时为此花点钱。一年前鲍尔格先生给屋主写了封信(他们两人总是给房东写信，投诉对方行为不检)，说克里维太太的厨房烟囱熏了他的后窗，希望她把烟囱升高两英尺。一收到房东的信，克里维太太就叫来砌砖匠把烟囱降低了两英尺。这花了她三十先令，但这笔钱花得值。经过这件事之后，两家就陷入了长期的游击战，半夜里互相扔东西到对方的花园里。最后克里维太太把一垃圾桶湿灰扔进鲍尔格先生的郁金香花床里，获得了战争的胜利。事实上，多萝西上班不久，克里维太太就获得了一场不见血的大捷。她不经意间发现鲍尔格先生的李子树的根从墙下长到了她的花园里，她立刻把一整桶除草剂浇在树根上，把这棵树活活毒死。这是多萝西唯一一次听到克里维太太开心地大笑。

不过，刚开始的时候，多萝西忙得不可开交，没有去注意克里维太太和她那下作的德性。她知道克里维太太是个不好相与的女人，而她自己的地位和一个奴隶差不了多少，但她并不觉得很担心。她的工作实在是太吸引人，太重要了。与之相比，她自己过的舒不舒服，甚至她自己的未来，似乎都不重要。

过了几天，她就让自己的班级步入正轨。真是奇怪，虽然她没有教书的经验，也没有学过教育的理论，但从第一天开始她就发现自己似乎是出于本能地在进行调整、规划和创新的工作。有许多事情迫切地等着完成。首先她要做的，就是废除“抄写课”这门可怕的课程。多萝西开始授课的第二天，班上就不再进行“抄写”练习，虽然克里维太太并不是很同意。书写课也被削减了。多萝西原本想让那帮大一些的女孩彻底放弃书写课——她觉得十五岁大的女孩浪费时间练习那些铜版字体实在是很荒唐——但克里维太太不愿听。她似乎非常迷信书写课的价值。第二件事，当然是把那本讨厌的《英国百页简史》和荒谬可笑的“读物”扔到一边，要让克里维太太给那些孩子买几本新书这件事最好连提都不要提。第一个星期六下午多萝西央求克里维太太让她去伦敦，克里维太太勉强同意了。她只有微薄的四英镑十先令，花了两英镑三先令买了十几本廉价的二手莎士比亚作品教材、一张二手的大地图册、几本读给小孩子听的《安徒生童话》、一套几何制图工具和两英磅的橡皮泥。有了这些教材，还有那些从公共图书馆借的历史书，她觉得可以开始教学了。

她立刻察觉到这些孩子最需要的是个体的关怀，而她们却从未得到过，于是她把她们分成三个班，在教一个班的时候安排点事情给另外两个班做。刚开始的时候很难，尤其是那些小女孩，只要她们一没人管就会马上走神，因此你绝对不能让自己的眼睛离开她们。但多么不可思议，刚过几个星期，几乎所有学生都获得了进步！她们其实并不笨，只是被沉闷刻板的长篇大论搞得头脑迷糊了。大约有一个星期的时间，她们就像朽木不可雕的差生，但突然间，她们那死板的小脑袋瓜似乎开窍了，就像原本被压在园圃碾压机下的小雏菊，一没有遭受重压就绽放开来。

多萝西很轻松地就让她们养成自主思考的习惯。她让她们自己动脑筋构思散文，而不是抄写那些什么“鸟儿在枝头歌唱，花蕾绽放出花朵”之类的陈词滥调。她从基础知识开始巩固她们的算术，教那些小女孩乘法，引导那些大一点儿的女孩从长除法学会分数，甚至让其中三个人开始掌握小数。她没有教她们那些“请把黄油递给我”和“那个园丁的儿子的帽子丢了”，而是教她们法语语法的基础。她发现班里没有一个女生对世界上任何一个国家有所了解（虽然有几个知道基多是厄瓜多尔的首都），她让她们用橡皮泥模仿地图册等比例做一幅大的欧洲地图，放在一块三合板上。孩子们特别喜欢这个作业，她们总是嚷嚷着要制作地图。除了六个最小的女孩和那个写字龙飞凤舞的玛维丝·威廉姆斯之外，她让全班开始学习并朗读《麦克白》。这些孩子里以前没有一个自愿读过除了《女生报》之外的书，但她们很喜欢读莎士比亚，所有的孩子都喜欢莎士比亚，只要你不让她们做什么句法分析和文本分析。

历史是最难教的科目。多萝西直到现在才意识到那些孩子都来自穷苦家庭，对历史根本没有什么概念。每一个上层社会的人，无论多么没有见识，都对历史有一定的认识。他可以想象出古罗马的百夫长、中世纪的骑士或十八世纪的贵族。远古时期、中世纪、文艺复兴时期、工业革命等词汇都能在他的脑袋里唤醒意义，即使概念很模糊。但这些孩子家里都没有书，而且她们的父母要是听到过去影响着现在这样的话只会哈哈大笑一通。她们从未听过罗宾汉，从未扮演过骑兵和清教徒的戏剧，从未思考过是谁创建了英国国教或一便士硬币上“护教者”[1]这个头衔代表的意义。她们只知道两个历史人物，分别是哥伦布和拿破仑。天知道为什么会这样——或许哥伦布和拿破仑上报纸的次数比其他历史人物多一些。他们俩在这帮孩子们的心目中似乎特别高大，就像难分轩轾的难兄难弟，直到最后他们的身影彻底封住了历史的图景。如果你问她们汽车是什么时候发明的，一个十岁的女孩会瞎猜回答道：“是一千年前哥伦布发明的。”

多萝西发现有几个大一点的女孩通读了《英国百页简史》足有四遍之多，从博阿迪西亚女王到第一次大赦年，然后几乎把每一个字都忘记了。这倒问题不大，因为这本书的大部分内容都是谎言。她让全班从头开始学儒略·恺撒的征服。刚开始时，她试着从公共图书馆里借书出来朗读给孩子们听，但这方法没有效果，因为只要内容稍微难上一点她们就听不懂了。于是她尽量用自己的语言和自己那点浅薄的知识对其进行总结，并朗读传授给孩子们，希望让她们那愚笨的小脑袋瓜对历史能有一点概念，而更困难的事情是让她们对历史产生些许兴趣。不过，有一天她想出了一个好法子。她在一家家具店买了一卷

① “护教者”（Fid. Def.）是英国国王的名号之一，于1521年由教皇列奥十世（Pope Leo X）册封英王亨利八世（Henry VIII），作为对他抵制路德新教改革和支持教皇至高权力的褒奖。1530年亨利与罗马教廷决裂，自封为英国国教的最高领袖，“护教者”这一名号被罗马教廷褫夺，1533年，英国议会通过决议，册封亨利八世及其继任者英国国教“护教者”这一名号，此后除信奉天主教的玛丽一世（Mary I）外，历任英国君主都有“护教者”这一名号。

便宜的素色墙纸，安排那帮女孩制作历史图表。她们在墙纸上标出世纪和年份，然后贴上从画报上剪下来的剪报——穿着盔甲的骑士、西班牙大帆船、印刷机、火车——把它们贴在合适的位置。那张图表钉在教室的墙上，随着剪报数目的增加，展现出了英国历史的全景。孩子们喜欢这张图表甚于那张地图。多萝西发现她们在制作东西而不是在学东西的时候显得更加聪明。她们甚至说要做一张四英尺乘四英尺的纸板世界地图册，要是多萝西能“搞定”克里维太太，让她同意准备一些混凝纸浆的话——这过程很麻烦，需要好几桶水。

克里维太太对多萝西的创新非常嫉妒，但一开始她没有进行干预。她当然不会表现出来，但能找到这么一个愿意干活的助手，心里觉得很惊讶，又很开心。她看到多萝西自己掏钱给孩子们买教科书时那种舒心的感觉就好像她成功地把人给忽悠了。但她对多萝西所做的一切都嗤之以鼻抱怨连天，而且她花了大量时间，一意要对那些女生的练习册进行她称之为“全面批阅”的工作。但和学校课程里的每个事项一样，她那套修改是做给父母们看的。那些孩子时不时会带练习册回家给父母检查，克里维太太绝不允许任何批评她们的话写在里面，不能有“差”这个评语，不能打叉叉，也不能有太密的下划线。反之，每天晚上，多萝西在克里维太太的监督下，往练习册里写进一些尽是赞扬语气的红色评语。“表现优异”和“棒极了！你的进步非常明显。继续保持！”这两句是克里维太太最喜欢写的话。显然，学校的孩子们都有着“非常明显的进步”，至于是朝哪个方向在进步则没有写明，但那些家长似乎对这些话照单全收。

当然，有时多萝西应付这帮女生感觉很吃力。她们年龄各异，这一点让教学工作特别困难。虽然她们喜欢她，刚开始的时候对她很好，但要是她们能一直都这么乖的话，就不是孩子了。有时候她们很懒惰，有时候她们会向女生最可耻的缺点屈服——唧唧喳喳地说话。刚开始那几天多萝西为小玛维丝·威廉姆斯操碎了心。她比任何一个人心目中十一岁的孩子都要笨，多萝西根本拿她没办法。她想尝试让她不要再龙飞凤舞地写字，这时她那双分得很开的眼睛就会流露出几乎不像是人类所拥有的茫然神情。但是，有时候她很健谈，问一些千奇百怪而且无法回答的问题。比方说，她会打开她那本“读物”，找到一幅图画——或许是聪明的大象——然后问多萝西：

“老师，请问那是森麽？”（她的口音很搞笑。）

“那是一头大象，玛维丝。”

“森麽是大象？”

“大象是一种野生动物。”

“森麽是动物？”

“嗯——狗就是一种动物。”

“森麽是狗？”

这个问题会一直不停地问下去。到了第四天上午的中段，玛维丝举起手，礼貌而带着狡黠地问道：

“老师，我能出去吗？”

多萝西一时大意，回答道：“去吧。”

一个大一些的女孩举起手，脸一红，然后放下了手，羞涩地不肯说话。在多萝西的追问之下，她羞怯地回答道：

“报告老师，斯特朗小姐不会让玛维丝单独去洗手间。她会把自己锁在里面，不肯出来，然后克里维太太就会非常生气，老师。”

多萝西派人去叫玛维丝，但为时已晚，玛维丝一直待在厕所里，直到十二点钟。事后，克里维太太私底下对多萝西解释说，玛维丝天生是个白痴——按照她的话说，“脑子有点毛病”。她根本学不会任何东西。当然，这番话克里维太太没有“透露”给玛维丝的父母听，他们都以为自己的孩子只是“智力有点迟钝”，定期缴纳学费。玛维丝很好应付，你只要给她一本书和一支铅笔，让她安静画画就可以了。但玛维丝是一个受习惯驱使的孩子，什么都不画，就是在那里涂鸦——连续好几个小时安安静静的，显得很高兴的样子，吐着舌头画个不停。

不过，尽管遇到了种种小困难，头几个星期一切都进行得多么顺利！事实上，顺利得让人心里不踏实！到了十一月十日，经过对煤炭价格的多番争执后，克里维太太终于同意在教室里生火。房间里一暖和，孩子们似乎也变得聪明起来。有时教书是快乐的，壁炉里的火噼啪作响，克里维太太不在学校里，孩子们安静而入神地学习着一门她们喜欢的课程。最棒的时候是两个年纪最大的班在朗读《麦克白》，上气不接下气地读着不同的场景，多萝西调教她们，让她们字正腔圆地朗读，告诉她们谁是女战神贝娄娜的新郎，巫婆们是怎么骑着扫帚的。那帮女生迫切地想知道勃南森林是如何来到邓西嫩，而麦克白是如何被一个不是女人生的男人给杀了的，仿佛这是一则侦探故事。那是让人感到教书有价值的时刻——孩子们热情飞扬，就像一团熊熊燃烧的烈火，回应着你自己心中的一团火，突然间，一道智慧的光芒让你之前辛勤的付出得到了回报。如果你能自由发挥，再没有别的工作能比教书更令人着迷了。多萝西还不知道，这个“如果”是世界上最难实现的“如果”

之一。

这份工作很适合她，而且她乐在其中。到了这个时候，她已然了解了孩子们的心思，知道了她们各自的特性和如何进行个别激励让她们动脑筋学习。比起不久前，她更加喜欢她们，为她们的进步而操心，更加迫切地想尽量对她们好，这是以前她根本想象不到的。这份纷繁杂乱、永无休止的教师工作就像以前在家里时的教区工作一样占据了她的生命。她连做梦都在想着教书，她从公共图书馆里借了书研究教育理论，她觉得自己愿意一辈子教书，即使一周只挣十先令、一直维持现在的生活也愿意，只要能像现在这样一直教下去就行。她觉得这就是她的天职。

经历过穷困潦倒、完全无所事事的日子之后，几乎任何能让她全身心忙碌的工作对她来说都是一种安慰。但这不只是一份工作；在她看来，这是一项使命和人生的目的。她要尝试着唤醒这些孩子愚钝的心智，尝试着消除之前以教育为名义对她们的戕害——这应该就是她值得为之奉献心力的事情吧？因此，她一心扑在教学工作上，顾不上去理会克里维太太家恶劣的生活条件，忘记了她异常的处境和前途渺茫的未来。

四

但是，这种情况当然没能继续下去。

没过几个星期，学生的父母们就开始干涉多萝西的教学工作。家长们惹麻烦——这是私人学校不可避免的家常便饭。在一个老师眼里，所有的家长都是那么烦人，而一座四流私立学校的学生家长们更是叫人无法忍受。一方面，他们对教育根本没有多少了解；另一方面，他们看待“学费”就像看待肉铺或杂货铺的账单一样，总是怀疑自己被坑了。他们总是会给老师写字条，提出种种无理的要求，这些要求都是让孩子捎着带去学校，路上就被读过了。半个月刚过，班上学习最好的学生之一梅宝·布里格斯给多萝西带来了一张字条：

尊敬的老师——您能给梅宝多布置一点算术作业吗？我觉得您给她布置的作业都不际实切[①]，净是些地图啊什么的。她要学的是实切的东西，不是那些虚头巴脑的东西。所以，请您多布置点算术题。

此致

吉奥·布里格斯

附言：梅宝说您要开始教她叫什么小数的东西，我不希望她学什么小数，我只希望她能学点算术。

于是，多萝西不再教梅宝地理，而给她布置了额外的算术作业，梅宝哭哭啼啼的。父母们的字条纷至沓来。一位母亲听到自己的女儿在学习朗读莎士比亚作品时，在信里写道，她听说这位莎士比亚先生是一位写舞台剧的作家，米尔巴罗小姐是否确定他不是一个道德败坏的作家？她自己本人这辈子还没去过电影院，更别说剧院了，她觉得就算只是阅读戏剧的剧本也是一件非常危险的举动，等等等等。不过，当她知道莎士比亚已经死了的时候，她就不再作要求，似乎安心了。另一位父母希望他的女儿能多练点书写，另一个父亲认为学法语纯粹是浪费时间。如此这般那般，直到多萝西精心安排的功课表几乎完

① 原文是 practical（“实际”）的不正确的拼写形式 practacle。

全作废。克里维太太明确要求多萝西，无论家长提出什么要求，都必须满足，至少得敷衍一下。而很多情况是根本不可能做到的事情，因为这会让一切都乱了套，比如说，让一个孩子学习算术，而让全班的学生学习历史或地理。但在私立学校，家长的要求就是金科玉律。私立学校就像商店一样，得取悦上门的顾客，如果家长要孩子学翻绳儿和楔形字母，当老师的也得遵从他们的要求，不能失去一个学生。

听到孩子们回家讲述多萝西的教学方式，家长们都感到心神不宁。他们不明白像做橡皮泥地图还有阅读诗歌这样的时髦点子有什么意义，而旧的那套机械化的教学方式，虽然多萝西觉得很可怕，他们却觉得很有道理。他们变得越来越心神不宁，他们的信里充斥着“实用”这两个字，意思是多布置点书写课和算术课。他们对于算术课的概念就停留在加减乘这三者和练习题，而长除法则被认为没有什么真正的价值。他们当中没有几个人自己能算得出有小数的题目，觉得自己的孩子算不出来也没什么大不了的。

然后，如果事情就只是这样，或许还不会有太大的麻烦。这些家长或许会老是烦着多萝西，所有的家长都是这样，但多萝西迟早将学会——所有的老师迟早都将学会——变得圆滑老练，能够对这些家长置之不理又安然无事。但有一件事情是一定会引发麻烦的，那就是：除了三个孩子以外，所有孩子的父母都是非英国国教信徒，而多萝西却是英国国教信徒。确实，多萝西已经失去了信仰——事实上，过去两个月来，历经风霜严逼和颠沛流离，她几乎不会去思考她的信仰或失去信仰这个问题。但这根本无济于事——罗马天主教、英国国教、新教徒、犹太教徒、土耳其人或无神论者，你仍然保持着你耳濡目染的思考习惯。多萝西在教区里出生长大，对非英国国教信徒的思想根本一无所知。虽然她本意良善，但她还是做出一些事情冒犯了某些家长。

几乎从一开始，他们在《圣经》课上就起了冲突——每周两次，学生们要朗读《圣经》中的经文，有时读《新约》，有时读《旧约》。几位父母写信要求米尔巴罗不要回答学生们提出的关于童贞女玛丽的问题。关于童贞女玛丽的经文要默不作声就跳过去，要是可以的话，完全不要去提。但伟大的作家莎士比亚的篇章挑起了事端。那些女生们一直在阅读《麦克白》，很想知道那些女巫的预言将如何实现。她们读到了结尾的篇章，勃南森林已经来到了邓西嫩[①]——这个谜题有了答案。可那个不是女人生的男人到底是怎么回事？她们读到了那一要命的段落：

麦克白：你不过白费了气力；你要使我流血，正像用你锐利的剑锋在空气上划一道痕迹一样困难。让你的刀刃降落在别人的头上吧；我的生命是有魔法保护的，没有一个妇人所生的人可以把它伤害。

麦克德夫：不要再信任你的魔法了吧；让你所信奉的神告诉你：麦克德夫是没有足月就从他母亲的子宫中剖出来的。[②]

---

① 指《麦克白》中三个女巫给予麦克白的预言，内容是“只要勃南森林不到邓西嫩，麦克白就不会失败”。最后，马尔康命令部下以勃南森林的树枝为掩护，行军至邓西嫩，实现了预言。（译名出自朱生豪译本。）

② 本段的译文取自朱生豪的译本，略作修改：“母亲的腹中”改为“母亲的子宫中”，与下文的“子宫”相呼应。

女生们看上去很迷惑不解。她们沉默了一阵，接着教室里响起了叽叽喳喳的提问声。

“老师，请问那段话是什么意思？”

多萝西作了解释，说得很犹豫不决语焉不详，心里突然觉得恐惧而忐忑——预感到这样做将会惹来麻烦——但她还是作了解释。果然，在这之后，好戏开始了。

有一半的学生回到家里就问父母“子宫”这个词什么意思。突然间骚动骤起，小道消息到处传播，十五个体面的非英国国教信徒的家庭陷入了电击般的恐慌。当天晚上那些家长一定召开了秘密会议，因为第二天的傍晚，就在放学的时候，家长代表团找上了克里维太太。多萝西听到他们三三两两地来，猜想出了什么事。她刚解散完学生们就听到克里维太太的疾呼从楼梯传下来：

“米尔巴罗小姐，上来！”

多萝西走上楼，竭力想让两个膝盖不要战栗。在萧瑟的会客厅里，克里维太太严肃地站在钢琴旁边，六个家长正像宗教审判庭的法官一样围坐在马鬃椅子上。他们当中有吉奥·布里格斯先生，就是他写信要梅宝多上点算术课——他是个看上去很精明的蔬菜贩子，而他的妻子是个干瘪的泼妇——还有一个体格庞大像头大水牛的男人，长着下垂的八字胡，而他的老婆毫无血色，身材出奇地平坦，看上去似乎被某样沉重的东西给碾平了——或许就是她的丈夫干的。多萝西不知道这对夫妇的名字。此外还有威廉姆斯太太，就是那个先天白痴的女学生的母亲，一个瘦小、黝黑、非常迟钝的女人，总是附和着上一个说话人的意见。还有波因德先生，职业是旅行推销员。他是个岁数不算太老的中年男人，脸色灰扑扑的，有一张能说会道的嘴，光秃秃的脑壳长着几绺丑得要命却精心摆弄过的湿漉漉的头发。为了对家长们的光临表示尊敬，壁炉里用三大块煤炭生起了烧得不太旺的火。

“在那边坐，米尔巴罗小姐。”克里维太太指着一张硬木椅子，那张椅子摆在家长们围成的圈子中间，像是一张悔罪席。

多萝西坐了下来。

克里维太太说道：“波因德先生有话对你说，你听一听。”

波因德先生要说的话很多。显然，其他父母选择了他作为代言人，他一直说个不停，直到嘴角边泛起黄色的唾沫泡泡。最了不起的是，他说了这么多——而且充分照顾了体面——却根本没有提到那个引发麻烦的字眼。

“我想我代表了全体家长的心声，”他以轻佻的推销员的口才说道：“要是米尔巴罗小姐知道这出戏剧——《麦克德夫》或别的什么名字——有诸如，嗯，我们所说的那些词语，那她根本就不应该让孩子们读那种东西。我觉得学校的课本里印那样的字眼实在是有失体面。我很肯定要是我们当中的任何人知道莎士比亚写的就是那些东西，我们在一开始就会加以干涉。我不得不说，这件事让我很惊讶。有一天早上我在《新闻纪实报》里读到一篇文章，说莎士比亚是英国文学之父。嗯，要是那就是文学的话，那我得说，我们得少上点文学课！我觉得在场的每个人都同意我的看法。另一方面，如果米尔巴罗小姐不知道那个词——嗯，我指的那个词——会出现的话，她应该在那个词出现的时候不动声色地直接跳过去。不需要对她们解释这个词，就告诉她们保持安静，不要提问——这才是教育孩子的正道。”

“但如果我不解释的话，孩子们不明白那出戏讲的是什么！”这已经是第三、第四次多萝西提出抗议了。

“她们当然不会明白！你似乎还不明白我的话，米尔巴罗小姐！我们不希望她们明白。你以为我们希望她们从书里学到肮脏的思想吗？她们从那些龌龊的电影和那些两便士女生报刊中已经接触到太多肮脏的思想了——那些下流肮脏的爱情故事，还有那些图画——嗯，我就不详细描述了。我们送孩子上学可不是让她们学习这些东西。在这件事上我代表了全体家长的心声。我们都是敬畏上帝的正经人——我们当中有的是浸信会信徒，有的是循道宗信徒，还有一两个英国国教信徒，但在这件事情上我们的立场是一致的——我们要把孩子教育成体面的人，不让她们了解任何关于性知识的内容。如果我做得到的话，所有的孩子——至少所有的女孩——都不应该了解任何关于性知识的内容，直到她们二十一岁为止。”

家长们纷纷点头，那个长得像头水牛的男人说道：“是的，是的！我同意你所说的，波因德先生，是的，是的！”这番话真的说到他的心坎上了。

说完莎士比亚这件事后，波因德先生还对多萝西的新教学方法提出了一些意见，吉奥·布里格斯先生不时响应着，“就是这样！学点实际的——这就是我们想要的——学点实际的！不要那些乱七八糟的像诗歌、做地图、贴纸条什么的，让她们好好学习算术和书写课就行了，别的科目都不用上了！学点实际的！您说的对！”

这一幕持续了二十分钟。起初多萝西还想争辩，但她越过那个长得像大水牛的男人的肩膀，看到克里维太太生气地冲她摇头，意思是让她安静。家长们说完后，多萝西都快哭出来了。家长们准备离开，克里维太太拦住了他们。

“请等一会儿，女士们，先生们。”她说道，“现在你们要说的都说完了——我很高兴能让你们有机会表达意见——我想说说自己的一点看法，希望能把事情解释清楚，以免你们认为出了这么一桩丑事是我的责任。你也给我留在这儿，米尔巴罗小姐！”她补充了一句。

当着家长们的面，她转身对着多萝西进行了一番恶毒的“谈话”，足足持续了十分钟以上，全部的内容就是，多萝西瞒着她把这些下流的书带进学校，这是极其背信弃义和忘恩负义的行径，如果这种事情再度发生的话，多萝西就得带着一星期的周薪走人。她不停地强调着，什么“她是我捡回学校的”，“吃我的穿我的”，甚至还说“仰仗我的恩惠”，说了一遍又一遍。那些家长就坐在那儿看着，板着他们那一张张鲁钝的脸——谈不上是凶恶狰狞，只是在无知和狭隘的道德观影响下变得迟钝无知——你可以看出他们见到罪孽遭到斥责时心里产生了庄严的认同感和愉悦感。多萝西明白这一点，她明白克里维太太必须在家长们面前训斥她，这样他们就会觉得自己的钱花得值，觉得满意。但是，随着那一连串恶毒残忍的斥责一直说个不停，她的心里气冲冲的，恨不得站起来给克里维太太一记耳光。她一遍又一遍地想着：“我无法忍受下去，我再也无法忍受下去了！我会告诉她我对她的看法，然后直接走出这间房子！”但她并没有这么做。她清楚地了解自己身处无助的境地。无论发生了什么事情，无论受了什么侮辱她都得忍气吞声，她得保住这份工作。于是，她纹丝不动地坐在那儿，被家长们围在中间，被羞辱的脸涨得通红。很快，她的愤怒转化成了凄凉之情。她意识到自己如果不竭力遏止的话就要哭出来了。但她也意识到，如果她开始哭泣，那将是最后一根稻草，家长们会要求解雇她。为了遏止眼泪，她把指甲深深地扎入手掌里，后来她发现都扎出血来了。

很快，“谈话”就演变成了克里维太太的再三保证，说这种事情以后不会再发生了，那本冒犯了家长的莎士比亚作品将立刻焚毁。那些家长现在心满意足了。多萝西得到了教训，一定会从中受益。他们对她并没有恶意，不知道她受到了羞辱。他们向克里维太太告别，然后向多萝西告别，但语气冷淡了一些，然后离开了。多萝西也站起身准备离开，但克里维太太示意让她留下来。

“你先别走，”家长们离开会客厅后，她恶狠狠地说道，“我还没说完呢，还有很多话要说呢。”

多萝西坐了下来。她觉得自己两膝发软，眼泪随时都会掉下来。克里维太太将家长们从前门送了出去，端着一碗水回来了，浇灭了壁炉里的火——家长们都走了，还用得着烧上好的煤炭吗？多萝西猜想“训话”又要重新开始。不过，克里维太太的盛怒似乎已经平息了——刚才她得摆出一副义愤填膺的样子给家长们看，现在可用不着了。

“我希望和你谈一谈，米尔巴罗小姐。”她说道，“关于这所学校哪些事可以做，哪些事不能做，我们一次性干脆地谈清楚。”

“好。”多萝西回答。

“嗯，我就跟你直说了吧。你刚来这里的时候我一眼就看出你根本不懂教学，但要是你能像别的女孩子那样有点常识，我倒不会介意。我放任你折腾了一两个星期，而你搞出来的第一件事就是让家长们找上了学校。好了，我不能再纵容下去了。从现在开始，你要按照我的方式做事情，不是按照你的方式做事情，懂吗？”

“是的。”多萝西又应了一句。

“我要提醒你一句，你别以为我没了你不行。”克里维太太继续说道，“我可以找到一天只要两便士工资的老师上课，硕士学历学士学历都有。只是那些硕士和学士会酗酒，要不就是——算了，这不关事——我要说的是，你似乎不喝酒也不会去做类似的别的事情。我可以说，要是你放弃那些新奇的想法，明白什么是务实的教学方法的话，你和我可以相处得很好。所以呢，你得听我的。”

多萝西听着。克里维太太以令人拜服的条理性和玩世不恭的态度解释了她称之为“务实的教学方法”的肮脏伎俩，由于这玩世不恭完全是出于无意识，因而更加令人生厌。

“你必须清楚地认识到，”她开始说道，“学校最最重要的一件事情，就是学费。至于你说的什么‘培养孩子们的思想’，这根本就是子虚乌有的事情。我要的是学费，不是‘培养孩子们的思想’。说到底这只不过是常识。要不是有利可图，谁会背上这么多麻烦去经营学校，让一帮顽皮的孩子把房子搞得天翻地覆？学费是第一位的，其他任何事情都是次要的。你第一天来这里的时候我不是告诉过你了吗？”

“是的。”多萝西谦卑地承认。

“嗯，然后呢，家长们交了学费，你要考虑的就是家长。家长们要什么就做什么——这就是我们的规矩。我敢说你所安排的那些乱七八糟的什么橡皮泥和剪纸不会给孩子们造成什么伤害，但父母们不想要这些，那就没辙了。嗯，他们只想自己的孩子上两门课，那就是书写课和算术课，书写课尤为重要。那是他们能够理解其意义的课程。因此，书写课是你必须狠抓的课程。让那帮女生能带些漂漂亮亮的抄写本回家，这样父母就可以拿去向邻居炫耀，给我们做点免费宣传。我希望你每天给孩子们布置两个小时的书写课，其他一概不做。”

“每天两小时的书写课。”多萝西顺从地重复了一遍。

“是的，还要布置大量的算术题。家长们很关心算术，特别是金钱方面的加加减减。时时刻刻都要注意家长。如果你上街遇到他们，要和他们搭话，告诉他们关于他们女儿的事情。记得说他们的女儿是班上最优秀的学生，如果她能再读上三个学期她就能学得很棒。你懂我的意思吗？不能告诉他们孩子已经学到头了，要是你这么说，他们可能就不会让孩子来上学。再多上三个学期——就告诉他们这个。等你把期末报告弄好了，把它们交给我，我要好好过目一下。分数由我自己来写。”

克里维太太的眼睛迎着多萝西的眼睛。她本来或许想说她总是把分数安排得妥妥的，让每个女生都成为班上的尖子生，但她并没有这么说。多萝西一时哑口无言。外表上她服服帖帖的，脸色十分苍白，但她的内心充满了无比的愤怒和厌恶，得经过一番挣扎才能开口说话。但是，她根本没有想过顶撞克里维太太。这番“训话”摧毁了她的意志。她勉强开口说道：

“我只要教书写课和算术课——是这样吗？”

“嗯，我可没有这么说。有很多其他课程放在招生简章上会很漂亮。比方说，法语课程吧——招生简章上有了法语课就非常漂亮。但在这门课上你不能浪费太多时间。不用教给他们太多的语法、句法和动词什么的。那些东西照我看对她们意义不大。教她们说点‘你说法语吗’和‘把黄油递给我’什么的就够了，那些可比语法有用多了。还有拉丁语——我总是把拉丁语放在招生简章上。但我想你的拉丁语不是很好，对吗？”

“是的。”多萝西承认。

“嗯，不要紧。你不用教拉丁语。我们的家长不希望他们的孩子浪费时间学拉丁语。但他们希望看到招生简章里有这门课，看上去很有古典气息。当然，有很多科目我们其实是不教的，但我们还是会登在广告里，比方说簿记、打字、速记，还有音乐和舞蹈。招生简章有这些看上去就很漂亮。”

“算术、书写、法语——还有别的科目吗？”多萝西问道。

“嗯，当然还有历史、地理和英语文法等科目，但制作地图什么的得立刻停止——这完全是在浪费时间。教授地理最好的方式就是列出各郡的首府。要让她们像背九九乘法表那样脱口而出英国各个郡的首府。总之就是要让她们展示出学了什么东西。至于历史课，用那本《英国百页简史》就好了。我可不会让她们学你从图书馆里带过来的那些大部头历史书。前几天我翻了一下其中一本书，我看到上面一段文字说英国曾经在什么什么战役里打了败仗。怎么能教孩子们这个！家长们不会接受这种事情的，我可以告诉你！”

“文学课呢？”多萝西问道。

“当然，她们得读一些书，我不知道为什么你会瞧不起我们的那些优秀读物。就用那些读物好了。它们是旧了点，但对一帮孩子们来说够好的了。我是这么觉得的。而且我想她们应该背诵几首诗歌。有的父母喜欢听自己的孩子朗诵诗歌。‘那个男孩屹立在燃烧的甲板上’——这句诗就很不错——然后还有‘蒸汽船的船难’——那艘船叫什么来着？《蒸汽船金星号的船难》。背点诗歌无伤大雅，但千万不要再教什么莎士比亚了！”

那一天多萝西没有喝茶。现在已经过了茶点的时间很久了，但当克里维太太说完那一番长篇大论后，她把多萝西打发走了，绝口不提喝茶的事情。或许这是对《麦克白》事件的一点额外的惩罚。

多萝西没有申请外出，但她觉得自己没办法再在这间屋子里待下去。她戴上帽子，穿上大衣，来到外面，顺着那条昏暗的路走着，准备去公共图书馆。现在是十一月，白天天气潮湿，晚上寒风劲吹，就像一个凶兆横扫几乎光秃秃的树木，把罩着玻璃灯罩的街灯吹得明暗不定，刮起湿漉漉的、堆满人行道的悬铃木树叶。多萝西微微战栗着。这股寒风让她想起了特拉法尔加广场那刺骨的寒风。虽然她知道失去这份工作并不一定意味着她就会回到那个低贱的世界——事实上，事情没有这么绝望，再怎么样她的堂兄或别人也会帮助她——但是，克里维太太的“训斥”让特拉法尔加广场突然间似乎近了许多。这件事让她比以前更透彻地明白了那一条重要的当代诫律——第十一条诫律，比其他十条诫律[①]更加不可冒犯：“汝等不可失业。”

然而，克里维太太所说的“务实的教学方法”那一套只是诚恳地面对事实。她只是大声说出了大部分站在她的立场的人心里所想但从来不会说出来的想法。她经常说的那句话“我在乎的是学费”或许就是金科玉律——事实上，应该写在英国每

① 指《圣经·旧约》中摩西奉上帝之名定下的“十诫”。

一所私人学校的大门之上。

顺便说一下，英国有许多私人学校。每一处伦敦郊区和每一座城镇都有十几二十所二流的、三流的、四流的私人学校（林伍德学院就是四流学校的一个样本）。任何时候在郊区都有上万所这样的学校在运作，只有不到一千所学校受到政府的监督。虽然有的学校要比别的学校好一些，有几所学校要比与之竞争的公立学校更加优秀，但所有的学校都有着相同的、最根本的邪恶，那就是：它们的最终目的就只是为了挣钱。除了不是非法行业之外，它们创建的初衷和一个人开妓院或棺材店没什么两样。某个惹人讨厌的小生意人（这些学校的老板自己并不从事教学）一天早上对妻子说道：

“艾玛，我有个主意！你说我们两个开所学校怎么样？开学校可以挣现钱，你知道的，而且不用像开商店或酒吧那么累。而且，你不用冒任何风险，不用担心日常开支，只需要付点房租，弄几张桌子和一块黑板。但我们得做得像样一点。找个失业的牛津或剑桥毕业生，工资很便宜，让他穿上一身长袍和——他们把那一顶顶小小的系着流苏的方帽叫什么来着？那样就可以把家长们哄来，呃？你只需要睁开眼睛看清楚，看能不能找一个没有那么多竞争者的好片区就行了。”

他选择了一个中产阶级居住的区域，这里的人交不起像样的学校的学费，又太自大，不肯把孩子送去公立学校和“私塾”。渐渐地，他建立起一套买卖关系，和送奶工或蔬果商没什么区别，要是他精明老练，竞争者又不多的话，每年他可以挣到几百英镑。

当然，这些学校不尽相同。并非每一个校长都像克里维太太一样是贪婪庸俗的悍妇。有许多学校的气氛友好而体面，教学质量能达到一学期五英镑的价格应有的水平。另一方面，有的学校则丑闻迭出。后来，多萝西认识了一个绍斯布里奇另一所私人学校的老师，听说了其他学校的传闻，那些学校比林伍德·豪斯学院还要糟糕。她听说有一所廉价的寄宿学校，流浪艺人把孩子们丢在那儿，就像旅客将行李丢在车站衣帽间一样，任由孩子们自生自灭，什么也不管，到了十六岁仍目不识丁。还有一所学校整天都像在暴动一样，一个老朽羸弱的校长追着那帮男生楼上楼下地跑，拿着一根藤条要打他们的屁股，然后突然间整个人崩溃了，把头搭在课桌上痛哭流涕，而那帮男生对他大肆嘲笑。只要学校的办学宗旨纯粹是为了挣钱，像这样的事情就会发生。表面上，那些有钱人子女就读的昂贵私立学校要比其他私立学校好一些，因为它们请得起正规教师，而且采纳了公立学校的考试体系，教学质量得以保障，但其本质都是一样的。

直到后来多萝西才渐渐了解关于私立学校的这些情况。刚开始的时候她总是无谓地担心哪一天视察学校的官员会来到林伍德学院，发现它是个彻头彻尾的野鸡学校，然后引发骚乱。后来她才知道，这种事情不可能发生。林伍德学院不被“认可”，自然也就不会被视察。有一天一位政府人员真的来视察学校了，但他只是测量了一下教室的面积，看看是不是每个女生有足够的空间，其他什么也没干。他没有权力再做点什么。只有极少一部分“受承认的”学校——数目不足一成——会正式受到检查，判定其是否达到合理的教育水准。至于其他学校，它们可以自由选择教什么或不教什么。除了学生的父母之外，没有任何部门在控制或视察这些私立学校——真是盲人骑瞎马，夜半临深池。

五

第二天多萝西就按照克里维太太的吩咐改变了教学安排。那一天第一堂是书写课，第二堂是地理课。

“好了，同学们。”那口送葬般的时钟敲响了十点钟，多萝西说道，“我们现在上地理课了。”

女生们拉开课桌抽屉，把痛恨的抄写本扔了进去，长长地吐了口恶气，低声喃喃自语着，“噢，上地理课了！太好了！”地理课是她们最喜欢的一门课。本周有两个女生当班长，她们的职责是擦黑板、收课本什么的（孩子们都争着要当班长）。她们从座位上跳起来，准备去拿靠在墙边那份做了一半的轮廓地图。但多萝西阻止了她们。

“等一等，坐下，你们两个。今天早上我们不做地图。”

女生们不高兴地埋怨道：“噢，老师！为什么我们不能做地图？让我们继续做下去嘛！”

“不行，我们最近已经在地图上浪费了太多时间。我们将开始学习英国各郡的首府。我希望班上每个女生到学期结束时都能知道全部首府的名字。”

多萝西看到女孩们的脸拉了下来，于是她试着装出活泼的语气——当一个老师竭力想把一门无聊的课程伪装成一门有趣的课程时，就会祭出这种空洞而没有人会相信的活泼语气。

“想象一下，你们的爸爸妈妈问你们英国任何一个郡的首府，你们都可以对答如流，他们该有多高兴啊！”

孩子们根本不为所动。一想到那让人作呕的课程她们就打寒战。

“噢，又是首府！学习首府！以前斯特朗小姐就是教我们这些。求你了，老师，为什么我们不能继续做地图呢？”

“讨论到此结束。拿出你们的笔记本，记下我所说的首府的名字，然后我们一起朗读。”

女生们不情愿地拿出笔记本，仍然哀求着：“求你了老师，我们下次可以继续做地图吗？”

“我不知道，以后再说吧。”

当天下午地图就从教室里搬走了。克里维太太把橡皮泥从纸板上取下来扔掉了。同样的事情陆续在其他科目上发生。多萝西所作的一些改变完全被推翻。她们回到无休止的抄写和无休止的算术题练习这一套老规矩上，回到鹦鹉学舌般的“把黄油递给我”和“那个园丁的儿子的帽子丢了”，回到《英国百页简史》和难以忍受的小“读物”中。（克里维太太没收了那几本莎士比亚的作品，声称要把它们烧掉，其实她可能是把它们给卖掉了。）每天有两小时专门设为抄写课。多萝西从墙上取下来的那两片阴郁的黑纸又放了回去，用隽秀的铜版印刷字体又写上了格言。至于那份历史年表，克里维太太把它拿走并烧掉了。

学生们原本以为她们已经和痛恨的旧课程永远说再见了，但那些课程一门门地回来了。起初她们都很惊讶，接着十分伤心难过，然后闷闷不乐，但多萝西比她们更难过。刚过了几天，那番她必须冲着她们说个不停的废话就让她觉得恶心透了，她开始怀疑自己还能不能继续下去。她一次又一次地想违抗克里维太太。她会想：“为什么不违抗呢？孩子们受到可怜的束缚，她们在抱怨哀求，从事着沉重的学业——为什么不停止这套做法，上回应该上的课程，就算一天只是一两个小时也好？为什么不撕下上课的伪装，就让孩子们玩耍呢？那对她们来说比现在这样好多了。让她们画画，或用橡皮泥做东西，或构思一则童话故事——任何真实的事情，任何让她们感兴趣的事情，而不是做这些糟糕透顶的无聊举动。”但她不敢这么做。克里维太太随时会闯进教室，如果她发现孩子们在“瞎胡闹”，而没有在上课，麻烦可就大了。因此多萝西只能硬起心肠，遵从克里维太太的安排，情况很快就和斯特朗小姐还没有“变坏”之前没什么两样了。

课程无聊到无以复加的程度，每周上学的亮点成了星期四下午布什先生的化学课。布什先生五十来岁，样子很邋遢，老是颤个不停，留着长长的、湿漉漉的、牛粪一般颜色的八字胡。他以前是公立学校的老师，但如今他只能勉强过着常年半醉半醒的生活，一节课挣两先令又六便士。那些课尽是些絮絮叨叨的废话。即使在他的盛年，布什先生也不是一个特别会上课的老师；而如今，当他第一次震颤性谵妄发作后，整天担心病情会第二次发作，他曾经掌握的化学知识正被迅速遗忘。他会颤颤巍巍地站在全班面前，不断地重复着相同的内容，徒劳地试图记起他正在讲什么。“姑娘们，记住，”他会以沙哑而刻意装出慈爱的声音说道，“元素总共有九十三个——九十三个，姑娘们，你们都知道什么是元素，不是吗？——只有九十三个——记得这个数字，姑娘们——九十三个。”直到多萝西（上化学课的时候她得待在教室里，因为克里维太太觉得让女学生们与一个男人共处一室不大好）觉得仿佛自己就是他，为他感到羞愧。每一节化学课一开始讲的都是九十三个元素，从来不会再进行深入探讨。布什先生总是说：“同学们，下星期我将为你们做一个非常有趣的小实验——你们会发现非常有趣——我们下周一定会做这个实验的——非常有趣的小实验。”不消说，这个实验从来没有做成。布什先生没有化学实验设备，就算有他的两只手抖得非常厉害，根本用不了。那些女生在他的课上像蒙了猪油一样无聊地发呆，但就算这样，只要能不上书写课，她们都很欢迎他。

自从家长们来学校之后，那帮孩子们对多萝西的态度就变了。当然，她们的改变不是在一天之内就发生的。她们都很喜欢“老米莉”，她们以为只要挨上一两天书写课和“商业算术课”，她就会继续教一些有趣的课程。但书写课和算术课一直上个没完，多萝西原本很受她们欢迎，因为她的课不会无聊，而且她不会扇你耳光，掐你或揪你耳朵，但渐渐地，孩子们不喜欢她了。而且，关于《麦克白》的风波很快就传得沸沸扬扬。孩子们知道老米莉做了错事——她们并不知道个中内情——被“训了一顿”。这让她们看不起她。如果你在孩子们的心中失去了作为大人的威信，你就甭想对付孩子了，即使是那些喜欢你的孩子。一旦你的威信受损，就算是最乖的孩子也会鄙视你。

于是，她们开始变得像以前一样调皮捣蛋。以前多萝西只需要应付偶尔的懒惰、时不时的说话和吃吃的傻笑，而如今还要应付敌意和欺骗。她们不懈地与那套可怕的课程进行着斗争。她们忘记了那短暂的时光，那时候老米莉似乎是个好老师，学校是个开心的地方。现在，学校还是和以前一样，是你意料中的那个地方——让你觉得懒洋洋的，想打呵欠的地方，靠和你的同座打闹和惹老师发脾气消磨时间，当最后一节课结束时你会长长地松一口气，发出怪叫。有时候她们会闹别扭，时不时哭哭啼啼的；有时候她们以孩子特有的令人抓狂的固执进行争辩：“为什么我们得做这个？为什么每个人都得学会阅读和写作？”吵了一遍又一遍，直到多萝西不得不监视着她们，以动手打人作为威胁让她们闭嘴。现在她变得越来越不耐烦，这让她感到很吃惊害怕，但她无法阻止自己。每天早上她都对自己发誓：“今天我决不发脾气。”但每天早上，令人沮丧的是，她都会发脾气，特别是在十一点半，那时候孩子们最无法无天。世界上再没有别的事情能比管一帮不听话的孩子更令人烦躁了。多萝西知道迟早她都会失去控制，开始动手打这帮孩子。对她来说，打孩子是不可原谅的事情，但几乎每个老师最后都会动手打人。现在，除非你一直盯紧她们，否则她们根本不肯学习。只要你一转身，纸团就会漫天飞舞。不过，通过不停地严加逼迫，孩子们的书写和“商业算术”总算有一些进步，当然，家长们都很满意。

这学期的最后几个星期特别难挨。有半个月的时间多萝西身无分文，因为克里维太太告诉她得等到学费收到之后才能给她支工资。因此，她被剥夺了让她撑下去的那些偷偷买的巧克力片，她总是觉得有点饿，整个人懒洋洋地无精打采。有时候早上天灰蒙蒙的，一分钟缓慢得像一个小时，她挣扎着让自己不去看时钟，想到这节课完了还有下一节就像这样的课，而且还有好几节课会接踵而来，漫长得似乎无穷无尽，她就心烦意乱。而更糟糕的是当孩子们一心想吵闹的时候，她必须费尽心力才能管住她们。当然，克里维太太就躲在墙外，总是在窃听，随时准备着闯进教室，推开教室的门，用那双眼袋很重的眼睛瞪着整个教室，喝问道：“喂！怎么这么吵？”

现在多萝西完全明白住在克里维太太家里的不堪。比起不久以前，肮脏的食物、寒冷、不能洗澡似乎变得更加难以忍受。而且，她开始意识到自己是多么孤独，而刚开始工作时的快乐让她忽略了这一点。她的父亲和沃波顿先生都没有给她写信，在绍斯布里奇住了两个月她连一个朋友也没有交到。对于任何像她这种处境的人，尤其对于一个女人而言，根本别指望能交上朋友。她没有钱，没有自己的家，出了学校她就只能去公共图书馆，每星期她会去几晚，星期天早上则会去教堂。她坚持定期去教堂，这当然是克里维太太的命令。第一个星期天早上吃早饭的时候，她就解决了多萝西去哪里作礼拜的问题。

“我想问你去什么地方作礼拜？”她问道，“我想你从小信奉的是英国国教，是吧？”

“是的。”多萝西回答。

“嗯，我不知道该叫你去哪里。这里有圣乔治教堂——那座就是英国国教的教堂。还有浸信会教堂，我自己去的是那里。我们大部分学生的家长是非国教信徒，我知道他们不怎么认同一位信国教的老师。应付这帮家长还是小心点好。两年前他们着实吓了一跳，我请的一个老师居然是罗马天主教徒，你能想得到吗！当然她一直在隐瞒这件事，但最后还是败露了，三个家长把孩子带走了。当然，得知真相的当天我就把她赶跑了。”

多萝西没有说话。

克里维太太继续说道：“不管怎样，我们有三个信奉英国国教的学生，我不知道这种教会上的联系能不能帮上点忙。或许你可以冒一下风险去圣乔治教堂，但你得小心点儿，有人告诉我，在圣乔治教堂里他们要做很多鞠躬、行礼和往自己的身上画十字。我们有两对家长是普利茅斯兄弟会的信徒，要是他们听说有人看到你往自己身上画十字，他们会大发脾气的。所以，无论什么情况都不许做那种事情。”

“好的。”多萝西回答。

“布道的时候睁大你的眼睛。好好观察一下周围，看有没有小姑娘在会众里，我们可以把她拉过来。如果有潜在的目标，你就过去和牧师搭讪，看能不能知道她们的名字和地址。”

于是，多萝西去了圣乔治教堂。那里要比圣阿尔瑟斯坦教堂“高端一些”，摆的是椅子，而不是靠背长凳，但没有焚香，而牧师(他的名字是戈尔-威廉姆斯先生)除了节日之外，总是穿着一袭朴素的法衣。至于那些仪式，它们就像多萝西在家的时候所进行的那些仪式一样，在正确的时候念叨出回答，其实脑海里一片恍惚。

信仰的力量从未回到她的身上。事实上，现在信仰对她已经失去了意义，彻底地、无可挽回地失去了。这件事很神秘，信仰的失去就像信仰本身一样神秘。就像信仰一样，这件事无法以逻辑进行解释，而是随着思绪而改变。不过，虽然她对教堂的仪式不感兴趣，但她并不觉得去教堂很无聊。刚好相反，她很期待星期天早上的礼拜，因为那是幸福而平静的插曲，这不仅是因为星期天上午意味着摆脱克里维太太窥伺的眼睛和唠唠叨叨的声音。从另一个更深层的意义上讲，教堂的气氛让她觉得很放松踏实，因为她觉得，无论教堂里发生了什么事情，无论它的目的是多么荒谬和懦弱，有某种东西——那很难说得明白，却是某种体面的东西，某种精神上很庄严的东西——在外面的世界很难找到。她觉得即使你不再信奉宗教，去教堂也比不去好，遵循传统的方式也比飘荡于无根的自由中好。她知道自己再也无法虔诚地祈祷，但她也知道在她的余生中她必须继续自己从小到大的宗教仪式。她过去的信仰就只剩下这么一点了，而这信仰曾经就像一副活人的骨骼，维系着她全部的生活。

但她没有深入地思考为什么她会失去信仰，这对她的未来意味着什么。她太忙碌了，忙着活下去，忙着强打起精神，度过这个痛苦的学期剩下的时光，因为随着学期越来越接近尾声，管好整个班级的工作也越来越让她筋疲力尽。那帮女生简直无法无天，而且她们都对多萝西更加怀恨在心，因为她们曾经喜欢过她。她们觉得自己被她欺骗了。一开始她伪装成一个好老师，而如今她摇身一变，和以前那些老师一样野蛮粗暴——像一头肮脏的老母狗，总是上那些可怕的书写课，要是你用墨水弄脏了课本，她就会把你的头给拧下来。多萝西看到她们瞪着她的脸，有时候露出孩童那种不可一世的残忍的审视。她们曾经觉得她很漂亮，现在她们觉得她又老又丑，而且还瘦骨伶仃。自从来林伍德学院教书，她确实消瘦了许多。她们现在很恨她，就像痛恨以前所有的老师一样。

有时候，她们故意挑逗她。那些大一些、聪明一些的女生对情况了解得很——她们知道她逃不出克里维太太的五指山，当她们太过吵闹时，她就会过来训斥多萝西一顿。有时候她们胆大包天地吵闹，就是为了让克里维太太进来，享受地看着克里维太太叫米莉出去时她脸上的表情。有时候多萝西能按捺住脾气，原谅她们所做的一切，因为她知道这只是她们在健康的本能驱使下反抗枯燥无聊的功课。但有的时候她会比往常更加神经兮兮，当她环顾四周，看着那二十几张傻乎乎的小脸或在咧嘴微笑，或拒不服从命令时，她发现自己在痛恨她们。孩子们就是这么盲目而自私，这么残忍无情。他们不知道自己把你折磨得无法忍受，就算他们知道，他们也不在乎。你或许在尽自己最大的努力对他们好，在圣人都会发火的时候按捺住自己的脾气，但如果你不得不管束他们，镇压他们，他们会因此痛恨你，从来不会扪心自问你是不是应该被责备的人。多么真实——当你不是一个学校的老师时，这几句经常被引用的诗句听上去是多么的真实——

> 在残酷而疲惫的眼睛底下，
> 那些小人儿度过了一天，
> 哀愁地叹息着！

但当你自己成了那只残酷而疲惫的眼睛时，你就会意识到那幕情景的另外一面。

终于熬到了最后一个星期，“考试”这档子肮脏的勾当完成了。按照克里维太太的解释，考试这档子事情很简单。你反复教导那帮孩子学会几道加法题目，直到你确信她们能把题目算对，然后就趁她们还没有忘记答案，在算术试卷中出同样的题目，而其他科目也一样。当然，这些孩子的试卷会拿回家给父母们看。在克里维太太的监督下，多萝西撰写期末报告，写了好多好多遍“优秀”——有时候当你把一个词反复不停地写的时候会出现这种情况——忘记了“优秀”该怎么写，写成了“尤秀”、“忧秀”、“犹秀”、“尢秀”。

最后一天是在可怕的骚乱中度过的，就连克里维太太本人也管不住那群孩子。到了中午，多萝西的精神几近崩溃，当着七个吃午饭的孩子的面，克里维太太找她“谈了话”。下午比上午还要吵，最后多萝西被击垮了，几乎是泪流满面地央求那帮女生不要再吵了。

“孩子们！”在一片喧闹声中她抬高了自己的嗓门，让自己的声音能被听见，“请不要吵！你们对我实在太残忍了。你们觉得这样子下去好吗？”

这当然是要命的。绝对绝对绝对不能让自己去央求孩子！安静了片刻之后，一个孩子高声以嘲讽的语气喊道：“米—莉！”接着整个班级都跟着嚷起来，就连那个白痴玛维丝也跟着大家一起叫嚷着：“米—莉！米—莉！米—莉！”到了这时，不知什么在多萝西的心里咯噔了一下，她停了下来，找出那个最吵的女生，走到她跟前，几乎以最大的力气扇了她一记耳光。幸运的是，她只是一名“普通客户”。

六

放假的第一天多萝西收到了沃波顿先生的来信。

亲爱的多萝西，（他写道）

——或许我应该叫你埃伦。这是你的新名字，对吧？恐怕你已经认定我是个没心没肺的人，没有早点给你回信。但请听我说，十天前我才听说了关于我们私奔的那个传闻。我一直在国外，先是去了法国几个地方，然后去了奥地利，再去了罗马。你知道，旅行的时候我会刻意避开我的英国同胞。即使是在国内，英国人也够讨厌了，但到了国外，他们的行为作风令我为他们感到羞愧，我总是假扮成美国人。

我回到奈普山，你父亲不愿意见我，但我想方设法找到了维克多·斯通，他给了我你的地址和现在用的这个名字。他似乎很不情愿告诉我这些，我猜想，他也像这个见鬼的小镇里的其他人一样，认定你是做了什么不体面的事情。我想他们都知道你和我其实并没有私奔，但他们都觉得你一定做了什么见不得人的事情。一个年轻女人突然间离家出走，这件事一定与男人有关。这就是乡下人的想法，你知道的。我不需要告诉你我煞费苦心解释整件事情。我把那个讨厌的老虔婆桑普利尔太太逼得无路可退，狠狠地骂了她一通，我可以向你保证，我那一通话绝对够狠，你应该会很高兴。但那个娘们儿简直不是人，就只会猫哭耗子假慈悲地说："可怜啊，可怜的多萝西。"

我听说你父亲很挂念你，要不是这桩丑闻，他会很高兴你能回去。似乎现在他吃饭没个准点。他的说辞是"你去治病了，如今在一所女子学校找到了一份好工作"。有一件事你一定会吓一跳，他已经被迫还清了所有债务！我听说那些店家组成讨债团，在他的家里召开了债务人会议。这种事情在普林斯泰德·伊比斯科碧[1]可不会发生——但现在是民主的时代了，呜呼哀哉！显然，只有你能让那帮商人不上门讨债。

现在，让我告诉你关于我自己的情况吧，等等等等。

看到这里多萝西把信撕掉了，心里觉得很失望，甚至很懊恼。她觉得他应该多给一点同情的！沃波顿先生把她卷入这么大的麻烦后——毕竟，他是这件事的罪魁祸首——对这件事还这么轻佻和满不在乎。但当她把事情想过一遍之后，她原谅了他的没心没肺。他算是尽了一点心力帮助了她，之前他对她的惨状根本一无所闻，又怎么能指望他对她抱以同情呢？而且，他自己的生活有着一连串骇人听闻的丑事，或许他不明白对于

① 普林斯泰德·伊比斯科碧(Plumstead Episcopi)，英国作家安东尼·特罗洛普(Anthony Trollope)的作品《典狱长》中牧师的住所，刻画了十八世纪神职人员的生活背景。

一个女人来说丑闻是非常严重的事情。

圣诞节的时候，多萝西的父亲也寄来了一封信，还捎来了两英镑作为圣诞礼物。从信里的口吻看，他似乎已经原谅了多萝西。她不知道他原谅了她的什么事情，但他的确原谅了她。这封信以敷衍而友好的问题作为开始。在信里父亲说，他希望她能对新的工作感到满意。他还问学校提供的房间舒不舒服，和同事们是否相处愉快。他听说如今的学校运作得很好——与四十年前相比情况大不一样了。在他那时候，学校是怎么怎么样的。多萝西猜想他对她现在的处境一无所知。提到学校，他的思绪回到了他的母校温彻斯特，他根本想象不出林伍德学院是什么样子。

信里接下来的内容尽是他对教区情况的不满。牧师老是抱怨烦恼不断和工作过于辛苦。那些坏心眼的教区委员老是没事找事烦着他，而且他烦透了普罗哥特老是报告钟楼快要坍塌了，还有他雇来帮埃伦忙的那个计日女工实在是讨人嫌，用扫帚的柄刮花了书房里的那口老爷钟——诸如此类，写了好几页纸。有几次他以旁敲侧击的方式说他希望多萝西能在身边帮他，但他没有明说她可以回家。显然，她应该远远地躲在一边，眼不见心不烦——家丑不可外扬，应该严严实实地掩盖起来。

读了这封信，多萝西突然间很想念自己的家。她发现自己渴望回到教区探访和给女童军上烹饪课的生活，她难过地想到这段时间父亲没有了她是如何生活的，不知道那两个女人是否能好好照顾他。她很爱父亲，但她从来不敢表露出来，因为他是那种你不能表露爱意的人。她惊讶地意识到过去四个月来，她其实不是很想念父亲。有好几个星期她几乎忘记了有他这么一个人。事实上，光是照顾好自己就让她根本没有时间去想别的事情。

不过，现在学校的工作结束了，她也有空了，因为虽然克里维太太很想让她一直干活，但她安排不了足够多的家务活儿能让多萝西忙乎上半天。她很清楚地告诉多萝西，放假的时候她就是一无是处只会花钱的累赘。每天吃饭时她都会盯着多萝西（显然，她觉得非常气愤：多萝西没有工作，却还要吃饭），到最后多萝西实在忍无可忍了，于是她尽量不待在学院里。她领到了工资，觉得自己很有钱了（上班九个星期，挣了四英镑十先令），父亲又给了她两英镑，她去镇里的火腿牛肉店买了三明治，午饭就在外面吃。克里维太太默许了，心里半是愠恼，因为她希望多萝西在家里可以对她唠唠叨叨，又半是高兴，因为她可以借机省下几顿饭钱。

多萝西经常独自一人散步，领略绍斯布里奇和周边更加荒凉的多利、温布里奇和西霍尔顿的风光。冬天到了，潮湿而无风，毫无色泽的郊区迷宫比最萧瑟的荒野更显得阴郁凄迷。有两三次，多萝西买了往返票去伊弗的杜鹃林或伯恩汉的山毛榉林，虽然这种奢侈意味着以后可能会饿肚子。林子里潮湿阴冷，凋零的山毛榉树叶厚厚地铺在地上，在凝滞湿润的空气中像铜片一样闪烁着光芒。白天的时候不冷，要是你戴着手套的话，可以坐在外面看书。圣诞节前夜，克里维太太拿出了几丛冬青的树枝，是去年留下来的，把它们的灰尘掸掉，用钉子挂了起来。但她说了，她不会准备圣诞节晚餐。她说她才不理会圣诞节这些无聊的事情——这只是那些商店老板坑人的把戏，根本不值得为之破费，而且反正她不喜欢吃火鸡和圣诞布丁。多萝西很安心，在那间郁郁寡欢的起居室吃圣诞晚餐（她想象着克里维太太戴着用硬纸板做的圣诞帽子那可怕的画面）是她根本连想都不敢想的事情。她吃了圣诞节午饭——一个煮得很老的鸡蛋，两个芝士三明治和一瓶柠檬汁——在伯恩汉附近的林子里，靠着一棵粗糙扭曲的山毛榉大树，读着乔治·基辛[①]的《古怪的女人》。

有好几天老是下雨，她不能出去散步，于是大部分时间她都待在公共图书馆——事实上，她是这间图书馆的常客了，和那些失业的男人在一起，他们无精打采地对着根本没心思去读的画报发呆。这里还有那些面无血色的老单身汉，住在一周两英镑的"寓所"里，到图书馆一连几个小时阅读那些关于帆船的书籍。学期结束时她整个人觉得很轻松，但这种感觉很快就没有了。事实上，没有人和她说话，日子甚至比以前更加难挨。在有人烟的地方，可能没有一处能像伦敦的各个郊区这样让人觉得如此孤单。在大城镇里，熙熙攘攘的人群至少能让人觉得有人陪伴，而在农村，每个人都对其他人很感兴趣——事实上，太感兴趣了。但在绍斯布里奇这种地方，如果你没有家人，没有属于自己的家，你住上半辈子也交不到一个朋友。这种地方的女人，特别是那些被遗弃的工资微薄的淑女，几乎无人理睬、年复一年地过着日子。很快多萝西就发现自己总是无精打采疲惫不堪，无论她如何尝试，似乎没有事情能引起她的兴趣。正是在这一可憎的倦怠中——这等待着每一个现代灵魂的腐蚀人心的倦怠中，她第一次清楚地意识到失去信仰到底意味着什么。

---

① 乔治·基辛（George Gissing，1857—1903），英国作家，代表作有《地下世界》、《古怪的女人》等。

她试图让自己读书，但这只维持了一个星期。没过多久几乎所有的书籍似乎都变得索然无味不忍卒读。当一个人处于孤独中时，心智根本不会运作。最后她发现自己只能读侦探故事，比这更难读的根本啃不下来。她去散步，一走就是十到十五英里，想让自己振作起来，但散步意味着沿着郊区的道路和湿润泥泞的小径穿过树林、光秃秃的树木、湿漉漉的苔藓和硕大松软的蘑菇丛，让她陷入死寂的哀愁。她需要有人陪她，但她却找不到人陪她。到了晚上，当她走回学校，看着别的房子里温暖的、亮着灯的窗户，听到里面的欢声笑语和留声机在播放的声音时，她的心里充满了羡慕。啊，要是像里面的那些人就好了——至少有关心你的一个家庭和几个朋友！有的时候她希望自己能鼓起勇气，和街上的陌生人搭讪；有的时候她还装出很虔诚的样子，为的是和圣乔治教堂的牧师和他的家人套近乎，或许还有机会能让自己承担一点教区的工作；有的时候她绝望到萌发想加入基督教女青年会的念头。

不过，就在假期快要结束时，她在图书馆偶然交上了一个朋友，是一个名叫比弗尔的小妇人，在图兹商学院教地理，那也是绍斯布里奇的一家私人学校。比起林伍德学院，图兹商学院大得多，像样得多——那里有一百五十个日校学生，男女生都有，而且还有十几个住校生——课程没有那么肆无忌惮地行骗。这种学校吸引的对象是那些滔滔不绝地大谈“现代商业培训”的父母，它的警言就是“效率”，意思就是拼命地去挣钱，将所有的人文学习统统去掉。它的一个特征是“效率仪式”问答教学法，所有的学生一入校都要熟记于心。那些问题和答案如下：

问题：成功的秘密是什么？

答案：成功的秘密是效率。

问题：效率的考验是什么？

答案：效率的考验是成功。

等等等等。据说整个学校的男女学生一起在校长的带领下进行“效率仪式”的一幕——他们每星期举行这种仪式两次，而不是进行祈祷——实在是令人叹为观止。

比弗尔小姐是个拘谨的小妇人，身体圆润，脸却很瘦，长着一个红彤彤的鼻子，走起路来像一只雌珍珠鸡。经过二十年的奴役，她现在的周薪是四英镑，而且享有住在校外的特权，不用在晚上安顿那些住校生。她住在“寓所”里——就是一间起居室兼卧室——有时候两人晚上都有空的时候就邀请多萝西过去作客。多萝西多么盼望着去做客！这种机会很罕有，因为比弗尔小姐的房东太太“不赞成别人来做客”，就算去了那儿也没有什么事情好做，只是帮忙想想《每日电讯报》上面的字谜、看看比弗尔小姐 1913 年去澳大利亚的提洛尔旅行时拍的相片（这趟旅行是她生命里的高峰体验和荣耀时刻）。尽管如此，和某个人坐下来友善地聊天，喝一杯没有克里维太太的茶那么寡淡无味的茶是多么美好的事情！比弗尔小姐有一盏酒精灯，放在一口涂漆旅行箱里（1913 年她就是拎着这口箱子去提洛尔的），就着这盏灯煮了一壶又一壶浓得像焦炭的茶，在白天的时候得喝上有满满一桶的分量。她向多萝西透露说她总是带一个保温瓶去学校，在课间休息和午饭后可以美美地喝一杯热茶。多萝西了解到每一个三流学校的女教师必定会走的道路——斯特朗小姐的道路，沉溺于威士忌，最后进收容所；或是比弗尔小姐的道路，喝着浓茶，在女敬老院里体面地死去。

比弗尔小姐其实是个很笨的小女人。对于多萝西来说，她是一个警告，或者说，是一个活生生的样板。她的灵魂似乎已经枯萎了，就像一个被遗弃的肥皂盒上面干结的肥皂。她的人生走到这里，在一个暴虐的女房东处租一间起居卧室，“卓有成效”地把商业地理课的知识灌输进孩子们干呕的喉咙里，这几乎成为她唯一能够想象的命运。但多萝西非常喜欢比弗尔小姐，偶尔在起居卧室里一起度过几个小时，喝着一杯好茶，做着《每日电讯报》上面的填字游戏，这些就像她生活中的绿洲。

当复活节学期开始时她觉得很开心，因为即使是每天像奴隶那样干活也比空虚寂寞的假日要好过一些。而且，那些女生在这个学期要好管得多。她发现不再需要掌掴她们的脑袋瓜了。现在她总算弄明白了，如果从一开始你就对孩子们不留情面，她们自然就会乖乖听话。上学期那些女生之所以那么行为乖张，就是因为一开始的时候她把她们当成人去对待，而后来她们感兴趣的课被中止了，她们就像人一样兴风作浪。但如果你不得不教授孩子们糟粕，你就不能把他们当作人。你必须当他们是牲畜——驱使他们学习，而不是劝导他们学习。最重要的是，你必须让他们知道，造反要比乖乖听话更痛苦。或许这么对待孩子们不好，但毫无疑问，她们都懂得这个道理，并知道怎么做。

她学会了当老师的那一套可怕的招数。她学会了在漫长无聊的时候强打精神，经济地利用她的精力，总是保持警惕和残忍无情，精心说完一堆废话之后为此感到自豪和开心。似乎突然之间她变得更加干练成熟。她的眼睛失去了一度曾拥有的半是天真的神采，她的脸瘦了，让她的鼻子显得更尖了。有时候那活脱脱就是一张女学究的脸，你可以想象上面戴着夹鼻眼镜。但她还没有变得玩世不恭。她仍然知道这些孩子是一个无耻的骗局的受害者，她仍然盼望着，要是可以的话，能为她们做点好事。如果说她折磨着她们，把糟粕塞进她们的脑袋，原因只有一个：无论发生什么事情，她都得保住自己的饭碗。

这个学期教室里很安静。克里维太太和以往一样总是想找机会挑出她的毛病，但很少有机会拿着扫帚的把手去捅墙。一天早上吃早饭时，她恶狠狠地盯着多萝西，似乎在权衡着一个决定，然后把那盘橘子酱推过桌子。

“要是喜欢的话就吃点橘子酱吧，米尔巴罗小姐。”她的语气很是和蔼。

自从多萝西来到林伍德学院，这是她第一次吃到橘子酱。她有点脸红，不禁心想：“这个女人还是能体会到我为她付出的一切。”

从此每天早上她都能吃到橘子酱。在别的事情上，克里维太太的态度变得——不能说亲切和蔼，因为这是不可能发生的事情，却没有那么咄咄逼人了。有时候她甚至露出一脸古怪的表情，那其实是她想露出微笑。在多萝西的眼里，她那整张脸辛苦地褶了起来。这个时候，她聊天时总是提起“下学期”，总是在说“下学期我们要这般这般”和“下学期我要你那般那般”，直到多萝西开始觉得自己赢得了克里维太太的信任，被当成一位同事对待，而不是一个奴隶。她的心里萌生了一个毫无理由却令她非常兴奋的小小愿望：或许克里维太太准备给她涨工资了！这是没什么指望的事情，她努力不让自己有这么一番盼望，但没办法不这么想。就算周薪只多半个克朗，那也是不少钱咧！

最后一天了，多萝西心想：幸运的话，克里维太太明天就会发工资。她很需要这笔钱，事实上，过去一星期来她身无分文，不仅饥饿难耐，而且需要买几双新袜子，因为她没有一双袜子不是补得几乎不成形状了。第二天上午，她干完吩咐的家务活，然后在起居室里等候着，没有出去，而克里维太太拿着扫帚和簸箕在楼上弄得震天响。不一会儿，克里维太太下来了。

“啊，你在这儿呢，米尔巴罗小姐！”她的语气带着异样的意味，“我刚才就在想今天早上你不会那么匆忙地出去。嗯，你在这儿正好，我想跟你结算工资。”

“谢谢您。”多萝西回答。

克里维太太补充道：“工资结算后，我有事情想告诉你。”

多萝西的心一颤，“有事情”是不是在说她期盼已久的涨工资的事呢？那也是不无可能的。克里维太太从加了锁的柜子抽屉里拿出一个破旧的、鼓鼓胀胀的真皮钱包，打开它，舔了舔大拇指。

“十二个星期另加五天，”她说道，“就算十二个星期好了，没必要精确到天数。那就是六英镑。”

她数出五张一英镑和两张十先令的钞票，然后审视着其中一张钞票，发现太干净了，于是把它放回钱包里，拿出另一张已经断成两截的钞票。她走到柜子那里，拿了一片透明胶纸，小心翼翼地把两截钞票贴在一起。然后她把那张残钞和其他六张钞票递给了多萝西。

“钱算清了，米尔巴罗小姐，”她说道，“现在请你马上离开这间房子，我不再需要你了。”

“您不是——”

多萝西的心似乎凝结成了冰块，脸上全无一丝血色。但即使到了这个时候，在恐惧和绝望中，她仍对刚才克里维太太对她所说的那番话不能完全肯定。她仍然以为克里维太太只是让她今天别在这间房子里待着。

“你不再需要我了？”她轻声复述了一遍。

“是的，下学期我会聘请另外一个老师。你不是以为我会整个假期养着你这个闲人吧？”

“您不是在说您要我离职——您要解雇我吧？”

“我当然是要解雇你。不然你以为我是什么意思？”

“但您没有提前通知我！”多萝西说道。

“通知！”克里维太太一下子就火了，“我通不通知你跟你有什么相干？你又不是合同工，不是吗？”

“不……我的确不是。”

“那不就结了！你最好上楼收拾东西。你不能再待在这里了，因为我可没有准备你的午饭。”

多萝西走上楼，坐在床边。她不由自主地颤抖着，过了几分钟才能打起精神开始整理行囊。她觉得头晕目眩。这场灾难突如其来地降临在她身上，完全没有清楚的来由，令她无法相信它真的发生了。但事实上克里维太太解雇她的理由很简单，而且很充分。

离林伍德学院不远有所破败萧条的小学校，名叫盖博尔学院，只有七名学生。老师阿尔科克小姐是一个毫无能力的老女人，这辈子在三十八所不同的学校工作过，甚至没有能力养好一只笼养的金丝雀。但阿尔科克小姐有一个了不起的本事：很擅长出卖她的老板。这些三四流的私立学校总是在互相挖墙角。家长们总是“通传消息”，学生们从一所学校被挖到另一所学校。大体上，老师的私心是最根本的原因。老师会私底下和家长们一个个接触（“把你的孩子送到我这儿来，我一学期给她便宜十个先令”），等她说服了足够多的人时，她突然就辞职不干，“自立门户”，或把孩子们拉到别的学校去。阿尔科克小姐成功地把雇主的七个学生挖走了三个，将她们介绍给了克里维太太。作为回报，她将取代多萝西的位置，并获得介绍来的学生百分之十五的学费作为佣金。

经过几个星期鬼鬼祟祟的讨价还价后，这笔买卖做成了。阿尔科克小姐的佣金从百分之十五被砍到百分之十二点五。克里维太太悄悄决定等阿尔科克小姐带来的那三个女孩一待下来就把她解雇。与此同时，阿尔科克小姐则盘算着等自己一踏入校门就开始把克里维太太的旧生给挖走。

决定了要把多萝西开除后，显然，最重要的就是不能让她知道。因为要是她知道即将会发生什么事情的话，她一定会开始把学生给挖走，或在那个学期剩下的时间里什么活儿也不干。（克里维太太对自己洞察人性的本领颇为自许。）因此就有了橘子酱、堆满皱纹的微笑和种种其他手段以放松多萝西的警惕。任何对这些伎俩有所了解的人从那碟橘子酱被推过来时就会开始筹谋另觅出路。

得知解雇消息半个小时后，多萝西拎着自己的手袋，打开前门。今天是四月四日，天气明媚，风很大，冷得没办法站住脚，天空蓝得就像一只篱雀的蛋。那股风是那种恼人的春风，顺着人行道突然间呼啸而来，将干燥刺鼻的灰尘直往你的脸上刮。多萝西关上身后的大门，慢慢地朝主街车站的方向走去。

她已经告诉了克里维太太，她会给她一个地址，请她帮忙把行李寄过去，克里维太太立刻要了五先令作为邮费。因此，多萝西手头只有五英镑又十五先令，节省着花的话，可以维持三个星期的生计。她不知道该作何打算，只知道她先得回伦敦找个地方住下来。但她刚开始的恐慌已经过去了，她意识到情况并非全然绝望。她的父亲无疑会向她施以援手，至少会救济她一阵子。最不济的情况下她可以再次向那位堂兄求助，虽然她想起要这么做心里就充满了反感。而且，她找到工作的机会很大。她很年轻，说话带着斯文的口音，愿意接受当一名女仆的工资——这些都是四流学校的老板很看重的品质。一切应该都会好起来的，但接下来她将有一段很难挨的时间，一段找工作的时间，充满了不确定性，而且可能会挨饿——至少，那是确切无疑的。

第五章

一

然而，故事峰回路转。多萝西还没走出大门五码远，一个送电报的小男孩从对面骑着单车过来，吹着口哨，看着各座房屋的名字。他看到林伍德学院的名字，把车兜了过来，停在路沿，大声地问多萝西：

“这儿有密尔巴洛[①]小姐这个人吗？”他朝林伍德学院晃了晃脑袋。

“有，我就是米尔巴罗小姐本人。”

“稍等一下，有你的电报要回。”小男孩从腰包里拿出一个橘黄色的信封。

多萝西放下自己的包，身子又开始剧烈地颤抖着。她不知道这封信到底带来好消息还是坏消息，因为她的脑海里几乎同时涌现出两个矛盾的想法。一个说：“这一定是好消息！”另一个说：“父亲一定病得很厉害！”她勉强撕开信封，发现里面是一封电报，有两页纸，上面的内容很难看明白。电报里写着：

“蒙主恩宠正义得申感叹号有要事相告感叹号你已完全恢复名誉句号桑普利尔太太因诽谤罪自食其果无人再信其言句号令尊盼你速归句号我正赶往你处逗号如不反对将接你回家句号不刻将至句号望等候为盼句号颂主慈爱之名感叹号”

多萝西不用去看签名就知道是沃波顿先生发来的电报。多萝西觉得身子一下子软了下来，颤抖得更厉害了。迷糊中她意识到送电报的小男孩正在问她问题。

“要回电报吗？”他问了三四次了。

“今天不回，谢谢。”多萝西含糊地回答了他。

小男孩骑上单车离开了，大声吹着口哨，故意让多萝西知道他有多么鄙视她，因为她没有给小费。但多萝西对此全然没有察觉。电报上只有一句话她完全看明白了：“令尊盼你速归。”这令她觉得很惊讶，头脑里一片迷糊。她在人行道上不知站了多久，直到一辆出租车停在路边，沃波顿先生就坐在车里。他看到多萝西，让出租车停下，走出车子，穿过马路过来问候她，微笑着握住她的双手。

“你好！”他的双手一把搂住她，将她拉入怀中，似乎把自己当成了她的父辈，全然不顾别人会不会看到。“近来好吗？老天爷啊，你怎么瘦了这么多？我都可以摸到你的肋骨了。你的学校在哪儿？”

多萝西没有试图挣脱他的怀抱，半转过身望着林伍德学院那一排黑漆漆的窗户。

“什么？就是那里？老天爷啊，这么阴森的地方！你的行李呢？”

“行李在里面。我留了钱，让人把行李寄出去。我想就这么着吧。”

“噢，瞎胡闹！干吗要给钱？我们自己可以拿行李。东西放在出租车车顶就行。”

“别，别！让人寄出去就可以了。我不敢回去，克里维太

---

① 这里是小男孩对“米尔巴罗”这个名字的误读。

太会很生气的。”

“克里维太太？谁是克里维太太？”

“她是校长——总之，这所学校是她说了算。”

“她是有三头六臂吗？把她交给我——我倒要会会她。珀修斯恶斗蛇发女妖啊，这是？你就是安德洛墨达①。嘿！”他叫上了出租车司机。

两人走到学校前门，沃波顿先生敲了门。多萝西并不相信他们能从克里维太太那里拿走她的行李。事实上，她想象得到他们两人没命地跑出来，克里维太太拿着扫帚在后面追的样子。但是，几分钟后，他俩出来了，出租车司机的肩膀上就扛着那个箱子。沃波顿先生牵着多萝西进了出租车，俩人坐了下来，他把半个克朗放在她的手里。

“真是个老虔婆！真是个老虔婆！”出租车载着他们离开，他同情地说道，“这些日子你到底是怎么挨过来的？”

“这是什么？”多萝西看着那枚硬币。

“你留下来托运行李的半克朗。从一个老虔婆那儿抢回来着实不容易，不是吗？”

“但我留下了五先令！”多萝西说道。

“什么！那个女人告诉我你只留下半克朗。老天爷啊，她怎么这么不要脸！我们回去把另外半个克朗要回来。不能就这么便宜了她！”他敲了敲车窗。

“别，别！”多萝西把手搭在他的胳膊上，“这不要紧。我

---

① 珀修斯(Perseus)和安德洛墨达(Andromeda)是古希腊神话中的人物。珀修斯据说是迈锡尼王国的开国君主，杀死了海神波塞冬(Poseidon)派遣危害人间的蛇发女妖美杜莎(Medusa)，解救了埃塞俄比亚公主安德洛墨达。

们离开这里——越快越好。我不想再回那个地方——再也不想了！”

的确是这样。别说是半克朗，她知道自己愿意放弃所有金钱，只要不让她再看到林伍德学院一眼。于是，他们继续上路，克里维太太坑钱的目的得逞了，不知道这会不会是她又一次开怀大笑的时刻。

沃波顿先生坚持要出租车一直开到伦敦，一路上交通不是很繁忙的时候一直滔滔不绝说个不停，多萝西根本没有机会插嘴。直到他们到达伦敦近郊，她才听明白他的解释，明白为什么自己突然间时来运转了。

“告诉我，”她问道，“到底发生了什么事？我不明白。为什么突然间我可以回家了？为什么人们不再相信桑普利尔太太的片面之词？她不会是说出实情了吧？”

“实情？她怎么会说出实情？但她总算是恶有恶报了。你们笃信上帝的人都会认为是上帝的旨意，天网恢恢疏而不漏。什么‘当将你的粮食撒在水面’[①]之类的话。她给自己惹了个大麻烦——被人控告诽谤。过去半个月来我们谈论的就只有这件事。我想你应该已经从报纸上了解到这件事了。”

“我已经很久没有看报纸了。是谁告她诽谤？应该不是我父亲吧？”

“老天爷啊，当然不是！神职人员是不能控告别人诽谤的。是那个银行经理。你还记得她最喜欢讲述的故事吗？说他用银行的钱包养一个女人，等等那些说辞？”

---

① 出自《圣经·旧约·传道书》第 11 章：“当将你的粮食撒在水面，因为日久必能得着。”

"是的，我记得。"

"几个月前她蠢到把这些话写了下来。她的一个朋友——我想是女的——把信交给了银行经理。他采取了行动——桑普利尔太太被处以一百五十英镑的精神赔偿。我想她连一半的钱都掏不出来，不管怎样，她说长道短搬弄是非的日子总算结束了。你可以很多年一直在抹黑别人的名声，就算你是在胡说八道也总会有人相信你，不过一旦你在法庭上被证实是个骗子，你就再没有说谎的机会了。桑普利尔太太现在甭想在奈普山立足了。很快她就离开了镇子——事实上，是夜间潜逃。我想她正躲在巴利的圣埃蒙德斯自怨自艾吧。"

"但是，那跟她所捏造的关于你和我的传闻又有什么关系？"

"没有关系——什么关系也没有。但担心什么呢？要紧的是，你的名誉已经恢复了。过去几个月来一直在对你说长道短的老太婆如今都在说：'多萝西好可怜哦，瞧那个恶妇对她做的事情实在令人发指！'"

"你是说，他们觉得既然桑普利尔太太在一件事情上撒了谎，她所说的其他事情肯定也靠不住？"

"如果他们还有点脑子的话，都会这么说。不管怎样，桑普利尔太太这回糗大了，所有她造谣中伤过的人肯定都是圣人和贞女。连我的名誉现在也无可指摘了。"

"你觉得事情真的就这么结束了吗？你觉得他们真的觉得这只是一个意外——我只是失忆了，没有跟人私奔？"

"噢，我想那不至于。在这种穷乡僻壤，人们肯定会对你起疑心。他们不是在怀疑什么具体的人和事，而是说不清道不明的怀疑，乡下人出于本能的肮脏思想。我可以想象十年后人们仍会在'狗和酒瓶'酒吧里谈论你那不为人知的过去，但没有人记得到底发生了什么事。不管怎样，你的麻烦结束了。如果我是你，除非有人问，我不会作任何解释。大家都说你得了重感冒，去疗养了。要是我就一口咬定是这么回事。你会发现他们都能接受这个说法。理论上，你现在非常清白。”

很快他们就到了伦敦，沃波顿先生带多萝西到考文垂大街一家餐馆吃午饭。他们点了一只烤鸡、芦笋和几个还没长熟就被挖出来的白色小土豆，还点了蜜糖馅饼和一瓶勃艮第红酒。不过最让多萝西开心的是，喝了克里维太太那些半温不热清如寡水的茶后，她喝到了黑咖啡。吃完饭后他们叫了另一辆出租车，去了利物浦大街车站，赶上两点四十五分的火车，坐了四个小时回到奈普山。

沃波顿先生坚持要坐头等舱，执意不肯让多萝西付车钱。趁多萝西不注意，他给了乘务员小费，整节车厢就只剩下他们两人。这一天晴朗清冷，室内像春天，室外像冬天。坐在车厢里，隔着玻璃窗户，蔚蓝的天空看上去明媚而温暖。火车哐当哐当地驶过贫民区——那些由窄小昏暗的房子构成的街道迷宫、杂乱无章的工厂、泥泞肮脏的沟渠、点缀着锈迹斑斑的锅炉和被烟熏得发黑的杂草的废弃建筑——一切都被阳光镀上一道神圣的金边。旅途的前半个小时多萝西几乎没有说话。她太开心了，说不出话来。她甚至没有在想什么具体的事情，只是舒舒服服地坐在软垫座位上，享受透过玻璃窗的阳光，感叹自己终于逃脱了克里维太太的魔掌。但她知道这种心情无法持续很久。就像午餐酒带来的暖意一样，这种满足感正在渐渐退却，而脑海里，那些痛苦或难以启齿的念头渐渐产生。沃波顿先生一直看着她的脸，神态比以前更加关切，似乎在试图了解过去八个月来发生在她身上的改变。

“你看上去老了一些。”最后他开口说道。

“我的确老了。”多萝西回答。

“是的，但你看上去——嗯，更加成熟了，变得更坚强了。你的脸看上去不一样了。你看上去——请原谅我这么说——就像女童军被驱了邪，获得了解救一样。我想不是七邪灵上了你的身吧？”见多萝西没有回答，他继续说道，“我想，你一定吃了不少苦。”

“噢，太可怕了！有时候可怕到无法以言语形容的地步，你知道吗，有时候——”

她欲言又止。她想告诉他自己曾经乞讨过食物，睡过大街，因为行乞被抓进警察局，在牢房里待了一夜，克里维太太怎么折磨她，让她挨饿。但她打住了，因为她突然间意识到这些事情她不愿意提起。她觉得这些事情其实无足轻重。它们只是些无关紧要的小事，就像染上风寒或在火车站等了两小时车一样。这些事情令人觉得不痛快，却无足轻重。事实上，真正影响她的，是她精神上的改变。她继续说道：

“那些事情并不打紧。我是说，身无分文，饭都吃不饱。就算你饥寒交迫——这些也与你的内心不相干。”

“是吗？希望你说得对。我可不想尝试。”

“噢，确实，挨穷时的确很痛苦，但这其实也没什么，发生在你头脑里的事情才最重要。”

“你是指什么呢？”沃波顿先生问道。

“哦——是你内心的改变，然后，整个世界都变了，因为你看待世界的方式全变了。”

她仍在望着窗外。火车已驶出了东边的贫民区，正加速驶过两岸种满柳树的河流和低矮的草地，篱笆上的植物吐出新芽，远远望去似乎是一团淡绿色的云彩。在铁道边的田地里，一个刚满月的牛犊看上去就像诺亚方舟上的动物，正迈着生硬的脚步跟在母牛后面；在一座小花园里，一个老农正迈着蹒跚的、风湿病痛的腿脚，在一棵盛开的梨树下开垦土地。火车经过时，他手中的铲子闪耀着太阳的反光。多萝西想起了一句阴郁的圣诗歌词："衰退与凋零，充斥于我的身边。"她刚刚所说的话都是真的。她的内心发生了剧变。从那时候起，世界变得更加虚无而贫乏。在这么一个日子里，晚春也好，早春也罢，原本她会觉得非常开心，原本她会不假思索地感谢上帝恩赐了这片蓝天和象征着大地回春的第一朵鲜花！而如今，似乎没有上帝需要感谢，宇宙万物——连一朵花、一块石头或一棵小草——似乎全都变了。

"我的想法改变了。"她重复了一遍，"我失去了信仰。"她补充了一句。这句话似乎有点唐突，因为她发现自己说出这番话时似乎有点难为情。

"你失去了什么？"比起多萝西，沃波顿先生不是很习惯这些宗教用语。

"我的信仰。噢，你知道我想说什么！几个月前，我的思想突然间改变了。之前我所信奉的一切——所有的一切——突然间似乎失去了意义，几乎是很傻的事情。上帝——我是说，上帝所创造的一切——不朽的生命，天堂与地狱——所有的一切，全部都消失了。这不是我思考琢磨的结果，只是事情就这么发生在了我身上。就像你童年时候一样，有一天，无缘无故地，你不再相信那些童话故事。我不能再继续坚持信仰了。"

"以前你并不信上帝。"沃波顿先生满不在乎地说道。

"以前我信的，我真的信！我知道你一直认为我不信上帝——你觉得我只是在假装信仰上帝，只是我不敢承认这一点。但不是那样子的，那时候我信奉上帝，就像我相信现在我就坐在这节车厢里一样。”

“你当然不信仰上帝，可怜的孩子！你都这么大了，怎么还相信那些？而且你这么聪明。但你从小就被灌输这些荒谬的信仰，而你一直让自己囫囵吞枣地接受了这些事情。你为自己营造了一种生活模式——请原谅我用一些心理学的术语——而这种生活模式只有真正的信徒才能接受。自然而然地，这种生活模式开始折磨你。事实上，这就是一直困扰着你的问题，我敢说，这也很有可能是你失忆的原因。”

“你什么意思？”听到这句话她觉得非常困惑。

他知道她不明白他在说什么，于是向她解释失忆是一种下意识的机制，用于逃避无法回避的情况。他说，当人的意识被逼到无路可逃的时候就会欺骗自己。多萝西对这些理论闻所未闻，一开始她无法接受他的解释。然而，她想了一会儿，觉得就算这一说法是对的，它也无法改变最根本的事实。

最后，她开口说道：“我不明白这有什么要紧。”

“不要紧吗？我要说的是，这非常要紧。”

“但难道你不明白吗，如果我失去了信仰，这件事发生在现在或是发生在几年前又有什么要紧？最重要的是，我失去了信仰，我得重新开始自己的生活。”

沃波顿先生说道：“你该不是觉得失去信仰是件遗憾的事情吧？你还不如为失去甲状腺肿大而遗憾呢。告诉你吧，我自己就没有信仰，就算有那么半丁点儿，九岁时就无疾而终了。但我觉得信仰这东西就算失去了也没有人会觉得遗憾。如果我没记错的话，以前你的生活是那么糟糕，五点半就得起床空着肚子去参加圣餐仪式，对吧？你应该不会怀念那种事情吧？”

“如你所说，我不再信仰宗教了。现在我明白，有很多教义其实很荒谬。但这并没有任何帮助。问题是，我以前的所有信仰都失去了，而我找不到任何事物取代以前的信仰。”

“老天爷啊！为什么你非得找到任何事物取代以前的信仰呢？你失去的都是些糟粕迷信，你应该觉得开心才是。你现在不用战战兢兢担心堕入炼狱了，难道这不令你更开心一些吗？”

“但难道你不明白吗——你应该明白的——世界一下子变得毫无意义，一切都不一样了。”

“毫无意义？”沃波顿先生叫嚷着，“你怎么会说世界变得毫无意义？像你这么一个年轻的女孩，说出这种话我都替你觉得羞愧。世界一点儿也不虚无，问题是，世界实在是太丰富了。今天我们生活在这个世上，明天可能就会离开，我们根本没有时间享受生活。”

“但世界存在的意义都没有了，我们又怎么能享受生活呢？”

“我的天哪！你怎么非得纠结于意义呢？我吃午饭的时候，我可不是为了荣耀上帝。我吃饭是因为我喜欢吃饭。这个世界上有好多有趣的事情——书籍、图画、美酒、旅行、朋友——所有的一切，我不知道它们本身有什么意义，而我也不想去寻找什么意义。为什么你不能接受生活本身呢？”

“但是——”

她打住了，因为她已经知道试图对他解释清楚自己的意思纯粹是在浪费口舌。他根本无法理解她的困境——他不能理解一颗原本虔诚的心在发现世界其实毫无意义时的失望与退缩。

就算是泛神论的那些令人作呕的陈词滥调也在他的理解能力之外。或许，就算他能想到生命的本质其实毫无意义，他也只会哈哈一笑，而不会想到其他。但是，他却又是个很敏锐的人，能体会到她矛盾的心情，这不，他就说起了这个话题。

他说道："我知道当你回到家后，情况会有点尴尬。你将成为一匹披着羊皮的狼。你要做很多教区工作——母亲团契，为临终的人祈祷，等等等等——我想这些事情的确有时会令人感到厌倦。你担心你不能坚持下来——这就是你的苦恼吗？"

"噢，不是。我没有想过这些。我会继续从前的生活。我习惯了这种生活，而且，父亲需要我的帮助。他请不起助理牧师，而这些事总得有人做。"

"那不就结了嘛！你觉得自己很伪善吗？担心神圣的面包会噎住你的喉咙吗？我可不觉得这有什么大不了的，或许英国所有牧师的女儿得有一半跟你的情况一样，就算十有八九和你一样也不出奇。"

"这确实是部分原因。我得一直伪装下去——哦，你根本无法相信那会是怎样的情形！但这并不算是太糟糕，或许，这并不算什么太大的事儿。或许，当个伪善的人比较好——那种伪善要比做出其他事情来得好一些。"

"你为什么要说'那种伪善'？你不是在说假装信奉上帝是仅次于信奉上帝的好事吧？"

"是的……我想我就是这么个意思。或许这样比较好——不那么自私——就算我不信奉上帝，假装信奉上帝也比公然说我不信奉上帝，使别人也变成不信奉上帝的人要好一些。"

"我亲爱的多萝西，"沃波顿先生说道，"请允许我这么说，你的思想一定是出了毛病。哦，去他妈的！这不是有没有毛病的问题，这是彻头彻尾的腐朽思想。你接受的那些基督教熏陶让你的脑里长了坏疽。你刚刚才告诉我说你摆脱了自襁褓以来强加在你身上的荒唐信仰，而你的生活态度离开了这些信仰就变得毫无意义。你说这合乎逻辑吗？”

“我不知道。或许不合乎逻辑。但我觉得这样子对我来说是再自然不过的事情。”

沃波顿先生继续说道：“显然，你的打算只会是两头不讨好。你坚持按基督教的教义行事，却又不相信有天堂。我想假如真相被揭晓的话，在英国国教的废墟间有很多像你这样的人在游荡徘徊。”他若有所思地想了想，补充说道：“可以说你们自成了一个教派：英国国教中的无神论者。我得说，我可不想加入你们这个教派。”

他们继续聊了一会儿，但只是漫无目的的闲扯。事实上，沃波顿先生觉得宗教信仰和宗教困惑这类话题既无聊又难以理解。这些只是他借机说些亵渎神明的话的借口。他换了个话题，似乎放弃了解多萝西内心想法的念头。

“谈这些没意思，”他说道，“你现在尽想些没劲儿的事情，但迟些时候就会想通的。信奉基督教并非无药可医的绝症。不过，我有别的事情要告诉你。我希望你好好听我说。阔别八个月后，你就要回家了，我想你知道你将面对很尴尬的处境。以前你的生活很辛苦——至少我觉得很辛苦——现在你已经不是以前那个虔诚的女童军了，日子将会更加辛苦。你觉得真的要回去吗？”

“但我不知道自己还能做别的什么事情，除非我找到另一份工作。我没得选择。”

沃波顿先生侧着头，一脸古怪地看着多萝西。

他以比往常更严肃的口吻说道："事实上，我可以给你提个建议，你并非没得选择。"

"你是说，我可以继续当老师？或许我真的得这么做，真的，或许这是我最后的出路。"

"不，我不是在说这个。"

沃波顿先生一直不愿意让人知道自己是秃子，一直戴着他那顶时髦的宽边灰毡帽。但此刻他却把帽子摘了下来，小心翼翼地放在身边的空位上。他的头光秃秃的，只在耳鬓上长了一小撮金色的头发，看上去宛如一颗巨大而畸形的粉红珍珠。多萝西看着他，心里有点吃惊。

"我摘下帽子，"他说道，"为的是让你看到我最不堪的一面。待会儿你就知道为什么了。现在，你除了回去料理女童军和母亲团契的事务，或将自己囚禁在女子学校里面外，请让我为你提供另一个选择。"

"你想说什么？"多萝西问道。

"我的意思是，请你好好想一想再回答我，我知道你肯定会一口回绝我——但是，请嫁给我好吗？"

多萝西惊讶地张大了嘴。或许，她的脸色变得更苍白了。她立刻下意识地在座位上挪了挪身子，尽量离他远一些。但他并没有逼近她，而是非常平静地说道："你应该知道，一年前多罗丽丝(多罗丽丝是沃波顿先生以前的情妇)离开了我？"

"但我做不到，我做不到！"多萝西叫嚷着，"你知道我不会嫁给你！我想你已经知道，我不会嫁人的。"

沃波顿先生并不为所动。

他仍然平静地说道："我知道我不是什么如意郎君，论年纪我比你大很多。今天我们俩似乎都能坦诚相待，我告诉你一个秘密，其实我四十九岁了。我有三个孩子，而且名声不大好。你父亲肯定不会赞同这门亲事。我一年只有七百英镑的收入。但是，你不妨考虑一下。”

“我不嫁，你知道我为什么不会嫁人！”多萝西重复了一遍。

她认为他肯定知道为什么她不会嫁人，其实她从来没有向他或任何人解释过原因。就算她解释了，很有可能他也不会明白。他继续往下说，似乎没有留意到她说了些什么。

“我就跟你明说了吧，”他说道，“就像做买卖一样。当然，不用我说，你也知道这会是合算的买卖。就像他们所说的，我不是一个适合结婚的男人，要不是你深深地吸引了我，我不会向你求婚。但首先，我先把这笔买卖算清楚：你需要有个家，需要生活下去，而我需要一个妻子料理我的生活。我厌倦了和那些讨厌的女人厮混的日子，请原谅我提到她们，我真的很希望能安定下来。虽然有点晚，但总比一直无法安定下来要好一些。而且你知道，我需要有人照顾那三个孩子，那三个小兔崽子。我不指望你觉得我很有魅力，”他的手下意识地抚摸着光秃秃的脑袋，“但我是个好相与的人——事实上，道德败坏的人都很好相与。站在你的角度，这个提议其实很有好处。为什么你一辈子非得去递送教区杂志，给那些糟老太婆的腿脚搽埃里曼药油呢？结了婚你会开心一些，虽然你的丈夫是个秃子，过去的私人生活很暧昧。你长这么大，生活一直很苦，将来也会很苦。你真的想过，如果你不结婚，以后的生活会是什么情形吗？”

“我不知道，虽然我有想过。”

由于他没有试着去抓她的手或作出别的亲昵的举动，她没有重复她的回绝。他望着窗外，若有所思地开了口，声音比平时要小很多，刚开始的时候几乎被火车隆隆的声音所掩盖，她很难听清楚。但很快他就抬高了嗓门，口吻非常严肃，她从没听到过也没有想过他居然能这般认真。

“考虑一下你的未来会是怎样吧。”他重复了一遍，“就像那些和你一样出身，没有丈夫又没钱的女人一样。假设你父亲能再活十年吧，到那时他的财产将一文不剩。他就靠着把这些钱挥霍一空的愿望苟延残喘，直到把钱花光为止。他会越来越衰老，越来越烦人，越来越不好相处。他会对你越来越专制，让你越来越缺钱，给你和邻居与店主们制造越来越多的麻烦。你将一直像个奴隶一样担惊受怕两头受气，带领女童军，为妈妈团契朗读小说，擦拭圣坛的器具，为管风琴唱诗班筹款，用牛皮纸给学校舞台剧做长筒靴，在那个鸡窝一样的教堂里忍受着种种鸡毛蒜皮的蜚短流长，这种生活你已经领教过了。年复一年，冬去春来，你骑着单车从一间臭烘烘的小屋去到下一间小屋，从捐献箱里取出可怜巴巴的几个便士，重复着你不再相信的祷文。那些教堂仪式千篇一律却毫无意义，但你还得忍受这些冗长的仪式，搞垮自己的身体。一年年地，你的生活越来越无聊沮丧，每一年你的生活会变得越来越萧索无趣，那些该死的琐碎工作越来越填满你的时间，这些工作就只会堆积在单身女人身上。记住，你不会永远都是二十八岁，你会渐渐老去，日渐枯萎，直到一天早上你从镜子里看到自己，意识到自己不再年轻，只是个瘦巴巴的老姑娘。当然，你会与岁月进行抗争，你会保持精力充沛和孩子气的举动——你会让这些表现维持很久。你知道吗，老姑娘总是很阳光——太阳光了一些——她总是说什么“棒极了”、“好极了”、“正点”，为自已的阳光性格感到自豪，却搞得大家都觉得有点不自在。她们很热衷于网球，演业余舞台剧也很拿手，拼着老命将自己投身于女童军工作和教区探访工作，年复一年，她一直是教堂联谊活动的主心骨和灵魂。她以为自己还是个妙龄少女，却不知道在她背后，大家都在嘲笑她，认为她是个失意可怜的老姑娘。那就是你将来的命运，一定会发生在你身上的事情，就算你已经预见到这一点，无论你作出多少努力，都无法避免。除非你嫁人，除此之外别无它法。不结婚的女人会渐渐枯萎——就像后窗的叶兰，而可怕的是，她们甚至不知道自己在日渐枯萎。”

多萝西静静地坐着，专注地听着他说话，觉得那番话很可怕又很令她入迷。她甚至没有留意到他已经站起身，因为火车一直在摇摆，他一只手靠着门扶稳身子。她似乎被催眠了，不是被他的声音所打动，而是他的话触动了她去构想未来的情形。他描述了她无法逃避的生活，描述得那么真切，似乎把她带到了十年后惨淡的未来。她觉得自己不再是一个充满了年轻活力的女孩，而是一个三十八岁、绝望而倦怠的老处女。她甚至没有留意到他一边说一边握住她靠在座位扶手上的手。

“再过十年，”他继续说道，“你父亲就会去世，他一个便士也不会留给你，只会留下一屁股债。那时你年近四十，没钱没工作，也没有机会结婚，只是一个茕茕孑立的牧师的女儿，在英国像你这种人得有上万个。然后你该怎么办？你得为自己找份工作——那种适合牧师的女儿的工作：护理员或照顾病老太婆的女伴，那些老太婆一心只想着怎么羞辱你。或许，你可以回学校教书，在那些可怕的女子学校教英文课，一年只挣七十五英镑，每年八月份到海滨的寄宿家庭住上半个月权当度假。你越来越枯萎干涸、苦楚瘦削，身边没有一个朋友，因此……”

说到“因此”这里，他把多萝西拉起身来，她没有反抗。他的话似乎对她施了魔咒。她的思绪沉浸在未来可怕的前景中，她比他更了解个中的空虚，心里顿时觉得万分绝望，几乎想说：“好吧，我嫁给你。”他非常温柔地搂着她，将她往自己身边拉近了一些。即便到了现在她也没有反抗。她的眼神似乎被催眠了，直勾勾地看着他的眼睛。他搂着她的时候，似乎是在保护她，庇护她，将她从那灰暗贫穷的生活中解救出来，回到温馨如意的世界——她的日子会十分安稳，有像样的房子和漂亮的衣服，可以读书、交友、赏花，有盛夏佳节，能到遥远的外国度假。有将近一分钟，这个肥胖荒淫的单身汉和这个干瘪瘦削的老处女面对面站在那儿四目交投，身体轻微地接触着，火车轻轻地摇摆着，云朵、电线杆、结着花蕾的篱笆和麦苗青青的田野被甩到车后，消失在视野之外。

沃波顿先生收紧臂弯，将她搂入怀中。魔咒被打破了。让她陷于无助的幻觉——贫穷生活的幻觉和摆脱贫穷的幻觉——突然间消失了，她突然意识到发生在自己身上的事情。她被一个男人搂在怀里——还是个臃肿的老男人！她突然觉得十分恶心恐惧，她的五脏六腑似乎凝结成一团。他那副庞大的男性身躯逼得她往后退往下缩，他那张油光滑亮的粉色老胖脸正冲着她的脸孔俯冲下来。难闻的男性气息直冲她的鼻子。她蜷着身子，想起了怪兽萨提尔那毛茸茸的大腿！她开始竭力挣扎，其实他根本没怎么用力抱紧她，不一会儿她就挣脱开来，跌坐到自己的座位上，脸色苍白，浑身颤栗。她抬起头看着他，眼睛里充满恐惧与厌恶，似乎把他当成了陌生人。

沃波顿先生仍然站在那儿，神情平静而略带失望，但看上去并不沮丧苦恼。她恢复了平静，她觉得他所说的那番话无非都是在利用她的感情，引诱她说出她愿意嫁给他的话。奇怪的是，他似乎并不在乎她会不会嫁给他，事实上，他只是在给自己找点乐子。或许，整件事只是他再一次勾引她的尝试。

他坐了下来，小心翼翼地不弄皱裤子。

“如果你想和我联系，”他温和地说道，“先告诉我一声，让我确定兜里有五英镑。”

他似乎很怡然自得。出了这么一桩事，他却能若无其事，继续和她聊天，完全看不出一丝尴尬。就算他曾经有过羞耻感，在很多年前也已经烟消云散了，或许在他一生孜孜不倦地与女人寻欢调情中，那份羞耻感已经被扼杀了。

多萝西觉得很不自在，不过，大概过了一个小时，火车抵达了伊普斯维奇，停站十五分钟。他们决定去休息室喝杯咖啡。旅途的最后二十分钟两人相谈甚欢。沃波顿先生没有再提结婚这件事，但火车开近奈普山时，他的话题又回到了多萝西的未来上，不过态度没有刚才那么严肃。

他说道：“你真的决定回去继续从事教区工作吗？做那些鸡毛蒜皮的繁琐事务？给皮瑟太太治风湿，给列温太太包石膏什么的？难道你不觉得这些事会让你活得很不开心吗？”

“我不知道——有时这些工作真的让我很不开心。但我想，等我重新开始工作，一切就会好起来的。你知道，这些我都做惯了。”

“你真的觉得自己能伪装成信徒那么多年？你知道这种日子得挨很多年。你就不怕纸包不住火的那一天？你确定你将来不会在教主日学校的那些小孩子时让他们倒着念献给主的祷文，或阅读吉本的第十五章[①]给母亲团契听，而不是读基恩·斯特拉顿·波特吗？”

“我不这么认为。因为你知道，我确实觉得那是一种工作，就算是一个人做着自己其实并不相信的祈祷，就算是教导孩子们自己并不认为是真的事情，我也确实觉得从某种角度来说是有意义的。”

“有意义的？”沃波顿先生嗤之以鼻地说道：“你有点太喜欢‘有意义的’这个泄气的词了。责任感的过度膨胀——这就是你的问题。现在，对我来说，及时行乐才是最最基本的常识。”

“那是享乐主义。”多萝西提出反对。

“我亲爱的孩子，你能向我展示一套不是享乐主义的生活哲学吗？你们那些恶毒的基督教圣人就是最大的享乐主义者。他们永远生活在幸福中，而我们这些穷苦的罪人只盼望享受几年的幸福。归根结底我们都是在寻求快乐，但有些人的快乐实在是很变态。你对快乐的理解似乎就是给皮瑟太太按摩腿脚。”

“但是，事情并不完全是这样——噢，我无法解释清楚！”

她原本想说，虽然她已经失去了信仰，她的基本想法仍然没有改变，不会改变，也不想改变；虽然她的世界如今似乎变得空虚而没有意义，但那从某种程度上说仍然是基督教的世界；基督教徒的生活方式对她来说仍是天经地义的事情。但她

① 指吉本所著的《罗马帝国衰亡史》第十五章，探讨了早期基督教为何得以传播发展。

没办法说出口，觉得要是她这么做的话，或许他就会开始取笑她。于是，她别扭地总结道：

“我觉得我最好还是像以前那样子生活。”

“和以前一模一样？一成不变？女童军、母亲团契、希望之团、婚姻伴侣团契、教区探访、在主日学校教课、每星期两次圣餐仪式，还有那些上帝赞美诗和格列高利圣咏？你真的肯定你能应付得来？”

多萝西不自觉地微笑着，“不会唱那些圣咏，父亲不喜欢那些。”

“你觉得，除开你内心的思想，你的生活还会像没有失去信仰之前那样？你的习惯将不会有任何改变？”

多萝西想了想。是的，她的习惯将会有所改变，但大部分将是秘密的改变。她想起了那只约束自己的别针。那是只有她自己知道的秘密，她决定不提这件事。

她最后说道：“嗯，或许在圣餐仪式时我会跪在梅菲尔小姐的右边，而不是左边。”

二

一星期过去了。

多萝西从镇里骑着单车回到山上牧师私宅的大门。今晚天气很好，晴朗凉爽，天空万里无云，太阳正渐渐西沉。她发现门口的白蜡树开花了，暗红色的小花看上去就像伤口周围的溃疡。

她很累。这一周她很忙：去探访名单上的那些女人，并把教区的各种事务重新安排妥当。自从她失踪后，任何事情都变得一团糟。教堂里脏得令人无法置信——事实上，多萝西花了大半天的时间用扫把和簸箕把里里外外打扫干净，想到管风琴后面那一层老鼠屎她就不寒而栗。（那里会有老鼠是因为管风琴手乔治·弗鲁老是带一便士一包的饼干进教堂，在布道的时候偷吃。）教堂的一切会众活动根本没有人关心，结果青年禁酒团和婚姻伴侣团契现在连鬼影也没有，主日学校的出勤率减少了一半，母亲团契吵得两败俱伤，因为富特小姐老是说一些傻话。钟楼的情况比以前更糟糕了。教区杂志一直没有按时递送，而订杂志的钱也一直没人收。教堂基金的账目没有算好，总共有十九先令的无头公账。就连教区登记也搞得一团糟——等等等等，永无止境，而牧师什么事都撒手不管。

一回到家多萝西的眼前就堆满了工作。事实上，事情以惊讶万分的速度重回以前的轨道，好像她只是昨天才离开一样。现在那桩丑闻平息了，她回到奈普山这件事并没有引起多少好奇。在她探访清单上的女人，尤其是皮瑟太太，看到她回来非常高兴。维克多·斯通似乎因为一度相信了桑普利尔太太的诽谤而觉得有点羞愧，但他向多萝西转述他在《教会时代》中最新的胜利，很快就淡忘了这件事。当然，那帮咖啡党女士在街头拦住多萝西，说着：“亲爱的，看到你回来我好高兴啊！你怎么离开了那么久！你知道吗，亲爱的，那个可怕的女人到处对你说长道短，我们都为她觉得羞耻。但我希望你能明白，无论别人怎么想，我对那些话可是一个字都不相信。”诸如此类的话。不过，没有人问起她一直害怕会被提及的问题。“我去了伦敦一所学校教书。”这句回答令大家很满意，他们甚至没有问学校叫什么名字。她不需要坦白交代自己曾在特拉法尔加广场露宿，因乞讨被警察逮捕。事实上，住在小村镇的人对发生在出了自家门口十英里的任何事情都不了解。外面的世界是神秘的未知领域，是恶龙与食人族聚居的地方，他们丝毫不感兴趣。

连多萝西的父亲也似乎当她只是离开家里去过了个周末。她回到家时他正在书房里，坐在老爷钟前若有所思地抽着烟斗。四个月前那口老爷钟的玻璃被女佣的扫帚打烂了，至今还没有修好。多萝西走进书房，他从嘴里拿出烟斗，放进口袋里，动作很迟钝，像个老头一样。多萝西觉得他看上去确实老了许多。

“你终于回来了。”他说道，“旅途愉快吗？”

多萝西搂住他的脖子，轻轻亲吻着他苍白的脸颊。从他身边离开时，他轻轻地拍了拍她的肩膀，察觉得出比平时带着更多的关爱。

“你到底在想些什么，怎么要离家出走呢？”他问道。

“我说过了，父亲——我失忆了。”

“嗯。”牧师应了一句，多萝西看得出他并不相信她的解释，而且以后也不会相信。以后，当他的心情比起现在变得更糟的时候，他就会提起这次离家出走作为指责她的理由。这种情况会发生许多许多遍。他继续说道：“你把行李拿到楼上去的时候，把打字机拿下来，好吗？我要你帮我打布道稿。”

镇里没有发生什么趣事。老茶铺的店面扩大了，让主大街显得更加难看。皮瑟太太的风湿好一些了（毫无疑问，这是当归茶的功效），但皮瑟先生“一直在看医生”，他们担心他得了膀胱结石。布里菲尔-戈登先生现在进了议会，坐在保守党席位的后排，毕恭毕敬，连气也不敢吭一声。圣诞节刚过老汤姆斯先生就去世了，富特小姐领养了他的七只猫，还张罗着帮其他猫咪找照顾它们的家庭。五金店老板特威斯先生的侄女伊娃·特威斯生了个私生子，而孩子早夭了。普罗哥特在厨房花园里垦了地，播了种，扁豆和豌豆刚刚结出果实。开完债权人会议后，拖欠商店的款项又开始累积，欠屠夫卡基尔的钱有六英镑之多了。维克多·斯通在《教会时代》里与寇尔登教授就宗教裁判所这个问题起了争执，和他彻底分道扬镳。整个冬天埃伦的湿疹一直很严重。沃尔夫·布里菲尔-戈登有两首诗被《伦敦水星》刊物采纳了。

多萝西走进暖房。她有个重大的任务要完成——圣乔治节那天学校的孩子们要进行表演，为管风琴唱诗班的经费筹款，而她得赶制服装。过去八个月一分钱也没付给管风琴唱诗班，牧师可能把管风琴班的账单看都没看就扔掉了，结果，管风琴的曲调越来越荒腔走板。多萝西绞尽脑汁想方设法筹钱，最后决定表演历史舞台剧，从儒略·恺撒大帝一直演到威灵顿公爵①。她想，如果天气和运气都好的话，这出剧目或许可以筹到两英镑，甚至三英镑！

她环顾暖房，自从回家以后她还没来过这里，显然，在她失踪的期间一切都原封未动。她的东西就堆放在那儿，和上次离开的时候一样，但上面积着厚厚的一层灰。她的缝纫机就放在桌子上，周围是破破烂烂的布碎、牛皮纸、棉线卷筒和油漆罐。虽然针已经生锈了，线头还在针上。是的！她离开的前夜还在赶制的长筒靴还在那儿。她拿起一只靴子看了一下，心里不禁一颤。是的，这双长筒靴做工蛮好的，没穿过实在是很可

① 威灵顿公爵（the Duke of Wellington），本名亚瑟·卫斯理（Arthur Wellesley，1769—1852），英国军事家和政治家，1815 年率领英国军队与普鲁士军队在滑铁卢一役打败拿破仑·波拿巴。后于 1828—1830 年与 1834 年出任英国首相。

惜！不过，到了演出那天它们就能派上用场了。或许可以给查理二世穿——不，最好别设计查理二世这个角色，给奥利弗·克伦威尔穿，因为奥利弗·克伦威尔这个角色不需要戴假发。

多萝西点着煤油炉，找到剪刀和两张牛皮纸，坐了下来。她有一大堆衣服等着完成。她决定先做恺撒大帝的胸甲。做盔甲总是最麻烦的事情！古罗马士兵的胸甲是什么样子来着？多萝西努力回忆着在大英博物馆罗马展厅里见过的长着卷须的美化过的恺撒大帝雕像。你可以用牛皮纸和胶水做出胸甲的雏形，然后把纸条贴在上面象征一片片的鳞甲，然后用银色油漆上色。不用做头盔，谢天谢地！恺撒大帝总是戴着月桂头冠——毫无疑问，他和沃波顿先生一样，对自己光秃秃的脑袋觉得很羞愧。但护腿怎么办？在恺撒时代士兵们穿护腿吗？靴子呢？古罗马人穿的是靴子呢，还是凉鞋呢？

干了一会儿，她停了下来，把大剪刀搁在膝盖上。过去这个星期来当她一有空就会像冤魂一样缠着她不放的那个想法又冒出来困扰着她。她想到了沃波顿先生在火车上对她说过的那番话——以后她既嫁不出去又没钱的生活会是怎样一番情形。

她并不怀疑将来自己的生活的外在情况会怎么样，她可以看得很清楚。当一个没有工资的助理牧师长达或许十年，然后回到学校教书。不一定非得是克里维太太那样的学校——她一定能为自己找到一所比那好点的学校——但肯定会是一所蹩脚而且就像监狱一样的学校，或许更加破败荒凉，工作更辛苦更没有人情味可言。无论将来会怎样，她总是得面对所有孤独而且身无分文的女人所要面对的命运。“旧英格兰的老姑婆”，这就是人们对她们的称呼。她二十八岁了——年纪正好可以步入她们的行列。

但这些都不要紧，都不要紧！这是像沃波顿先生这种人所永远无法理解的事情，就算你对他们说上一千年也没有用。外在的事情，像贫穷、辛劳，甚至孤独，它们其实都不要紧。发生在你内心的事情才重要。有那么一刻——邪恶的一刻——当沃波顿先生在火车上和她说话时，她对贫穷充满了恐惧。但她理解了个中的意味：那其实没什么好怕的。她鼓起勇气让自己的意志再次坚定起来并不是因为这个。

不，那是更加深层次的事情，那是她所察觉到的隐藏在这些事情后面的可怕的空虚。她想到一年前她就坐在这张椅子上，手里拿着这把剪刀，做着和现在一样的事情。但是，那时的她和现在的她似乎是两个人。那时的她哪儿去了？那个心地善良而可笑的女孩，在充满夏日气息的田野里欣喜万分地祈祷，为了亵渎神明的念头而拿别针扎自己的胳膊作为惩罚，她哪儿去了？一年前的我们哪儿去了？但是，发生了这么多事情之后——她还是那个女孩。她的信仰改变了，思想改变了，但灵魂的深处并没有改变。她的信仰消失了，但她对信仰的渴望还是与从前一样——这就是问题的所在。

就算只有信仰，其他事情又有什么打紧？要是在这个世界上有你能够理解并能为之奋斗的目标，又有什么事情能够让你灰心丧气呢？使命感是你生活的指引。你的心中不会有疲倦、疑惑、空虚，不会像波德莱尔那样厌倦地等待着死亡的到来。每件事都充满了意义，每一刻都是神圣的，信念将它们密密地织成了永无止尽的快乐之网。

她开始思考生命的本质。你从子宫中来到这个世上，你会生活六七十年，接着你死去腐烂。你的生命中的每一个细节，如果没有终极目标作为支撑，会变得死灰一片，孤寂忧伤。那是无法以言语形容的，但你的心里会真的在刺痛。如果生命真的终结于坟墓，那将是非常可怕恐怖的事情。争辩是没有意义的。想象生活的本来面目吧，想象生活的那些细节吧，然后你想想生活是没有意义的，没有使命，没有目标，最后化为一抔黄土。只有傻子或自欺欺人的人或那些非常幸运的人，才能面对这一想法而不会畏惧吧？

她在椅子上挪了挪位置。但是，生命终究应该有某些意义，有某个目的！这个世界不应该纯粹形成于偶然。万物的产生必定有其原因——因此必定有其终极目的。既然你是存在的，那一定就是上帝把你创造出来的。他把你创造成了一个有思想的人，那他一定也有思想。伟大之物不可能从比之低下之物中诞生。上帝为了自己的意旨创造了你，他也会毁灭你。但他的意旨是神秘莫测的。那是你永远无法参透的本质，或许就算你能够参透，你也无法接受。或许，你的生存和灭亡，只是供他消遣的永恒乐章中的一个音符。如果你不喜欢那首曲子呢？她想起了特拉法尔加广场那个被解除了圣职的可怕的牧师。他所说的那些话是她幻想出来的，还是他真的说过呢？"因此，魔鬼、大魔鬼与地狱里的鬼怪联合起来。"但这番话真是太愚昧了。因为就连你的憎恶，也是这首篇章的曲调的一部分。

这个问题让她十分纠结，想不出什么解决的办法。她清楚地知道没有什么能够替代信仰。她不能像异教徒那样认为生命本身就是圆满的，无法接受泛神论那些振奋人心的说辞，也无法笃信伪宗教的"进步"理念，认同熠熠发光的乌托邦和蚁穴般的钢筋混凝土的建筑的愿景。这是一个非此即彼的问题。要么生命是为了某个更宏伟永恒的事物的前奏，要么生命其实毫无意义，阴森而恐怖。

多萝西开始干活了。胶水锅里传来了咕嘟咕嘟的声音，她忘了往锅里加水，胶开始烧糊了。她拿起锅，快步走到水槽那里往里面加满水，然后带回暖房放在煤油炉上。她心想：“晚饭前我一定要把胸甲做好！”做完儒略·恺撒的服饰还得做征服者威廉[①]的服饰！还有更多的铠甲！待会儿她还得去厨房提醒埃伦煮几个土豆给绞牛肉当配菜。她还得写明天的“备忘录”。她剪出两片胸甲的底样，然后剪出了臂口和颈口，然后又停了下来。

她想到哪儿了？她一直在说，如果死亡是一切的结束，那么任何事情都失去了希望和意义。那该怎么办呢？

跑到碗碟洗涤间往锅里添水的行动改变了她的心思。她知道自己由得自己陷入了夸张和自怜自伤中，至少有片刻之久。说到底，这是在无病呻吟！现实中有不计其数的人情况像她一样！全世界有数以千计，数以百万计的人失去了信仰，却在渴望信仰。“一半英国牧师的女儿。”沃波顿先生曾经这么说过。或许他是对的。不只是教区牧师的女儿，任何类型的人——疾病、孤独和失败的人，过着沮丧失意的生活的人——他们需要用信仰支撑自己，但他们找不到信仰。甚至可能有修道院里的修女，她们一边抹地一边唱着《圣母颂》，心底其实没有信仰。

毕竟，你多么胆怯地在心底对自己失去了一个信仰而感到遗憾——你就是想信仰某样你打骨子里不相信的事情！

---

① 征服者威廉（William the Conqueror，1027—1087），英国诺曼王朝第一任国王。

然而——！

多萝西放下剪刀。自从回到家里后，虽然内心的信仰没有恢复，但外在的虔诚倒是回来了，出于习惯，她跪在椅子旁边，把脸埋在手心里，开始祈祷。

“主啊，我相信您，请您帮助我，解除我的不信，我相信您，相信您，请您解除我的不信。”

这些话没有用，完全没有用。当她说出这番话时，她已经知道这番话毫无意义，对自己的行为感到有点羞愧。她抬起头，这时一股暖和而腥臭的味道钻入她的鼻孔里，这股味道她已经有八个月没有闻到了，但感觉是那么熟悉——是熬胶的味道。锅里的水发出沸腾的声音，多萝西跳了起来，搅了搅胶刷的把手。胶已经软化了——再过五分钟就会变成液态的胶水。

父亲书房的老爷钟敲响了六点钟。多萝西吓了一跳。她发现自己浪费了二十分钟的时间，良知深深地刺痛了她，所有困扰着她的问题都抛到了九霄云外。我一直到底在干什么？她心想，这时她似乎真的不知道自己刚才在做什么。她在心里责备自己：“加油，多萝西！不要偷懒了！晚饭前你得做好胸甲。”她坐了下来，嘴里叼着几口针，开始把那件盔甲的前后两半缝合好。她得在胶水熬好之前把胸甲的雏形弄好。

胶水的味道就是对她那番祈祷的答案。她不知道这一点。她没有想到她这个难题的答案就是接受它没有解决的办法这个事实。要是你一直干着手上的活儿，这个活儿的最终目的会变得不再重要，只有你做着传统的有用的可以接受的事情，有没有信仰其实都一样。她还没办法琢磨出这个道理，但她只能依照这个道理生活。或许得到很久以后她才会琢磨出这个道理，从中得到慰藉。

胶水熬好前一两分钟，多萝西就把胸甲缝好了，然后马不停蹄地开始构思接下来还要做的不胜其数的服装。征服者威廉——征服者威廉时代穿的是锁子甲吗？——然后是罗宾汉[1]，身着绿裳手持弓箭——还有托马斯·贝克特[2]的法袍和主教法冠，还有伊丽莎白女王的翎颌，以及威灵顿公爵的三角帽。她想，六点半的时候我得去查看一下那些土豆。她还得写明天的“备忘录”。明天是星期三——她得记住把闹钟设在五点半。她拿起一张纸，开始写“备忘录”：

七点钟：圣餐仪式。

乔太太下个月生孩子，去探望她。

早餐吃熏肉。

她停下笔，思考还要写些什么。乔太太是铁匠乔维特的妻子。她每次生完孩子后偶然会来教堂，但你必须事先好好规劝她。多萝西心想：“我得给弗鲁太太带点止痛药，说不定她就会劝乔治不要在布道的时候吃饼干。”于是她把探访弗鲁太太加进了备忘录。明天的午餐——正餐呢？我们得还卡基尔钱了！明天是母亲团契喝茶点的日子，富特小姐的那本小说读完了，接下来要读什么书好呢？她们最喜欢读基恩·斯特拉顿·波特的书，但似乎都读过了。华威·迪平[3]的书怎么样？或许太高深了？最后她想到：“我得叫普罗哥特弄点花椰菜苗过来

---

① 罗宾汉(Robin Hood)，英国传说中劫富济贫的绿林好汉。

② 托马斯·贝克特(Thomas a Becket，1118—1170)，英国坎特伯雷大主教，因反对英王亨利二世而被国王的追随者谋杀，被教皇亚历山大三世册封为圣人与殉道者。

③ 乔治·华威·迪平(George Warwick Deeping，1877—1950)，英国作家，其作品在二三十年代非常畅销，代表作有《福克斯庄园》、《猫咪》、《十诫》等。

种在花园里。”

胶已经融化了。多萝西拿起两片牛皮纸，将其剪成细条，然后费劲地把胸甲弄得鼓起来，然后将纸条平贴在其前后。渐渐地，手底下的胸甲变得结实坚固起来。贴完后，她把胸甲竖着放起来，端详了一下，看上去还挺不错嘛！再贴一层纸片，就会像真的胸甲了。她心想，这次演出一定要赢得满场喝彩！真可惜，我们不能借到一匹马，让博阿迪西亚女王坐在马车上！如果有一辆马车，车轮上插着大镰刀，说不定我们可以筹到五英镑。亨吉斯和霍萨①的铠甲怎么办？他们穿的是十字吊甲和有飞翼的头盔。多萝西又把两张牛皮纸裁成细条，拿起那件胸甲最后再贴一层纸片。她不再去想信仰和失去信仰这个问题。天开始黑了，但她忙得抽不开身去点灯。她干个不停，专注而虔诚地把一根根纸条贴在胸甲上，那口胶水锅一直散发着呛人的气味。

---

① 亨吉斯（Hengist）和霍萨（Horsa）两兄弟是五世纪英国盎格鲁-撒克逊人的首领，肯特王国的开国君主。

作品题解

创作背景：

1929年奥威尔从巴黎返回英国，在英国东部海滨小镇南沃尔德的父母家蜗居了五年，期间曾结识一位神职人员的女儿布伦达·索凯尔德，两人长年保持固定通信谈论他的作品。奥威尔曾向她求婚，但遭到拒绝。

奥威尔在南沃尔德靠担任家庭教师为生，时而乔装成流浪汉在伦敦及周边地区流浪观察。1931年8月与9月他曾在肯特郡从事采摘啤酒花的零工，与其他工人同吃同住。1932年初他接受了在西伦敦海耶斯一所私学担任教师的工作，这所学校专门为当地的小生意人和小店主家庭设立，学生规模只有14—16人，由两位老师任教。教了四个学期之后，奥威尔转到厄斯布里奇另外一所私校，该校规模较大，有近200名学生和设置齐全的教师队伍。奥威尔购置了一辆摩托车，经常到周边的乡村地区作短途旅行，但在一次行程中由于全身湿透而染上肺炎，必须入院治疗，病愈后回南沃尔德疗养，再未担任教师。《牧师的女儿》于1934年1月开始动笔，完稿于同年十月，采摘啤酒花和担任私校教师的经历都被他写入该书中。在经过内容部分删改以免涉及诽谤中伤之后，作品于1935年3月11日由维克多·戈兰兹出版社出版。

作品评价：

英国作家克里斯朵夫·希钦斯在作品《为什么奥威尔很重要》中对《牧师的女儿》的书名进行了探讨，认为这个名字出自于詹姆斯·乔伊斯的小说《尤利西斯》中的一首诗：

老兄，当你饥肠辘辘的时候他借给你的那一英镑怎么样了？

圣母马利亚，我需要那一英镑。

把这枚金币拿去吧。

去你的吧！你把钱都花在了牧师的女儿乔治娜·约翰森的床上，良心何在？

这本带有实验色彩的作品中戏剧式独白的那一幕确实受到詹姆斯·乔伊斯的作品《尤利西斯》中“深夜的小镇”一幕的影响。奥威尔对本书并不满意，将其形容为“乱糟糟的东西……但我对于第三章的第一节还是比较满意的”。他不允许这本书在生前重印。1946 年在写给友人乔治·伍德科克的信函中，乔治·奥威尔认为自己写了两三本羞于提及的书，并说“写这本书纯粹只是为了练笔，本不应将其出版，但当其时囊中羞涩，只得鬻稿为谋”。

研究奥威尔作品的评论家们都视《牧师的女儿》为奥威尔的创作生涯中地位较低的作品，但它确实体现了奥威尔在二十年代末和三十年代的社会经历及对宗教、经济、教育和风土人情的见解和世界观，对全面了解奥威尔的创作历程有着相当重要的意义。

情节梗概：

多萝西的父亲在英国东部小镇奈普山的圣阿瑟尔斯坦教堂担任牧师，他早年丧妻，性情乖戾，以折磨女儿和仆女为乐。多萝西平素操持家务，与家里欠了很多债务的店铺周旋，拜访教区的信众，并为教堂的筹款活动缝制戏服。多萝西是个虔诚的信徒，奉行自我约束，却因生活孤单，与镇里声名狼藉的浪子沃波顿先生成为朋友。一晚她受邀至沃波顿先生家作客，后者尝试勾引多萝西未遂，但被镇里喜欢散播谣言的桑普利尔太太目睹到沃波顿先生在门口强抱多萝西的情形。多萝西回到家里，继续连夜缝制戏服，昏昏睡去。多萝西在得了失忆症的情况下神秘地来到肯特郡，过去整整八天行踪未明。她与流浪汉诺比及其两个友人为伍，一同去肯特郡找采摘啤酒花的工作。

与此同时，桑普利尔太太在奈普山散播谣言，说多萝西与沃波顿先生私奔（后者已去了法国度假），谣言甚至登上了全国的报纸。诺比因盗窃罪被抓，多萝西带着微薄的收入来到伦敦，只能入住“打工妹”（意指妓女）栖身的廉价旅馆。谋职无门坐吃山空之下，多萝西只能流落街头，到特拉法尔加广场露宿（本章完全以戏剧的体裁写成），后因流浪罪被关进监狱，由于无法缴纳罚金被囚禁十二个小时。

多萝西向父亲写信求助，但她以为父亲一定相信了她与沃波顿先生私奔的谣言，不会再理睬她。但牧师拜托住在伦敦的远房堂兄托马斯爵士代为照顾多萝西，托马斯爵士的仆人在警察局保释了多萝西。在托马斯爵士的律师安排下，多萝西到一所私人女子学校担任“女舍监”。执教期间多萝西试图以更加开明丰富的教学方式教育学生，但与校长克里维太太的古板风格和家长们的期盼起了冲突，被迫重新回归原有的教学方式。

克里维太太找到另一个女老师后，就将多萝西开除。

多萝西离开学校时，沃波顿先生乘的士过来接她回家，并说桑普利尔太太被指控诽谤罪名，谣言已经澄清。回家路上沃波顿先生向多萝西求婚，但被多萝西拒绝。在多萝西流浪期间，她失去了对上帝的信仰，她深知今后作为一位神职人员的女儿所要面临的艰苦生活，而趁自己还年轻，结婚是唯一的出路，但她无法违背自己的心意答应沃波顿先生。多萝西回到家里，生活重新回到平素的轨道，故事在多萝西所熟悉的在暖房中缝制戏服而告终。

译者评论：

在《牧师的女儿》一书中，奥威尔生动地描述了英国教会人员所经历的一幕幕日常工作的情形：圣餐礼、排练戏剧为教堂筹款、探访教区信众等，同时无情地鞭笞了英国林立的教派彼此之间的冲突和神职人员的堕落（赫尔牧师醉心于股票投资，经常赊账赖账）的社会现象。而且，奥威尔以自己的亲身经历栩栩如生地描写了采摘啤酒花这一英国本土季节性零工的个中艰苦和情怀。此外，奥威尔揭露了英国私立学校的僵化刻板体制对孩童个性的束缚和摧残。私校教育不以释放发扬孩童的天性为己任，而是浸透了功利色彩。（校长克里维太太公然说："收学费才是我关心的头等大事，而不是教书育人。"对按时缴纳学费的学生她关怀备至，对未能按时缴纳学费的学生则百般刁难。而家长们并不关心孩子们学得快乐与否，能练出一手好字和能算术精通才要紧。）

多萝西的身上凝聚了奥威尔心目中的英国人民的美德和愚昧。她心地善良（热心帮助教区的穷苦大众）、热情虔诚（一丝不苟地执行宗教仪式，以别针自残惩罚自己的“不虔诚”）、向往人性的解放和启蒙（在林伍德学院尝试进行教育革新）等。但她逆来顺受（听任代表着父权、神权、金钱特权、阶级特权的父亲，教会，克里维太太和警察对自己的百般摧残），没有进行正面的反抗。在经历了一系列苦难之后，虽然她已经洞察自身的悲惨处境，但她并没有选择之前所目睹的女性的其他出路：成为“玛丽客栈”里的风尘女子；成为比弗尔式的私立学校职业教师；成为克里维太太式的商人；或嫁给沃波顿先生，因为这会是一笔“好买卖”。她义无反顾地选择回到原来的生活，即使沃波顿先生的那番话“似乎把她带到了十年后惨淡的未来。她觉得自己不再是一个充满了年轻活力的女孩，而是一个三十八岁的绝望而倦怠的老处女”。贯穿奥威尔作品始终的一条主线，就是他对英国人的国民性的认识：这个民族不能以任何单纯的哲学或主义（享乐主义哲学、社会主义、清教徒主义等）去认识和预测，他们信奉“常理”和“道义”，他们不期待激烈的社会变革，只会以坚忍的态度面对人生的苦难。在《牧师的女儿》中奥威尔几乎没有提及英国妇女解放运动（1918 年，30 岁以上的妇女获得选举权；1928 年，21 岁以上的妇女获得选举权；而且以埃米林·潘克赫斯特夫人为代表的女性政治领袖在英国的政坛引起了相当大的震动），但他的态度或许可以从书中的这句话略见端倪：“前进，咖啡党！镇里一半的夫人小姐们似乎在快步前进，胳膊上抱着宠物狗或购物篮，就像酒神的追随者一样簇拥着那辆小轿车。”

《牧师的女儿》讲述了奥威尔当时所经历的信仰危机，正如书中所说：“信仰的力量从未回到她的身上。事实上，现在信仰对她已经失去了意义，彻底地无可挽回地失去了。这件事很神秘，信仰的失去就像信仰本身一样神秘。就像信仰一样，这件事无法以逻辑进行解释，而是随着思绪而改变。……就算只有信仰，其他事情又有什么打紧？要是在这个世界上有你能够理解并能为之奋斗的目标，又有什么事情能够让你灰心丧气呢？使命感是你生活的指引。你的心中不会有疲倦、疑惑、空虚，不会像波德莱尔那样厌倦地等待着死亡的到来。每件事都充满了意义，每一刻都是神圣的，信念将它们密密地织成了永无止尽的快乐之网。”

二十世纪初一战结束后，知识分子已经充分认识到资本主义的弊端，但如何克服弊端则众说纷纭。以改革所有制和倡导集体主义的社会主义、苏俄模式的中央集权制与国有制、相信技术进步将会解决一切的科学主义，都无法从灵魂深处触动经历过帝国统治和人间疾苦的奥威尔。他相信世界上存在着比现行的英国资本主义体制更美好的社会制度，而缔造这个美好制度的希望就在群众平民的身上。为信仰寻求出路的精神动力，促使奥威尔在该书出版一年多后的 1936 年底，毅然参加西班牙内战并加入民兵部队。

奥威尔作品全集

- 奥威尔纪实作品全集

《巴黎伦敦落魄记》

《通往威根码头之路》

《向加泰罗尼亚致敬》

- 奥威尔小说全集

《缅甸岁月》

《牧师的女儿》

《让叶兰继续飘扬》

《上来透口气》

《动物农场》

《一九八四》

- 奥威尔散杂文全集

奥威尔杂文全集（上、下）

奥威尔书评全集（上、中、下）

奥威尔战时文集

George Orwell

奥 威 尔 小 说 全 集

缅甸岁月

Burmese Days

[英]乔治 · 奥威尔 著

陈超 译

上海译文出版社

图书在版编目(CIP)数据

奥威尔小说全集/(英)乔治·奥威尔著;陈超译
.—上海:上海译文出版社,2018.7(2024.11 重印)
(奥威尔作品全集)
书名原文:Complete Novels of George Orwell
ISBN 978-7-5327-7907-9

Ⅰ.①奥… Ⅱ.①乔… ②陈… Ⅲ.①小说集—英国
—现代 Ⅳ.①I561.45

中国版本图书馆 CIP 数据核字(2018)第 131121 号

George Orwell
Complete Novels of George Orwell

奥威尔小说全集
〔英〕乔治·奥威尔 著 陈 超 译
策划/冯 涛 责任编辑/宋 佥 装帧设计/胡 枫

上海译文出版社有限公司出版、发行
网址:www.yiwen.com.cn
201101 上海市闵行区号景路159弄B座
江阴市机关印刷服务有限公司印刷

开本 850×1168 1/32 印张 49.75 插页 36 字数 905,000
2018 年 7 月第 1 版 2024 年 11 月第 5 次印刷

ISBN 978-7-5327-7907-9
定价:260.00 元(套装 6 册)

“在这儿人踪不到的荒野里，躺在凄凉的树荫下。”

——《皆大欢喜》①

① 此句取自莎士比亚作品《皆大欢喜》，朱生豪译本。

第一章

上缅甸乔卡塔的地方法官吴柏金[①]正坐在凉台上。现在才八点半，但四月天的空气似乎凝固了，预示着今天将有一个漫长闷热的中午。偶尔轻风吹拂，令人顿生凉意，屋檐下吊着刚刚浇过水的兰花，迎风微微摆动着。越过兰花可以看到一棵棕榈树布满灰尘的虬曲的树干，直指热力逼人的深蓝色的天空。几只兀鹫在高得令人无法直视的天顶盘旋着，翅膀根本不需要扇动。

吴柏金直勾勾地盯着刺眼的阳光，眼睛眨都不眨，仿佛是一尊巨大的瓷塑雕像。他五十来岁，身材痴肥，最近好几年得别人帮忙才能从椅子上站起来，但是他那副庞大的身躯仍很匀称，甚至称得上好看，因为缅甸人不像白种人那样身材会下垂肿胀，而是呈对称的形状均衡地发胖，就像水果膨胀开来。他长着一张黄皮肤的大脸，上面没有一丝皱纹，眼珠子是茶褐色的。他的双脚——又粗又短，足弓很高，十只脚趾几乎一样长——没有穿鞋，而他那个不怎么周正的脑袋也是光秃秃的。他穿着一件阿拉干式[②]的笼衣，点缀着鲜艳的绿色和洋红色的方格。这是缅甸人在非正式场合的穿着。他正咀嚼着从桌子上的一个漆盒里取出来的蒌叶，回忆着自己的生平。

吴柏金混得很成功。他最早的回忆要追溯到八十年代，那时他还是个赤条条腆着肚子的小孩，站在那儿目睹英国军队胜利挺进曼德勒。他依然记得看到那一排排吃牛肉长大的魁梧的外国人时内心的恐惧。他们穿着红色的军服，脸膛赤红，肩膀上扛着步枪，军靴沉重而有节奏地踏着步子。他盯着他们看了几分钟，然后吓得仓皇而逃。他幼小的心灵已经知道自己的同胞们根本打不过这群巨人。即便还只是一个小孩，他就已经立志要为英国人服务，成为以他们为靠山的寄生虫。

十七岁的时候他去考政府公务员，但他既没钱又没关系，被刷了下来。接下来的三年他在曼德勒迷宫一样、臭气熏天的巴扎集市打工，帮米铺记账跑腿，时而干点小偷小摸的勾当。二十岁的时候他幸运地干了一票勒索，捞到了四百缅甸卢比，立刻跑到仰光通过贿赂成为一名政府文员，虽然工资不高，却有许多油水可捞。那时的政府人员都在亏空国库中饱私囊，柏金(那时候他的名字只是柏金，“吴”字这个敬称要到多年之后才加上去)自然也有样学样。但是，他是个聪明人，不可能一辈子屈就当个小吏，可怜巴巴地贪污几亚那几派斯[③]的赃款。有一天他得知政府准备从文员中提拔一些人担任低级官员。消息原本得到一周后才公布，但柏金总是能比别人早一个星期收到风声，这是他的长处之一。他看到自己的机会来了，乘同僚们还没反应过来就将他们全部检举揭发。他们当中大部分人锒铛入狱，而柏金因为老实忠诚，被提拔为镇长署理，从此平步青云。如今他五十六岁，当上了地方法官，而且还有可能继续获得提拔，担任代理行政副长官，与那些英国人平起平坐，甚至当他们的上司。

---

① 缅甸语中“吴”(U)为对上了年纪的男士的敬称，有“先生”之意。

② 阿拉干人是缅甸境内的原住民。

③ 卢比、亚那和派斯都是缅甸独立前的货币单位，1 卢比 = 16 亚那 = 64 派斯。

他当法官的方式很简单。就算贿赂再丰厚他也不会出卖判决权，因为他知道作为法官，任何错误的决断迟早都会被逮到。他的做法要稳妥得多，那就是：被告原告两头吃，然后严格依法判决，而这还为他赢得了公正严明的褒誉。除了从诉讼当事人那里搜刮钱财外，吴柏金还巧立名目，向治下的各个村庄课以重税。如果有村庄胆敢不乖乖进贡，他会实施惩戒——派遣土匪袭击村庄，然后以种种罗织的罪名将带头的村民逮捕——过不了多久钱就会自动送上门。而且，在他的地盘里，所有规模稍大的剪径抢劫都得分他一杯羹。当然，这种事已是众人皆知，只有吴柏金的上司仍蒙在鼓里(英国官员从不相信任何反对自己人的指控)，任何检举他的指控都以失败告终；他以重金收买了一大帮忠实的走狗，一旦有人指控他，吴柏金可以找出许多被收买的人为他作证开脱，然后反咬对方一口，官位坐得比以前更加牢固。他的地位稳如泰山，因为他太洞察人心，从来没有用错过人，而且行事小心谨慎、深谋远虑。几乎可以肯定地说，他的罪行将永远不会被揭发，他将前程似锦，最后带着一堆荣誉和头衔死去，攒下几十万卢比的家产。

就算进了坟墓，他的成功也将延续下去。根据佛教的教义，那些今生造了恶业的人轮回转世后将变成青蛙或老鼠或别的低等动物。吴柏金笃信佛教，可不想让自己堕入这个危险。他决定在晚年时要多多行善积德，以此抵消前半生的罪孽。或许，建佛塔就是在行善积德。四座佛塔、五座、六座、七座——那些住持方丈会告诉他该修多少座——上面有石雕、镀金阳伞和小小的风铃。每一声叮当作响就是在向佛祖诵经。然后，他就能再次投胎转世，做一个男人——因为女人的地位其实和老鼠或青蛙差不了多少——顶多是地位高一些的动物，就像大象一样。

所有这些想法从吴柏金脑海中迅速掠过，大部分是以图像的形式呈现。他虽然很奸诈狡猾，思想却很原始落后，只会想一些具体的事情，要他进行纯粹的思考是不可能的。他已经想到了自己要做什么，两只呈三角形的小手按在椅子的扶手上，稍稍转过身，气喘吁吁地叫道："巴泰！喂，巴泰！"

巴泰是吴柏金的仆人，从凉台的珠帘后走了进来。他个头矮小、满脸麻子，看上去很胆怯，又似乎很饿。吴柏金没有给他支工资，因为他是个判了刑的贼，只要一句话就可以送回牢房。他弓着腰走了过来，身子弯得很低，看上去似乎他在往后走。

"至圣的主人，您叫我吗？"他问道。

"有人在等候见我吗，巴泰？"

巴泰掰着手指计算着有几个访客。"大人，提平基村的头人带了礼物过来。还有两个村民为一桩正等候您的判决的斗殴案件而来，他们也带了礼物。行政长官办公室的总管哥巴森[①]想和您见面。还有巡警阿里·沙和一个我不知道名字的土匪要找您。我想他们为了偷来的几只金手镯起了争执。还有一个年轻的村姑，抱来了一个婴儿。"

"她来干什么？"吴柏金问道。

"她说那孩子是您的骨肉，至圣的主人。"

"哦。头人带了什么过来？"

---

① 缅甸语中"哥"（Ko）为对年纪较轻的男士或平辈的敬称，有"先生"之意。

巴泰说只有十卢比和一篮芒果。

“告诉那个头人，”吴柏金说道，“他得带二十卢比来，如果明天钱不交到这儿来的话，他和他的村子可就有大麻烦了。我现在要见其他人。叫哥巴森过来见我。”

过了一会儿，巴森进来了。他身材笔挺，肩膀瘦削，在缅甸人中算高个子，长着一张出奇光滑的脸，像咖啡牛奶冻一样。吴柏金觉得他很帮得上忙，不会多想事情，干活又卖力，是一个很出色的书吏。行政副长官麦克格雷格先生几乎把办公室所有的行政机要都交给他处理。想到这里，吴柏金装出和蔼的神情，笑着问候巴森，朝那个蒌叶盒扬了扬手。

“嗯，哥巴森，我们的事情进行得怎么样了？我希望就像麦克格雷格先生所说的——”吴柏金说起了英语，“——贱宰[①]取得明显进展，是吗？”

听到他这么打趣巴森并没有笑。他在一张空椅子上坐了下来，腰杆挺得笔直，回答道：“顺利得很，大人，我们那份报纸早上送来了，请您过目。”

他拿出一份名为《缅甸爱国者报》的缅英双语报纸。这份报纸只有可怜巴巴的八个页码，用的纸很吸墨，印刷十分粗劣。里面的一部分内容是剽窃自《仰光公报》的新闻，一部分是民族主义者虚张声势的激进言论。最后一页印刷脱色了，整个版面乌黑一片，似乎是在哀悼这份报纸小得可怜的发行量。吴柏金要看的那篇报道与其它报道决然迥异，内容如下：

“在这个安定祥和的时代，我们这些可怜的黑皮肤民族正

---

① “贱宰”二字是“正在”的别音。英文原文是 eetees，是“It is”的蹩脚的发音。

在接受强大的西方文明的启蒙，沐浴着它在各个领域的福音：电影、机关枪、梅毒等等。而当中我们最感兴趣的，莫如欧洲恩主们的私生活。因此，我们认为，或许读者们会乐意了解在内陆的乔卡塔地区所发生的故事，而故事的主角，就是该地区备受尊敬的行政副长官麦克格雷格先生。

“麦克格雷格先生是一位传统而高尚的英国绅士，在如今的太平年头为我们树立了良好榜样。正如我们亲爱的英国同胞们所说的，他是个‘顾家的男人’，对家庭呵护备至。在乔卡塔地区才呆了一年，他已经有了三个孩子，而离开上任辖区什维米由时，他留下了六个子女。或许是麦克格雷格先生的疏忽，那六个孩子一直衣食无着，有几个孩子的母亲几乎快饿死了云云。”

整整一栏都是相似的内容，虽然文笔很卑劣，但它的水平远远高于其它报道。吴柏金细细地读完这篇报道，手臂伸得很直——他有远视眼——思考的时候双唇收了回来，露出一排小小的完美的牙齿，被蒌叶汁染成了血红色。

“登这篇报道的编辑得坐半年牢。”最后他说道。

“他可不在乎。他说只有在坐牢的时候债主们才不会去找他麻烦。”

“你说这篇文章是你那边的见习文员何拉沛独自撰写的？这小子很聪明——是个前途无量的年轻人！不要再告诉我读那些政府高中学校纯粹只是浪费时间。我们得把何拉沛转正。”

“您觉得这篇报道够分量吗，大人？”

吴柏金没有立刻回答。他喘着气，发出费劲挣扎的声音，正竭力想从椅子上站起来。巴泰很熟悉这个声音。他从珠帘后走出来，和巴森一人一边搀着吴柏金的腋下，将他扶了起来。

吴柏金站了一会儿，让双脚平衡好便便大腹的重量，就像鱼贩子在调整鱼筐的重量，然后挥手示意巴泰退下。

“还不够。”他回答了巴森的问题，“远远不够。还有很多事情要做。但这是个好的开始。听好了。”

他走到栏杆那边，吐出满满一口鲜红的蒌叶汁，然后背着手在凉台上踱起了碎步。两条肥嘟嘟的大腿摩擦着，让他走起来有点蹒跚，他边走边说话，满口政府官员的基层官话——由缅甸语和英语抽象词汇杂糅而成的洋泾浜。

“现在我们开始着手进行计划。我们将按照既定方针去攻击典狱长兼民政医务官维拉斯瓦密医生。我们将造谣中伤他，整垮他的名声，最后一举彻底消灭他。事情要干得干净利落。”

“是的，大人。”

“虽然没有风险，但我们得慢慢来。我们对付的不是一般的小文员或警察，我们对付的是一个高级官员，对付高级官员，就算他是印度人，也不像对付一个小文员那么简单。我们怎么毁掉一个小文员的？很简单：安一个罪名，找几个证人，将他免职，然后关进监狱。但这一次可不一样。我的做事方法就是不动声色，不动声色。不要搞得满城风雨，最重要的是，不能搞到展开官方质询的地步。我们不能给他安一个有机会为自己辩护的罪名，但三个月内我要让乔卡塔的每个欧洲人都深信那个医生就是一个恶棍。我得给他安个什么罪名好呢？贿赂这一招行不通，医生能收受什么贿赂呢？那该怎么办？”

“或许我们可以安排一场监狱暴动。”巴森说道，“作为典狱长，医生将因此受到责问。”

“不行。这太危险了。我可不想看到监狱里的狱卒四处开火。而且，这么做会花很多钱。显然，一定得安个不忠的罪名——民族主义和煽动性宣传。我们得让那帮欧洲人相信医生怀有不忠的反英思想。这个罪名可比收受贿赂严重多了。他们觉得本地官员收受贿赂很平常，但一旦他们怀疑某个官员不忠，他就完蛋了。”

“这个罪名很难坐实。”巴森提出反对意见，“医生对欧洲人忠心耿耿。只要任何人说起欧洲人一点坏话他就火冒三丈，欧洲人会知道这一点的。您不这么认为？”

“无稽之谈，无稽之谈，”吴柏金悠然自得地说道，“欧洲人才不会在乎证据呢。当一个人长着一张黑皮肤的面孔时，猜疑本身就是证据。只要几封匿名信就足以成事。关键是坚持不断地告发、告发再告发——对付欧洲人就得用这一招。一封匿名信接一封匿名信不停地发，给每个欧洲人都寄过去。然后，当他们的猜疑被彻底煽动起来时——”吴柏金从背后伸出一只短短的胳膊，打了个响指，补充道，“我们就从《缅甸爱国者报》这篇报道入手。看到这篇报道那些欧洲人会暴跳如雷的。嗯，而下一步就是，让欧洲人相信它就是医生写的。”

“那群欧洲人里有他的朋友，这么做不大容易。他们一有病就会去找他。这个冬天他治好了麦克格雷格先生的胃胀气。我想他们都认为他是一个很聪明的医生。”

“你对那些欧洲人的了解太少了，哥巴森！那些欧洲人去找维拉斯瓦密只是因为乔卡塔没有别的医生了。欧洲人绝不会相信长着黑皮肤面孔的人。不会的，就用匿名信这一招，问题只是寄出的信够不够多罢了。很快我就会看到他变成孤家寡人。”

“那个木材商人婆利（他把‘弗罗利’说成了‘婆利’），”巴森说道，“他是医生的密友。他在乔卡塔的时候我见到他每天上午都去他家里。他甚至还邀请医生吃过两次饭。”

“啊，这回你可说对了。如果弗罗利是医生的朋友，对我们可不是什么好事。如果一个印度人有欧洲朋友，要动他可就没那么容易了。这赋予了他——他们很喜欢的那个词是什么来着？——名望。但只要遇到麻烦，弗罗利就会抛下朋友不管。这些人对土著人可没有什么忠诚可言。而且，我知道弗罗利是个胆小鬼，我能搞定他。哥巴森，你的任务是监视麦克格雷格先生的一举一动。他最近有没有给行政长官写信？——我是说密件。”

“两天前他写了封信，我们用蒸汽把信拆开，却发现里面并没有什么重要内容。”

“啊，那好，我们就让他有东西可写。他一怀疑医生，就是实施我告诉过你的其它安排的时机。这可是——麦克格雷格先生怎么说来着？啊，对了，‘一石二鸟之计’，而且我们打的是一群鸟——哈哈哈！”

吴柏金的笑声很恶心，那是从肚子深处传出的咕嘟咕嘟的冒泡声，就像要咳嗽一样，但是听起来很欢乐，甚至很孩子气。他没有具体说起“其它安排”，这是即便在凉台也不能谈及的秘密。巴森知道谈话到此结束，站起身，像折尺一样鞠了个躬。

“大人还有什么吩咐吗？”他问道。

“一定要让麦克格雷格先生收到他那张《缅甸爱国者报》。你最好告诉何拉沛假装得了痢疾，先别去办公室。我会安排他撰写匿名信。暂时就这么安排。”

“小人可以告退了吗？”

“愿神明保佑你。”吴柏金心不在焉地说了一句，然后立刻高喊着要巴泰过来。他不会浪费一刻时间。很快他就把其他访客打发走了，而那个村姑也空手而回。他看了看她的脸，说根本不认得她。现在是他吃早饭的时间，每天早上到了这个时候他就会觉得饥肠辘辘。他急切地吼叫着：“巴泰！喂，巴泰！津津！我的早饭呢！快点，我饿了！”

在珠帘后的客厅，桌上已经摆好了一海碗白粥，几个盘子里盛着咖喱、干虾和青芒果切片。吴柏金蹒跚着走到桌子旁边，嘟囔着坐了下来，立刻狼吞虎咽地吃起早饭。他的妻子玛津[1]站在身后服侍他。她四十岁，身材瘦削，生了五个孩子，淡棕色的脸看上去像一只猴子，却很慈祥和蔼。吃饭的时候吴柏金根本没去理会她。他把海碗搁在鼻子下面，用油腻腻的手指迅速地将食物拨弄进嘴里，呼吸很急促。他每顿饭都吃得很快，饭量很大，而且胃口特别旺盛。吃饭对他来说就是一场狂欢，沉溺于咖喱与米饭之中。吃完饭后，他靠在椅背上，打了几个饱嗝，然后吩咐玛津给他拿来一支绿色的缅甸雪茄。他不抽英国烟，说淡得一点儿味道都没有。

在巴泰的服侍下，吴柏金很快穿上了官服，站在客厅的长镜前欣赏自己的英姿。房间的墙壁都是木头的，两根仍然认得出是柚木躯干的柱子支撑着屋顶。和所有缅甸的房间一样，屋里又黑又脏，但吴柏金将其装修成了“英格雷[2]风格”，摆了

① 缅甸语中“玛”（Ma）为对女士的敬称，有“夫人、太太”之意。
② 奥威尔用的是一个类似于“英格兰”发音的词语（Ingaleik）。

一只胶合板餐具柜、几张椅子、几幅皇室成员的木版画像和一个灭火器。地板上铺着竹席，上面溅满了石灰和蒌叶汁。

玛津坐在角落的一张席子上，正在缝补一件长袖衬衣。吴柏金站在镜子前，慢慢地转过身，想看一眼自己的背影。他戴着桃红色的丝绸头巾，穿着浆硬的棉布衬衣，一条曼德勒绸缎筒裙和一条色泽像三文鱼肉般粉嫩鲜红、镶着黄边的织锦。他艰难地转过头，看到筒裙紧紧地、闪闪发亮地裹着硕大的屁股，心里觉得很满意。他对自己的臃肿身材感到很自豪，因为在他眼中，这些积聚的肥肉象征着他的伟大。他曾经地位卑微，连饭都吃不饱，现在却成了一位肥胖富有、受人敬畏的长官。这副身材是将敌人作为祭品养出来的，这个想法令他感觉很诗情画意。

“我这条新笼基很便宜，才二十二卢比。喂，津津？”他说道。

玛津一直埋头缝补衣服。她是个头脑简单的传统妇女，不像吴柏金那样学了那么多欧洲人的习惯，坐在椅子上她会觉得很不自在。每天早上她都会像村妇一样头顶篮子去巴扎集市，而到了傍晚人们会看到她跪在菜园子里，朝着整个镇子最高的佛塔白色的塔尖祈祷。二十多年来，吴柏金都会将自己的阴谋诡计告诉她。

“哥柏金，”她说道，“你这辈子造了太多孽了。”

吴柏金摇了摇手，“那又怎么样？我可以修佛塔洗净一切罪孽。来日方长呢。”

玛津又低下头继续缝衣服，只要她不满吴柏金的所作所为她就会摆出这副倔强的模样。

“但是，哥柏金，你又何必要这些阴谋诡计呢？我听到你在凉台上和哥巴森说了些什么。你准备玩阴招对付维拉斯瓦密医生。为什么你要陷害那个印度医生呢？他可是个好人。”

“官场的事情你知道什么，婆娘？那个医生碍了我的道。首先，他不肯收受贿赂，这让我们很为难。而且——嗯，算了，反正说了你也不懂。”

“哥柏金，现在你有钱有势了，但这些又有什么用？我们挨穷的时候倒还开心一些。啊，我还记得你只是一个镇政府小官员时，我们第一次有了自己的房子，我们购置了新的柳条家具，买了一支镶金笔夹的墨水笔，觉得好骄傲！那个年轻的英国警官来我们家，坐在最好的椅子上，喝了一瓶啤酒，我们觉得好有面子！幸福不是用钱可以买到的。你现在要那么多钱干吗呢？”

“妇孺之见，婆娘，这是妇孺之见！你只要负责做饭缝衣，官场的事让那些懂行的人去处理。”

“我是不懂，我是你老婆，一直听你的话，但积功德永远不嫌早。多积点功德吧，哥柏金！你就不能去买些活鱼拿到河里放生吗？这么做可以积很多功德的。还有，今天早上有几个和尚过来化缘。他们告诉我寺庙里来了两位新的和尚，正饿着肚子。你怎么不给他们送点东西过去呢，哥柏金？我什么也没给他们，把做好事的功德让给你。”

吴柏金从镜子那儿转过身，妻子的恳求让他心里有所触动。只要不妨碍他行事，他不会放过为自己积攒功德的机会。在他眼里，他的功德就好像银行存款一样，一直在不停地累积。每放生一条鱼回河里，每次馈赠东西给和尚，他就离西方极乐世界近了一步。这个想法让他的心里觉得很踏实。他吩咐把头人送来的那篮芒果转送到那间寺庙去。

他离开家里，开始出发上路，巴泰拿着一个文件夹跟在后面。他走得很慢，挺直了腰杆，平衡好大腹便便的身材，举着一把黄色的绸伞遮住头部，粉红色的筒裙在日头下像一颗丝绸般柔滑的果仁糖。他正要去法庭判决今天的案件。

第二章

就在吴柏金开始处理上午的事务时，“婆利先生”——那个木材商人、维拉斯瓦密医生的朋友——正离开自己的家去俱乐部。

弗罗利大约三十五岁，中等个头，身体很健壮。他长着一头乌黑挺直的头发，剪得很短，黑色的八字胡修得不是很整齐，而他的皮肤生来是土黄色的，被太阳晒得多了，变得黯淡无光。他既不臃肿也没有秃顶，外貌并不显老。他的脸虽然被晒得很黑，看上去却很憔悴，面颊瘦削，眼圈周围凹了下去，眼神萎靡不振。显然，今天早上他没有刮胡子。他穿着平时穿的白衬衣、卡其布短裤和长袜，不过他没有戴遮阳帽，而是戴着一顶破旧的阔边毡帽，歪斜着遮住了一只眼睛，手里拿着一根有腕带的竹手杖，一只名叫弗洛的黑色英国长毛猎犬信步跟在他后面。

但是，这些都不是他留给人的第一印象。人们对弗罗利的第一印象，是他左边脸颊上有一块难看的胎记，呈不规则的新月形，从眼睛一直延伸到嘴角边。从左边看他的脸似乎被打破了，看上去怪可怜的，似乎那块胎记是一处瘀痕——因为它是墨蓝色的。他知道这块胎记很难看，只要他不是单独一个人，他的行动总是躲躲闪闪，因为他总是尽量不让这块胎记被别人看见。

弗罗利的房子位于丛林边上练兵场的顶部。从大门开始练兵场就急坡向下，被烤成了卡其布的颜色，周围散布着六七座明晃晃的白色平房。在酷热的空气中所有的房子看上去都在颤动摇晃。半山腰处有一座围着白墙的英国人的墓地，旁边是一座盖了锡顶的教堂，过了教堂就是欧洲人的俱乐部，当你看着这间俱乐部时——一座低矮的单层木式建筑——你看到的是这座小镇的真正的权力中心。在印度的任何城镇，欧洲人的俱乐部就像是精神意义上的城堡和英国权力的真正宝座，也是本地官员和百万富翁们趋之若鹜的天堂乐土。而在这里情况更是如此，因为乔卡塔俱乐部自诩是几乎全缅甸唯一从未接受过东方人成为会员的俱乐部。越过俱乐部，澎湃的伊洛瓦底江赭色的江水在阳光的照耀下闪烁着钻石般的光芒，江对面是一望无际的水稻田，一直延绵到天际黑漆漆的山脉。

当地人的城镇、法庭和监狱都在右边，大部分都遮蔽在青翠的菩提树下。佛塔的塔尖从树丛中直插而出，就像一支镶着金尖的长矛。乔卡塔是一座典型的上缅甸城镇，从马可·波罗时代到第二次缅甸战争①，这里并没有太大的改变，要不是这里因地势便利修了一座火车站的话，或许还会在中世纪的气氛中再沉睡一个世纪。1910 年，政府将这里定为地区首府和宣示进步的地点——象征的标志就是一座法院（里面有一帮肥头大耳贪得无厌的法律界人士）、一座医院、一座学校和一座英国人从直布罗陀到香港四处修建的庞大而坚固的监狱。这里的人口大约是四千人，包括几百个印度人、几十个中国人和七个欧洲人，还有两个欧亚混血儿，名叫弗朗西斯先生和萨缪尔先

① 第二次缅甸战争发生于 1852 年 4 月至 1852 年 12 月，英国军队占领仰光，兼并了下缅甸。

生，分别是一位美国浸信会传教士和一位罗马天主教传教士的私生子。小镇平淡无奇，只是有个印度苦行僧，在巴扎集市附近一棵树上生活了二十年，每天早上用一个篮子把食物吊上去。

走出大门的时候弗罗利打了个呵欠——昨晚他喝得半醉，日头让他觉得烦透了。他望着山下，在心里咒骂着，“该死的，该死的鬼地方！”他的身边只有那条狗，一个人也没有，于是他开始高声歌唱，和着“神圣的，神圣的，神圣的，您是多么的神圣”这首歌的调子，把歌词唱成了“该死的，该死的，该死的，噢，你是多么的该死”。他走在晒得滚烫的红土路上，挥舞手杖拨弄着枯草。快九点钟了，伴随着每一分钟过去，日头越来越烈，热力晒得让人觉得头部传来一阵阵稳定而有节奏的悸动，就像被一个巨大的长枕击打着。来到俱乐部的大门，弗罗利停下脚步，犹豫着是进去还是沿着小路继续向前走去见维拉斯瓦密医生。这时他记起今天是“英国邮件日”，几份报纸应该已经送来了。他走进俱乐部，经过大网球场，球场上面长满了结着星形淡紫色花朵的匍匐植物。

道路两旁种着英国的花卉——草夹竹桃和飞燕草、蜀葵和牵牛花——还没被日头晒死，肆意地生长着，结出繁茂硕大的花朵。那些牵牛花的枝干很粗，几乎就像树木一样。这里没有草坪，不过有一丛长着本地乔木和灌木的树丛——结出巨大的、雨伞般的血红色花朵的金莫赫树、奶油色而无柄的赤素馨花、紫色的九重葛、鲜红的木槿、粉红色的芍药、胆绿色的巴豆、叶子柔软如羽毛的罗望子，各式花卉争奇斗妍，令人眼花缭乱。一个几乎赤身裸体的园丁手里拿着浇水的罐子，正在花丛中走动，看上去就像一只正在吸取花蜜的大鸟。

俱乐部的台阶上正站着一个长着淡黄色头发的英国人，胡子拉碴的，淡灰色的眼睛分得太开，小腿的脚腓瘦得出奇，双手插在口袋里。他是威斯特菲尔德先生，这里的地区警司。他看上去很无聊，以脚跟为支点前后摇晃着身体，噘起上嘴唇，上面的胡须摩挲着鼻子。他略微转过头和弗罗利打招呼。他说起话来很有军人作风，简洁直接，绝不多说一字。无论他说起什么都带着戏谑的意味，但他的语调很空洞忧郁。

“早，弗罗利，我的老友。该死的、可怕的早晨，不是吗？”

“我想我们都知道一年到了这个时候总是这样。”弗罗利回答，他已经半转过身，不让有胎记的那边面颊对着威斯特菲尔德。

“是啊，该死，这天气还得持续几个月。去年直到六月都滴雨未下。看那该死的天，一朵云也没有，就像一个他妈的那种蓝色搪瓷大炖锅。上帝啊！要是现在能在皮卡迪利，你什么都愿意牺牲，不是吗？”

“英文报纸到了吗？”

“到了，亲切的《潘趣》、《粉红报》[①]和《巴黎生活》。读这些报纸会让你油然而生思乡之情，不是吗？趁冰还没化，我们进去喝一杯。老拉克斯汀已经泡在酒里烂醉如泥了。”

两人进去了。威斯特菲尔德阴沉沉地说道：“请吧，麦道夫。”[②]俱乐部的墙都是柚木，有股地沥青的味道。这里只有

---

① 《粉红报》（*Pink'un*），正式的名字是《运动时报》（*The Sporting Times*），创办于1865年，停刊于1932年，是英国一份专门报道体育新闻的报纸，因为多以粉红色的纸张印刷而被戏称为《粉红报》。

② 此句出自莎士比亚的戏剧《麦克白》，引申的意思是请别人先走，自己跟在后面。

四个房间，其中一间是无人问津的“图书室”，里面有五百本陈旧的小说，另一个房间摆着一张脏兮兮的旧台球桌——不过很少有人在这里打球，因为一年的大部分时间里总是有一群群飞舞的甲虫在灯下嗡嗡嗡地叫，在台球桌的桌布上产卵。这里还有一间棋牌室和一个酒吧间，可以隔着宽阔的凉台欣赏河景。但这个时候所有的凉台都用绿色的竹帘遮了起来。酒吧间里让人觉得怪不舒服，地上铺着棕榈毯，柳条椅子和桌子到处乱放，上面摆放着亮闪闪的画报。作为装饰，这里挂了几张“小狗邦佐”的图画[①]，还有几个布满了灰尘的黑鹿头颅。天花板的风扇懒洋洋地转动着，将灰尘吹到暖烘烘的空气中。

房间里有三个人。在吊扇下方，一个大约四十岁，看上去脸色红润、相貌堂堂、身材略微有点发福的男人正趴倒在桌子上，双手抱头，痛苦地呻吟着。他是拉克斯汀先生，本地一家木材公司的经理。昨晚他喝得酩酊大醉，现在正为宿醉所苦。埃里斯——本地另一家木材公司的经理——正站在公告栏前面，神情专注而严肃地阅读着一则通知。他个子很小，头发像铁丝一样，轮廓分明的脸庞面色苍白，举止焦躁不安。麦克斯韦是地区护林官，正躺在一张长椅上阅读着杂志《竞技场》，只露出了他那双骨架很大的小腿和粗壮多毛的前臂。

“看看这个老顽童，”威斯特菲尔德亲切地搭着拉克斯汀先生的肩膀，摇晃着他，“年轻人的榜样，是吗？看在上帝的分上，等你四十岁的时候你就知道自己会是一副什么模样了。”

---

① 小狗邦佐(Bonzo the Dog)，英国漫画家乔治·斯塔迪(George Studdy)于1911年塑造的卡通形象，二十世纪初期盛行一时。

拉克斯汀先生痛苦地呻吟着，似乎在说“白兰地”三个字。

“可怜的老家伙。”威斯特菲尔德说道，“总是醉卧酒场，呃？你闻闻，每个毛孔都透着酒气。这让我想起了那个睡觉时老是不挂蚊帐的老上校。有人问他的仆人为什么会这样，仆人回答：‘晚上主人醉得顾不上赶蚊，而到了早上那些蚊子醉得顾不上躲人。’瞧他这副德性——昨晚上醉了一回，现在还要酒喝。有个小侄女会过来和他一起住，应该今晚就到，对吧，拉克斯汀？”

“不要管那个醉鬼了。”埃里斯说道，没有转过身。他说话带着讨厌的伦敦土腔。拉克斯汀又在呻吟：“——什么侄女！看在上帝的分上，给我拿白兰地来。”

“你打算就这样教育你的侄女吗？看到叔叔一周七次醉倒在桌下。嘿，领班！给拉克斯汀主子上白兰地！”

领班是一个黝黑矮胖的达罗毗荼人，长着一双小狗一般水汪汪的眼睛，瞳孔是黄色的。他用铜盘托着白兰地酒过来了。弗罗利和威斯特菲尔德要了杜松子酒。拉克斯汀先生喝了几勺白兰地，仰面坐在椅子上，更加有气无力地痛苦呻吟着。他脸上的肉很多，神情天真，蓄着牙刷式的胡须。他是个头脑简单的人，除了他所说的“来点乐子”之外别无所求。他的妻子看住他的方式只有一个：那就是永远不能让他离开她的视线超过一两个小时。有一次，他们结婚一年后，她离开了他两个星期，回来时比原定时间早了一天，发现拉克斯汀先生喝得酩酊大醉，左拥右抱两个赤身露体的缅甸女郎，嘴里叼着一个底朝天的威士忌酒瓶，那是他喝光的第三瓶酒。从此她一直对他严加看管，他老是抱怨说：“就像一只猫守着老鼠洞一样。”不过，他总能抽空“来点乐子”，虽然快乐的时光总是特别短暂。

“老天爷啊，今天早上我的头怎么这么疼？”他说道，“把那个领班再叫过来，威斯特菲尔德。我得赶在家里那个娘们儿过来之前再喝一杯威士忌。她说等我侄女过来之后我一天只能喝四杯酒。这两个天杀的女人！”他悲切地补充道。

“大家都别像傻瓜那样胡闹了，听着。”埃里斯没好气地说道。他说话从不顾忌别人的感受，一开口总是会得罪人。他那口伦敦土腔故意说得特别夸张，因为这能加强他冷嘲热讽的语气。“你们看过老麦克格雷格的这张通知了吗？给大家的一束鲜花。麦克斯韦，醒醒，听着！”

麦克斯韦放下《竞技场》。他是个面容稚嫩的金发青年，不过二十五六岁——这个年龄与他所担任的职位不是很相称。他四肢粗壮，白色的眼睫毛很浓密，让人觉得他长得像一匹拉车的小马。埃里斯狠狠地一把从公告板上扯下那则通知，开始高声朗读。通知是麦克格雷格先生放上去的，他是行政副长官，同时兼任俱乐部的秘书长。

“听好了。‘本俱乐部迄今从未接受东方人入会，鉴于如今大部分欧洲俱乐部已接纳欧裔和本地族裔的高级公务员入会，乔卡塔俱乐部将考虑遵循这一做法。兹定于下次全体会议提请讨论此事。一方面，会议将指出——’噢，好了，剩下的就不费事读下去了。他写一份通知就像得了痢疾一样，又臭又长。不管怎样，重要的是，他要让我们打破规矩，接纳一个小黑鬼进这个俱乐部。比方说，亲爱的维拉斯瓦密医生。我叫他‘阿拉会来事医生’。真是太美妙了，不是吗？那个大腹便便的小黑鬼和你们一起打桥牌，满口大蒜味朝你们脸上喷。上帝啊，想象一下那种情形吧！我们必须团结一致，立刻旗帜鲜明地表明态度。你们怎么说？威斯特菲尔德？弗罗利？”

威斯特菲尔德耸了耸瘦削的肩膀以表心有同感。他已经坐在桌旁，点着了一根黑色的缅甸式方头雪茄，雪茄味道很难闻。

“我想，遇到这种事就只能忍忍算了，”他说道。“娘希匹，现在本地人都涌进了我们的俱乐部，他们告诉我连勃固俱乐部也是。你们知道，全缅甸都这样。我们是最后一间抵制本地人的俱乐部了。”

“确实如此，而且，我们他妈的会坚持这一做法。我宁愿死在阴沟里也不想在这里见到一个黑鬼。”埃里斯拿来了一支短铅笔，把那张通知重新钉在公告板上，用铅笔在麦克格雷格先生的签名旁边写了字迹小而清秀的两个字母“B.F.”[①]，动作不是很夸张，但就像一些男人的小动作那样充满怨毒与恶意——“好了，这就是我对他这个提议的态度。等他过来的时候我也会当面直说。你怎么说，弗罗利？”

弗罗利一直没有开口。虽然他天生并不是一个沉默寡言的人，但在俱乐部他总是不大开口。他一直坐在桌旁，读着《伦敦时报》里刊登的切斯特顿[②]的文章，一边用左手抚弄着弗洛的头。但是埃里斯是那种总是会不停唠叨，要别人认同他的意见的人。他重复了一遍问题，弗罗利抬起头，两人四目交投。埃里斯鼻子周围的皮肤变得一片灰白，这是他盛怒时的特征。毫无预兆地，他开始破口大骂起来，其他人每天早上都听到他

① B.F.可以表示“该死的傻瓜(bloody fool)”之意。

② 吉尔伯特·基思·切斯特顿(Gilbert Keith Chesterton，1874—1936)，英国著名作家，态度偏于保守，笃信罗马天主教，代表作有《布朗神父探案集》、《异教徒》等。

这么骂人，已经习以为常，但外人则会觉得惊诧莫名。

“我的天哪，我还以为遇到这种情况——现在我们谈论的是把那些臭气熏天的黑猪赶出我们唯一能自得其乐的地方——你应该会站在我这边，就算那个大腹便便的油腻腻的小不点黑鬼医生是你最好的朋友。你要跟那个市井混混交朋友我不管。如果你要去维拉斯瓦密家里，和他那帮黑鬼朋友喝威士忌，那是你的事情，悉听尊便。在俱乐部外边你做什么都可以，但是，上帝啊，现在我们谈的是要不要接纳黑鬼进这里，事情的性质就不一样了。我猜你希望维拉斯瓦密成为俱乐部的会员，是吧？加入我们的谈话，用他那汗涔涔的手和每个人握手，让他那大蒜味的口臭直喷我们的脸。天哪，要是我看到他那张黑漆漆的猪脸在这里出现，我会一脚把他给踢出去。大腹便便的油腻腻的小……”等等。

他骂骂咧咧了好几分钟，实在是令人称奇，因为他的每句话都出于肺腑。埃里斯真的很痛恨东方人——此恨绵绵无绝期，似乎他们是邪恶或污秽的魔鬼。虽然他是一家木材公司的经理，生活和工作中经常与缅甸人接触，但他还是没能习惯看到一张黑皮肤的面孔。在他看来，任何对东方人表示友好的暗示都是大逆不道之举。他是个聪明人，办事精明能干，但不幸的是，他是那种典型的英国人——不幸的是，这种人太普遍了——根本不应该踏足东方。

弗罗利坐在那儿，抚摩着膝盖上弗洛的头，不敢直视埃里斯的眼睛。即使在他感觉最自信的时候，他的胎记也让他不敢正视别人的脸。当他开口说话的时候，他可以感觉到自己的声音在发颤——在语气应该坚定的时候他说起话来总是会这样，他的脸有时还会不由自主地抽搐着。

“冷静下来，”最后他说道，声音低沉而软弱。“冷静下来，用不着那么激动嘛。我可没说过让本地人来这里。”

“噢，你没说过吗？但我们都知道你希望他们来这里。不然为什么你每天上午都会去那个油腻腻的小样的家里？当他是个白人一样和他同台而坐，用他那脏兮兮的黑色嘴唇抿过的杯子喝酒？一想到这个我就想吐。”

“坐下来，老伙计，坐下来。”威斯特菲尔德做和事佬，“算了吧，喝上一杯，别为这种小事吵架。太热了。”

“我的天哪，”埃里斯平静了一些，来回踱了几步，“我的天哪，我实在搞不懂你们这些家伙，真的搞不懂。老糊涂麦克格雷格无缘无故想招一个黑鬼入会，而你们一点意见都没有。上帝啊，我们来这个国家是干吗的？如果我们不是来统治他们，那干脆回家算了。我们到这儿来，就是要统治那群该死的黑猪，那群猪自有历史记载以来就一直是奴隶。我们不单没有以他们唯一能理解的方式统治他们，还要和他们平等相待。你们这帮傻瓜——还认为这是天经地义的事情。弗罗利和一个黑鬼交上了朋友，他自称自己是医生，就因为他在印度一间所谓的大学读过两年书。还有你，威斯特菲尔德，你为手下那帮软弱无能又收受贿赂的八字脚警察觉得自豪得了不得。还有麦克斯韦，时间都花在泡欧亚混血妞儿上了。是的，说的就是你，麦克斯韦。你在曼德勒和一个名叫莫莉·佩雷拉的臭婊子的那些风流韵事我都听说了。要不是他们把你调到这儿来，我想你已经和她结婚了，是吧？你们似乎都喜欢那些脏兮兮的黑鬼，上帝啊，我搞不懂我们到底怎么了。我真的搞不懂。”

“来，再喝一杯。”威斯特菲尔德说道，“嘿，领班！趁冰还没化弄点啤酒来！啤酒，领班！”

领班端来几瓶慕尼黑啤酒。埃里斯和其他人坐了下来，一双小手摩挲着冰冷的酒瓶。他的额头在流汗，心里还在生气，但不再暴跳如雷。他性格固执不近人情，但他发完脾气后很快就会平息，从不会道歉。吵架也是俱乐部活动的固定内容。拉克斯汀先生感觉好一些了，正在端详着《巴黎生活》里面的插图。已经九点多了，房间里弥漫着威斯特菲尔德先生那支方头雪茄辛辣的烟味，热得令人几乎窒息。每个人都出了当天第一股汗，衬衣紧贴着后背。那个不在视野之内的拉蒲葵扇的仆童在日头下睡着了。

"领班！"埃里斯吼了一句。领班过来了。"去把那个该死的仆童叫醒！"

"是的，老爷。"

"领班，还有吩咐！"

"是的，老爷？"

"我们还剩多少冰？"

"大概二十磅，老爷。我想只能撑到今天了。我发现给冰保温着实不容易。"

"说话别这样好吧，该死的——'我发现什么什么着实不容易！'你是囫囵背了字典吧？'是的，老爷，那些冰没办法保温'——你就只配这么说话。如果哪个家伙英语说得太好了，我们就得把他炒掉。我受不了奴仆说英文。听到了吗，领班？"

"是的，先生。"领班退了下去。

"老天爷啊！得到星期一才有冰了。"威斯特菲尔德问道，"你要回丛林里了吗，弗罗利？"

"是的，我得回去了。我只是过来看邮件的。"

“我想我会去旅游，我争取到了一份旅游津贴。一年到了这个时候我在办公室里可呆不住。坐在那把该死的蒲葵扇下，签署一份接一份的文件。我恨不得把纸给吃下去。上帝啊，我希望再来一场战争！”

“我后天出门。”埃里斯说道，“那个天杀的牧师这个星期天会过来主持仪式吗？我反正是绝对不会去参加的。该死的下跪训练。”

“他下个星期天才来。”威斯特菲尔德说道，“我答应过他会去参加，麦克格雷格也是。我得说，这个牧师确实有点苛刻，惹人讨厌，但他六个星期才过来一次，当他过来的时候还是得把信众召集起来。”

“噢，见鬼！要我听牧师的话哭哭啼啼地唱赞美诗也行，但我可受不了那帮本地基督徒涌进我们的教堂。那些人都是马德拉西的仆役和克伦邦的学校老师，还有那两个黄种人，弗朗西斯和萨缪尔——他们也自称是基督徒。上一次牧师过来的时候，他们竟然有脸到前排和我们白人坐在一起。得有人跟牧师说说这件事。我们真是大傻瓜，由得这帮传教士在这个国度胡来！他们居然教导巴扎集市的扫地工人说他们和我们一样是好人。‘是的，先生，我和主人一样是基督徒。’真他妈不要脸。”

“这双腿好看吗？”拉克斯汀先生把《巴黎生活》递了过来，“你懂法语，弗罗利，下面写了些什么？天哪，我想起了在巴黎的日子，那是我结婚前第一次出差。上帝啊，我好想再去一趟！”

“你听过《沃金女士》吗？”麦克斯韦问道。他是个沉默寡言的年轻人，但和别的年轻人一样，一听到黄段子就来劲，他介绍了这位来自沃金的女士的生平。大家都笑了。威斯特菲尔德说了句俏皮话，说“有个小姐来自伊灵，她有种怪僻的激情”。弗罗利应和着说：“有位助理牧师来自贺森，办事前总得做好一切防范措施。”大家笑得更欢了。连埃里斯的态度也和蔼了许多，说了几个黄段子。他的玩笑总是非常幽默有趣，但内容极其肮脏龌龊。虽然天气很热，但每个人都振奋起来，气氛也友好了一些。他们喝完了啤酒，正准备再叫一杯时，外面传来了脚步声，一个洪亮的大嗓门令地板都在颤抖，高高兴兴地说道：“是的，真是太幽默了。我把它写进了我在《布莱克伍德》杂志的一篇短文里了，你知道的。我还记得，在我派驻卑廖时，还发生了另外一件很——啊——很有意思的事情——”

显然，麦克格雷格先生来了。拉克斯汀先生惊叫道：“该死的！我老婆也在外面。”他连忙把自己的空杯子从身边远远地推开了。麦克格雷格先生和拉克斯汀太太一起走进了休息室。

麦克格雷格四十好几了，个头魁梧壮硕，长着一张和蔼的、哈巴狗一样的脸，戴着一副金框眼镜。他的肩膀很肥厚，而且老是把头探得很长，让人觉得他很像一只滑稽的海龟——事实上，缅甸人都给他取了个绰号叫“乌龟”。他穿着一件干净的丝绸衬衣，两个腋窝下的部位已经被汗水浸湿了。他以滑稽的敬礼动作和别人打招呼，然后面带微笑在公告栏前面驻足，态度就像一个在背后挥舞着教鞭的学校老师。他脸上的敦厚表情看上去很真挚，但看得出他是在刻意装出和蔼而没有架子的模样，假装不记得自己是一位高官，在他面前没有人会觉得轻松自在。他的谈吐一听就知道在刻意模仿自己早年认识的某位诙谐的学校老师或神职人员。任何长篇大论、名人名言、俏皮言语，只要他觉得好笑，并准备讲述出来时，他会先装模作样地“呃呃啊啊”一番，让大家知道他准备说个笑话了。拉克斯汀太太三十五岁左右，脸蛋瘦长清秀，但轮廓模糊，像是一张时装插画里的人。她说起话来总是唉声叹气，满腹牢骚。她进来的时候，男士们都起身致意，拉克斯汀太太疲惫不堪地坐在吊扇下方最舒服的位置上，挥舞着蝾螈一般纤细的手给自己扇风。

“噢，亲爱的，怎么这么热，怎么这么热！麦克格雷格先生开车接我来的，他真是个好人。汤姆，那个该死的三轮车夫又在装病了。说真的，我觉得你应该好好鞭打他一顿，教训他一下，让他知道什么叫天高地厚。每天在这个日头下走路真是太可怕了。”

拉克斯汀太太不堪忍受从家里到俱乐部这四分之一英里的路程，从仰光买了一辆三轮车过来。除了牛车和麦克格雷格先生的汽车外，这是乔卡塔地区唯一有轮子的交通工具，因为整个地区的马路加起来还不到十英里长。拉克斯汀太太不放心丈夫一个人去丛林营地，忍受种种痛苦和他在一起，帐篷漏雨、蚊虫肆虐、吃的只是罐头食物都不在乎，但回到总部时，她就抱怨一切琐事，以此获得心理补偿。

“我真的觉得这帮仆人实在懒得不像话了。”她叹了口气，“难道您不这么认为吗，麦克格雷格先生？他们在搞什么改革，又从报纸上学了这等倨傲无礼的举动，我们似乎对这帮土著人失去了权威。他们几乎就快和国内那些下层阶级一样卑劣了。”

“噢，还不至于那么糟，但我确实担心民主精神正在滋生，甚至蔓延到了这里。”

“而不久之前，甚至就在战争之前，他们是那么谦卑恭敬！当你在路上经过他们时，他们会向你行额手礼——真是太美妙了。我记得以前我们一个月只需要给管家十二卢比，他就像狗一样爱着我们。现在他们一开口就是四十到五十卢比，我发现驾驭仆人唯一的办法就是拖欠他们几个月的工资。”

“旧时的仆人就快绝种了。”麦克格雷格也有同感，“我年轻的时候，要是管家态度不恭敬的话，他会被送到监狱，派家丁去吩咐一句‘给那个犯事者十五记鞭笞’。哎，呜呼哀哉！我想那些日子一去不复返了。”

“啊，这你可说对了。”威斯特菲尔德阴沉沉地说道，“这个国家不再适合居住了。如果你问我的话，我会说英国统治已经完了。我们就快失去统治的权力，是时候撤离了。”

听到他这么说，房间里每个人都在喃喃地嘀咕着表示认同，连态度偏向布尔什维克的弗罗利和在缅甸呆了不到三年的麦克斯韦也不例外。没有哪个侨居印度的英国人会否认印度就要完蛋了，他们从来没有否认过这一点——因为就像《潘趣》一样，印度已经不再是以前的印度了。①

这时埃里斯已经取下了麦克格雷格先生身后那张惹他不开心的公告，将它递给麦克格雷格先生，用他那尖酸刻薄的语气说道：

“看看这个，麦克格雷格，我们都读过这张告示了。我们觉得选举一名土著人进入俱乐部绝对是……”埃里斯正要说“绝对是一件操蛋的事情”，但他想起拉克斯汀太太在场，改

① 1886 年至 1937 年，缅甸被归为印度的一个行省。

口说道，“……绝对是不能接受的事情。说到底，这个俱乐部是我们自己人消遣耍乐的地方，我们不希望看到那帮土著在这里出现。我们希望还有一处地方可以免受他们的打扰。其他人都完全同意我的看法。”

他环顾众人。“就是，就是！”拉克斯汀先生附和着。他知道老婆会怀疑他在喝酒，他觉得说一些合乎情理的话能为自己开脱。

麦克格雷格先生微笑着接过告示。他看到自己的名字旁边那两个铅笔写的字母“B.F.”，在内心觉得埃里斯实在是太无礼了，但他说了个笑话想把这件事一带而过——在俱乐部的时候他很辛苦地扮演一个好伙伴的角色，一如在上班的时候他辛苦地端着架子维护自己的官威。“我想，我们的朋友埃里斯不欢迎——啊——他的雅利安人弟兄？”

“我就是不欢迎。”埃里斯强硬地说道，“我也不欢迎什么蒙古人弟兄。一句话，我不喜欢黑鬼。”

听到“黑鬼”这两个字，麦克格雷格先生的身子僵了一下，这两个字在印度是很犯忌的字眼。他对东方人没有偏见，事实上，他很喜欢东方人。只要不给予他们自由，他觉得他们是最有魅力的人。看到他们被肆意侮辱，他总是觉得痛心疾首。

他的口气有点发梗，“称呼这些人为黑鬼未免太不严肃了吧？——他们可不喜欢这个称谓——他们显然不是黑鬼。缅甸人是蒙古人种，印度人是雅利安人种或达罗毗荼人种，而他们都不同于——”

“噢，省省吧！”埃里斯并不慑服于麦克格雷格先生的官威，“叫他们黑鬼也行，雅利安人也行，随你怎么叫。我要说的是，我不想见到有黑皮人踏进这间俱乐部。要是你要投票解决，你将会看到我们全体投票反对——除非弗罗利希望他那亲爱的伙伴维拉斯瓦密入会。”他补充了一句。

“是的，是的！”拉克斯汀先生附和着，“我是一定会投黑球①进去的。”

麦克格雷格先生舔了舔嘴唇。他的处境很尴尬，因为选举一名当地人成为会员并不是他的主意，而是行政长官下达给他的命令。但他不喜欢以此作为理由，于是他以安抚的口吻说道：

“这个问题我们放到下次全体大会召开时再讨论好吗？这样我们可以慎重考虑一番。”他走到桌子旁边，“现在谁想陪我来一杯‘佳酿’？”

他们叫来领班，要了几杯“佳酿”。天气越来越热，每个人都口干舌燥。拉克斯汀先生正要叫杯酒喝，看到老婆的眼睛，于是胆怯了，悻悻然地说道：“不用了。”他坐在那儿，双手放在膝盖上，一脸可怜巴巴的样子看着老婆喝了一杯加了杜松子酒的柠檬汁。虽然麦克格雷格先生开口说要喝酒，却只喝纯柠檬汁。在乔卡塔这里的欧洲人中，只有他坚持不在日落之前喝酒。

“不错，不错。”埃里斯嘟囔着，两只前臂撑在桌子上，心不在焉地把弄着酒杯，和麦克格雷格先生的争执让他又坐立不安起来，“这酒真的挺不错。但我仍坚持说过的话。这间俱乐部绝不能让土著人进来！就是因为我们总是在这些小事情上

① 以白球（表示赞同）和黑球（表示反对）进行投票选举的形式始于古希腊，也是选票（ballot）一词的起源。

让步才使得帝国走向毁灭。这个国家陷于暴乱完全是因为我们对他们太温和了。唯一可行的政策就是当他们像尘埃一般低贱。现在是非常时期，我们的尊严绝不容许受到一丝冒犯。我们必须团结一致，对他们说：'我们是主人，你们这些下等人——'"埃里斯摁下小小的拇指，似乎在碾死一只蛆虫——"你们这帮贱民别不知道好歹。"

"没用的，老伙计。"威斯特菲尔德说道，"没用的。被那些红头文件绑住了手脚，你能怎么办？那帮本地贱民比我们更了解法律。他们当着你的面侮辱你，而等你一动手他们就会告你。你什么事也干不成，就算你采取强硬立场，但他们根本没有胆量跟你堂堂正正地明着干，你又能怎么办呢？"

拉克斯汀太太插话了："在曼德勒，我们的行政长官总是说，到最后我们将不得不离开印度。年轻人再也不会到这儿来，为的是工作一辈子只落得侮辱与忘恩负义。我们应该离开。当那些土著人过来哀求我们留下时，我们会告诉他们：'不，你们曾经有过机会，但你们没有珍惜。很好，我们就由得你们实施自治吧。'然后他们会得到教训的！"

"我们被那些法律和规矩困住了。"威斯特菲尔德阴郁地说道。他总是一再强调印度帝国就是因为过于墨守成规而招致毁灭的。在他看来，只有爆发大规模的叛乱，然后实施军事管制才能将大英帝国从衰落中拯救出来。"文牍主义、裙带关系，现在统治这个国家的人是那帮政府文员。我们的日子屈指可数了。我们能做的，就是撒手不管，由得他们自生自灭。"

"我不同意，坚决不同意。"埃里斯说道，"要是我们采取行动的话，一个月就可以拨乱反正。需要的只是一点勇气。看看阿姆利则，事件之后他们就老实多了。[1]戴尔知道对付这帮人该怎么做。可怜的老戴尔！那真是太卑劣了。那帮英国本土的孱头懦夫应该为此事负责。”

其他人都长叹一声，就像罗马天主教的教徒们提起血腥玛丽一样[2]。连不赞成血腥镇压和军事管制的麦克格雷格先生一听到戴尔的名字也不禁摇了摇头。

“啊，可怜的人！被那帮众议员当成弃子牺牲掉了。或许，等他们意识到自己的错误时已经太晚了。”

“我那老长官总是说着同一个故事，”威斯特菲尔德说道，“在土著人军团里有一个老士官长——有人问他如果英国人离开印度会发生什么事情，那个老家伙说——”

弗罗利将椅子往后一推，站起身来。这种事情不可以也不能——不应该再继续下去！他必须赶快离开这个房间，免得自己被彻底激怒，开始动手砸烂家具，将酒瓶砸向图画。这帮愚蠢无知又嗜酒如命的猪猡！他们怎么能周复一周、年复一年，一字不差地重复着那些恶毒的废话，就像《布莱克伍德》杂志里那些下三滥的诙谐诗作呢？他们就不能说点别的新话题吗？噢，这是个什么地方，他们都是些什么人！我们的文明到底怎么了——对神明毫无敬畏之心，只知道沉溺于威士忌、《布莱

---

① 阿姆利则事件，1919年4月13日，印度阿姆利则市爆发集体示威行动，反对英国殖民统治，英军准将雷吉纳德·爱德华·哈利·戴尔（Reginald Edward Harry Dyer）下令以武力镇压，约有数千民众伤亡。戴尔下令镇压的行为备受英国国内民众及左翼群体攻讦，迫于国内压力，军方将其解职。

② 血腥玛丽，指英女皇玛丽一世（Queen Mary I），全名为玛丽·多铎（Mary Tudor，1516—1558），1553—1558年在位。统治期间，玛丽一世尊崇罗马天主教，血腥镇压新教教徒，因手段残忍而得到“血腥玛丽”这一称号。

克伍德》和小狗邦佐的图画！愿上帝宽宥我们，因为众生皆为罪人。

弗罗利没有说出这番话，好不容易将其压在心中，没有表露在脸上。他站在椅子旁边，微微侧身对着众人，露出不受欢迎的人那种似笑非笑的表情。

“我想我得先走了。”他说道，“吃早饭前我有点事情要忙，真是抱歉。”

“留下来再喝一杯吧，老伙计，”威斯特菲尔德说道，“还早着呢。喝一杯杜松子酒能让你胃口大开。”

“不了，谢谢，我得走了。走吧，弗洛。再见，拉克斯汀太太。再见，各位。”

弗罗利刚走埃里斯就说道：“布克·华盛顿[①]跑掉了。”只要有人离开，埃里斯总是会在背后说那个人的坏话。“我想他是去见那个黑鬼了。要么就是舍不得请大家喝一杯，于是溜走了。”

“噢，他不是那种人，”威斯特菲尔德说道，“不过有时说起话来像个布尔什维克。但我想他只是嘴上说说罢了。”

“噢，他当然是个好人。”麦克格雷格先生说道。在印度的每个欧洲人都曾是军官或殖民政府官员，大家同声连枝，荣辱与共，除非某个人做出太出格的事情来。

“对我来说，他未免太布尔什维克了一点。我可受不了一个和土著结交的人。要是说他有土著血统我可不会觉得奇怪。或许这就是他的脸上有那块黑疤的原因，像只青面兽。而且他

① 布克·塔里亚费罗·华盛顿（Booker Taliaferro Washington，1856—1915），非裔美国教育家、作家，一生为黑人的权力而奔走奋斗。

看上去就像个黄种人，长着那一头黑发，皮肤黄得像柠檬一样。”

大家对弗罗利说三道四，但没有说得太露骨，因为麦克格雷格先生不喜欢诽谤丑闻。那几个欧洲人继续呆在俱乐部里，又喝了一轮酒。麦克格雷格说起了他在卑廖的轶事见闻，无论说到什么话题他都会提起这些。然后，谈话回到了那个从不令人厌倦的老话题上面来——土著人的放肆无礼，政府的散漫无能，美好的往昔岁月，英国主子就是英国主子，任何胆敢不敬的人都被处以十五记鞭笞的惩罚。这个话题不久就会被提及，一部分原因是埃里斯对其特别痴迷。而且，这帮欧洲人大吐苦水是可以原谅的，在东方国度工作生活，就算是圣人也会火冒三丈。而且所有人，尤其是那些官员，都知道被戏弄侮辱是什么滋味。威斯特菲尔德或麦克格雷格先生——甚至包括麦克斯韦——每天走在街上时，那些高中男生和他们的伙伴——个个长着金币一样黄澄澄的脸庞，摆出一副蒙古人种天生的令人抓狂的不屑姿态——会在他们经过时极尽讥笑嘲讽之能事，有时就像豺狗一样怪叫着在他们身后大笑。驻印度英国官员的生活并非总是那么舒坦。他们呆的地方是艰苦的野营、闷热的办公室和散发着尘土味加上土沥青味的黑漆漆的驿站旅社。或许，他们的乖张暴戾是有原因的。

现在快十点了，已经热得令人无法忍受。每个人的脸上和男人的前臂上渗出了豆大的、清澈的汗珠。麦克格雷格先生身上丝绸外套的背部那块湿漉漉的地方渐渐扩大。外面的日头似乎透过吊着青色窗帘的窗户射了进来，晒得每个人眼睛发疼，脑袋昏昏沉沉的。想到难以下咽的早餐和接下来漫长而要命的白昼，每个人都觉得情绪低落。麦克格雷格先生站了起来，他的鼻子上挂满了汗珠，眼镜滑了下来。他叹了口气，把眼镜扶正。

“哎呀，真是遗憾，这么愉快的聚会就要结束了。”他说道，“我得回去吃早饭，然后为帝国效劳。有人和我一起回去吗？我的车就在外面，司机在等着我。”

“噢，谢谢。”拉克斯汀太太说道，“搭汤姆和我一程吧。这么热的天，不用走路真是太好了！”

其他人都站起身，威斯特菲尔德先生伸直双臂，瓮声瓮气地打了个呵欠，“我想我也该走了。再坐下去我会睡着的。想到我得在办公室被蒸烤上一整天，有几筐文件等着处理，噢，天哪！”

“各位，别忘了今天傍晚要打网球。”埃里斯说道，“麦克斯韦，你这个懒鬼，不许再借故推搪了。四点半准时带球拍过来。”

麦克格雷格先生站在门口风度翩翩地说道：“您先请，夫人。”

“请吧，麦道夫。”威斯特菲尔德催促着。

一行人走到白晃晃的日头底下。地面就像烤炉一样热力滚滚。令人为之目眩的鲜花在阳光下争奇斗艳，花瓣纹丝不动。日头让每个人打骨子里觉得倦怠不堪。真是太可怕了——想到这片无法直视的蓝天就照耀着缅甸、印度、暹罗、柬埔寨和中国，万里无云，延绵无尽，实在是太可怕了。麦克格雷格先生的小车上的金属面板热得无法触摸。一天最热的时候开始了，正如缅甸人所说的，“脚都懒得动”。除了人类和一队队的黑蚂蚁外，没有生物在活动。酷热的天气令那些蚂蚁非常兴奋，成群结队，像黑色的缎带一样横贯马路，天空中飞过一群秃尾兀鹫，乘着热流在天际翱翔。

第三章

弗罗利走出俱乐部大门，转左继续朝巴扎集市走去，一路躲在菩提树的树荫下。一百码开外传来了乐声，一队瘦弱的印度武装警察穿着草绿色的卡其布军装，正行军准备奔赴自己的岗位，队伍的前面是一个廓尔喀小男孩，正吹着风笛。弗罗利准备去见维拉斯瓦密医生。医生的家是一座长形的平房，用涂了土沥青的木板搭成，下面是几根柱子。花园很大，但没有怎么打理，与俱乐部的花园毗邻。屋后正对着马路，而屋前则对着医院，再过去就是河流了。

弗罗利走进房子的领地，一个女人惊叫一声，房子里一片仓皇。显然，他差一点就见到医生的妻子了。他绕到屋子的正面，仰头朝凉台喊道：

“医生！你忙吗？我能上来吗？”

医生像盒中公仔一样从房子里冒了出来——一个小小的黑白剪影。他匆匆跑到凉台栏杆旁，热情洋溢地嚷道：“能上来吗？当然可以，当然可以，快请上来！啊，弗罗利先生，见到您真系高兴！上来，上来。您喝什么酒？我有威士忌、啤酒、苦艾酒和其它欧洲好酒。啊，我亲爱的朋友，我一直盼望着能和斯文人好好聊聊天呢！”

医生皮肤黝黑，身材矮胖，长着一头卷曲的头发和圆滚滚的眼睛，眼神很单纯。他戴着钢框眼镜，穿一件很不合身的白色军服，裤子罩在难看的黑靴子上，看上去是六角形的。他说话时语气很热烈，唾沫星子横飞，发出嘶嘶嘶的声音，把“是”念成了“系”。弗罗利登上楼梯的时候，医生跑到凉台的一头，在大大的锡冰盒里翻寻着，迅速拿出各款酒瓶。凉台宽而荫凉，低矮的屋檐挂着一篮篮蕨类植物，就像夏日里瀑布后面的一处洞穴。里面摆着几把长藤椅，都是监狱里做的，另一头摆着个书柜，上面尽是一些令人倒胃口的书，大部分是爱默生①、卡莱尔②、斯蒂文森③的散文集。医生读书不倦，读的都是一些他认为“有道德启示”的书。

“医生啊，”弗罗利说道——与此同时，医生拉着他坐到一张长椅上，抽出脚靠，让他能躺下来，把雪茄和啤酒放到他触手可及的地方，“医生啊，最近怎么样了？大英帝国还有救吗？还是像以前一样中风瘫痪吗？”

“啊哈，弗罗利先生，她的情况可不妙啊，很不妙啊！严重的并发症发作了。败血症、腹膜炎和神经中枢瘫痪。恐怕我们得延请专家会诊了！哈哈！”

这是两人心照不宣的玩笑，把大英帝国说成是一个问诊的年迈女病人。这个笑话他们说了两年，但从不感到厌倦。

“医生，”弗罗利慵懒地坐在长椅上，“去了那间该死的俱乐部后，到这儿来我觉得很开心。到你家我觉得就像一个不信奉英国国教的牧师偷偷摸摸地去镇里带了一个妓女回家。能摆脱他们真的就像好好度个假一样。”——他举起一只脚对着俱

---

① 拉尔夫·沃尔多·爱默生（Ralph Waldo Emerson，1803—1882），美国思想家、作家，代表作有《论文集》、《英国人的品行》等。

② 托马斯·卡莱尔（Thomas Carlyle，1795—1881），苏格兰作家、历史学家，代表作有《法国大革命》、《论英雄与英雄崇拜》等。

③ 罗伯特·路易斯·斯蒂文森（Robert Luis Stevenson，1850—1894），苏格兰作家、诗人，代表作有《金银岛》、《新一千零一夜》等。

乐部的方向——“摆脱我那些挚爱的帝国建设者朋友们。大英帝国的尊严、白人的担当、无所畏惧的白人老爷——你懂的。能暂时离开那个臭烘烘的地方实在是让人松了口气。”

“我的朋友，我的朋友，行了，行了！您这么说真系太过分了。您不该这般评价那些尊贵的英国绅士！”

“你可别去听那些尊贵的绅士在说些什么，医生。今天早上我受够了。埃里斯在大骂‘脏兮兮的黑鬼’；威斯特菲尔德说了些冷嘲热讽的话；麦克格雷格在装腔作势，说要将冒犯他的人处以十五记鞭笞的刑罚。但当他们说起那个老士官长的时候——你知道，那个可爱的老士官长说过，如果英国人撤出印度，将不会留下半个卢比和处女——你知道的，我真的受不了了。那个老士官长是时候退休了，从 1887 年女皇登基五十周年大庆那时起，他就一直在说这些话。”

医生变得激动起来，每次弗罗利批评那帮俱乐部会员时，他总是这样。他那穿着白色长袍的圆滚滚的身躯倚在凉台的栏杆上，时不时挥一挥手。在思索某个词语时，他会将大拇指和食指夹在一起，似乎在把某个飘在空中的想法给夹起来。

“但弗罗利先生，您真心不能这么说！为什么您总系要谴责那些正人君子呢？您不系也称他们为正人君子吗？他们系高尚的人。想想他们取得了什么样的伟大成就——想象那些杰出的官员，将英属印度变成现在这样。想想克莱夫[1]、沃伦·海

---

① 罗伯特·克莱夫男爵（Lord Robert Clive，1725—1774），英国陆军中将，缔造东印度公司在印度军政势力的核心人物，被公认为将印度纳入大英帝国统治的殖民头子。

斯亭[①]、多尔豪斯[②]、库松[③]。他们都系——我要引用你们那位不朽的莎士比亚说过的话——大体上，我们再也见不到像他们那样的人了！”[④]

“嗯，你想再看见像他们那样的人吗？我可不想。”

“想想看，英国绅士系多么高贵的人！他们性情高洁，彼此之间非常忠诚！那系公学的精神！即使系那些不讲究礼仪的人——我承认有的英国人很傲慢自大——也拥有我们东方人所欠缺的正直高尚的情怀。在他们粗野的外表下藏着金子一般的心。”

“应该说是镀金的吧？这个国家的英国人彼此都是虚情假意。按照传统，我们一起喝酒，互相请客吃饭，假装彼此是朋友，其实心里视对方如寇仇。我们称这个为‘勾搭’，只是出于政治上的考量。当然，是酒精在维系着这部机器的运作。要不是这样，我们一星期内就会发狂，彼此互相残杀。你们有位挺不错的散文家，说过这么一句话，‘酒是维系帝国的水泥。’”

医生摇摇头，“弗罗利先生，说真的，我不知道系什么让您变得这么愤世嫉俗。这些话真系太不得体了！您系一位才华横溢品行高洁的英国绅士——却说出一些和《缅甸爱国者报》

---

① 沃伦·海斯亭(Warren Hastings，1732—1818)，曾于1773年至1785年担任英国驻印度首任总督。

② 多尔豪斯伯爵詹姆斯·安德鲁·布朗-拉姆西(Earl Dalhousie James Andrew Brown-Ramsay，1812—1860)，曾于1848—1856年担任英国驻印度总督。

③ 凯德斯顿侯爵乔治·内森尼尔·库松(Marquess Kedleston George Nathaniel Curzon，1859—1925)，曾于1899—1905年担任英国驻印度总督。

④ 此句出自莎士比亚作品《哈姆雷特》第一幕第二场，朱生豪译本。

口吻一致的煽动性言论！”

“煽动性言论？”弗罗利说道，“我可没有在煽风点火。我不想缅甸人将我们逐出这个国家。上帝可不允许这么做！和每个人一样，我到这儿来是为了挣钱。我反对的，只是那些狡诈油滑的白人口出胡言，却又装出一副正人君子的模样，实在令人恶心。要不是我们一直生活在一个谎言中，俱乐部那帮该死的傻瓜或许会是勉强能相处下去的伙伴。”

“但系，我的朋友，您生活在什么谎言中呢？”

“还用说吗，当然是我们到这儿来是为了帮助我们可怜的黑兄弟，而不是来洗劫他们这个谎言。我觉得这是个彻头彻尾的谎言，但我们都被这个谎言所蒙蔽，它以种种你根本无法想象的方式侵蚀着我们。我们的内心日日夜夜都在饱受折磨，因为我们一直知道自己是鬼鬼祟祟的骗子。我们打心眼里对本地人抱着兽性。要是我们这些在印度的英国人能坦承自己就是窃贼，不加任何掩饰地继续盗窃下去，或许还不至于那么令人讨厌。”

医生高兴地将拇指和食指夹在一起，“我亲爱的朋友，您的这番言论有个漏洞，”他对自己的言论很满意，微笑着说道，“这个漏洞就系，您们根本不系窃贼。”

“听我说，我亲爱的医生——”

弗罗利在长椅上坐直身子，一半是因为背部的痱子发作了，像有千百根针在扎他，一半是因为他最喜欢的和医生的辩论开始了。他们俩一见面就会对这个带有政治意味的问题进行争辩。辩论的立场完全颠倒了，因为身为英国人的弗罗利坚持反英立场，而身为印度人的医生却狂热地忠于大英帝国。维拉斯瓦密医生热烈地崇拜英国人，即使被英国人呵责无数遍也衷心不改。他总是坚定而热切地指出，身为印度人，他属于下等而堕落的种族。他虔诚地相信英国人代表了公正，即使在监狱里，他必须监督鞭笞或绞刑的实施，回到家时黑黝黝的脸吓得一片死灰，只能以威士忌麻醉自己，他对英国体制的热诚也从未消退。弗罗利煽动性的言论令他十分惊诧，却又带给他一种战栗的喜悦，就像一个虔诚的信徒听到有人倒背出献给上帝的祷文一样。

“我亲爱的医生，”弗罗利说道，“你怎么能否认我们来到这个国家唯一的目的就是盗窃呢？事情就是这么简单。我们的政治体制钳制了缅甸人，让我们的商人将他们的口袋掠劫一空。比方说吧，要是这个国家不是被英国人所统治的话，你觉得我的公司能获得木材合同吗？别的木材公司呢？石油公司呢？矿业公司、种植庄园和贸易商呢？要不是政府在背后作梗，那些稻米之乡的农民怎么会饿得皮包骨头呢？大英帝国是维护英国人贸易垄断的工具——或者说，是犹太人和苏格兰人这两伙人的工具。”

“我的朋友，听您这么说我真系感到难过，真的很难过。您说您们来这里系为了贸易？当然系这样。缅甸人自己能从事贸易吗？他们能制造机械和船只，修筑铁路和公路吗？没有您们他们只会一事无成。如果英国人不在这里的话，缅甸的森林会变成什么样子？它们立刻就会被卖给日本人，日本人会将其砍伐一空，彻底破坏。与之相反，在您们的管理下，森林的情况改善了。您们的商人在开发我们国家的资源，您们的公务员则在教化我们，以纯粹的公共精神，把我们提升到您们的水平。这系多么伟大的自我牺牲精神。”

“胡扯，我亲爱的医生。我们教年轻人喝威士忌和踢足球，这一点我承认，此外就没有什么有价值的东西了。看看我们的学校——都是培养廉价文员的工厂。我们从未帮助过印度人建立起实业，我们不敢，因为我们害怕与你们竞争。我们甚至摧毁了许多实业。现在那些印度穆斯林哪儿去了？四十年代的时候他们能建造纵横四海的船只，而且操纵自如。现在你们根本造不出一艘能出海捕鱼的渔船。十八世纪的时候印度人能铸造火枪，绝对可以与欧洲枪支相媲美。现在呢？在我们来到印度一百五十年后，这片大陆连黄铜弹壳都造不出来了。东方民族里只有那些独立的民族才能获得发展。我就不以日本为例了，但拿暹罗来说吧——”

医生兴奋地摇摇手。争论到了这时他总是会插话（基本上每次讨论都会以同样的模式进行，几乎一字不差。）。发现暹罗这个例子不利于他的辩论。

“我的朋友，我的朋友，您忘了东方人的劣根性了。我们的国民如此冷漠迷信，获得独立能谈何发展呢？至少您们为我们带来了法律和秩序，带来了一以贯之的英国式的公义和大英帝国治下的和平。”

“大英帝国治下的和平，医生，应该是大英帝国治下的瘟疫。说到底，和平是为了谁的利益？只为了放印子钱的人和律师。是的，我们维护了印度的社会安定，为的是我们的利益，但这些法律和秩序归根结底是为了什么？更多的银行和更多的监狱——这就是根本的目的。”

“真系奇谈怪论！”医生嚷嚷着，“监狱难道不重要吗？您们只给我们带来了监狱吗？想想国王锡袍[①]在位时的缅甸吧，

---

① 锡袍·敏（Thibaw Min，1859—1916），缅甸甘榜王朝（the Konbaung dynasty）末代国王，1878—1885 年在位。

到处系污秽、虐待和愚昧，现在看看您的身边。您只需要从这个凉台往外望——看看那间医院，然后看看右边那座学校和警察局。看看现代文明所带来的欣欣向荣之象！”

“我当然不否认，”弗罗利说道，“在某些方面我们为这个国家带来了现代化，这只是迫不得已。事实上，在我们完全现代化之前整个缅甸的传统文化都会被破坏殆尽。但我们并没有在教化缅甸人，我们只是把自己的泥巴也往他们身上蹭。你所说的这一波现代化的进步会引向何方呢？只会引向我们自己那个堆满留声机和小礼帽的老猪圈。有时候我觉得，再过两百年，所有这一切——”他朝地平线方向扬了扬脚，“——所有这一切将不复存在——森林、村庄、寺庙、佛塔，统统都将消失。取而代之的，是相距五十码的粉色小别墅。你放眼看去的整片山丘都将是延绵不断的别墅，每家每户的留声机放着相同的音乐。所有的森林都将被伐平——被榨成木浆印成《世界新闻报》或被锯成留声机的匣子。但这些树会为自己复仇，就像那个老家伙在《野鸭》中所写的一样。你读过易卜生[1]的书，是吧？”

“啊，没有，弗罗利先生。噢！您们那位大文豪萧伯纳[2]对他推崇备至。能读一读相信会系一大乐事。但系，我的朋友，您没有看到的系，您们的文明最糟糕的一面对我们来说也系一种进步。留声机、小礼帽、《世界新闻报》——这些都比东方人的懒怠更加优越。我觉得英国人，即使系最为愚笨的英国

① 亨利克·易卜生(Henrik Ibsen，1828—1906)，挪威剧作家、诗人，现代现实主义戏剧的先驱，代表作有《玩偶之家》、《群魔》等。

② 乔治·萧伯纳(George Bernard Shaw，1856—1950)，爱尔兰作家、剧作家，曾获1925年诺贝尔文学奖，代表作有《卖花女》、《华伦夫人的职业》等。

人，就像——就像——”医生在思索该怎么措辞表达，最后想出了一句可能是出自斯蒂文森的话，“就像进步的道路上手持火把的人。”

“我可不这么认为。我觉得他们就像是与时俱进、讲究卫生、自鸣得意的虱子，分散在世界各地修建监狱。他们造了一座监狱，然后将其称为进步。”添完最后一句，他心里很遗憾——因为医生不会理解他的用典①。

“我的朋友，您怎么老系喋喋不休地拿监狱说事儿呢！您的同胞们还做出了其它贡献。他们修筑马路，灌溉沙漠，战胜旱灾，创立学校和医院，医好了瘟疫、霍乱、麻风、天花、淋病……”

“这些疾病可都是他们带来的。”弗罗利插了一句。

“不，阁下！”医生热切地为自己的国民争取这个荣誉，“系印度人把性病带进这个国家的。印度人传入了疾病，而英国人治愈了疾病。您的悲观情绪和煽动性言论可以休矣。”

“医生，我们从来不能达成一致。事实上，你赞同一切现代化的进步，而我却对这些感到有点悲观。我觉得，国王锡袍时代的缅甸或许更适合我。正如我以前所说的，如果我们真的是在传播教化，那只是因为我们希望获得更大的回报。要是没有回报的话，我们立马就会收手不干。”

“我的朋友，您可不系这么想的。如果您真的对大英帝国不满，您就不会私底下在这里和我谈话了，您会站在屋顶大声向世人宣而告之。我很了解您，弗罗利先生，比您自己更了

① 可能指罗马政治家塔西佗的一句名言：“他们造了一片沙漠，然后将其称为和平。”

解您。”

“对不起，医生，我不敢站在屋顶大声向世人宣而告之，是因为我没有那个胆量。‘耽于不光彩的闲逸。’就像《失乐园》里的魔鬼贝利尔。这样会安全一些。在这个国度，要么你得当个白人老爷，要么就只能死掉。过去十五年来，你是唯一我能坦诚相对的人。和你在这里谈心让我很放松，就像偷偷摸摸在进行黑弥撒仪式，如果你能明白我的心思。”

这时外面传来了一声悲鸣。那个在欧洲人教堂看更的印度人老玛图正站在凉台下面的日头里。他上了年纪，经常发烧，看上去不成人样，更像只蚱蜢，身上只披着几平方英寸的破布。他在教堂旁边用压扁的煤油桶搭了一间小茅屋，有时一见到欧洲人就会匆忙跑上前，深深地鞠躬行礼，哀叹抱怨他的“津贴”一个月只有十八卢比。他可怜巴巴地抬头望着凉台，一只手抚摩着肚子土褐色的皮肤，另一只手做出把食物放进嘴里的动作。医生从口袋里摸出一个四亚那的硬币，扔到凉台的栏杆边。他是出了名的善人，乔卡塔所有的乞丐都到他这儿来讨钱。

“看看那边那个堕落的东方人。”医生指着玛图，他正像一只毛毛虫那样蜷起身子，发出感激的呼唤，“看看他那可怜的四肢，他的小腿还没有欧洲人的手腕那么粗。看看他系多么奴颜婢膝。看看他系那么无知——在欧洲只有精神病院才有这样的人。有一次我问他几岁了，‘先生，’他回答，‘我想我十岁了。’弗罗利先生，您怎么能否认您们生来就系更优秀的人种呢？”

“可怜的老玛图，现代化的进步浪潮似乎把他给抛下了。”弗罗利朝栏杆外也扔出一个四亚那的硬币，“去吧，玛图，把钱拿去买酒。尽情堕落吧，延缓乌托邦的到来。”

“啊哈，弗罗利先生，有时候我觉得您所说的只不过系为了——该怎么说来着？——逗我玩儿呢。英国人真系幽默。众所周知，我们东方人缺乏幽默感。”

“那你们真够走运。就是这该死的幽默感把我们给毁了。”他打了个呵欠，把双手放到脑后，玛图又嘟囔了几句感恩戴德的话，然后蹒跚着走开了。“我想我得走了，待会儿这该死的日头就升高了。今年热得要命，从骨子里就能感觉得出来。好了，医生，我们吵了这么久，我还没问你近来怎么样呢。昨天我才刚从森林里回来，后天又得回去了——也不知道会不会回去。乔卡塔发生了什么事情呢？出了些什么丑闻呢？”

医生的脸色顿时严肃起来。他摘下眼镜，那双黑漆漆水汪汪的眼睛就像拾物犬的眼睛一样。他移开视线，说话时声音有点迟疑。

“事实上，我的朋友，有一件极其不愉快的事情正在发生。可能您会一笑置之——这件事听起来没什么——但我遇到了大麻烦。或者说，我就要大难临头了。这系一场阴谋。你们欧洲人从未听说过这样的事情。在这个地方——”他朝集市挥了挥手，“总系充斥着您闻所未闻的阴谋和算计。而对于我们来说，这些阴谋和算计实在系太可怕了。”

“到底发生什么事了？”

“事情系这样的。有人在密谋对付我。最最恶意的阴谋，准备抹黑我的品行，让我在官场一败涂地。作为英国人，您系不会明白这些事的。地方法官吴柏金，可能您不认识，我惹上了这个人。他系非常危险的人物，能对我造成莫大的伤害。”

“吴柏金？他是谁？”

“那个胃口很好的大胖子。他的家就在路的那头，离这儿一百码远。”

“噢，那个胖乎乎的恶棍？我了解这个人。”

“不，不，我的朋友，不，不！”医生急切地说道，“您怎么会了解他呢？只有东方人才能了解他。您系英国绅士，不能和吴柏金那种人一般见识。他不仅系个恶棍——我该怎么说呢？我不知道该如何表达。我觉得他系条披着人皮的鳄鱼，就像鳄鱼一样狡猾、残忍、暴虐。如果您了解他的话，就会知道他劣迹斑斑！他犯下了那么多令人愤慨的暴行！敲诈勒索，收受贿赂！他糟蹋了许多女孩，就在她们的母亲面前将其强暴！啊，一位英国绅士怎么能想象得出会有这样的人。而就系这个人发誓要做掉我。”

“有很多人告诉过我关于吴柏金的事情。”弗罗利说道，“他似乎就是缅甸地方法官的写照。有一个缅甸人告诉我，在战争期间吴柏金忙于招兵买马，他的众多私生子组建了一支私人部曲。这是真的吗？”

“可能不系这样，”医生说道。“因为他那些私生子年纪还小。但他的确系个恶棍。现在他决心要对付我。他痛恨我，因为我知道太多关于他的事情。而且，任何正直的人士他都视为眼中钉肉中刺。这种人的手段就系造谣中伤。他会散布诋毁我的谣言——对我进行最骇人听闻的恶意诽谤。现在，他已经开始动手了。”

“但是，真会有人相信像他那种人对你的诬蔑吗？他只是一个下等的法官，而你是政府高官。”

“哎，弗罗利先生，东方人的权谋诡计您系不会明白的。

吴柏金做掉过比我官职更高的人。他自有一套办法让别人相信他。因此，哎，这下我可大难临头了！”

医生在凉台来回踱了几步，拿着手帕擦拭着眼镜。显然，有一些更为难的事情让他难以启齿。他看上去是那么苦恼，弗罗利几乎想开口问他能不能帮点忙，但他没有开口，因为他知道东方人之间的明争暗斗自己根本帮不上忙。没有一个欧洲人能够了解这些斗争内部的真相，总是有一些事情是欧洲人的头脑所无法参透的。一个阴谋套着另一个阴谋，一条诡计连着另一条诡计。而且，白人老爷们奉行的十诫中有一条就是，置身“土著人”的斗争之外。他疑惑地问道：“你在为难什么呢？”

“系这样的，要系——啊，我的朋友，我觉得你会嘲笑我的。但事情系这样的：要系我能成为你们欧洲人俱乐部的一员就好了！但这只系我的一厢情愿。我的地位将会完全不一样了！”

“俱乐部？为什么？那能帮到你什么呢？”

“我的朋友，在阴谋斗争中，名望就系一切。吴柏金不会正面攻讦我，他没那个胆量。他只能在背后诋毁中伤我，而他所说的会不会被相信，完全依赖于我与欧洲人的关系。这种事情在印度非常普遍。如果我们拥有名望，我们就能平步青云，如果我们失去名望，就会一败涂地。一个点头、眨眼或手势就足以比一千份官方报告更有成效。您不知道，对于一个印度人来说，成为欧洲人俱乐部的一员能带来莫大的名望。进了俱乐部，他就等同于一个欧洲人。任何中伤毁谤都不能伤他一根寒毛。俱乐部会员系神圣不可侵犯的人。”

弗罗利望着凉台栏杆的那头，站起身似乎要离开。事情已经挑明了，医生无法成为俱乐部的一员，就因为他是黑皮肤的人种，这让弗罗利觉得很惭愧，心里很不舒服。医生是他的密友，但在社会地位上却低他一等，这件事令人觉得很不痛快，但在印度这是天经地义的事情。

“或许，下次全体大会的时候他们会选举你为会员。”弗罗利说道，“虽然不是很肯定，但也并非不可能的事情。”

“弗罗利先生，我希望您不会以为我系在恳求您提名我入俱乐部。上帝可不允许这么做！我知道这对您来说系不可能的事情。我只系在说，假如我能成为俱乐部的一员，我的地位将稳如泰山——”

弗罗利将他那顶毡帽歪歪斜斜地戴在头上，用手杖把弗洛敲醒，它在椅子底下睡着了。弗罗利觉得心里很不舒服。他知道假如他能有勇气和埃里斯针锋相对地吵一架，或许他就能保举维拉斯瓦密医生进入俱乐部。毕竟，维拉斯瓦密医生是他在缅甸唯一的朋友。他们一起谈天辩论不下上百次，维拉斯瓦密医生到他家里吃过饭，维拉斯瓦密医生甚至提过要向妻子介绍自己——但她是个虔诚的印度教信徒，惊慌地拒绝了。他们一起打过猎——医生背着子弹带和猎刀，气喘吁吁地爬上竹叶青青的山坡，四处开枪却什么猎物也打不到。于情于理，他都应该支持维拉斯瓦密医生。但他知道医生不会开口要他帮忙，而且要让一个东方人进俱乐部肯定得吵翻天。不，他无法和人吵架！这样做不值得。他说道：

“说老实话，关于这件事我们已经谈过了。今天早上他们还谈起了这件事。那个混蛋埃里斯还是一口一个‘脏兮兮的黑鬼’。麦克格雷格提过要选举一个本地人进入俱乐部，我想他是奉命行事。”

“系的，我也听说了。这些事情我们都听说了，所以我才会有那个想法。”

“六月份开全体大会时就会讨论这件事。我不知道会是什么结果——我想，一切都取决于麦克格雷格。我会投你一票，但这就是我所能尽的最大努力。我很抱歉，但忙我只能帮到这儿。你不知道，到时俱乐部里会大吵大闹起来。他们可能会选你入会，但他们都觉得这只是令人倒胃的义务，而且还会提出抗议。他们狂热地希望保持这个俱乐部里是，用他们的话说，‘清一色白人’。”

“系的，系的，我的朋友！我完全明白。您可千万不要为了我而和您的那些欧洲朋友起矛盾！大家都知道您系我的朋友，这已经给我带来很多好处了。弗罗利先生，名望就像气压计。每一次别人看到您到我家来，那根水银柱就往上升了半度。”

“嗯，那我们可得让气压计保持在‘晴朗稳定’的刻度上。恐怕我能为你做的就只有这么多。”

“这样就够了，我的朋友。说到这里，有件事我得提醒您，虽然我知道您会笑我。您自己可得当心吴柏金。提防那条鳄鱼！他知道您和我系朋友，他一定会对付您的。”

“好的，医生，我会提防那条鳄鱼的，但我想不出他能怎么伤害我。”

“至少他会试一下。我了解他。他的策略就系分化我的朋友。或许，他甚至敢散布关于你的谣言。”

“关于我的谣言？老天爷啊，没有人会相信那些话的。我是罗马公民。[①]我是个英国人——没有人会怀疑我。”

---

① 原文是意大利文“Civis Romanus sum”，是古罗马演说家西塞罗的名言。1850年帕尔默斯顿爵士亨利·约翰·滕普（Lord Palmerston Henry John Temple，1784—1865，曾两度担任英国首相）在国会大厦演讲时曾引用此句，表示大英帝国将在全世界范围内保护每一个英国公民。

“不管怎样，一定要提防他的造谣中伤，我的朋友。千万别低估了他。他知道如何打击你。他系条鳄鱼啊。就像鳄鱼那样——”医生栩栩如生地将拇指和食指合拢起来，扮出鳄鱼的样子——“就像鳄鱼那样，它总系会攻击最脆弱的软肋！”

“鳄鱼总是会攻击最脆弱的软肋吗，医生？”

两人都笑了。他们关系很亲密，有时候会取笑一番医生蹩脚的英语。或许，在医生的内心深处，他觉得有点失望，因为弗罗利没有答应提名他进俱乐部，但他宁愿死也不会说出口。弗罗利很高兴能避开这个令他心里不痛快的话题，他希望这个话题从未被提起过。

“好了，我真的得走了，医生。可能我不能再和你见面了，再见。我希望全体大会时一切顺利。麦克格雷格不是老顽固，我敢保证他会提名选举你的。”

“希望如此，我的朋友。要系那样的话，一百个吴柏金我也不用怕了。一千个也不怕！再见，我的朋友，再见。”

弗罗利戴上毡帽，穿过炎热的练兵场回家去，准备吃早饭。今天上午喝了酒，抽了烟，又发生了这些个谈话，他一点胃口也没有。

第四章

弗罗利只穿着黑色的掸族长裤躺在汗淋淋的床上睡着了。一整天他无所事事，每个月他有三个星期呆在伐木营地，然后来乔卡塔住上几天，主要是为了放松，因为这里只有非常轻松的案牍工作要去完成。

卧室很宽敞，方方正正，墙壁贴着白色的石膏板，门廊是开放式的，没有铺天花板，只有横梁，几只麻雀在上面筑了窝。房间里的家具很简单，一张大床支着四根杆子，吊着一面折叠天篷一样的蚊帐。此外还有一套柳条桌椅、一面小镜子和几个简陋的书架，上面摆着几百本书，全都因为经年的雨季潮湿发霉了，长满了书蠹。一只壁虎巴在墙上，扁扁的身子一动不动，就像是一条身上带着条纹的龙。在凉台的飞檐上，日光就像闪烁着光芒的白油滴落进屋内。几只鸽子在竹林中发出单调的咕咕声，听起来倒是很符合这么个大热天——令人昏昏欲睡，但感觉就像被氯仿熏得昏昏然，而不是听着摇篮曲入睡的那种感觉。

在两百码外的麦克格雷格先生的府邸，管家就像活闹钟一样准时在铁栏杆上敲了四下。弗罗利的仆人哥斯拉被吵醒了，走进厨房，将柴火剩下的余烬吹着起来，烧了一壶水泡茶，然后戴上他那条粉红色的头巾，穿上一件棉布长袖衬衣，用盘子端着茶放在主人的床边。

哥斯拉(他的本名是毛桑赫拉，哥斯拉是缩略的名字)是缅甸人，个头矮小，肩膀很平，相貌淳朴，皮肤黝黑，神情看上去很倦怠。他蓄着倒垂在嘴角边的黑色八字胡。不过，和大部分缅甸人一样，他嘴巴下边没有胡子。自从弗罗利第一天到缅甸，哥斯拉就一直服侍他。两人的岁数只相差一个月。一起度过了少年时期，一起肩并肩打鹬鸟和野鸭，一起坐在狩猎台上等候从来没有出现的老虎，一起挨过野营和行军的苦头，哥斯拉还帮弗罗利拉皮条，帮他向放高利贷的中国人借钱，当他喝醉的时候抱他上床，在他发烧的时候照顾他。在哥斯拉的眼中，弗罗利仍像一个小男孩，因为他还是个单身汉。哥斯拉已经结婚了，有五个孩子，而且还结了两次婚，成为被两个老婆折磨的可怜人。和所有单身汉的仆人一样，哥斯拉又懒又脏，但他对弗罗利忠心耿耿。他不让别人服侍弗罗利，自己服侍他吃饭，帮他扛枪，在他上马的时候扶稳马头。出门的时候，如果遇到一条小溪，他会背着弗罗利蹚过去。他对弗罗利呵护备至，一部分原因是他觉得弗罗利很孩子气，容易受骗；另一部分原因是那块胎记，他觉得那是一个不祥之物。

哥斯拉悄无声息地放下茶盘，然后绕到床尾挠着弗罗利的脚趾。他知道只有这样才能叫醒弗罗利，又不至于令他心情不好。弗罗利打了个滚，骂骂咧咧地把额头埋进枕头里。

“四点了，至圣的主人，”哥斯拉说道，“我准备了两个茶杯，因为那个女人说她要过来。”

那个女人指的是玛赫拉梅，弗罗利的情妇。哥斯拉总是叫她“那个女人”，以此表示心中的不满——他并不是不赞同弗罗利包养情妇，但他很嫉妒玛赫拉梅在家里的地位。

“圣主今天傍晚去打网球吗？”哥斯拉问道。

“不，天气太热了。”弗罗利回答，“我没胃口吃东西。把这讨厌的东西拿走，拿威士忌来。”

哥斯拉听得懂英语，但不会说。他端来一瓶威士忌，还有弗罗利的网球拍，故意摆在床对面的墙边。在他看来，网球是英国男人从事的一种神秘的宗教仪式，他不希望主人在傍晚的时候无所事事。

弗罗利厌恶地把哥斯拉拿来的面包和黄油推到一边，往茶杯里倒了些威士忌，混着茶水一起喝下去，感觉好受了一些。他从中午一直睡到现在，全身的骨头和脑袋都在作痛，嘴里似乎有一股烧纸的味道。他已经有好几年没有好好吃过一顿饭了。在缅甸，所有的欧洲食物都令人倒胃口——软趴趴的面包是用棕榈汁发酵的，吃起来就像变味的一便士小面包；黄油和牛奶只有罐头，要不就是送奶工送来的灰蒙蒙像水一样的稀液。哥斯拉离开了房间，外面传来凉鞋的拖地声。一个缅甸女孩尖声说道：“我的主人醒了吗？”

“进来吧。”弗罗利没好气地说道。

玛赫拉梅在门口踢掉脚上涂着红漆的凉鞋，走进房间。作为某种特权，她可以服侍弗罗利吃茶点，但其它几顿饭轮不到她，而且主人在的时候她不能穿着凉鞋。

玛赫拉梅大概二十二三岁，约莫有五尺高，身穿一件淡蓝色的中国绸缎刺绣笼基和一件浆硬的白色棉布衬衣，上面挂着几件金饰。她的头发打了个结实的发髻，看上去像一块黑檀木，上面插了几朵茉莉花。她的身材小巧苗条，而且没有曲线，就像是一棵树上浮雕出的人形。她那张文静的鹅蛋脸呈古铜色，长着一双丹凤眼，看上去就像一具充满异域风情又美得出奇的洋娃娃。她走进房间，带来一股檀香和椰子油的味道。

玛赫拉梅走到床边，坐在床沿，双臂突然抱住弗罗利，用扁扁的鼻子闻着他的面颊——这是缅甸人的风俗。

“为什么今天下午主人不找我呢？”她问道。

“我睡着了。天气太热了，不适合干那种事情。”

“您愿意自个儿睡觉也不愿意让玛赫拉梅陪您？您一定觉得我很丑！我丑吗，主人？”

“走开啦，”弗罗利推着她的背，“这个钟点我没心情。”

“至少，用您的嘴唇碰我吧。（缅甸语里没有“亲吻”这个词。）所有的白人都会对自己的女人做这个。”

“你烦死了。让我一个人静一静。拿烟来，给我点一根。”

“这些天您为什么不想和我做爱了呢？啊，两年前可不一样！那时候您那么爱我。您从曼德勒给我买金手镯和丝绸笼基。现在，您瞧瞧……”玛赫拉梅伸出一根纤细的、裹着棉布的胳膊，“一个手镯也没有了。上个月我还有三十个，现在全部都当掉了。没有手镯我怎么能去巴扎集市呀？而且还一遍又一遍地穿着同样的笼基？在别的女人面前我觉得好丢脸哦。”

“你当掉自己的手镯怎么能怪我呢？”

“两年前您一定会帮我把它们赎回来的。啊，您不爱玛赫拉梅了！”

她又搂着弗罗利，亲吻着他，这是他教她的欧洲人的习惯。她的身上散发着一股夹杂着檀香、大蒜、椰子油和茉莉花香的味道。这股味道总是令他的牙齿发麻。他心不在焉地把她的头摁倒在枕头上，看着她那张古怪而年轻的脸。她的颧骨很高，一双丹凤眼，嘴唇小巧而精致。她的牙齿很漂亮，就像猫咪的牙齿一样。两年前他花了三百卢比从她父母那里买下了她。他抚摸着她棕色的脖子，似乎从那件无领的衬衣里面长出了光滑柔软的茎梗。

“你爱我只是因为我是个有钱的白人。”他说道。

“主人，我爱您，我爱您胜于世上的任何事物。为什么您要这么说？我一直忠于您，难道不是吗？”

“你有个缅甸情人。”

“呸！”玛赫拉梅装出不寒而栗的样子，“想到他们那可怕的棕兮兮的手抚摸我！我宁愿死也不会让一个缅甸男人碰我！”

“骗子。”

他把手放在她的胸脯上。玛赫拉梅自己并不喜欢这样，因为这让她感觉到自己鼓胀的胸脯——理想的缅甸女人应该是平胸的。她躺在那儿，任他为所欲为，但看上去很开心，微微地笑着，像一只允许别人抚摩它的猫咪。其实她对弗罗利的爱抚并没有感觉(哥斯拉的弟弟巴沛是她的秘密情人)，但他不理会她时她却会觉得很痛苦。有时她甚至在他的饭菜里放春药。她想要得到的，是悠闲的情妇生活和衣锦还乡的派头，她炫耀自己作为“博卡度”的地位——白人的妻子。她瞒骗了所有人，包括她自己，说她是弗罗利的合法妻子。

弗罗利完事后，转过身子，觉得倦怠而羞愧，躺在床上一言不发，左手遮住那块胎记。当他做了某件羞愧的事情后，他总会记起这块胎记。他厌烦地把脸埋在枕头里，上面很潮湿，而且带着一股椰子油的味道。房间里闷热难耐，外面的鸽子仍在咕咕咕地叫个不停。玛赫拉梅光着身子蜷在弗罗利身边，从桌子上拿过来一把柳条扇，温柔地给他扇风。

然后她起床穿衣，点着一根香烟，然后回到床边，坐下来轻轻摩挲着弗罗利的肩膀。他白皙的肤色让她充满了迷恋，因为那是一种奇怪的肤色，而且对她来说象征着权力。但弗罗利缩了缩肩膀，把她的手抖开。在这个时候，他觉得她很可怕，令人反胃，心里只想着不要看见她。

“出去。”他说道。

玛赫拉梅从嘴里拿下香烟，递给弗罗利，“为什么主人和我做完爱之后总是对我气冲冲的？”她问道。

“出去。”他重复了一遍。

玛赫拉梅继续抚摸着弗罗利的肩膀。她一直不懂得在这种时候让他一个人静一静。她相信色欲是一种能让女人驾驭男人的巫法，她可以将他变成半痴呆的奴隶。每一次拥抱爱抚都会侵蚀弗罗利的意志，增强她的巫咒——这就是她的信念。她开始挑逗他，想让他再展雄风。她放下香烟，一把搂紧他，想把他转过身，亲吻他那张见不得人的脸庞，责备他的冷淡。

“走开，走开！”他生气地说道，“去我短裤的口袋里看看，里面有钱。拿五卢比然后走人。”

玛赫拉梅找到了那张五卢比的纸钞，塞到衬衣的胸襟里，但她还不肯离开，在床边徘徊着，惹得弗罗利最后气急败坏地跳起来。

“离开这个房间！我说过让你离开。现在我完事了，我不想你在这里！”

“您怎么用这种语气对我说话呢？您这样对我，就像我是妓女一样！”

“你就是妓女。你出去！”他推着她的肩膀把她赶了出去，在她身后把她的凉鞋踢给了她。两人的见面总是以这种方式结束。

弗罗利站在卧室中间，打了个呵欠。他还是得去俱乐部打网球吗？不，去打网球就得刮胡子，除非他喝上几杯，否则他没有勇气去刮胡子。他摸着胡子拉碴的下巴，懒洋洋地走到镜子前，然后转过头去。他不想看到镜中那张瘦削凹陷、皮肤发黄的脸，那张脸正回视着自己。他四肢松松垮垮地站了几分钟，看着那只壁虎在书架上追踪一只飞蛾。玛赫拉梅留下的那根烟还在燃烧，烟纸烧焦了，发出刺鼻的气味。弗罗利从书架上取下一本书，翻开后又厌恶地扔到一边。他根本没有心思读书。噢，上帝啊，上帝啊，这个该死的漫漫长夜该如何度过？

弗洛摇摇摆摆地走进房间，晃着尾巴要主人带它去散步。弗罗利阴沉着脸走进与卧室相连的铺着石板的浴室，用微温的水冲了冲身子，穿上衬衣和短裤。在太阳下山之前他得去做做运动。在印度，要是一天不出身汗是极其可怕的事情，比一千次荒淫更会带来罪恶感。如果一个人整天无所事事，到了深夜那种倦怠感就会达到高潮，让人变得疯狂，甚至想自杀。工作、祈祷、读书、喝酒、聊天——都无法驱走这种倦怠感，只能通过流汗，从毛孔中将其排出。

弗罗利走出门外，顺着上山的小径走进丛林里。一开始时周围是低矮的树丛和发育不良、严严实实的灌木丛。这里的树木只有半野生的芒果树，结着渗出松节油气味的梅子大小的果实。接着，道路两旁生长着高一些的树木，密密麻麻地长在一块儿，在这个时候，树木都萎蔫着，了无生机，叶子呈现灰暗的橄榄绿色。林子里看不到其它鸟类，只有几只惹人嫌的棕色画眉鸟，在灌木丛下笨拙地跳来跳去。远处，另一只鸟在叫唤着，“啊哈哈！啊哈哈！”——叫声孤单而空洞，就像笑声的回音。被踩碎的树叶散发出藤蔓一样让人恶心的味道，天气还是很热，但日头已经没那么毒了，斜照的光芒是黄色的。

走了两英里远，小路被一条清浅小溪的浅滩截断。由于溪水的滋润，这里的树木更加青翠，长得也高一些。溪边有一棵已经死掉的巨大的彬加都树，树干上长满了蜘蛛一样的兰花，还有几丛青绿色的野灌木，开出了蜡白色的花朵，花香浓烈，味道像佛手柑。弗罗利走得很快，汗水浸湿了他的衬衣，滴入他的眼睛，感觉很刺痛。流了汗他感觉舒服了一些。而且，看到这条小溪总是让他顿时心情开朗。溪水很清冽，在这个到处泥泞的国度非常罕见。他踩着石头蹚过小溪，弗洛跟在他身后，溅着水花。他拐进一条认识的小径，顺着它可以穿过灌木丛。这条小径是牛群踩出来的，它们过来溪边喝水，没有几个人知道有这么一条小径。往上游走五十码就是一个水潭。这里长着一棵菩提树，足有六英尺宽，就像一面墙壁一样，无数条木纹纵横交错，就像有一个巨人将树干拧成了麻花。树根处有一个凹洞，蓄着绿色的水，冒着泡泡。树干茂密的叶子遮天蔽日，似乎营造出一个以叶子为墙的绿色洞窟。

弗罗利脱掉衣服，走进水潭里。水里要比周围的空气凉爽得多，他坐下的时候水才漫及他的脖子。一群群个头还没有沙丁鱼大的印度鲃鱼游过来嗅着叮着他的身子。弗洛也跳进水里，一声不吭地游起了泳，伸展着四肢，看上去像一只水獭。它很熟悉这个水潭，因为弗罗利在乔卡塔时经常带它来这里。

菩提树的高处起了一阵骚乱，响起了一阵像锅子烧开时的咕嘟声。一群绿色的鸟栖息在树上，吃着树上结的浆果。弗罗利仰头看着绿色的树冠，想辨认那些鸟，但根本看不见它们在哪里，因为它们和树叶浑然成为一体。但是，有了这些鸟，整棵树顿时充满了生机，微微闪烁着，似乎鸟儿的幽灵在摇晃着树冠。弗洛靠在树根上，朝那些看不见的鸟吠叫着。接着，一只绿色的鸽子扑腾着翅膀飞了下来，栖息在较矮的树枝上，它不知道自己正被窥视着。它是一只柔弱的鸽子，比家鸽要小一些，浅绿色的背就像天鹅绒一样柔滑，脖子和胸部五彩斑斓，而两只鸟腿就像牙医所使用粉红色的蜡块。

那只鸽子在树枝上来回踱着步子，将胸部的羽毛鼓胀起来，以珊瑚色的嘴喙清理着羽毛。弗罗利心里觉得很痛苦。孤独，孤独，孤独是多么痛苦！在这寂静的森林里，他总是会遇到这些漂亮得难以用言语形容的事物——小鸟、鲜花、树木——而要是有人能和他一起分享该有多好。没有人一起分享的美又有什么意义，要是有一个人，就一个人，分担他的寂寞就好了！突然，那只鸟看到下面的人和狗，一跃飞到空中，扑腾着翅膀像子弹一样嗖地飞走了。能在这么近的距离观察活着的绿鸽是很罕见的事情。它们飞得很高，栖息在树冠上，只有在喝水的时候才会飞到地上。如果开枪射它们，要是它们没被当场击毙的话，会一直躲在树枝上慢慢死去，直到开枪的人失去耐心走开后，才从树枝上掉下来。

弗罗利走出水潭，穿上衣服，重新蹚过那条小溪。他没有顺着原路回家，而是沿着南边的小路走进森林，想绕路经过森林边的一座村庄回家。弗洛在灌木丛里钻进钻出，长长的耳朵被刺扎中的时候就会大吠一通。它曾经在这里发现一只兔子。弗罗利走得很慢，烟斗的烟笔直地往上冒。散完步泡完水后他觉得很是开心宁静。现在天气凉爽一些了，只是在几处树荫较厚的地方热气还没有完全散去，而且日头温和了许多。远处传来牛车的车轮平和的、吱嘎吱嘎的转动声。

很快他们就在丛林中迷路了，枯树和纠缠不清的灌木丛仿佛变成了迷宫。他们来到了一条绝路，巨大的、叶兰一样的植物拦住了去路，长长的叶子上面长满了尖刺。在灌木丛的底部，一只萤火虫闪烁着绿光，枝叶繁茂的地方光线已经开始变得昏暗。牛车车轮的声音靠近了一些，走在一条和他们平行的道上。

“嘿，师傅，师傅！”弗罗利叫嚷着，拽着弗洛的颈圈，不让它跑开。

“什么人？”那个缅甸人回了一句。那边传来了牛蹄踩地的声音，那个人朝拉车的牛喊了几声。

“请你过来一下。尊敬而博学的先生！我们迷路了。请等一会儿，噢，伟大的佛塔建造者！”

那个缅甸人下了牛车，跋涉进了丛林，用砍刀将藤蔓砍掉。他是个矮矮胖胖的中年人，只有一只眼睛。他领着弗罗利回到道路上，弗罗利登上那辆不舒服的平板牛车。那个缅甸人挽着缰绳，朝牛叫唤一声，用短鞭朝它们的尾巴根部抽了一下，牛车的车轮嘎吱一声，开始慢慢挪动。缅甸人很少给牛车的轴承上油，或许是因为他们相信这样的尖叫能驱赶邪灵。但当有人问他们为什么不给轴承上油时，他们却会说是因为他们太穷了，买不起润滑油。

他们经过一座涂着白石灰的木佛塔，佛塔还不到一人高，一半被隐藏在藤蔓的卷须里。然后，小路蜿蜒着通往村庄，路上有二十几座破败的木屋，用茅草盖了屋顶，每座屋子后面种了几棵没有结果实的枣椰，挖了一口井。在枣椰树上筑了巢的几只白鹭像白色的箭头一样飞了回来。一个黄皮肤的肥胖妇人穿着笼基，在腋窝下打了个结，正绕着一间小屋拿着竹子追打一只狗，一边哈哈大笑，而那只狗似乎也在笑个不停。这个村子名叫尼仰格勒宾——意为“四菩提”。现在村子里没有菩提树了，或许在一个世纪前就被砍伐掉，被人遗忘了。村民们靠种植位于森林和小镇之间的一块狭长的田地为生，做牛车然后拉到乔卡塔贩卖。房子的周围堆放着牛车的车轮，每一个都很大，直径约有五尺，辐条很粗糙，但做得很坚固。

弗罗利跳下牛车，给了那个车夫四个亚那。从房子后面跑来几只花斑杂种狗朝弗洛吠着，一群腆着肚子、赤身露体的孩子，头发都打了个发髻，也跑了出来，看到白人觉得很好奇，但不敢走近。村里的头人是个枯瘦黝黑的老人，从他的房子里走了出来，村民们都朝他欠身合十示意。弗罗利在头人的房子台阶上坐了下来，重新点着烟斗。他渴了。

“您家的井水可以喝吗，老人家？”

头人听明白了，用右脚的大拇指挠着左脚的脚腓，“谁想喝都可以喝，德钦[①]。不想喝的人也可以不喝。”

“啊，这就是智慧。”

那个刚刚在追着狗打的胖女人拿了一个黑漆漆的陶土茶壶和一个没有把手的茶碗过来，给弗罗利倒了些淡淡的绿茶，闻起来有一股柴火味。

“我得走了，老人家。谢谢您的茶水款待。”

“愿神明与你同在，德钦。”

弗罗利沿着一条通往练兵场的小路回到家里。天黑了。哥斯拉换上了一件干净的棉布衬衣，正在卧室里等候着。他烧了两桶热水，点着了汽油灯，为弗罗利摆好了一套干净的外衣和衬衣。干净的衣服是暗示弗罗利得刮胡子，换身衣服，吃完饭后去俱乐部。有时候弗罗利会穿着掸族的长裤坐在椅子上看书

① 德钦，缅甸语中对有身份的人的敬语，相当于“阁下”、“足下”。

打发一夜，但哥斯拉对这个习惯嗤之以鼻。他不喜欢看到主人的行为举止与其他白人不同。如果弗罗利去俱乐部，他经常会喝得醉醺醺地回来，而如果他呆在家里，他会保持清醒，但哥斯拉的看法还是没有改变，因为喝醉酒对于白人来说是很正常而且可以原谅的事情。

“那个女人去了巴扎集市。”他高兴地说道。当玛赫拉梅不在家里时他总是很高兴。“巴沛提着灯笼出去了，等她回来后会照顾好她。”

“好的。”弗罗利回答。

她一定是拿着五卢比去赌钱了。

“主人，您的洗澡水准备好了。”

“等一下，我们先把狗料理好。拿梳子来。”弗罗利说道。

两人一起蹲在地板上，梳理弗洛丝绸般光滑的毛发和脚趾间的虱子。这是每天晚上的例行公事。白天它的身上会惹来很多虱子，这些可怕的灰色虫子大约只有针头大小，会寄居在它身上，贪婪地吸血，直到膨胀到豌豆般大小。每取下一只虱子，哥斯拉会把它放在地板上，用脚拇指头将其碾碎。

接着，弗罗利刮了脸，洗了澡，换上衣服，坐下来吃饭。哥斯拉站在他的椅子后面，给他递菜，用柳条扇给他扇风。在小饭桌的中间他摆放了一碗鲜红的木槿花。饭菜徒有其表，而且脏兮兮的。那个“装腔作势的”聪明厨子是几个世纪前法国人在印度训练的仆人的后代，会做很多西洋菜式，但没有一道可以入口。吃完晚饭后，弗罗利到俱乐部打桥牌，并喝得酩酊大醉。这就是他在乔卡塔时几乎每晚的消遣。

第五章

虽然在俱乐部喝了威士忌，那天晚上弗罗利还是睡不着。那些杂种狗一直在对着月亮吠个不停——那只是一轮新月，到了午夜就差不多西沉了，但那些狗在炎热的白昼睡了一整天，开始了吠月大合唱。有一只狗看弗罗利的房子不顺眼，赖在那儿不走，有节奏地吠个不停。它就蹲坐在离大门五十码远的地方，发出尖利愤怒的嗥叫，一次长达半分钟，就像时钟一样有规律。它会一直叫上两三个钟头，直到公鸡开始打鸣。

弗罗利辗转反侧，头疼欲裂。某个傻瓜说过人不会憎恨动物，他应该在印度呆上几晚，听听那些狗朝月亮吠叫。最后弗罗利实在是受不了了。他起身在床底下的锡壳军服箱里找出一把步枪和几颗子弹，走到凉台那里。

新月照得四周很亮。他看得见那只狗，也看得见他的准星。他靠在凉台的木柱上，仔细地瞄准那只狗，然后他感觉到硬橡胶做成的枪托抵着自己赤裸的肩膀，心里畏缩着。这把步枪后坐力很大，开枪的时候会留下瘀青的痕迹。他肩膀上柔软的肉在哆嗦着，他放下了步枪。他没有冷血地开枪的勇气。

睡觉是不用指望了。弗罗利穿上外套，拿了几根烟，来到花园小径那里散步，走在影影幢幢的花丛中。天气很热，蚊子发现了他，嗡嗡嗡地跟在他的身后。在练兵场上，隐约可以看到几只狗正在互相追逐。在左边，英国墓地的墓碑闪烁白色的光芒，令人心生寒意。附近有几座荒丘，那些是残留下来的中国人的坟冢。据说山坡上闹鬼，俱乐部的仆人晚上被差使出去时总是会叫苦连天。

“狗杂碎，没有骨气的狗杂碎。”弗罗利在心里念叨着，但并不是很激动，因为他已经习惯了这个想法，“你这个卑鄙无耻、游手好闲、酗酒无度、狼狈为奸、思前想后、自怜自伤的狗杂碎。俱乐部的那些傻瓜，那些你以为自己比他们强的笨蛋——他们每个人都比你强。至少他们光明正大地装疯卖傻，不是懦夫，也不是骗子，不是腐朽堕落的行尸走肉。而你呢——”

他有理由这么责备自己。今天晚上俱乐部里发生了一件龌龊的事情。这种事已经司空见惯，不止发生了一两回，但仍然显得那么肮脏、懦弱、毫不光彩。

弗罗利来到俱乐部时，只有埃里斯和麦克斯韦在那里。拉克斯汀夫妇借了麦克格雷格的车去车站接他们的侄女，她将乘晚班火车抵达。三人玩起了三方桥牌，气氛非常友好。这时威斯特菲尔德进来了，原本淡黄色的脸气得通红。他带来了一份名叫《缅甸爱国者报》的本地报纸。里面有一篇文章中伤诬蔑麦克格雷格。埃里斯和威斯特菲尔德义愤填膺，表现得那么愤慨，弗罗利只能尽量假装生气，让他们感到满意。埃里斯骂了五分钟，然后不知道为什么，一口咬定维拉斯瓦密医生就是这篇文章的幕后黑手，而且他还想好了反击的手段。他们将张贴一份公告——对麦克格雷格昨天张贴出来的公告予以否定。埃里斯立刻用他那手小而清秀的字起草了内容：

“鉴于最近有宵小鼠辈对我们的行政副长官极尽诬蔑中伤之能事，我等在此联名申明立场，拒绝接纳黑鬼成为俱乐部会员云云。”

威斯特菲尔德觉得“黑鬼”这个词用词不妥，将其划掉，改成了“本地人”。这份通知有四个人署名：威斯特菲尔德、埃里斯、麦克斯韦、弗罗利。

埃里斯对这个主意很满意，一腔怒火消失了一半。这份通告并没有任何作用，但消息很快就会传遍整个小镇，明天维拉斯瓦密医生就会收到风声。整个欧洲人社区都会叫维拉斯瓦密医生为“黑鬼”了。这让埃里斯很高兴，整晚他一直看着公告板，每隔几分钟就会高兴地看一遍。“这会让那个大腹便便的小黑鬼得到点教训，呃？让那个小畜生知道我们对他有什么看法。这样一来他们就会安守本分了，呃？”等等等等。

弗罗利在一份侮辱自己朋友的公告上签了名。和他生平所做的其它无数件事情一样，他之所以这么做，是因为他没有半分勇气提出拒绝。当然，如果他愿意的话，他可以拒绝签名，同样地，拒绝当然意味着要同埃里斯和威斯特菲尔德吵上一架。噢，他讨厌吵架！与人争执不休，吵吵闹闹！想到这些他就会畏缩害怕。他能感觉得到自己那块胎记在脸颊上清晰可见，他的声音被憋在喉咙里面，说话时心存愧疚。不要！他宁可侮辱自己的朋友，明知道他的朋友一定会得悉这件事。

弗罗利在缅甸呆了十五年，在缅甸，一个人得学会不去与公共意见作对。但他的苦恼得追溯到比这更久远的历史，自打他在娘胎里就开始了，那时候命运让他的脸上长出了那块蓝色的胎记。他还记得这块胎记给他带来的影响。他九岁时上学，大家都盯着他看，过了几天别的男生给他起了个绰号叫“蓝脸”。这个绰号一直沿用到那个学校诗人（现在弗罗利还记得他，为《国民报》撰写文章，文笔很不错）写出了这么一个对子：

“新丁弗罗利长得像怪物，脸蛋有如猴屁股”。

从此，他的绰号变成了“猴屁股”。接下来的几年，每到星期六晚上，那些岁数大一些的男孩就会进行名叫“西班牙宗教法庭”的游戏。他们最喜欢的虐待手段是找人牢牢地摁住你，那个叫做“特别多哥”的姿势疼得要命，只有几个学长知道该怎么做，然后其他人往绳子上捆一个七叶树的果实鞭打你。不过，弗罗利最后摆脱了“猴屁股”这个绰号。他学会了撒谎骗人，而且足球踢得不错，这两样是在学校里混得开必须会的事情。在最后一学期，他和另一个男孩子摁着那个学校诗人接受“特别多哥”的惩罚，学校足球队的队长用一只带着鞋钉的跑鞋打了他六下，作为对他写十四行诗的惩戒。那是他性格形成的时期。

后来他转学进了一间廉价的三流公立学校。那是一间破败而虚伪的学校，东施效颦地模仿一流公立学校设立了圣公会高教派的传统，举办板球运动和拉丁诗歌课程，还有一首校歌，名为《生命的竞争》，歌词将上帝塑造为板球的裁判员。但这间学校根本没有一流公立学校的精神，也缺乏求学向上的气氛。男孩子们几乎没有学到任何东西。体罚不足以让他们囫囵吸收那些呆板的课程所传授的垃圾，而且你根本不能指望那些酬劳微薄可怜兮兮的老师们能“润物细无声”。毕业的时候，弗罗利仍是个野蛮的愣头青，但就算是这样，他也知道自己蕴含着某种可能性，很可能会带来麻烦的可能性。当然，他把这些冲动压抑在心里。被人叫了那么多年“猴屁股”，他学会了忍耐。

来到缅甸的时候他还不满二十岁。他的父母都是好人，而且很宠爱他，帮他在一家木材公司谋了份差事。这份工作得来可不容易，他们付了一大笔顾问费，几乎破产了。但弗罗利对他们的回报却是几个月才漫不经心地给他们回一次信。在缅甸的头六个月他呆在仰光，学习处理办公室的业务。他和另外四个年轻人住在一间“集体寝室”里，那四个年轻人只知道肆意纵欲，那真是堕落荒唐的生活！他们狂喝滥饮私底下很讨厌的威士忌酒，他们围在钢琴旁边，高唱着粗俗愚昧的歌曲，他们在长着鳄鱼脸的犹太人老妓女身上花费了数以百计的卢比。那也是他性格形成的时期。

离开仰光后，他去了曼德勒北边一座丛林伐木营采伐柚木。虽然丛林生活很艰苦孤独，而且食物堪称是缅甸最可怕的事物，十分肮脏而单调，但日子并不是那么难挨。那时他很年轻，怀着英雄崇拜的情结，在公司里交了几个朋友。他们一起去打猎、钓鱼，每年匆匆忙忙去一趟仰光——理由是到那里看牙医。噢，到仰光去真是太开心了！他们去“斯玛特与穆克都书店”买最新的英国小说，到安德森餐馆吃牛排加黄油，虽然这些东西都是从八千英里之外用冰保鲜运来的，还可以疯狂地饮酒作乐！那时他还太年轻，不知道这种生活将会给他带来什么影响。他无法预料到多年之后的情况：孤单、平淡、堕落的日子。

他很适应缅甸，他的身体习惯了热带季节奇怪的节律。每年从二月到五月，太阳就像愤怒的神明在天空中怒目而视；接着，季风从西边骤然涌来，先是刮起狂风，接着是无休止的倾盆大雨，一切东西都被雨水浸透，没有哪一个人的衣服，没有哪一间房子的床铺，没有哪一户人家的食物是干燥的。天气还是很热，冒着蒸汽的闷热。低矮的丛林小径变成了沼泽，水稻田里淹满了水，带着腐烂的老鼠的味道。书本和靴子都发霉了。赤身露体的缅甸人戴着棕榈叶织成的将近一码长的帽子，牵着水牛在齐膝深的水田里耕地。然后女人和小孩用小小的三尖叉将青翠的秧苗插进水田里。从七月到八月，雨水几乎没有停歇。然后，在一天晚上，天空中传来鸟叫声，鹬鸟从中亚南飞而来。雨水渐渐减少，十月份的时候雨终于停了，农田干涸，水稻成熟了，缅甸孩子们玩起了“跳房子”的游戏，趁着凉风放飞风筝。短暂的冬天开始了，上缅甸似乎被英格兰的幽魂缠着不放。到处野花盛开，虽然和英格兰的花种不一样，但看上去非常相似——茂密的灌木丛长出了金银花，花香闻起来像梨花的野玫瑰，林子里荫凉的地方甚至还绽放着紫罗兰。太阳升得很低，晚上和清晨非常冷，山谷就像大水壶一样，涌出白色的晨雾。这个时候可以去打野鸭和鹬鸟。鹬鸟多不胜数，成群的大雁从浅滩上飞起，叫声就像一列载货的火车驶过铁架桥。正在长熟的稻谷有齐胸高，黄澄澄的看上去像是麦子。那些缅甸人脑袋昏昏沉沉地下田劳作，双臂交叉抱在胸前，焦黄的脸因为凉意而绷得紧紧的。早上你走过雾蒙蒙、杂乱无章的荒野，湿漉漉的空地上长着英国式的草坪，树木光秃秃的，猴子蹲坐在高处的树枝上，等候着太阳升起。到了晚上，走在凉飕飕的小径上回营地时，你会遇到牧童们正赶着成群的水牛回家，硕大的牛角在迷雾中像月牙一样若隐若现。你睡觉时得盖三张毯子，吃的是野味肉馅饼而不是一直常吃的鸡肉馅饼。吃完晚饭后，你坐在巨大的篝火旁边一根木头上，一边喝着啤酒一边谈论着打猎。火焰像红色的冬青一样跳动着，投射出一圈光芒。仆人和苦力蹲坐在篝火旁边，他们太害羞腼腆，不敢打扰白人主子，却又像小狗一样靠在篝火旁边取暖。躺在床上时，你可以听到露水从树上滴落，就像下雨一样。当一个人年轻力壮，无须考虑前程或回忆过去时，那真是惬意的生活。

弗罗利二十四岁的时候有假期可以回家，这时战争爆发了。他逃避了兵役，在当时这是很容易而且似乎是天经地义的事情。缅甸的平民自我解嘲说这叫“坚守岗位”（多么美妙的说辞！“坚守岗位”——而不是“赖着不走”），这才是真正的爱国情怀。他们甚至打心眼里看不起那些放弃工作去参军的人。事实上，弗罗利逃避服役是因为东方生活让他腐化堕落了。他不愿放弃有威士忌喝、有仆人伺候、有缅甸妞泡的生活，去军营里忍受练兵场枯燥的生活和紧张残酷的行军。战争就像地平线远方的疾风暴雨，这个炎热曝晒的国度远离危险，似乎被遗忘了，感觉是那么寂寞。弗罗利开始囫囵吞枣地大量阅读，在生活百无聊赖的时候一头钻进了书堆里。他还在长大成人，对童年时的娱乐感到厌倦，几乎是在不经意间，学会了独立思考。

二十七岁生日的时候他躺在医院里，从头到脚都长了极其恶心的脓疮。这叫脓包炎，或许，病因是喝了太多威士忌和食物不洁。它们在他的皮肤上留下了一个个小坑，两年后才彻底痊愈。突然间他的样貌和心境衰老了许多。他不再是个年轻人。八年的东方生活——发烧、孤独和酗酒——在他身上留下了痕迹。

从那时起，每一年都比上一年更孤独更痛苦。现在，他对自己生活其中的帝国主义气氛充满了仇恨，并且与日俱增，仇恨占据了他的思想，戕害了一切。因为随着他的思想逐渐成熟——你无法阻止自己的思想成熟，而对于那些只接受了半桶水教育的人来说，思想的成熟来得太晚了，他们已经选择了错误的人生道路——他了解到了英国人与大英帝国的本质和真相。印度帝国是一个专制体制——毫无疑问，它在推行仁治，但仍然是一个专制体制，而最终的目的是窃取财富。至于那些在东方国度的英国人，这帮白人老爷，弗罗利痛恨和他们生活在同一个社会阶层，无法对他们做出公允的评价。说到底，这群可怜的家伙并不比别人坏到哪里去。他们所过的生活并不值得羡慕：在一个陌生的国度住上三十年，领取微薄的工资，回国时肝脏不好，背部由于常年坐在藤椅上坑坑洼洼得像个菠萝，在三流的俱乐部消磨时光，这可不是什么好买卖。但另一方面，这些白人老爷可不能被捧得太高。有一种时髦的看法，说“在大英帝国的边疆”工作的人至少都很能干勤勉，事实上根本不是这样。除了科学方面的服务项目外——林业部门、工程部门和类似的部门——在印度的英国官员并不需要很能干。他们中极少有人工作勤勉程度或工作能力可以和英国乡村小镇的邮政局长媲美。大部分行政工作是由当地土著下属在执行，而专制体制真正的主心骨并不是政府官员，而是军队。有了军队，英国官员和英国商人就算是白痴也能搜刮敛财。事实上，这些人大部分的确是白痴。一群体面而无聊的人，躲在二十五万把刺刀的后面珍惜并捍卫着他们的无聊。

这是一个极其单调乏味、令人窒息的世界。在这里，每一句话和每一个想法都会受到审查。在英国本土很难想象这种情形。在英国，每个人都是自由的。我们在公共场合出卖灵魂，但在私底下和朋友们在一起的时候可以将灵魂赎回来。当每一个白人都只是专制体制的一个齿轮时，甚至根本没有友谊可言。自由言论是不可想象的事情，但其它的自由却被恩准。你有成为酒鬼、懒汉、懦夫、造谣中伤的小人或奸夫淫妇的自由，但你不能有自己的思想。在每一个重要的问题上，你的观念必须符合白人老爷的规范。

到最后，你那隐秘的叛逆和怨气就像暗疾一样将你给毒害了。你的整个生活就是一个谎言。年复一年，你坐在吉卜林[①]阴魂不散的小小俱乐部里，右手边摆着威士忌，左手边摆着《粉红报》，听着鲍吉尔上校大放厥词说那些该死的民族主义者应该上刀山下油锅，热烈地表示赞同。你听到你的东方朋友被称为“油腻腻的小印度佬”，而你乖乖地承认他们的确是“油腻腻的小印度佬”。你看到那些刚出校门的愣头青狠狠地踢打头发花白的仆人。这时你对你的同胞充满了仇恨，你希望本地人爆发起义，以鲜血将帝国淹没。但这并不是一个光明正大的想法，甚至并没有什么真诚可言。因为，说到底，印度被专制体制统治，印度人被剥削压迫，你真的在乎吗？你在乎的只是你自由言论的权利被剥夺了。你是专制体制的一分子，是一个白人老爷，你受到紧紧的束缚，比僧侣或被不可违背的禁忌所束缚的野人更加没有自由。

随着时间的流逝，每过一年弗罗利都会发现自己在白人老爷们的世界里越来越不自在。无论聊起什么话题，只要他稍一严肃地说话就会引起麻烦。因此，他学会了过着内敛孤独的生活，活在书本里，活在自己不可言及的秘密想法里。甚至当他和医生聊天时，他似乎也是在和自己说话，因为好人医生几乎理解不了他所说的话。但是活在真实却又见不得人的生活里让他逐渐走向堕落。一个人应该顺应生活的潮流而活，而不是逆潮流而动。当一个打着嗝说“四十年后再说吧”的冥顽不灵的白人老爷，也要比沉默、孤独、自我安慰地生活在单调乏味的

① 约瑟夫 · 拉迪亚 · 吉卜林(Joseph Rudyard Kiping，1865—1936)，英国作家、诗人，1907 年诺贝尔文学奖得主，生于印度孟买，作品多颂扬大英帝国的统治，代表作有《七海》、《丛林之书》等。

世界里要来得好一些。

弗罗利从来没有回过英国。至于为什么，他无法解释清楚，虽然个中情由他是知道的。一开始的时候是因为出了一些事情。最开始是战争爆发，战争过后他的公司紧缺接受过训练的助手，一定要他多干两年。最后他启程了。他渴望回到英国，虽然他不敢面对它，就像一个人没有戴领子、没有刮胡子、不敢面对一个漂亮的女孩一样。离开家乡的时候他是个小男孩，一个前途无量的男孩，虽然长着那块胎记，但不失是一个英俊的男孩。如今，只是十年过去了，他变成了一个枯黄瘦弱的醉汉，无论是外貌或习性都十足像个中年男人。但他仍然渴望回英国。轮船乘着冬天的季风向西开去，行驶在如同一片凹凸不平的银箔的海域上。精美的食物和海洋的味道让弗罗利贫乏的血液流动加快了。他想到了一件事——在缅甸凝滞的氛围下他几乎忘记了这件事——他还很年轻，他可以从头开始。他将在一个文明的社会里住上一年，找一个不介意他那块胎记的女孩——一个有教养的女孩子，不是那种白人太太——他会和她结婚，在缅甸熬上十年或十五年。然后他们就退休——到那时他可能会攒下一万二或一万五英镑。他们可以在乡下买一座房子，和朋友聚会，看书，养育孩子，养养宠物。他们将永远摆脱白人老爷的圈子那股味道。他会忘记缅甸这个几乎将他毁灭的可怕国度。

来到斯里兰卡的科伦坡时，他接到一封电报。他的公司有三个人突然死于黑水热，公司觉得很抱歉，但要求他立刻返回仰光。等一有机会他就可以补假。

弗罗利骂骂咧咧自己怎么这么倒霉，然后改乘去仰光的船，再乘火车回到公司总部。那时候他没有在乔卡塔，而是在另一座上缅甸的城镇。他所有的仆人都在站台等候着他。他把他们全部移交给了继任者，但后者却死掉了。见到他们那一张张熟悉的脸庞感觉真是太奇怪了！十天前他还在赶回英国的路上，几乎以为自己已经回到了英国，而如今他又回到这个死气沉沉的老地方，一群光着身子的黝黑苦力为了争着搬行李而大吵大闹，一个缅甸人在路的那头对着他的阉牛大吼大叫。

仆人们围在他身边，向他呈上礼物，周围一圈都是和蔼的棕色面孔。哥斯拉带来了一张黑鹿皮，那几个印度人带来了一些糖果和一个金盏花花环，巴沛那时候还是个小孩子，带来了一个柳条筐，里面关着一只松鼠。外面有几辆牛车在等候着行李。弗罗利走到自己的房子前面，脖子上那个大大的花环晃悠着，看上去很滑稽。那天傍晚天气很凉爽，阳光淡黄和煦。门口有一个印度老汉，皮肤像泥土一般黝黑，正拿着一把小镰刀在割草。厨师的几个老婆和那几个马里人正跪在仆人的房舍前面，就着石板在磨咖喱粉。

弗罗利的心里翻江倒海。这是一个人在他这辈子中意识到世事沧桑和年华易逝的时刻之一。突然间他意识到，其实他打心眼里为回到这儿感到高兴。他所痛恨的这个国家现在成了他的祖国，他的家园。他在这里住了十年，他身体的每一个细胞都是由缅甸的土壤构成的。像这样的一幕——淡黄色的暮光、除草的印度老汉、牛车车轮的吱吱嘎嘎声、一排排飞过的白鹭——对他来说比英国更像自己的家乡。他已经在一个异乡国度扎根，或者说，扎下的是最深的根。

自从那次之后，他甚至没有申请过假期回国。他的父亲已经去世了，接着是他的母亲。他的几个姐姐已经嫁出去了，她们都是脾气乖戾、长着马脸的女人，他从来没有喜欢过她们，几乎和她们没有联系。现在除了读书之外，他跟欧洲没有了联系。他知道就算自己回到英国，也会觉得非常孤单。他已经知道派驻印度的英国人将会有何等悲惨的命运。啊，那些住在巴斯和切尔滕纳姆[①]、可怜平凡的糟老头！那些有如坟墓一般的寄宿旅舍，里面住满了曾派驻印度的英国官员，正处于步入腐朽的各个不同阶段，一个个张口闭口说的都是1888年在伯格利瓦拉[②]所发生的事情！可怜的家伙，他们知道把心留在自己痛恨的异国他乡是怎样一番滋味。他清楚地知道自己只有一条出路。他得找到一个愿意和他在缅甸终老的人——分享他的生活，分享他内心秘密的想法，和他一样在缅甸留下一段回忆。找到一个和他一样热爱缅甸又痛恨缅甸的人。这个人将让他坦荡荡地生活，让他可以知无不言言无不尽。这个人能够理解他：一个朋友，归根结底就是这样。

一个朋友。还是说，一个妻子？女人是不大可能的。比方说，像拉克斯汀太太这样的女人？一个该死的白人太太，枯黄瘦弱，一边喝着鸡尾酒一边说长道短，和仆人编织毛衣，在这个国家生活了二十年，本地的语言却一个字也没有学会。不能是那种女人，求你了，上帝。

弗罗利靠在大门上。月亮落到了黑漆漆的森林后面，但那些狗还在吠个不停。吉尔伯特[③]的几句诗浮现在他的脑海里，

---

① 巴斯(Bath)和切尔滕纳姆(Cheltenham)都是英国的度假胜地。

② 1888年，英国派遣军队至伯格利瓦拉征服印度西北地区的锡克部落，拓展英属印度的范围。

③ 或指威廉·吉尔伯特(William Gilbert，1804—1890)，英国作家，皇家海军外科医生，作品涉及小说、诗歌、历史、传记、幻想故事等，代表作有《玛格丽特·梅铎丝，法利赛人的传说》、《圣诞节的传说》、《魔镜》等。

那是一首低俗傻气的押韵诗，但非常贴切，好像是这么说的——“满腹愁思一吐为快”。吉尔伯特真是个有才的小文人。他的一切烦恼，归根结底就是这么一句话吗？仅仅是毫无男子气概的满腹愁思，就像小家碧玉式的矫揉造作。他不是一个游手好闲的人，尽写一些为赋新词强说愁的空话吗？一个精神上的威蒂特里夫人？[1]没有诗情的哈姆雷特？或许是吧。如果真是这样的话，这会让事情变得好受一些吗？事实并非如此，因为看到自己游荡沉沦，过着不光彩而毫无意义的生活，却又知道自己本可以做一个堂堂正正的人，会有一种自作孽不可活的痛苦。

噢，好了，上帝保佑，不要再自怨自艾了！弗罗利回到凉台，举起步枪，略略畏缩了一下，朝那只土狗开了一枪。枪声激起了巨大的回响，子弹击中了练兵场，偏离了目标很远。后坐力在弗罗利的肩膀上留下了一块深紫色的瘀痕。那只狗惊叫一声，跑到五十码开外坐了下来，又开始有节奏地吠个不停。

---

① 威蒂特里夫人（Mrs. Wititterly），英国作家查尔斯·狄更斯（Charles Dickens）的作品《尼格拉斯·尼克贝》中的人物，是个愤世嫉俗、性情乖戾的女人。

第六章

早晨的阳光闪耀着金叶般的光芒从练兵场那边斜斜升起，照耀着别墅的白色墙面。四只深紫色的乌鸦俯冲下来，栖息在凉台的栏杆上。哥斯拉把面包和黄油放在弗罗利的床边，它们正等候着偷吃的机会。弗罗利从蚊帐里钻了出来，冲哥斯拉吼了几句，要他拿点杜松子酒来，然后走进浴室，在原本应该盛的是凉水的镀锌浴缸里坐了一会儿。喝了杜松子酒后他感觉舒服了一些，然后去刮了胡子。通常他会一直等到傍晚才刮胡子，因为他的胡子很黑，而且长得很快。

弗罗利忧郁地坐在浴缸里时，麦克格雷格先生正穿着短裤和汗衫躺在卧室里的一张竹席上，辛苦地做着诺登弗里奇的“久坐者体操”的第五、六、七、八、九套动作。他每天早上，几乎每天早上，都会进行锻炼。对于一个四十三岁的男人来说，第八套动作(平躺在地上，膝盖保持笔直，抬起双腿与身子垂直)真的很痛苦。第九套动作(平躺在地上，抬身至坐姿，指尖碰到脚趾)则更加痛苦。不要紧，男人就必须健身！麦克格雷格先生痛苦地喘着粗气朝脚趾弯腰时，一片砖红色的血晕从他的脖子往上涌，席卷了他整张脸庞，似乎就要中风了。汗水在他宽阔多肉的胸膛上闪烁着光芒。坚持下去，坚持下去！不管有多么痛苦，男人必须健身！脚夫穆罕默德·阿里的手臂上搭着麦克格雷格先生的干净衣服，从半开的房门朝里面张望。他长着一张狭长的黄种阿拉伯人的脸，神情看上去既不理解也不好奇。他见过这些扭曲身体的动作——他觉得这是在向某位神秘而严苛的神明进行祈祷祭祀的动作——五年来每天早上都是这样。

与此同时，威斯特菲尔德一早就上班了，正靠在警察局那张边缘呈锯齿状而且沾满了墨水的办公桌上，那个胖嘟嘟的副警司正在盘问一个疑犯，两个警察看押着他。那个嫌疑犯是个四十岁左右的男人，长着一张灰扑扑的胆怯的脸，只穿着一件褴褛的笼基，在膝盖部位打了个褶，膝盖下面他那干瘦弯曲的胫骨上斑斑驳驳，尽是扁虱叮咬的痕迹。

“这家伙是谁？”威斯特菲尔德问道。

“是个小偷，长官。我们在他身上发现了这个戒指，镶了两颗翡翠，是值钱货色。不需要解释，就凭他——穷苦潦倒的苦力——怎么买得起翡翠戒指？一定是偷来的。”

他凶狠地转过身，把脸像公猫一样凑近嫌犯的脸，几乎与之碰在一起，高声咆哮道：

“这个戒指是你偷的！”

“不是！”

“你是个惯犯！”

“不是。”

“你进过监狱！”

“没有。”

“转过身去！”那个副警司想到了什么，大声吼道，“弯下腰！”

那个嫌犯惊恐地转过灰色的脸对着威斯特菲尔德，后者背过脸去。两个警官制住他，把他扭转身，并让他弯下腰。副警司扯开他的笼基，露出他的屁股。

“看看，长官！”他指着几处疤痕，“他受过笞刑，是个惯犯了。因此，戒指肯定是他偷来的！”

“好了，把他关进牢房里。”威斯特菲尔德阴沉沉地下达命令，然后双手插进裤袋里离开办公桌。在内心深处他讨厌审问这些可怜的惯犯。审问土匪、反叛者——很好；但不是这些可怜巴巴的宵小鼠辈！

“牢房里关了多少人了，茂巴？”他问道。

“三个人，长官。”

牢房在楼上，由六英寸厚的木栅栏围着，一个警官端着卡宾枪守在那儿。牢房里阴暗闷热，除了一个臭气熏天的公厕之外就没有什么设施了。两个囚犯正靠着栅栏蹲坐着，与另一个囚犯保持着距离。那是一个印度苦力，从头到脚都长了皮癣，仿佛穿着一件甲胄。一个肥胖的缅甸女人正跪在牢房外面，把米饭和清汤舀进锡盆里。她是某个警察的老婆。

“伙食好吃吗？”威斯特菲尔德问道。

“好吃，大人。”几个囚犯齐声应道。

政府给囚犯的拨款是每日每顿饭两个半亚那，那个警官的妻子从中贪污了一亚那。

弗罗利走到外面，慢悠悠地走过院子，用手杖戳刺着地上的杂草。这个时候一切看上去都那么漂亮——青翠的绿叶、淡褐色的泥土和树干——就像一幅待会儿就会消失在烈日下的水彩画。在练兵场的台阶下，几只棕色的小鸽子正低飞着彼此追逐，青翠的食蜂鸟像燕子一样在空中翻腾嬉戏。一队清洁工，每个人的担子都半掩在衣服下面，正走去林子边上脏兮兮的垃圾填埋坑那里。这些可怜的人饿得皮包骨头，摆动着麻秆一样的四肢，膝盖虚弱得没办法伸直，穿着土黄色的破布，看上去就像一排披着裹尸布的骷髅正在行走。

那个园丁正在大门旁边的鸽子棚那里开垦新的花圃。他是个淋巴失调的半疯印度青年，这辈子几乎不怎么说话，因为他说的是曼尼普尔邦的方言，没人听得明白，连他那个泽巴迪人老婆也听不懂。他还是个结巴。他对弗罗利行额手礼，手捂着脸，然后又高高挥舞着锄头笨拙而用力地开垦着干燥的土地，柔软的背部肌肉不停颤抖着。

从仆人的房舍那边传来尖锐刺耳的声音，听起来像是“咵啊”，哥斯拉的两个老婆又开始吵架了。那只家养的斗鸡尼禄大摇大摆地呈之字形走在小径上，小心翼翼地避开弗洛。巴沛端着一碗稻米走了出来，喂了尼禄和鸽子。仆人的宿舍里继续传来叫嚷声，男人低沉沙哑的声音正在努力平息争吵。哥斯拉被两个妻子折磨得很苦。大老婆玛蒲是个满脸横肉的悍妇，生了太多孩子，整个人皱巴巴的；而小老婆玛伊比她小几岁，又懒又肥。只要弗罗利去了公司，这两个女人处在一块就一定会大打出手。有一次玛蒲拿着竹篾追打着哥斯拉，他躲到弗罗利身后寻求保护，结果弗罗利的小腿挨了重重的一记。

麦克格雷格正步履轻盈地走在路上，挥舞着手杖。他穿着土黄色的帕葛利布衬衣和军装短裤，戴着一顶打猎的遮阳帽。除了做早操外，只要有空他每天早上要散步两英里。

“早上好啊！”他装出爱尔兰口音快活地朝弗罗利打招呼。早上的这个时候他总是装出一副活泼而充满活力的样子，像是刚洗了个冷水澡。昨晚他读了《缅甸爱国者报》，上面那篇攻讦他的文章深深地刺痛了他，这强颜欢笑只是为了掩饰心中的不快。

“早安！”弗罗利尽量让声音听上去很诚恳。

看着麦克格雷格先生朝着道路那头走去，他在心里咒骂着：这个下流的猪油尿泡！他的屁股被那条卡其布短裤裹得严严实实的，几乎都快胀爆了，和你在画报上看到的那些人到中年、搞同性恋的下流坏童子军领队一模一样。他穿着这身滑稽的衣服，露出他那短短胖胖的肉嘟嘟的膝盖，因为在吃早餐前锻炼是英国绅士的作风——真是恶心！

一个缅甸人走上山坡，像一团白色和品红色的物体嗖地闪过。他是弗罗利的职员，从教堂附近那间小小的办公室那里赶过来。来到大门时他双手合十行礼，呈上一个脏兮兮的信封，邮戳以缅甸人的习惯贴在封舌上。

“早安，大人。”

“早安，这是什么？”

“是一封本地信件，大人。今天早上寄来的，没有署名，大人。”

“噢，真烦人。好的，我十一点钟的时候会去办公室。”

弗罗利拆开信封，里面是一张大开页的信纸，内容如下：

约翰·弗罗利先生亲启，

我等（署名者）冒昧恳请阁下参阅以下内容，事关阁下名誉，敬请明鉴。

风闻阁下在乔卡塔与民政医务官维拉斯瓦密医生私交颇深，过从甚密，曾邀其至府上做客。我等在此谨向阁下禀明，维拉斯瓦密医生绝非善类，万万不配与欧洲绅士为友。此人生性狡诈不忠，滥权腐化，为医患开具染色清水以充医药，盗卖医药中饱私囊，并多次索贿受贿，不一而足。此人还曾对两名囚犯课以鞭笞之刑，如其亲人未能授以贿赂，更会以辣椒涂其伤处，残忍之至。此人还与国民党勾结，并向《缅甸爱国者报》提供小道消息，对尊敬的麦克格雷格先生极尽造谣中伤之能事，且与医院的女病人有染，强迫她们陪睡。

有鉴于此，我等谨盼阁下疏离维拉斯瓦密医生，以免招致祸端，累及清誉。

谨祝阁下身体安康，万事如意。

（署名）您的友人

这封信的笔迹是巴扎集市上那些代写书信的人的正圆字体，写得歪歪扭扭，像是一个醉汉在临摹字帖。但是，那些代写书信的人可写不出“疏离”这么一个文绉绉的词语，弗罗利知道这封信一定是某个文员起草的，毫无疑问，幕后黑手就是那条“鳄鱼”吴柏金。

他不喜欢这封信的语气，貌似恭谨其实暗藏威胁。“不要再和医生来往，否则别怪我们对你不客气”，这就是信中的内容。这没什么大不了的，东方人对英国人构成不了威胁。

弗罗利拿着那封信，心里有点踌躇。处置匿名信的方式有两种，其一是对此不置可否，其二是将信交给当事人。显然，他应该把信交给维拉斯瓦密医生，由他决定采取什么应对措施。

但是——置身事外更加保险一些。避免卷入“本地人”的纠纷是非常重要的守则（或许是白人老爷们的“十诫”中最重要的一条）。和印度人在一起可没有忠诚和真正的友谊可言。好感，甚至喜爱——这可以。英国人很欣赏印度人——本地官员、护林员、猎人、文员、仆人等等。当他们的上校退役时，印度土兵会嚎啕大哭。在适当的时候英国人甚至可以和印度人亲近。但与之结盟，拉帮结派？绝对不行！连过问本地人争吵的是非曲直也是一种自贬身价的举动。

如果他公开这封信，将会引起纠纷和正式质询，而后果就是，他将得和维拉斯瓦密医生站在同一阵线，一起对付吴柏金。吴柏金倒不要紧，但还有那帮欧洲人。如果他们怀疑他弗罗利与维拉斯瓦密医生结党营私，后果将会相当严重。最好还是假装没收到过这封信。维拉斯瓦密医生是个好人，但要为了他而得罪整个白人老爷的圈子——啊，不可，不可，万万不可！一个人对得起自己的良心，却得罪了整个世界，又有什么好处呢？弗罗利把信撕成两半。这件事公之于众的危险微乎其微，是虚无缥缈的事件，但在印度，最细微的危险也不能大意。名望这个生活中须臾不可或缺的东西，本身也是虚无缥缈的。他仔细地把信撕成碎片，扔在大门旁边。

这时传来了一声惊叫，却又不是哥斯拉那两个老婆的声音。那个园丁放下锄头，朝声音传来的方向张着嘴。哥斯拉也听到了惊叫，光着脚从仆人的宿舍里跑出来，弗洛也撒着脚丫跑了出来，大声地叫唤着。惊叫仍一声声地传来。听方位是在屋后的丛林里，而且听得出是一个英国女人惊慌失措的尖叫声。

房子后面没有出口，弗罗利攀越过大门，下去的时候膝盖被一块小碎片割伤了，流了一些血。他一路小跑绕过篱笆，冲进丛林里，弗洛跟在后面。在房子后面最外围的灌木丛那里有一片小空地，里面有一潭凝滞的积水，四菩提村的水牛经常到这儿来。弗罗利拨开灌木丛一路冲过去，水坑里有个英国女郎脸蛋吓得煞白，畏缩着靠在一丛灌木上，一头大水牛正用它那新月形的牛角恐吓着她。一只毛茸茸的牛犊就站在大水牛的身后，显然，它就是麻烦的肇因。另一头水牛泡在齐脖子高的泥潭里，仰着它那张温顺的老脸，不知道发生了什么事情。

那个女孩惊慌失措地看着弗罗利，“快点！”她的语气很生气紧张，平常人受到惊吓都是这个语气。“救救我，救救我！”

弗罗利惊讶得顾不上询问任何问题就快步朝她走去。虽然手头没有拐杖，他重重地拍了那头大水牛的鼻子一下。这头庞然大物温顺而笨拙地走到一边，然后慢悠悠地走开了，那头牛犊跟在后面。另外一头水牛也从泥潭里爬出来懒洋洋地走开了。那个女孩被吓得不轻，紧紧抓着弗罗利，几乎投入他的怀抱。

“噢，谢谢你，谢谢你！噢，那些畜生太可怕了！它们是什么动物？我还以为死定了。多么可怕的动物！它们到底是什么东西？”

“它们是水牛，从那头的村子来的。”

“水牛？”

“不是野水牛——是耕田的水牛。它们是缅甸人豢养的牲畜。它们吓到你了，我觉得很抱歉。”

她仍然紧紧地靠着他，他可以感觉到她的身子在颤抖。他低头看着她，但只看到她的头顶。她没有戴帽子，一头黄色的头发剪得很短，像个假小子。他看见搭在他胳膊上的手臂，很修长纤细，充满年轻气息，手腕长着雀斑，像一个女学生。他有好几年没看见过这么一只手臂了。他察觉到挨着他身子的那具柔软年轻的身躯，以及它散发出的温暖。他的心似乎被融化了，变得暖和了。

“没事了，它们走了。”他说道，“你不用害怕了。”

那个女孩从惊吓中恢复了过来，站得离他远了一些，但一只手仍搭在他的胳膊上。“我没事。”她说道，“我没事，没有受伤。它们没有碰我，只是样子太恐怖了。”

“它们其实不会伤人。它们的角是朝后长的，根本伤害不了你。它们是很蠢的畜生，护犊的时候才会假装战斗。”

两人分开了，立刻觉得有点尴尬。弗罗利转过身不让她看到脸上的胎记。他说道：

“我想说，这样子见面还真是少见。我想问，你是怎么到这儿来的？希望这样问不会太冒昧，你是从哪儿来的？”

“我刚从叔叔的花园里走出来。今天早上天气很好，我想出来散散步。然后，那些可怕的动物就跟在我后面。我刚到这个国家，希望您能明白。”

“你叔叔？噢，对了！你是拉克斯汀先生的侄女。我们都听说你要来。你还好吗？我们到练兵场去好吗？那里有路可以走。你第一天到乔卡塔就遇上这么一桩事情！恐怕缅甸给你留下了不太好的印象。”

“噢，不会，只是这里的一切都很奇怪。这里的丛林长得好茂密啊！什么东西都纠缠在一起，那么富有异域风情。只消一会儿你就会在这里迷路。这就是他们所说的丛林吗？”

“灌木丛林。缅甸到处是丛林——我称之为绿色的苦难之地。如果我是你，我可不会穿过草丛。那些种子会钻进你的袜子里和皮肤里。”

他让女孩走在前面，这样她就看不到他的脸。在女孩子中她的个头算是很高了，身材苗条，穿着一件淡紫色的棉布裙子。从走路的姿势判断，她应该才二十出头。他还没好好看她的脸，只注意到她戴着玳瑁圆框眼镜，头发和他一样短。除了在画报上之外，他从未见过剪短发的女人。

两人走到练兵场，她转过身对着他，他立刻站到她身旁。她长着鹅蛋脸，样貌端庄，或许算不上漂亮，但这时看上去很漂亮，因为在缅甸所有的英国女人都长得枯黄干瘦。虽然他脸上的胎记没有向着她，但他还是把头扭到一边。他不能忍受她在这么近的距离看到他那张憔悴的脸。他似乎可以感觉得到眼睛周围那枯萎的皮肤，似乎那是一个伤口。但他想起今天早上自己刮了胡子，这给了他勇气。他说道：

“出了这件事你一定吓得不轻，不如到我家休息一下，然后再回去，好吗？而且天不早了，出门不戴帽子可不行。”

这个女孩回答说：“噢，谢谢，好的。”他想，她对印度的情况可是一无所知。“你家就在附近吗？”

“是的。前面拐弯就到。我会让仆人给你找顶遮阳帽。这日头太晒了，你头发那么短，会受不了的。”

两人沿着花园小径走去。弗洛绕着他们打转，想引起注意。遇到东方人它总是吠个不停，但它喜欢欧洲人的味道。日头越来越烈，路边的牵牛花飘散出一股像是黑加仑的味道，一只鸽子扑腾着飞到地上，弗洛作势想逮住它，于是它又立刻飞到了空中。弗罗利和那个女孩不约而同地停下脚步看着那些牵牛花。一股无来由的快乐在两人的心里荡漾。

“没戴帽子你可不能出来走动。”他重复了一遍，语气似乎有点亲密。他总是会提起她的短发，因为他觉得很漂亮。能说起她的头发，感觉就像用手抚摸它一样。

“瞧，你的膝盖流血了。”女孩说道，“是不是你过来救我的时候弄伤的？”

他的卡其布袜子上有一道浅浅的血痕，已经干了，变成了紫色。“不要紧。”但此刻两个人都觉得这点伤其实还是很要紧的。两人开始兴奋地聊起了花卉。女孩说她“钟爱”花卉。弗罗利便领着她沿着小径走着，滔滔不绝地介绍起了不同的植物。

“看看这丛草夹竹桃。在这个国家它们会一直盛开六个月。它们受不了太多日晒。我想那些黄色的花应该是和报春花差不多一个颜色。我已经有十五年没有见过报春花了，也没见过桂竹香。那些百日菊长得很好看，是吧？——像画上去的一样，底色真是鲜艳。这些是万寿菊。它们长得不好看，几乎就像杂草一样，但你会喜欢上它们的，因为它们那么鲜艳强韧。印度人特别喜欢这种花。只要有印度人你就能看到万寿菊在盛开，即使丛林将它们全部遮盖多年之后依然会盛开。不过我希望你能到凉台上看看那些兰花。你得看看我种的几株兰花，花朵就像金铃子一样——真的就像金子做的，闻起来就像蜜一样甘甜，简直无法抗拒。这个国家很糟糕，唯一的好处就是适合种花。我希望你喜欢园艺。在这个国家，园艺是我们最大的慰藉。”

“噢，我钟爱园艺。”女孩回答道。

两人走进凉台。哥斯拉匆忙穿上长袖衬衣，戴上他那条最好的粉红色丝绸头巾，从屋里走了出来，端着一个盘子，上面是一瓶杜松子酒、两个酒杯和一盒香烟。他把东西放在桌子上，略带忧虑地看着女孩，双手合十向她行礼。

“我想你这个时候不喝酒吧？”弗罗利说道，“我就是没办法让我的仆人明白，有些人吃早餐之前是不喝杜松子酒的。”

他把自己也归为那些人之列，挥挥手让哥斯拉把酒撤走。哥斯拉在凉台尽头摆了藤椅，女孩坐了下来。她的头顶后方就是那丛墨绿叶子的兰花，长满了金色的花朵，绽放着温馨的芳香气息。弗罗利倚在凉台的栏杆上，侧脸对着女孩，不让她看到那块胎记。

“你家从这里望出去风景真好。”她望着山坡，由衷地赞叹着。

“风景确实很美。太阳还没升起来的时候这层金光确实很漂亮。我喜欢淡黄色的练兵场，还有那些凤凰树，就像深红色的泼墨画。还有天边的山丘，几乎是黑色的。我的营地就在山丘的另一边。”他补充了最后一句。

女孩有远视，她摘下眼睛，眺望着远方。他注意到她的眼睛是清澈的淡蓝色，比风信子的颜色浅一些。他还注意到她的眼睛周围的皮肤很光滑，几乎就像花瓣一般娇嫩。他又想起了自己的年纪和那张憔悴的脸庞，于是离她稍微远了一些。但他冲动地说道：

“我得说，你来乔卡塔真是我们的运气！你不知道，在这种地方能看到一张新面孔对我们来说是多么开心的事情。几个月来就只有我们这个可怜的社交圈子，偶尔会有官员来巡视，还有环游世界的美国记者拿着相机从伊洛瓦底江溯水而来。我想，你是从英国那边过来的吧？”

“噢，不是英国。来这里之前我住在巴黎，我妈妈是个画家。”

“巴黎！你真的在巴黎住过？天哪，从巴黎来到乔卡塔！你知道吗？在这么一个地方，实在很难想象世界上还有像巴黎那样的地方。”

“你喜欢巴黎吗？”她问道。

“我没见过巴黎。但是，天哪，我能想象得出来！巴黎——我的脑海里浮现出了无数个画面：咖啡厅、林荫大道、艺术家的画廊、诗人维庸①、波德莱尔②、莫泊桑③，一切都交织在一起。你不知道，对于我们来说，欧洲城镇的名字意味着什么。你以前真的住在巴黎吗？和学画画的外国学生坐在咖啡厅里，喝着白葡萄酒，谈论着马塞尔·普鲁斯特④？”

“噢，我想确实如此。”女孩笑着说道。

“你会发现这里完全不一样！这里没有白葡萄酒和马塞尔·普鲁斯特，只有威士忌和埃德加·华莱士⑤。不过，如果你想读书，或许你可以从我的藏书里找到几本你喜欢读的，俱乐部图书室里只有一些庸俗不堪的书。不过呢，我的书都已经过时了。我希望你该读的书都已经读过了。”

“噢，这可没有。但我确实钟爱读书。”女孩说道。

“能遇到喜欢读书的人真是太好了！我是说那些值得读的好书，不是俱乐部图书室的那些垃圾。要是我话多了点，希望你不要介意。当我遇到懂书之人时，我就像一瓶热啤酒一样止

---

① 弗朗索瓦·维庸（François Villon，1431—1463），法国诗人，代表作有《去年之雪今安在》、《我的遗嘱》等。

② 夏尔·皮埃尔·波德莱尔（Charles Pierre Baudelaire，1821—1867），法国诗人，象征派诗歌先驱，代表作有《恶之花》、《巴黎的忧郁》等。

③ 居伊·德·莫泊桑（Henri René Albert Guy de Maupassant，1850—1893），法国作家，被誉为“短篇小说之王”，代表作有《一生》、《羊脂球》和《漂亮朋友》等。

④ 瓦伦丁·马塞尔·普鲁斯特（Valentin Marcel Proust，1871—1922），法国作家，代表作有《追忆似水年华》、《平原之城索多玛与蛾摩拉》等。

⑤ 理查德·霍拉西奥·埃德加·华莱士（Richard Horatio Edgar Wallace，1875—1932），英国作家，作品多涉及犯罪心理小说，代表作有《四个公正的人》、《神探里德》、《金刚》等。

不住了。身处这样的国度，还请你担待则个。”

“噢，但我喜欢和别人谈论读书。我觉得读书实在是太美妙了。我想说，没有了书，生活将会是怎样？书本就像是——就像是——”

“就像是一个私密的世外桃源[1]，是的——”

两人热切地谈天说地，开始谈论的是读书，然后谈起了打猎，那个女孩似乎很感兴趣，一直催促弗罗利说下去。当他谈起几年前他是如何打死一头大象时，她显得十分激动。弗罗利几乎没有察觉，可能那个女孩也没有察觉，一直说个不停的人是他。他无法让自己停下来，聊天是如此快乐，而且那个女孩也愿意听他说话。毕竟，是他从大水牛那里把她解救了出来，她还是不相信那些庞然大物不会伤人。在这时他几乎成了她心目中的英雄。当一个人这辈子难得戴上荣誉的光环时，那多半是因为一件他并没有做的事情。两人的交谈如此轻松自然，好像可以永远这么谈下去。但突然间，他们的喜悦消失了，想开口说话却又沉默下来。因为他们发现这里并非只有他们俩。

在凉台另一头的栏杆之间，一张蓄着八字须的炭黑的脸正充满好奇地窥视着。他就是那个“装腔作势”的厨师老萨米。在他身后站着玛蒲、玛伊、哥斯拉的四个最大的孩子、一个赤身裸体不知道是谁的孩子和两个村子里来的老妇，她们听说有“英格雷玛”可以看，特地从村子里赶过来。这两个老女人看上去就像是柚木雕像，木头般的脸上叼着尺把长的雪茄，紧紧地盯着“英格雷玛”，就像英国乡巴佬紧紧地盯着全副盛装的

① 原文用的是 Alsatia 一词，原指伦敦泰晤士河以北的一个区域，历史上是一个龙蛇混杂之地，在英文中有“不受王权法律约束之地”的意思。

祖鲁战士一样。

“那些人……”女孩不自在地说道，看着他们。

萨米看到自己被发现了，看上去很尴尬，假装在整理头巾。其他人看上去也有点窘迫不安，只有那两个木头木脸的老妇仍很镇定。

“真是不要脸！”弗罗利说道。一股失落冰冷的疼痛感袭上心头。到了这一步，这个女孩就不能再呆在他家的凉台上了。两人同时想起还没向对方介绍自己。她的脸微微一红，然后她戴上了眼镜。

“恐怕对这些人来说，见到一位异国女孩是件新鲜事儿。”他说道，“他们并没有恶意。走开啦！”他怒气冲冲地补充了一句，朝那群看热闹的人挥了挥手。他们都走掉了。

“如果你不介意的话，我想我得走了。”那个女孩说道，“我出来很久了。他们可能担心我去哪儿了。”

“你真的得走了吗？现在时候还早着呢。我想你不能顶着大太阳回家。”

“我真的得——”她又说了一遍。这时她停了下来，看着门口。玛赫拉梅出现在凉台上。

她双手托着臀部，走上前来。她是从屋里进来的，神情自若，暗示自己有权出现在这里。两个女孩面对面站着，距离不到六尺。

再没有比这更奇怪的对比了。一个皮肤微红，就像一朵苹果花；另一个皮肤黝黑，打扮艳俗，乌檀木一样的头发和浅橙红色的笼基闪烁着金属般的光泽。弗罗利纳闷自己怎么以前从未察觉到玛赫拉梅的脸是这么黑，而且她那小巧僵硬的身躯是那么古怪，笔直得就像士兵的身躯，而且几乎没有曲线，只是臀部呈现出花瓶般的线条。他靠在凉台的栏杆上，一副事不关己的样子。差不多过了一分钟，两人都无法将视线从对方身上移开，但至于谁觉得对方更怪异吓人，那可就说不准了。

玛赫拉梅转过脸看着弗罗利。她那两条细长如铅笔线的眉毛蹙在一起。“这个女人是谁？”她面带愠色地问道。

他满不在乎地以命令仆人的语气说道：

“给我退下。要是你敢惹事，我就会拿竹棍揍你一顿，连一根完整的肋骨也找不出来。”

玛赫拉梅犹豫了一下，耸了耸窄窄的肩膀，离开了凉台。那个女孩看着她的背影，惊讶地问道：

“那个人是男的还是女的？”

“是个女的。”弗罗利回答，“我想是一个仆人的妻子。她过来问洗衣服的问题，没别的了。”

“噢，缅甸女人都长得这样吗？她们长得好奇怪！我来的时候在火车上看到很多缅甸女人，但你知道吗，我还以为她们都是男的。她们长得就像是荷兰的洋娃娃，不是吗？”

她朝凉台的台阶走去，玛赫拉梅走了，她也不再追问下去。他没有留她，因为他担心玛赫拉梅会回来大吵大闹，虽然这并不要紧，因为两个女孩语言不通。他叫了哥斯拉，哥斯拉拿着一把竹制伞骨的涂油绸伞赶紧跑了过来，毕恭毕敬地在台阶下撑开伞，等女孩走下来就举到她的头上。弗罗利和他们走到门口。两人驻足握了握手，他在大日头下微微侧转身，掩饰自己那块胎记。

“我的仆人会送你回家。你能来真是太好了。我无法表达遇到你心中是多么喜悦。你的到来，将赋予我们这些在乔卡塔的人以新生。”

“再见——噢，真是太有趣了！我还不知道你的名字呢。”

“弗罗利，约翰·弗罗利。你是拉克斯汀小姐，对吧？”

“是的，叫我伊丽莎白吧。再见，弗罗利先生。非常感谢。那头可怕的水牛。你是我的救命恩人。”

“区区小事何足挂齿。我今晚能在俱乐部见到你吗？我想你叔叔和婶婶今晚会过去。再见，到时见。”

他站在门口，目送两人离开。伊丽莎白——多么可爱的名字，现在很少人叫伊丽莎白了。他希望那是个“莎”字。哥斯拉小跑着跟在她身后，既要用雨伞遮住她的头，又要尽量离她的身子远一点，因此步态显得很别扭。山岗上吹过一阵凉风。缅甸的冷天有时候会吹起这样的风，不知从何而来，让人的心中充满渴望和思乡之情，想念清冷的海堰，还有与美人鱼、瀑布和冰窟的亲密接触。凉风簌簌地吹过凤凰树宽阔的树冠，卷起了弗罗利半个小时前扔在门口的那封匿名信的碎片。

第七章

伊丽莎白躺在拉克斯汀家里客厅的沙发上，跷着双脚，用一块软垫枕在脑后，正在阅读迈克尔·阿尔伦[①]的《这些充满魅力的人儿》。迈克尔·阿尔伦是她最喜欢的作者，不过当她想读点严肃读物的时候，她更喜欢读威廉·洛克[②]的书。

客厅漆成了清爽的浅色，刷了石灰的墙壁足有一码厚，面积很大，但摆了几张桌子和贝拿勒斯铜器装饰品之后看上去要小一些。屋里有股印花棉布和枯萎的鲜花的味道。拉克斯汀太太在楼上睡觉。仆人们静静地躺在自己的宿舍里，头重重地靠在木枕上，陷入死一般的午寐中。拉克斯汀先生去了道路那头的小木屋办公室，或许也正在睡觉。除了伊丽莎白之外没有人醒着。在拉克斯汀太太卧室外面拉葵蒲扇的那个仆童躺在地上，一只脚跟套着绳索。

伊丽莎白刚满二十二岁，双亲已故。她的父亲不像弟弟汤姆那么酗酒无度，但也好不到哪里去。他是个茶叶掮客，一生的财运大起大落，但他生来过于乐观，在发财的时候没有把钱攒下来。伊丽莎白的母亲是个一无是处的肤浅女人，却又自视甚高，总是自怜自伤。她逃避了生活中所有应当承担的责任，因为她自诩是个才女，其实毫无才华。她花了几年时间，从事妇女解放运动和高层次的思考，三番两次还想投身文学事业，但都无果而终，最后她改学画画。画画是唯一不需要天赋或苦功的艺术。拉克斯汀太太觉得自己是个流落于“非利士人”中的艺术家——不消说，这些人当然包括了她的丈夫——这一装腔作势的姿态让她毫无顾忌地成为一个令人讨厌的女人。

战争的最后一年，拉克斯汀先生做了手脚，逃避了兵役，还挣了一大笔钱。停战协议甫一签订他们就搬进了位于海格特的一座宽敞而荒凉的新庄园。家里有多间温室、灌木林、马厩和网球场。拉克斯汀先生对前途十分乐观，雇了一帮用人，甚至还有一个管家。伊丽莎白被送到一间非常昂贵的寄宿学校读了两学期。噢，那两个学期是多么快乐，难以忘怀！学校里有四个女孩“出身名门”，几乎所有的女生都有自己的马驹，星期六下午可以获准去骑马。每个人的一生总会有一小段性格的成型期。对于伊丽莎白而言，那两个学期塑造了她的性格，那时她与富人有着亲密的接触。从此她的人生哲学可以总结为简单的一点，那就是好的事情（她称之为“美好”）总是和奢华优雅、雍容华贵这些词语联系在一起；而坏的事情（她称之为“低俗”）总是和廉价、下等、低劣和辛苦联系在一起。或许，那些昂贵的女子学校存在的目的就是为了教导这一信条。随着伊丽莎白渐渐长大，这种感觉越发敏锐深入，影响了她所有的想法。任何一样东西，从一双长袜到一个人的灵魂，都可以分为“美好”和“低俗”两种等级。不幸的是——拉克斯汀先生总是守不住自己的财产，她的生活基调就被“低俗”所主宰。

1919 年末，不可避免的厄运降临了。伊丽莎白离开了那

① 迈克尔·阿尔伦（Michael Arlen，1895—1956），亚美尼亚裔英国作家，作品多讽刺一战后的伦敦社会，文风玩世不恭，充满幻灭感。

② 威廉·约翰·洛克（William John Locke，1863—1930），英国作家，代表作有《爱在何方》、《白鸽》等。

间学校，转到学费便宜而“低俗”的学校就读，有一两个学期父亲还无法缴纳学费。她二十岁的时候父亲死于流感，只留给拉克斯汀太太一年一百五十英镑的年金，发放到她身故为止。在拉克斯汀太太的操持下，母女俩靠这每周三英镑的收入根本无法在英国生活。他们搬去了巴黎，那里的生活便宜一些，而且拉克斯汀太太希望能全身心投入艺术。

巴黎！在巴黎生活！弗罗利所幻想的在梧桐树下与蓄着胡子的艺术家相谈甚欢的情景根本与实际生活挨不上边。伊丽莎白在巴黎的生活可不像他所说的那样。

她的母亲在蒙帕纳斯区租了一间画室，立刻旧态复萌，变成了一个肮脏懒惰的妇人。她根本不懂理财，总是入不敷出。有好几个月伊丽莎白连饭都吃不饱。后来她找到一份工作，给一个法国银行经理当英语家庭教师。那家人叫她“英国小姐”。那个银行经理住在第十二区，离蒙帕纳斯区很远，伊丽莎白在附近找了一个包膳宿的房间。那是一座位于巷子里的狭小的房子，门面涂成了黄色，对面就是一间野味店，里面总是摆着臭气熏天的野猪尸体。那些长相有如老迈的萨提尔怪兽①的老头子每天都会到店里去，怀着钟爱之情大口大口地呼吸着那股味道。野味店隔壁是一间飞舞着苍蝇的咖啡厅，挂着一块招牌，写着“友谊咖啡厅不卖啤酒”。伊丽莎白恨透了这间包膳宿的旅舍！女房东是个穿着黑衣的老女人——总是偷偷摸摸地在楼上楼下窥伺，想逮到房客在洗手盆里洗袜子。那几个房客都是性情乖戾的毒舌寡妇，钟情于旅舍里唯一的男人。他是一个温和的秃顶男子，在莎玛丽丹百货公司上班，整个人看起

① 萨提尔怪兽（Satyr），古希腊神话中半人半兽的怪物。

来就像一只为了面包屑而烦恼的小麻雀。吃饭时那几个女人总是盯着对方的盘子，看看谁分到的饭菜分量最多。旅舍里的浴室是一个漆黑的小房间，墙壁斑斑驳驳，快散架的烧水锅炉上长满了铜锈，浴盆里刚盛了两英寸高的水锅炉就会罢工。伊丽莎白当家庭教师的那户人家，屋主是个五十岁的银行经理，长着一张肥胖倦怠的脸庞，光秃秃的深黄色头颅好像一个鸵鸟蛋。她上课的第二天，孩子们正在上课时他就走进房间，坐在伊丽莎白身旁，在她的手肘上掐了一把。第三天他捏了她的小腿一把，第四天部位改到了膝盖后面，第五天摸到了她的膝盖上面。因此，每天晚上，两人在进行一场沉默的战争。她把手放在桌下，拼命挣扎不让那只毛茸茸的手靠近她。

那是卑劣低俗的生活。事实上，伊丽莎白以前不知道原来生活可以"低俗"到这种程度。但有一件事情最令她沮丧，最让她有一种流落风尘的感觉，那就是母亲的画室。拉克斯汀太太是那种没有仆人就完全失去方寸的女人。对她来说，夹在画画和料理家务之间就像是一场无休止的噩梦，而她两样都做不好。她时不时会去一间"学校"上课，在一位用脏兮兮的画笔作画的导师指导下画上几幅灰蒙蒙的静态写生。其余的时间她就呆在家里烧茶做饭，搞得一塌糊涂。看到画室里的情况伊丽莎白不禁会觉得非常沮丧，那简直就是人间地狱。里面就像布满了灰尘的冷冰冰的猪圈，地板上到处堆放着书籍和纸张，好几口炖锅油腻腻地、横七竖八地搁在生锈的煤气炉上，床铺得等到下午才会整理，到处——在每一个可能会走到或碰到的角落里——堆放着一罐罐沾满了颜料的松节油和一个个盛着半满的红茶的茶壶。你拿起一张椅子上的坐垫，会发现下面放着一个盘子，里面装着吃剩的荷包蛋。伊丽莎白一走进房间就忍不住会叫嚷：

“噢，妈妈，亲爱的妈妈，你怎么能这样？看看房间乱成什么样子！这样的生活实在是太可怕了！”

“亲爱的，房间怎么了？房间很乱吗？”

“非常乱！妈妈，你得把那盘粥放在床中间吗？还有那些锅！房间看起来太邋遢了。要是有人进来怎么办！”

当提到干家务活儿这样的话题时，拉克斯汀太太的眼神就会变得很迷离，仿佛魂飞物外。

“我的朋友可不会介意这些，亲爱的。我们都崇尚波希米亚风格，我们是艺术家。你不明白当我们作画的时候是多么全神贯注。你缺少了一点艺术气质，亲爱的。”

“我得看看能不能把那些锅给洗干净。我不能想象你就这样子生活。你的硬毛刷子哪儿去了？”

“硬毛刷子？让我想想，我知道我在哪儿见过的。啊，有了！昨天我拿它清洗调色板了。但你用松节油洗洗就好了。”

伊丽莎白干活的时候，拉克斯汀太太会坐下来，拿着一根蜡笔继续在一张素描画纸上涂鸦。

“你真是太好了，亲爱的。这么能干！我不知道这一点你是从谁那里继承下来的。现在对我来说，艺术就是一切。我觉得灵感源源不断地喷涌出来，把所有低劣琐碎的事情一扫而空。昨天我用《纳什杂志》的一页纸装午饭，这样我就可以节省点时间不用洗盘子。这主意真不错！你想要干净的盘子时，只需要撕下一页纸。”诸如此类的话。

伊丽莎白在巴黎没有朋友。母亲的朋友都是和她一样的人，要么就是年迈的、一无是处的单身汉，靠微薄的收入为生，从事那些可鄙的半吊子艺术，像木雕或瓷画什么的。除此之外，伊丽莎白只和外国人打交道。她讨厌全体外国人，至少是所有的外国男人，因为他们的衣着很廉价，而且饭桌上的举止令人恶心。那时候让她觉得安慰的事情就是去爱丽舍宫大道的美国图书馆阅读那些画报。星期天或下午有空的时候，她会一连几个钟头坐在亮闪闪的大桌子旁边，做着白日梦，看着《每日梗概》、《点滴》、《画报》、《运动与戏剧》等。

啊，那些画报里蕴含了多少快乐！“猎犬大会于巴罗迪恩爵士华丽的沃威克郡府邸查尔顿礼堂的草坪举行”、“尊敬的泰克-博尔比夫人携阿尔萨斯犬忽必烈汗出席，今夏该犬荣获克拉夫特二等奖”、“戛纳日光浴，由左至右分别是：芭芭拉·皮尔布里克小姐、爱德华·图克爵士、帕米拉·威斯特鲁普夫人、‘娘娘腔’贝纳克上尉”。

多么美妙的金色世界！有两回她在杂志里看到了老同学的面孔。看着老同学时她感到黯然神伤，很疼。她的老同学就在美国，骑着马，开着汽车，丈夫就像骑士一样勇猛优雅。而她呢，干的是那份糟糕的工作，住的是那间破烂的包膳宿旅舍，还有那个邋遢的母亲！难道她就没有出路了吗？难道她会永远困在这个肮脏卑劣的地方，再也不能回到上流社会了吗？

有了妈妈这个坏榜样现身说法，伊丽莎白对艺术十分厌恶，而这是很自然的事情。事实上，任何聪明过头的人——用她的话说，“脑袋太好使”的人——在她的眼中都是“低俗”的人。她觉得真正体面的人——那些打松鸡、去阿斯科特赛马场、在科兹开游艇的人——脑袋都不怎么灵光。他们不会从事写书或画画这种无聊的事情。而那些不切实际的想法——社会主义什么的，在她的字典里都带着贬义的色彩。真是事有凑巧，她遇到过一两个名副其实的艺术家。他们愿意一辈子身无分文地工作，却不愿意委身到一家银行或保险公司上班。她鄙视这种男人，远远甚于鄙视母亲身边那个半吊子艺术家的圈子。一个男人居然主动放弃了大好的光明前程，把自己奉献给毫无意义的事情，这实在是太可耻了，太不要脸了，太可怕了。她担心自己会变成老处女，但她宁愿当一千辈子老处女也不愿嫁给这样的男人。

伊丽莎白在巴黎住了快两年的时候，母亲突然死于食物中毒。麻烦的是，她没有早点死掉，只留给伊丽莎白不到一百英镑的遗产。她的叔叔和婶婶立刻从缅甸发来电报，叫她过去和他们一起住，并说稍后会给她写一封信。

写这封信花了拉克斯汀太太不少时间，她把笔夹在两唇之间，那张三角脸俯视着信纸，看上去像一只正在深思熟虑的蛇妖。

“我想我们得留她住上一年，真是好烦人！不过，要是她有点姿色的话，一年内应该嫁得出去。我该对她说些什么呢，汤姆？”

“说些什么？噢，就说她在这里找到如意郎君的机会要比回国更大一些，你知道该怎么说。”

“我亲爱的汤姆！你尽说些不着边的事情！”

拉克斯汀太太写道：

“当然，这里只是个小官署驻地，我们大部分时间都住在丛林里。我很担心你会觉得这里比起巴黎没那么好玩，要无聊得多。但对于一个姑娘家来说，小地方也有自己的好处。她会发现自己成了社交界的公主。那些未婚男士都很孤单，能有一个女孩子出现在社交场合将令他们心花怒放。”如此这般这般。

伊丽莎白花了三十英镑购置夏天的服装，然后立刻出发。在一群海豚的护送下，轮船驶过地中海，经苏伊士运河驶入一片波光粼粼的珐琅蓝海洋，然后转入绿意盎然的印度洋，船只驶过之处，一群群飞鱼吓得纷纷掠过水面。到了晚上，海面上漂着点点磷光，船艏就像冒着绿色火焰的箭头破浪前进。伊丽莎白很“享受”远洋轮船上的生活。她喜欢晚上在甲板上跳舞，船上的每位男士似乎都愿意为她买一杯鸡尾酒，但是，她和那帮年轻人很快就厌倦了甲板上的游戏。虽然她的母亲过世刚刚两个月，她已经不再悲伤。她并不深爱母亲，而且船上的人对她的身世一无所知。破落潦倒地生活了两年后，能再度呼吸到有钱人圈子的气息真好。虽然船上大部分人其实并不是有钱人，但上了远洋轮船每个人都会装出有钱人的派头。她知道自己会喜欢印度的。从其他乘客的交谈中她已经勾勒出印度的样子。她甚至学了几句必备的印度斯坦语，如：“伊德赫奥”（“过来”）、“扎尔迪”（“快点”）、“萨希布洛”（“老爷”）等。她预先体会到了俱乐部友好的气氛：蒲葵扇轻轻地摇摆着，赤着脚戴着白色头巾的童仆虔诚地行额手礼，蓄着齐整胡须的古铜色皮肤的英国士兵在练兵场上斥马狂奔，打着马球。在印度人们的生活方式简直可以媲美真正的有钱人。

他们横穿犹如绿色玻璃的水域，来到了科伦坡，这里的海龟和黑蛇在漂浮着享受日光浴。一列小舢板冲出来迎接轮船，划船的都是些皮肤黝黑的男人，嘴唇被蒌叶汁染得比鲜血还红。乘客下船的时候他们围着舷梯叫嚷着。伊丽莎白和她的朋友下去时，两个驾着舢板的男人将船头靠着舷梯上，大声地恳求着她们。

“小姐，您不能上他的船！不能上他的船！他是坏人，载小姐的不行！”

“别听他胡说八道，小姐！脏兮兮的下流坯子！他在耍花招！这些土著人下流的把戏！”

“哈，哈！他自己不是土著人！噢，不是！他是欧洲人，全身都是白皮肤的，小姐！哈，哈！”

“你们俩别吵了！不然我会狠狠踢你们一脚。”伊丽莎白朋友的丈夫喝骂道——他是个种植园主。他们上了一艘舢板，被送到阳光灿烂的码头。然后那个抢到生意的船夫折返回去，朝那个对手啐了一大口唾沫，这口唾沫他一定已经攒了很久。

这里就是东方。椰子油、檀香、月桂和姜黄粉的味道在酷热得令人眩晕的空气中飘荡。伊丽莎白的朋友开车送她到拉维尼亚山，他们在像可口可乐一样起泡泡的微温的海里泡了澡。傍晚的时候她回到船上，一星期后抵达仰光。

在曼德勒北部，以木柴为动力的火车以每小时十二英里的速度穿过一片广袤而干枯的平原，远处是蓝色的丘陵包上的镶边。白鹭泰然自若地站立着，像苍鹭一样一动不动。成堆成堆的红辣椒在阳光下闪烁着暗红色的光芒。有时候，一座白色的佛塔在平地上耸起，宛如一个慵懒的女巨人的胸脯。热带的傍晚降临了，火车缓缓地颠簸而行，在小站停留，从黑暗中响起野蛮的叫嚷声。衣不蔽体的男人把长发盘在脑后，举着火把在夜里出没，在伊丽莎白眼中，他们就像恶魔一样面目可憎。火车驶入了丛林里，在漆黑中树枝刮着车窗。大约九点钟的时候他们抵达乔卡塔。伊丽莎白的叔叔和婶婶开着麦克格雷格的车子正等候着她，几个仆人还拿着火把。婶婶迎上前，她那柔弱如蜥蜴的双手搭在她的肩膀上。

“我想你一定就是我们的侄女伊丽莎白了。见到你真是高兴。”她亲了亲伊丽莎白。

在火把的光亮中拉克斯汀先生和妻子并肩而立。他吹了一声口哨，高声说道：“我的老天爷哟！”然后他抱住伊丽莎白，亲了她一下，令她觉得态度亲热得有点过头。她还从未见过叔叔和婶婶呢。

吃完晚饭后，在客厅的葵蒲扇下，伊丽莎白和婶婶在聊天。拉克斯汀先生在花园里散步，表面上是在品味素馨花的香气，实则是在偷偷摸摸地喝一个仆人从屋子后头私下带给他的酒。

“我亲爱的，你长得真是太漂亮了！让我再看看你。”她搂着伊丽莎白的肩膀，“我真心觉得伊顿式的短发很适合你。你是在巴黎理的发吧？”

“是的。人人都剪了伊顿式的短发。如果你的头够小的话，也蛮适合你的。”

“太可爱了！还有这副玳瑁眼镜——很时髦噢！我听说所有那些——呃——南美的上流社会女士都喜欢戴这种眼镜。我以前怎么不知道自己有这么一个漂亮迷人的侄女呢。你说你多大来着，亲爱的？”

“二十二岁。”

“二十二岁！等我明天带你去俱乐部，那些男士们得多高兴啊！他们都很寂寞，可怜的家伙，从没见过一张新面孔。你在巴黎住了整整两年吗？我不能想象那里的男人到底在干什么，居然让你没有结婚就走了。”

“我见过的男人不多，婶婶。都是些外国人。我们的生活很平静。我得上班。”她觉得她得上班是件很难为情的事情。

“是的，是的，”拉克斯汀叹了口气，“到处都会听到这种事情。漂亮的女孩子却得去工作谋生，真是太可怜了！我觉得他们太自私了，难道不是吗？那些男的一直不结婚，而那么多可怜的女孩却在寻觅如意郎君。”见伊丽莎白没有答话，拉克斯汀太太又长叹一声，“如果我是个女孩的话，我就随便找个人嫁了，什么人都行！”

两人四目交投，拉克斯汀太太心中有千言万语，但她只想拐弯抹角地暗示一下。她说话总是这样，但每次都把意思弄得非常直白。她说话的口吻温和而客观，似乎正在谈论一个笼统的话题：

“当然，这话我必须得说。有时候女孩子嫁不出去纯粹是她们自己的错。这种事情甚至在这里发生过几回。不久前我记得——有个女孩和她哥哥一起住了一年，很多男人向她求婚——警察、护林官、前程远大的木材公司经理。她全部都回绝了。我听说她想嫁一个驻印度的政府公务员。好嘛，你猜怎么着？当然，她哥哥可不能一辈子养她。我听说现在她还在家里，可怜的女孩，给一个夫人做帮手，说白了就是女仆。一周的工资只有十五先令！想到这种事情真是太可怕，不是吗？”

“太可怕了！”伊丽莎白应和着。

这个话题到此为止。从弗罗利家回来后，伊丽莎白向叔叔和婶婶讲述自己的经历。她们正坐在摆满了鲜花的桌上吃早餐，头顶上葵蒲扇轻轻地拍着，穿着白色外衣和头巾、瘦高如鹳鸟的穆斯林管家站在拉克斯汀太太的椅子后面，手里托着盘子。

“噢，婶婶，多么有趣的事情啊！一个缅甸女孩走到凉台，我从未见过缅甸女孩，应该说，我见过，但不知道她们其实是女孩。真是古怪的小东西——她长着黄皮肤圆脸，黑色的头发盘在头上，看上去简直就像个洋娃娃。她看上去只有十七岁。弗罗利先生说她是他的洗衣女工。”

那个印度管家颀长的身躯挺得笔直，眼睛朝下瞟着她，白色的眼珠子在脸上显得特别大。他的英语说得很好。拉克斯汀先生刚从盘子里叉了一块鱼肉，手停在了半空，难看的嘴巴大张着。

“洗衣女工？”他说道，“洗衣女工？该死的，一定是弄错了吧！这个国家可没有洗衣女工。你知道吗，洗衣服的事情都是男人在做。要是你问我——”

接着他突然闭嘴了，似乎有人在桌子底下狠狠地踩了他一脚。

第八章

当晚弗罗利吩咐哥斯拉去请理发师傅过来——他是镇里唯一的刮脸师傅，是个印度人，顾客大部分是印度苦力，价格是每个月八亚那，隔天干刮一回。欧洲人也会让他理发刮脸，因为没有别的理发师傅了。弗罗利打完网球回来，理发师傅正在凉台上等候着。弗罗利用沸水和康迪牌消毒液给剪刀消毒，然后让理发师傅给他理了发。

“拿我那套最好的棕榈沙滩牌西装出来。”他吩咐哥斯拉，“还有一件绸缎衬衣和我那双黑鹿皮皮鞋，还有上星期在仰光买的新领带。”

“我已经弄好了，德钦。”哥斯拉回答，意思是他会把事情办妥。弗罗利走进卧室时，发现哥斯拉已经把衣服拿好了，站在旁边候命，样子有点不开心。显然，哥斯拉知道为什么弗罗利要精心打扮自己（他想去见伊丽莎白），而他不赞成这样。

“你在等什么？”弗罗利问道。

“帮您穿衣，德钦。”

“今晚我自己穿衣服。退下吧。”

他准备刮脸——今天的第二次——他不想哥斯拉看见他拿着刮脸的东西进浴室。有好几年他没在一天里刮过两次脸了。他心想，上周他刚买了条新领带，运气真好。他精心打扮了一番，花了大约十五分钟时间梳理头发——刚剪完的头发很硬，不肯顺帖地垂下去。

似乎没过多久，他就与伊丽莎白并肩走在去巴扎集市的路上。他发现她一个人在俱乐部的图书室里，突然间鼓起勇气，邀请她到外面散步。她爽快地答应了，让他有点吃惊，她甚至没和叔叔婶婶说一声。他在缅甸住得太久了，忘记了英国人的礼仪。去巴扎集市的路两旁长了菩提树，树叶遮住了新月，树荫下很阴暗，但在树叶的缝隙间星星闪烁着白光，看上去很矮，就像吊在看不见的绳子上的天灯。一波波不同的味道涌了过来，一开始是素馨花很腻的香气，接着是从维拉斯瓦密的平房对面那些茅屋传来的冷冰冰的、粪便腐烂的臭味。远处传来了鼓点有节奏的声音。

听到鼓声，弗罗利记起了再走一段路就到了正在上演社戏的地方，就在吴柏金的府邸对面。事实上，主办社戏的人就是吴柏金，虽然付钱的是别人。弗罗利心里萌生一个大胆的念头。他可以带伊丽莎白去看社戏！她会喜欢的——她一定会喜欢的。没有哪个长着眼睛的人能抗拒观看社戏的舞蹈。或许，两人出去了那么久，回到俱乐部会有人搬弄是非，但管它呢！那又有什么打紧？她和俱乐部那帮笨蛋不是一类人。一起去看社戏多好玩啊！这时音乐闹哄哄地响起，好不吓人——唢呐滴滴滴地吹响，响板哒哒哒地打响，鼓点嗵嗵嗵地敲响，最响的是一个男人破锣般的吼叫声。

“怎么这么吵？出什么事了？”伊丽莎白问道，她停下脚步，“听起来好像是爵士乐队！”

“是土著音乐。他们在演社戏——那是缅甸的戏剧，介乎历史剧和滑稽剧之间，你可以想象一番。你会感兴趣的，拐个弯就到了。”

“哦。”她的语气很含糊。

他们拐了个弯，那里灯火通明。整条马路有三十码挤得人山人海，都在看社戏。后面有一个隆起的舞台，上面吊着几盏嗡嗡作响的汽油灯，戏台班子在台前敲敲打打。台上有两个穿着戏服的人，让伊丽莎白想起了中国式的佛塔，他们手持弧形的宝剑就在那里比划着。整条马路尽是穿着白色棉布衣服的女人的背影，肩上围着粉红色的围巾，黑色的头发盘了发髻。几个女人趴在坐垫上睡着了。一个中国老汉端着一盘花生，在人群里穿梭着，哀愁地叫卖着："花生！花生！"

"我们可以停下来看几分钟，如果你喜欢的话。"弗罗利说道。

刺眼的灯光和戏台班子震耳欲聋的喧闹差点没让伊丽莎白晕过去，但最让她惊诧的是，这群人就坐在马路上，似乎把这儿当成了剧院的正厅。

"他们经常在路中间表演吗？"她问道。

"通常他们会搭个简易的舞台，第二天早上就拆掉。演出整晚都会进行。"

"但这样做行吗——整条路都被堵住了。"

"噢，行的。这里可没有交通法规。你也看到了，根本没有交通需要管制。"

她总是觉得心里发毛。这时候几乎所有的观众都从席子上转过身来，紧盯着"英格雷玛"。观众中间有五六张椅子，坐着几个官吏。吴柏金也在里面，他正费劲地挪着大象一般的身材过来问候这两位欧洲人。音乐停下来时，满脸麻子的巴泰匆匆穿过人群走了过来，朝弗罗利行了额手礼，胆怯地问道：

"至圣的主人，我家主人吴柏金差我问您，可否与这位小姐赏光观看社戏片刻？他为您和小姐备好了座位。"

“他们请我们过去看戏。”弗罗利问伊丽莎白，“你想去吗？挺有趣的。那两个家伙一会儿就会退场，然后就是舞蹈节目。我想看一会儿不会让你觉得闷的，好吗？”

伊丽莎白很犹豫，她觉得走进那群臭烘烘的本地人里似乎不好，甚至有点危险。不过她信任弗罗利，他应该知道怎么做比较得体，于是她跟着他朝座位走去。缅甸人纷纷在坐垫上为他们让道，盯着她看，还窃窃私语。她的胫骨碰到了穿着棉布衣服的暖烘烘的身体，空中弥漫着浓烈的汗臭味。吴柏金尽量弯下腰向她鞠躬，瓮声瓮气地说道：

“请就坐，小姐！能认识您真是鄙人的荣幸。晚上好，弗罗利阁下！您能来真是意外之喜！要是我们知道您和这位小姐肯赏光，我们会准备好威士忌和其它欧洲酒水的。哈哈哈！”

他大笑起来，满口被蒌叶汁染红的牙齿在灯光下像红色的锡箔般闪闪发光。他的身躯如此庞大，长相又如此丑陋，伊丽莎白不禁缩着身子离他远一些。一个穿着紫色笼基的瘦削年轻人朝她鞠躬，然后端上一个盛着两杯冰镇果子露的盘子。吴柏金大声拍了拍手：“嘿，舞蹈开始！”他用缅甸语吩咐身边一个男孩，那个男孩挤过人群，走到舞台边上。

“他让人把最好的舞女叫来，以此表示对我们的尊敬。”弗罗利解释，“看，她来了。”

一个原本蹲坐在后台抽烟的女孩子走到灯光下。她很年轻，肩膀纤细，胸脯平坦，穿一件浅蓝色的绸缎笼基，盖住了双脚。按照缅甸的传统，她那条短裙在臀部有小小的裙撑，支起了小小的弧度，就像一朵低垂的花的花瓣。她倦怠地把雪茄扔给戏班的一个人，然后伸出一只纤细的胳膊抖了几下，似乎在放松肌肉。

戏班突然间大声喧闹起来。乐器中有像风笛的管乐乐器、一样尽是小竹板的乐器(一个人拿着一根小锤子在上面敲敲打打)，中间还有一个男人被十二个不同尺寸的高鼓包围着，迅速地用手掌跟从一个敲过另一个。那个女孩开始翩翩起舞。最开始的时候称不上是舞蹈，她只是有节奏地点头，两只手肘摆出不同的姿势，抖个不停，动作就像一个老式街心转盘上面的那些木偶。她的脖子和肘关节转动的时候就像是一具傀儡，但柔软得令人难以置信。她的双手手指合拢，像蛇头一样扭曲着，能扭到几乎和前臂差不多平行的程度。渐渐地，她的动作越来越快。她开始左右跳跃着，猛地弯下了腰，似乎在行屈膝礼，然后无比矫捷地一跃而起，虽然那条长笼基束缚了她的双脚。然后她以一种古怪的姿势跳舞，似乎坐了下来，膝盖弯曲着，身体前倾，手臂屈伸不停，头也跟着鼓点的节拍而舞动。音乐的节奏加快了，到达了高潮。那个女孩笔直地站起来，就像一个陀螺迅速地转个不停，裙子的裙撑在身边飞舞着，像是一朵雪花的花瓣。接着，和开头一样，音乐戛然而止，在观众的鼓噪声中，那个女孩又摆回了那个屈膝行礼的姿势。

伊丽莎白观看着舞蹈，心里觉得很惊奇，又有点无聊，而且有点恐惧。她呷了一口饮品，觉得味道有点像发油。在她脚边的垫子上，三个缅甸女孩枕着同一个枕头睡得正香，小巧的鹅蛋脸凑在一起，像三只小猫咪一样。在音乐声中，弗罗利凑在伊丽莎白耳边低声向她作介绍。

“我知道你会对这个感兴趣，所以带你来这里看看。你读过书，直住在文明社会，不像我们这些人，是可悲的野蛮人。难道你不觉得这舞蹈虽然怪里怪气，不过倒还值得一看吗？看看那个女孩子的动作——看看那个古怪的前倾姿势，就像一具牵线布偶一样，她的双臂从肘部开始扭曲，就像一条直立着身子准备攻击的响尾蛇。这套舞蹈很古怪，甚至可以说丑陋，好像是刻意为之。而且动作有点狰狞——所有的蒙古人种都带有恶魔的气质。但你仔细看下去的话，就可以看到这套舞蹈所蕴含的艺术和许多个世纪的文化底蕴！那个女孩的每一个动作都经过无数代人的研究和传承。当你仔细观察这些东亚人的艺术时，你可以看到——一个文明回溯，回溯，一直回溯到我们还以树叶遮羞的年代，而这个文明在当时就已经像现在一样了。我不知道该怎么向你形容，在某种程度上，缅甸的生活和精神就凝聚在那个女孩舞动双臂的姿势中。当你看到她时，你看到的是稻田、柚子树下的村庄、佛塔、穿着黄色僧袍的和尚、清早在河里游泳的水牛、锡袍王的宫殿——”

音乐一停他也跟着停下来。有些东西能逗引他东拉西扯毫无戒备地说个不停，而社戏就是其中之一。但现在他意识到自己一直在像一个小说里的角色那样说个不停，而且还是一本很蹩脚的小说。他转过脸去。伊丽莎白听着他说话，心里觉得怪不舒服的。这个男人到底在说些什么？这是她的第一想法。而且，她听到了深恶痛绝的“艺术”这两个字不止一次。这时她才想到她跟弗罗利并不熟络，单独和他出来实在是不明智的举动。她环顾四周，看着黑潮般的面孔和耀眼的灯光。这个陌生的地方吓坏了她。她在这个地方干什么？像这样和这帮黑黝黝的人坐在一起，几乎和他们产生肢体接触，闻着他们那股大蒜和汗水的味道，不是太得体吧？为什么她不是在俱乐部里和其他白人在一起？为什么他要带她来这里，坐在这群本地人中间，观看这么丑陋野蛮的舞蹈呢？

音乐响起，那个演社戏的女孩又开始跳舞。她的脸上涂着厚厚的脂粉，在灯光下看上去就像一副涂着粉笔灰的面具，后面是一双活人的眼睛。那张死白色的脸和那些木偶一样的动作让她看上去非常可怕，似乎是一个魔女。音乐变换了节奏，那个女孩开始以刺耳的声音唱起了歌。这是一首抑扬顿挫的快歌，听起来很快乐，但带着一股狰狞的感觉。观众们和着唱起来，一百多个人整齐划一地吟唱着难听的曲调。那个女孩仍然摆着那个古怪的弯腰姿势，转过身以屁股朝着观众开始起舞。她那条绸缎笼基闪烁着金属般的光泽。她的双手和双肘仍然在旋转着，臀部开始两边摇摆。然后她开始配合着音乐分别扭动着两个屁股蛋——动作非常灵巧，而且透过笼基看得很清楚。

观众们热烈地鼓掌，那三个在垫子上睡觉的女孩被吵醒了，也跟着热烈地拍手。一个文员瓮声瓮气地嚷道："真棒！真棒！"他嚷的是英语，为两位欧洲客人助兴。但吴柏金皱着眉挥了挥手。他很了解欧洲女人。但伊丽莎白已经站起身了。

她断然说道："我得走了。我们得回去了。"她看着别处，但弗罗利看到她的脸涨得通红。

他起身站在她身边，有点不高兴，"听我说，你能多坐几分钟吗？我知道现在不早了，但是——他们提早了两个小时让这个女孩上来跳舞，这是对我们的尊重。再坐几分钟吧，好吗？"

"我做不到。其实我早就得回去了，我不知道叔叔和婶婶会怎么想。"

她立刻穿过人群往外面走，弗罗利跟在她后面，甚至来不及向社戏的表演者道谢致意。缅甸人不是很高兴地让了道。这些英国人都一副德性，老是扫了兴致，人家安排了最好的舞者为他们表演，然后表演这才刚刚开始居然就要走人！弗罗利和伊丽莎白刚走，场内就争吵起来。那个社戏女孩不愿意继续跳舞，而观众们要求她继续跳下去。不过，两个丑角匆匆上台，发出怪叫，讲起了黄色笑话，于是观众们平静了下来。

弗罗利可怜兮兮地跟在伊丽莎白身后走在路上。她走得很快，头转向一边，有好一会儿她没有说话。怎么会发生这种事情呢，刚刚两人不是还相处得好好的嘛！他一直想道歉。

“我真的很抱歉！我不知道你不喜欢——”

“没什么，你为什么要道歉呢？我只是说得回去了，就是这样。”

“我应该事先就想到的。在这个国家一个人老是会不注意那种事情。这些人和我们对于礼貌的看法很不一样——在某些方面要更加严格一些——但是——”

“不是因为这个！不是！”她气愤地叫嚷着。

他知道自己只会越描越黑。两人默不作声地走着，他走在后面。他觉得好难过。他是个彻头彻尾的傻瓜！但他一直想不明白她对他生气的真正原因。触犯她的并不是那个社戏女孩的舞姿本身，那只是一个由头。这次出行——主动去和那些臭烘烘的土著人摩肩接踵——让她很不高兴。她清楚地知道这不是白人应该做的事情。而他所作的那一番滔滔不绝的发言，那些冗长的说辞——几乎，她烦心地想，让人觉得他似乎是在引用诗句！有时候你在巴黎遇到的那些艺术家就是这么说话的。直到今晚之前她还以为他是个真正的男子汉。接着，她想起了今天早上的遭遇，他如何赤手空拳地勇斗大水牛。她的气消了一些。走到俱乐部的时候她决定原谅他一回。这时弗罗利也重拾勇气开口说话。他停了下来，她也停了下来，星光透过树枝洒落下来，他依稀可以看清她的脸。

“我想说，我想说，我希望你不会为这件事生气吧？”

“不，当然不会。我告诉过你我不生气。”

“我不该带你去那儿的。请原谅我。请放心，我不会告诉别人你去过那里。我只会说你去了花园里散步——就是这样。他们或许会觉得奇怪，一个白人女孩居然去看社戏。我不会告诉他们的。”

“噢，当然，我是不会去的！”她同意了他的提议，语气热情得让他觉得很惊讶。他知道自己得到了原谅。但他并不知道是什么事情让自己得到原谅。

两人默契地分开走进俱乐部。毫无疑问，这次出行以失败告终。今晚俱乐部的休息室里气氛很热烈。所有的欧洲人都等候着迎接伊丽莎白，那个主管和六个仆人穿着最好的、浆硬的白西装，分列在门口左右微笑着行额手礼。当欧洲人问候完伊丽莎白后，那个主管捧着一个大花环走上前来，这个花环是仆人们特意为“白人小姐”准备的。麦克格雷格先生致欢迎辞，言语非常幽默，介绍了每个人。他介绍麦克斯韦为“我们的本地巢居专家”，介绍威斯特菲尔德为“法律与秩序的守护神——啊——土匪强盗的煞星”等等等等。大家都笑得乐不可支。见到一位漂亮女孩让每个人顿时变得幽默起来，懂得欣赏麦克格雷格先生的致辞——事实上，他花了一整晚的时间进行准备。

机会一出现，埃里斯就带着狡诈的神情，把弗罗利和威斯特菲尔德拉进了棋牌室。今晚他的心情比平时要好一些。他用他那小而坚硬的手指抓住弗罗利的胳膊，抓得他有点疼，但动作很亲昵。

“我的老伙计，大家都在找你。你去哪儿了？”

“哦，我去散步了。”

“去散步！和谁一起去的？”

“和拉克斯汀小姐。”

“我就知道！也就是说，你是那个落入圈套的该死的傻瓜了，不是吗？别人还没来得及看上一眼，你就把诱饵给吞下去了。本以为你是老鸟了，不会上这样的当，我真的是这么想的。”

“你什么意思？”

“什么意思！看看他，还在假装不知道我什么意思！我是说，拉克斯汀太太已经看上你当她那宝贝侄女的如意郎君了。如果你真他妈不明白的话我就跟你明说了。是吧，威斯特菲尔德？”

“说得对极了，老伙计。合格的年轻单身汉，适合结婚的人什么的。他们看上他了。”

“我不知道你们怎么说起这个来了。这个女孩刚到这儿还不到二十四小时呢。”

“够久的了，你都带她去花园里散步了。你可得小心了，汤姆·拉克斯汀或许是个醉鬼，但他可不是傻瓜，他可不想有一个侄女缠着他一辈子。当然，她可是个八面玲珑的女孩子。所以呢，你可得小心一点，不要一头栽进去。”

“该死的，你怎么可以这样对别人妄加评论。毕竟她还只是个女孩——”

“我亲爱的老伙计，”埃里斯有了新的丑闻题材，态度变得几乎非常和蔼可亲，拉着弗罗利的大衣翻领，“我亲爱的、亲爱的老伙计，你是不是在做白日美梦呢？你以为那个女孩子是个容易得手的猎物，才不是呢。这些从英国来的女孩子都一样。‘是个男的就行，但戴上戒指了再说。’——那就是她们的宗旨，每个人都一样。你以为她来这儿是干吗的？”

“为什么？我不知道。我想她想来就来。”

“你可真是个笨蛋！她来这里当然是想找个丈夫。这不是明摆着的事嘛！当一个女孩在别的地方嫁不出去，她就会到印度碰碰运气，那里每一个男人做梦都想见到一个白人女孩。他们称之为‘印度婚姻介绍所’。应该说是‘皮肉市场’才对。每年一船船这样的女人就像冻羊肉被运过来，被像你这样恶心的老单身汉染指。冷冻库存，刚从冰库里拿出来的丰美的羊蹄髈。”

“你说话怎么这么龌龊？”

“牧场饲养的上等英国羊肉。”埃里斯高兴地说道，“新鲜运到。保证鲜嫩无比。”

他装出挑挑拣拣羊蹄髈的动作，还猥琐地闻了几下。这个玩笑很可能让埃里斯说上很久。他那些笑话总是反反复复地说上很久。再没有什么事情能比糟蹋一个女人的名声更令他开心了。

当天晚上弗罗利没怎么和伊丽莎白见面。大家都坐在酒吧间里，尽说一些这种场合下空洞无聊的话题。弗罗利从来无法附和这种聊天。至于伊丽莎白，俱乐部文雅的气氛、身边那么多白色的面孔，还有亲切的画报和“邦佐”图片，让她在经过了看社戏这个小插曲后心里踏实多了。

拉克斯汀一家九点钟离开了俱乐部，陪他们散步回家的不是弗罗利，而是麦克格雷格，在凤凰树的树荫下像只友好的蜥蜴怪兽一样漫步在伊丽莎白身边。卑廖的轶事和其它类似的故事找到了新的倾诉对象。麦克格雷格喜欢对任何新到乔卡塔的人说这些，因为其他人觉得他特别无聊，俱乐部已经形成了一个规矩，那就是打断他讲述这些故事。但伊丽莎白喜欢听别人说话。麦克格雷格先生觉得她真是一位生平罕见的蕙质兰心的女孩。

弗罗利在俱乐部里多逗留了一会儿，和其他人一起喝酒。他们说了许多关于伊丽莎白的猥琐话。至于选举维拉斯瓦密医生入会的争议就暂时被搁置一旁。昨晚埃里斯贴上去的公告也被取下来了。麦克格雷格先生早上来俱乐部的时候看到了这张公告，他是个处事公正的人，立刻让人取下公告，虽然如此，这张公告上的内容已经不胫而走。

第九章

接下来的半个月发生了许多事情。

吴柏金与维拉斯瓦密医生的斗争进行得如火如荼。整个小镇分成了两个派系，每一个本地人，从治安长官到巴扎集市的扫地工人，都站在各自的阵营，等待着作伪证的时候到来。但在两个派系中，医生的派系势力要小得多，而且诽谤攻讦的能力远远不如对方。《缅甸爱国者报》的编辑被告上法庭，罪名是煽动性言论和诽谤英国官员，不许保释。他的被捕在仰光引起了小小的骚动，被警方镇压下去，只有两个暴动者被打死。那个编辑在监狱里进行绝食抗议，但只坚持了六个小时就偃旗息鼓。

乔卡塔出了几桩事情。一个名叫纳苏欧的土匪神秘地越狱了。而且传闻沸沸扬扬，说本地人正在准备发动叛乱。那些小道消息——到目前为止它们仍然很模糊——都围绕着一个名叫松洼的小村庄，就在离麦克斯韦采伐柚木的营地不远的地方。一个巫师不知从何而来，他散布英国人的统治即将灭亡的预言，给民众分发神奇的外衣，据说可以刀枪不入。麦克格雷格并不是太在意这些谣言，但他提出申请，要求增强警力。据说很快一位英国军官将率领一个印度步兵连过来增援。当然，一收到出大事的威胁，或者说，是出大事的希望，威斯特菲尔德就立刻赶到松洼。

“上帝啊，要是他们能爆发一次像样的叛乱就好了！”出发前他对埃里斯说道，“但一定会像平时那样不了了之的，真是该死。这些造反总是一样——还没开始就疲软了。你相信吗，我还从来没有朝一个家伙开过枪呢，甚至连一个土匪也没打过。不算战争在内的话，十一年了，从未杀过一个人。真是郁闷。”

“噢，那还不好办，”埃里斯说道，“如果他们不敢动手，你可以把为首的抓起来，好好地打他们一顿板子。这可比把他们关在我们那该死的像疗养院一样的监狱里要好得多。”

“嗯，或许是这样。但现在这种事情不能做了。那些形同儿戏的法律在庇护他们，我在想，我们怎么就这么傻，制定出这些法律条文。”

“噢，该死的法律。打板子是让缅甸人乖乖听话的唯一手段。你见过他们被打板子后的样子吗？我就见过。从监狱里被搀扶出来，躺在牛车上，女人们为他们的后背和臀部敷上捣碎的香蕉。他们知道打板子的威慑力。要是我掌权的话，我就会打脚底板，就像那些土耳其人一样。”

“啊，好嘛。希望他们真的有种干上一架。那我们就可以出动军警、步枪什么的。干掉几十个人——这个世界就清净了。”

但是，这个盼望已久的机会并没有出现。威斯特菲尔德和那十几个他带到松洼的警察——都是一帮兴高采烈的圆脸廓尔喀族年轻士兵，希望用他们的库克利弯刀砍人——发现村子里太平得让人觉得沮丧失落，似乎根本没有造反的迹象，只是村民们在尝试着抗交人头税，这种事情每年都会发生，就像雨季一样规律。

天气一天天热起来。伊丽莎白出了第一次痧子。俱乐部的网球活动基本停止了。人们懒洋洋地打了一盘后就瘫坐在椅子上，几品脱几品脱地喝着微热的橘子汁——确实是微热的，因为从曼德勒运来的冰块一周只有两次，而且不到二十四小时就全融化了。森林里的热力达到了最高峰。缅甸女人为了防止孩子们中暑，会往他们脸上涂黄色的防晒霜，看上去就像非洲的巫师。成群的绿鸽子和个头像鸭子一般大的皇鸠飞过来啄食巴扎集市道路两旁那些菩提树结出的浆果。

这段时间里，弗罗利不许玛赫拉梅踏进他的家门。

多么卑鄙龌龊的事情！他有很好的借口——她偷了他的金烟盒，拿到巴扎集市中国人李晔开的杂货店兼非法当铺那里当掉了——但这只是一个借口。弗罗利和玛赫拉梅都心知肚明，包括所有的仆人也知道，他把她赶出家门，完全是为了伊丽莎白，为了“那个染了头发的英格雷玛”，玛赫拉梅就是这么叫她的。

一开始玛赫拉梅没有大吵大闹，她满脸不高兴地站在那儿等着他给她写了一张一百卢比的支票——巴扎集市的李晔或那个印度放债人可以兑现支票——告诉她被逐出家门了。他比她更羞愧，不敢正视她的脸，声音也很软弱，带着愧疚。载她的东西离开的牛车过来时，他把自己关在卧室里躲避着，准备等到东西搬完才出去。

外面传来了牛车吱吱咯咯的走动声和男人的声音。接着，突然间他听到了尖利的哭叫声。弗罗利走到屋外，几个仆人正围在日头下的大门口，玛赫拉梅紧紧抓住大门的栏杆不放，哥斯拉正试图把她撵出去。她转头看着他，一脸悲愤绝望的表情，声嘶力竭地叫着：“德钦！德钦！德钦！德钦！”虽然他把她逐出家门，但她仍然叫他德钦，他觉得很心疼。

“怎么了？”他问道。

原来玛赫拉梅和玛伊都说一顶假发是自己的。弗罗利把假发给了玛伊，给了玛赫拉梅两卢比作为补偿。牛车慢悠悠地离开了，玛赫拉梅坐在两个柳条筐旁边，身体坐得笔直，脸色阴沉沉的，抚摸着膝盖上的猫咪。那是两个月前他送给她的礼物。

虽然哥斯拉一直希望玛赫拉梅离开，但当事情真的发生时，他并不开心。当他看到主人去教堂时更加不开心——他把教堂称为“英国佛塔”——星期天牧师来的时候弗罗利仍然在乔卡塔，他和其他人一起去了教堂。教堂的信众有十二个人，包括弗朗西斯先生、萨缪尔先生、六个当地的基督徒，拉克斯汀太太用那部单脚踏板的小风琴演奏着《与我同在》。那是十年来弗罗利除了出席葬礼之外第一次去教堂。哥斯拉根本不知道在“英国佛塔”里会做些什么事情，但他知道上教堂是件体面的事情——和所有的单身汉的仆人一样，他打骨子里不喜欢体面这一品质。

“麻烦的事情就要来了。”他如丧考妣地对其他仆人说道，“这十天来我一直在观察他(指弗罗利)。他的烟量减到了每天十五根，吃早饭之前不喝杜松子酒了，而且每晚都要刮胡子——虽然他以为我不知道，这个傻瓜。他还订了六件新的丝绸衬衣！我得监督着裁缝，骂他怎么这么磨蹭才做好衣服。这是可怕的征兆！再过三个月，这座房子就别想有安宁的日子了！”

“怎么了，他打算结婚吗？”巴沛问道。

“一定是这样。当一个白人开始去英国佛塔时，你可以肯定地说这是结局的开始。”

“我这辈子服侍过很多人，”老萨米说道，“最糟糕的莫过于温普尔上校老爷，他老是叫人把我摁倒在桌子上，然后从后面用厚厚的靴子踢我，因为我老是做香蕉煎饼给他吃。平时他喝醉的时候，会朝仆人的房舍屋顶开枪，子弹就从我们的头顶飞过。但我宁愿在温普尔上校老爷那儿干上十年，也不愿服侍一个小心眼的白人太太一个星期。要是我们的主人结婚了，我当天就辞职不干。”

“我可不走，我服侍他十五年了，但我知道那个女人一来，我们都不会好过。她会冲我们大吼大叫，就因为家具上有一点灰尘，下午我们睡觉的时候会把我们叫醒，给她泡茶，随时随地跑到厨房抱怨一通，说盘子洗不干净啦，面粉罐里有蟑螂啦。我相信这些女人整晚不睡觉，就想着法子折磨仆人。”

“她们还有红色的小本子，”萨米说道，“在里面登记去巴扎集市花了多少钱，这里花了两亚那，那里花了四亚那，所以你根本没有油水可捞。她们对一个洋葱的价格可比一位老爷对五卢比更加计较。”

“啊，我就知道！她可比玛赫拉梅更难缠！女人啊！”最后哥斯拉总结出这么一句，长长地叹了口气。

其他人跟着叹气，甚至玛蒲和玛伊也跟着叹气。两人都没把哥斯拉的话当成是对女性的非难。英国女人被当成另外一个人种，甚至不被当成是人。他们非常害怕英国女人，一个英国男人结婚后，他的仆人便纷纷离开，即使是那些服务多年的仆人也一样。

第十章

其实哥斯拉多虑了。认识伊丽莎白十天后，弗罗利和她的关系并不比第一天刚见面时亲密多少。

其实这十天来他一直陪着她，因为大部分欧洲人都在丛林里。弗罗利其实不应该在总部逗留，因为一年的这个时候是伐木的高峰期，他不在采伐现场，那帮欧亚混血监工又懒惰无能，搞得事情一团糟。但他还是留在总部——借口是发烧了——而监工们几乎每天都会寄来求救信，告诉他种种可怕的情况。一头大象病了，将木料拉到河边的轻轨火车机头坏了，有十五个工人开小差跑了。但弗罗利还是不肯离开乔卡塔，因为伊丽莎白在那儿。他继续尝试着找回两人第一次见面时那种轻松愉快的气氛——但没有多大的成效。

两人每天都见面，早晚两次。每天晚上他们在俱乐部单独打网球——拉克斯汀太太跑不动，而在一年的这个时候拉克斯汀先生根本没有心情打网球——然后他们四人会一起到酒吧间打桥牌，聊天。尽管弗罗利经常和伊丽莎白在一起，一呆就是几个小时，两人还经常单独相处，但他从未感觉到一刻的轻松自在。两人天南海北地神聊——但聊的都是些零碎琐事——虽然可以畅所欲言，但两人很疏远，感觉就像陌生人一样。有她在场让他觉得很拘谨，无法忘却脸上那块胎记。他一天刮两次下巴，酒瘾和烟瘾发作起来难受得要命——和伊丽莎白在一起时他尽量不抽烟不喝酒。过了十天两人的关系根本没有取得他所希望的进展。

不知道为什么，他从来无法以自己渴望的方式好好和她聊天。聊天，只是聊天而已！听起来似乎没什么，但其实意义非常重大！当你开始步入中年，过着苦闷孤独的日子，身边那些人觉得你对每件事情的真实看法都是异端思想时，聊天的需要成了最重要的需要。但和伊丽莎白在一起时根本不可能谈起严肃的话题。两人就像被施了魔咒一样，尽聊一些琐碎无聊的话题：谈唱片、谈狗、谈网球拍——都是那些意兴索然的俱乐部闲聊。她似乎只想谈论这些事情。只要他一触及任何有趣的话题，她就会逃避说“这个我可不知道”。了解她读书的偏好时他不禁大吃一惊。他提醒自己她年纪还小，但她不是在巴黎的梧桐树下喝着白葡萄酒，谈论着马塞尔·普鲁斯特吗？再过一段时间，她一定会理解他，并成为他需要的伴侣。或许这只是因为他还没有得到她的信任。

和她在一起的时候他根本不懂得相处之道。和所有那些一直生活很孤独的男人一样，他只知道倾吐自己的观点，却没有考虑到别人的感受。因此，尽管两人聊天时只是说一些不着边的话题，他开始让她觉得厌烦，烦的不是他所说的那些话，而是他所暗示的内容。两人在一起的时候总是很别扭，不知道如何形容，但老是濒临吵架的边缘。当两个人在一起的时候，其中一个在这个国家生活了很久，而另一个初来乍到，不可避免地，第一个人会是第二个人的导师。这几天伊丽莎白开始了解缅甸，自然而然地，弗罗利扮演起翻译的角色，对这个予以解释，对那个评头品足。他所说的话，或许是他说话的方式，让她觉得无法认同。她觉得只要弗罗利说起“土著人”，说的几乎都是好话。他总是在赞美缅甸的风俗和缅甸人的品格。他甚至拿他们和英国人作比较，赞美褒扬他们。这些话让她感到不安。说到底，土著就是土著——虽然很有趣，但终究是长着黑色面孔的“臣民”和劣等民族。他的态度未免太宽容了，而且他一直没搞懂他是怎么惹恼她的。他想让她和他一样爱上缅甸，而不是以一位白人女士那种木然而漠不关心的眼神去看待它！他忘记了大多数人只有在蔑视当地人的情况下才能在异国他乡住得踏实。

他总是希望引起她对东方事物的兴趣。比如说，他想劝她学缅甸语，却徒劳无功。（她的婶婶向她解释过，只有传教士的妻子才说缅甸语，大家闺秀只要会说厨房用的乌尔都语就够了。）两人之间出现了无数的小分歧，她隐约察觉他的观点不是一位英国绅士应有的观点。她更清楚地知道他是想让她喜欢上缅甸人，甚至推崇他们，推崇那些长着黑色面孔，几乎等同于蛮夷的土著人，看到他们她仍然会觉得浑身战栗！

这个话题出现的方式足有上百种。一队缅甸人在路上经过他们身边时，她仍然会觉得很好奇，会盯着他们的背影，感觉半是好奇半是排斥，然后她会像对其他人说话那样对弗罗利说道：“这些人长得真是丑陋恶心，不是吗？”

“是吗？我倒是觉得这些缅甸人长得蛮好看的。他们的身材多好！看看那个人的肩膀——就像一尊青铜雕像。想象一下，要是在英国，人们像这里的人一样半裸着身体会是什么样子！”

“但他们的头型实在太难看了！头颅后面斜着往上翘，就像一只公猫的脑袋。而且他们的额头是倾斜的——让他们看上去好可怕。我记得曾经在一本杂志里读到过一篇关于人的头型的文章。里面说，一个额头倾斜的人天生就是罪犯。”

“噢，这么说太过分了，世界上得有一半的人长着这种头型。”

“哦，好嘛，如果你把有色人种算在内的话，当然——”

又或者那是一队缅甸女人去井里打水：皮肤黝黑、身形笨重的农村女孩，抬着水罐，臀部像母驴的屁股那样凸起。伊丽莎白讨厌缅甸女人甚于讨厌缅甸男人。她觉得她们是自己的同类，却又讨厌和这些长着黑漆漆的脸的生物是同类。

“她们长得真是太丑了，不是吗？如此粗俗不堪，就像是畜生一样。你觉得有人会觉得这些女人有吸引力吗？”

“她们的男人会，我相信。”

“我想也是，但她们的皮肤好黑——我不知道谁能忍受得了！”

“但你要知道，假以时日你就会习惯棕色皮肤的。事实上，他们说在这些国家呆上几年，你就会觉得棕色的皮肤比白色的皮肤更加自然——我想这话不无道理。它确实更加自然。放眼整个世界，白皮肤才是一种古怪的现象。”

“你的想法可真有趣！”

诸如此类的事情经常发生。他所说的话让她觉得很不高兴，认为那是一派胡言。而在一个晚上，弗罗利允许那两个被遗弃的欧亚混血儿弗朗西斯先生和萨缪尔先生在俱乐部门口和他说话，更是让她觉得气恼。

事情是这样的：伊丽莎白比弗罗利早到了几分钟，她听到他在门口说话，就离开网球场去门口迎他。那两个欧亚混血儿悄悄地凑近弗罗利身边，把他包夹住，就像两只想和他玩游戏的小狗。弗朗西斯一直说个不停。他身材瘦削，情绪很容易激动。他的母亲是个印度南方人，所以他黑得像一片雪茄叶。

萨缪尔的母亲是一个克伦邦人，皮肤是淡黄色的，长着一头暗红色的头发。两人都穿着蹩脚的军服，戴着大大的遮阳帽，压着瘦削的身子，看上去像两株伞菌的茎秆。

伊丽莎白走过来的时候刚好听到关于一段冗长而复杂的身世的只言片语。和白人聊天——谈论关于自己的事情——是弗朗西斯这辈子的一大快事。每隔几个月，当他发现一位欧洲人愿意听他说话时，他就会将自己的生平滔滔不绝地向他倾吐。他说话时鼻音很重，就像在唱歌一样，而且语速非常快：

“我对父亲的记忆不多，阁下，但他是个很暴躁的人，老是拿很粗的两边有很多节眼的竹篾打我、我那年纪还小的同父异母的弟弟和两个母亲。当主教巡视我们的时候，我和同父异母的弟弟就得穿上笼基，混在一帮缅甸小孩里面，免得被认出来。我父亲从未当上主教，阁下。二十八年来只让四个人皈依了基督。而且他太喜欢喝中国米酒了，使得他在外头的名声不太好，还搞得他那本由仰光浸信会出版社出版的《论酗酒的害处》卖不出去，这本书卖一卢比八亚那。我那个同父异母的弟弟老是咳嗽，在一个大热天死掉了。”等等等等。

那两个欧亚混血儿发现伊丽莎白来了。两人摘下帽子，鞠了一躬，露出白灿灿的牙齿。或许，他们俩得有好几年时间没有和一位欧洲女士说过话了。弗朗西斯的语气变得更加热情洋溢。他滔滔不绝地说着，显然是害怕自己的话会被打断。

“晚上好，小姐，晚安，晚上好！能认识您真是鄙人三生有幸！这些天真是酷热难当，不是吗？但四月天就是这样。我想您应该不至于为痱子所苦，是吧？把罗望子捣碎敷在痱子上面准好。我自己每天晚上也痒得难受。我们欧邹人出痱子可厉害了。”

就像《马丁 · 崔述伟》[①]中的查洛普先生一样，他把“欧洲人”说成了“欧邹人”。伊丽莎白没有应他，只是冷冰冰地看着这两个欧亚混血儿。她根本不知道这两个人是谁，是做什么的，觉得他们和她说话是非常无礼的举动。

“谢谢，我会记住罗望子这个药方的。”弗罗利说道。

“这可是中国名医的验方。还有，阁下和小姐，请允许我向两位进言，在四月天只戴宽边毡帽可不行，阁下。那些本地人可以这么戴，他们的脑袋硬邦邦的。但对于我们来说就有中暑之虞。这日头对欧邹人的脑袋可毒了。我是不是耽搁您了，小姐？”

他说最后这句话时的语气特别失落。事实上，伊丽莎白已经决定不去理会这两个欧亚混血儿。她不知道为什么弗罗利愿意和他们说话。她走到网球场，拿着球拍对着空气挥了一拍，提醒弗罗利是时候打球了。他看在眼里，跟了过去，心里很不情愿，因为他不想冷落这两个可怜的欧亚混血儿，虽然他觉得很无聊。

“我得走了，晚安，弗朗西斯，晚安，萨缪尔。”

“晚安，阁下！晚安，小姐！晚安，晚安！”两人举着帽子离开了。

“那两个人是谁？”弗罗利走了过来，伊丽莎白问了他一句。“真是难看的畜生！星期天的时候他们在教堂里。其中一个长得几乎像个白人，他肯定不是英国人吧？”

“不，他们都是欧亚混血儿——父亲是白人，母亲是土著

① 《马丁 · 崔述伟》（*Martin Chuzzlewit*）是英国作家查尔斯 · 狄更斯的小说，讲述穷苦人马丁 · 崔述伟一生颠沛流离的生活。

人。我们给他们起了友好的绰号，叫‘胆小鬼’。”

“他们来这里干什么？他们住在哪儿？他们有工作吗？”

“他们住在巴扎集市。我想弗朗西斯在帮一个放印子钱的印度人当文员，萨缪尔给几个律师当文员。但要不是本地善堂时不时救济他们，或许他们早就饿死了。”

“本地人！你是说——他们仰仗本地人的施舍？”

“我想是这样。如果一个人不介意的话，求得施舍是件很容易的事情。缅甸人不会看着别人挨饿的。”

伊丽莎白对这种事情闻所未闻。想到至少有一半白人血统的大男人与土著人一起生活在赤贫中，她觉得十分惊讶，在小路上停了下来，打网球也因此中止了几分钟。

“但是这太糟糕了！我是说，真是太不像样了！简直就像我们当中的一个沦落到那步田地一样。难道就不能为那两个人做点什么吗？让大家捐点钱，把他们赶走或什么的？”

“恐怕这于事无补。无论他们去到哪儿，情况都会一样。”

“但他们就不能找份正经工作吗？”

“我觉得不行。你要知道，那些欧亚混血儿——在巴扎集市长大，没有接受教育——从一开始就注定完蛋了。欧洲人拿着拐杖也不会去碰他们，而且他们不能担任政府的低级职员。除了仰仗施舍之外他们别无出路，除非他们放弃自己是欧洲人的伪装。但你不能指望那些可怜的家伙会这么做。他们那点儿白人血统是他们唯一的资本。可怜的弗朗西斯，每次见到他时他都会向我抱怨他的痱子。你知道的，本地人不会长痱子——他当然是在胡说八道，以为人们相信他真的长痱子了。还有中暑。他们戴着大大的遮阳帽，让你知道他们长着和欧洲人一样的脑袋。帽子就好像是徽章一样。你可以说这是他们身份的象征。”

这番话并不能让伊丽莎白觉得满意。她感觉到弗罗利和平时一样，对那两个欧亚混血儿起了怜悯之心。看到那两个人就让她觉得讨厌。她已经把这两个人归为鬼佬，将像那些墨西哥人或意大利人或其他在许多电影里扮演坏蛋的外国人。

“他们看起来堕落不堪，不是吗？瘦得像麻秆一样，而且低声下气的，一看就知道不是好人。我想欧亚混血儿都是这么堕落吧？我听说混血儿总是继承了父母双方的缺点，是真的吗？”

“我不知道。大部分欧亚混血儿都算不上是好人，他们出身不好，又怎么能做个好人呢。但我们对他们的态度很粗暴。我们总是当他们是土里长出来的蘑菇，认为他们与生俱来就是这么坏的人。但说到底，之所以会有他们，都是我们的责任。”

“都是我们的责任？”

“他们都有父亲，你知道的。”

“噢……确实如此……但说到底，你不应该为此负责任。我是说，只有非常下流的人才会——呃——和本地女人扯上关系，不是吗？”

“确实如此。不过我知道他们俩的父亲都是神职人员。”

他想起了罗莎·麦克菲，一个1913年的时候他在曼德勒勾引过的欧亚混血女孩。他总是乘着一辆印度马车偷偷来到她家楼下，车帘紧闭着。罗莎盘着头发，客厅里黑漆漆的，摆着几盆蕨类植物和柳条椅子。她那枯瘦的缅甸老母亲给他端茶。后来他甩了罗莎，她用喷了香水的信纸写了很多封可怜兮兮的信件，央求与他重归于好，到最后他连信都懒得打开。

打完网球后，伊丽莎白又提起了弗朗西斯和萨缪尔。

“那两个欧亚混血儿——会有人和他们打交道吗？邀请他们到家里去什么的？”

“老天爷啊，根本没有。他们是彻头彻尾的被放逐者。没有人会和他们说话。事实上，我们顶多和他们打声招呼——埃里斯甚至连招呼也不打。”

“但你和他们说过话。”

“噢，是的，有时候我会打破规矩。我是说，一个白人老爷是不应该被看到和他们说话的。但你要知道，我只是尽量不想当个白人老爷——只有当我能鼓起勇气时才会这么做。”

这句话很傻。现在她知道“白人老爷”这个词的含义和它所指代的人了。他的这番话让两人之间的分歧更清晰了一些。她看着他的眼神几乎带着敌意，而且显得很冷酷无情，有时候她的脸虽然年轻，而且肌肤就像鲜花一样，看上去却冷若冰霜。那副时髦的玳瑁眼镜让她看起来像个很自我的人。眼镜真的可以展现一个人的性格——几乎比眼睛更能展现一个人的性格。

虽然他还是不明白她的想法，也没有赢得她的信任，但至少在表面上两个人还没有闹僵。有时候他会惹她生气，但第一天早上他留下的良好印象还没有消散。很奇怪，这段时间她几乎没有注意到他那块胎记。她很喜欢和他聊一些话题，比方说，打猎——她似乎很喜欢打猎，对于一个女孩来说这可算是很罕有的兴趣。还有骑马，但关于骑马他的知识贫乏得多。他已经安排好了稍迟一些时候带她去打猎一天，等准备就绪就出发。两人都很向往着这次出行，虽然向往的原因并非完全相同。

第十一章

弗罗利与伊丽莎白走在去巴扎集市的路上。虽然是早上，但天气已经很热，就像在一片酷热的海洋中跋涉一样。一路上他们碰到许多缅甸人，都是从巴扎集市那边过来的，穿着很磨脚的草鞋。还有一群缅甸女孩，四五个并排迈着小碎步，走得很快，唧唧喳喳地说着话，光洁的头发闪烁着光亮。在快到监狱的路旁，遍地都是一座石头佛塔的碎片，是被一棵菩提树的树根崩裂弄倒的。佛塔上那些恶鬼狰狞的面孔仰面朝天，静静地躺在草丛中。旁边另一棵菩提树紧紧缠绕着一棵棕榈树，将其连根拔起，整棵树干向后弯去，这种情况已经持续十年了。

他们继续走，来到了监狱。四周都是围墙，占了很大一块面积，大约两百码见方，闪亮的混凝土墙大约有二十码高。那只孔雀——监狱里养的宠物——正像鸽子一样迈着小碎步绕着围墙走动。六个犯人垂着头走了过来，拖着两辆沉重的手推车，上面堆满了泥土，几个印度狱卒看守着他们。这几个都是长期服刑的囚犯，四肢粗壮，穿着粗陋的白布缝制的囚服，光秃秃的脑壳上戴着又小又丑的帽子。他们脸色灰白神情畏惧，而且无精打采的。脚上的镣铐发出清脆的叮当叮当声。一个女人走了过来，头上顶着一个鱼筐。两只乌鸦在鱼筐上方盘旋着，时不时飞下来啄食鱼肉，那个女人漫不经心地扇着手把它们赶走。

不远处人声鼎沸。“拐过这个弯就到巴扎集市了。”弗罗利说道，“今天早上是赶集的日子，看看挺有趣的。”

他邀请她一起来集市参观，告诉她这里是个很有趣的地方。他们拐过弯道。巴扎集市其实是一个围场，看上去像一个大型的畜栏，低矮的摊位上面用棕榈叶遮盖着。围场里人声鼎沸，叫嚷着、推搡着，五颜六色的衣服看上去就像一道从壶里倾泻而出的有千百种颜色的小瀑布。巴扎集市的尽头是一条宽阔的河流，夹带着树枝和长长的几串泡沫，以每小时七英里的速度滚滚而下。河岸边有一排舢板，船头雕着尖利的鸟嘴形状的造型，上面画着眼睛，以锚杆为支点摇来晃去的。

弗罗利和伊丽莎白站着看了一会儿。一排排女人经过他们身边，头上顶着蔬菜篮子，鼓着眼睛的孩子们盯着这两个欧洲人看个不停。一个穿着褪色成天蓝色的粗蓝布衣服的中国老头匆匆走过，手里拿着几条血淋淋的猪肠。

“我们去摊位里转转吧，好吗？”弗罗利问道。

“进去和那帮人在一起？这样子好吗？那些东西都脏得要命。”

“噢，没事的，他们会给我们让道的。你会觉得里面很好玩。”

伊丽莎白不是很情愿地跟在他身后，心里充满了疑虑。为什么他总是带她来这些地方？为什么他总是把她带到“土著人”中间，试图让她对他们感兴趣，观看他们肮脏而恶心的习俗？不知怎么地，情况不是很对劲。但是她还是跟在他后面，觉得无法解释内心的不情愿。一股几乎让人窒息的空气迎面而来，那是一股大蒜、干鱼、汗水、尘土、茴香、丁香和姜黄的味道。他们的身边围满了人，有肤色如棕色雪茄的粗壮结实的农民、花白的头发盘在脑后的枯瘦老人、背着赤裸着身子的小婴孩的年轻妈妈。弗洛被踩到了，大声地叫唤着。伊丽莎白被矮小却强壮的肩膀撞了好几下，那些农民忙着讨价还价，根本没有工夫去看一个白人女子绕着摊位艰难地行走着。

“你看！”弗罗利用手杖指着一个摊位，他的声音被两个女人的争吵声淹没了，她们正为了一筐菠萝大吵大闹，挥舞着拳头。伊丽莎白被这股味道和吵闹吓坏了，畏缩不前，但他没有注意到，领着她继续往人群里走，不时地指着这里或那里的摊位。这里的货品看上去那么新奇、古怪而寒酸。有穿在绳子上有如月亮的硕大的柚子、红色的香蕉、一篮篮个头有如龙虾的浅紫色的大虾、一捆捆的松脆的干鱼、深红色的辣椒、处理得像腊肉一样的剖开的鸭子、绿色的椰子、独角仙的幼虫、一段段甘蔗、长刀、涂了漆的凉鞋、画着方格图案的丝绸笼基、做得像肥皂一样的大块的春药、高达四尺的釉面陶罐、用蒜头和糖做的中式糖果、绿白相间的雪茄、紫色的茄子、用柿子的籽做成的项链、在柳条筐里唧唧叫唤的小鸡、铜佛像、心形的蒌叶、一瓶瓶的克鲁岑盐粉、一顶顶的假发、做饭的红色陶罐、给牛穿的铁掌、纸扎的牵线人偶、一块块从短吻鳄身上剥下的品质上佳的皮革。伊丽莎白的头开始发晕。在巴扎集市的另一头，阳光透过一顶教士伞，看上去是血红色的，似乎那把伞是一个巨人的耳朵。在一处摊位前面，四个达罗毗荼女人正用沉重的木桩在一个大大的木臼里捣姜黄粉。火辣辣的黄色粉末飞舞着钻入伊丽莎白的鼻孔，让她连打了几个喷嚏。她感觉自己一刻也无法再呆下去，碰了碰弗罗利的胳膊。

“这帮人——这个地方太热了。我们找个地方乘凉好吗？”

他转过身。事实上，他一直在说个不停——大部分内容其实听不清楚，因为周围实在太吵了——没注意到酷热和气味已经让她眩晕了。

“噢，真是抱歉。我们这就出去。听我说，我们去李晔老头的店里去——他是一个华裔杂货商人——让他给我们弄杯喝的东西。这里确实很闷热。”

“这些香料——它们似乎让你喘不过气来。那种闻起来像鱼的可怕的味道到底是什么？”

“噢，那是一种他们用虾提炼的酱料。他们把虾埋进土里，过几个星期后再挖出来。”

“怎么这么恶心！”

“我倒是觉得很健康。回来，别去那儿！”他对着弗洛下了命令，它正闻着一筐白杨鱼一样、鱼鳃上长着棘状凸起的小鱼。

李晔的杂货店面朝巴扎集市的远端。伊丽莎白其实希望立刻回俱乐部，但李晔的店面看上去是欧洲风格的——堆着兰开夏出产的棉布衬衣，而且令人难以置信的是，还摆着几个廉价的德制时钟——让她感觉舒服了一些，至少比粗野的巴扎集市要好一些。他们正要上台阶的时候，一个年约二十的瘦削年轻人从人群中走了过来，跟在他们身后。他穿着很不协调的一件笼基和一件蓝色的板球运动上衣，脚穿一双明黄色的鞋子，头发梳成油光水亮的中分式“英格雷发型”。他问候了弗罗利，身体别扭地动了一下，似乎不让自己行合十礼。

“什么事？”弗罗利问道。

“有您的信，阁下。”那个小伙子拿出一个脏兮兮的信封。

“失陪一下。”弗罗利对伊丽莎白说了一句，拆开信件。

是玛赫拉梅寄来的——她找人代笔，自己画了一个十字表示签名——信的内容是索要五十卢比，语气略带威胁。

弗罗利把小伙子拉到一边：“你会说英语，是吧？告诉玛赫拉梅我迟一些会见她。告诉她，如果她想勒索我，她一个子儿也得不到。你听得懂吗？”

“是的，先生。”

“走吧。别跟着我，否则你会有麻烦。”

“是的，先生。”

“是个小职员，想找份工作。”弗罗利对伊丽莎白解释。两人登上台阶，“他们无时无刻不在烦人。”他觉得信里的语气不是很对劲，因为他没有想到玛赫拉梅这么快就开始勒索他。但是，现在他没有时间好好思考这封信到底是什么意思。

他们走进店里，里面很阴暗。李晔正坐在一篮子一篮子的货品中间抽烟——店里没有柜台——看到是贵客光临连忙热情地蹒跚着迎上前。弗罗利是他的朋友。他上了年纪，膝盖直不起来，穿着蓝布衣服，留着一条辫子，黄色的面孔没有下巴，颧骨高耸，看上去像一个和蔼的骷髅头。他瓮声瓮气地以缅甸话问候弗罗利，然后又蹒跚着走到店后，叫人递茶水点心上来。屋里有一股清冷而甜腻的鸦片味，墙上挂着长条形的红色纸条，上面写着黑色的字①，一面墙上挂着一张肖像画，上面是两个神情肃穆的人，穿着刺绣长袍，肖像前供奉着两根焚香。两个中国女人，一个是老妇，一个是女孩，正坐在一张席子上用玉米秸秆和切得像马毛一样细碎的烟草卷香烟。她们穿着黑色的丝绸裤子，双脚的脚背肿胀弓起，勉强塞进红色鞋跟

① 译者注：这应该指中国式的对联。

的木屐中，看上去比洋娃娃的脚大不了多少。一个赤身裸体的小孩正在地上慢悠悠地爬来爬去，像一只黄色的大青蛙。

“看看那两个女人的脚！”等李晔一转身伊丽莎白就悄悄对弗罗利说道，“真是太可怕了，不是吗？她们怎么把脚弄成那样？肯定不是天生的吧？”

“不，她们是故意把脚弄成那样的。我想这种风俗在中国已经不流行了，但这里的人还很落后。李晔的辫子是另一个不合时宜的东西。中国人觉得小脚女人很美。”

“还美呢！这太可怕了，我都不敢看上一眼。这些人就是彻头彻尾的野蛮人！”

“噢，不是这样！他们非常有文化，我觉得比我们更有文化。美只是一种品味。在这个国家有一个民族，叫帕劳人，他们认为女人长脖子很美。那些女孩戴着粗大的铜圈，以此拉长脖子，铜圈越戴越多，直到她们的脖子长得像长颈鹿一样。这可不比穿裙撑或裙箍更古怪。”

这时李晔回来了，两个丰满圆脸的缅甸女孩跟在后面，两人应该是姐妹。她们笑个不停，端着两张椅子和一个蓝色的中式茶壶，里面装有半加仑的茶水。这两个女孩是李晔的小妾。老人家拿出了一罐巧克力，正把盖子撬开，笑容就像慈父那样和蔼，露出三枚长长的、被烟熏黑的牙齿。伊丽莎白心神不定地坐了下来。她很清楚接受这些人的款待是不合适的。其中一个缅甸女孩立刻绕到椅子后面，给弗罗利和伊丽莎白扇风，另一个女孩跪在他们脚边，给他们倒茶。伊丽莎白觉得那个缅甸女孩往她脖子后面扇风，而那个中国男人在她面前咧嘴而笑的这一幕情形特别傻气。弗罗利似乎总是把她卷入这种不自在的情况里。李晔把罐子递给了她，她拿了一块巧克力，但说不出

"谢谢"这两个字。

"这样子好吗？"她悄悄问弗罗利。

"怎么了？"

"我是说，我们应该坐在这些人的屋子里吗？这难道不会有点——有失体面吗？"

"和中国人在一起不要紧。在这个国家，他们是上等人。他们的观念很开通民主，我们应该和他们平等相待。"

"这茶看上去特别难喝。怎么绿油油的。你想他们应该懂得往里面加奶的，是吧？"

"这茶很不错，是李晔从中国带来的特别品种。我想里面加了香橙花。"

"呃！这茶的味道就像泥土一样！"她品尝了一口。

李晔手持烟斗站立着，那支烟斗足有两尺长，金属斗钵有橡树果般大小。他看着这两个欧洲人，想了解他们是不是喜欢喝他的茶。椅子后面的女孩说了几句缅甸语，然后两人又咯咯咯地笑起来。那个跪在地上的女孩仰着头，天真而钦羡地看着伊丽莎白。然后她转头问弗罗利这位英国小姐是不是穿了胸衣。她把"胸衣"说成了"松衣"。

"嘘！"李晔惊讶地用脚指头踢了踢那个女孩，示意她不要多嘴。

"我可不好意思问她。"弗罗利回答。

"噢，德钦，请您问她一下！我们都很想知道！"

两人争执起来，椅子后面的那个女孩忘了扇风，加入了争论。这两个女人似乎都很渴望看到一件真正的"松衣"。她们听说了许多关于胸衣的传闻：胸衣是以束缚囚犯的紧身衣为原理，用钢铁做成的，它们紧紧地把一个女人绑住，让她变成平胸，绝对的平胸！那两个女孩把手按在自己胖嘟嘟的肋骨上作示范。弗罗利能行行好，问这位英国小姐一下吗？小店的后面有一个房间，她可以跟她们去那里宽衣。她们一直想看看一件真正的"松衣"是什么样子的。

然后谈话突然间停了下来。伊丽莎白僵硬地坐在那里，手里拿着茶杯，不敢再喝一口，脸上硬挤出一丝微笑。那几个东方人心里一寒，他们意识到这位英国女士不愿加入他们的谈话，感觉很不自在。刚才还让他们啧啧称赞的她那副优雅姿态和异国美貌，现在开始让他们有点畏惧。连弗罗利也心有同感。与东方人在一起时的那一可怕的时刻降临了：大家都不敢去看其他人的眼睛，徒劳地思索着要说些什么好。接着，刚才那个没穿衣服的小孩原本在店后面翻弄篮子，现在他爬到两个欧洲贵客的脚边，好奇地看着他们的鞋子和袜子，然后他抬起头，看到那两张白皙的脸庞，着实吓了一跳，惊恐地啼哭起来，开始在地板上撒尿。

那个中国老妇抬头一看，咂了咂舌头，继续卷她的烟。其他人根本没有注意到发生了什么事情。地板上开始出现一摊尿。伊丽莎白吓坏了，匆忙放下茶杯，茶水都洒了出来。她抓住弗罗利的胳膊。

"那个小孩！看看他在干什么！真的，难道就不能有人——太可怕了！"那几个东方人惊奇地看着那个小孩，然后他们意识到发生了什么事情，现在起了一阵骚动，每个人都在咋舌。刚才没有人关注那个孩子——这种事情已经见怪不怪了——现在他们倒觉得很难为情。每个人都在责备那个孩子，嚷嚷着："真是丢脸的孩子！讨厌鬼！"那个中国老妇把还在嚎啕大哭的孩子抱到门口，把他横在门槛上，似乎当他是一条沐浴海绵。似乎是在同一时间，弗罗利和伊丽莎白走出了小店，他跟在她的身后走到路上，李晔和那几个女人满脸不高兴地目送他们离开。

“这就是你所说的有教养的人——！”她抱怨道。

“很抱歉，”他低声说道，“我刚刚没想到——”

“那些人真令人恶心！”

她真的生气了，她的脸泛起了美丽的红晕，像一朵开早了一天的罂粟花。这是她最红润的脸色。他跟在她身后走过巴扎集市，回到大路上。走了五十码远，他才鼓起勇气说话。

“发生了那些事情，我真的很抱歉。李晔是个体面人，要是他觉得冒犯了你，心里会很遗憾的。我们应该多呆几分钟的，谢谢他请我们喝茶。”

“谢谢他！出了这种事还谢谢他！”

“说老实话，在这个国家你不应该介意这些事情。这些人的观点和看法与我们完全不同。我们得学会调整心态。比方说，你回到了中世纪——”

“我不想再纠缠这件事了。”

这是他们第一次吵架。他很难过，甚至忘了探究自己到底是怎么惹恼她了。他没有意识到自己努力让她对东方事物感兴趣的尝试只是令她觉得是有悖常理、毫无绅士风范和刻意追求肮脏与“低俗”的举动。到现在他还是不明白她是怎么看待这里的“土著人”的。他只知道每一次他试图和她分享自己的生活、自己的想法、自己对美的理解时，她就像一匹受惊的马一样从他身边躲开。

两人在路上走着，他走在左边，跟在她后面，看着她那扭到一边的下巴和遮阳帽下颈背上的金色茸毛。他很爱她，非常非常地爱她！他狼狈地跟在她身后，甚至不敢让她看到他那张丑陋的脸，但似乎直到现在他才真正地爱上了她。他欲言又止，如此反复了许多遍。他不知道该如何开口，不知道该说些什么才不会惹她不高兴。最后他装作什么事情也没有发生，以平淡的口吻说道：

“天气真是热得要命，不是吗？”

在树荫下也有华氏90度的时候说这句话实在是很傻气，但让他吃惊的是，她热烈地响应他的话题，转过脸看着他，脸上又带着微笑。

“应该说快把人烤熟了，不是吗？”

就这样，两人言归于好。这句傻气的陈词滥调带着让人觉得安心的俱乐部的气氛，就像一句咒语抚慰了她的心灵。一直被落在后面的弗洛淌着口水跑到他们跟前，他们又开始聊天，和往常一样，聊起了狗。接下来的一路上他们尽在谈狗，几乎一刻也没停。狗是永不厌倦的话题，又是谈狗！又是谈狗！他们走上炙热的山坡，太阳透过薄薄的衣衫曝晒着他们的肩膀，感觉就像在烤火一样，弗罗利心想，难道他们永远就只能谈论狗这个话题了吗？就算不谈狗，难道就一直谈论唱片和网球拍吗？但是，当两人只谈论像这样无聊的话题时，感觉是多么轻松亲切！

他们经过公共墓地的白色围墙，来到拉克斯汀一家的大门前。门口长着几棵老莫赫树，一丛约莫八尺高的蜀葵结出了圆圆的红花，像少女被晒得通红的脸蛋。弗罗利站在树荫下，摘下帽子，扇着自己的脸。

“嗯，我们赶在最热的时候到来前回到家了。去巴扎集市似乎是个馊主意，真是抱歉。”

“噢，别这么说，我很开心，真的。”

“不——我不知道，不幸的事情似乎总是会发生。噢，顺便问你一声，你没忘记后天我们准备去打猎吧？我希望那天你可以成行。”

“好的，我叔叔会把他的枪借给我。一定很好玩！你一定要教我打猎。我好期待噢。”

“我也是。这个时候不是很适合打猎，但我们会尽兴的。再见，到时见。”

“再见，弗罗利先生。”

她还是叫他弗罗利先生，虽然他叫她伊丽莎白。两人道别后各自回家，心里都在想着打猎之行。两人都觉得，这趟出行会理顺两人之间的关系。

第十二章

客厅里的空气热得黏糊糊的，令人昏昏欲睡，还挂了一道珠帘，光线非常昏暗。吴柏金慢悠悠地踱着步，嘴里自吹自擂，不时地把手伸进内衣下面挠一挠汗淋淋的胸脯。他的胸脯肥厚多肉，像女人的胸脯一样丰满。玛津坐在坐垫上，抽着细条的白雪茄。卧室的门打开着，可以看到吴柏金那张大床的一角，上面有几根雕刻着图案的柚木柱子，像是一个灵柩台。在这张床上，他不知强暴了多少女人。

这是玛津第一次听说吴柏金攻讦维拉斯瓦密医生的计划中的“其它步骤”。虽然吴柏金觉得玛津是个蠢妇，但他总是会把自己的秘密告诉她。在他身边只有她不惧怕他，因此，讲点秘密吓吓她对他来说是件挺开心的事情。

“嗯，津津，”他说道，“你知道吗，计划进行得非常顺利！十八封匿名信已经发出去了，每一封都堪称杰作。我倒想读几封信给你听听，可惜你听了也不明白。”

“但要是那些欧洲人不理睬你的那些匿名信呢？那你该怎么办？”

“不理睬？啊哈，这个根本不用担心！那些欧洲人的心理我都摸透了。告诉你吧，津津，我最擅长的就是写匿名信，这一招屡试不爽。”

情况确实如此。吴柏金的匿名信收到了效果，特别是主要的目标麦克格雷格先生。

前两天麦克格雷格先生彻夜未眠，琢磨着到底维拉斯瓦密医生是不是对政府不忠。当然，这不是什么露骨的不忠之举的问题——根本不是这么一回事。问题的关键是，医生是不是那种有不忠思想的人？在印度，判断你的标准不是你做了什么，而是你是什么人。只要对政府的忠诚受到一丁点儿怀疑，一个东方官员的前途就完蛋了。麦克格雷格先生秉性公正，不会轻易怀疑别人，哪怕是一个东方人。他看着一堆告密信，一直琢磨到深夜，里面包括了五封他本人收到的匿名信，还有两封威斯特菲尔德先生转交给他的匿名信，全部用仙人掌的硬刺钉在一起。

不只是匿名信的问题，关于维拉斯瓦密医生的谣言从四面八方传来。吴柏金清楚地知道单单指控维拉斯瓦密医生是个叛徒远远不够，他必须从各个方面摧毁维拉斯瓦密医生的名誉。维拉斯瓦密医生不仅被扣上了散播煽动性言论的罪名，而且还被控告勒索、强奸、虐待、进行不法勾当、在烂醉的情况下施行手术、投毒谋杀、以巫术杀人、吃牛肉、向杀人犯兜售死亡证明文件、穿鞋踏入寺庙、企图鸡奸警察局的小鼓手等等。听到对维拉斯瓦密医生的指控，任何人都会觉得他是马基雅弗利[1]、斯温尼 · 托德[2]和萨德侯爵[3]的结合体。起初麦克格雷格

① 尼科罗 · 马基雅弗利（Niccolò Machiavelli，1469—1527），意大利政治哲学家，著有《君主论》和《论李维》等。

② 斯温尼 · 托德（Sweeny Todd），英国作家詹姆斯 · 马尔科姆 · 赖默（James Malcolm Rymer，1814—1884）和托马斯 · 佩克特 · 普雷斯特（Thomas Peckett Prest，1810—1859）所创作的人物，其身份是理发师，利用他的理发店残杀上门的顾客。

③ 萨德侯爵（the Marquis de Sade，1740—1814），法国作家、诗人，为人风流倜傥，作品多直白地描写性爱与暴力，蔑视天主教会的伪善和道德观。

先生并不以为意。他已经见惯了这种把戏。但最后一封匿名信收到了良好的效果，连吴柏金自己也觉得很惊讶。

那封信与土匪纳苏欧从乔卡塔的监狱中越狱一事有关。纳苏欧被判处罪有应得的七年徒刑，正在服刑期间。他筹备越狱好几个月了。他在监牢外的朋友先是买通了一个印度狱卒。那个狱卒收到了一百卢比的预付金，请假说去为一个亲戚奔丧，却跑到曼德勒，在那里的妓院花天酒地。越狱的日子被推后了几次——与此同时，那个狱卒越来越想念妓院里的种种风情。最后，他决定向吴柏金出卖情报，多挣一笔钱。和往常一样，吴柏金意识到这是天赐良机。他严词厉色地威胁狱卒保守秘密，然后到了计划越狱的当晚，当阻止越狱已经太迟的时候，他又发出一封匿名信给麦克格雷格先生，警告他有犯人正在策划越狱。不用说，信的矛头直指监狱的典狱长维拉斯瓦密医生，说他收受贿赂，纵容犯人越狱。

到了早上，监狱里的狱卒和警察们忙成一团，因为纳苏欧已经越狱了(他早已渡河远远逃开了，那艘舢板就是吴柏金提供的)。这一回麦克格雷格先生大吃一惊。无论那封信是谁写的，他一定了解越狱的内情，或许维拉斯瓦密医生真的纵容了此次越狱行动。这可是非常严重的罪名。一个胆敢收受贿赂，让犯人越狱的典狱长还有什么干不出来呢？因此——或许这一番逻辑推理并不严密，但在麦克格雷格先生看来已经非常清楚了——因此那番散播煽动性言论的主要指控变得更加可信。

与此同时，吴柏金还对其他欧洲人发力。虽然弗罗利是维拉斯瓦密医生的朋友，也是维拉斯瓦密医生声望的主要靠山，但他受到一点惊吓就背叛了维拉斯瓦密医生。影响威斯特菲尔德就没那么容易了。威斯特菲尔德是个警察，深知吴柏金的为人，可能会破坏他的计划。警察和地方法官是水火不容的天敌。但吴柏金知道如何利用这一点达成自己的目的。在匿名信中他指控维拉斯瓦密医生与那个臭名昭著的无耻贪官吴柏金狼狈为奸。这一招摆平了威斯特菲尔德。至于埃里斯，他根本不需要匿名信，因为他对维拉斯瓦密医生的憎恨与厌恶已经到了无以复加的地步。

吴柏金甚至还给拉克斯汀太太寄去了一封匿名信，因为他知道欧洲女人很有影响力。信里说维拉斯瓦密医生正在煽动土著人绑架强奸欧洲女人——信里没有具体的指控，但这已经足够了。吴柏金摸准了拉克斯汀太太的软肋。在她的心目中，“暴动”、“民族主义”、“造反”、“地方自治”都意味着同一件事情。她想象着自己被一帮皮肤黝黑翻着白眼的苦力强暴。有好几个晚上她担心得睡不着觉。就算原本这帮欧洲人对维拉斯瓦密医生有一点好印象，如今也已经灰飞烟灭了。

“你懂了吧，”吴柏金洋洋得意地说道，“我是怎么毁掉他的。他就像一棵树，根部已经被锯空了，摇摇欲坠。只要我再轻轻一碰就倒了。三周以内，或许不用三周，我就能把他整垮。”

“怎么整垮他？”

“我正要说到那里，是时候让你知道这件事了。这些事情虽然你不懂，但你守得住秘密。你听说了吗，松洼村那里在筹划造反。”

“是的。他们真的好傻，那些村民。拿着弓箭长矛怎么干得过那些当兵的？他们会像野兽一样被枪炮射倒的。”

“确实如此。如果发生战斗，那将是一场屠杀。但那些人都是些村夫愚妇，他们真以为穿上分给他们的那些巫术盔甲就能刀枪不入，真是蠢到家了。”

“可怜的家伙！为什么你不制止他们呢，哥柏金？你不需要逮捕任何人，你就去他们村里，告诉他们你知道他们想干什么，他们就不敢造反了。”

“噢，我当然可以阻止他们，要是我愿意的话。但我可不会这么干，我有我的理由。听我说，津津——这件事你可不能说出去——这次造反可是我一手安排的。”

“什么！”

玛津的雪茄掉了下来，眼睛睁得大大的，露出了眼珠子周围的整圈眼白，惊慌失措地问道：

“哥柏金，你在说些什么？你是在开玩笑吧？你煽动造反——这不是真的吧？”

“当然是真的。我们进行得很顺利。那个巫师是我从仰光请来的，人倒是很机灵，其实是个浪迹全国的马戏团魔术师。那些刀枪不入的盔甲都是在怀特威与莱德劳百货商店买来的，一件卖一卢比八亚那，花了我不少钱呢，告诉你。”

“但是，哥柏金，你真的要造反！会发生可怕的战斗和屠杀的！那些可怜的人会被杀死的！你不是疯了吧？你就不怕自己被枪毙吗？”

吴柏金停下脚步，觉得很惊奇，“老天爷啊，你到底在想些什么，老婆？你不是以为我要造反和政府作对吧？我在政府里服务了三十年！老天爷啊，不，我只是说造反是我煽动的，但我没说我要造反。是那些蠢猪一样的村民准备拿生命冒险，不是我。没有人会想到我和这件事有关系，他们做梦也想不到，只有巴森和其他一两个人知情。”

“但你说过是你劝说他们造反的？”

“是的。我指控维拉斯瓦密煽动造反对抗政府，那我就得真的搞场造反出来，不是吗？”

“啊，我懂了。村民们一造反，你就会说是维拉斯瓦密医生是幕后的主谋。是这样吗？”

“这会儿你才明白过来啊！我以为连傻瓜都看得出我煽动造反，为的就是有理由镇压造反。我是——麦克格雷格先生怎么形容来着？‘幕后黑手’——拉丁文你不懂的啦。我就是幕后黑手。我先是煽动松洼村那帮傻瓜造反，然后我就把他们抓起来。在造反即将开始的最关键时刻，我就把那帮带头的人抓起来，全都关进监狱里。然后呢，我想可能会爆发战斗，有人会被打死，有人会被发配到安达曼群岛。而我，吴柏金，将是一马当先的急先锋，在最关键的时候平息动乱的功臣！我将成为这里的大英雄。”

吴柏金对自己的计划非常得意，微笑着抄着手又开始在客厅里踱起步来。玛津静静地思考着他的计划，最后开口说道：

“我还是不明白为什么你要这么做，吴柏金。这样做有什么意义呢？这和维拉斯瓦密医生又有什么相干？”

“我真是在对牛弹琴，津津！从一开始我不就告诉过你维拉斯瓦密碍了我的道吗？这次造反是除掉他的杀手锏。当然，我们无法证明他就是幕后黑手，但那又有什么关系？所有的欧洲人都会认定他与此事有关。这就是他们的思维方式。他这辈子就这么完了。而他的垮台就是我的高升。我把他描得越黑，就越衬托出我的英明神武。现在你懂了吧？”

“是的，我懂了。我觉得这是在耍阴谋。我很奇怪，你告诉我的时候就不觉得羞愧吗？”

“好了，津津！你不是又要开始说那番废话吧？”

“哥柏金，为什么只有在耍阴谋的时候你才会高兴？为什么你做的每件事一定要伤害别人？想到那个可怜的医生会被革职，那些村民会被枪毙或打板子或被判终身监禁，你非得做出这种事吗？你已经很有钱了，要挣更多的钱做什么？”

“钱！谁说是为了挣钱？终有一天你会知道这个世界上除了钱还有别的事情很重要，老婆。比方说名誉和地位。你知道吗，缅甸总督很有可能会为我佩戴勋章，褒奖我的忠心耿耿。难道你不为这一荣誉感到骄傲吗？”

玛津摇了摇头，不为所动，“哥柏金，你什么时候才记得你活不到一千岁呢？想想那些作奸犯科的人的下场吧。他们可能会轮回变成老鼠或青蛙，甚至可能会下地狱。我记得一位方丈曾经对我讲过地狱，是他从巴利语的经文翻译过来的，实在是太可怕了。他说：‘每一千个世纪会有两把火热的长矛在你的心头相交，你对自己说：“还要等一千个世纪我的折磨才会结束，我已经遭受了那么多痛苦，还有同样多的痛苦将要降临。”’想到这些难道你不害怕吗，哥柏金？”

吴柏金哈哈大笑，不以为意地招了招手，他的意思是“有佛塔呢”。

“我希望到最后你还笑得出来。要换了是我，我可觉得这种生活实在不堪回首。”

她又点着了雪茄，瘦削的肩膀不以为然地对着吴柏金，而他继续在房间里踱了几圈。当他开口的时候，他的语气严肃了一些，甚至带着一丝羞怯。

“你知道吗，津津，在这些事情背后还有另一件事情。我没对你说过，也没对任何人说过，连巴森也不知道。但我现在就告诉你。”

“如果又是害人的事，我可不想听。”

“不，不是。你不是问我干这件事的真正目的是什么吗？你觉得我要除掉维拉斯瓦密只是因为我看他不顺眼，不喜欢他不收受贿赂的原则，不只是这样。还有别的事情比这更重要，这可关系到你我两人。”

“是什么事情？”

“你从来没有渴望过更高层次的东西吗？你有没有想过，我们已经这么成功了——我是说，我已经这么成功了——但我们的地位怎么还是和当初差不多？不是我夸口，我有二十万卢比的身家，但看看我们住的是什么地方！看看这个房间！比农民住的地方好不了多少。吃东西老是用手指，交往的尽是本地人，我烦透了——这些卑贱低劣的人——如你所说的，就像一个可怜巴巴的镇区小吏的生活。单有钱是不够的。我希望体验平步青云的感觉。难道你不希望让生活变得更加——我该怎么说好呢——高大上吗？”

“我们已经拥有了这么多财富，我不知道还能要些什么。我小时候住在村子里可没想过自己会住在这么一间房子里。看看那些英国式的椅子——我以前可从来没坐过。看着它们我就觉得很自豪了，想到这些都是我的。”

“切，当初你为什么要离开村子呢，津津？你就只配头上顶着水罐站在井边说长道短。大丈夫应该有志气，受众人颂扬。现在我来告诉你我要整垮维拉斯瓦密的真正目的吧。我要做一番大事，轰轰烈烈的丰功伟业！一个东方人所能获得的最高荣誉。你明白我的意思吗？你当然明白。”

“不明白。你在说些什么？”

“你知道的啦！这将是我这辈子最伟大的成就！你肯定猜

得出来的。”

“啊，我知道了！你准备买辆汽车。但是，噢，哥柏金，我可不想坐在里面！”

吴柏金厌烦地扬扬手，“买辆汽车！你的想法怎么跟巴扎集市卖花生的人一样！如果我要买汽车，二十辆都买得起。而且，这种地方要汽车有什么用？不是，那可比汽车更了不起。”

“那到底是什么？”

“是这样的，我知道一个月后那群欧洲人准备选举一个本地人加入他们的俱乐部。他们可不愿意这么做，但行政长官下达了命令，他们必须遵从。本来呢，他们打算选举维拉斯瓦密，他是本区官职最高的本地人。但我已经把维拉斯瓦密搞臭了，所以——”

“所以什么？”

吴柏金没有立刻回答，而是看着玛津，他那张黄色的大脸、宽厚的下巴和无数细密的牙齿几乎就像孩童的脸一样浪漫天真。他那双茶褐色的眼睛甚至噙着眼泪。他说话时的声音很低，几乎带着畏惧，似乎被自己所描述的伟大情形深深感动了。

“你还不明白吗，老婆？你难道不明白，如果维拉斯瓦密名誉扫地，被选入俱乐部的人就是我了。”

这句话收到了奇效。玛津再也没有反驳他一句。吴柏金所安排的计划原来有如此远大的目标，令她目瞪口呆。

确实如此。与这个相比，吴柏金一生的所有成就都不算什么。一个下层官员成功跻身欧洲人的俱乐部——这的确是丰功伟绩——在乔卡塔更是如此。欧洲人俱乐部，那飘渺神秘的殿堂，比西方极乐世界更难以企及的至圣之地！柏金，那个曼德勒衣不蔽体、腆着肚皮的小屁孩，那个小偷小摸的职员和卑微的小吏，将踏入这个神圣的地方，和欧洲人平起平坐，喝威士忌和苏打水，在绿色的桌子上打那颗白色的小球！而她，玛津，一个村姑，出生时看到的是从棕榈叶铺的竹房屋顶的缝隙间洒下来的光线，将坐在一张高脚椅子上，身穿丝绸长裙和高跟鞋(是的，到了那里她就得穿鞋)，用印度斯坦语和那些英国女士谈论婴儿尿布！这么美妙的前景，任何人都会为之目眩神迷。

过了好久，玛津一直没有说话，张大着嘴幻想着欧洲人俱乐部和那里的纸醉金迷。生平第一次她没有反对吴柏金的阴谋。在玛津善良的心里埋下野心的种子——这或许是一项甚至比攻入俱乐部更了不起的成就。

第十三章

弗罗利走进医院的大门时，四个衣着褴褛的扫地工人从他身边经过。他们抬着一个身上裹着布条、业已死去的苦力，准备抬到丛林里一个一尺来深的土坟里。弗罗利穿过棚舍之间的院子，地面硬得像铺了砖块。宽敞的凉台上摆着一溜没有铺席子的轻便床，上面躺着一排面容灰槁的病人，一个个默不作声，动也不动。棚舍之间有几只脏兮兮的土狗正在打盹或抓挠身上的虱子，据说这几只狗喂的是手术后的截肢。整个地方看上去很破败邋遢。维拉斯瓦密医生花了很多工夫想让这里保持干净，但灰尘太多，供水不足，清洁工人和助理医生又太懒惰，因此根本无法应付。

他们告诉弗罗利维拉斯瓦密医生在门诊室。门诊室是一间石膏墙的小屋，里面只有一张桌子、两张椅子和一幅布满灰尘的维多利亚女皇的肖像，挂得歪歪斜斜的。一排缅甸农民正鱼贯走进屋内，他们穿着褪色的布衣，衣服下面是结实的肌肉，在桌旁排队。医生卷着袖子，忙得大汗淋漓。看到弗罗利他跳了起来，高兴地打招呼，和平时一样，手忙脚乱地把弗罗利让到那张空椅子上，从桌子的抽屉里拿出一罐香烟。

“您来看我真系太好了，弗罗利先生！您别客气——要系您在这么一个地方能坐得舒服就好了，哈哈！待会儿去我家坐坐，我们一边享用啤酒和小吃一边聊天。请恕我失陪一会儿，我得给病人看病。”

弗罗利坐了下来，身上立刻热得汗淋淋的，把衬衣都浸透了。门诊室里面的空气非常沉闷。那些农民似乎每个毛孔都散发着大蒜味。每个人来到桌旁的时候，医生会从椅子上站起身，敲敲病人的背，将他黑漆漆的耳朵贴在病人的胸口，态度很凶地用缅甸语问了几个问题，然后跑回桌子开了一张处方。病人拿了处方，穿过院子去找药剂师，药剂师就给他们几瓶掺了菜汁的水。这个药剂师的大部分收入都是靠私卖药品，因为政府每个月只给他二十五卢比的工资。但维拉斯瓦密医生对此一无所知。

维拉斯瓦密医生早上通常没有时间亲自给门诊病人看病，把他们交给助理医生处理。助理医生诊断的方式很简单，他会问每个病人："你哪里疼？头，背还是肚子？"听到病人回答后他就从准备好的三叠处方里抽一张给病人。比起维拉斯瓦密医生的看病方式，病人们更喜欢这种法子。医生老是喜欢问他们有没有性病——这个问题既没有风度又不知所谓——有时候他还暗示要动手术，把他们吓得魂飞魄散。他们把手术称为"切开肚子"。大部分病人宁愿死上几回也不愿意"切开肚子"治病。

最后一个病人走后，维拉斯瓦密医生一屁股坐在椅子上，用写处方的垫板扇着风。

"啊，怎么这么热！有时候我想这辈子系没指望摆脱这股大蒜味的了！我真系觉得奇怪，他们的血怎么生来就带着这股味道。您不会闷得窒息了吧，弗罗利先生？您们英国人的嗅觉太发达了，来到我们肮脏的东方一定遭了不少罪！"

"进入此地之人，弃绝汝之鼻子[①]，是吧？他们应该把这句

---

① 这句话取自意大利作家但丁的《神曲》，原文是"进入此地之人，弃绝汝之希望"（All hope abandon ye who enter here）（英译本）。

话写在苏伊士运河的关卡处。今天早上你好像挺忙的。”

“一直都系这样。啊，但系，我的朋友，在这个国家当医生系多么令人沮丧的事情！这些村民——都系肮脏无知的山野村夫！我们费尽九牛二虎之力才把他们劝到医院来。他们宁愿死于坏疽或怀着大如西瓜的肿瘤忍受痛苦十年也不肯开刀。他们那些所谓的医生给他们开的都系些什么药！新月时采集的草药、老虎的胡须、犀牛的角、尿液和经血！人怎么能吃这些乱七八糟的东西呢？真系恶心。”

“我倒是觉得很美妙。你应该撰写一本缅甸的药典，医生。这本书几乎可以和《库帕尔医经》[①]媲美。”

“下贱的畜生，下贱的畜生。”医生说道，开始挣扎着穿上他那件白色外套。“我们回我家去，好吗？家里有啤酒，我想还有一点冰块。十点钟的时候我有手术——绞窄性疝气，挺紧急的。在那之前我有时间。”

“好的。事实上，我有些事情想和你说。”

两人穿过院子，登上维拉斯瓦密医生家里凉台的楼梯。医生伸手到冰柜里摸了摸，发现那些冰都已经化成了温水。他打开了一瓶啤酒，慌慌张张地叫仆人把几瓶啤酒放在湿漉漉的稻草堆中。弗罗利仍倚在凉台的栏杆上，俯视着下面，头上仍戴着帽子。事实上，他是来向维拉斯瓦密医生道歉的。他回避维拉斯瓦密医生差不多半个月了——从那天他在俱乐部里签署了那份侮辱维拉斯瓦密医生的公告开始。但他必须道歉。吴柏金看人很准，但他以为区区两封匿名信就可以吓得弗罗利彻底抛

---

① 《库帕尔医经》，英国名医尼古拉斯·库帕尔（Nicolas Culpeper，1616—1654）的作品集，包含了许多中世纪的医学和药草知识。

弃朋友，那可就想错了。

“听我说，医生，你知道我想说什么吗？”

“我？不知道。”

“是的，你知道的，两个星期前我做出了一件卑鄙的事情。埃里斯在俱乐部的公告板上贴了一张告示，而我在上面签了名。你一定听说过这件事。我希望解释——”

“不，不，我的朋友，不需要解释！”医生痛苦地从凉台冲了过来，抓住弗罗利的胳膊，“您不用解释！请不要提起这件事！我非常明白——非常明白。”

“不，你不会明白的。你不会明白的。你不会明白的，这种事情让我们背负着怎样的压力。其实没有什么迫使我在那则告示上签字，如果我坚持拒绝的话，也不会有事情发生。没有法律告诉我们要粗暴地对待东方人——刚好相反，但是——如果恪守对一个东方人的忠诚意味着得罪其他人，我们可不敢这么做。没办法啊。如果我一意坚持不签署那份告示的话，我得有一两个星期在俱乐部里招人白眼。所以，和平常一样，我退让了。”

“行了，弗罗利先生，行了！您再说下去的话我心里可不好受。似乎系我不肯原谅您的立场似的！”

“你知道的，我们的格言是：‘到了印度，入乡不随俗，只当在英国。’”

“这系当然，这系当然，多么高贵的格言。正如您们所说的：‘同舟共济’。这就系您们比我们东方人优越的秘密。”

“说道歉其实于事无补，但我来是想告诉你，这种事情不会再发生了。事实上——”

“好了，好了，弗罗利先生，请答应我，您不会再提起这件事。事情过去了，没有人记得了。快点喝您的啤酒，不然就变成热茶了。我也有事情告诉您。您还没有问我发生了什么事呢。”

“啊，你怎么样了？最近一切都还好吗？不列颠玛怎么样了？还是半死不活吗？”

“啊哈，情况非常危殆，非常危殆！但还不至于比我惨。我现在大难临头了，我的朋友。”

“什么？又是吴柏金在搞鬼？他还在诋毁中伤你吗？”

“要只系诋毁中伤我就好了！这一次的情况系——噢，这一次可真系大祸临头了。我的朋友，您听说这一带会有村民造反的消息了吗？”

“我听说了很多传闻。威斯特菲尔德希望以屠杀进行镇压，但我听说他查不出有人造反，只是那几个村里的老油条在抗税。”

“啊，系的，这些可怜的笨蛋！您知道他们中间大部分人为了多少钱而抗税吗？五个卢比！很快他们就会厌倦的，乖乖地纳税。这种事情年年发生，但至于这次造反——所谓的造反，弗罗利先生——我想告诉您，事情绝不系看上去那么简单。”

“哦？出什么事了？”

盛怒之下，维拉斯瓦密医生把杯子重重地放在凉台的栏杆上，几乎把啤酒都给洒了，把弗罗利吓了一跳。维拉斯瓦密医生破口而出：“又系吴柏金在搞鬼！那个不可言喻的恶棍！那条丧尽天良的鳄鱼！那个——那个——”

“继续骂下去，‘那个满肚子坏水、臃肿肥胖、滥食无度的畜生’——继续骂下去。他最近干了些什么？”

“这个坏事做绝的恶棍。”——说到这里维拉斯瓦密医生概述出一个虚张声势的造反的阴谋，情况和吴柏金对玛津的解释差不多。他唯一不知道的情况就是吴柏金想进入欧洲人俱乐部的野心。确切地说，在生气的时候不能用“气红了脸”来形容医生，而是气黑了。弗罗利听得瞠目结舌，一直站在原地。

“这个老奸巨猾的恶棍！谁会想到他居然这么一肚子坏水？但你是怎么知道这些的？”

“哎，系我的朋友告诉我的。现在您明白了他准备怎么毁掉我了吧，我的朋友？一切都已经在他的算计之内。一旦真的造反，他就会竭尽所能把我牵扯进去。我可以告诉您，只要我的忠诚被人有半丁点儿怀疑，我就完蛋了，完蛋了！要系有风声传出，说我与这次造反有牵连，我可就完蛋了。”

“但是，该死的，这件事太荒唐了！你应该能为自己辩护的！”

“我什么都证明不了，怎么为自己辩护？我知道事情的真相，但那又有什么用？要系我提请进行公开质询，我找到一个证人，吴柏金可以找到五十个。您还不知道他在这一带的势力有多么庞大。没有人敢对他说个不字。”

“但你不需要证明任何事情。为什么不把这件事告诉麦克格雷格？他处事还是蛮公正的。他会听你解释的。”

“没用的，没用的。您根本不了解一个小人的心思，弗罗利先生。这不系欲盖弥彰吗？告诉别人我陷入一场阴谋之中根本无济于事。”

“那，你打算怎么办？”

“我无能为力，只能等着事情发生，希望我的名望能让我安然度过危机。遇到这种事情，当一个本地官员的名誉受到攻诘时，他不能指望用证据证明自己的清白。一切都取决于他和欧洲人的关系。要系我的关系够硬的话，他们就不会相信，要系关系不够硬的话，他们就会相信。名望就系一切。”

两人都沉默下来。弗罗利很明白“名望就是一切”的含义。他见过好几次类似的含糊暧昧的冲突，遇到这种情况，猜忌比证据更重要，而名望比一千个证人更有力。他萌生了一个想法，这个想法让他心里很不自在，一个冷彻心扉的想法，三个星期前他绝对不会有这么一个想法。到了这种时候，他清楚地知道什么是自己应尽的道义，他一心只想逃避这个道义，但他知道自己必须一力承担起来。他说道：

“假如你当选为俱乐部的会员呢？这能巩固你的名望吗？”

“当选为俱乐部的会员！啊，系的！俱乐部！那系坚不可摧的堡垒。要系我能进俱乐部，就没有人会相信那些流言蜚语，就像没有人会相信关于您或麦克格雷格先生或任何一位欧洲绅士的闲言碎语一样。但现在他们的想法都被影响了，认为我系个坏人，我还能指望他们会推举我吗？”

“听我说，医生，我向你保证，下次召开全体大会的时候我会提名你进俱乐部。我知道届时会讨论这个问题，如果有人提出候选人的名字，我敢说，只有埃里斯会投反对票。与此同时——”

“啊，我的朋友，我亲爱的朋友！”维拉斯瓦密医生激动得几乎哽噎着，紧紧抓住弗罗利的手，“啊，我的朋友，太高贵了！真系太高贵了！但这样做代价太大了。我担心您会和那些欧洲朋友再次起矛盾。比方说，埃里斯先生——您提名我他会作何感想？”

"噢，别理会埃里斯了。不过你得明白，我不能保证你能当选。这取决于麦克格雷格的意思和其他会员的心情。或许最后不会成事。"

维拉斯瓦密医生仍然把弗罗利的手捧在自己丰满潮湿的手心里，眼里闪烁着泪花，被他那副眼镜一照，在弗罗利眼中就像一只小狗水汪汪的眼睛。

"啊，我的朋友！如果我能当选，我的麻烦就会一扫而空！但系，我的朋友，正如我所说过的，这件事千万不能鲁莽。要小心吴柏金！现在他一定把您也列为他的敌人。被他盯上了，就算系您也会有危险。"

"噢，他威胁不了我的。到现在他什么事情也没做——只是写了几封傻不拉叽的匿名信。"

"我可不像您这么笃定。他有很多阴招。他肯定会不惜一切代价阻止我入选俱乐部。我的朋友，如果您有弱点，他一定会找出来的。他总系攻击别人最脆弱的弱点。"

"就像鳄鱼一样。"弗罗利说道。

"就像鳄鱼一样。"医生神情严肃地表示同意，"啊，不过呢，我的朋友，要系我真的能成为欧洲人俱乐部的会员，我不知道该怎么感谢您好！能成为欧洲绅士中的一员，多么崇高的荣誉！但还有一件事，弗罗利先生，系我以前没有提过的。我系说——我希望您能明白——我绝对根本没有利用俱乐部的意思。我只系渴望成为会员。就算我当选了，我也不会去俱乐部的，这系当然的事情。"

"不去俱乐部？"

"我不会去的！我可不能打扰了欧洲绅士们的雅兴！我会支付会员费，对我来说，这已经系一种特权了。您明白我的意思，系吧？”

“是的，医生，非常明白。”

朝山上走去的时候弗罗利忍不住笑了起来。现在他作出了推举维拉斯瓦密医生入会的承诺，其他人听说这件事后肯定会大吵一架——噢，吵架实在是太可怕了。但奇怪的是，想到这里他还是笑个不停。这件事在一个月前会令他吓破了胆，但现在却让他觉得振奋又开心。

为什么？为什么他要作出那番承诺？这只是小事一桩，一个小小的危险——没有什么英雄主义色彩——但这不是他的作风。为什么？经过了这些年——当个八面玲珑的白人老爷的这些年——为什么突然间要坏了规矩呢？

他知道为什么。是因为伊丽莎白，她走进了他的生活，改变了他的生活，赋予了他新生，一改这么多年来肮脏悲惨的厄运。她的出现改变了他的思考方式，她让他重拾英国绅士的作派——亲爱的英国，崇尚思想自由，你并非永远都得保持着一个为劣等民族带来启蒙的白人老爷的调调。我将来的生活将何去何从？①他在心里想。自从她来了以后，他重新变回了一个体面的人，甚至觉得这是天经地义的事情。

我将来的生活将何去何从？走过花园门口的时候他又想着这个问题。他很开心，很开心，因为他觉得那些虔诚的信徒说得对，一个人可以获得救赎，生活可以从头开始。他走上小径，在他眼中，他的房子、他的那些花、他的仆人，还有不久前还浸透了无聊和乡愁的生活中的一切，不知怎地，变得焕然一新，而且美不胜收，充满了意义。生命是如此多姿多彩，假

---

① 本句出自莎士比亚的《驯悍记》。

如你能找到一个人和你分享！你可以深深地爱上这个国家，假如你并不孤单！那只斗鸡尼禄走出来在小径散步，顶着太阳啄食园丁在喂羊的时候掉下的稻谷。弗洛喘着粗气朝它扑了过去，尼禄扑腾着飞上半空，落在弗罗利的肩膀上。弗罗利抱着这只小公鸡走进屋里，抚摸着它那丝绸般的颈毛和背部光滑的、钻石形状的羽毛。

还没踏上凉台，不用看到哥斯拉阴沉着脸从屋里跑出来通报，他就知道玛赫拉梅在屋子里。弗罗利闻到了她那股夹杂着檀香、大蒜、椰子油和头发里茉莉花的味道。他把尼禄放在凉台的栏杆上。

“那个女人回来了。”哥斯拉说道。

弗罗利的脸变得非常苍白。当他脸色苍白时，那块胎记显得特别丑陋难看。他的心头一疼，仿佛有一把冰刃插了进去。玛赫拉梅出现在卧室的门口，低垂着脑袋，眼睛从耷拉的眉毛下面瞅着他。

她低声说道：“德钦。”语气半是愠恼，半是着急。

“你走开！”弗罗利斥责哥斯拉，把恐惧和气愤都发泄在他身上。

“德钦，”她说道，“请进卧室里来，我有事情想告诉您。”

他跟着她走进卧室。一个星期——才过了一个星期——她的样子就变丑了许多。她的头发油腻腻的，那些吊坠都不见了，穿着一条曼彻斯特印花棉布做成的笼基，这条裙子只要两卢比八亚那。她的脸上涂着厚厚的脂粉，像一个小丑的面具，在她的发际没有涂脂粉的地方，露出了棕色的肤色。她整个人看上去毫无生气，弗罗利不敢面对她，站在那儿闷闷不乐地看着通往凉台的门道。

“你回来想干什么？为什么你不回乡下老家？”

“我现在住在乔卡塔表亲的家里。发生了这些事情，我怎么能回乡下老家？”

“你叫人向我要钱是什么意思？一星期前我已经给了你一百卢比，你还想干吗？”

“我怎么能回去？”她又重复了一遍，根本没有理会他的话。她的声音变得如此尖厉，吓得他转过身来。她笔直地站着，眉头紧蹙，嘟着嘴唇，一脸的不高兴。

“你为什么不能回去？”

“出了这种事！你对我做出了这种事，叫我怎么回去！”

突然间她愤怒地絮絮叨叨说个不停，声音就像巴扎集市的那些村妇在吵架时一样变得歇斯底里，完全不顾仪态。

“我怎么能回去，被那些我一直看不起的低贱愚蠢的农民们指指点点？我原本是博卡度，白人的妻子，却被赶回娘家，和那些老妇还有丑得嫁不出去的女人一起舂米！啊，真是太丢脸了！我嫁给你两年，你爱我，呵护我，然后你又无来由地把我像狗一样赶出家门。我只能回娘家，钱都没了，首饰和丝绸笼基都当掉了，人们会指指点点地说：‘她就是玛赫拉梅，自以为比我们聪明，看看她的下场！她那个白人丈夫还不是不要她了，那些白人都是这样的人。’我这辈子就这么毁了！我在你家里住了两年，还有谁肯娶我呢？你夺走了我的青春。啊，太丢脸了，太丢脸了！”

他不敢看她，像一只吊死狗那样一脸苍白无助地站在那儿。她所说的每一句话都义正辞严，他该怎么开口告诉她，自己这么做实属情非得已？该怎么告诉她，再继续让她当他的情人是一种卑劣的行径和罪行？他几乎是畏缩着远离了她，黄色的脸庞上的那块胎记就像一摊墨迹。他本能地想用钱解决问题——因为钱总是可以摆平玛赫拉梅。他木然地说道："我会给你钱。你要的五十卢比我给你——迟一点还有。得到下个月我才有钱。"

他是说真的。他给她的那一百卢比和他花费在衣服上的钱，已经几乎用光了他的现款。让他感到不快的是，她放声嚎啕大哭起来。脸上那层白粉起了褶子，眼泪簌簌地顺着脸颊往下滑。还没等他来得及阻止，她已经跪在他面前，弯下腰以最谦卑的"五体投地"的姿势向他叩头。

"起来，起来！"他叫嚷着。见到有人向他可怜兮兮地叩头，脖子紧缩着，身体弓了起来，似乎任由宰割，他总是会觉得惊恐万状。"折煞我了，快起来！"

她又开始哭哭啼啼的，还试图搂住他的脚踝。他慌张地往后退了几步。

"现在给我起来，别哭了。我不知道你有什么好哭的。"

她没有起身，只是跪在那儿挺直身子，对着他继续哭个不停。"为什么您要给我钱？您以为我回来就是为了要钱吗？您以为当您把我像一只狗那样逐出家门，我在乎的就只有钱吗？"

"起来。"他重复了一遍。他退后了几步，不让她碰到自己。"如果不是为了钱，那你想要什么？"

"为什么您这么讨厌我？"她哭喊着，"我做了什么对不起您的事情？我偷了您的烟盒，但您并没为此生气。您要娶那个白种女人，我知道，每个人都知道。但那又有什么相干？为什么您要把我赶走？为什么您要讨厌我？"

"我没有讨厌你。我无法解释。起来吧，快起来吧。"

这时她没脸没皮地哭闹着。终究，她比一个孩子大不了多少。在泪眼婆娑中她一直看着他，希望看到心软的迹象。接着，一桩可怕的事情发生了：她伸直了身子，脸趴在地上。

“起来，起来！”他用英语叫嚷着，“折煞我了——真是太讨厌了！”

她不但没有起来，而且像条蠕虫一样爬过地板来到他的脚边。她的身体在布满灰尘的地板上留下一道痕迹。她匍匐在他身前，脸埋在底下，双手平伸，似乎在神明的祭坛前顶礼膜拜。

“主人，主人，”她呜咽着说道，“您不能原谅我吗？就这一回，就这一回！让玛赫拉梅回来吧。我愿意当您的奴隶，比奴隶更低贱也行，只要别赶我走，什么事情都可以。”

她紧紧抱住他的脚踝，亲吻着他的脚趾。他的手插在口袋里，爱莫能助地低头望着她。弗洛信步走进房间，走到玛赫拉梅身边，闻着她的笼基。它记得这股味道，轻轻地晃着尾巴。弗罗利看不下去了，弯下腰抱着玛赫拉梅的肩膀，把她搀扶起来。

“站好了。”他说道，“看到你这个样子我心里怪不舒服的。我会尽我所能帮你，哭有什么用？”

她的心中登时充满了希望，大声嚷嚷道：“您愿意让我回来吗？噢，主人，让玛赫拉梅回来吧！没有人会知道的。那个白人小姐来的时候她会以为我是一个仆人的妻子。您能让我回来吗？”

“我不能让你回来。这是不可能的事情。”他又转过身。

听他的语气她知道回家的希望终归是落空了，当下就嘶哑难听地哀号起来，还弯下腰跪在地上，捣蒜般地以额头叩着地板。这实在是太可怕了。而比这更可怕的，让他心里隐隐作痛的，是隐藏在哀求之下的卑贱。她做出种种行为，并非出于半丁点儿对他的爱意。她哀号下跪只不过是因为她舍不得情妇的身份、优裕的生活、华丽的服饰和对仆人颐指气使的地位。这是一幕无以言状的凄楚情景。要是她爱他的话，他可以不那么内疚地将她赶出家门。最令人觉得心里别扭的，莫过于看到一个人完全没有尊严的模样。他弯下腰，将她搀扶了起来。

“听我说，玛赫拉梅，”他说道，“我没有讨厌你，你也没有对不起我。是我亏欠了你。但现在我不再爱你了，你必须回去。过些时候我会给你寄钱。如果你愿意，你可以在巴扎集市开间小店。你还年轻，你有钱，可以找个丈夫嫁了。”

“我被糟蹋了！”她又开始哀号，“我要自尽。我要去投河。我活下去还怎么见人啊？”

他把她搂在怀里，几乎以爱抚的动作抚慰着她。她紧紧地贴着他，把脸靠在他的衬衣上，身体伴随着啜泣战栗着。檀香的气味飘入他的鼻孔，或许到了现在，她仍然以为只要投入他的怀抱，与他有身体接触，她就可以对他施加魔力。他轻轻地将自己挣脱出来，看到她没有再跪倒在地，就站了开去。

“够了。你现在必须离开。我答应过给你五十卢比，现在就给你。”

他从床底下拖出他那口锡铁军箱，取出五张十卢比面额的纸钞。她默默地把钱塞进上衣的胸襟里，她的眼泪突然间不流了。她一言不发地走进卧室呆了一会儿，出来时脸上的脂粉都被洗净，露出原本棕色的肌肤，头发和衣服也都整理过了。她看上去仍很哀伤，但不再显得歇斯底里。

“我最后一次问您，德钦：您不肯让我回来吗？这就是您最后的决定？”

“是的。我只能这么做。”

“那我走了，德钦。”

“好的。愿上帝保佑你。”

他靠在凉台的栏杆上，看着她顶着烈日走在路上。她走路的身姿很笔挺，背影和头部的姿态散发出恶毒的恨意。她说的是事实，他夺走了她的青春。他的膝盖不由自主地战栗着。哥斯拉悄无声息地走到他身后，轻声咳嗽了一声，引起他的注意。

“什么事？”

“主人，您的早餐凉了。”

“我什么也不想吃，给我弄点酒来——杜松子酒吧。”

我将来的生活将何去何从？

第十四章

那两艘载着弗罗利和伊丽莎白的独木舟蜿蜒地溯河而上，就像两根又长又弯的针在刺绣上穿梭。这条河从伊洛瓦底江的东岸一直通往内陆。今天他们去打猎——不过只是下午，他们不能一起在丛林里过夜。他们准备趁傍晚凉快的时候打猎几个小时，然后回乔卡塔吃晚饭。

独木舟是用一根树干挖空做成的，在深棕色的河面上轻快地行驶着，似乎不泛起一丝涟漪。长着丰茂的、海绵般的叶子和蓝花的水葫芦壅塞了河面，只剩下一条歪歪扭扭、四尺来宽的船道。交错的树枝将光线过滤成了绿色。有时候，你能听到头顶有鹦鹉在叫唤，但没有一只野生动物现身，只有一条蛇匆忙游开，消失在水葫芦丛中。

“还有多久才到那个村子？”伊丽莎白回头问弗罗利。他的独木舟比较大，行驶在后面，舟上还有弗洛和哥斯拉，驾舟的是个衣衫褴褛满脸皱纹的老妇。

“还有多久到，婆婆？”弗罗利问那个老妇。

老妇把嘴里的雪茄取下来，把桨靠在膝盖上，想了一下，“还有男人吼一嗓子的距离吧。”

“还有半英里。”弗罗利翻译给伊丽莎白听。

他们已经走了两英里，伊丽莎白的背很痛。这种独木舟一不小心就会倾覆，你只能笔挺地坐在没有靠背的狭窄座位上，尽量不让双脚踩到堆着死虾、老是晃来晃去的船底。伊丽莎白那艘独木舟的船夫是个六十岁的缅甸人，精赤着上半身，皮肤黝黑，身材还像年轻人一样健美结实。他那张脸沧桑、慈祥而滑稽。他长着一头浓密的黑发，比大部分缅甸人的发质要好，在一只耳朵上蓬松地打了个髻，有一两绺头发垂落在脸庞上。伊丽莎白正把叔叔的枪平放在膝盖上，抚摸着它。弗罗利要帮她扛枪，但她拒绝了。事实上，这把枪让她如此开心，她不愿与它分开。今天是她第一次拿枪。她穿着一条粗布裙子，一双粗革皮鞋和一件男式的绸缎衬衣，她知道衬上她那顶宽边毡帽，这身衣服看上去很好看。虽然背很疼，脸上热汗淋漓，脚踝上总有硕大的斑蚊在嗡嗡嗡地叫，但她还是很开心。

河面变窄了，水葫芦逐渐被如同巧克力一般闪闪发亮的陡峭的泥巴河堤所代替。摇摇欲坠的茅屋的支柱深深地扎入河床，房子离河面很高。一个赤身露体的小男孩正站在两间茅屋中间，手里拿着一根线，上面绑着一只绿色的甲虫，像风筝一样。看到两个欧洲人他惊叫了一声，几个小孩子不知从哪里冒了出来。那个缅甸老头把独木舟引到用一根棕榈树的树干铺在泥沼上做成的简易码头那里——上面布满了藤壶，因此可以站住脚——然后跳上河岸，搀扶着伊丽莎白上岸。其他人背着包裹和子弹跟在后面。弗洛陷进了泥沼里，泥浆没到了它的肩膀，它老是这样。一个骨瘦如柴的老头戴着一顶品红色的帽子，脸上长着一颗痣，上面长出了四根足足有一码长的灰毛。他迎上前，双手合十行礼，然后朝那些聚在码头的孩子头上打了几巴掌。

“这位是村子的头人。”弗罗利介绍道。

老人领着他们去他家。他走在前面，步态特别猥琐，就像一个上下颠倒过来的字母L——这是风湿和作为基层小官经常得合十行礼共同作用的结果。一帮孩子跟在两个欧洲人的身后，还有一大群狗吠个不停，吓得弗洛缩在弗罗利的脚边。每间茅屋的门口都聚集着皮肤粗糙的圆脸，目瞪口呆地看着“英格雷玛”。在阔叶的遮蔽下，村子里很荫凉。雨季到来的时候，河水会漫出来，将村子的低洼处变成肮脏的茅屋版威尼斯，村民们出了前门就直接以独木舟代步。

头人的房子比其他村民的房子大一些，屋顶是瓦楞铁皮，虽然在下雨的时候吵得让人没办法忍受，却是头人生活中的骄傲。为此他放弃了修筑一座佛塔，显然，他到达西天极乐世界的机会也因此而降低了。他快步走上楼梯，轻轻踢了踢一个躺在凉台上睡觉的年轻人的肋部，然后转过身再次向几位欧洲客人合十行礼，邀请他们进屋。

“我们进去吧。”弗罗利说道，“我想还得等上半个小时。”

“你能让他拿几张椅子放在凉台上吗？”伊丽莎白说道。有了那一次在李晔家的遭遇，她已经决定假如可以的话，她不会再进当地人的家里。

屋里一阵忙乱，头人、那个年轻人和几个女人搬来了两张椅子，上面艳俗地装饰着红色的木槿花，还有几口汽油桶，里面种着秋海棠。显然，为了迎接这两位欧洲客人，他们准备了这两张宝座。伊丽莎白坐下后，头人端着一个茶壶、一长串青绿色的香蕉和六根焦黑的本地雪茄出来了。但当他为伊丽莎白敬上一杯茶时，她却摇了摇头，因为那茶看上去比李晔的茶还要糟糕。

头人看上去很尴尬，揉了揉鼻子。他转身问弗罗利是不是这位年轻的德钦玛希望在茶里加点牛奶。他听说过欧洲人喝茶时要加奶。如果是这样的话，村民们会牵一头奶牛过来当场挤奶。但是，伊丽莎白谢绝了茶水，但她很口渴，于是她叫弗罗利派人把哥斯拉带在包里的一瓶苏打水拿过来。看到这一幕，头人退了下去，觉得很惭愧，认为迎接贵客的准备工作没有做好，由得这两位欧洲客人独享凉台。

伊丽莎白仍然把枪横在膝盖上，弗罗利靠着凉台的栏杆，假装在抽头人拿来的雪茄。伊丽莎白等不及去打猎了，不停地追问着弗罗利。

“我们什么时候出发？我们子弹够不够？我们得带多少名助手？噢，我希望今天我们会有好运！你觉得我们会有收获吗？”

“或许打不到什么好东西。我们应该能打到几只鸽子，或许打到丛林里的飞禽。现在不是打猎的季节，但打野鸡是可以的。他们在这附近见过一头豹子，上星期几乎就在村子里干掉了一头牛。”

“噢，豹子！要是我们能猎到这头豹子就好了。”

“恐怕不大可能。在缅甸像这样的打猎通常别想有什么收获，每次都会失望而归。丛林里到处都是猎物，但你经常连开枪的机会都找不到。”

“为什么会这样？”

“丛林里树木茂密，就算动物只有五码远你也看不见，而且它们往往能够躲过帮忙打猎的人。就算你能看到它们，也只有那么一瞬间。而且到处都是树，没有动物会固定在一个地方。比方说，一头老虎可能会游走数百英里。到处都是猎物，如果有什么可疑之处，它们绝不会过来。我小时候曾经连续好几天晚上蹲在发臭的牛尸旁边，等候着老虎，但一头老虎也没能等到。”

伊丽莎白往椅子上磨蹭着自己的肩胛骨。当她满心高兴的时候就会这样。当弗罗利说起打猎这个话题时，她喜欢他，真的很喜欢他。即使只是关于打猎的只言片语也能让她满心欢喜。如果他能一直谈论打猎，而不是谈论书籍、艺术和令人作呕的诗歌该多好！她突然间觉得很崇拜弗罗利，觉得他看上去蛮英俊的。他穿着那件帕葛利布料的开领衬衣、短裤和打猎的皮靴，扎着绑腿，看上去特别有男人味！他的脸棱角分明，晒得很黑，看上去像当兵的。他站在那儿，长着胎记的那一边脸背着她。她催促他继续说下去。

“再说点打老虎的事情嘛。太有趣了！”

他讲述起许多年前那次打猎：一头上了年纪、长着疥癣的食人猛兽咬死了他的一个苦力。他们在满是蚊子的狩猎台等候着，那头老虎大如灯笼的绿幽幽的眼睛在黑漆漆的丛林中逼近，它吞食绑在狩猎台下面一根柱子上的那个苦力的尸体时发出的喘息声和流口水的声音。弗罗利的故事讲得很敷衍——狩猎打老虎难道不是那些在印度的典型英国讨厌鬼最爱喋喋不休的话题么？——但伊丽莎白再一次高兴得扭动着肩膀，他不明白像这样的一席话让她觉得很心安，弥补了他让她觉得厌烦焦躁的时刻。六个头发蓬乱的年轻人从小径那头走了过来，肩膀上扛着长刀，一个干瘦却很活跃的灰发苍苍的老头走在前头。他们在头人的屋子前面停了下来，其中一个哑声哑气地嚷了一句，听到叫嚷声头人出现了，解释说他们就是帮忙打猎的下手。现在他们准备好了，如果年轻的德钦玛不嫌热的话就可以出发了。

他们动身了。村庄远离河流的另一边种了一道六尺高、十二尺宽的仙人掌篱笆作为保护。他们沿着一条狭窄的仙人掌小径走着，然后拐进一条印着车辙、布满灰尘的牛车小径，两边密密麻麻地长着高如旗杆的竹子。那几个打猎的下手排成单列快步走在前头，每个人的长刀都搁在前臂上。那个老猎户走在伊丽莎白身前。他的笼基拉了起来，就像一块腰布，干瘦的大腿上刺有深蓝色的、错综复杂的刺青图案，好像穿了深蓝色的蕾丝长袜一样。一根粗如男人手腕的竹子倒了下来，横在小路上。走在最前面的打猎的下手把刀一撩，将其砍断。竹竿里的水带着钻石般的光亮喷射而出。走了半里后他们来到了开阔地，每个人都汗淋淋的，因为他们走得很急，而且日头很晒。

“那里就是我们准备打猎的地方，就在那儿。”弗罗利说道。

他指着那片留茬田的对面一块开阔的灰褐色的平原，被泥界划分成面积为一两英亩的小块土地。那块地平得出奇，显得死气沉沉，只有几只雪白的鹭鸶。在远处突兀地出现了一处满是大树的丛林，就像一片墨绿色的悬崖。那几个打猎的下手走到二十码外一棵像是山楂树的小树那里。其中一个跪在地上，朝那棵树合十行礼，嘴里急促而含糊地说着什么，而那个老猎户往地上倒了一瓶浑浊的液体。其他人站在一旁，神情严肃地看着，就像教堂里的信徒一样。

“这些人在干什么？”伊丽莎白问道。

“他们在向当地的神明祭祀。他们称呼这些神明为纳特——就像德律阿德斯①。他们正向神明祈求赐予我们好运。”

---

① 德律阿德斯（Dryad），古希腊神话中的树神。

那个老猎户回来了，声音嘶哑地解释说，他们得先到右边的灌木丛里扫荡，然后才能进入大丛林里。显然，是纳特神吩咐他这么做的。那个老猎户用长刀指点弗罗利和伊丽莎白应该站在哪里。那六个下手走进了灌木丛中，他们会绕上一圈，然后朝着稻田扫荡过来。离丛林的边上三十码处有几簇野玫瑰，弗罗利和伊丽莎白就躲在其中一簇后面，而哥斯拉则蹲在旁边一丛后面，拉着弗洛的颈圈，让它保持安静。打猎的时候弗罗利总是让哥斯拉呆在一旁，因为要是他没有打中目标的话，哥斯拉总是会讨厌地咂舌发出怪声。很快远处就传来了回音——是一种轻轻敲打，夹杂着奇特的、空洞的呼喊的声音，扫荡开始了。伊丽莎白立刻不由自主地战栗起来，连枪管也没办法扶稳。一只比画眉大一些的漂亮的小鸟，翅膀是灰色的，而身体是火红色的，从树丛间朝他们飞了过来，飞得很低。敲打声和叫嚷声渐渐接近。丛林边上的一处灌木剧烈地摇晃着——某只大型动物就要出来了。伊丽莎白举起枪，想把它扶稳，但那只是一个赤身裸体的黄皮肤下手，手里拿着长刀。他看到自己已经出了灌木丛，便朝其他人呼喊着，让他们和他集中。

伊丽莎白放下枪："出什么事了？"

"没事，扫荡结束了。"

"也就是说，里面什么都没有！"她失望地叫嚷着。

"别介意，第一次扫荡是打不到猎物的。下一次我们的运气可能会好一些。"

他们穿过了那片起伏的留茬田，跋涉穿过隔开田野的沼泽地，在那堵高高的丛林绿墙对面就位。伊丽莎白已经学会了如何装子弹。这一次，扫荡刚刚开始，哥斯拉就高声吹着口哨。

"小心！"弗罗利叫嚷着，"快点，它们来了！"

在四十码外，一群绿色的鸽子以难以置信的速度朝他们冲了过来，就像一簇旋转着掠过天空的投石。伊丽莎白兴奋得难以自制。有那么一会儿，她一动也不能动，然后她将枪管对着天空，朝着那群鸟的方向用力地扣下扳机。什么事情也没有发生——她拉的是扳机护环。那群鸟飞过头顶的时候，她找到了两个扳机，同时扣了下去，枪声震耳欲聋，她被震得后退了一步，觉得锁骨几乎被震断了。她打中的是那群鸟后面三十码的地方。与此同时，她看到弗罗利转过身，端平了他的猎枪。两只鸽子飞着飞着突然间慢了下来，打了个旋，像箭一样掉到地上。哥斯拉尖叫一声，和弗洛朝它们跑了过去。

“留神！”弗罗利说道，“这里有一只皇鸠。我们把它打下来！”

一只飞得比其它鸟慢得多的又大又重的鸟正扑腾着从头上飞过。伊丽莎白先前开枪没打中，这一次没有开枪。她看着弗罗利将一颗子弹塞进枪膛，然后举枪射击，枪管里飘出了一缕白烟。那只鸟重重地掉了下来，它的翅膀折断了。弗洛和哥斯拉兴奋地跑了过来，弗洛的嘴里叼着那只硕大的皇鸠，哥斯拉咧嘴笑着，从克钦式的包里掏出两只鸽子。

弗罗利拿起一只绿色鸽子的尸体，对伊丽莎白说道：“看看，多漂亮的鸟儿，不是吗？亚洲最漂亮的鸟。”

伊丽莎白用指尖触摸着那只鸟光滑的羽毛，心里觉得很苦涩妒忌，因为那不是她开枪打中的。现在她知道弗罗利打得一手好枪，觉得非常崇拜他。

“看看它胸膛部位的羽毛，就像宝石一样。开枪打它们是谋杀。缅甸人说，当你杀了一只这种鸟时，它们会呕吐，意思是说：‘看吧，这就是我肚子里的东西，我没有吃你的东西，为什么你要杀我？’我得承认，我从未见过一只鸟这么做。”

“这些鸟好吃吗？”

“非常好吃，但就算这样，打死这些鸟我总是觉得很惭愧。”

“要是我能像你打得那么准就好了！”她羡慕地说道。

“只是熟练而已。很快你就能学会的。你知道如何扶稳枪，已经比很多初学者强多了。”

然而，在下两次扫荡中，伊丽莎白什么也没能打到。她学会了不要一次把两枪管的子弹打光，但她兴奋得身体僵直，连瞄都不瞄就胡乱开枪。弗罗利又打了几只皇鸠和一只小小的青铜色翅膀的鸽子，背部就像铜绿一样。丛林里的飞禽都很狡猾，虽然可以听到它们在周围唧唧咕咕，但就是看不到它们在哪儿，有一两次他们听到山鸡尖利如唢呐一样的叫声。现在他们越来越深入丛林了。光线灰蒙蒙的，有几块空地阳光很刺眼。无论往哪个方向看去，视野总是被层层叠叠的树木、纠结不清的灌木丛和就像码头柱子下盘旋的海水一样缠绕着灌木丛生上来的爬山虎挡住了。这片丛林是那么浓密，就像一片延绵数英里的荆棘，令人不可逼视。有的爬山虎粗壮得就像蟒蛇一样。弗罗利和伊丽莎白顺着狭窄的狩猎小径艰难地前行，爬上湿滑的河堤，衣服上挂满了尖刺。两人的衬衣都浸透了汗水。天热得令人透不过气来，空气中弥漫着被踩碎的叶子的味道。有时候看不见的知了会连续好几分钟发出尖利的、金属般的颤动声，就像一把钢吉他的拨弦声，接着停了下来，静得让人心慌。

走到第五处扫荡的地方时，他们碰到了一棵很大的菩提树，听到树冠上有皇鸠在咕咕咕地叫，声音听起来像是远处奶牛的叫声。一只鸟扑腾着飞了出来，独自栖息在最高的树枝上，小小的身影是灰色的。

“试着坐下来开枪。”弗罗利对伊丽莎白建议道，“瞄准它，不要犹豫，开枪。左眼不要闭上。”

伊丽莎白举起枪，和以前一样，手颤个不停。那些打猎的下手停下来观看，有几个忍不住咂舌惊叹。看到一个女人耍枪他们觉得非常惊奇。伊丽莎白竭力让自己的枪稳住一秒钟，然后扣下扳机。她没有听到枪声，当子弹击中目标时，你是不会听到枪声的。那只鸟似乎从树枝往上跳起，然后掉了下来，在空中翻了好几个圈，然后卡在十码高的树杈上。一个打猎的下手放下长刀，打量了一下树干，然后走到一株爬山虎那里。那株爬山虎吊在一根树枝上、有人腿一般粗细，像麦芽糖一样纠结扭曲。他轻巧地顺着爬山虎往上爬，仿佛那是一架梯子，然后顺着宽阔的树枝走了过去，把那只皇鸠拿了下来，搁在伊丽莎白手上，感觉还很柔软暖和。

她几乎舍不得放手，摸着那只鸟的感觉令她心醉神迷。她原本想亲吻它一下，将它搂在胸前。所有的男人——弗罗利、哥斯拉和那些打猎的下手——都彼此微笑着，看着她爱抚着那只死鸟。她很不情愿地把鸟递给哥斯拉，让他放进他的袋子里。她好想搂住弗罗利的脖子，亲吻他——在某种程度上，是开枪打死这只鸟让她想这么做。

第五次扫荡结束后，那个老猎户对弗罗利解释说，他们必须穿过一片种菠萝的空地，到后面的丛林里另一块空地再扫荡一回。他们走出了丛林的荫蔽，走到了耀眼的日头下。那块空地是长方形的，面积有一两英亩，从丛林中被开垦出来，就像长长的杂草中一块修剪过的草地，那些种成一排排、就像多刺的仙人掌的植物几乎被杂草淹没。在菠萝田的中间有一道低矮的荆棘篱笆将两边隔开。快要走过这片田的时候，荆棘篱笆那边传来尖利的、咕咕咯咯的叫声。

“噢，听听！”伊丽莎白停了下来，“那是山鸡吗？”

“是的，现在是它们出来觅食的时候。”

“我们不能过去开枪打它们吗？”

“如果你想打的话就试一下吧。它们可狡猾了。听好了，我们会绕着篱笆走，直到我们走到山鸡的对面。我们走路的时候不能出声。”

他让哥斯拉和那几个帮手继续往前走，他和伊丽莎白两人顺着菠萝田猫着腰沿着篱笆走，避免暴露自己。伊丽莎白走在前面。汗水从她的脸颊上滑落下来，刺得她的上嘴唇痒痒的，而且她的心跳得很厉害。她能察觉到弗罗利就跟在她的脚跟后面。两人一齐直起身子，望着篱笆的那头。

十码外有一只小山鸡，个头有矮脚鸡那么大，正精神抖擞地在地上啄食。它长得很漂亮，脖子上的长翎像丝绸一般光滑，鸡冠高高地耸起，弓状的尾巴呈橄榄绿色。它身后有六只母鸡，个头要小一些，羽毛是棕色的，背部钻石形的羽毛就像蛇鳞一样。伊丽莎白和弗罗利才看了一秒钟，这些山鸡就咯咯咯地叫着飞到空中，像子弹一样朝丛林飞去。伊丽莎白立刻自发地举起猎枪，开了一枪。这一枪没有刻意瞄准，似乎不知道手里有枪一样，她的精神就像跟在子弹后面，驱使它击中目标。还没扣下扳机她就知道那只鸟死定了。那只雄鸡在三十码开外翻了个跟斗，羽毛掉落了一地。“好枪法！好枪法！”弗罗利叫嚷着，两人兴奋得扔下手中的枪，冲过荆棘篱笆，跑到那只山鸡倒下的地方。

“好枪法！”弗罗利絮絮叨叨地说着，和她一样兴奋雀跃，“天哪，我还没见过有人第一天就能开枪射中还在飞的山鸡，从未见过！你的枪法进步真是神速，太棒了！”

两人面对面跪在那儿，中间就是那只死山鸡。他们惊讶地发现两人的手——他的右手和她的左手——紧紧地握在一起。原来在不经意间，他们手拉着手跑了过来。

两人突然间都僵住了，感觉到有什么重大的事情发生了。弗罗利伸出另一只手和她的另一只手相握。他的手有点畏缩，却又十分大胆。两人跪在那里，四手相握，足足持续了好一会儿。太阳照耀着他们，两人的身体散发出热力。他们似乎漂浮漫步在炽热而欢乐的云海中。他抓住她的上臂，将她拉入怀中。

突然间他转过头，站了起来，把伊丽莎白也拉了起来，然后松开她的胳膊。他想起了自己的那块胎记，不敢在光天化日之下和她亲热。它所招来的冷落实在是太可怕了。为了掩饰尴尬，他弯下腰，拣起那只山鸡。

“太棒了，”他说道，“你不需要指导，你已经会开枪了。我们还得赶去下一次扫荡呢。”

他们刚走过篱笆，拾起那两把枪，林子边上就传来一阵叫嚷。两个帮手迈着大步朝他们跑来，拼命地挥舞着手臂。

“怎么了？”伊丽莎白问道。

“不知道。他们应该见到什么动物了。看他们的样子，应该是好猎物。”

“噢，太好了！快走吧！”

两人快步跑过长着菠萝和笔挺多刺的杂草的田地。哥斯拉和五个帮手正站在一块儿七嘴八舌地说着话，另外两个人兴奋地朝弗罗利和伊丽莎白招手。他们走上前时，看到那几个人正围着一个老妇，她一只手正抓住身上那件褴褛的笼基，另一只手拿着一根大雪茄正在比划着什么。伊丽莎白听到“猹”这个字不断地出现。

“他们在说什么？”她问道。

帮手们围在弗罗利身边，激动地说着什么，指着丛林的方向。问完几个问题后，弗罗利挥手示意大家安静，转身对伊丽莎白说道：

“听我说，我们运气太好了！这个老妇刚从丛林里出来，她说刚刚你开枪那一瞬间她看到一头豹子从小径上跑了过去。这些人知道豹子可能躲在哪里。要是我们动作快的话，他们或许可以在豹子跑开之前把它包围，然后把它赶出来。要试一下吗？”

“噢，好的！噢，太好玩了！要是我们能打到那只豹子，那可真是太好了，太好了！”

“你知道这是很危险的事情吗？我们必须紧紧聚在一起，或许会平安无事，但没有人能够打包票。你做好准备了吗？”

“噢，是的，当然准备好了！我可不怕。噢，我们快点出发吧！”

“你们一个跟着我们，给我们带路。”弗罗利对那几个帮手说道，“哥斯拉，给弗洛套上狗圈，和其他人一齐走。跟着我们它老是乱叫。我们得快点行动。”他对伊丽莎白补充了一句。

哥斯拉和那几个帮手匆匆顺着丛林的边上走去。他们会直捣丛林内部，从远处开始扫荡。另外一个帮手，就是刚才那个爬树拾皇鸠的年轻人，冲进了丛林里。弗罗利和伊丽莎白尾随其后。他迈着短而急促的步伐，动作像在奔跑一样，将他们带入了迷宫一样的狩猎小道中。灌木丛长得很低矮，有时候他们得匍匐前进，爬山虎就像铁丝网一样横亘在小径上。地上满是灰尘，脚下一点声音也没有。走到某处丛林的地标时，那个帮手停了下来，指着地面表示这里就是合适的地方，把手指放在嘴唇上示意安静。弗罗利从口袋里掏出四颗钢芯子弹，拿过伊丽莎白的枪，悄无声息地装弹上膛。

他们后面有轻微的沙沙声，把他们吓了一跳。一个几乎全身赤裸的年轻人拿着一把弹弓，不知道从哪里分开丛林钻了出来。他看着那个帮手，摇了摇头，指着小径的那头。两个年轻人用手势进行交流，然后那个帮手似乎同意了。四个人没有作声顺着小径走了四十码，绕过一个弯，然后再停下来。与此同时，从几百码外传来一阵可怕的、闹哄哄的叫嚷声，叫得最凶的是弗洛。

伊丽莎白感觉到那个帮手的手搭在她的肩膀上，把她摁了下去。他们四个人蹲在一丛灌木后面，以它作为掩护，两个欧洲人在前面，两个缅甸人在后面。远处的叫嚷声吵吵闹闹的，还有长刀砍在树干上的声音，很难相信六个人能够弄出这么大的动静。那几个帮手正卖命地吵闹，不让那只豹子掉头往他们那边去。伊丽莎白看见一排硕大的、淡黄色的蚂蚁像士兵一样爬过灌木丛上的尖刺。一只蚂蚁掉在她的手上，顺着前臂往上爬。她不敢把蚂蚁掸开，在心里默默地祈祷："求求你，上帝啊，让那只豹子出现吧！噢，求你了，上帝，让那只豹子出现吧！"

突然间落叶上传来了很响的脚步声，伊丽莎白举起猎枪，弗罗利断然摇了摇头，把枪管按了下去。一只野禽迈着大大的步子匆匆地从小径上走过。那几个帮手的叫嚷声并没有接近，而这边的丛林静得像在棺材里一样。那只爬在伊丽莎白胳膊上的蚂蚁咬了她一口，然后掉到地上，被咬的地方很疼。她的心情开始绝望，那只豹子不会出现了，它已经溜到别处去了，他们逮不到它了。她宁愿没听说过有豹子这个消息，失望是那么令人痛苦。接着，她察觉到那个帮手在掐她的胳膊肘。他前倾着脸，光滑焦黄的面颊离她的脸只有几英寸，她可以闻到他的头发上椰子油的味道。他听到了什么，努着嘴唇，似乎要吹响口哨。这时弗罗利和伊丽莎白也听到了，那是最轻微的沙沙声，似乎有一头透明的生物正从丛林中溜过，只是脚摩擦到了地面。就在这时，那头豹子的头和肩从灌木里出现了，就在小径那头十五码开外。

它停了下来，前脚掌踏在小径上。他们可以看到它那低垂的耳朵、耷拉着的头、露在外面的獠牙和粗壮恐怖的前肢。在阴影中，它看上去不是黄色的，而是灰不溜秋的。它正专注地倾听着。伊丽莎白看到弗罗利猛地站了起来，举起猎枪，立刻扣下扳机。一声枪响，几乎是在同时，那头豹子重重地倒在草丛中。“小心！”弗罗利嚷道，“它还没死！”他又开了一枪，子弹击中了目标，传来了砰的一声。那头豹子喘着粗气。弗罗利把猎枪打开，伸手到口袋里摸子弹，然后一股脑把子弹全部倒到了小径上。他跪了下去，在那堆子弹当中摸索着。

“该死的！”他叫嚷着，“这里头一颗钢芯子弹也没有。我到底把它们放哪儿去了？”

他跪下去的时候那头豹子不见了。它就像一条受伤的大蛇在灌木丛中游走，咆哮着，呜咽着，声音听起来凶残而凄楚，似乎正在逼近。弗罗利捡起来的每一颗子弹底端都写着 6 号或

8号，事实上，剩下的那些大号子弹他都放在了哥斯拉那边。脚步声和吼叫声现在几乎不到五码远了，但他们什么也看不见，丛林太茂密了。

那两个缅甸人惊叫着："开枪啊！开枪啊！开枪啊！"声音越来越远——他们正往附近爬得上去的树干跑去。树下的灌木丛有什么东西穿了进来，伊丽莎白身边的灌木丛在摇晃。

"天哪，它就在我们跟前！"弗罗利说道，"我们必须把它轰出来。弄出点声响！"

伊丽莎白举起她的猎枪，她的膝盖抖得像在打响板，但她的手却坚如磐石。她迅速开了一枪、两枪。脚步声减弱了，那头豹子正在爬开去，虽然脚步踉跄，但仍很迅速，而且不在视野之内。

"干得漂亮！你把它吓着了。"弗罗利称赞着她。

"但它跑掉了！它跑掉了！"伊丽莎白叫嚷着，气急败坏地跺着脚。她想要去追那只豹子，弗罗利跳了起来，把她拉了回来。

"不要慌！你呆在这儿。等着！"

他把两发小口径子弹装进枪膛里，顺着豹子离开的方向跑去。有那么一会儿，伊丽莎白看不见他和那头豹子，接着，在三十码开外的一块空地上，他和豹子出现了。那头豹子肚皮趴在地上蠕动着，呜咽着。弗罗利端着猎枪隔着四码的距离开了一枪。子弹击中了那头豹子，它像一团垫子一样跳了起来，然后打了个滚，蜷成一团，一动不动地躺在那儿。弗罗利用枪管捅着豹子的身体，但它纹丝不动。

"没事了，它被干掉了。"他说道，"过来看看。"

那两个缅甸人从树上跳了下来。两人和伊丽莎白走到弗罗利身边，那头豹子——那是头雄豹——蜷在那儿，头搭在两只前爪之间，看上去比活着的时候小了一些，像只可怜的死猫。伊丽莎白的膝盖仍然在颤抖。她和弗罗利低头看着那头豹子，挨得很近，但这一次没有牵手。

不一会儿哥斯拉和其他人就赶来了，兴高采烈地叫嚷着。弗洛闻到那头死豹子的味道，吓得夹着尾巴跑到五十码外，幽幽地呜咽着，无论怎么劝诱都不肯再接近豹子。大家都蹲在那头豹子旁边，端详着它。他们抚摸着豹子雪白美丽的腹部，感觉像兔子的腹部一样柔软。他们又挤压它的脚掌，让爪子亮出来；还把黑色的嘴唇拉开，检视那森森的利牙。不一会儿两个帮手就砍倒一根长竹，将那头豹子的四肢绑在竹子上，长长的尾巴耷拉了下来。大家扛着豹子，迈着胜利的步伐回到村子里。虽然天还很亮，但没有人再说起打猎。包括两个欧洲人在内，大家都迫不及待地想回村子里夸耀他们的战利品。

弗罗利和伊丽莎白并肩走过那片留茬田。其他人端着步枪和豹子走在前头，离他们有三十码远，弗洛被落在他们后头很远的地方。太阳落到了伊洛瓦底江后面，暮光平行地照射着留茬田，为残株镀上了金色，一缕柔和的黄色光线照射在两人的脸上。走着走着，伊丽莎白的肩膀几乎挨到了弗罗利的肩膀。他们的衬衣被汗水浸湿过，又被晒干了。他们说话不多，两人心里都很高兴，既是因为筋疲力尽，又是因为收获颇丰，觉得生命中再没有什么快乐——无论是身体还是心灵上的快乐——能与之相比。

快到村子的时候弗罗利说道："那张豹皮留给你吧。"

"噢，但它是你猎杀的！"

"别介意，豹皮留给你了。天哪，我想象不出这个国家有多少女人能像你那样保持头脑冷静！我可以想象她们尖叫昏厥的样子。我会让乔卡塔监狱把豹皮硝制好。那里有一个犯人会硝制毛皮，可以弄得像天鹅绒一样柔软。他被判了七年徒刑，所以他有时间学会了这门手艺。”

“噢，好的，太谢谢你了。”

现在什么也不用说了。待会儿等他们洗去汗水和泥垢，吃完饭并好好休息之后，他们会在俱乐部再见面。他们没有事先约好，但再次见面这件事两人都心照不宣。虽然两人没有提起，但心里都知道弗罗利将会向伊丽莎白求婚。

弗罗利在村子里给每个帮忙打猎的人八亚那作为酬劳，看着那头豹子的皮被剥下，然后送给头人一瓶啤酒和两只英国鸽子。豹皮和豹头被装在一艘独木舟上。虽然哥斯拉一直守着，但豹子的腮须都被偷走了。几个村里的小伙子把尸体抬走，准备把豹子心和其它内脏吃掉，他们相信这样可以让自己像豹子一样强壮敏捷。

第十五章

弗罗利来到俱乐部的时候，发现拉克斯汀一家出奇地心情低落。拉克斯汀太太和往常一样，坐在葵蒲扇下面最好的位置上，正在阅读《皇室经费，德布雷特的缅甸年鉴》。她正和丈夫闹别扭，他竟然不听她的话，一来到俱乐部就要了一大杯“佳酿”，而且还在读《粉红报》。伊丽莎白一个人坐在闷热狭窄的图书室里，翻弄着一本过期的《布莱克伍德》杂志。

自从和弗罗利分开后，伊丽莎白遭遇了一件令她十分不爽的事情。她洗完澡，正穿好衣服准备吃晚饭时，叔叔突然进了她的房间——说是要听听今天打猎的情况——然后开始在她的腿上摸来捏去，意图暴露无遗。伊丽莎白吓坏了，她第一次意识到，有些男人能无耻到想和自己的侄女做爱。真是无奇不有。拉克斯汀先生想让这件事权当一个玩笑，但他笨嘴笨舌，而且喝得醉醺醺的，没能蒙混过关。幸好他老婆不知道，要不然这件事或许会成为天字第一号丑闻。

这件事过后，晚饭吃得很不自在。拉克斯汀先生恼羞成怒。真是烂透了，这帮女人老是扮清高，不让你好好地乐一乐！这个女孩还算长得漂亮，让他想起了《巴黎生活》里面的那些插画，该死的！难道不是他施舍收留了她吗？真是不要脸。而对于伊丽莎白来说，形势非常严峻。她身无分文，而且除了寄居叔叔篱下之外再没有别的去处。她跋涉八千英里来到这里，而仅仅过了半个月，她就不能再住在叔叔家里，真是太可怕了。

因此，她更坚定了决心，如果弗罗利向她求婚（毫无疑问，他会向她求婚的），她会答应他。换了是别的时候或许她不会这么坚决，但今天下午，经过了那次又兴奋又有面子的“美妙”的打猎历险，她近乎爱上了弗罗利——就弗罗利而言，这是她对他所能产生的最近乎爱情的感觉了。但即使是这样，过后或许她的困惑又会回来。因为弗罗利身上有些事情总是令她有所保留：他的年龄、他的胎记、他那些奇怪而离经叛道的言论——那些“不切实际”的夸夸其谈让她感到莫名其妙而且很不安。有些时候她甚至很讨厌他。但现在，叔叔的行径扭转了她心中的天平。无论如何她得离开叔叔的家，越快越好。是的，只要他向她求婚，她就会嫁给他！

走进图书室的时候，从她的脸上他就能猜到答案。她的态度比以往更加温柔顺从。她穿着两人第一次见面时穿的那件淡紫色的连衣裙，见到这身熟悉的打扮给予了他勇气。这件衣服似乎把两人的距离拉近了，同时带走了有时困扰着他的她那种陌生和高高在上的感觉。

他拿起她刚刚在阅读的那本杂志，发表了几句评论，两人沉闷地聊起了天，平时聊天时就总是这样，很少能够避免。尽说些无聊的话这一习惯几乎永远都无法避免，真是奇怪。但是，聊着聊着，他们发现自己渐渐走到了门口，来到了外面，置身于网球场旁边那棵开着赤素馨花的大树下。今晚是满月之夜，月亮像一个烧得白热的硬币，亮得刺眼，在飘着几朵黄云的土蓝色天空中飞升，不见一点星光。那几丛巴豆白天看起来很丑，就像害了黄疸病的月桂，在月光下变成了犬牙交错的黑白图案，像是美妙的木刻画。在围墙那边有两个身体畸形的达罗毗荼苦力正在路上走着，身上白色的破布闪着微光。几棵开着赤素馨花的树散发出香气，顺着微热的空气飘荡过来，就像从一便士售卖机里飘出来的让人无法忍受的化学气味。

“看看月亮，看看！”弗罗利说道，“就像白色的太阳一样，比英国冬天时的月亮还要亮。”

伊丽莎白抬头看着那棵赤素馨花树的树枝，月光似乎将它们变成了银色的棍棒。他们似乎感觉得到月光就厚厚地堆积在每一样东西上面，在地上和粗糙的树皮上结了一层硬壳，像闪闪发亮的盐花。每一片树叶似乎都承担着月光的重量，似乎月光就像白雪一样是固体的。虽然伊丽莎白平素对这种事情熟视无睹，但这一刻也觉得十分惊奇。

“太美了！在英国你从不会见到这样的月光。它好——好——”她想不出除了“皎洁”之外的词汇，于是默不作声。她有一个习惯，说话总是只说一截，就像罗莎·达图尔[①]，却是出于不同的原因。

“是的，这轮亘古的月亮在这个国家是最美丽的。这棵树味道很浓，不是吗？野蛮的热带树！我不喜欢一年四季都开花的树，你呢？”

他心不在焉地信口说着话，拖延时间等那两个苦力走出视野之外。等他们一走开，他就搂着伊丽莎白的肩膀，没等她反应过来或开口说话，他就将她转过身，拥入自己的怀中。她的头靠在他的胸膛上，短发摩挲着他的嘴唇。他托着她的下巴，抬起她的脸，俯视着她。她没有戴眼镜。

---

① 罗莎·达图尔(Rosa Dartle)，狄更斯的小说《大卫·科波菲尔》一书中的人物。

“你不介意吗？”

“不介意。”

“我是说，你不介意我的——这个吗？”他晃了晃脑袋，露出那块胎记。他得先弄清楚这个问题，然后才能亲吻她。

“不，不介意，当然不介意。”

两人的嘴凑到了一起，他感觉到她赤裸的胳膊轻轻地勾住他的脖子。两人站在那儿，紧紧地贴在一起，靠在赤素馨花树光滑的树干上，深情地拥吻了大约有一分钟。那棵树令人作呕的气味和伊丽莎白头发的味道夹杂在一起。这股味道让他觉得整个人傻傻的，又似乎感觉伊丽莎白离他很遥远，虽然她就在他的怀里。这棵异国的树代表了他：他的放逐、他的秘密和蹉跎的年华——就像一条无法逾越的沟壑将两人隔开。他该怎样才能让她明白他想从她身上得到什么呢？他停止了亲吻，轻轻地推着她的肩膀，让她靠在树干上，俯视着她，虽然月亮在她身后，但他还是能看清她的脸。

“我无法用言语形容你对于我的意义。”他说道，“你对于我的意义！语言是多么苍白无力！你不会知道我有多爱你。但我必须尝试着对你表白。有很多事情我必须告诉你。我们回俱乐部好吗？他们可能正过来找我们。我们可以在凉台上聊天。”

“我的头发很乱吗？”她问道。

“很漂亮。”

“但乱不乱？帮我梳一下头发，好吗？”

她站在他跟前，低下了头，他用手整理好短而清爽的发绺。她低头的姿势带给他一种亲昵的感觉，比刚才的接吻更加亲昵，他觉得自己似乎已经成为了她的丈夫。啊，他一定要娶她，这是肯定的！只有和她结婚，他的生活才能获得救赎。呆会儿他就向她求婚。两人缓步走过蓬松的灌木丛，回到俱乐部，他的胳膊仍然搂着她的肩膀。

“我们可以在凉台上聊天。”他又说了一遍，“不知道为什么，我们还没有好好说过话呢，就你和我。天哪，这么多年来我一直盼望着能找个人说说话！我可以一直对着你说下去，一直说，一直说！听起来很无聊。我很担心它会变成一件无聊的事情。我得请你多担待一些。”

听到“无聊”这个词，她哼了一声以示抗议。

“不，这是无聊的事情，我知道的。我们这些在印度的英国人总是被视为无聊的人。我们确实很无聊。但我们身不由己。你知道，有一个——我该怎么说呢？——有一个魔鬼藏在我们心里，驱使我们说话。我们心里藏着许多记忆，渴望与人分享，却从未做到。这就是我们来到这个国家的代价。”

他们不会受到旁边凉台的干扰，因为那里没有门直接通往这里。伊丽莎白坐了下来，胳膊搁在小柳条桌子上，但弗罗利仍然在踱着步子，双手插在上衣的口袋里，走进从凉台东边的屋檐下射进来的月光中，然后又走进阴影里。

“我刚刚对你说我爱你。爱！这个词已经被用得俗透了，完全失去了意义。但请听我的解释。今天下午我们一起打猎时，我想到，上帝啊，终于有人可以分享我的生活，真真正正地和我一起生活——你知道吗——”

他准备向她求婚——事实上，他不想再拖延下去了。但那番话一直说不出口，他发现自己止忘我地一直说个不停。他无法控制自己。她应该了解他在这个国家的生活，她应该理解他希望借助她去摆脱的寂寞的本质，这很重要。而这是很难解释清楚的事情。忍受着悲惨却无以名状的痛苦是多么可怕。那些受清清楚楚的病痛折磨的人都是幸福的！那些穷人、病人、失恋的人都是幸福的，因为至少其他人理解他们到底出了什么事，愿意同情地倾听他们一吐心声。但有哪个未经过放逐的人明白被放逐的痛苦呢？伊丽莎白看着他踱着步子，月光将他的丝绸外套染成一袭银装。她的心情仍为那个吻而激荡着，但听着他说话，她不禁心生疑惑：他准备向她求婚吗？他怎么这么拖拉！她模模糊糊听到他在说关于寂寞什么的。当然会寂寞！他是说，两人结婚后她将面对丛林生活的寂寞。他并不需要为此烦恼。或许，住在丛林里的确有时会觉得很寂寞。住在前不着村后不着店的地方，没有电影院，没有舞会，除了他们夫妻俩没有其他人可以说话，晚上除了读书无事可做——确实挺无聊的。但他们可以买一部留声机。等那些新型便携式收音机运到缅甸，日子就不会寂寞了！她正要说起这个，他补充说道：

"你听明白我的意思了吗？你能想象我们在这里的生活吗？生活在这个孤独忧郁的异国他乡！异国的树木、异国的花草、异国的风景、异国的面孔。一切都是那么陌生，似乎来到了另外一个星球。但你知道吗——我想说的就是这个——你知道吗，生活在另外一个星球并非那么糟糕，如果有人和你分享的话，或许会是最有趣的事情。有一个人用和你一样的眼光去看待事物。这个国家对我来说曾经是如此寂寞荒凉的地狱——对我们大部分人来说的确如此——但是，假如有个伴的话，它可以是一处天堂。这些话似乎毫无意义，是吗？"

他在桌子旁边停了下来，握着她的手。在半明半暗中，他只能看到她苍白的鹅蛋脸，就像一朵鲜花。但一摸到她的手，他立刻明白她对他的话一个字也没听进去。为什么她会理解呢？这番绕来绕去的话都白说了！他想立刻对她说："嫁给我好吗？"他们不是有一辈子的时间可以交流吗？他握着她另一只手，温柔地将她拉起来。

"我刚才说了很多废话，请你原谅。"

"没关系。"她含糊不清地嗫嚅着，以为他准备亲吻她。

"不，像那样说话实在是很无聊。有的事情能用语言表达，但有的事情不行。而且一味地大吐自己的苦水是很不得体的行为。但我只是想让你明白一些事情。看着我，我有话对你说。你愿意——？"

"伊—丽—莎—白—！"

那是拉克斯汀太太尖利而哀伤的声音，是从俱乐部那里传过来的。

"伊丽莎白，你在哪儿？伊丽莎白？"

听声音她快到前门了——随时可能走上凉台。弗罗利把伊丽莎白拉到身边，两人匆匆忙忙亲吻了一下，然后他松开了她，但还握着她的手。

"快点，还有点时间，回答我，你愿意——"

但这句话还没说完，脚底下就发生了惊天动地的事情——地板就像海面一样摇摆着——他脚步蹒跚，然后晕头转向地跌倒了，前臂重重地摔在地板上。他倒在地上，发现自己剧烈地前后摇摆着，似乎有一只庞大的怪兽将整座房子扛在背上。

突然间，摇摇晃晃的地板稳了下来，弗罗利坐起身，头脑眩晕，但伤得不厉害。模糊中他发现伊丽莎白蜷缩在他的身边，俱乐部那里传来了尖叫声。在大门那里，两个缅甸人正在月光下跑着，长发飘荡在身后。他们以最高的嗓门尖叫着：

"纳殷在动了！纳殷在动了！"

弗罗利疑惑地看着他们。谁是纳殷？纳是用于修饰罪犯的前缀，那纳殷一定就是个土匪。为什么他在动？接着，他记起来了：传说中纳殷是一个被缅甸人埋起来的巨人，就像地底下的堤尔福斯[①]。果然！这是一场地震。

"地震了！"他喊了一句，想起伊丽莎白，走过去把她扶了起来。她已经坐了起来，身上没有受伤，正揉着脑后。

"刚才是地震吗？"她的声音非常惊慌。

拉克斯汀太太高挑的身躯顺着凉台的角落缓缓地挪了过来，紧紧贴着墙壁，像一只颀长的蜥蜴。她歇斯底里地尖叫着：

"噢，天哪！地震了！真是太可怕了！我受不了了——我的心脏可承受不了刺激！噢，亲爱的，噢，亲爱的！地震了！"

拉克斯汀先生蹒跚着跟在她的身后，脚步特别不协调，既是因为地震，又是因为杜松子酒喝多了。

"地震了，真见鬼！"他嘴里骂骂咧咧的。

弗罗利和伊丽莎白慢慢地站起身，走回俱乐部里，脚底下感觉很奇怪，就像从一叶摇摆不定的小舟踏上岸边一样。那个老领班正匆匆从仆人区跑出来，一边跑一边往头上缠头巾，身后跟着一群仆人，都在唧唧喳喳地说个不停。

"地震了，先生，地震了！"他唾沫四溅地热切地说着。

"我想这他妈的应该是地震。"拉克斯汀先生小心翼翼地

---

① 堤尔福斯(Typhaeus)，古希腊神话中的巨人，曾与宙斯为敌，失败后被流放到地狱。

坐在一张椅子上，“给我倒酒，领班。看在上帝的分上，出了这种事情，就让我喝上一杯吧。”

大家都点了酒。那个领班有点腼腆，但脸上带着笑容，单脚站在桌子旁边，手里托着盘子。“地震，先生，大地震哪！”他热切地重复着。他很渴望说话，其他人也一样。那种脚下颤巍巍的感觉刚过去，一种美妙的“生之乐”就笼罩着他们。地震结束之后，感觉是那么好玩。想到你没有被一堆废墟砸死，感觉实在是太美妙了。大家异口同声地说道：“亲爱的，我从未经历过这么一场地震——我整个人都倒下去了——感觉就像地底下有一只该死的贱狗在挠痒痒——我还以为是哪里发生爆炸了……”诸如此类的话，地震后的老生常谈。连领班也加入了谈话。

“我想你记得很多回地震，是吧，领班？”拉克斯汀太太以对她来说相当和蔼的态度问道。

“噢，是的，太太，很多回地震！1887 年、1899 年、1906 年、1912 年——太太，我记得很多回地震！”

“1912 年那回震得不轻。”弗罗利说道。

“噢，先生，但 1906 年那一回更严重！先生，震感非常强烈！寺庙里那座巨大的异教徒雕像砸在了国师①的头上，国师就是佛教徒的主教，夫人。缅甸人说这是厄运的征兆，预示着稻米歉收和口蹄疫爆发。还有 1887 年，我记得那是我第一次经历地震，那时候我还是个小仆童。麦克卡拉甘少校老爷躺在桌子底下，发誓他明天就会戒酒。他不知道发生了地震。屋顶掉了下来，砸死了两头牛。”他一直说个不停。

---

① 国师（thathanabaing），缅甸小乘佛教的佛教领袖，由王室钦命。

这几个欧洲人呆在俱乐部里直到深夜，领班出现在房间里不下五六次，讲述新的传闻轶事。这几个欧洲人没有喝止他，甚至鼓励他说下去。地震将他们团结在一起。如果再来一两回余震，他们或许会让领班和他们一起同桌而坐。

弗罗利的求婚无疾而终。刚刚发生了地震，求婚似乎不大合适。而且，当晚剩下的时候他都没有机会和伊丽莎白独处。但这没什么，现在他知道她已经芳心暗许。一切等到明天早上再说。想到这里他安下心来，经过漫长的一天他已经精疲力尽，一上床就睡着了。

第十六章

公墓旁边那棵大彬加都树的上面栖息着几只秃鹫，粪便把树枝都染成了白色。秃鹫张开翅膀平衡着身体，盘旋着直冲上天际。虽然还是清晨，弗罗利已经出门了。他准备去俱乐部，等伊丽莎白来，然后正式向她求婚。一种他不能明白的本能催促着他在其他欧洲人从丛林里回来之前赶快行事。

走出大门的时候，他看到乔卡塔来了新人。一个年轻人骑着白马正缓步走过练兵场，手里拿着一根长矛，像拿着绣花针一样挥舞着。几个看上去像士兵的锡克人跟在他后面，牵着另外两匹小马的缰绳，一匹是枣色的，另一匹是栗色的。当他和弗罗利擦肩而过时，弗罗利停了下来，喊了声“早安”。他不认得那个年轻人，但在小地方问候陌生人是很平常的事情。那个年轻人看到有人在问候自己，于是心不在焉地调转马头，让马停在路边。他看上去大约二十来岁，身材柔软而笔挺，应该是个骑兵军官。他长着一张在英国士兵中很常见的兔子脸，眼睛是淡蓝色的，双唇之间可以看见小小的三角形门牙，但是他看上去一副刚强、无畏甚至凶悍的样子，颇有几分潇洒的风范——是像一只兔子，却是一只强壮尚武的兔子。他骑在马上，似乎和马结合为一体。他看上去那么年轻健壮，青春洋溢的脸被晒成和淡蓝色的眼眸很般配的古铜色，而且他戴着白色的鹿皮帽，马球靴闪烁着旧海泡石烟斗一般的光芒，看上去就像是画里那些高贵的人物。打一见面弗罗利就觉得不自在。

“你好。”弗罗利问道，“刚到这儿的？”

“昨晚到的，乘夜里的火车。”他说起话来乖戾而孩子气，“我奉命带着一连士兵到此驻扎，以防你们当地的贱民挑起事端。我叫威洛——隶属武警部队。”他补充了一句，但没有问弗罗利的名字。

“噢，是的。我们听说他们会派人过来。你们在哪里驻扎？”

“目前在兵舍驿站。昨晚我进去的时候有黑人乞丐住在里面——自称是什么训导员，我一脚把他踢了出去。这地方臭死了，不是吗？”他朝后面晃了一下脑袋，表示说的是整个乔卡塔。

“我想这里和其它小官署驻地就是这样。你准备在这里久呆吗？”

“就住一个月，感谢上帝，直到雨季开始。你们这里的练兵场好烂，不是吗？他们没有剪草，”他补充说道，挥舞着长矛的矛尖指着那片干枯的草地，“这样根本打不了马球什么的。”

“恐怕你在这儿打不了马球。”弗罗利说道，“我们最多打打网球。我们这里只有八个欧洲人，大部分人四分之三的时间都呆在丛林里。”

“天哪！好烂的地方！”

说完这一句两人都沉默下来。那些高大的、蓄着络腮胡的锡克士兵围着两匹马的马头站成一圈，不是很有好感地打量着弗罗利。显然，威洛对谈话意兴阑珊，一心只希望离开。弗罗利这辈子从未觉得如此显得多余，或者说，觉得自己是个老瘪三。他注意到威洛的马是一匹漂亮的阿拉伯母马，长颈弓背，尾巴就像翎毛一样光滑，皮肤呈奶白色，这匹马得值好几千卢比。威洛已经拉着缰绳把马转过身，显然，他觉得早上说这么多话已经够了。

“这可是匹好马。”弗罗利说道。

“还好，比那些缅甸劣马强。我过来安排搭建帐篷。在这个烂鬼地方是没指望打马球的了。嘿，希拉·辛！”他转过马身喊道。

那个牵着枣色马匹的士兵把缰绳递给一个同伴，跑到四十码开外的一处地方，往地上插了一根狭长的黄杨木桩。威洛没有再理会弗罗利。他举起长矛，摆出似乎正在瞄准木桩的姿势，那几个锡克士兵把马牵到后面不要挡道，站在那儿看热闹。威洛的双膝轻轻地夹住马肋，那匹马就像弹弓射出的石子一样飞奔向前。他就像一只瘦削的半人马，笔直的身体倾着贴在马鞍上，垂下矛头，把它漂亮地插进那根木桩里。一个印度人嘀咕着：“沙巴什！①”威洛以正统的姿势将长矛别在身后，策马慢行兜了回来，把那根被刺穿的木桩交给了那个士兵。

威洛又瞄着那根木桩策马冲刺了两回，每次都命中目标。他的行动潇洒绝伦，又格外严肃认真。旁观的英国人和那些印度士兵都全神贯注地观看着威洛刺那根木桩，似乎那是一场宗教仪式。弗罗利仍在驻足观望，没有人理他——威洛那张脸是那种能对不受欢迎的陌生人不闻不问的特殊构造的脸——但他受到冷落这件事情没有让他走开。不知怎的，威洛让他觉得自惭形秽。他试着想找些话题，让谈话继续下去，就在这时他抬头望着山边，看到伊丽莎白穿着一袭浅蓝色的衣服，从她叔叔

① 沙巴什(shabash)，印度语中表示“好棒”的感叹词。

的家门口走了出来。她一定看到第三次刺穿木桩了。他的心顿时不安起来，他的心里掠过一个念头，他的这些心血来潮的念头总是带给他麻烦。威洛离他有几码远，他叫住了他，用手杖指着另外两匹马。

“这两匹马受过训练吗？”

威洛不悦地转过头看着他。他原本以为弗罗利自讨没趣之后就会离开的。

“什么？”

“另外两匹马受过训练吗？”弗罗利重复了一遍。

“那匹栗色的马还不赖。不过如果你没控制住的话会跑开的。”

“我也来刺木桩，如果你同意的话。”

“好的。”威洛很不客气地说道，“别拉得太紧，伤了它的嘴。”

一个士兵把马牵了过来，弗罗利假装检查着缰绳。事实上他是在拖延时间，等到伊丽莎白走到离他们三四十码外的地方。他决定在她刚好经过的时候刺中那根木桩（骑着缅甸小马这是很容易做到的事情，假如它们能笔直地跑出去的话），然后再骑着马走到她身边。显然，这么做是对的。他可不想让她以为只有这个红脸膛的小子才会骑马。他穿着短裤，骑马的时候会很不舒服，但他知道，和大部分人一样，骑在马背上时他看上去英姿勃发。

伊丽莎白越来越近，弗罗利跨上马鞍，从那个印度人手里接过长矛，作势朝伊丽莎白打了个招呼，但她没有反应。或许在威洛面前她觉得害羞吧。她转过脸朝公墓望去，脸颊绯红。

“驾！”弗罗利朝那个印度士兵说了一声，然后膝盖夹住那匹马的双肋。

还没等马飞奔出去，弗罗利发现自己整个人在空中翻滚着，重重地摔在地上，肩膀几乎脱臼了，打了好几个滚。幸运的是，他没有被长矛刺中。他仰卧在地上，天空和翱翔的秃鹫看上去很模糊。接着，他的眼睛聚焦在一个锡克士兵的卡其布头巾和黑漆漆的络腮胡子一直长到眼际的脸上，那士兵正俯身看着他。

“出什么事了？”他说的是英语，疼痛地举起手肘。那个锡克士兵粗鲁地答着话，指着那边。弗罗利看到那匹栗马正跑过练兵场，马鞍耷拉在腹部。带子没有绑紧，刚才松开了，导致了他的坠马。

弗罗利坐起身，浑身疼得要命。他右肩部位的衬衣被扯破了，浸湿了血，而且他感觉得到脸上正在流血。他被坚硬的地面擦伤了，帽子也丢了。他想起了伊丽莎白，心里似乎被重重敲了一记。他看到她正朝他走来，距离不到十码，眼睛直视着他，而他就可耻地躺在那儿。“我的天哪，我的天哪！”他想着，“噢，我的天哪，我一定就像个大傻瓜。”这个想法甚至让他忘却了堕马的痛楚。他用手挡着胎记，似乎这半边才是受伤的脸。

“伊丽莎白！你好，伊丽莎白！早上好啊！”

他的声音特别热情，带着哀求——当一个人知道自己看上去就像一个傻瓜时就会这么说话。她没有回答。令人惊奇的是，她没有停下脚步，似乎没有看到他，也没有听到他打招呼。

“伊丽莎白！”他惊讶地叫嚷着，“你看见我摔倒了吗？马鞍松了，那个笨蛋士兵没有……”

这回她肯定听见了，转过脸看着他，但神情却似乎当他不存在一样。接着她望着远处墓地的后面。太可怕了。他难过地在她身后叫嚷着：

“伊丽莎白！听我说，伊丽莎白！”

她一句话也没说，继续走过去，没有动作，也没有看他。她急匆匆地走着，鞋跟发出咔哒咔哒的声音，背对着他。

现在那群士兵围在他身边，威洛也骑着马来了。几个士兵向伊丽莎白行礼。威洛没有理她，或许没有看到她。弗罗利僵着身子站了起来。他摔得很重，但没有骨折。那些印度人帮他捡回了帽子和手杖，但没有为自己的疏忽道歉。他们的神情带着不屑，似乎他是自讨苦吃。或许，他们是故意把带子解松的。

“马鞍松了。”和那些遭遇尴尬的人一样，弗罗利的语气软弱而傻气。

“你上马前怎么不好好检查一下？”威洛漫不经心地说道，“你应该知道这些下等人根本靠不住。”

说完这些他就一拉马头，纵马骑了开去，觉得这件事应该就此告一段落。那些士兵跟着他离开了，没有向弗罗利行礼。弗罗利走到门口时，回头看了一下，看到那匹栗色的小马已经被抓住了，正在重新上鞍。威洛正在指挥给帐篷打木桩。

刚才那一跤摔得很重，直到现在他还是没办法让自己平静下来。她为什么会那样子对他？她见到他摔得满身是血，痛楚难忍，而她径直走过他身边，似乎他只是条死狗。为什么会发生这种事？这件事真的发生过吗？太难以置信了。她在生他的气吗？他做了什么事惹恼了她吗？所有的仆人都在围墙那里等候着他。他们都出来看给帐篷打桩，每个人都看到了他的狼狈样。哥斯拉跑下山来迎接他，神情很关切。

“主人，您摔伤了吗？让我背您回屋里好吗？”

“不用了。”主人回答道，“去给我拿威士忌和干净的衬衣过来。”

他们回到屋里，哥斯拉扶着弗罗利坐在床上，解下他那件破烂的衬衣，血迹将衣服紧紧地贴在身上。哥斯拉咂着舌头。

“哎呀，疼吗？伤口里尽是沙土。您不应该骑着陌生的马玩那些小孩子的游戏，德钦。这不适合您的年龄，太危险了。”

“是马鞍松了。”弗罗利解释道。

哥斯拉继续说道：“这是那些年轻警官们玩的游戏，而您不年轻了，摔一跤会受伤的。您可得照顾好自己的安全。”

“你当我是个糟老头吗？”弗罗利生气地问道。他的肩膀疼得很厉害。

“您三十五岁了，德钦。”哥斯拉的语气很礼貌，但很坚定。

真是太丢脸了。玛蒲和玛伊两人暂时没有吵架，端来了一锅看上去很可怕的东西，说是对伤口有好处。弗罗利私底下吩咐哥斯拉把东西倒出窗外，换成硼素药膏。然后，他坐在一缸微热的水中，哥斯拉用海绵把擦伤的部位的尘土清洗干净。他无助地疑惑着，头脑渐渐恢复了清醒，越想起刚才那件事心情就越发不快。显然，他惹恼了伊丽莎白。但自从昨晚一别他还没见过她，怎么会惹恼她呢？他想不出合理的解释。

他对哥斯拉解释了好几遍，他是因为马鞍松了才摔下来的，但哥斯拉虽然很同情他，却似乎根本不相信他的理由。弗罗利知道，摔了这一跤，他这辈子都会被看成是蹩脚的骑师。而半个月前他赶跑了毫无威胁的大水牛，赢得了不配得到的名声。命运毕竟是公平的。

第十七章

直到去俱乐部吃晚饭的时候弗罗利才见到伊丽莎白。虽然他心里很想单独找她，希望她能解释清楚，但他并没有付诸行动。看着镜子里自己那张脸让他失去了勇气。现在他的脸一边有那块胎记，另一边又擦伤流血，实在是太寒碜、太丑陋了。他可不敢在大白天丢人现眼。走进俱乐部酒吧间的时候他用一只手挡住胎记——找了个借口，说是额头上被蚊子咬了。这个时候要他不用手挡住胎记，他可没有这个勇气。但是，伊丽莎白不在里面。

出乎意料地，他和别人吵了一架。埃里斯和威斯特菲尔德刚从丛林里回来，两人正在喝酒，心情很不好。仰光那边传来消息说，那个诽谤麦克格雷格先生的《缅甸爱国者报》编辑只被判了四个月的有期徒刑，对这么一个轻描淡写的判罚埃里斯非常气愤。弗罗利一进来，埃里斯就开始缠着他，嘴里说着"那个小黑鬼的'阿拉会来事'医生"。这时弗罗利还不想和他吵，但他漫不经心的回答引发了一场争执。两人越说越激动，埃里斯骂弗罗利是"黑鬼的面首"，弗罗利还了嘴。威斯特菲尔德也发火了。他的本性并不坏，但弗罗利那布尔什维克式的思想有时令他很不满。他想不明白，每件事的是非对错其实非常清楚，但弗罗利总是选择了错误的一方，而且还很得意。他告诫弗罗利"不要像个该死的海德公园的煽动者那样说话"，然后疾声厉色地对他进行了一番简短的说教，列举出他心目中作为白人老爷最重要的五项原则，分别是：

“维持我们的尊严；高压统治(不需要怀柔政策)；我们白人必须团结一致；本地人总是得寸进尺；发扬团结精神。”

弗罗利迫切想见到伊丽莎白，根本没有听清楚旁人在对他说些什么。而且，那番话他已经听过许多遍，许许多多遍——上百遍，或许有上千遍，自从他来到仰光的第一个星期起就一直在听了。当时他的长官(一个精通养育赛马的苏格兰老酒鬼。后来因为给同一匹赛马起了两个名字这一龌龊的勾当遭到赛马会的严重警告)看见他经过一个本地人的葬礼时脱下了帽子，训斥他说：“记住，小子，总是得记住，我们是大老爷，而他们是贱民！”现在听到这么一番废话让他觉得很恶心，于是他打断了威斯特菲尔德，说出一番大逆不道的话：

“噢，闭嘴！这些话我听够了。维拉斯瓦密是个好人——见到他比见到某些白人更令我开心。不管怎样，召开全体大会的时候我会提名他为俱乐部会员。或许，他会给这个该死的地方带来点活力。”

话说到了这个分上，本来这次争吵会闹到不可开交的地步，但它的结局还是和俱乐部里大部分吵架一样——领班走了过来，他听到了争吵声。

“主人在叫我吗？”

“没有，去死吧。”埃里斯没好气地说道。

领班退下了，但争执暂时告一段落。这时外面传来了脚步声和说话声：拉克斯汀一家来到俱乐部了。

他们走进酒吧间时，弗罗利甚至没有勇气直视伊丽莎白，但他注意到他们三人穿得要比平时隆重。拉克斯汀甚至穿着一件晚礼服——白色的，因为天气热——整个人特别清醒。硬领衬衣和珠地布马甲似乎就像一副铠甲，让他挺直了腰杆，道德感也变强了。拉克斯汀太太穿着一袭红裙，像一条艳丽的美女蛇。他们三人看上去似乎在等候某位重要的客人。

叫了酒之后，拉克斯汀太太占据了葵蒲扇下面的位置。弗罗利坐在人群的外面。他还不敢和伊丽莎白说话。拉克斯汀太太开始很傻气地说起亲爱的威尔士亲王，声音就像一个原本是伴唱的女生临时被提拔扮演音乐剧里的公爵夫人。其他人都在心里嘀咕她到底是怎么了。弗罗利悄悄地把椅子移到了伊丽莎白身后。她穿着一件剪裁很短又时髦的黄色连衣裙，配着香槟色的长袜和凉鞋，手里拿着一把鸵鸟羽毛扇子。她看上去如此时髦成熟，让他心里充满了前所未有的畏惧。他不敢相信自己亲吻过她。她立刻和其他人有说有笑，时不时他会插上几句，但她从来没有直接回应他，至于她是不是有意不理睬他，他弄不明白。

“好了，”拉克斯汀夫人说道，“谁要搭牌儿？”

她说的是“搭牌儿”，口音越来越有贵族范儿，真是奇哉怪也。埃里斯、威斯特菲尔德和拉克斯汀先生似乎都想“搭牌儿”。看到伊丽莎白不想参与，弗罗利也马上谢绝了邀请。现在是他和她独处的大好机会。其他人走进了棋牌室，看到伊丽莎白走过来，他心里既慌张又宽慰。他在门口停下脚步，拦住她的去路。他的脸变得煞白，而她则稍稍避开了他。

“劳驾。”两人异口同声地说道。

“等一等，”他说道，声音有点颤抖，“我有话跟你说，好吗？希望你不介意——有些话我真的得说。”

“能让我过去吗，弗罗利先生？”

“请听我说，请听我说，现在只有我们两人，你不会不让我说话吧？”

“那你想说什么呢？”

“我只想说，到底我做了什么事情惹你不高兴——请告诉我到底是什么事情。让我知道，我会改的。我宁愿把自己的手砍掉也不愿惹你生气。告诉我好吗？告诉我，别让我一直蒙在鼓里。”

“我不知道你在说些什么。告诉你到底做了什么惹我生气？为什么你会惹我生气呢？”

“但我一定是做了什么！你整个人都变了！”

“我整个人都变了？我不知道你什么意思。你怎么说话这么奇怪。”

“但你对我不理不睬！今天早上你伤透了我的心。”

“我喜欢做什么就做什么，不用受人质问吧？”

“别这样，求你了！难道你不知道，你一定知道的，突然间遭到冷落对我来说是一种怎样的感受。毕竟，昨晚你还——”

她的脸一红，“我想你提起这些事情真是太——真是太没品了！”

“我知道，我知道，这些我都知道。但我还能怎样？今天早上你径直从我身边走过，似乎我只是一块石头。我知道一定是我惹你不高兴了。我只想知道自己做了什么，这你也要怪我吗？”

和往常一样，他越是解释，事情就变得越糟。他察觉到无论自己做过什么，要逼她说出来比事情本身更加糟糕。她不想解释。她准备撇下他不管——冷落他，假装没有任何事情发生过。这就是女人的天性。但他一意要追问她：“请告诉我好吗？我不想让这段关系就这么结束。”

她冷冰冰地说了一句：“‘让这段关系就这么结束’？我们没有关系，何来结束？”

这番无情的话伤害了他，他立刻说道：

“你以前不是这个样子的，伊丽莎白！你刚对一个人那么好，然后却对其不理不睬，甚至不肯告诉他原因，这样做太狠心了。你可以对我实话实说。请告诉我，到底我做错了什么？”

她乜斜着眼睛狠狠地盯着他，不是因为他的举止，而是因为他逼她说出原因。或许是急于结束眼下的场面，她说道：

“那好吧，如果你一定要逼我说出来的话。”

“到底怎么了？”

“他们告诉我，就在你假装——当你在和我那个的时候，你还同时——噢，太下流龌龊了！我说不出口。”

“说下去。”

“他们告诉我，你一直包养着一个缅甸情妇。现在可以让我过去了吗？”

说完这句话，她趾高气扬地走过——再没有别的合适的字眼了——她趾高气扬地走过他身边，短裙发出沙沙的声音，走进了棋牌室。他站在原地，望着她的背影，惊讶得说不出话来，看上去一副无以言状的滑稽模样。

太可怕了。经过这件事，他无法面对她。他转过身，想赶快离开俱乐部，但不敢经过棋牌室的门口，担心她会看到自己。他走回酒吧间，思索着如何离开这里，最后，他爬过凉台的栏杆，跳到通往伊洛瓦底江的草坪上。他的额头上汗水涔涔，他想恼怒地吼叫发泄。他被诅咒了！被逮到做出那种事情。“包养一个缅甸情妇”——这根本不是真的！但否认这件事根本没有意义。啊，为什么会这么倒霉，凑巧让她知道这件事？

但事实上，这并不是凑巧，而是出于一个非常合理的理由，这个理由也是为什么今天晚上拉克斯汀太太在俱乐部的行为举止那么怪异的原因。昨天晚上，就在地震之前，拉克斯汀太太正在读《民政官名录》。《民政官名录》（里面列举了每一位缅甸官员确切的收入）总是能让她读得孜孜不倦。她正在加着算着她曾经在曼德勒见过的一位护林官的工资和津贴，这时她想起查找威洛中尉的名字，她听麦克格雷格先生说威洛中尉明天会率领一百个武警抵达乔卡塔。找到名字时，她看到前面有两个字，让她惊讶得几乎傻掉了。

那两个字是“钦命”！

“钦命”！“钦命中尉”可是罕有的官职，在印度军队中的稀罕程度不亚于钻石。你是方圆五十英里内唯一尚待字闺中的姑娘的叔母，你听说一位钦命中尉明天就要到这里来——太棒了！拉克斯汀太太不悦地想起伊丽莎白和弗罗利在花园里——那个可怜的酒鬼弗罗利，每个月的工资只有七百卢比。他很可能向她求婚了！她匆忙走出去想把伊丽莎白叫回来，就在这时地震发生了。但是，在回家的路上她找到机会开口。拉克斯汀太太热情地挽着伊丽莎白的胳膊，以生平最最亲切的声音说道：

“亲爱的伊丽莎白，你应该知道吧，那个弗罗利有一个缅甸女人。”

她抛出这个炸弹，但没有收到爆炸性的反应。伊丽莎白对这个国家还很陌生，对她那句话毫无反应，听起来似乎就像

“他有一只鹦鹉”一样。

“有一个缅甸女人？怎么了？”

“怎么了？我的天哪！一个男人和一个女人，那还能怎样？”

于是，事情就变成了这样。

弗罗利久久地站在河岸边。月亮升起来了，在河水里投下倒影，看上去就像一面宽大的电子盾。外面清凉的空气改变了弗罗利的心境。他甚至失去了愤怒的心情，因为在这个时候自知之明和自我厌恶接踵而来，让他觉得自己是罪有应得。有那么一会儿，他似乎觉得有一队无穷无尽的缅甸女人恍如一队幽灵，在月光下从他身边经过。天哪，有那么多的女人！一千个——不，但至少得有上百个。“向右看齐！”他沮丧地想着。她们朝他转过脸，但她们没有面目五官，只是一张张空白的脸庞。他记得左边一件蓝色的笼基，右边一双红宝石耳环，但一张脸也想不起来，一个名字也叫不出来。神明是公正的，我们所犯下的愉悦之罪（确实很愉悦）总是会遭到报应。他已经让自己陷入无可救赎的罪孽中，这是对他公正的惩罚。

他慢慢地走过那几丛巴豆，绕过俱乐部的会所。他太难过了，还没有感受到这个灾难完全的痛苦。和所有深切的伤痛一样，得过上许久，它才会开始刺痛人心。走过大门时，身后的树叶窸窸窣窣地动了。他心里一惊。有人以狰狞的缅甸语说道：

“派克—桑沛—来克！派克—桑沛—来克！”

他猛地转过身。“派克—桑沛—来克！”（给我钱！）这句话被一再重复着。他看到一个女人站在那棵金莫赫树的树荫下。那个人就是玛赫拉梅。她警惕地走到月光下，一脸敌意，保持着距离，似乎担心他会打她。她的脸涂满了脂粉，在月光下显得一片惨白，看上去像一个头骨，挑衅地看着他。

她吓了他一跳，“你来这里到底想干什么？”他生气地用英语质问她。

“派克—桑沛—来克！”

“什么钱？你什么意思？为什么你要跟着我？”

“派克—桑沛—来克！”她重复了一遍，声音几近嘶吼。“你答应过给我钱，德钦。你说过会再给我钱，我现在就要，现在！”

“我现在怎么给你钱！下个月就给你。我已经给了你一百五十卢比。”

她开始以最高的音量尖叫着：“派克—桑沛—来克！”还有几句相似内容的话，把他吓了一跳。她似乎濒临歇斯底里的边缘。她的嗓门实在是很吓人。

“安静！他们在俱乐部会听到你的。”他叫嚷着，然后立刻意识到他不该让她知道这个。

“啊哈！现在我知道你怕什么了！现在就给我钱，不然我就喊救命，把他们引出来。快点，给钱，不然我就喊了！”

“你这个臭婊子！”他朝她走近一步，她一下子蹦到他碰不到的地方，踢掉凉鞋，站在那儿挑衅地看着他。

“快点！现在给我五十卢比，剩下的明天给。拿出来！不然我就喊救命，连巴扎集市的人都听得见！”

弗罗利骂骂咧咧的。现在可不是弄出难堪场面的时候。他掏出钱包，从里面拿出两张二十卢比面额的钞票，扔到地上。玛赫拉梅朝两张钞票扑了过去，点着数目。

“我说过是五十卢比，德钦！”

“我身上没钱怎么给你？你以为我会带着几百卢比到处走吗？”

“我说过五十卢比！”

“噢，走开！”他用英语喊了一声，将她推开。

但这个可怕的女人不肯放过他。她一路尾随着他，像一只不听话的母狗，嘴里嚷嚷着：“派克—桑沛—来克！”似乎只要这么喊就能把钱变出来。他匆匆地走开，一部分原因是让她离俱乐部远点，一部分原因是希望摆脱她，但她似乎准备好跟着他直到房子那边。过了一会儿，他再也受不了了，转身想把她赶走。

“现在就给我滚！再跟下去，你一个子儿也得不到。”

“派克—桑沛—来克！”

“你这个傻女人，”他说道，“你这样做有意思吗？我身上一派斯也没有，怎么给你钱？”

“说得跟真的似的！”

他摸着囊中羞涩的口袋。他烦透了，什么都愿意给她，只为了能摆脱她。他的手指摸到了烟盒，那是个金烟盒。他拿了出来。

“拿着这个，然后滚蛋！你可以当个三十卢比。”

玛赫拉梅似乎想了一想，然后愠恼地说道：“拿来。”

他把烟盒扔到路边的草丛上。她抓起烟盒，立刻弹了回去，紧紧地捂在胸襟上，似乎担心他会把东西拿回去，高声感谢着神明。那个香烟盒就是十天前她偷过的。

在门口他回头望去。玛赫拉梅仍然站在山脚下，在月光下成了一个灰色的影子。她一定就像一只狗注视着陌生人离开视线那样看着他走上小山。真是奇怪。就像几天前她给他送去勒索信一样，一个奇怪的想法掠过他的念头：她的举止很奇怪，根本不像她自己的所为。他从来没有想过她会这么死缠烂打——似乎有人在背后怂恿她。

第十八章

经过那天晚上的争吵之后，埃里斯打算整个星期都不放过弗罗利。他给他起了个绰号，叫“面首”——“黑鬼的面首”的简称，但那些女人并不知道这个——并开始捏造关于他的丑闻流言。任何人只要和埃里斯吵过架，都会被他说长道短——谣言经过重复的渲染，变成了离奇的传说。弗罗利不经意所说的“维拉斯瓦密医生是个好人”这句话很快就被夸张渲染成《工人日报》那样的亵渎神明而富有煽动性的言论。

“请听我说，拉克斯汀太太，”埃里斯说道——自从得知威洛的情况后，拉克斯汀太太突然非常讨厌弗罗利，很乐意倾听埃里斯想说什么——“请听我说，要是你昨晚在这儿听到那个弗罗利说了些什么就好了——嗯，你听了会双脚打摆子的！”

“是啊！我一直觉得他的想法很古怪，他说了什么？我想不是社会主义吧？”

“比那还糟糕呢。”

埃里斯开始了长篇大论，但令他失望的是，弗罗利并没有留在乔卡塔受他折磨。自从被伊丽莎白甩掉后，他就回到了营地。伊丽莎白听说了许多关于他的丑闻。现在她完全了解他的性格了。她明白为什么他总是让她觉得既无聊又讨厌。他是个自命不凡的人——这是她最致命的评价——像列宁、库克[①]和蒙帕纳斯的咖啡厅里那些脏兮兮的小诗人那样自命不凡的人。

比起这些，她觉得他有缅甸情妇并非什么十恶不赦的事情。三天后，弗罗利给她写了封信。一份语气软弱呆板的信件，派人送过来的——他的营地离乔卡塔有一天的路程。伊丽莎白没有给他回信。

幸运的是，弗罗利现在忙得不可开交，没有时间想事情。自从他请了长假以来，整个营地变得乱七八糟。有将近三十个苦力失踪了，那头大象病得越来越重，那一大堆柚木原本应该十天前就运走的，到了现在还堆在那儿，因为牵引机头坏了。弗罗利是个机械白痴，捣鼓着发动机的零件，搞得全身上下粘满了黑漆漆的机油。哥斯拉义正词严地告诉他白人不应该从事“苦力的工作”。最后，牵引机头终于能运转了，至少能够缓缓地开动了。那头生病的大象被诊断出是得了绦虫病。至于那帮苦力，他们离开是因为鸦片的供应中断了——没有鸦片抽他们才不肯呆在丛林了，他们把这当成了防止中暑的预防药。吴柏金对弗罗利落井下石，举报海关进行扫荡，没收了鸦片。弗罗利给维拉斯瓦密医生写了封信向他求助。医生给他寄来了一批鸦片，当然是通过非法途径得到的，还有医大象的药和一封详尽的指导信。一条二十一英尺长的绦虫被扯了出来。弗罗利一天工作十二小时，到了晚上没有事情做的时候他会走进丛林，一直走到汗水刺痛自己的眼睛，双膝被荆棘扎得鲜血直流为止。他晚上无法入睡——发生了这样的事情，就像往常一样，痛苦在一点一滴地折磨着他。

与此同时，几天过去了，伊丽莎白还是只能在一百码外看

---

① 指亚瑟·詹姆斯·库克(Arthur James Cook，1883—1931)，英国矿工工会领袖，曾组织1926年英国矿工大罢工。

着威洛。他抵达乔卡塔的当晚并没有去俱乐部，令他们大失所望。拉克斯汀先生被逼着穿上他那件晚礼服却什么事情也没有发生，觉得非常恼火。第二天拉克斯汀太太就催促丈夫给驿站兵舍送去一封正式邀请函，邀请威洛到俱乐部去。但是威洛没有回答。又过去了几天，他还是没有参加当地的任何社交活动。他甚至对正式传召不予理睬，没有去麦克格雷格先生的办公室报到。驿站兵舍位于小镇另一头，就在火车站附近。他在那里过得很逍遥自在。按照规定，住了几天之后他必须从驿站兵舍里撤走，但威洛根本不把这条规矩当一回事。那些欧洲人只在早晨和傍晚看到他在练兵场上。来到乔卡塔的第二天威洛就命令五十名部下拿着镰刀在练兵场上清出一大片地方，然后大家都看到威洛策马来回地跑，练习着打马球，根本不理睬从那条路上过往的欧洲人。威斯特菲尔德和埃里斯气坏了，连麦克格雷格都说威洛的举止实在是“有失体面”。要是他稍稍客气一些，他们早已匍匐在一位“钦命中尉”的脚下。结果，除了那两个女人，其他人从一开始就讨厌他。有头衔的人总是这样，他们不是备受崇拜，就是受人憎恨。如果他们接受某个人，他们就变得朴素而魅力十足；如果他们忽视某个人，他们就变得势利而令人讨厌。只此二端，没有折中的情况。

威洛是一位贵族的小儿子，但并不是有钱人，老是欠钱不还，除非法院下达命令逼他还钱。他只对自己真正喜欢的事情感兴趣：衣服和马匹。他随英国骑兵团来到印度，作为交换军官加入了印度部队，因为这里的生活成本低一些，而且可以更自由地打马球。两年后，他欠了一屁股债，不得不加入缅甸武警部队，这是众人皆知的省钱法子。但他讨厌缅甸——这里根本不适合骑马——他已经申请返回骑兵团。他总是能搞到调令。而且他只会在乔卡塔呆一个月，根本不想和这里的白人老爷们打交道。他知道这些缅甸小官署驻地的社交场合——尽是一群山野俗人，养的是土狗，又没有马骑。他看不起他们。

不过威洛鄙视的不只是他们，被他看不起的人多了去了。他鄙夷印度的所有平民，几个著名的马球运动员除外。他鄙夷整支印度军队，步兵和骑兵都一样。确实，他自己也隶属于本地人的队伍，但那只是他为了图方便而已。他对印度人不感兴趣，所学的乌尔都语都是骂人的脏话，用的动词都是第三人称单数。①在他眼中，那些武警官兵都像苦力一样低贱。“上帝啊，这群被上帝遗弃的猪！”视察部队的时候别人总是听到他嘴里这么嘟囔着，那位印度老兵端着他的佩剑跟在他身后。有一次威洛还因为对当地部队出言不逊而惹上麻烦。那是在一次阅兵礼上，威洛和一群军官一起站在将军身后。一个印度步兵团列队行进，走了过来。

“枪——上肩。”有人喊着指令。

“看看，真丢脸。”威洛以乖戾而稚嫩的声音说道。

那个步枪兵团的白发苍苍的团长就站在旁边。他气得脖子都红了，向将军告发了威洛。威洛受到了训斥，但将军本人是位英国军官，并没有严肃对待。无论威洛的行为有多么过分，他总是能够平安无事。整个印度上下，无论他驻扎何地，都会得罪一大堆人，然后留下一堆责任没有完成和一摞账单没有偿还就一走了之。他原本应该被逐出军队，却一直平安无事。他之所以总是能够吉人天相，不仅是因为他的头衔还值点分

---

① 在英语中，与人交谈时用的一般是第二人称，使用第三人称表示把对方视为“东西”或不在跟前。

量——他的眼睛里有某种气质，让那些讨债人、夫人、小姐甚至上校长官感到畏惧。

那是一双令人不安的眼睛，眼眸是淡蓝色的，略略凸起，但十分清澈。他会上下打量你，掂量你的斤两，然后断定你是一个不够格的人，这冷冷的一瞥或许只发生在五秒钟之内。如果你是他看得上眼的人——如果你是骑兵军官或马球运动员——威洛会接纳你，甚至向你表示敬意。如果你不是这两类人，他会对你不屑一顾，而且会非常露骨地表现出来。这甚至与你的贫富无关，因为他并不是一个势利的人。当然，和那些富家子弟一样，他非常厌恶贫穷，认为穷人之所以挨穷是因为他们染上了恶习。但他鄙夷舒适的生活。他花了很多钱，或者说，欠了很多钱在衣服上，但他过着几乎是苦行僧一般的生活。他不知疲倦地进行着艰苦的操练，抽烟喝酒非常节制，睡的是军营里的床铺(穿着丝绸睡袍)，即使是数九寒冬也坚持洗冷水澡。他只推崇两样事情：马术和健身。练兵场上的马蹄声、强健而稳若泰山的身躯、人马一体的结合、手中挥舞的马球棍——这些就是他的信仰和生命的气息。那些在缅甸的欧洲人——那些酗酒泡妞的黄面孔懒汉——让他觉得非常厌恶。至于所有的社交活动，他统统斥之为“装贵宾犬”，根本理都不理。他讨厌女人。他觉得她们就像塞壬女妖，引诱男人离开马球，让他们陷于争吵和网球中。但他并非全然不解风情。他很年轻，各种各样的女人对他投怀送抱，而有时他也会屈服。但他的堕落很快就让他觉得厌烦，而且他性格喜怒无常，说分手就分手。来到印度才两年，他已经抛弃过十几个女人了。

整整一个星期过去了。伊丽莎白还是没能和威洛搭上话，只能干着急！每天早晚两次，她和婶婶走在俱乐部和家里的路上，经过练兵场。威洛就在那里，打着印度土兵扔给他的马球，完全没有理会这两个女人。两人的距离如此接近，却又如此遥远！而令情况更加糟糕的是，两个女人都无法直接开口，觉得这是有失身份之举。一天晚上，一个马球被抽击过猛，滚过草堆跳在马路上，蹦到她们面前。伊丽莎白和婶婶停了下来，但只是一个印度土兵跑过来拣球。威洛看到了她们俩，刻意保持距离。

第二天早上，走出大门口的时候拉克斯汀太太停下了脚步。最近她不坐黄包车了。在练兵场下面，那帮武警正在拉练，排成土色的一排，刺刀闪闪发亮。威洛正面对着他们，但没有穿着制服——早上拉练的时候他很少穿上制服，觉得训练武警没有这个必要。这两个女人什么都看，就是不去看威洛，却在鬼鬼祟祟地瞄他。

“真是糟糕，”拉克斯汀太太说道——这句话没头没脑的，但这个话题并不需要引言——“真是糟糕，我担心你叔叔很快就得回营地去了。”

“他真的得回去吗？”

“恐怕是这样。一年这个时候在营地里生活真是讨厌！噢，蚊子那么多！”

“他不能再呆久一会儿吗？或许一个星期？”

“我觉得不行。他在总部呆了快一个月了，要是公司知道的话会气坏的。当然，我们俩也得跟着他一起去，真是无聊！那么多蚊子——真是太可怕了！”

确实太可怕了！伊丽莎白还没来得及和威洛说声“你好”就得离开！但如果拉克斯汀先生得走的话，她们两个也得跟着走。留下他一个人那还得了。即使在丛林里，撒旦也会恶作剧。那排印度土兵起了一阵骚动，他们正卸下刺刀准备行军出发。那群灰头土脸的士兵向左转身，敬了个礼，然后排成四列纵队出发。勤务兵牵着马匹和马球棍从武警的队伍里走了出来。拉克斯汀太太作出了一个英勇的决定。

“我想，”她说道，“我们可以抄捷径穿过练兵场。这比走正路要快多了。”

那样可以省五十码的距离，但没有人愿意走练兵场，因为上面的杂草高得可以钻进长袜里。拉克斯汀太太勇敢地迈入草丛，然后她甚至放弃了要去俱乐部的伪装，径直朝威洛走去。伊丽莎白跟在身后。她们俩宁死也不肯承认自己根本就不是在抄捷径。威洛看到她们朝他走来，嘴里咒骂着，放慢了马匹的脚步。现在她们公然走过来和他搭话，他就不能对她们置之不理了。这些女人真是不知羞耻！他缓缓地朝她们走去，一副不悦的表情，轻轻地挥舞着马球棍。

“早上好，威洛先生！”二十码开外拉克斯汀太太就娇滴滴地打招呼。

“早上好！”他粗声粗气地回了一句，看到她那张脸，他就知道她是那种印度小官署驻地常见的皮包骨头的老虔婆。

伊丽莎白走到婶婶身边，摘下眼镜，手里晃着那顶宽边毡帽。她顾不上在意阳光的曝晒，因为她知道自己那头短发的魅力。一股清风——噢，在这种大热天有时会不知从哪儿吹来一股令人遍生凉意的清风！——吹着她的棉布连衣裙，将其贴在她的身上，让她身材的曲线展露无遗，苗条而结实，像一棵婀娜多姿的树。站在一个晒得黝黑的人婶身边，她的美貌令威洛遽然动容。他的动作很大，那匹阿拉伯母马感觉到了，想用后腿站立，他不得不拉紧缰绳。他一直没有问，直到现在才知道原来乔卡塔还有年轻女人。

“她是我侄女。”拉克斯汀太太介绍。

他没有回答，但把马球棍放在一边，脱下遮阳帽。他和伊丽莎白互相直视着对方，在炽热的日头下两张脸上面都没有疤痕或印记。草籽挠着伊丽莎白的胫骨，她觉得很痒。由于没戴眼镜，威洛和那匹马在她眼中只是白色模糊的一团。但她是那么开心！她的心在怦怦乱跳，血液涌入面颊，就像染上了一层红晕。威洛心想：“上帝啊，竟有如斯美人！”那些倦怠的印度土兵拉着马匹的头，好奇地看着这一幕，似乎这对金童玉女感染了他们。

沉默足足持续了半分钟，最后拉克斯汀太太开口了。

“你知道吗，威洛先生，”她以俏皮的口吻说道，“我们觉得你真是好没良心，一直对我们这些穷人不理不睬。我们多么希望俱乐部能有新的面孔出现。”

答话的时候他仍看着伊丽莎白，但语气变了许多。

“这几天我一直想过去坐坐。但实在是太忙了——我得安排我的部下驻扎下来什么的。我很抱歉。”他补充了一句——他可没有道歉的习惯，但他觉得这个女孩实在是美得出奇——“没能回复你的邀请，实在很抱歉。”

“噢，没关系！我们都知道你忙。不过，我们希望今晚能在俱乐部与你见面。因为你知道的，”她的语气甚至更夸张了，“要是你继续让我们失望，我们都会觉得你是个玩世不恭的公子哥儿。”

“真是对不起。”他又道了一回歉，“今晚我一定会去的。”

这两个女人没有再多说什么，走到俱乐部，但只坐了五分钟。草籽让她们的胫骨痒得受不了，不得不赶紧回家立刻换袜子。

当晚，威洛信守诺言，去了俱乐部，比其他人去得还早，在那里坐了不到五分钟就让那里领教了他的威风。埃里斯走进俱乐部时，老领班从棋牌室里冲出来迎接他。他很是难过，眼泪从脸颊上簌簌地往下掉。

“老爷！老爷！”

“到底出什么事了？”埃里斯问道。

“老爷！老爷！那个新的客人揍了我一顿，老爷！”

“什么！”

“老爷，揍了我一顿！”说起“揍”这个字时他的声音变得特别尖利，拖长了声音哀号着，“把我给揍——了一顿！”

“揍了你一顿？你是应该挨揍的。谁揍你了？”

“是新的主人，老爷。军警老爷。用他的脚踢我，老爷——这儿！”他揉了揉自己的屁股。

“该死的！”埃里斯骂道。

他走进酒吧间。威洛正在阅读《竞技场》，只看见他那条棕榈滩牌长裤的裤腿和一双光亮的棕黑色皮鞋。听到有人进来他连动都懒得动。埃里斯停了下来。

“嘿！你——你叫什么来着——威洛！”

“什么事？”

“你干吗踢我们那该死的领班？”

威洛那双不悦的蓝色眼眸从《竞技场》的一角闪现，就像一只虾的眼睛从石头后面伸出来。

“什么事？”他简短地重复了一遍。

“我问你，是你踢了我们那该死的领班吗？”

“是的。”

“你这么做到底什么意思？”

“那个贱人自讨苦吃。我叫他拿威士忌和苏打水来，他拿来的都是温的。我叫他往里面加冰，他却不肯——说什么最后一些冰要省着用。所以我就踢了他的屁股。他活该。”

埃里斯面色铁青，非常生气。领班是俱乐部财产的一部分，怎么可以任由陌生人殴打呢？而最让埃里斯生气的是，他觉得威洛可能以为他是在同情那个领班——事实上，是不同意踢他屁股这件事本身。

“他活该？要我说，他真他妈活该。但这跟你有什么关系？你是什么人，跑来这里踢我们的仆人？”

“胡扯，好伙计。他是应该被踢上几脚。你没有管好这里的仆人。”

“你这无礼的小混蛋，就算他是应该被踢上几脚，那又关你什么事？你根本不是这间俱乐部的会员。要踢也得我们来踢，轮不到你。”

威洛放下《竞技场》，露出另一只眼睛。他那乖戾的语气还是没有变。他对欧洲人不会发脾气。没有必要这么做。

“小样，要是有人惹恼了我，我就踢他的屁股。你想我踢你的屁股吗？”

突然间埃里斯的火气全没了。他不是害怕，这辈子他没有怕过谁，只是威洛的眼睛慑服了他。那双眼睛能让你觉得自己似乎置身于尼亚加拉大瀑布下！那些脏话到了埃里斯的嘴边就萎了，他的声音几乎变了，以抱怨甚至难过的声音说道：

“但该死的，他不肯给你最后一点冰也有他的道理。你以为冰都是给你一个人用的？在这里我们一星期只能有两回送冰过来。”

“那只能怪你们管理不善。”威洛说道，继续看他的《竞技场》，很满意这个问题暂时告一段落。

埃里斯不知所措。威洛继续看他的报纸，全然忘记了他的存在。那股镇定自若的态度实在令他抓狂。他难道不应该把这个小无赖狠狠踢上几脚，教训他一下？

但他没有动脚。威洛这辈子有很多人想踢他，但从来没有人敢真踢，可能今后也不会有人敢这么做。埃里斯无可奈何地回到棋牌室，找领班出气，由得威洛霸占着酒吧间。

麦克格雷格先生走进俱乐部大门时听到了音乐声。黄色的中国式灯笼照耀着覆盖着网球场的匍匐植物。今天晚上麦克格雷格先生心情很好。他说好了要和拉克斯汀小姐促膝长谈——她真是一个蕙质兰心的女孩！——他有一则非常有趣的奇闻轶事要告诉她（事实上，这件事已经刊登在《布莱克伍德》杂志上其中一篇他的短文里），关于1913年发生在实皆的一桩抢劫案。他知道她会喜欢听的。他满怀期待走过网球场。在网球场上，娥眉月的月光和挂在树上的灯笼的光交织在一起，威洛和伊丽莎白正在跳舞。那些仆人已经搬出了几张椅子和一张桌子放置留声机，其他欧洲人或坐或站，围在他们旁边。麦克格雷格先生在球场的角落停下脚步，威洛和伊丽莎白绕着圈子从他身边经过，相距几乎不到一码。两人跳舞时贴得很近，她的身体被他的身体压得向后倾着。两人都没有留意到麦克格雷格先生。

麦克格雷格先生绕过球场，心里觉得冰冷而绝望。和拉克斯汀小姐聊天是没指望了！他走到桌子旁边，努力扮出平时那副诙谐幽默的样子。

“舞蹈之夜！”但他的声音仍很阴郁。

没有人应他。大家都看着网球场上那对年轻人。伊丽莎白和威洛全然不顾其他人的存在，鞋子在光滑的水泥地上轻快地舞动着。威洛的舞姿和他的骑术一样潇洒绝伦。留声机正播着《带我踏上归家路》，这首歌就像瘟疫一样传遍了全世界，甚至传到了缅甸这个偏远的地方。

“带我踏上归家路，我身心疲惫，但求有床安枕。一小时前我喝了点酒，酒力已经上头！”

这首沉闷压抑的烂歌在鬼影幢幢的树木间和四处弥漫的花香中飘荡着，唱了一遍又一遍，因为留声机的钢针一接近中心拉克斯汀太太就把它搁回起点。月亮升得更高了，从地平线的乌云中冒出来时看上去黄澄澄的，就像一个生病的女人从床上溜了下来。威洛和伊丽莎白一直跳啊跳啊，一点也不觉得累，黑暗中舞动着苍白撩人的身影。两人的舞步十分合拍，几乎已经合二为一。麦克格雷格先生、埃里斯、威斯特菲尔德和拉克斯汀先生看着他们，手插在口袋里，不知道说什么好。蚊子出来了，叮咬着他们的脚踝。有人要了酒，但威士忌入口有一股子尘土味。这四个老男人的心里都在吃醋。

威洛没有请拉克斯汀太太跳舞，当他和伊丽莎白坐下来的时候也没有向其他欧洲人打招呼，只是单独和伊丽莎白说话，说了半个多小时，然后向拉克斯汀一家道了晚安，没有和其他人说一句话就离开了俱乐部。和威洛的这支长舞让伊丽莎白恍如身在梦中。他邀请她出去和他一起骑马！他准备借一匹马让她骑！她甚至没有注意到被她的行为激怒的埃里斯正准备公然发作。拉克斯汀一家回到家里时已经很晚了，但伊丽莎白和婶婶都还不想睡。两人一直热切地工作到午夜，修裁拉克斯汀太太的马裤裤腿，准备给伊丽莎白穿。

“亲爱的，我想你会骑马吧？”拉克斯汀太太问道。

“噢，当然会！我骑过很多次马，在家里的时候。”

她十六岁的时候总共骑过十来次马。不要紧，她一定会骑得好的！要是有威洛陪着她，她连老虎都敢骑。

最后马裤改好了，伊丽莎白试穿上去，拉克斯汀太太一边叹气一边看着她。穿着那条马裤她看上去十分迷人，太迷人了！想到再过一两天他们就得回到营地里，呆上几个星期或几个月，离开乔卡塔和这个最可爱的如意郎君！真是太遗憾了！两人上楼去的时候，拉克斯汀太太在门口停下脚步。她决定作出重大而痛苦的牺牲。她拉着伊丽莎白的肩膀，以从未表现出来的热情亲吻她。

“我亲爱的，现在要是你离开了乔卡塔那可真是太遗憾了！”

“确实如此。”

“亲爱的，告诉你吧，我们不回那个可恶的丛林了。你叔叔一个人回去。我和你留在乔卡塔。”

第十九章

天气越来越热。四月快过去了，但起码得再过三五个星期才会下雨。接下来会有令人目眩的冗长的一天，热得让人头疼欲裂，阳光会穿透每一处凉篷，让眼皮粘在一起，陷入焦躁不安的假寐，想到这些，就连美妙而短暂的清晨也被毁了。无论是东方人还是欧洲人，在热浪的侵袭下，白天都昏昏欲睡，只能勉力支撑，让自己不至于睡着。而到了晚上，那些狗一直叫个不停，每个人汗流浃背，为痱子所苦，根本睡不着觉。俱乐部里蚊子肆虐，每个角落里都得放置蚊香，女人们坐下来的时候脚上得罩着枕套。只有威洛和伊丽莎白不觉得天气热得难受。两人都还年轻，威洛习惯了苦行生活，而伊丽莎白则太高兴了，顾不上理会天气。

这些天来俱乐部里一直在吵架，流言满天飞。威洛把每个人的鼻子都气歪了。现在每天晚上他会到俱乐部呆上一两个小时，但根本不理会其他会员，他们为他买酒他也毫不领情，别人找他说话他乖戾地说上一两句话就把他们打发走了。他会坐在原本专属于拉克斯汀太太的葵蒲扇下方的位置，读自己感兴趣的报纸，直到伊丽莎白来到俱乐部。他会邀请她跳舞，和她聊天，然后径直离开，甚至不屑于对其他人说声“晚安”。与此同时，拉克斯汀先生独自在营地里生活，根据传回乔卡塔的谣言讲述，他与一个缅甸女人打得火热，以此打发寂寞。

现在几乎每天傍晚伊丽莎白和威洛都会一起去骑马。每天早上列队行军之后，威洛只会把时间花在马球上，但他决定晚上陪伊丽莎白骑马。她骑马很有天分，就像她射击也很有天分一样，她甚至心安理得地告诉威洛她在家乡“经常打猎”。他一眼就看穿她在撒谎，但至少她骑得还不赖，不至于让他觉得烦心劳神。

他们经常顺着红土路骑马到丛林里，涉过小溪，来到那棵长满了兰花的大彬加都树，然后顺着狭窄的牛车小道回去，那里的泥土比较松软，马匹可以放心飞驰。泥泞的丛林里闷热难耐，远方总是传来隆隆的雷声，但没有下雨。小燕鸟围着两匹马飞舞着，和它们保持同速前进，捕捉被它们的马蹄激飞的蚊虫。伊丽莎白骑的是那匹枣马，威洛骑的是那匹白马。回家的路上两人会一边并肩遛着大汗淋漓的马一边聊天，有时候距离近得他的膝盖可以碰到她的膝盖。威洛心情好的时候可以一改他那倨傲的态度，亲切地与人交谈，而和伊丽莎白在一起的时候他就会这样做。

噢，两人一起骑马是多么愉快的事情！骑在马背上，沉浸于马匹的世界——打猎、赛马、马球和打野猪的世界！就算威洛一无是处，至少他为她的生活带来了马的乐趣，这一点就值得让她爱上他。她总是催促威洛谈论马匹，就像以前她总是催促弗罗利谈论打猎一样。威洛不善言谈，他会生硬呆板地说上几句关于马球和打野猪的事情，然后介绍一下印度的火车站和各个军团的名字，这就是他所能做的。但是，单凭只言片语也就足以让伊丽莎白激动万分，而弗罗利费尽口舌却无法打动她的芳心。而且，只是看到他骑在马背上的英姿就比千言万语更让她激动。他的头上闪烁着马术帅和钦命军官的光环。从他那张晒得黝黑的脸庞和结实挺拔的身躯上伊丽莎白看到了一个骑兵生活中所有的浪漫和灿烂的派头。她看到了西北前线骑兵俱乐部——她看到了马球场和干燥的兵营空地，一队队肤色黝黑的骑兵端着长矛策马驰骋，头巾的带子在风中飘扬。她听到了军号声和马刺的叮当声，军乐团在食堂外面演奏着音乐，军官们穿着笔挺华丽的制服正在用餐。那是多么美好的骑士的世界，多么美好！那是她的世界，她生于那里，属于那里。这些天来她几乎就像威洛一样，与马匹一起生活，一心想的只有马匹，做梦也梦见马匹。她不仅撒谎说自己“经常打猎”，而且连自己也相信了这么一番话。

两人相处甚欢，情投意合。他不像弗罗利那样总是令她觉得郁闷或气恼。（事实上，她几乎忘记了有弗罗利这么一个人。而就算想起他，她也只记得那块胎记。）威洛甚至比她更讨厌“自命清高”，这一点把两人紧密地联系在了一起。有一次他告诉她，自从他十八岁后就再也没读过一本书。事实上，他憎恨读书，当然，关于“佐洛克[①]和其它马”的书除外。一起骑马的第三个或第四个晚上，两人在拉克斯汀先生的家门口道别。威洛一直没有接受和拉克斯汀一家进餐的邀请，也从未踏进拉克斯汀的家门半步，而且他根本无意这么做。马夫把伊丽莎白的马牵走时，威洛说道：

“跟你说吧，下次我们出去的时候你可以骑比琳达。我会骑那匹栗马。我想你会骑得很好的，不会乱跑，勒伤比琳达的嘴。”

比琳达是那匹阿拉伯母马的名字，威洛买了她两年，直到目前他还没有让别人骑上她的马背，连马夫也不让。这是他心

---

① 佐洛克(Jorrocks)，十九世纪三十年代澳大利亚的名驹，曾获得8次“南威尔士赛马锦标赛”冠军。

目中最大的恩惠，而伊丽莎白也非常明白威洛的心意，知道这个恩惠的分量，心里充满了感激。

第二天晚上，两人并排骑马回家。威洛双臂搂着伊丽莎白的肩膀，把她从马鞍上抱起来，将她揽入怀中。他很强壮。他放下缰绳，没有执东西的那只手托起她的脸与他的脸相对，两人四唇交接。他就这么扶着她坐了一会儿，然后把她抱到地上，自己也下了马。两人相拥而站，湿漉漉的单薄衬衣紧紧贴在一起，他的臂弯里夹着两条缰绳。

就在同一时候，二十英里外的弗罗利决定返回乔卡塔。他站在丛林边上一条干涸的小溪边，他一直溯溪而行，想让自己累趴下，看着一些不知名的小鸟啄食着高高的茅草的草籽。雄鸟的羽毛是铬黄色的，而雌鸟长得像麻雀一样。它们的体格太小了，没办法把草茎弄弯，于是飞落在草茎上，借势把它们压到地上。弗罗利了无兴趣地看着这些鸟，心里面几乎在痛恨它们，因为它们不能让他感到一丝趣味。他慵懒地朝它们挥舞着长刀，把它们吓跑。要是她在这里，要是她在这里就好了！一切事物——飞鸟、树木、鲜花、一切的一切——都了无生机，空虚乏味，因为她不在这里。随着日子一天天过去，他已经失去了她的想法变得越来越确切，到最后无时无刻不在折磨着他。

他晃晃悠悠地走进丛林，拿着长刀砍伐爬山虎。他觉得四肢松软沉重。他发现在一丛灌木那里长着一株野香草，蹲下来闻着它那纤细芳香的花蕾。他觉得有股陈腐而令人生厌的味道。孤独，孤独地生活在海洋的荒岛里①！他觉得万分悲痛，

① “生活在海洋的荒岛里”，英国诗人马修·阿诺德（Matthew Arnold，1822—1888）的诗作《致玛格丽特》中的开篇句。

狠狠地朝树干挥了一拳，胳膊撞得生疼，两个指关节也擦伤了。他必须回乔卡塔。这个举动很傻，因为自从上一次两人吵架刚过了不到半个月，他唯一的机会就是给她时间让她淡忘那件事。但是，他必须回去。他无法再呆在这个死寂的地方，孤独地带着他的想法生活在无尽的、没有意志的叶海里。

他萌发了一个开心的念头。他可以把那张放在监狱里硝制的豹皮带给伊丽莎白。这是去见她的借口，礼多人不怪嘛。这一次他不会让她抢白得一个字也说不出来。他会进行解释，求得她的谅解——让她意识到她对他不公平，不该因为玛赫拉梅的事情而责怪他。为了伊丽莎白，他已经将玛赫拉梅赶出家门。当她了解事情的真相后，她应该会原谅他吧？这一次她应该会听的。他会强迫她听，即使在解释时他不得不抓住她的胳膊。

当晚他就回去了。这段路程有二十英里远，走的是车辙纵横交错的牛车小径。但弗罗利决定连夜赶路，理由是比较凉快。想到得连夜赶路，那些仆人几乎造反了，到了出发的前一刻老萨米全身痉挛，也不知道是不是在装，只能给他灌了些杜松子酒，然后他才能动身出发。那天晚上没有月亮，他们打着灯笼照路，弗洛的眼睛就像绿翡翠一样闪着光，而那头小公牛的眼睛就像月长石一样明亮。黎明时分仆人们停下来收集柴火做早饭吃，但弗罗利一心只想回乔卡塔，继续匆忙赶路。他完全不知疲倦，想到那张豹皮他的心中就充满了希望。他搭着舢板渡过波光粼粼的河流，十点钟的时候来到维拉斯瓦密医生住的平房。

维拉斯瓦密医生邀请他共进早餐——先把他家的婆娘赶进屋里躲起来——还让弗罗利到他家的浴室沐浴剃须。吃早饭的时候维拉斯瓦密医生非常激动，不停地谴责痛骂“那条鳄鱼”。那场假冒的造反似乎随时都会爆发。直到吃完早饭弗罗利才有机会提起那张豹皮。

“噢，顺便问一下，医生，我送到监狱硝制的那张豹皮呢？做好了吗？”

“啊——”维拉斯瓦密医生的神情为之一变，摸了摸自己的鼻子，走进屋里——他们在凉台上吃早餐，因为维拉斯瓦密医生的太太激烈反对让弗罗利进屋——过了一会儿把那张卷成一团的豹皮抱了出来。

“事实上——”他开始把豹皮展开。

“噢，医生！”

这张豹皮彻底被毁了，硬得像一张纸板，皮质全开裂了，而毛发失去了色泽，有几处地方甚至光秃秃的，而且散发出难闻的气味。这张豹皮不但没有硝制好，而且变成了一张废皮。

“噢，医生！他们怎么搞的！到底出什么事了？”

“我真的很抱歉，我的朋友！我刚才正要向你道歉，我们已经尽力而为了。现在监狱里没人知道如何硝制毛皮。”

“但是，该死的，以前那个犯人不是能把毛皮硝制得很漂亮吗？”

“啊，是的，但他已经不在监狱里有三个星期了，哎。”

“不在监狱里？我想他应该得坐牢七年啊？”

“什么？你没听说吗，我的朋友？我以为你知道的，那个会硝制毛皮的犯人就是纳苏欧。”

“纳苏欧？”

“就是那个吴柏金协助越狱的土匪。”

“噢，该死！”

这桩不幸对他的打击很大。不过，下午四点钟的时候，他洗完澡换上一套干净的外套，来到拉克斯汀家门口。现在登门拜访还太早，但他希望在伊丽莎白去俱乐部之前见她。拉克斯汀太太刚才在睡午觉，没有心情见客，一脸不悦地接待了他，甚至没有请他坐下。

“我想伊丽莎白还没有下楼。她正换衣服准备去骑马。你留个口信好吗？”

“如果您不介意的话，我想见她。我给她带来了上次一起猎到的豹皮。”

拉克斯汀太太就让他在客厅站着，就像很多人在这种情况下一样，他觉得自己十足像个大傻瓜。不过她叫来了伊丽莎白，在门外凑到她的耳边说道：“尽早把那个讨厌鬼赶走。这个时候我可不想在家里见到他。”

伊丽莎白走进客厅时，弗罗利的心扑通扑通跳得如此猛烈，眼前飘起了一片红色的迷雾。她穿着一件丝绸衬衣和印度土裙，有点晒黑了，但比他记忆中的形象更加漂亮。他畏缩了，一下子不知所措——他强行鼓起的勇气已经烟消云散。他没有迎上前去，而是往后退了一步，碰倒了一张摆东西的桌子，把一盆百日菊打翻在地。

“真是对不起！”他惊慌失措地叫道。

“噢，**没**关系，请**不要**介意。”

她帮他抬起桌子，以轻松欢乐的语气和他交谈，似乎什么事情也没有发生过。“你离开**有**一段时间了，弗罗利先生，都快成**陌生人**了！我们在**俱乐部**都**很**想你！”诸如此类的话。她每说两个字就要吐一个重音——当一个女人在回避道义上的责任时，她就会装出这般开朗活泼的语调来。他很怕她，甚至不敢正面看她。她拿起一个烟盒，向他敬了一支烟，但他谢绝了。他的手颤得很厉害，没办法拿好东西。

“我把豹皮给你带来了。”他笨嘴笨舌地说道。

他把豹皮展开摊在两人刚刚抬起的桌子上。那张豹皮看上去那么糟糕恶劣，他知道自己不该将它带来。她走到他身边，检视着那张豹皮，她那张鲜花般娇艳的脸离他的脸不到一英尺，他能感受到她身体的温度。他实在是太害怕她了，连忙站了开去。与此同时，她也退开了，一脸厌恶的神情，因为她闻到了豹皮的臭味。他觉得非常丢脸，觉得似乎是自己在发出恶臭，而不是那张豹皮。

“**真是**谢谢你，弗罗利先生！”她又往后退了一码，“这张豹皮**真**漂亮，不是吗？”

“曾经是，但他们把豹皮给糟蹋了。”

“噢，不！我很高兴能拥有它！——你会在乔卡塔呆很久吗？营地里一定热得要命！”

“是的，天气非常热。”

他们谈论起天气，谈了有三分钟。他陷入了无助。之前他答应过自己要说出所有的辩解和哀求，此刻却哑口无言。“你这个傻瓜，你这个傻瓜，”他在心里说道，“你在干什么？你走了二十英里路，为的就是说这些吗？说啊，说出你的来意！把她抱进怀里，向她倾吐心声，踢她，打她——做什么都行，就是不能让她以这些废话将你的嘴堵住！”但是，根本没有用，根本没有用。他的舌头除了那些无聊的废话之外一个字也说不出来。她那么开心和气，每一句话都离不开俱乐部的那些无聊话题，在他开口之前把他的嘴巴堵住，在这种情况下他怎么能开口争辩或哀求呢？她们是从哪里学到这些可怕的嘻嘻哈哈、逢场作戏呢？一定是在那些轻佻的现代女子学校学会的。桌子上那张发霉的豹皮无时无刻不让他感到更加羞愧。他站在那儿，几乎哑口无言，他那张焦黄的脸因为一晚没睡而皱巴巴地丑陋不堪，那块胎记就像一摊污垢。

几分钟后她就摆脱了他，“好了，弗罗利先生，如果您**不**介意的话，我得——”

他嗫嚅着说道：“你不和我找个时间出去吗？散步、打猎什么的？”

“这几天我**没**时间！晚上**都**安排得满满的。今晚我要出去骑马，和威洛先生一起。”她补充了一句。

她这么说可能是为了让他死心。这是他第一次听说原来她和威洛交了朋友。他忍不住内心的嫉妒，以惊恐而呆板的腔调问道：

“你经常和威洛一起去骑马吗？”

“几乎每天晚上都去。他骑马骑得可好了！而且有**好几匹**打马球的马呢！”

“啊。当然，我可没有打马球的马。”

这是他第一次以比较严肃的口吻说话，这句话冒犯了她，但她还是像刚才那样轻松和气地说话，然后送客出门。拉克斯汀太太回到会客厅，闻了闻味道，立刻叫仆人把那张豹皮拿到外面去烧掉。

弗罗利斜靠在花园的大门上，假装在喂鸽子。他没法迫使自己不去偷看伊丽莎白和威洛一道策马上路，尽管那一幕会让他心碎。她是那么粗鲁庸俗、残忍狠毒地对他！当一个人甚至懒得和你吵一架时，真是太可怕了。这时威洛骑着白马来到拉克斯汀的家门口，带着马夫骑着的那匹栗色的马，然后停了一下，接着两人一起出来了，威洛骑着那匹栗色的马，伊丽莎白骑着白马，疾驰上山。两人有说有笑。她穿着丝绸衬衣，肩膀挨着他的肩膀。两人都没有朝弗罗利这边望一眼。

当他们消失在丛林中时，弗罗利仍然在花园流连。日头开始减弱，变成了黄色。那个马里人正在给英国的花卉松土——大部分花都被日头晒死了——种上凤仙花、鸡冠花和百日菊。一个小时过去了，小路那头走来一个忧伤的、皮肤蜡黄的印度人，穿着围裆布，戴着三文鱼肉般粉红色的头巾，顶着一个洗衣篮。他放下篮子，向弗罗利行额手礼。

“你是谁？”

“我是书商，老爷。”

这个书商在上缅甸从一个小官署驻地到另一个小官署驻地穿街走巷地买书卖书。他开了价，四亚那就可以买到他的行囊里任何一本书，也可以以四亚那的价格卖书给他。不过他不是什么书都买，因为这个书商虽然是个文盲，却知道不能收《圣经》。

“不要，老爷。”他会哀怨地说道，“不要。这本书(他会摊开扁平的棕色双手)——这本黑色封面印着金字的书——这本书我不收。我不知道里面讲的是什么，但所有的老爷都要卖这本书给我，根本没有人要买这本书。这本黑书里面讲什么呢？一定是些邪恶的事情。”

“把你的这堆垃圾倒出来看看。”弗罗利说道。

他想在里面找一本惊悚小说——埃德加·华莱士或阿加莎·克里斯蒂[1]什么的，平复内心那要命的纠结。正当他弯着

---

① 阿加莎·克里斯蒂(Agatha Christie，1890—1976)，英国著名侦探推理小说女作家，代表作有《尼罗河上的惨案》、《东方快车谋杀案》等。

腰翻看那些书的时候，他看到两个印度人正指着丛林那边，高声叫嚷着。

“看哪！”那个马里人用他那嘴里像含着梅子一样含糊不清的口音喊道。

那两匹马从丛林中走了出来，但马鞍上没有人。它们踱下小山，带着一匹马从主人身边溜开时那种傻气而内疚的神情，马镫在肚皮下面晃荡碰撞着。

弗罗利将一本书捧在胸口，脑海里一片空白。威洛和伊丽莎白下马了。这不是巧合，没有人能想象得出威洛从马上摔下来。他们下了马，马跑掉了。

他们下了马——干吗呢？啊，他知道怎么回事！根本不用去猜。他就知道。他可以看见发生的那一幕，这个幻觉的细节是那么丰富完美，那么诲淫诲盗，叫他无法忍受。他把书狠狠地丢在地上，朝屋里走去，撇下那个失望的书商。仆人们听见他进屋了。他要了一瓶威士忌，喝了一口，觉得不好喝。于是他斟满了三分之二的平底杯，掺了些水让酒顺口一些，然后一口喝了下去。这令人作呕的药剂刚下喉咙，他就又喝了一杯。几年前他在营地里就这么干过，那时他受牙疼所苦，而牙医远在三百里之外。七点钟的时候哥斯拉和往常一样过来说洗澡水已经烧热了。弗罗利躺在一张长凳上，脱掉了上衣，衬衣的领口敞开着。

“您的洗澡水好了，德钦。”哥斯拉说道。

弗罗利没有回答。哥斯拉碰了碰他的胳膊，以为他睡着了。弗罗利醉得没办法动，空酒瓶在地板上滚动着，留下一行威士忌的痕迹。哥斯拉把巴沛叫来，拾起那个酒瓶，咋了咋舌头说道：

“看看这个瓶子！他喝了有大半瓶酒！”

"什么？又喝酒了？我还以为他戒酒了呢。"

"我想都是那个该死的女人惹的祸。我们抬他的时候可得小心，你抬他的脚，我抬他的头。对，就这样，抬起来！"

他们把弗罗利抬到另外一个房间，轻轻地将他放在床上。

"他真的想娶那个'英格雷玛'？"巴沛问道。

"天知道会怎样。有人告诉我她现在是那个警官的情人了。他们和我们可不一样。我想我知道今晚他需要什么。"他一边说一边解开弗罗利的肩带——作为单身汉的仆人，哥斯拉知道怎么为主人宽衣而不把他吵醒。

看到弗罗利重拾单身汉的习惯，仆人们都觉得很高兴。半夜的时候弗罗利醒了，光着身子躺在一摊汗水中。他感觉脑袋里似乎有什么尖锐而沉重的东西在撞击着。蚊帐挂了起来，一个年轻的女子正坐在床边，拿着一把柳条扇为他扇风。她长着一张黑黝黝的、还算漂亮的脸，在烛光里看上去呈现金灿灿的青铜色。她解释说自己是个妓女，是哥斯拉叫她来的，付了她十卢比。

弗罗利头疼欲裂，声音微弱地对那个女人说道："看在上帝分上，给我拿喝的来。"她给他拿来了哥斯拉已经冰镇好的苏打水，浸湿了一条毛巾敷在他的额头上。她身材丰满，脾气温和。她说她名叫玛塞加莱，除了操皮肉生涯外，还在巴扎集市里李晔的杂货店旁边卖米筐。弗罗利的头疼减轻了，要了根香烟。玛塞加莱给他递过香烟后天真地问道："我可以脱衣服了吗，德钦？"

脱吧，他心里说道，给她挪出了位置。但当他闻到那股熟悉的大蒜和椰子油的味道，不禁悲从中来，把头靠在玛塞加莱胖嘟嘟的肩膀上，放声痛哭，自从他十五岁后，还从来没有哭过。

第二十章

第二天早上，乔卡塔炸开了锅，因为喧嚣尘上的造反终于爆发了。弗罗利只听到语焉不详的报道。那晚酗酒之后，一等身体恢复到可以走路，他就马上回到营地里。直到几天之后，他才了解到造反的内情，是维拉斯瓦密医生写了一封长信告诉他的，内容非常愤慨激昂。

医生写信的文风很奇怪。他的句法支离破碎，而且就像一个十七世纪的神学家那样滥用大写字母，而在使用斜体字上堪与维多利亚女皇媲美。他的字体很小，字迹蜿蜒曲折，足足写了八页信纸。

“我亲爱的朋友，”（信件内容如下）

“——有桩不幸的消息想告诉您，那条鳄鱼的阴谋得逞了。造反——那所谓的造反——已经结束了。哎呀，那系一场比我想象的更为血腥的屠杀。

“事情就像我曾经告诉过您的那样。您回到乔卡塔的当天，吴柏金的密探就通知他那些受他蒙骗的可怜穷苦人在松洼村附近的丛林里集结。当天晚上他就和警察局的副督察吴陆加带着十二名警察悄悄出发，那个人和吴柏金一样坏到家了。他们突击扫荡了松洼村，令造反的群众措手不及，而他们其实只有七个人！！就聚集在丛林里一间荒弃的小屋里。还有麦克斯韦先生，他听说了造反的传闻，带着步枪从营地里赶了过去，刚好赶上了吴柏金和那个警察对小屋发起进攻。翌日早上，那个文员巴森，吴柏金的走狗和帮凶，奉命将造反的消息搞得满城皆知，麦克格雷格先生、威斯特菲尔德先生和威洛中尉都赶到了松洼村，带着五十名荷枪实弹的印度土兵和民警。但他们到了那里，发现一切都结束了，吴柏金正坐在村子中央的一棵大柚树下，装腔作势地向那些村民训话。他们诚惶诚恐地跪在那儿，拼命地磕头认错，发誓会永远忠于政府。造反被镇压下去了。那个所谓的巫师其实系吴柏金的帮凶，一个马戏团的小丑，已经逃之夭夭。但另外六个人被抓了。事情就这么结束了。

“很遗憾地告诉您，事件中有人遇害。我一直以为麦克斯韦先生不敢开枪，但当一个造反者想逃跑时，他开枪射中了他的腹部，那人当场毙命。恐怕出了这件事，那些村民会对麦克斯韦先生怀恨在心。但站在法律的立场上，麦克斯韦先生开枪杀人系无可厚非的，因为那群造反者的确阴谋反叛政府。

“哎，但系，我的朋友，我相信您会明白这件事将会对我产生毁灭性的影响！您可以想象得到吴柏金和我之间的争斗到了何等激烈的程度，而上层一定会为他撑腰。那条鳄鱼的阴谋得逞了。现在，吴柏金成了这里的英雄和欧洲人的亲信。我听说连埃里斯先生也盛赞他的作为。如果您可以目睹他那副讨厌的洋洋自得的样子就好了，而且他还大吹大擂，说不只有七个造反者，而系两百个！还吹嘘说他手持左轮手枪，将他们镇压了下去！——其实他只系躲在安全的地方进行指挥而已，而那些警察和麦克斯韦先生悄悄包围了那间小屋——真系令人作呕，我可以向您保证。他甚至厚颜无耻到写了一份正式报告，开头系这么写的：‘本人赤胆忠心，果敢无畏。’我听说早在这件事发生之前他就已经写好了种种谎言。真系太恶心了。想想看，他现在成了大红人，他又会以种种恶毒的手段诽谤中伤我了。”等等等等。

那些造反者全部的武器都被缴获了。他们想着等追随者集结完毕，就拿着这些武器攻上乔卡塔：一支左枪管损坏的猎枪，是三年前从一位护林官那里偷来的；六支土枪，锌枪管是扒铁路偷来的，这几把枪勉强能开火，得用钉子通一通投火孔，然后用石头打火；三十九颗十二口径子弹；十一支用柚木做成的假枪；一些中国大炮仗，用来点火吓人的。

后来，两个造反者被判处十五年流放徒刑，三人被判处三年有期徒刑外加二十五记鞭笞，一人被判处两年有期徒刑。

这场造反就这么结束了，显然，欧洲人不会有人身危险，麦克斯韦在没有雇用保镖的情况下就回到营地里。弗罗利打算继续住在营地里，等到雨季来临，或至少等到俱乐部召开全体大会的时候再回去。他答应过参加全体大会，提名维拉斯瓦密医生参选。不过现在，面对他自己的烦心事，吴柏金和医生之间的这场明争暗斗让他觉得烦透了。

又几个星期过去了。现在天气热得不行。由于雨迟迟不下，空气极其闷热。弗罗利快累垮了。他不知疲惫地工作，连原本交给监工的小事情也要过问，那帮苦力，甚至连他的仆人，都很讨厌他。他酗酒无度，但现在连酒精也无法麻醉他。伊丽莎白被威洛搂在怀里的那一幕情景就像神经痛或耳痛一样困扰着他，随时都会涌上心头，那么生动而令人厌恶，将他的思绪捣成碎片，让他夜不成寐，寝食难安。他总是大发雷霆，有一次甚至殴打了哥斯拉。最糟糕的是那些想象中的场景细节——总是那些淫秽的细节。那些细节是那么真实，仿佛证明那件事的确真的发生了。

世界上还有比渴望一个你不可能拥有的女人更加不光彩、更加卑劣的事情吗？这几个星期来，弗罗利的脑海里浮现的尽是杀戮和淫秽的念头。这就是心生嫉妒的结果。他曾经在精神上爱着伊丽莎白，事实上，他渴望她的同情甚于渴望她的爱抚。而如今，当他失去了她时，他却被最低俗的肉欲折磨。在他心中她不再是那个被理想化的淑女。现在他几乎看清她是个怎么样的人——愚昧自负，薄情寡义——但他还是那么爱她。这又有什么要紧呢？他每晚都睡不着觉，把床拖到帐篷外面纳凉，看着像天鹅绒一样黑漆漆的夜色，时不时听到一条土狗的吠声。他痛恨自己老是幻想着脑海里的那一幕幕情景。嫉妒一个战胜了自己的更优秀的男人是很卑劣的事情。这是赤裸裸的嫉妒——甚至不配用吃醋这个词形容。他有什么资格嫉妒呢？他向一个女孩敞露心扉，但那个女孩太年轻貌美，他根本配不上她。她拒绝了他——这是天经地义的事情。他是在自讨没趣。他也无法对她这个决定提出哀求。无论他怎么挣扎，他都无法恢复青春，或让脸上那块胎记消失，或弥补多年来孤独放纵的罪孽。他只能站在一旁，眼睁睁地看着另一个好男人占有她，并嫉妒他，就像——但这个比喻实在是难以启齿。嫉妒是可怕的。它不像其它的折磨——它无法伪装，也无法升华为悲剧。嫉妒不仅仅带来痛苦，而且让人恶心。

但与此同时，他所猜疑的事情是真的吗？威洛真的成为伊丽莎白的恋人了吗？这种事无从得知，但大体上是不大可能的，因为如果真是这样的话，在乔卡塔这种地方是瞒不住的。就算别人猜不到，这件事也瞒不了拉克斯汀太太。不过，可以肯定的是，威洛还没有提出求婚。一个星期过去了，两个星期过去了，三个星期过去了，在一个印度小官署驻地，三个星期是非常漫长的时间。威洛和伊丽莎白每天傍晚都会骑马，每天晚上都会共舞。但威洛从未踏入拉克斯汀一家的府第。当然，关于伊丽莎白的谣言不断传出。小镇里所有的东方人都认为她是威洛的情人。按照吴柏金的说法（他的猜测八九不离十，虽然在细节上弄错了），伊丽莎白曾经是弗罗利的小妾，后来抛弃了他投身威洛的怀抱，因为威洛付的钱更多。埃里斯也对伊丽莎白说长道短，搞得麦克格雷格先生很不自在。拉克斯汀太太是伊丽莎白的亲戚，没听到这些传闻，但她越来越担心。每天傍晚当伊丽莎白骑完马回到家里时，拉克斯汀太太会满怀希望去接她，希望她会说："噢，婶婶！你知道吗！"——然后她就会告诉她那个天大的好消息。但好消息一直没有来，无论她怎么细心打量伊丽莎白的脸，她什么都猜不到。

三个星期过去了，拉克斯汀太太变得焦躁不安，到最后有点生气了。想到自己的丈夫独自一人——更糟糕的是，不是独自一人——住在营地里，就令她心烦意乱。说到底，她让他独自回到营地，就是为了给伊丽莎白和威洛创造机会（当然，拉克斯汀太太可不会说出这么粗俗的话）。一天晚上，她开始以自己那种旁敲侧击的方式对伊丽莎白进行说教和威胁。说是谈话，其实只是一段唉声叹气的独白伴随着长久的沉默——因为伊丽莎白一直没有答话。

拉克斯汀太太以《尚流》杂志上面那些穿着沙滩服、与男人厮混在一起、看上去格外"贱"的女孩子的相片为由头，先是进行了一番空泛的评论。她说一个女孩不该让男人觉得她贱，她应该让自己显得——但"贱"的反义词似乎是"贵"，那话听起来也不太对劲，于是拉克斯汀太太换了个话题。接着，她告诉伊丽莎白她从英国收到了一封信，是关于那个曾经来过缅甸一段时间，却傻兮兮地没有结婚的可怜姑娘的近况。她的遭遇实在令人心碎，这件事表明，一个女孩子无论嫁给谁都应该感到开心，嫁给任何人都无所谓。信里说那个可怜的女孩子失业了，长久以来连饭都吃不饱，现在不得不给一个粗俗可怕的厨子当厨娘，被他以最骇人听闻的方式折磨。而且厨房里尽是黑甲虫，简直令人难以置信！难道伊丽莎白不觉得这实在是太可怕了吗？黑甲虫！

拉克斯汀太太沉默了一会儿，让黑甲虫的恐惧深入内心，然后补充道：

“真是遗憾，雨季一到威洛先生就得离开我们了。他不在的时候乔卡塔一定会显得空荡荡的！”

“雨季什么时候开始呢，通常来说？”伊丽莎白尽量让自己显得漫不经心。

“大概六月初吧，在这里。只有一两周的时间了……我亲爱的，再提及那件事情似乎很荒唐，但我没办法不去想那个可怜的女孩子，她就呆在厨房里，与那些黑甲虫为伍！”

在当晚的谈话中，拉克斯汀太太不止一次提到那些“黑甲虫”。直到第二天她才以漫不经心的口吻说起了一件无足轻重的小道消息：“顺便说一下，我想六月初弗罗利就会回乔卡塔。他说他准备参加俱乐部的全体大会。或许我们可以邀请他过来吃饭。”

这是弗罗利给伊丽莎白带来那张豹皮之后两人第一次提起他的名字。在被遗忘了几个星期后，他又回到了两个女人的脑海中，一个令人沮丧的候补人选。

三天后，拉克斯汀太太让人给丈夫捎话，叫他回乔卡塔。他已经在营地里呆得够久的了，得回总公司一段时间。他回来了，脸色比以前更加红润——他的解释是被太阳晒的——而且双手一直颤个不停，连点烟都做不到。那天晚上他决定自己回来，把拉克斯汀太太骗出了家里，自己溜进伊丽莎白的房间，居然性致勃勃地想强奸她。

这段时间，进一步的暴动正在酝酿，但那些高官没有一个人知道。那个“巫师”（他躲得远远的，正在马塔班向乡野村夫兜售他那些灵丹妙药）煽动民愤的效果要比他设想的更加成功。新的动乱很有可能爆发——或许会引发孤立而徒劳的暴动。就连吴柏金也对此一无所知。但是，和往常一样，神明们在庇佑着他，因为进一步的暴动将让上一次暴动显得更加像那么一回事，因此将更加彰显他的功绩。

第二十一章

噢，西风，你何时吹起，带来淅淅沥沥的小雨？[①]现在是六月一日，召开全体大会的日子，至今滴雨未下。弗罗利走在俱乐部的小径上，下午的太阳从他的帽子边缘下面斜照到他的脖子上，感觉仍热辣辣的，很不舒服。那个园丁用一根扁担挑着两汽油桶的水，蹒跚着走在小径上，胸肌上滑溜溜的满是汗水。他把两个桶放了下来朝弗罗利行礼，略微有点水溢了出来，溅在他黝黑枯瘦的脚上。

“喂，园丁，快下雨了吗？”

那个园丁朝西边不知比划着什么，“山丘把雨给锁住了，老爷。”

乔卡塔几乎四面环山，山势将早些时候的阵雨给挡住了，因此有时候得直到六月底才会下雨。花床的泥土被锄成一大片凌乱的土块，看上去灰不溜秋的，像是一摊混凝土。弗罗利走进休息室，看到威斯特菲尔德正在凉台溜达，眺望着河流，那群鸡已经被圈了起来。在凉台的脚下，一个仆人背对着太阳躺在地上，把拉葵蒲扇的绳子套在脚跟上，用一块宽阔的芭蕉叶盖住自己的脸。

“你好，弗罗利！你瘦得跟竹竿似的。”

“你也是。”

“嗯，是啊。该死的天气。除了喝酒之外，根本没有胃口。上帝啊，当我听到青蛙开始呱呱呱地叫时，会有多开心啊。趁别人还没来我们俩喝一杯。领班！”

“你知道谁会来参加会议吗？”弗罗利问道。领班端来了威士忌和微热的苏打水。

“我想大伙儿都会来。三天前拉克斯汀从营地那边回来了。老天爷啊，那个男人趁老婆不在逍遥快活得很。我的手下告诉我在他的营地都发生了什么事情。得有十几个妓女，一定是专门从乔卡塔叫过去的。等那个老虔婆看到他的俱乐部账单就有他好看的。这半个月他叫人送去了十一瓶威士忌。”

“威洛那小子会来吗？”

“不来。他只是一个临时会员。他嫌麻烦，才不会来呢，这个小兔崽子。麦克斯韦也不会来。他说他还不能离开营地。他交代说如果有投票，就由埃里斯替他投。不过，我想投票是不会进行的，是吧？”他补充了一句，意味深长地看着弗罗利，两人都还记得上一次因为这件事而起的争吵。

“我想这取决于麦克格雷格。”

“我想说的是，麦克格雷格不会提那选举一位本地会员这种操蛋事，是吧？现在这个时候是不会提的。出了造反这种事情。”

“顺便问一下，造反怎么样了？”弗罗利问道。他还不想为了选举医生入会这件事而开始争吵。一定会惹来麻烦的，再拖上几分钟吧。“有什么消息吗？——你觉得他们会发起另一场暴动吗？”

“不会。我想一切都结束了。这群懦夫都躲起来了，整个

---

① 本句出自十六世纪英国无名氏的诗作《冬日的平原上等候春天的爱人》。

地区就像一间该死的女子学校一样平静。真是令人失望。”

弗罗利的心一颤，他听到了隔壁房间伊丽莎白的说话声。这时麦克格雷格先生进来了，埃里斯和拉克斯汀先生跟在后面。人都到齐了，因为俱乐部的女性会员没有投票权。麦克格雷格先生穿着一件绸缎西装，腋下夹着俱乐部的账簿。就算只是召开俱乐部会议这么一桩小事他也摆出了一副官腔。

寒暄完毕之后，他说道：“似乎大家都到齐了，那我们就——呃——开始我们的公务吧？”

“请吧，麦道夫。”威斯特菲尔德说道，坐了下来。

“看在上帝的分上，把领班叫来。”拉克斯汀先生说道，“我可不敢让老婆听到是我叫他来。”

“在我们进入议事程序之前，”麦克格雷格先生说道——他没有点酒，但其他人都要了一杯，“我想你们都希望我通报一下这半年来的账目吧？”

他们其实都不想听，但麦克格雷格先生喜欢干这事儿，非常详尽地通报了账目。弗罗利一直在走神。再过一会儿就要吵架了——噢，吵架是多么可怕！当他们发现到最后他还是要保举医生入会，一定会气急败坏的。而且伊丽莎白就在隔壁。上天保佑待会儿吵架的时候不要被她听见。看到他被别人责难会让她看不起他。今晚他能见到她吗？她会和他说话吗？他眺望着那条宽达四分之一英里的波光粼粼的河流。河对面有一群人，其中一个戴着一条绿色的缅甸式头巾，正在一艘舢板旁边等候着。在靠近岸边的河道里，一艘庞大而笨拙的印度驳船正缓缓地溯河而上。船上有十个面黄肌瘦的达罗毗荼人桨手，前倾着身子，将长而原始的刻着心形桨片的船桨沉入水中，绷紧瘦削的身躯，然后用力地将船桨往回拉，就像黑橡胶做成的极度痛苦的牲畜，笨重的船身缓缓地前进了一两码，然后这些桨手弓身向前，喘着粗气，在河流将船身止住之前再把桨沉入水中。

麦克格雷格先生更加严肃地说道：“现在我们进入程序的主题。当然，这是——呃——是一个不大受欢迎的问题，但我想总是得面对：我们将选举一个本地人成为这间俱乐部的会员。以前我们讨论过这个问题——”

“该死的！”

埃里斯激动得站起身打断了他。

“该死的！我们不会又要讨论这个问题吧？出了这些个事情，还要讨论选择一个该死的黑鬼入会！上帝啊，我以为到了这个时候就算是弗罗利也放弃这个念头了！”

“我们的朋友埃里斯似乎很惊讶。我想这个问题之前已经讨论过了。”

“我想这个该死的问题之前确实讨论过了！我们都说出了自己的想法。上帝啊——”

“要是我们的朋友埃里斯能坐下来一会儿——”麦克格雷格先生宽容地说道。

埃里斯坐回自己的椅子上，大声嚷嚷着：“该死的废话！”弗罗利看到河对岸的那群缅甸人正在上岸，把一个长长的、形状不规则的包裹抬上舢板。麦克格雷格先生从文件夹里取出一封信。

“或许我最好先解释一下这个问题的起因。行政长官告诉我政府下了通知，要求那些还没有接收本地人会员的俱乐部至少接纳一人入会，也就是说，自动接纳入会。通知上说——啊，有了！上面说：‘侮慢本地高官实为不智之策。’我得说，我本人很不赞同这一政策。毫无疑问，我们大家都持反对意见。我们这些为政府干实事的人和那些——啊——高高在上的国会议员所看到的事情很不一样。行政长官也很同意我的看法。然而——”

“但这些都是他妈的废话！”埃里斯插话了，“这和行政长官或其他人有什么关系？我们自己的俱乐部难道不应该由我们自己做主吗？我们下班的时候他们无权干涉我们。”

“确实如此。”威斯特菲尔德说道。

“你我想到一块去了。我告诉行政长官我得和其他会员讨论这件事。他给我的建议是，如果这件事在俱乐部得到支持的话，他认为我们最好就得选出一名本地人会员。另一方面，如果整个俱乐部都反对，这件事就这么算了。是的，如果大家一致反对的话。”

“那好，我们大家都一致反对。”埃里斯说道。

“你是说，”威斯特菲尔德说道，“这件事取决于我们自己答不答应让他们进来？”

“我想就是这个意思。”

“那好嘛，就说我们一致反对。”

“而且态度得他妈的坚决一些，看在上帝的分上。我们得一劳永逸地解决这个问题。”

“就是，就是！”拉克斯汀先生粗声粗气地说道，“别让那帮黑鬼进来。大家要团结一致。”

遇到这种情况，拉克斯汀先生总是能说出正确的意见。在他心里他并不在乎也从来没有在乎过大英帝国的统治，和本地人或白人喝酒对他来说都一样开心，但是，当有人建议那些胆敢大不敬的仆人应该被打板子或让那些民族主义者上刀山下油锅的时候，他总是会高声附和："就是，就是！"他为自己感到自豪，虽然他可能是个酒鬼什么的，但该死的，他可是个赤胆忠肝的人。这就是他的体面之处。麦克格雷格先生打心眼里为大家意见一致而松了口气。要是真的接受本地会员的话，唯一的人选就是维拉斯瓦密医生，而自从纳苏欧越狱事件之后他极度不信任医生。

"我可以认为你们都同意了吗？"他问道，"如果是这样的话，我就通知行政长官。否则，我们就得开始探讨选谁作为入会候选人的问题。"

弗罗利站了起来。他必须说出自己的看法。他的心似乎提到了嗓子眼里，让他哽咽着。按照麦克格雷格先生所说的，只要他开口，医生入选为会员这件事基本上就可以确定了。但是，噢，多么烦人的一件事啊！待会儿将吵得热火朝天！他多么希望自己从未向医生许下过承诺！不管怎样，他已经许下过承诺，他就不能违背诺言。换作是不久前，他会违背这个诺言，当个体面的白人老爷，多么轻松！但现在他不会违背诺言。他必须给这件事一个交代。他侧着身，这样一来他的胎记就不会被别人看见。他已经可以感觉到自己的声音单调而带着内疚。

"我们的朋友弗罗利有什么要说的吗？"

"是的。我提名维拉斯瓦密医生成为这间俱乐部的会员。"

另外三个人愤怒地叫嚷着，麦克格雷格先生不得不用力敲着桌子，提醒他们女士们就在隔壁房间。埃里斯根本没有理他。他站了起来，鼻子周围的皮肤变成了明显的灰色。他和弗罗利面面相觑，似乎随时都可能吵起来。

“好了，你这个该死的无赖，你会改口吗？”

“不，我不会改口的。”

“你这头油腻腻的猪！黑鬼的面首！你就是卑鄙下流的人渣！”

“安静！”麦克格雷格先生高声嚷道。

“但是，看看他，看看他！”埃里斯几乎声泪俱下，“为了那个腆着肚子的黑鬼，让我们大失所望！我们对他说了那么多，到头来还是这样！我们只要团结一致，就能让那股大蒜味永远杜绝于俱乐部之外！老天爷啊，难道你不会翻江倒海地作呕，当你看到有人的行为举止是那么——”

“收回你的话，弗罗利，老伙计！”威斯特菲尔德说道，“别那么傻气！”

“打倒布尔什维克主义，该死的！”拉克斯汀先生说道。

“你以为我会在乎你说的话吗？这件事轮不到你做主，得由麦克格雷格决定。”

“也就是说，你——呃——你坚持自己的决定？”麦克格雷格先生阴沉沉地问道。

“是的。”

麦克格雷格先生叹了口气，“真是遗憾！好吧，这么一来的话我想我别无选择——”

“不行，不行，不行！”埃里斯暴跳如雷，“不能向他屈服！大家投票决定。如果那个狗娘养的不和我们一样投黑球反对票，我们就先把他赶出俱乐部——很好！领班！”

“老爷！”领班出现了。

“把投票箱和投票球拿来。出去！”领班听命的时候他恶狠狠地补充了一句。

空气变得非常凝滞，不知道为什么，葵蒲扇不动了。麦克格雷格站起身，摆出一副不以为然但公正严明的姿态，从投票箱里拿出两盒黑球和白球。

“我们必须按照章程行事。弗罗利先生提名民政医务官维拉斯瓦密医生成为这间俱乐部的会员。我本人觉得这是错的，大错而特错，但是——！在投票决定这个问题之前——”

“噢，为什么这么婆妈？”埃里斯说道，“这就是我的意见！还有麦克斯韦的。”他把两个黑球丢进了箱子里。然后，他突然间气不打一处来，拿起那盒白球，将它们倒在地上，白球掉得到处都是。“喏！如果要投白球的话自己去捡！”

“你这个该死的笨蛋！你这么做有意思吗？”

“老爷！”

大家都吓了一跳，看了看周围。那个仆人从下面爬了上来，靠在凉台的栏杆上朝他们瞪着眼睛，一只干瘦的胳膊抓着栏杆，另一只胳膊朝河那边比划着。

“老爷！老爷！”

“怎么了？”威斯特菲尔德问道。

大家都走到窗边。弗罗利刚才看到的那艘舢板停泊在草坪尽头的河堤下，一个缅甸人抓住一丛灌木把舢板停稳。那个戴着绿色头巾的缅甸人正从舢板上出来。

“那是麦克斯韦手下一个护林员！”埃里斯的语气一变，“老天爷啊！一定是出事了！”

那个护林员看见麦克格雷格先生，匆匆行了合十礼，心事重重地回到舢板上。另外四个人是农民，跟着他爬出舢板，艰难地把刚才弗罗利远远见到的那口麻袋搬到岸上。那个麻袋有六尺高，包裹着麻布，活像一具木乃伊。每个人的心里都知道出事了。那个护林员瞥了一眼凉台，看到没有路上去，于是领着那几个农民绕道来到俱乐部的前门。他们把那个包裹扛在肩上，就像葬礼的掮夫扛着一口棺材。领班又冲进了休息室，连他也变得脸色苍白——确切地说，脸色死灰。

“领班！”麦克格雷格先生喊道。

“是，老爷！”

“赶快把棋牌室的门给关上。关紧了，不能让女士们看见。”

“是的，老爷！”

那几个缅甸人扛着包裹沉重地顺着小径走了过来。他们进来时，领头的人踩到了散落在地板上的一个白球，踉跄了一下，几乎摔倒。那几个缅甸人跪了下来，把包裹放在地板上，怀着奇怪的敬畏之情站在旁边，微微弯着腰，双手合十。威斯特菲尔德跪了下来，将布料掀开。

“天哪！看看他！”他说道，但语气并不是很惊讶，“看看这个可怜的小——”

拉克斯汀先生已经惊叫着跑到了房间的另一头。那个包裹一搬到岸上他们就已经知道里面装着什么。那是麦克斯韦的尸体，几乎被砍刀剁成了碎片，凶手是他开枪打死的那个人的两个亲戚。

第二十二章

麦克斯韦的死在乔卡塔激起了轩然大波，而且整个缅甸都为之震撼，这桩事情——“你还记得乔卡塔的那桩事情吗？”——在那个可怜的年轻人的名字被遗忘多年之后仍将被提起。但从个人角度说，没有人为此感到难过。麦克斯韦几乎是个无足轻重的人——只是一个“好人”，和缅甸上万个白种好人没什么两样——没有亲密的朋友。那些欧洲人并不真心为他的死感到难过。但这并不是说他们并不生气。相反，在当时他们几乎快气疯了。因为不可原谅的事情发生了——一个白人被杀了。这件事情让派驻东方的英国人吓得瑟瑟发抖。每年在缅甸或许有八百人被谋害，这些都不算什么，但谋杀白人是一桩大逆不道的罪行。一定要为可怜的麦克斯韦讨回公道，这是必须的。但只有一两个仆人和那个对麦克斯韦怀有好感，把他的遗体运回来的护林员为他的死流下眼泪。

另一方面，没有人为此感到高兴，只有吴柏金例外。

“真是天助我也！”他对玛津说道，“真是人算不如天算。要让他们重视我煽动起来的暴动就得有点流血事件，而这刚好就发生了！告诉你吧，玛津，我越来越觉得神明在庇佑我。”

“哥柏金，你真是不知羞耻！我不知道你怎么敢说出这样的话来。你犯下了命案，难道不觉得害怕吗？”

“什么？犯下了命案？你在说什么？这辈子我可连一只鸡都没宰过。”

“但这个可怜的孩子的死被你利用了。”

“被我利用了！我当然要利用他的死！为什么不呢？别人杀了人，难道要怪在我头上吗？渔夫钓到了鱼，他会因此遭到报应。但我们吃鱼的人会遭到报应吗？当然不会。鱼都已经死了，干吗不吃？你应该更认真地研究佛经，我亲爱的津津。”

葬礼于第二天早餐前举行。所有的欧洲人都出席了，只有威洛缺席——和平时一样，他就在公墓对面的练兵场上训练。麦克格雷格先生发表了悼词。这一小群英国人围在墓地边，手里拿着帽子，穿着从箱底找出来的深色西装，全身大汗淋漓。早上炽热的阳光毫无怜悯之情地照在他们的脸上，在一身丑陋蹩脚的布料衬托下，这些面孔比以往都更显得发黄。除了伊丽莎白之外，每个人的脸都满是皱纹，显得很苍老。维拉斯瓦密医生和六七个东方人也在场，但他们都规矩地躲在一边。这块小小的墓地有十六座墓穴，葬着林业公司的员工、政府官员和在已被遗忘的小规模战斗中殉难的士兵。

“缅怀前印度皇家警察部队约翰·亨利·斯巴诺尔，他在不懈的军训中死于霍乱。”等等等等。

弗罗利隐约记得斯巴诺尔。他是在第二次震颤性谵妄发作后暴毙在营地里的。角落里有几个欧亚混血儿的坟墓，插着木十字架。那丛到处疯长的茉莉结着橙色心形的花朵，在花丛中有几个大老鼠洞，一直通往坟墓里。

麦克格雷格先生以成熟而庄严的声音总结悼词，领着大家离开了墓地，手里拿着他那顶灰色的遮阳帽　　在东方国度这相当于一顶高礼帽——端在腹部的位置。弗罗利在门口逗留，希望能和伊丽莎白说个话，但她经过他身边，看都不看他一眼。今天早上每个人都躲着他。现在他蒙受着耻辱，这桩命案让昨晚他的不忠显得格外卑劣。埃里斯挽着威斯特菲尔德的胳膊，两人在墓地旁边停了下来，拿出烟盒。弗罗利可以听到他们骂骂咧咧的声音从墓地那边飘过来。

“我的天哪，威斯特菲尔德，我的天哪，当我想到那个可怜的家伙——躺在那儿——噢，我的天哪，我气得肺都快炸了！我整宿都睡不着觉。”

“确实很该死。不要介意，我答应你会抓几个家伙吊死。两命填一命——这就是我们能做的。”

“才两个！应该是五十个！我们上天入地也要把那些家伙送上绞刑台。你查到他们的名字了吗？”

“是的，查到了！整个地方的人都知道是谁干的。这种案件我们总是知道谁是凶手。逼那些该死的村民招供——就只有这点麻烦。”

“看在上帝的分上，这一次非得让他们招供不可。不要理会那些该死的法律。打得他们招供为止。严刑逼供——做什么都行。如果你需要贿赂证人，我愿意出几百卢比。”

威斯特菲尔德长叹一口气，“恐怕如今不能作出这种事情了。要是可以就好了。我的手下只要吩咐一句就知道如何向证人施压：把他们绑在蚁穴上，灌辣椒水。但这一套现在行不通了。我们得遵守自己那套该死的法律。但没关系，那些家伙会被吊死的。我们找到了想要的证据。”

“好极了！等你把他们抓起来的时候，如果你不能肯定能将他们定罪，就开枪打死他们，一定要打死他们！诬陷他们试图逃脱什么的。做什么都行，千万不要让那帮王八蛋给跑了。”

“他们跑不了的，你不用担心。我们会搞死他们的。总得有人填命。宁可错杀一千，不可放过一个。[1]”他无意中引用了这么一句话。

“就是这样！我得看到他们吊死在那儿才能安心睡觉。”埃里斯和他一边离开墓地，嘴里一边说道：“老天爷啊！我们离开这个日头吧！我快渴死了。”

每个人都快渴死了，但刚刚参加完葬礼就去俱乐部喝酒似乎不是太得体的事情。这些欧洲人各自回家，而四个拿着铲子的清洁工人把灰色的、水泥般的泥土铲回墓穴里，堆成一座粗糙的土丘。

吃完早饭后，埃里斯去上班，手里拄着手杖。天气热得要命。他洗了个澡，换上了衬衣和短裤，但穿着一套厚厚的西装即使只是一个小时也让他的痱子痒得难受。威斯特菲尔德已经走了，开着他的汽艇，带着一个副督察和六个警员去逮捕凶手。他命令威洛和他一同前去——其实威洛用不着去，但威斯特菲尔德说年轻人多锻炼是好事。

埃里斯扭动着肩膀——他的痱子痒得受不了了。愤怒就像毒液在他的身体内涌动。他整晚都在想着那件事。他们杀了一个白人，杀了一个白人，那群该死的贱种，鬼鬼祟祟的懦弱的狗杂碎！噢，那群猪猡，猪猡，他们将为此付出惨痛的代价！为什么我们要制定出这些该死的怀柔法律？为什么我们每件事情都要做出让步？想象一下这种事情发生在战前的德属殖民地！那些德国老好人！他们知道该怎么对付这帮黑鬼。大肆报复！用犀牛皮的鞭子抽他们！袭击他们的村子，杀光他们的牲

① 本句出自英国作家萧伯纳的作品《安德罗克里斯与狮子》。

畜，焚毁他们的庄稼，大批大批地杀死他们，用大炮将他们轰碎。

埃里斯盯着树冠的缝隙间洒落的明亮光线。绿色的眼眸睁得大大的，充满了哀伤。一个和蔼的缅甸中年男人走了过来，扛着一根大竹竿，从一边肩膀换到另一边肩膀，经过埃里斯身边的时候嘴里嘟囔着。埃里斯抓紧了手中的拐杖。要是这头猪猡现在攻击你该多好！就算顶撞你也成——怎么都行，这样你就有借口狠狠地揍他一顿！要是这些无胆匪类能表现得好斗一点就好了！但是，他们只是蹑手蹑脚地从你身边溜过，遵纪守法，让你根本找不到机会报复他们。啊，要是真的造反就好了——颁布戒严令，不放过每一寸地方！美妙的流血场面在他的脑海里掠过：一群群失声尖叫的本地人，士兵在屠杀百姓，朝他们开枪，策马撞死他们，马蹄将他们的内脏踩了出来，用鞭子将他们的脸抽得稀烂！

五个高中男生并肩从路那边走过来。埃里斯看着他们走来，一排狰狞的黄皮肤面孔——阴阳怪气的面孔出奇地年轻光滑，故意倨傲无礼地朝他咧嘴大笑。他们想挑衅他，因为他是个白人。或许他们听说了这桩谋杀案。所有的学生都是民族主义者，会认为这是一次胜利。走过埃里斯身边时，他们朝着埃里斯咧嘴一笑。他们尝试着公开惹怒他，而且他们知道法律在罩着他们。埃里斯觉得自己的胸膛快气胀了。他们的表情像是在嘲弄他，就像一排黄色的肖像画，让他快气疯了。他停下脚步。

“喂！你们在笑什么，小子？”

那几个男生转过身。

“我问你们到底在笑什么？”

一个男生答话了，态度很倨傲无礼——或许他那蹩脚的英语让他的话比设想的更加倨傲无礼。

“不关你的事。”

有大约一秒钟，埃里斯不知道自己做了些什么。在那一秒钟里他使出了全身的力气打了出去，手杖咔嗒一声划过那个男生的眼睛。他惨叫一声蜷起身子，同一时间另外四个男生朝埃里斯扑去。但对他们来说他太强壮了。他一把将他们推开，往后一退，盛怒地挥舞着手杖，没有人敢接近他。

“不要过来，你们这帮狗娘养的！别过来，不然我会再干掉你们当中的一个！”虽然以一敌四，但他仍然太强壮了，那几个男生被吓退了。那个被打伤的男生跪在地上，双手捂脸，嘴里尖叫着：“我瞎了！我瞎了！”突然间，那四个男生转身朝二十码开外一堆用来修路的红土跑去。埃里斯的一个职员出现在办公室的凉台上，正激动地上蹿下跳。

“上来，老爷，快上来，他们会打死你的！”

埃里斯不屑于逃跑，但他走向凉台的台阶。一团红土从空中呼啸而过，砸中一根柱子碎裂开来，那个职员赶紧躲进了屋里。但埃里斯在凉台上转身对着那群男生，他们每个人都拿着满满一抱红土。他高兴地咯咯笑了起来：

“你们这群该死的脏兮兮的小黑鬼！”他居高临下地对着他们咆哮着，“这一次可把你们吓一跳了，是吧？上来这座凉台打我啊，你们四个都上来！你们不敢。四个打一个，你们还不敢和我对着干！你们还算是男人吗？你们这些鬼鬼祟祟的肮脏的鼠辈！”

他用缅甸语骂他们是乱伦的猪生出来的孩子。他们一直朝他投掷土块，但他们的胳膊没有多大力气，没能扔准。他躲开土块，每躲开一个就趾高气扬地咯咯咯大笑。不一会儿，马路那边有人在喊叫着，因为警察局听到了这边的骚乱，几个警员出来看看发生了什么情况。那几个男生赶忙逃跑了，只剩下大获全胜的埃里斯。

埃里斯对这场风波觉得很开心，但事情一结束他就怒不可遏地向麦克格雷格先生写了一封言辞激烈的信函，说他遭受了放肆的骚扰，要求实施报复。有两个职员和一个信差被叫到麦克格雷格先生办公室提供现场目击的证词，这几个人都串通起来作供："那几个男生毫无理由地攻击埃里斯先生，他是在自卫。"等等等等，埃里斯打他纯属他活该，或许他们真的相信事情就是这样。麦克格雷格先生很生气，命令警察找到那四个高中生，并向他们问话。但是，那几个男生预料到会有这种事情发生，不知道躲哪儿去了。警察搜了巴扎集市一整天也没找到他们。到了晚上，那个受伤的男生被带去一位缅甸医生那里看诊，医生往他的左眼上敷了一些捣烂的毒叶子，把他给弄瞎了。

当天晚上，几个欧洲人和往常一样到俱乐部碰头，但威斯特菲尔德和威洛还没有回来。每个人都心情不好。那桩谋杀案和对埃里斯的无理挑衅（这是公认的说法）让他们惊魂未定，而且气愤不已。拉克斯汀太太喃喃地说着"我们会在床上被杀掉的"。麦克格雷格先生为了安抚她，告诉她暴动发生的时候欧洲女士总是被锁在牢房里，直到事情过去为止，但她似乎并不觉得宽慰。埃里斯对弗罗利很不客气，而伊丽莎白根本不理睬他。他怀着言归于好的痴念来到俱乐部，但她的行为让他伤透了心，当晚的大部分时间他躲在图书室里。直到八点钟，每个人都喝了几杯酒之后，气氛才变得友好了一些。埃里斯说道：

“不如派几个仆人去我们家里把晚饭带过来吧？我们可以打几圈桥牌，比在家里发呆好。”

拉克斯汀太太害怕回家，立刻附和这个提议。这些欧洲人想待晚一些的时候偶尔会在俱乐部吃饭。两个仆人被派去拿饭，当他们知道被派去做什么时，他们立刻哭了起来，似乎担心上山会遇到麦克斯韦的鬼魂。于是那个马里人被派去了，他出发时，弗罗利注意到今晚又是月圆之夜——上次他在赤素馨花树下亲吻伊丽莎白已经是四个星期前的事情了，感觉是那么遥远。

他们坐在桥牌桌边，拉克斯汀太太刚刚摆脱了紧张不安的情绪。这时屋顶被重重地砸了一下。每个人都吓了一跳，抬头望去。

“是一个椰子砸下来了！”麦克格雷格先生说道。

“这里哪有什么椰子树。”埃里斯说道。

接着几件事情一起发生。又是一声更响亮的响声，一盏汽油灯从钩子上脱落下来，砸到地上，差点砸到了拉克斯汀先生，他惊叫着跳到一边。拉克斯汀太太开始失声尖叫。领班光着头冲进了房间，脸色糟得就像劣质咖啡一样。

“老爷，老爷！坏人们来了！他们要把我们统统杀掉，老爷！”

“什么？坏人？你在说什么？”

“老爷，村民们都在外面，手里拿着长矛和大刀，还手舞足蹈的！准备割断主人的喉咙，老爷！”

拉克斯汀太太整个人瘫在椅子上，没命地尖叫着，声音盖过了领班的声音。

“噢，安静点！”埃里斯转身厉声说道，“大家听一下！听听！”

外面传来了低沉而危险的喃喃低语声，像是一位生气的巨人在哼哼唧唧。一直站着的麦克格雷格先生听到这个声音整个人都僵住了，挑衅地扶稳了鼻梁上的眼镜。

“这只是一场骚动而已！领班，拿着那盏灯。拉克斯汀小姐，看着你的婶婶。看她有没有受伤。其他人跟我来！”

他们都走到前门，前门关闭着，可能是领班干的。一阵猛烈的石头像冰雹一样叮叮咚咚地砸在门上。听到这个声音拉克斯汀先生畏缩着躲在别人身后。

“我说，该死的，把那扇该死的门给闩上！来人啊！”他说道。

“不行，不行！”麦克格雷格先生说道，“我们到外面去。不和他们对质可不行！”

他打开门，勇敢地站在台阶的顶部。小路上大约有二十个缅甸人，手里或持长矛或持长刀。在围墙外面的路上，一直延伸到练兵场，两边都站满了人，简直称得上是人山人海，起码得有两千人，在月光下看上去只有黑白两色，到处都可以看见弧形的长刀闪烁着寒光。埃里斯平静地站在麦克格雷格先生身边，双手插在口袋里。拉克斯汀先生已经不见了。

麦克格雷格先生举手示意安静。“这是怎么一回事？”他严词疾色地喝问道。

小路上传来了叫嚷声，几块板球般大小的红土块飞了过来，但幸运的是没有砸中人。小路上有一个人转过身，朝其他人挥了挥手，叫嚷着要他们先别扔东西。然后他走上前和那帮欧洲人交涉。他年约三旬，强壮而斯文，蓄着下垂的八字胡，身穿一件单衣，笼基在膝盖处打了个结。

“这是怎么一回事？”麦克格雷格先生重复了一遍。

那个男的说话时面带微笑，态度不是很倨傲无礼。

“我们不是来和你吵架的，阁下。我们来是要找那个木材商人埃利兹。（他把埃里斯说成了埃利兹。）今天他殴打的那个孩子瞎了。你们必须把埃利兹交出来，给我们一个交代。我们不会伤害其他人。”

“记住这个家伙的脸，”埃里斯扭头对弗罗利说道，“过后我们逮到他判他坐七年牢。”

麦克格雷格先生脸都气紫了，几乎气梗过去，好一会儿说不出话来，等到他能开口时，他说的是英语。

“你知道你在和谁说话吗？这二十年来从来没有人敢这般无礼跟我说话！立刻给我滚，不然我就叫武警过来！”

“你最好快点，阁下。我们知道你们的法庭对我们来说根本没有公义可言，所以我们自己惩治埃利兹。把他交出来。不然你们全部都会为此付出代价。”

麦克格雷格先生握起拳头，就像锤钉子一样用力一砸，“滚开，狗杂种！”这是多年来他第一次骂人。

路上传来雷鸣般的怒吼声，一波石头砸了过来，每个人都被砸中了，连小路上那几个缅甸人也未能幸免。一颗石头正好砸中了麦克格雷格先生的脸，几乎把他砸晕过去。那几个欧洲人飞也似的躲到屋里，关上了门。麦克格雷格先生的眼镜被砸碎了，鼻子流血不止。他们回到休息室，发现拉克斯汀太太像一条歇斯底里的蛇那样蜷在一张长椅上；拉克斯汀先生惊慌失措地站在房间中间，手里拿着一个空酒瓶；领班跪在角落里，划着十字架（他是罗马天主教信徒）；那群仆人哭哭啼啼的。只有伊丽莎白虽然脸色苍白，但仍很镇定。

“出什么事了？”她大声问道。

“我们被包围了，就是这样！”埃里斯怒气冲冲地回答，摸着脖子后面被石头砸中的部位，“那些缅甸人包围了这里，还扔石头。但用不着慌张！他们不敢破门而入的。”

“赶快通知警察！”麦克格雷格先生含糊地说道，因为他正拿手帕捂着鼻子。

“不行！”埃里斯说道，“刚才你和他们说话的时候我已经看过周围了。他们把我们封死了，那帮该死的畜生！没有人能通知到警察。维拉斯瓦密的大院那里到处都是人。”

“那我们只能等了。我们得相信他们会自己出警。冷静下来，我亲爱的拉克斯汀太太，好吗，请冷静下来！小事一桩而已。”

听起来可不是什么小事。现在外面的吵闹声几乎没有间歇，似乎有好几百个缅甸人涌进了俱乐部的领地。突然间外面声音震天，只能高声吼叫才能让别人听见。休息室里所有的窗户都关上了，几扇有时候用来阻挡蚊虫的破了洞的镀锌百叶窗被拉下来拴紧。有的窗户被砸破了。接着，四面八方不停地砸石头过来，砸得薄薄的木板墙在晃动着，似乎随时会被砸开。埃里斯打开一扇百叶窗，朝人群恶狠狠地扔出一个酒瓶，但十几块石头扔了过来，他不得不匆忙关上百叶窗。那些缅甸人除了扔石头、叫骂和砸墙之外似乎没有任何计划，但光是声势就足以让人心寒。一开始的时候那些欧洲人都被吓蒙了，没有人想到过责备这起风波的罪魁祸首埃里斯。事实上，大难临头似乎让他们暂时团结在了一起。麦克格雷格先生没有了眼镜，成了半个瞎子，心烦意乱地站在房间中间，把右手递给拉克斯汀太太，她紧紧地抓住不放，而一个哭哭啼啼的仆人则紧紧地抱着他的左腿。拉克斯汀先生又不见了。埃里斯暴跳如雷，朝警察局的方向挥舞着拳头。

“那些警察哪儿去了——那些懦夫混球呢？”他没有理会那两个女人，高声叫嚷着，“为什么他们还不来？我的天啊，这可是千载难逢的好机会！要是我们这里有几把步枪，我们就可以要这帮狗娘养的好看！”

“他们很快就到！”麦克格雷格先生冲他吼叫着，“他们要穿过人群需要点时间。”

“但为什么他们不开枪打死这些狗娘养的畜生呢？要是他们开火的话，就可以像撂倒干草堆那样将他们屠杀殆尽。噢，天哪，错过这么一个大好机会可不行！”

一块石头砸穿了一扇镀锌百叶窗，另一块石头跟着通过破洞，砸在一幅“小狗邦佐”的图画上，反弹擦伤了伊丽莎白的手肘，最后掉在桌子上。外面传来胜利的欢呼。接着是一堆石头砸在屋顶上。有几个小孩爬树上了屋顶，光着屁股从屋顶滑落下来，玩得不亦乐乎。拉克斯汀太太发出前所未有的尖叫，盖过了外面的吵闹声。

“来人啊，让那个该死的老虔婆闭嘴！”埃里斯嚷道，“别人还以为在杀猪呢。我们得采取行动。弗罗利，麦克格雷格，过来！想想办法怎么摆脱这个困境！”

伊丽莎白突然间失去了勇气，开始哭起来。那块石头把她弄得很疼。弗罗利惊讶地发现她正紧紧地抓住他的胳膊。即使在这个时候，这个动作也让他心神荡漾。他一直是以无动于衷的心情看着这一幕——事实上，虽然他被吵闹声搅得有点头晕，但并不是很害怕。他总是觉得很难相信东方人会真的具有攻击性。直到这个时候，当伊丽莎白的手搭在他的胳膊上时，他才意识到形势的严峻。

“噢，弗罗利先生，求求你，请你想想办法！你有办法的，你有办法的！趁那群可怕的人还没冲进来，怎么都行。”

“要是我们当中有一个能去通知警察就好了！”麦克格雷格先生叫苦连天，“他们得由一个英国官员带领才行！我想我得亲自出马了。”

“别傻了！你只会被割断喉咙的！”埃里斯叫嚷着，“要是他们真的要硬闯进来的话，就让我去吧。但是，噢，死在那群猪猡手里！我可真是气坏了！要是警察在这儿的话，死的就是这帮该死的家伙！”

“难道我们不能顺着河岸边撤走吗？”弗罗利绝望地叫嚷着。

“没用的！有好几百个人守在那儿。我们被包围了——三面是缅甸人，一面被河堵死了！”

“跳河啊！”

一个因为太明显而被忽略的大胆想法掠过弗罗利的脑海。

“河！就是这样！到达警察局对我们来说是易如反掌的事情。难道你们还没明白过来？”

“怎么办？”

“怎么办，顺流而下——跳到河里去！游泳啊！”

“噢，好汉子！”埃里斯拍了拍弗罗利的肩膀。伊丽莎白抓住他的肩膀，高兴得真的跳起了舞步。“那我去吧！”埃里斯叫嚷着，但弗罗利摇了摇头。他已经开始脱鞋了。显然，他们不能浪费时间。迄今为止，这些缅甸人的行动很傻帽，但假如他们真的闯进来的话指不定会发生什么事情。领班已经克服了刚才的恐慌，准备打开通往草坪的窗户，探着头往外面张望。草坪上只有十几个缅甸人。他们没有封堵俱乐部的后方，以为河流已经封死了出路。

“顺着草坪拼命冲下去！”埃里斯冲着弗罗利的耳朵吼道，“他们看见你的时候会躲开的。”

“命令警察立刻开火！”麦克格雷格先生在另一边吼道，“我授权你这么做。”

“叫他们瞄准了人开火！不要朝他们头顶上开枪，打死他们，朝死里打！”

弗罗利从凉台上冲下去，坚硬的泥土划伤了他的双脚，六步就冲到了河堤。正如埃里斯所说的，看到他冲下来时缅甸人退缩了一会儿。他们朝他扔了几块石头，但没有人去追他——显然，他们以为他只是试图逃跑，在皎洁的月色下他们看到他并不是埃里斯。接着他穿过灌木丛，跳进了河里。

他深深地沉进水里，汹涌的河流将他吞没，河泥淹没了他的膝盖，过了好几秒钟他才挣脱出来。等他浮到河水的表面时，一团微热的啤酒花似的泡沫在他的唇边磨蹭着，有什么海绵状的东西漂进他的喉咙里，让他呛着了。那是一团水葫芦。他好不容易将其吐出来，发现湍急的河流已经将他卷出了二十码开外。那些缅甸人漫无目的地沿着河堤上下奔走着，叫嚷着。弗罗利的眼睛与河水处于同一高度，看不到包围俱乐部的那群暴民，但他可以听见他们凶狠低沉的吼叫，在河里听起来甚至比在岸上更大声。等到他漂到武警驻地时，岸边似乎空无一人。他从河里挣扎了出来，踉跄着走过泥滩，左边的袜子被吸进了泥里。河堤下方不远处有两个老人正坐在一道篱笆旁边削尖篱笆的杆子，似乎方圆一百英里之内根本没有暴动发生。

弗罗利爬到岸上，爬过篱笆，脚步沉重地跑过月白色的练兵场，湿漉漉的裤子松松垮垮的。在一片吵闹声中，他发现驻地空荡荡的。右边的马槽里，威洛那几匹马正惊慌失措地踱着步子。弗罗利跑到路上，看到发生了什么事情。

整支警察部队，民警和武警，总共有一百五十人，拿着警棍从后面包抄那群民众。他们被完全吞没了。那群缅甸人实在是太密了，就像一大群蜜蜂不停地动来动去。到处都可以看到警察无助地想插入人群中，愤怒地挣扎着，但根本没办法通过，甚至拥挤得没办法使用警棍。人群纠结在一起，就像戴着帕里头巾、被海蛇缠身的拉奥孔[①]。有三四种语言在大吼大叫地谩骂着，灰尘扬天，汗臭味和万寿菊的香味几乎让人窒息——但似乎没有人受了重伤。那些缅甸人没有使用长刀，或许因为担心会招致警察开枪。弗罗利挤进人群，立刻就像其他人一样被吞没了。无数具身躯像海洋一样合拢吞没了他，将他推来搡去，撞击着他的肋骨，牲畜一样的热力几乎令他窒息。他就像做梦一样挣扎着往前走，觉得眼前的情景是那么荒谬而不真实。从一开始这场暴动就显得很滑稽，而最滑稽的是，这些缅甸人原本可以杀了他，现在他就在他们中间，他们反而不知所措。有的人冲着他的脸骂骂咧咧，有人推搡他，有人踩他的脚，有人甚至为他让路，因为他是一个白人。他不知道自己是在为了保命而殊死一搏，还是仅仅在挤过人群。他被堵了很久，完全无能为力，两只胳膊被夹在身边，然后他发现自己在和一个比他强壮得多的矮矮胖胖的缅甸人角力，然后十几个缅

① 拉奥孔(Laocoon)，《荷马史诗》中特洛伊城的祭司长老，曾告诫特洛伊人警惕“希腊人的礼物”，雅典娜女神派遣海蛇将他与两个儿子缠死。

甸人朝他涌来，将他挤进人群的最中央。突然间，他觉得右脚的大拇指一阵剧痛——有人穿着靴子踩到了它。那是一名印度武警，一个拉吉普特人，胖嘟嘟的，蓄着八字胡，头巾掉了。他正抓着一个缅甸人的喉咙，准备揍他的脸，光秃秃的脑门上汗水正滴落下来。弗罗利揪住那个印度武警的脖子，将他从那个缅甸人身边拉开，冲着他的耳朵吼叫着。他忘了怎么说乌尔都语，用缅甸语吼道："为什么你们不开枪？"

他等了好久都没听到那个人的回答。然后他听到了："胡库那啊亚！！"——"我没有接到命令！"

"笨蛋！"

这时另一群人朝他们涌来，他们被困住了，动弹不得。弗罗利意识到那个印度武警的口袋里有一个哨子，试着把它掏出来。最后，他把哨子拿了出来，吹响了尖利的哨声，但除非他们能到达一块开阔地，否则根本没有希望集结起队伍。要穿过这群人是极其困难的一件事情——就像在一片黏糊糊的、没颈深的海水中涉水前进。有好几次，弗罗利的四肢完全绵软无力，呆呆地站在那儿，任由人群包围着他，甚至逼着他往后退。最后，由于人群自发散去，而不是出于自己的挣扎，他发现自己闯到了一块开阔地。那个印度武警也出现了，还有十到十五个印度土兵和一个缅甸副督察。大部分印度土兵都累得双手叉腰，差点没累倒过去，拖着步子，他们的脚都被踩过了。

"起来！起来！拼命跑回警察局去！拿步枪和子弹过来。"

他激动得甚至说不出缅甸语，但那些土兵都明白他的话，迈着沉重的步子朝警察局走去。弗罗利跟在他们身后，在人群再度朝他涌来之前躲开他们。走到大门口的时候那些印度土兵正端着步枪折返回来，已经准备好开火了。

“请老爷下达命令！”那个印度武警喘着粗气。

“你过来！”弗罗利朝那个副督察喊道，“你会说乌尔都语吗？”

“会，长官。”

“告诉他们朝天开枪，高过人们的头顶。最重要的是要一起开枪。要让他们明白。”

那个胖乎乎的副督察乌尔都语甚至说得没有弗罗利好，他上蹿下跳比手划脚地解释了命令。印度士兵们举起步枪，山坡上响起了一阵怒吼和飘荡的回音。有那么一会儿，弗罗利以为他的命令被漠视了，因为最靠近他们的那群缅甸人像干草捆一样倒了下去。其实他们只是吓得倒在地上而已。印度士兵们第二次开火，但这已经不需要了。那群缅甸人立刻从俱乐部里涌出来，就像一条河流改道一样。他们从路那边汹涌而来，看到荷枪实弹的士兵挡住了他们的去路，试着逃回去，但前面的人和后面的人撞到了一起。最后，整群人朝外面散去，开始缓缓地走到练兵场上。弗罗利和印度士兵们缓缓地朝俱乐部走去，紧跟着那群散去的人。原先被包围的警察三三两两地回来了。他们的头巾都掉了，绑腿拖在身后，但只是被打得鼻青脸肿，伤势并不严重。民警们拖着几个囚犯。当他们来到俱乐部大院时那些缅甸人还在蜂拥而出，一群无穷无尽的年轻人像羚羊一样轻巧地越过树篱上的一个缺口。弗罗利看到天色已经很暗了。一个穿着白袍的小个子从最后一群人中走了出来，踉跄着跌倒在弗罗利的怀里。他是维拉斯瓦密医生，他的领带被扯掉了，但他的眼镜奇迹般的还没有碎。

“医生！”

“哎，我的朋友！哎，我快累死了！”

“你在这儿做什么？你刚才就在人群里面吗？”

“我试图制止他们，我的朋友。要不是有您，一切都没指望了。但我想，至少有一个人被这只拳头打上了标记！”

他伸出小小的拳头给弗罗利看上面受伤的关节。但现在天色太暗了。这时弗罗利听到身后一个人瓮声瓮气地说道：“嗯，弗罗利先生，一切都结束了！只是火药匣里的流光①罢了。您我二人就足以吓退他们了——哈哈哈！”

那个人是吴柏金，雄赳赳气昂昂地朝他们走来，手里拿着一根大棒，腰带上别着左轮手枪。他故意穿得衣衫不整——只着单衣和掸族长裤——让人以为他是匆忙从屋子里跑出来的。他一直躲着直到危险过去，现在又连忙跑出来邀功。

“干得真是漂亮，长官！”他热情洋溢地说道，“看看他们，狼狈地逃到山上去了！我们把他们打得溃不成军。”

“我们！”医生愤慨地喘着粗气。

“啊，我亲爱的医生！我没有想到你在这儿。难道暴动你也有份？你——冒着失去最宝贵的生命的危险！谁会相信这种事情？”

“你倒是很会挑时候现身。”弗罗利愤慨地说道。

“好了，好了，阁下，我们把他们赶跑了，这就够了。”他注意到了弗罗利的语气，带着满意的语气补充道，“你看，他们正朝欧洲先生们的府邸去了。我想他们可能路上想乘火

① 火药匣里的流光（a flash in the pan）是英语中的典故，指旧式的火枪点燃火药后火光一闪而现但子弹却没有打出去，中文根据情况可译为“昙花一现”、“虎头蛇尾”或“雷声大雨点小”，这里译者仍保留字面上的原意，以符合故事的情境。

打劫。”

你不得不佩服这个人的厚颜无耻。他把那根大棒夹在胳膊下面，几乎以主人家的姿态走在弗罗利身边，而医生被落在后面，觉得困窘不安。到了俱乐部的大门，三个人都停了下来。现在天色一片漆黑，月亮消失了。头顶上隐约有几朵乌云像一群牲畜向东边飘去。山丘上吹来一股几乎是凉飕飕的风，夹带着一股沙尘和淡淡的水蒸气而来，空气突然间弥漫着一股潮气。风速变快了，树木簌簌作响，然后重重地相互击打。网球场旁边的那棵赤素馨花大树洒落一地隐约可见的花瓣。三个人转身匆匆找地方躲起来，这两个东方人回自己的家，弗罗利回俱乐部。雨开始下了。

第二十三章

第二天，小镇比一座星期一早上的天主教城市还要平静。暴动之后总是这样。除了几个囚犯之外，每一个可能与围攻俱乐部有牵连的人都有严密的不在场证言。俱乐部的花园似乎被一群野水牛践踏过，但房屋都幸未遭到洗劫，欧洲人没有新的伤亡，只是事情过去之后他们发现拉克斯汀先生烂醉如泥地躺在台球桌下——他拿着一瓶威士忌躲到了那里。威斯特菲尔德和威洛大清早的时候回来了，逮捕了杀害麦克斯韦的凶手，或者说，带回了两个很快就会被绞死以报复麦克斯韦之死的人。当威斯特菲尔德听说了暴动的事情时，情绪很沮丧，但无可奈何。又发生了——一场真正的暴乱，而他竟然不在现场进行镇压！他似乎命中注定不能杀人。郁闷，真是郁闷。威洛只说了一句话，说弗罗利（身为平民）向武警下达命令，实在是“胆大包天”。

与此同时，雨几乎一直下个不停。弗罗利一觉醒来，听到雨滴重重地砸在屋顶上，起身穿好衣服，立刻出门了，弗洛跟在身后。在房子的视线之外他脱掉衣服，任凭雨水冲刷他赤裸的身体。他惊讶地发现身上到处是昨晚留下的瘀伤，但三分钟内雨水就将他的痱子冲刷得干干净净。雨水的治愈功效真是太美妙了。弗罗利走到维拉斯瓦密医生的家里，鞋子嘎吱嘎吱作响，头顶的阔边毡帽时不时就滴着水顺着他的脖子流下来。天空是铅灰色的，无数的雨云就像一队队骑兵，彼此追逐着穿过练兵场的上空。缅甸人戴着巨大的木帽经过他的身边，但身上仍然溅满了雨水，就像喷泉中的青铜神像。纵横交错的溪流已经将路上的石头冲刷干净。弗罗利到达的时候医生刚好回到家，站在凉台的栏杆上挥舞着一把湿漉漉的雨伞，兴奋地朝弗罗利嚷道：

“上来，弗罗利先生，快点上来！您来得正系时候。我正要开一瓶老汤米牌杜松子酒。上来，让我为您的健康干一杯，您系乔卡塔的拯救者！”

两人聊了很久。医生心情好极了，好像是昨晚发生的事情奇迹般地解决了他的麻烦。吴柏金的计划被挫败了。医生不再受他摆布——事实上，形势发生了逆转。医生对弗罗利解释道：

“您知道吗，我的朋友，这起暴动——或您在暴动中的高贵品行——可不在吴柏金的计划之内。他策划了那次所谓的造反，抢得了镇压造反的功劳，他以为任何暴动都只会带给他荣誉。有人告诉我，当他听到麦克斯韦先生的死讯时喜不自胜——”医生将拇指和食指夹在一起，“——我该怎么说好呢？”

“无耻之尤？”

“啊，是的，无耻之尤。据说他还想跳舞——您能想象那恶心的一幕吗？还高声说道：‘现在至少他们会把我策划的造反当回事了！’这就系他对人命的看法。但现在他的胜利到头了。暴动进行到一半的时候就被终结了。”

“怎么说？”

“难道您还不明白，因为平息动乱的功臣不系他，而系您哪！而大家都知道我系您的朋友。也就系说，我沾了您的光。

难道您不系当时力挽狂澜的英雄吗？昨晚上当您回到俱乐部的时候，您的欧洲人朋友难道没有张开双臂欢迎您吗？”

“我得承认，他们确实欢迎我。对我来说这倒是新鲜事。拉克斯汀太太对我大为倾倒，叫我‘亲爱的弗罗利先生’，现在她肯跟我打招呼了，倒是把矛头对准了埃里斯。她没有忘记埃里斯骂她是该死的老虔婆，还叫她不要像杀猪般尖叫。”

“啊，埃里斯先生有时候说话系过分了一点。我注意到了。”

“美中不足的是，我命令那些警察朝人群的头顶开枪，而不是直接朝他们开枪。这似乎违反了政府的规定。埃里斯对此有点恼火。‘你明明有机会，为什么不打死几个那些狗娘养的。’他说道。我指出，那样一来，人群中的警察可能会被打到，但他说他们只不过是些黑鬼。但是，他们原谅了我的罪孽。麦克格雷格引用了一段拉丁文——我想是出自贺瑞斯[①]的手笔。”

半个小时后，弗罗利走在去俱乐部的路上。他答应要去见麦克格雷格先生，解决选举医生进俱乐部这件事。现在这件事应该不难办了。在这次荒唐的暴动被遗忘之前，其他人都会听他的话。就算他到俱乐部发表称颂列宁的演说，他们也愿意忍受。美妙的雨倾盆而下，让他从头到脚都湿透了，让他的鼻孔里沁满在旱季被遗忘的泥土的芳香。他走在被毁坏的花园上，那个马里人弓着身子，雨水冲刷着他赤裸的脊背，将种百日菊的坑填平。几乎所有的花都被践踏殆尽。伊丽莎白在侧面的凉

① 昆图斯·贺瑞斯·弗拉库斯（Quintus Horatius Flaccus，公元前65—前27)，古罗马奥古斯都时期抒情诗人。代表作有《颂歌》、《讽刺作品》等。

台上，好像是在等候他。他脱下帽子，将上面的水从边缘倒下来，然后走过去见她。

“早上好！”他打招呼，因为雨水打在低矮的屋顶的声音很吵，于是抬高了嗓门。

“早上好！雨下得真大，不是吗？简直就是倾盆而下！”

“噢，这不是真正的雨季。你要等到七月份。整个孟加拉湾的水似乎就往我们头上倒，延绵不绝。”

似乎两人每次见面都离不开谈论天气。不过，说着这些陈词滥调的时候她的神情看上去很不一样。自从昨晚之后，她的态度完全改变了。他鼓起勇气。

“那块石头打中你的地方怎么样了？”

她对着他伸出胳膊，让他握住它。她的态度很温和，甚至很顺从。他意识到昨晚自己的拼搏让他几乎成了她心目中的英雄。她不知道其实那没有什么危险，而且她原谅了他的一切，甚至包括玛赫拉梅这件事，因为他在正确的时刻展现出了勇气。就像是那次赶走大水牛和捕猎豹子一样。他的心在胸膛里扑通扑通直跳。他的手顺着她的胳膊往下滑，抓住她的手指。

“伊丽莎白——”

“别人会看到我们的！”她说道，抽回了她的手，但并没有生气。

“伊丽莎白，我有话要对你说。你记得吗，我在丛林里给你写过一封信，几个星期前的事了，经过我们——？”

“记得。”

“你记得我在里面所说的话吗？”

“记得。很抱歉我没有回信。只是——”

“那时候我没有奢望你会回信。但我只是想让你记起我说过的话。”

当然，在信里他只是胆怯地说他爱她——会一直爱她，无论发生什么事情。他们面对面地站着，距离非常接近。冲动之下——他立刻采取了行动，后来他不敢相信这件事真的发生过——他将她搂在怀里，拉到身边。她乖乖地服从了，由得他抬起她的脸亲吻着她，然后她突然摇着头退缩了。或许是她害怕别人会看到他们，或许只是因为他的胡须被雨淋湿了。她什么也没说，挣脱他的怀抱，匆忙回到俱乐部里面。她看上去有点忧伤或内疚，但似乎没有生气。

他缓步跟着她走进俱乐部里，刚好碰到了心情非常愉快的麦克格雷格先生。他一见到弗罗利就亲切地大声问候道：“啊哈！征讨大英雄来了！”然后，他以更加严肃的态度继续恭维他。弗罗利趁机为医生美言了几句。他绘声绘色地描述着医生在暴动中的英勇表现。“他就在人群里，像一头猛虎那样勇猛地搏斗。”等等等等。这并没有过于夸张——因为医生确实冒着生命危险。麦克格雷格先生很是感动，而其他人听到这个故事也颇为感动。任何时候都一样，一位欧洲人的美言对一个东方人的影响比一千个他的同胞所说的话更管用。在这个时候，弗罗利的意见很有分量。基本上，医生的名誉恢复了。他将被选举为俱乐部的会员一事也基本上确定了。

但这件事还没有最终获得同意，因为弗罗利要赶回营地。当晚他就出发赶夜路，出发前他没能再见伊丽莎白一面。现在走在丛林里很安全，因为这一次徒劳无功的暴动显然已经结束了。雨季开始之后，很少有人谈论暴动这个话题——缅甸人都忙着耕田，这些水田需要大量的男性劳动力去耕种。弗罗利会在十天后返回乔卡塔，牧师每六个星期来一次，他得参加礼拜。而实情是，当伊丽莎白和威洛都在乔卡塔的时候他不想留在那里。但是，奇怪的是，所有的痛苦——所有之前一直折磨着他的卑鄙下流的嫉妒——在他知道她已经原谅了他的时候，统统一扫而空。现在只有威洛横亘在两人之间。即使想到她被威洛搂在怀里，他也几乎无动于衷，因为他知道事情总会结束的。可以很肯定的是，威洛绝对不会娶伊丽莎白。像威洛这种年轻人可不会娶在印度小官署驻地邂逅的没钱的姑娘。他只是在和伊丽莎白逢场作戏罢了。很快他就会离开她，而她会回到自己身边——弗罗利的身边。这已经够了——这比他原先设想的要好得多了。真爱是如此谦卑，在某种程度上说，谦卑得实在是可怕。

吴柏金快气疯了。这场失败的暴动令他猝不及防，而后来发生的事情也让他毫无准备，就好像有几把沙子被扔进了他精心设计的机器中。诬蔑中伤医生的勾当不得不重新开始。当然，这件事已经开始了，何拉沛得写一堆匿名信，不得不向办公室请了整整两天假——这一次的借口是支气管炎。医生被扣上一切罪名，从鸡奸到盗窃公家邮票。放走纳苏欧的那个狱卒现在被送上法庭接受审判，结果得意洋洋地无罪释放。吴柏金花了两百卢比贿赂那些证人。雪花般的信件堆在麦克格雷格先生的桌头，详细地指证维拉斯瓦密医生才是越狱的真正主谋，让一个无权无势的小吏当他的替罪羊。但是，结果令人很失望。麦克格雷格先生写给行政长官的汇报暴动的密件被用蒸汽熏开，里面的措词令吴柏金很震惊——麦克格雷格先生说医生在暴动的当晚“表现忠心可靠”——吴柏金召开了所谓的军事会议。

“现在是时候下一着狠棋了。”他对其他人说道——早饭前他们在凉台前边秘密开会，在场的有玛津、巴森和何拉沛——他年方十八，是个长相很机灵的小伙子，看上去是一个前途无量的年轻人。

“我们要砸烂一堵砖墙。”吴柏金继续说道，“而这堵砖墙就是弗罗利。谁能预料得到这个可耻的懦夫会为了朋友而坚守立场？但是，事情变成这样了。只要维拉斯瓦密有他撑腰，我们就拿他没办法。”

“我找俱乐部的领班谈过话，长官，”巴森说道，“他告诉我埃里斯先生和威斯特菲尔德先生仍然不希望医生当选为俱乐部会员。您认为等暴动这件事被遗忘后，他们会再和弗罗利吵一架吗？”

“他们当然会吵的，他们总是在吵架。但与此同时，大错已经铸成。想象一下，那个人当选为会员！我想要真是这样的话我会气死的。不幸的是，我们得走出最后一步棋。我们必须对付弗罗利！”

“对付弗罗利，长官！但他是个白人！”

“我才不管呢。以前我也毁掉过白人。一旦弗罗利名誉扫地，医生也就完蛋了。我要让他颜面尽失，不敢再踏足俱乐部半步！”

“但是，长官！他是个白人！我们能指责他什么呢？谁会相信对一个白人的指控呢？”

“你不懂谋略，哥巴森。没有人会指控一个白人，你得将他逮个正着。在大庭广众之下当场丢脸。我自有妙计。现在安静下来，让我好好想想。”

会议暂时中断了。吴柏金背着他那双小手，站在那儿凝视着雨幕，重心自然而然地落在臀部上。另外三个人从凉台的另一头看着他，被这番要对付一个白人的话吓住了，等候着聆听他们根本想不出来的应付这种情况的妙计。这一幕就像那幅熟悉的画作，（是梅索尼埃[①]的作品吗？）描绘拿破仑在指挥攻克莫斯科的战役，正在地图前沉思，而他麾下的元帅们默不作声地等候着，手里端着三角帽。当然，吴柏金应付这种情况要比拿破仑更加得心应手。两分钟内他就想好了计策。当他转过身时，脸上洋溢着欢乐。医生曾形容吴柏金想要跳舞庆祝，但他说错了。吴柏金的体格可不适合跳舞，要不是这样，在这个时候他早就跳起舞来了。他把巴森叫了过去，在他的耳边低语了几句。

“这步棋不错吧？”他总结道。

巴森的脸上不由自主地露出难以置信的大大的笑容。

“五十卢比应该就够了。”吴柏金微笑着补充道。

这个计划详尽地讲出来之后。其他人都听明白了，大家都喜不自禁地开怀大笑起来，甚至包括不苟言笑的巴森和打心眼里不赞成这件事的玛津。这个计划确实妙不可言，真是太有才了。

雨一直下个不停。弗罗利回到营地的第二天起雨一连下了三十八个小时，有时候像是英国的绵绵细雨，有时候就像瀑布一样倾泻而下，你会以为整个海洋的水都被吸到云朵里面去了。过了几个小时，屋顶叮叮咚咚的声音让人几乎要疯掉。在下雨的间歇，日头还是像以往那么毒，泥地开始干裂，冒出腾腾的蒸汽，每个人的身子都长出了一摊摊的痱子。雨季一开始

---

① 让-路易斯·厄尼斯特·梅索尼埃（Jean-Louis Ernest Meissonier，1815—1891），法国古典画家、雕刻家，以描绘拿破仑的戎马生涯而著称。

成群会飞的甲虫就破茧而出，有一种叫做臭臭虫的极其讨厌的虫子到处肆虐，数目极其惊人地侵袭家家户户，赖在餐桌上，搞得食物根本没法吃。威洛和伊丽莎白在傍晚雨不是很大的时候仍结伴去骑马。对于威洛来说，任何天气都一样，但他不喜欢看到自己的马沾得满身是泥。几乎一星期过去了。两人之间什么也没有改变——比起以前关系还是那样。虽然她坚信威洛会提出求婚，但他至今还没有开口。然后，一桩叫人担心的事情发生了。麦克格雷格先生在俱乐部透露消息说威洛准备离开乔卡塔，那帮武警仍将驻扎在这里，会有另一位军官过来接替威洛的位置，但没有人知道确切的时间。伊丽莎白的心悬在半空中。如果他真的要走，那他应该很快就会开口吧？她没有问他——甚至不敢问他是不是真的要走。她只能等着他开口。他什么也没说。然后，一天晚上，没有提前说一声，他没有在俱乐部出现。整整两天伊丽莎白没有见到他。

太可怕了，但根本无可奈何。几个星期来威洛和伊丽莎白形影不离，但从某种意义上说他们几乎是陌生人。他一直跟他们保持着距离——甚至没有到过拉克斯汀家里做客。他们和他不是很熟，没法到驿站去找他或给他写信，早上他也没有出现在练兵场上。他们不知所措，只能等待他自己出现。当他出现时，他会向她求婚吗？当然会的，他一定会的！伊丽莎白和她的婶婶坚信他会向她求婚（但两人从未公开说起过这件事）。伊丽莎白盼望着两人的下一次见面，盼得心都疼了。上帝啊，求求您，至少再让他呆上一个星期吧！如果她能再和他骑上四次马，三次也行——就算只有两次也行，或许一切就会好起来的。上帝啊，求求您，让他赶快回到她的身边吧！她不敢想象当他回来的时候只是和她道别！这两个女人每天傍晚会去俱乐部，在那儿一直坐到很晚，倾听着威洛的脚步声，又装出若无其事的样子。但他就是没有来。对情况了如指掌的埃里斯怀着恨意看着伊丽莎白当消遣。而最让人无法忍受的是，现在拉克斯汀先生不停地纠缠着伊丽莎白。他根本不理会后果，在仆人的眼前他也会拦住她，抓着她，以最恶心的方式捏一把掐一把。她唯一的手段就是威胁说要告诉婶婶。幸运的是，他太笨了，不知道她根本不敢这么做。

到了第三天的早上，伊丽莎白和她的婶婶来到俱乐部，正好躲过一场暴雨。刚在休息室坐了几分钟，他们就听到走廊里有人将鞋上的水跺掉的声音。两个女人心头一震，因为那个人可能就是威洛。接着，一个年轻人走进休息室，进来的时候正在解开一件长雨衣。他是个矮矮胖胖的乐天派的年轻人，看上去大约二十五岁，两边面颊肉嘟嘟的，长着牛油色的头发，额头很窄，后来大家发现他的笑声特别洪亮，吵得要命。

拉克斯汀太太不知嘟囔着什么——失望之下嘴里唠唠叨叨的。然而，那个年轻人立刻客气地向她们打招呼，他是那种跟任何人一见面就能混个自来熟的人。

“你好！你好！”他说道，“精灵王子驾临！希望我不会打扰到你们吧？我不是闯进家庭聚会或什么聚会了吧？”

“才不是呢！”拉克斯汀太太惊讶地回答。

“我是说——我觉得我得到俱乐部转转看看，习惯一下本地牌子的威士忌。我昨晚刚到。”

“您是被派驻到这儿来的吗？”拉克斯汀太太问道，觉得很奇怪——因为她们没有想到会有新的人员被派来。

“是的。真是我的荣幸。”

“但是我们还没有听说——噢，就是这样！我想您是林业部派来的吧？顶替麦克斯韦先生的位置吗？”

“什么？林业部？才不是呢！我是新的武警领队，你知道的。”

“什么？”

“新的武警领队。过来顶替亲爱的威洛。那个家伙接到命令回部队里去了。走得很匆忙，还把你们这儿搞得一团糟。”

这位武警领队是个大大咧咧的年轻人，但就连他也注意到伊丽莎白的脸色突然间变得很难看。她发现自己说不出话来。过了好几秒钟拉克斯汀太太才尖叫道：“威洛先生——要走了？那他应该还没走吧？”

“要走了？他已经走了！”

“走了？”

“嗯，我想说的是——火车半个小时后就会出发。他现在应该在火车站。我派遣了一支杂役队去帮他料理。得把他的马运上火车什么的。”

或许他还解释了什么，但伊丽莎白和婶婶一个字都没听进去。她们甚至没有向那位军警道别，十五秒钟后就走到前门的台阶上。拉克斯汀太太尖声叫来领班。

“领班！立刻把我那辆黄包车给叫到前门来！去火车站，车夫！”那个黄包车夫一来她就下达了命令，然后她在黄包车上坐好，用雨伞柄捅了捅他的背叫他出发。

伊丽莎白已经穿上了雨衣，拉克斯汀太太蜷缩在黄包车上她那把雨伞后面，但这两样东西都挡不了瓢泼般的大雨。还没走到人门口伊丽莎白的连衣裙就已经湿透了，黄包车几乎被风吹翻了，那个黄包车夫低着头，哼哼唧唧地奋力顶风前行。伊丽莎白心里十分苦恼。这是一场误会，一定是一场误会。他给她写了一封信，这封信寄丢了。就是这样，一定就是这样！他不可能就这么抛下她不管，连道别也没有就走掉！如果真是这样的话——不，就算到了这个时候她也不能放弃希望！当他在月台上最后一次看到她时，他绝不会那么绝情地抛弃她的！快到火车站的时候她躲在黄包车后面，各掐了自己两边面颊一把，希望恢复一丝血色。一队印度武警士兵匆忙走过，推着一辆手推车，单薄的制服湿成了几片碎布。这些人应该就是威洛的杂役队。感谢上帝，还有十五分钟。火车还有十五分钟才出发。感谢上帝，至少还有见他最后一面的机会！

她们来到月台上，刚好看到火车驶出月台，伴随着几声震耳欲聋的汽笛，开始逐渐加速。那个站长是个矮矮的黑胖子，正站在黄线上哀伤地目送着火车，一只手把防水料子的遮阳帽摁在头上，另一只手拦着两个聒噪的印度人，他们正缠着他不放，试图引起他的注意。拉克斯汀太太从黄包车上探出身子，激动地透过雨幕叫嚷着：

“站长！”

“夫人！”

“那趟火车去哪儿的？”

“那是去曼德勒的火车，夫人。”

“去曼德勒的火车！不可能的！”

“我向您保证，夫人！那的确就是去曼德勒的火车。”他朝她们走来，摘下遮阳帽。

“但威洛先生——那位警官呢？他应该不在上面吧？”

“在啊，太太，他已经出发了。”他朝火车扬了扬手，火车正急速消失在烟雨中。

“但火车还没有到时间啊！”

“没有，夫人。还有十分钟才到时间。”

“那它怎么走了呢？”

站长带着歉意左右挥舞着帽子，黑乎乎脏兮兮的脸看上去很忧伤。

“我知道，夫人，我知道！史无前例的事情！是那位年轻的武警长官命令我开动火车的！他说一切都准备好了，他不希望干等。我说这不合规矩。他说他才不理会什么规矩。我一再劝告他，但他一意坚持。总而言之——”

他比划着另一个手势，意思是威洛是那种一意孤行的人，连火车提前十分钟出发这种事情也做得出。他停了一停。那两个印度人以为自己的机会来了，突然间冲上前，一边哀号着一边把几本脏兮兮的笔记本递给拉克斯汀太太过目。

“他们想干什么？”拉克斯汀太太心烦意乱地叫嚷着。

“他们是草料贩子，夫人。他们说威洛中尉欠了他们一大笔钱就这么走了。一个是卖干草的，另一个是卖玉米的。不关我的事情。”

那辆远去的火车响了汽笛。它绕过路弯，就像一只屁股是黑色的毛毛虫一边走着一边回头看，然后消失了。站长湿漉漉的白色裤子可怜巴巴地在他的双腿间飘荡着。威洛提早启动火车是为了躲避伊丽莎白呢，还是躲避这两个草料贩子呢？这真是一个有趣的问题，但永远不会有答案。

两人回到路上，然后顶着大风走上山坡，风大得有时候两人被吹得往后退了好几步。走到凉台上的时候，她们已经快断气了。仆人们接过她们湿漉漉的雨衣，伊丽莎白甩掉头发上的雨水。自从离开火车站之后，拉克斯汀太太第一次开口说话。

“这下好了！在那些最粗野无礼的——极度让人讨厌

的……”

伊丽莎白脸色很苍白难看，虽然她的脸遭受雨打风吹，但她没有透露内心的感受。

“我还以为他会等着和我们道别的。”她冷冰冰地说道。

“信我说的话，亲爱的，你不要再理睬他了！……从一开始我就说过了，他是个最最可恶的年轻人！”

过了一会儿，她们洗完澡换上干净的衣服，坐下来吃早饭的时候感觉好多了，拉克斯汀太太说道：“让我想想，今天星期几来着？”

“星期六，婶婶。”

“啊，星期六。那位牧师今晚就到。明天有多少人会去出席礼拜呢？嗯，我想所有的人都会出席！多好啊！弗罗利先生也会在场。我想他说过他明天会从丛林里回来的。”她几乎是以怜爱的口吻说道，“亲爱的弗罗利先生！”

第二十四章

晚上快六点钟的时候，教堂六尺高的锡尖塔里，老玛图拽动着钟绳，那口滑稽的钟敲响了当当当当的钟声！落日的余晖被远处的雨云折射，为练兵场染上一层火红绚丽的光芒。今天早些时候下过雨，待会儿还会再下。乔卡塔的基督教信徒总共有十五人，都聚集在教堂的门口等待进行晚礼拜。

弗罗利已经到了。麦克格雷格先生戴着遮阳帽，一身灰色装扮。弗朗西斯先生和萨缪尔先生穿着刚洗过的军服，快活地四处走动——因为每六个星期举行一次的礼拜是他们生命中的重大社交活动。牧师个子很高，头发花白，长相苍白斯文，戴着夹鼻眼镜，站在教堂的台阶上，穿着教袍和法衣，这身行头他寄存在麦克格雷格先生的家里。四个脸膛赤红的克伦邦基督徒正朝牧师鞠躬示意，而牧师则和蔼而无助地微笑着，因为双方语言根本不通。还有另一个东方人基督教信徒——一个哀伤、黝黑的印度人，不知道是哪一个种族的，卑微地站在一边。有礼拜的时候他总是会到教堂来，但没有人知道他是谁，或为什么他会是一个基督徒。显然，他是从小就被传教士收养并接受了洗礼，因为成人时才皈依基督教的印度人几乎无一能坚持到底。

弗罗利可以看到伊丽莎白穿着淡紫色的连衣裙从山上下来，还有她的婶婶和叔叔。今天早上他在俱乐部和她见过面——在别人进来之前两人独处过一分钟。他只来得及问她一个问题：

“威洛走了吗——不回来了吗？”

“是的。”

没有必要再多说什么了。他只是搂住她，将她揽入怀里。她欣然接受，甚至有点高兴——他那张丑陋的脸就清晰地暴露在光天化日之下。有那么一会儿，她就像一个小孩子那样紧紧地搂住他，就好像当他是她的救主或保护神一样。他抬起她的脸亲吻她，惊讶地发现她在哭泣。当时没有时间说话，甚至没有时间说：“嫁给我好吗？”没关系，礼拜结束之后时间多得是。或许六个星期后牧师下次来的时候就会为他们主持婚礼。

埃里斯、威斯特菲尔德和那个新警官刚从俱乐部走过来，他们三个抓紧时间喝了几杯，酒力足以撑到礼拜结束。被派来顶替麦克斯韦的护林官跟在他们身后，是个脸色蜡黄的高个子，除了耳朵前面有两团鬓角一样的头发外，头顶全秃了。伊丽莎白来的时候弗罗利只来得及对她说一声“晚上好”。玛图看到大家都到齐了，停止了敲钟。牧师领着众人走进教堂里，麦克格雷格先生跟在后面，帽子搁在腹部的位置，后面是拉克斯汀一家和那几个本地基督徒。埃里斯捏着弗罗利的胳膊，喷着酒气在他耳边说道：

“来吧，列队。哭鼻子演习开始了。齐步走！”

他和那个警官走在人群的后面，手挽着手跳着舞步——晃动着肥胖的身躯模仿草裙舞。弗罗利和这两人坐在同一张长凳上，在伊丽莎白对面，她的右手边。这是他第一回冒着风险将胎记对着她。“闭上你的眼睛，数到二十五。”坐下来之后埃里斯低声说道，引得那个警察偷偷窃笑。拉克斯汀太太已经在脚踏式风琴那里就座，这架风琴还没有一张写字桌大。玛图站在门口，开始拉葵蒲扇——这把葵蒲扇的位置只能给前面欧洲人坐的那几排长凳扇风。弗洛嗅着过道走了过来，找到了弗罗利的长凳，躺在底下。礼拜开始了。

弗罗利只是偶尔会来参加礼拜。他只知道起立、跪下和在冗长的祈祷中嘟囔着“阿门”，埃里斯老是推搡他，凑到他那本赞美诗集后面低声说着亵渎神明的话。但他太高兴了，不去想这些事情。地狱释放了欧律狄斯[①]。黄色的光线从敞开的大门照射进来，为麦克格雷格先生宽厚的背上那件丝绸大衣染上一层金芒，仿佛是一件金缕衣。伊丽莎白就在窄窄的过道对面，与弗罗利如此接近，他可以听到她的裙子每一声沙沙作响，似乎可以感觉到她身体的温暖。但他连一次也没去看她，担心其他人会发现。脚踏式风琴发出战栗的尖叫，因为拉克斯汀太太用唯一能动的脚踏板踩了太多的空气进去了。歌唱声荒腔走板——麦克格雷格先生热情地放声歌唱，其他欧洲人有点害羞地嘟囔着，后面则是高亢却没有歌词的嗯嗯哦哦，因为那几个克伦邦基督徒会唱赞美诗的旋律，却不会歌词。

他们又跪了下来。“该死的下跪训练又来了。”埃里斯低声说道。天暗了下来，雨点轻轻地打在屋顶上，外面的树木簌簌作响，一蓬黄叶打着旋飞过窗户。弗罗利从指缝间看着这些树叶。二十年前，在冬季的星期天，在家乡的教堂长凳上，就像这个时候一样，他总是看到黄叶在铅灰色的天空映衬下飞舞飘动。难道现在就没有可能重新开始了吗？就当那些劣迹斑斑

① 欧律狄斯（Eurydice），古希腊神话中诗人奥菲斯的妻子。奥菲斯在欧律狄斯死后到地狱向冥王哈迪斯求情，以其美妙的音乐感动了哈迪斯。哈迪斯答应奥菲斯将妻子带回人间的请求，但一路不得回头。奥菲斯在接近地狱尽头时看到光亮，以为已到人间，回头时欧律狄斯变成了石像，永远留在了地狱。

的年头从来没有发生在他身上一样。他透过指缝打量着侧面的伊丽莎白，她正低头跪着，脸藏在她那两只长着雀斑的年轻的手里。等他们结婚了，等他们结婚了！他们将在这片陌生却亲切的土地上快快乐乐地生活！他看到伊丽莎白在他的营地里，当他下班回来浑身疲惫时迎接他，哥斯拉拿着一瓶啤酒匆匆从帐篷里出来，他看到她与他并肩走在森林里，观赏着菩提树上的犀鸟，采摘无名的野花，在泥泞的牧地上漫步穿过凉飕飕的薄雾去打鹬鸟和水鸭。他看到她重新布置过的家。他看到自己的客厅不再是个邋遢的单身汉的住所，而是摆着从仰光买来的新家具，桌子上摆着一碗就像玫瑰花瓣的粉红色的凤仙花，还有书籍、水彩画和一架黑色的钢琴。最重要的是那架钢琴！他的思绪在那架钢琴上流连——那是文明安逸的生活的象征，或许是因为他不懂音乐。他永远摆脱了过去十年来糜烂的生活——纵情酒色，说谎吹牛，承受被放逐和孤独的痛苦，与妓女、放印子钱的人和白人老爷们纠缠不休。

牧师走到权当布道坛的木头小讲台上，解开一卷布道稿的捆带，咳嗽了几声，然后开始布道。“以圣父、圣子和圣灵的名义，阿门。”

“看在上帝的分上，长话短说吧。”埃里斯喃喃说道。

弗罗利没有注意到过去多久了。布道的话语平和地掠过他的脑海，都是一连串含糊不清的嘟囔声，几乎听不见。他仍然在想，等他们结了婚，等他们结了婚——

你好！有什么事吗？

牧师说到一半时停了下来。他摘下了眼镜，正不悦地朝某个站在门口的人挥舞着。那边传来了可怕的沙哑尖叫：

“派克—桑沛—来克！派克—桑沛—来克！”

大家都从座位上跳了起来，转过身。那是玛赫拉梅。他们转过身的时候她走进了教堂里面，粗暴地将老玛图推到一边，朝弗罗利挥舞着拳头。

“派克—桑沛—来克！派克—桑沛—来克！是的，我就是要钱——婆利，婆利！（她把弗罗利说成了婆利。）那个坐在前面的人，黑头发的家伙！转过身来看着我，你这个懦夫！你答应给我的钱呢？”

她就像疯子一样尖叫着。人们看着她，惊讶得不知所措，也不知道说什么好。她的脸上涂着灰色的粉末，油腻腻的头发披散了下来，笼基的下摆破破烂烂的，看上去就像巴扎集市里尖叫的老女人。弗罗利的心似乎结冰了。噢，上帝啊，上帝啊！他们非得知道——伊丽莎白非得知道——这个女人曾经就是他的情妇不可吗？但根本没有搞错对象的希望。她一遍又一遍地喊着他的名字。弗洛听到熟悉的声音，从长凳下面爬起来，顺着过道走过去，朝玛赫拉梅摇晃着尾巴。这个可耻的女人正大声而详细讲述着弗罗利曾经对她做过的事情。

“看着我，你们这些白人，还有你们女人，看着我！看看他是如何把我摧残的！看看我穿的这身破烂衣裳！他就坐在那儿，这个骗子、懦夫，假装没看到我！他就让我像狗一样在他家门口挨饿。啊，但我会让他没脸做人！转过身来，看着我！看看这个你曾亲吻过一千次的身体——看着——看着——”

她开始将身上的衣服扯开——这是一个低俗的缅甸女人最恶毒的侮辱。那台脚踏式风琴发出一声尖叫，因为拉克斯汀太太的手惊厥地抽了一下。那些人终于反应过来了，开始骚动起来。牧师刚才一直在徒劳地抱怨着，现在调整好了腔调，“把这个女人赶出去！”他厉声说道。

弗罗利脸色惨白。事情一发生的时候他就已经转过了头，咬紧牙关拼命装出毫不在乎的样子。但这没有用，根本没有用。他的脸苍白得像骨头，额头闪烁着汗水的微光。弗朗西斯和萨缪尔或许是生平第一次做了一件有意义的事情，突然间从长凳上跳起来，抓住玛赫拉梅的胳膊，将她拖到外面去，但她仍然尖叫着。

最后，他们把她拖到了听不见她叫嚷的地方，教堂里一片寂静。刚才那一幕实在是太激烈了，太下流了，每个人都为之心颤。连埃里斯看了也觉得恶心。弗罗利一言不发动也不动。他坐在那儿，紧盯着祭坛，脸色铁青，那块胎记看上去就像一摊闪闪发亮的蓝色颜料。过道对面的伊丽莎白瞥着他，反感的情绪几乎令她感觉到生理上的恶心。玛赫拉梅刚刚说了些什么她一个字也没听懂，但那一幕的意思她完全明白。想到他曾经是那个灰头土脸的疯女人的情人令她从骨子里不寒而栗。但比那更糟糕的，比任何事情更糟糕的是，此刻的他是如此丑陋。他的脸吓坏了她——那么苍白、僵硬、苍老，就像是一个骷髅头。只有那块胎记似乎是上面的活物。现在她极其讨厌他那块胎记。直到这时她才觉得这块胎记是那么不光彩，那么不可原谅。

就像鳄鱼一样，吴柏金朝敌人最脆弱的部位发起了进攻。毋庸讳言，这一幕的背后主谋就是吴柏金。和往常一样，他抓住机会，精心地唆使玛赫拉梅做出这一系列举动。牧师的布道草草了之。布道一结束弗罗利就快步走到外面，没有看其他人一眼。感谢上帝，天就快黑了。走出教堂五十码开外他停下脚步，看着其他人双双对对地朝俱乐部走去。他觉得他们走得很匆忙。啊，他们当然要去那里！今晚俱乐部有话题可以谈论了！弗洛肚皮朝天在他的脚边打滚，要他陪它玩游戏。“滚开，你这该死的畜生！”他踢了它一脚。伊丽莎白在教堂门口停了下来。麦克格雷格先生似乎正向她介绍牧师——真走运。过了一会儿，两人朝麦克格雷格先生的家里走去，牧师今晚会在他家里过夜。伊丽莎白跟在别人后面，相距有三十码远。弗罗利跑在她后面，几乎在俱乐部的大门口赶上了她。

“伊丽莎白！”

她转过头看到是他，脸色苍白，本想不发一言地匆匆走开，但他如此着急，抓住她的手腕。

“伊丽莎白！我必须——我有话和你说！”

“放开我，好吗？”

两人开始挣扎，然后骤然停了下来。两个克伦邦人刚走出教堂，站在五十码开外的地方，饶有兴味地在半暗的天色中看着他们。弗罗利压低声音说道：“伊丽莎白，我知道我没有权利以这样的方式拦住你。但我有话对你说，我有话要说！请听我说。不要离开我，求求你！”

“你在干什么？为什么你要抓住我的胳膊？赶快放开我！”

“我会放开你的——好了，瞧！但请听我说，求求您！回答我这个问题，发生了这件事情，你能原谅我吗？”

“原谅你？你什么意思，原谅你？”

“我知道自己颜面扫地。这是最卑劣的事情！但是，从某种意义上说，这并不是我的错。等你冷静下来之后你就会明白的。你觉得你可以原谅这件事吗？——不是现在，这件事太恶劣了，但以后呢？”

“我真的不知道你在说什么。原谅这件事？这件事和我有什么关系？我觉得这件事很恶心，但不关我的事。我不明白为什么你要问我这么一个问题。”

听到这番话他几乎绝望了。她的语调，甚至她的措辞，和上一次两人吵架时一模一样。同样的事情又发生了。她不想听他解释，准备躲开他——声称他没有权力要求她做什么，以此冷落他。

“伊丽莎白！请你回答我。请对我公平！这一次事情很严重。我没有指望你能立刻重新接纳我。当我在大庭广众之下蒙受了这般耻辱，你做不到。但是，说到底，你都答应嫁给我——”

“什么？答应嫁给你？我什么时候答应嫁给你了？”

“我知道没有明说。但那是你我之间的默契。”

“我们之间根本没有什么默契！我觉得你是在胡搅蛮缠。我现在要去俱乐部。晚安！”

“伊丽莎白！伊丽莎白！听我说。你不听我的解释，对我不公平。你以前就知道我做过什么，也知道在我遇到你之前过着不一样的生活。今晚发生的这件事只是一桩事故。那个卑鄙的女人，我承认，曾经是我的——”

“我不想听，我不想听这些事情！我要走了！”

他又抓住她的手腕，这一次抓得很牢。幸运的是，那几个克伦邦人已经走了。

“不行，不行，你听我说！我宁可惹你生气，也不能让这件事就这么不明不白。这件事已经持续好几个星期，好几个月了，我一直没办法向你直接倾诉。你似乎不知道也不在乎你让我有多么痛苦。但这一次你得给我一个交待。”

她拼命想挣脱他，而且力气大得惊人。她的脸因为气愤而变得十分狰狞，是他原先根本无法想象的。她是如此痛恨他，要是能够挣脱双手，她会狠狠地揍他。

“放开我！噢，你这只禽兽，你这只禽兽，放开我！”

“我的天哪，我的天哪，我们竟然像这样打起来了！但我还能怎么办？我不能让你不听我解释就走掉。伊丽莎白，你一定得听我解释！”

“我不听！我不想争论这件事！你有什么权利质问我？放开我！”

“原谅我，原谅我！就这么一个问题。你愿意——不是现在，是以后，等这件卑劣的事情被遗忘之后——你愿意嫁给我吗？”

“不，绝不，绝不！”

“你不许这么说！别说得这么肯定。你现在可以拒绝我——但一个月后，一年后，五年后呢——”

“我不是说过不会吗？为什么你老是一再追问？”

“伊丽莎白，听我说。我一次又一次地试图让你知道你对我的意义——噢，那是语言根本无法形容的！但请你尝试着理解我。我不是告诉过你我们在这里所过的生活吗？那种可怕的、醉生梦死的生活！堕落、孤独、自怜自伤？试着理解那意味着什么，而你是世界上唯一能将我拯救出来的人。”

“你肯让我走吗？为什么你非要搞得如此难堪？”

“当我说我爱你的时候，难道你无动于衷吗？我不相信你真的理解我想要从你身上得到什么。假如你愿意，我们结婚后我答应不会碰你。我甚至不会有那种想法，只要你能和我在一起就好。但我没办法孤独地活下去，总是那么孤独。难道你就不能原谅我吗？”

“不原谅，绝不原谅！就算男人都死光了我也不会嫁给你。我宁愿嫁给——一个扫地的！”

这时她开始哭泣。他知道她是说真的。他自己的眼眶里也泪水盈盈。他又说道：

“最后一次。请记住，在这个世界能有一个人爱你并不容易。请记住，虽然你会找到比我更年轻、有钱、方方面面都更加优秀的男人，但你不会找到比我更在乎你的人。虽然我不是有钱人，至少我可以为你营造一个家。我们可以过着——温文优雅的——”

“说够了吗？”她更加平静地说道，“趁别人还没来，你能放开我吗？”

他松开了她的手腕。他失去了她，这是肯定的。他再次看到原先想象中的家，那是幻觉，痛苦而清晰。他看到他们的花园，伊丽莎白在小路上那丛长到她肩膀高的硫黄色的夹竹桃旁边喂尼禄和鸽子。客厅的墙上挂着水彩画，摆着凤仙花的瓷碗倒映在桌面上，还有那个书架，还有那架钢琴。那架不可能会有的虚幻的钢琴——象征着这桩意外所毁灭的一切！

“你应该买一架钢琴。”他绝望地说道。

“我不弹钢琴。”

他放开了她。再继续下去也没有意义。刚一摆脱他，她就拔脚跑进了俱乐部的花园，她讨厌见到他。在树丛间她停下脚步，摘下眼镜，拭去脸上的泪痕。噢，这只禽兽，这只禽兽！他抓得她的手腕好疼。噢，他真是一只无法形容的禽兽！她想起在教堂里看到的他那张脸，面色蜡黄，那块丑陋的胎记在上面闪闪发光，她巴不得他去死。让她觉得惊骇莫名的并不是他所做的事情。他就算做出上千件卑劣的事情她都可以原谅他。

但这耻辱下流的一幕，还有当时他那张狰狞丑陋的脸，这一切让她无法原谅他。最终毁灭他的，正是那块胎记。

婶婶听说她拒绝了弗罗利会很生气的。还有她的叔叔和他的猥亵——她不能再和这两个人生活下去了。或许，最终她只能单身一人回英国。黑甲虫！不要紧。任何事情——独身、苦差，什么都行——都要比嫁给弗罗利好。她绝对不会委身一个名誉扫地的男人！她宁可去死，还恨不得早点死。如果说一个小时之前她曾经有过利益盘算的想法，她已经将它们忘记了。她甚至不记得威洛抛弃了她，嫁给弗罗利将挽回她的颜面。她只知道他名誉扫地，根本算不上是一个男人，而且她痛恨他，就像她痛恨麻风病人或疯子一样。这一本能比理性甚至利己动机都更加深刻，她无法背叛这一本能，就像她无法停止呼吸一样。

弗罗利来到山上，他没有跑，但以最快的速度走路。他要做一件事情，而且得尽快完成。天色已经开始变得很黑。可怜的弗洛到现在还没有意识到事态的严重，紧紧地跟在他的脚边，自怨自艾地呜咽着，它是在责怪他刚才踢了它一脚。他走上小径时，一股风从那丛芭蕉树吹来，摇晃着破破烂烂的树叶，带来一股潮湿的味道。又要下雨了。哥斯拉已经准备好了晚餐的饭桌，正把几只自寻死路死在汽油灯下的甲虫撣掉。显然，他还没有听说教堂的那一幕。

“至圣的主人的晚饭准备好了。至圣的主人现在用膳吗？”

“不了，等会儿吧。把灯给我。”

他拿着灯，走进卧室，关上了门。一股陈腐的灰尘和香烟的味道扑面而来，在汽油灯跳动的白色灯光中他可以看到那些发霉的书籍和墙上的壁虎。他还是回到了这里——回到了以前的隐秘生活——发生了这些个事情，他还是回到了原来的起点。

难道他不能忍受这种生活吗？以前他也忍受过。慰藉的手段有很多——书籍、花园、酗酒、工作、召妓、打猎、和医生聊天。

不，这种生活再也无法忍受下去。自从伊丽莎白来了之后，他一度以为已经死去的、承受苦难和心怀希望的能力又焕发了新生。他原本沉溺其中的那自我麻痹的半梦半醒被打破了。如果现在他觉得痛苦，将来还会有更痛苦的事情。很快就会有人娶她。他可以想象出那幅情景——当他听到消息的那一刻！——“你听说了吗，拉克斯汀家的那个闺女终于嫁出去了？嫁给了又老又丑的某某，已经订好了教堂，愿上帝保佑他。”等等等等。还有那些漫不经心的问题——“噢，真的吗？什么时候结婚呢？”——他还得板着一张脸，装作不感兴趣。然后，她的婚期一天天接近，她的大喜日子——啊，不要！可恶，太可恶了。睁开你的眼睛看清楚吧。可恶。他从床底下拖出他那口锡军服箱，掏出自动手枪，往弹夹里装上一排子弹，把一颗子弹拉进枪膛里。

他在遗嘱里提到了哥斯拉。现在还剩下弗洛。他把手枪搁在桌子上，走到外面。弗洛正在厨房的阴凉处和哥斯拉的小儿子巴辛玩，仆人在那里生过火，留下一堆灰烬。它在他身边雀跃着，露出小小的牙齿，假装要咬他，而那个小男孩的肚子被余烬映成了红色，轻轻地拍打着它，笑个不停，却又有点害怕。

“弗洛！过来，弗洛！”

它听到了他的叫唤，乖乖地过来了，然后在卧室门口停了下来。它似乎察觉到有什么不对劲，往后退了几步，惊恐地站在那儿抬头望着他，不肯走进卧室。

“进来！”

它摇晃着尾巴，但没有挪步。

“过来，弗洛！弗洛乖！过来！”

弗洛突然吓坏了，耷拉着尾巴呜咽着，往后缩着身子。“过来，你这该死的！”他叫嚷着，抓住它的颈圈，把它拖进了房间，关上了房门，然后走到桌子那里拿起手枪。

“不要过来！乖乖听话！”

它趴在地上，呜咽着请求原谅，让他听了心里隐隐作痛。“过来，老姑娘！亲爱的老弗洛！主人不会伤害你的。过来！”它慢慢地匍匐到他脚边，肚子趴在地上，低着头似乎不敢看他，嘴里叫唤着。当它来到一码开外的时候，他开了一枪，将它的脑壳轰成碎片。

它那碎裂的脑浆看上去就像红色的天鹅绒。他自己将会变成这样吗？那就打心脏吧，不打脑袋了。他可以听到仆人们叫嚷着从他们住的地方跑过来——他们一定是听到了枪声。他匆匆扯开上衣，将枪口抵在衬衣上。一只就像是明胶做成的半透明的小蜥蜴正顺着桌沿逼近一只白蛾子。弗罗利的拇指扣下了扳机。

哥斯拉冲进房间，刚开始他只看见那只死狗，接着他看到主人的脚，脚跟朝上，从床那头伸了出来。他朝别人喝令别让孩子进房间，所有人都惊叫着从门口跑了回去。哥斯拉跪在弗罗利的尸身后面，与此同时，巴沛从凉台冲了进来。

“他是开枪打死自己的吗？”

“我想是的。把他翻过来。啊，看那儿！快去找那个印度医生！有多快跑多快！”

弗罗利的衬衣上面有一个小洞，和铅笔穿透一张吸墨纸差不多大。显然，他已经没救了。哥斯拉费劲地把他拖到床上，因为其他仆人不愿意触摸到尸体。二十分钟后医生来了。他只是隐约听说弗罗利受伤了，风驰电掣地骑着单车冒雨上山，把单车扔在花床上，快步冲过凉台。他气喘吁吁的，透过眼镜没办法看清周围。他摘下眼镜，眯着近视眼瞄着那张床。“怎么了，我的朋友？”他焦虑地问道，“您哪里受伤了吗？”接着，他走近了一些，看到躺在床上的尸体，吓得尖叫一声。

“啊，这是怎么回事？他怎么了？”

医生跪了下来，扯开弗罗利的衬衣，把耳朵放在他的胸膛上。他的脸上露出悲恸的神情，抓住尸体的肩膀摇晃着，似乎这样就可以把他摇活过来。他的一只胳膊软趴趴地垂在床脚边。医生把它放了回去，然后双手握着那只死气沉沉的手，突然间涕泪交流。哥斯拉站在床脚边，棕色的脸庞上布满了皱纹。医生站了起来，然后不知所措，靠在床柱上怪诞地放声大哭，背对着哥斯拉。他那肥厚的肩膀颤动不停。很快他恢复了自制，转过身来。

“这是怎么一回事？”

“我们听到两声枪响。他开枪打死了自己，这一点可以肯定。我不知道为什么他要这么做。”

“你怎么知道他是故意这么做的？你怎么知道这不是一次事故？”

哥斯拉默默地指着弗洛的尸体作为回答。医生想了一会儿，然后用他那双温柔而熟练的手将尸体包在被单里，把头和脚的部位打上结。他一死那块胎记也立刻褪色了，变成了一摊淡淡的灰斑。

“立刻把狗给埋了。我会告诉麦克格雷格先生这件事是意外，他在擦枪的时候枪走火了。一定要把狗给埋了。你的主人是我的朋友。他的墓碑上不能写着他是自杀的。”

第二十五章

幸运的是，牧师还在乔卡塔，因此他在第二天晚上上火车之前以合乎礼仪的方式主持了葬礼，甚至还对死者的美德进行了一番简短的褒扬。所有死掉的英国人都是好人。“死于意外”是官方的说法(维拉斯瓦密医生以他的法医技能证明，现场的情况表明这是一场意外)，墓碑上刻出了死因。当然，不是所有人都相信这一番说法。弗罗利真正的墓志铭是那些难得才会被提到的闲谈——因为一个客死缅甸的英国人总是很快就被遗忘——“弗罗利？噢，是的，那个皮肤黝黑的家伙，长了一块胎记。1926 年的时候在乔卡塔他打枪打死了自己。人们说是为了一个女孩。可怜的傻瓜。”或许除了伊丽莎白之外，没有人为这件事感到吃惊。在缅甸有很多欧洲人自杀，这种事情已经司空见惯了。

弗罗利的死带来了几个结果。第一件事，同时也是最重要的事情，就是维拉斯瓦密医生的前途毁了，就像他所预料的那样。作为一位白人的朋友的名望——就是靠着这一名望他以前躲过一劫——已经消失了。确实，弗罗利和其他欧洲人的关系一直不太好，但他始终是一个白人，他的友谊带给了医生名望。随着他的身故，医生的毁灭就是板上钉钉的事情了。吴柏金耐心地等候了一段时间，然后再度发难，比以前更加猛烈。不到三个月他就让乔卡塔的每个欧洲人都认定医生是个彻头彻尾的恶棍。没有公共质询对医生展开——吴柏金非常小心，不让这种事情发生。就连埃里斯也不知道到底医生做了什么见不得人的事情，但大家都认为他就是个恶棍。渐渐地，大家对他的疑心被归结为一个缅甸词语——“朔德”。大家都说维拉斯瓦密医生是个聪明的小家伙——是个挺不错的本地人医生——却是个彻头彻尾的“朔德”的家伙。“朔德”确切的意思是“不可信任”，当一个本地官员被认为是“朔德”的人，他就玩完了。

医生一直害怕的高层内幕操作发生了，他被降格为助理医师，调到曼德勒综合医院。他一直呆在那儿，而且很有可能一直呆下去。曼德勒是一座很不适宜居住的城市——烟尘滚滚，而且炎热难耐。据说那里盛产五样东西：佛塔、流放者、猪、牧师和妓女——医院的日常工作极其枯燥无聊。医生就住在医院外面的一座热得像烤炉的小平房里，周围用瓦楞铁皮圈了起来。晚上他经营私人诊所，帮补减少的收入。他加入了一间印度律师经常光顾的三流俱乐部。这间俱乐部标榜有一位欧洲人会员——一个名叫麦克都盖的格拉斯哥电工，因为酗酒被伊洛瓦底江航运公司开除，如今在一间修车行打零工。麦克都盖是个不学无术的笨蛋，只对威士忌和电磁机感兴趣。医生从来不相信一个白人会是白痴，几乎每晚都尝试着和他进行一番他称之为“斯文人的对话”，但总是败兴而归。

按照弗罗利的遗嘱安排，哥斯拉继承了四百卢比，他和家人在巴扎集市开了一间茶店。但小店倒闭了，这是肯定的，因为他那两个老婆一天到晚老是吵架，哥斯拉和巴沛不得不重新回去当仆人。哥斯拉很有经验，除了会拉皮条、和放印子钱的人打交道、把喝醉酒的主人扶上床并在第二天早上用生鸡蛋给主人醒酒，还会缝补衣服、装填子弹、照顾马匹、熨西装、用切成碎片的菜叶和染了色的米粒摆出精美复杂的造型装点餐桌。他一个月可以挣到五十卢比，但他和巴沛在服侍弗罗利的时候变懒了，总是被人解雇，工作换了一份又一份。他们挨了一年的穷苦生活，小巴辛得了咳病，最后在一个闷热的夜晚咳死了。现在哥斯拉在仰光一间米铺当跑腿，老板的老婆神经兮兮的，总是不停地抱怨。巴沛在同一间米铺卖米，一个月的工资是十六卢比。玛赫拉梅进了曼德勒的一间窑子。她不再是个美女，客人只付她四亚那，有时还对她拳打脚踢。或许她比别的妓女更加痛苦，因为她怀念弗罗利在世时美好的时光，那时候她太傻了，没有把她从他身上捞到的钱存起来。

吴柏金实现了几乎所有的梦想，但有一个梦想落空了。医生身败名裂之后，吴柏金成为俱乐部会员候选人中的唯一人选，而他也确实被选上了，虽然埃里斯极力反对。最后，其他欧洲人都很高兴选了他入会，因为他是个不惹人嫌的新会员。他不是很经常到俱乐部去，特别会讨好人，还请客喝酒，而且很快就成为了一名桥牌高手。几个月后，他升官调离了乔卡塔。在退休前整整一年担任行政副长官，而那一年他收受了两万卢比的贿赂。退休一个月后，他被传召到仰光，接受印度政府授予他的勋章。

正式接见的那一幕实在是令人感动。接见台上悬挂着旗帜和鲜花，英国总督穿着礼服，在御座上正襟危坐，身后是一群侍从武官和高官大臣。大厅里到处站着身材高大蓄着胡子的总督亲兵，手执吊着三角旗的长矛，就像一具具闪闪发光的蜡像。外面有一支乐队时不时奏响音乐。楼座里坐着满心欢喜的缅甸夫人小姐们，都穿着白色长袖上衣，戴着粉红色的头巾。大厅里有一百多位男士等候着接受勋章，有穿着鲜艳的曼德勒式笼基的缅甸官员、缠着金布头巾的印度人、全副戎装并佩戴着叮当作响的佩剑的英国军官，还有花白的头发在脑后打了个髻、肩膀上挂着银柄长刀的上了年纪的部落头人。一位秘书以高亢清晰的声音宣读受勋的名单，有的人接受从爵士勋章，也有的人接受印着银版浮雕字体的嘉奖状。很快就轮到吴柏金了，秘书宣读他的嘉奖状上面的内容：

“今有吴柏金卸任行政副长官一职，任内尽忠职守，更兼平定乔卡塔民乱有功，兹特颁发此状，以示嘉许”云云。

然后两个仆人走上接见台，他们的职责是帮着扶吴柏金站起身，而吴柏金蹒跚着走上接见台，弯腰到肚皮能够承受的角度鞠了一躬，然后按照礼仪接受了嘉奖和祝贺，楼座上的玛津和其他支持者热烈地鼓掌庆祝，挥舞着手巾。

吴柏金达成了一个凡人所能成就的事业。现在是时候为来世着手准备了——简而言之，就是该开始修建佛塔了。但不幸的是，这时他的计划出了岔子。接受政府接见三天后，那些赎罪的佛塔还没来得及铺下一块砖头，吴柏金中风了，再也未能说一句话就死掉了。真可谓天网恢恢疏而不漏。这桩不幸让玛津伤透了心。就算她自已修建起佛塔，对吴柏金已是于事无补，只有自己修建佛塔才可以积累功德。想到吴柏金现在的去处她就觉得痛心疾首——在只有神明才知道的充斥着烈焰、黑暗、毒蛇和恶鬼的地狱里徘徊。就算他逃脱了最可怕的惩罚，他一直害怕的另一件事也可能已经发生，他轮回转世，变成了一只老鼠或青蛙。或许这个时候一条蛇正把他吞食掉。

至于伊丽莎白，事情没有她预料的那么糟糕。弗罗利死后，拉克斯汀太太立刻放下了伪装，公开说这个可恶的地方没有合适的男人，唯一的希望是去仰光或眉苗住上几个月。但她不能让伊丽莎白独自去仰光或眉苗，而和她一起去意味着由得拉克斯汀死于酗酒。几个月过去了，雨季达到了高潮，伊丽莎白下定决心她得回英国，身无分文，尚待字闺中——这时，麦克格雷格先生向她求婚。这个想法他已经酝酿多时。事实上，弗罗利死后他一直在等候着合适的机会。

伊丽莎白高兴地接受了他。或许他的年纪大了一点，但行政署长可是很有地位身份的人——比起弗罗利，他是个更好的结婚人选。两人都非常开心。麦克格雷格先生总是那么古道热肠，而结婚后他变得更加和蔼可亲。他的声音没有那么洪亮了，而且放弃了晨运。伊丽莎白成熟得很快，她与生俱来的冷漠刻毒越来越彰显，仆人们都很怕她，虽然她不会说缅甸语。她熟读《民政官名录》，总是举办令人陶醉的晚宴，知道如何接待那些下属官员的老婆——换句话说，她十分胜任上天安排给她的位置，很有白人太太的范儿。

作品题注

创作背景：

1921 年 12 月，奥威尔离开伊顿公学，由于成绩不佳，无望获得大学深造的奖学金，在与家人商议后，奥威尔决定到英国的亚洲殖民地，加入皇家印度警察部队。奥威尔顺利通过警察部队的招考，因为外祖母在缅甸生活，他选择了到缅甸服役。1922 年至 1927 年，奥威尔在缅甸担任皇家印度警察部队的警官。先是在曼德勒和眉苗受训，然后先后被派驻苗安妙、端迪、沙勉、永盛、毛淡棉、卡萨等地。本书中的乔卡塔小镇据信便是奥威尔根据他于 1926 年至 1927 年驻守卡萨的经历虚构而成。与大多数“白人老爷”不同，奥威尔在缅甸期间与当地人民有密切的交往。根据他的同事罗杰 · 比顿的讲述，“布莱尔（奥威尔原名）能够自如地与缅甸牧师进行交流……而且他还做了刺青，在每个指关节上纹了一个小小的蓝圈。许多缅甸人相信这样的纹身能够保佑他们不会被子弹打中或被毒蛇咬到”。奥威尔对自己在大英帝国体制中所扮演的角色一直感到内疚，而且在缅甸因为性格不合群而郁郁寡欢。而且他之所以被调至卡萨，是因为他射杀了一头大象（见《奥威尔杂文集》第二部），而大象是木材公司的宝贵运输工具。他的妻子索尼娅 · 布朗内尔也在奥威尔传记中证实奥威尔射杀大象是真有其事。1927 年，奥威尔罹患登革热，获准回国疗养，在英国疗养期间，奥威尔决定离职，并开始从事文学创作。

《缅甸岁月》的创作历经数年。在1928年至1929年奥威尔客居巴黎时就开始动笔，至1932年居住在南沃尔德期间仍在创作。1934年他将书稿交给经纪人列奥纳德·摩尔，曾出版奥威尔的《巴黎伦敦落魄记》的维克多·戈兰兹出版社曾拒绝出版此书，因为担心会被指控诽谤政府。基于同样的理由，海尼曼与凯普出版社也拒绝出版。这时，美国哈珀斯出版社的总编辑尤金·萨克森来到伦敦，摩尔安排他与奥威尔会面。萨克森同意出版此书，但要求对内容进行修改。1934年10月25日，《缅甸岁月》在美国出版，并于12月再版。1935年，维克多·戈兰兹出版社表示愿意出版《缅甸岁月》，但前提是奥威尔必须对小说中的人名进行改动，以回避影射诽谤的嫌疑。奥威尔勉强同意了这些要求，进行了改动。最初在英国出版的《缅甸岁月》中，维拉斯瓦密医生的名字改为穆卡斯瓦密医生，拉克斯汀夫妇改为拉提莫夫妇，吴柏金改为吴柏兴（本书中的人名沿用奥威尔最初定稿的名字）。1935年6月24日，维克多·戈兰兹出版社出版了内容经过部分删改的英国版本。

1946年，奥威尔在《缅甸岁月》的再版序文中写道："我要说的是，它在某些方面的描写并不公允，而且有些细节不是很准确，但大体上我只是陈述我亲眼目睹的事实。"在奥威尔的坚持下，《缅甸岁月》重新采用了美国版本中的原名和恢复了被删减的内容，最初的定稿成为标准英文版本。

作品评价：

《缅甸岁月》于1934年10月25日出版，首印2 000本，但四个月后的销售盘点表明只卖出了将近1 000本，而且在《纽约先驱论坛报》上得到负面的评价。但奥威尔的友人西里尔·康纳利[1]于《缅甸岁月》在英国出版时在《新政治家》上为它写了一篇正面的书评。

2012 年，缅甸信息部授予《缅甸岁月》国家文学奖（外国翻译文学类），该奖是缅甸国内规格最高的文学奖项。

情节梗概：

《缅甸岁月》开头写到，贪赃枉法的缅甸小镇乔卡塔地区法官吴柏金筹谋摧毁印度籍典狱长兼民政医务官维拉斯瓦密医生的名誉。维拉斯瓦密医生与约翰·弗罗利是好友，因为后者是“白人老爷”，医生也因此沾光，并希望凭借这份关系入选为欧洲人俱乐部的会员，以此抵御吴柏金对他名誉的诋毁。吴柏金向欧洲人投匿名信，攻讦维拉斯瓦密医生怀有不忠思想及种种罪名，甚至是某个村子叛乱的主谋。

约翰·弗罗利在木材公司任职，小时候在公立学校的教育背景和多年来流浪异国他乡的经历造就了他孤僻内向的性情，并对英国殖民体制心怀不满，因与维拉斯瓦密医生为友而在欧洲同伴中人缘不佳。弗罗利有一个缅甸情妇玛赫拉梅，但两人并无感情。英国女孩伊丽莎白因双亲亡故，到乔卡塔投靠叔叔拉克斯汀，第一天出行时不小心触怒了从未见过的缅甸水牛，幸得弗罗利解救。弗罗利对伊丽莎白一见钟情，希望能与她共同生活。两人的关系日益接近，并在一次打猎中互生情愫。无奈伊丽莎白与弗罗利思想不合，前者仍坚持英国人理应比土著人高贵的理念，对缅甸的文化和生活持鄙夷态度，而后者却希

---

① 西里尔·弗农·康纳利（Cyril Vernon Connolly，1903—1974），英国作家、书评家，代表作有《石潭》、《承诺的敌人》等。

望抱着对本土文化的欣赏与本地人和谐相处。弗罗利将情人玛赫拉梅逐出家门，却几番被其勒索，不胜其扰。弗罗利两次想向伊丽莎白求婚，但一次被她叔母打断，一次被地震打断，虽然后者愿意下嫁于他以此摆脱贫穷、老处女和寄人篱下的窘境，但求婚一事终未发生。过后，单身的武警中尉威洛来到乔卡塔，伊丽莎白对他更有好感，而叔母也认为两人更加般配，揭露弗罗利曾包养情妇一事离间弗罗利和伊丽莎白的关系。弗罗利想将那一次打猎所获的豹皮赠送伊丽莎白以此挽回芳心，但豹皮硝制失败，反倒弄巧成拙，只能看着伊丽莎白和威洛感情日炽，空自嫉妒忧伤。在此期间，吴柏金继续对维拉斯瓦密医生大肆攻讦，而他的真正目的是取代医生成为欧洲人俱乐部的新会员。吴柏金安排了一个犯人越狱，更煽动一座小村庄进行抗税暴动，以此嫁祸医生。暴动很快被镇压下来，护林官麦克斯韦枪杀了一个造反头目，而死者的亲属向他寻仇，将麦克斯韦杀死并碎尸，欧洲人与本地人的矛盾达到顶点。在维拉斯瓦密医生的帮助下，弗罗利竭力平息了冲突，吴柏金的阴谋终未得逞，维拉斯瓦密医生受损的名誉终于得以洗清。

威洛不辞而别，离开乔卡塔，伊丽莎白希望与弗罗利言归于好，但怀恨在心的吴柏金买通玛赫拉梅，在星期天布道的时候当众使弗罗利难堪，他与伊丽莎白的关系彻底破裂。爱情的失败与对前途的绝望促使弗罗利杀死了爱犬弗洛并自杀身亡。维拉斯瓦密医生失去了靠山，被调到另一个地方，吴柏金终于当选为俱乐部会员。由于坏事做尽，吴柏金希望通过出资修建佛塔洗清自己的罪孽，但在佛塔修建之前就死于中风，妻子玛津深信丈夫轮回时将沦为青蛙或老鼠。伊丽莎白最后嫁给了年纪大她甚多的地方行政副长官麦克格雷格先生，过上了养尊处优、专横傲慢的生活，为本地奴仆们所畏惧，尊称她为“威严的白人太太”。

译者评论：

西方研究奥威尔作品的评论家认为《缅甸岁月》受到英国作家爱德华·摩根·福斯特[1]出版于1924年的作品《印度之行》的影响。两本书都描写了一个英国人与一位印度医生的友谊，此外都还写到了一个英国女孩来到殖民地，与男主人公订婚，但最后婚约破裂，并以英国人的俱乐部作为殖民地统治阶级的写照。奥威尔在杂文《我为何写作》里对这段创作经历作了如下反思：“……假如当时我真的有志著书的话，我清楚地知道自己想写什么样的书。我要写的，是自然主义风格的鸿篇巨制，以悲剧为结局，而且要有语出惊人的譬喻和细致入微的描写，还要辞藻华丽，追求文字音韵的美感。事实上，我第一部完整的小说《缅甸岁月》就是这么一本书。《缅甸岁月》完书的时候我三十岁，但构思创造要比那早得多。……我先是在不适合自己的工作上挣扎了五年（在缅甸担任英国皇家警察），然后我经历了贫穷的生活，心中充满了挫败感。这让我更加痛恨权威，也让我第一次真正意识到劳动人民的存在，而缅甸的工作让我了解到帝国主义的本质，但这些经历并不足以让我树立明确的政治方向。……”

当时英国治下的缅甸是印度殖民地的行省之一，由于物产丰富和局势相对稳定，是东南亚最富庶的地区之一，但由于英

① 爱德华·摩根·福斯特（Edward Morgan Forster，1879—1970），英国作家，代表作有《看得见风景的房间》、《印度之行》等。

国人大肆掠夺自然资源，行事专横跋扈，并培植贪污腐化的本地官员，民族主义开始兴起，对内要求权利平等，对外要求民族自治。在《缅甸岁月》中，奥威尔对英国殖民主义进行了无情批判和揭露，他指出英国开发印度和缅甸绝非为了开化当地人民和促进当地发展，而是为了掠夺财富，一旦他们被迫离开殖民地，“将不会留下半丁点儿财富和一个处女”。那些“白人老爷”依靠自己的优势地位垄断了行政、司法及经济事务，整天在俱乐部酗酒、闲扯、吵架、发牢骚，对本地人极尽挖苦侮辱之能事。此外，奥威尔并没有浓墨重彩地描写缅甸人民的反殖民斗争，而是把重点放在了“哀其不幸怒其不争”的世态刻画。维拉斯瓦密医生是知识分子，接受西式教育，鄙夷民间的传统疗法，对大英帝国和西方文化极为推崇。他与弗罗利聊天时，后者是英国人，却对英国大肆批评，而他身为被殖民者，却竭力为其辩护。吴柏金是政府买办势力的代表，从小吴柏金就意识到英国不可战胜，立志为这些“魁梧的巨人”服务，靠着厚黑权谋之术平步青云，但他最远大的理想是成为欧洲人俱乐部的会员，不惜以种种狠毒下流的招数诋毁中伤维拉斯瓦密医生，连平时看不惯他的妻子玛津也被他的这个理想所感染，默许了他的作为。虽然维拉斯瓦密和吴柏金一斯文隐忍，一粗鄙嚣张，但两人都以亲近欧洲人为人生最高理想，这就是缅甸小镇精英阶层的立场：妄自菲薄，膜拜强权。至于民族主义运动，那是首都曼德勒的事，山高皇帝远，伺候好这里几尊洋菩萨才是最要紧的事情。至于缅甸的下层人物——忠心为主的管家哥斯拉、英语流利却总被呵责的俱乐部领班、幻想自己是“白人太太”的玛赫拉梅、开小店抽鸦片的中国遗老、里外不是人的欧亚混血儿——每个人都浑浑噩噩，不知民族大义为何物，不知独立自由之宝贵，只满足于应付白人老爷和如何占得便宜。

弗罗利本性善良，一个“孤独而内心贫乏的个体，困顿于庞大的体制之中，人性中美好的一面被妄自尊大的殖民者的傲慢逐渐侵蚀：说到底，土著人就是土著人——他们确实很有趣，但说到底，他们就是劣等种族”。虽然文武皆不成，但他本能地察觉到“白人老爷”们的生活方式只会导致堕落和绝望；他渴望改变，却无力自拔。他愿意保举维拉斯瓦密医生，却屡次因为害怕得罪欧洲同伴而不敢提议，更被迫联名签署羞辱医生的告示。他渴望真正的爱情，希望找到志同道合的人生伴侣，最后却心如死灰，以自杀作为归宿。在某种程度上，弗罗利是奥威尔在三十年代思考身份危机的思想投射：对古老的东方文化的尊重和推崇与维护大英帝国主义的殖民利益之间的矛盾。殖民政府体制内的身份让他目睹了殖民统治的残暴和贪婪（见奥威尔的杂文《绞刑》、《射象》、《一个国家是如何遭受剥削的》等）。他痛恨不公，但看不到改变这种不公的出路，只能辞职避世，虽然未能保护弱者，但保全了自己的良知和原则。